〈無常〉の変相と未来観

その視界と国際比較

荒木浩 編

思文閣出版

Impermanence in Transition and Future Visions: Insights and Cross-Cultural Perspectives

Araki Hiroshi, Editor

Shibunkaku Publishing Co. Ltd., 2025
ISBN 978-4-7842-2097-7

もくじ◉〈無常〉の変相と未来観——その視界と国際比較

Ⅱ　古代の文学と〈無常〉

Ⅲ　中世の〈無常〉を問い直す

Ⅳ　〈無常〉の表象と変相――古代／中世から近世へ

V　近代と〈無常〉——夏目漱石の中へ

Ⅵ　国際的〈無常〉論とその視界

序論　〈無常〉の変相と未来観・叙説

荒木　浩

一、『徒然草』という無常観――西尾実から唐木順三へ

昭和四六年（一九七一）に、「国文学」を名に負う学術雑誌が「無常の美学――古代から現代まで」という特集を組んでいる（『国文学　解釈と教材の研究』學燈社、第一六巻六号五月号）。巻頭には、中村元「無常の自覚――東と西」、益田勝実「日本人と無常――無常の系譜」、入江隆則「ヨーロッパ思想と無常」の三論文を並べて世界的視野を拡げ、続いて「対談」を収録。梅原猛と山崎正和が「無常は現代に生きているか」を語り合う。以下「無常の構図」、「無常と私（随想）」、「現代文学と無常」、「古典文学と無常」、「無常と思想家たち」の各章に分かれ、文字通り「古代から現代まで」、多彩な論考が配されている。

たとえば「無常の構図」の章は、小林秀雄研究の第一人者・吉田凞生による「実在と無常」と題する総論で始まる。吉田は、亀井勝一郎、唐木順三、小林秀雄の無常論を俯瞰した上で、中村元の論文「日本におけるインド文化の発見」（一九五八年）に立ち返り、日本古代以来の無常の諸相を再考しながら、あらためて唐木順三と小林秀雄の無常観を問う。一方「無常と私（随想）」の章には「映画監督、映画〈無常〉を演出」との肩書きで、ウ

ルトラマンシリーズの実相寺昭雄が「自然への幻想」というエッセイを寄稿している。映画『無常』（ATG配給）は、この雑誌刊行前年の一九七〇年八月公開の作品で、実相寺監督の長編第一作という。半世紀以上も前の特集だが、ジャーナリスティックなポピュラリティーも満載の、錚々たるラインナップだ。

ただし、ふと気付く〈非在〉もある。たとえば西尾実の論文が見当たらないことだ。西尾の名は「顧問」として、目次の欄外に、久松潜一（古代文学）以下に併記されて「（国語教育）」の注記が付されるのみ。しかし西尾の無常論は、本特集の隠れた主題であった。雑誌本文を読み進めると、第二論文の益田勝実「日本人と無常」において次のごとくに登場する。

> 唐木順三が、日本人の精神史の大きなひとつの柱として、無常思想を考えようとした著作『無常』は、〈詠嘆的無常観から自覚的無常観へ〉という発展図式を提出した。無常感から無常観へ、という図式である。唐木氏は、文学史の上に現れたその歴史的転換点を、吉田兼好の『徒然草』に見る。単に『徒然草』に見るのではなく、西尾実の作品研究を媒介にして、『徒然草』そのものの中での、詠嘆的無常観から自覚的無常観への転換を問題にする。

右に続いて益田は、唐木順三『無常』の以下の部分を引用している。

> 私もこの点に関する限り西尾説に賛成である。私が拙著『中世の文学』（昭和三十年）以来使ひなれた用語に従へば、色即空に定位する従来の無常感から、兼好において空即色に定位する無常観へ移つてゐる。存在するもの、個々の存在はやがて滅びる。生者必滅、盛者必衰、諸行無常（一般的に解せられたところの）といふのが色即空の上での無常感といつてよい。人間をふくめての一切の存在の有限性の感情、感覚、また認知といつてもよい。『平家物語』や『方丈記』の示してゐる無常感はまさにそれであり、それを言ひ、書く作者は、それを言ひ、書くとき、まさに詠嘆的、ときに雄弁ですらあつたことは既に書いた。さういふ無常

感から、兼好において、無常観、無常世界観へと移つてゐる。

『無常』（筑摩叢書39、一九六五年）の「二　無常　（五）詠嘆的無常観から自覚的無常観へ――徒然草の場合」の一節である。唐木の言述が、西尾実の「無常」論への深い共感と依拠を表明していることに注意したい。この箇所の直前で唐木は、古来「さまざまな関心をもつて読まれ」た『徒然草』の受容史を概観し、「随想、随筆だからどういふ風にでも読みうるわけで、どう読んでもかまはないわけである」とその自在な作品世界を確認しつつ、西尾実による『徒然草』の無常観をめぐる考察の独自性に説き至っていた。

西尾実氏は岩波の古典大系版（昭和三十二年）に附した解説のなかで、「徒然草を成り立たせてゐる焦点は、作者の無常観である」といつてゐる。そして、この書の三十段あたりまでは、「感傷的な生活感情としての無常観であり、詠嘆的な無常観である」といひ、三十段以後の無常観は、それと違つて「自覚的」であるといつてゐる。無常観は『徒然草』の内部において、詠嘆的から自覚的へ推移したといふのである。そしてこの推移は、鎌倉時代初期の『方丈記』から百何十年の歴史の推移の縮図のやうなものであるといひ、兼好は長明の詠嘆的無常観から出発して、それをのりこえて自覚的な無常観にまで達したといふわけである。ところでこの解説の中では、そのいはゆる「自覚的無常観」の内容は書かれてゐない。恐らく西尾氏はその著『日本文芸史における中世的なるもの』（昭和二十九年）の一章をなす「つれづれ草における美の様式と構造」の中の次のところを、その内容として考へてゐたのであらう。「無常を悲しむ生活感情としての世界観から、無常を実相として覚り、その無常に処して無常ならざるものを求めて生きる、生活創造としてのそれ」云々。

そして『無常』は、先引の「私もこの点に関する限り西尾説に賛成である」に続くのだが、少し気になるところがある。唐木は、日本古典文学大系の『徒然草』解説によって西尾説を紹介しつつ、その欠如を補完する西尾の根本理論を発見した、と言わんばかりに、先行する「つれづれ草における美の様式と構造」（初出は一九五三年）という論文に言及する。だが西尾は、それよりはるかに先んじて、戦前の昭和一三年（一九三八）に「徒然草と現代」（岩波書店『文学』第六巻第一〇号）という論文を発表し、すでに同趣を述べていた（なお後述する）。さらにその後、注釈書『日本古典読本Ⅶ　徒然草』（日本評論社、一九三九年）を刊行して、同書の「研究篇」でも同じように論じているからである。

　こうした唐木の論法とタイムラグには、この時代の「国文学」をめぐって典型的な、ある学際的事情が内在する。他ならぬ益田勝実が「無常の美学」特集号の四年後に、梅原猛『水底の歌』批判の中で述べたごとく、「当節のように、百冊近い『日本古典文学大系』などというものが出来て、国文学者の文献学的基礎作業、解釈上の問題点・到達状況がほとんど公開されると、外国文学研究者・評論家・哲学者たちが、争って日本古典文学を論じるようになってきた。他の領域での理論操作になれた頭脳で見ると、以前からの国文学者の文学論や考証研究は、見られたザマではないらしい。転業して日本古典文学を論じる「新国文学者」が輩出した新傾向は、かつて近代文学が国文学の新分野となり、二つの国文学になって以来の、大地すべり現象といえよう」との情況があった。さらに益田は「「国文学者」が魯鈍の代用語に用いられることが少なくない」とも述べている（益田「文学のひろば」、『文学』一九七五年四月号）[1]。「近代文学」と「新国文学」と。「国文学者」をめぐる「大地すべり」の中で、唐木『無常』をめぐる「無常」論についても、「無常の美学」特集号の中で、次のようなスタンスの批判がなされていた。

　特に形而上的体系的真を嫌う日本の文学者にあっては、たとえば徒然草における第三〇段あたりを境とする「詠嘆的無常観」から「自覚的無常観」への推移の問題など、徒然草研究に影響する所の大きい問題のようであるが、専門家でない私には、なぜそれが兼好個人の「散文」として扱われる前に、「無常観」という

「思想」の問題として扱われなければならないのか、よくわからない所がある。ひいては、最初に述べた唐木順三の日本的象徴主義の美学も、それが兼好という個体にまで降って適用される時、何か違和感が生ずるのは否めない。（吉田凞生「実在と無常」）

吉田は「形而上的体系的真を嫌う日本の文学者」が——「国文学者」のことだ——専門である「兼好個人の「散文」」を問わないで、いきなり「無常」思想へのジャンプに向かう〈魯鈍〉を揶揄する。唐木に対してはその逆に、「美学」を「兼好という個体にまで降って適用」する理論の応用が乱暴だと、「違和感」を表明していた。だがそのいずれにも、西尾の名は挙げられていない。益田の視界からは、興味深い「近代文学」の位置取りだろう。同じ特集号の別の論文では「日本文学者」の存在も消え、唐木『無常』論そのものに対して懐疑が発せられている。

唐木氏は同じ『無常』のなかで、『徒然草』の世界を、「詠嘆的無常観から自覚的無常観へ」と名づけている。（中略）ひとくちに『方丈記』を〈詠嘆的無常観〉といい、『徒然草』を〈自覚的無常観〉とひとはいうが、はたしてそうした短絡は真実であるかどうか。〈詠嘆〉と〈自覚〉の相違は、〈美〉の世界にあってはかならずしも明確に截断しかねるものだからだ。（笠原伸夫「生と無常」）

益田勝実の無常論も、先引部以降では、唐木『無常』への懐疑を示し、反駁を展開していた。益田は、日本の仏教を「飛鳥仏教の源流となった朝鮮の仏教」から説く塚本善隆の論文「仏教の東漸」（一九六七年）から振り返り、「聖徳太子の生前の言として」、「天寿国繡帳の中に織り込まれた「世間虚仮、唯仏是真」という考え方」などに触れながら、「そういう日本の仏教が仏教らしさを奪還していく過程を無常思想に即して考えてみて、唐木氏の〈詠嘆的無常観から自覚的無常観へ〉という深化の図式で捉えようとすることについては、わたしは、相当にややこしい条件をつけた上でなくては、賛成しえない」と批判する。そして益田は、空海『三教指帰』の「無常の賦」を取り上げて「自然の流転と自分一個の生命の生成消滅を重ね合わせて認識する、嘆きを超えた無常の観想が、そこにある」と論じ、いわば中世中心の進化論的無常観からの離脱を表明する（以上益田「日本人と無常」）。

二、『徒然草』的無常観の「国文学」的展開をめぐって

こうした西尾論の〈非在〉と唐木『無常』論批判の背景には、「国文学者」による『徒然草』研究の進展があった。西尾実の無常論は、安良岡康作の文献学的な『徒然草』成立論に承継され（『徒然草全注釈』下巻「徒然草概説」角川書店、一九六八年）、問題は俄然、専門的に狭く複雑化していたのである。

永積安明の整理によって当時の研究史を省みれば、安良岡は「『徒然草』の本文を逐段的に再検討し、文保三（元応元）年（一三一九）には、序段から第三二段までが執筆されて第一部が成り、その十一年後の元徳二年（一三三〇）から元弘元年（一三三一）にかけて、およそ第三三段から終章までの第二部が執筆されたと考証した」が、この考察には、西尾説が大きく影響していた。すなわち「西尾説は」、「『徒然草』の成立年代を」「無常観」をめぐる「思想的な落差」の認定にもとめ、「その範囲の限定を、作品の思想的な展開によって明確に基礎づけた点で劃期的であり、安良岡説も西尾説にもとづき、これをさらに実証的に跡づけようとしたものということができよう」という（永積安明『徒然草を読む』岩波新書、一九八二年）。先引の吉田凞生「実在と無常」が、「徒然草における第三〇段あたりを境とする「詠嘆的無常観」から「自覚的無常観」への推移の問題など、徒然草研究に影響する所の大きい問題のようである」が、「専門家でない私には」「よくわからない所がある」と述べるのは、そうした状況へのとまどいを含むだろう。

ただし永積は、「作品の読解から出発し思想的な分析に及んだ西尾説」への評価と同時に、それが「いわゆる実証的研究でなかったことに留意しておきたい」と付記し、その限界性への言及も忘れていない。永積は「西尾

説」とは相反的な「注目すべき第二の説として」松本新八郎の「徒然草　その無常について」（『文学』一九五八年一月号）を対置し――この松本論については、唐木『無常』においても重要な位置づけがなされている――それ以降の「やや立ち入った成立論」を追って、総合的な『徒然草』の研究史を俯瞰する。

　しかし結局のところ永積は、「現在の研究段階では」と断りつつ、「第一部あるいは原徒然草ともいえる、兼好法師が、この作品を執筆しはじめた初期の部分にあたる」のは「第三〇段あたりまで」であると最初に認定した、「いちおうあいまいとみえる西尾説が、おそらく最も妥当と認められるに相違ない」と着地する（前掲『徒然草を読む』）。だがもはや議論は『徒然草』文献学を措いては成り立たない次元へと踏み込んでいて、西尾―唐木の一般的な〈無常〉論としては扱いにくいステージに達していたのである。

　ところでこの永積安明『徒然草を読む』は、「西尾説」を「徒然草と現代」という一九三八年の論文によって参照・分析している。先に言及したように、これこそが、唐木が触れなかった戦前の西尾論である。わずか三ページほどの短い文章だが、そこにはすでに興味深い『徒然草』起源の発見が記されている。永積が研究史のプライオリティーに配慮した所以である。

　この「徒然草と現代」という論文は、「徒然草に現はれてゐる無常観には二つの相がある。一は滅びゆく価値に対する哀惜、失はれた価値に対する思慕としての詠歎であり、一は自然人生のあらゆる事実に即して見出される実相観としての自覚である」と明言して書き出す。そして「このことは、昭和二年十一月号の「国文教育」に載せた「道念を中心として見たる徒然草」に考察したところである」と自説の履歴を示した上で、和辻哲郎の「日本の文芸と仏教思想」（「昭和八年四月稿」と付記して、和辻『続日本精神史研究』岩波書店、一九三五年所収）に触れる。西尾は「無常観の文芸的表現に悲哀感としてのそれと、如実観としてのそれとが存することを認め、平家物語以後、無常観を表現する文芸はむしろ感傷的な悲哀感の表現を主とする力弱いものになり、如実観としてのそれの表現は足利時代の連歌や芭蕉の俳諧の出現を待たなくてはならなかつたといふ、示唆に富んだ考察をしめされた」と和辻論をまとめ、そこからあらたに「鎌倉時代の平家物語や方丈記と足利時代の連歌との間に介在し、悲哀感としての無常観と、如実観としての無常観の両者を同一に併有してゐる徒然草の存在を指摘し、現代に対する意義の一端を考察してみたいと思ふのである」と、無常の文学としての『徒然草』のオリジナリティーを示していく。

続けて西尾は、「無常観の文芸的表現としては、徒然草は平家物語や方丈記ほど注目せられてゐない。けれども、徒然草を深く探れば、無常観がその主要契機を成してゐる点に於て、決して平家物語や方丈記に劣るものではない」と、それまでの文学史観の欠落を剔抉し、「平家物語や方丈記のそれは、多くは素材としての仏説の祖述引用であるか、でなければ感傷的な詠歎としてのそれであるが、徒然草のそれは、主として生活に即して見出された宇宙の実相として、体験の自覚としてのそれであつて、明かに、それは、無常観の発展として跡づけられるべき関係にある」と『徒然草』無常論のユニークな価値を見出す。そして西尾は、具体的な『徒然草』の章段を取り上げて論じながら、「殊に、徒然草の無常観が、第三十段あたりまでは」「方丈記のそれに近い詠歎としての無常観であるのに、それ以下の諸段は」、「宇宙の実相として、又自覚としてのそれであり、更に」、「これに立脚した覚悟、生活態度である点に於て、徒然草の著者は、中世文芸に於ける無常観の史的展開を、一身を以て跡づけた個性であるといつてよい」と解析して、唐木『無常』に引き継がれるべき『徒然草』論を展開していったのである。

ただ意外なことに「徒然草と現代」は、西尾の単著『日本文芸史における中世的なもの』（東京大学出版会、一九五四年）にも、その増補改訂版である『日本文芸史における中世的なものとその展開』（岩波書店、一九六一年）にも収録されていない。また西尾が「徒然草と現代」の中で、みずからの無常論の起源として掲げた論文「道念を中心として見たる「徒然草」」を巻頭に配する『徒然草』論の専著『つれづれ草文学の世界』（法政大学出版局、一九六四年、新装版一九七二年）にも、載せられていない。唐木の見落としも、やむをえないところであった。

一九六九年に、『国文学　解釈と教材の研究』が「徒然草の現代性をさぐる」という特集号（第一四巻四号三月号）を組んだとき、西尾は「徒然草の現代性について」と題する巻頭言を寄せている。西尾はそこで『徒然草』の成立をめぐって「はじめの三十段ほどは詠嘆的な無常観に立脚した考察であり、その後になると、詠嘆的な無常観を脱却した実相観的無常観に立脚した考察になりきっているような発展が認められる」、「そうして、その発展は、この激動期の歴史を反映しているものと思われた」と述べている。それは「徒然草と現代」以来の自説の確認である。

この西尾の巻頭言は、「徒然草が、紛争の前夜ともいうべき時代に当って、対立している要素のそれぞれに対し、相互の感情的緊張を克服して、それぞれを的確に位置づけ、その対立関係に弁証法的発展の方向づけを指示しているところには、現代に示唆する何ものかがありはしないであろうか」と閉じる。そこには「紛争」という語が見え、『徒然草』の作品世界に内在する「弁証法的発展の方向付け」なる叙法が示されている。時あたかも東大紛争の「現代」に書かれた、見逃せないディスクールだろう。そういえば西尾がかつて「徒然草と現代」を巻末に載せた、昭和一三年の『文学』「特輯　古典の現代的意義」号の編集後記は、「現代は革新の時代である。既に、事変前からこの傾向は相当顕著であつたけれども、事変はこれに拍車を加へ、今や各方面に亙つて革新的気運の擡頭は一層著しいものがある」と書き起こす。その時代意識に、ゆるやかな照応を読み取って誤らないだろう。

三、小林秀雄『無常といふ事』の影響をめぐる

　ところで、この『国文学』の「徒然草の現代性をさぐる」特集号には、佐竹昭広の「懈怠ということ」という『徒然草』論も載っている。「〜ということ」とある論題の付け方に注意したい。「小林秀雄に「無常といふ事」があり唐木順三に「無常」の著があるというのでは、下手な語呂合わせにもなるまい。ただ、ひとつが「無常」であり、いまひとつが「無常といふ事」であるのは、些事ながら無視出来まい」と、近代文学研究者の佐藤泰正は語っている（「「無常といふ事」と「無常」――小林秀雄と唐木順三」、前掲『国文学』「無常の美学」特集号所収）。佐竹の『徒然草』論である「懈怠ということ」という名付けには、ほとんど自明に『無常といふ事』の「語呂合わせ」が響いている。かつて佐竹が『下剋上の文学』（筑摩書房、一九六七年）第二章を「一寸法師は悲しんだ」と書き出したように（井伏鱒二『山椒魚』冒頭参照）、それはいかにも佐竹好みのパスティーシュであった。「懈怠ということ」論の文中にも、兼好を評して「すぐれて求道者であったがゆえに、すぐれて認識者でありえたかれの目は」とある。ここにも、小林『無常といふ事』「徒然草」の「彼には常に物が見えている、人間が見えている、見えすぎている、どんな思想も意見も彼を動かすに足りぬ」という一節へのオマージュが透ける。

　ただし佐竹は、この論文では小林秀雄の名を挙げていない。『徒然草』四九段を評して「深い無常観にうらづけられた念々精進の鼓吹」と「無常」を問い、別のところでは一五七段を引き、「心」と「行」の関係について西尾の「道念を中心として見たる「徒然草」」に言及し、「西尾実もいう通り」と述べるのとは対照的な論法だ(2)。このことは『無常といふ事』をめぐる、当時の国文学者のスタンスを理解する上でも示唆的である。

　そのことを考えるためにも、ここでこの作品の成り立ちと評価史を概観しておこう。一九四六年に創元社から刊行された『無常といふ事』は、「〈当麻〉〈無常といふ事〉〈徒然草〉〈平家物語〉〈西行〉〈実朝〉の六編を収め

る。いずれも日本中世文学についての評論で」あるが、各編の初出は「太平洋戦争下の一九四二年から四三年にかけて発表されたものであるが、戦争との直接のかかわりはない」（『世界大百科事典』平凡社、一九八八年、吉田凞生執筆）と評されることがある。だが小林秀雄自身は、「戦争が進むにつれて、私の心は頑固に戦争から目を転じて了つた。私は『西行』や『実朝』を書いてゐた」（小林「感想」、『新潮』一九五八年五月号）と回想し、戦争への意識的なネグレクトと『無常といふ事』執筆との深い関わりを誌していた。当時、身近で小林を観ていた佐古純一郎は、「太平洋戦争から終戦にかけて、小林秀雄は」、『無常といふ事』に収録された「これらの古典鑑賞のほかは、ほとんど作品を書いていない。戦争というきびしい現実にあって、小林秀雄がいかに孤独に耐えつつ生きたか、「西行」「実朝」には、特にそのことが美しく表現されているように思われる」と述べ、この『無常といふ事』には「戦時下の小林秀雄」の「すべてが尽くされているといってもよい」とまで説いている（『無常という事』角川文庫改版「解説」、一九六八年）[3]。『無常といふ事』は、いわば裏返しの戦争文学であったことになる。

それは評論家・小林秀雄の原点であり、やがて終着点ともなった。たとえば佐藤泰正は、「『無常といふ事』」は、その底部に同時期のドストエフスキイ論やパスカル論などをも含みつつ、その強いられた純一な主題を展開してゆく」と読み、「ここには小林という評家の生涯をつらぬく、ある根源的なモチーフが語られているというべきであろう。そうしてこの根源とは、また初心にほかならぬと知るべきであろう」と論じていた（前掲「無常といふ事」と「無常」）。その一方で根岸泰子がまとめるように、廣末保「小林秀雄の文学と古典」（『前近代の可能性』未来社、一九六〇年所収）は「『無常といふ事』の古典論は小林の自己投影にすぎないと批判」し、吉本隆明「小林秀雄の方法」（『擬制の終焉』現代思潮社、一九六二年所収）は、「戦争を彼の方法の欠陥への外圧的試練として位置づけ」、「小林への訣別の姿勢をみせている」と断ずる。そして江藤淳『小林秀雄』（講談社、一九六一年）は、「『歴史と文学』を、いっさいを受容する完全なリアリズムに徹した、「批評家」から「詩人」への転換として意味づけ、『無常といふ事』の価値を思想ではなく、その語られ方すなわち文体に見出す」。故に「この時期は小林の批評の終着点として位置づけられる」（根岸「作品別　小林秀雄研究史　『歴史と文学』『無常といふ事』」、吉田凞生編『別冊国文学18　小林秀雄必携』一九八三年所収）という。佐竹が「文体」のパスティーシュとしてその〈不在〉を表象したのは、ある意味で本質的な、小林秀雄論の実践であったのかもしれない。

四、前置される『方丈記』・『平家物語』の〈無常〉とは

『無常といふ事』には、「徒然草」とともに「平家物語」が収められている。これもまた人気のあった文章で、独特のバイアスとインパクトを伴って浸透した。たとえば一九八〇年代初頭に、軍記物語研究者の栃木孝惟が、「十数年も前のことだが、戦後二十年の軍記物語の研究史を概観する機会があり、戦後二十年の間に書かれた軍記物語関係の論文を通読して、意外にも小林秀雄の「平家物語」が、しばしば引用、言及されている光景におどろかされた。研究と批評の接点と分離点、つまりは研究と批評の関係に関する自覚的な省察は深められず、研究から批評を擯斥することによって〈学〉の独自性が守られると考えられていたかにみえる、当時の〈研究史〉の大勢からみて、小林秀雄の「平家物語」の、意外に頻度の高い〈論文〉への導入は、やはり予想外に思えたのである」と回顧するごとくである(4)。

永積安明の「平家物語の思想」（『中世文学の成立』岩波書店、一九六三年所収）は、「祇園精舎の鐘の声、諸行無常の響あり」に始まる『平家物語』の序章を取り上げ、その解釈史が十全ではなかったことに注意を喚起して端緒とする論考だが、そのイントロダクションで小林秀雄に触れている。永積は、「『平家物語』研究の一つの決算の書として出版された日本古典文学大系本においても」、この序章について「吾々は仏教上の無常観が、観念的に説かれていることに満足すべきではなくて、そこには作者が平家物語という或る大がかりの物語を語ろうとす

る、いわば説話文学者の姿勢がかくされていることを知らなくてはならない」、「随って読者はこの無常観を単なる思想として、はだかにして受け取ってはならない」などと補注が付されていることに着目する。そしてそこには「序章に表現せられた、この物語の無常観の思想的な意義を、とりたてては問題にせず、むしろ、そこから生まれる誤解を警戒しようとする」「立場」があると、永積は批判したのである。

かくなる「立場」は、石母田正『平家物語』（岩波新書、一九五七年）が「この無常観を当時の一般的な常識にすぎないものとし、それは『方丈記』の無常観と本質的にちがわないものであるから、「作者が名文でもって書きたてている厭世思想などに、だまされてはならない」と警戒しているのと、ほぼ共通する考えかた」であると永積は述べ、その淵源として「古くは小林秀雄氏の平家論（『無常といふ事』所収）が、この点にふれて、「平家のあの冒頭の今様風の哀調が、多くの人々を誤らせた。（中略）彼はただ当時の知識人として月並みな口を利いていたに過ぎない」などと説いて、文学と思想とを引き裂こうとした立場と共通する側面を持っており、単なる平家論をこえた、文学にとって本質的な問題を提起している」と、小林の影響を指摘したのである。

こうした批判的視点のもとで永積は、あらためて「主として序章そのものの分析のがわから、『平家物語』における思想的なものの意義をあきらかにしようと」構想し、「平家物語の思想」という論文を書き進めた、という。だが、『方丈記』と『平家物語』をめぐる「無常観」自体については、「石母田氏の見解などに見られるような、本質的には同じ無常観に立つとされるらしい二つの作品が、あのように著しい相違として実現された根拠は、どこにあるのだろうか」（傍線は引用者）と祖述している。結句それは「平家物語や方丈記」の「詠嘆的無常観」から『徒然草』の「自覚的無常観」への深化を強調した、西尾実の無常論（一九三八年）に遡源する。そして「この推移は、鎌倉時代初期の『方丈記』から」、『徒然草』へ、「百何十年の歴史の推移の縮図のやうなものである」と唐木（『無常』一九六五年）がまとめたごとく、〈無常感から無常観へ〉という中世無常言説の潮流の中で[5]、その起点に『方丈記』を置く、定番の図式の存立を傍証することとなっている。[6]

ただしこの『方丈記』という始まりも、伝統的な文学史実とは別のレベルで、昭和の直前に帝都を襲った、関東大震災という近代未曽有の複合的災害体験[7]——その時、破滅的な大地震による様々な災厄と首都の崩壊が起き、災害旋風までが吹き荒れた——が、その定位と再発見に大きく影響を及ぼした。二〇一一年の東日本大震災に際して『方丈記』の災害観が新聞他のメディアで多様に喧伝された折に、ドナルド・キーンも「自分の専門である日本文学の中に一体どれほど災害を記録した文学、小説があったかを調べてみる。すると長い歴史の中で、『方丈記』しかないと思えるほど、とても少ないのだ」と書いたことも参考になるだろう[8]（以上、荒木浩『方丈記を読む——孤の宇宙へ』法蔵館文庫、二〇二四年など参照）。

こうした近代における『方丈記』の再発見をめぐる重要な文学史上の出来事は、明治二四年（一八九一）に夏目漱石が『方丈記』を英訳したことである。しかも漱石は、五大災厄の遷都以下、後半三つを「not essential」と評して略し翻訳しない、との象徴的な欠損を刻印した。

漱石は大正五年（一九一六）に亡くなっており、大正一二年九月一日の関東大震災を知らない。しかし彼の門下生たちは、それぞれの視点で『方丈記』とその災害を読み、あたかも師の欠落に導かれ、それを補うかのように、むしろ〈本質的〉に、『方丈記』を関東大震災と重ねていった。たとえば寺田寅彦は、「鴨長明の方丈記を引用するまでもなく、地震や風水の災禍の頻繁でしかも全く予測し難い国土に住むものにとっては、天然の無常は、遠い祖先からの遺伝的記憶となって五臓六腑にしみ渡っている」と書く（『日本人の自然観』岩波書店、一九三五年）。

芥川龍之介も、関東大震災後の東京「本所界隈」の見聞と推移を描く『本所両国』という作品を遺し、その最後に、父母、伯母、妻との会話を再現して『方丈記』を引用する。作中の芥川は「僕は実際無常を感じてね」と語った上で、「玉敷（たましき）の都の中に、棟を並べ甍を争へる、尊き卑しき人の住居（すまひ）は、代々（よよ）を経てつきせぬものなれど、これをまことかと尋ぬれば、昔ありし家は稀なり。……いにしへ見し人は、二三十人が中に、僅に一人二人なり。朝に死し、夕に生まるるならひ、ただ水の泡にぞ似たりける。知らず、生れ死ぬる人、何方より来りて、何方へか去る」と家族に『方丈記』を読んでみせた。そして「これは『方丈記』ですよ。僕などよりもちよつと偉かつた鴨の長明と云ふ人の書いた本ですよ。」と母に答える場面で、この短編を閉じている。『本所両国』は、芥川没年の昭和二年（一九二七）五月の作品だ（以上についても、荒木『方丈記を読む』参照）。

内田百閒も『方丈記』を愛読した。昭和一五年（一九四〇）発表の小説「柳検校の小閑」には、関東大震災が投影され、[9]『方丈記』へのオマージュもある。[10]その後百閒は、第二次世界大戦末期の昭和二〇年五月の空襲で家を焼かれて小屋に住み、その記録を『新方丈記』として残している（新潮社、一九四七年刊行）。そう、『方丈記』をめぐるもう一つのエポックとして、戦争体験、とりわけ首都への空襲直撃という大災厄があった。堀田善衞が、昭和二〇年三月の東京大空襲の体験を心に深く刻んで『方丈記』を再発見し、記念碑的な『方丈記私記』を著したことは、すでに『方丈記』受容史の古典的事実である。ただし『方丈記私記』の刊行時期は、もはや戦後ではない。先述した『国文学』「無常の美学」特集号と期を接する、一九七一年七月の刊行であった。このことも、歴史の必然、もしくはシンクロニシティーとして覚えておきたい。

こうした『方丈記』の災害文学性は、小林秀雄の無常論をめぐる、戦争体験のネグレクトと印象的に対照的だ。そういえば『無常といふ事』に「方丈記」論は入っていない。

五、「無常の美学」から「古典の未来学」へ

かくして昭和の無常論は、いつしか日本の中世観と不即不離の文学的・思想的基調となった。藤巻和宏によって「中世が無常の時代というのは本当か」（松田浩他編『古典文学の常識を疑う』第三部中世文学、勉誠出版、二〇一七

年）というアンチテーゼが問われるほどに、それはインパクトを長く保ち、現代へと受け継がれてきたのである。

だがあらためて『国文学』「無常の美学」特集を読み返してみると、そこではすでに、ほぼ総力で「中世無常観」の相対化が試みられていた。巻頭の中村元論文がその象徴だ。中村は、原始仏教から説き始め、日本古代の「いろは歌」への連続を論じて「無常感はインドではジャイナ教や仏教とともに始まったのであるが、後世になると、それは仏教的というよりもむしろ汎インド的なものとなった」と説く。そして「西洋でも、われわれは同様の思想の表現をあちこちに見出すことができる」として、古代ギリシアの哲学者ヘラクレイトスの「万物は流転す」を挙げ、それがプラトンやアリストテレスに受容されて拡がることに言及した(11)。その一方で中村は、「実在するものならば、変化には与らぬはずである」と説くプラトンの思想に触れ、「実在は変化しないものであるという思弁は、わが国でも仏教がとり入れられた最初の時期に聖徳太子の『維摩経義疏』の中に」「論述されている」という。中村は「人間がはかないつまらぬものであるという自覚は、ユダヤにも古くからあった」と敷衍し、その空の思想の仏教との重なりと異なりを説いて『創世記』以下を挙例する。さらに中村は「ここでは、仏教よりもむしろヴェーダーンタ哲学における有とマーヤーとの対立を思わせるものがある。これに対応するものをわが国に、求めるならば、聖徳太子に関して伝えられる「世間虚仮、唯仏是真」がそれに相当するであろう」と述べた。議論はいつしか、前掲の益田勝実の無常論にもつながっていく。そして中村論は初期仏教へと回帰しつつ、比較宗教文化論として展開しながら特輯テーマを拓いていった。

久しぶりにこの特集号を再読し、かくなる自在？無限？を受け止めてみると、いつしか「国文学者」なる私の狭く個人的な研究視界は、一挙に現代世界へと拡がり翔んで、多様な世界像の増殖と輻輳へとなだれ込んでいった。たとえば二〇二〇年前半のあの時に「古典の未来学」という共同研究報告書をまとめていた私は、その序文を次のように書き出している。

「二〇二〇年の二月一、二日、ちょうど節分前に、四年間続いた共同研究会最後の集まりを京都で行った。その十日後」、「日文研海外シンポウムに出席するため、ニューヨークに向かう。会場のコーネルクラブ・ニューヨークは、タイムズスクエアのすぐ側に在り、映画『ニューヨーク公共図書館 エクス・リブリス』で話題のパブリックライブラリーも近い。毎朝、アッパーウエストのホテルから、ブロードウェイ通りを南に下る。セントラルパーク、プラザホテルと経由して、五番街へ。散歩を兼ねた議場入りが楽しかった。ところが……。二月十七日に帰国すると、日々、すべてが変わっていった。「コロナ禍」という奇妙な新語が横溢する中、イベントが一つずつ消えていく。三月から四月以降の「国際」や「文化」の状況は、あっという間に、五里霧中へと突入した。……さすがに、茫漠として消失点の見えない地平に取り残されたような、不可思議な虚無感に陥った。およそ未体験の感覚である」。「ぼんやりした空白の中で、無性に文字が読みたくなり、久しぶりに『なぐさみ草』（慶安五年〈一六五二〉四月刊）の影印本（日本古典文学影印叢刊）を手に取った……」と。

『なぐさみ草』は、本書所収の池上保之論文にも触れるごとく、『徒然草』の享受史上、特記すべき重要な絵入注釈書だ。もっとも今日ではその版本画像も、オンラインで簡便に一覧できる(12)。

翌二〇二一年は、一向に先の見えないコロナ禍の最中だったが、私にとって最後となる、国際日本文化研究センター（日文研）共同研究発足の時宜でもあった。自由な活動も出来ず、もっぱら閉ざされた個室に居て研究テーマを構想する中で、ごく自然に「無常」というキーワードが浮かんできた。そもそも『方丈記』と『徒然草』は私の大切な研究対象であり、「「無常」は「時間」の問題であ」る（吉田凞生前掲「実在と無常」）。その着想は、「古典の変相と未来観」という副題を立てることで「古典の未来学」とも連続した。いわば「投企」的に（この語については後述する）、以下のプロジェクトが組み立てられていったのである。

六、共同研究「ソリッドな〈無常〉／フラジャイルな〈無常〉」という本書の起点

かくして始動したのが、日文研共同研究「ソリッドな〈無常〉／フラジャイルな〈無常〉――古典の変相と未来観」（二〇二一～二四年度、研究代表者・荒木浩）である。

本共同研究は、古典・無常・未来観という三つのキーワードを立て、国際的・学際的な視界の中で日本文化の再考を行う試みであり、その方法論を探求するコンテクストから、古典研究の国際的展開や新たな世界観の開発を目途とする研究提案である。二〇一六年より四年間推進した「投企する古典性――視覚／大衆／現代」という日文研共同研究（研究代表者・荒木）と、その成果論集『古典の未来学――Projecting Classicism』（荒木編、文学通信、二〇二〇年一〇月刊行）――先に引いた文章は、この本の序論冒頭である――で考究した問題群を批判的に継承し、未来観としての〈無常〉を問う、という着想のもとに企画された。研究テーマは、日本文化の偏差を「ソリッド（solid）／フラジャイル（fragile）」という対立概念の中に相対化し、〈グローバル〉な〈アジア〉という拡がりの中で、「無常」に象徴される日本的な古典世界の変容と未来を通史的に広く問い直し、国際的パースペクティブの中に定位することを目指す。

上記のような趣旨を掲げ、公的に発信したが、用語を含めて、少し説明が必要だろう。その経緯と展開図のイメージをより具体的に示す文章として、二〇二〇年の秋に書いた企画書がある。一部補訂を加えながら、抜粋して引用しておく。

＊

『古典の未来学――Projecting Classicism』の編集は、折しも二〇二〇年のコロナ禍直撃の中で遂行されたが、その副産物に、古典研究の新しい学術的視界の開発と発信の身構えとして、文化研究の〈未来学〉という発想を

もたらした。そして、あらためて〈無常〉の問題の再定義が重要である、と考えるに至ったのである。

〈無常〉とはまさしく未来観である。無常観については、これまでの仏教学や日本文化論の中で豊富な蓄積が残されているが、いまこの現代において、同時代的に頻発する災害や、コロナ禍のような未曾有の壊滅的外在状況に対して、古典研究は、どのようなプロジェクト――この語には「投企・投影〔projection（英）/projet（仏）〕」という、前研究会のキーワードを懸ける――を抱き、いかなる発想のもとに、豊かな未来観を構築し得るか。

その根幹を求めて、あらためて『方丈記』――晩年のドナルド・キーンが日本初の災害文学であると呼称した作品だ――を再読すると、「無常」という語は、文字通りのキーワードとして、そのテクストの中で、象徴的にただ一度だけ用いられる。そしてその世界観は、歴史的国際的視野において、やはりきわめてユニークである。堀田善衞『方丈記私記』（一九七一年）が繰り返し論じたように、鴨長明の〈無常〉は常に〈人〉と〈家・すみか〉との対比、あるいは一体性の中で論じられる。『方丈記』は、たとえば「朝に死に夕に生るるならひ、ただ水の泡にぞ似たりける」、「その主と栖と無常をあらそふさま、いはば朝顔の露にことならず。或いは露落ちて、花残れり。残るといへども朝日に枯れぬ。或いは花しぼみて、露なほ消えず。消えずといへども夕を待つ事なし」と説く。あきれるほど脆い――フラジャイルな日本の家屋の〈無常〉と、人の命の類比的一体性である[13]。そして『方丈記』は全編を通じて、建築・都市・環境と自己、さらには世界と自己を漸層的に一対一に捉えて、「夫、三界は、ただ心ひとつなり。心もし安からずは、象馬・七珍もよしなく、宮殿・楼閣ものぞみなし。今、さびしき住まひ、一間の庵、みづからこれを愛す」と帰着する。もっともその先に『方丈記』は、この「愛」の「ことわり」をめぐって、〈われ〉の人生と信仰を問い、劇的な最終段を迎えるのだが、それはまた別の重要な問題である。

さて、いつしか私たちが常識のように捉えるこの儚い――フラジャイルで仏教的な無常観は、先達としての東アジア（中国や韓国）や東南アジア（北伝と南伝など）、さらには起源としての南アジア（仏生国インド）と比べると、どれほどの環境観を重ね、あるいは異にするであろうか。あるいは、たとえばヨーロッパの堅牢――ソリッドな遺跡の中で、それは、いかなる幻想をもたらすだろう。

こうした日本の無常、さらには文化観の現代的な問い直しのためには、至極当然のことながら、しかるべき国際的な視点と歴史観の中で、その再構築が求められる。たとえば、エドアルド・ジェルリーニが進める「テクスト遺産」論[14]や、木下華子らが推進する「廃墟の文化史」[15]など、着目すべき新たな研究構想からの示唆も大きい。個人的には、無常観がしばしば〈随想〉という文学形態でもたらされること――「飛鳥川の淵瀬常ならぬ世にしあれば、時移り事去り、楽しび悲しびゆきかひて、はなやかなりしあたりも人すまぬ野らとなり、変らぬすみかは人あらたまりぬ。桃李もの言はねば、誰とともにか昔を語らん。（中略）されば、万に見ざらん世までを思ひ掟てんこそ、はかなかるべけれ」という『徒然草』二五段など――にも、〈時間〉や〈未来〉をめぐり、考察すべき重要なヒントが潜んでいるように思った。

上記のような、私の素朴な発想起点をあえて一つの基軸として、多様な専門の研究者が集まり、議論を重ねる。その中で〈無常〉概念にとどまらず、広く日本古典文化の転変と推移、また、〈グローバル〉な〈アジア〉の中での日本古典文化の解明を問う、というのが本共同研究の主眼である。さらにそれは、古典研究としての過去の解明や、日本文化の形成過程が必然的に希求する受容研究（reception history）にとどまらず、それを未来に惜し げ無く擲って写しだし、projectionとしての未来観を問うものでなければならない、と思う。なお本共同研究においては、正規メンバーに加えて、広く国際的な視点で研究協力者を募り、いくつかの研究プロジェクトとも協働しながら、上記の課題を考究していきたい。

本書は、右の構想を問い返しながら推進した、共同研究会の蓄積[16]に立脚する論集である。

＊

七、本書の概観について

そうして名付けたこの本のタイトルには、研究会のエッセンス――〈無常〉の国際的比較研究と、それを通じた古典の変相の解明と未来学への展望――、そのすべてをぎゅっと詰め込み、どこかでいちど、大きく開放したい。そんな含意が込められている。個別論文の集約であると同時に、本書総体が連係し合い、プロブレマティーク〈問題群〉を、無数のリンクで提示する。そうした企図を秘めながら、全体を六章に分かち、次のように並べてみた。

Ⅰ〈無常〉とは何か――その始原から現代世界へ
Ⅱ 古代の文学と〈無常〉
Ⅲ 中世の〈無常〉を問い直す
Ⅳ〈無常〉の表象と変相――古代／中世から近世へ
Ⅴ 近代と〈無常〉――夏目漱石の中へ
Ⅵ 国際的〈無常〉論とその視界

詳しくは各論参照としたいが、少しだけ付加説明をしておこう。研究会の二年目と三年目には、それぞれ第一回目の研究会の冒頭を「研究講演」として設定し、キーノート討議の場ともした。その結実である石井、佐藤の二編をⅠの巻頭に置き、続いて編者・荒木の論を配置した。そしてこの序論でも取り上げた、「無常」論の基調となる唐木順三、小林秀雄の言述、そして「無常」＝中世イメージについての考察もⅠで取り上げ、総論としている。

続くⅡ～Ⅴは、大きく時代順で配置したが、そこには、内容を踏まえたグラデーションがある。

Ⅱでは『万葉集』の無常から説き始める。キーパーソンの歌人・大伴家持を対象としてその「たとえ」を掘り下げ、続いて益田勝実が特記した、空海の「無常之賦」を精読する。そこから視界は和文に転じ、『竹取物語』や『源氏物語』、また『栄花物語』など、いわゆる中古文学をめぐる歴史と文学を追う。そして女性と漢文の関係を問いながら、老いや無常を論じ、「宿世」との関係をのぞきみる。

Ⅲでは、「中世無常観」の所在をあらためて問い、無常の時代とされてきた中世の諸相を、広く歴史・文化の変相として追いかけ、照射する。たとえば、無常と廃墟のキーワードである「跡」という語と現象に着目し、また「露の命」の文脈を再考する。時代思潮としての仏教を基軸として、離宮の構造、願文、夢想などが論じられ、さらには中国と日本を往来する僧侶の内面も重要な考察の対象となった。中世の神道をめぐる、天地と神の相関と始原の時のイメージをめぐる世界観も論ぜられている。

Ⅳは、広く古代／中世から近世へ、重層し輻輳する時代観の中で、無常の諸相が解析され、ある意味でもっとも深く、そして広大な〈無常〉が浮かび上がる。世界中に拡がる「黒白二鼠の教え」という絵画表象の追跡に始まり、遊女、怪異、芸能、病い、と論は展開する。また『徒然草』の絵画表現をめぐる『なぐさみ草』の受容と非受容が捉えられ、兼好の書斎風景も分析されている。

Ⅴでは、その兼好像にも触れながら、デューラーの銅版画メランコリアをも視野に入れ、頰杖を付く文人の草庵や書斎の形象について前近代から近代へとつなぐ論があり、夏目漱石に至る。そして『方丈記』を初めて英訳した夏目漱石の「無常」と「自然」について、翻訳論的に、また近代文化論的に、多彩な内面が捉えられていく。

Ⅵでは、多様な国際的視界の中で〈無常〉が論じられる。たとえばエンタングルメント——もつれ合い——という概念を用いて〈無常〉がグローバルに相対化され、イスラーム文化の中での〈無常〉も問い返される。続く二本の英語論文では、紙面反転して、茶道をめぐる茶陶の美と無常、そして仏陀影像の信仰と南北朝期の金峯山信仰が問い返されて日本語論文へと合流し、無常論の拡がりに貢献する。

ちなみに各章の各論は、共同研究会での発表を踏まえつつ、執筆者それぞれの研究文脈やその後の展開に即して再構成され、新たな論文として提出された。したがって以上の配置も、寄稿を受けて、あらためて編者なりの視点で読解し、連携を把捉して行った結果である。その配列を試みる中で、個別の論述意図を超え、意想外の意味連関や内容のつながりを発見することも多く、刺激的な読解愉悦をしばしば体感した。たとえば拙稿に関わるささやかな連想だが、Ⅰの荒木論とⅥの Morris 論は、光る仏の再生・出現と影向というテーマをめぐって照らし合い、本書総体をゆるやかに含み込む。より直接的で大きな例を挙げれば、Ⅲの髙尾論が「世界認識」をキーワードに考察する『日本書紀』の天地創造に関する時間論は、吉田兼倶の解釈において、クニノトコタチという神の所在をめぐる「時間的・空間的」な「無限定化」を捉える。その問題は、Ⅵのレザーイ論文が「神とかけて、天と解く」と、イスラーム教の世界観を考察する論述を引き寄せ、続くアンダソヴァ論は、スーフィズムというイスラームの神秘主義が捉える「無時間的空間性」の世界創造観を参照しながら、日本神話の天地創造と神の関係を「時間認識」という観点から問い直していく。たとえばこの三本の論文をぐるりと転読し、さらに相互に精読すれば、興味深い比較神話論と無常論の結節が拡がるだろう。

そんな中で〈グローバル〉な〈アジア〉を目指す共同研究会当初の考究の試みが、はたしてどこまで成功したか。本書が多様な読者を得て、新鮮な気付きや思考実験が、本書からいくつも生まれることを期待している。

八、投企する〈無常〉論とその視界

最後に、いくどか言及した「投企」という語について補足して記し、長くなった序論を閉じよう。

二〇二〇年の暮れに、サントリー文化財団の『別冊アステイオン　それぞれの山崎正和』を落掌した。同年八月に亡くなった山崎正和を回顧して顕彰する論集である。ページを繰ると、河出書房新社の元編集者・藤田三男の「無常について」という文章が目に入った。「昭和四十一年（一九六六）年春」、山崎の「最初のエッセイ集『劇的なる精神』の巻頭書き下ろしエッセイの原稿」を受け取った時の印象記が、その前半のトピックである。

「送られてきたのは、おそろしく綺麗な楷書の原稿で驚いたが、なによりびっくりし目を疑ったのは、そのタイトルであった。「無常について」――ちょっと待ってほしい、これから刊行するのは、期待される新鋭批評家の最初のエッセイ集の出帆を告げる文章なんですよ――高度成長期の入口、六〇年安保闘争の喪失感も燻り続けているとはいえ、このご時勢に「無常について」とは。私は大いに困惑した」という。しかし「読み始めると山崎さん一流の明晳な論理と分析」が展開し、その主旨として「世界はその根本のところで無常なのだと思い知りながら、私たちはなおどのようにして、積極的な行動を起すことができるのであろうか」、「人間の横の連帯というものがほころびやすく、しかも実存的な自由意志としてみずからを恃みきることもできないとするならば、いったい私たちはなにをあてにして、みずからの孤独を養えばよいのであろうか」と語られる主張に「一気に引きこまれた」と藤田は回想する。そしてベルグソン、サルトル、『平家物語』、能楽、ギリシア悲劇の「時間」から、「当時の話題作」や「ベストセラー小説」、さらには「ノーマン・メイラー『アメリカの夢』まで登場させ」る「スケールの大きな論陣」には「山崎さんの歴史観の原点がはっきりとある。結局、書き下ろしの表題は「無常と行動」に落ちついた」と藤田は誌していた。

気になって、山崎のエッセイ・原題「無常について」を紐解くと、そこには以下のような文章が連ねられていた。

人間は、《投げだされて、しかも企てるもの》であるという、有名な実存哲学の公式は、この哲学が過去と未来の明晰な峻別のうえにたって、《現在》というあいまいな時間を認めないという事実をしめしている。ある時代のなかに投げだされて、しかも次の時代を企てる実存的な人間は、いったいその瞬間、どういう時間のなかに生きているのであろうか。かれが立っている場所はもちろん《現在》と呼ぶほかはないのであろうけれども、その現在はもはやいかなるポジティヴな時間でもなくて、過去はすでに存在せず、未来はいまだ存在していないという意味で、いわば二重の空白としかいいようのない時間なのである。むしろこの純粋な空白こそが、人間の選択を純粋なものにし、人間の自由を保障するだいいちの条件だといえるだろうか。（中略）実際には私たちは、あの《現在》というとらまえどころのない、あいまいだがそれだけにいきいきとした時間のなかで生きているのではないだろうか。――たえまなく、小止みなく経過しながら、しかもつねに現在であるような、切れめのない時間の流れ――そのなかでは、たえず過去が未来のなかへめりこみながら、ちょうど尻尾をのみこむ蛇のように、現在にむかって収斂してゆく動的な時間――激しく生きようとすればするほど、私たちはこうした充実した現在のなかに生きているのである。

《投げだされて、しかも企てるもの》とは、まさしく私の前研究会のキーワード「投企」のことだ。ハイデガーやサルトルが用いた用語である（前掲『古典の未来学』序論参照）。そして、ここに説かれる「純粋な空白」なる「未来」の「時間」とは、まさに私の言葉でいう「未来観」ではないか。『古典の未来学』から「無常」へ、という流れが当てずっぽうでないことが確認された気がして、予想もしていなかった嬉しい得心があった。だが、論の後半で山崎は「祇園精舎の鐘の声、諸行無常の響きあり。沙羅双樹の花の色、盛者必衰の理をあらはす。おごれる者久しからず、ただ春の夜の夢の如し」という本文で『平家物語』を引いてその無常を論じ、次のように説く。

『平家物語』の時代が無常の世界であったということは、ほとんどうたがいを容れない事実であろう。それはポジティヴなひとつの《時代》であったというよりは、王朝の世の滅びさったあとに残った、いわば時代の欠損状態とでもいうべき、むなしい時間の空白であった。

（以上「無常と行動」より。引用は『劇的なる精神』河出書房新社、一九六六年初版による）

この五年後の『国文学』「無常の美学」の対談でも、山崎は「中世の無常というのが結局、日本人のごく普通にいう無常感だろうと思うんですが、そうするとその場合、「常なるもの」は理想化された平安朝でしょう」と語り、梅原猛も「それから「愚管抄」が、それからいわゆる末法史観がね」などと対論する。『平家物語』や『愚管抄』への言及は、永積安明の前掲論文「平家物語の思想」の言述とも重なる大事な時代観だ。しかしたとえば本書のIを開けば、石井論が、あらためて「実際、鈴木隆泰の論考、「「諸行無常」再考」では『平家物語』が日本人の無常解釈を誤らせたと論じており、筆者もこの指摘に基づいて『平家物語』冒頭の句が有する多くの問題点を指摘した」と説き始め、議論を拡げていく。そのように、肝心のところで〈無常〉論は、多角的な視点から根幹的に問い直す必要がある。符合と離脱と。二重の意味で、当初の企画と共同研究の運営は間違っていなかったと、ひそかに安堵のため息をついたところである。

（1）　この益田論をめぐる梅原猛との一連の論争については、荒木浩「一九七五年の益田勝実と梅原猛――私的回想の断章として」（『梅原猛先生追悼集――天翔ける心』国際日本文化研究センター、二〇二〇年）参照。

（2）　のちに佐竹が『閑居と乱世――中世文学点描』（平凡社選書、二〇〇五年）にこの論文を収録するとき、タイトルは

「雪山の鳥」と変えられ、小林秀雄のイメージはすっかりそぎ落とされてしまう。さらに佐竹の没後に編集・刊行された『佐竹昭広集』（岩波書店、二〇一〇年）では『閑居と乱世』を収める第四巻からも離されて第五巻「古典往来」に収録され、同じく「西山のはだか鳥」に言及するエッセイ「寒苦鳥」の次席に鎮座することとなったのである。

（3）佐古は小林との距離感について、「「無常といふ事」が単行本として刊行されたのは、戦後、昭和二十一年の二月であった。「実朝」が完成された直後、小林秀雄は林房雄とともに朝鮮・満州・中国の旅に出かけた。そのころ、創元社の編集部に入社した私は、毎週一回、編集顧問としての小林秀雄に会う機会を与えられていたのであるが、中国に旅行する小林秀雄を横浜の中華料理店で編集部一同で送別した夜のことをなまなましく思い出す」と同「解説」に誌している。

（4）栃木「アプローチ・小林秀雄と日本古典文学――『無常といふ事』」（吉田凞生編『別冊国文学18　小林秀雄必携』一九八三年所収）。

（5）その狭間となる一九五〇年代後半において「一つの世界観というには余りにも情緒的であり、詠嘆的な傾向が強い」「日本文学」の論においては「観の字を使わずに意識的に無常感と記す」と宣言した小林智昭「無常ということ」（同『無常感の文学』第一章一、アテネ新書、弘文堂、一九五九年一〇月）があり、こうした流れに抗するかのように「日本文芸史における無常観の問題」について、「無常観・無常感の二語の混用の事実」を指摘し、「無常観が正しく、無常感が誤りである」と論じて「無常感」なる「誤用」を峻拒しようと論じた井手恒雄「無常観・無常感」（『文芸と思想』一八号、一九五九年一一月）の言説対立があったことは、逆に西尾―唐木無常論パラダイムの浸透を裏書きする研究潮流である。

（6）『平家物語』は『方丈記』を出典として五大災厄を叙述する成立関係にある。

（7）たとえば心敬（一四〇六～七五）が、応永二年（一四六八）、五三歳の時に記した『ひとりごと』が、応仁の乱に至る災害史を『方丈記』に重ねていくところなど。

（8）キーン「叙情詩となって蘇る」（『朝日新聞』二〇一二年一月一日付朝刊文化欄「震災　わすれないために」）。

（9）山本有香「内田百閒「柳検校の小閑」論――関東大震災の語りにおける見えないことの効用」（『早稲田大学大学院文学研究科紀要』六五号、二〇二〇年三月）参照。

（10）松原大介「内田百閒「柳検校の小閑」と『方丈記』――消えない〈淋しさ〉と隔たりの「感動」」（『立命館大学人文科学研究所紀要』一三八号、二〇二四年三月）参照。

（11）ヘラクレイトスの「万物流転」をめぐる《リヴァー・パラドクス》については、島崎隆に『方丈記』や『平家物語』にも言及する、興味深い哲学的考察がある。島崎『現代を読むための哲学――宗教・文化・環境・生命・教育』（創風社、二〇〇四年）の補章参照。

（12）古典籍のデジタル環境の流れなどについては、荒木『古典の中の地球儀――海外から見た日本文学』第一章（NTT出版、二〇二二年）など参照。

（13）『方丈記』をめぐる考察で、私が初めてfragileという単語を用いて論じたのは、「「独生独死」観の受容と「翻訳」論的問題――中世の孤独と無常をめぐって」（『物語研究』一八号、特集「翻訳」、二〇一八年）という論文においてである。

（14）Edoardo GERLINI・河野貴美子編『アジア遊学261　古典は遺産か？　日本文学におけるテクスト遺産の利用と再創造』（勉誠出版、二〇二一年）。その続篇のアジア遊学『近現代日本を生きるテクスト遺産――モノ、営為、世界（仮）』の出版に向けた編集も進行中である。

（15）JSPS科研費基盤研究（C）「古代・中世日本における廃墟の文化史」（研究代表者・木下華子、二〇二〇～二三年、課題番号20K00337）、神奈川県立金沢文庫特別展「廃墟とイメージ――憧憬、復興、文化の生成の場としての廃墟」二〇二三年、及び同図録、サントリー文化財団研究助成「学問の未来を拓く」採択「前近代日本における廃墟の文化史」（研究代表者・渡邉裕美子、二〇二三年～）、木下華子・山本聡美・渡邉裕美子編『アジア遊学297　廃墟の文化史』（勉誠社、二〇二四年）など。

（16）その過程については、付載の「共同研究会開催一覧」参照。なお本書では言及しなかった荒木の関連考察の一部として、「廃墟の表徴――『今昔物語集』の意匠をめぐって」（荒木『説話集の構想と意匠――今昔物語集の成立と前後』第二章第三節、勉誠出版、二〇一二年所収、初出二〇〇三年）、「〈唐物〉としての「方丈草庵」――維摩詰・王玄策から鴨長明へ」（河添房江・皆川雅樹編『アジア遊学275　「唐物」とは何か――舶載品をめぐる文化形成と交流』勉誠出版、二〇二二年）を挙げておきたい。

Ⅰ 〈無常〉とは何か——その始原から現代世界へ

anitya/anicca、無常、常なし
——インド・中国・日本における無常観の変遷

石井公成

はじめに

日本で「無常」と言えば、『平家物語』冒頭の「祇園精舎の鐘の声、諸行無常の響きあり。娑羅双樹の花の色、盛者必衰の理(ことわり)をあらはす」という名文句が思い出されるのが普通だ。『平家物語』に限らず、無常を強調した和歌や物語は無数に有る。一方、中国の学術文献データベースであるCNKIで「唐詩　無常」と指定して検索すると、唐小燕「晩唐詩中佛教〝无常〟思想的特殊内涵」(『世界文学评论』二〇〇九年第二期)しかヒットしない。「文学　無常」という幅広い指定にして検索しても、ヒットする論文は多くなく、しかもそのほとんどは中国人研究者が日本の文学作品における無常について書いた論文だ。

中国では、現在でも「世事無常」「人生無常」などの言い回しがよく用いられるが、『平家物語』のようにはかなさを歎く情緒的な用例ではなく、「世の中は思いがけないほど変わってしまうものだ」という感慨の面が強い。むろん、後漢頃の漢詩を集めた「古詩十九首」(『文選』所収)が示すように、中国でも人生の短さを歎く詩、死者を埋葬した場所を見て感慨を詠う詩などは早くから作られていたが、「無常」の語は用いられていなかった。

しかも、そうした古詩は、酒を飲んで楽しむよう呼びかけているものが目立つうえ、実際に酒宴の席で詠じられ、やがては死んでしまうのだから大いに飲んで人生を楽しむよう勧める役割を果たしていた。よく知られているように、陶淵明などにもそうした作は多い。これは、古代ローマの宴会の席に「メメント・モリ（死を忘れるな）」と記された壺などが置かれたり、酒宴のさなかに板に載せた骸骨が下男たちよってかつぎ回されたりしたのと同じだ。

ただ、その「メメント・モリ」の語は、疫病が大流行し、戦乱も多かった中世ヨーロッパにおいては、キリスト教の世界観の中で死の恐怖、死後の堕地獄の恐怖を強調する警告として受け取られ、神への信仰に基づく正しい生活を送るよう勧める言葉となった。このことは、『平家物語』やそれ以後の日本における「無常」の語の受けとめ方も、元のインドや中国の用例のニュアンスとは異なっていた可能性があることを示すものだ。実際、鈴木隆泰の論考、「「諸行無常」再考」[1]では『平家物語』が日本人の無常解釈を誤らせたと論じており、筆者もこの指摘に基づいて『平家物語』冒頭の句が有する多くの問題点を指摘した[2]。そこで本論考では、インド、中国、日本における無常の概念の違いについて検討してみたい。

一、インドの無常説

仏教は成立当初から無常を強調していた。より正確に言えば、執着の対象は永続しないこと、それは苦であることが強調されていたが、初めは漢語の「無常」に当たる言葉は使われていなかった。「無常」の主な原語は、ヴェーダを保持するバラモンたちが聖なる文語とみなしていたサンスクリット語では anitya だ。これは、インドの宗教において重要な特質として尊重された nitya（常住である）の語に否定辞の a が付されたものだ。ただ、釈尊は口語での仏教流布を命じ、その教えをサンスクリット語に改めることを禁じていた。anitya は、釈尊が話していたガンジス河中流域のマガダ地方の言葉に近いインド中西部の方言に基づくと考えられているパーリ語では anicca だ。スリランカや東南アジアでは、このパーリ語が釈尊当時の言葉である聖なる言語として現在でも尊重されている。一方、地方の方言と融合した仏教混淆サンスクリット語による経典が登場したのは、前三六八年より少し後と推測されている釈尊の入滅(3)からおそらく数百年後になってのことであり、そうした経典が正規のサンスクリット語に書き換えられたり、最初からサンスクリットで経典や論書が作成されたりするようになったのは、それよりさらに遅れる。

パーリ語で残されている諸経典のうち、現存最古の韻文経典とされる『スッタニパータ』には、anicca の語は登場しない。ただ、打ち消しの語である na によって nitya のパーリ語形である nicca を否定する形は八〇五偈に一例だけ見えており、次のように説いている。

人々は「我がものである」と執着したもののために悲しむ。(自分が)所有しているものは常住でない(na ...nicca)ためである。この世のものはただ衰滅するものであると見て、在家にとどまっていてはならない。

「所有しているもの」という語が示すように、我が身に即した具体的なものについて「常住ではない」と述べているところが、最初期の仏教の実践的な性格をよく示している。釈尊の最後の旅と入滅の様子を語った *Mahāparinibbāna-sutta*(大般涅槃経)に見える釈尊最後の教誡、

"Vyava-dhammā saṃkhārā, appamādena sampādethā"ti.
Ayaṃ tathāgatassa pacchimā vācā.(4)
「諸行は壊れる性質のものである。怠らずに精進しなさい」と。
これが如来の最後の言葉である。

においても、anicca の語は用いられておらず、一般的な vyava-dhamma(壊れる性質のもの)という言葉の複数形

が用いられていることが指摘されている。(5)

この教誡のうち、漢訳では「諸行」と訳される**saṅkhāra**とは、何かを縁として何かを作り出す身心の潜在的な形成エネルギーであり、また、それによって形成されたものを意味する**saṅkhāra**の複数形だ。この**saṅkhāra**の語は、ロンドンのパーリ・テキスト協会が長年かけて編纂した権威あるパーリ語辞典では、「仏教形而上学において最も訳しにくい述語の一つ」と述べられており、それは対応する西洋の言葉がないためだとしている。(6)生み出すものと生み出されるものが同じ語で表される点は、パーリ語の**kamma**（サンスクリット語では**karman**）も同様であり、この語は行為を意味すると同時に、行為の後に残る余波、つまり、いわゆるカルマをも意味する。ちなみに、漢語の「乳」も和語の「ちち」も同様であり、乳房も「乳／ちち」であって、そこから生み出される乳汁も「乳／ちち」だが、**saṅkhāra**や**kamma**のような概念ではない。

上記のように**saṅkhāra**という複数形で用いられる場合は、形成され、亡びる性質を持った諸々のものたちを指すと解釈されることが多いが、三枝充悳はそれに強く反対した。この時期の**saṅkhāra**は、生み出す力と生み出されたものの両面が含まれ、苦をもたらす目の前のあり方の切実さを端的に示す言葉なのであって、「**saṅkhāra**は語源が示すように造られたもの（saṅkhata）であるため常住でない」とする後代の一般論で解釈してはならないと強調したのだ。(7)

最初期の仏教における重要概念である**saṅkhāra**は、五蘊（**pañca-khandha**：五つの集まり）説がまとめられると、その一部として組み込まれるようになった。五蘊は、何かに執着して業を積み重ね、輪廻してゆく衆生（satta：命あるもの）としての自分自身のあり方の総体を意味しており、パーリ語では**rūpa**（色：感知され執着される対象）、**vedanā**（受：感受）、**saññā**（想：表象・想念）、**saṅkhāra**（行）、**viññāṇa**（識：識別）から成る。「五蘊」という言葉自体の成立はやや遅れるものの、初期の経典では、色蘊を初めとする五蘊のそれぞれについて「亡びる性質のもの」と観察し、執着を離れるべきことが強調されていた。つまり、修行者にとっては、この五蘊が考察すべき「一切」であり、それ以外の様々なものに関する知識を語るのは、修行に役立たない空論にすぎないため、自然の事物や社会などが無常かどうか、永遠なるものが本当に存在するかどうかなどは問題にされなかったのだ。

　こうした考察が一般化された結果、anicca という言葉が仏教独自の意味合いを持つ述語として用いられるようになり、五蘊の一つ一つが取り上げられてそれぞれ anicca だと説かれるようになった。五蘊に対する考察が進むと、感知され執着される対象の総称であった rūpa が、色・美しい存在という原義により、眼によって見られる対象という限定した意味となり、同様に、聞かれる対象としての声（sadda）、味わわれる対象としての味（rasa）、嗅がれる対象としての香（gandha）、触れられる対象としての触（phassa）、という分類がなされ、さらに意（心）によって把捉される対象としての法（概念：dhamma）が加えられた。これらの六つの対象を感受する六つの感官・領域（āyatana）が、眼処、耳処、鼻処、舌処、身処、意処と呼ばれるようになった。これらを「六処（saḷāyatana）」と総称することは、「五蘊」と同様にやや遅れるようだが、五蘊に続いて六処、または感覚器官・能力である六処（六内処）とその六つの対象（六外処）、それを合わせた十二処などについても anicca が説かれるようになっていった。

　ただ、釈尊の言葉を伝えたとされる『イティヴッタカ』や、長老たちの感懐詩を集めた『テーラガーター』、長老尼たちの感懐詩を集めた『テーリーガーター』などのパーリ語文献でも、anicca の語は僅かしか登場せず、『テーラガーター』と『テーリーガーター』では、永続しないという意味の一般的な語である assasata も用いられている。

　五蘊や六処、あるいは六内処・六外処、十二処などについて anicca が説かれる場合、初期の散文経典で最も数が多く、また古い形と考えられるのは、釈尊が弟子に対して、五蘊のそれぞれは（一）nicca であるか anicca（非常）であるか、（二）aniccaであるものはdukha（苦）であるか楽であるか、（三）苦であるものを私のもの、私、私のattā（サンスクリットではātman：インド思想で尊重される常住で自在な「我」）と見ることは正しいか、と順次に問うてゆき、正しく答えるよう誘導する形だ。森章司は、これを問答型と呼び、釈尊がこの順序に基づいて上記の三項目の結論部分だけを一方的に述べる形を順序型と呼んでいる。ただ、この段階では、niccaの否定であるaniccaの語は用いられているが、常住かつ自在とされるattāの冒頭に否定辞がついたanattāの語は用いられていない。さらにこうした順序になっている理由を述べずに、上記の三項目の結論部分だけを述べた形には様々なタイプがあり、森はこれらを並列型と称し、並列型の場合も、三項目が説かれる順序そのものは変わらないことに注意している。(8) 重要なのは、この並列型の段階になって、anattāの語が登場することだ。

問答型・順序型より成立が遅れると推定されている並列型の三句の形に基づいて説かれたのが、有名な*Dhammapada*（法句経）の次の句だ。

sabbe saṅkhārā aniccā ti yadā paññāya passata atha nibbindatī dukkhe, esa maggo visuddhiyā ti.
sabbe saṅkhārā dukhā ti, yadā paññāya passata atha nibbindatī dukkhe, esa maggo visuddhiyā ti.
sabbe dhammā anattā ti, yadā paññāya passata atha nibbindatī dukkhe, esa maggo visuddhiyā ti.(9)

一切のサンカーラたちは常住でない、と智恵によって観る時に、苦から遠離する。これが清浄に至る道である。
一切のサンカーラたちは苦である、と智恵によって観る時に、苦から遠離する。これが清浄に至る道である。
一切の法たちは非我である、と智恵によって観る時に、苦から遠離する。これが清浄に至る道である。

ここでは「常でなく苦である」と説かれているのはsaṅkhārāであって、「我」ではないと説かれているのはdhamma（法）であることが注意されよう。サンカーラは輪廻する生存を成り立たせ、苦を生むものであるのに対し、仏教が説くdhammaは五蘊や六処などのような苦のあり方だけでなく、真理のあり方も示すためだろう。

無常の追求は様々な形で進んでいくが、釈尊が入滅し、それが完全な涅槃とみなされるようになると、無常や苦の反対である安らぎの境地、すなわち涅槃の意義がそれまで以上に強調されるようになったと推測されている[10]。その現れが、漢訳仏教の世界では「諸行無常　是生滅法　生滅滅已　寂滅為楽」と訳され、「無常偈」と称される有名な偈であって、パーリ語の『大般涅槃経』では釈尊が完全な涅槃に入った時に、神々の主である帝釈天が唱えた詩とされている。

Aniccā vata saṃkhārā uppāda-vaya dhammino,
Uppajjitvā nirujjhanti tesaṃ vūpasamo sukho.[11]

サンカーラたちは実に無常である。生じては滅する性質のものである。
それらは生じては滅する。それらの寂滅が安楽である。

また、成立がやや遅れる雑多な経典を集成した『雑阿含』の第二六二経の漢訳では、釈尊の涅槃から間もない時に、法を問う闡陀（チャンナ）に対して修行僧たちが次のように教え、釈尊から法を聞いたアーナンダもこの句について解説したとする記述が見える。

色は無常なり。受・想・行・識も無常なり。一切の諸行は無常なり。一切の法は無我なり。涅槃は寂静なり[12]。
（大正二・六六下）

すなわち、無常→無我→涅槃寂静という三句の形となっている。『雑阿含』に相当するパーリ語の『サンユッタ・ニカーヤ』では、『チャンナ』と題される経がこの第二六二経に対応しているが、「涅槃は寂静なり」の部分はない。

初期仏教の時代から教団の分裂によって諸部派が乱立する時代に移ると、法の分析・分類が進み、また、インドの諸学派との対立も強まったため、五蘊などのいずれも常住ではないとしていたanicca（非常）説は、常住のものは存在しないとする一般論的な「無常」説となった。さらに、どのように無常であるかを説明するため、また絶対的な存在は常住であると説く他学派との論争が進展した結果、現象は一瞬だけ存在して消えるとする「刹那滅」説が詳しく論じられるようになり、これが仏教の特徴となった。そうした変化と並行して、「私のものではなく、私ではなく、我ではない」という形で説かれていたanattāの教えも、永遠で自在なアートマンは存在しないとする「無我」説となっていった。さらに紀元後には大乗仏教も展開しはじめる。

そうした時期である紀元後二世紀頃に活躍した仏教詩人のマートリチェータは、大乗仏教を奉じていたものの、その美しいサンスクリットによる讃仏偈は大乗・小乗を問わず、仏教信者たちの間で広く愛唱された。そのマートリチェータは、『四百讃』第六章の冒頭の偈において、次のように詠っている。[13]

(sarva)[dh](a)rmā anātmānaḥ kṣaṇikam sarvasaṃskṛta(m) /
śāntaṃ nirvā[ṇa]m i[ty] eṣā [dha]rmamudrā trilakṣaṇā //

一切の法は無我、一切の造られたものは刹那滅、涅槃は寂静、
これが三つの特相の法印である。

これが、現存文献に見える三法印の初出だが、一般に知られている「諸行無常」に当たる部分は、「一切の造られたものは刹那滅」となっているうえ、「諸行無常」「諸法無我」「涅槃寂滅」の形の三法印ではない。この「諸行無常」「諸法無我」「涅槃寂滅」形は漢訳仏典にのみ見える。その代表は、サンスクリット語で作成されたものの漢訳とチベット語訳しか残っていない大乗の『大般涅槃経』聖行品で説かれた、釈尊の前世の姿である雪山童子の求法物語中に見られる「無常偈」だろう。雪山童子の求法の志を試すため、帝釈天が恐ろしい羅刹（鬼）の姿となって現れ、「無常偈」の前半の「諸行無常、是生滅法」を説く。雪山童子は後半を聞かせてくれた

ら、自らを食として差し出すことを約束し、羅刹が後半の「生滅滅已、寂滅為楽」を説くと、雪山童子はその偈を壁や樹などに刻みつけ、衣を樹にかけて樹から身を投げたところ、羅刹は帝釈天の姿に戻って童子を空中で受けとめ、賞賛して去った、という話だ。この「無常偈」は、漢訳では様々な経論に見えており、東アジア全域に広まった。ただ、その代表である大乗の『涅槃経』は、釈尊が入滅したのは方便にすぎないと説き、法身の常住と「一切衆生悉有仏性」を説いて無常や苦や無我などの教説を否定し、逆に「常楽我浄」を説いて東アジア仏教の基調となった経典だ。

このように、無常はもともと五蘊などの具体的な事象について観察されるものだったが、「世間無常」という句が経典で盛んに用いられるようになったことが示すように、世界にも終わりがあること、一般的な事象のはかなさ、また人の寿命の短さについて言う場合も多くなっていったのは当然だろう。そうした中で、無常を説くものとして広く用いられた読誦文献が、(一)帰依偈と経典への導入偈、(二)短い阿含経典、(三)その経典の内容を補足する詩偈およびブッダの言葉を讃える定型偈、という三つの daṇḍa(セクション)から成っている *Tridaṇḍa* だ。「三啓」と漢訳され、経典扱いされるこの型式の文献は数多くあり、阿含経典以外はアシュヴァゴーシャ(馬鳴)の作と伝えられてきた。実際、すべてではないものの彼の詩偈が多くを占めている。アシュヴァゴーシャは二世紀初めから半ばにかけて活動した詩才に富んだ学僧であり、インド全域で老若男女に愛唱されたと伝えられ、この時期のサンスクリット文学の代表作とされている『ブッダチャリタ(仏陀の行い)』『サウンダラナンダ(端正なナンダ)』などの作者であって、「三啓」にはその『ブッダチャリタ』『サウンダラナンダ』やアシュヴァゴーシャの失われた *Sūtrālaṃkāra*(荘厳経論)などの偈を抜粋して用いている箇所もあることが示すように、巧みな比喩を用いた美しい詩偈が多いため、インド仏教ではきわめて愛好され、寺院で朗唱された。その様々な「三啓」は、インド仏教の多くの文献や漢訳仏典で引用されておりながら、全体については不明だったが、イタリアの仏教研究者であったジュゼッペ・ツッチが一九三九年にチベットのポカン寺で四〇種の「三啓」から成る *Tridaṇḍa-mālā*（三啓集）の貝葉の写真を撮影しており、近年になって松田和信とイェンス・ウヴェ・ハルトマンがそれを共同で研究し、成果を次々に発表している。

このように、「三啓」は純然たる経典ではないが、引用される際は経典のように扱われているため、以下では個々の「三啓」を「三啓経」と呼ぶ。まず、*Tridaṇḍa-mālā* の第十一「三啓経」では、第二ダンダは『無常経（*Anityatā-sūtra*）』であって、前後の詩偈でその内容を補足しているが、この『無常経』と全く一致する経典はパーリ語のニカーヤにも漢訳の阿含経にもない。(14) 経名は、**anitya** ではなく **anityatā** であって、形容詞の **anitya** に抽象名詞を作る接尾辞の **tā** が付され、「無常たること」という名詞になっている。他にもこの第十一「三啓経」は漢訳と一致しない箇所が多いなど、特別に問題が多い「三啓経」となっているが、これは僧侶の臨終時や葬送時に読誦されるなどしており、最もよく用いられたテキストであるため、様々な版が誕生したものと推測されている。

その第一ダンダのアシュヴァゴーシャの諸偈では、人は老いや病や死をどうすることもできないことが強調され、命は秋の雲のようにはかなく、繁栄は花が咲いた芭蕉の木の芯に等しいこと、感官による外界の享受は夢の中での享受のようであって移ろっていくことが説かれている。芭蕉の木の芯に等しいとは、芭蕉の幹とされるものは葉が重なって巻かれているだけであるため芯が無く、枯れやすいとする仏典の譬喩に基づいた記述だ。「如是我聞」で始まる第二ダンダの短い『無常経』では、人には病・老い・死があり、王の豪華な車も朽ちてゆくが、正しい人のダルマは老いに至らないことが説かれ、命あるものは **anityatā**（無常たること）の力に打ち負かされることが示される。

第三ダンダのアシュヴァゴーシャの諸偈では、生前に楽しむ対象であった何ものも死者に付き従うことはないことが説かれ、様々な生々しい譬喩によって、世間の人々は死を避けられないことが強調され、最後にブッダの教えを讃える定型偈が付されて終わっている。

第十一「三啓経」は広く読誦されたが、これを最も尊重したのは、インドで最有力であった説一切有部とその分派である根本説一切有部であり、インド全域を旅した義浄の『南海寄帰内法伝』「三十二讃詠之礼」によれば、説一切有部の寺院では、夕方ないし黄昏時に修行者たちは僧院の門を出て列をなして仏塔の周りを三度回り、香や花で供養して蹲居し、朗唱の巧みな者に「哀雅の声」によって釈尊の徳を称えさせ、その後で寺の中に入り、いつもの場所に一同が座ると、読誦を専門とする僧に少しばかり経典を読誦させるが、多くの場合は「三啓」を誦させたという。

また、『南海寄帰内法伝』巻二「十二尼衣喪制」では、出家者の葬儀については、焼き場で火葬する際、親しい友たちが周りに坐し、朗唱が得意な者に「無常経半紙一紙」を唱えさせるのであって、中国のように長々と経典を読誦して参列者を疲れさせることはしないと記している（大正五四・二二六下）。「半紙一紙」の部分はよく分からないが、『無常経』の部分だけなら半紙程度、その前後の偈を含めた部分すべてを含めても一紙程度ということか。前後の偈をすべて含む義浄訳『仏説無常経』では、『無常経』部分だけであれば二九五字しかなく、前後の偈を含めても千字強だ。いずれにせよ、『南海寄帰内法伝』によれば、『無常経』の読誦が終わると、参列者は「各(おのおの)の無常を念じ、住処に還帰す」と述べており、『無常経』ないしそれに前後の詩偈がついた『無常三啓経』こそがインドの無常観を代表する読誦文献であったことが知られる。義浄が訳した『説一切有部毘奈耶雑事』巻第四では、釈尊は外道のように「吟詠声」で経典を読誦することを禁じたが、仏徳を讃歎する場合と「三啓経」を唱える場合に限って「吟詠声」で誦することを許可したという。むろん、後代の伝承だが、馬鳴の詩偈がいかに好まれ、経典扱いされて尊重されていたかが知られる。

ただ、『三啓集』では、この第十「一三啓経」だけではなく、いくつもの「三啓経」で無常が説かれている。

たとえば第五「三啓経」の第二ダンダでは様々な花で造られ身を飾る華鬘は、必ず衰え、枯れ、ごみの山に終わる時が来ると説かれており、前後でも老い・病・死が迫っていることが説かれ、それらは目の前の山火事のようなものであって対処しないわけにはいかないことが強調されている(15)。

また、第九「三啓経」と第三十八「三啓経」の第一ダンダに共通して見える次の偈は、無限の長さにわたる世界の滅亡と再生が繰り返されるとするインド的な世界観に基づき、劫末における世界の滅亡の様子を詠じている。

nāśaṃ yāsyati sadrumauṣadhivanā bhūr bhūtadhātrī yadā
śoṣaṃ toyanidhir gamiṣyati yadā merur yadā bhetsyate |
sthānañ coccataraṃ hutāśanavaśād brāhmaṃ yadā dhakṣyate
brūhi sthāsyati kiṃ yadāgnivihitaḥ svargo 'pi na sthāsyati ||

創造物の母であり、木や草や森のある大地が滅に至る時、海が干上がる時、メール〔山〕が崩れる時、より高い梵〔天〕の住処も火によって燃える時、天界も火に破壊されて残らない時、一体何が残っているか言いなさい(16)。

インドではこうした衝撃的な表現によって、無常が強調されたのだ。

なお、『平家物語』が「娑羅双樹の花の色、盛者必衰の理をあらはす」と述べたのは、釈尊が涅槃に入る際、娑羅双樹の花が白くなったという伝承に基づく。この場合、花が白くなったというのは、老いて白髪になるイメージが重ねられているのだろう。しかし、曇無讖が訳した大乗の『涅槃経』では、釈尊が亡くなる際、「娑羅樹林、其の林、白に変ずること、猶お白鶴の如し」（大正一二・三六九七）と説くのみであって、花という語は用いていない。唐代の若那跋陀羅（ジュニャーナバドラ＝智賢）が訳した『大般涅槃経後分』では、「其の樹、即時に惨然として白に変ずること、猶お白鶴の如し。枝葉花果、皮幹悉く皆な爆裂し堕落す。漸漸に枯悴し、催折して余無し」（大正一二・九〇五上）とあり、すさまじい様子になっている。枯れるには違いないが、秋になって樹々が紅葉し、はらはらと散っていくといった情緒とは大変な違いだ。

それどころか、パーリ語の『涅槃経』では、釈尊が娑羅双樹の間に横になる場面では、そのとき娑羅双樹が、時ならぬのに花が咲き、満開となった。それらの花は、修行完成者に供養するために、修行完成者の体にふりかかり、降りそそぎ、散りそそいだ。

と説かれていた。すなわち、涅槃に入ろうとする釈尊を供養するために、咲く季節でないのに、娑羅双樹がわざわざ開花して花を散らせたとするのだ。ここでは、花の色が変わったとはされていないうえ、花を散らすのは良い行いということになる。

二、中国における無常

これまで見てきたように、初期仏教では「〜は常でない」と観察して執着から離れるべきことを説いていた。やがて「常住なものは存在しない」という主張がなされるようになり、パーリ語の anicca、サンスクリットの anitya が仏教の特徴を示す述語として確立し、さらに「無常であること」を示す名詞の aniccatā、aniyatā も生まれた。紀元一世紀に仏教を受け入れた中国には、その当時、勃興し始めた大乗仏教を含め、様々な時期に様々な系統で作成された経典、それも西北インドのガンダーラ語や西域の言葉で伝えられた経典が西域から次々に入ってきた。

王族の中にもその仏教を受け入れる人物が出てきた後漢の頃は、人生のはかなさを詠う詩が愛唱されていたが、生前の歓楽を勧める例が多かった。たとえば、『文選』に収録された「古詩十九首」の代表である第十三では、車で郊外に赴くと墓が見え、道をはさむ松・柏の下には死者が埋葬されており、死ねば再び目覚めることはないと述べ、「年浩浩として陰陽移り、年命、朝露の如し。人生忽として、寄するが如く、寿に金石の固き無し」と嘆き、賢者聖人もこれから逃れられないとし、「服食して神仙を求むるも、多くは薬の誤る所と為る」と切り捨てたすえ、「如かず、美酒を飲み、紈と素とを被服せんには」としめくくっている。死ねば終わりなのであって、不老長生の薬を飲んで神仙になろうとしても水銀中毒で死ぬ例が多い以上、うまい酒を飲み、柔かな白絹の服を着て楽しく過ごすにしくはないと詠うのだ。また、第十一でも人生の短さを歎いているが、死後の名声が続くことへの期待で終わっている。焦慮と絶望があったことは事実であるにせよ、これらの詩は実際には酒宴で詠われて歓楽を勧めることが多く、「無常」の語は出てこない。

膨大な『全唐詩』においても、明確に仏教の術語として「無常」を用いているのは、風狂の居士とされるものの実際には後代の作も多い寒山の詩を除けば、巻三一九の麴信陵「酬談上人詠海石榴」のように、僧侶に送った漢詩において「万法無常、歎嗟すべし」などと述べている数例しかない。熱心に参禅した白楽天にしても、巻四二五の「秦中吟十首　買花」が「貴賤無常価」と述べ、巻四四九の「失婢」が「籠鳥無常主」と述べるなど、一般的な意味の用例が多く、仏教語である「無常」という語を用いることを避けているという印象すら受ける。現代の中国において「唐詩における無常」といった論文が書かれないのは当然だろう。

ここで、訳語としての「無常」について見ておく。インド仏教においては、「～は常ではない」という我が身に即した観察が「常住なるものはない、すべては無常である」とする主張へと進み、状態を示す形容詞の **anicca/anitya** から名詞の術語である **aniccatā/anityatā** が生まれるまでに至っていた。中国にはこれらの様々な段階の経典が一斉に入ってきた。注目されるのは、「常ではない」という表現を直訳した例がきわめて少ないことだ。これを直訳すれば「非常」となるが、そう訳した例は数えられるほどしかない。三世紀初めから半ばにかけて活動した呉の支謙が訳した『法句経』では、「無常偈」を「行ずる所は常に非ず、謂く興衰の法なり。夫れ生れては輒ち死す、此の滅を楽と為す（所行非常、謂興衰法、夫生輒死、此滅為楽）」と訳し、「行」は「非常」だとしているのが稀な例の一つだ。他には、この訳をそのまま受け継いだ訳経は多少あるものの、「色蘊非常」「五蘊非常」などは、直訳を旨とした玄奘訳に数例見えるのみだ。これは、漢語の「非常」は、「尋常ではない、特別に優れている」という意味であるため、「常ではない」という意味の経文についても、「無常」という訳が用いられたものと思われる。

「非常」の語を用いた興味深い例は、天台智顗の弟子であった章安灌頂の大乗の『涅槃経』について著した注釈である『大般涅槃経疏』に「亦た是れ無常即ち常、常即ち無常なり。即ち常に非ず無常に非ず（亦是無常即ち常、常即無常。即非常非無常）」（大正三八・一一七上）と見えることだ。インドの初期仏教でも、無常を強調する一方で、常住かそうでないかに関して哲学的な議論をするのは無意味だとする経典も見られたが、ここでも「常」と「無常」を対立するものとして捉える二律背反的な見方を批判している。また大乗『涅槃経』が如来常住を強調していることを考慮し、「常」と「無常」は別のものでなく、真実の立場は「常」でも「無常」でもないことを説いている。

なお、「無常」という訳語については、インド仏教の意味とは異なる用例も見られるようになる。五一九年に成立した梁の慧皎の『高僧伝』の智猛伝では、長安を発してインドに向かった智猛たちの一行のうち、九人が途中で戻ってしまったうえ、波倫国にまで至ると、「同侶の竺道嵩、又た復た無常」（大正五〇・三四三中）と記されている。これに続けて、遺骸を荼毘に付そうとしたとあるため、この「無常」は死を意味することが分かる。智猛はインドで経典を得て中国に戻り、元嘉年間（四二四〜四五三）の末に亡くなっている。『高僧伝』は高僧たちの碑文や伝記に基づいて書かれているため、上の「無常」の用法は五世紀の半ば頃のものである可能性が高い。実際、『高僧伝』釈僧遠伝では、南斉の僧遠が四八四年に定林上寺で亡くなり、法献がそれを武帝に手紙で知らせたところ、武帝は返事の冒頭で「承遠上無常」（同・三七八中）、つまり、僧遠上人が亡くなったとうかがいました、と述べている。帝の書簡であるため、そのまま引用してあるだろうから、五世紀の末には皇帝までが、高僧の「死」については「無常」という婉曲表現を用いるようになっていたことが知られる。『全唐詩』でも、巻八〇七に収録された寒山と対になる拾得の作にしても、「忽爾として無常到れば（忽爾無常到）」であって、「無常」は死の意味だ。寒山詩にも巻八〇六の「忽然無常至」という表現が見える。

もちろん、仏教の世界では術語としての「無常」の語は盛んに用いられており、身の無常ばかりでなく、世間の無常さに関して説いた経論も数多く訳された。漢訳史上、最も影響が大きかった鳩摩羅什が訳した経論、および漢訳の形でありながら実際には鳩摩羅什の講義・注釈が含まれている経論も、『無常経』を含む「三啓経」を盛んに引用している(17)。たとえば、『八千頌般若経』の注釈とされるものの羅什の解説部分が多いとされる『大智度論』では、先に見た第九「三啓経」と第三十八「三啓経」の偈が次のように訳されている。

大地草木皆磨滅　須弥巨海亦崩竭　諸天住処皆焼尽　爾時世界何物常　（大正二五・二二九上）

大地・草木、皆な摩滅し、須弥の巨海も亦た崩竭し　諸天の住処も皆な焼け尽く、その時、世界、何物か常なる。

第一節で触れたように、『無常経』を中心部とする「無常三啓経」も広く読まれた。特にインドで最も有力な部派となった説一切有部と、その分派である根本説一切有部では、様々な場合にこの経典を読誦していたようだ(18)。六九五年にインドや南海諸国の巡歴から戻った義浄が、インドでその「三啓経」がどのように用いられているかを『南海寄帰内法伝』で紹介したうえ、『仏説無常経』と題して漢訳し、またこの経をしばしば引用する『一切有部律』を漢訳したため、この経典は単に『無常経』と称されて普及した。『仏説無常経』は、広く読まれ、敦煌写本にも数多くの写本が残されており、また中国の仏教文献でもしばしば引用されている。後代には、僧尼と優婆塞・優婆夷のための臨終作法と『無常経』を読誦するなどの葬送の仕方を説いた『臨終方訣』が作成されて『仏説無常経』の一部に遍入され、さらに後には経の末尾に附載されるようになった(19)。

『無常経』が広く読まれたことは、「俗講」と呼ばれる一般向けのわかりやすい講義でしばしば用いられていることからも知られる。中でも、敦煌文書中のペリオ二三〇五は、この経に基づいて主婦向けに七日にわたり、無常について冗談交じりで自由に説いた九世紀後半の講義の台本にほかならない(20)。この講義は、主婦の手が比較的にあいている申の刻、すなわち午後三時から五時くらいに行われていた。「押座文」と称される座を静める冒頭部分では、「日暮れにはやめましょうわい、遅うなれば、お姑さんが家でかんかんにお怒りじゃろう」などと終わりの時間をふざけた調子で予告し、人生の無常を説いて仏教の信仰を勧め、「さあさ皆さん、お経の題目、いざや唱えん」と呼びかけて皆で唱題した後、講義に入る。そして、最後は「もっと説こうとしても、日が西に傾きました。この座の皆さん、それぞれ帰らにゃなりますまい」と述べ、お酢の瓶をかついでいる人や、かついだ二つのもっこに茄子を山盛りにしている人もいることだし、などと言って笑わせている。他の経典の講義の場合も、経典の文句の解釈であろうと芸能色が濃い俗な説法であろうと、冒頭では必ず無常が強調されたのであって、唐代の人々はこうした形で無常の教えに接していたのだ。情緒的に受けとめるのは中国でも見られることであり、特に敦煌の韻文に顕著であることは既に指摘されている(21)。

なお、不老長生を求める道教の経典では、仏教経典の説を道教風に改めた経典や仏教思想の影響を強く受けた経典を除けば、「無常」の語はごく僅かしか用いられていない。『老子』にしても、「無常」の語は「聖人に常の心無し。百姓の心を以て心と為す」の形で見えるのみであり、この場合、「常」は固定的な性格を指すため、「無常～」は、とらわれがないとする良い意味で用いられている。これは、代表的な『老子』の注釈すべてに受け継がれており、「無常」を強調するようなことはない。

一方、近世の民間信仰では、「無常」が死を意味する言葉となっていたためか、大谷亨『中国の死神』（青弓社、二〇二三年）が詳細に論じているように、高帽子をかぶった姿で人を迎えに来る死神が「無常」と呼ばれ、祭礼など登場して人気となるに至っている。

三、日本の無常

日本人の無常の受けとめ方はきわめて情緒的であるため、「無常観」ではなく「無常感」と呼ぶべきだと説いたのは、小林智昭の『無常感の文学』（弘文堂、一九五九年）だった。このため、「無常感」の語が広く用いられるようになったのだが、日蓮宗の僧籍を持ち、仏教の素養を有していた小林と違い、仏教をよく知らず、この語を安易に用いる研究者は、インドや中国の無常についてどれだけ知っているのか。また、この優れた書が、「序」でそうした無常感は「日本の古典を流れる自我意識の形成史」と結びついていることを指摘した点はあまり注意されていない。筆者もこの書を知らぬまま、強烈な自我意識を持ち、自分の本質である永遠自在の「我（アートマン）」を信奉するインドの伝統を否定して無常と無我が打ち出されたインド仏教とは反対に、共同体に埋もれていた古代の日本人は、仏教の無常と無我説に接することによって自我に目覚めていったと論じた(22)。

なお、無常説を受け入れるにあたっては、四季がはっきりしている日本では、草木が紅葉し、枯れてゆくことなど、自然の推移と重ねる形で受けとめたことは事実だが、中国でも『楚辞』「離騒」では、

日月忽其不淹兮　　日月は忽として其れ淹（とどま）らず
春与秋其代序　　春と秋と其れ代序す
惟草木之零落兮　　草木の落零を惟（おも）ひ
恐美人之遅暮　　美人の遅暮を恐る

と詠っていたことを忘れるべきではない。「美人」は、壮年の立派な人物、「遅暮」は晩年を指しており、四季の移ろい、草木の栄枯が人生の無常さと重ね合わされている。日本独自とされ、アニミズムの影響が強調される草木成仏説にしても、中国の漢詩の譬喩表現の影響を受けていることは以前指摘したところだ[23]。

『万葉集』については、日本人の本来の性格を示しているとして仏教の影響を認めたがらない研究者がいまだにいるが、七世紀初めに「篤敬仏法」が国家の方針とされ、各地に寺院が建立されるようになった以上、その影響を受けないということはありえない。実際、『万葉集』には、インド・中国で尊重されていた『三啓無常経』に基づく歌が見られる。たとえば、巻十六の旋頭歌では、

鯨魚取り海や死にする山や死にする死ぬれこそ海は潮干て山は枯れすれ　（三八五二）

とあって、海は死ぬのか山は死ぬのかと問い、死ぬからこそ海も干上がることがあり、山も枯れることがあると詠って無常を強調している。この歌は、奈良中期の正倉院文書の写経記録にも見える義浄訳の『仏説無常経』に「たとひ妙高山、劫尽くれば悉く皆な壊散し、大海深くして底無きも、亦た復た皆な枯竭す（仮使妙高山　劫尽皆壊散　大海深無底　亦復皆枯竭）」とあって、高い山もやがて壊れ深い海もやがて枯れると説いていることに基づくことが指摘されている。

ただ、世界のどこの仏教国にも見えない日本の特徴は、こうした無常が四季の変化と結びつけて受けとめられたことだけでなく、恋と結びつけられていることだろう。「相聞」の部である巻四には次の歌が見える。

世の中し苦しきものにありけらし恋に堪へずて死ぬべき思へば　（巻四・七三八）

「世の中」は loka（サンスクリットもパーリも同じ）の漢訳語である「世間」を和語化したものだ。中国古典には「世間」の語は見えない。loka は仏教では苦の世界とされており、漢訳経論でも「世間無常」や「無常世間」の用例が多いため、「世の中」の語には、最初から無常で苦しいものという響きがつきまとっていた。ただ、仏教

が「苦」とするものの代表は、生老病死の四苦と、これに愛別離苦・怨憎会苦・求不得苦・五蘊盛苦を加えた八苦だ。この歌が、恋しい人に会えず、苦しくて死にそうだと歎いているのは、「愛別離苦」と「求不得苦」に当てはまるようではあるが、この歌はそうした仏教の教理とは無縁であって、つらい恋情を訴えるために仏教の表現を用いているにすぎない。逆に言えば、日本人は、仏教と触れることによって、自分自身の心のあり方を第三者の立場から把握できるようになり、恋歌における新たな表現のための豊富な素材を仏教文献のうちに見いだしたということになろう。

そうした例のうち、四季と結びついている歌は、厚見王が久米郎女に、あなたの家の桜の花は風で散りましたかという形で様子を尋ねる形で送った歌に、久米郎女が応えた歌だ。巻八の「春の相聞」には次のようにある。

世の中も常にしあらねば屋戸にある桜の花の散れる頃かも　（一四五九）

世間も常住ではまったくないため、家の桜は散っているこの頃ですという応答だ。「世の中は」ではなく、「世の中も」となっているのは、桜の花も、また自分も世間と同様であって、あなたが久しく訪れなくなっている間に、あなたへの気持ちは桜の花が散るように移ろってしまいましたよ、ということだろう。ここで注目されるのは、この歌は、平安文学において「世の中」の語が男女の間柄を示すようになる先駆と見られることだ。

無常と恋情が結びついている代表例は、巻十一に見える柿本人麻呂の次の歌だろう。

水の上に数書くごとき我が命　妹に逢はむとうけひつるかも　（二四三三）

この歌が大乗の『涅槃経』寿命品の「是の身は無常にして、念念も住せざること、猶ほ電光・暴水・幻炎の如し、亦た水に画けば随い描くに随い合する如し（是身無常、念念不住、猶如電光暴水幻炎。亦如画水随画随合）」（大正一二・三七六中）に基づくことは契沖が早くに指摘している通りだ。重要なのは、流れる川に数字を描けば、描くそばから消えてゆくようにはかない命でありながら、いやそうした命であるからこそ、恋しい人に逢いたくてならず、何としても逢いたいと祈ったことだったと述べており、無常が恋しさを増す役割を果たしていることだろう。

このように、仏教は恋歌にこれまでにない表現を供給したのだが、新鮮で興味を引く表現を模索すると、技巧をこらした歌、さらには言葉の面白さを追う恋歌が登場するのは当然だろう。実際、『万葉集』の巻十六は戯笑歌が多く、また仏教的な内容の歌が多いことで知られるが、この二つの面は結びついていたのだ。

無常を詠んだ歌を含め、仏教的な内容の歌には言葉遊びの歌が目立つことは前に指摘した。平仮名の普及によって掛詞が用いやすくなった平安時代になると、そうした言葉遊びはさらに発達し、その集成である『古今和歌集』の物名の部では、冒頭の一〇首のうち八首までが仏教的な内容の歌だ。これは、法要などの後での宴会で詠まれる場合が多かったためというのも一因だろう。[24] 物名の部のうち、第三首の在原滋春の歌は、仏典で無常の例とされる波の泡の消えやすさを詠む形で「波のうつ瀬見れば」の句にはかない「うつせみ」を掛けて遊んでいる。また、「うめ」を題とした詠み人知らずの第五首は、

あな憂目に常なるべくも見えぬかな恋しかるべき香はにほひつつ　（四二六）

となっており、散った後も恋しく思われるに違いない良い香りはしているものの、梅の花が「常なる」ようには見えないこと、つまり無常を嘆きつつ、「あな憂、目に」に「うめ」を読み込んでいる。

これまで見てきたように、漢訳語の「無常」は、「常」を否定する形で表現されており、「無常」の訓である「常なし」やその活用形が用いられる例は多くない。この問題を検討した杉浦和子は、『万葉集』では「常なし」ないしその活用形は八例、強調した「常しなければ」が一例、「常もなく」「常をなみ」がそれぞれ一例、「常ならぬ」が二例、「常ならめやも」が一例あるのみだと指摘している。[25]「常なし」ないしその活用形を用いた歌では、博通法師の「住みける人そ常なかりける」（巻三・三〇八）と、詠み人知らずの「世間を常なきものと今そ知る」

（巻六・一〇四五）、「人の常なき」（巻七・一二七〇）以外の五例は大伴家持の歌であって、「常しなければ」「常もなく」「常をなみ」もすべて家持の歌であるため、家持の重要さが知られる。これ以外の類似表現では、笠金村の「常ならぬかも」（巻六・九二二）、詠み人知らずの「常ならぬ人国山」（巻七・一三四五）と「ま葛延ふ夏野の繁くかく恋ひばまこと我が命常ならめやも」（巻十・一九八五）があるのみであり、最後の歌は、葛が這いのびる夏の野のようにこんなに繁く恋していたら、自分の命はいつまでありえようかと詠っており、ここでも無常と恋が結びついている。

杉浦によれば、平安中期までの勅撰集で「常なし」の語を用いているのは、『古今集』『後撰和歌集』『拾遺和歌集』にそれぞれ一例あるのみであって、類似表現にしても、『古今集』では「常なるべくも見えぬかな」、「世の中は何か常なる」の二例、『拾遺集』では藤原公任と紀貫之の歌に「常ならぬ」がそれぞれ一例あるのみだとする。しかも、『古今集』の唯一の例である清原深養父の歌は、以下の通りだ。

恋ひ死なば誰が名はたたじ世の中の常なきものと言ひはなすとも　（六〇三）

すなわち、私が恋い焦がれて死んだとしたら、つれなくしたあなた以外の誰の名が立つでしょうか、世間は無常なものだとあなたが言ったところで、と恨んでおり、ここでも無常と恋が関連づけられ、しかも遊戯的な気分の歌になっているのだ。

杉浦は、和歌以外の作品に関しても、『日本霊異記』『竹取物語』『伊勢物語』『大和物語』『平中物語』『うつほ物語』『落窪物語』『土佐日記』『蜻蛉日記』『枕草子』『和泉式部日記』『紫式部日記』のうち、『うつほ物語』と『紫式部日記』に「常なし」関係の語が四例見えるのみであり、『紫式部日記』の用例は内省が深まった箇所に見えることに注意する。

ところが、『源氏物語』では一転して「常なし」二九例、「常なさ」四例、類似表現の「常ならず」五例が見えており、平安中期までの文学作品の中できわだった特殊さを示している。杉浦は、「常なき世」と言われる場合、「深い納得を表す語と共に用いられ、観察される。それぞれ物語の中にあって、登場人物の特徴的かつ本質的な思考パターンを描き出す働きをしている」のであって、特に『源氏物語』のみに見える「常なさ」という抽象名詞については、賢木・須磨・橋姫・蜻蛉の巻の四例の「すべてがこの形をとる」ことに注意している。[26]

これはきわめて重要な指摘だ。インド仏教のところで、無常に対する考察が深まるにつれ、常住を意味する **nicca/nitya** の否定の形から、**anicca/anitya** という術語へ、さらに **aniccatā/anityatā** という抽象名詞へと進んだことを論じた。それに近い考察をやってのけたのが『源氏物語』だったのだ。「常なさ」という語は恐らく法要の場などで語られていたのだろうが、『源氏物語』作者が仏教の用例を十分わきまえたうえでこの抽象名詞を用いたことについては、杉浦が深い納得を示す語と共に用いられると述べていたことがヒントとなる。たとえば、須磨巻では「世の常なさ思ひ知られて」と記されているが、この「思ひ知る」という言葉は、「よくよく考えて納得すること」を意味する漢訳語の「念知」を和語化したものだ。[27] 実際、『古今集』物名の巻において「思ひ知る」という語を用いた僧正遍昭の歌は次の通りだ。

散りぬれば後はあくたになる花を思ひ知らずも迷ふてふかな　（四三五）

甘い香りをふりまく美しい花も散ればごみになることを「思ひ知らず」に惑う蝶とは、むろん、美女も無常であることを理解せずに執着する男性に喩えたものだ。美しい花も散ればごみとなることは、先に触れたように『三啓集』の第五「三啓経」の第二ダンダで引かれる経典に見えており、どのような華鬘（花飾り）であろうと、「衰え、萎れ、枯れ、すべてごみの山（saṃkārakūṭa）に終わる時が来る」[28]と述べられている。この経典は、パーリ語のニカーヤにも漢訳の阿含経典にも見えず、根本説一切有部が保持した阿含経と推測されているため、この歌の典故たりえないが、花が萎れることが無常を示すことは、寿命が長く快楽を享受する天人の寿命が終わる際に現れる五衰の相の一つでもあるため、遍昭はそうした記述に基づいてこの歌を詠んだのだろう。この歌で着目すべきことは、「あくたに」に花の名の「くたに」を読み込んで遊んでいることであり、まさに無常と恋と言葉遊びが盛り込まれた歌であることだ。

以上のことから、漢詩文に通じ、越前に赴いたことが共通する大伴家持と紫式部は、ともに無常を説く仏教を受け入れて内省を深め、新たな作風の作品を創り出したことが理解されよう。ただ、これまで見てきたように、無常を題材にして言葉遊びをすることも日本文学の根強い伝統であったことも忘れるべきではない。

現存文献では、一〇七九年の『金光明最勝王経音義』に借字の例として掲載されたのが初出であるいろは歌にしても、『涅槃経』の「無常偈」を和語で説いたものと伝えられてきた。無常を説くという形をとり、同じ字を用いないという工夫をこらしており、言葉遊びの面を具えていると見ることができよう。『古今集』雑歌下に「同じ文字なき歌」と題して収録された物部良名の歌、

世のうきめ見えぬ山路へいらむには思ふ人こそほだしなりけれ　（九五五）

は、無常には触れていないが、憂き世をテーマとしており、恋しく思う人の存在こそが山での出家修行のさまたげになると詠っており、ここでも自然と恋がからんでいることが注目されよう。

むろん、仏教界では無常について教理的な検討もなされており、しかも、無常を四季の移り変わりに重ね合わせて理解する傾向が進んだ結果、至りついたのは、花が咲くのも紅葉が散るのもすべて常住とみなすという説だった。平安後期の皇覚の著作とも鎌倉中期の作とも論じられる天台本覚論の代表的な論書、『三十四箇事書』の「生死即涅槃の事」では、

世間相常住と云ふは、堅固不動なるを常住と云ふにはあらず。世間とは、無常の義なり。差別の義なり。無常は無常ながら、常住にして失せず、差別は差別ながら、常住にして失せず。(29)

と断言している。『法華経』が「世間相常住」と説いているのは、無常が無常のままで常住だという意味だとするのだ。先に見たように、灌頂は常と無常を等しいものと説いていたが、それはあくまでも理念上のことであったのに対し、『三十四箇事書』では目の前の自然を問題にし、「草木成仏の事」では、草木はもともと仏なので改めて仏になることはないと説き、「常住の十界全く改むるなく、草木も常住なり、衆生も常住なり」と説いていた。この議論が進んだ結果、日蓮宗の日隆『私新抄』では、「有始ト計リ偏ニ意得テハ、経旨ヲ得ズ、謗者ニ同ゼリ、チリチリ常住サクサク常住ト云フガ如シ」[30]と述べており、後に有名になる「散り散り常住、咲く咲く常住」の語が見えている。

おわりに

無常はインドで仏教が成立した時からの重要なテーマだった。最初期は、「～は nicca/nitya（常）ではない」という形で説かれたが、それを示す anicca/anitya という語が用いられて常住なものは存在しないことが強調されるようになった。考察が深まって概念の抽象化が進んだ結果、aniccatā/anityatā という名詞の術語まで生まれ、他学派と異なる仏教の特色とされた。ただ、人生の短さ、生老病死の避けがたいことは常に強調され、『無常経』をアシュヴァゴーシャの詩偈で挟んだ「無常三啓経」は寺院で節を付けて朗唱され、僧侶の葬儀にあたっても読誦された。中国では、「常」を否定する言葉は「非常」だが、この語は「尋常でない、特にすぐれている」の意味であるため、「～は常ではない」という文脈の原文も「無常」と訳された。無常については庶民向けの俗講でも強調されたが、不吉であるためか、文学作品ではあまり用いられず、死を意味する婉曲表現となった。

日本では、無常は四季の移ろいと重ねて受容されたうえ、『万葉集』においては、恋心をつのらせる状況という受け止め方もなされ、経典が無常について語っている箇所は、恋歌における新鮮な表現の素材ともなった。ただ、「無常」の訓である「常なし」という言い回しはあまり用いられず、『万葉集』において一人だけ多く用いたのは大伴家持だった。以後の勅撰集でも「常なし」やその類似表現はあまり用いられなかったが、そうした中で異様に数多く用い、しかも、「常なさ」という名詞の形を四度も用いたのは『源氏物語』であり、登場人物がそのことを思い知るといった文脈で用いられた。

このように、無常は強調されたものの、天台本覚論が発達して草木成仏が強調されるようになり、目の前の無常な現象がそのまま常住なる真のあり方だとする主張がなされた結果、かつては無常の代表例であった花が咲いて散っていくことがそのまま常住だと主張されるに至った。

一方では、無常は恋と結びつくと同時に言葉遊びとも結びついており、法要の後の場で歌が詠まれたためか、無常を詠んだ歌では掛詞が用いられることが多く、文学的な技巧というだけでなく言葉遊びの要素を含む場合も多かった。つまり、日本においては、無常は自然の移り変わりの事物と重ねられ、また恋や言葉遊びとも結びついていたのだ。

（1）鈴木隆泰「「諸行無常」再考」（『山口県立大学国際文化学部紀要』第一〇号、二〇〇四年）。
（2）石井公成「恋と笑いの『平家物語』」（『駒澤大学仏教文学研究』第二六号、二〇二三年）。
（3）現在の通説では前三八三年頃に八〇歳で入滅したと推定されているが、外村中「シャカの入滅年について――シャカムニとアショーカ王とカニシュカ王に関する歴史情報の相関分析」（『東方学報　京都』第九五冊、二〇二〇年）はその少し後と推測する。
（4）DN. vol. II, p. 156. 原文のローマ字表記はＰＴＳに従う。
（5）三枝充悳『初期仏教の思想』（法藏館、二〇〇四年）二九一～二九二頁。
（6）“one of the most difficult terms in Buddhist metaphysics,” Pali Text Society ed., *Pali-English Dictionary*, Routledge

& Kegan Paul, London, 1979, p. 664b.

(7) 三枝充悳『初期仏教の思想』「本論 初期仏教の思想」「第五章 無常」(『三枝充悳著作集』第二巻、法藏館、二〇〇四年)三四三〜三四六頁。

(8) 森章司『原始仏教から阿毘達磨への仏教教理の研究』「第四章 「無常・苦・無我」説とその展開」(東京堂出版、一九九五年)。

(9) Dhp. G.277-279.

(10) 室寺義仁「「三法印」(dharmamudrā trilakṣaṇā)——古典インドにおける三句の発端と展開の諸様相」(『東方学報 京都』第八八冊、二〇一三年)。

(11) DN. vol. II. p. 157.

(12) 室寺注(10)前掲論文、四三四頁。

(13) 室寺注(10)前掲論文、四三三頁。原文の引用もこの箇所による。

(14) 松田和信・山本充代・上野牧生・田中裕成・吹田隆徳「老いと病と死と——第11三啓経『無常経』の梵文テキストと和訳」(『佛教大学仏教学会紀要』第二九号、二〇二四年)。

(15) 松田和信・山本充代・上野牧生・田中裕成・吹田隆徳「ごみの山に終わる華鬘の喩え——第5三啓経の梵文テキストと和訳」(『佛教大学仏教学会紀要』第二八号、二〇二三年)。

(16) 原文・訳文とも、松田和信「アシュヴァゴーシャ・アンソロジー」(『佛教大学 仏教学部論集』第一〇六号、二〇二二年)二三頁。

(17) 松田和信「アシュヴァゴーシャから鳩摩羅什へ——精進と懈怠の大智度論引用偈に基づいて」(『佛教学セミナー』第一一八号、二〇二三年)。

(18) 釋舎幸紀「無常経の思想史的意義——特に「無量光仏礼賛文」への展開を求めて」(『高田短期大学紀要』第四号、一九八六年)。

(19) 岡部和雄「『無常経』と『臨終方訣』」(平川彰博士古稀記念会編『仏教思想の諸問題』春秋社、一九八五年)。

(20) 石破洋「敦煌本無常経講経文の研究」(橋本博士退官記念仏教研究論集刊行会編『仏教研究論集』清文堂出版、一九七五年）。

(21) 金岡照光『敦煌の文学』「人生無常」（大蔵出版、一九七一年）。

(22) 石井公成「『万葉集』の恋歌と仏教」（『駒澤大学仏教文学研究』第七号、二〇〇四年）。

(23) 石井公成「草木成仏説の背景としての和歌」（『叡山学院研究紀要』第二九号、二〇〇七年）。

(24) 石井公成「言葉遊びと仏教の関係――『古今和歌集』物名を手がかりとして」（『駒澤大学仏教学部論集』第四四号、二〇一三年）。

(25) 杉浦和子「源氏物語の常なき世の自覚――万葉集から源氏物語へ」（『上智大学文化交渉学研究』第三号、二〇一五年）。

(26) 杉浦注(25)前掲論文、一四頁。

(27) 石井注(2)前掲論文。

(28) 松田・山本・上野・田中・吹田注(15)前掲論文、六六頁。

(29) 多田厚隆ほか校注『天台本覚論』（岩波書店、一九七三年）一六七頁。

(30) 『日蓮宗宗学全書』八「本門法華宗部」（一九二二年）一八八頁。花野充道氏のご教示による。

打ち壊される仏たち
――ソリッドな〈仏〉／フラジャイルな〈仏〉

佐藤弘夫

はじめに

鴨長明の『方丈記』のよく知られた一節である。

あやしき賤、山がつも力尽きて、薪さへ乏しくなりゆけば、頼むかたなき人は、みづからが家をこぼちて、市に出でて売る。一人がもち出でたる価、一日が命にだに及ばずとぞ。あやしき事は、薪の中に、赤き丹着き、箔など所々に見ゆる木、相ひまじはりけるを、たづぬれば、すべきかたなきもの、古寺に至りて仏を盗み、堂の物の具を破り取りて、割り砕けるなりけり。濁悪世にしも生れ合ひてかかる心憂きわざをなん見侍りし。(1)

ここには、寺から持ち出された仏像や仏具が割り砕かれ、薪として売られている様子が描写されている。長明はそれを末法の「濁悪の世」に伴う現象と捉え、このような嘆かわしい有様を目の当たりにせざるをえない、自身の宿命に想いを馳せるのである。

常識的な理解ではこの箇所は、末法という時代の「無常」の有様を論じる『方丈記』の意図が、端的に示されている部分だった。大切な信仰の対象であるはずの仏が、いとも無惨に打ち壊されていく有様に、長明はこの世に常住なものなどなにもないというメッセージを込めようとした、と解釈されてきた。

筆者はそうした理解をあながち否定するものではない。しかし、別の角度から、この問題をもう少し掘り下げてみることはできないであろうか。

仏教が広く大衆レベルで普及していた中世社会では、仏は最も重要な宗教的な権威だったはずである。仏像を毀損する行為＝「破仏」は、現代人の想像を超える重みを持っていたに違いない。(2)人々をして破仏という一線を越えさせたものはなんだったのだろうか。

まず思い浮かぶことは、人が仏の教えを信じなくなったことによる、という理由づけであろう。私たち現代人には、この説明は至極もっともらしく感じられる。しかし、仏教が社会に受容されて強く人々の意識を規定していた中世において、信仰そのものを否定する立場からの聖像破壊が、その可能性が皆無とまでは言い切れないにしても、一般化していたとは考え難い。

そこで浮上してくるものが、破仏という行為の背景に、その実行者が仏像を超える、より高次の精神的な拠り所を持っていた可能性である。仏像の聖性を相対化できるような宗教的権威をその内面に確立していたのではないか、という推測である。

この仮説が成り立つためには、『方丈記』の時代に、仏像を超越する聖なる権威が実際に庶民層の間で広範に共有されていたことが前提となる。果たしてそのようなことが、現実にありえたのであろうか。

この論集を編纂するにあたって、荒木浩が提唱した〈ソリッド〉と〈フラジャイル〉という視点は、従来単一のものとして捉えられてきた「無常」観念の多様性を掘り起こそうとする、方法論にも関わるきわめて野心的な試みと筆者は受け止めている。本論は荒木の問題提起を受けて、これまで研究の視野の外に置かれていた、中世における聖性の多様性と重層性に着目し、それを抉り出すことを目指す。

その作業を通じて、中世人の心性に新たな角度から照明を当てるとともに、そこでえられた成果が、「無常」の概念に関わる既存の学説にいかなる修正を促すものであるかを検討する。さらにそれが、日本列島を越えた宗教世界や社会構造の分析において、方法論としてどれほどの汎用性と有効性を有するかを検証しようとするものである。

一、日本人を助ける仏たち

筆者は先ほど、破仏が実施される背景として、当該の仏像を超える宗教的権威を当時の人々が共有していた可能性を指摘した。もしそれが当を得ているとすれば、より上位の権威とは何によってもたらされるものだったのであろうか。その手がかりを求めて、まず大江匡房の『続本朝往生伝』に収録された一つのエピソードに目を向けてみたい。

――俗名を大江定基といった平安時代の僧・寂照は、入宋巡礼の修行を思い立ち、首尾よく渡海を果たして、中国の清涼山の僧団の末席に連なることができた。ところが、ここで問題が起こる。この寺では斎会の時に、自分で席を立ってわざわざ食事を受け取りに行く人は誰もいなかった。代わりに、自分の鉢を飛ばして供養を受け取っているのである。

法会は進み寂照の番が回ってきた。寂照は「飛鉢の法」など耳にしたことすらなかった。困り果てた寂照は、やむなく「本朝の神明・仏法」の加護を祈った。途端に鉢は勢いよく飛び上がり、どの鉢よりも早く供物を載せて戻ってきた……。(3)

この話には不可解な点がある。「本朝の神明」が寂照を助けてくれるという話ならばまだわかる。しかし、日本人であるがゆえに無条件に力を貸してくれる「本朝の仏法」とは、いったいどのような存在なのであろうか。異国に渡って日本の「仏法」に援助を求めるぐらいなら、最初から日本にいて、その力を頼る方が理に適っているのではなかろうか。

実は、この矛盾を整合的に解釈できる道が一つある。それは、寂照が中国に渡ってまで求めた「仏法」と、困ったときに日本人としての彼を助けてくれる「仏法」が、まったく別のものであった可能性である。

そのことを明確にするために、もう一つ史料を挙げてみたい。大江匡房の言葉を記した『江談抄』などに収録されて、人口に膾炙していた話である。

遣唐使として中国に派遣された吉備真備は、唐の朝廷から次々と難題を課された。しかし、阿倍仲麻呂が姿を変えた鬼の密かな援助によって、かろうじてそれを凌いで行った。霊鬼の力を借りていることに気づいた唐側は、結界を張り巡らしてその力を封じた上で、宝志という僧に命じて暗号のような難解な文章を作らせ、皇帝の前で真備に解読するように命じた。万策尽きた真備が、「本朝の方を向いて、しばらく本朝の仏神」（『江談抄』）に祈ったところ、一匹の蜘蛛が文字の上に落ちて糸を引き始めた。その糸を辿ることによって、真備は読解に成功した……[4]。

このストーリーも基本的な方向性は、先に挙げた寂照の逸話と共通している。中国に渡った日本人が彼の地で危機に陥ったり、辱めを受けそうになったりしたとき、「本朝の仏神」が助けてくれるというものである。『江談抄』では「本朝の仏神」の後に、「神は住吉大明神。仏は長谷寺観音」という注が付されている。「本朝の仏」は、具体的には長谷寺の観音像のようなものとしてイメージされていたのである。

寂照を助けてくれた「本朝の仏法」は、『今昔物語集』では「本朝の三宝」とされていた[5]。三宝は本来「仏・法・僧」を意味する言葉だが、この時代には特定の仏像を指して用いられるケースが多かった[6]。「本朝の仏法」

も抽象的な存在ではなく、その姿をありありと思い浮かべることのできる偶像としての仏が想定されていた可能性は高い。

この点を、別の角度から補足しておこう。用いる史料は起請文である。起請文は神仏に対して何事かを誓約し、それを破った場合には罰を被っても構わないと書き記す形式の文書である。日本の中世には、身分階層を問わず膨大な数の起請文が作成された。次に示すものは、厳成という僧が応保二年（一一六二）に著した起請文である。現代語に訳して示す。

いまより後、飲酒の際に一杯を越えて杯を重ねるようなことがあれば、王城鎮守八幡三所・賀茂下上・日吉山王七社・稲荷五所・祇園天神、別しては石山観音三十八所の罰を、三日もしくは七日の内に、厳成の身の毛穴ごとに被っても構わない(7)。

起請文は大きく二つの部分から構成されている。遵守すべき誓約を述べた前半部分を「前書」、それを監視する神仏のリストと呪詛の文言を記す後半部を「神文」と呼ぶ。この起請文についていえば、「今後酒は一杯だけでやめにする」という誓約が「前書」、「王城鎮守八幡三所以下の神仏の罰を毛穴ごとに蒙っても構わない」という部分が「神文」にあたる。

注目していただきたいのは、神文の部分である。そこには多種多様な神仏が勧請されている。一般的に言って、起請文に勧請される神仏で、圧倒的に数が多いのは日本の神である。この起請文でも、八幡・賀茂・日吉などの神々が名を連ねている。そうした中に、少数ではあるものの、仏の名前を見出すことができる。最も頻繁に登場するのが、東大寺の大仏である。この起請文には石山寺の観音が姿を見せている。観音といえば、真備を助けた長谷寺の観音も起請文の常連である。

東大寺の大仏と石山寺・長谷寺の観音――これらに共通するものは、なんであろうか。それは、いずれも目に見える姿をとってこの現実世界に存在していることである。みな偶像なのである。異国で困難な状況に陥った日本人を助け、誓約に違背する人物に罰を下す「日本の仏」は、その視線を生々しく感じ取れる仏――仏像――に限られていた。加えて、それは日本の国土に鎮座するものでなければならなかった。その仏像が、時には破壊の対象となったのである。

二、〈この世の仏〉と〈あの世の仏〉

筆者は先に、中世の日本では次元を異にする二種類の仏が想定されていた可能性を指摘した。偶像の姿をとった仏がその一つだったとすれば、もう一つはなんだったのだろうか。

あらためて起請文に着目してみよう。そこには多くの仏が勧請されていた。しかし、絶対に登場しない仏たちがいた。この世に特定の居場所をもたない仏である。

例えば日本の中世は浄土信仰が盛んな時期だった。そこでは他界に実在する仏の国土＝浄土に往生することが最終目的とされた。その代表的な存在が西方極楽浄土であり、そこにいる阿弥陀仏だった。極楽浄土と阿弥陀仏は、通常の人間の認知能力を超えた存在だった。その阿弥陀仏は決して起請文に姿を見せることがなかった。平等院鳳凰堂の定朝作の阿弥陀仏像は起請文に勧請される可能性はあった。けれども、浄土の弥陀が名を連ねることは絶対になかったのである。

中世は他界に実在すると信じられた浄土のイメージが膨らむ時期だった。人間が認知できない浄土は極楽浄土以外にもあった。密教では究極の悟りの世界として密厳浄土が想定されていたが、その地の教主である大日如来を直に目にすることはできなかった。天台仏教では根源の本仏は、霊山浄土にいる久遠実成の釈尊だった。

これらの浄土の仏たちは、仏教の「三身」説の教理に即していえば、「法身・報身・応身」のうちの「法身」

か「報身」にあたるものだった。この世から本仏が常住する浄土に至る距離は、宗派や人物によって異なったが、通常の人間の認知能力が及ばないという点では共通していた。その視線を感じ取れないこれらの他界の仏は、決して起請文に勧請されることはなかった。二種類の仏のうち、一方のグループが形を与えられて堂舎に鎮座する仏像＝〈この世の仏〉だったのに対し、もう一方のグループは異次元世界に棲む不可視の根源的存在＝〈あの世の仏〉だったのである。

〈この世の仏〉は、現世に生きる人々に直接なんらかの力を行使することができた。日本の堂舎に居場所を得た仏像は「本朝の仏法」＝「日本の仏」となり、日本人というだけで無条件に加護する存在となった。ひとたび形を与えられた「本朝の仏法」は、「本朝の神」と同等の機能と使命を担った。

それに対し、生死を超えた最終的な救済を担当する〈あの世の仏〉たちは、人種や居住地によって対応に差別を設けることがなかった。寂昭が中国に渡ってまで求めた根源の仏は、現実社会の個別の問題を担当する「日本の仏」でも「中国の仏」でもなかった。この世の神仏とは次元を異にする、究極の救済者だったのである。

筆者はいま、中世には二種類の仏がいたことを指摘した。しかし、日本では最初から不可視の仏が実在したわけではない。古代の説話集である『日本霊異記』には、仏が顕すさまざまな「霊異」が説かれている。それを引き起こしているのは例外なく特定の場所に安置された仏像だった。仏像に憑依して超常現象を引き起こす「聖」という不可視の存在も登場するが、他界の根源的存在ではなく、空中を浮遊して依代に取り憑く神のようなものとして把握されていた(8)。神も仏も基本的に現世の内部にあって、その作用もこの世の内部で完結するというのが、古代人の基本的な世界観だった。

次の史料は、『続日本紀』神護景雲三年（七六九）五月二九日条に掲載された称徳天皇の宣旨である。

盧舎那如来、最勝王経、観世音菩薩、護法善神の梵王・帝釈・四大天王の不思議威神の力、かけまくも畏き開闢けてより已来御宇しし天皇の御霊、天地の神たちの護り助け奉りつる力に依りて、其等が穢く謀りて為る厭魅事皆悉く発覚れぬ。(9)

天皇に対する反逆が未然に発覚したが、それはさまざまなカミ（以下、神仏を含めた超越的存在を「カミ」と表記する）の加護によるものであるとして、感謝の意を表している。それらのカミの筆頭は「盧遮那如来」——東大寺の大仏である。次いで「最勝王経」という経典。「観世音菩薩」は南方補陀落浄土にいるとされる救済者だが、大仏の後に位置することを考えると、二月堂の観音菩薩像のような具体的な像を指している可能性が高い。仏教の守護神である「梵王・帝釈・四大天王」も、堂舎の須弥壇に安置された特定の像であろう。「天皇の御霊」は歴代天皇の霊魂、「天地の神たち」は日本の神々である。

ここに登場するカミは一見すると中世の起請文とよく似ている。しかし、両者には一つ決定的な違いがあった。起請文の場合、そこに登場せず、しかもそこに名を連ねる現世の神仏以上に大きな存在感を持つ、〈あの世の仏〉が背後に想定されていた。だがこの宣命が出された八世紀では、そこに勧請されたカミのグループを超える、より高次の超越神は想定されていなかった。神仏の世界が、まだこの世とあの世に分化していなかったのである。

一一世紀ごろから、そうした日本人の世界観に変動が生じる。現世から人の認知しえないもう一つの世界が分離し、肥大化していく。その結果、世界が、私たちの住むこの世と人の手の届かないあの世に分離していく。それに従って、仏もまたこの世の仏とあの世の仏に二分化していく。(10)中世にみられる二つのグループの仏は、こうした世界観の変動の結果生まれたものだった。

現世を超えた他界のイメージの定着は、人々の間に、現世だけでは人間の生が完結しないという意識を植え付けていく原因となった。この世を超えた生のあり方が追求され始める。生死を超越する「救済」の問題が、大衆レベルで初めてこの時期に浮上してくるのである。身分に関わりなく万人の救済を志向するいわゆる「鎌倉仏教」の登場は、こうした世界観の変動を経て初めて可能になる出来事だった。

生死を超えた救済という課題は、仏の側だけの問題にとどまらなかった。救われるためには、その対象である人間の側も、その前提となる条件を備えている必要があった。聖なるものが現世から分離して遠い世界に向かうと同時に、それが万物に内在していることが論じられるようになる。聖性に関わる思弁が急速に深化していくのが、中世という時代だった

根源的な存在は外在すると同時に、私たちの内側をも貫いている。それを顕すことによって、誰もが悟りの境涯に到達することが可能になるのだ――こうした理念が神祇信仰の世界までを含めて、広く社会に共有されていくのである。

三、垂迹の機能

上述のプロセスを経て、中世には救済者としての彼岸の仏がクローズアップされてくるが、そこには一つ問題が残されていた。いかに浄土が素晴らしく、そこにいる仏が立派であると説かれても、誰もそれを直接確認できないことである。それでは末法の疑り深い衆生は、とても信を起こすことなどできない。そこで根源の仏は人々を救うために、自身の分身を、誰もが認知できる形をとってこの世に派遣した。それが「垂迹」だった[11]。仏像はその代表的なものだったのである。

垂迹としての仏の最大の使命は、この世とあの世の橋渡しをすることだった。そのために、仏法の威力をみせつけるべくさまざまな霊異を顕し、衆生に罰を下し功徳を与えた。ときには万人の平等を掲げる仏教の建前に背いてまでも、特定の集団や人物に肩入れしたり、利益を与えたりする場合もあった。それらはすべて、人々を仏法に結縁させるための方便だった。

真実の仏（あの世の仏）は彼岸世界にあって、言語や肌の色を超えて人々を最終的な解脱に導く役割を担っていた。それに対し、垂迹としての仏像（この世の仏）の使命は、末法の蒙昧の衆生をなだめすかし守護しながら、彼岸に向けてその背中を押すことによって、真の救済者との縁を繋ぐことにあったのである。

人々の関心をあの世に向けさせる任務を負った垂迹は、仏像だけではなかった。より重要な役割を担うと信じられたもう一つの垂迹がいた。往生を願う者の祈りに応えて、その場に随時化現するものである。これは、彼岸の仏がある人物のためだけに特別に姿を現す現象であることから、祈願の成就を意味するものと解釈され、特に尊重された。

信者の願いに応じて顕現する幻影は、しばしば「生身」と呼ばれた[12]。中世の説話集である『古今著聞集』によれば、藤原家隆は臨終時に本尊を安置することがなかったという。「ただいま生身の仏が来迎されたので、もはや本尊は意味がない」というのがその理由だった[13]。ここでは顕現した生身と偶像としての本尊が対比され、往生を実現させる主体として前者の優位が語られている。

『続本朝往生伝』は、かねてから「生身の仏」を見たいと願っていた真縁という僧の念願が叶ったというエピソードを記した後、「真縁すでに生身の仏を見奉れり。あに往生の人にあらずや」という評語を付している[14]。本地のヴイジョン＝生身との対面は、中世では最も信頼に足る往生の確約と信じられていた。死に臨んで人々が仏の来迎を待ち望んだ背景には、このような認識があったのである。

大方の現代人には、仏といえば仏像しか思い浮かばない。しかし、時代を中世まで遡ったとき、そこには次元を異にする、異なったタイプの仏たちが共有されていた。通常の人間がその存在を感知できないものもいた。中世人にとっては、そちらの仏の方がより根源的な存在であり、生死を超えた最終的な救済の役割を担っていた。また同じ垂迹でも、形を与えられた像より生身の方が、より高度の聖性を帯びていると信じられていたのである。

四、専修念仏者の諸仏排撃

以上の考察を前提として、あらためて破仏の問題に目を向けてみたい。筆者は冒頭で『方丈記』に記された破仏のケースを取り上げたが、中世にはこれ以外にも多くの破仏の事例が見受けられる。

両三年神威を憚らず、武士乱入の間、（宇佐弥勒寺の）堂塔を壊して薪となし、仏像を破りて宝を求む。（「後白河院庁下文案」文治二年（一一八六））(15)

去ぬる天下乱逆の比、仏閣しかしながら武士の薪となりおわんぬ。仏像雨のために朽損、経巻風のために飄々。（「沙門實賢記文」建仁元年（一二〇一））(16)

これらは『方丈記』とほぼ同時代の文献である。神仏の権威を恐れなくなった武士が堂塔に乱入し、破壊して薪としている様子が描写されている。

九条兼実もその日記『玉葉』のなかで、破仏が盛行する状況を描いている。

白川辺の顚倒の堂舎等、往還の輩偏に薪に用ふ……今においては仏像を破り取ると云々、金色と云ひ、彩色と云ひ、散々に仏體を打ち破りて薪となす……末世と云ふといえども、いかでかかくのごときことあらんや。(17)

仏像が薪とされている状況を「末世」の現象とする見方は、長明の場合と同じである。

こうした破仏の行動は、人の心が荒んで、仏の威光を恐れなくなった結果とされてきた。しかし、客観的にみれば、この時期はむしろ信仰の大衆化が進行し、仏法の権威が高まった時期だった。後生の救済が確約されるのであれば、この世の生を早めに切り上げてでも、躊躇なく死を選択するという時代だった。中世に編纂された往生伝や説話集には、命と引き換えに往生の道を選んだたくさんの事例が収録されている。

一二世紀成立の『今昔物語集』には、讃岐国の源大夫という、極め付けの悪人の往生譚が載せられている。狩猟からの帰り道、ふと耳にした説法に感じてその場で出家した源大夫は、まことの心で弥陀の名を呼べば仏も応えてくれるという講師の言葉を信じ、鉦を叩き念仏しながら、ひたすら西を目指した。後に、源大夫は西に海を望む峰に生えた二股の木の上に坐り、西を向いて死んでいる姿で発見された。口からは鮮やかな蓮華が一葉生えていた。だれもが源大夫の往生を確信した……。[18]

現代人と異なる中世人の世界観の顕著な特色は、この世とは別次元に存在すると信じられた彼岸世界に対する強烈なリアリティだった。源大夫もまた、はるか西方にいるという阿弥陀仏とその浄土を求め、残された寿命と引き換えに、そこへの到達を願った。

こうした中世人の心性に目を向けたとき、私たちは破仏の原因を信心そのものの劣化に帰す通説に安易に寄りかかるべきではない。より重要な課題は、根源的存在の希求と仏像の破壊という一見矛盾する社会現象を、どのように整合的に解釈するかという問題なのである。

その謎を解く鍵となるものが、これまで挙げた事例とは異なる、中世のもう一つの破仏のパターンである。藤原長兼の『三長記』には、建永元年（一二〇六）における興福寺の主張として、「専修念仏の事、源空上人門弟等一向勧進の間、還って諸宗を誹謗し、余行においては出離の要に非ざる由、遍くこれを称す。これにより て仏法衰微に及ぶべし」という言葉が記されている。[19]

法然が説いた、口に念仏を称えるだけで弥陀の本願に乗じて往生が実現するとする「専修念仏」の教えは、一二世紀の末から急速に社会に浸透していった。これに危機感を抱いた延暦寺・興福寺などの伝統仏教側は、念仏批判を強めるとともに、その禁止を権力側に働きかけた。諸宗・諸教の不要を説く専修念仏の流布によって仏教が衰微すると主張する興福寺のこの言葉は、顕密仏教側の認識を端的に示すものだった。こうした伝統仏教側の働きかけによって、翌承元元年（一二〇七）、後鳥羽上皇によって念仏停止が命じられ、法然は四国に配流されるのである。

伝統仏教側が問題視したのは、「浄土三部の外、衆経を棄置すべし。称名一行の外、余行を廃退すべし。いわんや神祇冥道の恭敬においてをや」[20]（「念仏者追放宣状事」）という念仏者の主張だけではなかった。専修念仏者がそうした原理を表に立てて、実際に仏像や経巻を破壊する行為に及んでいるとするのである。

法然流の専修念仏を批判する貞応三年（一二二四）の延暦寺の解状は、念仏者が「たとひ諸仏諸教を謗るといへども、浄土の障りにあらず、ただ一声十声を唱ふれば、必ず往生の望を遂ぐ」と触れ回ったため、人々が「釈迦・薬師の尊容」に対する帰依の心を失い、「法華・般若の経巻」を猛火に投げ入れているとし、これを「諸宗の凌廃、吾朝の衰弊」を招く行為と非難している[21]。

鎌倉時代の説話集『沙石集』には、「余仏余経皆いたづら物なり」と主張する専修念仏者が、『法華経』を河に流したり、地蔵の頭をすりこぎ代わりにして蓼を擦ったりしたことが記されている[22]。これ以外にも、鎌倉前期には念仏者の仏像破壊・神祇不拝を批判する顕密仏教側の史料が数多く存在する。

注目すべきは、法然を厳しく攻撃していた日蓮の門徒に対しても、同様の批判が加えられていたことである。日蓮とその門徒の悪行を訴えた行敏という律僧の訴状は、『法華経』以外の諸経の存在価値を否定する日蓮の教えを受けたその門弟たちが、「年来の本尊弥陀観音等の像を火に入れ水に流す」[23]という行動をとっているとする。

法然や日蓮の門徒は、決して仏教の価値そのものを否定しているわけではない。むしろみずからの信仰の対象については、一般の同時代人よりも強い帰依の心を抱いていた。熱烈な信心が、破仏という行為を生み出しているのである。筆者はこのタイプの仏像破壊こそが中世の破仏の基本的なパターンであり、その本質的な構図は、先に紹介した『方丈記』のケースと同じであると考えている。

繰り返し述べたように、中世は人々が現世を超えた救済を志向していた時代だった。人間の認知の及ばない

〈あの世の仏〉が真実の仏とされ、〈この世の仏〉には人々と他界の仏を繋ぐという新たな任務が与えられた。

こうしたコスモロジーの変動は、同時代の宗教世界に大きな影響をもたらした。宗教的な権威が彼岸の本仏に集中することによって、この世に残された彫像・画像としての仏たちの霊性が相対的に低下していくという現象が進行するのである。

仏像は現世内の存在であるゆえに、建物や器物と同じく無常の運命を避けることができなかった。『閑居友』(24)では、鬼が棲みついた堂の焼き討ちを企図した村人たちが、仏を憎む心で焼くわけではなく、堂は再建すればいいという論理でもって、みずからの破仏の行為を正当化した話が収められている。人々が日常的に目にする偶像は至高の真理の体現者ではなく、代替可能な手段であるという認識が、社会に共有されていくのである。

法然と日蓮の門徒が仏像を破壊するという行為に及んだのは、単にそれがみずからの信仰の対象外という理由だけではなかった。彼らが易々と破仏を実行できた背景には、この世の仏たちの聖性が相対的に低下しつつあった、中世という時代固有の状況があったのである。

中世は究極の救済者に対する関心がかつてないほど高まった時代だった。濃厚な宗教性が社会を覆っていた。破仏の行為を嘆いた長明や兼実もまた、熱心な仏教の信仰者であった。長明はその方丈の草庵に阿弥陀仏の絵像を安置していた。しかし、彼にとって現世の仏は、尊重されるべきものではあっても、あくまで彼岸に到達するための手立てだった。草庵の有り様を「谷しげけれど、西晴れたり。観念のたより、なきしにもあらず(25)」と記した長明は、西方の極楽浄土を想い、彼の地から生身の来迎を思い描いていたのである。

長明や兼実が批判した破仏の実行者に、近代的な意味での無神論者が皆無だったと断言することはできない。しかし、時代状況を考えれば、その大半は熱烈な往生浄土の希求者だったはずである。その彼らの聖像破壊の行為を後押ししたのは、仏像が所詮は現世内の存在であり、他の形あるものと同じく無常を避けられないという同時代の通念だったのである。

〈あの世の仏〉に対する宗教的権威の集中が〈この世の仏〉の聖性を相対化し、破仏という行為を正当化するという構造がそこにはあった。それは仏像を破壊した法然や日蓮の門徒とも共通するものだったのである。

五、仏になろうとした天皇

中世人が真の仏としてイメージしていたのは、自分たちが目にすることのできない浄土の仏だった。この世の仏は、そのかりそめの姿だった。仏像以外にも、あの世とこの世を行き来する生身と呼ばれる仏たちもいた。中世には聖性と機能を異にするいくつものタイプの仏たちが、それぞれの役割を担って共存していたのである。

ここで注目すべき点は、それらの仏たちの間に、彼岸の本仏を頂点とする序列があったことである。これまでの研究分野においても、列島の宗教が担う聖性の多様性・重層性の問題が正面から取り上げられることは少なかった。これを分析視点として導入することによって、これまで見えてこなかったいくつかの重要な問題が浮かび上がってくるように思われる。紙幅も限られているため、ここでは具体例を一つだけ示したい。中世の王権論に関わる問題である。(26)

かつて昭和から平成への代替わりのころ、天皇論が盛行した時期があった。そこでは、なぜ最古の君主制である天皇という制度が、断絶することなく現代まで受け継がれてきたのかという点に関心が集中した。

多くの時代において政治的権限を持たなかった天皇が、それでもその地位を維持できた背景には、「権力」以外のなんらかの要因があったに違いない。それは何か――そうした疑問を突き詰める中で浮上してきたものが「権威」の問題であった。なかでも未成年の「幼童天皇」が連続し、天皇の政治権力が極限まで弱体化した中世は、権威が天皇制を支えたメカニズムを考察する上で格好のフィールドとみなされた。

中世に生み出された天皇を聖化する儀礼の代表として、即位灌頂が挙げられる[27]。即位灌頂とは天皇が即位するにあたって、手に印を結び口に真言を唱えることによって、天皇が根源的な仏である大日如来に変身することを目指すとされる儀式である。

かつて仏教は、天皇の身体を外側から守護するものだった。神国の主である天皇がみずから仏法を修することは、原則として決して許されない行為だった。それが中世に入ると、仏教は天皇の親修によってその身体の内部に深く浸潤し、天皇という存在を内側から神秘化する役割を果たすようになるのである。

このほかにも、中世における天皇の聖化の作法をめぐっては、七瀬祓・四角四境祭、日食・月食の際に御所を〈裹む〉作法などさまざまな指摘がある。濃密な儀礼・作法やタブーで幾重にも取り巻かれ、外界とは隔絶した御所の内にひっそりと清浄を守る聖別された存在としての天皇のイメージが、研究者の間に定着していくのである[28]。

しかし、筆者はこうした指摘に従うことはできない。一二世紀ごろから、地獄や悪道に堕ちた天皇伝説が出現し、急速に増殖していく。院政期に成立する『扶桑略記』には、天慶四年（九四一）の出来事として、道賢という僧が金峰山において修業中に仮死状態に陥り、その間に冥界を巡見した話が収められている（「道賢上人冥途記」[29]）。道賢が地獄で目にしたものは、在位中に犯した罪によって裸同然で責め苦を受ける醍醐天皇の姿だった。

醍醐天皇と並んで、地獄に堕ちた天皇として知られている人物が皇極帝だった。『善光寺縁起』には、善光寺の創設者である本田善光の長男善佐が大焦熱地獄で、「驕慢」と「嫉妬」の罪で地獄に連行されている途中の皇極天皇と出会った話がある[30]。この逸話は『善光寺如来絵伝』として絵画化され、その絵解きも広く行われた。

堕地獄まではいかなくても、仏法に敵対したために失脚・夭逝したとされる天皇は多い。中世では歴代の多数の天皇について、特に六五代の花山天皇以降はほとんどすべての天皇について、仏神の罰や祟りを被ったというネガティヴな噂がつきまとっていた[31]。

なぜ天皇をめぐるゴシップが公然と流布するような事態が生じたのであろうか。中世になると、一部のカミが絶対的な救済者にまで引き上げられ、この世界（現世）からの根源神の世界（他界）の分離とその膨張が進行することはすでに述べた。この変動によって、天皇は最も高度な宗教的権威を担う他界の仏（一次的権威）とは峻別され、現世内の存在となった。天皇の聖性を支えるはずの皇祖神天照大神も、仏像と同次元のこの世のカミ（二次的権威）として位置付けられた。そのアマテラスを聖性の光背とした天皇は、聖性のレベルからすればもはや三次的権威でしかなかった。罰を受け悪道で苦しむ天皇像は、そうした思想状況を背景として生まれたものだったのである。

中世では、古代において天皇が神に変身するための最重要の即位儀礼であった大嘗祭が中断する。その理由は、アマテラスの位置づけの変化に伴って、それが天皇を神秘化する作法としてほとんど意味を失っていたことによるものだった。それは天皇が、みずからの身に帯びるアキツミカミとしての威厳によって王としての地位を保持できなくなった事態を意味した。即位灌頂は天皇が根源神である大日如来と直結し、そのパワーを借りて天皇の宗教的権威を再生しようとする試みだったのである。

筆者は、この努力は結局実を結ばなかったと考えている。もし天皇側が意図した通りにそれが成功を収めていたならば、歴代の天皇についての呵責ないゴシップと批判は生まれるはずがなかった。

そもそも中世の天皇が企図した超越的権威との直結は、天皇だけがその回路を独占することのできるようなものではなかった。その方法は天皇家固有の血統や祖先神とは無関係に、仏教という開かれた外的権威にその地位の正統性の根拠を求めるものだっただけに、天皇家にとっては常に諸刃の剣となる危険性を孕んでいた。絶対的存在との関係において王位の正統性を弁証しようとする方法には、その権威が万人に開かれたものであるがゆえに、常に革命や叛逆の危険性がつきまとうことになった。中世の史料に頻出する「悪道に堕ちた天皇」は、天皇が他界の仏との関係を独占できなかった状況を端的に示すものだった。

古代から中世への転換期に生じた王の権威の相対化は、必ずしもこの列島だけの現象ではない。仏教・キリスト教・イスラム教などの世界宗教が成立すると、その信仰が流布した地域では、宗教的権威はこれらの宗教の措定する超越者に一元化され、彼岸の絶対者の前に王のもつ聖性は次第に相対化されていく傾向にあった。王がカミとしての即自的な神聖性を喪失する一方、上位にある超越者の権威を分かち与えられることによって王たりうる歴史的段階に到達するのである。(32)

おわりに

日本列島ではかつて、異なったレベルの聖性を担う複数のグループの仏たちが想定されていた時代があった。中世では最上位の仏は、一般の人間の認知能力を超えた異次元世界の存在と考えられていた。

仏がこの世に実在する仏像のイメージで把握されていたとすれば、像に対する不敬行為――破仏は、取りも直さず信仰そのものに対する敵対だった。しかし、仏が〈あの世の仏〉と〈この世の仏〉に分裂していた中世では、仏像は敬意を払うべき対象ではあっても、所詮は無常の嵐を免れることのできない現世内的な存在だった。彼岸の仏が衆生を瞬時に救いとってくれる根源的な救済者へと上り詰め、宗教的な権威を独占していくことによって、逆に現世の仏の相対化・手段化が進行するという事態が生じるのである。

『方丈記』に描かれた破仏はこうした事態を背景として生起したものだった。それは救済を求める熱狂のなかで起こった彼岸世界の肥大化に伴う現象の一つであり、単純に退廃と不信の蔓延に由来するものと捉えるべきではない。仏教伝来時や維新期の破仏の背景にそれぞれの時代の事情があったように、中世の破仏の背後には中世固有の歴史的状況が存在したのである。

本論考の副題として掲げた「ソリッドな〈仏〉／フラジャイルな〈仏〉」との関わりでいえば、中世の多様な仏の観念を、一対一の対応関係として〈ソリッド〉と〈フラジャイル〉に結びつけることはできなかった。しかし、荒木の問題提起を受け止めて考察を進めるなかで、聖性の重層性とその機能の多様性という視点に辿り着くことができたのは、本論考の重要な成果であると考えている。大方のご批判を頂戴できれば幸いである。

本論で取り上げたような中世日本における彼岸表象の拡大を、仏教の影響によるものと捉える見方がある。仏教、とりわけ浄土信仰の本格的な受容が、他界表象の肥大化と彼岸志向の高揚をもたらしたという指摘である。『往生要集』を著した源信らの活動によって、現世を穢土とし、此岸を相対化する浄土思想が日本に移入した。それによって、現実をそのまま受け入れる「現実肯定」から「現実否定」へと、列島の精神世界は大きく舵を切ったとされる(33)。

筆者はこうした説明の仕方には異論がある(34)。歴史のある段階で他界表象と死後世界のイメージが肥大化する現象は、地域を超えて世界中で広くみられる現象である。日本列島もそうした歴史段階に到達した社会が、みずからに適合的な信仰として浄土教を選択し、その他界表象を独自に増幅する形で受容していったと考えるべきではなかろうか。

列島のコスモロジーが大きく転換し、彼岸のリアリティが強まっていった。その結果、仏教が本来持っていた救済宗教としての機能をそのままの形で受容できる客観的な条件が整った。中世における浄土信仰の興隆は、古代から中世へと向かうコスモロジーの変動の原因ではなく、その結果だったのである。

聖性の重層性という視座は、今後の諸分野の研究において、有用な視点となりうるものと考えている。本論では天皇の問題を取り上げたが、中世王権の宗教的権威の重要性を論じて、いまなお圧倒的な影響力を持つ「顕密体制論」[35]にしても、その宗教性の理解は極めて平板である。そこでは聖なる力を身につけようとする王権側の努力がそのままその権威の聖化をもたらし、その権力を盤石にしていくという見方がなされている。複数の聖性が錯綜する中世という時代において、天皇が獲得しようと試みた聖性を、そのなかに客観的に位置付けようとする手続きが踏まれていない。そのため聖性を帯びたはずの天皇が悪道に堕ちたというエピソードの頻出を、整合的に説明できないのである。

「聖」なるものをどのように捉えるかは、日本列島を超えて、宗教学をはじめとする学問の各分野で重要なテーマとなってきた。この問題については欧米の研究界が先行しており、原始宗教における聖と不浄の混交を論じたジェイムズ・フレーザーをはじめとして、エミール・デュルケム、ルドルフ・オットーなど多くの多彩な見解が示されている[36]。しかし、「聖」なるものの質、そのものに踏み込んだ考察は決して多くない。

私見によれば、俗との対比において聖なるものを捉えようとするその方法と、聖性の由来を絶対的な唯一神に求めるキリスト教的な視点が、聖性の重層性という視座の導入を妨げているようにみえる。近年、ヨーロッパをフィールドとする聖遺物・祭壇・聖霊など、神と人を繋ぐ装置をめぐる研究が盛んになっている[37]。そうした研究を今回のプロジェクトの成果と対比することによって、より建設的な議論が生まれることを期待したい。

中世において極限まで肥大化した彼岸世界は、やがてしだいに縮小に向かう。縮小した他界が、今度は現世の中へと入り込んでくる。そうした現象が一五世紀あたりから顕著になる。その原因は、近代に向けての社会の世俗化である。人々の関心が現世に向いてくる。かつて共有されていた不可視の他界のイメージが、しだいに薄らいでいく。他界が現世のなかに取り込まれ、死者が遠い彼岸に旅立たない時代が到来する。古代―中世の転換期に続いて、日本列島は再度巨大なコスモロジーの転換を経験するのである。

江戸時代になると、中世で希求されていた生身仏の来迎がみられなくなる。神仏の声を求めて寺社に参籠した人の耳に、彼岸からの声が届かなくなる。聖なる使者＝生身を現世に送り出す彼岸の水源が枯渇し、闇から現れる存在は幽霊のような不気味な存在に限られてしまうのである。(38)

(1) 新潮日本古典集成『方丈記・発心集』二三頁。
(2) 中世日本の「破仏」に関する主要な研究に、大喜直彦「焼かれる仏像――モノかホトケか」(『中世びとの信仰史』法藏館、二〇一一年、初出一九九五年)、稙田誠『中世の寺社焼き討ちと神仏冒瀆』(戎光祥出版、二〇二一年)がある。また本論と、問題意識と視角は異なるが、筆者もこの問題について論じたことがある(佐藤弘夫「破仏破神の歴史的意義」『神・仏・王権の中世』法藏館、一九九八年、初出一九九三年)。
(3) 日本思想大系『往生伝・法華験記』二四七頁。
(4) 新日本古典文学大系『江談抄・中外抄・富家語』六八頁。
(5) 日本古典文学大系『今昔物語集』四、五九頁。
(6) 中世の起請文には、「御寺三宝」(「大法師教高起請文」『平安遺文』七、三五〇〇号)、「七堂三宝」(「久長起請文」『鎌倉遺文』二五、一九一四五号)といった形で「三宝」が勧請されるケースがあるが、これらは寺内の諸堂に安置された仏像を意味した。
(7) 「僧厳成起請文」(『平安遺文』七、三三二九号)。
(8) 八重樫直比古「『日本霊異記』における「聖霊」」(『古代の仏教と天皇』翰林書房、一九九四年)。
(9) 「称徳天皇宣命」『続日本紀』神護景雲三年(七六九)五月二九日条。
(10) 佐藤弘夫「コスモロジーの変容」(『アマテラスの変貌』法藏館、二〇〇〇年。法蔵館文庫、二〇二〇年)。
(11) 佐藤弘夫「本地垂迹」(『日本思想史講座』1古代、ぺりかん社、二〇一二年)。
(12) 佐藤弘夫「生身仏の時代」(『起請文の精神史』講談社選書メチエ、二〇〇六年)。
(13) 日本古典文学大系『古今著聞集』三七二頁。
(14) 日本思想大系『往生伝・法華験記』二四〇頁。

(15)『鎌倉遺文』一、八五号。
(16)『鎌倉遺文』三、一一八六号。
(17)『玉葉』文治元年（一一八五）一一月一六日条。
(18)日本古典文学大系『今昔物語集』四、九二頁。
(19)『三長記』建永元年（一二〇六）六月二一日条。
(20)「念仏者追放宣状事」（『昭和定本日蓮聖人遺文』三）二二五八頁。
(21)『鎌倉遺文』五、三二三四号。
(22)日本古典文学大系『沙石集』八三～八九頁。
(23)『鎌倉遺文』五、三二三四号。
(24)新日本古典文学大系『宝物集・閑居友・比良山古人霊託』四二二頁。
(25)新潮日本古典集成『方丈記・徒然草』三一頁。
(26)聖性と王権の問題についてはかつて論じたことがある（佐藤弘夫「中世の天皇と仏教」『神・仏・王権の中世』法藏館、一九九八年、初出一九九四年）。
(27)即位灌頂については、伊藤正義「慈童説話考」（『国語国文』五五五、一九八〇年）をはじめとして、上川通夫「中世の即位儀礼と仏教」（岩井忠熊・岡田精司編『天皇代替り儀式の歴史的展開』柏書房、一九八九年、初出一九八七年）、松本郁代『中世王権と即位灌頂』（森話社、二〇〇五年）などの研究がある。
(28)中世天皇の自己聖化の試みについては、注(26)の論考で触れている。
(29)新訂増補国史大系『扶桑略記・帝王編年記』二一九頁。
(30)皇極天皇の堕地獄については、吉原浩人の研究がある（「皇極天皇の堕地獄譚」『国文学解釈と鑑賞』五五―八号、一九九〇年）。
(31)佐藤弘夫「中世の天皇と仏教」前出注(26)。
(32)佐藤弘夫「彼岸へ導く神」（『ヒトガミ信仰の系譜』岩田書院、二〇一二年）。
(33)家永三郎『日本思想史に於ける否定の論理の発達』（新泉社、一九七三年、初刊一九四〇年）は、こうした視点に立って、古代から中世にかけての列島の思想世界の変貌をトータルに論じたすぐれた成果である。

(34) 佐藤弘夫『日本人と神』（講談社現代新書、二〇一一年）。

(35) 黒田俊雄「中世における顕密体制論の展開」（『日本中世の国家と宗教』岩波書店、一九七五年）。

(36) 海外の研究成果も踏まえ、聖性の問題を包括的に論じた古典的研究として、堀一郎『聖と俗の葛藤』（平凡社選書、一九七五年）がある。

(37) 秋山聡『聖遺物崇敬の心性史――西洋中世の聖性と造形』（講談社選書メチエ、二〇〇九年）。

(38) 佐藤弘夫「彼岸に誘う神――日本の浄土信仰におけるイメージとヴィジョン」（『死生学究』一六、二〇一一年）。

照らし合う母子と「無常偈」

――『釈迦金棺出現図』が投影する『源氏物語』の〈無常〉の表裏

荒木　浩

一、『釈迦金棺出現図』の釈迦仏と母

国宝『釈迦金棺出現図』という名品が、京都国立博物館に所蔵されている[1]。十一世紀後半の制作と推定されるこの絵画は、次のような仏伝の世界を表象する。

釈迦が跋提河（ばつだいが）のほとり、沙羅双樹のもとで涅槃に入ったおり、その訃報を聞いた母の摩耶（まや）夫人が、忉利天（とうりてん）より降下して慨嘆していたところ、釈迦が神通力をもって復活し、母のために説法をするという場面を描いたものである。別名「再生説法図」ともいう[2]。

典拠は『摩訶摩耶経』である。同経の下巻には「仏母摩耶夫人の悲嘆号泣を聞いた釈迦が、納棺されていた「棺」の中から出て来て、母の為に説法するという情景が記されている」。すなわち「釈迦は大神力を用いて棺の蓋を開け、棺の中から合掌した姿で起き上がり、獅子奮迅の勢いで棺の外へ出てきた。その身体中の毛孔からは、沢山の光明が放たれ、其の一つ一つの光明には沢山の化仏が居て、其の化仏たちは全てが摩耶夫人に対して合掌しているという」場面である[3]。当該の『摩訶摩耶経』原文を引いておこう。

爾時、世尊以二大神力一故、令二諸棺蓋皆自開発一。便従二棺中一合掌而起、如二師子王初出レ窟時奮迅之勢一。身毛孔中放二千光明一、一一光明有二千化仏一、悉皆合掌向二摩訶摩耶一。以二梵軟音一問二訊母一言、「遠屈来二下此閻浮提一、諸行法爾、願勿二啼泣一」。即便為レ母而説偈言、

一切福田中、仏福田為レ最、一切諸女中、玉女宝為レ最。
今我所レ生母、超勝無二倫比一、能生二於三世、仏・法・僧之宝一。
故我従レ棺起、合掌歓喜讃、用報二所レ生恩一、示二我孝恋情一。
諸仏雖二滅度一、法・僧宝常住。願母莫二憂愁一、諦二観無常行一。

（中略、釈迦がこの偈を説き終わると、摩耶はいささか「安慰」し、顔には悦びも浮かんだ。一方で、涅槃に入ったと思った仏が復活して偈を説く姿に「垂レ涙嗚咽、強自抑忍」する仏弟子阿難が事情を問い、釈迦は先の経説に準じて状況を説明する。続けて……）

阿難又言、「当何名二此経一。云何奉持」。仏告二阿難一、「我於二昔日忉利天上一為レ母説レ法、及摩訶摩耶夫人、自有レ所レ説。今復在レ此母子相見。汝可下為二後世諸衆生等一次第演中説此経上。名曰二摩訶摩耶経一。亦名仏昇忉利天為母説法経、又名仏臨般涅槃母子相見経。如レ是奉持」。

爾時、世尊説二此語一已、与レ母辞別而説レ偈言、

我生分已尽、梵行久已立、所レ作皆已弁、不レ受於レ後有。
願母自安慰、不レ須二苦・憂・悩一。
一切行無常、信二是生滅法一、生滅既滅已、寂滅為二最楽一。

爾時、世尊説二此語一已即便闔レ棺。三千大千世界普皆震動、摩訶摩耶及衆八部悲泣懊悩不レ能二自勝一。（下略）

（『摩訶摩耶経』下）(4)

この「『摩訶摩耶経』では、釈迦は棺から出た後二度偈を説い」ている。一度目の偈の最後に「願母莫二憂愁一、諦二観無常行一」と母に「無常」を説き、「二度目の説偈の末四句」にも「一切行無常・信是生滅法・生滅既滅已・寂滅為最楽」とある。こちらの偈文は、やはり釈迦の金棺出現を描く偽経「『仏母経』の説偈」の「世間苦空・諸行無常・是生滅法・消滅滅已・寂滅為楽」とほぼ「同一内容」になっており(5)、「いろは歌」の原拠となった「雪山偈（諸行無常偈）」とも重なる。

本論考では、いわばこの「無常」の原点ともいうべき、『摩訶摩耶経』――『釈迦金棺出現図』における釈迦の母への説偈の場面をめぐって、少し考察を及ぼしてみたい。

二、日本への流伝

この『摩訶摩耶経』を梁代の僧祐『釈迦譜』が引用する。そのことは『釈迦金棺出現図』の解釈においても注意・参照されているので(6)、関連部分を挙げておこう。

> 摩耶経云、（中略）爾時世尊以二神力一故、令二諸棺蓋皆自開発一、便従二棺中一合掌而起。如二師子王初出レ窟已奮迅之勢一。身毛孔中放二千光明一。一一光明有二千化仏一。悉皆合掌向二於摩耶一。以二梵軟音一問二訊母一言、「遠屈来二下此閻浮提一。諸行法爾願勿二啼泣一」。爾時、阿難見二仏已起一又聞レ説レ偈、垂レ涙嗚咽。強自抑忍即便白レ仏、「後世主上必当レ問レ我、「仏臨二滅度一復何所レ説」。云何答レ之」。仏告二阿難一、「汝当二答言一、「世尊已入二涅槃一、摩耶夫人来下。如来為二後不孝諸衆生一故、従二金棺一出合掌問訊、幷説二上諸偈一。故此経名為二仏臨涅槃母子相見経一」」。如レ是受持説二此語一已、与レ母辞別即便闔レ棺。三千世界普皆震動。八部大衆悲号懊悩、声動二天地一。（下略）
>
> （十巻本『釈迦譜』巻九）(7)

右の『釈迦譜』において釈迦が母に伝えるのは、「遠屈来二下此閻浮提一。諸行法爾願勿二啼泣一」の言葉だけだ。

『摩訶摩耶経』が伝える「二度」の「説偈」は記されず、「無常」の語も見えないが、この『釈迦譜』の記述が、十二世紀成立の『今昔物語集』の出典となった(8)。釈迦金棺出現説話の日本での明確な受容例であり、先に省略した原典前後の文脈もよくわかる。当該説話の全文を掲げておこう（以下、特に断らない限り、傍線や波線は引用者による）。

今昔、仏、涅槃ニ入給ヌレバ、阿難、仏ノ御身ヲ殯（もがりし）奉テ、即チ忉利天ニ昇テ摩耶夫人ニ「仏、既ニ涅槃ニ入給ヌ」ト告グ。摩耶夫人、阿難ノ言ヲ聞テ、泣キ悲ムデ地ニ倒レヌ。良久ク（ややひさし）有テ、諸ノ眷属ヲ引将テ、忉利天ヨリ沙羅双樹ノ本ニ下（くだ）リ至リ給ヒヌ。仏ノ棺ヲ見奉テ、亦悶絶シテ地ニ倒レ臥シヌ。水ヲ以テ面ニ灑（そそ）クニ、即チ蘇テ、棺ノ所ニ行テ泣々ク礼ヲ成テ此ノ言ヲ成サク、「我レ、過去ノ無量劫ヨリ以来（このかた）、仏ト母子ト成テ未曾（いまだかつ）テ離レ奉ル事無カリツ。而ニ今既ニ滅度シ給ヒヌレバ、相ヒ見奉ラム事永ク絶ヌ。悲哉（かなしいかなや）」ト。諸ノ天人ハ、微妙ノ花ヲ以テ棺ノ上ニ散シ奉リ、亦摩耶夫人、仏ノ僧伽利衣及ビ錫杖ヲ右手ニ取テ地ニ投ルニ、其ノ音、大山ノ崩ル、ガ如シ。亦、摩耶夫人宣（のたま）ハク、「願クハ、我ガ子、仏、此ノ諸ノ物ヲ空ク主（つかさど）ル事無クシテ、幸（さいはひ）ニ天人ヲ度シ給へ」ト。

其ノ時ニ、仏、神力ヲ以テ故（ことさら）ニ棺ノ蓋ヲ自然（おのづから）ニ令開（ひらかしめ）テ、棺ノ中ヨリ起キ出給テ、掌ヲ合セテ摩耶夫人ニ向ヒ給フ、御身ノ毛ノ孔ヨリ千ノ光明ヲ放チ給フ。其光ノ中ニ千ノ化仏坐シ給フ。仏、梵声ヲ出シテ母ニ問テ宣（のたま）ハク、「諸ノ行ハ皆如此（かくのごと）シ。願クハ、我ガ滅度シヌル事ヲ歎キ悲テ、泣啼シ給フ事無カレ」ト。

其ノ時ニ、阿難、仏ノ如此（かくのごと）ク棺ヨリ起キ出給ヘルヲ見テ、仏ニ白（まう）シテ言（まう）サク、「若シ後世ノ衆生有テ、「仏、涅槃ニ入給時ハ何事ヲカ説キ給ヒシ」ト問フ事有ラバ、何（いか）ガ可答（こたふべ）キ」ト。仏、阿難ニ告テ宣（のたま）ハク、「汝ガ可答（こたふべ）キ様ハ、「仏、涅槃ニ入給ヒシ時、摩耶夫人、忉利天ヨリ下リ奉リ給ヒシニ、仏、金ノ棺〔ヨ〕リ起キ出給テ、掌ヲ合セテ母ニ向テ、母ノ為及ビ後世衆生ノ為ニ偈ヲ説キ宣ヒテ」ト可語シ」。此レヲ仏臨母子相見経ト名付ク。此ノ事ヲ説畢リ給テ後、母子別レ給ヒニケリ。其ノ時ニ、棺ノ蓋、本ノ如ク被覆（おほはれ）ニケリトナム語リ伝ヘタルトヤ。（『今昔物語集』巻三「仏入涅槃給後、摩耶夫人下給語第三十三」、新日本古典文学大系）

『今昔物語集』においても、釈迦の母への言葉は出典の『釈迦譜』と同様で、「諸ノ行ハ皆如此シ。願クハ、我ガ滅度シヌル事ヲ歎キ悲テ、泣啼シ給フ事無カレ」とあるばかりだ。偈文は伝わらず、「無常」の語も見えない。

三、光る釈迦・照らされる摩耶

さて『摩訶摩耶経』によれば、釈迦は「千ノ光明ヲ放チ」（『今昔物語集』）、母・摩耶を照らし出す。荘厳な釈迦再生の顕現だ。『釈迦金棺出現図』では「右下で膝まずく摩耶に向かって体を傾ける姿勢に描く釈迦の背後には放射形の大きな円光背が表される」。また同図には「截金文様」が施されるが、その対象は「釈迦の僧祇支とその机上面、摩耶夫人および立像人物の着衣に限られ」ている。それは「この絵の求心的性格」を表すものという（以上、泉武夫前掲論文）が、釈迦と摩耶が照らし合う、光の構図にも示唆的である。

釈迦は出家前から、いや、そもそも生まれた時から、まばゆく光る存在であった。たとえば、この釈迦という「王子の誕生を喜んだ父王」が、「インドの風習に従って、すぐれたバラモンたちに、この子の将来を予見するために、その人相を占わせた(9)」時のこと。婆羅門は、王の問いに答えて太子の卓越した様子を述べ、この太子の体の色は、焔のように光り輝き、あたかも黄金の如くだ。すべての相好を兼ね備え、あきらけく澄み切っている、と述べた。

……王復問言、「云何得レ知」。婆羅門言、「我観二太子一、身色光焔、猶如二真金一、有二諸相好一、極為二明浄一。若当二出家一、成二一切種智一。若在レ家者、為二転輪聖王一、領二四天下一。譬如二江河一、海為二第一一。衆山之中須弥最勝。凡諸光暉、日為二無上一。一切清涼、唯有二明月一。天人世間、太子為レ尊。（『過去現在因果経』巻一）

傍線を引いたように、釈迦の光輝が、「金」の色とともに「光焔」に喩えられていることに注意したい。「燃え光るほのお」を表す「光焔」＝「光炎」は、「仏像の光背」をも指す語だ（石田瑞麿『例文 仏教語大辞典』小学館）。それは『釈迦金棺出現図』の「円光背」にも通ずる光であった。[10]

この釈迦の「光焔」は、遠く「和国の教主」（親鸞和讃）聖徳太子の神話的造型にも投影し、形象された。

百済の賢者、葦北の達率日羅、我が朝の召の使、吉備海部羽嶋に随ひて来朝す。此の人勇くして計あり。身に光明ありて火焔の如し。……太子、日羅の異相ある者なることを聞かして、天皇に奏して曰く。児、望むらくは使臣等に随ひて難波の館に往き、彼の人となりを視むと。天皇許したまはず。太子密かに皇子と諮り、微服を御し、諸の童子に従ひて館に入りて見えたまふ。日羅床にあり、四の観る者を望み、太子を指して曰く、那の童子は是れ神人なりと。時に太子、麁き布衣を服、面を垢し縄を帯とし、馬飼の児と肩を連ねて居たまへり。……太子隠れ坐して、衣を易へて出でたまへり。日羅迎へて再拝両段す。……太子辞譲して直ちに日羅の坊に入りたまふ。日羅地に跪き、掌を合せて白して曰く、敬礼救世観世音大菩薩、伝燈東方粟散王と云々。人聞くことを得ず。太子容を修め、折磬して謝す。日羅大いに身の光を放ち、火の熾りに炎ゆるが如し。太子眉間より光を放つ。日の暉の枝の如し。須臾にして止む。

（『聖徳太子伝暦』敏達天皇一二年（五八三）秋七月の条、大日本仏教全書、原漢文）

これは、百済の賢者・日羅の「異相」――「身有㆓光明㆒如㆓火焔㆒」（『伝暦』原文）を知って接近を図った聖徳太子その人こそ「神人」なることを日羅が感知し、相互に光で照らし合う、印象的な場面である。日羅は太子を「観世音大菩薩、伝燈東方粟散王」と拝む。菩薩と、俗世の王と。あたかも釈迦太子が婆羅門から「出家の一切種智」と「在家の転輪聖王」という、聖俗二極の未来を予言されたことに擬えるかのごとくだ。仏伝の影響は顕著である。そしてその光も、かたや釈迦のように「身有㆓光明㆒如㆓火焔㆒」、「大放㆓身光㆒如㆓火熾炎㆒」（日羅）とあり、かたや「如二日輝之枝一」「放レ光」（聖徳太子、以上『伝暦』原文）とあって、釈迦を占った婆羅門が、その尊貴を讃え「凡そ諸の光暉は、日を無上と為す」と評したように、光る。聖徳太子は、金色の光炎に輝く釈迦のように光る日羅に呼応して、至上の日の光の煌めきを放ち、和国の釈迦として対峙する。

四、『源氏物語』への飛翔

ところで先の『聖徳太子伝暦』の引用は、堀内秀晃「光源氏と聖徳太子信仰(11)」という論文の所引箇所と等しい。単なる偶然ではない。本論考であえて試みた、意図的な処置である。こうすることで、『源氏物語』と仏伝の「釈迦金棺出現」との間に、必然的に興味深い脈略が接続することを示すことができる。そう考えたからである。

堀内論の解釈の起点は、『源氏物語』の著名な次の一節だ。

> そのころ、こまうどの参れるなかに、かしこき相人ありけるをきこしめして、宮の内に召さむことは宇多の帝の御誡（いましめ）あれば、いみじう忍びて、この御子を鴻臚館に遣（つか）はしたり。御後見（うしろみ）だちて仕うまつる右大弁の子のやうに思はせて率（ゐ）てたてまつるに、相人おどろきて、あまたたび傾（かたぶ）きあやしぶ。「国の親となりて、帝王の上（かみ）なき位（くらゐ）にのぼるべき相おはします人の、そなたにて見れば、乱れ憂（うれ）ふることやあらむ。おほやけのかためとなりて、天（あめ）の下（した）を輔（たす）くる方（かた）にて見れば、またその相違ふべし」と言ふ。
>
> （『源氏物語』桐壺巻(12)）

この「こまうど」の「御子」光源氏への予言について堀内は、「田中重久氏（＝一九六八年）……今井源衛氏（＝一九五八年）……松本三枝子氏（＝一九六七年）……の三氏が共通して指摘するのが、この高麗人観相の条（桐壺等）と『伝暦』との近似性である。いま、長くなるが『伝暦』の敏達天皇一二（五八三）年秋七月の条を抄出しておく」と研究史を踏まえながら、先の『聖徳太子伝暦』の訓読文を引証していた。

堀内が挙げる説の中で、今井源衛の論文が重要だろう。その初出は一九五八年刊行の『岩波講座　日本文学史』第一巻（岩波書店）で、他の二者に比べてプライオリティーを有するのみならず、『源氏物語』をめぐって、仏伝と「その日本版」である聖徳太子伝からの影響についても、指摘しているからである。

第一部内部における宿世の思想は、主として、予言とその適中という形であらわれる。「桐壺」巻における高麗の相人の言や、「澪標」巻の宿曜の「みこ三人、帝后必ず並び生れたまふべし。中の劣りは太政大臣にて、位を極むべし」という言、あるいはこれは第二部にまたがるが、明石入道にまつわる住吉明神の夢告など。「藤裏葉」の大団円はいうまでもなく、それらの目出度い実現である。しかしこれらを、すべて作者の思想や世界観の直接的な現れと受けとることはできないであろう。いったい、未来記風の予言は、釈尊伝に早くから見られるもので、阿私陀仙は釈迦の人相を見て、その成仏を予言したことが、『仏所行讃』第一、『過去現在因果経』第一などに見られる。おそらくはそれらの日本版とも見られるものが、『聖徳太子伝補闕記』や『上宮皇太子菩薩伝』などに始まる聖徳太子の未来記であり、紫式部の曽祖父藤原兼輔（元慶元年―承平三年　八七七―九三三）の作という『聖徳太子伝暦』において一挙にひどく膨れ上ったまま、中世に至り、『古今目録抄』の集成をみるまで、花々しい予言譚を形成している。(13)

『聖徳太子伝暦』が紫式部の曽祖父・藤原兼輔の作である、という説は、十三世紀の伝承として残された言述だ。(14)今日では否定的見解が強い説だが、紫式部は兼輔にしかるべき尊崇を抱いていた、という伝記研究を記した今井(15)にとって、逸すべからざる重要な情報であった。

こうした比定をめぐる『源氏物語』論としての意味については、拙著『かくして『源氏物語』が誕生する』Ⅱ第六章「〈非在〉する仏伝――光源氏物語の構造」（笠間書院、二〇一四年）に論じたところであるが、本論考のコンテクストにおいては、あらたな連なりが浮かび上がる。釈迦の光が照らし出す母の様子、聖者が日の輝きや火の焰のように光ること、そして光と光が照らし合うことなどの要素……。それらの『源氏物語』への合流である。

桐壺巻が、次のように描かれて終わることは、あまりにも著名であろう。

世にたぐひなしと見たてまつりたまひ、名高うおはする宮の御容貌にも、なほにほはしさはたとへむ方なく、うつくしげなるを、世の人光る君と聞こゆ。藤壺ならびたまひて、御おぼえもとりどりなれば、かかやくひの宮と聞こゆ。（中略）

光る君といふ名は、こまうどのめできこえて、つけたてまつりける、とぞ言ひ伝へたる、となむ。

（『源氏物語』桐壺）

たとえば前掲の今井論が問いかけたように、『源氏物語』が語る「光る君」の由来は、「こまうど」の命名から聖徳太子と「百済」の日羅の照らし合いのエピソードを想起させ、そして遠くインドの「釈尊伝」を明示的に引き寄せる。換言すれば、『聖徳太子伝暦』を媒介に、釈迦と母との照応が、『源氏物語』の光源氏と義母・藤壺の照応を文字通り照らし出す、ということである。だとすればそれは、対偶として「かかやくひの宮」と呼ばれた藤壺の形象とその背景についても、おのずから、大きな問いかけとなるだろう。

五、藤壺をめぐる「ひのみや」の含意と系譜

というのは、藤壺の呼称について「永い間「かかやく日の宮」として理解されてきた」のだが、近年になって、「従来女御と考えられてきた藤壺の立后以前の身分も令制の妃と考えるべきではないか」という指摘があり、次のような解釈展開があったからである。

そもそもこの問題に関する議論の発端となったのは、北山谿太氏が提示した、「かかやくひの宮」の「ひの宮」は「妃の宮」が正しいのではないかという見解であった。その後、北山氏の説を受けて、小松登美氏は、内親王が入内した場合は皇后か妃となる習慣であり、したがって一般に女御と捉えられている円融朝の尊子

> 内親王も、皇宮での身分は妃であった可能性が高いため、入内後まもなく内裏が火災に遭ったために尊子に付けられたとされる「火の宮」という異名は、「妃の宮」との掛詞であると考えられると述べた上で、藤壺の入内から立后までの後宮での身分についても、令に定められた妃であると考えられるとして、「ひの宮」は「妃の宮」・「日の宮」の掛詞である可能性を示した。また、今西祐一郎氏も北山説を受け、小松説と同趣旨の見解を示した……(17)

かくして藤壺の「ひのみや」には、「妃の宮」、「日の宮」、「火の宮」という三つの懸詞が潜在する可能性が明らかとなる。そして前節までで観たように、「日」と「火」の重なりは、釈迦と聖徳太子の光輝の輻輳そのものだ。見逃せない構造を有する。少し研究史に分け入ってみよう。ポイントは「妃の宮」という認定にある。

源氏物語の中では、後宮における藤壺の身分について、〈妃〉であるとも「女御」であるとも必ずしも明記されてはいないのであるが、岷江入楚など古註の時代から特別な根拠もなく女御として考えるのが通説であった。それにたいして、藤壺は〈妃〉であるとする新説を小松登美氏が出され、その小松説をさらに詳細に補強されたのが今西氏説である(18)。

このように言及される今西祐一郎の説では、その前提として、藤壺に対する「妃」あるいは「妃の宮」という呼称が「かかやく妃の宮」一回のみの使用であることに注意を喚起する。そして今西は、それが「自明」であった『源氏物語』側の論理――たとえば準拠となる「妃の存在」――があったのではなかったかと問うて、次のように論じていく。

> ……もっと手っ取り早く藤壺が妃であることが一目瞭然にわかるような仕掛けが『源氏物語』には施されているのではないか。（中略）もし藤壺の準拠として実在の妃を指摘できるとすれば、藤壺は繰り返し「妃」、「妃の宮」などと呼ばれる必要はない。それはおのずから了解される事柄となるからである。また、準拠た

る妃の存在は史実における妃の実例や物語史の中での妃の先例にもまして、藤壺が妃であることの動かしがたい証しともなるであろう。

一方で今西は、『栄花物語』巻四十「紫野」に「かの源氏のかゝやくひのみやのあまになりたまふ願文読み上げけん心地して、やむごとなくめでたし」とある記述を引き、「日」と「妃」の懸詞の妥当性につき、以下のように解する。

> 「かゝやくひのみや」と、表記はすべて仮名であるが、『栄花物語』の作者にとってそれが「かかやく日の宮」以外のものであった可能性はきわめて小さい。（中略）事実は「かかやく妃の宮」と「かかやく日の宮」は、『源氏物語』において両立していたのではないか。（中略）「かかやく妃の宮」と「かかやく日の宮」とが懸詞の関係にあったと仮定することによって、二つの呼称を両立させることは決して不可能ではない。すなわち「日」は「妃」を懸けると同時に、「かかやく」の縁語でもあったということになる。[19]

並行して今西は、「「火の宮」尊子内親王――「かかやくひの宮」の周辺」と題する別論文を発表し[20]、「入内後まもなく内裏が火災に遭ったために」「「火の宮」という異名」を「付けられた」（園前掲注(17)論文引用部）尊子内親王（冷泉天皇皇女、円融天皇に入内）と、藤壺との準拠的な重ね合わせを行っている。

ただしこの二人の重ね合わせには、しかるべき類似と共に、埋めがたい危うさが残ると、今西自らが書き連ねていた。当該論文の説明を引用しておこう。

> 尊子内親王と藤壺との間には、不意打ちの剃髪・出家という共通項を引き出すことができる。周知のように、藤壺は桐壺院亡きあとの逆境の中、その一周忌を期して突如剃髪、出家を敢行した。
>
> > はての日、わが御事を結願にて、世を背き給ふ由仏に申させ給ふに、皆人々おどろき給ひぬ。兵部卿の宮、大将の御心も動きて、あさましと思す。親王は半ばの程に立ちて入り給ひぬ。心強う思し立つさま

を宣ひて、果つる程に、山の座主召して、忌む事受け給ふべき由宣はす。御伯父の横川の僧都近う参り給ひて、御髪おろし給ふ程に、宮の内ゆすりて、ゆゆしう泣き満ちたり。（賢木）

藤壺の密かな決意は光源氏や実兄兵部卿宮にも知らされていなかったのである。「皆人々おどろき給ひぬ」と語られているように、それが当時の貴顕の出家として異例に属するものであったろうことは想像に難くない。

ところが、尊子内親王も藤壺に劣らず唐突で、さらに不可解な落飾を遂げたのであった。（中略）……『河海抄』にすら指摘されていない尊子内親王の落飾という行跡だけをいきなり賢木巻の藤壺落飾に結びつけることはむつかしい。だが、その二つの唐突なる落飾が、ともに内親王の后妃、しかも意味こそ違え「ヒノミヤ」という異名で呼ばれた者にかかわるそれであることを考えるとき、藤壺と尊子内親王との間には準拠としての一条の脈絡の可能性が残されているといえないであろうか。(21)

この着想のジャンプを支えるポイントとして「残されている」「準拠としての一条の脈絡の可能性」は、「ともに内親王の后妃」として「「ヒノミヤ」という異名で呼ばれ」、「不意打ちの剃髪・出家という共通項」を有することしかない……。今西は、あえてそんな懸念を吐露する。

しかし、これまで『釈迦金棺出現図』の母子と『源氏物語』における義母と子の照らし合いとの間に意外な脈絡を確認してきた本論考のコンテクストにおいては、あらたな視点で、藤壺と尊子と「ヒノミヤ」との間に別の連なりを見て取ることができるのではないか、と思量する。それを以下に述べてみよう。

六、藤壺と尊子をつなぐ定子という「ヒノミヤ」の存在

その補助線として、尊子内親王と「火の宮」のイメージを重ねる、中宮定子を想起したい。関連する詳細は別

稿「尊子と定子——仏伝と「火の宮」をめぐる出家譚の表象」で論じたが[22]、尊子と定子は、多くの点で意外なほどよく似ていた。以下、本論考に必要な範囲でその類似を確認しておく。

尊子内親王は、『大鏡』に「円融院の御時の女御にまゐりたまへりしほどもなく、内の焼けにしかば、火の宮（ひのみや）と世の人つけたてまつりき」（新編日本古典文学全集）と語られるように、天元三年（九八〇）十月二十日に円融院天皇に入内したわずか一ヶ月後の十一月二十二日に、内裏が焼亡する。安西迪夫の伝記研究によれば、「入内早々の火災、たまたま賀茂臨時祭の日であったことなど、尊子が「火の宮」とうわさされる条件は整っていた」が、これは尊子をめぐる、因果の起点に過ぎなかった。その後の「新造内裏への天皇遷御は一年後の天元四年（九八一）十月二十七日で」、「尊子が内裏へ参上したのは、翌天元五年の正月十九日である」。ところがその二ヶ月ほど後の四月二日に尊子の叔父の藤原光昭が亡くなると、尊子は宮中を退出し、同八日、突然自ら髪を切って出家した。だが、それから七ヶ月後の「十一月十七日、また内裏が焼失した。『日本紀略』には、この火災により尊子が「本家」に「出御」したと伝えている。この記録により、光昭の死によって退出した尊子がその後内裏に入ったことがわかるのである」という、いささか驚くべき事実が証される[23]。

そもそも火事と奇妙な因縁があった尊子[24]だが、独り内裏を退出して落飾したはずの彼女が、「その後内裏に入って」いたこと、そしてまさにその時、またもや内裏の火災に遭遇する、という間の悪さも、史上に刻印されたことになる。この命運をなぞるかのように、中宮定子もまた、一人でなした落飾のすぐ後に、自邸の火事に見舞われる。そしてやがて、その落飾の因果として、内裏焼亡をめぐる悪評までが寄せられることになる。

長徳二年（九九六）に長徳の変が起こり、四月二十四日の除目で、定子兄弟の藤原伊周・隆家の配流が決まる。五月一日に宣旨が下り、検非違使が定子在所の二条北宮に踏み込む。定子は車に載せられて、屋敷の大索（おおあなぐり）（徹底的捜索）が行われる屈辱に遇った。そして「今日皇后定子落飾為レ尼」（『日本紀略』同年五月一日、新訂増補国史大系）といい、『栄花物語』によれば、「宮は御鋏して御手づから尼にならせ給ひぬ[25]」と、自ら髪を切っている。ところが定子が、この突然の落飾を遂げた一ヶ月余り後の「六月八日に御在所の二条北宮が焼亡し」、「懐妊中の定子は侍男に抱えられて難を逃れ、高階明順邸に移御した[26]」という。「「昨は禁家（内裏）、今は滅亡、古人云く、禍福は糾る縄のごとし」（『小右記』長徳二年六月九日条）とは、定子の二条北宮が焼亡した際の藤原実資のコメントである[27]」。禍福の連鎖は続く。十月に母の高階貴子が没し、十二月に定子は一条天皇の第一皇女・脩子内親王を出産した。「一条の定子に対する愛情は変わら」ず、「たびたびの勧めがあり」、翌長徳三年四月の伊周・隆家の恩赦があって、「六月に定子は参内するが、内裏の殿舎ではなく、職曹司にはいった[28]」。『小右記』はそのことを「天下甘心せず。かの宮の人々、出家し給はずと称す。太だ希有の事なり」と批判し（同年六月二十二日条、大日本古記録、原漢文）、厳しく指弾している。

定子はこれ以降、長保元年（九九九）まで職の御曹司に滞在したが、他ならぬ内裏の火災で途絶する。『本朝世紀』によれば、長保元年六月十四日の亥刻ころ、修理職より出た火災で内裏が「悉以焼亡」した。一条天皇も腰輿に駕し、左兵衛陣を目指して出御。「職御曹司」――定子の在所だ――に到着して待機する。そこへ、騎馬で左大臣藤原道長が参入し、職御曹司は「火末」で危険なので「八省大極殿」へ行幸を、と奏上し、天皇はやがて太政官庁に移った（新訂増補国史大系）。この火災は「以後の一条朝を通じて幾度も見舞われた内裏焼亡の」「最初の例であった[29]」。最悪の嚆矢となったのである。

それから二ヶ月近くが経って、『権記』の記主・藤原行成は、同僚と内裏の焼け跡を視察する（同年八月六日条、史料纂集）。その三日後の『権記』八月九日条には、出産のため、中宮定子は宮中を去ったとある。そして『権記』は、皇后定子の再「入内」と内裏の火事とを直結する、刮目すべき大江匡衡の発言を誌していた。後藤昭雄の解説を参照する。

八月十八日、匡衡は行成の許を訪れ、中宮の定子のことについて、中国の故事を持ち出して話をしている。

（中略）

江学士来る。語る次に云はく、「白馬寺の尼、宮に入りて唐杣（祚）亡びし由あり。皇后の入内を思ふに、内の火のことは旧事を引けるか」と。（『権記』）

「杣」の後の（　）のなかの「祚」は『権記』史料纂集本の傍注である。同じく「白馬寺尼」に「則天武后」の傍注がある。この「尼」は武后に違いないが、武后が尼になった寺は白馬寺ではない。武后は太宗の後宮に入り、太宗の没後には感業寺で尼となったが、この感業寺はほとんど無名の寺である（氣賀澤保規『則天武后』）。一方、白馬寺は中国に仏教が伝えられて初めて建立されたとされる名刹である。そこで白馬寺に結びつけられたのであろう。こうした伝承が中国にあるのか、日本での変容であるのか不明であるが、匡衡はそう理解していた。尼となっていた武后は高宗に見いだされてその後宮に入り、着々と権力を手にして、ついには帝位に即き、国号をも改めて周とした。つまり「唐祚亡ぶ」わけである。

定子は兄伊周の失脚に伴って出家したものの、依然として一条天皇の寵愛を受けて内裏に参入し、子を身ごもるまでになっていた。のちの敦康親王である。出産の近づいた定子は八月九日には平生昌邸に移り、十七日には安産を祈るための御修法も始められた。こうしたなかでの匡衡の話である。「内の火の事」とは六月十四日に起こった内裏の焼亡をいう。こうした不祥事が起きるのは、尼となった后が帝王の寵愛を受けていることに依るものだと、唐朝の衰亡の故事と重ね合わせて非難しているのである(30)。「禍福は糾る縄のごとし」とかつて『小右記』は定子の悲運を評したが(31)、今度は「唐朝の衰亡の故事」まで持ち出されて、最悪の内裏の火事と皇子出産の連鎖が揶揄される。

かくして定子は、いわばもう一人の「ヒノミヤ」として、尊子とはっきりイメージを重ね、藤壺へとつなぐ重要な媒介者となる。

七、藤壺の出家と「ヒノミヤ」との重なりと相違点

では、定子と藤壺との直接的な関係はどうか。ここで、出家をめぐる二人のイメージをめぐって異なる観点から重要な類同を論じた、牧野裕子の論文「『源氏物語』賢木巻の藤壺と中宮定子――後代文学作品の『枕草子』受容から[32]」における考察を紹介したい。

賢木巻で藤壺は、桐壺院の一周忌法要の後、突然出家する。そして藤壺が「御髪おろしたまふほど」、「故院の皇子たちは、昔の御ありさまを思し出づるに、いとどあはれに悲しう思されて、みなとぶらひきこえたまふ」という。「月は隈なきに、雪の光りあひたる庭のありさまも、昔のこと思ひやらるるに、いとたへがたう思さるれど……」と、なすすべもなく歎く、光源氏の姿も描かれる。牧野は、先行研究[33]を踏まえながら、この場面が「単に月の光が雪を照らす景とは異なり、月と雪が互いに異なる光を発する発光体として照らし合う景」だと読み、「光りあひ」という語の使用とも相俟って、こうした状景は、「『源氏物語』の中でも珍しく、正編では賢木巻と朝顔巻にしかない」という。もう一方の「朝顔巻の景は」、「二条院の庭で女童らに雪まろばしをさせながら、源氏が藤壺中宮を回想し、紫の上に女性評を語り始める冬の夜の場面」である。そこには「月さし出でて、薄らかに積もれる雪の光りあひて」と地の文があり、光源氏も「花紅葉の盛りよりも、冬の夜の澄める月に雪の光りあひたる空こそ、あやしう色なきものの、身にしみて……」と嘆じ、「ひと年、中宮の御前に雪の山作られたりし……」などと藤壺を回想する。

一方で「藤壺の出家場面の月と雪の景は、同じ賢木巻、逆境へ転じた藤壺（＝十二月二十日の桐壺院の四十九日の後、三条宮へ退く）を語る際」に見られる「雪うち散り風はげしうて」以下の「雪と風の自然の中の雪の景の繰り

返しである」というように遡及し、連続するという。[34] 牧野は、こうした流れを確認しながら、「雪の景は賢木巻の行啓場面から出家場面と朝顔巻の雪まろばしの場面、そして初音巻の雪の場面まで一貫した象徴性を有している。藤壺の逆境を描いた賢木巻では、中宮の出家は桐壺院の崩御を契機に変遷していく時勢に拠って生じた必然であるように語られていた」と論じて雪の状景が照らし出す藤壺の出家への「必然」をたどり、その先に、定子という類似を発見する。すなわち「藤壺のように庇護者の死を契機に順境から逆境へ急激に転落し、突然出家した中宮といえば史上に存在した中宮定子が思い起こされる。その定子もまた、雪と関わりの深い人物ではなかったであろうか」と論じ、藤壺と定子のイメージの重なりを見出していく。

そして牧野は、朝顔巻の『枕草子』引用と、『枕草子』自体の「雪」の描写を分析して、「つまり雪は、『枕草子』を代表する自然であるとともに、この作品において不遇時代の定子中宮と関わりの深い自然なのである」と断じ、「文学史の中の中宮定子が雪と関わりの深い后妃であることは、おそらく『枕草子』に拠るところが大きいのではないだろうか」と展開し、「藤原北家が摂関家的繁栄を占有するべく良房・基経父子が確立した後宮政治史において、明子・高子・温子・穏子・安子・詮子・定子と続く歴代の有力な后妃たちの中で、政治的な逆境に遭って突然出家した中宮は定子一人である」。「雪の中で突然出家した中宮（＝藤壺）には定子の面影が描き込まれているのではないだろうか。少なくとも賢木巻を読んだ当時の読者たちは、出家した藤壺中宮に定子を想い起こさなかったであろうか」と藤壺に合流するのである。右に傍線を付したような、父道隆の死に始まる中関白家の凋落と、定子の突然の落飾については、すでに述べたところだが、その時定子が宿していた一条帝第一皇女・脩子もまた、あたかも藤壺のように突然の落飾を決意して、多くの人々を歎かせた、という後日譚も付記しておこう（治安四年〔一〇二四〕三月、『栄花物語』巻二十一「後くゐの大将」[35]）。

遡って尊子もまた、よく似た状況を体現していた。「父冷泉は、太上天皇として健在であったが、この時期の尊子は、多くの身内を失う不幸にまみれていた。祖父の太政大臣伊尹を天禄三年（九七二）に失い、叔父の挙賢・義孝を天延二年（九七四）の疱瘡（もがさ）流行で亡くし、「母はその翌年にと、あいついで失った。内親王の入内（＝天元三年、十五歳の時）には「はかばかしき後見」はほとんど無かったのである。しかも時は兼通・兼家の熾烈な権力争いのさなかである。そんな世相の天元五年（九八二）、力と頼む叔父光昭が死んだ。十七歳の若い女性にとっては絶えがたい悲報であった。直ちに内親王は宮中を飛び出し、光昭の初七日にあたる夜には、ひそかにみずから髪を切ったという」（新日本古典文学大系『三宝絵』冒頭解説）。

ただし、第五節で述べた「不意打ちの剃髪・出家という共通項」（今西前掲論文引用部）の実態において、ここで明確な一線を引く必要がある。藤壺と、尊子・定子との間には、画然とした違いがあるからだ。

尊子は密かに宮中を退出し、定子は長徳の変の騒動の中で兄弟と引き離されて、いずれも一人で髪を切って落飾した。そして尊子は「邪気」の所為とも批判されたその突飛な出家行ゆえに、受戒の時期についても議論が残り、かつては『三宝絵』研究のネックとなった。また尊子の落飾後、内裏に戻ったとの噂も内裏焼亡の記録に伝わっていたが、定子もまた、落飾後も一条帝の寵愛深く、出産を経た翌年には、職曹司に参る異例となり、天下の批判にさらされた。前掲の『小右記』によれば「かの宮の人々、出家し給はずと称す」とあり、中宮側では「出家していない」として、再入内を正当化したらしい。その一方で『小右記』は落飾後の敦康親王出産について「世云横川皮仙」との風説を記し（長保元年十一月七日条）[36]、『権記』は、定子が亡くなったことを伝える記事の中で、彼女の「還俗」を明記している（長保二年十二月十六日条）[37]。定子は、その真摯な出家行自体の所在が、自らの意志とは別に、周りからそれぞれの論理でもみ消されてしまったのである。

しかし藤壺は違う。たしかにその出家自体は、まわりには青天の霹靂で「最終（はて）の日、わが御事を結願にて、世を背き給ふよし仏に申させたまふに、みな人々おどろき給」うたが、そのプロセスは整っていて、「心強う思し立つさまを宣ひて、果つる程に、山の座主召して、忌む事受け給ふべき由宣はす。御伯父の横川の僧都近う参り給ひて、御髪おろし給ふ」（賢木巻）とある。「受戒」は天台座主、「落飾」は横川の僧都（『湖月抄』他）と、文句のつけようのない出家だ。その場の人々も、誰も引き留めることもかなわず、もちろん非難など出来なかった。まるで尊子や定子が、反面教師のようにさえ見える英断であった。

八、裏返しの仏陀と「かかやく」藤壺

とはいえ尊子にも、その突飛な行為には理由があった。一人宮城を出て、自ら髪を剃る出家行を果たした尊子の行為は、釈迦の出家行の真摯ななぞりであった、とおぼしいからだ。落飾の日付も灌仏会の日で、仏が仏に成る「四月八日」のことであった。彼女の営為は、いわば〈裏返しの仏伝〉だというのが、これまでいくどか論じてきた私の考えである(38)。ただし当時そのことは、少なくとも男性貴族からはほとんど理解されなかった。「火」をイメージする尊子の「ヒノミヤ」は、「参らせ給ひてほどもなく、内(う)ちなど焼けにしかば、「火の宮」と世人(よひと)申し思ひたりしほどに、いとはかなううせたまひにしになん」（『栄花物語』巻二「花山尋ぬる中納言」）と、縁起の悪い火事の連鎖としてのみ語られた。だが本来「いみじううつくしげに光るやうにておはしましけり」（『栄花物語』巻一「月の宴」）と光る君の美を有した尊子にとって、本来その「ひ」は、釈迦の「光炎」のごとく、あるいは「光輝」のごとく、「美の宮」として、輝く称号を捧げられる存在でありえたはずなのだ。

一方『源氏物語』の光源氏もまた、物語の中で仏に擬えられ(39)、予言をはじめ、いくつかの点で仏伝と重なりつつ、反転する形象をもって描かれる。そして、自らも早くから理想的な出家を願いながら、物語の表舞台ではかなわなかった。尊子とは位相を異にするが、光源氏もまた、もう一人の裏返しのブッダなのである(40)。

桐壺巻の照応では、釈迦に擬えられる光源氏が、「光る君」として登場した。そして彼の愛する、おそらくは

「いみじううつくしげに光るやうにておはしま」す尊子（『栄花物語』巻一「月の宴」）の形容そのままの「美の宮」義母・藤壺が、「かかやくひのみや」として並べられており、光のアナロジーにも違和感がない(41)。ただし、この逸話の光る二人を、釈迦と疑似釈迦の尊子のごとく、あるいはより明示的には聖徳太子と日羅のように、双方が放つ光の照応と交差と読むべきかといえば、そうではないようだ。古代の「かかやく」の用例を分析した當麻良子の論文「『源氏物語』の「かかやく」・「かかやく日の宮」考」は、「かかやく」という語の用例分析を踏まえて「つまり「かかやく」とは、何らかの物体が太陽・月などの光線を受けて明るく光ること、「光を反射し、より増幅した光を放つこと」を意味する語なのではないだろうか」と問い、次のように論じている。

> 　単独で「かかやく」が使われている例を見ていくと、（中略）何らかの発光体の出す光を受けて強く光る「〜にかかやく」という例はあっても、発光体そのものの光を指して「〜がかかやく」という形・意味の例は上代・中古には見出すことが出来ない。ある光が「かかやく」とされる場合は、必ず（中略）複合動詞の形を取る。まず発光現象を意味する語を先に置かなければ言い得ないのである。
>
> 　この点からも、「かかやく」は本来、光源の放った光自体の状態ではなく、「反射した（された）光」のそれを指し、そしてその光がオリジナルよりも増幅・多様化されていること、持続的であることを意味することばであった、という考えは裏付けられると思う。（中略）
>
> ……『源氏物語』の「かかやく」人物とは、「光る君」の「ひかり」を受け止め、より美しく持続的な「かかやき」として返しうる存在であることを意味しているのではないだろうか(42)。

　そもそも光る主体の「発光体」は光源氏であり、藤壺は、そのオリジナルな光を受けて「かかやく」、二次的な存在なのだという。ならば、釈迦の照らす、摩耶夫人と同じである。『釈迦金棺出現図』において、光明を放つのはあくまで釈迦であって——その光明の一つ一つに千の化仏がいた、というのだから——、母の摩耶夫人は、その光に照らし出されて「反射」し、ようやく「より美しく」「かかやく」のだ。

九、義母としての藤壺と女人出家・授記の仏教

ただし問題は簡単ではない。藤壺は、光源氏の義母ではあるが、実母ではない。光源氏は幼くして母を失っており、その代わりに桐壺帝に入内して、義母となるのが藤壺であった。桐壺巻の「光る君」と「かかやくひのみや」は、『釈迦金棺出現図』の仏と母摩耶のように、照らす子・光源氏と、照らし出される母・藤壺を描いたもののように見えて、実は似て非なる系譜の輝きであった、ということになる。

だが釈迦もまた、母を生後まもなく喪っていた。『今昔物語集』が、巻二「仏、為摩耶夫人昇忉利天給語第二」の冒頭で「仏ノ御母摩耶夫人ハ、仏ヲ生奉テ後七日ニ失セ給ヒヌ。其後、太子、城ヲ出テ山ニ入テ六年、苦行ヲ修シテ仏ニ成リ給ヒヌ。四十余年ノ間、種々ノ法ヲ説テ衆生ヲ教化シ給フニ、摩耶夫人ハ、失セ給テ忉利天ニ生レ給ヌ。然レバ、仏、母ヲ教化セムガ為ニ忉利天ニ昇リ給テ……」と語るように、釈迦の亡き母は、この世ならぬ忉利天にいた。そこで仏は、忉利天に昇って母・摩耶夫人に会い、「永ク涅槃ヲ修シテ世間ノ楽苦ヲ離レ給へ」と「摩耶ノ為メニ法ヲ説キ給フ」。摩耶は「法ヲ聞テ宿命ヲ悟テ、八十億ノ煩悩ヲ断ジテ忽ニ須陀洹果ヲ得給ツ」とその教化を受け止め、四果の第一・須陀洹果の悟りを得て、「我レ既ニ生死ヲ離レテ解脱ヲ得タリ」と仏に告げた。

仏はその後「一切衆生ノ為ニ法ヲ説給」い「三月、忉利天ニ在マス」が、やがて「我レハ不久ズシテ涅槃シナムトス」との重大事を語り、鳩摩羅に命じて閻浮提に伝えさせる。しかし現世の閻浮提の衆生は、仏が「不久シテ涅槃ニ入リ給ヒナムト為ナリ」と聞き、「願ハ衆生ヲ哀ミ給ハムガ為ニ、速ク閻浮提ニ下リ給へ」と懇願する。その声を鳩摩羅から聞いた仏は「閻浮提ニ下ナムト思ス」。天帝釈はそれを察知して、下天のための「三ノ道ヲ

造ラシム」。その時に仏は「生死ハ必ズ別離有リ。我、閻浮提ニ下テ不久シテ涅槃ニ可入シ。相ヒ見ミム事、只今許也」と摩耶に告げ、「摩耶、此ヲ聞テ涙ヲ流シ給フ事無限シ」という。

この逸話こそ、先引の『摩訶摩耶経』下巻において、釈迦が「我、昔日、忉利天上において、母の為に法を説き、また摩訶摩耶夫人、自ら説く所有り。今復、此に在りて母子相見ゆ……」（訓読で示した）と阿難に応えて回想した、「昔日」の母との再会であった。『今昔物語集』の出典『釈迦譜』（巻七）では、鳩摩羅から衆生の声を聞いた仏は「放二五色光明一照燿顕赫」と光る。これも重要だ。[43]その状況は『摩訶摩耶経』の上巻に詳述される。

一方で釈迦にも義母がいる。そして彼女は、女人最初の出家者となった人であった。こちらも『今昔物語集』の巻一「仏夷母憍曇弥、出家語第十九」で示せば、彼女の名は「憍曇弥、又ハ大愛道トモ云ヒ、又波闍波提トモ云」い、「釈迦仏ノ夷母也、摩耶夫人ノ弟也」。摩耶の妹にあたる叔母であった。彼女は強く出家を念じており、繰り返し仏に乞うたが、許されなかった。最初は「仏、迦維羅衛国ニ在マス時、憍曇弥、仏ニ白テ言ク、「我レ聞ク、『女人精進ナレバ、沙門ノ四果ヲ可得シ』ト。願クハ我レ、仏ノ法律ヲ受ケ出家セムト思フ」ト。仏ノ宣ク、「汝、更ニ出家ヲ願フ事無カレ」ト。憍曇弥、如此ク三度申スニ、仏、更ニ不許給ズ。憍曇弥、此ヲ聞テ歎キ悲テ去ヌ」という風に。その後また「仏、迦維羅衛国ニ在マス時」、憍曇弥が以前のように「出家セムト申スニ、仏、又、不許給ズ」。「三月」が経って仏が国を去る時、老女たちと一緒にいた彼女は、仏を追いかけ、その足を止めさせて、「如前ク出家セムト申スニ」、やはり許してくれない。

失意の中でやつれ「啼泣」する彼女は、仏弟子の阿難に出会い、その助力を得る。阿難は、女性の出家を拒む仏に対して、「憍曇弥ハ多ク善ノ心有リ。先ヅ仏ヲ、始テ生レ給フ時ハ受取テ養育シ奉テ、既ニ長大ニ至シ奉レリ」と語り、彼女が仏の義母として生きた貢献を進言した。そこで仏はようやく「憍曇弥、実ニ善ノ心多シ。又、我レニ恩有リ。今我レ仏ト成テハ、又我レ彼ニ恩多シ」と応え、ついに「女人、沙門ト成ムト思ハヾ、八敬ノ法ヲ学ビ行フベシ」、「若、法律ニ入ムト思ハヾ、能ク精進セヨ」とその困難を説きながら、彼女の出家を認めた。阿難は「汝、今ハ歎ゲキ悲シム事無カレ。仏、汝ガ出家ヲ許給フベシ」と仏の許しを義母に伝え、「憍曇弥、此レヲ聞テ大歓喜シテ、即出家シテ戒ヲ受テ比丘尼ト成リ、法律ヲ受ケ羅漢果ヲ得ツ。女人ノ出家スル事、此レニ始レリ」という。『今昔物語集』は、この憍曇弥出家説話の次に、釈迦の妻・耶輸陀羅の出家譚「仏、耶輸多羅令出家語第二十」を用意していたが、こちらは本文欠となっている。

ここで『法華経』勧持品第十三が想起されよう。そこには、出家した憍曇弥が次に求める授記への展開が描かれる。すなわち「仏の姨母、摩訶波闍波提比丘尼と学・無学の比丘尼六千人」が、「倶に座より起ちて、一心に合掌し、尊顔を瞻仰いで、目は暫らくも捨て」ず、釈迦をじっと見つめる。世尊はその視線に耐えかねたかのように、「時に、世尊は、憍曇弥に告げたもう」。「何が故に、憂いの色にて如来を視るや。汝が心に、将いは、われ汝の名を説いて阿耨多羅三藐三菩提の記を授けず、と謂うことなしや」と疑念に応えて説法を始め、理を詰めて授記を与えた。「その時」、これを見た、釈迦の妻で「羅睺羅の母」である「耶輸陀羅比丘」が「世尊は、記を授ける中において、独りわが名を説きたまわず」と不満に思い、世尊はそれを察して説諭し、授記を与えた、と続く（岩波文庫の訓読による）。

藤壺に仏の義母を重ねる時、この『法華経』勧持品は、逸することの出来ない経説となる。先引の今西論が説明する賢木巻での出家は「周知のように、藤壺は桐壺院亡きあとの逆境の中、その一周忌を期して突如剃髪、出家を敢行した」と要約されており、続く引用の「はての日……」も一周忌法要の最終日と読まれかねないが、実際は違う。『源氏物語』の原文をたどれば「中宮は、院の御はてのことにうちつづき、御八講のいそぎをさまざまに心づかひさせたまへり」とある。藤壺は用意周到で、一周忌法要の後に法華八講を開催する準備も進めてきた。そしていよいよ一周忌。「霜月の朔日ごろ、御国忌なるに雪いたう降りたり」。それから時日を経て、「十二月十余日ばかり、中宮の御八講なり。日々に供養ぜさせたまふ御経よりはじめ……」と自らが願主となる仏事「中宮の御八講」が開催された。その四日目の「最終(はて)の日、わが御事を結願にて、世を背き給ふよし仏に申させたまふに……」と藤壺は自分の出家を仏に願い、実現したのである。

この法華八講は「初の日は先帝（＝藤壺の父）の御料、次の日は母后（＝藤壺の母）の御ため、またの日は院（＝桐壺）の御料、五巻の日なれば、上達部なども、世のつつましさをえしも憚りたまはで、いとあまた参りたまへり」と進行し、最終日を迎えた。「五巻の日」については、新編日本古典文学全集の頭注に「御八講三日目、『法華経』第五巻を講ずる日。この時代には「提婆達多品」などを含む第五巻が特に重んぜられて、この日は特別の儀式が行われる」とあるとおりだが、ここでは「などを含む」として省略されたところが重要だ。『法華経』巻五では、竜女成仏を説く筆頭の「提婆達多品第十二」の次に、釈迦の義母と妻の授記を説く「勧持品」が続くからである。一周忌を終えた「故院」に捧げられた「五巻の日」と、その翌日の満を持した出家の実現と。藤壺の本願の企図は、物語本文のこのプロットに明示されていたことになる。

十、仏伝受容をめぐる『源氏物語』の深層と達成――おわりにかえて

『源氏物語』は、男の出家がかなわず、女たちばかりが出家する物語だという。「女性の方はつらい男女関係が理由で」「「憂し」という気持ちになり、そして出家を志向する者が多」く、「特に、密通した女性は皆出家する」。それに対して「男性の方は厭世的感情を持ち出家を願う者が多いが、結局出家にいたる者はほとんどいない」。彼らは「出家生活に憧れを持ちながらも、それぞれ絆に引かれて俗の世界に生き続ける」が、その「出家の絆となるもののほとんどは女性であ」る。「男性の多くは、女性に心を引かれて出家できないのに対し、女性の多くは、男性から逃れるために出家する」との相反がそこにある。「このような対照的な男女の出家のあり方」こそ、

他の物語には見られない、『源氏物語』における出家の特徴なのである」とチョーティカプラカーイ・アッタヤは解析する。(44) 藤壺と光源氏はそれぞれの象徴だ。

しかし藤壺の周到な準備とパフォーマンスを見れば、彼女は「出家」を完璧な手順でなし終えた……、かのように見える。ならば釈迦の義母・憍曇弥のように、藤壺も授記を得たのだろうか。いや『源氏物語』は、救済を説く仏書ではない。義母と子の物語も、これで終わりではなかった。

『源氏物語』を読み進めると、出家した義母・藤壺が亡くなった後、あたかも釈迦の母・摩耶のごとく、生死の時空を越えて、光源氏と語らおうとする場面がある。朝顔巻で、藤壺が光源氏の夢に出現するシーンだ。先に見たように、雪と月の情景から光源氏が「ひと年、中宮（＝藤壺）の御前に雪の山作られたりし……」と藤壺を回想し、それがきっかけとなって、源氏は紫の上とゆかりの女性たちの評を重ね、「昔今の御物語に夜更けゆく」。そして紫の上が和歌を詠むと、その「外を見出だして、すこしかたぶきたまへるほど、似るものなくうつくしげなり。髪ざし、面様の、恋ひきこゆる人の面影にふとおぼえて、めでたければ、いささか分くる御心もとりかさねつべし」。紫の上の姿が藤壺の面影に重なった光源氏は、「かきつめてむかし恋しき雪もよにあはれを添ふる鴛鴦のうきねか」と詠んで床に就く。この一連の光源氏の行為に疑念を募らせた藤壺が夢に現れ、「恨み」「のたまふ」こととなったのである。

入りたまひても、宮の御事を思ひつつ大殿籠れるに、夢ともなくほのかに見たてまつる、いみじく恨みたまへる御気色にて、「漏らさじとのたまひしかど、うき名の隠れなかりければ、恥づかしう、苦しき目を見るにつけても、つらくなむ」とのたまふ。

光源氏は「御答へ聞こゆと思すに、おそはるる心地して」、藤壺への夢中の返事もままならず、隣に臥す「女君（＝紫の上）の、「こは。などかくは」とのたまふにおどろきて」目を覚ます。この無念の寝覚めが「いみじく口惜しく、胸のおきどころなく騒げば、おさへて、涙も流れ出でにけり。今も、いみじく濡らし添へたまふ」と涙にむせぶばかりの光源氏は、「女君、いかなることにかと思すに、うちもみじろかで臥したまへり」。紫の上の不審もかまわず、自分の世界に閉じ籠もったままだ。やがて「とけて寝ぬ寝覚めさびしき冬の夜に結ぼほれつる夢のみじかさ」との詠歌があり、悲しみの中で早々に起きた翌朝、源氏は、藤壺を密やかに供養した。

なかなか飽かず悲しと思すにとく起きたまひて、さとはなくて所どころに御誦経などせさせたまふ。苦しき目見せたまふと恨みたまへるも、さぞ思さるらむかし、行なひをしたまひ、よろづに罪軽げなりし御ありさまながら、この一つ事にてぞ、この世の濁りをすすいたまはざらむ、とものの心を深く思したどるに、いみじく悲しければ、何わざをして、知る人なき世界におはすらむを、とぶらひきこえに参でて、罪にもかはりきこえばやなど、つくづくと思す。かの御ためにとり立てて何わざをもしたまはむは、人咎めきこえつべし。内裏にも、御心の鬼に思すところやあらむ、と思しつつむほどに、阿弥陀仏を心にかけて念じたてまつりたまふ。おなじ蓮にとこそは、

なき人をしたふ心にまかせてもかげ見ぬみつの瀬にやまどはむ

と思すぞうかりけるとや。　（以上、『源氏物語』朝顔巻）

注目すべきは傍線部だ。光源氏は、亡くなって「知る人なき世界」におわす藤壺を、なんとか「訪らひきこえに参でて」遇い、いわば代受苦のごとく、その罪に代わって自分が罰を受けてでも救済を果たしたい、と願う。しかし先の夢中では、声さえ届けることができなかった。また、もし「何わざ」の仏事を「とり立てて」行えば、その風評や帝の聞こえもはばかられる。光源氏は、ただ「思しつつむ」しかなく、心に阿弥陀を念ずるばかりであったという。

またしてもそれは、釈迦と母の関係の裏返しになっている。釈迦の母「摩耶夫人ハ、失セ給テ忉利天ニ生レ給

ヌ。然レバ、仏、母ヲ教化セムガ為ニ忉利天ニ昇リ給テ」――仏は現世ならぬ世界に亡き母を訪ねて会い、「永ク涅槃ヲ修シテ世間ノ楽苦ヲ離レ給ヘ」と「摩耶ノ為メニ法ヲ説キ給フ」た。それに応えて摩耶が「宿命ヲ悟テ、八十億ノ煩悩ヲ断ジテ忽ニ須陀洹果ヲ得ツ」と悟りを得て、「我レ既ニ生死ヲ離レテ解脱ヲ得タリ」（引用は先引の『今昔物語集』巻二第二）と仏にも告げるのである。『源氏物語』のディスコミニュケーションとその結果は、この仏伝といかにも対照的だ。

尊子や定子とは異なって、理想的な受戒・落飾・出家を遂げたはずの藤壺も、『源氏物語』の中では、結句「密通した女性は皆出家する」（アッタヤ前掲論文引用部）との範疇に収まってしまう。朝顔巻引用部に波線を引いたように「この一つ事にてぞ、この世の濁りをすすいたまはざらむ」と光源氏が拝察するごとく、とりわけ義子と「密通した」義母には、それが致命傷となった。あの立派な出家行にもかかわらず、藤壺は没後、夢に「苦しき目見せたまふと恨みたまへる」姿を義子の光源氏にさらすこととなった。その罪を自覚して彼女の救済を願う光源氏もまた、まさにその密通の罪故に、表立った仏事さえ出来ない。やむなく「さとはなくて」誦経して供養し、ただ阿弥陀念仏を心に唱え、極楽で「おなじ蓮に」と祈ることしかできない。そして「亡き宮をお慕いする心のままにお訪ね申しても、そのお姿の見えない三途の川瀬で途方にくれることだろうか」との和歌（新編日本古典文学全集の口語訳で示した）を読む。しかも聞こえをはばかる帝とは、他ならぬ義母・藤壺と子・光源氏との実子なのであった。

釈迦と耶輸陀羅の一子である羅睺羅は、仏となった父の意志で早くに出家させられる。我が子の出家を最初は強く拒んだ妻（『今昔物語集』では巻一「仏迎羅睺羅令出家給語第十七」に描かれる）も、既述のように釈迦の叔母で義母の憍曇弥に続いて出家し（『今昔物語集』など）、授記も相次ぐ（『法華経』勧持品）。『源氏物語』は、そうした仏伝とは、見事なほどのすれ違い、倒錯がなされ、藤壺の救済も反転して、いつしか遠のく。

かつて秋山虔は「源氏物語の第一部の結びの巻「藤裏葉」の、はなやいだめでたしめでたしの舞台が暗転すると、次いでそこに開かれてくるのは、従来とはあまりにも異質の世界である」と起筆して「「若菜」巻の始発をめぐって」と題する論文を綴った（『源氏物語の世界』東京大学出版会、一九六四年）。そうした作品世界の対照的な「暗転」構造は、この物語の性（さが）、もしくは本質的な方法であった。

一方で、あれほど気遣い、密かに心を尽くして藤壺を供養した光源氏本人は、その後まさしく藤裏葉から若菜へ、という「暗転」も経て、いつまでも出家を求めてかなわなかった。だが、紫の上を失い、哀傷のひととせを過ごした後、苦悩と逡巡を重ねつつ、今度こそは、と来年への決意を示し、幻巻の歳末で表舞台から去った。名のみの「雲隠」を隔て、匂兵部卿巻は「光隠れたまひにし後（のち）」と始まり、光源氏没して後の、匂宮と薫らの紹介が続く。そしてそれからずっと先の宇治十帖の宿木巻において「故院の亡（う）せたまひて後（のち）、二三年ばかりの末に、世を背きたまひし嵯峨の院にも、六条院にも、さしのぞく人の心をさめん方なくはべりける」と薫は回想する。これにより故院・光源氏は、晩年に出家して、嵯峨院で過ごしたことが、読者にも知らされる。だが『源氏物語』の中世読者はそれに飽き足らず、光源氏の出家行をまるで仏伝のように描く続篇を書き継いで、光源氏の物語を完結しようとした（『雲隠六帖』「雲隠巻」[45]）。

「昔日」の忉利天での母子邂逅から、その時に告知した釈迦の涅槃に駆けつけた母の摩耶に告げられた「無常偈」、という「ひかり」「かかやく」『釈迦金棺出現図』の世界。この仏伝を横に置いて眺めると、『源氏物語』がそれを深く理解して参照しながら、「この世」の人間の物語として、あえていかにずらそうとしているか。そのことがよく分かる。

『源氏物語』においては、母と義母という重なりとすれ違いもあり、光と闇を複雑にさまよい、光源氏をめぐって、「無常偈」は、ついに交わされることが無かった。さらに言えば、本論考では取り上げられなかったが、妻との「無常偈」は、よりシビアに、あるいは巧みに伏せられている。まるで釈迦の母摩耶のように、一子・夕霧を生んでまもなく死んだ光源氏の妻・葵の上。その死により、はじめて出家への思いが兆した光源氏だったが、紫の上には生前の出家を許さず――彼女は死期の近づくことを覚り、『法華経』千部供養を果たしていた（御法巻）――、落飾は死後の床で命じられた。藤壺のごとく密通の末に薫を生んだ女三の宮のみが、苦悩の中で父の朱雀院に懇願して出家を果たす。それを知った実父の柏木は、絶望してついに死んでしまった。そして一人残された光源氏は、五十日の義子・薫を抱きしめ、「無常偈」ならぬ『白氏文集』「自嘲」をつぶやくのだ(46)。譬喩的な物言いに聞こえるかも知れないが、ブッダと光源氏と、その対極に、私の考える「ソリッドな〈無常〉／フラジャイルな〈無常〉」があり、古典の変相の不思議がある。

（1）画像については、オンラインでも確認でき、e国宝他に掲載される。
（2）泉武夫「本論　釈迦金棺出現図」（京都国立博物館編『国宝　釈迦金棺出現図――京都国立博物館蔵』便利堂、一九九二年）。
（3）引用した説明は、川崎ミチコ「敦煌本『仏母経』と釈迦金棺出現図について――関係資料の紹介を中心として」（『東アジア仏教学術論集』七号、二〇一九年）による。
（4）漢訳仏典の引用は、特に断らない限り、大正新脩大蔵経により、CEBETAやSATなどのデータベースを参照し、返り点等を付して示した。
（5）この引用も、川崎前掲注(3)論文による。
（6）朝賀浩「釈迦金棺出現図をめぐって」（『美術史学』一三号、一九九一年）、また泉前掲注(2)論文など参照。
（7）『釈迦譜』には五巻本と十巻本があるが、ここでは『今昔物語集』の典拠という観点から、十巻本を用いた。刈谷市立図書館蔵・寛文十二年板本、国文学研究資料館の紙焼により、付訓等は原則略す。早稲田大学の古典籍総合データベース、国文学研究資料館の国書データベース等所掲のデジタル資料も参照した。

（8）本話をはじめとする『今昔物語集』と『釈迦譜』との関係については、本田義憲『今昔物語集仏伝の研究』（勉誠出版、二〇一六年）参照。
（9）引用は、水野弘元『釈迦の生涯』（春秋社、一九八五年）。
（10）釈迦の光炎が広く「仏陀の超人性・超越性の表現」であることについては、ガンダーラ美術の説話図をめぐって、宮治昭に興味深い考察がある。宮治『インド仏教美術史論』第二部第三章「「火を発する仏陀」と説話表現」（中央公論美術出版、二〇一〇年）参照。
（11）堀内秀晃「光源氏と聖徳太子信仰」（『講座　源氏物語の世界』第二集、有斐閣、一九八〇年一〇月）。
（12）『源氏物語』の引用は新編日本古典文学全集によるが、一部表記に変更を加えた。
（13）引用は、今井源衛『源氏物語の研究』一「源氏物語概説」（未来社、一九六二年）。
（14）この説の詳細は、堀内前掲注（11）論文、石田尚豊編『聖徳太子事典』（柏書房、一九九七年）の「聖徳太子伝暦」の項など参照。
（15）今井源衛『人物叢書　紫式部（新装版）』（吉川弘文館、一九八五年）参照。
（16）この宮を「藤壺」ととるのが一般的だが、日本古典文学全集（旧・新編とも）は朱雀院女御の御子・東宮と解する。こちらの方が文脈上は自然である。
（17）以上、園明美「「かかやくひの宮」という呼称」（法政大学国文学会『日本文学誌要』八二、二〇一〇年七月）。のちに同『源氏物語の理路——呼称と史的背景を糸口として』第二編（風間書房、二〇一二年）に再収。
（18）増田繁夫『源氏物語と貴族社会』第一章・三「源氏物語の藤壺は令制の〈妃〉か」（吉川弘文館、二〇〇二年）。
（19）今西祐一郎「「かかやくひの宮」考」（岩波書店『文学』五〇—七、一九八二年七月）。
（20）今西祐一郎「「火の宮」尊子内親王——「かかやくひの宮」の周辺」（『国語国文』五一—八、一九八二年八月）。
（21）今西前掲注（20）論文。
（22）荒木浩「尊子と定子——仏伝と「火の宮」をめぐる出家譚の表象」（寺田澄江・田渕句美子・新美哲彦編『二〇一三年パリ・シンポジウム　源氏物語　フィクションと歴史——文学の営みを通して』青簡舎、二〇一四年）。
（23）以上の引用は、安西迪夫『歴史物語の史実と虚構——円融院の周辺』（桜楓社、一九八七年）の第一篇「一　歴史物語と尊子内親王」による。
(24) 安西論文も触れることだが、「尊子は火災にあうこと、斎院の時一度、内裏で二度、もどった実家先でと、計四度にもなる」（新編全集『大鏡』頭注）という。
(25) 以下引用する『栄花物語』は、新編日本古典文学全集による。
(26) 倉本一宏『人物叢書　一条天皇（新装版）』（吉川弘文館、二〇〇三年）。
(27) 丸山裕美子『清少納言と紫式部——和漢混淆の時代の宮の女房』（山川出版社、日本史リブレット20、二〇一五年）。
(28) 丸山前掲注(27)書。
(29) 倉本前掲注(26)書。
(30) 後藤昭雄『人物叢書　大江匡衡（新装版）』（吉川弘文館、二〇〇六年）による。
(31) 大日本古記録の原文には「神福如縄纏」とあり、誤写が想定される。
(32) 牧野裕子「『源氏物語』賢木巻の藤壺と中宮定子——後代文学作品の『枕草子』受容から」（『岡大国文論稿』三四号、二〇〇六年三月）。
(33) 高田祐彦『源氏物語の文学史』Ⅲ2「逆境の光源氏——賢木巻後半の方法」（東京大学出版会、二〇〇三年）他参照。
(34) 牧野前掲注(32)論文によれば、これらは清水好子『源氏物語の文体と方法』Ⅰ「場面表現の伝統と展開」（東京大学出版会、一九八〇年）の指摘により、前引の「高田論文は、この清水論文を引く」。
(35) この場面での藤原道長の発言なども興味深い。前掲注(22)拙稿参照。
(36) 「藤原実資など「世に横川皮仙（出家者にあるまじき者）と云ふ」となじっている」（丸山前掲注(27)書）などと釈されるこの一文の理解は、「これは憶測にすぎないが、「出家らしからぬ出家」という意味で、落飾しながら子をもうけた中宮に対する蔭口に転用されたのではないだろうか。いずれにしても人々の中宮に対する批難や中傷は烈しかったと思われ、それと共に中宮の参入を促した天皇も批判をまぬかれなかったはずである」と論ずる黒板伸夫『人物叢書　藤原行成（新装版）』（吉川弘文館、一九九四年）に由来する（倉本前掲注(26)書参照）。ただし黒板も「「横川皮仙（皮聖）」は有名な行円と考えられ、この文は前後とつながらぬことが指摘されている」として平林盛得「平安期における一ひじりの考察——皮聖行円について」（『聖と説話の史的研究』吉川弘文館、一九八一年所収、初出一九六二年）を引くように、その揶揄するところは、文脈を含め、かならずしも明確ではない。

(37) なお尊子と定子の出家については、荒木浩「〈裏返しの仏伝〉という文学伝統――『源氏物語』再読と尊子出家譚から」(説話文学会編『説話文学研究の海図　説話文学会六〇周年記念論集』文学通信、二〇二四年)、および前掲注(22)拙稿参照。考察過程での重要な先行研究として勝浦令子『女の信心――妻が出家した時代』第一章「尼削ぎ攷――髪型から見た尼の存在形態」(平凡社選書、一九九五年、初出一九八九年)がある。

(38) 前掲注(37)拙稿参照。

(39) 初音巻で光源氏の六条院の春の町が「生ける仏の御国」と呼ばれ、高木宗監の『源氏物語と仏教』(桜楓社、一九九一年)には、「『釈尊伝』に終始準拠している『源氏物語』」とまで断定する言述もある。

(40) 日向一雅に「光源氏の出家と『過去現在因果経』」(同編『源氏物語と仏教――仏典・故事・儀礼』青簡舎、二〇〇九年)と題する分析がある。詳細は、光源氏と仏伝を重ねる先行研究を踏まえて論じた、前掲拙著『かくして『源氏物語』が誕生する』Ⅱ第六章「〈非在〉する仏伝――光源氏物語の構造」(笠間書院、二〇一四年)参照。

(41) ちなみに『栄花物語』巻六は「かかやく藤壺」と名付けられ、彰子の一条帝への入内以下を描く。

(42) 以上、當麻良子「『源氏物語』の「かかやく」・「かかやく日の宮」考」(『日本言語文化研究』三号、二〇〇一年)。

(43) 本田前掲注(8)書参照。

(44) チョーティカプラカーイ・アッタヤ「『源氏物語』の出家の表現――男女の違いをめぐって」(大阪大学古代中世文学研究会『詞林』三二号、二〇〇二年一〇月)。

(45) その詳細については、前掲注(37)拙稿参照。

(46) 荒木浩「出産の遅延と二人の父――『原中最秘抄』から観る『源氏物語』の仏伝依拠」(『国語と国文学』九五巻二号、二〇一八年)参照。

戦後の近代超克論

——唐木順三の無常を手掛かりに

廖　欽彬

はじめに

本論考は国際日本文化研究センターの共同研究「ソリッドな〈無常〉／フラジャイルな〈無常〉——古典の変相と未来観」（二〇二一〜二〇二四年度、代表者：荒木浩）の目標を踏まえたうえで、京都学派の哲学者である唐木順三（一九〇四〜一九八〇）の『現代史への試み—型と個性と実存—』（筑摩書房、一九四九年）、『中世の文学』（筑摩書房、一九五四年）、『無常』（筑摩書房、一九六四年）を中心に、彼の戦後の近代超克論と無常論を考察しつつ、その現代的意義と思想的限界を探究しようとするものである。唐木の近代超克論と無常論の考察に入る前に、まず以上の共同研究の目標を検討したい。

この共同研究は、古典・無常・未来観という三つのキーワードの中で、国際的・学際的視点において日本文化の再考を行おうという試みであり、日本古典研究の国際的展開を志向し、その方法論を探求するコンテクストから、新たな世界観の開発を目途とする研究提案である。(1)

一般の理解では、「古典」とは古の人が書いた、後世の人々にとって価値のある書物のことであり、現代のわれわれから見て、古い時代に属するものである。この過去に属する書物は、いかにして未来的な価値を持つようになるのか。またいかにして異文化圏の人々や学問の異なる領域の人々によって受容されうるのか。これらの課題を果たすために、共同研究の目標が設定されたかと思う。筆者はそうした意図を踏まえて、唐木順三の近代超克論と無常論を考察しようと試みる。

　ここでは、唐木の思想にも関係がある、共同研究のテーマに現れる「ソリッド（solid）」と「フラジャイル（fragile）」という言葉の検討をしてみたい。ソリッドはhard or firm, keeping a clear shapeという説明から、「気体・液体でなくて固体の、固形体の、濃い、厚い、密で堅い、うつろでなく中まで堅い、中身のある、実質的な、中まで同じ物質の」といったさまざまな形容詞として認識されている。これに対して、フラジャイルはeasily damaged, broken, or harmedという説明から、「壊れやすい、もろい、虚弱な、かよわい、はかない」といったさまざまな形容詞として認識されている。問題は、ソリッドとフラジャイルをもって無常を修飾することにある。無常とは、「はかなし」という意味があり、すべてのものが絶えず生滅・変化して、少しの間も同じ状態にとどまっていないことを指す。はたして、こうした流転の状態にさらに形容詞をつけることができるのか。これは、ソリッドな〈無常〉とフラジャイルな〈無常〉はどのように理解・把握されるべきかという問題に還元できる。

　唐木ないしその師匠にあたる田辺元の哲学的立場から考えれば、ソリッドな〈無常〉は一種の自己同一的なものであり、フラジャイルな〈無常〉は一種の絶対媒介的なものである。前者は自己同一の論理から捉えられたものであり、後者は絶対媒介の論理から捉えられたものである。田辺の絶対媒介の論理を継承して、その立場に立脚している唐木は、無常という概念を動的に把握しているため、フラジャイルな〈無常〉を象徴、空有（くうう）として見ているように思われる。

　唐木の近代超克論と無常論を論究するためには、彼の思索の出発点を把握する必要がある。唐木は一九二四年に現在の京都大学に入学し西田幾多郎の指導を受け、一九二七年卒業論文「ベルクソンに於ける時間と永遠」（副査：深田康算、田辺元）を提出した。卒業後、高島実業補習学校、満洲教育専門学校、成田高等女学校、法政第二中学校、法政大学予科の講師を経て、一九四六年に明治大学の講師、一九四九年に同大学の教授になり、一九六七年に退職した。肺がんで一九八〇年に生涯の幕を閉じた。(2)

文芸批評家・思想家・哲学者と称された彼の思想をどのように区分するのかは、人によってさまざまである。ここでは前期の近現代文学研究と後期の中世・近世文学研究という大まかな区分で彼の思想を見定めたい。本論が扱う唐木の近代超克論と無常論は、この思想の区分から見れば、ちょうどその前期から後期への転換期に当たる思索の結晶であり、特に後者のほうが彼の後期思想において重要な位置を占めていると思う。

筆者はこの前期から後期への転換期の思想を顕著に表すものとして、彼の著作群から『現代史への試み』と『中世の文学』を選んで、本論の第一節と第二節でその近代超克論と無常論の探究を行い、そして、第三節と結論では『無常』を中心に、その無常論のさまざまな射程を考察しつつ、唐木の思想の現代的意義とその限界を述べながら、共同研究が掲げた目標について考えてみたい。

一、近代の超克と中世への回帰

（1）無から有へ

『現代史への試み』に収録されている諸論考は、唐木が明治大学に職を得てから、つまり日本敗戦後に産出したものである。彼はほぼ西谷啓治の『ニヒリズム』（弘文堂、一九四九年）と同じ時期にこの本を上梓した。この本の「新版あとがき」からわかるように、唐木は芥川龍之介の死に日本近代の崩壊と終結を感じ取り、新たな局面を迎える思想の糧をマルキシズムに求めたが、結局、満足できなかった。そして、マルキシズムから実存哲学

(ドストエフスキー)に目を転ずるようになり、日本近代の源である西欧近代がもたらしたニヒリズム、また敗戦後の日本のニヒリズムを克服しようとしていた。(3)「近代の超克」とまで言わないが、唐木にとって、近代日本の、否、戦後日本の新たな局面を迎えるためには、換言すれば、近代日本から抜け出して現代日本に突入するためには、人間の本質、実存の探究によるしかない。むろん、こうした彼の思索のスタンスが同時代の思想家、哲学者のそれと共通していることはいうまでもない。

上述のように、『現代史への試み』において最も中心的に論じられるのは、戦後日本の虚無(ニヒル)、無主体性に直面して、日本人はいかにすればよいのかという課題である。つまり、無主体性から主体性へ、無から有へ、無形から形への志向は唐木にとっての関心事である。(4)なぜなら、これは日本人の歴史的実存、実存状況にかかわっているからである。

さて、無から有を生むことができるのか、虚無からの形(型)、あるいは無からの創造はいかにして可能であるのか。唐木は廃墟になった戦後日本、ニヒリズムの雰囲気に包まれる戦後日本人に「中世に戻れ」と呼びかけ、中世に回帰することによって新たな日本の形を作ることができると主張した。未来志向を求める彼はなぜこのように、日本の中世に戻るように呼びかけたのか。この動機は京都学派の哲学者の共通認識によるものにほかならない。これについては後述する。類比的に言えば、ヨーロッパのルネッサンス人が自らの未来を切り開くために、ギリシア・ローマへの回帰を目指したのと同じように、戦後の日本人は自らの未来を切り開くために、日本の中世への回帰を目指すべきであると(5)唐木は考えた。これによって、日本中世の古典を読む必然性が生じてきたことに、われわれは注意しなければならない。

のみならず、これはまた、今日に生きているわれわれが古い時代に属する古典をどう読むべきであるのか、そして、こうすることを通じていかにしてその未来的な価値を見出すことができるのか、という現代の人文学不要論・廃棄論から生じてきた問題にかかわってくる議論だからである。かくして、中世の古典に帰り、そこからの型を取ることによって新たな時代を切り開くという試みは、まさに唐木が近代史とは異なる現代史（近代と現代の区分）を構築しようとした試みである。[(6)] これは彼の戦後の近代超克論にほかならない。

（2）時代区分

それでは、上述した唐木の現代史を構築しようとした試みは何によって促されたのか。われわれは京都学派の哲学者の歴史哲学について概観する必要がある。京都学派の哲学者に関して、ここでは田辺元と大島康正を取り上げたい。彼らの歴史哲学の基本的な立場は次のような認識によって把捉することができる。すなわち「過去は変えられる。現に生きているわれわれが未来を切り開くこと（未来への展望と創造）によって」という「未来→過去」の歴史観と、「未来は作られる。現に生きているわれわれが過去に戻ること（過去への回帰と復古）によって」という「過去→未来」の歴史観である。両者を同時に可能にするのは現に生きているわれわれの実存にほかならない。

以上の認識は、田辺の『歴史的現実』（岩波書店、一九四〇年）以降の立場を貫いており、大島の『時代区分の成立根拠』（筑摩書房、一九四九年）はその立場を継承した。大島によれば、歴史的現実において、過去（近代）と現在（現代）を区分・裁断するためには、未来の無が過去の有をして不断に「死復活」させる「現在の主体」がなければならないという。[(7)] ここでは、明らかに「未来→過去」、「無→有」の歴史観は主導的な地位を占めており、この未来と過去、無と有の関係には、それぞれ現在と人間の実存が潜んでいる。大島の時代区分論は幾分にも未来志向性を含んでいるにもかかわらず、決して古い時代の古典の読解作業を蔑ろにしているわけではなく、むしろ積極的にその読解に取り組んでいた。いずれにせよ、大島が戦後において時代を区分する試みが戦時中の京都学派の世界史の構築ないしその「近代の超克」論の構築[(8)]にかかわっていることはいうまでもない。筆者から見れば、これは戦前の「近代の超克」論を再考・清算する作業にほかならない。

これに呼応して、田辺は『哲学入門―補説第一　歴史哲学政治哲学―』（筑摩書房、一九四九年）において、ルネッサンス以来の歴史認識、つまり「古代→中世→近代」＝「未来→過去→現在」という図式を取り上げ、これに批判を加えた。彼によれば、このようなルネサンス以降の歴史観は過去の過去（中世にとっての過去＝古代）を未来とすること、つまり古典を復興し古代に未来を見出すことによって、近代（現在）と中世（過去）を区分したのであるが、それにはなお「愛の絶対統一における友愛の自由な協同」という歴史の未来的原理が欠けている。「近代の超克」、「時代の区分」が可能になるのは、ただこの原理によるほかない。このような宗教的実存による実践（愛即無、無即愛）が実現された時点において、ルネサンス以降の歴史認識、つまり「古代→中世→近代＝未来→過去→現在」という図式の代わりに、「近古→現代→将来（黎明）」＝「過去→現在→未来」という図式が現れてくるはずである。[9]

以上のような大島と田辺の歴史哲学の展開はいずれも時代の動きに合わせた言説や思索に違いない。ただ両者の言論にはどのような相違があるのかと言えば、その違いは宗教的実存であるかどうかにある。[10]唐木の時代区分も両者のそれと同調するものであることは明白である。ただし、唐木と田辺との間には、大島と田辺との間にある相違がないように思われる。これについては、後述に譲りたい。

（3）形の論理

ここで唐木と田辺との思想的連関とその違いを論述するにあたって、『現代史への試み』の「十　形への憧憬」と「附録　媒介と象徴―田辺哲学について―」を踏まえたい。唐木はこの二篇では三木清の『構想力の論理』[11]における形の論理と田辺の象徴の論理の比較を兼ねて、自らの形の論理を思索した。前述のように、形の論理を思索することは、敗戦後の日本の新たな局面の建設に資することと無関係ではない。この形の論理を検討する前に、まず唐木が近代日本精神史を考察したうえで呈示した近代日本精神の形とその限界を見てみよう。

唐木は、江戸儒教の型を封建道徳・封建意識として攻撃した自由民権派やそこから生まれた自然主義派やそれに続いて出たヒューマニズム、教養派を取り上げ、江戸・明治期の型、つまり修養という形式と、大正・昭和期の型、つまり教養という無形式を対比的に論じた。彼にとって、江戸・明治儒教の型との対抗で生まれた大正・昭和教養派の型は実際、形式や形のないもの、換言すれば有が虚無化したものにすぎず、実質的な働きを持たない。[12]唐木はこの戦後まで続く形のないもの（虚無化されたもの）を、中世への回帰を通して形のあるもの（空有）にしようと試みた。彼が依拠したのは、田辺の媒介の論理であり、象徴の論理である。これについては唐木の「媒介と象徴―田辺哲学について―」[13]に見出すことができる。彼はここで田辺が晩年に展開した媒介と象徴の論理を述べながら、戦後日本のあるべき姿（形なき形、空有）を作る論理を模索していた。これが、筆者が上述した唐木の形の論理である。彼の形の論理を見てみよう。

すべての型は媒介された型であり、常に新しく媒介されることによってわずかにその存在を保ちうる。それは断えざる自己否定によってのみ復活存在たりうるものである。媒介をも自己否定する絶対媒介としての無は、ただ有の行信を通じてのみ顕わになるものであって、何等形而上的存在者ではない。形が形として自己を維持できるのはただ無の象徴としての限りである。[14]

これに従えば、戦後日本のあるべき姿、戦後日本人が未来を作るべき形はたとえ形があったとしても一時的・暫時的なものであり、単なる無の象徴にすぎない。むろん、形の論理を思索するにあたって、田辺の媒介と象徴の論理にたどり着いた唐木自身の告白から見てもわかるように、形の論理自体に唐木の独創があるとは言い難い。しかし、これを活用して、近代日本精神史を回顧しながら、戦後日本のあるべき姿、戦後日本人が未来を作るべき形とその論理を思索したこと自体が彼の思想の独自性を示していることは争えない事実であろう。この思索の過程に欠かせないのは、彼の日本中世文学の探究である。

二、二つの兼好像

(1) 中世文学への入り口

前述のように、唐木にとって戦後日本人が自らの国家と一人一人の未来を形作るためには、中世への回帰が必要不可欠である。前節の内容を繰り返しているようであるが、ここではもう少し中世への回帰の必然性を検討したい。[15]『現代史への試み』に収録されている「近代と現代―河上肇と夏目漱石―」(『展望』、一九四七年三月初出)では、唐木は丸山眞男の近代有効論を批判した。丸山の近代有効論には、「前近代から近代へ(自然から作為へ)」、「倫理中心から数理(科学)中心へ」という日本近代化の図式が示されていることに飽き足らないからである。

その図式に反対して、唐木は前近代から近代へ、さらに近代から現代へ、つまり自然から作為へ、さらに作為から自然(伝統)への回帰を通して、近代超克論を打ち出そうとした。唐木は湯川秀樹が「物質世界の客観性に就て」や「量子力学の世界」[16]において述べた近代物理学の限界と現代物理学の未来の話に示唆を受け、近代を古典化した現代が物理学の領域では既に始まっているとし、自然と作為(客観と主観)を切り離し二元化した近代科学の世界観はもはや通用しないと主張した。そして哲学の領域では、形式論理学から実践の倫理学、唯物弁証法、自然弁証法、存在弁証法へと展開してきた近代哲学は限界を迎えたとし、その代わりに絶対無の弁証法(つまり西田幾多郎と田辺元を代表とする日本哲学)が現代の哲学として頭角を現すようになったと論じた。[17]彼に言わせれば、「それは創造的無、動いてゆく無、動くことによって形を作り出しながら、自らは形になることのない創造的無の論理」[18]であるという。唐木の近代超克による現代化に関する主張は、次の通りである。

人間の計らい、知の力、人間能力の無限の信仰の上に始まった近代が、再び人間の自己否定、愚と拙に徹することによって道に合ってくるという方向に動いています。無の創造性のなかの創造的要素として知と力が復活してくるわけです[19]。

唐木は晩年自然主義に立ち戻った河上肇と夏目漱石が書いた詩集や漢詩に、以上の悟りの境地にたどり着いたかのような諦観的な態度を見出した。彼から見れば、十分に近代化の洗礼を受けた河上と漱石は、浮世の旅衣を脱ぎ捨てただけではまだ近代から現代に突入することができず、さらに一歩進めてその脱ぎ捨てた旅衣を蘇らせ、諸科学を組織すべきであった。田辺の晩年の宗教哲学の言葉を借りて言えば、往相のみではまだ足りず、さらに一歩進めて衆生救済のために仏とともに還相しなければならない。いわゆる往還二相はこのことをいうのである。

以上を踏まえて考えると、唐木の中世への回帰の動機は、明らかに中世文芸にその転換の契機を見出して未来の創造のために活用することにある。つまり、古い時代の古典に近代から現代への転換の契機を見出して現代（未来）の創造のために活用することにあるのである。兼好法師の『徒然草』の根底にある無常観は、ちょうど唐木の時代区分の論理と形の論理の応用にとって都合のいい材料になったのではないかと考えられる。

(2) すき・すさび・さび

唐木は『中世の文学』において、中世の精神史を表す概念として「すき（美的段階）」・「すさび（形而上的段階）」・「さび（実践的段階）」を取り上げ、これらの概念を最も顕著に示す人物として鴨長明、兼好法師、世阿弥を取り上げ、そして、上述した中世の思想的変遷を考察するにあたって、道元の思想をその根柢に置いた。ここで注意すべきは、『中世の文学』全体の構造を貫くのは、一つの時代からもう一つの時代への転換過程、いわゆる時代区分の問題意識、または一つの様式（型）から別の様式（型）への発展過程、いわゆる形の問題意識である、ということである。

既述のように、唐木において、中世文学・古典への回帰は、当の時代に未だ型ができていない間に、中世の思想から取った型、特に道元の思想から取った形ないし形の論理を提供することである。道元の無常思想に関する唐木の考察を後に回し、以下では、彼が着目したすき・すさび・さびの特徴に触れながら、兼好の『徒然草』にニヒリズムとしてのすさびを見出した彼のイデオロギー的な思考回路の問題点を吟味してみたい。というのは、次節で述べるように、兼好のすさび、つれづれ、さながら心といった概念に隠遁者のみならず、自覚者（実践者）の意味合いも唐木によって見出されたからである。まず唐木による、いわゆる中世という時代を見てみよう。

私がこの書で扱った時代は、王朝の諸形式、宮廷文学の様式が、政治権力の交代とともに動揺崩壊し始め、既存の権威は既になく、新しい様式は未だないという二重の空無の時代を経て、やがて空無そのものを積極的に選びとり、空に定位する芸術や文化を築きあげていった時代である。[20]

これによってわかるように、唐木のいわゆる中世という時代は、平安時代を代表する王朝の諸形式が政権交代で崩壊し、次の新たな時代に入る前の、未だ新しい様式ができていない時代から、その二重の空無の状態から新たな形式を作る時代への変遷を描くものである。唐木に言わせれば、すき・すさび・さびはまさにこの二重の空無の状態、つまり生活や思考の客観的様式を失った状態から現れてきた概念である。

すきの代表者である「長明の場合、数奇とは、己が「好き」以外の一切を捨てて風月を友とし、また和歌管弦に没しきることを意味した。他に対する執着をすてて、数奇に対する執着にのみ頼ることが数奇であった。長明の一生の生き方、方丈の庵にいて「ただ性を養うばかり」といった生き方もそれであった」[21]。唐木によれば、客観的な様式・基準を失った時代に生きる長明はかくして様式・基準を内なる主観に向かって求めるしかなく、自ら選んだもの・決めたものに価値を認め、それに私というものを賭けたという。ここに、隠遁（養生、養性）がすきになり、それに専念・執着する一心不乱の長明の姿が浮かび上がる。こうした飢饉や火災、地震の相次ぐ時代を生きた長明に続いて、百年を経過して登場してきた「兼好の時代は、荒みにすさみ、闌れつくした無興索漠、荒涼とした殺風景という意味での「すさび」のめだつ時代、即ち自由狼籍世界であった[22]」。すきに続いて現れたすさびは手慰み、慰みごとの意味を含んでおり、すきのような主体的積極性がない。ようするに、すさびにあるのは主体的消極性のみである。

唐木から見れば、その暇つぶしの手慰みは一時の気晴らしやうさばらしにすぎず、決してかの荒涼時代が人心にもたらした荒びを払いのけることができない。彼はいう。「一時の鬱散は更に一層の無興を呼び起す。この無興を避けようとして更に強烈な気晴らしを求めてみても、索漠がまた一層強くはねかえってくる。この繰返しにおいて、ひとはむしろ無興索漠それ自体に当面せざるをえなくなるだろう[23]」。ここからは、唐木が兼好のすさびに一種のニヒリズムの匂いを嗅ぎつけたと理解することができる。このニヒリズムとしてのすさびは、唐木が兼好の隠遁態度を批判する根拠にもなっている。後期田辺哲学の言葉で言えば、これはまさしく往相の態度であり、また、西谷啓治が『宗教とは何か』（創文社、一九六一年）で主張した三段階中の第二段階であるニヒリズムの境地にあたる。これは有を無化した消極的な態度にすぎず、未だ無を有化した積極的な態度にはなっていない。

唐木によれば、兼好のすさび、つれづれは無為の止観にとどまっており、さらなる一歩を進める（つまり無において実践する）ことができなかった。さらに一歩尽きぬける道は、兼好には開かれておらず、世阿弥に開かれたという。それはさびにほかならない。さびとは何か。

自己の恣意、個性、情識を殺して、型、形木に従い、三躰の面に従い、その従うことにおいて自己を生かすこと、世阿弥の言葉でいえば、自然の花から真の花にみずからを仕上げること、そこに様式が起る。この象徴的な様式こそ、中世を中世として様式づけた基本的なものといえるであろう。「さび」とはこの様式の美的呼名であるといってよい[24]。

これによって、われわれは世阿弥における稽古の本質、つまり自己否定即肯定の行為的・俳優的・実践的な転換にさびの意味を看取することができる。このような世阿弥の態度と比べると、兼好はよっぽど批評的・客観的・随想的である[25]。両者の決定的な違いは、世阿弥の『花伝書』から『花鏡』への転化であり、「住劫（劫の上に安住すること）」から「却来（もとの境地に戻ること）」への転向である。後期田辺哲学から見れば、これは往相から還相への展開である。『花鏡』の後の著作である『遊楽習道風見』は色即是空の芸に対して、空即是色の至芸に言及し、稽古の劫を積んで色即空、有即無に至り、更に転換、劫来して、空即色、無即有に至るとする[26]。

以上の唐木の中世思想の解釈を考えてみると、兼好のニヒリズムとしてのすさび、別の表現で言えば、まだ還相・有化の境地に至っていないすさびは、おのずから唐木の批判対象にならざるを得ない。なぜなら、「兼好の遁世生活は文字通り遁世に尽き、遁世から現実へ帰る契機を欠いている」[27]のみならず、そのような無常観はまだ唐木が望むような「近代を乗り越え、現代を切り開く」形を提供することができないからである。このような兼好論は、のちの『無常』において大きな変化をもたらすことになる。

（3）詠嘆から自覚へ

唐木は『無常』の「無常（五） 詠嘆的な無常観から自覚的な無常観へ――『徒然草』の場合――」において、西尾実が『日本文芸史における中世的なもの』（東京大学出版会、一九五四年）において兼好の詠嘆から自覚へと変わった無常観を唱える主張に賛成して、自らの『中世の文学』における兼好像を修正するに至った[28]。つまり、往相にとどまっている批評家・観察家としての兼好像を、還相に至っている批評家・芸術家としての兼好像に変えたのである。われわれはここに至って、唐木には二つの兼好像があることに気づかなければならない。二つの兼好像とは、それぞれ詠嘆的な無常観を持っている兼好像と自覚的な無常観を持っている兼好像を指す。

兼好における芸文と宗教との関係に着目することは、唐木の兼好像を捉えるうえで有効である。『中世の文学』に従えば、『正法眼蔵随聞記』の影響を受けた兼好は、道元と同じように人生無常、世間無常、出離遁世を説いているにもかかわらず、両者の間には決定的な相違があるという。この違いを見てみよう。

兼好は眼の人、批評家観察家であって、信仰はない。「万法に証せらるる」というところ、「自己及び佗己の身心を脱落せしむる」というところがない。無の側から喚起され、信仰からはかられるというところがない。親鸞にとっての法然や弥陀がないのである。だからこそ、すさびやつれづれにとどまらざるをえなかったのである。裸形の、凍てついた無色にとどまらざるをえなかった。そこには道元や親鸞にみる信仰の法悦、信楽はない。……過不足のない冷静な観察と批評が兼好の特色であろう。[29]兼好には道元のような詮あることが一つもない。兼好の立場は、すべてが詮なきことであるという認識にあるといってよい。すさびとはそれをいうのである。[30]

このような「裸形の、凍てついた無色」にとどまるニヒリストとしての兼好像は『無常』に至って修正されている。しかし、芸文と宗教の領域に関しては、唐木は依然として宗教的実践者ではなく芸文的観察家としての兼好像を強調している。[31]『中世の文学』と『無常』全体の構成から見てもわかるように、「近代を乗り越え、現代を切り開く」形を提供することができる思想を、唐木は隠遁者・芸文者の長明や兼好でもなければ、芸能者・実践者の世阿弥でもなく、宗教者・実践者の道元に見出した。われわれは、ここに唐木が西田幾多郎の芸術論よりも田辺元の芸術論に大いに負っている所があることを看取することができよう。[32]

それでは、『無常』において修正された兼好像はいかなるものであるのか。それを検討してみよう。唐木は西尾実の自覚的無常観を抱く兼好像に賛成しているものの、同じような主張を持っている松本新八郎の解釈に異議を唱えている。松本の「徒然草・その無常について」（岩波書店『文学』二六巻一号、一九五八年）における心の解釈に対して、「心の無」だけではなく、「無の心」へと展開した兼好の姿を捉えるべきだと、唐木は主張する。つまり、有の無化としての事実（無）だけではなく、無の有化としての事実（空有）へと展開した兼好の姿は、唐木の目に映った。このような修正された兼好の姿は、『徒然草』の第七十五段に出ているつれづれとさながら心といった人間の在り方ないし生き方によって裏付けられている。[33] さながら心とは何か。

さながら心とはいわば柔軟心であろう。胡来らば胡、漢来らば漢を、さながらに写し、うけとる心であろう。自己執着、自己固着はここにはない。鏡は己れ自身空しいが故に、よく万物を写す。万法によって証せらるるとはかくの如きことをいうのであろう。自己に住し、主観に定位するところでは万法はただ客観対象の死物と化する。対象とは、物が物に着し住して固着しその生命を失っている状態における物である。[34] 兼好の心に、物・事がそのまま映ってくる、迫ってくる。その心はさながらに写し、受け取る心である。唐木はこのさながら心を自然法爾、物皆自得と称し、兼好の無常観は道元から継承した禅の無常観であるとした。

以上は『無常』において修正された、自覚的無常観を抱く兼好像である。しかし、このような兼好像は『中世の文学』には全くないとは言い難い。唐木の論述によれば、次の通りである。兼好のすさびは倦怠感（アンニュイ）を帯びているものの、かえって形而上的根拠として見えてくるものであり、そのつれづれという観念はこのような意味のすさびにつらなる。彼はすきを嫌い、つれづれの無為に身を置いて、花や月や祭りを無為の海面に起伏する波と見なし、無を媒介にして有を見る。

かくして、『徒然草』は上述した唐木の批評家・観察家としての兼好像によって、有の無化の無常、存在するものの亡びの無常美を謳った『方丈記』や『平家物語』とは違ってくるのである。[35] この文面から考えると、有の無化の無常にとどまっている長明とは違い、無の有化の無常に至る兼好の姿が浮かばざるを得ないのであろう。

もしそうだとすれば、このような姿が『中世の文学』において強調されていない理由を容易に捉えることができる。なぜなら、兼好のすさびよりも一層実践を表に打ち出された世阿弥のさびのほうが唐木の形の論理と中世思想の構図に符合するからである。われわれは唐木の二つの兼好像から、唐木自身の論理・仮説先行による中世思想研究の恣意性を感ぜざるを得ない。ここに、唐木の無常論の現代的意義とともにその思想的限界をも看取することができる。

三、道元の無常観

（1）観念としての無常

上述のように、「近代を乗り越え、現代を切り開く」形を提供することができる思想を、唐木は隠遁者・芸文者の長明や兼好でもなければ、芸能者・実践者の世阿弥でもなく、宗教者・実践者の道元に見出した。このような思考作業はまさに唐木が中世への回帰によって「近代の超克」と「現代の創造」を図ろうとした未来プロジェクトの現れである。にもかかわらず、この過程の中で、無常は論理的・イデオロギー的な概念になってしまい、人間の実存そのものから遠く離れた感じがないわけでもない。

筆者から見れば、唐木の中世文学研究ないしその二つの兼好像はこの類のものに属する。彼が中世文学を特徴づけるために考察した無常はまだイデー（理念）あるいは観念としての無常から離れていないように思われる。このイデー（理念）とは、「色即空、空即色」、「有即無、無即有」という転換のことである。われわれはここに彼の論述の欠陥を見出すことができる。なぜなら、この転換は彼自身の主体的・根本的事実ではないからである。このことは、彼が兼好をニヒリストとヒューマニストとして見たことからも窺うことができる。それは田辺の媒介ないし象徴の論理を受け継いだ彼が戦後の虚無の只中で兼好とともに行動するのではなく、自らの形の論理で兼好をそのように見ていたからである。そして、同じような論述の仕方は、唐木の道元の無常観を考察する過程においても現れているように思われる。

(2) 根本事実としての無常

以上の唐木批判はしばらくおいておき、ここでは、唐木が『無常』の「三 無常の形而上学――道元」において考察した「近代を乗り越え、現代を切り開く」形の論理を検討してみたい。それは、唐木から見れば、道元の無常観は単なるイデー(理念)や観念の産物ではなく、道元自身の宗教的実存、宗教的実践にかかわっているものだからである。これについて、以下の冒頭文から見ても明らかである。

私はこの題を、始めは「無常の哲学」としようかと思った。然し哲学とすれば、無常に対する認識論と解されるおそれがある。無常ということを対象として、または無常なるものを客観として、それを認識主観が分析し、再構成し、体系づけてゆくというやり方と思われる心配がある。私が道元を通して書こうと思っていることは、そういう認識論ではない。認識論ではないどころか、無常は認識論としては十分には語りえないことを言いたいのである。無常は単に客観対象ではない。自己もまた無常の中にある。無常は反って主体的事実である。また無常は、「はかなし」という心理の上にあるのでもなく、無常感という情緒の上にあるのでもない。反って無常は自他をふくめての事実、根本的事実である。[36]

道元の無常観を考察しようとする唐木ははたして上述した自他をふくめての事実に立脚しているかどうか、はなはだ疑問である。換言すれば、唐木は道元の思想を対象として論ずるのではなく、道元とともに宗教的実践、社会的実践をしていたかどうか、はなはだ疑問である。道元にとって、無常は確かに唐木のいうように自他をふくめての事実、生そのものの根本的事実であるかもしれない。しかし、唐木自身の実存、つまり彼自身の生の根本的事実はどれくらい彼の道元論にかかわっているのか、不明と言わざるを得ない。以下では、このような疑問を抱えながら、唐木による道元の無常観を考察してゆきたい。

（3）身心脱落と無常

道元の無常観について、唐木は道元の伝記を生かしながら、母の死、時代や社会の激変、久我一門の盛衰などを経た道元の無常観を紹介した。これに続いて、この一般理解としての無常観とは異なる次元の無常観を、『正法眼蔵随聞記』第一、三、四の内容と『正法眼蔵』の第九十三「道心」の内容を通じて、道元は無常を観ずることをもって、道心を発する契機としたと説明した。一言で言えば、無常を観ずることは、仏法を悟ることである。唐木によれば、道元の身心脱落、つまり我を取り巻くすべてのものを捨て去るのみならず、さらに我を離れること、我執を去ること、自己執着を捨てることの第一用心は、無常を観じ思うことであるという。むろん無常を観じ思うこと自体は一切皆空の現れにほかならない。したがって、無常を観じ思うこと、仏法を悟ること、身心脱落はみな同じということ、つまり空のことをいうのである。実際、唐木が『正法眼蔵随聞記』の内容を踏まえて、以下のように道元の無常観を捉えたことも、その消息を伝えている。道元の無常観とその禅の根本にある身心脱落との関係について要点をまとめると、次の通りである。

身心を脱落させるためには、まず無常を観じ思い、次に胸の奥にあった道心、実存的救済の問題を解く情熱をもち、そして真実無所得（無償）にして利生の事をなし、最後に無常を語るとき、レトリックを使いこなすことをしなければならない[37]。われわれは容易に、唐木のこのような整理の仕方の背後に、有の無化から無の有化への転換が含まれていることを看取することができる。ここでいう利生（利他）や他者救済は、明らかに、自利や自己救済にあたる有の無化の反対面、つまり無の有化のことを意味するのである。このように理解すれば、道元が一切の捨棄と言いながら、文字を捨てなかった理由もわかるはずであろう。自己救済（自利）のため、一旦文字と自己を捨てたが、これだけではまだ完全に自己救済（自利）とは言い難い。これには必ず他者救済（利他）がなければならない。このような意味で、無になった自己や文字は他者救済のため、再び有化の道を通るのである。これはたとえば、道元の宗教的実践や社会的実践と文章や書物を書く行為、換言すれば他者救済の行為によっても明らかである。唐木にとって、道元の無常観はこのように彼自身の身心脱落のみならず、また無所得の行為や利生の行為、法によって証せられた行為にもつらなっている。

（4）道心と無常

さて、『随聞記』に続いて紹介された『正法眼蔵』第九十三「道心」にある無常は、唐木によってどのように論じられているのか。道元はここにおいて、衆生に仏道を求めるにはまず道心、つまり仏の道を求める心を先とすべきだと諭し、そうするためには、よく道心を知っている人に聞けばよいと勧めた。もし聞く相手に本当の道心を持っているかどうか、判断できない場合、仏の教えを優先すべきであり、自分の心を優先すべきではないと教えた。とにかく道心を持つことは昼も夜も常に心掛ける必要がある。これに続いて示されたのは次の内容である。

世のすゑには、まことある道心者、おほかたなし。しかあれども、しばらく心を無常にかけて、世のはかなく、人のいのちのあやふきことを、わすれざるべし。われは世のはかなきことをおもふと、しらざるべし。あひかまえて、法をおもくして、わが身、わがいのちをかろくすべし。法のためには、身もいのちもをしまざるべし。[38]

現代語の要訳は以下の通りである。世の末には、本当の道心を持っている人がめったにいない。しかし、心を無常にかけて、世ははかなく、人のいのちはもろいものであるということを忘れてはならない。しかし、自分は世ははかないものであるということを考えているなどと思ってはならない。十分に心して、仏の教えを重んじ、わが身、わが命を軽くするのがよい。法のためには、わが身、わが心を惜しんではならない[39]。

唐木は、「われは世のはかなきことをおもふと、しらざるべし」の一句に着目し、唐突すぎるとはっきりと言いながら、次のように解釈している。

吾我というものがあって、その我の心が「よのはかなきこと」を思っているのではない、といわれる。通常には、自分の情緒が、はかなさ、はかなきことを思う主体と考えられているのだが、真実の在りようはそうではないというのである。「心」「情緒」はまず捨てるべきもの、離るべきもの、「吾我」は捨棄すべきものであった。「吾我を離るるには無常を観ずる是れ第一の用心なり」の言葉は既に引用したところである。「用心」だからまず、「しばらく」心を用いて、無常を観ずるのだが、無常を観ずることによって、反って逆に、その心、吾我の心それ自身を離れるということが起きる。それが道心というものである。吾我の心ではない、道の心、自我を超えた心といってもよい[40]。

上掲した「道心」の引用文の第二句では、主観の心を客観の事実としての無常にかけて、世のはかなさや人の命のもろさを認識し、それを忘れるべきではないとされたが、次の句では、世のはかなさや人の命のもろさを認識しているのは、わが心（主観の心）や実体の我ではなく、道心（超越の心）、超越の我であるとされた。これによってわかるように、前の句は一般の無常観を言っているのに対して、後の句は道元独特の無常観を伝えている。主観の心（実体の我）による無常観は、身心脱落とともに一旦否定され、そこから生じてきた超越の道心（超越の我）による無常観は道元によって提起される。この超越の道心はすなわち仏の教えであり、法にほかならない。ようするに、道心や法による無常は、人間の生の根本事実としての無常である。唐木が「法とは「無常」そのもの、無常即法であろう[41]」と言った所以、また、無常は虚無、無意味を顕わに示しているが、さらに詠嘆の感情、情緒（主観・実体の我）などとは全く無縁な冷厳な事実、現実であるとした所以もここにあるように思われる。[42]

われわれは、上述した主観・実体の心（わが心）から超越の心（道心）への転換に関する論述によってもたらされた「有から無へ、無から有へ」の転換に、二つの無常の現れ方を見出すことができる。道元の無常観は、唐木にとって、心理や情緒や詠嘆や認識における無常観ではなく、もののリアリティーにいたりつくした無常観であった。[43]

（5）時間と無常

もし無常が、すべてのものが絶えず生滅・変化して、少しの間も同じ状態にとどまっていないことを指すのであれば、いったい時間とはどのような関係にあるのか。われわれの時間に関する通常の理解では、科学的・客観的な時間と心理的・主観的な時間があり、哲学者や宗教家は大体後者のほうに親近性を覚える。両者を超える無時間、つまり永遠もまた哲学者や宗教家に長く親しまれてきた概念である。すべてのものに生滅があるのに対して、生滅のないものがある。それは常住不変のものである。時間に終始があるのに対して、終始のないものがある。それは永久であり、永遠である。別の言葉で言うと、相対的なものに対して、相対を絶するものがある。それは絶対無であり、空である。

このように考えると、道元の無常観は相対の立場から示されるものもあるし、絶対無や空の立場から示されるものもある。道元が批判しようとしたのは、心理や情緒、詠嘆、認識における無常観であり、強調しようとしたのは、仏の教え（法）に当たる絶対無や空における無常観である。絶対無や空の立場から示された無常観には、利他行の意味合いが入っていることはいうまでもない。しかし、人間は利他行の意味合いがふくまれる無常観を知らず、詠嘆の感情、情緒に包まれる無常観と一線を画す無意味や虚無をふくむ無常観、唐木の言う、いわゆる冷厳なニヒリズムに堪えることができなくて、時間（相対的なもの）に対してさまざまな工夫を凝らし、時間（相

対的なもの）を装飾化・有意味化する。(44)

そのために、唐木は次のような道元における時間と無常の関係を述べた。道元は繰り返し時間の装飾化、有意味化（つまり相対的な時間）を否定して、ありのままの時間、裸裸の時間に面面相対し、無始無終の時間に無為無作で向い合い、刹那生滅、刹那生起の時間のリアリティーに、まばたきもせずに対面した。(45)このように「無常即時間、時間即無常」を体現した道元にとって、無常なる時間こそ人間の原始時間であろう。この原始時間を敢えて言葉で表現し、衆生に理解させようとした道元の利他行を、われわれには見逃すことができない。「無常即時間、時間即無常」という原始時間の背後には、仏の教え、つまり「一切皆空」という真理が潜んでいることはもはや強調するまでもなかろう。

それでは、こうした原始時間はいったいどのような意味において唐木の近代超克論に資することができるのか。既述のように、中世の芸文（古典）への回帰を通して、「近代を乗り越え、現代を切り開く」志を持っている唐木にとって、無からの創造、無の有化、ニヒリズムを抜け出して新たな意義を作り出すことが何よりの重要課題である。唐木はこのように近代という過去に覆われている現在、虚無に浸潤されている現在に終止符を打って、新たな形を作るために、道元の宗教的実践、社会的実践を記録した古典に、その方法論を見出したように思われる。むろん、方法論だけではなく、道元の宗教的実存とともに、唐木自身も宗教的実践をしなければならないはずであった。つまり、無常なる時間、原始時間ともいうべき時の一瞬の中で無の有化という創造（他者救済の創造）をわれわれに提示するはずであった。しかし、残念なことに、彼自身はそのような宗教的実践を採らず、ただ論理で芸文の紹介ないし書物の出版や思想の宣伝にとどまっていた。この辺に、田辺の宗教哲学の論理に近寄っているところがあるように思われる。

頼住光子の「道元の思想—その無常観をめぐって—」(46)が指摘したように、無常の自覚とは、無我の自覚であり、また、空・縁起としての自己のあり方の自覚でもある。道元の無常に関する言説は以上につきるものではない。唐木は無常を自覚したというより、研究したといったほうが正しいのであろう。無常の認識論を避けるため、無常の形而上学を出したとしても、依然として学問の領域にとどまっており、人間の実存のひとかけらもないと感じたのは筆者だけではないのであろう。彼が指摘したように、未来としての現代を切り開くためには、有の無化(存在の無我)だけではなく、無の有化(無我の存在)がなければならず、また、自利利他の実践がなければならない。彼の古典を読む行為ははたしてこのような光景をもたらしたのだろうか、はなはだ疑問である。

おわりに

中世の芸道と文学を支えたのは、単に無常思想、空の思想のみではない。本覚思想もまた中世文学の特徴の一つであるとされる。もしそうだとすれば、唐木の中世文学論ひいては近世文学論は、近代超克、時代区分、未来創造という意図を持っているという意味で現代的な意義があるが、京都学派のイデオロギーを引きずっていることも否めない。われわれはこうした意味で唐木の思想的限界を認めざるを得ない。なぜなら、物事の見方、実践〈創造〉の仕方、人生の生き方、存在のあり方は一つの論理にとらわれる必要がないからである。このように見てくると、いったい、古典を読むことはどういうことであるのか、あらためて考える必要があろう。

ここでは再び国際日本文化研究センターの共同研究である「ソリッドな〈無常〉/フラジャイルな〈無常〉――古典の変相と未来観」の目標に立ち返って、今の筆者にできるアプローチを考えてみたい。共同研究が未来的・国際的・学際的視点への貢献を目標として無常概念を探究すること自体は確かに現代の需要に応じているという意味で意義がある。しかし、その需要に対応できない、あるいはそこからかけ離れているからといって、古典を読む行為を疑問視したり中止したり、はなはだしくは古典を蔑視したり棄却したりする必要があるのだろうか。

われわれは応答病、意味病、意義病、価値病に罹らないように、自分自身の行動を制限する必要もなく、より自由に古典を読むべきではないだろうか。

（1）国際日本文化研究センターの二〇二一年度から二〇二四年度までの共同研究を掲載するホームページを参照されたい。
（2）竹盛天雄「唐木順三年譜（増補改訂）」（『唐木順三全集』第一九巻、筑摩書房、一九八二年増補版）を参照。
（3）『唐木順三全集』第三巻（筑摩書房、一九八一年増補版）三一九～三二〇頁を参照。
（4）唐木が晩年田辺の哲学を継承して形成した「形の論理」について、拙稿「形の論理―唐木順三と田辺元の制作をめぐって―」（『危機の時代と田辺哲学―田辺元没後六〇周年記念論集―』共編著、法政大学出版局、二〇二二年）を参照されたい。
（5）唐木の中世への回帰という発想は務台理作の世界史の論理から示唆を受けているように見受けられる。彼の中世への回帰の呼びかけと、務台が「世界史の系譜学」（一九四三年）で説いた中世への回帰の呼びかけは同じ性質のものではないが、宗教性を求める点において共通している。実際、唐木のいう中世への回帰は日本中世の古典（文学）への回帰を指しその宗教性を求めようとした（注（4）拙稿を参照されたい）。
（6）『唐木順三全集』第三巻、九五～九七頁を参照。
（7）大橋良介編『時代区分の成立根拠・実存倫理』（燈影社、二〇〇一年）一八四頁を参照。
（8）京都学派の「近代の超克」論に関しては、拙著『近代日本哲学中的田辺元哲学：比較哲学与跨文化哲学的視点（近代日本哲学における田辺元哲学―比較哲学と跨文化哲学の視点―）』（商務印書館、二〇一九年）の第四章を参照されたい。
（9）『田辺元全集』第一一巻（筑摩書房、一九六三年）二七五～二八一頁を参照。
（10）田辺と大島の歴史哲学の継承関係と相違は、注（8）拙著の第五章を参照されたい。
（11）三木清の『構想力の論理』第一と第二は岩波書店より、それぞれ一九三九年と一九四六年に出版された。
（12）『唐木順三全集』第三巻、九〇～九六頁を参照。
（13）この文章は一九四八年二月五日に完成されたが、田辺を考慮して発表されなかった。のちに『新版　現代史への試み』（一九六三年）に付録として収録された。
(14)『唐木順三全集』第三巻、一九三頁。
(15) 唐木は『中世の文学』の「あとがき」において、自らの中世への関心は芭蕉を「中世文化の文学的完成者」とした西尾実の説に触発されたものであり、また自らの生きている時代が様式（型）喪失の時代であるのに対して、中世が確乎とした様式を成立させた時代であるという認識によるものであると述べている（『唐木順三全集』第五巻、筑摩書房、一九八一年増補版、一九三頁を参照）。両者の古典に対する態度は明らかに異なる。西尾は古典を単なる古典として扱っているのに対して、唐木は古典を未来からの書物として扱っているからである。
(16) この二篇はともに『物質観と世界観』（弘文堂、一九四八年）に収録されている。
(17)『唐木順三全集』第三巻、二二六〜二二九頁を参照されたい。
(18)『唐木順三全集』第三巻、二二九頁。
(19)『唐木順三全集』第三巻、二二九頁。
(20)『唐木順三全集』第五巻、一九三〜一九四頁。
(21)『唐木順三全集』第五巻、一〇〜一一頁。
(22)『唐木順三全集』第五巻、一五頁。
(23)『唐木順三全集』第五巻、一六頁。
(24)『唐木順三全集』第五巻、二二頁。
(25)『唐木順三全集』第五巻、九五頁を参照。
(26)『唐木順三全集』第五巻、二一〜二二頁を参照。
(27)『唐木順三全集』第五巻、八七頁。
(28)『唐木順三全集』第七巻（筑摩書房、一九八一年増補版）一七〇〜一七一頁を参照されたい。
(29)『唐木順三全集』第五巻、一七〜一八頁。
(30)『唐木順三全集』第五巻、一九頁。
(31)『唐木順三全集』第七巻、一七五〜一七七頁を参照されたい。

(32) 注(4)拙稿を参照されたい。
(33) 『唐木順三全集』第七巻、一七六～一七七頁、一八一頁を参照されたい。
(34) 『唐木順三全集』第七巻、一七七頁。
(35) 『唐木順三全集』第五巻、一六～一七頁を参照。
(36) 『唐木順三全集』第七巻、二〇一頁。
(37) 『唐木順三全集』第七巻、二〇四～二〇八頁を参照。
(38) 増谷文雄全注訳『正法眼蔵』（講談社、二〇〇五年）二三五～二三六頁。
(39) 注(38)『正法眼蔵』二三九頁を参照。
(40) 『唐木順三全集』第七巻、二一一頁。
(41) 『唐木順三全集』第七巻、二一三頁。
(42) 『唐木順三全集』第七巻、二一五頁を参照。
(43) 『唐木順三全集』第七巻、二五〇頁を参照。
(44) 『唐木順三全集』第七巻、二一五頁を参照。
(45) 『唐木順三全集』第七巻、二一六頁。
(46) 頼住光子「道元の思想―その無常観をめぐって―」（大学院教育改革支援プログラム「日本文化研究の国際的情報伝達スキルの育成　海外教育派遣事業編」平成二〇年度活動報告書、お茶の水女子大学、二〇〇九年）二〇九～二一四頁を参照されたい。

〈付記〉

本論考は国際日本文化研究センターの共同研究「ソリッドな〈無常〉／フラジャイルな〈無常〉――古典の変相と未来観」（二〇二一～二〇二四年度、代表者：荒木浩）での発表原稿に加筆して完成させたものである。この場を借りて、代表者に厚く御礼申し上げたい。

中世はいつから「無常の時代」となったのか
――小林秀雄と戦後の「無常」

藤巻和宏

はじめに

中世は無常の時代である。人々は戦乱に明け暮れ、翻弄され、いつ生命が失われるか予想もできない時代のなかで救いを仏教に求め、いつしかこの世は「無常」であると観念されるに至った。そのことは、『方丈記』や『平家物語』といった古典からも見いだすことができる――。

これは、「中世」という時代の特徴を示す際によく用いられる紋切り型の表現である。しかし、かつて私は、こうした認識は「中世」という時代の一面を強調したものに過ぎず、四百年の長きにわたる中世全体からこうした特徴を見いだすことは適切でないと指摘した（以下、前稿）[(1)]。前稿では、明治時代以降に「文学史」が編纂されてゆく過程で、ある時代を他の時代と差別化することが求められ、そのなかで中世から「無常」という要素が見いだされることになったという点に主眼を置いたが、この分析は十分とは言えない。

本稿では、「中世」から「無常」を見いだすというスタンスの研究や評論は戦後の流行であり、ここから「中世は無常の時代」という認識が、広く共有されるようになったのではないかという展望のもと、敗戦の翌年に刊行された小林秀雄『無常といふ事』に注目しつつ、私見を述べてみたい。

一、「無常」論の戦前／戦後

まず、戦前・戦時下の「無常」論を概観してみよう。CiNiiで、タイトルに「無常」が含まれる論文を検索すると、次の六本がヒットする（本コラム執筆時）。

花田凌雲「無常観」（『六条学報』六九、一九〇七年）

伏見光俊「無常観を論ず」（『智山学報』一九一六―三、一九一六年）

青木正児「後漢の詩に現はれたる無常観と来世思想」（『龍谷大学論叢』二五五、一九二四年）

濱口恵璋「「往生礼讃」の無常偈に就て」（『西山学報』五、一九三二年）

嵐瑞澂「後鳥羽法皇御作の無常講式に就て」（『鴨台史報』二、一九三四年）

小笠原秀實「諸行無常偈といろは歌」（『教園研究』六、一九四〇年）

もちろんタイトルだけで「無常」論を網羅できるものではないが、戦後と比較することで、ある程度の傾向を見いだすことはできるだろう。右は、仏教学の分野から「無常」を論じたもので、いずれも仏教系大学の雑誌に掲載されており、例えば次に示すような論文が現れてくる戦後の傾向とは大きく異なっている。

木藤才蔵「無常感と文学の問題――その歴史的考察」（『国語と国文学』二六―二、一九四九年）

山本唯一「芭蕉の芸術活動と無常観」（立命館文学会『説林』三―四、一九五一年）

上西繁「平家物語の無常観」（東北大学文学会『文化』一七―一、一九五三年）

小野村洋子「平家物語に於ける無常と運命」（『文芸研究　文芸・言語・思想』一五、一九五三年）

石津純道「海道記・東関紀行――内面生活に於ける無常寂莫」（『国文学　解釈と鑑賞』一九―一、一九五四年）

戦後、仏教学の立場からの論文が消えるわけではないが、右のような文学研究者による論文が、大学あるいは市販の文学系雑誌に掲載されるようになるのが大きな特徴である。

また、単行書については、戦前・戦時下には次のようなものがある。

暁烏敏『諸行無常』（香草舍、一九二一年）

三浦義一『歌集　當観無常』（聖紀書房、一九三一年、興亜文化協会、一九四〇年）

倉橋旭静『無常偈を通して見たる高祖の人生観』（兼松書店出版部、一九三四年）
大谷出版協会編『無常に処する道』（大谷出版協会、一九三八年）

僧侶による詩集や人生観を説くもの、国家主義者による歌集等、学術雑誌に掲載された論文に比してバラエティーに富むが、文学作品から「無常」を見いだそうとする批評や研究が多くを占める戦後の傾向とはまるで方向性が異なっている。

戦後、「無常」を冠した単行書としては、小林秀雄『無常といふ事』（創元社、一九四六年）のほか、亀井勝一郎『愛の無常について』（大日本雄弁会講談社、一九四九年）や唐木順三『無常』（筑摩書房、一九六四年）といった文芸批評家による「無常」論が登場する。宗教的な観点からの分析に加え、文学作品からも「無常」を見いだそうとしたものである。また、文学研究者による以下のような書もある。

小林智昭『無常感の文学』（弘文堂、一九五九年）
井手恒雄『日本文芸史に於ける無常観の克服』（世界書院、一九五九年）
本田義憲『日本人の無常観』（日本放送出版協会、一九六八年）
西田正好『無常観の系譜——日本仏教文芸思想史　古代・中世編』（桜楓社、一九七〇年）
西田正好『無常観の伝承——日本仏教文芸思想史　近世・近代編』（桜楓社、一九七六年）

これらはいずれも、文学作品から「無常」を見いだそうとしたものであり、戦前・戦時下の「無常」論とは大きく傾向が異なっていると言えるだろう。(2)

ただし、文学の観点から「無常」を論ずることが戦前にまったくなかったというわけではない。例えば、明治期の文学史の叙述からも「無常」への言及が見いだせる。前稿でも指摘したことだが、我が国で初めて「文学史」の名を冠して刊行された三上参次・高津鍬三郎『日本文学史』（金港堂、一八九〇年）は、第三編「平安朝の文学」の総論中で、「唐風を模して、浮華を尊び、仏法を信じて、無常を感ずる時代」と述べており、第四編「鎌倉時代の文学」の総論は、承久の乱に言及しつつ、「さすがに猛き関東武士と雖、無常を感ずること深く」と説いている。このように「無常」とは、仏教の影響を示す際のわかりやすい表現であり、文学史の叙述にも利用されたが、右に見たように、中世という時代に限定されるものではなかった。

しかし、戦後のある時期から、「無常」が「中世」という時代の特徴を示しているかのように説かれることが多くなり、「中世は無常の時代」という認識が一種の〝常識〟となっていった。前稿では、文学史が時代を区分して叙述されるようになり、各時代を特徴づけ、他の時代との差別化を図る必要性から、時代の特質が過剰に意識された結果、「仏教」「武士」「隠者」といった（本来、中世だけに限定されるものではなかった）キーワードが中世を他の時代と区別する指標となり、それを体現する概念として「無常」が浮上してきたと述べた。もちろん、ことはそう単純なものではなく、「無常」と「中世」とが結びついた背景を明らかにするには、学界、文壇、論壇、教育界、宗教界等、多方面の動向を想定する必要があるだろう。本稿は、そのような大きな展望を掲げつつ、そのなかで、『無常といふ事』が果たした役割について考察するものである。

二、戦時下の小林秀雄と古典

ここで、『無常といふ事』の刊行に至るまでの経緯を確認してみたい。本書は、敗戦の翌年、一九四六年に創元社より刊行されたが、これは戦時中に小林が『文学界』に書いた「当麻」（一九四二年四月号）、「無常といふ事」（同年六月号）、「平家物語」（同年七月号）、「徒然草」（同年八月号）、「西行」（同年一一・一二月号）、「実朝」（一九四三年二・五・六月号）という六編の日本中世古典論より構成されている（単行書での配列順は「当麻」「無常といふ事」「徒然草」「平家物語」「西行」「実朝」）。つまり、小林はこれらの評論を戦時中の一九四二〜四三年に集中的に執筆したのである。

小林の評論を掲載した『文学界』は、一九四二年九・一〇月号で、一三名の評論家によるシンポジウムに基づく「近代の超克」という特集を組んでおり、小林もそこに参加している。このシンポジウムの趣旨は、九月号「後記」で河上徹太郎が次のように述べている。

我々の意図する所は、単に文化各部門の交流といふ名目論に止らず、今の時代に生きる知識人として、その専門、立場、思想的経歴を問はず、一つの共通の理念を目指すものがあるのを感じて、今それを仮に「近代の超克」と題し、この観点の下に現代文化の本質を各方面から検討しようといふのであつた。

欧米の影響を強く受けることで達成された日本の近代化だが、アジア太平洋戦争下、英米を中心とした連合国と敵対している現在の日本の状況を知識人たちが捉え直し、今こそ欧米を乗り越える時であると表明したこのシンポジウムは、知識人たちの戦争協力であったと見なされ、戦後、種々の批判を受けることになる。(3)

小林も、そうした戦争責任を問われる知識人の一人であるが、彼が「近代の超克」シンポジウムと並行して、日本中世古典論を書いていたことは注目に値する。戦争協力の論陣を張る一方で、古典へと沈潜していった彼のスタンスをどう捉えるべきだろうか。

安田章生は、彼の古典への傾斜に「時局便乗の姿勢などはなかった」としつつも、戦争体験が古典、特に『平家物語』への共感を深めたと述べている。(4) 一方、佐佐木幸綱は、『無常といふ事』に収められることになる六編の評論は、古典論というよりも「すぐれて状況的な文学論であった」とし、「太平洋戦争の真最中たる現在をどう生きるかの問いに自ら答えようとしていた」と位置づけている。(5) 戦争という、いわば非日常的な状況と古典との関係をどう説明するかという相違はあるものの、いずれも小林の戦争体験と古典との距離を否定するものではない。

そのような状況において執筆した六編の連作を、敗戦の翌年、小林は改めて『無常といふ事』として世に問うた。刊行に際し、この六編を『無常といふ事』の名のもとに一書としたことの意図について小林は特段の説明をしていないが、佐藤雅男は、これら古典論の配列・組み合わせに内在する構想について、次のように述べている。(6)

「無常という事」で語られた知覚の自然的なもの（青葉、太陽、苔、等々）は、「平家物語」で叙述され、意識的なものは「徒然草」で留意された。初論の「無常という事」から三連目の「徒然草」で、一応の区切れがある。そして「徒然草」で究められた批評の方法的態度は、「西行」の論述で拡大深化されてくる。「平家物語」での、日本中世という歴史的知覚は、全連作の総括的な趣旨を持つ「実朝」で展開される。自然と自己の関係構造という枠組みで、知覚的に歴史の中味を遡ろうとする志向性が、そうした姿を成しているように思われる。

戦争への対峙から生まれた中世古典論は、戦後、こうした緻密で繊細な構成のもとに世に送り出され、戦後社会に多大な影響を及ぼすこととなる。その多方面にわたる影響のなかで、次節では、教育界における小林秀雄の受容という問題を考察してみたい。

三、教科書のなかの小林秀雄

小林秀雄の評論は、ある時期まで高等学校の国語教科書に掲載されることの多い定番教材であった。村田克也によれば、戦後の高等学校国語教科書に掲載された評論教材のなかで小林秀雄の著作が最も多く、なかでも『無常といふ事』がその半数を占める。これを、教科書検定期別に分けると、第二期（一九五二～六二年）から教材として登場し、第五期（一九八二～九三年）にピークを迎える。『無常といふ事』各編別に見ると、掲載されているのは「無常といふ事」「平家物語」が大部分であり、「徒然草」「西行」も少数ながら掲載され、「当麻」「実朝」は未掲載であるという。(7) 各編から、「無常」について記述される箇所を引用しよう。(8)

この世は無常とは決して仏説といふ様なものではあるまい。それは幾時如何なる時代でも、人間の置かれる一種の動物的状態である。現代人には、鎌倉時代の何処かのなま女房ほどにも、無常とい

> ふ事がわかつてゐない。常なるものを見失つたからである。（「無常といふ事」）（傍線引用者、以下同）

> 一種の哀調は、この作の叙事詩としての驚くべき純粋さから来るのであつて、仏教思想といふ様なものから来るのではない。「平家」の作者達の厭人も厭世もない詩魂から見れば、当時の無常の思想の如きは、時代の果敢無い意匠に過ぎぬ。（「平家物語」）

「無常といふ事」では、どの時代であっても無常という状態はありうるが、現代人は中世人ほどそれを理解できないとし、「平家物語」では、無常とは中世という時代の意匠であるとする。「徒然草」は「無常」という語を用いていないが、「西行」には次のような記述がある。

> 五十年の歌人生活を貫き、同じ命の糸が続いて来た様が、老歌人の眼に浮ぶ。無常は無常、命は命の想ひが、彼の大手腕に捕へられる。彼が、歌人生活の門出に予感したものは、恐らくこの同じ彼独特の命の性質であつた。（「西行」）

これらを読めば、中世という時代から「無常」を見いだすことが、教科書的にも〝正しい解釈〟であるという前提に立つことになり、それ以外の中世の特質、あるいは他の時代における「無常」は捨象されるか、少なくとも軽視されることになるだろう。つまり、高等学校における国語教育が、小林秀雄の著作を通して「中世は無常の時代」という〝常識〟を普及させることに大きく貢献したと考えることができるのではないか。

のみならず、教科書には古文教材として古典作品も採録されている。国語教科書では、『平家物語』を扱う際、「無常」を読み取ることが求められている。現行の学習指導要領では、国語は「現代の国語」「言語文化」「論理国語」「文学国語」「国語表現」「古典探究」に分かれるが、学習指導要領解説(9)「古典探究」の「読むこと」に関する指導事項のうち、「古典の作品や文章などに表れているものの見方、感じ方、考え方を踏まえ、人間、社会、自然などに対する自分の考えを広げたり深めたりすること」には、古典の作品や文章などには、それらが成立した時代や背景の違いによって、書き手や登場人物の、人間、社会、自然などに対する様々なものの見方、感じ方、考え方が表現されている。例えば、『平家物語』は因果観や無常観を基調として、登場人物の心情などが描かれている。それらを的確に捉えることは、伝統的な言語文化である古典の学習の重要な目的でもある。

という記述がある。解説は文科省による指導助言であり、強制力はないものの、影響力は小さくない。実際、現行の国語教科書においても、『平家物語』等の中世作品から「中世の無常観を読み取る」といった類いの学習目標等が掲げられる(10)。解説や教科書に、いつからこうした記述が載るようになったのかについては調査が及んでいないため、今後の課題とせざるを得ないが、現在でもこのように教えることが推奨されているという点を今は確認するにとどめておく。

中世古典から「無常」を見いだす小林の評論と、小林が論じた古典作品。まるで〝答え合わせ〟のような国語教科書の構造が、「中世は無常の時代」という認識を、より強固なものとしていったのではないだろうか。

冒頭に「祇園精舎の鐘の声、諸行無常の響きあり」という名句を据える『平家物語』にとって、「無常」が重要なテーマでないはずがない――。我々がそのように考えるのは、『無常といふ事』を載せ、『平家物語』を載せた国語教科書を通し、知らず知らずのうちに刻印された〝常識〟なのかもしれない。ある古典作品にとって何が重要なテーマであるかということと、現代人がどこに注目するかということとは、イコールではない。先に確認したように、『平家物語』をはじめ、文学作品から「無常」を見いだすという研究は、戦後の流行であった。

四、戦後「無常」論の流行

最後に、『無常といふ事』の掉尾を飾る「実朝」に注目しながら、戦後の「無常」論の流行について考えてみたい。

安田章生は、小林が戦争にどう向き合っていたかということについて、次のように述べている[11]。

この、戦争が日本の悲劇であったという思いは、戦後の小林のなかで癒やしがたい傷を残しているようであるが（昭和二六「感想」「政治と文学」等参照）、当時、この予感に堪えていた詩魂が、異様にとぎすまされたことは、容易に想像される。西行や実朝とともに、小林もまた〈周囲の騒擾を透して遠い地鳴りの様な歴史の足音を常に感じてゐた異様に深い詩魂を持つて〉（「実朝」）戦時下の日本に生きていた。そういう小林の生そのものを、「無常といふ事」の諸編は、透かして見せている。そして、そのことによって、それは、いよいよ詩のように美しいのである。

中世を生きた西行や源実朝の歌人としての精神を「詩魂」と表現したうえで、同じように、小林もまた「周囲の騒擾」＝戦争のなかで古典論へと沈潜していった。

この「詩魂」を、「インテリゲンチャの抵抗の思想を体現している」と見る田中貴子は、小林を含む近代の知識人たちが実朝に自己を重ね合わせていることについて、重要な指摘をしている[12]。

太平洋戦争をはさむ昭和十年代と一九七〇年代初頭の学生運動や社会運動の時期に実朝論の二つのピークがあることは、すでに述べたとおりである。そしてこの両時期において、体制に帰属することはよしとしないが、だからといって反体制へ身を投じることもしない、一種の思想的な宙吊り状態となった知識人は、実朝の身の処し方を自分に引きつけて読もうとしたのではなかったか。実朝の仮面をつけた小林秀雄が現れる、と小田切秀雄は批判したが、実朝を語る人はみな、実朝の仮面を嬉々として身につけたのであろう。

戦時下、己の立ち位置を明確にすることを避けた小林にとって、実朝という存在はたいそう都合がよく、かけがえのないものだった。さらに田中は、次のように述べる。

「遠い地鳴りの様な歴史の足音」を感じつつ、太宰治も小林秀雄も何もしなかった。そして自分の居場所を過去に求め、実朝というじつに相性のよい心の友を見出したのである。言いようのない閉塞感や無力感は次第に中世の無常観と結びついていった（「中世の無常観」というものが、ほとんど吟味されないままえらく高尚な思想であるかのように世上に広まって行ったのも、こうしたところに原因があるのかもしれないが、今はおく）。

戦時下における小林の姿勢を美化している安田とは異なり、田中は「何もしなかった」と手厳しいが、小林が中世の無常観に惹かれてゆくさまが見て取れよう。なお、括弧書きされた傍線部は、田中の論旨からは外れるものの、「無常」論の盛行を考えるうえで興味深い指摘である。第一節に挙げた、文学研究者による「無常」論の多くは、中世のみならず様々な時代に「無常」を見いだしているものの、学術論文の「無常」論は中世が圧倒的に多く、一九五〇～六〇年代には『平家物語』『方丈記』『徒然草』等を題材とした「無常」論が多数ものされた。時を同じくし、批評家も中世の「無常」を特別視するようになっていったが、研究者の動向とも相互に影響を及ぼしあっていた面もある。例えば、『平家物語における死と運命』（創文社、一九六六年）で『平家物語』の「無常」を論じた大野順一は、唐木順三の弟子でもあった。[13]そして、その唐木順三は『無常』において、[14]

「はかなし」という言葉がふくんでいる王朝的な心理と情緒が、王朝末から中世にかけて、「無常」に急勾配で傾斜してゆく跡を証してみたいのである。（『無常』「はかなし」所収、「序」）

と述べているように、中世の「無常」を特別なものと捉えている。このスタンスは、近世との対比からもうかがうことができる。

足利の末期から徳川の初期へかけての動乱の時代において、無常の憂世が、無常なるままに浮世に変ってゆくことである。無常の世間、人生をいとって、無常ならぬ後世、浄土を専ら求めるという、中世的、浄土門的な思考も態度もここにはない。無常は眼前の如何ともすべからざる事実だから、その無常の中にあって、反って無常をいつくしむという感情、飛花落葉を楽しめという態度、さらには、夢の浮世をただ狂え、という享楽的なところが出てくる。（『無常』「無常」所収、「雄弁と詠嘆――そのさまざまないろあい」）

近世にも「無常」はあるが、中世のそれとまったく異なっていることを、「憂世」から「浮世」への変容と捉えている。これはおそらく、潁原退蔵の「うきよ」論[15]の影響下にあると思われるが、「中世の無常」を特別視する傾向は、徐々に多方面へと波及してゆくこととなる。

おわりに

中世だけが「無常」なのではない。「無常」とは、「幾時如何なる時代でも、人間の置かれる一種の動物的状態である」（「無常といふ事」）と小林も言う。しかし、彼が戦争という極限状態に対峙することで到達した中世古典への眼差しは、『無常といふ事』に結実し、そこに示された中世的な「無常」は、戦後、無造作に中世という時代に重ね合わされた。

戦後の「無常」論は、古典文学、特に中世古典を題材として多彩に展開し、その結果、「中世は無常の時代」という認識が一般化していった。どの時代にもあるはずの「無常」だが、古代や近世の「無常」は例外、あるいは異端なものと捉えられ、中世の「無常」との相違をどう説明するかということに論者は腐心した。

戦争という状況において、中世という「戦乱の時代」に思いを馳せることは、小林に限らず自然なことであったかもしれない。田中貴子も指摘したように、多くの知識人がそれを経験している。屋上屋を架すことを承知で、田中の触れていなかった例を挙げるならば、堀田善衞もその一人である。戦時下の彼は、鴨長明と同世代の体験として『方丈記』を読んでおり、戦後、『方丈記私記』（筑摩書房、一九七一年）を著し、為政者の始めた戦争に巻き込まれる国民の不幸と、責任を問われない政治のあり方を、「無常観の政治化」と表現した。戦時下、あるいは戦後に中世という時代から「無常」を見いだすことは、個々人の戦争体験から自然発生した部分も少なくなかっただろう。

本コラムで述べたかったことは、「中世は無常の時代」という〝常識〟は、今を生きる我々の、かくあるべしという願望を過去に投影したものであるということだ。戦前の「無常」論との方向性の違いが明らかであることからも、『無常といふ事』に代表されるがごとき戦争体験者の認識が、論壇はもとより、研究・教育の世界にも影響を及ぼし、徐々に形成されていった結果であることは明らかであろう。

（1）藤巻和宏「中世が無常の時代というのは本当か」（松田浩ほか編『古典文学の常識を疑う』勉誠出版、二〇一七年）。

（2）関口忠男「日本文学における無常観について」（『日本文学研究』四四、二〇〇五年）は、日本文学と無常観との関わりについての研究史を整理しているが、そこで採りあげられているのが戦後の研究のみであることからも、戦前に文学を対象とした「無常」論がほとんどなかったことがわかる。

（3）菅原潤「「世界史的立場と日本」との対比――「近代の超克」再考（その1）」（『長崎大学総合環境研究』九―二、二〇〇七年）。

（4）安田章生「小林秀雄」（東京大学中世文学研究会編『中世文学の研究――現代文学との関連を中心として』明治書院、一九六八年）。

（5）佐佐木幸綱「日本古典と戦時下の生――『無常といふ事』をめぐって」（『国文学 解釈と教材の研究』二一―一三、一九七六年）。

（6）佐藤雅男「古典と批評」（『小林秀雄 創造と批評』専修大学出版局、二〇〇四年）。

（7）村田克也「高等学校評論教材実践史の一考察――小林秀雄「平家物語」「無常といふ事」を中心に」（『全国大学国語教育学会国語科教育研究 大会研究発表要旨集』一〇七、二〇〇四年）。

（8）『無常といふ事』からの引用は、以下『小林秀雄全集（第五次）』第七巻（新潮社、二〇〇一年）による。なお、引用に際し、旧字体を通行字体に改めた。

（9）文部科学省『高等学校学習指導要領（平成30年告示）解説 国語編』（東洋館出版社、二〇一九年）。

（10）例えば、『探求 言語文化』（桐原書店、二〇二二年検定済）は『平家物語』を、「栄華を極めた平家一門の滅びを描き、そこに諸行無常の現れを見ようとした物語」と解説し、末尾に載せる「鳥瞰文学史」では、中世の説明として「武士の世となり争いが多く、また末法思想の浸透より、不安を募らせた人々は神仏に救いを求めました。その結果、無常観が漂う中、仏教文化をはじめ、前代の王朝文化や当代の武家文化も混じり合った複層的な文化が醸成されました」としている。『古典探究 古文編』（第一学習社、二〇二二年検定済）は、単元ごとに「言語活動」という課題を設定しているが、『徒然草』と『方丈記』を載せる単元「随筆（一）」には「無常観の表現」という課題を置き、両作品の無常観を比較し相違点・共通点を挙げさせるという内容になっている。

(11) 前掲注(4)安田論文。

(12) 田中貴子「遠い地鳴りの様な歴史の足音」（『中世幻妖——近代人が憧れた時代』幻戯書房、二〇一〇年）。

(13) 大野順一『わが内なる唐木順三』（南雲堂フェニックス、二〇〇六年）も参考になる。

(14) 『無常』からの引用は、以下『無常』（ちくま学芸文庫、筑摩書房、一九九八年）による。

(15) 潁原退蔵「「うきよ」名義考——浮世草子に関する一考察」（『江戸文芸論考』三省堂、一九三七年）。これは、元来「憂き世」の意であった「うきよ」が、中世から近世にかけて「浮世」へと変容していった様相を論じたものだが、この指摘以来、「憂世／浮世」という概念で、中世と近世という時代の特質を説明しようとすることが試みられるようになった。そう単純化できるものでもないと思うが、差別化するにはうってつけなのか、現在でもよく利用されている。例えば近年の文学史のなかから、吉田弥生『近世日本文学史——概説と年表』（開成出版、二〇一六年）が、中世は「憂世」の時代であり、近世は「浮世」の時代であるとしていることを事例として挙げることができよう。

Ⅱ　古代の文学と〈無常〉

「うつろふ」事物の「無常」性
――大伴家持「悲世間無常歌」の〈たとえ〉をめぐって

土田耕督

序 〈比喩〉と〈例〉

「無常」に関連する歌は、すでに『万葉集』に数多く見出される。『万葉集』以来詠まれ続けた「無常」関連の歌の一つの特徴は、漢訳仏典に由来する〈たとえ〉が、何らかのかたちで作歌に活用されているところに認められる。この〈たとえ〉の有無は、ある歌が「無常」に関連するか否かを判断する時の、いわば指標として機能している。実際に、「無常」関連の歌を対象とする先行研究は、「無常」についての〈たとえ〉が用いられている歌を選別した上で、その〈たとえ〉の出典を指摘しながら、歌の内容を解釈していくという手法をとるという点で、ほぼ一致している。小論もまずはこの基本方針を踏襲し、先学の指摘する出典を適宜参照しつつ、〈たとえ〉を用いて詠まれた万葉歌について考究する。ただしその際、「無常」についての〈たとえ〉を二つに分けて把握するという立場をとる。

尼ヶ崎彬は、日本語の「たとえ」に「譬喩」と「事例」の二通りがあることを重視している。(1)修辞学の分野において「譬喩」はその機能により、直喩（simile）、隠喩（metaphor）、換喩（metonymy）、提喩（synecdoche）などに分類されるが、今これを隠喩に代表させることにする。[2] 古代ギリシアの哲学者アリストテレス（前三八四〜前三二二）は『詩学』の中で、*μεταφορά*（metaphora：原義は meta「〜を越えて」＋pherein「運ぶ」＝「移しかえる」「変更する」）を（あることを言いあらわす際）「本来別のことをあらわす語を転用することをいう」と定義した。[3] アリストテレスの挙げるその一例は、「夕べ」を「一日の老年」といいかえ、「老年」を「人生の夕べ」「人生の日没」といいかえるようなものである。小論はこの〈たとえ〉を〈比喩〉と呼ぶことにする。[4]

他方、「事例」の内実について、尼ヶ﨑は本居宣長（一七三〇〜一八〇一）の『玉勝間』（十の巻）にある「物をときさとす事」という項目に注目している。[5]

> 物をときさとす事
>
> すべて物の色形、又事のこころを、いひさとすに、いかにくはしくいひても、なほさだかにさとりがたきこと、つねにあるわざ也、そはその同じたぐひの物をあげて、其の色に同じきぞ、某のかたちのごとくなるぞといひ、ことの意をさとすには、その例を一つ二つ引き出ヅれば、言おほからで、よくわかるるものなり。

ある「物」の色やかたちを他者に「いひさとす」には、その色やかたちについてくわしく論じるよりも、それと同じ色、同じかたちの「物」を挙げた方がわかりやすい。同様に、ある「事」の意味を他者に「さとす」には、その「事」の「例」を一つか二つ引き出してやれば、多言を費やさなくともよくわかる。尼ヶ﨑はこの箇所を「事例」についての解説と捉え、「ある個別的なモノの特徴を説明するのに、普遍的な概念ではなく、同じ特徴をもつ別のモノをもって述語に代えるのが前者であり、ある普遍的な命題を説明するのに、個別的なコトをもってその命題の具体例を提示するのが後者である」と換言している。[6] 小論はこの後者のような働きをする「事例」を〈例〉と呼んで〈比喩〉と区別する。[7]

ここで、〈比喩〉と〈例〉の両者を区別する基準と各々の特徴を整理しておきたい。まず、〈たとえ〉が適用される対象について、事・物（アリストテレスのいう「あること」）に対しては〈比喩〉が適用され、観念（宣長のいう「ことの意」、尼ヶ崎のいう「普遍的な命題」）に対しては〈例〉が適用される。たとえば、「人が死ぬ」という事の〈たとえ〉は〈比喩〉であり、「無常」という観念の〈たとえ〉は〈例〉である。

事・物の〈比喩〉とは、アリストテレスの定義通り、その事・物Aをいいかえうる別の事・物Bを指す。「花が散る」（B）は「人が死ぬ」（A）の〈比喩〉である。ただし、このいいかえは、ABに共通する観念を介していると考えられる。BはAの〈比喩〉であるという時、「生きていたものの活動が停止する」などの観念の共通性が、AB間の〈比喩〉の関係を保証しているだろう。つまりABはともに、「生きていたものの活動が停止する」という観念の〈例〉でもある。事・物と観念との違いは、さしあたり具体的な物の有無によって決めることとする。「花」や「人」を具体的な物であると考え、ゆえに「花が散る」「人が死ぬ」を事であると捉える。確実にいえるのは、「生きていたものの活動が停止する」（C）は、「無常」という観念の側にあってそこに含まれるものであり、「無常」という観念の〈例〉ではない、ということである。また、Cはもちろん「人が死ぬ」や「花が散る」の〈比喩〉でもない。〈比喩〉についてもう一点重要なのは、アリストテレスの「夕べ」と「老年」の関係にも示されていたように、〈比喩〉関係にある事・物は相互に交換可能だということである。「人が死ぬ」ことを「花が散る」ようだ、といえるならば、「花が散る」ことを「人が死ぬ」ようだ、ともいえる。これは〈比喩〉を構成する物の単位でも同様である。「人」は「花」のようだ、といえるならば、「花」は「人」のようだ、ともいえる。

他方、観念の〈例〉とは、その観念を適用しうる、具体的な事・物を指す。「人が死ぬ」「花が散る」はともに、「無常」の〈例〉である。〈例〉はつねに新たに発見されうるが、繰り返し用いられて定着する〈例〉もある。〈例〉について重要なのは、〈例〉があらわす主意が不確定であるという点である。これについては後述する。

以上の区分と特徴づけは、修辞学ないし言語学の立場から見ると決して厳密とはいえないかもしれないが、小論の趣旨は〈たとえ〉自体の分析にあるわけではないため、〈比喩〉と〈例〉を以上に述べたような意味で用いることとしたい。そもそも、なぜ殊更に両者を区別するかというと、「花が散る」は「無常」の「たとえ」であるといういい方と、「花が散る」は「人が死ぬ」の「たとえ」であるといういい方とが、一般的には両方成り立ってしまうからである。しかし先述の通り、前者の「たとえ」は〈例〉であり、後者の「たとえ」は〈比喩〉である。従来の「無常」関連の歌についての研究では、「たとえ」「比喩」「譬喩」と呼び方は様々であるが、この区別を考慮していなかったように思われる。〈比喩〉〈例〉には各々の特質があるため、歌に用いられる〈たとえ〉がどちらなのかを判定することは、歌の解釈、ひいては作者の抱く「無常」感の考察において、きわめて重大な意味をもつと考える。

ところで、この〈比喩〉と〈例〉との使い分けは、仏典においても見られる。特に両者の区別を明確に示しているのが、東アジアに広く浸透し、日本においても早い段階から享受された経典『維摩経』の方便品第二に出る、いわゆる「十喩」である。病床にあった維摩詰は「諸の仁者よ、是の身は無常なり」と宣言した上で、「是の身」を次のように〈たとえ〉ている。[8]

> 是の身は聚沫の如し。撮摩す可からず。是の身は泡の如し、久しく立つことを得ず。是の身は炎の如し、渇愛より生ず。是の身は芭蕉の如し、中に堅有ること無し。是の身は幻の如し、顛倒より起こる。是の身は夢の如し、虚妄の見為り。是の身は影の如し、業縁より現ず。是の身は響の如し、諸の因縁に属す。是の身は浮雲の如し、須臾にして変滅す。是の身は電の如し、念念に住らず。

先に立てた〈たとえ〉の分割にしたがえば、まず「聚沫」（水しぶき）、「泡」（水泡）、「炎」（陽炎）、「芭蕉」、「幻」、「夢」、「影」、「響」（音の反響）、「浮雲」、「電」（稲光）はすべて、「無常」という観念の〈例〉にあたる。同時に、それらはすべて「是の身」という物の〈比喩〉でもある。さらに、それぞれの〈比喩〉に関して、〈比喩〉関係を成立させている観念も明記されている。「聚沫」が「是の身」の〈比喩〉でありうるのは、撫でさすることのできる実体がないという観念が両者に共通しているからである。「芭蕉」と「是の身」との〈比喩〉関係は、その中に堅固な実体がないという観念によって成り立っている。以下同様である。

この十の〈比喩〉関係を保証している十の観念こそ、十の〈例＝たとえ〉の主意にほかならない。十の主意はそれぞれ、「無常」という観念の一面をあらわしている。『維摩経』「十喩」の多様性が示唆しているのは、「無常」の〈例〉は当の〈例〉を用いた者によって恣意的に定められているということである。裏返せば、同じ事・物が「無常」の〈例〉として用いられていたとしても、各々の主意は別でありうる。『維摩経』は各〈例〉の主意を丁寧に示しているが、仏典には「無常」の〈例〉の主意が記されていないものも多い。この場合、主意は〈例〉をどう解釈するかによって揺れ動くことになる。

以上、論じて来た諸々の点に配慮しながら、万葉歌に用いられる「無常」関連の〈たとえ＝比喩／例〉について見ていきたい。

一、前提としての「無常」と〈たとえ＝例〉の発見

「無常」に関連する歌についての諸研究において、必ずといってよいほど扱われるものに、大伴家持（七一八頃～七八五）が天平勝宝二年（七五〇）三月に作った「悲世間無常歌」（『万葉集』巻第十九　四一六〇・四一六一・四一六二）がある。

世間（よのなか）の無常を悲しぶる歌一首　并せて短歌

天地の　遠き初めよ　世の中は　常なきものと　語り継ぎ　流らへ来れ　天の原　振り放け見れば　照る月も　満ち

欠けしけり　あしひきの　山の木末も　春されば　花咲きにほひ　秋付けば　露霜負ひて　風交じり　黄葉散りけり
うつせみも　かくのみならし　紅の　色もうつろひ　ぬばたまの　黒髪変はり　朝の笑み　夕変はらひ　吹く風の
見えぬがごとく　行く水の　止まらぬごとく　常もなく　うつろふ見れば　にはたづみ　流るる涙　留めかねつも

言問わぬ　木すら春咲き　秋付けば　黄葉散らくは　常をなみこそ　一に云ふ、常なけむとそ
うつせみの　常なき見れば　世の中に　心付けずて　思ふ日そ多き　一に云ふ、嘆く日そ多き

大空に照る月が満ちては欠けること、山の梢に、春になると花が咲き匂い、秋になると葉が紅葉して散り落ちること、あざやかな紅の顔色があせること、つややかな黒髪が変色すること、朝の笑顔が夕べには変わること、吹く風が目に見えないこと、流れる水が留まらないこと。以上はすべて、家持の考える「世間の無常」の〈たとえ＝例〉であり、悲涙の動因となっている。

佐藤隆は、この歌が「天地自然の無常」と「人事の無常」との「二部構成」になっているという。「無常」を見出す対象に関するこの二分法にしたがえば、天地自然の「無常」が「うつせみもかくのみならし」という二句によって人事の「無常」へと移行し、最後に「吹く風の見えぬがごとく　行く水の止まらぬごとく」と再び天地自然の「無常」に戻って、「主観的叙情的にうたいおさめている」(9)。この天地自然の「無常」のうち、「照る月も満ち欠けしけり」および「行く水の止まらぬごとく」に関して、佐竹昭広は、次の漢訳諸仏典の内容が出典となった可能性を指摘している(10)。

「照る月も満ち欠けしけり」

水流るれば常に満たず　火盛んなれば久しくは燃えず　日出づれば須臾にして没し　月満ち已ればまた欠く
尊栄高貴なる者も　無常の速かなることこれに過ぎたり　当に念じ勤め精進して　無上尊を頂礼すべし

（『仏説罪業応報教化地獄経〔罪業応報経〕』）

「行く水の止まらぬごとく」

世間の五欲会して無常に帰し、究竟の法に非ず。合して心安からず。若し得るとも還失ふこと速疾にして、流の暫くも停住せざる如く〔…〕

（『仏本行集経』巻第十八・剃髪染衣品下）

是の寿命を観ずるに、常に無量の怨讐の為に遶られ、念々に損滅して増長あること無し。猶山の瀑水の停住することを得ざるが如く〔…〕

（『大般涅槃経』巻第三十四、迦葉菩薩品第一二之四）

他方、「山の木末も春されば花咲きにほひ秋付けば露霜負ひて風交じり黄葉散りけり」については、仏典などから出典を指摘する先行研究は管見に入らない。平野多恵はこの部分を引いて、「春秋のモチーフを無常の象徴とするのは日本的な感覚である」と説いている。(11) それが「日本的」か否かについて論じるための知見を、小論はもっていない。ここで着目したいのは、「無常」の〈たとえ＝例〉が生成する仕組みを、「悲世間無常」歌群が明示している点である、とりわけ一首目の短歌に、それは見出される。

結句に「常をなみこそ」すなわち「常であるということがないからこそ」と詠まれているように、この歌において「無常」という観念は、すでに自明の前提となっている。そもそも「悲世間無常」という題詞自体が、そのことを端的に告げている。「世間」のあらゆる事物は「無常」である、だからこそ「言葉を発しない木でさえも、春は花が咲き、秋になると黄葉が散る」。この論理は、「木すら春咲き秋付けば黄葉散らく」という自然の現象が、少なくともこの歌の中では「無常」の〈例〉として発見されたものであることを証立てている。同様の論理は、家持と同時代人の歌にも見出すことができる。

世の中も　常にしあらねば　やどにある　桜の花の　散れるころかも

（巻第八・春相聞「久米女郎が〔厚見王に〕報へ贈る歌一首」一四五九）

「我が家の桜の花が散ってしまった」のは、「世の中も常でないから」である。この歌においても「無常」の観念が前提となった上で、その具体的な〈例〉として桜の花が散るという実景が眺められている。(12)

「無常」を所与の原理として、その〈例〉を身近な事物に見つけ出していくという方法は、仏典に由来する「無常」の〈例〉を再利用することとは根本的に異なる。前者の方法がいわゆる万葉第三期から第四期にかけて実践されはじめたとすれば、それはこの時期まで、「無常」という観念が未だ前提となるには至っていなかったことを示唆しているだろう。末木文美士は、「自己の生」が「無常」であることをはじめて自覚的に認識した万葉歌として、「柿本朝臣人麻呂の歌集に出づ」との左注をもつ次の歌を掲げている。(13)

巻向の　山辺(やまへ)とよみて　行く水の　水沫(みなあわ)のごとし　世人我等は

（巻第七・雑歌「所に就きて思ひを発す」、左注「柿本朝臣人麻呂が歌集に出でたり」一二六九）

「巻向山のあたりに、水音を響かせながら流れ行く水の、泡のようだ。この世の人、私たちは」。ここでは水流のうねる中で無数に生じては消えていく泡が、自らを含む人の一生と類比されている。よって「水沫」は「世人我等」の〈比喩〉である。新間一美はこの「水沫」という〈比喩〉の出典を、『維摩経』の「十喩」の第二「是の身は泡の如し、久しく立つことを得ず」に求めている。(14)他方、佐竹は「行く水の水沫」について、「水の波浪して泡沫を成し、暫く見えて即ち滅するが如き」（『大智度論』巻三十一）という経文を引いている。(15)「水沫」と「世人我等」は、どちらも「無常」の〈例〉である。

いずれにしても、「水沫」ないし「泡沫」はすでに種々の仏典によって人身の〈比喩〉、「無常」の〈例〉として定着しており、人麻呂歌集の歌はそれらを再利用していることになる。つまりこの歌の中では、「無常」の〈例〉を現に確認することによって、対象が「無常」であること自体が発見されている。出典が『維摩経』であれ『大智度論』であれ、この歌は経典の内容を翻案したものであるとも見なしうる。仏典に由来する句の内容を歌に変換する、後世の「釈教」歌と同じ詠歌過程が、ここには見出される。

これに対し、同じ「水泡」の〈比喩〉を用いたとしても、やはり家持の詠み方は人麻呂歌集歌とは異なっている。

水泡（みつぼ）なす　仮れる身そとは　知れれども　なほし願ひつ　千年の命を
（巻第二十「寿長けむことを願ひて作る歌一首」四四七〇）

家持は、人の身が「水泡」と同じく「仮」でしかないことを、すでに知っている。[16]「無常」が既知であるところから歌が詠まれはじめており、だからこそ「無常」に抗うような長寿への願いの生じる余地が出てくる。「悲世間無常歌」に、悠久の昔から「世の中は無常であると語り継いできた」と詠んでいるように、家持にとって「世間無常」という観念は、自らのみならず人々がなべて知っていてしかるべきもの、いわば普遍的法則として念頭に置かれていた。

うつせみの　常なき見れば　世の中に　心付けずて　思ふ日そ多き
（巻第十九　四一六二）

という「悲世間無常歌」付属の第二短歌において吐露されているのは、その絶対の法則にしたがわざるをえないという諦観であろう。この二ヵ月後、母を失った藤原仲麻呂の次男に対して、家持は挽歌を贈り、反歌を次のように詠んだ。

世の中の　常なきことは　知るらむを　心尽くすな　ますらをにして
（巻第十九　四二一六）

「心尽くすな」とは、自らと同じく、「無常」の「世の中に心付けず」生きるという処世術の推奨であった。

「つくられたものはすべて無常である。生じては滅びる性質のものである。それらは生起しては滅びる。それらの静まった安らぎこそ安楽である」[17]と原始仏典に説かれるように、「無常」が「生」と「滅」とをめぐる最も根源的な仏教思想の一つであることはいうまでもない。この思想は、無数の人の一生、それを取り巻く様々な人事と自然の事・物、すなわち「諸行」が、つぶさに観察された上に成立したのだろう。諸仏典に数えきれないほど出てくる「無常」の〈例〉のほとんどすべてが、人にとって身近な事象や自然の事物であるという事実は、「無常」が帰納的な推論を経て確立した観念であることを物語っている。そもそも「無常」にかぎらず、ある観念が確立する過程には総じて、具体的な事・物から法則を抽出する帰納法が駆使されているだろう。そして「無常」の観念がいったん確立すれば、そのもとで新たな事・物の中に「無常」の〈例〉が探索されていく。これはいわば、演繹的な推論にもとづく〈たとえ〉の生成である[18]。

家持はこの演繹法によって、山に生える木に春は花が咲き、秋になると葉が色づいて散るという現象に「無常」の具現化を見出した。「悲世間無常歌」にあるほかの〈例〉、特に「人事の無常」の部分の〈例〉も、家持が発見した「無常」の具体相として把握し直される。ただし、ここで注意を払わなければならないのは、演繹法をとる場合、所与の命題「無常」の意味内容、いわば「無常」の「無常」性は、未確定であるという点である。これを歌の作者の側からいいかえれば、知識としての経典内容を忠実に翻案するのではなく、演繹的に「無常」の〈例〉を探索する際、「無常」のうちどの要素に焦点をあてるかの選択は、探索する作者の側に託されている、ということである。「世間」が「無常」であることをすでに知っ
ている者が、その「無常」をどのように理解しているのか。それを示すものこそが、発見された「無常」の〈たとえ＝例〉の主意にほかならない[19]。家持の見た「世間無常」の「無常」性とは、いかなるものなのか。再び「悲世間無常歌」について見ることにする。

二、観念語としての「うつろふ」と〈衰微性〉の発見

「悲世間無常歌」は、列挙した〈たとえ＝例〉すべてに対して、最後に「常もなくうつろふ」と総括している。青木生子が、「悲世間無常歌」を「世の「うつろひ」を命題として歌う」「思想詩」と評するように、諸々の〈例〉の主意は、「常もなくうつろふ」ことであると、まずは見定められるだろう。[20]「動詞「うつろふ」は「うつる」に継続を表す「ふ」がついたもの」であり、「物事が継続的に移動、変化する様子を意味する」。[21]この点で「うつろふ」は、「無常」の原義、すなわち生滅変化して一瞬たりともとどまらないことをあらわす和訳語として、この上なく的確である。他方、「時間的変化をいう場合は、大半が好ましからぬ状態への変化を意味する」[22]とも説かれるように、「うつろふ」ことは単なる恒常的な変化ではない。家持の挙げる〈例〉も、「好ましからぬ状態への変化」であることは疑いない。しかし結局、「常もなくうつろふ」という観念の内実は、個々の〈例〉についてその主意を帰納していかなければ、明らかにはならないだろう。

家持の用語「うつろふ」の内実を「無常」の〈例〉の主意として見定める上で、あらためて「山の木末も春されば花咲きにほひ秋付けば露霜負ひて風交じり黄葉散りけり」および「木すら春咲き秋付けば黄葉散らく」という〈例〉の主意から考えていきたい。まず確認しておきたいのは、「黄葉」が散ることの意味である。柿本人麻呂は、「黄葉」が散ることを人の命が尽きることの〈比喩〉として用いている。

ま草刈る　荒野（あらの）にはあれど　もみち葉の　過ぎにし君の　形見とそ来し

（巻第一・雑歌「軽皇子、安騎の野に宿らせる時に、柿本朝臣人麻呂が作る歌」、「短歌」三首のうち第二首　四七）

「もみち葉の過ぎにし」は、「君」すなわち「日並皇子」（同　四九）が薨じたことをあらわすことばであり、「もみち葉」の散り過ぎることが、人の死と同一視されている。同様に次の人麻呂の歌も、妻の死を「もみち葉の過

ぎ」てしまったことと類比して詠んでいる。

〔…〕渡る日の　暮れぬるがごと　照る月の　雲隠るごと　沖つ藻の　なびきし妹は　もみち葉の　過ぎて去にきと
〔…〕

（巻第二・挽歌「柿本朝臣人麻呂、妻が死にし後に、泣血哀慟（きふけつあいどう）して作る歌」二〇七）

家持の長歌においても、当該箇所の直後に「うつせみもかくのみならし」と詠まれる以上、「黄葉散りけり」が人の死の〈比喩〉となっていると見てよい。しかし、秋になって散ってしまった「黄葉」は「山の木末」のそれであって、春には同じ梢に花がうつくしく咲いていたことが併せ詠まれている。つまりこの長歌において、「山の木末も春されば花咲きにほひ秋付けば露霜負ひて風交じり黄葉散りけり」という一連の表現は、死へと至る変化の相をあらわしている。この点、人麻呂の「泣血哀慟歌」に見られる「渡る日の暮れぬる」「照る月の雲隠る」が、やはりいずれも人が死ぬこと自体の〈比喩〉として把握できることと対蹠的である。また家持自身にも、「悲世間無常歌」より以前に「花」が散ることを人の死の〈比喩〉とした次のような挽歌がある。

あしひきの　山さへ光り　咲く花の　散りぬるごとき　我が大君かも

（巻第三・挽歌「（天平）十六年（七四四）甲申の春二月、安積皇子の薨ぜし時に、内舎人大伴宿禰家持が作る歌六首」のうち第三首　四七七）

家持が長歌を作る上で「無常」の〈例〉としているのは「花」でも「黄葉」でもなく、春から秋にかけての「山の木末」である。時の推移にしたがい、盛から衰を経て死へ至る変化こそが、この〈たとえ＝例〉の主意であろう。[23]

以上を踏まえて、先に見た「照る月も満ち欠けしけり」の出典を再確認してみると、家持の歌において〈例〉の主意が微妙に変わっていることがわかる。『罪業応報経』では、「火盛んなれば久しくは燃えず　日出づれば須臾にして没し」というところに如実にあらわれているように、〈例〉はすべて「無常の速かなること」、すなわち人の死の迅速性を主意とする。これに対し家持は、「照る月」の「満ち欠け」だけを抽出している。満月が欠けていくという事象を単体で捉えれば、それは死の迅速性よりもむしろ、梢に春は花咲き、秋は黄葉が散るという盛衰の〈例〉と即応しているだろう[24]。

「行く水の止まらぬ」に目を向けると、特に『仏本行集経』において、「流の暫くも停住せざる」ことは、満たされた「五欲」が「速疾にして」失われることの〈比喩〉である。他方、『大般涅槃経』では「山の瀑水」の「停住」できないことが、「寿命」の「念々に損滅」することの〈比喩〉となっている。両者ともに、〈比喩〉に共通する瞬間性という観念を捨象することによって、〈たとえ〉が盛から衰への変化をあらわすものへと転換されている。

このように、「悲世間無常歌」に詠まれる「天地自然の無常」は、いずれも盛んだったものが衰えていくことの〈例〉として捉えうる[25]。この主意は、「人事の無常」に至ってより一層如実になる。「紅の色もうつろひ　ぬばたまの黒髪変はり　朝の笑み夕変はらひ」という三つの〈例〉が、いずれも盛から衰への変化という観念の、具体的な〈例〉であることは明らかだろう。

ここであらためて、仏教思想において論じられてきた「無常」という観念のもつ二つの相、「無常」性の二面を確認したい。佐竹昭広は、「浦島子」伝説を回顧した高橋虫麻呂の長歌（巻第九　一七四〇）において、「この筥開くなゆめ」の禁を破った「浦島子」を襲ったものが、人間の「老」と「死」であったことを重視している。「仏教思想のコンテクスト」を重ねてみれば、それは「生住異滅」の「住異」と「滅」であると佐竹は換言し、関係する次の諸仏典を引いている[26]。

　云何が住異なりや。答ふ、老なり。

無常に二あり。老及び死と名づく。かくの如く一切法には常に老死あり。故に住する時無し。

（『阿毘達磨大毘婆沙論』巻第三十八）

（『中論』巻第二）

「無常」という観念のうちで、「老」は「滅」ないし「死」と等しい重みをもって並び立つ。人命を瞬時に潰えるものと見る場合、さしあたり「老」は問題とならない。しかし箱を開けてしまった「浦島子」は、決してそのままの姿で即死したわけではなかった。人の一生を「死」へ至る道程だと捉えるならば、「老」はその先に必ず「死」の訪れる直前の期間、「死」に直結するその準備段階として「無常」の主要な一面となる。

「悲世間無常歌」において家持が「悲し」む「無常」とは、仏教思想から照射すればこの「老」の相であるといってよい。ただしこの歌に列挙される諸々の〈例〉を一瞥して明らかなように、そのすべてが人の「老」に収斂してしまうわけではない。「老」をあらわす、「紅の色もうつろひ ぬばたまの黒髪変はり」は、ほかの〈例〉と並列的な〈比喩〉の関係にある。ここにおいて、人の「老」相を含めたすべての〈例〉を具現化しうる観念として、万物の〈衰微性〉が立ちあらわれる。長歌に出る〈たとえ＝例〉は、すべてこの〈衰微性〉を主意としている。これが「悲世間無常歌」における、「無常」という観念の「無常」性である。[27] 歌の最後において全〈例〉を総括する「うつろふ」は、家持にとって、「無常」の一局面、すなわち「滅」を予感させながらも未だ「滅」に帰着しない、〈衰微〉そのものの相をあらわす語にほかならなかった。

伊原昭は、家持の歌において「うつろふ」という語のあらわす意味を種々の用例によって跡づけながら、それと「無常」との関係について「家持は、「常無し」を、「移ろふ」という盛から衰へと変貌して行く現象と重なるものとして捉えている」と解している。[28] 伊原のいう「移ろふという〔…〕現象」と「常無し」が「重なる」そのあらわれを、小論は「無常」すなわち「うつろふ」ことの〈たとえ＝例〉の発見として解したという点では、伊原の見解と小論のそれはほとんど異ならないといってもよい。ただし、伊原のように「盛から衰へと変貌して行く現象」のすべてを「うつろふ」ということばによって把握することが可能なのは、家持が「悲世間無常歌」において、「うつろふ」を、「無常」性すなわち〈衰微性〉という観念をあらわすことばとして用いているからだ、という点を見逃してはならない。端的にいえば、伊原の見解との違いは、小論が「うつろふ」を「現象」でなく観念と見なす点に求められるだろう。

　このことに関して着目したいのは、家持のほかの歌における「うつろふ」の用語法である。家持が「悲世間無常歌」より以前に、「無常」に直結する語ないし作歌背景とともに「うつろふ」を用いている歌は、次の二例しかない。

〔…〕活道山(いくぢ)　木立の茂に　咲く花も　うつろひにけり　世の中は　かくのみならし〔…〕

（巻第三・挽歌「〔天平〕十六年〔七四四〕甲申の春二月、安積皇子の薨ぜし時に、内舎人大伴宿禰家持が作る歌六首」のうち第四首　四七八）

〔…〕世の中の　憂けく辛けく　咲く花も　時にうつろふ　うつせみも　常なくありけり〔…〕

（巻第十九「挽歌一首并せて短歌」四二一四）

二首はいずれも挽歌であり、「咲く花」の「うつろひ」は人が衰え死ぬことの〈比喩〉であると解しうる。両〈比喩〉に共通する観念を、いわば〈衰微性〉を内包する〈必滅性〉と捉えることもできなくはない。しかしここでは死が前面に露顕しており、未だ〈衰微〉の相に焦点があたっていないと考える。何よりも、これらの歌において「うつろふ」のは「花」という具体的な物である。そして『万葉集』のうちで、家持の一二例を除いた残り一二三例の「うつろふ」も、すべて同様に具体的な物が「うつろふ」というかたちで用いられている。要するに、

「うつろふ」を「無常」の〈衰微性〉という観念を明示する語として用いたのは、「悲世間無常歌」が最初である。[29]しかも家持はこの歌において、「紅の色もうつろふ」ことを「常もなくうつろふ」ことの〈例〉として挙げていた。[30]紅の染色が褪せるという具体的な事が〈衰微〉としての「無常」の〈例〉となり、両者が「うつろふ」ということばを共有しているというこの事実もまた、重大な意義をもつ。これは、「紅の色」だけでなく、その他のあらゆる具体的な事物に対して用いられる「うつろふ」ということばにも、「無常」性が賦与されるという事態を招くからである。「うつろふ」のこの重なりは、「うつろふ」ということばがあまねく「無常」性を帯びる端緒となっている。これをもって、伊原のいう「盛から衰へと変貌して行く現象」のすべてが「うつろふ」によって包摂され、それを「無常」だと観ずることができるようになる。

「悲世間無常歌」以後、家持は「うつろふ」物を次のように詠んでいる。

咲く花は　うつろふ時あり　あしひきの　山菅の根し　長くはありけり

（巻第二十　四四八四　左注「物色の変化を悲しび怜びて作る」）

八千種は　花はうつろふ　常磐なる　松のさ枝を　我は結ばな

（同「〔天平宝字二年（七五八）〕二月に、式部大輔中臣清麻呂朝臣の宅にして宴する歌十五首」、第六首　四五〇一）

これらの歌には、「無常」という観念を直接示すような指標は認められない。咲く花の衰えていくことが、山菅の根および松が長く耐えることと対比して詠まれているにすぎない。にもかかわらず、花が「うつろふ」ことに「無常」性を看取してしまうのは、すでに「うつろふ」の語が〈衰微性〉をあらわす指標となっているからである。一首目の左注にある「物色の変化」を「天地自然の無常」と重ねてしまうのも、同じ指標に依拠している。

以上のように、『万葉集』における「無常」の表現を〈たとえ〉の観点から見た「悲世間無常歌」の価値は、「うつろふ」事・物の〈衰微性〉を、「無常」という観念の一様相として定着させ、「うつろふ」の語を「無常」の指標とする根拠を創出したところに求められる。(31)

結　「うつろふ」人の「心」から恋の「無常」性という主題へ

具体的な事物について「うつろふ」を用いている歌に、〈衰微性〉としての「無常」を看取する妥当性は、「悲世間無常歌」によって保証されるに至った。「うつろふ」事・物は「無常」であり、その場合「無常」は〈衰微性〉をあらわす、という「無常」性の発見こそ、後の「無常」関連の歌の創作のみならず、その解釈にとっても、決定的に重要な点であった。「うつろふ」の語によって何ものかが〈衰微〉することを詠んだ歌に対峙する者は、そこに「無常」性を不可避的に見出してしまう。これは、作者が「無常」という仏教的な観念を命題としてその歌を詠んでいるか否か、という意図の問題とは関係ない。「無常」に直接関係する詠歌背景をもっていない歌からも「無常」を感じ取ることは、「無常」という観念に関する我田引水でも、牽強付会でもない。それは「悲世間無常歌」の提起した、「無常」性の指標による。

この立場から見渡せば、「無常」に関連する和歌表現の広大な沃野がひらけてくる。というのは、端的にいって「うつろふ」ものはすべて「無常」であると把握しうるからだ。まずこのことは、自然の事物の「うつろひ」を詠む歌に顕著にあらわれる。家持も次のような歌を詠んでいる。

夏まけて　咲きたるはねず　ひさかたの　雨うち降らば　うつろひなむか

（巻第八・夏雑歌「大伴家持が唐棣(はねず)の花の歌一首」一四八五）

はねずの花の「うつろひ」は、たしかな「無常」性を表出している。

そしてもう一か所、「うつろふ」ことをその特質とする肥沃な土壌こそが、人の「心」である。つまり、人の

「心」の「うつろひ」を詠む恋の歌が、「無常」性を表出する歌として把握されうることになる。そのような歌も、すでに『万葉集』に見出される。そもそも『万葉集』における「うつろふ」の多くは、作者未詳の「相聞」「寄物陳思」「譬喩歌」といった恋の歌において、自然の事物の「うつろひ」との〈比喩〉関係の中で、人の「心」が変わりやすいことをあらわすことばでもあった。

月草に　衣は摺らむ　朝露に　濡れての後は　うつろひぬとも

（巻第七・譬喩歌「草に寄する」作者未詳　一三五一）

「月草で衣を摺染めにしよう、朝露に濡れた後でその色が褪せてしまったとしても」。月草の染色の「うつろひ」は、一度関係した後の人の「心」の「うつろひ」の〈比喩〉である。自然の〈比喩〉を用いて人の「心」の「うつろひ」を詠むとは、恋の〈衰微性〉を自然の「うつろひ」に託して詠むことにほかならない。それは『古今和歌集』仮名序が「心におもふことを見るものきくものにつけていひいだせる」と定義づけた「やまとうた」の、一つの根幹となりうる主題であった。このいわば恋の「無常」性を主題とする歌は、『古今集』の「恋歌」部を発端として、連綿と詠み継がれていくことになる。恋歌五には、「人の心」の「うつろひ」を詠んだ次の三首が配される。

世中の　人の心は　花ぞめの　うつろひやすき　色にぞありける

（「題しらず」よみ人しらず　七九五）

心こそ　うたてにくけれ　そめざらば　うつろふ事も　をしからましや

（同　七九六）

色見えで　うつろふ物は　世中の　人の心の　花にぞ有りける

（「題しらず」小野小町　七九七）

これらの歌の主題を恋の「無常」性であると解してよい根拠もまた、「うつろふ」事物の「無常」性に求められる。和歌に詠まれる恋には、自然の事物の「うつろひ」を介して「無常」が染みわたっている。

〔凡例〕

●『万葉集』所載の歌とその題詞・振り仮名・左注および歌番号は、新編日本古典文学全集『萬葉集』一～四（小学館、一九九四～一九九六年）による。

●『古今和歌集』所載の歌および歌番号は、『新編国歌大観』（古典ライブラリー運営「日本文学 Web 図書館　和歌・俳諧ライブラリー」所収）による。

●漢訳仏典の書下し文は、各仏典に関して注に示した各書および論文に依拠する。

（1）尼ヶ﨑彬「「たとえ」の構造――隠喩と事例」（『ことばと身体』勁草書房、一九九〇年）一二頁。

（2）菅野盾樹は、現在「比喩」について考える際、修辞学の影響のせいで、隠喩、換喩、提喩、誇張法、曲言法、イロニーなどの細かな類別に拘泥して、これらを貫く本質的要素が目に映っていないことに注意を促している。「これらの比喩の形態は、いずれも「別の場所へ運ぶ」その働きにおいて、大きく「比喩（メタファー）」として一括りしうる」という菅野の原点回帰に、小論も同調する。菅野盾樹「文脈のなかの隠喩」（『メタファーの記号論』第四章、勁草書房、一九八五年）九七頁。

（3）『アリストテレース　詩学・ホラーティウス　詩論』松本仁助・岡道男訳（岩波文庫、一九九七年）七九頁。当該箇所は第二一章「詩的語法にかんする考察」に出る。

（4）白川静編『字通』（ジャパンナレッジ所収）によれば、「比」は二人の人が相並んでいることをあらわす会意文字である。この意は、あることばと別のことばが並立しているというイメージにおいて、ことばの移しかえという metaphor の原義と対応していると考える。

（5）『玉勝間』本文は、吉川幸次郎・佐竹昭広・日野龍夫校注『日本思想大系 四〇 本居宣長』（岩波書店、一九七八年）所収のものによる。ただし踊り字を開き、文末の読点を句点に改めた。

（6）注(1)尼ヶ崎書、一四頁。

（7）宣長が「さとす」といい、そのためには例示が有効であると説くことにあらわれているように、「喩」は元来、例を引いて相手の理解を促すこと、あるいはそのような文章を意味する字である。注(4)白川書よって「事例」を〈喩〉としてもよいが、小論はすでに〈比喩〉の用語を採用しており、また「喩」という字自体からは「例」の意を想起しにくいと思われるため、〈例〉を用いることにした。

（8）『維摩経』本文は、植木雅俊訳『梵漢和対照・現代語訳 維摩経』（岩波書店、二〇一一年）による。

（9）佐藤隆「大伴家持「悲世間無常歌」の成立背景」（『中京大学上代文学論究』一三、二〇〇五年三月）一六頁。短歌についても、一首目は「天地自然の無常」、二首目は「人事の無常」を詠出していると把握される。

（10）佐竹昭広「無常について」（『萬葉集再読』平凡社、二〇〇三年）七一頁、八三～八四頁。

（11）平野多恵「無常観の形成 和歌の果たした役割」（苅部直・黒住真・佐藤弘夫・末木文美士・田尻祐一郎編『日本思想史講座 二 中世』ぺりかん社、二〇一二年）一八八頁。

（12）特に落花を「無常」のたとえとして発見しているところに、平野のいう「日本的な感覚」を看取してもよいかもしれない。平野は久米女郎の歌について、「落花のはかなさに無常を重ねるのは、王朝和歌の常套手段であった」と述べ、「無常」に関連する春の歌の展開を見通している。注(11)平野論文、一八八頁。

（13）末木文美士「『万葉集』における無常観の形成」（『日本仏教思想史論考』大蔵出版、一九九三年）一七九頁。

（14）新間一美「仏教と和歌——無常の比喩について」（『平安朝文学と漢詩文』第二部「和歌と漢詩文」・Ⅱ、和泉書院、二〇〇三年）一六九頁。新間はさらに「山辺とよみて」についても、「響」の字が「十喩」の第八「是の身は響（こだま）の如し、諸の因縁に属す」と共通している点を意図的と見ている。

（15）佐竹昭広「自然観の祖型」（『萬葉集再読』）四七頁。ただしこの論考においては、経典が出典であると断定されているわけではなく、「このような仏教思想と二重写しになっていること」の方が重視されている。

（16）天平一一年（七三九）、妻を亡くした二一歳の家持が詠んだ歌群の中に、「うつせみの借れる身」ということばを用いた長歌がある（巻第三・挽歌　四六六）。これについて伊藤博は、山上憶良の漢文序（巻第五・雑歌「熊凝のためにその志を述ぶる歌に敬和する六首」八八六）にある「伝へ聞く、仮合の身は滅易く、泡沫の命は駐め難しと」という箇所の影響を指摘している。伊藤博『萬葉集釋注　二　巻第三・巻第四』（集英社、一九九六年）。この憶良の漢文は、自らを「水泡なす仮れる身」であると家持が知った、一つの典拠だと考えられる。ちなみに、妻の死を悲傷する家持の一連の歌にも、

うつせみの　世は常なしと　知るものを　秋風寒み　偲びつるかも
（「朔移りて後に、秋風を悲嘆して家持が作る歌一首」四六五）

世の中し　常かくのみと　かつ知れど　痛き心は　忍びかねつも
（「悲緒未だ息まず、更に作る歌五首」のうちの一首　四七二）

という、世の「無常」を知ると詠む歌が含まれている。妻を亡くした直後の時点で、家持は「無常」との折合いが未だ全くついていないように見える。

(17)『ブッダ　悪魔との対話　サンユッタ・ニカーヤ　Ⅱ』中村元訳（岩波文庫、一九八六年）。

(18) 山田昭全は「無常観受容の二類型」を分類し、「一つは自己の人生体験を累積する過程で無常と邂逅し、身をもって認証するタイプ。これは経験から帰納した認識であるから、帰納的無常と呼ぶことができる。もう一つは経験を待たず、無常を至上の命題として頭から受容するタイプ。帰納法に対する演繹法をとるから、これを演繹的無常と呼ぶことにする」と自らの用語を定義している。山田昭全「仏教の自然観と日本的無常」（目崎徳衛編『大系　仏教と日本人　五　日本的美意識の心理と論理』春秋社、一九八六年）八五～八六頁。家持は、「無常」が所与の原理であることを強く意識しているという点で、やはり「演繹的」である。ただし、決して「経験」を待たなかったわけではない。「無常」の「受容」に至る過程において「自己の人生体験」から「身をもって認証」しているという点は「帰納的」であろう。山田のいう「帰納的」「演繹的」は、小論の述べた「無常」という観念の成立過程と、「無常」の〈例〉の生成過程とにそれぞれ対応しているように思われる。

(19) 後世、「世の中」の「無常」性を〈例〉によってあらわす歌の一定型となったのが、沙弥満誓の次の歌である。

世の中を　何にたとへむ　朝開き　漕ぎ去にし船の　跡なきごとし
（巻第三・雑歌　三五一）

この歌の「世の中」という語には、「無常」の観念がすでに包含されていると見てよいだろう。したがってここでの「たとふ」とは、「無常」の〈例〉を演繹的に発見する行為を指す。早朝、港から漕ぎ去った船の水に引いた跡が消え去ってしまうことが、発見された〈例〉である。この〈例〉の主意を、「世の中」にある事物がわずかの間に消え去ってしまうことであるとすれば、それが満誓の考える「無常」の観念であると確定できる。

(20) 青木生子『萬葉集全注 巻第十九』（有斐閣、一九九七年）五六頁。

(21) 青木周平・神田典城・西條勉・佐佐木隆・寺田恵子・壬生幸子編『万葉ことば事典』（大和書房、二〇〇一年）「うつろひ（移・遷・徙・変）」の項（寺田恵子執筆）。

(22) 久保田淳・馬場あき子編『歌ことば歌枕大辞典』（角川書店、一九九九年）「移ろふ」の項（鈴木宏子執筆）。

(23) 草木の花と葉には、いったん散り果ててしまったとしても翌年になれば再生するという点で、いわば命の反復性が見られる。「無常」の〈例〉として花や葉が散ることを挙げる外来の仏典が見あたらないのは、この反復性が、人の死に代表されるような不可逆性に即さないばかりでなく、変化の恒常性という「無常」の原義からも逸脱するからではないか、と推量する。

(24) 「悲世間無常歌」に詠まれる「照る月は満ち欠けしけり」には、次のような先例がある。

世の中は 空しきものと あらむとそ この照る月は 満ち欠けしける
（巻第三・挽歌「膳部王を悲傷する歌一首」作者未詳 四四二）

こもりくの 泊瀬の山に 照る月は 満ち欠けしけり 人の常なき
（巻第七・雑歌「物に寄せて思ひを発す」、左注「柿本朝臣人麻呂が歌集に出でたり」一二七〇）

前者は膳部王の死を傷む挽歌であり、「照る月」の「満ち欠け」は仏典と同じく、死の迅速性の〈例〉であると解しうる。したがってこの歌は、仏典の内容を翻案したものと見なすことができる。後者の「満ち欠け」も、やはり死をあらわすと解することができる。ただし、歌の中の主体が初瀬山にかかる月を毎夜眺め、その満ち欠けを数え追っている姿を想像すれば、人の盛衰の〈例〉としてその「満ち欠け」を捉えているとも解しうる。そう解釈すると、この歌の作者は家持と同様に、仏典に出る〈例〉の主意を変えていることになる。

(25) 前節でふれなかった残り一つの〈例〉、「吹く風の見えぬがごとく」について、巻第十五所収の「古挽歌」（三六二一五）に、「〔…〕行く水の帰らぬごとく　吹く風の見えぬがごとく　跡もなき世の人にして〔…〕」という表現が見える。伊藤博は、家持がこの古挽歌を読んでおり、「非無常世間歌」の「吹く風の見えぬがごとく　行く水の止まらぬごとく」はこれに準拠しているとする。伊藤博『萬葉集釋注　十　巻第十九・巻第二十』（集英社、一九九八年）。古挽歌において、「吹く風」が目に見えないことは人が死んで跡形もなくなってしまうことの〈比喩〉となっている。しかし家持の歌では「吹く風」が目に見えないように「うつろふ」と詠まれていて、人の死の〈比喩〉であるとは解しづらい。あるいは風が目に見えず移動し続けることが「うつろふ」によってあらわされているのかもしれないが、その主意を確定できないため、主意の帰納から外れるものとする。

（26）注(10)佐竹書、六九頁。

（27）「無常」性を〈衰微性〉に限定した上で、その〈例〉を人事と自然の両方に見出していくという発想は、漢訳仏典に見出すことができないのではないか。たとえば「盛者必衰」は『仁王経』に出る観念であるが、それが経典の中で、衰微する自然の事物を〈例〉にとることはない。この点、「娑羅双樹の花の色」という〈例〉に「盛者必衰の理」を見出す『平家物語』の「無常」観は、〈日本的〉であるかもしれない。ちなみに、森章司編『仏教比喩例話辞典』（東京堂出版、一九八七年）によれば、「老ゆれば秋葉の如く、行穢れて襤褸（ぼろきもの）なり」（『法句譬喩経』三、『法句経』上）のように、家持が〈衰微性〉の〈例〉の一部とした「秋葉」は、老いた人身の〈比喩〉となっている。大雑把な把握は慎むべきであるものの、自然と人との階層関係を見ると、仏典はやはり人の方を上位に置いているように思われる。もしそうならば、漢訳仏典においては「無常」を構成する観念のうちで人間にかかわるものが特別視されていることを示唆しているだろう。この人間／人間以外に関する「無常」性の階層差については中国文学の主題や表現を考え併せる必要が出てくるであろうが、それは小論の扱いうる範囲をはるかに越えている。

（28）伊原昭「大伴家持の心情の一端」（『増補版　万葉の色　その背景をさぐる』笠間書院、二〇一〇年）三七四頁。

（29）天平一二年（七四〇）の恭仁京遷都以降、「奈良の京の荒墟を傷み惜しみて作る歌」の第二首に、次の歌がある。

世の中を　常なきものと　今そ知る　奈良の都の　うつろふ見れば　（巻第六　作者未詳　一〇四五）

作者は栄えていた都がしだいに荒廃していくことを間近に見て、「無常」を「今」まさに自覚している。この歌における「無常」の〈例〉すなわち都の「うつろひ」の主意は、〈衰微性〉と解してよい。これは具体物の「うつろひ」が

「無常」の〈衰微性〉のあらわれとして捉えられた最初の瞬間であった。ただし都の「うつろひ」に、その他あらゆる事物の「うつろひ」との〈比喩〉関係が見出されるには至っていない。

（30）「悲世間無常歌」において「紅の色もうつろひ」は「ぬばたまの黒髪変り」と対となっており、諸注の解するように、この「紅の色」は漢語にいう「紅顔」、すなわち若者の生き生きとした顔色を指している。ただ家持は天平感宝元年（七四九）、「史生（ししやう）尾張少咋（をくひ）を教へ喩す歌」の短歌において、染色としての「紅」が「うつろふ」ことを詠んでいる。

紅は　うつろふものそ　橡（つるはみ）の　なれにし衣に　なほ及かめやも　（巻第十八　四一〇九）

「紅」の色が褪せていくことと、若々しい「紅顔」の色が衰えていくこととは〈比喩〉の関係にあり、交換可能であるため、ここでは色の「紅」として解する。

（31）工藤重矩は「悲世間無常歌」について、「平安時代以降の無常の概念も、自然と対比する場合の対象もこの長歌にはほぼ包摂される」と評している。注（21）『歌ことば歌枕大辞典』「常無し」の項。

空海「無常之賦」から考える古典の変相と未来観

河野貴美子

はじめに

空海（七七四～八三五）は、一般には真言密教を日本に伝えたその祖として今も名を馳せているが、その業績は、唐から将来したさまざまな文学理論書の内容を編集した『文鏡秘府論』や、梁・顧野王の字書『玉篇』を縮約編集した『篆隷万象名義』などの著作に示されるように、文や文字をめぐる領域にもわたる。また、空海自身の詩文も『遍照発揮性霊集』一〇巻（真済編。巻八～巻十は済暹編『続遍照発揮性霊集補闕抄』による補）として残されている。これは日本において個人の詩文集（別集）として現存する最古の著作であり、空海が日本文学史上に残した足跡は大きい(1)。その空海が著した最初の著作『聾瞽指帰（ろうこしいき）』二巻（延暦一六年（七九七）序）のうち下巻に「無常之賦」と題する「賦」がある(2)。『聾瞽指帰』はその後、若干の改変を経て『三教指帰（さんごうしいき）』（三巻）と改題され、空海の代表作として伝えられることになるが、『三教指帰』においても「無常之賦」はほぼ同じ形で継承される(3)。小稿は、その『三教指帰』下巻所収の「無常之賦」を主たる対象として、その表現を読み解き、分析することを通して、空海がいかなるメッセージを伝えようとしていたのか、考察を試みるものである(4)。「無常之賦」において空海は古典をいかに接受、応用しているのか、すなわち空海による「古典の変相」に注目し、その言説から繰り出される「無常観」、「未来観」を観察していく。そして、空海の問いを現在に引き出し、問い直していくことの意義、日本古典文化とその研究の現代的意味についても思考をめぐらせていくことができればと考える。

一、『三教指帰』概観――その内容と特徴

「無常之賦」についての具体的な検討に入る前に、『三教指帰』の内容とその特徴を概観しておく。

『三教指帰』は、兔角公の邸宅を舞台として、その甥の蛭牙公子への教導が戯曲的構成によって展開される内容となっている。冒頭の序に続き、上巻では亀毛先生が儒教の教えを説き、中巻では虚亡隠士による道教の立場からの教導があり、下巻においては仮名乞児が仏教思想に基づく教説を述べ、仏教が最もよるべき優れた教えを説くものであると結ばれていく。登場人物の名前は、いずれもこの世にはない架空のものによっており、それは司馬相如の「子虚賦」（『文選』巻七）に登場する子虚・烏有先生・亡是公、また王褒の「四子講徳論」（『文選』巻五十二）の微斯文学・虚儀夫子・浮遊先生・陳丘子、あるいは法琳『弁正論』巻一・三教治道篇の上庠公子・古学通人・偏執儒生・総持開士などに学んだものであることは夙に指摘されているところである。

中国においても日本においても、長らく文の模範として尊重され学ばれた『文選』の冒頭には「賦」が収められ、なかでも「子虚賦」は、漢賦の最大の作家といわれる司馬相如の最大の傑作とされるものである。[5]「無常之賦」が『文選』所収の「賦」に多くを学びつつ成り立っているものであることは後にも触れるが、ここでまず押さえておきたいのは、空海が生涯において実にさまざまな文体の作品を残していること、[6]そして『三教指帰』（『聾瞽指帰』）においても「頌」、「書」、「賦」、「詩」（いずれも下巻）と、さまざまな文体による論述が試みられていることである。『三教指帰』（『聾瞽指帰』）は、空海が自らに課した、さまざまな文体による論述の習作、また、

周囲に対するその試みの披瀝という意義を有するものであったかとも考えられる。そしてとりわけ注意したいのは、「賦」は、「敷」や「鋪」に通じ、ものごとを敷き連ねることで、その名のごとく種々の事物を羅列的に描写して、豊富・多彩な景観ないしは雰囲気を現出することを本来の役割とする」(7)ものであるが、空海前後の時代に日本において作成された「賦」はわずかしか残らないのに対して、(8)空海は『三教指帰』(『聾瞽指帰』)において「無常」と「生死海」という前例のない主題のもとでの「賦」の制作に挑んでいることである。興膳宏は、空海が、「架空の人物による問答」という「辞賦の常用するこの枠組みにはまりこみながら、一方では登場人物それぞれに実在性を匂わせるような肉付けを試みて」おり、また「中国古典から真摯に学びながら、単なるまねごとに終らず、彼が学んだ原典にはなかった要素を自らの創意によって加え、新しい独自の文学を生み出しえた」ことを指摘している。(9)

次節以降では、『文選』をはじめとする「古典」に学びつつ、新たな工夫を加えて生み出された「無常之賦」という述作のあやと空海の思考、意図を考察していくこととしたいが、その前に、「無常之賦」に至るまでの『三教指帰』における論述の展開についても簡単にまとめておく。

『三教指帰』上巻では、亀毛先生が儒教の立場から蛭牙公子を教え諭すが、その主張のポイントとなるのは、忠と孝を至上のものとして生き、名誉を手に入れ、子孫に伝えるべきだということである。続く中巻では、虚亡隠士が道教の立場から、不死、長生の秘術の獲得こそが目指されるべきものだと説く。続いて下巻に登場する仮名乞児は、儒教の亀毛先生、道教の虚亡隠士、そして説教の対象となっている蛭牙公子と、その保護者たる兎角公に対して、この世の無常を伝え、「無常之賦」を言い聞かせるのであるが、その直前の場面で仮名乞児は次のように発言する。

三界無家、六趣不定。或天堂為国、或地獄為家。……如環擾々於四生、似輪轟々於六道。……是汝与吾、従無始来、更生代死、転変無常。何有決定州県親等。[10]

（三界は家無し、六趣は不定なり。或ときは天堂を国と為し、或ときは地獄を家と為す。……環の如く四生に擾々たり、輪の似く六道に轟々たり。……是れ汝と吾と、無始より来、更はるがはる生まれ代はるがはる死して、転変無常なり。何ぞ決定せる州県親等有らん。）

三界（迷いの多い三つの世界。欲界・色界・無色界）には定まった家は存在せず、六趣（死後に趣くべき六つの苦の世界。地獄道・餓鬼道・畜生道・阿修羅道・人間道・天道）に輪廻転生することは定まりがない。天堂を国とするときもあれば、地獄が家となるときもある。……輪のように四生（四種の生まれ方。卵生・胎生・湿生・化生）の間に乱れ生まれては、車輪が回るように轟轟と六道を進む。……あなたと私は、遠い過去から、次々と生まれかわっては死に、止まることなく変化し続けてきた。それゆえ決まった州や県や親などはありはしない。

これは、仏教の思想に基づく、果てしなく続く時間的・空間的広がりを教え説くものであり、我々がいつまでもどこまでも定めなく続く無常の世界にあることを示す発言である。突如として、この思いもかけない世界観を告げ知らされた虚亡隠士が驚いて、「地獄や天堂とは何なのか（「何謂地獄天堂乎」）」と問うと、仮名乞児は、「自分も以前はあなたと同じように迷い疑っていた（「余前如汝迷疑」）」と前置きをしたうえで、自らが学び知った仏の教えを説き始め、「無常之賦」を詠じるのである。

空海は、この下巻において、自己を投影するかとおぼしき仮名乞児が、いかなる紆余曲折を経て仏道を信じ選ぶようになったか、それが実はこうした「迷い」や揺れを経験したうえでの選択、決心であったことを繰り返し説いており、聴き手、読者の心を引きこむ効果的な説示となっている。『三教指帰』下巻に次のような箇所がある。

仮名乞児がまだ兎角公の邸に至る以前、「或」から出家者となるのは忠孝の道に外れることだと責められる場面。そこで空海は、自らが進もうとする出家者の道と、それを否として押しとどめようとする周囲の人の戒めとの間にさいなまれる仮名乞児に、次のような「頌」を詠じさせ、その「懐(おもひ)」を吐露させる。

……

此余太頑　当従何則　　此れ余が太だ頑(かたくな)なる　当に何れの則(のり)にか従ふべき
欲進无才　将退有逼　　進まんと欲すれば才無し　退かんと将(す)れば逼(せ)め有り
進退両間　何夥歎息　　進退の両つの間に　何ぞ歎息夥(おほ)き

愚か者である自分は、いったい何を「則(のり)」としていけばよいのかは分からない、進もうにも才はなく、退こうとすれば非難される、進退窮まり、ため息が出るばかり、というものである。

ここで注目したいのは、右にあげた「頌」の中の「則(のり)」という語である。(11) 空海の時代、人びとはいかなる規範のもとに、何を拠り所として生きることを目指したのか。「則(のり)」という語は、人生をいかに生きるか、社会の中でいかに振る舞うべきか、人びとの行動の指針、理想がいかに考えられていたのかという意識を示す、きわめて興味深い発言と捉えうる。仮名乞児の迷いや葛藤に、空海自身の思いが重ねられていると読むことができるならば、この発言は、後に文化史上に大きな名を残すことになる空海という人物が生み出される一つの契機として、大きな意味を有する問いの提示であったと言えるのではないか。

そうして仮名乞児が得た知見、空海が見出した真理は、儒教や道教の教えではどうにも解決には至らない、この世は「無常」である、ということであった。無常を覚悟した仮名乞児は、兔角公の邸で亀毛先生と虚亡隠士が議論を戦わせているのを聞き、次のような思いを抱くのであった。

各思、扶如電之躰、宿四生之閤、挙似夢之意、入十八之亭。築幻城於五蘊之空国、興泡軍於四蛇之仮郷。

（各おの思はく、電の如くなる躰(み)を扶(たす)けて、四生の閤(ひとや)に宿り、夢の似き意を挙げて、十八の亭に入る。幻の城を五蘊の空しき国に築き、泡の軍を四蛇の仮の郷に興す。）

亀毛先生と虚亡隠士はそれぞれ、一瞬の雷のようなはかない身体を養って、四生の迷いの世界の牢獄に住み、まるで夢のような意識をもって、十八界（六根（目・耳・鼻・舌・身・意）、六境（色・声・香・味・触・法）、六識（眼識・耳識・鼻識・舌識・身識・意識）による認識世界）に入っている。そして幻の城を五蘊（色・受・想・行・識）の空しい国に築き、泡のような軍隊を四蛇（四大）の仮の里に興している、とある。

ここで仮名乞児は、儒教の教えも道教の教えも、「電」「夢」「幻」「泡」のようにはかないものにすぎない、と断ずるのであるが、こうした表現は『金剛般若波羅蜜経』の「一切有為法、如夢幻泡影。如露亦如電、応作如是観。（一切有為の法は、夢幻泡影の如し。露の如く亦た電の如し、応に是くの如き観を作すべし）」(12)といった部分と重なる。なお興味深いのは、『三教指帰』中巻の虚亡隠士の論述においても、これに類する叙述がなされる箇所があることである。

願浮雲富、聚如泡財、邀不分福、養若電身。

（浮雲の富を願ひ、泡の如き財を聚め、不分の福を邀め、電の若き身を養ふ。）

これは虚亡隠士が、世俗のあり方を批判的に述べた箇所であるが、空海は、虚亡隠士に道教の立場から語らせた世俗への批判の言葉を、そのまま虚亡隠士を含む論敵に浴びせ返し、無常の厳然たることを説くのである。なお、これに重なる表現は、『三教指帰』以後の空海の著作にも繰り返されており、空海が無常を語る際の型として利用されていくようである。

入山興　　山に入る興

……

君不見、君不見。　　君見ずや、君見ずや。

九州八嶋無量人、自古今来無常身。
堯舜禹湯与桀紂、八元十乱将五臣。
西嬙嫫母支離体、誰能保得万年春。
貴人賤人摠死去。死去死去作灰燼。
歌堂舞閣野狐里、如夢如泡電影賓。

九州八嶋無量の人、古より今来無常の身なり。
堯舜禹湯と桀紂と、八元十乱と五臣と。
西嬙嫫母支離の体、誰か能く万年の春を保ち得たるや。
貴人賤人も摠べて死に去りぬ、死に去り死に去りて灰燼と作る。
歌堂舞閣は野狐の里、夢の如く泡の如し電影の賓。

（『遍照発揮性霊集』巻一）[13]

これは、空海が良岑安世（七八五～八三〇）に贈った詩の一節である。ここでは、古の聖王も暴君も、賢臣も忠臣も、美女も醜女も、貴人も賤人も皆年老い、死にゆくものとして言及される。そしてここにあげられたように、人びとが誰一人無常を逃れられるものではないことこそ、空海が『三教指帰』「無常之賦」で詳述し、力説したことなのであった。

それでは以下、節を改めて、「無常之賦」の表現を詳しく検討していくことにする。

二、「無常之賦」とその表現

虚亡隠士や亀毛先生らに、この世の無常や天堂、地獄の存在を伝えた仮名乞児は、「無常之賦」を詠じて無常の何たるかを詳しく説き明かしていく。「賦」とは、先にも触れたように、ある主題のもとで事物、事象を列ね述べていく長文の有韻の文である。空海はその「賦」という文体の型と特徴を用いて、「無常」の世界を敷き連ねていく。以下、「無常之賦」の表現が中国古典籍や漢訳仏典の表現をいかに受け継ぎ、それらをいかに利用・応用して空海のメッセージを伝える文が構築されているか、そして、それによって空海がいかなる世界観、未来観を伝えようとしているのか、いくつかのポイントを示しつつ「無常之賦」を読み進めていきたい。論述の便宜上、区切りの段ごとに通し番号を付す。

①熟尋、峨々妙高、崛岉干漢、焼劫火以灰滅。浩々溟瀚、沆瀁滔天、曝数日而消竭。盤礴方輿、漂蕩摧裂。穹隆円蓋、灼爍砕折。然則、寂寥非想、已短電激。放曠神仙、忽同雷撃。

（熟尋ねみれば、峨々たる妙高、崛岉として漢を干せども、劫火に焼れて以て灰滅す。浩々たる溟瀚、沆瀁として天に滔れども、数日に曝されて消竭す。盤礴たる方輿も、漂蕩として摧け裂けぬ。穹隆たる円蓋も、灼爍として砕け折れぬ。然れば則ち、寂寥たる非想も、已に電激よりも短し。放曠たる神仙も、忽ちに雷撃に同じ。）

※押韻は入声九屑「滅・竭・裂・折」、入声十二錫「激・撃」。

「無常之賦」の冒頭は、どれほど高くそびえる山であっても、またどれほど広大な海であっても、いつかはなくなり消えてしまうものであり、この大地も天も壊れてしまうものであるから、（最高の境地である）非想天も神仙も雷電のように一瞬のはかないものにすぎない、と始まる。通常の感覚からすれば、永遠に存続することが微塵も疑われないような絶対的な存在であってもいつかは滅びる、と述べるこの段は、人びとの常識を覆す大きなインパクトを持つ。

この部分で注目されるのはまず、「峨々」、「崛岉」、「浩々」、「沆瀁」、「盤礴」、「穹隆」と、きわめてレトリカルな双声畳韻語が多用されていることである。そして、平安後期を代表する儒者藤原敦光（一〇六三～一一四四）による『三教指帰』に対する注釈書『三教勘注抄』が指摘する通り、これらの語句はいずれも『文選』所収の「賦」に見られるもので、空海はこれらの語句を用いることによって、いわば『文選』ばりの「賦」の表現を作り出しているのである。[14] 右の箇所に対する藤原敦光『三教勘注抄』の注釈は次のようである。

唱亀毛等曰、熟尋、峨峨妙高、崛岉干漢、焼劫火以灰滅、浩浩溟瀚、沆瀁滔天、曝数日而消竭、張衡南都賦曰、巍巍以「峨々」。
　王延寿霊光殿賦曰、隆「崛岉」于青雲。
　　李善注曰、「崛」、魚勿反。「岉」、音工勿反。
　　劉良曰、極高貌也。言直上而立、曲深而高、入乎青雲之中也。……
　何晏景福殿賦曰、漾水「浩浩」。
　　張銑曰、「浩浩」、衆貌。……
　左思呉都賦曰、澒溶「沆瀁」。莫測其深、莫究其広。
　　李善注曰、「沆瀁」、広大貌。上、戸朗、下、余両反。……
盤礴方輿、漂蕩摧裂。穹隆円蓋、灼爍砕折、
　郭璞江賦曰、京門之闕竦而「盤礴」。
　　李善注曰、「盤礴」、広大貌也。……
　張衡西京賦曰、鉤陳之外閣道「穹隆」。
　　服虔曰、「穹隆」、長曲也。又云、「穹隆」、高貌也。……(15)

敦光がそれぞれの語句の用例として引く「南都賦」、「霊光殿賦」、「景福殿賦」、「呉都賦」、「江賦」、「西京賦」はいずれも『文選』所収の作品である。空海が「無常之賦」の語句表現を綴る際、実際どれほど『文選』の賦の用例を意識していたのかはともかくとして、敦光の注釈の指摘から浮かび上がるのは、空海の「無常之賦」が『文選』所収の賦のスタイルにきわめて重なり合うものであること、そして「無常之賦」自体が後世の日本の文人儒者にとっても「文」の手本として学びの対象とされるものであったということである。

ただし、とはいっても、空海の「無常之賦」の表現は『文選』の賦ばかりを襲うものではない。冒頭部分で、

決して永遠不滅のものではないとして取り上げられているのは、「妙高」すなわち須弥山と、その周囲に広がる「溟瀚」（巨海）であり、仏典所載の世界が重ねられているのである。

藤原敦光とほぼ同時代に撰述されたもう一つの『三教指帰』の注釈書に成安の『三教指帰注集』（寛治二年（一〇八八）序）がある。成安注は、「無常之賦」のこの冒頭箇所に次のような注釈を加えている。

峨々妙高、崛岉干漢、焼劫火以灰滅。

玉篇云、「峨々」、高山貌。
「妙高」、須弥山也。高三百六十万里。見内典。
玉篇云、「崛岉」、高貌。
「漢」、亦名雲漢也。亦云、天漢也。
仁王経云、劫焼終乾坤烔然（燃）、須弥巨海、都為火場（灰歟）。(16)

成安の注釈は、須弥山を意味する「妙高」の語が「内典」に見えるものであること、また「須弥巨海」のことは「仁王経」(17)に見えることを指摘している。空海の「無常之賦」はこのように、『文選』のごとき中国古典の伝統的な賦の表現と、仏典所載の語句や世界観が幾重にも重なり紡ぎ出される言説となっているのであり、続く箇所においてもそうした作文の妙を見ることができる。

②況乎吾等、稟体非金剛、招形等瓦礫。五蘊虚妄、均水菟之偽借。四大難逗、過野馬之倏迹。二六之縁、誘策意猨。両四之苦、常悩心源。氳氳三毒之爛、昼夜恒燔。鬱蓊百八之藪、夏冬尤繁。飄壒脆体、機散之朝与春花而繽紛。翔風仮命、縁離之夕共秋葉而紛紜。

（況んや吾等、体を稟（う）けたること金剛に非ず、形を招けること瓦礫（れき）に等し。五蘊の虚（こ）妄なること、水菟の偽借に均し。四大の逗まり難きこと、野馬の倏迹に過ぎたり。二六の縁は、意猨を誘策す。両四の苦は、常に心源を悩ます。氛氳たる三毒の爓は、昼夜に恒に燔く。鬱蓊たる百八の藪は、夏冬に尤も繁し。飄壒の脆き体は、機散する朝には春の花と与にして繽紛たり。翔風の仮の命は、縁離るる夕には秋の葉と共にして紛紜たり。

※押韻は（入声一二錫「礫」）入声一一陌「借・迹」、上平一三元「猨・源・燔・繁」、上平一二文「紛・紜」）

山や海、大地や天ですら永遠の存在ではないならば、ましてや人間の体は瓦礫に等しく、「水菟（水中の月）」、「野馬（かげろう）」のようなものである、ということで、話題は人間の存在のはかなさへと移っていく。さまざまな因縁に心を揺さぶられ、さまざまな苦しみに心を悩まされ、「三毒（貪・瞋・痴）」や「百八（煩悩）」にさいなまれ、身体も命も散り乱れるばかり、とある。

ここで再び当該箇所に対する敦光の注を見てみる。


五蘊虚妄、均水兔之偽借、四大難逗、過野馬之倏迹。

五蘊論云、仏説「五蘊」、謂色蘊・受蘊・想蘊・行蘊・識蘊。(18)

最勝王経第五云、此「四大」虵性各異。斯等終帰於滅法。

又云、「四大」「五蘊」体性倶空。(19)

五経通義曰、月中有「兎」与蟾蜍並、月、陰也。蟾蜍、陽也。而与「兎」並明陰係於陽也。

楚辞曰、夜光何徳、死則又育。厥利維何、顧「兎」在腹。注曰、言月中有「兎」何所貪利而居月之腹而顧聖耳。

倶舎頌云、大種謂四界、即地・水・火・風。(20)

庄子曰、「野馬」也。塵埃也。生物之以息相吹者也。郭象注曰、「野馬」、遊気也。

智度論第六云、如幻如炎者、炎以日光風動塵故、曠野中見如野馬、無智人初見謂之為水、男女相亦如是。(21)

「倏」、音式竹反。「倏」忽犬走疾也。

二六之縁、誘策意猨、両四之苦、常悩心源、
法華経云、十二因縁法、無明縁行、行縁識、識縁名色、名色縁六入、六入縁触、触縁受、受縁愛、愛縁取、取縁有、有縁生、生縁老死憂悲苦悩(22)。

唯識論云、心如「猨」猴(23)。

五王経云、何謂八苦、一生苦、二老苦、三病苦、四死苦、五恩愛別苦、六所求不得苦、七怨憎会苦、八憂悲苦、是為八苦也(24)。

（『三教勘注抄』巻五）


敦光が仏典を参照資料として注釈に引く箇所に注目すると、まず「五蘊」については『大乗五蘊論』、「四大」については『金光明最勝王経』から、それぞれ該当語句にかかわる箇所が引用されている。「水菀」については『五経通義』や『楚辞』、「野馬」については『荘子』などの「外典」を引きつつも、仏教語に関しては敦光のような儒者もまた仏典の知識をもって説明を施している点、平安期の知識教養のあり方の反映と捉えられるとともに、内典外典を自在に組み合わせて賦の表現を構築していく空海の作文の手法が明らかになる。

また、「二六之縁」について敦光は『法華経』化城喩品を、「両四之苦」については『五王経』を引用して説明する。うち、『五王経』は、『法苑珠林』巻六十六・怨苦篇および『諸経要集』巻二十・雑用部が引く「五王経」本文と一致し、敦光がこれら仏教類書を用いて注釈を施している様子が推し量られる。そして、仏典では「十二因縁」あるいは「八苦」として掲げられる語句を、「二六之縁」、「両四之苦」と言い換えて対句を構成し、また人の心を「意猨」「心源」という表現で言い換えて韻をそろえる空海の作文の方法、表現の構成にも目が留まるところである。

続いて「無常之賦」は、高貴な人物や美しい女性も無常を免れるものではないと説いていく。

③千金瑶質、先尺波而沈黄扉。万乗宝姿、伴寸烟而厲玄微。婕娟蛾眉、逐霞以飛雲閣。的皪貝歯、添露而咸零落。傾城花眼、忽爾為緑苔之浮沢。垂珠麗耳、倏然作松風之通壑。施朱紅臉、卒為青蝿之蹋蹴。染丹赤脣、化為烏鳥之哺宍。百媚巧咲、殆曝骨中更難可値。千嬌妙態、腐爛体裏誰亦敢進。峨々漆髪、縦横而為藪上之流芥。纖々素手、沈淪而作草中之腐敗。馥々蘭気、随八風以飛去。涓々臭液、従九竅而沸挙。綢繆妻孥、无異楚宋之夢遇神女。磊砢宝蔵、宛同鄭交之空承仙語。颼飀松風、⿰風蕭飋吹襟、聆忻之耳、更在何所。玲瓏桂月、可憐暎面、視娯之心、亦之何処。

（千金の瑶質も、尺波に先だちて黄扉に沈む。万乗の宝姿も、寸烟に伴ひて玄微に厲る。婕娟たる蛾眉は、霞を逐ふて以て雲閣に飛ぶ。的皪たる貝歯も、露に添ひて咸く零落す。傾城の花の眼は、忽爾として緑苔の浮べる沢と為る。珠を垂れたる麗耳は、倏然として松風の通へる壑と作る。朱を施せる紅の瞼も、卒に青蝿の蹋蹴と為る。丹に染たる赤き脣も、化して烏鳥の哺宍と為る。百媚の巧咲も、殆曝せる骨の中に更に値ふべきこと難し。千嬌の妙態も、腐爛せる体の裏には誰か亦た敢て進まん。峨々たる漆き髪は、縦横として藪の上の流芥と為る。纖々たる素き手は、沈淪して草の中の腐敗と作る。馥々たる蘭気は、八風に随ひて以て飛去す。涓々たる臭液は、九竅に従ひて沸き挙がる。綢繆たる妻孥も、楚宋の夢に神女に遇へるに異なること无し。磊砢たる宝蔵も、宛も鄭交が空しく仙語を承けしに同じ。颼飀たる松風、⿰風蕭飋として襟を吹くこと、聆きて忻ぶの耳は、更に何れの所にか在る。玲瓏たる桂月、可憐にして面を暎らすときに、視て娯しむの心は、亦た何れの処にか之きし。）

※押韻は上平五微「扉・微」、入声一〇薬「閣・落・壑」（入声一一陌「沢」）、去声一〇卦「芥・敗」、上声六語「去・挙・女・語・所・処」。

この部分に入ると、仏典所載の語句は急に減る。冒頭の「千金……万乗……」の一聯は、どれほど高貴な人であってもすぐにあの世に趣くことになる、と述べるものであるが、ここで注意したいのは「黄扉」の語である。「黄扉」とは古代中国においては丞相や三公を指す語であるが、「無常之賦」では「黄泉」の意味で用いられており、天を表す「玄微」と対をなし、韻を踏んでいる。死者が埋葬される場所のことを「黄泉」と呼ぶのは中国においても古代から見られる表現であるが、「黄扉」の例は管見の限り中国古典には見出せない。空海による手の込んだ修辞といえようか。

続く「婕娟蛾眉……」以降は、「蛾眉」、「貝歯」、「花眼」、「麗耳」、「紅臉」、「赤脣」、「巧咲」、「妙態」、「漆髪」、「素手」等の美しさを備えた女人であっても、死後その体は腐爛し枯れた骨ばかりになることを、「九相図」(25)を髣髴とさせる凄惨な語句で描写する。美しい女人を示す語を列挙し尽くし、その姿のはかない行く末を徹底して述べるこの一段は、まさに「賦」のスタイルによるものであるが、ここで注意すべきは「婕娟」の語である。この部分を、『聾瞽指帰』では「⿰女連娟」に作っている(26)。これについて、運敞（一六一四〜一六九三）の『三教指帰註』は、

「婕娟」、「婕」字難消。疑書写之魯魚歟。当作「⿰女連娟」。武仲舞賦曰、眉⿰女連娟以増繞。善曰、⿰女連娟、細貌。相如上林賦曰、長眉⿰女連娟(27)。

との注を施し、「婕」字は魯魚の誤りで、「⿰女連娟」に作るべきとして、傅毅の「舞賦」や司馬相如の「上林賦」（いずれも『文選』所収）に女性の美しい眉の表現として「⿰女連娟」の語があることを指摘する。現在伝わる胡克家本『文選』などは「⿰女連娟」ではなく「連娟」に作るが、畳韻語であるべきことに鑑みれば「婕娟」とするのは誤記に違いない。しかしながら、敦光の『三教勘注抄』の当該箇所には、この文字に対する疑義は呈示されておらず、「婕娟」の二字に対してそれぞれ反切、訓詁が施されている（「「婕」、音即葉反。婕妤也。「娟」、音於縁反。嬋娟也。」『三教勘注抄』巻五）。このことから考えれば、敦光の手元には『三教指帰』テキストは存在したが、もとの

『聾瞽指帰』の本文情報は持ち合わせていなかったと想像される。『三教指帰』（『聾瞽指帰』）テキストの伝来、伝播状況を伝える一端といえよう。

なお、右にあげた「無常之賦」本文末尾の「百媚」と「千嬌」の対句は、敦光注が指摘する通り『遊仙窟』に見えるものである（「張文成遊仙崛曰、千嬌百媚造次無可比方。」『三教勘注抄』巻五）。『遊仙窟』については、『聾瞽指帰』序文において次のように言及がなされており、空海は必ずや知っていたはずのテキストである。

復有唐国張文成、着散労書。詞貫瓊玉、筆翔鸞鳳。但恨濫縦淫事、曽無雅詞。面巻舒紙柳下興歎、臨文味句桑門営動。

（復た唐国の張文成といふもの有り、散労書を着す。詞瓊玉を貫き、筆鸞鳳を翔らす。但だ恨むらくは濫りに淫事を縦にして、曽て雅詞無し。巻に面ひて紙を舒ぶれば柳下歎を興し、文に臨みて句を味はへば桑門営動す。）

「雅詞」が無い、と評した『遊仙窟』の表現をも取り込みながら綴られる段落③の女性描写は、かえって美しい女性の存在を強く否定し扱う意図の現れともとれる。

またこの段落③でもう一点触れておきたい表現は「涓々臭液、従九竅而沸挙」とある所の「涓々」の語である。敦光注が指摘するように、この語は『文選』所収の潘岳の「射雉賦」に次のように見える。

潘岳射雉賦曰、泉涓涓而吐溜。注曰、涓涓、清新之色。　（『三教勘注抄』巻五）

李善注が「清新之色」と解するように、「泉涓涓而吐溜（泉涓涓として溜を吐く）」とは、清らかな泉がさらさらと流れる様子をいう表現である。しかし「無常之賦」において「涓涓」の語は死体から悪臭を放つ体液が沸き流れる様子を表しており、想定されている景色は随分と異なる。中国古典においては、「涓涓」の語を血や涙が流れる様子に用いる例もあり、『漢語大詞典』によればその例として唐・劉言史の「苦婦詞」に「気噦不発声、背頭血涓涓（気は噦けども声を発せず、頭を背けて血は涓涓たり）」とあるのが引かれているが、唐以前の例はそこには見えない。『文選』所収の賦にも用いられる語を、「苦婦詞」、そして空海はそれとは異なるニュアンスで用いているのであり、こうした箇所は、わずかな単語レベルではあるが、「古典の変相」がなされているものともいえる。

④乃知、颯纚羅縠、何応愛喜。森萃薜蘿、此常餝耳。赭堂堊室、曾无久止。松塚櫝墳、尤長宿里。琴瑟孔懐、閴墓之下无由相見之矣。婉孌蘭友、荒隴之側復无談笑之理。孤伏落々之松蔭、空滅樹辺。独伴嚶々之禽囀、徒淪草前。蠢々万虫、宛転相連。齗々千狗、咀嚼継聯。妻子塞鼻以厭退、親疎覆面以逃旋。嗟呼、痛哉。食百味而婀娜鳳躰、徒為犬烏之屎尿。装千彩而嬋媛龍形、空作燎火之所燃。誰可遊春苑而消愁緒、戯秋池以舒宴筵。嗚呼、哀哉。詠潘安詩、弥増哀哭。歌伯姫引、還深裂酷。

（乃ち知る、颯纚たる羅縠、何ぞ応に愛し喜ぶべき。森萃たる薜蘿、此れ常の餝りのみ。赭堂堊室は、曾て久しく止まること无し。松の塚櫝の墳は、尤も長く宿る里なり。琴瑟の孔懐も、閴墓の下には相ひ見るに由无し。婉孌たる蘭友も、荒隴の側らには復た談笑の理无し。孤り落々たる松の蔭に伏して、空しく樹の辺りに滅え、独り嚶々たる禽の囀りに伴ひて、徒らに草の前に淪む。蠢々たる万虫、宛転として相ひ連なり、齗々たる千狗、咀嚼して継ぎ聯なれり。妻子は鼻を塞いで以て厭ひ退く。親疎は面を覆ひて以て逃げ旋る。嗟呼、痛いかな。百味を食ひて婀娜たる鳳の躰も、徒らに犬烏の屎尿と為る。千彩を装ひて嬋媛たる龍の形も、空しく燎火の燃やす所と作る。誰か春の苑に遊びて愁緒を消し、秋の池に戯れて以て宴筵を舒ぶべき。嗚呼、哀しいかな。潘安が詩を詠じて、弥いよ哀哭を増す。伯姫が引を歌ひて、還りて裂酷を深くす。）

※押韻は上声四紙「喜・耳・止・里・矣・理」、下平一先「辺・前・連・聯・旋・燃・筵」（去声一一隊「退」、去声一八嘯「尿」、入声一屋「哭」、入声二沃「酷」）。

右にあげた段落④では、死後はただ一人で墓を住処とし、朽ちていく体は犬や鳥のえさになること、また、その愁いや悲しみは深く、決して消し去ることができるものではないことが述べられる。

ここでまず注目したいのは、「琴瑟孔懐、闃墓之下无由相見之矣（琴瑟の孔懐も、闃墓の下には相ひ見るに由し無し）」という箇所に見える「闃墓」という表現である。墓に入ってしまうと、夫婦や兄弟と会うこともできない、というのであるが、この部分に用いられた「闃」字には、空海の巧みな意図を読み取ることができる。というのも、「闃」字は、『易』豊卦・上六に「闚其戸、闃其无人（其の戸を闚ふに、闃として其れ人无し）[28]」とあるように、ひっそりと人気がない様子を表すものである。そして『文選』所収の王粲「登楼賦」には、

原野闃其無人兮、征夫行而未息。

（原野闃として其れ人無く、征夫行きて未だや息まず。[29]）

との用例が見える。原野はひっそりと静まりかえり人の気配はなく、ただ旅人だけが休むことなく道を急いでいる、という「登楼賦」のこの一文は、死後はただ一人「樹辺」「草前」の「荒隴（荒れ果てた墓）」で過ごすしかないという、「無常之賦」の当該場面の悲壮感を表すのに実に効果的なニュアンスを加えるものとみえる。「闃墓」の語に続く一聯、

孤伏落々之松藤、空滅樹辺。独伴嚶々之禽囀、徒淪草前。

（孤り落々たる松の藤に伏して、空しく樹の辺りに滅え、独り嚶々たる禽の囀りに伴ひて、徒らに草の前に淪む。）

の、死ぬときは誰しもが「孤」「独」なのである、という表現は、読む者の心に強く響く。「闃」字に「墓」を加えた「闃墓」という表現は、管見の限り先例が見出せない語である。誰しもが直面せざるを得ない孤独な死、その無常観を読者に突きつけるものとして、空海が造り出したこの語句や対句は、古典の字句に基づきつつ、逃れることのできない無常の厳しさを実に効果的に伝えることに成功しているといえる。

またこの段落には、もう一点、空海の表現が生み出された背景として、ある可能性が想像される箇所がある。それは、腐爛する死体には虫や犬が群がり、妻子も親戚たちも近づいては来ない、犬や烏の餌食となって火に焼かれるばかり、という言葉に続く、次の箇所である。

誰可遊春苑而消愁緒、戯秋池以舒宴筵。

（誰か春の苑に遊びて愁緒を消し、秋の池に戯れて以て宴筵を舒ぶべき。）

ここでは、死後には春の苑に遊んで愁いを消すことも、秋の池に戯れて宴を開くことも誰もできない、とある。ここで『万葉集』に目を転じてみると、「無常之賦」と同趣の表現を見出すことができる。それは、病に冒され、命の終焉を感じる中で「春苑」の遊びを思い、また「愁緒」を消すことができたという大伴家持の表現である。『万葉集』巻十七・三九六五、三九六六番歌は、長く病に臥せっていた大伴家持が大伴池主に贈った歌である。題は「守大伴宿禰家持贈掾大伴宿禰池主悲歌二首（守大伴宿禰家持の掾大伴宿禰池主に贈りし悲歌二首）」とあり、詞書きには

……方今春朝春花流馥於春苑、春暮春鶯囀声於春林。……

（方今(いま)に春朝の春花は馥(かをり)を春苑に流し、春暮の春鶯は声を春林に囀る。[30]）

とある。続いて、家持と池主との間で書簡がやりとりされるが、家持の三九七六、三九七七番歌の詞書には、

……一看玉藻稍写鬱結、二吟秀句已蠲愁緒。……

（一たび玉藻を看れば稍鬱結を写(のぞ)き、二たび秀句を吟ずれば已に愁緒を蠲(のぞ)く。）

と見える。命の不安にさいなまれる中、「春苑」の遊びを思い、親しい人との詩歌の応酬を通して「愁緒」を消すことができた、とあるこのやりとりを踏まえると、空海が「無常之賦」において、死に臨んでは「春苑」に遊んで「愁緒」を消すこともできない、と述べる表現はちょうど家持の語とは対照的に綴られているように感じら

れるとともに、「無常之賦」における悲しみがいっそう際立つ。なお藤井淳は、空海の出自である佐伯氏の本系は大伴氏であることを指摘し、その両氏の緊密な関係を説いている(31)。右にあげた『万葉集』所載の書簡と空海の著述を安易に繋げることはできないが、「無常之賦」の表現が形成される背景の一つとして、大伴家持の言説の存在を考えることはできないだろうか。

⑤无常暴風、不論神仙。奪精猛鬼、貴賤縛纏。不能以財贖、不得以勢留。延寿神丹、千両雖服、返魂奇香、百斛尽燃。何留片時、誰脱三泉。尸骸爛草中、以无全。神識煎沸釜、而无専。或投嶄巌之刀嶽、流血潺湲。或穿嶕嶫之鋒山、貫胸愁焉。乍轢万石之熱輪、乍没千仞之寒川。有鑊湯入腹、常事炮煎。有鉄火流喉、无暫脱縁。水漿之食、億劫何聞称。咳唾之湌、万歳不得擅。師子虎狼、颬々歓跳。馬頭羅刹、盱々相要。号叫之響、朝々翋霄。赦寛之意、暮々已消。嘱託閻王、愍意咸銷。招呼妻子、既亦无繇。欲以珍贖、曾无一瓊瑶。欲逃遁免、城高不能超。嗟呼、苦哉。嗚呼、痛哉。誰覓鶏鳴之客、早消閇関之労。求狗盗之子、克拯極刑之刀。謀窮途極、千悔千切。石礫芥尽、已増叫咷。嗚呼、痛哉。々々々々。吾若不勉生日、蓋羅一苦一辛、万歎万痛、更凭誰人。勉之、々々。

（无常の暴風は、神仙を論ぜず。精を奪ふ猛鬼は、貴賤を縛り纏ふ。財を以て贖ふこと能はず、勢ひを以て留むることを得ず。寿を延ぶる神丹、千両服すと雖も、魂を返す奇香、百斛尽く燃やすとも、何ぞ片時を留めん、誰か三泉を脱れん。尸骸は草中に爛れて、以て全きこと无し。神識は沸く釜に煎られて、専にすること无し。或ときは嶄巌たる刀嶽に投げられて、血を流すこと潺湲たり、或ときは嶕嶫たる鋒山に穿たれて、胸を貫きて愁焉たり。乍いは万石の熱き輪に轢かれ、乍いは千仞の寒き川に没す。有いは鑊湯腹に入りて、常に炮煎を事とす。有いは鉄火喉に流れて、暫くも脱るる縁无し。水漿の食は、億劫にも何ぞ称を聞かん。咳唾の湌は、万歳にも擅にすることを得ず。師子虎狼は、颬々として歓び跳る。

馬頭羅刹は、盱々として相ひ要む。号叫の響きは、朝な朝な霄に愬ふ。赦寛の意は、暮な暮な已に消ゆ。閻王に嘱託するも、愍む意は咸く銷ゆ。妻子を招き呼べども、既に亦た繇无し。珍を以て贖はんと欲すれども、曾て一つの瓊瑶无し。逃げ遁れて免れんと欲すれども、城高くして超ゆること能はず。嗟呼、苦しいかな。嗚呼、痛いかな。誰か鶏鳴の客を覓めて、早く閇関の労を消さん。狗盗の子を求めて、克く極刑の刀を拯はん。謀りごと窮まり途極りて、千たび悔い千たび切なり。石礫らぎ芥尽きて、已に叫び咷ぶことを増す。嗚呼、痛いかな。嗚呼、痛いかな。吾れ若し生日に勉めずして、蓋し一苦一辛に羅りなば、万たび歎き万たび痛むとも、更に誰人にか凭まん。勉めよや、勉めよや。）

※押韻は下平一先「仙・纏・燃・泉・全・専・湲・焉・川・煎・縁」、下平二蕭「跳・要・霄・消・銷・繇・瑤・超」、下平四豪「労・刀・咷」、上平一一眞「辛・人」。

「無常之賦」最後の段落⑤は、無常は神仙、貴賤を問わず襲いかかるものであり、儒教が貴ぶ「財」や「勢」、道教が貴ぶ「神丹」や「奇香」をもってしても免れることができるものではない、と説く。そして続いて、「刀」や「鋒」、「熱輪」や「寒川」、「鑊湯」や「鉄火」など、さまざまな地獄が待っていることが次々と述べ立てられ、その責め苦がいつまでも続くこと、それを免れたいのならば、生きている間に勉め励むしかないとの言葉によって賦は閉じられる。

あまりに絶望的な「無常之賦」の内容に、これを聞かされた亀毛先生らは恐ろしさのあまり魂を失い、哀しさのあまり悶絶してしまう（「一則懐懼失魂、一則含哀悶絶」）のであるが、やがて正気を取り戻し、仮名乞児に対して次のように述べる。

噬臍以悔昨非、砕脳以行明是。仰願慈悲大和上重加指南、察示北極。
（臍を噬みて以て昨の非を悔い、脳を砕いて以て明の是を行はん。仰ぎて願はくは慈悲の大和上重ねて指南を加へ、察らかに北極を示したまへ。）

空海は、「無常之賦」によって人びとを待ち受ける苦の厳しさを突きつけながら、人びとに未来への想像力、思考力を与え、養い、そのうえで、人びとを「昨(きのふ)の非」から「明(あす)の是」へと導いていくのである。

仮名乞児はこの後、重ねて「生死海之賦」を詠じて「生死之苦源」と「涅槃之楽果」を述べていく。それについて仮名乞児は、

　其旨也、則姫孔之所未談、老荘之所未演。……

（其の旨は、則ち姫孔の未だ談らざる所、老荘の未だ演べざる所なり。）

と、その意義を説く。そして、「生死海之賦」では、仏の教えに従うならば、

　超生滅而不改、越増減而不衰。

（生滅を超えて改らず、増減を越えて衰へじ。）

と、「生滅」と「増減」を超越しうる、すなわち無常への恐怖や哀しさを超えていくことができる、と説くのである。それに対して、亀毛先生らは次のように答える。

　吾等幸遇優曇之大阿闍梨、厚沐出世之最訓。……彼周孔老荘之教、何其偏膚哉。

（吾等幸ひに優曇の大阿闍梨に遇ひ、厚く出世の最(すぐ)れたる訓(をしへ)を沐す。……彼の周孔老荘の教、何ぞ其れ偏へに膚(あさ)きかな。）

このようにして『三教指帰』においては、仮名乞児および空海自身がかつて探し求めた拠るべき「則(のり)」が何たるか、その答え、すなわち、従来の思考を超える「訓(をしへ)」、新たな思考に基づく未来への歩み方を明示して論述を終えるのである。

三、無常と不朽――空海にとっての「文」

空海と同時期に、同じく仏教を足場として人びとに新たな「則(のり)」を説こうとしたものに、『日本霊異記』があ

る。しかしながら、『日本霊異記』においては、「常存」「常住」などの表現は散見されるものの[32]、「無常」が説かれることはない。『日本霊異記』においては、その上巻序文に「愚痴之類、懐於迷執、匪信於罪福。深智之儔、覯於内外、信恐於因果（愚痴の類は、迷執を懐き、罪福を信なりとせず。深智の儔は、内外を覯て、信として因果を恐る）」とあるように、「無常」よりも、「罪福」と「因果」を示すことで、人びとを仏の教えへと誘っていく。

それに対して空海の『三教指帰』は、「無常之賦」をはじめ、中国古来の文体を駆使して従うべき「則」を示していく。そして空海において特徴的と思われるのは、この世の「無常」を強調する一方で、「文」に対しては「不朽」の力を持つものであるとの認識がみとめられることである。それは例えば、『三教指帰』上巻の次のような箇所である。

淼々弁泉、与蒼海以沸涌、彬々筆峰、共碧樹以縦栄。玲々玉振、凌孫馬以連瑶、曄々金響、踰揚班而貫蘂。奏離騒、不過時。賦鸚鵡、不加点。翱翔詩賦之苑、休息藻製之野。……名策簡牘、栄流後裔。高爵所綏、美謚所贈。豈非不朽之盛事哉。何亦更加。
（淼々たる弁泉は、蒼海と与にして沸き涌り、彬々たる筆峰は、碧樹と共にして栄を縦にせん。玲々と玉のごとくに振るひ、孫馬を凌いで瑶を連ね、曄々と金のごとくに響き、揚班を踰えて蘂を貫かん。離騒を奏せば、時を過ごさず。鸚鵡を賦せば、点を加へず。詩賦の苑に翱翔し、藻製の野に休息せん。……名は簡牘に策され、栄は後裔に流れん。高爵の綏んずる所、美謚の贈る所なり。豈に不朽の盛事に非ずや。何ぞ亦た更に加へむ。）

言論と文筆の力を身につけ、玉のような、金のような言葉を連ねて詩賦を綴るならば、後世にも残る栄誉を手に入れることができる、それは不朽のすばらしい事業である、とある。最後の一文は、明らかに曹丕「典論論文」（『文選』）の「文章経国之大業、不朽之盛事（文章は経国の大業、不朽の盛事なり）」に基づく謂いである。

そして、これに類する言葉が、『三教指帰』下巻で仮名乞児が「無常之賦」を詠じ始めるところでも繰り返される。

爰則、述懐策心、賦無常之賦、題受報之詞。振鈴々之金錫、馳喈々之玉声。

（爰に則ち、懐を述べ心を策まし、無常の賦を賦し、受報の詞を題す。鈴々の金錫を振るひ、喈々の玉声を馳す。）

これから披露する「無常之賦」の文は金のごとく、玉のごときものであると述べるのは、右に引いた上巻の（文事は）不朽である、という主張に連なる。この世のすべては脆くはかない（フラジャイル）無常なものであると述べる一方で、「文」については「不朽」（ソリッド）性を認める空海の姿勢は、空海の個性でもあり、また、そのあり方は、文学と無常、古典と無常について考察し、文学や古典が果たすべき役割や機能を追究しようとする際に、一つの重要な視点を供給するものではないだろうか。

空海は、数々の古典に学び、ことばや文の知識を蓄積し、それらを組み合わせ、また、新たな表現を紡ぎ出しつつ、拠るべき世界観、未来観を構築していった。そしてまた、現代を生きる我々もまた、空海の試みや思考に学ぶことによって、文や古典が有する可能性をさまざまに引き出し、また新たな「則」を求めていくことができるのではないだろうか。

（1）　空海の文に関しては河野貴美子「空海の「文」をめぐる一考察――『遍照発揮性霊集』にみる実践と思考」（『国文学研究』一九二、二〇二〇年）、同「危機下の「文」の機能とその力――空海の場合」（久保朝孝編『危機下の中古文学2020』武蔵野書院、二〇二一年）、同「空海の文事を通してみる平安朝文学史の一考察」（『国語と国文学』九八―五、二〇二一年）等でも考察を行っている。また近年、密教思想から詩や書に及ぶ幅広い視点から空海像に迫る竹村牧男『新・空海論――仏教から詩論、書道まで』（青土社、二〇二三年）等も出されている。

（2）　『聾瞽指帰』冒頭の目録には「観無常賦」として掲げられている。

（3）　『聾瞽指帰』と『三教指帰』との間に見える「無常之賦」本文の改変、異同については後述。

（4）藤井淳『空海三教指帰――桓武天皇への必死の諫言』（慶應義塾大学出版会、二〇二二年）は、従来空海の出家宣言の書として理解されてきた『三教指帰』の撰述目的を再考し、これは本来『聾瞽指帰』執筆の段階では自らの出自である佐伯氏、およびその本流である大伴氏の立場から桓武天皇に対して発せられた諫言なのであったとして、『三教指帰』ではその強い憤懣が除かれるように改編されていることを指摘する。きわめて説得力に満ちた鋭い指摘であり、首肯されるものである。小稿では藤井の指摘をふまえつつ、『三教指帰』の「無常之賦」を読んでいく。

（5）興膳宏・川合康三『精選訳注　文選』の興膳宏「総説」（講談社学術文庫、二〇二三年、三〇頁）参照。

（6）後藤昭雄「『性霊集』について」（『本朝漢詩文資料論』勉誠出版、二〇一二年、初出は二〇〇一年）は、空海の『遍照発揮性霊集』にさまざまな文体による作品が収められていることを指摘し、「この集の重要な価値である」とする。

（7）注(5)興膳宏「総説」、二八頁。

（8）『経国集』（天長四年（八二七）成立）巻一には「春江賦」（嵯峨太上天皇）以下一七篇の賦が収められているが、その他にはこのようにまとまって残る作例はない。

（9）興膳宏「空海と漢文学」（『中国文学理論の展開』清文堂出版、二〇〇八年、一三五・一三七頁、初出は一九九五年）。

（10）『三教指帰』の本文は密教文化研究所弘法大師著作研究会編『定本弘法大師全集』第七巻（密教文化研究所、一九九二年）に拠る。なお訓読は福永光司『三教指帰ほか』（中央公論新社、二〇〇三年）、渡邊照宏・宮坂宥勝校注『日本古典文学大系71　三教指帰　性霊集』（岩波書店、一九六五年）も参照した。

（11）注(1)河野貴美子「危機下の「文」の機能とその力」、二一九頁も参照。

（12）大正新脩大蔵経第八巻・七五二頁b。

（13）『遍照発揮性霊集』からの引用は、密教文化研究所弘法大師著作研究会編『定本弘法大師全集』第八巻（密教文化研究所、一九九六年）に拠る。また中谷征充『生身の空海――漢詩を通して探求する』（幻冬舎、二〇一九年）も参照。

（14）河野貴美子「藤原敦光『三教勘注抄』の方法――音義注を中心に」（河野貴美子・張哲俊編『東アジア世界と中国文化――文学・思想にみる伝播と再創』勉誠出版、二〇一二年）も参照。

（15）『三教勘注抄』からの引用は太田次男「東寺宝菩提院三密蔵『三教勘注抄』巻五〔鎌倉初〕写本について――附・本文の翻印」（『空海及び白楽天の著作に係わる注釈書類の調査研究』中、勉誠出版、二〇〇七年）に拠る。

(16)『三教指帰注集』からの引用は佐藤義寛『大谷大学図書館蔵『三教指帰注集』の研究』（大谷大学、一九九二年）に拠る。
(17)『仁王経』巻下・護国品。大正新脩大蔵経第八巻・八四〇頁ｂ（不空訳）。
(18)大正新脩大蔵経第三一巻・八四八頁ｂ参照。
(19)大正新脩大蔵経第一六巻・四二四頁ｂ、四二五頁ａ参照。
(20)大正新脩大蔵経第四一巻・八二〇頁ｃ参照。
(21)大正新脩大蔵経第二五巻・一〇二頁ｂ参照。
(22)大正新脩大蔵経第九巻・二五頁ａ参照。
(23)大正新脩大蔵経第四三巻・四三〇頁ｃ。
(24)大正新脩大蔵経第五三巻・七九一頁ｂ、同第五四巻・一八五頁ｂ参照。
(25)山本聡美『増補カラー版　九相図をよむ――朽ちてゆく死体の美術史』（角川文庫、二〇二三年）参照。
(26)『聾瞽指帰』の本文は佐和隆研・中田勇次郎編『弘法大師真蹟集成』（法蔵館、一九七五年）の影印に拠る。また注(10)『定本弘法大師全集』第七巻、および弘法大師空海全集編輯委員会編『弘法大師空海全集』第六巻（筑摩書房、一九八四年）も参照。
(27)『三教指帰註』からの引用は高岡隆心編『真言宗全書』（真言宗全書刊行会、一九三五年）に拠る。
(28)『易』からの引用は本田済『易』（朝日新聞社、一九九七年）に拠る。
(29)『文選』からの引用は胡克家本に拠る。
(30)『万葉集』からの引用は佐竹昭広他『万葉集　本文篇』（塙書房、一九六三年）に拠り、佐竹昭広他校注『新日本古典文学大系４　万葉集四』（岩波書店、二〇〇三年）も参照した。
(31)注(4)藤井淳書。
(32)『日本霊異記』中巻第十七縁に「如涅槃経説、雖仏滅後、法身常在者、其斯謂之矣（涅槃経に説きたまふが如し、「仏の滅後と雖も、法身常に在す」と者るは、其れ斯れを謂ふなり）」、同第二十三縁に「夫理法身仏、非血肉身、何有所痛、唯所以示常住不変也（夫れ理法身の仏は、血肉の身に非ず、何ぞ痛む所有らむ、唯だ常住不変を示したまふ所以のみなり）」等とある。中田祝夫校注・訳『新編日本古典文学全集10　日本霊異記』（小学館、一九九五年）参照。

「もの思ふ」人々の無常
——物語の論理として

李　愛淑

はじめに

栄華と憂愁の光源氏の物語は、幻巻で大団円の幕を閉じる。「月次の屏風絵の画面に季節の流れるように、紫の上死後の源氏の一年の経過を、歌を中心に語りつづってきた」(新編日本古典文学全集　頭注550)幻巻は、光源氏の独詠歌、「もの思ふと過ぐる月日も知らぬ間に年もわが世も今日や尽きぬる」をもって終わった。最愛の女君、紫の上の死を媒介に、わが人生を回想し、「もの思ふ」苦悩、その「わが世も今日や尽き」たとの無常の思いを吐露する。物語は最後まで、「もの思ふ」光源氏のありようを問い詰めていた。

『源氏物語』には、無常の思いを吐露する多様な人々が登場してくる。特に、物語主人公としての光源氏と薫の場合は、道心の人物として、出家は物語が追求する一つの主題でもあった。しかし、「源氏物語における〈無常〉について」論じる中での、「『源氏物語』のように、非常に豊かに読み替え可能な物語の場合、この物語の主題や思想は、読者の数だけ立ち上がる(1)」との指摘には注意が必要である。

そこで、本論考は、わが人生を回想することで導かれていく無常と苦悩、「もの思ふ」人間存在としての光源氏のありようを問う、物語の論理を考えてみたい。その時、「源氏物語に遍く見受けられる生の形としての過去回想と人生観照を通じて、無常観は醸成され、そここに吐露されている。しかも回想を促すものは、多くの場合、季節の回帰に他ならない。自然的時間の循環性との対比において、人間の時間の変移不可逆性を知り、無常を知る——これが、源氏物語における無常観の、常套である(2)」との指摘は示唆に富む。

以下、その先駆として、物語文学の祖『竹取物語』での「もの思ふ」人々のありようから掘り下げていく。

一、『竹取物語』の人々

『竹取物語』の中心には「変化(へんげ)の人」と呼ばれるかぐや姫がいるが、その正体が明かされるのは、昇天譚に入ってからであった。人間でない存在、「変化の人」かぐや姫を語る昇天譚は、「月を見」ては「もの思ふ」かぐや姫の様子から語られる。参考に『竹取物語』「物思ふ（ひ）」の用例を調べると、全一〇例中の九例（「かぐや姫」七例、「翁」二例）はこの昇天譚に集中している。

(1)「もの思ふ」かぐや姫

現実的な求婚・難題譚から非現実的な昇天譚へと転換すると、「月の都」の人、かぐや姫の隠喩である月、かぐや姫の「物思ひ」が表面化する。

かやうに、御心をたがひに慰め給ほどに、三年ばかりありて、春のはじめより、かぐや姫月のおもしろく出たるを見て、常よりも、物思ひたるさま也。ある人の、「月の顔見るは、忌むこと」と制しけれ共、ともすれば、人間にも月を見ては、いみじく泣き給ふ。（五九〜六〇頁）

かぐや姫の「月のおもしろく出たるを見て、常よりも、物思ひたるさま」を懸念し、周囲の侍女たちは「月の顔見るは、忌むこと」と制止する。しかし、かぐや姫は「人間にも月を見ては、いみじく泣き給」う。「人間にも」は、月を忌むべき存在とする周囲とは異なる、かぐや姫の特異性を導き、「月を見」ては、物思いにふけるかぐや姫の様子を浮上させる。

とうとう、翁まで巻き込むことになる。

「なんでう心地すれば、かく物を思ひたるさまにて、月を見たまふぞ。うましき世に」と言ふ。かぐや姫、「見れば、世間心ぼそくあはれに侍る。なでう、物をか嘆き侍べき」と言ふ。かぐや姫のある所に至りて見れば、なを物思へる気色なり。これを見て、「あが仏、何事思ひたまふぞ。おぼすらんこと、何事ぞ」と言へば、「思ふこともなし。物なむ心ぼそくおぼゆる」と言へば、翁、「月な見給そ。これを見給へば、物おぼす気色あるぞ」と言へば、「いかでか、月を見ではあらん」とて、猶、月出づれば、出でゐつゝ嘆き思へり。夕やみには、物思はぬ気色也。月の程に成ぬれば、猶、時々はうち嘆きなどす。これを、使ふものども、「なを、物おぼす事あるべし」とさゝやけど、親をはじめて、何ことも知らず。

（六〇～六二頁）

「月な見給そ」と制止する言葉の呼応で、翁は、かぐや姫でなく、周囲の侍女の方に合することになる。かぐや姫は、「「いかでか、月を見ではあらん」とて、猶、月出づれば、出でゐつゝ嘆き思」い、その特異性をさらに強めていく。また、翁の言葉、「これを見給へば、物おぼす気色あるぞ」は、語り手の言葉、「月出づれば、出でゐつゝ、嘆き思へり。夕やみには、物思はぬ気色也。月の程に成ぬれば、猶、時々はうち嘆きなどす」と共鳴しては、かぐや姫と「月」、そして「物思ひ」の連関を暗示する。物語はかぐや姫と翁（周囲の侍女たち）、月と物思いの連関の上で二つの世界の対立へと流れていく。

（2）二つの世界

やがてかぐや姫は、自分の正体を打ち明ける。

をのが身は、この国の人にもあらず、月の都の人なり。それを、昔の契りありけるによりなん、この世界にはまうで来たりける。いまは、帰るべきになりにければ、この月の十五日に、かのもとの国より、迎へに人々まうで来んず。さらずまかりぬべければ、おぼし嘆かんが悲しきことを、この春より、思ひ嘆き侍る也。（六二〜六三頁）

「この国」と「月の都」、「この世界」と「かのもとの国」の二項対立により、翁とかぐや姫は分離され、二つの世界が台頭する。「まうで来」と「帰るべき」、「迎へに人々まうで来」と「さらずまかりぬ」の対句表現は、地上の存在から天上の存在へと変身する、かぐや姫のありようを強調しながら、翁との去らぬ別れを予告する。しかも、かぐや姫が「月の都」の人について語ることで、別れは必然的なものになり、二つの世界の対立も決定的なものになる。

かの都の人は、いとけうらに、老いをせずなん、思ふ事もなく侍る也。さる所へまからむずるも、いみじくも侍らず。老いおとろへ給へるさまを、見たてまつらざらむこそ、恋しからめ。（六八頁）

かぐや姫によれば、「かの都の人」は、「いとけうらに、老いをせずなん、思ふ事もなく侍る」のだ。「月の都」は、老（死）も物思いもない、理想的な世界であるという。すると、「老いおとろへ給へるさま」の翁は、対立する「この国」の人として、不老不死と生老病死、物思いの有無によって、二つの世界の対立は必然的になってしまう。かぐや姫のいう理想的な「月の都」の描写には、神仙思想のみならず、仏教思想の影響も指摘される。

華麗な美に満ちていること、不老不死であること、もの思いに苦しんだり、惑ったりすることがないこと、金銀財宝が溢れていることなどの、どれをとっても『竹取物語』の「月のみやこ」と『往生要集』の極楽浄土とは、あい重なっている。(3)

言葉の上でも、仏教思想の影響は確認できる。地上に降りてきた天（上の）人は、次のようにかぐや姫に昇天を促す。

「いざ、かぐや姫、きたなき所に、いかでか久しくおはせん」（七一頁）

「壺なる御くすりたてまつれ。きたなき所のもの、きこしめしたれば、御心地あしからむ物ぞ」（七三頁）

天人が繰り返す、「きたなき所」とは、穢土の翻訳語と見られる。天上から齎された、「壺なる御くすり（不死の薬）」は、「きたなき所のもの」、穢土のものが触発した「御心地あし」きこと、かぐや姫の「物思ひ」を消滅させる効果があるという。また、言葉の論理により、「きたなき所」穢土は、かぐや姫の描く「いとけうらに、老いをせずなん、思ふ事もな」い、「月の都」を浄土として位置づける。

物語は、天上と地上、生老病死と不老不死、物思いの有無、穢土と浄土、二つの世界の対立を重ね、最終的に昇天譚へと進んでいく。

天人の中に、持たせたる箱あり。天の羽衣入れり。又あるは、不死のくすり入れり。（中略）かぐや姫、「しばし待て」と言ふ。「衣着せつる人は、心異になるなりといふ。物ひと言、言ひをくべき事ありけり」と言ひて、文書く。（中略）

今はとて天の羽衣きるをりぞ君をあはれと思ひいでける

とて、壺の薬そへて、頭中将よびよせて奉らす。中将に天人とりて伝ふ。中将とりつれば、ふと天の羽衣うち着せたてまつりつれば、翁を、「いとおしく、かなし」とおぼしつる事も失せぬ。此衣着つる人は、物思ひなく成りにければ、車に乗りて、百人ばかり天人具して、昇りぬ。（七二〜七五頁）

天人の持参した、「天の羽衣」と「不死のくすり」は、かぐや姫の昇天のための品物として作動し、「昇りぬ」と、かぐや姫は昇天していく。ただ、浄土への昇天の象徴たる「天の羽衣」は、穢土でのかぐや姫の「物思ひ」を想起させることに注意される。

昇天の場の論理を追ってみよう。天人が持参した「天の羽衣」、その「衣着せつる人は、心異に」なるという。その「心」は、「今はとて天の羽衣きるをりぞ君をあはれと思ひいでける」での帝への「あはれ」をもって具体化される。さらに「ふと天の羽衣うち着せ」られると、かぐや姫は、翁を「『いとおしく、かなし』とおぼしつる事も失せ」てしまい、「此衣着つる人は、物思ひなく成」る。かぐや姫を躊躇させた「心」とは、帝と翁を思う、人間的なものであり、「物思ひ」の内実であることが明らかになる。

そういえば、「不死のくすり」も「壺なる御くすり」と呼応する、穢土の「物思ひ」を消滅させるものではないか。浄土への往生を彷彿させるかぐや姫の昇天、その象徴としての「天の羽衣」と「不死のくすり」は、逆説的に、「きたなき所」穢土での、「物思ひ」を喚起させるものでもあった。

(3)「もの思ふ」翁

さて、「もの思ふ」かぐや姫の様子は、「月の都」と「この国」の二つの世界が台頭してからは、見えなくなった。「月の都」の人のかぐや姫にかわり、「この国」の人「もの思ふ」翁の様子が語られることになる。

かぐや姫との別れを知らされた翁の苦悩は並大抵のものではない。

この事を、御門、聞こしめして、竹取が家に御使つかはさせ給。御使に、竹取出あひて、泣く事かぎりなし。此事を嘆くに、髭もしろく、腰もかゞまり、目もたゞれにけり。翁、今年は五十ばかりなりけれども、物思ふには、片時になむ老になりにける、と見ゆ。御使、仰せ事とて、翁にいはく、「いと心ぐるしく物思ふな

るは、まことか」と仰せ給。（六四～六五頁）

「月の都」の人であるかぐや姫との別れ、「此事を嘆く」ことで、翁は「髭もしろく、腰もかゞまり、目もたゞれ」てしまう。それは、「物思ふ」ことでの、「片時になむ老いにな」った様子であり、かぐや姫のいう、「この国」の「老いおとろへ給へるさま」（六八頁）である。翁の物思いと老いは、帝の言葉、「いと心ぐるしく物思ふなるは、まことか」により、さらに強調されていく。小嶋菜温子は、「秘密をうちあけながら翁と嘆きあうその場面には、「ものを思ふ」ものとしての人間存在の自苦が如実にうかがえるのであった。（中略）「物思ふ」こと、そしてそこにしのびよる「老い」（さらにいえば死の影）。姫の昇天を前に、この世の原理がひとつずつ確認されようとしていて、もの悲しくさえある」[4]と読み解いている。まさに、人間界の原理としての老いと死が表面化する。

別れの予告で浮上した翁の悲しみは、かぐや姫の昇天の後、「もの思ふ」人間存在としての老いと死、無常と苦悩へと深化していく。

その後、翁・女、血の涙を流してまとへど、かひなし。あの書をきし文を、読み聞かせけれど、「なにせむにか、命もおしからむ。たが為にか。何事も、用もなし」とて、薬もくはず、やがて、起きもあがらで、病み臥せり。（七五頁）

かぐや姫を喪失した翁（嫗）の悲嘆は、「血の涙を流」すほどのものであった。それは、「心異にな」り、「物思ひ」のなくなったかぐや姫とは対照的な人間的な心にほかない。翁はかぐや姫の「文」も「（不死）薬」も拒否し、「命もおしからむ」と苦悩を強めていく。不老不死の拒否は、生老病死という無常の受容を意味し、「かひなし・なにせむにか・用もなし」という無力感を媒介に、苦悩を浮き彫りにしていく。「起きもあがらで、病み臥せ」る、翁の病（老いと死）という無常は、苦悩を物語る。ここでは「もの思ふ」翁の無常と苦悩が焦点化される。悲嘆を媒介に、帝の無常と苦悩とも共鳴していく。

逢ことも涙にうかぶ我身には死なぬくすりも何にかはせむ

かの奉る不死の薬に、又、壺具して、御使にたまはす。（中略）御文、不死の薬の壺ならべて、火をつけて燃やすべきよし、仰せ給。（七六頁）

帝は「御文、不死の薬の壺ならべて、火をつけて燃や」すのであった。「死なぬくすりも何にかはせむ」は、翁の言葉「かひなし・なにせむにか・用もなし」（七五頁）と呼応して、無常と苦悩を前景化させる。

物語は最後まで、かぐや姫との別れだけでなく、老いと死という無常までも抱え込む苦悩、「もの思ふ」翁の無常と苦悩を問い詰めていた。それは、「もの思ふ」人間存在としての無常と苦悩を問う物語の論理にほかならない。その点において、厭離穢土の仏教思想の投影を認めた上で、異郷に注目し、現実世界への物語作者の視線を読み解く鈴木日出男の指摘は示唆に富む。

月の都の世界を、物思いのない不老不死の楽園でもあり、稜れのない、永遠の浄土でもあり、脱俗的な正義のありかでもあるとして複合的に想像するところから、逆にこの地上の現実世界が、いかに俗塵にみちみちたいつわり多い無常の世界であるかを証し出していることになる。このように、異郷を多面的に達成することは、それだけ現実世界の奥行をふかくさぐりとる視点にもなっているのである。異郷の観念の導入によって、現実が相対的な見方の確かさをもってたち現れてくる。そのかぎりにおいて、この物語の作者のとらえた現実世界はいかにも絶望的である。(5)

天上と地上、「月の都」と「この国」、浄土と穢土といった二つの世界の対立による昇天（死別の隠喩）譚を媒介に、「もの思ふ」翁のありようは、紫の上の死後、無常と苦悩を凝視する「もの思ふ」光源氏のありようとも重なり合う。

二、『源氏物語』の人々

『源氏物語』における「もの思ふ（ひ）」の用例は「もの思ひ」九三例、「もの思ふ」三五例、「もの思す」一六例、「もの思はし」二四例の合わせて一六八例で、その中の二〇例は、〈情理・分別〉を意味し、「もの思ひ知る・もの思し知る」の形で使われている。ほか一四八例は、あれこれ思い悩む、心配を意味し、登場人物の苦しみと悩みを表している。そのうち、女君との死別ゆえの苦悩を表す用例は、光源氏の二三例中三例、薫の九例中四例で、計七例にとどまる。ただ、光源氏の二例は、「わきてこの暮こそ袖は露けけれもの思ふ秋はあまたへぬれど」（葵　五七頁）、「入日さす峰にたなびく薄雲はもの思ふ袖に色やまがへる」（薄雲　四四八頁）と、葵の上と藤壺の死を哀悼する意味の用例で、人生の回想ではない。本論では光源氏の残り一例と薫の四例に注目する。

まず、最愛の人との死別を媒介に、わが人生を回想するところで導かれる、「もの思ふ」光源氏のありようを掘り下げていく。

（1）「もの思ふ」光源氏

無類の栄華と憂愁の人生を過ごした光源氏の物語は次のように終わる。

年暮れぬ、と思すも心細きに、若宮の、「儺やらはんに、音高かるべきこと、何わざをせさせん」と、走り歩きたまふも、をかしき御ありさまを見ざらんこととよろづに忍びがたし。

もの思ふと過ぐる月日も知らぬ間に年もわが世も今日や尽きぬる

朔日のほどのこと、常よりことなるべくとおきてさせたまふ。親王たち、大臣の御引出物、品々の禄どもなど二なう思しまうけてとぞ。（幻　五五〇頁）

光源氏は、紫の上死後一年の暮れに、わが人生の苦悩を述懐し、終焉を予感する。「年もわが世も今日や尽きぬる」は、散文の「年暮れぬ」と呼応し、四季の一年とわが人生の時間の終結、有限の時間、無常へと収斂され、無常の自覚からの出家が予見される。しかし、物語の上で光源氏の出家は、「故院の亡せたまひて後、二三年ばかりの末に、世を背きたまひし嵯峨院にも、六条院にも、さしのぞく人の心をさめん方なくなんはべりける」（宿木　三九五頁）と、後日談として語られるのみであった。

さらに、「歌と散文の照応に注目すると、「若宮（匂宮）」の登場、「朔日」の準備は、直前の光源氏と導師の贈答歌での、「雪・梅・春」と共鳴しながら、四季の循環、連続する時間を喚起[6]」させることで、匂宮の若い身体が象徴する次世代と、新春の到来を暗示している。物語は最後まで、道心の人物とされる光源氏の出家を語っていない。

その代わり、「もの思ふ」ことでの「過ぐる月日」、その「年もわが世も今日や尽き」たと述懐する光源氏のありようが問われていた。その点において、「源氏は「まどひ」をいだきつづけ、出家しないすがたのままで物語のさいごへ来てしまった[7]」との指摘は有効である。

そういえば、上の句に用いられた、『後撰和歌集』の「もの思ふと過ぐる月日も知らぬ間に今年は今日にはてぬとかきく」（506・藤原敦忠）は、師走の晦を前に、年の暮れでなく、思いままならぬ恋ゆえの苦悩に焦点を合わせていた。すると、「年もわが世も今日や尽き」たとの無常の思いと、その起因としての「過ぐる月日も知らぬ」ほどの「もの思ふ」こと、苦悩に注意される。

さらに、人生を回想することによって生じる苦悩と無常に注目し、若菜下巻・御法巻・幻巻での光源氏の述懐、そこでの物語の論理を掘り下げていく。

（2）物語の論理

光源氏の栄華と憂愁の人生を回想する最初の述懐は、女楽が終わった後、生前の紫の上を相手に述べられた。

「みづからは、幼くより、人に異るさまにて、ことごとしく生ひ出でて、今の世のおぼえありさま、来し方にたぐひ少なくなむありける。されど、また、世にすぐれて悲しき目を見る方も、人にはまさりけりかし。まづは、思ふ人にさまざま後れ、残りとまれる齢の末にも、飽かず悲しと思ふこと多く、あぢきなくさるまじきことにつけても、あやしくもの思はしく、心に飽かずおぼゆること添ひたる身にて過ぎぬれば、それにかへてや、思ひしほどよりは、今までも、ながらふるならむとなむ思ひ知らるる。……」（若菜下　二〇六頁）

光源氏は「人に異るさま」の栄華と、「人にはまさりけ」る憂愁の人生を述懐し、その代償としての存命を語る。憂愁の例として、まず「思ふ人にさまざま後れ」た、人々との死別を挙げる。次に、「飽かず悲しと思ふこと」、「心に飽かずおぼゆること」を挙げる。「あぢきなくさるまじきこと」、つまり道理に外れた大それたことは、藤壺との許されぬ関係が想起され、「あやしくもの思はしく」思われる苦悩と推測されるが、繰り返される「飽かず」により、具体的な内容はぼかされる。

つづく、紫の上の述懐により、憂愁の内実が明らかになる。

げに、のたまひつるやうに、人よりことなる宿世もありける身ながら、人の忍びがたく飽かぬことにするもの思ひ離れぬ身にてややみなむとすらん、あぢきなくもあるかな、など思ひつづけて、夜更けて大殿籠りぬる暁方より、御胸をなやみたまふ。（若菜下　二一二頁）

紫の上は、「人よりことなる宿世もありける身」をもって、栄華の人生とする光源氏に反論し、「もの思ひ離れぬ身」の苦悩の宿世をもって、憂愁の人生とする。光源氏の憂愁の言葉「悲しき」ことを、紫の上は「もの思ひ」、苦悩と具体化させる。しかも、「飽かず」と呼応する「人の忍びがたく飽かぬことにするもの思ひ」とすることで、個人を超えた普遍的人間の苦悩を打ち出して、憂愁の内実としていく。

以後、紫の上の死を媒介に、憂愁の内実としての源氏の苦悩が焦点化されていく。

いはけなきほどより、悲しく常なき世を思ひ知るべく仏などのすすめたまひける身を、心強く過ぐして、つひに来し方行く先も例あらじとおぼゆる悲しさを見つるかな、いまは、この世にうしろめたきこと残らずなりぬ、ひたみちに行ひにおもむきなんに障りどころあるまじきを、いとかくをさめん方なき心まどひにては、願はん道にも入りがたくや、とややましきを、「この思ひすこしなのめに、忘れさせたまへ」と、阿弥陀仏を念じたてまつりたまふ。（御法　五一三頁）

無常の訓読みとしての「常なき」の上で、「悲しく常なき世を思ひ知るべく仏などのすすめたまひける身」の宿世を持ち出し、死別の苦しみを吐露する。その原因を仏法に逆らった自分に求め、出家を思うに至る。無常を諭し、出家を勧める仏法に従い、「いまは、この世にうしろめたきこと残らずなりぬ、ひたみちに行ひにおもむきなんに障りどころあるまじき」と、絆のない今、出家するという。しかし、出家表明は、「いとかくをさめん方なき心まどひ」、「この思ひ」を理由に、「すこしなのめに、忘れさせ」て、延ばされてしまう。全集の頭注で「いよいよ出家の時が来たともするが、動揺する源氏はその素志をいかに遂げうるか」（御法　五一三頁）とするが、「阿弥陀仏を念じ」る様子はあいにくにも、道心の人物、光源氏の「心まどひ」、苦悩を浮き彫りにさせてしまう。仏法を掲げては、死別の無常からの出家でなく、逆に、苦悩に囚われてしまう光源氏のありようが問われる。

最後の述懐を見てみよう。

「この世につけては、（中略）世のはかなくうきを知らすべく、仏などのおきてたまへる身なるべし。それを強ひて知らぬ顔にながらふれば、かくいまはの夕近き末にいみじき事のとぢめを見つるに、宿世のほども、みづからの心の際も残りなく身はてて心やすきに、今なんつゆの絆なくなりにたるを、これかれ、かくて、ありしよりけに目馴らす人々の今はとて行き別れんほどこそ、いま一際の心乱れぬべけれ。いとはかなしかし。わろかりける心のほどかな」とて、……　（幻　五二五～五二六頁）

紫の上との死別を媒介に、「世のはかなくうきを知らすべく」無常をさとす、「仏などのおきてたまへる身」の宿世を嘆き、仏法に思い至る。またも、苦悩の原因を、無常をさとし、出家を勧める「仏」の法に逆らった自分に求めては出家を決意する。「今なん」、「つゆの絆なくなり」、出家できるという。しかし、続くのは「これかれ、かくて、ありしよりけに目馴らす人々の今はとて行き別れんほどこそ」と、周りの女房への配慮からの、「いま一際の心乱れ」で、今より一段と心が乱れることを懸念し、今は出家できないという。「はかなし・わろかりける」と自責するが、「はかなし・うき」など無常の言葉を散りばめながらの「いま（今）」の反復は、過去を回想し、無常と出家を説く仏法を掲げては、「今」現在の苦悩を浮き彫りにさせる。無常からの出家には至らず、苦悩に囚われる光源氏のありようが問われる。それは、「もの思ふ」光源氏のありようを問う物語の論理にほかない。

しかも、「無常論の真の目的は人々に人生の無常を観ぜさせて、仏道を成ぜしめることにある。されば仏典では一切万物の無常よりも、人生の無常を説くことの方がはるかに多[8]」く、『法華経』に依れば、世尊がこの世に出現した唯一の目的は「衆生をして仏の知見を開かしめ、清浄なることを得せしめんと欲するが故」であり（方便品）、菩薩の法は、「神通に遊戯し、仏国土を浄め、衆生を成就すること」である（信解品）と説かれている。（中略）（『法句経』も）人の煩悩を浄化することが仏教の実践の最大の課題であることを説いている[9]」ことを考えると、無常と苦悩を問う物語の論理は、無常と出家を説く仏教思想の論理から逸脱することになる。

仏法を掲げては苦悩に囚われる光源氏のありようを問う物語の論理は、「もの思ふ」薫の例でも確認される。

（3）「もの思ふ」薫

道心の人物、薫は大君の臨終の場の苦しみを吐露する。

「かくいみじうもの思ふべき身にやありけん、いかにもいかにも、ことざまにこの世を思ひかかづらふ方のはべらざりつれば、御おもむけにしたがひきこえずなりにし。今なむ、悔しく心苦しうもおぼゆる。されども、うしろめたくな思ひきこえたまひそ」などこしらへて、（中略）世の中をことさらに厭ひ離れねとすすめたまふ仏などの、いとかくいみじきものは思はせたまふにやあらむ、見るままにものの枯れゆくやうにて、消えはてたまひぬるはいみじきわざかな。（総角　三二七〜三二八頁）

薫は大君の死を前に、「かくいみじうもの思ふべき身」、宿世とするしかない、との苦悩を吐露する。しかも、その原因を、「世の中をことさらに厭ひ離れねとすすめたまふ仏どの、いとかくいみじきものは思はせたまふにやあらむ」と、仏法に逆らった自分に求める。言葉の上でも、「厭ひ離れね」は厭離（穢土）の訓読みで、無常と出家の仏教思想の論理を浮上させながら、光源氏のありようと共鳴し、述懐の場での物語の論理を呼び寄せてくる。

浮舟との死別を媒介に、さらに繰り返されていく。

イ）かかることの筋につけて、いみじうもの思ふべき宿世なりけり。さま異に心ざしたりし身の、（中略）仏なども憎しと見たまふにや、人の心を起こさせむとて、仏のしたまふ方便は、慈悲をも隠して、かやうにこそはあなれ、と思ひつづけたまひつつ、行ひをのみしたまふ。（蜻蛉　二一六頁）

ロ）いかなる契りにて、この父親の御もとに来そめけむ、このゆかりにつけてはものをのみ思ふよ、いと尊くおはせしあたりに、仏をしるべにて、後の世をのみ契りしに、心きたなき末の違ひめに、思ひ知らするなめり、とぞおぼゆる。（蜻蛉　二三〇頁）

ハ）かの人は、やうやう聖になりし心を、ひとふし違へそめて、さまざまなるもの思ふ人ともなるかな、その昔世を背きなましかば、今は深き山に住みはてて、かく心乱らましや、など思しつづくるも、……

（蜻蛉　二五一頁）

浮舟の死から薫は、まず、イ）で「かかることの筋につけて、いみじうもの思ふべき宿世なりけり」と、苦悩から逃れられぬ宿世を認識し、その運命的苦悩を、「仏なども憎しと見たまふにや、人の心を起こさせむとて、仏のしたまふ方便」、無常をさとす仏の方便とする。しかし、「慈悲をも隠して、かやうにこそはあなれ」と、慈悲なき方便であるからこその、苦悩が強調されてしまう。つづいて、ロ）では、「このゆかりにつけてはものをのみ思ふよ」と、宇治の因縁からの苦悩を吐露する。「仏をしるべにて、後の世をのみ契りしに、心きたなき末の違ひめに、思ひ知らするなめり」と、宇治の因縁が暗示する仏道との因縁をもって、苦悩を拡大させていく。それをばねに、ハ）では、「やうやう聖になりし心」、道心にもかかわらず、「ひとふし違へそめ」ては、「もの思ふ人とも」なったと、過去を回想し、今現在の苦悩を必然的なものとしていく。またも、「その昔世を背きなましかば」、出家していたらと過去を回想しては、「かく心乱らましや」、今の死別の無常と苦悩はなかったろうと、仏法に逆らった自分を責めていく。過去を回想し、今現在の苦悩に囚われてしまう薫のありようが照らし出される。

しかも、「もの思ふ」薫のありようは、入水からの生還後、出家する浮舟とはあまりにも対照的であった。

「幼くはべりしほどより、ものをのみ思ふべきありさまにて、親なども、尼になしてや見ましなどなむ思ひのたまひし。まして、すこしもの思ひ知りはべりてのちは、例の人ざまならで、後の世をだに、と思ふ心深くはべりしを、亡くなるべきほどのやうやう近くなりはべるにや、心地のいと弱くのみなりはべるを、なほいかで」とてうち泣きつつのたまふ。

（手習　三三五～三三六頁）

躊躇う僧都に浮舟は、「ものをのみ思ふべきありさま」の宿世をもって、存命のため、「尼になしてや見」ようとしたという。さらに、浮舟も「すこしもの思ひ知り」、分別がついてからは、「後の世をだに」、出家の意思があったことを語る。それは、「出家にあたって、氏神と国王と父母などを礼するのは暇乞いを意味し、これらの許しを得ることが必要とされていたからである[10]」ことを参考にすると、出家を正当化するための論理にほかならない。と同時に、仏法を掲げては出家するのではなく、苦悩に囚われる薫、そして光源氏のありようが問われてしまう。

結びにかえて

無常をさとし、出家を勧め、苦悩の消滅へと導く仏の法、厭離穢土の仏教教理を掲げる、「もの思ふ」薫のありようは、光源氏を媒介に、「もの思ふ」翁のありようとも共鳴している。それは、不老不死と対立する、生老病死の無常さえ抱え込む苦悩への問い、「もの思ふ」人間存在としての無常と苦悩を問う物語の論理にほかない。「〈死〉は人々の欲しないものであるから、死に裏付けられているはずのものである〈生存〉は、苦しみであると言わねばならぬ。その真実のすがたは、無常であり、苦しみである[11]」ことを考えると、人間存在の根本を問うものでもあろう。

最後に、「もの思ふ」人々の無常に見える、仏教思想を介在させながらも逸脱する物語の論理には、仏法の方便になぞらえて物語の本質を説く、物語論の影響が見てとれることを指摘して、本論考の結びにかえたい。

仏の、いとうるはしき心にて説きおきたまへる御法も、方便といふことありて、悟りなき者は、ここかしこ違ふ疑ひをおきつべくなん、方等経の中に多かれど、言ひもてゆけば、一つ旨にありて、菩提と煩悩との隔たりなむ、この、人のよきあしきばかりのことは変りける。よく言へば、すべて何ごとも空しからずなりぬや。

（蛍　二一二頁）

〔凡例〕

●本文引用は、以下により、（巻名、頁数）を記す。

阿部秋生ほか校注、新編日本古典文学全集『源氏物語』一〜六（小学館、一九九六年）

片桐洋一校注、新編日本古典文学全集『後撰和歌集』（小学館、一九九〇年）

堀内秀晃・秋山虔校注、新日本古典文学大系『竹取物語・伊勢物語』（岩波書店、一九九七年）

●語彙検索は以下による。

『源氏物語（新編日本古典文学全集）』

http://www.genji.co.jp/zenshu-genji-srch.php（閲覧日：二〇二四年六月二〇日）

（1）高木和子「源氏物語における〈無常〉について」（『中古文学』、二〇二二年）三三頁。

（2）佐藤勢紀子「源氏物語における無常観の特質——時間意識をめぐる一考察」（『季刊日本思想史』一七、一九八一年）二四頁。

（3）佐藤正英『隠遁の思想』（東京大学出版会、一九七七年）二四二頁。

（4）小嶋菜温子『かぐや姫幻想』（森話社、一九九五年）七六頁。

（5）鈴木日出男『源氏物語虚構論』（東京大学出版会、二〇〇八年）六七〇〜六七一頁。

（6）李愛淑「『源氏物語』の四季—幻巻を中心に—」（『日本語文学』八七輯、日本語文学会、二〇一九年）三五一頁。

（7）藤井貞和「光源氏物語の主題論」（『源氏物語の始原と現在』岩波書店、二〇一〇年）二三一頁。

（8）重松信弘『源氏物語の仏教思想』（平楽寺書店、一九六七年）二〇八頁。

（9）伊藤博之「浄土思想と文学」（『仏教文学講座（二）』勉誠社、一九九五年）五〇頁。

（10）「出家」（三角洋一執筆）（林田孝和ほか編『源氏物語事典』大和書房、二〇〇二年）二一七頁。

（11）中村元『『往生要集』を読む』（講談社、二〇一三年）九四頁。

紫式部はなぜ漢詩を詠まなかったのか

張　龍妹

はじめに

『枕草子』にも『源氏物語』にも漢詩文がかなり引用されている。詩句の直接引用のみならず、話の構想にまで浸透している箇所も少なくない。例えば、『枕草子』「上の御局の御簾の前にて」では、殿上人が一日中管弦の遊びをし、灯りをつける頃にまだ格子を降ろしていないが、すでに灯台に火が灯され、外から室内がはっきり見えたので、中宮定子は琵琶を立ててお持ちになり、顔をお隠しになった、という描写がある。これは白居易の『琵琶行』の「猶琵琶を抱きて半ば面を遮る」という詩句の再現のように読める。『源氏物語』における漢詩文の引用はさらに深化し、「桐壺」巻は『長恨歌』の日本における散文化と捉えることもできるように思われる。二人はこのようにさりげなく白詩の情景を敷衍できるほど白詩に馴染んでいたのである。

しかし、清少納言も紫式部も、現存の文献から、彼女たちが詠んだ漢詩は発見されていない。というより、『枕草子』と『紫式部日記』に徴する限り、二人はむしろ漢字を書くことさえ極力避けていたであろうことが分かる。そのためにこの国文学の二大作が誕生したわけであるが、男性文人がまだ漢詩文の世界に熱中していた頃に、なぜ女性の手によってこのような作品ができたのか。これは東アジアから見ても[1]、また世界文学から見ても[2]、類例のない現象であるが、日本の女性が古代においてどうして自国の文学の担い手となりえたのか、ここでは女性と漢詩文の関係からその契機を探ってみたい。

一、奈良後期および平安前期の宮廷女性詩人

『日本書紀』に「詩賦之興自大津始也」とあるように、日本では早くから漢詩文を作っていたが、現存最古の漢詩集『懐風藻』（七五一年）には女性の詩作を見出すことができない。平安時代初期になると、いわゆる「国風暗黒時代」に編纂された勅撰漢詩集では、最初の『凌雲集』（八一四年）にも女性の作品がなく、『文華秀麗集』（八一八年）中巻にようやく姫大伴氏の「晩秋述懐」一首を発見することができる。姫大伴氏はおそらく嵯峨天皇の宮廷に仕えていた女官であろう。同巻に巨勢識人の「和伴姫秋夜閨情」と題する作品があり[3]、それが姫大伴氏「晩秋述懐」と同じ韻を踏んでいることから、小島憲之は巨勢識人の詩作は姫大伴氏に和した作品であると指摘している[4]。「晩秋述懐」の韻脚は「寒、殫、残、看」であるが、「和伴姫秋夜閨情」のは「看、難、寒、残」で、同じ「寒韻」を踏んでいる。後の『経国集』所収の野末嗣の「奉試賦得王昭君」も同じ韻脚で、それは『国秀集』（七四四年）所収董思恭の「奉試昭君」を踏襲した作品であることを考え合わせると[5]、「寒、殫、残、看、難、闌」といった寒韻の文字が愛好されたのであろう。それは別として、姫大伴氏が「晩秋述懐」において秋の閨門の寂寥を詠んでおり、巨勢識人の作品はそのような閨情をおしはかるような書きぶりで、和詩と見て差し支えなかろう。このように、姫大伴氏は宮廷において男性文人と詩文の応酬を行なっていた最初の女性かと思われる。

『経国集』（八二七年）になると、女性詩人が少し増えてきた。高野天皇の「賛仏詩」（巻十）一首、尼和氏「禅居」（巻十）一首、惟氏の「奉和擣衣引」「奉和除夜」（巻十三）と「雑言和出雲巨太守茶歌」（巻十四）三首、有智

子内親王の「奉和巫山高」「奉和関山月」（巻十）・「奉和春日作」「賦新年雪裏梅花」（巻十一）・「山斎賦初雪」「奉和除夜」（巻十三）・「雑言　奉和漁家二首」（巻十四）の合わせて八首、四人で計一三首が収録されている。『経国集』は本来二〇巻に上る膨大な詩文集で、わずか六巻しか現存しておらず、本来どれだけの女性詩作が収録されていたか推測する余地もないが、列挙した作品よりさらに多彩な女性詩人の作品が存在していたであろう。

高野天皇は孝謙天皇が重祚した称徳天皇のことである。『続日本紀』では「尤崇仏道。務恤刑獄」（宝亀元年八月一七日条）とあり、「賛仏詩」では「慧日照千界。慈雲覆万生。億縁成化徳。感心演法声。」がそのような女帝の信仰を表したものであろう。尼和氏の「禅居」は五言律詩で、「煙泛暗山樹。霞昭瑩野花。」という厳格な対句を有する一聯をもつ。林鵞峰は、尼和氏が和気清麻呂（七三三～七九九）の姉の法均尼（七三〇～七九九）ではないかと推測している。[6] 法均尼は称徳天皇の女孺で、七六二年に称徳天皇の後を追って出家したことが分かる（『続日本紀』天平宝字六年六月三日条）。また七六八年に大尼法均に準四位下の位が下賜されている（『続日本紀』神護景雲二年一〇月三〇日条）。彼女の作品から奈良時代の女官の漢詩文教養の一端を窺い知ることができる。

惟氏の三作はいずれも宮廷社会で詠まれたものである。「奉和擣衣引」「奉和除夜」は嵯峨天皇の詩作に奉和したもので、前者は秋の深まりから書き起こし、思婦が夫の征衣の薄いことを思いやり、裂織（織物を切断）、擣衣、裁断、縫製の各過程を述べ、征人に対する思いで一首を結んでいる。惟氏はとくに叙事に長じているらしく、「雑言和出雲巨太守茶歌」[7] でも採茶、製茶、泡茶（茶を立てる）、喫茶の全過程を記述している。擣衣も中国伝来の詩題であるが、喫茶については『日本後紀』に嵯峨天皇が唐崎に御幸した際に、「大僧都永忠手自煎茶奉御」という記述があり（弘仁六年四月二二日条）、さらに「令畿内幷近江。丹波。播磨等國殖茶。毎年獻之」（弘仁六年六月三日条）という勅命が出され、いわゆる「弘仁茶風」と呼ばれる文化現象が起こっていたことが知られるが、惟氏はいち早くこの新しい文化を吸収し、しかも漢詩で表現したのである。林鵞峰は「奉和擣衣引」を評して、

「蓋し嵯峨帝の宮女乎。此の詞を見るときは、則ち殆ど其上官昭容・宋尚宮の徒乎。又疑ふらくは是惟良春道が族類乎」と、[8] 上官婉児（六六四〜七一〇）または宋若莘（七六一〜八二八）姉妹に擬し、その才能を賞賛している。猪口篤志も惟氏は嵯峨宮廷の女官だったと推測している。[9]

現存文献からみれば、この時期の最も著名な女性詩人は有智子内親王であろう。彼女には上掲八作の他に、『雑言奉和』に「奉和聖製江上落花詞」と『続日本後紀』に「春日山荘」の二首が発見される。有智子内親王は嵯峨天皇の第二皇女で、[10] 四歳から初代斎院を務めた。『続日本後紀』の彼女の薨伝によると、弘仁一四年（八二三）春二月、嵯峨天皇が斎院に行幸し花宴を催し、内親王は「塘、光、行、蒼」韻を探り得て、文人達と共に「春日山荘」詩を作った。詩作の紹介はここでは省くが、時に一七歳の内親王が探韻で即興的に七言律詩を作り上げたことは特筆に値するであろう。嵯峨天皇もそれに感動したらしく、その場で彼女に三品を授けた。さらに、「忝以文章著邦家。莫將榮樂負煙霞。即今永抱幽貞意。無事終須遣歳華。」という賞賛の七言絶句を作り、八四七年には「尋賜召文人料封百戸」と封戸を賜り（承和一四年一月二六日条）、嵯峨天皇は有智子内親王に文人としての待遇を与えた。[11] すでに指摘されているように、嵯峨天皇の絶句は文学の不朽性を説いたもので、内親王の詩作が「文章の経国的性格」を有していると評価している。[12] 有智子内親王はそのような父帝の期待どおりに文章経国の精神を生き抜いたのである。

このようにわずかな人数ではあるが、宮廷の女性が直接に「文章経国」に参与し、男性文人ないし天皇からも歓迎されていたことがわかる。

二、円融朝の女官高内侍

高内侍の本名は高階貴子で、文章生出身の高階成忠の娘である。高階成忠について、『栄花物語』によれば、

「才深う、人にわづらはしとおぼえたる人の、国々治めたりける」人物であるという[13]。成忠は男心が信用できないと思い、貴子に宮仕させた。貴子については、「女なれど、真字などいとよく書きければ、内侍になさせたまひて、高内侍とぞいひける」（巻第三、さまざまのよろこび）と紹介している。高内侍はいわゆる受領階級の娘で、おそらく父親の薫陶を受けて、漢字がよく書けたという。「才深う、人にわづらはしとおぼえたる人」「女なれど、真名などいとよく書きければ」といった屈折した表現から、『栄花物語』が成立する頃には、漢学の才能のある高階成忠のような人物、また漢才に優れた貴子のような女性はすでに時代にそぐわない存在であることを言外に匂わせている。幸か不幸か、このような貴子に藤原道隆が求婚し、嫡妻として迎えた。二人の間に伊周、定子、隆家、原子といった優れた子供が生まれた。

『栄花物語』より遅れて成立した『大鏡』は伊周を紹介する際に、その母についてこう述べている。

> 母上は高内侍ぞかし。されど、殿上えせられざりしかば、行幸、節会などには、南殿にぞまゐられし。それはまことしき文者にて、御前の作文には、文奉られしはとよ。少々の男にはまさりてこそ聞こえはべりしか。さやうの折、召しありけるにも、台盤所の方よりはまゐりたまはで、弘徽殿の上の御局の方より通りて、二間になむさぶらひけるとこそ受けたまはりしか。古体にはべりや。「女のあまりに才かしこきは、もの悪しき」と、人の申すなるに、この内侍、後にはいといみじう堕落せられにしも、その故とこそはおぼえはべりしか。（「道隆の北の方と四人の姫君」）

「ぞかし」という自己の考えを強く主張する文末表現でもって読者の注意をひき起こしてから、「まことしき文者」で、「少々の男」よりまさると彼女の漢詩文才を興味本位で紹介する。続いて、召されるときは女房の詰所である台盤所ではなく、わざわざ遠回りして弘徽殿の上の御局の方から通って、二間という公的な場で伺候したという。そして、そのような高内侍を「古体にはべりや」と評している。文章の流れから、いかにも漢詩文才に優れていることと「古体」であることがイコールするような書きぶりである。

『続古事談』にも近似した評価が見られる。

> 高内侍と云人は、中関白の室、成忠二位の女也。円融院の御時、典侍しけれども許されざりければ、内侍所に屛風をたててさぶらひて、云事ある時には、かみをあげて、女官をおほくぐして参て、石灰の壇にぞ候ける。御門、その御心ありけれぞも、とげ給はでやみにけり。（新大系『続古事談』第二）

高内侍がいつも警戒心をもって帝に接していたことが語られているが、ただ、実際、高内侍は昔気質で風流を知らないような人物ではない。例えば、定子の妹原子の東宮入内について、『栄花物語』は次のように描いている。

> 中姫君、十四五ばかりにならせたまひぬ。東宮に参らせたてまつりたまふ有様、はなばなとめでたし。さて参らせたまひぬれば、宣耀殿はまかでたまひぬ。淑景舎にぞ住ませたまふ。何ごともただかやうなれば、いはん方なくめでたし。女御の御心ざまもはなやかに今めかしう、さまあしき御有様なり。年ごろ宣耀殿を見たてまつりたる心地に、これは事にふれ今めかしう思さる。女御もかうもてなすと思さねど、御衣の重なりたる裾つき、袖口などぞ、いみじうめでたく御覧ぜられける。何ごとも女房のなりなども、人々そこらもて参り集れば、善悪を人の聞ゆべきにあらず。（巻第四、みはてぬゆめ）

「はなばなとめでたし」「いはん方なくめでたし」「はなやかに今めかしう」「いみじうめでたく」といった表現で原子の東宮入内が語られている。まずその儀式は華やかでめでたきものだったため、それに気圧（けお）されてか宣耀殿女御が実家に退出したという。「何ごともただかやうなれば」の意味が取りにくいが、西本願寺本では「かやう」が「かがやくやう」とあり、[14] 全てが輝くばかりで、言いようもなくめでたかったのである。外見ばかりでなく、原子の気性も華やかで現代風なので、東宮の寵愛ぶりも側では見ていられないようなものであったという。このような華やかで今めかしい娘を育て、またそのような入内を演出させたのはもちろんその母親の高内侍である。早くも定子入内の際、「殿の有様、北の方など宮仕にならひたまへれば、いたう奥深なることをばいとわろきものに思して、今めかしう気近き御有様なり」（さまざまのよろこび）と、高内侍が宮仕えの経験から、その儀式を「今めかしう気近き」ものに営んでいたのである。『枕草子』から窺える定子の溢れんばかりの才気、『大鏡』その他から知られる伊周の詩才などはその母親譲りのものであると考えられる。「母北の方の才などの、人よりことなりければにや、この殿の男君達も女君達も、みな御年のほどよりはいとこよなうぞおはしける」（さまざまのよろこび）と『栄花物語』が評しているのも当然ではある。道隆もこのような貴子の才気を見込んで、身分的には釣り合わない彼女を正妻として迎えたに違いない(15)。

しかし、『大鏡』は「「女のあまりに才かしこきは、もの悪しき」と、人の申すなるに、この内侍、後にはいといみじう堕落せられにしも、その故とこそはおぼえはべりしか」と、道隆の早逝による中関白家の早すぎた没落を、貴子の漢才故だと結論づけている。それも「「女のあまりに才かしこきは、もの悪しき」と、人の申すなる」という言い方を取っていることが気になる。「人の申す」「人の言ふ」は「伝言」と「世人の噂」という二通りの意味で使われるのが普通であり、『大鏡』では「世人の噂」を意味する場合、敦明親王の東宮退位、彰子の受戒といった歴史事件についてのものであるが、本例はむしろ諺で教訓とされるような「常識」としての意味合いをもち、それを根拠に「この内侍、後にはいといみじう堕落せられにしも、その故とこそはおぼえはべりしか」という結論を導き出しているのである。

「女のあまりに才かしこきは、もの悪しき」という諺じみたものが存在していたかどうか知る由もないが、公的な文献から高内侍の詩作を発見できないのみならず、その兄弟である高階積善が編纂した『本朝麗藻』にもその詩作が収録されていないことを考えると、漢才故に中関白家の没落をもたらしたという汚名を着せるような「常識」が形成されていたであろうことは十分推測できる。

三、一条朝の清少納言

『枕草子』の作者として、清少納言は実にさまざまな漢詩文に関する知識を作品において披露している。それらに清女の漢詩文に対する親近感、というより漢詩文世界に対する憧憬さえ読み取れる。例えば、梨の花についての彼女の感想が有名である。

梨の花、世にすさまじきものにして、近うもてなさず、はかなき文つけなどだにせず。愛敬おくれたる人の顔などを見ては、たとひに言ふも、げに葉の色よりはじめてあはひなく見ゆるを、唐土には限りなき物にて、文にも作る、なほさりともやうあらむと、せめて見れば、花びらの端にをかしきにほひこそ、心もとなうつきためれ。楊貴妃の、帝の御使に会ひて、泣きける顔に似せて、「梨花一枝、春、雨を帯びたり」など言ひたるは、おぼろげならじと思ふに、なほいみじうめでたき事は、たぐひあらじとおぼえたり。

日本では全く梨の花を愛でる風習がないが、楊貴妃の容貌を梨の花にたとえる『長恨歌』の一句を根拠に、このように唐土では詩文にも作るから、やはりたいそうめでたいものだと思い直し、やっと花びらの端にほんの少しそのおかしき匂いを発見したという。ここから彼女が梨の花に関する漢詩文知識をもつとともに、その鑑賞眼がいかに漢詩文に左右されているかが見て取れる。

紫式部の「清少納言こそ、したり顔にいみじうはべりける人。さばかりさかしだち、真名書きちらしてはべるほども、よく見れば、まだいとたらぬこと多かり」(『紫式部日記』)という清女評が有名であるが、前引の「梨花一枝、春、雨を帯びたり」という漢詩句を直接引用するようなことは、『枕草子』を見る限りではむしろ例外である。

「大進生昌が家に」での生昌との于定国をめぐるやりとりでは、古き進士と自称する生昌を感嘆せしめ、彼の口を借りて清女が古き進士なみかそれ以上の漢才を持ち合わせているかのように想像させている。ただ、彼女自身は「されど門の限りを高う造る人もありけるは」とほのめかしただけで、于定国の逸話などは口にしていない。藤原斉信との「草の庵」のやりとりも同じである。「青き薄様」に書かれた「蘭省花時錦帳下」の続きを求められて、清女は「これが末を知り顔に、たどたどしき真名書きたらむもいと見苦し」と遠慮し、「草の庵を誰かたづねむ」と和歌の下句の形で返事をした（「頭中将のすずろなるそら言を聞きて」）。「二月つごもりごろに、風いたう吹きて」では、藤原公任の白詩に基づいた下句「すこし春ある心地こそすれ」に対し、「空寒み花にまがへて散る雪に」という上句を返事した。そのため、公任と並ぶ時の才子源俊賢が彼女の機知を激賞し「なほ内侍に奏してなさむ」と評定したほどである。男性官人との間で漢詩文の教養を生かした風流なやりとりを交わし、才名を欲しいままにしていた清女であるが、一方ではなぜか故意に漢字を直接使うことを控えていたのである。

石坂妙子は『枕草子』における清女の書く姿勢と書かれた内容について検討し、それは「「内侍的」存在」であると論証している[16]。「女は」の段では「女は内侍のすけ、内侍」と断言しているし、「生ひさきなく、まめやかに」の段でもそれなりの身分の家の娘は内侍のすけなどとして出仕して世間を見聞するように力説している。さらに、「位こそなほめでたきものはあれ」でも近似した感慨を漏らしている。

女こそなほわろけれ。内わたりに、御乳母は、内侍のすけ、三位などになりぬれば、重々しけれど、さりとてほどより過ぎ、何ばかりの事かはある。またおほやうはある。受領の北の方にて国へくだるをこそは、よろしき人のさいはひの際と思ひめでうらやむめれ。ただ人の上達部の北の方になり、上達部の御むすめ后にゐたまふこそは、めでたき事なめれ。

難解な箇所もあるが、ここで女性が内侍のすけ、三位といった公的身分を得ることのありがたさを言いながら、それとは異なる受領の妻、さらには上達部の北の方として后になるほどの娘を育てあげることのめでたさを宣揚している。このような感慨を吐露しているのは、公的な地位を獲得し、その上道隆の正妻として定子のような娘を育てた高階貴子という身近な存在がいたからに違いない。それに『枕草子』に見えるいわゆる清女の自賛譚、「清涼殿の丑寅の隅の」段の「君をし見れば」のような機知はかえって少数で、ほとんどは漢詩文の知識を効かせた才気発露の類である。貴子の存在が十分清女の憧憬の対象たり得ていたのである。ただ、残念なのは、清女は天皇主催の詩宴に参与するすべもなく、それればかりか、『枕草子』を読む限りではむしろ漢字を使うことを避けるように努めていたことである。

四、一条朝の紫式部

同じ一条朝の紫式部はどうであろう。『紫式部日記』には同じような漢才をめぐる自賛譚が見られる。兄弟の惟規が漢籍の勉強をしていて、なかなか覚えられず、傍聴している式部が意外に早く理解したため、父親の為時をして「口惜しう、男子にて持たらぬこそ幸ひなかりけれ」（「日本紀の御局」）と嘆かせた話は有名である。ただ、式部の場合、清女とは正反対に、いかにも風評被害を語るような口調で自賛譚を語ることが多い。

内裏のうへの、源氏の物語人に読ませたまひつつ聞こしめしけるに、「この人は日本紀をこそ読みたるべけれ。まことに才あるべし」と、のたまはせけるを、ふと推しはかりに、「いみじうなむ才がある」と、殿上人などにいひ散らして、日本紀の御局とぞつけたりける、いとをかしくぞはべる。このふる里の女の前にてだに、つつみはべるものを、さるところにて才さかし出ではべらむよ。（「日本紀の御局」）

自分の物語作品が主君の目にとまり、作者としての才能が評価され、それも女の心を慰めるものでしかないと思われていた物語が、漢文で書かれる国史「日本紀」と並び称されたことは、この上もない名誉なことであったに違いない。それを耳にした同僚の女房が「日本紀の御局」と綽名をつけ、殿上人にも言い散らした。清女ならそれを得意とし、また内侍への夢も膨らんだに違いないが、式部はそれを迷惑に思い、実家の侍女たちの前でも漢籍を読むのを遠慮しているのに、どうして宮中のようなところで自分の才能を見せびらかすようなことがあろうかと反発している。このように同僚の言行を悪しざまに受け止め、自身の漢才が世に知られることを忌み嫌うことから、女性の才能が忌避されている背景が確実に読み取れよう。

幸い、式部は中宮彰子の知遇を得て、『白氏文集』の「新楽府」を進講する機会に恵まれた。

> 宮の、御前にて、文集のところどころ読ませたまひなどして、さるさまのこと知ろしめさまほしげにおぼいたりしかば、いとしのびて、人のさぶらはぬもののひまひまに、をととしの夏ごろより、楽府といふ書二巻をぞ、しどけなながら教へたてきこえさせてはべる、隠しはべり。宮もしのびさせたまひしかど、殿もうちもけしきを知らせたまひて、御書どもをめでたう書かせたまひてぞ、殿はたてまつらせたまふ。（「楽府御進講」）

彰子が式部に『白氏文集』をところどころ読ませて、漢詩文のことを知りたがるようなご様子なので、「新楽府」二巻を進講した。問題はその進講の様子であるが、「いとしのびて、人のさぶらはぬもののひまひまに」「隠しはべり」「宮もしのびさせたまひし」という一連の表現から、進講はごく内密に行われていたことを暗示している。彰子後宮では漢詩文の世界はすでに忌避されるものだったのである。彰子は定子ではなく、式部も清女でありえなかったのである。この秘密の進講が道長と一条天皇の知るところとなったのは、式部にとってはせめてもの救いであったろう。

時代はすでに道長の最盛期を迎えており、女性の漢才が喜ばれないばかりか、男性でも漢才で出世する道が閉ざされていた。

「をのこだに才がりぬる人は、いかにぞや、はなやかならずのみはべるめるよ」と、やうやう人のいふも聞きとめてのち、一といふ文字をだに書きわたしはべらず、いとてづつに、あさましくはべり。読みし書などいひけむもの、目にもとどめずなりてはべりしに、……御屏風の上に書きたることをだに読まぬ顔しはべりしを……

（「楽府御進講」）

「をのこだに才がりぬる人は、いかにぞや、はなやかならずのみはべるめるよ」という時代の趨勢を敏感に読み取っていた式部は、一という文字も読めない振りをし、屏風の上に書いてある誰もがわかるような文字でも読めない顔をしていたという。

岸野幸子の研究によると、大学寮の文章生と文章得業生には、本来弓場殿試で詩作の出来栄えによって進士蔵人と秀才蔵人への補任という出世の道があったが、進士蔵人と秀才蔵人に補される文章生と文章得業生の顔ぶれは時代とともに変化していた。

とりわけ進士・秀才蔵人に補される面々が、次第に特定の氏族や家柄の者に限定されていったことが注目される。すなわち醍醐朝から円融朝ごろまでは、大江・橘・藤原・源氏・平氏など多様な顔触れが見られ、氏族や家柄よりも個人的な才能や天皇との私的関係を重視した人選がなされていた。しかし一条朝以降になると、大江や橘氏などが姿を消し、藤原氏や源氏平氏の者に限定されていくことになる。しかも彼らは多くの場合、摂関家との間に血縁関係や姻戚関係を有し、さらに身内が家司として仕えている場合などもあった(17)。また玉井力は、一条朝から後一条朝の九四人の蔵人の出身を調査し、そのうちの五二人が摂関家と婚姻関係があるか、その親族が摂関家の家司であることを明らかにした(18)。要するに、紫式部の時代では、摂関家との関係が立身出世の鍵だったのである。

そのような時代における文人がいかに不遇を強いられていたかは、『今昔物語集』『古事談』などが伝えるところの、道長の斡旋でその乳母子である源国盛の任国越前を為時に譲ったという説話からも察せられる(19)。そのような父親の不遇を日頃目にしていたからか、『源氏物語』「少女」巻の夕霧の字（あざな）をつける場面では、博士たちの落魄ぶりを実にリアルに描いている。

字つくることは、東の院にてしたまふ。東の対をしつらはれたり。上達部、殿上人、めづらしくいぶかしきことにして、我も我もと集ひ参りたまへり。博士どももなかなか臆しぬべし。（源氏）「憚るところなく、例あらむにまかせて、なだむることなく、きびしう行へ」と仰せたまへば、しひてつれなく思ひなして、家より外にもとめたる装束どもの、うちあはずかたくなしき姿などをも恥なく、面もち、声づかひ、むべむべしくもてなしつつ、座につき並びたる作法よりはじめ、見も知らぬさまどもなり。若き君達は、えたへずほほ笑まれぬ。……

上達部、殿上人が大勢見物するなか、博士たちは平静を装い、他所から借りてきた身に合わない衣装をも恥じることなく、尤もらしい表情、声づかい、作法で儀式を執り仕切ろうとしているが、それらは貴公子たちにはおこがましく、笑いの対象でしかないのである。「帚木」巻で藤式部丞が語った、真名しか書かない博士の娘もその父親の文章博士とともに貴公子たちの嘲笑の対象だったのである。

道長の最盛期において、漢才が買われないのは男性も女性も同じことだったのである。しかし、あまりのつれづれに夫の残した漢籍を手にした式部は女房たちにこのような陰口を叩かれる。

それら（漢籍）を、つれづれせめてあまりぬるとき、ひとつふたつひきいでて見はべるを、女房あつまりて、「おまへはかくおはすれば、御幸ひはすくなきなり。なでふをんなか真名書は読む。むかしは経読むをだに人は制しき」と、しりうごちいふを聞きはべるにも、物忌みける人の、行末いのち長かめるよしども、見えぬためしなりと、いはまほしくはべれど、思ひくまなきやうなり、ことはたさもあり。（「わが身をかえりみて」）

女性の身で漢籍なんかを読むから、このように幸せの薄い生活をする羽目になったのだと。式部は「物忌みける人の、行末いのち長かめるよしども、見えぬためしなり」と反発しようとした。この反論の内容こそ、このような「物忌み」が当時の常識であったことを明かしている。結局、「ことはたさもあり」と我が身の上を顧みてか、納得せずにはいられないようである。

五、文字使用におけるジェンダーと才女薄幸

なぜ女性の漢才のみが問題にされたのか。伊周が流罪されたことについて、『大鏡』は次のように同情を禁じ得ないのである。

「……げにかならずかやうのこと、わが怠りにて流されたまふにしもあらず。よろづのこと身にあまりぬる人の、唐にもこの国にもあるわざにぞはべるなる。昔は北野の御ことぞかし」など言ひて、鼻うちかむほどもあはれに見ゆ。「この殿も、御才日本にはあまらせたまへりしかば、かかることもおはしますにこそはべりしか……」（二六二頁）

菅原道真の冤罪を引き合いに出し、伊周の流罪は彼自身の過失ではなく、身に余る才能をもつ人間が左遷の悲運に遭うのだと、政治批判をしながら同情している。さらにはその才能が「日本にはあまらせたまへりしかば」と、いかにも日本を小国扱いするような言論にまで飛躍している。[20]『古今著聞集』巻四「渤海の人、大江朝綱が秀句に感涙を流す事」[21]の逸話を思い出すまでもなく、伊周のような漢才の誉れ高い人物が流罪にされるのは、政治が正しくなく、さらに日本がそのような賢人を包容することのできない小国だという。すなわち、『大鏡』は漢才が用いられるかどうかを国の優劣を判断する基準にしているのである。〝女の才賢こきはもの悪しき〟という高内侍の漢才に向けた悪言を思い合わせると、明らかに漢字使用におけるジェンダー意識が読み取れるのである。

関口裕子によると、九世紀の売券等に、女性は署名の代わりに画指を使用し、男女の文字の使い分けには明らかにジェンダー意識が存在していた。[22]文学においても、天徳四年（九六〇）の歌合ではすでに「男已闘文章。女宜合和歌」と明言されているように、[23]女性が漢詩文を嗜むことは越権行為とされていたと思われる。そのため、

「消息文にも仮名といふものを書きまぜ」ない『源氏物語』の博士の娘、「白き扇の、墨黒に真名の手習したる」ような『堤中納言物語』の「虫めづる姫君」は戯画化されるのである。清少納言がいかにも自身の漢才を披露したい衝動にかられながらも、漢字を書くことを控えていたのもそのためであろう。

高内侍は現実に生きた博士の娘であった。藤原道隆という摂関家の御曹司と結婚し、伊周・定子をはじめとする才子才媛を子女に恵まれ、女性として最高の人生を歩いていた。それが道隆の早逝、「長徳の変」における伊周・隆家の左遷といった常無き世の中の事件が、彼女を死に追い詰めた。それ以降も、伊周は定子、定子所生の敦康親王に期待をかけて再起を図ろうとしていたが、彰子が寛弘五年（一〇〇八）九月に敦成親王、寛弘六年一一月に敦良親王を相次いで出産したため、敦康親王の即位がもはや絶望的になり、敦良親王誕生二ヶ月後の寛弘七年一月にこの世を去っている。中関白家の幕はこれで下したに等しい。

『紫式部日記』は敦成親王と敦良親王の誕生を中心に、寛弘五年の秋から起筆し、寛弘七年の正月に擱筆している。まさに中関白家の没落が確定する時期を描いているのである。そして世間的には中関白家の沈淪は才女薄幸の証左ともなったことであろう。そのような時期を生きた紫式部は時代の趨勢を見据え、漢才の流露を極力抑えていたのである。

以上のような女性の漢才忌避の結果、漢才の素養に裏打ちされた『枕草子』や『源氏物語』のような国文学の代表作が誕生した。日本の女性が再び漢詩を作るようになるのは江戸時代を待たなければならないのである。

（1）　朝鮮王朝の最初のハングル小説『洪吉童伝』は許筠（一五六九～一六一八）の手になり、国文学の誕生と称される『九雲夢』は金万重（一六三七～一六九二）の手によるものである。またベトナムでは阮攸（一七六五～一八二〇）の

『金雲翹伝』が最初の国文学作品であると言われる。

(2) ダンテ（一二六五～一三二一）の『神曲』とボッカッチョ（一三一三～一三七五）の『デカメロン』はそれぞれの地方の言葉で書かれたものである。

(3) 二作の原詩は以下のようである。

「晩秋述懐」：節候蕭條歳將闌。閨門靜閑秋日寒。雲天遠雁聲宜聽。檐樹晩蟬引欲殫。菊潭帶露餘花冷。荷浦含霜舊盞殘。寂寂獨傷四運促。紛紛落葉不勝看。

「和伴姫秋夜閨情」：比來朔雁度千番。一箇封書本曾看。遙想燕山涼氣早。誰堪砧杵搗衣難。真珠暗箔秋風閇。楊柳疏窗夜月寒。不計別怨經歳序。唯知曉鏡玉顏殘。

与謝野寛・正宗敦夫・与謝野晶子編纂『日本古典全集　懐風藻・凌雲集・文華秀麗集・経国集・本朝麗藻』（日本古典全集刊行会、一九二六年）。本文および注における勅撰三集からの引用は本書による。以下同。

(4) 小島憲之校注『懐風藻・文華秀麗集・本朝文粋』（岩波書店、一九六四年）二四九頁。

(5) 小島憲之『上代日本文学と中国文学』下（塙書房、一九八八年）一五九七頁。

(6) 小島憲之校注『本朝一人一首』（岩波書店、一九九四年）七七頁。

(7) 原詩は以下の通りである。「山中茗。早春枝。萌芽採擷為茶時。山傍老。愛為宝。獨對金鑪炙令燥。空林下。清流水。紗中漉仍銀鎗子。獸炭須臾炎氣盛。盆浮沸浪花。起鞏県垸商家盤。呉鹽和味味更美。物性由来是幽潔。深巌石髄不勝此。煎罷餘香處處薫。飲之無事臥白雲。應知仙氣日氛氳」。

(8) 小島憲之校注『本朝一人一首』（岩波書店、一九九四年）九八頁。

(9) 猪口篤志『女性と漢詩——和漢女流詩史』（笠間書院、一九七八年）二八一頁。

(10) 所京子「有智子内親王の生涯と作品」（『聖徳学園女子短期大学紀要』一二号、一九八六年）。

(11) 「尋賜召文人料封百戸」は難解で、国史大系本『日本後紀』では「尋いで文人を召して料封百戸を賜ふ」と訓み、文人を召すことの意味、料封の意味が不明で一句の意味が取れない。小島憲之は新たに「尋いで文人を召すの料封百戸を賜ふ」という訓を施している（『本朝一人一首』九七頁）。所京子の前引注(10)論考でも「文人召料として封百戸を賜った」と解読している。国金海二も「文人を召す料として百戸分の封戸を賜った」と解している（「王朝随一の閨秀詩人

――斎院有智子内親王」『文藝論叢』三九号、二〇一二年一一月）。

(12) 池田源太「平安初期における文章の経国的性格」（『古代学』一九六二年六月）。

(13) 古典作品からの引用は『続古事談』の他はすべて新編日本古典文学全集による。「　」に新編全集の段落の小見出しを付した。二段落に跨るような引用には頁数を付した。

(14) 新編全集『栄花物語』一九八頁頭注。

(15)「寛和の変」で花山天皇を退位・出家させることに活躍した次弟の道兼は時の右大臣藤原遠量の娘と結婚し、三弟の道長は一世源氏雅信の娘と結婚している。

(16) 石坂妙子「「内侍」を演じる女房――〈書く〉清少納言の位相」（『日本文学』四八巻五号、一九九九年）。

(17) 岸野幸子「文章科出身者の任官と昇進――蔵人との関係を中心に」（『お茶の水史学』四二号、一九九八年八月）。

(18) 玉井力「道長時代の蔵人に関する覚書――家柄・昇進を中心として」（弥永貞三先生還暦記念会編『日本古代社会と経済』下巻、吉川弘文館、一九七八年）。

(19)『今昔物語集』巻二十四第三十話、『古事談』巻一第二十六話を参照。

(20)『大鏡』「重木の長寿と高麗の相人の言」では、高麗人に基経の三人の子息の人相をみてもらい、時平について「御かたちすぐれ、心魂すぐれ賢うて、日本にはあまらせたまへり。日本のかためと用ゐむにあまらせたまへり」、枇杷殿については、「あまり御心うるはしくすなほにて、へつらひ飾りたる小国にはおはぬ御相なり」、忠平については「日本国のかためや。ながく世をつぎ門ひらくこと、ただこの殿」とある。

(21)『古今著聞集』巻四「一一二話」（新潮日本古典集成）原文：「前途程遠、馳思於雁山之夕雲。後会期遥、霑纓於鴻臚之暁涙と、後の江相公が書きたるを見て、渤海の人、感涙を流しける。のちに本朝の人にあひて江相公、三公の位にのぼれりやと問ひけり。しからざるよし答へければ、「日本国は賢才をもちゐる国にはあらざりけり」とぞ恥ぢしめける」。

(22) 関口裕子「平安時代の男女による文字（文体）の使い分けの歴史的前提」（『日本律令制論集』下巻　吉川弘文館、一九九三年）。

(23)「御記天徳四年三月卅日己巳。此日有女房歌合事者。去年秋八月。殿上侍臣闘詩合時。典侍命婦等相語云。男已闘文章。女宜合和歌」（『群書類従』「和歌部三十六歌合二」）。

無常と「老い」
――『栄花物語』からの照射

李　宇玲

はじめに

世の中のすべての生き物がつねに生滅して、すみやかに変化していることを意味する「無常」は、サンスクリット語「アニトヤ」（Anitya）の訳語として、仏教に由来する概念だと知られる。一方、中国には「定めがない。常がない」という意味の「無常」は、古くから存在する言葉である。(1) また、言葉とは別に、「時の移ろいの疾さを悲しみ、人生のはかなさを嘆く」という無常の慨嘆も、仏教の伝来以前に中国文学ではすでに描かれており、仏教が伝わってからも長きにわたり、脈々と流れを保ちつづけていた。

鈴木修次は中国文学における〈無常〉を考察し、推移する時間にともなう人生のはかなさを最初に歌い上げたのは『楚辞』であり、屈原の「離騒」などは中国における無常文学のはしりだという見方を提示している。(2) このような中国在来の無常観は、仏教の思想から導かれた日本文学における〈無常〉と大きく異なっているとみた鈴木は、次のように述べている。

唐木順三氏は、日本の無常の出発に「はかなし」という情緒を考え、『かげろふ日記』の「はかなし」、『紫式部日記』の「はかなし」、『宇治十帖』『和泉式部日記』の「はかなし」を渉猟したあげく、『建礼門院右京大夫集』において、「はかなし」から「無常」への転換が見られることを指摘している（唐木順三『無常』筑摩書房）。この「無常」が、仏教思想を裏づけに持った無常であることはいうまでもない。その指摘は、まことに明快である。ただしかし日本人は、漢民族在来の無常感を、どううけとめていたのであろうか。そのへんの検討は、なお今後の問題として残されているように思う。

右の傍線部の問題提起から、時がはや四〇年近くを過ぎ去ろうとしている。古代日本の文学における無常をめぐり、これまで個々の作品を中心に、さまざまな観点から多数の指摘がなされているが、中国文学の無常感は古代日本ではどのように受け入れられたか、かつその過程において変化が見られるかどうかについて、あまり研究が行われていないようである。じっさい、文人士大夫が主たる担い手となる中国文学の世界では、季節の移ろいや時間の推移をはかなむ無常感は、つねに志を果たせぬまま、むなしく老いてしまった嘆きと結び付けて表現されてきた。なかでも、最も名高い作品の一つとして、『楚辞』の流れをひきつぎながら、秋のさまざまな風物に託して、白髪の交じる年齢を迎えた悲哀を歌い上げた晋・潘岳（二四七〜三〇〇）の「秋興賦」（『文選』巻十三）があげられる。筆者は以前、平安文学における「秋興賦」の影響をめぐり、『白氏文集』をはじめとする唐の文学における享受の系譜をたどり直したうえで、漢詩文や『源氏物語』を中心とした考察を行ったことがあり[3]、なかでも後者の登場人物の〈老い〉の意識に、「秋興賦」の〈三二歳の嘆き〉のモチーフが大きく取り込まれていることを論証した。本論考では、それを踏まえつつ、『栄花物語』続編に見られる中宮威子の〈嘆老〉に注目し、その描き方に『源氏物語』がどのように意識されたかを検証し、平安朝における中国文学の無常感の受容の一端を明らかにしてみたい。

一、栄華の光と影

平安後期から院政初期にかけてつくられた『栄花物語』は、一般に「歴史物語」と呼ばれる。架空の人物を描く従来の仮名物語と異なり、歴史上の人物を主体としながら、史実をそのまま客観的に記述しようとせず、作者の主観的な立場によって、かつ主観をあらわにした記述姿勢で書かれているのが、その特徴とされる。[4]「歴史物語」の嚆矢となる『栄花物語』は正編の三〇巻と続編の一〇巻からなり、正編の作者として赤染衛門の説が有力視されており、近年では加藤静子が登場人物の描き方や敬避表現（直接に名指しされず官職名や邸名で呼ばれる例）を精査し、彰子周辺の女房たちが中心になって執筆活動に関与したという見解を示している。[5] 一方、続編は別作者による創作で、段階的に成立したものと考えられている。[6]

藤原道長の家の物語が中核をなすこの作品では、道長の辞世が正編と続編の境界線となっている。正編は道長の死（万寿四年〈一〇二七〉）をもって完結し、続編は約三年の空白をあけ、長元三年（一〇三〇）の出来事から始まる。作品の主旨は一貫して道長家の比類ない繁栄を描くことにあり、続編も次のように語りだされる。

入道殿うせさせたまひにしかども、関白殿、内大臣殿、女院、中宮、あまたの殿ばらおはしませば、いとめでたし。

（『栄花物語』巻三十一・殿上の花見③一八七）

道長の亡き後も、頼通、教通、彰子、威子ら残された一族の繁栄ぶりはめでたいかぎりだという。物語ではこのあと、道長子女の栄えるありさまを一通り紹介し、やがて焦点が後一条天皇の中宮威子にしぼられていく。後一条と威子の間に生まれた章子内親王の袴着が、続編に登場する最初の慶事だが、宮中あげての祝い事でありながら、次の傍線部のように、その前後を挟むのは、男皇子がいないことへの人々の無念である。

A宮には女宮二人おはしまして、男宮のおはしまさぬことを口惜しう、内にも宮にも殿ばらも思しめす。姫宮は、入道殿の御服にてひととせは御袴も奉らざりしかば、五つにて奉る。（中略）かくいとめでたくておはしませど、男御子のおはしまさぬを口惜しく思しめす。

（巻三十一・殿上の花見③一八九～一九二）

右の中略部分は壮麗な着袴の儀と後宴の描写である。だが、あたかも盛事に影を落とすかのように、帝・中宮をはじめ、男子が生まれていないことばかりを残念がる貴顕たちの姿が強調されている。よく知られるように、威子の立后は道長にとって栄華をきわめた象徴的な出来事であり(7)、その祝宴においてかの「此の世をば我が世とぞ思ふ望月の虧けたる事も無しと思へば」の歌を口ずさんだ逸話が有名である（『小右記』寛仁二年〈一〇一八〉一〇月一六日条）。ところが、ここに来てその栄華に翳りが生じはじめたと語られる。物語は、今を時めく中宮の礼賛から突如一転し、道長の後見を失い、待望の皇子の誕生もままならぬ威子の危機について語りだす。まず、同じ倫子腹の兄教通の動きである。

B内の大殿には、女三所、男四人ものせさせたまふを、大姫君御匣殿と聞ゆるを、いと参らせたてまつらまほしう思して奏せさせたまふ。内にもさる御心ざしありて思しめしけれど、中宮にはばかりまうさせたまひて、さしはへうち出で申させたまはず。宮は、①さることもあらば、かくさだすぎ、何ごとも見苦しき有様にて、いかでかあらん、籠りゐなんと思しめしけり。鷹司殿の上、言に出でて諫めきこえさせたまふ。

（巻三十一・殿上の花見③一九二～一九三）

内大臣教通には女三人、男四人の子がおり、大姫君で御匣殿の生子（一七歳）を入内させたいと天皇に奏上した。波線部のように、後一条天皇もその意向を示したが、威子の存在に憚って教通は計画を自制したという。経緯を知った威子はもしやそのような事態になった場合、こうして女盛りを過ぎて宮中に見苦しく居とどまるより、里邸に退出しようと思い詰めたのである。若きライバルの出現により、おのれの老いと容姿の衰えを憂慮する威子の心中が綴られるのは、『栄花物語』全体のなかで当該場面がはじめてである。が、しかし、威子の悩みの種は生子にとどまらない。次いで入内を噂された人物も威子の姪にあたり、明子腹の頼宗の娘である。

C東宮大夫もいとあまた持ちたまひて、（中略）中姫君は前一品宮に、一所つれづれにておはしませば、迎へたてまつらせたまひて、いみじくかしづきたてまつらせたまひて、それも内にと思しめしたれど、内大臣殿の御事だにかく難ければ、いかでか思し寄らん。（中略）この姫君も、箏の琴いとをかしく弾かせたまふ。御かたちもいとあてにをかしげにものしたまふ。（巻三十一・殿上の花見③一九三）

春宮大夫頼宗も次女の延子を後宮に納めようと画策するが、内大臣ですら娘の入内が難航しているからと、思いとどまったという。延子は前一品宮、脩子内親王（父一条天皇、母定子）の養女として立派に育てられ、「箏の琴」が得意なだけでなく、顔立ちも優れている。生子より二歳年下で、美貌と教養を兼ね備えているとなれば、威子の心情は描かれていないが、冷静でいられないことは想像にかたくない。だが、物語はさらなる強敵の出現へと動く。今度の相手は格段に出自の高い嫄子女王である。

D一品式部卿宮の姫君ただ一所、殿の上の御はらからの中務宮の中姫君の御腹にものせさせたまふ。これも内に参らせたまふべしと聞ゆれど、殿の、中宮に、「さらにな思し疑はせたまひそ。こと人々は知りさぶらはず、おのれはさることはいかでか」と申させたまひけり。内大臣殿の御匣殿も、手書き、歌よみ、真字をさへ書かせたまふ。御かたちもをかしげに、御髪もめでたくなんものせさせたまひける。

（巻三十一・殿上の花見③一九四～一九五）

ここで入内を取り沙汰される嫄子女王は、敦康親王（父一条天皇、母定子）と具平親王王女の間に生まれた一人娘。親王が薨じた後、頼通に引き取られ、こちらも結婚適齢期の一五歳である。噂を聞きつけた威子をなだめようと、頼通は「他の者のことはわからないが、自分は誓ってけっしてそのようなまねをいたさない」と懸命に弁明する。語り手は最後にまた、教通が入内を切望する生子について語り、書・歌・漢字が上手なうえ、見目麗しく髪もきれいだと付け加える。それまで後一条天皇の寵愛を独り占めし、後宮に君臨してきた威子の前に、次から次へとその存在を脅かしかねないライバルが現れて、緊迫した事態に追い込まれている、という物語の筆致である。

現存する史料に生子・延子・嫄子の後一条天皇への入内の動きを示す記録が残っておらず、物語の記述がどこまで史実に即したものかについては、不明と言うしかない。『栄花物語』巻二十六（楚王のゆめ）に生子が東宮に参り、嫄子が教通と結婚するという風聞[8]があり、続編の作者もその情報を把握しているはずである。池田尚隆が続編の書き手にとって、生子たちの入内が実現に至らなかったことは、自明の事実であり、物語はそれを後一条の後宮の問題として記す必然があったとは思えないと指摘するのも頷ける[9]。

にもかかわらず、続編の冒頭にそろって入内の候補者として名が挙がったのは、新編日本文学全集の頭注に指摘されたとおり、三人が後年に後朱雀天皇の後宮に入り、寵愛を競い合う記述を見据えた配置[10]だと捉えたほうが妥当であろう。と同時に、物語が父親の他界により、有力な後見を失い、後宮での立場がたちまち悪化してしまうという構図をほのめかしている点にもあらためて留意しておきたい。同様の例として、一条朝の中宮定子がまず想起される。だが、定子の悲惨な結末とは打って変わって、威子の場合、六年後の長元九年（一〇三六）四月に後一条天皇が薨去するまで、寵愛を一身に集めていた。となれば、物語はなぜ、長元三年一二月の時点において威子が危機的立場に立たされていると特筆しなければならないのだろうか。その意図を理解するために、もうすこし物語の行方を追いかけてみよう。

二、威子の「さだすぐ」苦悩

『栄花物語』続編では、「道長の大きな支えを失い、男皇子もおらず、貴顕たちが競って娘を入内させようとする」という、中宮威子をとりまく切羽詰まった状況を記したあと、ふたたびその外見と心中について語りだす。

E中宮はこのごろぞ三十二ばかりにおはします。うち聞くには、ねびさせたまへるやうなれど、いと若く盛りにめでたき御有様なり。もの思しめし知り、心深くぞおはしましける。殿などもおはしまさず、わが方ざまは何ごともさだすぎ、うちとけあやしき目移しに、はなばなともてかしづき、さるべき人添ひたまへらん、若く盛りに今咲き出づるやうならん人には並びてあらじと、深く思しめしたり。内には、「あるよりはやむごとなくなん思ひきこえさすべき。もしこの思ふことより出づる人もやと思ふばかりなり」などぞ申させたまひける。おほかたの有様、もてつけ、心にくく、立ち並ぶべき人なき御有様なめれど、御心にかくのみ思しめすなるべし。

(巻三十一・殿上の花見③一九五〜一九六)

まず言及されるのは、威子の年齢。章子内親王の着袴は長元三年(一〇三〇)一二月の十余日とあり[11]、長保元年(九九九)一二月二三日に生まれた威子(『小右記』長保元年一二月二三日条)はこの時、まさしく三二歳。傍線部②はその心中思惟である。年齢のハンディーを痛感した威子は、「父親を失い、万事盛りを過ぎ、うちくつろぐこともできにくい自分に比べて、強い後見を持ち、いまにも咲き出す花のような若きお方が入内すれば、その人達と並んで競争などはすまい」と、身のありかたを省み、苦悩する。ここにも生子の入内話が出た時の威子の葛藤(前掲Bの①)と同じく、「さだすぐ」という言葉が用いられている。つまり、威子にとって、最大の憂慮は盛りを過ぎて容貌が衰えてしまうことだという。帝寵を独占してきた女性が年を取るにつれ、年若い麗人に後宮の座を奪われ、悲しみにくれた例は古来、枚挙にいとまがないほどある。そのような前轍をけっして踏みたくないと煩悶する威子なのである。

なお、物語では、老いの到来を意識し、容貌の衰えを自省する威子の内心とは別に、その盛りの様子がくりかえし語られている。前掲Eの波線部のように、「いと若く盛りにめでたき御有様」と、その若々しい理想的な姿を称賛する。「さだすぐ」ことの苦悩を記したあとも、「おほかたの有様、もてつけ、心にくく、立ち並ぶべき人なき御有様なめれど、御心にかくのみ思しめすなるべし」（中宮様の容姿も身だしなみもたいそう奥ゆかしく、肩を並べられる人のいないほどであるようだが、御本人だけはそんなふうにばかり悩み続けるのであろう）と評するのである。「さだすぐ」とは威子自身の杞憂にすぎず、ほんとうは三二歳とは少しも感じられない、年盛りでたいそう美しいご様子だと解される。いわば、主人公の内心と周辺の認識のズレを対照させたかたちとなっている。威子の盛りの様子は、続編の冒頭でもふれられた。

F中宮ただ今の時の后にて、また並ぶ人なく、ただ人のやうにてさぶらひおはします、いとめでたし。これも盛りの御有様なれば、人々参り集まり、宮たち数添はせたまひて、御乳母参り集まりて、いとめでたし。よき若人、童女など参りて、心ごころに好ましくめでたき御有様、御心ばへよりはじめ、幸ひはさもこそおはしまさめ、いかでかく飽かぬところなき御有様どもなりけんと、御せうとの殿ばらも見たてまつらせたまふ。

（巻三十一・殿上の花見③一八九）

今を時めく威子は盛りの美しい姿で、兄弟の貴顕たちの目から見ても、まことに申し分のない優美な様子であるという。同様の筆致は、次の巻三十二においても見られる。長元六年（一〇三三）一一月、倫子七十の賀の場面である。

G鷹司殿の上、七十の賀せさせたまふ。（中略）宮は、桜萌黄の五重の御衣を、みな織物にて五つばかり奉りて、赤色の唐の御衣、地摺の御裳奉りて、めでたき御有様にて、御もてなし、用意など、重りかに恥づかしげにおはします。三十五六にならせたまへば、思ひやりはおとなびておぼえさせたまへど、二十ばかりとぞ見えさせたまふ。下﨟などだによき人はねびて見ゆることもなし。ましてさだすぎなどせさせたまふべきにはあらず。

（巻三十二・謌合③二二七～二二八）

三五歳になった威子。年を重ねたかと思われるだろうが、じつは「二十ばかり」の印象であるという。いささか誇張気味の賛美について、語り手はすかさず「身分の卑しい者でも美人は年とっても老けたように見えない。まして中宮は年盛りを過ぎたなんてとんでもない話だ」と弁解する。『栄花物語』に「さだすぐ」は三例あり、いずれも続編の中宮威子に用いられている。このように、「さだすぐ」という意識は三二歳の威子の心内語として位置づけられており、あくまで本人か威子を知らない者の誤解にすぎないという扱い方である。一方、語り手や周囲の人達の目を通して見た目の若々しさが絶賛される。物語では三二歳の威子が、若い女性の入内話に心を痛め、老いの到来を自覚してしまうのに対し、周囲の人々の目に映っているのはあくまでその女盛りの姿であると、人物の内面と外見が対照的に捉えられている。

続編の冒頭部分ではこのように作品中の重要な話題として、威子の苦悩が詳述されていることについて、池田尚隆は「六条院に女三の宮を迎える紫の上の心情を思わせる」と述べ、他の后妃の影を恐れる威子の姿も歴史記述の必然としてあったわけではなく、「端的に言えば、威子をヒロインに据えたつくり物語的な歴史叙述である」と指摘する。[12] 首肯されるべき見解であるが、心情の描写もさることながら、この威子像と『源氏物語』若菜上巻の紫上はじつに酷似している。というのは、若菜上巻では光源氏のもとに女三宮が降嫁してきたのも、紫上が三二歳の年であったからである。[13] 次節では、両者の共通点について詳しく見ていきたい。

三、連環する〈三二歳の嘆き〉の物語

女三宮の輿入れにより、妻としての存在を根本からゆるがされ、苦渋に満ちた紫上の後半生がそこからはじまったという『源氏物語』の展開は、『栄花物語』続編の作者にも読者にも熟知されたものであろう。もっとも、『源氏物語』若菜上巻の場合、紫上の年齢に直接ふれることなく、光源氏の視線をとおして、その希有な容姿が

次のように捉えられている。

ありがたきことなりかし。あるべき限り気高う恥づかしげにととのひたるにそひて、はなやかにいまめかしくにほひ、なまめきたるさまざまのかをりも取りあつめ、めでたき盛りに見えたまふ。去年より今年はまさり、昨日より今日はめづらしく、常に目馴れぬさまのしたまへるを、いかでかくしもありけむと思す。

（若菜上巻④八九）

「気高し」「恥づかし」「はなやか」「いまめかし」「なまめく」とたたみかけて、女盛りの紫上の美貌を称える。さらに「去年より今年がまさり、昨日より今日がなお目新しく、いつも新鮮な様子でいらっしゃる」と付け加える。あまりの賛辞に、さすがの語り手も「ありがたきことなりかし」と、ことわりを入れざるをえないのである。だが、物語は、いっそう美しく輝く紫上を描出していると同時に、そうした外見のはなやぎとは裏腹に、彼女の心がしだいに深い憂愁にむしばまれていく様相が、手習いの歌を通して端的に表されている。

（紫上）身にちかく秋や来ぬらん見るままに青葉の山もうつろひにけり

（若菜上巻④八九）

一首には「秋」と「飽き」による掛詞だけでなく、「季節の秋」と「三二歳の人生の秋」という二重の意味を響き合わせ、移ろう青葉の山に衰える容色を重ねて、老いの到来をかみしめる内省の歌となっている。女性にとって、〈老い〉の到来はほかでもなく、容色の衰えを意味する。容貌が衰えれば、男の愛も冷めてしまう。愛情の永続性に強い不安を抱く心理の奥底に潜んでいるのは、〈老い〉の自覚だったのである。このように、三二歳を迎えた紫上は、「季節の秋が近づき、見るままに青葉の山が色変わりしたように、私の身の上にも人生の秋が忍び寄り、容姿も衰えてゆくのだろうか」と、人生の移ろいやすさを悟り、身のはかなさを反芻する。

長年連れ添ってきた夫に、有力な後見をもつ若い女性との結婚話がもちあがり、わが身の老いを自覚し、容姿の衰えに不安を抱くようになった構図は、『栄花物語』続編の威子ときわめて似ているといえよう。「めでたき盛りに見えたまふ」紫上に対し、威子は「いと若く盛りにめでたき御有様」（前掲E）、「盛りの御有様」（前掲F）、「めでたき御有様」（前掲G）と描かれている。ともに老いとはおおよそ無縁の、盛りの美貌を保っている。また、女主人公の心理と周りの評価にズレが生じているところも共通する。いいかえれば、次から次へと湧き起こる入内の噂に、三二歳の威子が「さだすぐ」との思いを抱き、苦悩するという設定は、若菜上巻の紫上の物語を踏まえた叙述であると考えられる。老いをみじんも感じさせない外見と心にひそむ憂愁を対照させて、威子の栄華の光と影を描き出そうとする手法もまた、『源氏物語』を踏襲したものであろう。

だがしかし、両者の間に大きな差異が存在していることも看過できない。それは若かりし頃にもまさる紫上のあでやかな姿にばかり目を奪われ、彼女の抱え込む苦悩をすくい取ることのできない光源氏に対し、後一条天皇は終始威子の心によりそい、最後まで他の女性を入内させなかった点である。「あるよりはやむごとなくなん思ひきこえさすべき。もしこの思ふこととり出づる人もやと思ふばかりなり」（これまで以上にあなたを大切に思い申し上げるつもり。自分はただあなたが不安に思っていることを申し出てくる人がいるかもしれないと、それが気がかりだ）（前掲E）と、威子の悩みをじゅうぶんに理解し、今まで以上に愛情を深めることを訴えて妻を気遣うのである。けっきょく、約束を守り抜いた後一条は終生、威子以外の女性を後宮に迎え入れることがなかった。

このように、『栄花物語』続編では、『源氏物語』から〈三二歳の嘆き〉の構想を取り込み、中宮威子の苦悩を描き出しつつ、若菜上巻以降の光源氏と紫上の隔絶を裏返したかのように、後一条天皇と威子の情愛を語る展開へと大きく変容させたのである。もっとも、〈三二歳の嘆き〉のモチーフは『源氏物語』独自の創作ではなく、先に述べた通り晋・潘岳の著した「秋興賦」（『文選』巻十三）に由来する。[14]「秋興賦」は、三二歳の潘岳が白髪をはじめて見た悲哀を歌い上げた名文として知られる。政治の抱負を実現しえないまま、歳月が荏苒（じんぜん）と流れていく焦燥感にかられて、人生の無常を悲しむ〈三二歳の嘆き〉は、後世の詩人のあいだで大きな共感を呼び、古代日本でも好んで詠じられてきた。

一方、『源氏物語』を見てみると、三二歳が光源氏（絵合巻）、紫上（若菜上巻）、柏木（若菜下巻）の人生の転換点として位置づけられたのも、「秋興賦」以来の影響だと考えられる。ただし、物語の場合、政治的不遇の一面が削ぎ取られ、もっぱら語られるのは主人公たちの恋のはかなさであり、世の中そのものの無常さであった。なかでも、漢文学の世界では〈三二歳の嘆き〉は男性文人にしか見られないのに対し、『源氏物語』では紫上の人物造型に大きく取り込まれた点が、特徴的である。そして、『栄花物語』続編における三二歳の威子像も、直接に中国文学からの影響というより、『源氏物語』をはじめとする平安仮名文学における「秋興賦」受容の系譜に連なるものとして捉えるべきであろう。

四、異例づくしの後一条後宮

前節では、『栄花物語』続編の三二歳の威子像は、『源氏物語』若菜上巻の紫上を下敷きにして造型されたことについて確認した。がしかし、続編の書かれた時代において、生の苦悩をひとりで背負い込み、世の無常をかみしめ、やがて出家を願うようになった紫上と異なり、その後の威子は後一条天皇の后として重んじられていたことは周知のとおりである。にもかかわらず、あえて若菜上巻の構想を借用して三二歳の威子の危機を描き出す物語の意図は、いったいどこにあるのだろうか。いいかえれば、後一条後宮の歴史からこの部分を切り出し、対象化して描写するという歴史叙述の要因をどのように見定めればよいのか。その取捨選択に、異例づくしの後一条後宮のありかたが密接に関わっているように思われる。

まず、天皇と中宮の年齢差の問題。後一条天皇は長和五年（一〇一六）二月に九歳で即位、寛仁二年（一〇一八）正月に元服した。三月に二〇歳の威子が入内し、後一条より九歳年長であった（『御堂関白記』『小右記』）。藤本勝義が桓武帝から後一条までの一八代を対象に、天皇と后妃の年齢差について調査したところ[15]、これは円融天皇と中宮媓子の一二歳に次ぐ例だという。『栄花物語』でも、この異例の年齢差の叙述に多くの紙幅が割かれている。まず、威子の入内に際し、語り手は真っ先に「帝の御有様よりは、督の殿のこよなくおとなびさせたまへり」（巻十四・あさみどり②一三八）とあるように、威子は後一条より格段に大人びていると断りを入れる。「帝いと若うおはしまいて、いかが」と世の人申し思へり」（同右②一三九）、不釣り合いを疑問視する世間の声も伝えられている。入内の当夜に威子のはにかんだ表情と仕草が克明に描き出されており、後一条との年齢差を強く意識する様子がはっきりと読み取れる。

　さきざきもおぼつかなからず見たてまつり交させたまへる御仲なれど、督の殿は、さし並びたてまつらせたまへることを、かたはらいたう思しめす。帝はひた道に恥づかしう思しめし交したるに、しぶしぶに上らせたまへれば、夜大殿に入らせたまふほど、いみじうつつましうわりなく思しめされて、やがて動かでゐさせたまへれば、近江の三位参りて、「あなもの狂ほし、などかくては」とて御帳のもとにおはしまさすれば、上起き居させたまひて、御袖を引かせたまふほど、督の殿、むげに知らせたまはざらん御仲よりも、はゆく恥づかしう思しめさるべし。（巻十四・あさみどり②一三九～一四〇）

甥と叔母の間柄が夫婦仲に変わってしまったことのきまりわるさ。催促されて夜しぶしぶと宮中に上ったが、気後れして寝所に入るのを拒み、じっと座ったままで動こうとしない。そこへ、後一条天皇の乳母近江三位が参上し、威子を御帳台のそばにまで押し寄せ、後一条に袖を引かれてようやくふたりが結ばれたという顛末である。おおよそ当事者でなければ知りえないような、迫真に満ちた一幕である。ほかに関連資料がなく、どこまで史実に即しているか詳らかにしえないが、『栄花物語』の正編が後一条の長元年間に成立しているという通説にしたがえば、当該場面はかなり真を突いたものであろう。後一条との年齢差に対し、明らかに威子は入内当初から相当のコンプレックスを抱え込んでいたのである。

物語ではこの後、夜更けまで威子の参上を待ちつづける後一条天皇の姿を記し、仲睦まじさをアピールする。さらに、「督の殿もとよりささやかに、をかしげにおはしませば、なずらひうつくしう見えさせたまふ。上あさましうおよすけさせたまへり」（巻十四・あさみどり②一四一）と、小柄の威子の若々しさと後一条の驚くばかりの成人ぶりを綴り、二人は釣り合いの取れた夫婦だと主張する。

だが、多くの言葉を費やして説明をする必要があるところに、年齢差のハンディーは容易に解消されない問題であることも暗示されていよう。「督の殿は、なほいと恥づかしう人目をおぼしたれど、上はいと心よく睦びきこえさせたまふほどもをかしくなむ」（同右）と語られるように、結婚後も、幼い後一条天皇と同席する威子はひたすら人目を憚り、恥ずかしさを隠しきれない。他の誰よりも夫婦間の年齢の隔たりを気にしているのは、威子本人だったのである。したがって、紫上の場合に比べ、威子の「さだすぐ」との意識の一面にこうした年齢差の事情が確実に反映されており、それゆえに若い女性との後宮争いを絶望視するしかない切実さが物語の前面に押し出されている。

後一条後宮における次なる異例は、一条朝、三条朝、後朱雀朝、後冷泉朝がいずれも二后並立であるのに対し、後一条天皇に中宮威子しかいなかった点である。そもそも二后並立は、道長の策略によって作り出された前代未聞の特例だったが、それを差し引いてみても、後一条朝の場合、史料に威子以外の入内記録が検出されず、平安朝の後宮史においてかなり稀な例だといえよう。しかも、威子には章子・馨子二人の内親王がいるのみ。それぞれ入内八年後と一一年後に授かった子である。

『栄花物語』巻二十八（わかみづ）に、万寿三年（一〇二六）一二月一〇日に章子内親王が誕生する記事があり、天皇付の女房たちが残念だと囁いたところを、後一条天皇は「こは何ごとぞ。平らかにせさせたまへるこそかぎりなきことなれ。女といふも烏滸のことなりや。昔かしこき帝々、みな女帝立てたまはずはこそあらめ」（③八四）と、遠い時代の女帝を例にあげてきびしく叱りつけた。一方、『栄花物語』に馨子内親王の出産に関する記述はないが、『小右記』長元二年（一〇二九）二月一日条に「其ノ後資房来リテ云フ、御産遂ニ畢ンヌ、女子テヘリ、宮人ノ気色太ダ冷淡ナリト」とあり、藤原資房の話では、誕生したのは女の子と知るや、宮中の人々はあからさまに冷ややかな表情を見せたという。

このように、物語と史料の記述から男皇子を生むことのできなかった威子への世間の風当たりが必ずしも弱いものではなく、後宮生活の重圧もまた並大抵なものではなかったように思われる[16]。だが、道長家の繁栄賛美を主旨とする『栄花物語』は、そのあたりの不協和音や軋轢について語ろうとしない。

平安朝では天皇に多数の后妃の入内が推奨されており、后妃の存在は皇位継承の安定性や有力貴族の後見と直結し、御代繁栄を顕示するものとされる。複数の妻妾が共存し、秩序を保ちながら、妍を競い合うのは、理想的な後宮のありかたである。平安仮名文学のなかにも、多数の后妃が宮中にひしめき、華やかな後宮生活を過ごしていると語る叙述がしばしば見出される。たとえば、『源氏物語』には妻妾たちが嫉妬心や競争心を背後に潜めながら、細やかな気遣いをもって共存共栄するさまが描かれており、こうした後宮観は『栄花物語』にも色濃く受け継がれている[17]。

対して、帝が一女性のみを偏愛することは、他の皇妃の恨みや妬みを誘い、後宮の安定を揺るがす行為として忌避される。その典型的な例としてあげられるのは、『源氏物語』の桐壺帝と更衣の悲恋である。したがって、威子ひとりしか妃のいない後一条の後宮はいわば、そのような通念を根底から覆してしまう、かなり特異な事例である。しかも、有力な公卿を後見にもち、出自・容姿・教養いずれも帝の相手にふさわしい女性たち――それも道長一門の娘（養女）――の入内話に、激しく抵抗感を覚える威子。続編冒頭に記されたその言動は、男皇子が生まれていればまだしも、子孫の繁栄が至上の命題とされる皇室において、王朝のしきたりを棚上げにした破天荒なものと言っても過言ではなかろう。中村成里は、『栄花物語』が頼通・教通・頼宗らが威子の意向を憚るがゆえに娘たちを入内できなかったと解釈することから、他の史料には威子が具体的に政治的な動きをした形跡は認められないけれども、『栄花物語』は威子の権威を記しとどめた唯一の書だと推定する(18)。あながち的はずれな観点ではなかろう。

とはいえ、歴史叙述の見地からみれば、他の女性の入内に対し頑なな態度を示し、多数の妻妾たちが共存すべき後宮のありかたからは程遠く、「ただ人のやう」(③一八八)な一夫一妻という、かなり異常な事態を招いてしまった威子に関し、ともすれば「悪女」「悪妃」のレッテルを貼られかねない。しかるに、威子は、道長家を栄華の絶頂へと導いた立役者である。繁栄とはとうてい言い切れない後一条後宮のありようについて、どのように好意的・合理的に書き記していくかは、続編の書き手の前に立ちはだかる大きな課題だったにちがいない。

そこへ編み出されたのが上述のごとく、威子の〈三二歳の嘆き〉の物語である。女三宮の降嫁により、すっかり運命を翻弄されてしまった三二歳の紫上。その苦悩と思念を二重写しに重ねつつ、三二歳の威子の直面する危機が語られたのである。そして、若菜上巻以降にみられる光源氏と紫上の心の乖離を物語の背後に揺曳させながら、それを回避する方向へと舵を切る。終始威子の心情に寄り添う後一条天皇の姿を記し、夫婦円満の結末へと変貌させて、かくして物語は完結される。次の巻三十二(謌合)には、威子の嘆きも新たな入内話ももはや見えない。いわば、『栄花物語』はその後の威子に、紫上の反転した運命を歩ませたのである。そこに、『源氏物語』の世界と重ね合わせつつ、歴史叙述に精彩さを加えようとする『栄花物語』の姿勢が端的に現れていると同時に、虚構の物語から類似する部分を削り取り、「歴史」の文脈にあわせて独自の世界観を構成しようとする一面も看取されるのである。

このように、後宮の華やぎ、道長家の栄華を礼賛するところにもっぱら主眼が置かれている『栄花物語』では、〈三二歳の嘆き〉のモチーフは後一条後宮の異例を成り立たせ、栄華を成就させるための論理として機能しているのである。そこには、人生のはかなさを悲しむといった〈無常〉の入り込む余地がないこともあわせて記しておきたい。

結びにかえて

以上は、三二歳の威子にまつわる歴史叙述を中心に、『栄花物語』続編における『源氏物語』受容の様相について考察を試みてきた。平安朝では潘岳の〈三二歳の嘆き〉は人口に膾炙する故事として男性貴族ばかりでなく、宮廷の女性たちにも共有される漢学素養のひとつとなっている(19)。『源氏物語』はそれを明示することなく、自明の書かれざる周知の事項として光源氏・紫上・柏木などの人物造型に取り込むことができたのはほかでもなく、書き手と読み手の間にこのような漢学知識の共通基盤が存在していたからである。

一方、『栄花物語』における三二歳の威子像は、作者自身の素養に基づいて考案されたものというより、『源氏物語』から借用した構想だと捉えたほうが妥当であろう。連環する物語の創作行為から、平安仮名文学における重層化した中国文学受容の実態が浮かび上がってくると同時に、それぞれの作品における変化の過程も明瞭にうかがわれるのである。

『栄花物語』における『源氏物語』の影響は、これまですでにさまざまな視点から論じられてきた。歴史の再現に『源氏物語』の表現が大きく関与していることは、諸家の一致する見解である。と同時に、『栄花物語』から『源氏物語』を逆照射することで、これまで解明されていない『源氏物語』の特質に新たな光を当てることができるようにおもわれる。たとえば、紫上の年齢の問題。「中宮はこのごろ三十一二ばかりにおはします」（③一九五）と明示する『栄花物語』に対し、『源氏物語』若菜上巻に紫上の年齢ははっきりと記されていない。もっとも、これは『源氏物語』という虚構の作品における年齢記述の方針ともいえる。長大な物語のなかで、紫上の年齢に関する記述はわずかしか見られない。若紫巻に初登場した際、「十ばかりやあらむと見えて」（①二〇六）とあってから、若菜下巻に突如、「今年は三十七にぞなりたまふ」（④二〇五）と語られ、重厄の年だと紹介されるにいたるまで、年齢に関する記述がまったく見られない。[20]若菜上巻の三二歳はつまり若紫巻の「十ばかり」をふまえ、本居宣長の訂正した新年立を参照したものである。

男皇子のいない後一条朝において、入内にまつわる噂は長元三年に限らず、後を絶たなかったのではないかと推測される。[21]だが、『栄花物語』ではとりわけ三二歳の威子が直面する危機として記述されたのはけだし、『源氏物語』若菜上巻の紫上の年齢を強く意識したためであろう。『栄花物語』の威子は、『源氏物語』若菜上巻の紫上を映し出す鏡でもあったのである。

〔凡例〕
『栄花物語』『源氏物語』からの引用は、新編日本古典文学全集に拠り、（　）内に巻数・巻名・丸付番号の分冊数・頁数を付記した。また、適宜傍線を付した。『小右記』からの引用は大日本古記録を参照。

（1）現存する中国の文献における「無常」の初見例は『尚書』の「民之無常、惟恵之懐」（第十九・蔡仲之命）であり、「民心常なく、惟れ恵みのみにこれ懐く」（人民の心は常に変動し、恵み深い者にだけ心を委ねるのだ）という意。

（2）鈴木修次「「無常」考」（同『中国文学と日本文学』東京書籍、一九八七年）。

（3）李宇玲「『源氏物語』と「秋興賦」」（『国語と国文学』二〇一九年一二月号）、「『過潘』を歌う詩人たち」（『国語と国文学』二〇二二年六月号）。

(4) 増田繁夫「『歴史物語』とは何か」(『日本文学研究ジャーナル』二〇一八年五月号)。
(5) 加藤静子「女たちの、歴史叙述—『栄花物語』正編倫子腹の子女たちの描き方から—」(秋山虔編『平安文学史論考』武蔵野書院、二〇〇九年)、同「『栄花物語』の誕生—女房たちのネットワーク—」(『むらさき』二〇一六年一二月号)。
(6) 福長進「栄花物語続編について」(山中裕編『新栄花物語研究』風間書房、二〇〇二年)、加藤静子「栄花物語続篇成立に関する一試論」(『国文学言語と文芸』一九七〇年九月号)、池田尚隆「栄花物語続編の構成—原資料と成立をめぐって—」(山中裕編『栄花物語研究』第一集、国書刊行会、一九八五年)。
(7) 大津透『日本の歴史06 道長と宮廷社会』(講談社、二〇〇一年)、古瀬奈津子『摂関政治』(岩波書店、二〇〇一年)を参照。
(8) 「内大殿の御匣殿なん、東宮にはといふなめる」(巻二十六・楚王のゆめ②五三五)、「またある説には、御女の君をなんかの大臣にも、とのたまふと聞ゆるは」(同上、五三七)とある。
(9) 池田尚隆「『栄花物語』正編から続編へ」(加藤静子、桜井広徳編『王朝歴史物語史の構想と展望』新典社、二〇一五年)。
(10) 新編日本文学全集の頭注に、「道長の在世中に、教通や頼宗が娘を後一条天皇の後宮に入れようなどとは考えなかったであろうし、頼通の養女、嫄子女王の入内の噂も立ちはしなかったであろう。(中略)道長という最大の支えを失い、中宮威子の立場が弱くなったことに起因する。道長薨去後の状況がここに示される」とある。じっさい、『栄花物語』において後一条への入内話が語られるのは、この先にもこの後にもない。したがって、男皇子のいない状況から考えると、皆無というより、道長の生前からすでにしかるべき噂があったと想定したほうが自然であろうし、また長元三年に集中して語られるのも、物語ならではの手法と捉えるべきであろう。
(11) 『日本紀略』長元三年一一月二〇日条に「第一章子内親王於飛香舎着袴」とあり、『栄花物語』の「十一月の十余日になんありける」(③一八九)は誤写か。
(12) 同注(9)池田尚隆御論。
(13) 同注(3)拙稿。

(14) 晋・潘岳「秋興賦」(『文選』巻十三)の序文の冒頭に、「晋十有四年、余春秋三十有二、始見二毛。以太尉掾兼虎賁中郎将、寓直于散騎之省」(晋の十有四年、余春秋三十有二、始めて二毛を見る。太尉掾を以て虎賁中郎将を兼ね、散騎の省に寓直す)と記されており、三二歳の潘岳がはじめて頭に白髪を見て、「秋興賦」をものした経緯を述べている。

(15) 藤本勝義「斎宮女御と皇妃の年齢」(同『源氏物語の表現と史実』笠間書院、二〇一二年)。

(16) 『左経記』に威子の出産に関わる祈願の記事が頻出しており、長元七年(一〇三四)六月二三日条に第三子を流産した記録も残っている。

(17) 室田知香「光源氏の後宮理念―若菜上巻冒頭の皇女降嫁論に関連して―」(『国語国文』二〇〇八年一一月号)、同「『栄花物語』の後宮史叙述―月の宴巻・村上天皇後宮を中心に―」(加藤静子、桜井広徳編『王朝歴史物語史の構想と展望』新典社、二〇一五年)。

(18) 中村成里「『栄花物語』における藤原威子―正編と続編をつらぬく―」(加藤静子、桜井広徳編『王朝歴史物語史の構想と展望』新典社、二〇一五年)。

(19) たとえば、『浜松中納言物語』巻三(新編日本古典文学全集)に「昔、河陽県にはべりけむ潘岳といひはべりける人などこそ、名を伝へはべり」(二六七)とあり、『唐物語』第二十六話(講談社学術文庫)には「潘安仁の車に、道行女、橘の枝を投げ入るる語」に「秋のあはれをのべて賦につくり、ことにふれてなさけふかくやさしかりければ」と見え、平安朝では潘岳にまつわる故事は幅広く享受されていた様子がうかがわれる。

(20) 紫上の年齢について、若菜下巻に「今年は三十七にぞなりたまふ」(④二〇五)とあり、女性の三七歳の重厄をふまえ、藤壺も同年齢で崩御した構想を援用する物語の意図が読み取れる。新編日本古典文学全集の頭注は「作者の意識的過誤」と捉えるのに対し、藤井貞和「紫上」(同『源氏物語論』岩波書店、二〇〇〇年)は三七歳という厄年らしい年齢であることが若菜下巻での要請としたうえで、民俗学の視点から正妻(紫上)が三〇歳前後になると、若い正妻候補の女性(女三の宮)がやってくると論じる。

(21) 『栄花物語』巻三十二の末尾に「内には内大臣殿の御匣殿参らせたまふべしと申すは、いかなることにか」(③二五七)とあり、教通は生子を入内させたいという。後一条天皇はこの時すでに重い病を患い、譲位を考えていることから、記述に不審が残るが、じっさいその在位中にこの種の話は後を絶たなかったのであろう。

『源氏物語』における宿世と無常
——「女の宿世はいと浮かびたる」を手掛かりに

石原知明

はじめに

「宿世」について考察する際、よく「無常」という言葉もともに出てくる。しかしながら、『源氏物語』においてはそもそも「無常」という言葉はなく、作中では「(1)仏典、漢籍、和歌の引用、(2)「露」「夢」などの物象による比喩、(3)「常なし」「定めなし」「はかなし」などの形容語、あるいはこれらの融合」[1]として現れる。では、その作中では明言されない無常と宿世がなぜ結びつくのかというと、宿世がこの(3)の言葉と親和性が高いからである。

　例えば、少女巻では夕霧と雲居雁が引き離されてしまうことについて、二人の祖母である大宮が「人の御宿世宿世定めがたく」と一般論のように、宿世が定まっていないという性質を語る。詳細は後述するが、この不明、不確定な感覚というのは宿世が持つ特徴の一つであると考えられる。その特質が無常という言葉が持つ「常にはない」という感慨と結びつくのである。さて、そのような宿世と無常のつながりの中で、宿世が持つ不安定さを表す表現を取り上げたい。

　帚木巻、有名な「雨夜の品定め」の翌日、光源氏は方違えで紀伊守邸を訪れる。方違えの先が紀伊守邸になったのは、最近水を堰き入れたことや、妻である葵の上の実家である左大臣家への配慮などがあったのだが、結果的にそこは雨夜の品定めにて興味をもった中の品の家であった。そこで、光源氏は紀伊守の義理の母である空蟬の存在を探す。というのも、紀伊守の義理の母で伊予介の後妻である空蟬が、衛門督の娘で桐壺院への入内を望んでいたという話を知っていたからである。

大勢の子どもたちがいるなかで、ひときわ優雅な子どもを見つけ、紀伊守に尋ねると、どうやら、その子が衛門督の末の子どもで空蟬の弟であることがわかった。そこから空蟬についての話を聞こうとする。

> 「あはれのことや。この姉君や、まうとの後の親」、「さむはべる」と申すに、「似げなき親をもまうけたりけるかな。上にも聞こしめしおきて、「宮仕に出だし立てむと漏らし奏せし、いかになりにけむ」といつぞやのたまはせし。世こそ定めなきものなれ。」と、いとおよすけのたまふ。「不意に、かくてものしはべるなり。世の中といふもの、さのみこそ、今も昔も定まりたることはべらね。中についても、女の宿世はいと浮かびたるなむいあはれにはべる」など聞こえさす。（帚木①　九六）[2]

光源氏は空蟬の話を持ち出し、昔入内を望んでいたという状況から、伊予介の後妻になったという現状を「世こそ定めなきものなれ」と言う。それに対して、紀伊守は男女の仲というのは、今も昔も定まっておらず、その中でも「女の宿世はいと浮かびたるなむあはれにはべる」と答える。

さて、今回はこの「女の宿世はいと浮かびたる」について考えてみたい。一見すれば、「宿世」が「浮かぶ」ということに違和感がないだろうか。「浮かぶ」ということは基本的には「何かが」、「浮上する」ということであるといえ、「女の宿世」という明確でないものに適用できるのかという疑問である。

この言葉について、佐藤勢紀子は、「宿世が前世の業によって定められた人生の具体相を指しており、また、「浮かびたる」は予断を許さないほどの変化にみちたそのなりゆきを示していること」、宿世が具体的なものになったことで浮かぶ条件を満たしたとした。加えて、「浮かぶ」については、「「憂き身」と「浮き身」がたがいに同音異義語として連鎖関係を持つにとどまらず、同じことがらを相互補完的にいいあらわす語として機能している」とし、憂う状況を呼び起こすのは、浮くような不安定な人生を送ることに重なるため「浮かびたる」と形容されていると結論づけた(3)。また、中川正美は、紀伊守が光源氏に「女の宿世はいと浮かびたる」と言っても、違和感なく、共通の認識として捉えることができたということは、当時の貴族社会で通じる言い回しであったとし、「浮かぶ」に不安定なイメージを看取する当時の精神環境について考察している。「平安貴族にとって、「浮く」は確たる根を下ろさず、それゆえに不安定で信頼できず、他から力を加えられれば、抗し得ず流されるイメージであった」とする。そして「「浮く」「浮かぶ」は、自然環境と精神環境を重ね合わせて提示しており、自然環境が社会環境としても語られている」として、当時の平安貴族の環境を表した言葉であるとする(4)。

両者の研究を重ね合わせると、「宿世」が平安貴族たちの心境や状況を表した言葉であり、「浮く」という言葉のイメージがその「宿世」と重なったのであると結論付けることができるだろう。本論文はこれらの先行研究に導かれながら、「女の宿世」を「浮かぶ」ものとしたという点にさらに注目し、「女の運命は浮草のように不安(5)」と比喩的な説明から今一歩踏み込み、この一文が持つ読解の可能性を広げることを試みる。

一、「宿世」について

そもそも「宿世」とはどういう言葉なのかについて確認したい。

「宿世」は本来仏教語で「前世」を意味する言葉であり、仮名散文では主に「前世からの因縁」を意味する。「宿世」の語については、主に『源氏物語』研究の一環として考察が重ねられてきた。その大きな理由の一つは用例数の大幅な増大にある。「宿世」の用例は、『伊勢物語』では一例、『蜻蛉日記』では五例、『うつほ物語』では一二例などであるにもかかわらず、『源氏物語』には一二〇例あることから、『源氏物語』の主題やキーワード、思想に関わる言葉なのではないかとして研究が重ねられてきた。また、「宿世」と一言でまとめてはいるが、「契り」「さるべき」などの類義語との関わりや、仏教思想との関係などの問いも含まれており、そのことが、『源氏物語』の「宿世」という共通テーマながら、様々な論の展開を可能にする要因なのであろう(6)。

その一方で、「源氏物語の「宿世」の意味内容についての共通理解もおぼつかぬまま、論を重ねていくことはあまり有益とはいえまい。源氏物語の「宿世」にどのような独自性があるかを見定めずして、「宿世」にこそ源氏物語の思想があるとするような安易な立論は慎まねばならない」(7)という、厳しい指摘もあるように、この言葉をどのように扱うか、またはどの側面から解釈すべきかについて共通認識は持てていないと思われる。

ここでは、まず「宿世などいふ」「宿世といふ」などの宿世を一般化した文章から、作中での宿世の共通認識を読み取り、宿世の位置づけをあらためて考えてみる。次の八例がこの条件に合致する。

①宿世などいふものおろかならぬことなれど、わがあまりなる心にて、かく人やりならぬものは思ふぞかしと起き臥し面影にぞ見えたまふ。（真木柱③　三九〇）

②ほどほどにつけて、宿世などいふなることは知りがたきわざなれば、よろづにうしろめたくなん。（若菜上④　三三）

③女子を生ほしたてむことよ、いと難かるべきわざなりけり。宿世などいふらんものは目に見えぬわざにて、親の心にまかせがたし。（若菜下④　二六四）

④宿世といふもののがれわびぬることなり、ともかくも口入るべきことならず、と思す。（夕霧④　四五六）

⑤人はみな御宿世といふもの異々なれば、御心にかかるべきにもおはしまさず。（椎本⑤　一八八）

⑥ともかくもさるべき人にあつかはれたてまつりて、宿世といふなる方につけて、身を心ともせぬ世なれば、みな例のことにてこそは、人笑へなる咎をも隠すなれ、（総角⑤　二四六）

⑦宿世などいふめるもの、さらに心にかなはぬものにはべるめれば、（総角⑤　二六五）

⑧このたまふ宿世といふらむ方は、目に見えぬこ

とにて、いかにもいかにも思ひたどられず、知らぬ涙のみ霧りふたがる心地してなむ。（総角⑤　二六六）

これらの八例から「宿世」を説明している言葉を抽出すると、「おろかならぬこと」「知りがたきわざ」「目に見えぬわざ」「のがれわびぬること」「異々なれば」「身を心ともせぬ世」「心にかなはぬもの」「目に見えぬこと」となる。

①は光源氏が髭黒と玉鬘が結ばれてしまったことについて、二人が結ばれたという宿世はおろそかにできないが、自分がうかつであったことを嘆いている。男女が結ばれるという点において宿世に負うところが大きいという認識があることが分かるとともに、自分のうかつさで理想としていた状態から遠ざかったことを内省している。

②は朱雀院が女三の宮の婿選びに際して、宿世というのを知ることは難しいという一般論を語る。

③は光源氏が女性の宿世というものは目で見てわかるものではなく、親の思うとおりにならないので、娘を育てることは難しいと紫の上と語る場面である。

④は光源氏が夕霧と落葉の宮との関係を踏まえて、宿世は逃れようもないものだから、口をさしはさめるものではないと思う場面。

⑤は、阿闍梨が八の宮の死の間際、姫君たちの将来を念頭に置きつつ、人の宿世というものはみんなそれぞれに違うのだから心配することではない、つまりは、みんな違うのだから悩んでもしかたないということになるだろう。

⑥は、大君が、宿世にまかせて、どうせこの身の意のままにならない世の中なのだから、世間にありがちなことになっていれば、もの笑いになるようなこと（日が暮れても薫が帰らない）もなかっただろうと思う場面。宿世にまかせて生きるということは、自分の意のままにならないという認識である。

⑦と⑧は隣接する場面である。⑦で薫が大君に対して宿世というものは思う通りにならないものだからと述べ、それに対して⑧では大君が、宿世というのは目に見えないので、思いはわかりません、と薫の言葉を

受け流す。

これらは大きく二つの要素に大別できる。一つは思うようにならず儘ならない性質、つまりは現実と反する状態を仮想する、反実仮想の状態を示すもの（「おろかならぬこと」「のがれわびぬること」「身を心ともせぬ世」「心にかなはぬもの」）。もう一つは、不明瞭さを示すもの（「知りがたきわざ」「目に見えぬわざ」「異々なれば」「目に見えぬこと」）。以上のように分けることができるだろう。[8]前者は過去から現在までの範囲を宿世の射程にとらえているので宿世の反実仮想的用法、後者は現在から未来までが射程に入っており、宿世の不明瞭的用法と区別する。

次に、「人の宿世」や「女性の宿世」など宿世を述べたもののなかでも、その対象が限定されているものについて検討する。次の⑨～⑬の五例である。

⑨女の宿世はいと浮かびたるなむあはれにはべる。（帚木①　九六）

⑩人の御宿世宿世のいと定めがたく。（少女③　五五）

⑪さきざき人の上に見聞きしにも、女は心より外に、あはあはしくおとしめらるる宿世あるなん、いと口惜しく悲しき。（若菜上④　二〇）

⑫かしこき筋と聞こゆれど、女は宿世定めがたくおはしますものなれば、よろづに嘆かしく、（若菜上④　三〇）

⑬その昔の人々は言ひあはせて、「人の御宿世のあやかしかりけることよ」と言ひあへり。（宿木⑤　四〇五）

「人の宿世」について述べたもの（⑩、⑬）は、それを一般化して述べようとしたものと言える。これについても宿世を一般化した例に違わず、「定めがたく」は不明瞭的用法であり、「あやしかりける」は反実仮想的用法である。さきほどの⑤「人はみな御宿世といふもの異々なれば」もこの「人の宿世」のグループに加えることができる。

「女性の宿世」について述べたもの（⑨、⑪、⑫）は、本論の冒頭で挙げた⑨を除くと、朱雀院が女三の宮の将来を憂いた時の言葉（⑪）と、女三の宮の乳母が兄の左中弁に女三の宮の行く末について相談している時の言葉⑫でともに女三の宮の存在が念頭にある。「女の宿世が不安定であるとして、女の身の上を「あはれ」とも、「嘆かし」とも、「口惜しく悲し」とも思っている」[9]ものであり、⑪の「女は心より外に」では反実仮想的用法が、⑫の「定めがたくおはします」には不明瞭的用法がうかがえる。当時の女性達に底流し無常を喚起する源泉となる感情であったのだろう。しかしこのように「女の宿世」という書き方で明言したのは『源氏物語』に特有の表現であり、前後の作品においても見ることはできない。

二、「うき」のイメージを探る

「うき」については、張龍妹が「「浮き」が「憂き」を掛けるのも同音によるものであるが、その「浮き」は同時に恋や仕官生活における我が身の不安を表しているのであり、さらにそのような不安な実態を「憂し」と観ずることに、「浮き」と「憂き」の掛詞関係の特色がある」[10]と指摘しているように、「憂き」と「浮き」は相互に影響し合い、表裏一体ともいえる。その中で中川正美は『源氏物語』の「浮く」語彙の用法として次のものを挙げている。

Ⅰ浮上すること

イ　「沈む」の対義で基底から上昇すること

ロ　模様や暗記など、底にあるものが姿を現すこと

Ⅱ浮遊すること

ハ　「寄る瀬」「寄る方」「泊」の対義で水中や大気中で圧力を受けて浮遊すること

ニ　「定む」「鎮む」「静まる」の対義で精神や立場が不安定な状態にあること

Ⅲ根拠を見出しがたいこと

ホ　根拠がないこと、浮説

ヘ　風や波、愛情など、信頼しかねること

ⅠⅡは流体の中で事物や精神が浮く意で、Ⅲはその比喩的な用法である。[11]

今回俎上にのせている「女の宿世はいと浮かびたる」について考えるならば、「浮く」が「憂く」と表

裏であることは意識しながらも、「浮かぶ」のほうに意識を向けるべきであり、第一義としては、中川が挙げたⅡの二である「精神や立場が不安定な状態」という意味に当てはまる。

三、「宿世」が浮くとは何か

さて、ここで冒頭の問題提起に戻る。では、宿世が「浮かぶ」とはどのような感慨なのであろうか、重松は「女は結ばれた男を頼って生きており、その男次第でその身の幸不幸がきまるもので、浮かぶとも、定めがたいとも、あわあわしいとも思われて、身の上が不安定とされるのである」[12]と、その不安定さを表す言葉として「浮かぶ」とされたと述べている。そして、「浮き」と「憂き」が連関することで互いの意味を補完しあい、「浮き（憂き）」が相互に含意されているのであろう。

「うく」は『源氏物語』でイメージの連想を促しているのであり、「宿世」というのもまた、自らの宿世を憂うというのと自らの宿世が浮いている不安感の両面を表すことを再確認した。「宿世」が浮くイメージと関連するということは、『源氏物語』の中での「宿世」は何物にもつながらず、たゆたうものというイメージを持つことを示している。帚木巻での「女の宿世はいと浮かびたるものなり」に象徴的なように、どこに向かうかわからず、係留されていない船のようなものなのであろう。宿世の不明瞭的用法をこの一文から読み取るというわけである。もちろんこの要素は含まれていると思われる。しかし、この一文からは宿世の反実仮想的用法も読み取れるのではないだろうか。

「女の宿世はいと浮かびたるものなり」における反実仮想とは何か。それは「浮く」が持つ不安感や不安定性がない状態、つまりは「女の宿世が定まっている状態」であろう。

紀伊守が「女の宿世はいと浮かびたるものなり」との発言の時には、空蟬が、昔入内を望んでいたという状況から転変し、伊予介の後妻になったという状況を指して「世こそ定めなきものなれ」と光源氏が言ったのである。それに対して、紀伊守は「不意に、かくてものしはべるなり。世の中といふもの、さのみこそ、今も昔も定まりたることはべらね。中についても、女の宿世はいと浮かびたるなむいあはれにはべる」と、男女の仲というのは、今も昔も定まっていないことを言うのである。つまり、この中での定まった状態とは、安定した後見がいる中で入内している状況ということになるだろう。「いと浮かびたる」という宿世の性質のいわば裏面の読み方として、安定した理想的な女の宿世像があらわされているのである。

まとめ

「女の宿世はいと浮かびたるものなり」を念頭に置き、『源氏物語』の作中における、無常とも結びつく「宿世」の意味を辿った。そこからは宿世の理想としている現実とは違うということからくる反実仮想的用法と、予見することができないという不明瞭的用法に大別されることがわかった。次に「うく」が持つイメージの連想について先行研究を概観した。それらを重ね合わせると、「女の宿世はいと浮かびたるものなり」は、「女の宿世」を「浮かぶ」ものというイメージにまで昇華させたという画期であること、「宿世」が浮くイメージと関連するということは、『源氏物語』の中での「宿世」は何物にもつながらず、たゆたうものというイメージを持つことを示した。これが表面の読みであり宿世の不明瞭的用法がクローズアップされるものであるとすれば、その裏側には宿世の反実仮想的用法が立ち現われ「理想的な女の宿世」が含意されているのである。

しかし、その姿が示されていながらも、作中のほぼすべての女性は不安定で「うき」人生を歩む。表面的には幸せな理想的な「高き宿世」であった藤壺でさえも、その内実では思い悩み惑いながらの人生であった。また、幼い時に引き取られ、光源氏とつながった関係性であった紫の上は、少なくとも男女の関係に思い悩むことはなかったはずであるが、その晩年においてはあらためて自らの「浮いた」立場を自覚させられるのである。

そこからは、安定したように見える女性であっても、その「浮き」不安定な立場から逃れることは難しい平安時代の女性の姿が浮かび上がるであろう。

（1）高木和子「源氏物語における〈無常〉について」（『中古文学』一一〇、二〇二二年）。

（2）『源氏物語』からの引用は、新編日本古典文学全集により、巻名、丸付番号の巻数、頁数などを示す。引用に際しては表記などを改めた場合がある。

（3）佐藤勢紀子『宿世の思想』（ぺりかん社、一九九五年）。

（4）中川正美「ことばに現れた環境—源氏物語の「浮く」「浮かぶ」—」（紫式部学会編『源氏物語の環境研究と資料』武蔵野書院、二〇一一年）。

（5）新編日本古典文学全集より、当該頁の現代語訳を示した。

（6）高木和子「『源氏物語』における「宿世」の構造化の方法」（『Lingüística Y Literatura』四五（八五）、二〇二四年、一七～一八）にこれまでの源氏研究における「宿世」論について端的にまとめられており、それを参照した。

（7）浅尾広良「研究の現在と展望」（王朝物語研究会編『研究講座　源氏物語の視界2　光源氏と宿世論』新典社、一九九五年）。

（8）佐藤は宿世の「「知りがたき」「目に見えぬ」もの——容易に捉えられぬもの」、「「おろかならぬ」「心にまかせがた」く「かなはぬ」もの——厳粛で意のままにならぬもの」という二つの特徴があるとし、「「宿世」が直言されずに、「宿世と言ふなる方」、「宿世など言ふめる物」といった朧化表現がとられていることは見逃せないことで、これも、その、実態の捉えがたい神秘性と、抗いがたい超越的な支配力への畏敬の念」を読み取っている（注（3）佐藤書）。

（9）重松信弘『源氏物語の仏教思想—仏教思想とその文芸的意義の研究—』（平楽寺書店、一九六七年）。

（10）張龍妹『源氏物語の救済』（風間書房、二〇〇〇年）。

（11）注（4）中川論文、二三四頁。

（12）注（9）重松書、三〇二頁。

Ⅲ　中世の〈無常〉を問い直す

「跡」の視界

木下華子

はじめに

「無常」を論じる中世文学作品において、最も著名なものの一つに『徒然草』第二五段があることは衆目の一致するところだろう。

飛鳥川の淵瀬常ならぬ世にしあれば、時移り事去り、楽しび悲しび行きかひて、はなやかなりしあたりも人住まぬ野らとなり、変らぬ住家は人あらたまりぬ。桃李もの言はねば、誰とともにか昔を語らん。まして、見ぬいにしへのやんごとなかりけん跡のみぞ、いとはかなき。

京極殿・法成寺など見るこそ、志留まり事変じにけるさまは、あはれなれ。御堂殿の作りみがかせ給ひて、荘園おほく寄せられ、我が御族のみ、御門の御後見、世のかためにて、行末までとおぼしおきし時、いかならん世にも、かばかりあせ果てんとはおぼしてんや。大門・金堂など、近くまで有りしかど、正和の比、南門は焼けぬ。金堂はその後倒れ伏したるままにて、とり立つるわざもなし。無量寿院ばかりぞ、そのかたとて残りたる。丈六の仏九体、いと尊くて並びおはします。行成大納言の額、兼行が書ける扉、あざやかに見ゆるぞあはれなる。法華堂なども、いまだ侍るめり。これもまた、いつまでかあらん。かばかりの名残だになき所々は、おのづから礎ばかり残るもあれど、さだかに知れる人もなし。

されば、よろづに見ざらん世までを思ひおきてんこそ、はかなかるべけれ。

冒頭の「飛鳥川の淵瀬常ならぬ世」は、「世の中は何か常なる飛鳥川昨日の淵ぞ今日は瀬になる」（古今集・雑下・九三三・読人不知）に拠る表現である。一首は、昨日は深い淵だったところが今日は流れの早い瀬になるがごとき迅速な変化を見せる飛鳥川に、有為転変の定めない世の中を象徴させるものであり、古来、無常を意味する強固な類型として機能してきた。無常への明らかな指標によって語り出された第二五段は、藤原道長の栄華を象徴する京極殿・法住寺殿の栄枯盛衰の歴史と現在を述べ、そのような事例を梃子として、「よろづに見ざらん世」（自分の死後、未来）のことを予め考えたところで「はかな」い（空しい）ことだと結ばれる。

本章段については、丸山陽子・島内裕子・荒木浩の先行研究によって、「過去」「現在」「未来」という往来する時間感覚、時間意識が看取されている[1]。これらを踏まえて、稿者も言及したことがあるが、そのような兼好の思考、時間意識を伴う無常観は、昔の貴顕の「跡」（四角囲み）、則ち「京極殿・法住寺」の現在に残る様相に端を発している[2]。換言すれば、「跡」がそのような思考を導く媒体としてあることには注意が必要だろう。二首ほど例を挙げる。

①昔思ふ高津の宮の跡ふりて難波の葦にかよふ松風

（慈鎮和尚自歌合・十禅師十一番・一七六／拾玉集・三〇四三／玉葉集・雑五・二六一四）

昔かづらき修行しける時の卒都婆の残りたりけるを見てよみ侍りける

②分けすぎし昔の跡のたえせねば今みる道の末も頼もし

（続拾遺集・羇旅・七一三・覚仁法親王）

慈円の①は、仁徳天皇の皇居とされる難波高津宮を詠んだものである。その跡は懐旧を呼び起こし、長い年月を経て古びた宮跡には、今、難波の葦に通う松風が吹く。『慈鎮和尚自歌合』では俊成が「殊にさびてきこえ侍り」と評して勝とした詠であり、難波高津宮の旧跡で昔を思いながら、松風を感じる作中主体が想定されよう。「跡」(四角囲み)は、「昔」(波線部)を喚起するものとして位置付けられる。

②は、後鳥羽院の皇子で園城寺長吏や新熊野検校をつとめた覚仁法親王の詠である。かつての葛城山での修行の折の卒都婆が残っていることを「跡」(四角囲み)と表現する一首は、そこから山中斗藪の「昔」(波線部)を思い、その「跡」が絶えずここまで残ってきたことを根拠として、「今」(傍線部)、これからの行「末」(点線部)を頼もしく思うという内容である。「跡」は「昔」を想起させると同時に、「昔」から「今」までの持続性を持つことによって行「末」を保証すると考えられようか。この時、「跡」を起点として、過去・現在・未来が一首の中で連環することになる。

かつての営為を今に残す「跡」は、見る者をおのずと過去へ誘う。また、昔から今への連続は、今後の存続を担保するものになる。「跡」という語が、時間意識において大きな役割を果たすことが理解できよう。

本稿では、このような機能を有する「跡」に着目し、どのような表現史の上に来し方行く末を往還するような時間意識が出来するのか、人が「跡」と接する時にどのような視界がひらけるのかを考えてみたい。「跡」に対する分析・検討は、中世における「無常」のあり方と、深くかかわるはずである。

一、「跡」の表現史

大まかにではあるが、「跡」の表現史を確認しておこう。原義としては、足を下ろしたところに残る形、足跡であり、そこから人が歩いた形跡・往来、人の行方、痕跡・遺跡、筆跡、先例・故実など、ある存在や行為・現象が今に残るものを言うと理解できるだろう。また、「絶ゆ」「絶つ」「無し」などの否定表現と結びつき、存在や痕跡の消滅を表すことも多い。[3] 和歌における「跡」（＋否定表現）については、丸山陽子が『新古今和歌集』の用例と傾向を分析し、「跡」の語が痕跡としての「跡」と時間的な「後」を具有することで無常やはかなさを表すこと、中世を象徴する鍵語として理解できることを指摘する。[4] 学恩に与りつつ、本稿では特に時間意識に着目して整理する。

（A）現在に残る痕跡

基本的には、眼前に何らかの痕跡を見出せるものとしてあると考えてよいだろう。

③君がゆくこしのしら山しらねども雪のまにまに跡はたづねむ
　大江千古が越へまかりける馬の餞によめる
（古今集・離別・三九一・藤原兼輔／兼輔集・九三）

④跡みれば心なぐさの浜千鳥今は声こそきかまほしけれ
　返事せざりける女の文をからうじて得て
（後撰集・恋二・六三五・読人不知）

⑤世の中をなににたとへむあさぼらけこぎゆく舟の跡の白浪
（拾遺集・哀傷・一三二七・沙弥満誓）

⑥橋柱なからましかばながれての名をこそ聞かめ跡を見ましや
　長柄橋にてよみはべりける
（後拾遺集・雑四・一〇七二・藤原公任／公任集・四三八）

③は北国へ下向する大江千古への餞（はなむけ）の歌であり、越の白山のことは知らないが、雪のまにまに人跡を尋ねるよ

うにあなたの跡を尋ねて行こうと詠む。④は、女からの手紙の筆の跡を名草の浜の千鳥の足跡に喩え、足跡を見ると千鳥の声を聞きたくなるように、手紙の筆跡を見た今は、あなたの声を聞きたいと訴える。⑤は無常の象徴として後に広く享受される歌であり、夜明け方に漕ぎ出す舟の航跡に立つ白浪に世の中を喩え、そのはかなさを端的に詠ずる。⑥は、長柄の橋を実際に見ての詠である。「橋柱がなかったならば、その名を聞いても跡を見られようか」という反実仮想に託して、橋柱が残るからこそ、今、名のみならず、長柄の橋の跡を見ることができるとの感慨を詠じる。(5)

③足跡・人跡、④筆跡、⑤航跡、⑥橋の跡と並べたが、いずれも眼前に残る「跡」を見る（あるいはそのように想定する）ことが感慨を導き出している。残存が前提となるからこそ、Eのような「跡」の消失、「跡」がない・見えない・消える事態が、さみしさやはかなさの象徴ともなるのだろう。

(B)過去への想起

また、今、目の前にあるからこそ、「跡」はそれを見る者に昔・過去を思い起こさせる。

⑦……夜の御殿の壁に、明け暮れ目なれておぼえんとおぼしたりし楽を書きて、押しつけさせ給へり笛の譜の、押されたる跡の壁にあるを見つけたるぞあはれなる。

笛の音の押されし壁の跡見れば過ぎにしことは夢とおぼゆる

（讃岐典侍日記）

法輪寺に詣で侍るとて、嵯峨野に大納言忠家が墓の侍りける程に、まかりてよみ侍りける

⑧さらでだに露けき嵯峨の野辺にきて昔の跡にしをれぬるかな

（新古今集・哀傷・七八五・藤原俊忠／俊忠集・四六）

長柄を過ぐとて

⑨朽ち果つる長柄の橋の跡に来て昔を遠く恋ひわたるかな
（続後撰集・雑上・一〇二七・西園寺実氏）

⑦は、堀河院死後、幼い鳥羽天皇に出仕した讃岐典侍が、夜の御殿の壁に院が貼った笛の楽譜の跡を見つけた折のものである。その痕跡に、讃岐典侍は堀河院の笛の音や仕えた日々を思い出し、過ぎ去った院との時間が夢のように思われて涙を禁じ得ない。⑧は藤原俊成の父俊忠の詠。露にぬれるのが常のならいである嵯峨の野辺に来て、昔の跡（父忠家の墓）の前で袖が濡れ萎れたと詠む。墓が「跡」とされる例であり、それを目前にして湧き上がるのは「昔」つまり亡父との時間や思い出であろう。⑨は荒廃した長柄橋の「跡」を実際に見て、「昔」を遠く恋い慕う。いずれも、「跡」を見る者がかつての時間に思いを馳せており、「跡」が過去・昔への時間を内包して存在することが確認できる。

(C)将来・未来への予感

「跡」が今後を予感させる場合もある。多くは、仰ぐべき先例、または草子・歌集・文など将来に残すべき文献（の筆跡）という文脈においてである。

七条の后の宮の五十賀屏風に

⑩住の江の浜の真砂をふむ鶴は久しき跡をとむるなりけり
（新古今集・賀・七一四・伊勢／伊勢集・八五）

今上帥の親王ときこえし時、太政大臣の家に渡りおはしまして帰らせ給ふ、御贈物に、御本奉るとて

⑪君がため祝ふ心の深ければ聖の御代の跡ならへとぞ
（後撰集・慶賀・一三七八・藤原忠平）

御返し

教へ置くことたがはずは行末の道とほくとも跡はまどはじ
（後撰集・慶賀・一三七九・村上天皇）

⑫伝へくる跡は尽きせじいはがねの動くことなき寺のしるしに
（拾玉集・五五四九）

⑩は、承平四年（九三四）一二月九日に行われた穏子（醍醐帝中宮・村上帝母）の五十賀の屏風歌であり、住の江の浜の真砂を踏む鶴が千年もの長久の時にわたって足跡を残すことを引き合いに穏子の長寿を賀する。⑪は、藤原忠平が自邸に迎えた成明親王（後の村上天皇）に「御本」を贈った際の詠である。贈られたものは三史（史記・漢書・後漢書）、五経（詩経・易経・書経・春秋・礼記）のような儒学の書かと考えられる。あなたのために祈る心が深いので、聖代の跡を習うようにとこの本を贈るという意になろう。村上天皇の返歌は、この書が教え置いたことに違わなければ、将来の道はいかに遠くとも、惑わずに聖代の跡を踏むというものであり、両者の「跡」は先例・将来への導きとしてある。

⑫は比叡山延暦寺の法統の永続を、大地に根ざした揺るがない岩に喩える。いずれの「跡」も、今後の長い時間にわたって持続が期待されるものであり、予祝の文脈を形成していよう。前掲②も同様である。

小　括

ここまでをまとめると、「跡」という語には、（A）存在としての現在、（B）過去（昔）を想起させるよすが、（C）行末（将来・未来）への起点、という性質を看取できるだろう。「はじめに」に挙げた『徒然草』第二五段も、今、京極殿や法住寺の「跡」が存在することが、時間意識を支える基盤になっていると考えられるだろうか。

しかし、ここで疑問が生じる。（C）の将来性については、②歌の「末も頼もし」も含め、ある存在や理想などが持続する肯定的な期待、祝意・祝言の範囲にある。対して、『徒然草』第二五段では「いつまでかあらん」と今後の持続は否定され、「はかな」しと慨歎される。ここに見えるのは存在が消失する予感だろう。将来的な存続が保証されない、連続性が断ち切られるところに生じる「はかな」さは、まさしく無常観だと考えられるが、(C)の肯定的なあり方とは実に対照的である。第二・三節では、この問題について検討したい。

二、「跡」の消失――(一)概要

「跡」には、「絶ゆ」「絶つ」「消ゆ」「なし」等の語とともに、その消失を表現する用例が多く認められる。先に見た否定性の問題において、これらのあり方は一つの鍵となるだろう。以下、便宜的ではあるが、直接的な人跡、自然現象、存在の痕跡に分けて整理する。

(D)人跡が絶える

式部卿敦実の親王しのびて通ふ所侍りけるを、後々絶え絶えになり侍りければ、妹の前斎宮の皇女のもとよりこの頃はいかにぞとありければ、その返事に女

⑬しら山に雪ふりぬれば跡絶えて今はこしぢに人もかよはず　（後撰集・冬・四七〇）

⑭恋ひわびて死ぬる薬のゆかしきに雪の山にや跡を消なまし　（源氏物語・総角・六八一・薫）

⑮さて唐土まであくがれまかりしが、今はこの山にてなむ身をも隠し、跡をも絶えむと思ひ給へれば、……　（浜松中納言物語・巻三）

高野にまうで侍りける時、山路にてよみ侍りける

⑯跡絶えて世を逃るべき道なれや岩さへ苔の衣きてけり
（千載集・雑中・一一〇七・守覚法親王／月詣集・八六三／守覚法親王集・一二六）

⑰吉野山花のふるさと跡たえてむなしき枝に春風ぞ吹く
（六百番歌合・一七九・残春・後京極良経／新古今集・春下・一四七／秋篠月清集・三一四）

⑬は、敦実親王の訪れが途絶えた女に、親王の妹柔子内親王が消息を送った折の返歌であり、(6)白山に雪が降ると越路の往来が絶えることに、自分は知らぬ間に年をとり、今は親王の訪れがないことを掛ける。⑭は亡くなった大君をしのぶ薫が自らを雪山童子になぞらえ、死ぬ薬を得るために雪山に跡を隠そうかと嘆く。⑮は中納言が吉野の姫君の世話を引き受けるに際し、自分には好き心もなく吉野山に身を隠し行方をくらまそうと思っているからと安心させるせりふである。⑯は、高野の山路で、人跡も絶えて世を遁れるべき道だからか岩までが苔の衣を着ていると詠んだ歌で、出家・遁世に結びつく例である。⑰は、吉野山では花が降るように散り、古里では人の訪れも絶えて、花も何もない枝にはただ春風が吹いているとの意になろう。吉野離宮が営まれた吉野は「ふるさと」であり、人跡の途絶が古郷（古京）のイメージを強めている。

いずれも原義は人跡・人の往来が絶えることにあるが、⑭⑮は行方知れず、⑯は出家・遁世、⑰は人のいない古京の寂寥と、文脈に応じた発展性を持つ。⑭の「まし」（実行を思い迷う意）や⑮の「む」（意志）のように今後を含意する表現を伴う場合は別として、視線は現在あるいは過去に向かっており、強い将来性は帯びない。

(E)時間や季節の推移によって、自然の景や現象が消失する

⑱しげき野とながめし秋の跡もなしかすめる末や荻の焼原
（御室五十首・春・五五二・藤原家隆／玉吟集・一二九四）

和歌所歌合に湖上月明といふことを

⑲よもすがら浦こぐ舟は跡もなし月ぞのこれる志賀の唐崎
（新古今集・雑上・一五〇七・宜秋門院丹後／建仁元年八月十五夜撰歌合・四五）

⑱は草花が茂る野と眺めていた秋の面影も今はなく、春霞のかなたに野火で焼いた荻原が見えるの意だが、第三句の「跡」は第四句の「末」と呼応して、過ぎ去った時間（秋）を強くイメージさせるだろう。⑲は第一節⑤を本歌とし、一晩中浦を漕いでいた舟はその航跡をとどめることはなく、月だけが残って志賀の唐崎を照らすという琵琶湖の景である。このような、いわば「消失の景」とでも言うべき表現がイメージの重層化に寄与する手法は新古今時代の一つの特徴だが[7]、本稿では立ち入らない。

（F）時間の経過や何らかの原因によって人為性を帯びた存在が荒廃・消失する

元輔が昔住み侍りける家の傍らに、清少納言住みし頃、雪のいみじくふりて、隔ての垣もなく倒れて見わたされしに

⑳跡もなく雪ふる里の荒れたるをいづれ昔の垣根かと見る
（赤染衛門集・一五八／新古今集・雑上・一五八〇[8]）

（想像奥州十首）武隈の松

㉑跡なくて幾代経ぬらんいにしへはかかはり植ゑけんたけくまの松
（能因集・一四一）

大覚寺の滝殿の石ども、閑院に移されて跡もなくなりたりときさて、見にまかりたりけるに、赤染がいまだにかかりとよみけん思ひ出でられて、あはれに覚えければ

㉒いまだにもかかりといひし滝つ瀬のその折までは昔なりけん
（山家集・一〇四八／新拾遺集・雑中・一七六四）

⑳は、清原元輔の旧屋と清少納言の家の間の垣根が大雪のために倒れた折の赤染衛門からの見舞いの歌である。雪に人跡が消え、父親の住んだ古里も大雪に荒れ果てて、どれが昔の垣根かもわからない。㉑は、武隈の松が枯れて跡形もなくなってからどれほどの年月が経ったのか、昔は枯れる度に替わりの松を植えていたのにと慨歎する。㉒は、大覚寺の滝殿、大沢池に巨勢金岡が立てた石が閑院に移されて跡形もなくなったところを西行が実見し、「今でもこんなに見事に滝がかかっている」と赤染衛門が詠んだ滝は跡形もないが、その歌の頃はまだ面影が残る昔だったのだろうと思いを馳せる。(9) 三首いずれも、跡が絶えた現在を起点とし、視線の向かう先は過去にある。

小　括

ここまで、(D)(E)(F)と場合分けをしつつ、「跡」の消失を言う表現を検討してきた。まわりくどい考証を行ったが、時間意識に則してまとめると、基本的な意味合いは、「跡」が絶えた現在を起点として過去から現在までの時間の流れを思うことにあったと考えてよいだろう。⑯⑲のように積極的に過去を表現しない場合もあるが、⑯は高野山開山以来、俗世の人々が入らない、出家者の聖地としての同山の歴史的なあり方を背景に持つ。また、⑲は「浦こぐ舟は跡もなし」と言った場合、「跡もなし」は、航跡が立っていた「夜もすがら」から消失した現在までの時間を想起させる。

つまり、「跡」の消失を将来へと延伸する場合、⑭⑮のように今後の時間を明示する語を要するのであり、しかもその文脈は限られたところにあったと考えられる。紙幅の関係上、少数の用例を示すにとどまったが、意味するところは、およそ個人の出家や隠遁願望だと理解できるだろう。(10)『徒然草』第二五段に見える将来の不確定性とはいまだ懸隔がある。

三、「跡」の消失——(二)平安末期・鎌倉初期の変化

前節では、「跡」の消失に際しての視線は、基本的に現在から過去への時間軸をたどること、将来への方向性はそれを明示する語を伴ったところで出家や隠遁と結びつく傾向を有することを確認した。しかし、院政期以降、ここに少し異なる展開を看取できる。源俊頼と藤原俊成、そして慈円の詠を検討してみたい。

(1) 我が身の述懐と訴嘆——俊頼・俊成

㉓流れ葦のうき事をのみみしま江に跡とどむべき心地こそせね

(散木奇歌集・一四七五/新勅撰集・雑二・一一九〇)

(堀河院御時百首題を述懐によせて詠みける歌、保延六、七年のころの事にや)

㉔春にあはぬ身をしる雨のふりこめて昔の門の跡やたえなん

(長秋詠藻・一一二、「春雨」)

㉓は、俊頼が「沙弥能貪」という署名で詠んだ「恨躬恥運雑歌百首」の中の一首である。当該百首は、全ての詠を述懐に寄せ、景・植物・動物など様々な素材に託して嘆きをかこつものであり、『俊頼髄脳』が成立したとされる天永二～三年(一一一一～一一一二)頃、権中納言・右中将であった藤原摂関家の忠通を目指して詠出されたと考えられる。[11] 一首は、三島江の流れ葦が跡もなく浮き漂う景に、置き所なくつらい目ばかりを見てきた自分を喩え、この世に足跡を留められるとも思えないと嘆く。

喩が「流れ葦」であったことを考えると、当該歌における「跡」の消失は出家・遁世を意味し得ない。同時代、「潮風に萎れにけりな流れ葦のおきふし春を待つとせしまに」(堀河百首・寒蘆・九七一・藤原基俊)や『堀河院艶

書合』の際の「みつ潮に末葉をあらふ流れ葦の君をぞ思ふ浮きみ沈みみ」(千載集・恋三・七九二・藤原公実)のように、「流れ葦」は浮き沈みを象徴するからである。ならば、大納言源経信の子でありながら従五位下木工頭と官途に恵まれない自らの沈淪こそが、一首に込められた思いであろう。「跡」とは宮中での自らの足跡・出世の階梯であり、「跡」をとどめられないとは貴族社会において足跡を残せない我が身の不遇なのである。このような「跡」の消失への予感は、行方知れずの意味合いに近いとはいえ、平安中期頃までの傾向とは一線を画す。我が身の現状への危機感と焦燥が込められていると理解できようか。なお、俊頼の場合、ここに「跡」を踏むとでも言うべき父の代からの連続性、家の存続への思いを読み取ることも可能である。

このような危機感が家意識と結びつくのが、俊成の㉔である。保延六〜七年(一一四〇〜四一)頃、堀河百首題を全て述懐に寄せて詠んだ百首の十一首めであり、大意は、春(昇進)に逢うこともなく我が身の程を知る雨が降り込めて、先祖代々の一門の跡も絶えてしまうのだろうかというところである。当時俊成は二七〜二八歳で従五位下遠江守、官位は明らかに停滞していた。このまま昇進することもなく、公卿たる家の跡も自分の代で絶えるのかという強い嘆きが込められた一首である。

当該歌の「跡」は、父祖長家以来の公卿たる御子左家重代のあり方だと理解して差し支えない。我が身の沈淪への嘆きは㉓と同様だが、こちらは「昔の門の跡」となることで、継承されるべき重代の家への意識を明確に表す。末尾の「なん」は強意と推量の助動詞であるから、将来、家が絶えることへの強い負の予感となる。

つまり、院政期頃に、不遇・沈淪にあえぐ我が身の述懐を表現するに際して、「跡」の消失を予感するという方法が用いられ始めたということだろう。そもそも「跡」は、第一節(A)(B)に見たように、現在から過去の時間を立ち上げるものとして機能していた。ならば、「過去から現在に至る時間」が絶える場合、ここまでの連続性をイメージさせるとともに、それらを持たぬ存在の途絶よりも深い悲しみを表すことになる。㉓㉔における

「跡」には、このような表現効果を認めることができよう。

また、「跡」の消失が家の断絶という文脈で用いられる場合、第一節(C)の仰ぐべき先例、将来に残すべき文献(の筆跡)などと重なってこよう。家とは、「絶えせぬ」ことが希求される存在だからである。[12] 将来を予見させる「跡」は、そもそも祝言、残すべきものとしての文献に用いられていた。永続すべき存在が絶えるという予感は、正の文脈を負へと反転させるものであり、一入の嘆き、危機感を表すことが可能となるだろう。

(2) 世への述懐と危機感――慈円

このような感情・意識が社会的な位相において表出されたものが、治承二年(一一七八)、比叡山の騒乱を背景に詠まれた慈円の詠である。

比叡の山に堂衆学徒不和のことといできたりて、学徒みな散りける時、法印慈円、千日の山籠り満ちなんことも近く、聖の跡を絶たむことを歎きて、かすかに山洞にとどまりて侍りけるほどに、冬にもなりにければ、雪の降りける朝、尊円法師のもとにつかはしける

㉕いとどしく昔の跡や絶えなんと思ふもかなし今朝の白雪

(千載集・釈教・一二二五・慈円/慈鎮和尚自歌合・十禅師二番・一五九)

返し

君が名ぞなほあらはれんふる雪に昔の跡は埋もれぬとも

(千載集・釈教・一二二六・尊円)

同年二月、後白河院は園城寺(寺門)に赴き、公顕僧正を師範として伝法灌頂を受けようとしたが、延暦寺(山門)の過激な反対によって中止に追い込まれる事件が起きた。[13] 加えて、八月以降、延暦寺では学徒と堂衆の間で

たびたび合戦が行われ、『玉葉』『山槐記』などには、治承二年九月（あるいは八月頃）～翌三年一一月頃まで堂衆合戦の記事が散見する。慈円の兄、九条兼実が「一山欲㆓魔滅㆒」（玉葉・同年九月二四日条）と記すように、まさしく山門滅亡の危機的事態だったと思われる(14)。

㉕の詞書にあるように、多くの学僧が離山する状況が出来していたらしい。千日間の山籠りの成就が近く、山房にとどまっていた慈円は、最澄以来の法統の断絶を嘆き、冬の雪の朝、尊円法師に歌を贈る。大意は、「いよいよ、昔からの天台の跡が絶えてしまうと思われてかなしい。今朝の白雪を見ると」というところであり、雪に人跡が絶える景に託して、「聖の跡」「昔の跡」たる天台の法統が絶えることへの強い危惧を詠じたものだろう。慈円は、延暦寺に住持し始めた折、最澄の「阿耨多羅三藐三菩提の仏たち我が立つ杣に冥加あらせたまへ(15)」に拠る「おほけなくうき世の民におほふかな我が立つ杣に墨染めの袖」（千載集・雑中・一一三七・慈円／拾玉集・日吉百首・四九九）、すなわち最澄以来の法統を受け継ぐ自覚を表明する一首を詠じている。また、時期は明確ではないが、建久九年（一一九八）頃以前には、「願はくはしばし闇路にやすらひてかかげやせまし法のともし火」（慈鎮和尚自歌合・八王子二番・九七／新古今集・釈教・一九三二）と、闇路のような憂き世にしばらくの間でも踏みとどまり、比叡山の仏法の灯火をかかげたいという願いを詠んだ(16)。延暦寺の法統を継承し伝える者としての慈円の使命感を思えば、㉕に世への危機感としての述懐を読み取ることは蓋し自然であろう。

そもそも、「跡」は過去から現在の時間を内包するものであった（第一節（A）（B））。法統・学統としての「跡」は、最澄以来、ここまでの長きにわたる延暦寺の時間そのもの、将来にわたって絶えせぬはずの存在（第一節（C））である。その永続は山門のみならず国家の安寧を意味しよう。当該歌の「跡」は、表現史に見える機能――過去から現在、将来への連続性――をまさしく体現する。そのような「跡」の消失は、遥かなる時間を断ち切る重大な事態として理解されるのであり、初句「いとどしく」と相俟って、一首のうちに切迫した危機感と悲嘆を招来するものと考えられよう。

小括

「跡」の消失が、予感とも言うべき将来性を含意する場合、院政期頃から、出家・遁世・行方知れずといった従来の文脈を超えて、強い述懐性を帯びる事例が確認できる。㉓㉔は重代の家意識を下敷きにした我が身の述懐、㉕は延暦寺の法統への危機感に発する世への述懐と理解することができるだろう。存在の消失が連続性の断絶となって負の予感をあらわすという流れだと理解できるが、このようなあり方は、『徒然草』第二五段に見える無常観とも距離を縮めつつある。

なお、これらの詠が、個人の枠内にとどまらないことには注意が必要である。例えば俊頼の㉓は、宛先が忠通と想定されることを鑑みると、貴顕への訴嘆であり、述懐が納受され、不遇なる現状が好転することが期待されていただろう。そこには、窮状の克服を目指す意図を読み取ることができる。俊成の㉔についても、久保田淳によって、当該百首が崇徳天皇への進覧を目的としていた可能性が指摘されている(17)。首肯すべき見解であり、百首には朝恩による現状打開への望みが込められていたと理解できよう。そして、尊円への贈歌である慈円の㉕は、自らの危機感と嘆きを共有してほしいとの思いに支えられており、尊円の返歌は「昔の跡は埋もれぬとも」と贈歌の表現に寄り添いつつ、「君が名ぞなほあらはれん」として山に残り護法を志す慈円への支持と期待を打ち出す。すなわち、贈歌の危機感は、返歌の肯定と激励によって超克への一歩を進めることになろう(18)。

ならば、これらの詠に見えるのは、危機的事態との向き合い方であると理解できようか。愁訴・訴嘆を通した窮状の打開、救済への祈念は、述懐歌や百首の一般的な方法である。ただし、将来的な「跡」の消失(予感)を言う場合、一首が内包する危機感は、連続性の断絶を起点として時間軸上で事態を位置付けるパースペクティブに支えられていると理解できる。そのような視界から現在の危機を認識し、乗り越えようとする方法。「跡」という語には、これらの可能性を見出せるのではないか。

四、動乱期の危機感

ここまで、「跡」が過去から将来への時間の蓄積を含意すること、その消失は連続性の喪失となり、そこに危機感が喚起されることを確認した。後者の用例は、院政期以降の後発的なものだが、「跡」をめぐる如上の意識は、同時代に共有されていたと考えられる。

例えば、西行は、中国・四国地方への修行の旅において、以下の言を残す。

㉖善通寺の大師の御影には、そばにさしあげて大師の御師かきぐせられたりき。大師の御手跡などもおはしまし き、四の門の額、少々割れて、おほかたは違はずして侍りき。末にこそいかがなりなんずらんと、おぼつかなくおぼえ侍りしか。（山家集・一三七一左注）

「善通寺の大師の御影」は、現在、「善通寺御影」と言われる様式の空海の肖像画を指す[19]。また「大師の御手跡」は、諸注が言うように、善通寺の東西南北の山門の額が弘法大師の直筆ということだろう。点線部には、この額が少々破損しており、「いかがなりなんずらん」「おぼつかなく」と行「末」への不安が明示されている。大師の「御手跡」の永続は、真言宗の法統が守られ、仏法の興隆が図られることを意味しよう。西行の不安とは、「御手跡」の消失のみならず、護法への危機感でもある。前節の慈円詠㉕に通底するものだろう。

また、かつて検討したことだが、平安時代末期に流行した歌枕や歌人の旧跡への探訪が、「跡」を訪ねる行為として表現される傾向がある[20]。

このついでに、在中将はなのころすみかなど、古き跡どもたづねゆきて、人人歌などよみてかへりて、

この経供養しつる人のもとより　実叡得業

㉗昔をば恋ひつつ泣きて帰り来ぬ誰かは今日をまたしのぶべき

（殷富門院大輔集・二三六）

㉘古き跡を苔の下まで忍ばずは残れるかきのもとをみましや

人丸の墓たづねありきけるに、柿の本の明神にまうでてよみける

（寂蓮法師集・七七）

思ひかね昔の末にまどひきぬとどめし道の行方しらせよ

かくてぞ思ひもかけずたづねまかりたりける

（寂蓮法師集・七八）

㉙「……（逢坂の関の清水は）今は水もなければそことも知れる人だになし。三井寺に円実房の阿闍梨といふ老僧ただ一人その所を知れり。かかれどさる跡や知りたると尋ぬる人もなし。「我死なん後は知る人もなくてやみぬべきこと」と、人にあひて語りける由伝へ聞て……」

（無名抄・第一八「関ノ清水」）

㉚三室戸の奥に廿余丁ばかり山中へ入りて、宇治山の喜撰が住みける跡あり。家はなけれど、堂の礎など定かにあり。これら必ずたづねてみるべきなり。

（無名抄・第三九「喜撰ガ跡」）

訪ねられる「跡」（傍線部）は、㉗『伊勢物語』第二三段（筒井筒）の高安の家、㉘柿本明神と人麻呂（人丸）の墓、㉙歌枕・関の清水、㉚喜撰（六歌仙）の旧居である。[21] 点線部に注目すると、歌枕の跡が失われつつあること（㉙㉚）、跡を知る人がいなくなる危惧（㉙）が記されている。これらと同様の名所・旧跡のうち、「三条の坊門より南、高倉より西、高倉面に近くまで」あった「業平中将の家」は、「世の末にはかひなくて一年の火に焼け」たという（無名抄・第二〇「業平家」）。また、歌人たちが相次いで訪れた周防内侍の旧宅について、[22]『今鏡』は、

「冷泉院堀川の西と北とのすみ」と位置を記し、「おはしまして御覧ずべきことぞかし、まだ失せぬ折に」と荒廃や焼失への危機感を顕わにする（巻一〇「敷島の打聞」）。

歌枕や歌人の「跡」とその消失をめぐるこれらの言説の背後には、保元の乱・平治の乱・治承寿永の内乱など、平安京や南都が戦場となった平安時代末の戦乱が横たわっていると見て差し支えない。和歌における名所・旧跡は、和歌の歴史に触れ、自らがその流れに連なる感覚を得られる場所でもある。これらの「跡」は和歌史を体感する具体的な現場なのであり、そのような拠点が失われることは、連綿たる和歌の歴史と今後の永続性への危機感を誘発するものでもあったろう。西行や慈円のそれと同様に、「跡」の語は過去から未来にわたる時間意識、強い歴史性を内包していたのだった。「跡」は、時間軸における連続性の途絶によって歴史が失われる事態に瀕した時、その危機感をよく表しうる言葉なのである。

そして、「跡」を介して現れる彼らの危機感は、やはり現状と向き合う方法を伴っていた。先の『今鏡』は、周防内侍の旧宅に対し「おはしまして御覧ずべきことぞかし」と言う。『無名抄』㉚にも、「これら必ずたづねてみるべきなり」（波線部）とあった。彼らの危機感は、名所・旧跡探訪への強い奨励と吟行のごとき実地踏査の流行を生み出したのである。近年、近本謙介「危機に対峙する文芸の構想――藤末鎌初における往生と汎宗派的志向をめぐって――」(23)は、「保元の乱から源平の争乱を経て鎌倉時代に至る時期」における文学の動態に対して、「危機と対峙する文芸」と「その超克に向けて」の営為という示唆に富む見解を打ち出した。時代を捉え返す構想から照射した時、「跡」という語がおさめる視界は、その一端をよく顕現するものかもしれない。

五、危機感のその後と『徒然草』第二五段――結びにかえて

彼らの危機感は、その後、どのような展開をたどるのだろうか。善通寺と人丸墓を見てみよう。

㉛此善通寺ハ本ハ四面各二町、其内種々ノ堂舎宝塔灌頂院護摩堂厳重羅列ス。今ハ皆破壊シテ、纔ニ礎石斗在之。御筆之額二枚有之、皆善通之寺トアソハサレタリ。其外大宝楼閣陀羅尼トアソハシタル額二枚有之。皆破損云々。（南海流浪記）

㉜とどめおく昔の跡をたづぬればそこはかとなく秋風ぞ吹く
九月のころ修行し侍りけるに、人丸の墓と申す所ゆかしくてたづね見けるに、その跡もなくなり侍りければ、文集に墳樹正秋風といへる心思出でられて（続門葉集・七三〇・念寂）

㉛を見ると、㉖で西行が危惧していた善通寺の弘法大師直筆の四枚の額は、寛元元年（一二四三）九月、高野山金剛峯寺の道範が配流期間中に訪れた折には二枚になり、破損も進んでいたらしい。四門の額のみならず、堂舎は破壊されて礎石ばかりとなり、大師直筆とされる他の額も破損していたという。また、㉘に見た人丸墓は、その跡もなくなってしまったらしい。㉜の醍醐寺関係の僧侶の歌を集成した『続門葉集』は嘉元三年（一三〇五）一二月の成立であるから、一二〇〇年代のどこかで失われてしまったということだろう。

平安末の動乱の時代に広く共有された危機感は、その後の鎌倉時代を通して現実のものとなったようだ。このような事例は、もっと広く存在したのではないか。戦乱、災害、社会の変革によって、過去からの時間を蓄積した絶えせぬはずの連続性が失われる。如上の事態に数多く直面したのが、中世という時代だからである。

「はじめに」で提示した『徒然草』第二五段に戻ろう。このような表現史の先に位置するのが本章段だと考えると、この章段が「過去」「現在」「未来」という時間意識を有する必然性が見えてくる。京極殿や法住寺という藤原摂関家の栄華の「跡」は、「見ぬいにしへ」（遥か昔）からの時間を内包するものであった。それと同時に、道長が「我が御族のみ、御門の御後見、世の固めにて、行末までとおぼしお」いた藤原氏による天皇の補弼と世の安寧という「行末」（将来）にわたる願いは、今現在危機に瀕していることを定位するものでもあったわけである。それらの証拠に支えられて、いまだ残る法華堂なども「いつまでかあらん」と今後の持続が危ぶまれ、痕跡もないものは「さだかに知れる人もなし」と人々の記憶から消えることが予想されたのであった。

そのような「跡」に発する意識は、本稿で確認してきた連続性の途絶（とそれへの危機感）そのものである。本章段最後の一文、「されば、よろづに見ざらん世までを思ひおきてんこそ、はかなかるべけれ」は、順接の接続詞「されば」（だから）で語り出される。つまり、京極殿や法住寺の「跡」が内包する過去と現在が証左となって、将来を考えたところで「はかな」い（空しい）ことだという結論が導かれたということだろう。「行末まで」の不変が願われてもそれが叶うことはない。常住なるものが存在しない世とは、まさしく無常であろう。「跡」が指し示す連続性の途絶は、本章段の無常観の証左そのものであった。

ただし、『徒然草』に見えるものは、第三・四節に見た危機感というよりも、もっと静かな思索である。平安末に現れた危機感がすでに現実のものとなる事態が、鎌倉・南北朝時代を通して数多く積み上げられてきたからであろうか。あるいは、時代に支えられた『徒然草』の批評精神に拠るところのものであろうか。大きな問題を残したが、後考を期したい。

（凡例）

本文の引用は以下の通り。『源氏物語』『浜松中納言物語』『讃岐典侍日記』『徒然草』＝新編日本古典文学全集、『無名抄』＝『無名抄　現代語訳付き』（角川ソフィア文庫）、『南海流浪記』＝木下華子「高野山大学蔵（金剛三昧院寄託）『南海流浪記』の翻刻と紹介」（『東京大学国文学論集』一六号、二〇二一年三月）。和歌は『新編国歌大観』による。

（1）丸山陽子『歌人兼好とその周辺』第二章第二節「『徒然草』の哀傷観と『兼好自撰家集』の哀傷歌」（笠間書院、二〇〇九年。初出は二〇〇二年三月）、島内裕子『兼好――露もわが身も置きどころなし』第五章第三節「時間認識としての無常観」（ミネルヴァ書房、二〇〇五年）、荒木浩「『徒然草』の時間――序説」（『仏教文学』四六号、二〇二一年六月）。

（2）木下華子「廃墟への眼差し――兼好法師と金沢」（『特別展　廃墟とイメージ――憧憬、復興、文化の生成の場としての廃墟』、神奈川県立金沢文庫、二〇二三年九月）。

（3）『日本国語大辞典』第二版、『角川古語大辞典』、『歌ことば歌枕大辞典』を参照。

（4）丸山前掲書注（1）第二章第一節「哀傷と「あと（跡）」」（初出は二〇〇二年三月）。

（5）長柄橋は、弘仁三年（八一二）現在の長柄橋付近に架橋されたといわれるが、以後、何度も架け替えられた。「朽ちて名のみ残るもの」と詠まれると同時に、往事の名残をとどめる「橋柱」の風景も多く詠まれる。

（6）『大和物語』第九五段では作者は「右のおほい殿の御息所」であり、三条右大臣藤原定方女で醍醐天皇の女御であった能子。醍醐天皇没後の歌。

（7）谷知子『中世和歌とその時代』第三章第四節「消失の景――イメージの重層法の形成」（笠間書院、二〇〇四年。初出は一九八六年一二月）。

（8）『新古今集』では、第二・三句「雪ふる里は荒れにけり」、第五句「垣根なるらむ」。

（9）「あせにける今だにかかり瀧つ瀬の早くぞ人は見るべかりける」（後拾遺集・雑四・一〇五八・赤染衛門）。

（10）他にも、「なほこれより深き山を求めてや跡絶えなまし」（源氏物語・明石巻）、「さるはおぼえなき御古物語聞きしより、いとど世の中に跡とめむとも覚えずなりにたりや」（源氏物語・椎本巻）、「人のたはやすく通ふまじからむところに、跡を絶えて籠り居なむと思ひ侍るなり」（堤中納言物語・よしなしごと）など。平安中期頃までは、物語での用例が目立つ。

（11）木下華子・君嶋亜紀・五月女肇志・平野多恵・吉野朋美『俊頼述懐百首全釈』（風間書房、二〇〇三年）。

（12）大江匡房が生まれた折の七夜の詠、「千世を祈る心のうちの涼しきは絶えせぬ家の風にぞありける」（後拾遺集・賀・四三九・赤染衛門）などが典型例。また、俊成の本百首には、「早蕨」題で詠まれた「歎かめやおどろの道の下蕨跡を尋ぬる折にしありせば」（長秋詠藻・一一〇）もある。公卿になれずに世に埋もれる自らを茨の茂る道の下蕨に喩え、先祖の跡を尋ねて公卿へ昇進することも叶わない折だからこそ沈淪を歎くのだという大意。家の「跡」に対する強い意識を看取できる。

(13)『玉葉』『山槐記』正月二〇日条には、延暦寺の衆徒が蜂起し、三井寺を焼き払おうとしているという噂が立ち、法皇の三井寺での灌頂は取り止めとなったことが記される。

(14)覚一本『平家物語』巻二「山門滅亡　堂衆合戦」「山門滅亡」で記される。延慶本第一本「山門学生堂衆合戦琴付山門滅亡事」に載る。『源平盛衰記』巻九「山門滅亡」では慈円と尊円の贈答歌を収載。

(15)『和漢朗詠集』仏事・六〇二、『新古今集』釈教・一九二〇。

(16)「法の灯火」は比叡山根本中堂の常灯、不滅の法灯を指す。「比叡山の中堂に始めて常燈ともして掲げ給ひける時／あきらけく後の仏のみ世までも光つたへよ法の灯火」（新拾遺集・釈教・一四五〇・最澄）。慈円には、他にも、「我が山に残る灯火あはれなり消えはてぬさき猶かかげばや」（拾玉集・五〇三三）などがある。

(17)『藤原俊成――中世和歌の先導者』（吉川弘文館、二〇二〇年）、『藤原俊成』（吉川弘文館（人物叢書）、二〇二三年）。本百首掉尾の祝題の歌「憂き身なりかけて思はじなかなかに言ふかぎりなき君が千歳は」（長秋詠藻・二〇一）において俊成が予祝する「君」を崇徳天皇とし、この百首に「憂悶を晴らす単なる心やり」ではなく、「何らかの形で崇徳天皇に進覧する目的」を読む。なお、保延七年（一一四一）は七月に永治と改元、一二月には近衛天皇が践祚するため、「君」が近衛天皇を指す可能性もあるが、両書は、『長秋詠藻』（第一次成立は治承二年〈一一七八〉三月）の詞書は「保延六、七年のころの事にや」と意図的に曖昧にされ、「君」が措定できない書き方が選ばれたと考える。

(18)後鳥羽院第三皇子雅成親王の長子で天台座主を二度つとめた澄覚法親王（一二一九〜八八）に、以下の詠がある。「歎かしきこと侍りけるころ、同じ社に奉られける百首歌に／うづもれて年の三年をふる雪にふみつたへてし跡やたえなん」（閑月集・羇旅・四六〇／玉葉集・雑一・二〇四九）。詞書の「歎かしきこと」の詳細は不明だが、当該歌を含む三首の後、『閑月集』は「その後、東のかたよりもなだめ申されて、門跡のこともとのやうになりにければ」とあるため、法親王が管領していた梶井門跡のことか。当該歌を含む百首は日吉社に奉納されており、一首は、雪に人跡が絶えることに託して三年の逼塞と門跡の伝統が絶えることを訴嘆する。その後、問題は解決し、百首の草稿の包紙に観意法師（草稿の送り先か）が「百歌の玉の光もあらはれぬみがく日吉の神にまかせて」「昔より本の流れのきよければいまも御法の末は濁らじ」と書きつけた（閑月集）。法親王の訴嘆を日吉の神が納受したという歌徳説話的なものとして理解されていよう。それに対して、法親王が「目に見えぬ神の恵みはそれながらまた武士の情けをぞ知る」（閑月集・四六三）と鎌倉幕府の温情措置に触れているのは興味深いが、ここでも「跡」の消失は、門跡をめぐる危機的な事態をめぐる訴嘆と克服に結びつくことに注目したい。

(19) 椅子に座る弘法大師の向かって右上に松山と影現する釈迦如来が描かれる、曼荼羅寺・我拝師山の伝承を象徴する図様。詳細は、木下華子「道程を叙述する文体――『山家集』中国・四国関係歌群と『無名抄』から」（『西行学』八号、二〇一七年八月）に述べる。

(20) 木下華子『鴨長明研究――表現の基層へ』第四部第二章「鴨長明の「数寄」」（勉誠出版、二〇一五年）。

(21) 高安の家は『無名抄』第二五「中将垣内」、人麻呂の墓は同第二六「人丸墓」。

(22) 『隆信集』一一〇番歌、『無名抄』第二一「周防内侍家」にも記載がある。

(23) 『日本文学』六五―七、二〇一六年七月。

龍神地震起因説の形成と展開
――日本中世の災異文学史一斑

児島啓祐

一、問題の所在

日本中世という時代および社会に共有された地震認識があったとする前提を疑うことがないまま、従前の中世的地震観の研究は行われてきたように思われる。広がりが認められる中世的地震観を説くために、個々の作品や書き手に固有の地震を叙する態度や表現の特異性については言及されないことが多い。しかしながら本論考では、地震の折にその都度形成され、展開していた多彩な地震起因説を注視し、それらが一般的認識といえるかどうかを疑い、作品や書き手ごとの特殊性をこそ重視することを通じて、これまでの中世的地震観研究でくりかえし論じられてきた龍神地震起因説の位置づけの再考を試みたい。中世人の捉えがたい動的な無常観を作品ごとの性質に即して究明するには、その一端を担う地震観や災異認識も揺れ動く定まらないものとして捉え直してみる必要があると考えられるからである。

現在までの日本の地震原因伝承や地震観の研究では、中世の龍神起因説から近世の鯰起因説へという変化が指摘されてきた。『日本歴史災害事典』において北原糸子は、「一般民衆」の「災害観」について「古代・中世を通じて龍が地底を支配するという考えが根強く息づいていた」と概説し、近世については「寛永期に描かれた地震虫の図は、龍からナマズへ推移する過程の動物が描き留められている」と説き、起因説が龍から鯰説へと移行することを述べている。(1)この点は夙にコルネリウス・アウエハントが、行基式日本図および近世の伊勢暦等の資料を用いながら、「日本をとり囲む原初の大海としての蛇（＝龍）から、地震の張本人であり背中で日本を支えている鯰へと、表象が発達したと考えるのが正当」と総括していたところである。(2)中世の主たる地震原因説として、龍神があげられることも従来、よく行われてきたところで、(3)近世の鯰説へと変遷したという認識は通説と捉えることができるだろう。

従来、龍神起因説に限定されるものではないが、日本中世の地震観を探る試みは多領域で実に豊富な蓄積があるため、(4)本論考はそれら歴史学（社会史・災害史・環境史等）および民俗学（災害伝承研究等）分野等の成果を参照しつつ、それらを踏まえながらも、特に中世の龍の地震説に関して以下の疑問を提出したい。これまで論じられてきた通り、「古代・中世を通じて龍が地底を支配するという考えが根強く息づいて」（前引　北原）おり、龍蛇から鯰へと近世において「表象が発達した」（前引　アウエハント）といえるのか。問題の所在は、近世の事例から中世の事例へと遡って見ていったときに、近世の鯰が地震を起こす事例の豊富さやその所説の広がりと比べると、中世の龍が地震を起こす事例には、ある特殊な傾向が認められ、その所説には限定性や偶然性が看取されることにあるからである。本論考ではある時代、社会に共有された災害観や信仰を明らかにする、従来の歴史学や民俗学の手法を採るのではなく、むしろ、もう少し、災害を記す一人一人の記録者の独自性、固有性に寄り添って考えてみたい。言い換えれば記載された書物の性質や個々の本文の意義を考究する文学研究の視点から中世の龍神地震起因説を読み直してみたいのである。それは、龍神地震起因説が、特定の条件下で生まれた特殊な所説であるとするならば、なぜ記録者はその説をわざわざ選び取ったのか、という点が問題になるためである。以上の疑問に答えながら、これまでの通説とはやや異なる日本中世の災異文学史を紡いでいきたい。

二、近世前期を中心とする地震起因説――大魚、鯰、五帝竜王と鹿島の要石伝承

中世の龍神地震起因説を論じるときに必ず引用されるのが、平安末期に発生した元暦地震の記事である。詳細な検討は次節以降に譲るが、元暦地震が記される『山槐記』、『愚管抄』、『古事談』、延慶本『平家物語』に所見する龍神説が一般化されたことで、中世の主たる地震観は龍神起因説であるとする従来の見方[5]が生まれてきたのである。しかしながら、日本を取り巻く龍が大地を揺るがして、地震を起こしたとする認識は、この四つの記事には見出せない。のみならず、管見の限りではあるものの、実際に起きた中世の地震記録や、それを記した文学作品等にも確認できないように思われる。したがって龍が日本を取り巻いて、地震を起こすとする説が中世日本にはあったのか、という疑問からまずは考えてみる必要がある。実際の地震の記事ではないものも含めて探してみると、特異な例ではあるが、次に引く『宝物集』巻五に収録された迦楼羅と龍王の喧嘩の説話と、それを収録した『壒嚢鈔』巻九「二十九　地震動幷知二吉凶一法」のような説話を見出すことができる。

『宝物集』（第二種七巻本系　新日本古典文学大系）巻五の説話は、龍王と金翅鳥の力比べであり、龍王は須弥山を一五回巻いて「喜見城を震動させん」とするものの諸天の力に阻まれて動かず、今度は金翅鳥が大海の水を扇いで吹き飛ばし海底の金を露出させ勝利したとする、龍の受難と結び付ける仏教説話である。これ自体は著名なものだが、地震とは全く繋がりを持たない。ところが、『壒嚢鈔』に再録されることで、須弥山の震動が、地震説と接点を持つことになる。

『壒嚢鈔』では、『大智度論』の四種地動説、すなわち「火神動」、「龍神動」、「金翅鳥動」、「帝釈動」という説とそれぞれの二八宿の配当や未来予知の内容が記された後、地震の時刻ごとの四種地動説の配当が示される。な

お時刻については『大智度論』には所見しない。その後に、「此内金翅鳥動ニ付テ。未曽有経説ノ如ンハ」と記し、『宝物集』とほぼ同文の説話を載せ、龍の苦難を哀れんだ釈迦が袈裟を与えた話から、金翅鳥の「爾（タマ）」が龍宮にある話、龍宮にあるこの爾が宝珠で、本朝では「神爾」というのだと三種神器の起源伝承へと展開する。地震占いとは全く関係がなかったはずの金翅鳥と龍王が争う仏教説話が、地震占いの起源を語るものとして『壒囊鈔』で位置づけ直されたといえるだろうか。だが傍線部の通り、「金翅鳥」についての説話であるとして引かれている点や、その後の「神爾」説への展開に留意したい。龍神の地震説に主な関心が向けられているというより、四種地動説の金翅鳥と龍の関係や、そこから展開する「神爾」の起源にこそ興味の中心があると考えるのが妥当である。そもそも「須弥山」を囲んで「喜見城」を揺らそうとする話を中世日本の地震原因説として読み得るのかという点も疑問であるし、須弥山を日本国と捉える中世的国土観[6]を踏まえたとしても、この話ではもともと揺れていないのである。いずれにせよ、龍がとぐろを巻き須弥山を揺さぶろうとする描写が見られるとはいえ、まだここに要石伝承は見られない。近世に日本を取り巻く要石に貫かれた魚や鯰へと変遷したと説明するための前提となる、中世には日本を巻く龍が地震を起こしていたとする信仰があったと見るには、あるいは龍神が主たる地震起因主体であると見なされていたと考えるには、以上の例では些か物足りない。

　日本国を取り巻く生物を要石で貫く伝承と、龍神が地震を起こすとする説が結びつくこと自体、調査が及んでいる限りではあるものの、近世を待たなければならないようである。しかもその時期においては、日本を取り巻く地震起因主体を龍よりも、魚や鯰と見なす記事がよく見受けられる。

　たとえば寛文年間（一六六一～一六七三）の小宅生順編『常陸国誌』（国文学研究資料館所蔵　三井文庫旧蔵資料）に、「土人相伝う、大魚有りて日本を囲み廻りて、首尾斯の地に会う。鹿島明神其の首尾を釘さして、以て之を貫く」とあるように、それは龍ではなく「大魚」であった。寛永元年（一六二四）の「大日本国地震之図」でも、その図像は一見、龍が取り巻いているかのように見えるが本文には「此うをのな」（黒田日出男『龍の棲む日本』の口絵参照）とあり、明らかに魚であると捉えられている。小島瓔禮は元禄年間（一六八八〜一七〇四）が鯰と要石が結びつけられた伝承史上の上限と見るが、文献上の早期の例として『塵滴問荅』があげられる。寛文五年（一六六五）刊本には所見する「ゆるくともよもやぬけしのかなめいしかしまの神のあらんかきりは」の歌と、「につほんをまくなますにかなめうつ　かしま大明神」という説明とともに、「大日本国地震之図」と極めて類似する図像が掲載される個人所蔵の刊本もある。鯰起因説自体は中世末から既に広がっていたようであり、「京都所司代に宛てた秀吉の書状」として示された、文禄元年（一五九二）、伏見城普請の折のものには、「ふしみのふしん、なまつ大事にて候まま」とあり、地震を「鯰」に起因するものとする所説が見える。[7]要石伝承ではないものとしても、江戸期の儒学者である榊原篁洲の『榊巷談苑』（東北大学附属図書館　狩野文庫本）には、「この国の下になますといふものありてそれかうこきするときはなゐのふるといふことよくわらへの物かたりにする」と鯰説が見え、江戸前中期にはよほどに広がっていた様子である。以上のように、地震を起こすとされる日本を取り巻く龍のごとき地震起因主体は、江戸前中期においては魚や鯰と認識されている事例が見出せるし、要石伝承とは関わらない鯰説もいくつか指摘できる。以後は江戸中期の井沢長秀『広益俗説弁』正編巻二（正徳五年（一七一五）序、享保二年（一七一七）刊）や、児島不求『秉燭或問珍』（宝永七年（一七一〇）刊）等にも見られ、鯰絵はいうに及ばず、確かに近世では鯰起因説が有名であったと捉えられる。

　ところで龍が日本を取り巻いていると記載されているわけではないものの、要石伝承と関連して、龍神が地震を起こすとする説は江戸前期に出現する。浅井了意著『かなめいし』下（寛文三年頃）の例である。現状では、次の例が、中世以来の龍神地震起因説を継承したものと捉えられるだろうか。

　俗説に、五帝竜王、この世界をたもち、竜王いかる時は、大地ふるふ。鹿島の明神、かの五帝竜をしたがへ、尾首を一所にくぐめて、鹿目（かなめ）の石をうち置かせ給ふゆへに、いかばかりゆるとても、人間世界は滅する事なしとて、むかしの人の哥に、

ゆるぐともよもやぬけじのかなめいし
かしまの神のあらんかぎりは

この俗哥によりて、地震の記をしるしつつ、名づけて要石といふならし。（新編日本古典文学全集）

しかし『かなめいし』のこの記事は、他の資料における鯰の説明とは異なり、日本国を取り巻いているという認識が全く示されていないことには注意が必要である。さらにいえば、『かなめいし』の「竜王」は、「五帝竜王」である。先の『壒嚢鈔』に見られ、第三節の『山槐記』の検討で示す、『大智度論』に端を発する陰陽師の天文密奏における四種地動説の内の「龍神動」であるとはいえない。また、第四節の『古事談』および延慶本『平家物語』の検討で論じる、中世の密教寺院の舎利を奪う龍神と関連性が認められるともいえない。『かなめいし』の「竜王」は、陰陽五行思想に位置づけられ、陰陽道書や祭文に頻出する「五帝竜王」であり、土公神と習合した神格であることが注意される。(8) これも、中世の地震起因説によく見られる、四種地動説の「龍神動」とは全く異なる文脈で登場したものである。中世以来の四種地動説の内の「龍神動」説が、要石伝承と結びつく事例は現状では見出し難い。

本節の冒頭で示した、中世の龍神地震起因説の主たる根拠として必ず引用されてきた、四種地動説内の「龍神動」説を引き継いでいるのは、「大日本国地震之図」の日本を取り巻く巨大な魚の図像のほうではなく、あくまで本文における四種地動説、地震占いの部分であることが判明するのである。こうして見ると、龍が地震を起こすとする認識や信仰は、四種ある内の地動説の一つとしてではなく、独立して確かに存したとする根拠を示すことが難しくなってくる。『かなめいし』の五帝竜王の地震説が中世に遡れるかどうかも定かではない。むしろ実

態としては、日本図と共に近世前期に、鹿島の要石信仰と結びつきながら、鯰説や大魚説と併行して、『かなめいし』のごとき竜王説も登場したのであり、しかもそれは鯰説に比して主流を占めるには至らなかったと考えざるを得ない。つまり龍から鯰へということではなく、要石と結びつく龍、鯰、魚の地震起因説はおおよそ同じ時期に、近世前期頃に出現するということになるのではないか。

近世に刊行された仮名草子や絵入りの暦や教訓書に記された魚、鯰に起因する地震説の事例、しかもその多くが俗説、「土人」の説、童の語りであると示され、時に知識人から批判の対象にされるということ、そして江戸後期に出現する鯰絵の豊富な事例等に鑑みれば、近世の地震観のなかでも鯰説の広がりは疑いようがなく、鯰起因説を中心に据えることは首肯できる。

しかしそれと比べて、中世の龍神地震起因説は、次節で述べる通り、公卿日記における天文密奏説、すなわち四種地動説の内の一つであるところの龍神説が大部分を占めるのであって、それらは特異で限定的な事例であることは確かである。龍神が水神、雷神であることを示す事例は中世においても枚挙に暇がないが、地震を起こすと明記されたものとなると、四種地動説を除けば、その数が多いとは決していえない。その少ない事例も、先にあげた『塵嚢鈔』や後述の延慶本『平家物語』や『細々要記』のものであり、どれも四種地動説の「龍神動」説の影響が考えられるのである。

少なくとも、元暦地震において現れた龍神起因説、すなわち四種地動説の内の龍神動説が、近世における鯰説のごとく、中世人一般に広がった地震観の典型例を示しているということにはならず、むしろ、四種の内の一説に過ぎなかった龍神説が公卿日記のみならず諸書に記載され独自に広がりをみた、中世においては極めて特異な事例として、元暦地震の諸例は読み直されるべきではないだろうか。

三、龍神説の形成――『山槐記』の元暦地震

元暦地震とは、平安末期の元暦二年（一一八五）七月九日の正午に平安京を襲った直下型大地震である。地震から月日が経過して叙された『愚管抄』、『古事談』、延慶本『平家物語』とは異なり、中山忠親の日記『山槐記』は、眼前の地震を記した同時代史料である。大地震に伴い、数多くの古記録、古文書、編纂物にこの地震が記録されたが、とくにこの『山槐記』は、その記述量が群を抜いて多いことが注目される。過去の地震による改元例を調べ上げ（七月九日）、承平や貞元以来の、地震による改元（元暦から文治への改元）が行われた（八月一四日）。改元からひと月も経たない内に、東大寺の大仏開眼供養（平重衡の南都焼き討ち以来の復興事業）が開催されたが、忠親は余震におびえる後白河法皇に関する記事を書き残している（八月二八日）。よほどに余震が日常化していたのか、「今日地震不覚」（八月三〇日）、「今日不地震」（九月四日）と、地震が起こらなかったことまでも記録しているのである。こうした『山槐記』の元暦二年七月九日条のなかに、龍の地震起因説が見出される。次の『山槐記』の記事は、元暦地震のときに、陰陽師・安倍晴光が作成した天文密奏案の文面である。陰陽師が災異の認識を生み出す一例として捉えられる。龍神の起因説は傍線部に見られる。

天文奏後日、尋二取主税助晴光一。続レ之。謹奏案　今月九日庚寅、午時大地震。京洛地或坼。或陥。及二同十日辛卯一、連々震動有音。謹検二天文録一。（中略）春秋緯潛潭巴曰（中略）夏氏曰（中略）京房易伝曰（中略）京房妖占曰（中略）天地瑞祥志曰、内経曰、「七月地動、百日有レ兵。月在二尾宿一地震者、一足四足有二山穴一者皆衰、其年荒倹、乳者枯乾、山石崩。在二箕宿一動者水、諸獣豪姓大富、有二智慧一者皆衰」。内論云、「月行二尾箕宿一、地動者、龍所レ動也。無レ雨江河枯渇、年不レ宜レ麦、天子凶、大臣受レ誅」。（返り点は引用者による）

（増補史料大成）

天文密奏とは陰陽頭や天文博士が占書を調べ上げて天地の変異がいかなる未来をもたらすか勘文を作成し秘密裏に内裏へ報告するものである。晴道党の陰陽師で時晴の子である晴光は、『本邦残存典籍による輯佚資料集成続』（京都大学人文科学研究所、一九六八年）によって確認できるだけでも、『天文録』、『夏氏』、漢代京房撰『京房易伝』、漢代京房撰『周易妖占』を引用している。ほかにも、清代馬國翰輯『玉函山房輯佚書』に確認できる魏代宋均注『春秋緯潛潭巴』や、尊経閣文庫や京都大学人文科学研究所に九巻のみ現存する『天地瑞祥志』も引用されている。なお、『天地瑞祥志』巻十七の八丁表（高柯立選編『稀見唐代天文史料三種』北京国家図書館出版社、二〇一一年）には、該当部分ではないものの『京房易妖』の引用が見えるため転載の可能性も充分にあるし、『内経』も同じく『天地瑞祥志』巻十二の二八丁裏の引用が見られるため、必ずしも陰陽師が直接原典を見ているとは考え難い。『天地瑞祥志』のごとき天文類書は大部なものであるため、蓄積した古勘文を孫引きしていることもあったようであり、九条兼実がそれを叱責する記事が『玉葉』元暦元年一一月三〇日条に見られるのは注意を引くところである。

こうした地震勘文を作るときに、安倍晴光が地震発生時の「月」の位置を書いている点は重要である。「内論云、月行尾箕宿、地動者、龍所動也」のなかの「尾箕宿」である。宿とは「中国古代の天文学で、天球の黄道・赤道付近を二十八に区分した星宿（しゃうしゅく）」（『角川古語大辞典』「二十八宿」）である。なぜ、月の位置に注意を払うのかといえば、今回の地震が何に起因するかを見定めるために不可欠な情報だったからである。天文密奏に従事する陰陽師は二八宿のどの宿に月が位置づけられるかに応じて、地震の原因を判定していた。地震発生時刻の月の位置に基づく占術は当然、偶発的なものであるから、『山槐記』の該当記事を例に出して中世の龍神信仰の高まりと連動している記事であると捉えることや[9]、国家イデオロギーとして龍神地震起因説が古代から中世にかけて成長してきたことの根拠と見なすことには[10]、やや疑問が残るところである。『山槐記』の事例は、龍神の仕業に配当されていた二八宿の位置に月が観測される時間帯に地震が起こったために当該の説が形成されたことを示しているに過ぎない。しかもそれは、地震勘文において数多ある地震説の内の一説を記したものに過ぎないのである。

ここで、龍神説の出典である「内論」（『天地瑞祥志』内の引用）に注目してみたい。「内論」では、龍神が起こしたという元暦地震が指し示す未来として「雨もなく河も枯れ天子にも大臣にも災いが舞い込み実り悪しき年になる」と予言している。以前にも指摘したところだが、「内論」のこの記述は、龍樹の『大智度論』巻八の「四種地動」説が淵源にある。[11]「火動」、「龍動」、「金翅鳥動」、「天王動」は、それぞれ月の位置が設定されており、問題の龍動は「柳宿、尾宿、箕宿、壁宿、奎宿、危宿」とある。龍動がもたらす未来は「是時無雨、江河枯竭、年不宜麦、天子凶、大臣受殃」と記されている。以上から『山槐記』の龍神説は、天文密奏の勘文案に記された多彩な説の一部であり、地震発生時刻に鑑みて判定された偶発的なものであって、時代や社会一般の災異観を示すものとして捉えるのは留保されるということになる。以上のことは確認できたかぎりではあるものの、中世における龍神の仕業であると記載された地震記録、四一例のすべてにいえることである。[12]

さらにいえば、元暦地震の記事は実に多くの史料に見受けられるが、そのなかに置いてみても、龍神説が特権的な位置づけにあるとはいえないことには注意が必要である。当時の公卿の交友関係を考えれば当然のことではあるが、公卿のもとには、多彩な宗教者が推参し、各自の夢想や災異の見立てを説いて回っていたことがわかる。少なくとも、元暦地震において、共通の災異観というものを見出すのが、なかなか困難なことであることは、以下、後述する『愚管抄』、『古事談』、延慶本『平家物語』独自説話の事例を除き、元暦地震の同時代史料に所見する諸説六例と、後世の二例を通じて示しておきたい。

（1）『玉葉』元暦二年七月九日（宮内庁書陵部編『図書寮叢刊九　九条家本 玉葉』）

安倍広基が天文密奏案を九条兼実のもとに持参した事例であり、天下が滅亡するという見立てが行われている。

広基は宗明流の系譜であり、先の『山槐記』に記された安倍晴光の晴道党とは競合関係にあった陰陽師である。広基の占文には晴光の占文との共通点と相違点を見出せる。「天子凶」や「七月動、百日内大兵乱」は、晴光の「内論曰（中略）天子凶」や「内経曰、七月地動、百日有兵」と共通する一方で、「上旬動」や「或又女主慎」は晴光の勘文案には見えず相違点である。兼実が広基の天文密奏案の龍神説を見たかどうかは定かではないが、その所説があったとして、兼実は書き留めなかったということになる。であるとしたら、兼実は四種地動説に関心を向けていないということになる。いずれにしても龍神説が地震の中心的な学説であったとは見なしがたいということを示している。

（2）『吉記』元暦二年七月一〇日（『吉記』二、増補史料大成、臨川書店）

陰陽師のみならず、元暦地震の時には神祇官も交えて軒廊の御占も行われた。軒廊の御占とは、天変地異や大嘗会の国郡選定に際して、紫宸殿の東軒廊で行われる卜占である。『吉記』七月一〇日の記事には、「神祟」と判定された御占の結果と、それにたずさわった官人たちの名前が見える。

（3）『玉葉』元暦二年七月一二日

この記事では、蔵人頭右大弁葉室光雅の書札に対して、さまざまに被災の対処法を綴るなかで、兼実は次のような見解をも示している。兼実は、破壊によって万端の計略を忘れ邪なる心を捨てさせ、三宝を仰がしむるために地震は起きたという。冥衆の加護が重要であり、天道は善に福を与え、淫に災いを与えると説いており、濁った時代への警鐘と捉えている。

（4）『玉葉』元暦二年七月一三日

翌日、一三日には信西の子、静賢によって「普賢延命」法、熊野修験の智詮によって「不動」法が修せられた。続いてこの日は、安倍泰親の三男、泰茂が来訪し、地震を占っている。懲罰のしるしは軽くなく、上皇や摂政は慎むべきと判定している。晴光、広基、泰茂（泰親流）、天文の家、安倍の三流がそれぞれに地震を占い、自説を広めていたようである。

（5）『玉葉』元暦二年七月二七日、八月一日

占文ばかりでなく、夢想語りも行われていた。『玉葉』の八月一日条には、兼実のもとに仏厳聖人が再訪し、聖が去る七月二七日に夢に見た地震の真意を物語る記事である。夢想によれば源平の争乱によって多くの死者を出し罪業も深まり、天神地祇の怒りを買い、それらの報いによって地震が起こったのであるとする。（3）にあげた兼実が説く地震説を裏付ける内容も見られ、非常に詳細な記事である。兼実の地震観を示すものとして、多大な関心が寄せられ書き留められていると考えられるのは、陰陽師の占文よりは、仏厳の夢想である。

（6）『吉記』元暦二年七月一五日

仏厳の夢見と同じように、弥勒の使いと称する山城国田原に暮らす老翁が、今回の地震の原因について夢想を語りに参院した本条も注目される。安倍泰親の次男、業俊に次いで、参院した弥勒の使者を称する老翁は、次のような夢見を語るのである。すなわち、釈尊と弥勒の交渉によって地震が起こったのだから、天下に全く別状はない、ただし院の御所は一条富小路に置くべきである、と。記主の吉田経房は、童謡（わざうた）のごときものだから信じるに足らないとしつつも、吉祥として受け取っている。

時代は下るが『方丈記』や、延慶本『平家物語』第六末「一　大地振オビタ、シキ事」にも言及しておきたい。元暦二年当時、鴨長明は三一歳であった。ところが、『方丈記』の地震記事には、龍神説や怨霊説は登場しない。木下華子によれば、むしろ、それらを避けて書いている様相も見受けられるとする。(13) 木下は五大災厄の内、地震のみ元号を示さない点に着目し、「元暦」は平家滅亡のしるしであるため、長明は、平家滅亡の記憶とは切り離して、この地震を記述したと論じている。『方丈記』における元暦地震記事は五大災厄の一環であり、平安末期

の平安京を襲った一連の家屋崩壊や騒動にかかわる有為転変の出来事として捉えられる。そこに怨霊や龍神といった因果関係を見出そうとしない点が、かえって長明の特異性であることは津ノ井舞が指摘するところである。[14]一方で『平家物語』は、安徳帝入水と重衡斬罪の大事件を受けて、同年の元暦地震を同事件による怨霊の仕業と捉えている。ここでの怨霊とは「平家ノ怨霊」（延慶本）や「平家の死霊」（『源平盛衰記』）である。このような平家怨霊説は、『方丈記』を始めとする元暦地震の諸史料の再編によって作り出された平家物語の説であり、作中で怨霊説は、平家一門の滅亡を象徴する表現として機能している。

元暦地震を記載する史料は、それ以外にも『百錬抄』、『園太暦』、『康富記』、『吾妻鏡』、『天台座主記』、『醍醐雑事記』等々、多数あるものの、『山槐記』、『愚管抄』以外に、龍神起因説は見出せない。龍神に関連する説話を記載しているものも、『古事談』、延慶本『平家物語』のみである。こうしてみると、かえって龍神説は有名なものというよりは、特殊な所説であると捉えられる。『山槐記』は前述の通り、天文密奏の勘文案であったが、それではどのように龍神説が慈円に伝えられ『愚管抄』においてはなぜ選ばれたのか。『古事談』や延慶本『平家物語』の龍神の説話はいかに形成され、いかなる意義を有していたのか。これらが問題となってくるのである。災異観を誰が語っているか、という視点が肝要である。[15]

四、龍神説の展開――『愚管抄』、『古事談』、延慶本『平家物語』の元暦地震

『愚管抄』の著者慈円は、龍神説を判定した安倍晴光と関わりの深い人物であり、台密と天文道の直截的な学的交流を行っていた天台僧である。[16]慈円は九条兼実の弟であるから、『玉葉』に書き留められたものと共通性が見られるかといえば、まったくそのようなことは認められず、次に掲げる通り、慈円独自の歴史叙述が看取される。

事モナノメナラズ竜王動トゾ申シ。平相国竜ニナリテフリタルト世ニハ申キ。法勝寺九重塔ハアダニハタウレズ、カタブキテヒエンハ重ゴトニ皆ヲチニケリ。ソノ、チ九郎ハ検非違使五位尉伊予守ナドニナサレテ、関東ガ鎌倉ノタチヘクダリテ、又カヘリ上リナドシテ後、アシキ心出キニケリ。

（日本古典文学大系『愚管抄』巻五）

特に注意されるのは、天文密奏に由来する「竜王動」説と、「平相国」すなわち平清盛が龍に変身して地震を起こしたという説が併記されている点である。天文密奏説と怨霊説を対照させて併記する事例は、前・同時代の天文密奏記事二五六例を確認したが、『愚管抄』内のもう一例、天文密奏説と藤原忠実怨霊説を対比する表現として安倍晴光が登場する同作の事例を除き、他に見つけられなかったことは以前に報告した。(17) こうした併記は『愚管抄』独自の書きぶりと考えても差し支えないと思われる。もう一点、注意したいのが、元暦地震の結果として、源義経が謀反の心を抱き、源氏で内乱が起こったという歴史が展開されている点である。以上、二点、天文密奏説と怨霊説の併記と義経の悪心が『愚管抄』独自の地震叙述である。この二点に注目すれば、慈円が、多彩な地震説のなかでも特に龍神説を選んだ理由も見えてくる。まず『愚管抄』内で「竜王」の事例は、元暦地震記事を除くともう一例、つまり二例のみである。①元暦地震と、②同年の壇ノ浦合戦（元暦二年三月二四日）記事に見出せる。②は、「竜王ノムスメ」である厳島明神が、清盛の孫である安徳天皇に生まれ変わり、壇ノ浦に入水することで草薙の剣と共に海に帰ったという内容である。ということは、慈円は「元暦二年」という平家滅亡を象徴する年(18)を意識して、平家の祖神（厳島明神）である「竜王」や、清盛（平相国）の龍神説を関連付けて併記したと考えられるのではないか。つまり、元暦二年に起きた事件、壇ノ浦合戦、草薙の剣の喪失、元暦地震を一連の、平家滅亡へと至る「竜王」の物語として、認識していたのではないか。以上のように捉えると、元暦地震から義経の悪心へのいささか唐突に見受けられる叙述展開も理解できる。慈円は、平家の怨霊が源氏の内乱をひき起こしたと見ていたからである。『愚管抄』では、しばしば怨霊の暗躍と歴史的動向が密接な関係にあると指摘されるように[19]、恨みを意味する「意趣」や「カタキ」を重視して歴史が記されている。たとえば、九条家の危難は、保元の乱の怨霊、崇徳院や藤原忠実の仕業であると慈円は見ていた。平家の怨霊に関しては、源氏に報復するという明確な因果関係で捉えられている（『愚管抄』巻六、日本古典文学大系、三〇四〜三〇五頁）。つまり慈円は、平家の滅亡を、源氏の滅亡の引き金と見ているわけである[20]。したがって、「竜王」や清盛の所説のように平家関連のものを主に選んで、慈円が元暦地震を叙述したのは、元暦二年における平家の滅亡や、それ以後の源氏が報いを受ける因果論的な歴史展開を意識したためであったと考えられる。実際に義経が鎌倉へ下向したのは元暦二年五月七日（『吉記』、『吾妻鏡』）のことである。義経と頼朝との仲違いが起きるのは、実は元暦地震よりも以前のことである。それが『愚管抄』では、地震以後のこととされている。

次に『古事談』の考察に移りたい。『古事談』巻第五第三十の説話は、天台宝幢院に「雷公」が出現し舎利を奪う内容である。『吉記』（元暦二年七月九日条）によれば、物持院は元暦地震によって倒壊したことが確認できる。本文を新日本古典文学大系の読み下し文によって掲げておく。

> 天台宝幢院【物持院か】は塔婆の御舎利を安置せらる。貞元の比、雷公の為めに之れを取らる。爰こに成安阿闍梨、「争でかさる事あらむ」とて加持して、慥かに返し置くべき由責め伏す間、黒雲出で来たりて、件の舎利の筥返し置き畢んぬ。但し、瑪瑙のとびら二枚返し置かず、と云々。而るに元暦の大地震の時、件の瑪瑙の扉出来す。奇しみ見る処、御舎利失せ畢んぬ、と云々。
>
> （新日本古典文学大系『古事談・続古事談』）

『山槐記』文治元年八月一四日条に、「改二元暦二年一為二文治元年一、依二貞元例一令レ作二詔書一」とあるように、元暦地震の改元の先例として貞元の頃の地震（貞元二年）が想起されていることは、伊東玉美が注意を向けているところである。[21] 天延四年（九七六）六月一八日（『日本紀略』、『扶桑略記』、『百錬抄』）に大地震が発生し、貞元へと改元が行われたのであり、この先例を基に、元暦から文治へと改元が行われたのである。こうした地震による改元の記憶が『古事談』の説話に見られる貞元年間の想起に繋がっていることは確かだろう。扉の喪失から舎利の喪失へと叡山仏法の衰微を読み取っている説話であり、『古事談』の巻一第四十九話「神鏡焼失し、残決を求め出す事」や第九十八話「平治の乱の時、師仲、神鏡安置の事」のような霊宝を通じて、本朝の命運を見定める姿勢とあわせて考えることもできる。ただし『古事談』の当該話は、宝幢院という舎利信仰との関わりが見出しがたく、おそらくは誤った場が設定されている点や、瑪瑙の扉が返ってきた代わりに舎利が失われたと締め括られている点に鑑みて、当事者として天台の衰微を切実に慨嘆する立場を読み取ることは難しい。

こうした『古事談』の態度を探る上でも、夙に落合博志が指摘した延慶本『平家物語』第六末「二　天台山七宝ノ塔婆事」の類話を読み解くことが重要である。[22] 延慶本には「物持院ノ七宝ノ塔婆ニ仏舎利ヲ奉安置ケルヲ」とあるように惣持院であると明確に示されていること、「貞元二年ニ雷落テ」とあるものの、この雷が「此龍」と書かれているように龍神であると判明すること、「浄安律師」が「十二神将ノ呪ヲ満ラル。丑時ノ番ノ神、照頭羅大将出テ、雷電神ヲ取テ伏テ、仏舎利ヲ奪返奉リヌ」とあるように、行者による具体的な加持祈禱の描写が見えること、殊に大きな違いは、延慶本では元暦地震の折、惣持院の仏舎利を奪取した龍神を調伏しようと加持を行うと、衆徒の夢想に近江の龍神が現れ、事の由来が語られる点である。『古事談』に比して、仏舎利の行く末への関心に加えて、台密の起源にあたる伝教大師の舎利伝来記事も見いだされ、「秘蜜」すなわち天台密教の衰退の物語が、悲観的かつ詳細に語られている（松尾葦江・清水由美子編『校訂　延慶本平家物語　一二』汲古書院、二〇〇八年）。この説話は、平家物語諸本の内、延慶本のみに見られる独自説話で、『古事談』との先後関係は不明である。既に名波弘彰[23]や内田康[24]が指摘しているように、独自説話が入るこの六巻には「霊剣等事」という宝剣説話も収録されており、この地震説話と共に通底しているのは、その法滅認識である。仏法の宝物が龍宮に収納されてしまうという説を重視している。

『愚管抄』に見える清盛の龍神説は陰陽師の天文密奏の所説「竜王動」に裏打ちされた災異表現であったが、延慶本の惣持院の説話の正統性を支えているものは、『愚管抄』とは異なる思想である。それは末代において霊物が龍宮に収められてしまうという叡山の所伝であり、名波はそれを「竜宮収納言説」と呼んだ。(25) この所説によって、歴史事件としての惣持院の倒壊が説明付けられて成立した物語が延慶本の独自説話であろう。史実として惣持院が倒壊したことについては、『吉記』元暦二年七月九日条によって確認できる。ここで東塔惣持院が舎利信仰の聖地であったことが注目されてくる。平安時代から惣持院は舎利会の舞台として説話集や歴史物語のなかの説話に描かれてきた（『今昔物語集』巻十二第九「比叡山行舎利会語」、『栄花物語』巻二十二、『日本紀略』万寿元年四月二一日条）。元暦地震の時には、惣持院が倒壊したために、代わりに根本中堂で舎利会が行われたようである（『天台座主記』元暦二年七月九日条、続群書類従四輯下）。『天台座主記』には義経の謀反のために一一月から修法が行われたことも見えており、『愚管抄』において元暦地震記事の直後に義経の悪心の記事があることとも響き合うところである。他の史書や天台の仏書の上で、天台惣持院は、慈覚大師円仁が唐より将来した仏舎利を護持する鎮護国家の本命道場として現れる（『菩提心論見聞』（『大正新脩大蔵経』二二九四、四五～六頁・六一～二頁）、『漢光類聚』（『大正蔵』二三七一、四一六頁）、『円密二教名目』（『大正蔵』二三七三、四三八頁）、『渓嵐拾葉集』（『大正蔵』二四一〇、五四八～九頁・五七八～九頁、六二二頁）、『四度授法日記』（『大正蔵』二四一三、一一六頁）等）。天変の際にはたびたび熾盛光法が修せられ王法仏法相即の世界観のなかで重要な役目を果たしていた（『日本紀略』および『阿娑縛抄』天慶七年一二月二八日、『村上天皇御記』天徳四年一二月一七日、『御堂関白記』寛仁二年七月一一日、『吉続記』文永八年一一月二二日）。国家鎮護の意味で東密の真言院とは競い合う関係にあったのだろう。宮中真言院の後七日御修法は、惣持院発祥であると主張して張り合う伝承も生まれてくる（『渓嵐拾葉集』（『大正蔵』二四一〇、七六巻、八八二～三頁）、『撰時抄』（『大正蔵』二六九〇、八四巻、二六九～二四六頁）、『行林抄』（『大正蔵』二四〇九、七六巻、九七頁））。鎌倉期は、惣持院の権威化が目指される機運にあったのである。以上のように、惣持院は、王法仏法の危難を語る仏舎利奪取譚に相応しい場であった。

宝物が龍宮に帰還する説は、惣持院の倒壊ばかりでなく、草薙剣の喪失をも意味付けていたことは、『平家物語』の有名な宝剣説話によってよく知られるところである。延慶本の宝剣説話「霊剣等事」も龍宮奪還説が基盤にある。こうした、「霊剣等事」と「天台山七宝ノ塔婆事」に通底する延慶本の法滅認識、龍宮奪還説こそが、延慶本の固有性であり、『愚管抄』の天文道と怨霊の動向を重視する姿勢とは異なる点である。陰陽師の地震占文や怨霊史観のみではなく、地震説創成のもう一つの方法として、寺院の倒壊を龍宮奪還説に結びつける方法があったといえる。実例として、たとえば康安元年六月二四日に発生した大地震の例を挙げることができる。正平地震に際しても、四天王寺金堂の倒壊を龍宮奪還説によって説話化することがあった。この地震のときに仏舎利を求めて四天王寺金堂を襲撃し、倒壊させたという説話が『細々要記』および『太平記』（ただし『太平記』は八月二四日）に所見する。『細々要記』は南北朝期の興福寺東金堂の金勝院実厳・禅実が記した記録であり、四天王寺金堂を倒壊させたのが難波の浦から出現した大龍であったことが次の通り記される。

> 去ヌル十九日天王寺ノ金堂テン倒ノ以前難波ノ浦ヨリ大龍二ツ浮ヒ来金堂ノ中へ入其後雷電ヲヒタ、シク大地震シテ金堂テン倒スト云々南方ニモコノ天災ニヨツテ御慎御祈等ヲ仰下サルト云々
>
> （『史籍集覧』第二冊、近藤出版部）

大龍はなぜ四天王寺の金堂を倒壊させたのか。『太平記』の記載は詳細で、難波浦から大龍が二匹出現し、聖徳太子が安置した舎利を狙って四天王寺金堂を襲撃したと記す。寺院を倒壊させるも、二龍は四天王に阻止され、

戦いを終えて金堂を去るときに地震がひき起こされたとする。事実、金堂がこの地震により倒壊したことは、『歴代皇紀』巻五（改定史籍集覧）、『後愚昧記』（大日本古記録）および『忠光卿記』（歴代残欠日記　一四）の康安元年六月二四日条や、『康富記』宝徳元年四月一三日条（増補史料大成）の大地震の近例等に所見する。これらの説話はやはり、龍神仏舎利奪取譚にその根拠が求められる。天文密奏の龍神説が引き金になって、仏舎利を祀る惣持院や四天王寺金堂が倒壊した理由を、こうした密教の龍宮宝物帰還説によって説明したと考えられる。それは、元暦地震のみならず、康安地震においても天文密奏によって龍神説が判定されていたからである（『続史愚抄』康安元年六月二二日「龍神動」（国史大系）、『後愚昧記』康安元年六月二四日条裏書「其時も龍神、水神動也」「今暁も水神動也」（大日本古記録））。延慶本『平家物語』、『太平記』、『細々要記』の説話における龍神説は、天文密奏の龍神説の判定を引金としながらも、その内実は密教的色彩の濃いものであり、鎮護国家の根本道場が倒壊したことの理由として意味を持っていたものと考えられる。

五、結語

以上、主に『山槐記』、『愚管抄』、『古事談』、延慶本『平家物語』に看取される元暦地震の龍神起因説を検討した。いずれも元暦地震と龍神の関わりを示す記事であると一様に表現することは、所説を記す人や場によって、その意図や思想的背景にある独自性や固有性を閑却することにもなりかねず、躊躇われるところである。同じ災異に対して、共通の所説が見受けられるならば、むしろそれらを比較対照することによって、個別具体的な災異観を紡ぐ可能性が拓かれるといえるのではないか。とはいえ、龍神説のみならず、中世の地震観は多様であると述べるばかりでは生産性があるともいえない。あらためて、中世の地震起因説や地震観をいかに考えればよいのだろうか。本論考を踏まえて試案を示すなら、陰陽道と密教思想の接近、交流、融和の過程を注視しながら、中世の地震起因説を捉えることが有効であると考えられる。その方が、従来の怨霊や龍神信仰の連関と捉えるよりは、比較的多くの事例を説明できるからである。他にも、日本の中世文学によく登場する地震神、堅牢地神もその枠組みのなかで考えることができる。軍記物語、語り物、唱導、仏教説話集の享受者に広まっていたと考えられる地震神は、龍神よりはむしろ堅牢地神である。堅牢地神の所説を調べてみても、陰陽道と密教思想の交渉や融合が認められ、龍神説と共通の傾向が見受けられるのである。(26)

（1）北原糸子「災害観の変遷」（北原糸子、松浦律子、木村玲欧編『日本歴史災害事典』吉川弘文館、二〇一二年）七九頁。

（2）コルネリウス・アウエハント『鯰絵――民俗的想像力の世界』小松和彦、中沢新一、飯島吉晴、古家信平共訳（せりか書房、一九七九年）六五頁。

（3）佐藤太美『神祇文学として読む　平家物語　下』（MBC21、二〇〇五年）、黒田日出男『龍の棲む日本』（岩波書店、二〇〇三年）、保立道久「平安時代末期の地震と龍神信仰――『方丈記』の地震記事を切り口に」（『歴史評論』七五〇、二〇一二年一〇月）等。

（4）龍神説以外のところでも、中世の地震観を探る試みは多様な分野から盛んに試みられている。今堀太逸「日本国の災害と善神捨国――日蓮と『選択集』」（『権者の化現――天神・空也・法然』第五章、思文閣出版、二〇〇六年）、北村優季『平安京の災害史――都市の危機と再生』（吉川弘文館、二〇一二年）、笹本正治『中世の災害予兆――あの世からのメッセージ』（吉川弘文館、一九九六年）、保立道久『歴史のなかの大地動乱――奈良・平安の地震と天皇』（岩波書店、二〇一二年）、水野章二「中世の都市災害――『方丈記』に描かれた平安末期の京都」（『中世の人と自然の関係史』第二部第二章、吉川弘文館、二〇〇九年）、矢田俊文「中世の自然と人間」（『日本史講座　第四巻　中世社会の構造』東京大学出版会、二〇〇四年）、濱野未来「記録表現にみる中世日本の地震認識」（『立命館文学』六六八、二〇二〇年三月）、佐伯真一「災害と文学」（ハルオ・シラネ編『東アジアの自然観――東アジアの環境と風俗』文学通信、二〇二一年）、目黒将史「災害・怪異の歴史叙述――『太平記』を中心に」（小峯和明編『日本と東アジアの〈環境文学〉』勉誠社、二〇二三年）等多数。

（5）龍神地震起因説の研究史については、次にあげる三者の研究が重要である。民俗学・比較神話学の小島瓔禮（「鯰と要石――日本の地震神話の展開」『民俗学論叢』第一一号、相模民俗学会、一九九六年）、「絵画史料」を駆使して「中世国土守護のシンボリズム」を読み解いた歴史学の黒田日出男（注(3)書に同じ）、災害史観とでも名付け得るような視点、すなわち、奈良・平安王朝の政治史を積極的に災害に連動するものと見て叙述し、地震列島の思想を復元しようとした保立道久（注(4)書に同じ）である。

（6）中世的国土観については、注(3)の黒田や高陽「須弥山と天上世界――ハーバード大学所蔵『日本須弥諸天図』と中国の『法界安立図』をめぐって」（小峯和明編『漢文文化圏の説話世界』竹林舎、二〇一〇年）がある。

（7）伊藤和明『地震と噴火の日本史』（岩波書店、二〇〇二年）。

（8）斎藤英喜「祭文・祝詞――「土公神祭文」をめぐって」（上杉和彦編『生活と文化の歴史学1　経世の信仰・呪術』竹林舎、二〇一二年）。

（9）黒田日出男（注(3)書）は、行基式日本図や龍穴伝承をあげ中世の龍神信仰の高まりを論じながら、『山槐記』や『愚管抄』の例をあげて「龍は〈国土〉を守護するだけでなくて、地震を引き起こす存在でもあったのだ」（一二二頁）、「龍は、地震や火山の噴火を引き起こす存在でもあったのである」（一三〇頁）と説いている。

（10）保立道久は、「このような地震の原因を怨霊や龍にもとめる観念の由来は、拙著『歴史のなかの大地動乱』で検討したように八・九世紀にさかのぼる。それはおそらく平安時代を通じて一種の国家イデオロギーとして成長を続けたものとおぼしい。それは、この時の地震にさいして提出された天文博士安倍晴光の勘文に「地動は龍の動く所なり」とあることでもわかる（『忠親記』元暦二年七月九日）」（注(3)書、七三～七四頁）と述べる。

（11）児島啓祐「元暦地震と龍の口伝――『愚管抄』を中心に」（『軍記と語り物』五四、二〇一八年三月）。

（12）児島啓祐「『古事談』巻五第三〇「元暦大地震」説話考」（『伝承文学研究』六九、二〇二〇年八月）。

（13）木下華子「災害を記すこと――『方丈記』「元暦の大地震」について」（『日本文学研究ジャーナル』一三、二〇二〇年三月）。

（14）津ノ井舞「『方丈記』論――五大災厄の描写をめぐって」（『緑岡詞林』三九、二〇一七年三月）。
（15）児島啓祐「『平家物語』の災異説と中世天文道――治承年間の彗星出現記事をめぐって」（『古代中世文学論考』四三、二〇二一年四月）。
（16）児島啓祐「『愚管抄』の災異叙述と中世天文道」（『国語国文』八九―七、二〇二〇年七月）。
（17）注（11）に同じ。
（18）注（13）に同じ。
（19）大隅和雄『愚管抄を読む――中世日本の歴史観』（講談社、一九九九年、初刊は一九八六年）。
（20）児島啓祐「『愚管抄』の鎮魂――『懺法院十五尊釈』との比較を通じて」（『軍記と語り物』五六、二〇二〇年三月）。
（21）伊藤玉美校訂・訳『古事談　上』（筑摩書房、二〇二一年）五七頁。
（22）落合博志「『古事談』私注数則」（浅見和彦編『『古事談』を読み解く』笠間書院、二〇〇八年）。
（23）名波弘彰「平家物語と比叡山」（『あなたが読む平家物語1　平家物語の成立』第六章、有精堂出版、一九九三年）。名波は、この説話と宝剣説話を比較して、龍神が宝物を奪取するという類似点を指摘し、この一対の説話は、王法と仏法それぞれの破滅を表現する延慶本の終末部の構想を語ろうとするものだったと捉える。
（24）内田康「『平家物語』の構想と〈宝剣説話〉――延慶本の場合を中心に」（『漢陽日本学』四、一九九六年）。名波に対して、内田は、「『平家』全般に敷衍し、〈宝剣説話〉の構想の枠組自体を佛舎利奪取説話の構想からの借用ではないかとされる点については、やや疑問も残る」（八四頁）とし、あくまで延慶本のみの受容と捉えるべきであることを主張した。
（25）名波弘彰「宝剣喪失、密教と神話の間の王権論（中）――『愚管抄』と延慶本平家物語の関係をめぐって」（『文藝言語研究　文藝篇』四七、二〇〇五年）。
（26）児島啓祐「堅牢地神話の展開――降魔成道譚をめぐって」（『唱導文学研究』一二、三弥井書店、二〇一九年二月）。

「露の命」考
――『平家物語』における無常観の表現を手がかりに

陸　晩霞

はじめに

「祇園精舎の鐘の声、諸行無常の響あり。娑羅双樹の花の色、盛者必衰のことはりをあらはす」[1]という『平家物語』の冒頭文が、祇園精舎の無常堂説話や『涅槃経』による仏涅槃の場面および「無常偈」を下敷きにしていることは広く知られる。この序章においてすでに鮮明に表出された無常観の『平家物語』全編における意義を強調したのは、一九五〇～七〇年代に発表された永積安明の一連の論考である[2]。永積論は、序章で表わされた無常観が作品の全体を支配し、物語の展開の仕方ないし創作方法を規定していることを強く主張している。

事実、物語の内容から見れば、平家一門の栄華から滅亡へ向かう話や、大勢の武士が幾多の戦闘に落命するなどの筋書きは、冒頭部で掲げられた「諸行無常」、つまり「すべてのものがほろびゆくという普遍的な真理」[3]の裏付けと見なされて十分である。それだけでなく、全編を通して場面描写や状況説明などの文章表現にも無常観を示すものが多く認められるのである。本論考で『平家物語』の無常観の表現として注目するのは、「露の命」という用語である。

人命のはかなさを露に喩える表現が「露の命」で、これを無常観の現われと捉えるのも容易にうなずけよう。そもそも、「露」における無常の象徴性といえば、直ちに『方丈記』の序章、「主と栖と、無常を争ふさま、いはばあさがほの露に異ならず」（日本古典文学大系、二四頁）というあたりが思い出されるように明らかである。「露の命」もそのような関連表現の一つである。命の「はかなさ」「消えやすさ」を言う以上の深い意味はなさそうだが、『平家物語』において「露の命」があまりにも頻繁に現われてくることから、同語の用法についていささか考察を加える必要を感じた。そこで、本論考では『平家物語』の「露の命」を糸口として、同語の成り立ちを念頭に置きつつ、それが無常の象徴性を獲得していく過程を探ってみたい。そのうえで、『平家物語』において「露の命」が無常観の表現としていかに機能しているかを考えるのもいま一つの目的である。

一、『平家物語』における「露の命」

日本古典文学大系『平家物語』において「露の命」の用例は一二例検出される。それぞれどのような場面に使われているかを示すために、作中の所在を次の表1に整理しておく。

表1

	巻	中心の物語（見出し）	本文（使い手）
①	巻二	小教訓	暮行かげを見給ふにつけては、大納言の露の命、此夕をかぎりなりと思ひやるにも、きえぬべし。（成親の北の方）
②	巻二	大納言流罪	ながらふべしとはおぼえねど、さすが露の命はきえやらず、跡のしら波へだつれば、都は次第に遠ざかり、日数やうやう重なれば、遠国は既に近づきけり。（語り手）

③	巻二	蘇武	蘇武はしなざりけり。かた足なき身とな(ッ)て、山にのぼ(ッ)ては木の実をひろひ、春は沢の根芹を摘、秋は田づらのおち穂ひろひな(ン)どしてぞ、露の命を過しける。(語り手)
④	巻三	少将都帰	成経彼嶋へながされて、露の命消やらずして、二とせををく(ッ)てめしかへさるゝうれしさは、さる事にて候へ共、この世にわたらせ給ふをも見まいらせて候ばこそ、命のながきかひもあらめ。(成経)
⑤	巻三	有王	かやうに日ののどかなる時は、磯に出て網人に釣人に、手をすりひざをかゞめて、魚をもらい、塩干のときは貝をひろひ、あらめをとり、磯の苔に露の命をかけてこそ、けふまでもながらへたれ。(俊寛)
⑥	巻十	首渡	三位中将もかよふ心なれば、「宮こにいかにおぼつかなくおもふらん。頚どものなかにはなくとも、水におぼれてもしに、矢にあた(ッ)てもうせぬらん。この世にある物とはよもおもはじ。露の命のいまだながらへたるとしらせたてまつらばや」とて、侍一人したてて宮こへのぼせられけり。(維盛)
⑦	巻十	内裏女房	中将別の涙ををさへて、なくなく袖をひかへつゝ、逢ことも露の命ももろともにこよひばかりやかぎりなるらん。女房なみだををさへつゝ、かぎりとてたちわかるれば露の身の君よりさきにきえぬべきかなさて女房は内裏へまいり給ひぬ。(重衡)
⑧	巻十一	大臣殿被斬	いはんや電光朝露の下界の命にをいてをや。忉利天の億千歳、たゞ夢のごとし。卅九年のすぐさせ給ひけんも、わづかに一時の間なり。(善知識の聖)
⑨	巻十一	重衡被斬	中将の露の命、草葉の末にかかってきえやらぬとききたまえば、夢ならずして今一度見も見えもする事もやとおもはれけれども、それもかなはねば、(重衡の北の方)
⑩	巻十二	六代	国々宿々打過々々行程に、駿河国にもつき給ひぬ。若公の露の御命、けふをかぎりとぞきこへける。(噂する人)
⑪	灌頂巻	女院出家	先帝・二位殿の御面影、いかならん世までも忘れがたくおぼしめすに、露の御命なにしに今までながらへて、かかるうき目を見るらんとおぼしめしつづけて、御涙せきあへさせ給はず。(女院)

⑫	灌頂巻	大原入	玉鉾の道ゆき人の人目もしげくて、露の御命風を待たん程は、うき事きかぬふかき山の奥のおくへも入なばやとはおぼしけれども、さるべきたよりもましまさず。（女院）

＊傍線は引用者。本文欄に同語の使い手を（　）で記す。

右表に掲出した「露の命」の用例のうち、待遇表現や修飾のためにやや字句に異同の有る箇所も含まれている。例えば、⑩⑪⑫は貴人への尊敬を示す意で「露の御命」となっている。⑧は斬られる直前になおも親子の恩愛に執着する平宗盛に対して、聖が行なった説教である。そこに「電光朝露」など仏経の経文を取り入れて「命」の修飾としているが、「露の命」とほぼ同語と見てよかろう。

一二例を並べて見ると、「露の命」はおおかた作中人物の発する言葉ないし心内語として現れていることに気づく。例外的に②③のような、語り手による使用もあるが、それなりの理由がある。③は物語の本筋と直接関わらない蘇武説話の挿入で、語り手が前面に出るのはやむを得ない。②は大系本頭注（上・一八二頁注五）の示唆するように、藤原成親の主観を表わしている文脈とも捉えられる。ならば、「露の命」は、命のはかなさを言う表現として作中人物のせりふに出てくることが多いということになる。このことは、『平家物語』が『源氏物語』を中心とする王朝物語の伝統を引き継いでいる反映であるとともに、作者が貴族の享受層を意識して多分に和歌的趣味を表現に滲ませていることも示してくれる。

ここで、③蘇武説話を除いた諸例の用法について分類してみると、大体二つのパターンがある。一つは「露の命がよくも消えずにここまで生き延びた」という基本的意味を持つ②④⑤⑥⑨⑪の用法。例えば、②は、鹿ケ谷の陰謀に参加した大納言成親が平重盛の尽力によって死罪を免ぜられ、流罪にされることになり、海路で配流先へ向かう場面である。「ながらふべしとはおぼえねど、さすが露の命はきえやらず」との一文は成親の内心を写し出しているものである。自分は生き続けられるとは思えないが、よくもここまで生き延びたという僥倖の思いが読み取れる一方、命の危うさに対する悲嘆も深く響く。さらに、沙弥満誓の歌「世の中を何にたとへむ朝ぼらけこぎ行く舟の跡の白波」（『拾遺和歌集』巻二十）を踏まえた引き歌表現「跡のしら波」や、「都は次第に遠ざかり、……遠国は既に近づきけり」といった対句の修辞を取り入れることよって、配流途上の流人の悲しみを文学的に際立たせている。このように「露の命」「跡のしら波」の併用で成親が感じた無常はますます強調されよう。同じパターンの他の六例も大体「消えるべき命がまだ消えないでいる」というニュアンスの使い方である。

もう一つのパターンは①⑦⑩が典型的であるように、「命が今にも消えそうな危急の事態になったこと」を意味するものである。①「小教訓」では、北の方が成親の身の上を案ずる様子は「大納言の露の命、此夕をかぎりなりと思ひやる」と語られ、⑩「六代」では「若公の露の御命、けふをかぎりとぞきこへける」とあって、六代がいよいよ処刑されるとの噂が立ったという。「命が此夕／けふをかぎり」というような定型を踏まえて、生命が限界に来ていることを伝える。⑦「内裏女房」は囚われの身の平重衡が斬られる前に旧知の女房と面会し、別れ際に歌を詠み交わした話。その歌「逢ことも露の命ももろともにこよひばかりやかぎりなるらん」にも「命・こよひ・かぎり」という定型が用いられているほか、女房の返歌にも注目すべきところがある。それは、「かぎりとてたちわかるれば露の身の君よりさきにきえぬべきかな」に詠み込まれた「露の身」であり、「露の命」のバリエーションと考えられるのである。

前記の二パターンから外れるのが⑧⑫の用例である。⑧はすでに触れたように経文の引用である。これと同様に、⑫の「露の御命風を待たん程」も具体的な出典を持つ表現である。出典の一つに、『金槐和歌集』の「風をまつ今はたおなじ宮城野のもとあらの萩の花の上の露」（恋の部・488）が挙げられるが、同時に空海の作った表白文「徒らに秋の葉の風を待つ命を恃（たの）むで、空しく朝露日を催（むか）ふ形を養ふ」（「仏経を講演して四恩の徳を報ずる表白」『性霊集』巻八）も浮かび上がる。このように、「露の御命風を待たん程」というのは、和歌と仏典の両方の語句を踏まえた表現であり、「露の命」の形成を追跡する上で示唆的なケースといえる。

さて、『平家物語』で命の瀬戸際を表現するにあたり「露の命」が用いられる論理は、「露」と「消える」の繋がり、つまり和歌の世界でいう縁語関係にあるようである。事実、語りの文章においても作者の縁語意識が働いた痕跡が少なからず確認できる。同じ「露」を例にしていえば、「消える」のほかに、⑤俊寛の「磯の苔」や⑨重衡の「草葉の末にかかって」も露の縁語として認められる。こうして語られる『平家物語』は、和歌に詳しい享受者にとってより一層想像が広がるものになろう。

実際、「露」と「消える」との繋がりに基づくもので、「露の命」といった成句ではないが、やはりはかない命の比喩表現であるものは、ほかにも作中五例ある。関連箇所を以下に掲げるが、それぞれの用例は、単に危うい命を意味するというよりも、そのまま死を暗示していることに注意したい。

巻一「二代后」

先帝にをくれまいらせにし久寿の秋のはじめ、同じ野の露ともきえ、家をもいで世をものがれたりせば、かゝるうき耳をばきかざらましとぞ、御歎ありける。（上・一〇九頁）

巻二「小教訓」

（女房達）「今はこれほどの身に成（ッ）て、残りとゞまるとても、安穏にて何にかはせむ。只同じ一夜の露ともきえん事こそ本意なれ。さてもけさはかぎりとしらざりけるかなしさよ」とて、ふしまろびてぞなかれける。（上・一六二頁）

巻六「小督」

天にすまば比翼の鳥、地にすまば連理の枝とならんと、漢河の星をさして、御契あさからざりし建春門院、秋の霧にをかされて、朝の露ときえさせ給ぬ。（上・四〇一頁）

巻七「維盛都落」
（北の方）「いづくまでもともなひ奉り、同じ野原の露ともきえ、ひとつ底のみくづともならんとこそ契しに、されぱさ夜のね覚のむつごとは、皆偽になりにけり」（下・九八頁）

巻八「緒環」
薩摩守忠度「月を見しこぞのこよひの友のみや宮こにわれをおもひいづらむ」修理大夫経盛「恋しとよこぞのこよひの夜もすがらちぎりし人のおもひ出られて」皇后宮亮経正「わけてこし野辺の露ともきえずしておもはぬ里の月を見るかな」（下・一一九頁）

＊傍線引用者。

五例とも「露／消える」の型を踏まえたもので、ことごとく「死」を指向していることは言うまでもない。もっとも巻八の「野辺の露ともきえず」は歌の中にあって、しかも否定形なので、前掲一つ目のパターンと同様に、ここまで生き長らえた、という意味になる。

ほかには、前掲のいずれの定型も用いず、ただ露の表現を交えて人世の無常を説いた文章の最たるものは巻十「維盛入水」に見える滝口入道の説諭である。その中に「生者必滅、会者定離はうき世の習にて候也。末の露もとのしずくのためしあれば、たとひ遅速の不同はありとも、おくれさきだつ御別、ついになくてしもや候べき」（下・二八二頁）とある。維盛は入水を決心しつつも、いざ実行に移すとなると、あれこれと気が迷い妄執が起こり、正念が崩れそうになる。そこで滝口入道が維盛入水の頓挫を懸念して「生者必滅、会者定離」の道理を説いて往生を勧める。傍線部「末の露もとのしずく」は周知のように、僧正遍昭の歌「末の露もとのしづくや世の中のおくれ先立つためしなるらむ」に拠っている。遍昭歌は『新古今和歌集』『和漢朗詠集』では「無常」の項目に列せられたもので、このように引用されると、「露の命」とほぼ同様に『平家物語』おける無常観の表現として、効果的に機能していることは言うまでもあるまい。

二、歌語としての「露の命」

『平家物語』巻十「内裏女房」には重衡と女房が別れ際に歌を詠み交わす場面がある。その時の重衡歌（前掲表1の⑦）に「露の命」が詠み込まれていることは、これが歌語であることを示す。久保田淳・馬場あき子編『歌ことば歌枕大辞典』（角川書店、一九九九年）では、「露の命」はすでに見出し語として掲出され、次のように解説されている（多田一臣執筆）。

露のように消えやすい命。はかない命。はかなく消える露を我が身の比喩とする例は『万葉集』に多く見られるが、命と結び付けたのは、柿本人麻呂の「栲縄の　長き命を　露こそば　朝に置きて　夕へには　消ゆといへ……」（巻二・二一七）あたりが最も古い。そこに仏教的な無常観を導入し、「露の命」という歌語を成立させたのは大伴家持の頃である。「露の命」は漢語「露命」の訓読語であろう。「後つひに妹は逢はむと朝露の命は生けり恋は繁けど」（巻十二・三〇四〇・三〇五四・作者未詳）は寄物陳思歌に分類され、「露の命」がまだ歌語として独立してはいないが、平群氏女郎の「ありさりて後も逢はむと思へこそ露の命も継ぎつつ渡れ」（巻十七・三九三三・三九五五）になると、歌語としての意識は明瞭になっている。平安時代以後は、完全な歌語として定着する。

この解説は「露の命」の語義や、歌語としての形成を述べる中、『万葉集』の存在の大きいことを取り立てて示している点が重要である。ただ『万葉集』は最古の和歌集であるだけに、多くの歌語の源になっていることは容易に想定され、「露の命」の歌語化において果たした役割が十分解明されたとは言い難い。また、同語に仏教的な無常観を導入した意味や、漢語「露命」との関係についてもなお検討する余地があるように思われる。そこで、和歌において「露の命」が実際にどのように使われてきたかを具体的に把握するために、『新編国歌大観』の索引に基づいてその使用状況を調べてみた。調査対象は詠歌の個人的好みを排する撰集歌に限定し、そして『平家物語』の同時代歌集を下限としたものである。

その結果、勅撰集の二十一代集における用例は三一例あるが、そのうち八代集の最後の『新古今集』までは半数弱を占める一五例。内訳は次の表2で示す通りである。

表2

歌集	後撰	拾遺	後拾遺	金葉	新古今
例数	5	2	1	2(1)	5

＊( )内は同一歌を除いた数

私撰集一六種においては計一六例検出されるが、鎌倉前期までの歌集五種に見られる用例は一〇例。表3で示すのは『玄玉和歌集』までの内訳である。

表3

歌集	万葉	古今六帖	続詞花	月詣	玄玉
例数	2(1)	3	2	2(1)	1(0)

＊( )内は同一歌を除いた数

右二表の数字からは、『万葉集』の用例が意外に少ないこと、『後撰和歌集』と『新古今集』における使用が目立っていることなどがまず見受けられる。しかも、表3に示された『万葉集』の二例は実は同一歌で、前引『歌ことば歌枕大辞典』解説で歌語の意識が明瞭になった例として挙げられた平群氏女郎の歌である。同歌は三九三三、三九五五と歌番号を二つ持っているため、二例と認識されたのだが、実質的には『万葉集』に一例しか存在しないことになる。似たようなことは勅撰集の『金葉和歌集』にも見られる。また、私撰集の『月詣和歌集』と『玄玉集』がそれぞれ一例ずつ『新古今集』所収の俊恵法師歌を採っていることを考えると、前掲の統計結果は勅撰集一四例と私撰集七例に修正しなければならない。いずれにしても、一例をもって『万葉集』を「露の命」が歌語として定着した地点とする（『歌ことば歌枕大辞典』）のには、やや躊躇いが感じられる。

ところで、『万葉集』に露を詠み込んだ歌が多いことは事実である。岩波古典文学大系で「露」と「命」を含む本文検索を再度してみると、次のような六例が確認できた。

①栲縄の　長き命を　露こそば　朝に置きて　夕は　消ゆといへ……時ならず　過ぎにし子らが　朝露のごと夕霧のごと（巻二・217「吉備の津の采女の死りし時、柿本朝臣人麻呂の作る歌一首」長歌）

②わがやどの草の上白く置く露の命も惜しからず妹に逢はざれば（巻四・785「大伴宿禰家持、娘子に贈る歌三首」その三）

③父母が　成しのまにまに　箸向ふ　弟の命は　朝露の　消やすき命　神の共　争ひかねて　葦原の　瑞穂の国に　家無みや　また還り来ぬ（巻九・1804・田邊福麿「弟の死去れるを哀しびて作る歌一首」長歌）

④後つひに妹は逢はむと朝露の命は生けり恋は繁けど（巻十二・3040・作者未詳）

⑤ありさりて後も逢はむと思へこそ露の命も継ぎつつ渡れ（巻十七・3933・平群氏の女郎「越中守大伴宿禰家持に贈る歌十二首」その三）

⑥八重波に　靡く珠藻の　節の間も　惜しき命を　露霜の　過ぎましにけれ（巻十九・4211・久米広縄「追ひて処女の墓の歌に同ふる一首」長歌）

これらの歌には、きっちりと型に嵌まった「露の命」の用例が②④⑤の三例あるが、やや緩やかな語構成を持つ①③⑥でも、命を露に喩える論理が厳然と貫いているので、歌語の使用とは言えないまでも、歌語成立の一歩手前なのである。まして③「朝露の消やすき命」は露と命を結び付けるメカニズムまで明らかに表わしている。総じて、六例は命を「露のように消えやすいもの」と歌っている点では、ほとんど共通している。④の寄物陳思歌に関しても前掲辞典の解説で指摘されたような歌語の未独立と捉えるのではなく、むしろ③と共に「露の命」の拡張バージョンと見ることもできよう。

現に、『万葉集』では、はかない命を表現するには「命」の代わりに、この世・身・我・我が身を取り上げて消えやすい露に喩えることも多い(4)。こういった露の比喩表現が大伴家持の詠歌およびそれに対する贈答の歌にしばしば現れていることから、前掲辞典の解説は「露の命」の成立を家持の頃に比定したのであろう。ただし、「家持の時代には、仏教の無常観は一般化し、人間の寿命のはかなさを露の短命と重ねる仏教の比喩についての知識も広がっていた(5)」と見る意見が少なからずあるわりに、実際「露」と「命」を詠み込んだ歌には仏教的な意味合いがそれほど顕在していない。

それより、『万葉集』における「露の命」的用法に関して注意されるべき点が二つある。一つ目は露の「消えやすい」性質への凝視あるいは強調である。露の消えやすさから連想されたのが生命のはかなさであり、そこに人間存在の無常を感じるということ。この点で言うと、事あるごとに「消えやすさ」を強調する『平家物語』の「露の命」は万葉歌を直に継承した用法ともいえる。二つ目は前掲六例の万葉歌が内容的に截然と二つの流れに分かれていることである。①③⑥は人の死を悼むいわば「悼亡」的な歌であるのに対して、②④⑤は歴然とした恋歌である。死を悼む歌に、消えやすい露と命を詠み込むのはいかにも相応しく当然であろうが、恋歌の場合は、「儚く短い命、消え易い命、仮なる命を前提とすることによって、恋の情炎の背後に忍び寄る不安・焦り・悶え等に悩む切迫感を表出」するための手法もしくは誇張だと論じられている。[6] ただ、ここで決して見逃せないのは、命を露に喩える修辞が「死」のテーマに関連する歌に用いられている点である。これもまた、『平家物語』における「露の命」の背後に「死」がちらついていることと一脈相通じているようである。

以上では歌語としての「露の命」が『万葉集』を始発点としている理由を確認した。では『万葉集』以後、同語はさらにどのように扱われているかを知るために、前掲の表2、表3に挙げた歌集の関連歌（万葉歌を除く）二〇首を歌集成立の年代順に掲げてみる。

①露のいのちいつともしらぬ世中になどかつらしと思ひおかるる（1008・よみ人しらず・恋六）
②ながらへば人の心も見るべきに露の命ぞ悲しかりける（894・よみ人しらず・恋五）
③ながらへば人の心も見るべきを露の命ぞかなしかりける（1247・土左・雑三）
④わがのりし事をうしとやきえにけん草ばにかかる露の命は（1130・閑院のご・雑二）
⑤なぐさむることのはにだにかからずは今もけぬべき露の命を（1031・よみ人しらず・恋六）

（以上『後撰和歌集』、九五一年下命撰進）

⑥山がつのかきほにのみやこひわびんわが身も人も露のいのちに（1324・田舎・かきほ）
⑦なにしおはばながづきごとに君がためかきほの草の露のいのちを（1326・いせ・田舎）
⑧わがのりしことをうしとやおもひけん草葉にかかる露のいのちを（1423・人・うし）

（以上『古今和歌六帖』、一〇世紀後半）

⑨露のいのちをしとにはあらず君を又見でやと思ふぞかなしかりける（501・ゆげのよしとき・雑上）

⑩けふよりは露のいのちもをしからず蓮のうへのたまとちぎれば
（1340・実方朝臣・哀傷・左大将済時、白河にて説経せさせ侍りけるに）
（以上『拾遺和歌集』、一〇〇六年前後）

⑪おもひにはつゆのいのちぞきえぬべきことのはにだにかけよかしきみ（813・入道摂政・恋四）
（『後拾遺和歌集』、一〇八六年成立）

⑫たのめおくことのはだにもなきものをなににかかれる露のいのちぞ（420・皇后宮別当・恋の部）
（『金葉和歌集二・三』、一一二四〜二七年頃）

⑬たのむよか月のねずみのさわぐまに草葉にかかる露の命を（462・如覚法師・釈教・楼炭経の心を）

⑭あはづののくずのすえばのかへるまでありやはつべき露の命を（697・左京大夫顕輔・別の歌）
（以上『続詞花和歌集』、一一六五年頃）

⑮おろかにも露の命を惜しむかなはちすのうへにいるをみながら（514・大納言資賢・六月・蓮をよめる）
（『月詣和歌集』、平安後期）

⑯歎つつことしも暮れぬ露のいのちいけるばかりを思いでにして（695・俊恵法師・冬歌）

⑰露のいのち消なましかばかくばかりふるしら雪をながめましやは

⑱ひかりまつえだにかかれる露のいのち消えはてねとや春のつれなき（1581・後白河院御歌・雑歌・御なやみをもくならせたまひて、雪のあしたに）
⑲草のいほをいとひても又いかがせん露のいのちのかかるかぎりは（1661・前大僧正慈円・雑歌）
⑳身にかへていざさは秋をおしみみむさらでももろき露の命を（549・守覚法親王・秋歌）

（以上『新古今和歌集』、一二〇五年成立）

以上の二〇首のなかでは、『後撰集』の②と③は、上句に「見るべきに」と「見るべきを」の一字の違いがあるだけで、「露の命」の用法はほぼ同一である。『古今六帖』の⑧も『後撰集』の④と類似歌なので、実質的には一八首の用例と見てよい。一八首のうち、恋歌に数えられるのは『後撰集』の三首と『後拾遺集』『金葉集』の一首ずつの計五首。これらは万葉歌の恋と無常を一首に詠み込むような伝統を承けたものと考えられる(7)。また、鮮明な仏教色のある歌は詞書も掲げられた⑩⑬⑮の三首。⑬は如覚法師が「楼炭経の心」を詠んだ釈教歌で、⑩⑮の二首は浄土教的な、蓮の上に転生する願望が詠まれたものである(8)。もう少し判断基準を広げれば、僧侶の詠んだ歌、例えば⑯の俊恵法師歌、⑲の慈円歌、⑳の守覚法親王歌も仏教的響きのあるものと捉えられる。このように計上すると、仏教的無常観に裏打ちされた「露の命」の用例数は六首になる。

あえて言えば、右に挙げた二〇例では、『古今六帖』の歌や通常の分類で雑の歌と銘打たれるもののように、はかない命に喩える以上の意味が乏しい「露の命」を除いたら、恋の文脈に詠まれたものと仏教的文脈に詠まれたものとは数量的に互角の観を呈している。興味深いことに、恋歌における使用は平安中期に集中しているが、平安末期から中世にかけて仏教的意味合いのある用法は次第に目立ってくるようである。実際、『古今集』には型通りの「露の命」が捜し出せないものの、露と命を一首に詠み込んだ歌は皆無ではない。ただ、それも恋歌と哀傷歌の部に一首ずつの計二首のみ。すなわち、巻十二の「いのちやはなにぞは露のあだものをあふにしかへばお（を）しからなくに」（615・紀友則）と、巻十六の「露をなどあだなる物と思ひけんわが身もくさにを（お）かぬばかりを」（860・藤原惟幹）である。惟幹歌になお注目すべきはその詞書である。「身まかりなんとてよめる」とあるから、「死」を意識しているものであろう。要するに、『古今集』には歌語としての「露の命」は用いられていなくても、露のように消えやすい命という発想は間違いなく存在し、しかも『万葉集』の「露の命」に見える二つの流れ（恋と死）を紛う方なく踏襲しているのである。

中世になるにつれて、仏教思想が一層深く浸透してきたためか、和歌においては右で見た『新古今集』の例のように「露の命」の使用が俄然増えた。私家集なら、例えば西行『山家集』にも用例[9]が複数見出せるように一層多い。散文の物語類においても、特に軍記物語において「露の命」は多く用いられるようになった。『保元物語』に「身の暇を給り、出家遁世をもして、露の命の候はん程は、先公の菩提をも弔奉候はん」（日本古典文学大系、一六七頁）とあり、『平治物語』に「子息ども或は中少将に至り、或は七弁に相並ばせ、ゆゝしかりしかば、墨染の袖に身をやつし、今は露の命さへのがれがたし。昨日のたのしみ今日の悲み、諸行無常は只目の前に顕れたり」（日本古典文学大系、一九九頁）とあるように、「出家遁世」「諸行無常」を説く文脈に含まれているだけに、仏教的無常観の表現としてかなり『平家物語』の用法と近接しているのである。

三、漢籍に見る「露」と「死」のイメージ

『万葉集』の「露」について、それが歌の素材としてすみやかにさまざまな表現へと展開されえたのは、「『万葉集』の歌の筆録者が『文選』の詩の露にかかわる表現を意識していたからだ[10]」という示唆的な指摘がある。「露の命」に限っていえば、『文選』に多く現れる「朝露」の詩文が万葉歌人の目に留まり、新しい歌の表現を生み出す引き金となったのではないかと思われる。『文選』には「露命」という漢語こそ出てこないが、「朝露」を

命のはかなさ、寿命の短さ、人生の不確定さないし死の直接の喩えとする「比興」の表現が多く見られ、「露の命」の、消滅しやすいという認識構造が十分に出来上がっているのである。

『文選』から検出できる「朝露」の用例は計一二例。うち三例[11]が単なる叙景であって比喩ではないのを除くと、残り九例はほとんどすべてが人間の生死を指向する意味を持つ。例えば、

竟先朝露、長委離兮。（顔延之「赭白馬賦幷序」巻十四）
朝露溘至、握手何言。（江淹「恨賦」巻十六）
朝露竟幾何、忽如水上萍。（同前「雑体詩・王侍中懐徳」巻三十一）
人生処一世、去若朝露晞。（曹植「贈白馬王彪」巻二十四）
臣独何人以堪長久。常恐先朝露塡溝壑。墳土未乾而身名並滅。（同前「求自試表」巻三十七）
青青園中葵、朝露待日晞。（古楽府「長歌行」巻二十七）
対酒当歌、人生幾何。譬如朝露、去日苦多。（曹操「短歌行」巻二十七）
浩浩陰陽移、年命如朝露。（古詩十九首「駆車上東門」巻二十九）
身寄虎吻、危同朝露。（桓温「薦譙元彦表」巻三十八）

＊引用は新釈漢文大系『文選』による。旧字を改めた。

とある。諸作の題が示すように、「朝露」は詩のほかに賦や表といった文体にも使われる。また、命のはかなさを見据えた意味用法が古楽府「長歌行」以外のどの例にも当てはまることは、『文選』の李善注によって明らかにされている。「長歌行」の「朝露待日晞」の場合、李善注は毛詩の「湛湛露斯、匪陽不晞」を挙げるのだが、ほかの八例に対しては、すべて『漢書』から「李陵謂蘇武曰、人生如朝露」を引用している。一体「朝露」の表現形成に李陵蘇武の故事がどのような役割を果たしたのか、掘り下げて見る必要があろう。

『漢書』巻五十四「李広蘇建伝第二十四」に蘇武の伝記も記されている。そこに、匈奴に捕われてそのまま帰順した李陵が、同じく囚われの身となっても頑なに節を守る友人蘇武に対して、匈奴への帰服を勧めて説得を試みる言葉が次のように見える。

来時、大夫人已不幸、陵送葬至陽陵。子卿婦年少、聞已更嫁矣。独有女弟二人、両女一男、今復十余年、存亡不可知。人生如朝露〔師古曰、朝露見日則晞、人命短促亦如之。〕、何久自苦如此。

＊引用は『漢書』（中華書局、一九六二年）による。旧字と読点を改めた。〔　〕は唐の顔師古注。

李陵によれば、両人が匈奴と戦う戦場にやってくる前に、蘇武の母はすでに亡くなっていた。後に、蘇武の若妻が再婚して他家へ嫁いだとの噂もあった。家族には妹二人と子女三人がいたけれど、すでに十数年も音信が絶えたままだから、生きているかどうかも分からない。そこに「人生、朝露の如し」という言葉が続き、はかなくすぐに消えてしまう短い人生だから、こんなに長く守節にこだわり自らを苦しめることはないと蘇武に言い聞かせるのである。たとえ漢へ帰ることができても、迎えてくれる家がもうないという状況を提示したうえ、匈奴に帰順しこの地に留まることを勧める論法であった。ここで注目すべきは顔師古の注である。「朝露、日を見て則ち晞き、人命、短促なること亦之の如し」とあるように、朝露の乾きやすいこと・消えやすいことに、命の短いこと・はかないことを重ねている。

李陵蘇武の故事に現れた「朝露」から考えて、『平家物語』巻二「蘇武」に「露の命」が使われているのも合点がいこう。そして、『万葉集』の「露の命」は「朝露の命」というバリエーションを持つこと、かつ「消えやすさ」が表現の中心に据えられていることを勘案すると、李陵蘇武の故事を背景とする『文選』の「朝露」と無関係ではなさそうである。

『文選』が『万葉集』の「露」へ与えた影響を指摘する万葉研究[12]では、よく引き合いに出される先蹤の作品がある。漢代楽府の挽歌「薤露」である。「薤上露、何易晞。露晞明朝更復落、人死一去何時帰。」（宋・郭茂倩『楽府詩集』巻二十七）と歌う「薤露」そのものは『文選』の所収作品ではないが、李陵の「人生如朝露」と同様に李善注の所々に言及される。例えば、曹植「贈白馬王彪」の注に「薤露歌曰、薤上零露何易晞」とある。露の晞きやすさに着目していることは『漢書』顔師古注と同様である。

ただ、「薤露」の歌については、後半の「露晞明朝更復落、人死一去何時帰」という対比に着目し、「露は総体としてとらえて再生可能とみ、人間は個々にとらえて一個の人におとずれた死は絶対的で如何ともしがたく、蘇生は不可能であると確認することで[13]発した深い嘆きと捉え、「薤露」の露は無常どころか、むしろ永遠を表わすものだという意見もある。これは「薤露」の細部に対する正確な読みであるが、同歌の全体を把握するにはやはり『文選』李善注所引の崔豹古今注の解説に従うべきであろう。崔豹古今注によれば、「薤露」は「人命如薤上之露易晞滅」を言う喪歌（挽歌）なのであり、要するに「死」のテーマを表現の中心にしているものなのである。

「薤露」が挽歌であることは『文選』の「朝露」を理解する上で極めて重要である。「薤露」はもともと悲しい調子の喪歌の一種で、先秦時代に始まった民間歌謡だったらしいが、漢代には儀礼制度に取り入れられ、葬儀で歌う儀式すなわち挽歌になったのである。また、漢代から魏晋にかけて挽歌の風習が一般化するなか、宴会や酒席で人々がエンターテインメントとして挽歌を楽しむという奇妙な流行さえ現われた。このような娯楽化と相まって、魏晋以降、挽歌は文人の好んで創作するところとなり、一種の強い抒情性を持つ文学形式となったのである。[14]現に、『文選』巻二十八には「挽歌」という項目が設けられ、繆襲・陸機・陶潜三人の作った「挽歌」が収録されている。これら文人による挽歌詩は古歌「薤露」（王公貴人用喪歌）と「蒿里」（士大夫庶人用喪歌）の伝統を踏襲し、死をテーマとし、生と死を強いコントラストで歌い上げるところが特徴であるという。[15]これに従えば、

「薤露」に始まる挽歌詩は具体的に、生の喜びと死の悲しみを描き、時の流れの早さと人生の短さを嘆く詩句に結実しているが、やがては「朝露」の表現の出現に繋がったと考えられよう。実際、『文選』の「朝露」にはおおかた「死」のイメージが纏わり付いているようである。

例えば、前引『文選』用例のうち、顔延之「竟先朝露」（「赭白馬賦并序」）、江淹「朝露溘至」（「恨賦」）、曹植「常恐先朝露」（「求自試表」）の三例はほとんど死の隠語として「朝露」が用いられ、後に「先朝露」は皇帝に奏上する表や墓誌において死を言う婉曲表現の定型にもなったのである。

曹植「贈白馬王彪」の「人生処一世、去若朝露晞」については、李善注に「薤露」が挙げられていることは前に触れた通りだが、同詩が詠まれる背景には死の深い影があったことに留意しなければならない。『文選』李善注や『三国志』魏書所引の「魏氏春秋」によれば、陳思王曹植は同母兄の任城王曹彰、異母弟の白馬王曹彪とともに朝観のために都の洛陽に入ったが、その間、任城王が急死した。その後、各自の藩国へ帰るとき、曹植は白馬王と同道しようとしたが、中央の官署から「二王帰藩、道路宜異」との指示あって果たせず、激憤に駆られて成した離別の詩が本篇である。すなわち、自身の命も保証できない険悪な状況下で作られた一首の長詩である。中の一節に「奈何念同生、一往形不帰。孤魂翔故城、霊柩寄京師。存者勿復過、亡没身自衰。人生処一世、去若朝露晞。」とあり、亡くなった者への哀思と仮の命を保っていることの虚しさが畳みかけて歌われ、深刻な無常観の表出と言わなければならない。

また、古詩十九首「駆車上東門」は「浩浩陰陽移、年命如朝露。」と詠み、命のはかなさを認めながらも、「不如飲美酒、被服紈與素。」と結んでいる。つまり、生命の無常に敵わないなら、それを逆手にとって美酒を飲み美服を着て楽しく生きようと歌ったところは、一般的な無常観文学と異なるかもしれないが[16]、冒頭部に「駆車上東門、遥望郭北墓。」と、展開部に「下有陳死人、杳杳即長暮。潜寐黄泉下、千載永不寤。」とあるように、「死」

を具象化して詠んでいることはまず間違いない。

右であげた五例と比べ、古楽府「長歌行」、曹操「短歌行」、江淹「雑体詩」、桓温「薦譙元彦表」における「朝露」は死のイメージに直結しているわけではないが、命が短い、命が危ういという点から見て、死生観が現れた表現には変わりあるまい。

このように、『文選』の「朝露」が意味するところに、常に死のイメージが絡んでいる。そういったイメージが形成していく上で、挽歌という媒介の存在が大きいことも見逃せない。ここであらためて思い出されるのは『万葉集』の歌である。「露」の「命」を含む六例のうちの三例が人の死を悼む歌であることは、六朝の挽歌詩における露と死のイメージを思わせるものがあろう。

四、仏教的文脈における「露命」

「露の命」は漢語「露命」の訓読語であろう（『歌ことば歌枕大辞典』）といわれる一方、「露命」は逆に和語の「露の命」から発生した和製漢語[17]とする見方もある。果たして実情はどうだったのであろう。

「露命」という言葉は現代中国語にはもちろん存在しないが、漢籍においても用例が極めて少ない。「中華経典古籍庫」（中華書局）のデーターベースで検索をしたところ、たったの二例しか検出できなかった。一例は『全唐文補遺』第九輯収録の「雑回向文」で、某大徳（寺主）が難病にかかり、その平癒祈願を込めて法会を施す主旨を記したものである。その中に「所恐露命難留、風燈易滅。謹持衣物、投杖三尊。」とあり、自らの先の長くないことを憂慮する施主の気持ちが「露命難留、風燈易滅」の八字に託されている。ただし、ここの「露命」は「風燈」とみごとな対句になっている。つまり、回向文の作者が文飾を凝らして「露のような命」をあえて二字語に言い換えた表現とも捉えられる。

もう一例は明代の居士陶周望の作った「放生詩十首」で、その第九首に「莫言他肉肥、可療吾身痩。彼此電露命、但當相憫宥。」（清・彭紹昇『居士傳校注 陶周望』）とある。自分の痩せた身体を療養するための殺生と肉食を戒め、放生を勧める詩である。衆生はみなはかない命だから、憐れみあうべきという句に「露命」が見えるが、しかし、「彼此、電露の命」と訓読されるように、実は「電露命」なのである。「一切有為法、如夢幻泡影、如露亦如電」（『金剛般若波羅蜜経』）を踏まえた詩語ではあるが、「露命」は独立語になっていない。

したがって、唐代「雑回向文」において、短くはかない命を表わす言葉として「露命」は確かに使われているが、孤立した表現と言わざるを得ない。換言すれば、一般的に使われる、一定の習熟度のある漢語のうちに「露命」が入らないので、「露の命」を直ちに漢語の訓読語と見るのは難しい。ただ、「雑回向文」と「放生詩」の用例が共通して仏教的文脈にあることから、仏教漢語としての「露命」の存在が示唆される。

もっとも、仏経には「露命」が直接使われている例がほとんどない。「露命」という表現よりも、経文に夥しく現れるのは、命の尽き易いことを「朝露」に喩える比喩である。例えば、「空知愛念危脆身、不覚命随朝露尽」（『大乗本生心地観経』般若訳）、「一切衆生、命如朝露」（『仏本行経』釈宝雲訳）、「財業無常命難保、仏説人寿如朝露」（『大宝積経』菩提流志訳）、「五欲無常命難保、身如朝露水上泡」（『大集大虚空蔵菩薩所問経』不空訳）、「命如朝露万物無常、曉了諸陰皆同悩患」（『仏説大浄法門経』竺法護訳）、「人生譬朝露、姓命不久長」（『妙好宝車経』）など、枚挙に遑ない。

そのうち、日本で最も広く知られるのは『涅槃経』（曇無讖訳）の譬喩であろう。人間の寿命が刻々と減少しつつあることを、「猶山瀑水不得停住、亦如朝露勢不久停、如囚趣市歩歩近死、如牽牛羊詣於屠所」（第三十八巻）とあるように、流れ続ける滝の水・長く留まらない朝露・処刑場に向かう死刑囚・屠殺場に送られる牛羊に喩えて説いている。これらの経説に基づき、後の仏徒が各々撰した文章において作りだしたのが「露命」だったのではなかろうか。特に鎌倉新仏教の興隆期に活躍した祖師高僧らが「露命」の熟語化において果たした役割は大きいと言うべきであろう。以下の用例が示すように、高僧らが残した法語著述に「露命」が集中的に用いられているからである。

是以澄心於小水魚、歎露命日日減。係念於屠処羊、悲無常之歩歩近。（永観〔一〇三三〜一一一一〕三論宗、『往生拾因』）

拙生澆漓之末、悲留汚道之烈塵。残涯難知、終焉何時。若宿草之露命、秋又送秋。戯花之蝶夢、春猶迎春。（守覚法親王〔一一五〇〜一二〇二〕真言宗、『左記』）

源空雖蒙此炳誡、露命難定。今日不知死、明日不知死。故以此書密付属汝。（弁阿聖光〔一一六二〜一二三八〕浄土宗、『徹選択本願念仏集』）

露命ワツカニ枯草ノ身ニカカリテサフラフホトニコソ。（親鸞〔一一七三〜一二六二〕浄土真宗、『歎異抄』）

最勝ノ善身ヲイタツラニシテ、露命ヲ無常ノカセニマカスルコトナカレ。（道元〔一二〇〇〜五三〕曹洞宗、『正法眼蔵』）

時光疾於箭、賊過勿張弓。露命難繫風、花落何望朶。（義雲〔一二五三〜一三三三〕曹洞宗、『義雲和尚語録』）

無常オイヲマタズ。殺鬼ワカキヲユルサネバ。イノチノカギリノサダメナサコソ。イトドタノミナクオボユレ。ツクツクト光陰ノ。メグルヲハカリニシテ。ヤウヤク露命ノツヅマル事ヲシルニ。ケフモハヤクレヌ。（向阿証賢〔一二六五〜一三四五〕浄土宗、『父子相迎』）

自付露命難期、漸写五部大乗経。

（抜隊得勝〔一三二七〜八七〕臨済宗、『塩山抜隊和尚語録』）

右は代表的な用例を拾い出して作者の生年順に並べてみたものである。これによって、まず見えてきたのは「露命」が平安後期から現れ始めたことである。永観の『往生拾因』は『涅槃経』を踏まえた「露命」でもって無常を説いた早い例であり、『方丈記』の鴨長明や『徒然草』の兼好法師など中世の遁世者たちの無常観に深く影響したことも事実である。

次に、引用文献の時代を見ると、鎌倉期に下るにつれて、漢文にだけでなく和文にも次第に使われるようになったことがわかる。これは新仏教の担い手たちがより広範な社会階層に向けて教化を行う際、言葉を平易で親しみやすい和語へ切り換える中でも、あえて漢語風に響く「露命」を漢文仏典の名残として取り入れたのであろう。そして興味深いのは「若宿草之露命、秋又送秋」と書いた守覚法親王である。第二節で述べたように、守覚には「露の命」を詠み込んだ秋の歌（『新古今集』入集歌）がある。ということは、守覚からして「露の命」と「露命」は、表現する文体が漢文か和歌かによって使い分けただけで、ほとんど同語であることを物語っている。

なお、右に挙げた諸例の作者は全員出家した僧侶であり、所属宗派が浄土宗・浄土真宗・臨済宗・曹洞宗・真言宗などの多宗派に亘っていることも注目されたい。つまり、仏教徒の世界では宗派を問わず、はかない命を表わす「露命」を一般的に認知し受け入れていたと考えられる。とはいえ、右の諸例からは、「露命」はもっぱら浄土系の僧（永観・弁阿・親鸞・向阿）が好んで使う傾向もあったように見える。もとより『往生拾因』の永観は三論宗の僧でありながら、浄土教を広めた先駆とも看做されるのである。このことは、浄土系仏教が中世の無常観の流行に大きく関わっていた裏付けにもなろう。

ところで、大蔵経データーベース（SAT）で検出された全用例を見ると、禅宗系の法話語録における用例数も目立っており、数量的に浄土系を上回っている。ただこれは例えば『正法眼蔵』に七例、『塩山抜隊和尚語録』に六例があるように、特定作者の好みによる言葉遣いとも言える。とりわけ『塩山抜隊和尚語録』の場合、「露命」はほとんど法会表白文に使われる、単に寿命を意味する紋切型となっており、無常を表現する緊張感が薄い。これと類似する常套的用法はほかにもある。単なる年齢の異称として用いられるものである。例えば、新羅僧見登『華厳一乗成仏妙義』の奥付に「性空露命二九歳、夏﨟一九歳」とあり、『華厳五教章不審』にも「権大僧都実英露命六十四」などが見える。書物を書写した者の年齢を提示する固定様式となっているようだが、あまり多くは見られない。

いずれにせよ、中世鎌倉期ともなれば、道元や浄土僧らの法語に見られるように、無常を強く象徴する「露命」が熟語として市民権を獲得していたのである。それ以降は仏教的な文脈に限らず、その使用が文学作品の世界にも広がっていった。近世になると、「露命」は芭蕉の詩文や井原西鶴の好色物にも見られ、もはや一般漢語と化したといえる。

おわりに

『平家物語』には時々ほぼ同様の文章や描写が繰り返されるという現象がある。「常套句の頻出は決して作者の力量のなさを示すものではなく、むしろ一つの技法と見るべきである」(18)と評されているように、常套的表現は一種の符牒であって、御決まりの意味合いでもって聴き手や読者に場面の状況を手早く理解させるのに効果的らしい。本論考が注目した「露の命」もこういった常套的表現の一つであろう。

「露の命」は字面でも明白なように「はかない命」の喩えである。実際、作中においては登場人物が生死の瀬戸際に立たされた場面に用いられることが多い。死ぬはずがまだ生き延びている時の心情、或いは今日か明日か死が眼前に迫っている状態を表すのが「露の命」の決まった用法である。したがって、『平家物語』の無常観を表現するものとして、「露の命」は一般の常套句以上に、意味深いものがあるのである。

そこで、「露の命」という表現の成立を明らかにすべく、和歌・漢籍・仏典のそれぞれに視座を置きながら考察を行ってみた。結論からいうと、歌語としての「露の命」は『万葉集』に最初の使用が見えながらも、用例が僅少であった。むしろ、「露の命」が生み出される母体ともいえる比喩、つまり、はかない命を消えやすい朝露に喩える表現が『万葉集』に多く見られ、しかも死の話題にまつわる歌・挽歌に用いられる傾向にあった。仏教色のある歌語としては、中世に下るほど歌に多用され、次第に確立してきたようである。

一方、「露の命」と六朝の漢詩文の影響関係を視野に入れて検討する場合、本論考では特に『文選』などにある、命を朝露に喩える表現の伝統に照明を当ててみた。そして、古楽府「薤露」が挽歌であるように、「朝露」の表現が死を悼む文体と密接な繋がりがあることを指摘した。こうした表現と文体の内在関係は、『万葉集』でも「露の命」が挽歌の類に使われていることによって確認できる。ただし、『文選』の「朝露」は『漢書』李陵蘇武伝の「人生如朝露」によると李善注で示されているように、仏教的無常観がまだ融合を果たしていないと考えて無難であろう。

むろん、仏典では様々な譬喩を駆使して人命の無常を説くことが一般的であり、諸経に見える「命如朝露」（『仏本行経』）などの教説も仏教伝来後の中国や日本では幅広くかつ長期的に人々の死生観に影響していたであろう。そうした影響の証として挙げられるのが後世の造語「露命」である。ただ、注意すべきは、早期の経典に全く見出せない「露命」が中国では唐代以降、日本では平安中期以降に現われ、しかも最初はほぼ仏教的文脈にしか用いられなかったことである。同語は、中国では語彙表現としての発展を見せず、仏教文献に見るその場限りの造語のまま、とうとう熟語化するに至らなかった。対照的なのは、日本では鎌倉期の仏教隆盛の流れに乗って、「露命」は僧侶による法語の中に盛んに使われ、だんだんと一つの独立語として定着してきたことである。したがって、「露命」を漢語と捉えるなら、和製漢語（必ずしも和語から発生したとは限らず）と見るべきであって、或いは仏教漢語と見たほうが妥当であろう。近世になって、同語が文芸作品や世俗一般の文章にも使われるようになったのは、その表現の幅が広がると共に、習熟度が進んだことを物語る。なお、「はかない命」を意味する類義語同士とはいえ、「露の命」と「露命」はそれぞれ独自の成り立ちを有する言葉であり、必ずしも和語を漢語の訓読語と見る必要はなかろう。両者はむしろ並行してそれぞれ形成し自己完結したといえよう。

こうして「露の命」の表現史をたどってきてみると、同語が和漢混淆文の無常観文学である『平家物語』において頻出するのも当然であるように思われる。なぜなら、「露の命」という言葉は、和漢の伝統が融合した上に仏教が加味した無常観の表現として機能しているからである。逆に、「露の命」という表現の遠景にあった六朝風の死生観や仏教思想を見通すことによって、『平家物語』の無常観についての理解も一層深まるものであろう。

（1）本論考に引用する『平家物語』の本文は日本古典文学大系『平家物語』上・下（岩波書店、一九五九～六〇年）による。旧字を改めた。以下、頁数を表示する場合は上・下で巻別を示す。

（2）永積安明『中世文学の成立』（岩波書店、一九六三年）所収の「『平家物語』の思想」は「序章の表現をめぐって」（初出一九六二年）と「石母田正氏の『平家物語』を読んで」（初出一九五八年）の二篇を統合したもので、『平家物語』序章の無常観をめぐる論が展開されている。その観点は後に文学史の叙述（久松潜一・市古貞次編『増補新版　日本文学史　中世』〔至文堂、一九七七年〕、永積執筆による「軍記物語」の項目）にも反映している。

（3）注(2)前掲永積書、一三七頁。

（4）「うつせみの惜しきこの世を露霜の置きて去にけむ時にあらずして」（巻三・443・大伴三中・長歌）、「朝露の消易きわが身他国に過ぎかてぬかも親の目を欲り」（巻五・885・大典麻田陽春・大伴君熊凝の歌二首）、「秋づけば尾花が上に置く露の消ぬべくも吾は思ほゆるかも」（巻八・1564・日置長枝娘子）などがある。実際、「露の命」の用例として挙げた巻四・785番歌は「露の身」とされるバージョンもある。

（5）寺川真知夫「万葉集の露」（『美夫君志』四六号、美夫君志会、一九九三年三月）。ほかに、石井公成「『万葉集』の恋歌と仏教」（『駒澤大学仏教文学研究』七号、駒澤大学仏教文学研究所、二〇〇四年三月）、相澤京子「「露の命も惜しからず」考」（『大伴家持研究』第三巻、國學院大学大学院大伴家持研究会、二〇〇三年）なども同じ意見である。

（6）佐藤美知子「大伴家持の「願寿作歌」をめぐって」（『大谷女子大国文』二二号、一九九二年三月）五三頁。

（7）注（5）の石井前掲論文以外に、同氏の「無常と忠君と恋をつなぐもの」（駒澤短期大学『駒澤短期大学研究紀要』三三号、二〇〇五年三月）も参照できる。

（8）⑩の『拾遺集』実方歌について、徳光澄雄「藤原実方家集の研究（六）」（『日本文学研究』三〇号、高知日本文学研究会、一九九三年）には作歌の仏教的背景についての詳しい紹介がある。

（9）「秋ごろ、風わづらひける人をとぶらひたりける返事に」との題詞付きの「消えぬべき露の命も君がとふ言の葉にこそ起きゐられけれ」（920）、「あだに散る木の葉につけておもふ哉風さそふめる露の命を」（925）などがある。

（10）注（5）前掲寺川論文、一六頁。

（11）「朝露清泠而隕其側兮、玉液浸潤而承其根」（王褒「洞簫賦」）、「淒淒朝露凝、烈烈夕風厲」（潘岳「悼亡詩」）、「秋岸澄夕陰、火旻団朝露」（謝霊運「永初三年七月十六日之郡初発都」）。

（12）辰巳正明『万葉集と中国文学』（笠間書院、一九八七年）、中西進『万葉と海彼』（角川書店、一九九〇年）および前掲注（5）寺川論文、石井論文。

（13）注（5）前掲寺川論文、二三頁。

（14）挽歌の由来、変遷については一海知義「文選挽歌詩考」（『中国文学報』一二巻、京都大学文学部、一九六〇年四月）、岡村貞雄「楽府挽歌考」（『中国中世文学研究』六号、広島大学文学部、一九六七年六月）、呉承学「漢魏六朝挽歌考論」（『文学評論』第三期、中国社会科学院、二〇〇二年）の諸研究が参考になる。

（15）注（14）前掲呉承学「漢魏六朝挽歌考論」による。

（16）これを注（7）前掲石井「無常と忠君と恋をつなぐもの」は「無常観から享楽へという姿勢」（一七五頁）に基づく中

国漢詩の伝統の一つと捉えている。後の『徒然草』には似たような発想がある。

（17）佐竹昭広「無常――『万葉集』再読」（『岩波講座　日本文学と仏教　第四巻　無常』岩波書店、一九九四年）。

（18）板坂耀子『平家物語――あらすじで楽しむ源平の戦い』（中公新書、二〇〇五年）五七頁。

後鳥羽上皇の水無瀬殿（水無瀬離宮）の構造と承久の兵乱後の動き

豊田裕章

はじめに

後鳥羽院政期は、未曽有の大事件である承久の兵乱が起こるなど日本史上の大きな画期である。後鳥羽上皇は平安京や近郊に数多くの御所を所有したが、その中で最も愛好した離宮が、水無瀬殿（水無瀬離宮）である。

水無瀬殿（水無瀬離宮）は、後鳥羽上皇の近臣であり内大臣であった源通親（みなもとのみちちか）の山庄（山荘）を離宮とした第一期（正治二年～元久二年：一二〇〇～一二〇五）、寝殿の改修や上皇の御願寺（水無瀬殿御堂）である蓮華寿院が建立された第二期（元久二年～建保四年：一二〇五～一二一六）、新御所や山上御所が造営された第三期（建保五年～承久三年：一二一七～一二二一）と次第に拡充されたと考える。

その盛期である第三期の水無瀬殿は、本御所、新御所（上御所）、南御所（薗殿）などの複数の御所群や小御所[1]、馬場殿（馬場御所。馬場屋と呼ばれることもある）、長廊などの附属施設から構成される中核区域を有していた。この中核区域には本御所を中心とする街区A、新御所造営にともなってさらに整備されたと見られる街区Bが設けられていたと推定する。本御所と新御所を東西につなぐメインストリートの街路が、馬場としても用いられたと

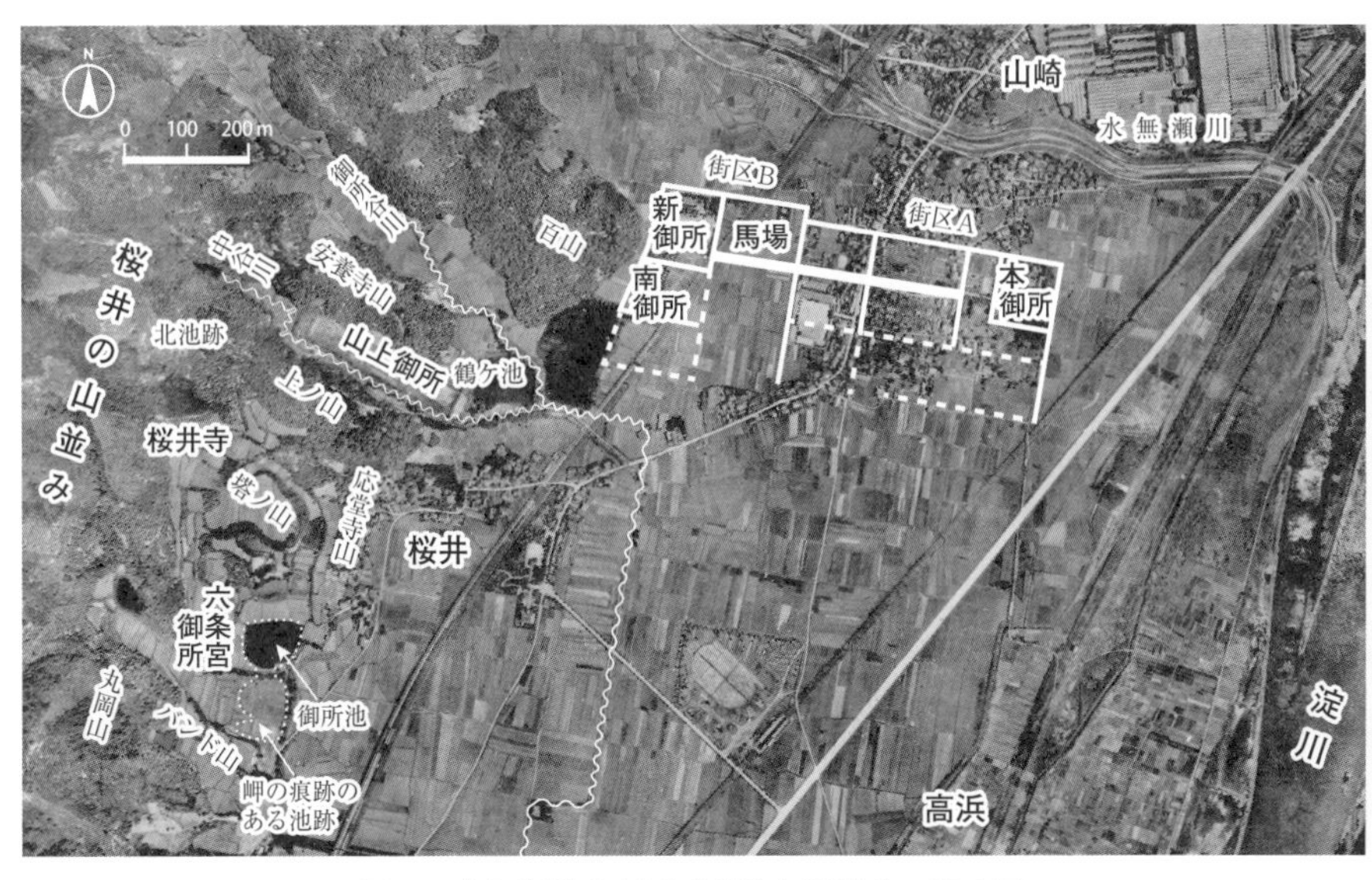

図1　水無瀬離宮（水無瀬殿）と附随地の推定図
（昭和21年の国土地理院所蔵の空中写真に筆者加筆）

考えられ、馬場殿や長舎状建物である長廊はその南側に存在したと推定する。

　この中核区域の外部の山側に、これも水無瀬殿を構成する御所の一つである山上御所が造営された。これらの御所群は水無瀬殿と総称され、これに属するそれぞれの御所は、正式には水無瀬殿本御所、水無瀬殿新御所（上御所）、水無瀬殿山上御所のように「水無瀬殿」を冠して呼ばれた。

　また、この水無瀬には、六条宮雅成親王の御所(2)、後鳥羽上皇の御願寺で水無瀬御堂とも呼ばれ、等身の阿弥陀如来像と千体の地蔵菩薩像が置かれた蓮華寿院(3)、泉の湧く源通親の宿所である内府泉、後鳥羽上皇の乳母である藤原兼子（高倉兼子）、前太政大臣藤原頼実（大炊御門頼実）、藤原公経（西園寺公経）、藤原光親（葉室光親）、藤原保家（持明院保家）、尊長僧都のような上皇の有力近臣の宿所も設けられていたと考えられる（図1）。

　以上は旧稿の内容を略述したものである。本論考は、このような旧稿の内容をふまえて、先ず後鳥羽上皇の水無瀬殿の第三期に拡充された新御所（上御所）や山上御所に関して、近年考察を進めた諸点を加えて述べた。

本論集では無常という仏教思想が重要なテーマとなっている。日本の古典文学では、しばしばこの無常について、かつて権勢を誇った人物の拠点として繁栄した場所が荒廃している現状を慨嘆するという形で叙述がなされる。

後鳥羽院政期に繁栄した水無瀬殿（水無瀬離宮）についても、近衛兼経の日記である『岡屋関白記』の建長三年（一二五一）九月二〇日の条では、兼経が水無瀬殿を訪れた時の感慨を「依便宜見水無瀬殿、不異姑蘇台之秋」と記す。これはおそらく『和漢朗詠集』巻下、「故宮付破宅」に見え、『本朝文粋』巻第一、賦、居処にも収められた源順の賦である「奉同源澄才子河原院賦」の「強呉滅兮今有荊蕀、姑蘇臺之露瀼瀼」などをふまえたものであろう。かつての水無瀬離宮（水無瀬殿）の繁栄とその荒廃を春秋時代の呉王夫差の宮室や源融の河原院に擬して衰微した水無瀬殿の秋を詠じたものと考えられる。

また、『中務内侍日記』では、その作者である藤原経子が弘安七年（一二八四）に尼崎からの帰途、水無瀬を過ぎる際に、「これなん昔の御所にて、いみじかりしも、今かくなりぬる、あはれに侍」という「古めかしき物語」を聞いて、「浅からぬ　昔の故を思ふにも　水無瀬の川に袖ぞぬれぬる」と歌を詠んでいる。これらは古典文学にしばしば見られる無常観による慨嘆といえる。

後鳥羽上皇の崩御の後、水無瀬離宮は、再び離宮として用いられることはなかったが、その実態はどのようなものだったのであろうか。

そこで本論考は、承久の兵乱以後の様相やその推移についても、後鳥羽上皇の妃である修明門院領をめぐる政治的動きなどの当時の社会状況も併せて言及したものである(4)。

一、第三期に造営された水無瀬殿の新御所（上御所）と南御所（薗殿）

『阿娑縛抄』などの文献史料から考えられる新御所（上御所）と南御所（薗殿）の構造

水無瀬殿本御所が建保四年（一二一六）の大洪水で「顛倒流出」したため、他所を選び定めて「水無瀬殿新御所」が造営された（『百練抄』）。この新御所について、『仁和寺日次記』では「上御所」と記す。

この造営にともなって建保四年一二月二九日より翌五年（一二一七）の年初にかけての七日間、御所新築に際してその御所の安穏を祈るための秘法である安鎮法が、延暦寺座主である承円などにより新御所の造営現場で行われた。正月一〇日には、新御所の完成を祝して移転の儀式である移徙の儀式が行われている。

この時の安鎮法に関しては、天台密教の教相・事相を集大成して一三世紀に完成した『阿娑縛抄』の「水無瀬殿安鎮日記」に見え、その記載や指図により、新御所の寝殿の構造を、母屋が桁行三間、梁行二間で、四面に庇がめぐり、北・西・東面にはさらに孫庇（弘庇、広廂）が設けられていたものと推定した。

『阿娑縛抄』の記載やもう一つの指図からは、水無瀬殿新御所（上御所）の周囲が「築垣」で囲まれていたこととともに、そこに開かれた諸門の位置、御車宿の位置、南側に南御所（薗殿）という別区画が存在したことがわかる。ここでの築垣は、築地の上に屋根として板を並べ、土を載せたものであると考える。

新御所の西側には平門（平唐門か）がある。東門の内部には上皇の御車宿があったことから、東側の門が正門で四脚門という構造の門であったと考える。『阿娑縛抄』の指図では、新御所（上御所）の北側の築垣には、その西よりの場所と東よりの場所に二つの門が点で示されている。前者は点二つ、後者は点一つで「小門」と記されていることから、前者は棟門、後者を小型の棟門と解した。新御所の玄関にあたる中門や中門廊なども必然的に正門のある東側にあったと考えられる。

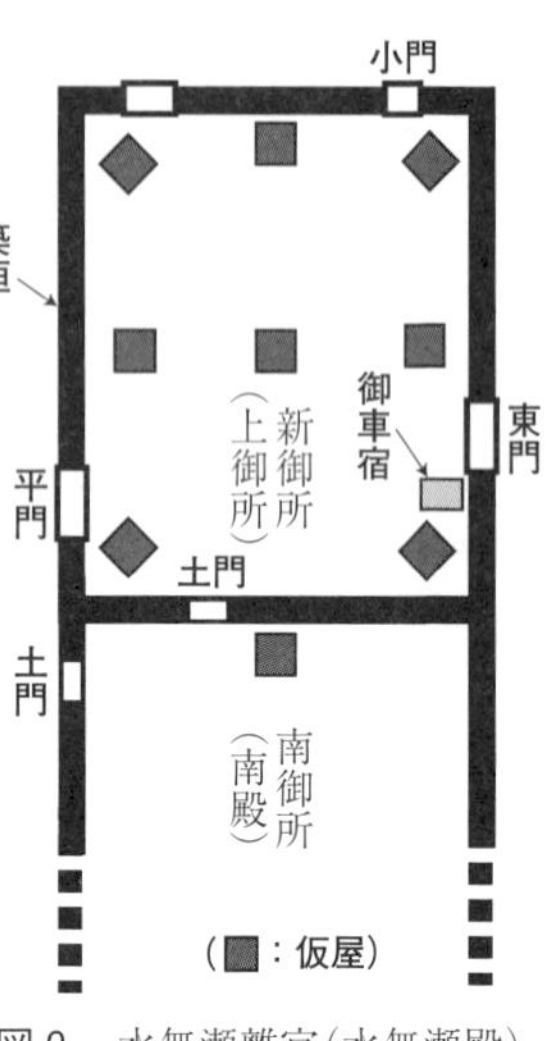

図２　水無瀬離宮（水無瀬殿）の新御所（上御所）・南御所の諸門と安鎮法の仮屋の配置概念図（筆者作成）

新御所（上御所）の南側には、南御所（薗殿）と呼ばれる別区画の御所があり、同様に南御所（薗殿）も築垣が設けられていた。薗殿という名称から花園や菜園などが存在した可能性を推定する。南御所には、おそらく北よりに建物があったと考えられる。『阿娑縛抄』の指図や本文には、安鎮法を行うための九つの仮屋（その中に修法のための穴も掘られている(5)）が記されている。その位置を概念的に示したものが図２である。なお、「輪供養等事不見之」（輪供養等の事、これを見ず）と記されており、この記載を輪宝に関することと解すれば、単に記述者が見なかっただけである可能性は否定できないものの、輪宝は埋められていない可能性もある。

『阿娑縛抄』を翻刻したものとしては、『大正新修大蔵経』と『大日本仏教全書』があるが、両書の指図には異なる点がある。後者で新御所（上御所）と南御所の間は築垣で画されているが、前者では、その間にさらに路が描かれている。それぞれが依拠した写本の違いによると考えられる。本文と照合すると後者を支持したいが、前者の可能性も否定できない。今後さらに検討したい。

『大日本史料』承久元年（一二一九）八月一六日条所収の『普賢延命御修法記』には、承久元年九月八日（〜九月一五日結願）に、水無瀬離宮（水無瀬殿）の附属建物である広御所（弘御所）で、信西入道の孫であり醍醐寺座主、東寺三長者などを歴任した前権僧正の成賢などによって普賢延命法が行われたことが記される。これは後鳥羽上皇の不予により、八月一六日以後、水無瀬殿、仁和寺、康楽寺で行われた様々な修法の一環である。この時に水無瀬殿の広御所で行われた普賢延命法の修法では、後鳥羽上皇も広御所に出御している。同記には、修法の場となった広御所の指図がある。修法の行われた年代が新御所（上御所）造営以後の時期（第三期）に当たることから、この広御所は、新御所（上御所）に建てられたものである可能性が高いと考えられる（ただし、本御所が、洪水で被害を受けた後に再建されていた場合、本御所の建物である可能性もある）。なお、広御所は、御所というが一つの殿舎である。

『普賢延命御修法記』に記された広御所での修法では、成賢の座る礼盤から見て東南に後鳥羽上皇の御座があった。指図にはこの修法に際して複数の畳が敷かれたことが記されるが、その中に注記はないものの上皇の御座と考えられるものがある。礼盤と御座と考えられる畳との位置関係から見て、この広御所は南北棟建物であったと考える。この指図では、桁行五間、梁行二間の母屋があり、その北側に広庇、西側に庇が描かれている。さらに東側、南側にも庇があった可能性がある。これが北側築垣の西よりにある棟門と相対する位置にあるものであるならば、広御所は新御所（上御所）の敷地内の北西に存在した可能性も考えられる。

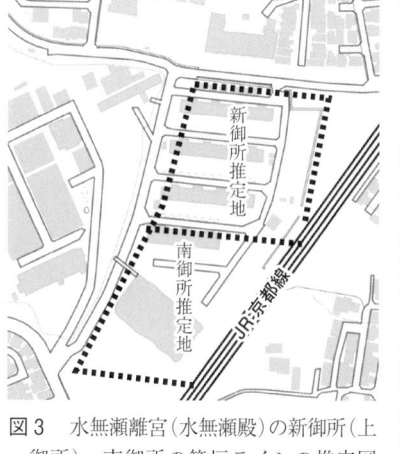

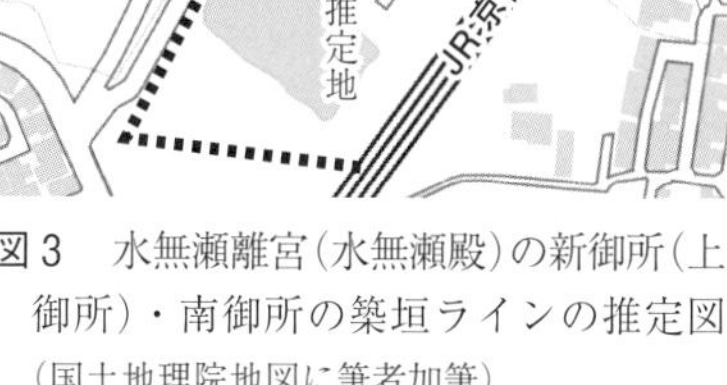

図3　水無瀬離宮（水無瀬殿）の新御所（上御所）・南御所の築垣ラインの推定図（国土地理院地図に筆者加筆）

この記載に見える広御所を新御所（上御所）のものとして上記のように考えた場合、北側の広庇、南側に推定する庇も合わせると広御所の推定される桁行は七間となり、その南北距離は約二〇m、また先述した寝殿の梁行が五間であることから、その南北距離が約一五mと考えられ、広御所の桁行と寝殿の梁行を合わせると寝殿の南端は北築垣より約三五m以上離れた位置にある可能性が推測される。

このような文献史料から考えられる新御所（上御所）と南御所を、近代の地誌類や伝承、近代まで伝存していた「提」

状の地形（築垣の痕跡と推定した）、江戸時代の古図や明治時代以後の和紙公図に見られる地割りや地目、さらに合筆・分筆などの過程を、土地登記情報などを参照・検討の上、現地に推定して比定したものが図3である。(6)

二、水無瀬殿山上御所

第三期の建保五年（一二一七）に水無瀬殿の「山上」に「新御所」が造営されたということが、『明月記』同年二月の記事に見える。この『明月記』の記載については、従来の研究では同年に移徙のあった第三期の水無瀬殿の新御所（上御所）と同一のものとされ、百山の上に造営されていたとも考えられてきた。

しかしそれでは、先述したように『阿娑縛抄』の記載から考証した、平地に立地し四周を築垣で囲まれた新御所（上御所）の構造とは合致しない。また昭和三〇年代に奈良国立文化財研究所（現奈良文化財研究所）によって制作された実測図を見ると、百山の上に大規模な削平地などの痕跡は見えない。また、この造営の記事も、新御所（上御所）への移転の儀式である移徙の儀式が行われてからひと月ほど後のものである。

藤原定家の私歌集である『拾遺愚草』では、「みなせ殿の山のうへの御所」という名称でこの御所を記しており、「山上」に新たに作られたという御所は、当時「水無瀬殿山上御所」と呼ばれていたことがわかる（図4）。「水無瀬殿」という言葉は包括的な概念で、本御所、新御所、南御所などはそれに属するものであった。それぞれの御所は、正式には「水無瀬殿」の語を冠して「水無瀬殿〇〇御所」と称されていた。「水無瀬殿山上御所」もその名称から見て、水無瀬殿に含まれる御所の一つで、また建保五年に新たに造られたという意味では新御所の一つである。しかし、平地に造られ周囲を築垣で画された新御所である「上御所」とは別の御所であり、「山上御所」と呼ばれたものであったと考える（写真1）。

山上御所跡推定地として筆者がかねてより指摘していた場所で、平成二六年度（二〇一四年度）に島本町教育委員会により発掘調査が行われたところ庭園遺構が検出され、後鳥羽上皇の水無瀬離宮に関連するものとして発表された（従来、埋蔵文化財の包蔵地とはされていなかったため、新たに「西浦門前遺跡」と名づけられた）[7]。

藤原家隆の「水無瀬山　せきいれし滝の　秋の月　思い出ずるも　涙落ちけり」（『壬二集』）に詠まれた滝は、通常、水無瀬川左岸にある自然の滝である水無瀬滝として、水無瀬山はその背後の天王山側の山であるとされる。しかし、この歌で詠まれる滝は人工的に堰入れて造られたものであり、自然の滝である水無瀬滝とは合致しない。西浦門前遺跡周辺を山上御所と考えるならば、この歌に詠まれた水無瀬山は、むしろその背後にある桜井の山並

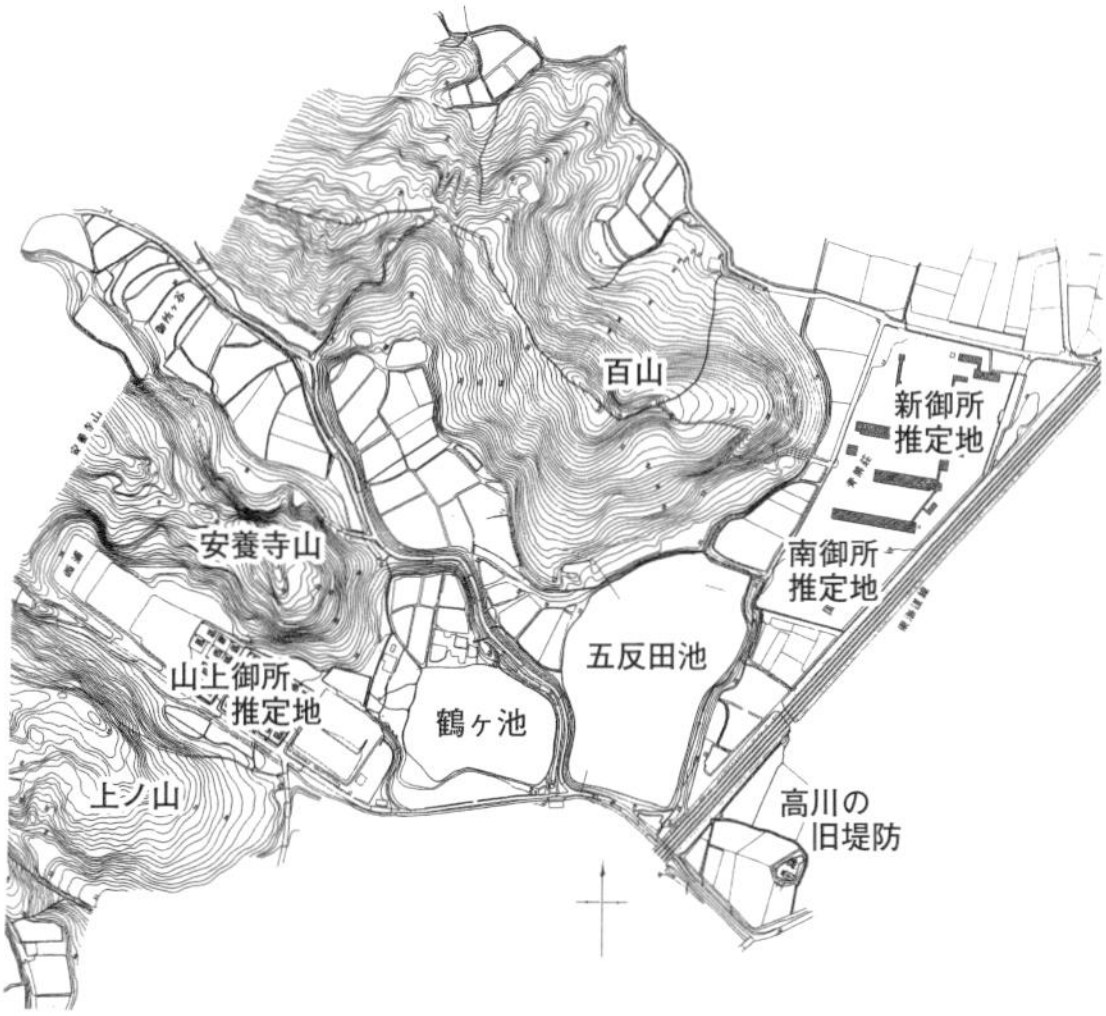

図４　水無瀬離宮（水無瀬殿）の新御所（上御所）・南御所推定図（注（４）豊田、2016年論考より）

写真１　昭和30年代の山上御所推定地
（写真提供：奈良文化財研究所）

みであると考えられる。

なお、島本町教育委員会の見解では、平成二六年度の発掘調査で検出された小さな石組を滝組の遺構であるとする。しかし、『明月記』に大石を運んで造られたとされる滝は、これとは別に存在したものであると考える。後世に破壊されていなければ、大石を組んだ滝の遺構やその痕跡が発掘調査で検出される可能性が考えられる。西浦門前遺跡から島本町役場のある鶴ヶ池にかけての地域は、滝組などを含めて重要な遺構の検出される可能性の考えられる場所である。水無瀬殿御堂とも呼ばれて、後鳥羽上皇の御願寺として水無瀬殿に附属する寺院である蓮華寿院跡の候補地についても、島本町桜井の御所池周辺とともに、この鶴ヶ池周辺も有力であると考える。

奈良国立文化財研究所は庭園史研究の泰斗であった森蘊を中心に、昭和三〇年代にこの付近を実測調査し、その報告書をまとめている。その中で森は「猶鶴ヶ池の西岸には庭石らしいものが発見されており、当時の大規模な園池の地形を今日に伝えるもののようである」と記述している(8)。

筆者は、二〇二四年六月に奈良文化財研究所で、森蘊などの調査資料の閲覧をさせていただいた。当時撮影された白黒写真の中に、およそ二mほどではないかと考えられるいかにも庭石のような形状の石が二つ、高低差のある崖面のような場所で出土した様子を撮影した写真があった。撮影場所については書かれていなかったが、おそらく工事などで偶然地中から発見された様子を撮影したもののようであり、森が言及する鶴ヶ池西側での庭石の出土状況の写真である可能性が考えられる。筆者はこの写真に見える石が、『明月記』に見える遠方から材木を敷き並べて運ばれてきた山上御所の滝組の一部ではないかとも推定

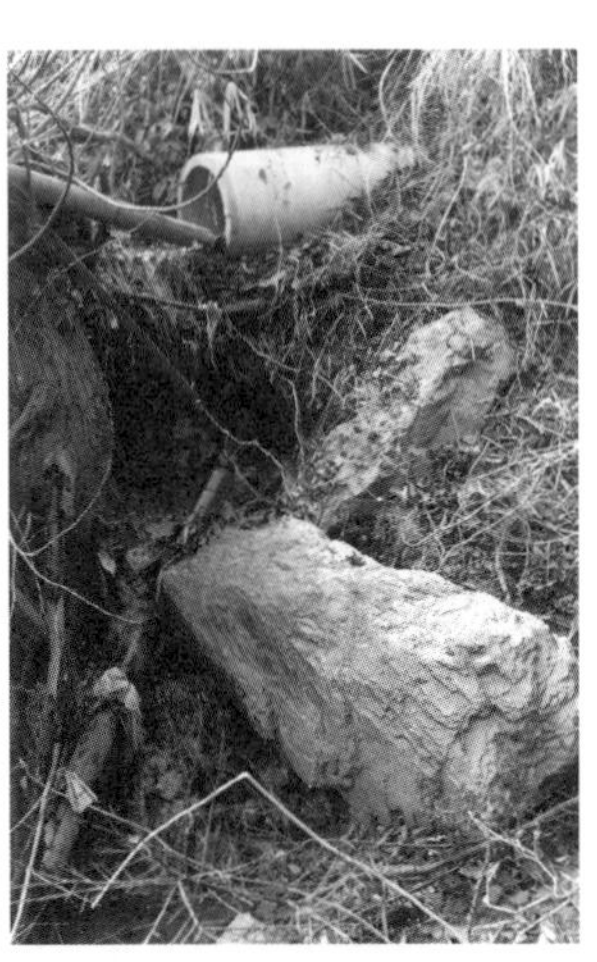

写真2　昭和30年代に発見された庭石と考えられる石
（写真提供：奈良文化財研究所）

する。この二つの石がその後どうなったかはわからない。もし撤去されていなければ、今後鶴ヶ池西側や周辺で、これらの石などの庭園遺構が発掘調査などの際に検出される可能性もある[9]（写真2）。

三、承久の兵乱以後の推移

後鳥羽上皇の崩御による大原法華堂創建と水無瀬殿の建物の移建

延応元年（一二三九）二月二二日に隠岐国で崩御した後鳥羽上皇[10]（後鳥羽法皇）の遺骨は、五月二五日に荼毘に付された[11]。『百練抄』の同年五月一六日の条には、「五月十六日己酉、隠岐法皇御骨左衛門尉能茂法師奉懸、今日奉渡大原籠禅院云々」というように、上皇の寵臣であった藤原能茂（出家して西蓮）が大原へ遺骨を運んだと記載される。また『増鏡』も能茂が京へ運んだとする。

『大日本史料』所収の『華頂要略附録』三九では、「御力者」の金力が隠岐から大原まで遺骨を運んだとする。「御力者」という表現から、隠岐で上皇に仕えていた力者であろう。この記載を重視して『百練抄』や『増鏡』とを併せ考えれば、水無瀬までは金力が運び、水無瀬から京の大原へは、藤原能茂が運んだという可能性も考えられる。

藤原能茂も隠岐へ幾度も訪れ滞在して上皇に仕えたと考えられる。ただし、京もしくは水無瀬などに居して、修明門院領の庄務に預かり、隠岐の後鳥羽院の生活を支えるのに努めることも多かったのではないか。

『明月記』の安貞元年（一二二七）一〇月二五日条では、藤原為家が父である定家のもとを訪ねてきて、水田（吹田、現在の吹田市高浜付近）からの帰途、たまたま舟を引く綱手が多数集まっていたため、思わぬ早さで、水無瀬殿まで航行できたと話したことが記されている。また、同書寛喜二年（一二三〇）四月六日条は、訪ねてきた為家の語る九条道家の水田（吹田）方違のことを記す。その中に、九条道家が吹田からの帰路、水無瀬殿の前からは輿に乗って京へ帰ったことが書かれる。後鳥羽上皇の在世中は、水無瀬殿の建物はまだ維持されていたのであろう。

『大日本史料』所収の『一代要記』では仁治二年（一二四一）二月八日に、後鳥羽上皇の陵墓の仏堂として法華堂が大原に建立供養され、上皇の遺骨が西林院から遷されたという。『増鏡』では、この法華堂について後鳥羽上皇がとりわけ愛好した水無瀬殿の建物を修明門院の沙汰で移建したものとする。先掲した『華頂要略附録』には、後鳥羽上皇の皇子で修明門院所生の尊快入道親王が沙汰をして水無瀬殿を壊しこの法華堂が建てられたと記載され、修明門院領の備前国軽部庄や播磨国安室郷が供領となったとある。(12)

尊快入道親王が、当時、延暦寺の梶井宮の門主であったことから、この門流が大原法華堂での仏事を行ったようである。建保年間の水無瀬殿新御所（上御所）の寝殿での安鎮法の修法の指図に、「開白時座主大阿闍梨御座」と並んで「宮御見聞御座」が描かれている。前者の座は延暦寺座主の承円の座であり、後者は修法の次第を見聞して学ぶための「宮」の座であろう。この「宮」は、承円の弟子である尊快入道親王であると考える。

尊快入道親王は新御所の寝殿とこのように所縁がある。水無瀬殿の建物の移建に、尊快入道親王が関わっていることからも、水無瀬殿の諸御所の中でも新御所（上御所）の寝殿などの建物が大原に移されて法華堂が建立されたのではないかと考える。

修明門院領と水無瀬・井内の重層的領有構造

暦仁二年（一二三九、二月七日に延応に改元）二月九日、体調が重篤となった後鳥羽上皇は、自らが崩御した後、水無瀬とそれに隣接する井内の地を、藤原信成・親成（水無瀬信成・親成）父子が知行して自身の菩提を弔うように命じた置文を残した。(13)同二月一〇日にも重ねてそのことが置文に記される。(14)水無瀬・井内は、後鳥羽上皇が領有する土地であるが、後鳥羽上皇の母である七条院藤原殖子の所領ともなっており、七条院の崩御後は、後鳥羽上皇の后である修明門院が引き続き領有している[15]。

建長四年（一二五二）には水無瀬に隣接する井内で起こった樹木の伐採に端を発した水無瀬家と西観音寺の争論に際して、修明門院が、山崎にあった西観音寺に土地を寄進して事態を収拾している[16]。そして、西観音寺には後鳥羽上皇の菩提を弔うように命じている。このことからも、水無瀬家による水無瀬、井内の領有には、さらに超越する立場で修明門院が関与していたことが窺える。なお、この修明門院の裁定は井内庄の雑掌が座主宮に伝え、座主宮から法眼政尊[18]を通じて根本中堂執行僧都に伝達されている[19]。

水無瀬・井内の庄務を行う預所には、藤原能茂（西蓮）の子孫である星阪家が後世においても水無瀬家の家宰的な立場であることから、後述する近江や紀伊の修明門院領と同様に、藤原能茂（西蓮）が任じられていたと考えられる。

水無瀬に後鳥羽上皇を祀る御影堂が建立されてからは、多数の御影堂領が寄進されていく。その中核となったものは、水無瀬・井内や播磨安室郷などのように、もともと修明門院領であったものであろう[20]。

嘉禄年間の近江・紀伊の修明門院領をめぐる動き

ここでは、後鳥羽上皇在世中の嘉禄年間に都で騒がれた事件の背景に修明門院領が関わるのではないかという問題について述べたい。

現在の滋賀県長浜市の西黒田や名越、米原市の箕浦などには、後鳥羽上皇や雅成親王の伝承が数多く残る[21]。後鳥羽上皇は広く知られるが、雅成親王は一般に知られた存在ではなく、この地域に雅成親王の伝承が存在することとは唐突である。

この付近には水無瀬御影堂領の鳥羽上庄や箕浦庄があった。常喜本庄や常喜新庄などを含む鳥羽上庄は青蓮院とも関わりを有し、しかも藤原能茂の子孫が預所をしている。(22)また、鳥羽上に隣接する箕浦庄は、後に水無瀬御影堂領になるが、もともと修明門院領であり、ここも藤原能茂が預所として治めていた。(23)

承久の兵乱後、雅成親王は但馬に配流された。雅成親王の配流地として、現在の兵庫県豊岡市日高に伝承地がある。しかし、『承久記』では但馬国朝倉とされる。また、豊岡市竹野町竹野の見蔵岡（みくらおか）遺跡では、平成五年度から六年度にわたる竹野町教育委員会による発掘調査で、一二世紀後半から一三世紀初頭のものとされる大型建物遺構が検出されている。(24)その大型建物および附属建物の配置は大規模な寝殿と東対からなる構造に類似している。そのような配置は寺院にも見られるが、この遺構は仏教関係のものではないようである。その出土遺物などに関して再度検討がなされ、この遺構の建設が一三世紀初頭に限定されることになった場合、この大型建物の遺構やそれと附随する遺構群の配置は、雅成親王のような立場の人物が過ごした配所の建物である可能性も考えられる。(25)

『明月記』嘉禄二年（一二二六）一〇月一一日の条には、「雑人説云、六条宮御出家着黒衣、儲大檜笠、成逃去之計給。武士見之奉籠。依此事。京中黒衣法師可停止由、武家致沙汰云々」と記述される。

旧稿では、(26)滋賀県長浜市の西黒田、名越や米原市箕浦などに雅成親王の伝承が存在することについて、『明月記』嘉禄二年の雅成親王の記事に見える但馬脱出と関わるのではないかと推定して、(27)『明月記』に伝聞として記されるような雅成親王の脱出が実際に行われていた場合、但馬から舟運を利用して敦賀に出て笙川や深坂峠を越えて、さらに琵琶湖の舟運を用いて、現在の長浜・米原付近に潜伏していた可能性を指摘した。(28)但馬からの出航に際しては、見蔵岡遺跡が配所であったならば竹野浜から、日高や朝倉であるならば円山川を下って津居山などの港が利用されたと考えられる。

雅成親王は、近江では鳥羽上庄や箕浦庄にしばらく滞在して、おそらく琵琶湖東岸の朝妻や筑摩の湊から、舟運で比叡山麓の坂本などに渡り延暦寺にしばらく潜伏する計画であったと推定する。『明月記』嘉禄三年（一二二七、一二月一〇日に改元されて安貞元年）一月二八日条には、後鳥羽院近臣の尊長法印（尊長僧都）が院の護持僧であった長厳僧正の弟子などとともに吉野の奥の「戸津河」（十津川）に潜伏して、その地域の五郷の人々と同心して熊野に攻め寄せて武具を奪い、土御門上皇を奉迎するために阿波に押し寄せようとした。しかし、密告した者があり、熊野では防備を固めたという巷説が記述される(29)。

また、同年閏三月一五日条には、熊野の悪党が阿波に土御門上皇を迎えようと兵船三〇艘で押し寄せて合戦があったということと、熊野では海岸の険阻なところに城を築き石弩を設けて海上を往来する船を劫掠（きょうりゃく）しているという風説も記す。記主の藤原定家は「彼是実非難弁」と記述するが、この時期の畿内近国では不穏な世情があったことが窺われる。

先述した雅成親王の但馬からの脱出に際しても、尊長僧都が関与していた可能性も考えられる。鳥羽上庄は青蓮院の所領であるとともに、後に水無瀬御影堂領となるような後鳥羽上皇所縁の地である(30)。尊長僧都は、青蓮院を本来継承する立場にあった後鳥羽上皇皇子で尾張局所生の道覚入道親王の乳人であり、そのような関係からも青蓮院には深い人脈を有したと考えられる。しかも、この庄園の預所は藤原能茂である。また、箕浦庄も修明門院領であり、後に御影堂領となるような土地である(31)。嘉禄年間の雅成親王の但馬脱出や紀伊での動きが事実であった場合、尊長だけでなく、能茂、さらには修明門院の関与が考えられる(32)。

水無瀬御影堂と高野山金剛三昧院（禅定院）や西方寺（後の興国寺）との関係

鎌倉時代末期から南北朝時代の水無瀬御影堂での後鳥羽上皇の追善仏事に関しては、徳永誓子が『後鳥羽院御霊託記』をもとに、後鳥羽院の霊託による紀伊由良の西方寺開山の法燈国師覚心（無本覚心）の門流である法燈派、とりわけその弟子である至一との関わりを指摘している(33)。

法燈国師は、日本の仏教史においてきわめて重要な人物であるが、それに比してあまり知られていない(34)。近年、和歌山県立博物館の坂本亮太や同館によって法燈国師門流の法燈派に関する研究が進められている(35)。また、源健一郎が、覚心の年譜である『鷲峯開山法燈円明国師行実年譜』や『紀州由良鷲峯開山法燈円明国師之縁起』に見える源実朝の唐船出帆記事に関して言及する(36)。

筆者も、『鷲峯開山法燈円明国師行実年譜』(37)（本論考では以下において『法燈国師年譜』とする）、『紀州由良鷲峯開山法燈円明国師之縁起』(38)（本論考では以下において『法燈国師縁起』とする）は、仏教史だけでなく日宋交流史においても重要な史料であると考える。後者には覚心の事績に脚色や後世の認識による加筆が見られるが、前者は淡々と事実が伝えられており、後者よりも当時の状況について脚色を交えずに伝えているのではないかと考えられる。主として『法燈国師年譜』をもとに、覚心と紀伊の由良との関わりについて略述すると次のような流れとなる。なお、『法燈国師縁起』も併せ参照する場合もある。

源実朝の側近であった葛山景倫（かずらやまかげとも）は、源実朝の命で南宋に渡ろうとして博多にいた際に、実朝の訃報に接して鎌倉へは戻らずに出家して高野山に入った。出家による法号は願性である。北条政子がそのことを聞き及んで生活の資として、紀伊由良の地頭職を与えた。願性は、高野山にいた覚智（安達泰盛）とともに、幕府と関わりの深い金剛三昧院の伽藍を幕府の奉行として拡充整備をした。そして、由良の地に、実朝の菩提を弔うために嘉禄三年（一二二七）に西方寺を建立した。そのような時期に、金剛三昧院（禅定院）(39)に、渡宋への強い思いを懐いた覚心が入った。やがて、覚心は、願性の支援を受け(40)、南宋に渡り禅を六年間修行して帰国した。覚心は帰国後、金剛三昧院（禅定院）の長老を勤めたが、正嘉二年（一二五八）に由良の西方寺（後の興国寺）に移り、開山住持となって、寺院の整備を進め、後鳥羽上皇、源実朝、北条政子の菩提を弔った。覚心が西方寺に入る前は、三〇〇人の従者を有する「妖魔」が由良にいて騒擾が起こったが、西方寺に入った覚心が三帰五戒を授け、また、弘長四年（一二六四、二月二八日に文永に改元）一月に五大法等の修法を七日間行ってからは終息したとされる。文永元年（一二六四）、覚心は願性から西方寺の別当職を譲られている。

高野山の金剛三昧院（禅定院）(41)は、栄西の弟子で政子や実朝に尊崇され、鎌倉の大慈寺・永福寺の別当、寿福寺の住持なども歴任した退耕行勇を開山とする密・禅・律兼学の寺院である。覚心が禅僧であるとともに密教僧であることは、その門流と水無瀬御影堂との関わりを考える上で重要である(42)。

金剛三昧院における源実朝の追善については、山家浩樹(43)や山本みなみ(44)の研究がある。山家は、紀伊由良の西方寺での実朝追善についても言及し、山本は、金剛三昧院の創建の目的自体が実朝の追善であり、それがやがて政子追善の場の性格も帯び、鎌倉後期には源氏将軍の菩提所の別格寺院と主張する寺院となるとする。覚智はこの金剛三昧院の長老を推挙する権限を有していた。願性もそのような立場を覚智から継承している(45)。

『法燈国師縁起』では、紀伊由良は、もともと蓮華王院領が本所であり藤原範季（高倉範季）が領家であったものを、修明門院がその領家の立場を受け継ぎ、藤原能茂(46)が「代官」であったと記載する。しかし、紀伊由良における修明門院の領有権は蓮華王院をより超越する立場のものであり、藤原能茂は預所の任にあったと考える。

願性が北条政子から由良庄の地頭職を与えられた年を『法燈国師縁起』に「承久三年辛巳入部」とある承久三年（一二二一）と考えると、承久の兵乱後のいわゆる新補地頭として任じられたものであろう。藤原範季の逝去後は、次男の藤原範茂（高倉範茂）などが領家職を承久の兵乱まで継承していた可能性も考えられる。

紀伊の由良に西方寺を嘉禄三年（一二二七）に願性が建立した契機は、北条政子が嘉禄元年（一二二五）に逝去したことによるものであろう。後鳥羽上皇も在世中である。ただし、嘉禄三年は、先述したように大和の十津川や紀伊、阿波などでの不穏な動きが『明月記』に伝聞として記述される年である。また、前年の嘉禄二年（一二二六）には、雅成親王が但馬を脱出したという伝聞記事も記される。当時の金剛三昧院には、北条泰時と密接な関わりがあり、幕政にも参与する覚智（安達景盛）がいる。このような不穏な状況の中で、由良に西方寺が建立されたことについては、実朝や政子の追善という動機とともに、紀伊の国への幕府側の政治や宗教上の布石とするような背景も存在した可能性があるのではないか[47]。

なお、『由良町史』では、由良庄の修明門院領が西方寺に寄進された時期について、必ずしも明確ではないが、『法燈国師縁起』をもとに文永元年（一二六四、二月二八日に弘長より改元）とする。同史料では「師之直弟之代、領家方一円修明門院売寄進也」とある。つまり覚心の直弟子の時に、由良庄の修明門院領の一円が西方寺に寄進されたと記す。しかし、覚心の逝去した永仁六年（一二九八）の方が修明門院の薨御の年である文永元年より後であり事実に合わない。

『法燈国師縁起』には、文永元年より遡って、文応元年（一二六〇）頃に「一町小四十歩」の寄進が修明門院から行われたことも記載されている。修明門院在世中は由良庄の所領の一部分のみの寄進であって、女院の薨御後、覚心の直弟子である至一などの時に、由良庄における遺領の一円が寄進されたものであろう。

法燈派と水無瀬御影堂との関わりの端緒は、『法燈国師年譜』や『法燈国師縁起』では、正嘉二年（一二五八）に覚心が西方寺に入って後鳥羽上皇、源実朝、北条政子の菩提を弔ったと記すが、それとともに先述した水無瀬・井内の事例から見て、由良における土地や樹木の伐採などに関する何らかの争論について、修明門院が裁定を下して一部の土地を西方寺に寄進して上皇の菩提を命じたということによるのではないか。法燈国師の門流である法燈派では、このことをもって、後鳥羽上皇の菩提を弔う上で由良の西方寺が水無瀬と所縁が深いという論理を主張して、それが、『後鳥羽院御霊託記』暦応二年（一三三九）七月一〇日の託宣につながっていくと考える。その中には、「仍由良上人乎開山土志天。大興禅寺乎建天。大乗法味乎受土誓幾。」という、由良の西方寺（興国寺）

の法燈国師の門流に祀らせることを求める託宣があった。さらに遡って永仁二年（一二九四）五月八日の託宣でも、「水無瀬古宮仁無仏閣幾間。三熱乃苦難忍志。由良上人乎開山土志天建寺。号大興禅寺天大乗乃法味乎受土誓幾。此趣弘安仁以経方天託宣志幾。」と同様の趣旨となっている。なお、永仁元年の霊託には七条院御願寺のことも記される。修明門院領の水無瀬・井内は七条院領を経由して修明門院領となったことから、この七条院御願寺も水無瀬付近に存在した可能性がある。

大興禅寺・安養寺・廟堂・桜井寺

永仁、暦応の霊託により大興禅寺という大寺院が実際に建立されたかはわからない[48]。しかし、その創建はある程度実現されたのではないかと考えられる。徳永誓子も指摘するように、大興禅寺にはその別院として安養寺という寺院が存在したことが[49]、水無瀬神宮文書の康永三年（一三四四）三月九日に発給された足利直義による「禁制　水成瀬殿大興禅寺事」にも見られる。なお、安養寺の場所について徳永は、現在の大阪府島本町の高浜とするが、筆者は、先述した山上御所推定地の辺りには「安養寺山」と呼ばれる山があることや、その南麓の西浦門前遺跡で発掘調査が行われた際に、当該時期の遺構面から仏教関係の遺物も出土していることから、この安養寺山周辺に安養寺が存在したと考える（図4参照）。それは水無瀬離宮の山上御所の故地を継承したものであると考えられる。

このさらに北にある百山は近世に御堂山とも呼ばれている。島本町の古刹である勝幡寺に伝えられる『勝幡寺縁起』には、百山に後鳥羽上皇を祀る廟堂が存在したことが記される。井上正雄『大阪府全志』では、この百山の中腹には古瓦が出土する場所があったという[50]。これは鎌倉後期から室町時代にかけての、後鳥羽上皇の廟堂跡と関わりを有するものではないか。山側にあったと考えられる廟堂や安養寺は、現在の水無瀬神宮と伝えられる本御所の跡地に建立されたという御影堂と有機的につながりを持ち大興禅寺ともみなされる宗教的な構造体を構成するものであったと考える[51]。また、水無瀬御影堂やそれに準ずる仏教関係の施設として、場合によっては、築垣の痕跡を残していた水無瀬離宮新御所（上御所）跡の推定地などにも何らかの大興禅寺関係の施設が建立されていた可能性も考えられる。

それから、水無瀬に隣接する桜井には、御影堂領ではないが、平安時代以来、園城寺系の法親王などが別当を勤めた桜井寺があった。この桜井寺の中心伽藍は、現在の島本町の桜井台に存在したと考えられる。大阪府文化財センター編『尾山遺跡・御所池瓦窯跡』（島本町教育委員会、二〇一二年）に見える一三世紀後葉から一四世紀前葉の遺物が多く出土した庭園遺構は、桜井寺との関わりやその寺域の広がりを考えさせる。この付近からは、筆者の科研による調査で鎌倉時代後期の優品とされる石仏や石塔、南北朝時代の石塔なども確認することができた。

かつて水無瀬離宮が存在した水無瀬周辺は、鎌倉時代中後期から南北朝時代、室町時代になると宗教的空間に変貌していったと考えられる。

結びにかえて

後鳥羽上皇が深く愛好した水無瀬殿（水無瀬離宮）は、文化的側面においても、現在、日本の伝統文化とされる様々な芸能や文化のいわば揺籃のような場所である。水無瀬殿（水無瀬離宮）は、複数の御所や小御所、馬場殿などの関連施設や御堂、皇族の御所や近臣の宿所などを広く展開するものであったと考えられる[52]。

承久の兵乱以後、水無瀬離宮の附随地であった水無瀬・井内と呼ばれる地域は、七条院、やがては修明門院を本家的立場、水無瀬信成・親成を領家的立場、藤原能茂を預所とする重層的な領有構造であったと考えられる。

後鳥羽上皇の崩御の後、水無瀬御影堂が建立され、水無瀬御影堂領として多くの庄園が寄進されるが、修明門院の超越的な領有権は継続して存在したと考えられる。修明門院領に能茂が預所的立場で領有に関わることは、近江の鳥羽上庄や箕浦庄、紀伊の由良庄などでも見られる。修明門院薨御後に、水無瀬・井内が、水無瀬家の家領となるにともない、能茂の子孫はその家宰的な立場で領内の管理にあたったと考えられる。

修明門院領は、その経済基盤としての庄園であるだけでなく、承久の兵乱以後、しかも後鳥羽院在世期の、とりわけ嘉禄年間に、『明月記』に伝聞として記される雅成親王の配流先である但馬からの脱出や紀伊での不穏な動きとのつながりが考えられる。このような時期に、修明門院領の紀伊由良庄に、源実朝の近習であった願性（葛山景倫）によって西方寺が建立される。その契機はおそらく北条政子が逝去したことであろう。それとともに、願性が、高野山にいて幕政の中枢にも参画する覚智（安達景盛）と、この地域の不穏な情勢に対する政治的・宗教的な布石であったとも考えられる。本地覚心が宋に渡って禅を六年間という長期間、修行ができた背景には、願性だけではなく、覚智をはじめとする鎌倉幕府の支援があったのではないか。

帰国した覚心は西方寺（後の興国寺）に開山として迎え入れられる。しかし、由良では三〇〇人の従者を従えた「妖魔」にたとえられる騒擾が起こっていたようで、覚心の教化とあいまって、修明門院がこれを鎮めるために裁定して所領の一部を西方寺に寄進し、さらに女院の薨御後に由良庄の所領一円が寄進されて上皇の菩提を弔うようになったと考えられる。

このようなことがあって、覚心の門流の法燈派では、西方寺が後鳥羽上皇と所縁が深く、その菩提を弔うのにふさわしいという主張が強くなされるようになり、それが、こうした歴史的経緯を知っていてそれをふまえているかのような永仁二年、暦応二年の後鳥羽院の「霊託」が出されることにつながるのではないか。

後鳥羽上皇の崩御の後の水無瀬は、権力の拠点として栄えた場所が昔の面影もないぐらいに荒廃したとして、それを無常と慨嘆させる場所のように記載されることもあった（そのような無常観は本論集のフラジャイルな無常に相当するであろう）。

ただし、当時の実態を見てみると、本御所のあった場所（現在の水無瀬神宮の場所と伝えられる）には後鳥羽上皇を祀る水無瀬御影堂があり、山上御所があったと推定する山側の場所には安養寺などが造営され、これらの宗教施設の総称が大興禅寺と呼ばれることもあったと考えられる。また、水無瀬に隣接する桜井には「桜井宮」とも呼ばれる門跡寺院の桜井寺が広大な寺域を有して存在した。水無瀬とその周辺地域は宗教的空間として繁栄していたともいえる。

しかし、安養寺や桜井寺などは一六世紀頃には衰微して、江戸時代以後、水無瀬とその周辺地域は純農村的な様相を示す場所となった。

第二次世界大戦以後に住宅地としての開発が進んだが、近年はさらに加速度を増して現代的で大規模な構築物が建設されている。そこに展開される光景は本論集のテーマの一つでもある硬質な無常（ソリッドな無常）という言葉を彷彿とさせるものでもある。

そのような変化の中にあっても、歴史的景観や歴史遺産の保護がなされ、それが未来に受け継がれることを求めたい。

（1）『明月記』建永元年（一二〇六）八月二八日条に見える水無瀬の「西御所」は、その位置的なことなどから小御所のことである可能性が考えられる。

（2）『明月記』建暦二年（一二一二）一二月三日条に記されるように、雅成親王は元服以前から、漢籍や故実への志向があり文才が名高かった。しかし、同年の夏頃から、弓馬や水泳、相撲を好むようになったという。このことは人々の嘆くところとなり、後鳥羽上皇は、文章博士であった菅原為長を召して、雅成親王の学問奨励を命じている。建暦二年の夏は、後鳥羽上皇が数か月にわたり水無瀬離宮に滞在していた時期である。水無瀬には先述したように馬場もあり、雅成親王の御所も存在した。雅成親王が、弓馬、相撲、水泳などに励んだ場所は水無瀬である可能性も考えられるところである。六条宮御所跡と推定する御所池や山上御所跡と推定する鶴ヶ池、さらに水無瀬川上流なども水泳に用いられている可能性もあるのではないか。

（3）『宇治拾遺物語』の「水無瀬殿鼯事」には、毎晩、水無瀬で光物が山から飛来して御堂の中に飛び入ることがあり、その正体がムササビであったという説話がある。ムササビはおそらく蓮華寿院の建物の屋根裏に棲息していたと考えられる。川道武男『ムササビ』（築地書館、二〇一五年）によると社寺の建造物は格好の営巣場所であり、その屋根裏が太い梁を組み合わせているので隙間が多く、ムササビが簡単に入りこめるとされる。蓮華寿院跡は、この説話から、山近くで中島のある池に面していたことが窺え、島本町桜井にある御所池周辺とともに、後述する山上御所として推定される西浦門前遺跡や鶴ヶ池付近も候補地である。後者の場合、山上御所と隣接あるいは併存するような形で存在した可能性が考えられる。

（4）筆者は水無瀬離宮に関して、二〇〇八年から研究を行い、「水無瀬殿（水無瀬離宮）の都市史ならびに庭園史的意義」（奈良文化財研究所編『研究論集一八　中世庭園の研究―鎌倉・室町時代―』奈良文化財研究所、二〇一六年）、「後鳥羽上皇の水無瀬殿における政務の裁定について」（『古代文化』第七一巻第四号、二〇一九年）、「水無瀬離宮（水無瀬殿）の空間構成と機能について」（『京都女子大学宗教・文化研究所　研究紀要』第三二号、二〇一九年）、「後鳥羽上皇の水無瀬離宮（水無瀬殿）の構造と選地設計思想について」（武田時昌編『天と地の科学　東と西の出会い』臨川書店、二〇二一年）、「水無瀬殿（水無瀬離宮）と桜井地域における庭園遺構―離宮前後の桜井宮の問題を含めて―」（『日本庭園学会誌』三五号、日本庭園学会、二〇二一年）、「日本中世初期の都市構造と気脈や地勢を重視する風水思想との関わり―平清盛の福原・源氏将軍の大倉御所・後鳥羽院の水無瀬離宮―」（吉村美香編『巫・占の異相　東アジアにおける巫・占術の多角的研究』志学社、二〇二三年）、「後鳥羽上皇や有力廷臣などの武芸と馬場―水無瀬離宮・上賀茂社を中心に―」（倉本一宏編『貴族とは何か、武士とは何か』思文閣出版、二〇二四年）などの論考をこれまで発表している。また筆者は、二〇二四年から「水無瀬殿（水無瀬離宮）研究所」というホームページ（minase-institute.

com）を開設しており、併せてご覧いただければありがたい。

（5）『阿娑縛抄』に見える他の安鎮法の事例では、このような埋納物を埋める穴は、深さ四尺四寸、方四尺四寸で、中には砂金一両、銀二両、琥珀や瑠璃、珊瑚や五穀などが埋納されている。水無瀬殿の安鎮法も同様の埋納が行われていた可能性もある。ただし、御所廃絶後、盗掘されている可能性も考えられる。

（6）筆者は、大正・昭和初期まで伝えられていた「堤」状の土地を水無瀬離宮（水無瀬殿）上御所と南御所の築垣の痕跡であると考える。その大まかな推定ラインに関しては、旧稿、口頭発表、講演などで述べてきた。図3は土地登記情報の検討などから、「堤」状の土地の位置、つまり築垣の推定ラインに関してより具体的比定を試みたものである。今後の発掘調査等で新しい見解が発表されれば、それも併せて検討していきたい。

大正一一年（一九二二）に刊行された井上正雄『大阪府全志』（大阪府全志発行所）を見ると、当該地域の土地が鉄道敷設等による土砂採取によって削られても、まだ「堤」状の土地や堀田と呼ばれた土地の痕跡は伝存していたことが窺える。昭和一五年（一九四〇）に刊行された『水無瀬神宮文書』の写真では、「水無瀬宮」と刻まれた石碑の下に約一ｍの高さを有する台座が見られる。これは残存していた「堤」状の土地のごく一部を削り残して、それをセメントで塗り固めたもので、石碑はその上に設けられたものであると推定する。この石碑は昭和六〇年代に現在地に移設された。その後、令和三年（二〇二一年）にこの石碑が掘り返され倒された状態で放置されていたことがあった。掘り返され放置されていた石碑を見ると、その下には、約五〇cm以上はあるかと考えられる土塊がそれを塗り固めていたセメントの一部とともにしっかり付着していた。この土塊を築垣の残骸と見た場合、新御所（上御所）の築垣は、版築工法によって構築された可能性とともに、土塊を積み重ねて築造する工法によるものである可能性も考えられる。明治時代の地租改正時のものと見られる島本町所蔵の広瀬村絵図や法務局所蔵の和紙公図などにも見られる「堤」状の地割りが、国土地理院所蔵の昭和二一、二三年（一九四六、一九四八）の空中写真では既に見られなくなっている。このことから、昭和一一年（一九三六）の大日本紡績株式会社の結核療養所である青葉荘の建設の時などに、石碑の台座としてかろうじて残された部分以外はほとんどが削平されていた可能性がある。

なお、水無瀬離宮（水無瀬殿）新御所（上御所）の建物が亀腹基壇や地覆の上に構築されていた場合、後世に広範な削平が当該地に行われていると、明瞭な遺構が検出されない可能性もある。亀腹基壇は、『年中行事絵巻』巻二、関白賀茂詣に描かれた下鴨社の馬場舎に見られることから、平安時代後期には殿舎の建築として用いられていた建築技法であると考える。そのため、現在の考古学の技術で明確な遺構とされるものが検出されない場合も当該地に関しては慎重な対応を期待したい。なお、当該地はこれまで埋蔵文化財の包蔵地には指定されていなかった。新たな包蔵地が指定される場合、一般的には地名が遺跡名とされることが多い。当該地は後鳥羽院を祀る水無瀬御影堂領を継承する水無瀬家領で大字広瀬に属するものであり、隣接する大字東大寺とは歴史的にも境界を異にする。このことから既に指定されている「広瀬遺跡」の包蔵地指定の範囲を広げる形で広瀬遺跡と名付けられることが望ましいと考える。

（7）島本町教育委員会編『島本町文化財調査報告書第一四集　西浦門前遺跡発掘調査概要報告』（島本町教育委員会、二〇二二年）。

（8）森蘊「水無瀬離宮跡並に伝桜井御所跡の調査」（『奈良国立文化財研究所年報　一九六〇』一九六〇年）。

（9）森蘊の水無瀬関係の諸資料（奈良文化財研究所所蔵）に関しては、あらためて詳しく調査を行わせていただく予定である。

（10）『百練抄』巻十四、延応元年二月二二日条に「隠岐法皇崩御春秋六十。去承久三年以後已及十九年、天下貴賤誰不傷哀哉」と記載される。

（11）『吾妻鏡』延応元年（一二三九）三月一七日条には、六波羅からの使者が鎌倉に到着して、二月二二日の後鳥羽上皇崩御と同二五日に「葬」が行われたことを伝えたと記す。鎌倉時代から南北朝時代の歴史書の『一代要記』では二月二五日を「火葬」が行われた日として記載する。そして、同記では五月一四日に後鳥羽上皇の遺骨は水無瀬殿に着し、一五日に京の宮城を過ぎて大原西林院に運ばれたとする。なお、後述する『華頂要略附録』では勝林院とする。

（12）この時、水無瀬殿の建物のすべてが壊されたのかは明らかでない。なお、蓮華寿院の堂舎は、寛元元年（一二四三）、後鳥羽上皇の皇子である道覚入道親王（後鳥羽上皇と寵妃尾張局との間に生まれた朝仁親王）によって西山の善峯寺に移されている。

（13）この置文は、水無瀬親成に宛てて書かれている。上皇は親成に水無瀬と井内を所領として給したが、父信成が鍾愛する弟の信氏ではなく、これらも兄の親成に与えたことに関して、社会の批判なども考慮してそのようにしたという説明がなされている。なお、この置文に見える加賀・持田は、出雲国にある蓮華王院領である。上皇は後白河法皇からこれいか。

を継承したのだろう。承久の兵乱以後も、隠岐に遷座した上皇の生活の諸経費を直接的に支える庄園であったのではないか。

(14)『三条西義実所蔵文書』（藤井譲治、吉岡眞之『後鳥羽天皇実録　第三巻』ゆまに書房、二〇〇八年所収）。

(15)白根靖子『女院領の中世的転換』（同成社、二〇一八年）。

(16)天坊幸彦「郷土史より見たる水無瀬神宮」（大阪府史蹟名勝天然記念物調査報告書第一一輯『水無瀬神宮文書』大阪府、一九四〇年）。

(17)座主宮は、記述史料の年代から順徳天皇皇子で母が藤原清季の尊覚法親王であると考えられる。修明門院の孫である。

(18)『続群書類従』第四輯下、補任部の、弘安から正応年間（一二七八～一二九三）頃に編纂された『天台座主記』の文永元年（一二六四）八月一一日条に、法眼政尊が延暦寺の法華堂と常行堂造営を奉行したことが見える。『続群書類従』第三十五輯、拾遺部の『坊官系図』に、梶井殿の山里庁務法眼として政尊が見える。この争論の調停に関しては、西観音寺が天台宗の延暦寺系の寺院であったことにもよるが、修明門院の実子である尊快入道親王や孫の尊覚法親王が梶井宮門主であったことも深く関わるのではないかと考えられる。『後鳥羽天皇実録　第三巻』所引の『法然上人行状絵図』によると、嘉禄二年（一二二六）に隠岐の上皇より、尊快入道親王の師である承円僧正に「御書」が届いている。後鳥羽上皇と大原の西林院との関わりには、承円僧正がこの寺院にいたことにもつながりがあると考える。

(19)注(16)天坊幸彦「郷土史より見たる水無瀬神宮」。ここで天坊が示す水無瀬神宮文書には、宰相中将入道が修明門院に申請した経緯も書かれている。宰相中将入道は、参議左中将になり、延応元年（一二三九）に出家した水無瀬信成であると考えられる。

(20)御影堂領のすべてが、もともと七条院領や修明門院領であったわけではない。また、現在、御影堂領のすべてが確認されているわけでもない。今後は御影堂領の形成過程についても考察を行いたい。

(21)そのような伝承の中に、後鳥羽院が身を潜めて倒幕計画を練ったという横穴がある。実見したが横穴古墳ではないようである。それは数メートルの奥行きのある人工的な構築物のようである。むしろ雅成親王が但馬からの脱出の際に身を潜めた場所ではないかとも考えられる。

(22)柴田実監修、木村至宏編集委員代表『滋賀県の地名』（『日本歴史地名大系』平凡社、一九九一年）。

(23) 注(22)『滋賀県の地名』。藤原能茂が、修明門院領や水無瀬御影堂領に含まれる庄園の預所になった時期については、今後さらに検討したい。
(24) 竹野町教育委員会編『見蔵岡遺跡』（竹野町教育委員会、一九九二年）。
(25) 見倉岡遺跡は、背後に山があり左右に尾根が伸び、前方を竹野川が流れ、向かい側には城山が厳としてそびえ、旧稿（注(4)豊田論考二〇二一、二〇二三年）で指摘した北宋時代以後に勃興した地形や地勢を重視する風水思想がふまえられている可能性も考えられる。このような風水的構造は、後述の興国寺の方が顕著である。本論考の主題とはそれるが、山口の雪舟との関係で著名な常永寺、さらには白水阿弥陀堂も、北宋以後に勃興した地形を重視する風水思想に合致するような選地がなされていると考える。それらの伝播経路も含めて今後さらに検討したい。
(26) 注(4)豊田、二〇二三年論考。
(27) 滋賀県長浜市・米原市の後鳥羽上皇や雅成親王の伝承地の見学に際しては、長浜後鳥羽上皇研究会の池田洵一氏、本田智見氏にご高配いただいた。
(28) 但馬地方の現地踏査を行った際に、八鹿市教育委員会の谷本進氏から、筆者の推定する雅成親王の但馬からの脱出経路に関して、『日本書紀』に見られる天日鉾の進んだ経路と重なることもあり、そのような推定案の妥当性は高いとご意見をいただいた。
(29) 尊長は出羽の羽黒山の総長吏に、長厳は熊野三山検校に任じられている。どちらも修験道との関わりがあり、このような動きには修験者集団が関与している可能性も考えられる。
(30) 滋賀県坂田郡役所『坂田郡志』（滋賀県坂田郡役所、一九一三年）によると、鎌倉時代の文書に長浜・米原付近の坂田庄、細江庄（平方庄）などの庄園が青蓮院領として見られる。水無瀬御影堂領となる鳥羽上庄も、室町時代の文書に青蓮院の所領として見える。
(31) 『鎌倉遺文』（一二六六一号）の嘉元四年（一三〇六）六月一二日の昭慶門院（憙子内親王）御領目録（竹内文平氏所蔵文書）。注(22)『滋賀県の地名』によると、『明月記』の建保元年（一二一三）一二月六日条から箕浦庄は吉富庄の一部であり、後鳥羽上皇が当庄の預所の源有雅を解任して医王（藤原能茂）に与えたとする。
(32) 尊長の計画では、後鳥羽上皇の還京も脱出という形で進めていたのではないか。雅成親王の脱出もその一環となる動きであろう。寛元四年（一二四六）には「宮騒動」が起こる。筆者は、宮騒動という事変に関する当時の呼称について、六条宮雅成親王を天皇と、或いは守貞親王の例のように上皇とするような策動にともなう事変を暗示するものであると考えるが、この時期、雅成親王は修明門院の四辻殿に同居しているので、このことにも修明門院は何らかの形で関わっていたと推定する。

（33）徳永誓子「水無瀬御影堂と臨済宗法燈派」（『日本宗教文化史研究』第八巻第一号、二〇〇四年）。

（34）由良町誌編集委員会『由良町誌　通史編　上巻』（由良町、一九九五年）には、法燈国師覚心と明恵や道元との関わりなどに関しても詳述されている。

（35）坂本亮太編著『法燈国師』（和歌山県立博物館、二〇二三年）。

（36）源健一郎「中世伝承世界の〈実朝〉―『吾妻鏡唐船出帆記事試論』―」（渡部泰明編『源実朝　虚実を越えて』勉誠出版、二〇一九年）。

（37）『続群書類従』第九輯上、伝部。

（38）坂本亮太編著『法燈国師』には、同史料の翻刻文が掲載されている。

（39）山本みなみも「鎌倉時代の高野山金剛三昧院」（鎌倉歴史文化交流館編『国宝多宝塔造立八〇〇年記念　企画展　高野山金剛三昧院―鎌倉殿を弔った寺院の軌跡―』鎌倉歴史交流館、二〇二三年）で、禅定院と金剛三昧院は後に一体化したようであるが、その詳細は不明とする。『法燈国師縁起』では、金剛三昧院の別称を禅定院と記載されている。本論考では便宜的に「金剛三昧院（禅定院）」と表現する場合がある。

（40）『法燈国師縁起』には、覚心が明州の育王山寺に一堂を建立し等身の観音像の胎内に実朝の頭骨を納めたということが記載される。育王山寺は南宋の慶元府（寧波・明州）の阿育王寺のことであろう。このことは、『法燈国師年譜』には記載されていない。なお、『法燈国師縁起』では、「宋淳祐十年」に「本朝ノ仁治二年当人王八十六代四條院時」と傍注が記される。南宋の淳祐一〇年は、日本では後深草天皇の建長二年（一二五〇）である。また、同史料の前後の記事の年代からも、仁治二年とする傍注は建長二年の誤認であると考えられる。

（41）『法燈国師年譜』の記載には金剛三昧院の別当とする記載と禅定院とする記載がともに見られ、また、『法燈国師縁起』に載せられた無門の回書にも禅定院とある。禅の面では禅定院であり、密教的には金剛三昧院というように、両者は少なくとも法燈国師の時期には併称されていたと考える。

(42) 中前正志「ある方術の行方―遠救火災譚の流れの中で―」（『東方宗教』八二、一九九三年）。中前は遠方の火災を消火する方術に関連して、覚心と弟子の至一の遠救火災譚について言及する。

(43) 山家浩樹「実朝の追善」（渡部泰明編『源実朝　虚実を越えて』勉誠出版、二〇一九年）。

(44) 注(39)山本みなみ「鎌倉時代の高野山金剛三昧院」。

(45) 注(39)鎌倉歴史文化交流館編『国宝多宝塔造立八〇〇年記念　企画展　高野山金剛三昧院』。

(46) 小出潔「西蓮と紀州由良興国寺」（『由良町の文化財』第三五号、和歌山県日高郡由良町教育委員会、二〇〇八年）では、『尊卑分脈』から藤原能茂や能茂を猶子とした藤原秀能との関係が詳述されている。

(47) 覚心の渡宋には、願性だけではなく、覚智（安達景盛）や金剛三昧院、幕府からの支援もあったのではないか。

(48) 戸田靖久は、「水無瀬御影堂の宗教的運営体制―「供僧」の分析を通して―」（『人文学研究』五九、二〇一〇年）で、『水無瀬神宮文書』の永正元年（一五〇四）五月二五日付の『後柏原天皇綸旨案』から、後鳥羽院の神号授与にともない水無瀬御影堂に「社壇」が造営され、新たに神となった後鳥羽院を奉祀する専用の神社的な空間が御影堂に出現したとする。『島本町史』によると、水無瀬神宮の拝殿は、昭和三年（一九二八）に改築新造される以前、西殿と呼ばれた建物であり、この西殿が仏教的な行事を行う本来の御影堂を継承するものであったとする。そして、現本殿に継承される東殿は後に造られた殿舎であるとする。仏教的な建物である西殿に対して東殿が「社壇」とも呼ばれる場合があった可能性が考えられる。なお、水無瀬御影堂には聖徳太子信仰も受容されていることが、暦応二年の「朕者聖徳太子也。聖徳太子毛二月廿二日崩。朕毛又此日崩。是其験也。百王理乱、今古興亡、併朕加力仁依留」という霊託に見られる。この霊託の内容から水無瀬御影堂における聖徳太子信仰は百王思想との関わりも考えられるところである。水無瀬に隣接する桜井にあった後鳥羽上皇皇子の覚仁法親王が管掌していたこともある桜井寺（桜井宮）が園城寺における四天王寺別当を輩出する門流の寺院であったこととの関係も含めて、さらに検討したい。

(49) 注(33)徳永誓子「水無瀬御影堂と臨済宗法燈派」。

(50) 注(6)『大阪府全志』。百山という小山は、戦後の開発で土砂が削られたため、この古瓦の出土地点などの確認はできない。ただし、昭和三〇年代の奈良国立文化財研究所の実測図を見ると、東側斜面のやや中腹にきわめて小規模なものであるが平坦地と考えられるものもあり、それがこの場所ではないかと推定する。なお、これとは別の場所であるが、水無瀬殿（水無瀬離宮）研究会副会長の矢吹聖子氏のご教示によると、郷土史家の奥村寛淳氏が、江戸時代の絵図に百山の山頂付近に堂舎のような建物が描かれていることを指摘している。このような建物も含めて百山にかつて存在したと伝えられる廟堂に関して、さらに検討したい。

(51)　後鳥羽上皇崩御後、新御所跡や馬場と推定する付近などにも、御影堂に附随する宗教的な空間として関連施設が存在した可能性も考えられる。

(52)　水無瀬離宮とその附随地は、後鳥羽上皇と七条院、修明門院、修明門院所生の皇子と、源通親や通光、高倉氏・大炊御門氏・葉室氏などとも呼ばれる近臣の都市であったと筆者は考える。また、筆者は、注(4)「水無瀬殿（水無瀬離宮）と桜井地域における庭園遺構」で、水無瀬には、後鳥羽上皇の水無瀬殿よりさらに遡った醍醐天皇の時期に、勧修寺流藤原氏の遠祖である藤原定方の水無瀬殿と呼ばれる山荘も存在したことを指摘した。定方の従兄弟で紫式部の曽祖父である藤原兼輔は、定方とともに交野に狩に赴き京への帰路、定方の水無瀬殿を経由している。水無瀬と勧修寺流藤原氏は関わりが深いといえる。源通親が離宮の先蹤となる水成瀬山庄を所有してこれを後鳥羽上皇に提供したのは、その盟友であり勧修寺流藤原氏の藤原宗頼（葉室宗頼）が遠祖の所縁であるこの地を勧めたためではないか。

なお、『続日本紀』巻十五の天平一六年（七四四）閏正月己亥条の記事に見える「桜井頓宮」は現在の大阪府島本町桜井周辺に存在した可能性を推定する。後鳥羽上皇の水無瀬離宮の前史である奈良時代から平安時代の水無瀬に関しても別稿を用意したい。

（付記）

本論考は、一部において、ＪＳＰＳ科研費の助成 JP21K20042を受けている。本論考の図1、2、3、4は、筆者が作成した原図を矢吹聖子氏にレイアウトしていただいたものである。写真1、2は、奈良文化財研究所のご許可をいただいて掲載した。本論考の執筆にあたっては、水無瀬神宮、豊岡市立歴史博物館、和歌山県立博物館、滋賀県の長浜・米原、兵庫県の竹野、和歌山県の由良の地域の方々のご協力をいただいた。ここに記して謝意を表したい。

石清水八幡宮蔵「尼善阿弥陀仏諷誦文」考

中川真弓

はじめに

追善供養の場において読み上げられる文章に、願文(がんもん)や諷誦文(ふじゅもん)と呼ばれるものがある。願文とは、供養がおこなわれる際、その趣旨を示すために書かれるものである。正式な願文は、紀伝道に携わる者が依頼を受けて執筆し、その清書は能筆と呼ばれる者が担当した。『枕草子』の類聚的章段の一つに、「書は」として「文集。文選。新賦。史記。五帝本紀。願文。表。博士の申文。」とあり、中国の古典に続けて日本の文章の文体が列挙されている中に「願文」が挙げられている。願文は、対句を多用し故事を盛り込み、〈無常〉を語りながら流麗な文体で綴られるもので、さらに追善供養の場合は対象となる故人あるいは施主の事情が語られるものでもあった。それらは、歴史的な資料価値をもつと同時に、人間の心情を語り上げる文学的な側面も有していた。

石清水八幡宮には、鎌倉中期に作成された「石清水八幡宮田中宗清願文」二巻が所蔵されている。(1) この二巻は別々に作成されたもので、貞永元年(一二三二)九月二〇日および天福元年(一二三三)七月一七日の日付をそれぞれ有している。作者は藤原盛経(一一六一~一二三五)と藤原家光(一一九九~一二三六)で、清書はいずれも能書家の世尊寺行能（一一七九～一二五五）の手による。(2) 石清水八幡宮第三四代別当となる田中宗清（当時は権別当）が、亡き息子章清の五旬忌と一周忌のためにおこなった供養のために書かれた。

右の願文二巻に関連するものとして、同じく石清水八幡宮所蔵の史料に「尼善阿弥陀仏諷誦文（比丘尼善阿諷誦文）」一巻がある。諷誦文とは、「仏、僧に向かって布施を受納するよう請うというのが本来的な性格であるが、また諷誦（布施、誦経を含む全体としての行為）を行う趣旨、あるいは祈願の意を述べるもの」（後藤昭雄「諷誦文考補」(3)）とされている。願文よりも短いことが多いが、対象となる供養の施主や故人についての言及を含む場合がある。

本諷誦文の写本巻末には、作者が中世初期に活躍した菅原為長（一一五八～一二四六）であり、清書は先述した願文二巻と同じく世尊寺行能であることが記されている。残念ながら写本には欠落している部分があるが、『本朝文集』巻六十六に収められた菅原為長の作品の一つ、「為猶子某祈冥福諷誦文（猶子某の為に冥福を祈る諷誦文）」と内容が一致していることから、両者の比較によって本文を補うことができる。また逆に、『本朝文集』には漏れてしまった情報もある。石清水八幡宮所蔵の写本には、作者と清書の情報の他に、末尾に願主が直筆で署名をしていることが確認できる。この署名により、願主が「尼善阿弥陀仏」という尼になった女性であったことが知られる。このように、両者のテクストは互いに補完しあう関係にある。

さらに諷誦文からは、「尼善阿弥陀仏」が石清水八幡宮を出自としており、亡くなった「猶子（ゆうし）」のため、嘉禎三年（一二三七）に追善供養をおこなったことが知られる。石清水八幡宮に生まれて老いを重ねたこと、猶子の死をきっかけとして出家したことなどの事情が語られ、「只厭二五障三毒之身一、偏悟二有為無常之理一。（只（ただ）五障三毒の身を厭ひ、偏（ひとへ）に有為無常の理を悟る。）」（振り仮名は引用者による）などの、迷いや煩悩を離れられない女性という身を厭い、〈有為〉と〈無常〉を悟ったとする文脈が織り交ぜられる。その中には、女性との関わりが深い「當麻曼荼羅」を新たに作成したことについての記述も見られる。本論考では、管見の限りこれまでほとんど言及されてこなかった本諷誦文について、他の石清水八幡宮関係願文にも目を配りながら考察を試みたい。

一、『本朝文集』と石清水八幡宮所蔵写本

田中宗清の嫡男であった章清は、貞永元年（一二三二）八月に一六歳で早世した。この章清を追善するための願文類が、先述したものを含め複数あることを確認できる。これらの願文群は、当時の石清水八幡宮関係者について知るための史料となるものでもある。以下、年次の順にそれらを列挙する。

(1)藤原盛経「為亡男某五旬忌修冥福願文〈代僧宗清〉」　貞永元年（一二三二）九月二〇日

①『本朝文集』巻六十五「為亡男某五旬忌修冥福願文〈代僧宗清〉」（出典表記「鳩嶺雑文」）

②「石清水八幡宮文書目録」栗之部・栗26、世尊寺行能清書、重要文化財。（内題無し。題簽外題「田中宗清冥福願文〈世尊寺行能筆〉」。一紙分、中間欠。）

(2)菅原為長「為亡男某修冥福願文〈代法印宗清〉」　貞永元年（一二三二）一二月一五日

①『本朝文集』巻六十六「為亡男某修冥福願文〈代法印宗清〉」（出典表記「鳩嶺雑文」）

②『鳩嶺集』懐旧に摘句あり（「渓気向春　妬猶鶯児之欲再出　郷信何日　恨亦雁賓之不可通〈法印宗清願文〉」）。

(3)藤原家光「為亡弟章清周忌修追福願文〈代宗清〉」　天福元年（一二三三）七月一七日

①『本朝文集』巻六十五「為亡弟章清周忌修追福願文〈代宗清〉」（出典表記「鳩嶺雑文」）

②「石清水八幡宮文書目録」栗之部・栗27、世尊寺行能清書、重要文化財。（内題無し。題簽外題「田中宗清願文」。日付と位置を記していたと思われる巻末の一紙を欠く。）

(4)菅原為長「為猶子某祈冥福諷誦文」（「比丘尼善阿諷誦文」）　嘉禎三年（一二三七）三月二一日

①『本朝文集』巻六十六「為猶子某祈冥福諷誦文」（出典表記「鳩嶺雑文」）

②「石清水八幡宮文書目録」栗之部・栗28、世尊寺行能清書。（題簽外題「比丘尼善阿諷誦文」。前欠および中巻欠。）

右に掲げた四点は、すべて『本朝文集』に収録されている。『本朝文集』は、江戸時代の延宝四年（一六七六）、本朝の詩と文をそれぞれ蒐集するよう徳川光圀から命を受け編集されたものである。貞享三年（一六八六）に文集・詩集合わせて九〇巻が完成している。(4)

『本朝文集』において、章清追善関連の四点は、共通して「鳩嶺雑文」を出典に掲げている。この出典名は、鎌倉時代に成立した『鳩嶺集』や『鳩嶺雑事記』と同じく、石清水八幡宮で成立したことを示唆するものと考えられる。なお、この「鳩嶺雑文」が書名だとすると、『本朝文集』編纂のための資料採訪より前の段階で、願文群が一つに書写されまとめられていた可能性が高い。元来有していた作者・清書者や願主の情報は、いずれかの段階で削除されたと考えられる。

右のうち(2)以外の三点については、先述したように、石清水八幡宮文書内に写本が所蔵されていることが知られる。これらの写本の現状を見ると、部分的な欠落箇所が確認される。(4)の諷誦文は、冒頭部分が欠落しているが、『本朝文集』で補うことができる。また中間にも欠落があり、空白を作って裏打ちがされている。ただし、この箇所について、『本朝文集』では欠落部分が無い形で文章が繋がっている。文脈上は続けても問題ないと見られる。

二、石清水八幡宮祠官家と宗清・章清

まずは、藤原盛経による「為亡男某五旬忌修冥福願文〈代僧宗清〉」を挙げ、この願文が執筆された事情を確

認したい。本願文は、貞永元年（一二三二）九月二〇日の日付を有しており、章清の五旬忌にあたって執筆されたものである。以下に、章清が亡くなったことについて記述された部分を掲げる（なお、適宜訓読を試みた）。

……爰有㆓嫡弟㆒、齢纔十六。自㆓季夏下旬㆒、薬爐之烟不㆑□、当㆓仲秋初日㆒、薤露之露空晞。夢歟幻歟、先㆑我何㆑之、為㆑是為㆑非、呼㆑天不㆑答。九歳列㆓桑門之□□㆒、十歳補㆓松壖之寺官㆒以来、柔和受㆑性、旁預㆓傍輩之褒誉㆒、恩賞余㆑身、直昇㆓法眼之崇班㆒。常憶㆓一期且尽之日㆒、附㆓後事於亡者㆒、豈図五旬未㆑満之今、営㆓追福㆒而哭㆑子。……

呼嗟我年四十三、受㆑病七十日。幽霊未㆑及㆓丁年㆒而遄死、愚僧忽逢㆓子別㆒而愁生。前後相違之恨、厭離穢土之心、……

（……爰に嫡弟有り、齢は纔かに十六。季夏の下旬より、薬爐の烟□ず、仲秋の初日に当りて、薤壟の露空しく晞く。夢か幻か、我より先に何ぞ之かむ、是か非か、天に呼べども答えず。九歳にして桑門の□□に列し、十歳にして松壖之寺官に補されしより以来、柔和性を受けて、旁た傍輩の褒誉に預かり、恩賞身に余りて、直に法眼の崇班に昇る。常に一期且尽の日を憶ふに、後事を亡者に附したり。豈に図らむや、五旬未だ満たざるの今、追福を営みて子を哭くらむとは。……

呼嗟、我が年は四十三、病を受けて七十日。幽霊は未だ丁年に及ばずして遄死し、愚僧は忽ち子別に逢ひて愁に生く。前後相違の恨み、厭離穢土の心、……）

願文の主語は、願主である父の宗清である。右に述べられているように、嫡男であった章清は、貞永元年（一二三二）の仲秋初日（八月一日）に一六歳の若さで亡くなった。九歳で出家、一〇歳で寺官に補任され、法眼にまで至った章清を、父である宗清は後継として期待していた。しかし、当時四三歳の宗清は、未成年の嫡男を発病後七〇日にして失うこととなる。宗清の深い嘆きを願文は綴る。

この時、宗清は権別当の地位にあった。石清水八幡宮の組織については、伊藤清郎の総括的な考察によれば、次のように分類されている。

(a)祠官…検校・別当・権別当・修理別当・少別当
(b)神官…神主・権神主・俗別当・権俗別当・禰宜
(c)三綱…上座・権上座・寺主・権寺主・都維那・権都維那

このうち実質的に八幡宮を運営していたのは祠官である。別当職は、第二五代の光清以降、一族間で独占されるようになっていく。

初め祠官の長たる性格を有していたのは別当で社寺務を執行していたが、検校が常置になると、別当に代わり検校が全権を掌握していくようになる。……十二世紀に入ると祠官のうち検校・別当・権別当・修理別当に補任されるのは御豊系紀氏一族（のち田中・善法寺両家に分かれる）に限定されてきて、社寺務の統括権は紀氏一族に独占されていく。(5)

祠官家としての紀家の系統は、第二五代別当の光清から田中家と善法寺家の二流に分かれる。光清の子孫でまず主流となったのは勝清・慶清の流（田中家）であった。しかし、慶清の次は、善法寺家の祖となる成清が別当をつとめている。成清は光清の男子ではこれ以降、勝清と成清の二流の間で、別当および検校の職をめぐる熾烈な争いが繰り広げられることになった（後掲系図1参照）。

宗清側から見れば、継承に関する当然の権利が侵害されているように映っていたと思われる。実際に宗清が第三四代別当となったのは、没年の二年前であった。検校となったのも、亡くなるわずか二か月前のことである。

祠官継承をめぐる宗清の苦悩は、建保六年（一二一八）八月、藤原孝範によって執筆された願文（京都大学附属図書館谷村文庫蔵「石清水権別当宗清願文」）にも記されている。

系図1　石清水八幡宮祠官系図（光清以降）

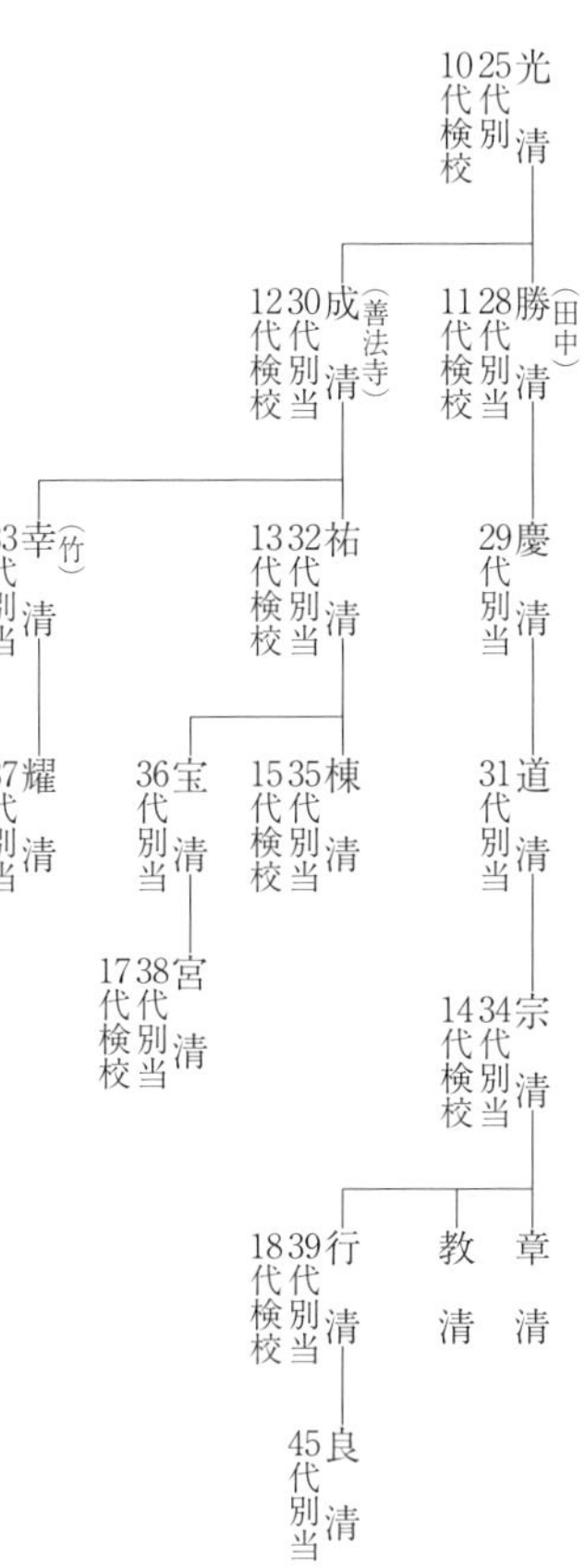

以₂慶清之門跡₁永可ㇾ相₂承于弟子₁者、勅宣院宣之龍渙、本宮末宮之亀鏡也。而有下朝錯之挿中讒佞上、及下国典之乱中礼法上是三恨也。

（慶清の門跡を以て永く弟子を相承すべしとは、勅宣・院宣の龍渙、本宮・末宮の亀鏡なり。而るに朝錯の讒佞を挿むが有りて、国典の礼法を乱すに及ぶ〈是れ三恨なり〉。）

（京都大学附属図書館谷村文庫蔵「石清水権別当宗清願文」）

宗清の祖父でもある慶清の子孫が祠官家の主流を代々継いでいくことは、勅宣・院宣でも認められていたことであったにもかかわらず、宗清の立場から見れば心外な状態になったことが述べられている。また本願文には、祖先や両親、そして愛児たちへの深い思いを述べつつ、宗清が抱く「五恨」を列ね、その上で自らの血統が別当職を継ぐことの正当性を訴える思いが記されている（右の引用部分は三番目の「三恨」）。

……夫、三界無二定地一、一生有二尽日一。于レ時、[三子]之無レ識□（空）□（以）二歓呼一、双親之長恨未レ得二了知一。朝戯抱二父足一、夜眠枕二母手一。或効二父誦レ経声一、或学二母画レ眉様一。毎レ動二我見レ子之胸一、追諳二父思レ我之志一。……仰願三所之尊神護二我[三子]一、伏請本地之仏陀垂二其本誓一。……

（……夫れ、三界に定地無く、一生に尽日有り。時に、[三子]の識ること無く空しく歓呼を以てし、双親の長恨未だ了知を得ず。朝に戯れて父の足を抱き、夜に眠りて母の手に枕す。或は父の経を誦する声を効（なら）ひ、或は母の眉を画く様を学ぶ。我の子を見る胸を動かす毎に、追て父の我を思う志を諳んず。……仰ぎ願はくは、三所の尊神、我が[三子]を護り、伏して請ふらくは、本地の仏陀、其の本誓を垂れんことを。……）

願文中の「三子」（四角囲み）は、宗清の三人の愛児たちを指す。写本の裏書にはこの「三子」について「万寿姫／千王姫／宝寿丸章清」とあり、章清と姉二人の名が知られる(6)。章清は願文が書かれる前年に誕生しており、嫡男の誕生が供養および願文の契機の一つとなったのであろう。末尾には「聊か子細を記して之を孫謀に貽（のこ）す」とあり、この願文により子孫に事情を伝え遺そうとする意図も示されている。

藤原定家の日記『明月記』にも、宗清の事情を反映した記事が見える(7)。定家と宗清の交流は日記を通して知られるところであるが、その中でも『明月記』巻三十七・一二紙は、宗清から定家への書状を再利用したものとなっている（『元仁二年（一二二五）春記』紙背文書）。幸清の「乱望」について陳情するため、宗清は定家に対して九条家への橋渡しを依頼している。

幸清乱望事、宗清陳状如此候也、可有御了見候也、此中文を必々可被召置候、さ候て□九条殿にも一条廻にも此事御相談なんとの候にハ、得此御心可令申御返事候、恐惶謹言、

十一月十九日　□□

また『明月記』には、章清をはじめ宗清の子どもたちに関する記事も見える。嘉禄二年（一二二六）三月五日

条には、

宗清法印消息云、弟子章清直叙法眼、雖父祖之例自愛云々、

（宗清法印の消息に云はく、弟子章清法眼に直叙さる。父祖の例と雖も自愛すと云々、）

とあり、実際に宗清から定家に宛てた消息も確認できる。

今度僧事、章清申叙□法眼候了、雖存父祖之跡、不□自愛之志、朝恩与神徳于□（今）休候、直法眼事浦□（山）
抑来月関白娘御入内、六月立后との丶しりあひ□之間、無見立候女子共、依為章清之姉、
合候間、同父一腹二人女子□（候）之何を不可弃候之間、乍両人

（『明月記』巻三十九・十八紙裏「宗清書状」、『嘉禄二年（一二二六）夏記』紙背文書[8]）

『明月記』の記事は右の消息を典拠としており、章清が法眼に直叙されたことに感激する宗清の姿が見られる。さらに消息からは、「章清の姉」「同父一腹二人女子」（波線部）のために、宗清が奔走する様子もうかがえる。これには、猪熊関白近衛家実の女である長子が、嘉禄二年（一二二六）の六月一九日に九歳にして後堀河天皇に入内し、七月二日に女御宣下、同二九日に中宮となるという背景があった。また、『明月記』寛喜二年（一二三〇）七月一日条にも、宗清の消息の引用があり、宗清の娘が出仕することが述べられている。

七月大

一日〈庚寅〉、天晴、

宗清法印消息云、女子出仕事〈参中宮〉、来廿七日可令初参、教訓扶持事所奉憑也、其夜装束事同承存哉、依近辺尋承明門院女房示送之、蘇芳ぬき染単重、女郎表襲、濃引ヘキ二藍薄物〈無文〉、唐衣〈裏遠単文薄物〉、濃張袴、綾小袖、単重可懸形護、上童〈朽葉単重紅梅〉、雑仕〈濃蘇芳ぬき染〉、単重、青纈染格子布帷、例裳〈ひすまし〉、女郎花単重裳、……

系図２　宗清の子女（続群書類従第七輯上所収「石清水祠官系図」参照。一部省略）

宗清
- 章清　母祐清女。改慶助。権上座。少別当。〈寺任。〉直法眼。貞永元年八月一日入滅。〈十六歳。〉
- 教清　母同。法眼。法印。文暦二年八月十四日補修理別当。嘉禎三年四月廿五日転権別当。宝治二年被召下関東被配国。……
- 行清　卅九代別当。号田中。母祐清女。童名安丸。寛喜元年四月十五日誕生。嘉禎二年月日出家〈八歳〉。……同（弘安）二年十月十九日入滅。〈五十一歳。寺務三年。〉
- 女　四条三位隆盛卿室。〈異本〉母祐清女。三ー隆□室。隆豪母。後離別。四条院女房。号少将局。
- 女　土御門院女房。母同。号新大夫局。
- 女　母同。吉田前皇后宮亮資通室。通俊女
- 女

出仕先の「中宮」とは、前年に後堀河天皇のもとへ入内していた九条道家女の竴子（藻壁門院。四条天皇の母）のことである。竴子は寛喜二年二月一六日に中宮となっており、その彼女のもとへ、宗清の女子が七月二七日に初参りする予定となっていた。宗清はそのためのアドバイスを定家に求めてきたのである。定家は、妹の「承明門院女房」に装束のことなどを問い合わせてやっている。

石清水祠官家の系図2によると、章清の母は祐清（成清の子。第三二代別当、第一三検校）の女子であることが知られる。章清をはじめ、それ以前に誕生していた女子二人と、教清・行清も同腹である。宗清から三男の行清に譲られた『仏像目録』（『石清水八幡宮史料叢書五』所収）の記事から、彼女が宝治元年（一二四七）に亡くなったことが知られる(9)。

三、善阿弥陀仏の供養

章清に対する供養は、そのほとんどの願主を父の宗清がつとめているが、唯一異なるのが『本朝文集』にも所収される諷誦文である。本節では、菅原為長によって執筆されたこの諷誦文を取り上げたい。内容を検討するために、本文と訓読文を次に掲げる。本文は理解の一助となるよう、句形を整序して示す（行頭に行数を示す）。また訓読文は、試みに内容を各段に分けて示す（本文の行数を合わせて示す）。なお句読点および訓読文の振り仮名を適宜施した。

〔本文〕

1敬白。請二諷誦一事。〈三宝衆僧御布施一嚢。〉右諷誦、所レ請如レ件。
抑、弟子、生二累代釐務之家一、仰二和光同塵之徳一。宿縁最深、添二恵潤於瑞籬之露一、夕賽惟儼、任二吹挙於蒼柏
之風一。
然間、紅顔翠黛、花柳之粧漸衰、日居月諸、桑楡之景暗転。万劫煩悩之根也、愛而無レ益、一聚虚空之塵也、
惜而何為。只厭二五障三毒之身一、偏悟二有為無常之理一。
2爰有二猶子一、不レ異二所生一、鞠養（＊1 冒頭からここまでの部分、石清水八幡宮蔵写本には無し）之余、鍾愛無レ二、
幼日之時、受二戒珠一而列二僧宝一、少年之間、纏二賜紫一而昇二綱維一。齢是二八、職多経歴。而風霧相侵、窀穸告

レ別。弟子、迷二歎緒之摧レ肝、落二鬢華一而帰レ真。

3誠是、亡者於二弟子一、為二善知識一、弟子於二亡者一、有二大因縁一。不レ知生二兜率内院一、預二弥勒之引接一歟。又、不レ知託二安養上品一、垂二菩薩之求迎一歟。為レ是為レ非、後会亦何再日、如レ夢如レ幻、離憂已及二六年一。嗟呼、鸎児出レ谷之春朝、隔二遺音一而傷レ意、桂子落レ嶺之秋夕、恋二旧貌一而労レ望。唯抑二哀慟一、泣営二追福一。

4仍、訪二當麻寺之故事一、図二絵曼荼羅之新像一。又、観経幷疏一部書写。婦女之芸（＊2 石清水八幡宮写本の補修部分）、雖レ隔二漢字一、懇志之至、可レ謂二殷勤一。彼者槐門賢女之濫觴也、礼二弥陀仙一而遂二素願一、此者柏城賤妾之懇緒也、亜二韋提希一而表二丹誠一。先蹤有レ恃、勝利莫レ空。

5廼撰二友子於夏暦一、聊設二供養之斎筵一。所レ施者貨泉之一滴、八功徳水添レ流、所レ叩者豊山之数声、七覚分風和レ響。敬捧二小善根之上分一、奉賁二大菩薩之威光一。一陰一陽、無明之雲早霽、等覚妙覚、果位之月弥明。

6凡厥、親戚昆弟、子竹孫松、現則遊二不死之福庭一、嘗二三神山薬一、当亦遂二往生於浄土一、託二一仏土蓮一。乃至群萌、悉証二仏果一。仍、所レ修如レ件。

敬白。

嘉禎三年三月廿一日

〔訓読〕

1敬ひて白す。諷誦を請ふ事。〈三宝衆僧御布施一嚢。〉

右、諷誦請ふ所、件の如し。

抑（そもそ）も、弟子、累代鼇務の家に生まれ、和光同塵の徳を仰ぐ。宿縁最も深く、恵潤を瑞籬の露に添へ、夕賽惟れ儼（いか）めしく、吹挙を蒼柏の風に任す。

然る間、紅顔翠黛、花柳の粧 漸く衰へ、日居月諸、桑楡の景 暗く転ず。万劫煩悩の根なるや、愛して益無く、一聚虚空の塵なるや、惜しみて何をか為す。只五障三毒の身を厭ひ、偏に有為無常の理を悟る。

2爰に猶子有り、所生に異ならず、鞠養の余り、鍾愛二つとなし。幼日の時、戒珠を受けて僧宝に列し、少年の間、賜紫を纏ひて綱維に昇る。齢是れ二八、職多く経歴す。而るに風霧相ひ侵し、窀穸別れを告ぐ。弟子、歎緒の肝を摧くに迷ひ、鬟華を落として真に帰す。

3誠に是れ、亡者は弟子に於いては善知識たり、弟子は亡者に於いては大因縁有り。知らず、兜率の内院に生まれ、弥勒の引接に預からむか。また知らず、安養の上品に託して、菩薩の求迎に垂むとするか。是か非か、後会亦た何れの再日ぞ、夢の如し幻の如し、離憂已に六年に及ぶ。嗟呼、鸎児出谷の春朝、遺音を隔てて傷意し、桂子落嶺の秋夕、旧貌を恋ひて労望す。唯だ哀慟を抑へ、泣きて追福を営む。

4仍ち、當麻寺の故事を訪ひ、絵曼荼羅の新像を図絵す。又、観経幷びに疏一部書写す。婦女の芸、漢字を隔つといへども、懇志の至り、殷勤（慇懃）と謂ふべし。彼れは槐門賢女の濫觴なり、弥陀仙を礼して素願を遂ぐ。此れは柏城賤妾の懇緒なり、韋提希を亜ぎて丹誠を表す。先蹤恃み有り、勝利空しくすること莫かれ。

5迺ち友子を夏暦に撰び、聊か供養の斎筵を設く。施す所は貨泉の一滴、八功徳の水流れに添ひ、叩く所は豊山の数声、七覚分の風響きに和す。敬ひて小善根の上分を捧げ、大菩薩の威光を貴り奉る。一陰一陽、無明の雲早く霽れ、等覚妙覚、果位の月 弥 明し。

6凡そ厥れ、親戚昆弟、子竹孫松、現に則ち不死の福庭に遊び、三神山の薬を嘗めて、当に亦た往生を浄土に遂げ、一仏土の蓮を託さん。乃至、群萌、悉く仏果を証さん。仍て、修する所、件の如し。

敬ひて白す。

嘉禎三年三月廿一日

諷誦文の冒頭には、章清の追善供養をおこなう願主自身について述べられている（石清水八幡宮蔵写本の署名により、以下、「善阿弥陀仏」と呼称する）。「抑も、弟子、累代鼇務の家に生まれ、和光同塵の徳を仰ぐ」とあるが、「鼇務（官人の職務）の家」とは祠官家を指すと考えられる。「和光同塵」も八幡神・八幡大菩薩の本地垂迹を表す語である。すなわち、善阿弥陀仏は石清水八幡宮を出自とする女性である。「然る間、紅顔翠黛、花柳の粧漸く衰へ、日居月諸、桑楡の景暗く転ず」とあるように、彼女は晩年に差しかかっており、「有為無常」の理を悟ったと述べられる。

そして、善阿弥陀仏には「猶子」がいたことが示される。これが章清である。彼女は、実子と異なることなく章清を鍾愛したという。章清は幼くして僧となり、職位を昇っていくが、一六歳にして病となり亡くなってしまう。「弟子、歎緒の肝を摧くに迷ひ、鬟華を落として真に帰す」とあるように、猶子を亡くした善阿弥陀仏の悲しみは非常に深く、その死を契機として、彼女は出家することとなる。

諷誦文では、章清は願主にとって仏教へ導いた「善知識」であり、願主は章清にとって「大因縁」であるとする。さらに、「離憂已に六年に及ぶ」とあるように、章清が亡くなってから既に六年が経過していることが示されている。亡くなった猶子に思いを馳せ、追福を営むことを思い立ったという。

次に諷誦文は、願主善阿弥陀仏がおこなった供養の内容を示している。まず、「當麻寺の故事」に倣い、「當麻曼荼羅（観経曼陀羅）」を新たに製作した。また『仏説観無量寿経（観経）』および『観無量寿経疏（観経疏）』一部を書写している。「婦女の芸」は「漢字を隔」つものであるが、心を込めて励んだとする。

ここにおいて示される「當麻寺の故事」とは、奈良の當麻寺にある「當麻曼荼羅」を中将姫が織ったとされるもので、女性が往生する故事として有名である(10)。ここで、当時における「當麻寺の故事」はどのような内容であったのかを考えてみたい。まず、挙げられるのが、『建久御巡礼記』の當麻寺条である。『建久御巡礼記』は、建久二年（一一九一）、「皇后の位」にあったある女性が出家し、南都の寺社を参詣した折の記録を、興福寺の僧実叡（じつえい）が記したものであり、東大寺をはじめとする南都七大寺やその周辺の寺社についての基本資料となっている。當麻寺条は大きく三つに分かれ、まずは創建をめぐって説明がなされる。次いで、ある「縁起」の内容として、麻呂子（まろし）親王とその夫人が浄土の縁とするために寺を建立し、夫人の願いにより天平宝字七年（七六三）六月二三日の夜、「化人（けにん）」がやってきて、蓮糸で「変相」を織り上げたとする。この後さらに、別説が「寺僧」による話として追加される。

彼寺僧ノ申サク、……其比、ヨコハギノ大納言ト云フ人有リケリ。彼御娘、朝夕極楽ヲ願ヒテ、曼荼羅ヲウツサバヤト願ヲ起サレケリ。年来乍ラ（としごろなが）思過ル間ニ、一ノ化人（けにん）来リテ、一夜ノ間織リテ、行方ヲ知ラズト申ス。此大納言ノ御娘、一生ガ間此仏ニ向ヒテ、タユマズ行ヒテ、極楽ニ生レニケリト申シ伝ヘタリ。……

（句読点は引用者による。読みやすさのため表記を一部改めた。返り点は省略。）

この段階では、後世で有名になる「中将姫」の呼称は未だ現れていない。姫の父は、「ヨコハギノ大納言」とされている。

次に、九条家本『當麻寺流記』を取り上げたい[11]。この史料は、藤原基忠から慶政（一一八九～一二六八）に送られた寛喜三年（一二三一）奥書本をもとに慶政の周辺の人物が書写し、さらに慶政が巻末に識語を書き加えたものである。内容は次の通りである。「正二位横佩右大臣尹統息女〈字中将〉」が西方浄土を望み、『称讃浄土経』一千巻を自ら書写し、天平宝字七年（七六三）六月一五日に出家して生身の阿弥陀如来にまみえることを発願したところ、尼や女人が現れ、一夜にし曼荼羅を織り上げた。息女は宝亀六年（七七五）に往生する。九条家本『當麻寺流記』は、横佩（ヨコハギ）を「尹統」、その娘を「中将」と記す最古の文献とされる。

ここで注目したいのは、善阿弥陀仏を願主とする諷誦文で、「槐門」という語が用いられていることである。

彼れは槐門賢女の濫觴なり、弥陀仙を礼して素願を遂ぐ。
此れは柏城賤妾の懇緒なり、韋提希を亜ぎて丹誠を表す。

「彼れ」とは〈中将姫〉を指し、「此れ」は願主の善阿弥陀仏を指す対句である。両者は「槐門賢女の濫觴」、「柏城賤妾の懇緒」と表現され、対比されている。重要なのは、「槐門」が「大臣」を表す唐名であるということである。すなわち、〈中将姫〉の父について、『建久御巡礼記』當麻寺条が「ヨコハギノ大納言」、九条家本『當麻寺流記』が「横佩右大臣」と表記することを考えれば、諷誦文は『當麻寺流記』に近いということになる。諷誦文の作者が菅原為長であり、彼が九条家と関係の深いことを踏まえると興味深い。

諷誦文に続けて「韋提希を亜ぎて」とあるのは、『仏説観無量寿経（観経）』に説かれる王舎城の悲劇に登場する韋提希夫人のことである。善阿弥陀仏は、供養にあたって『観経』および『観経疏』一部を書写していることからこのように述べていると考えられる。この仏典の書写については、「婦女の芸、漢字を隔つといへども」と表現されている。院政期に活躍した大江匡房は、『江都督納言願文集』巻五に女性を願主とした願文を多く収録しているが、その中にも類似した表現が見られる(12)。

①大江匡房「故博陸殿の奉為室家自筆の法華経を供養せられし願文」（『江都督納言願文集』巻五・11）

仍、就彼魚網、施我鳥跡。婦人之習、雖不堪漢字。恋慕之心、猶欲休愍憂。奉書写妙法蓮華経、無量義、観普賢、般若心、阿弥陀等経。便等遠忌、敬揚題名。

昔有書妙字女点之者、早救夜台。今有尽一部八巻之者、定資冥路。二十八品妙跡、還徧陰氏之三字。千万億哀情、更望東閤之先帰。

（仍りて、彼の魚網に就きて、我が鳥跡を施す。婦人の習ひ、漢字に堪へずと雖も、恋慕の心、猶し愍憂を休めむと欲ふ。妙法蓮華経、無量義、観普賢、般若心、阿弥陀等の経を書き写し奉る。便ち遠忌に当り、敬ひて題名を揚げ奉る。昔、妙の字の女の点を書く者有りき。早に夜台を救ふ。今、一部八巻を尽す者有り。定めて冥路を資くらむ。二十八品の妙跡、還りて陰氏が三字を編す。）

②大江匡房「故通家室家養父大納言の為の修善願文」（『江都督納言願文集』巻五・18）

奉書写金字妙法蓮華経方便寿量等品、及阿弥陀経各一巻。身是婦人。手拙漢字、猶尋先考専誦之要品、新致弟子自書之懇誠也。

（金字の妙法蓮華経方便寿量等の品、及び阿弥陀経各一巻を書き写し奉る。身は是れ婦人なり。手づから漢字を拙くすれども、猶し先考専誦の要品を尋ね、新たに弟子自書の懇誠を致すなり。）

女性が漢字を使用することについては『紫式部日記』にも言及があり、議論の対象として著名であるが、当時の女性の仏典書写や漢字をめぐる興味深い表現である。

四、善阿弥陀仏について

諷誦文の願主、善阿弥陀仏がどのような人物なのかを知る手がかりは少ない。諷誦文の内容によれば、石清水八幡宮の出身（すなわち紀氏か）で、章清を猶子にするような人物である。先に掲げた紀氏の祠官家系図に女性を加えると、また違う側面が見えてくる(13)。次に、光清以降の婚姻関係を中心として系図3を掲げる。なお系図では都合上、多くの子女を省略している。

田中家と善法寺家は祠官をめぐって激しく対立するが、その一方では融和を図るべく婚姻関係が結ばれていたのを看取することができる。慶清の子である道清・慶清女は、成清の子祐清・成清女と婚姻している。さらに、次の世代でも宗清と祐清の女が結婚しており、章清を含む子どもたちが生まれたのは既に述べたとおりである。

系図3　光清以降の紀氏婚姻関係図

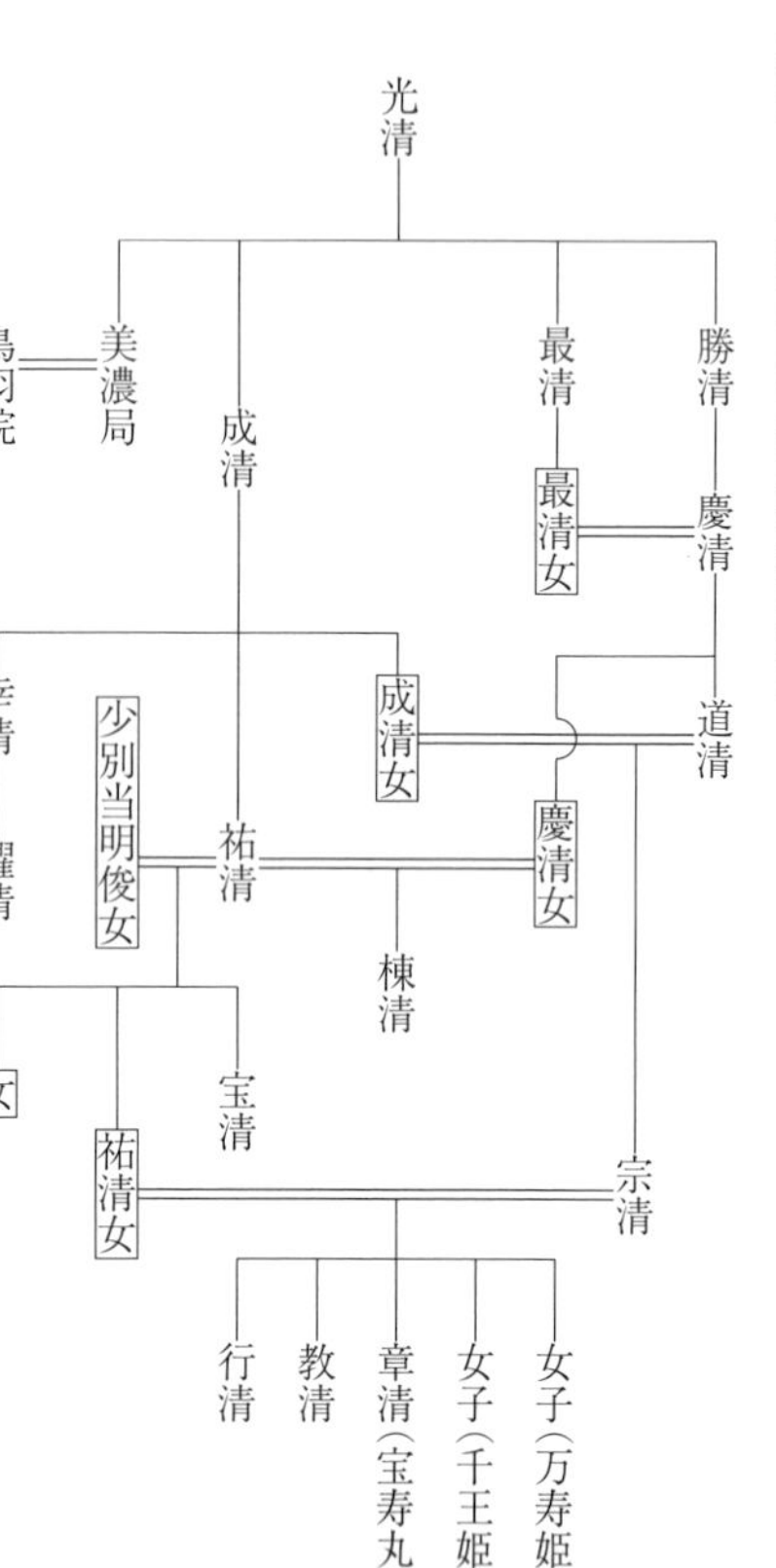

宗清の妻となった祐清女に男子が誕生せず、章清を養子とした可能性も考えられたが、藤原定家に宛てた宗清の書状には、章清と姉二人の関係について「同父一腹二人女子」とあることから、章清は祐清女の所生とみてよいであろう。

石清水八幡宮の祠官系図を見て、尼になった女性で、なおかつ時代的に重なる人物を探すと、その候補は限られてくる。

祐清の子息には、慶清女を母とする秀清や棟清たちと、少別当明俊女を母とする宝清たちがいる。宗清の妻となり章清たちを産んだ祐清女は、明俊女が母である。後掲する系図4を見ると、その同腹に「御尼御前」という人物がいる。彼女は後鳥羽院女房をつとめ、「新少将殿」と呼ばれており、石清水八幡宮第三七代別当および第一六代検校の耀清の妻となり、明清・紹清・隆清の母となったことが注に記されている。章清の母となった祐清女とは同腹の姉妹ということになる。石清水八幡宮を出自とし、さらにまた祠官家に嫁ぎ、尼となっているという条件からみれば、この人物が「善阿弥陀仏」である可能性も考えられるのではないだろうか。

系図4　祐清の子女（『石清水八幡宮記録』巻二十九所収「八幡宮寺紀氏系図」参照）

祐清
- 秀清〈法橋、修理別当……、母別当慶清女〉
- 棟清〈号壇検校、母同秀清、第三十五別当、第十五検校〉
- 宝清〈号家田別当、母同清真、明俊女、第三十六別当〉
- 女〈別当検校権別当宗清室〉
- 女〈御尼御前、後鳥羽院女房、新少将殿、検校耀清室、明清・紹清・隆清母〉

已上母少別当明俊女、

おわりに

石清水八幡宮関係の詩文から秀句を抜萃した摘句集である『鳩嶺集』[14]は、宗清の孫にあたる第四五代別当良清によって編纂されたものである。この中には、天福元年（一二三三）七月一七日の日付を有する章清一周忌願文と作者が同じ藤原家光の願文の摘句が収められている。

①　西軒之泉　北窓之風　斎後（ママ）後供養
　　前権中納言藤原朝臣〈家光卿〉
　　合掌之花　信心之香　春帰尚芬郁　〈紀氏女願文〉　（夏）

②　前権中納言藤原朝臣〈家光卿〉

杜氏之報厚恩也　雖顕月輪於仲秋之天

李氏之哭亡親也　未載菓脣於幼日之涙　〈紀氏女願文〉（孝行）

いずれも出典表記が「紀氏女願文」となっている。摘句の内容や「孝行」という表記から、おそらくは親に対する供養のための願文が典拠となっていると考えられる。これらも紀氏の女性が供養をおこない、願文執筆を依頼した例である。石清水八幡宮関係者の中でも女性に関する史料は限られているが、本論考で取り上げた「尼善阿弥陀仏諷誦文」も、当時の八幡宮について検討する上で貴重な材料となると考える。

願文も諷誦文も基本的には一回性のものであり、その時の供養のために限定して執筆されるものである。しかし、これらは、供養をおこなう者の思いを代弁するものであり、その心情を結晶化したものでもあった。宗清が願主として「聊か子細を記して之を孫謀に貽す」（京都大学附属図書館谷村文庫蔵「石清水宗清供養願文」）と述べるように、願文や諷誦文は、その場限定のものでありつつ、後世に遺されるものでもあったのである。

（1）中川真弓「石清水八幡宮権別当宗清亡息追善願文考――菅原為長の『本朝文集』所収願文を中心に」（大阪大学古代中世文学研究会『詞林』五六、二〇一四年）、同「定家の願文――「石清水八幡宮権別当田中宗清願文案」と「八幡名物」古筆切をめぐって」（『中世文学』六三、二〇一八年）、同「石清水権別当田中宗清関係願文考」（『語文』一一一、二〇一八年）、同「八幡名物「定家・為家両筆」考――石清水八幡宮権別当田中宗清願文群の一つとして」（『中世文学』六六、二〇二一年）などの拙稿で関連する願文群について考察を加えている。本論考の内容に一部重なる部分がある。

（2）宮崎肇「中世書流の成立――世尊寺家と世尊寺流」（鎌倉遺文研究会編『鎌倉遺文研究3　鎌倉期社会と史料論』東京堂出版、二〇〇二年）。

（3）後藤昭雄『平安朝漢詩文の文体と語彙』（勉誠出版、二〇一七年）所収の諸論考参照。各論文の初出は、「諷誦文考」（平安文学論究会編『講座　平安文学論究』第九輯、風間書房、一九九五年）、「諷誦文考補」（大阪大学古代中世文学研究会『詞林』三七、二〇〇五年）、「諷誦文論」（『国語国文』八四―八、二〇一五年）。

（4）『本朝文集』の引用は『（新訂増補）国史大系』三〇による。飯田瑞穂「本朝文集」（坂本太郎・黒板昌夫編『国史大系書目解題』上、吉川弘文館、一九七一年）参照

（5）伊藤清郎『中世日本の国家と寺社』（高志書院、二〇〇〇年）。

（6）中川真弓「石清水権別当田中宗清関係願文考」（大阪大学国語国文学会『語文』一一一、二〇一八年）。裏書部分については原本で確認した。

（7）藤本孝一「田中宗清と藤原定家」（第一七回石清水崇敬会大会講演録）（『清峯』三〇、二〇一一年）。

（8）『冷泉家時雨亭叢書別巻一　翻刻明月記紙背文書』（朝日新聞社、二〇一〇年）。なお、引用文は『明月記』巻三十九・十七紙裏に続いている。

（9）谷信一「石清水八幡宮記録　仏菩薩目録（公刊）」（『美術研究』四一、一九三五年）、山本勉「石清水八幡宮検校法印宗清の「仏像目録」と院派仏師」（『MUSEUM（東京国立博物館研究誌）』三七六、一九八二年）。

（10）田中貴子『日本〈聖女〉論序説――斎宮・女神・中将姫』（講談社学術文庫、二〇一〇年。原本は『聖なる女――斎宮・女神・中将姫』人文書院、一九九六年）、日沖敦子『当麻曼荼羅と中将姫』（勉誠出版、二〇一二年）、奈良国立博物館編『特別展　當麻寺――極楽浄土へのあこがれ』（二〇一三年）、藤澤隆子「鎌倉時代における當麻曼荼羅図の受容――受容層・下縁立像阿弥陀来迎など」（『佛教藝術』三二八、二〇一三年）など参照。當麻曼荼羅および中将姫に関する研究は多いが、紙幅の関係で網羅的には載せなかった。

（11）書陵部所蔵資料目録・画像公開システムにより『当麻寺流記　附当麻曼荼羅流記』、および宮内庁書陵部編『図書寮叢刊　伏見宮家・九条家旧蔵　諸寺縁起集』（明治書院、一九七〇年）、川崎剛志「院政期における大和国の霊山興隆事業と縁起」（『中世文学と隣接諸学2　中世文学と寺院資料・聖教』竹林舎、二〇一〇年）、同「「当麻寺流記」の〈発見〉」（『中世文学』五九、二〇一四年）参照。

（12）山﨑誠『江都督納言願文集注解』（塙書房、二〇一〇年）。

(13) 伊藤清郎『中世日本の国家と寺社』（高志書院、二〇〇〇年。参照した各論考の初出は、「中世前期における石清水八幡宮の権力と機構」『文化』四〇―一・二、「石清水八幡宮における紀氏門閥支配の形成について」『歴史』四九）、刑部香奈「中世の石清水八幡宮における祠官「家」の成立」（京都府立大学文化遺産叢書 第四集『八幡地域の古文書・石造物・景観――地域文化遺産の情報化』二〇一一年）。

(14) 『図書寮叢刊 平安鎌倉未刊詩集 紀家集巻第十四断簡・中右記部類紙背漢詩集・鳩嶺集・和漢兼作集』（明治書院、一九七二年）、『石清水八幡宮史料叢書五 造営・遷宮・回禄』（続群書類従完成会、一九七五年）に所収。

【田中宗清・章清関係年表】

年（西暦）	事項
元久二年（一二〇五）	三月、宗清、少僧都法眼和尚位・権別当に補せらる。
建保二年（一二一四）	二月、宗清女房懐妊につき（長女、万寿姫）、宇美宮の槐により薬師仏造像。
建保五年（一二一七）	正月二七日、大江周房「権別当宗清願文案」（「権別当宗清法印立願文」）
建保六年（一二一八）	章清、誕生。
貞応二年（一二二三）	八月、藤原孝範「石清水権別当宗清願文」一巻（谷村文庫蔵）
嘉禄元年（一二二五）	一〇月、藤原定家「石清水八幡宮権別当田中宗清願文案」（「貞応二年宗清法印願文」）
貞永元年（一二三二）	九月一二日、「法印宗清勧進帳」（「嘉禄元年宗清法印勧進文」）
貞永元年（一二三二）	章清（16）没。
貞永元年（一二三二）	九月二〇日、章清五旬忌。藤原盛経「為亡男某五旬忌修冥福願文」
天福元年（一二三三）	一二月一五日、菅原為長「為亡男某修冥福願文」
嘉禎元年（一二三五）	七月一七日、章清一周忌。藤原家光「為亡弟章清周忌修追福願文」
嘉禎三年（一二三七）	九月四日、宗清、別当に補せらる。
嘉禎三年（一二三七）	三月二一日、菅原為長「為猶子某祈冥福諷誦文」（「比丘尼善阿諷誦文」）
嘉禎三年（一二三七）	五月一〇日、『仏像目録』宗清から行清へ譲与。
宝治元年（一二四七）	六月九日、宗清（47）没。
	宗清室、没〔一三回忌から逆算〕

文応元年（一二六〇）	宗清室の一三回忌〔『仏像目録』より〕
永仁三年（一二九五）	二月、良清『鳩嶺集』編纂。

（付記）

貴重な資料の閲覧をご許可いただいた石清水八幡宮、京都大学附属図書館に篤く御礼申し上げます。また、本研究はＪＳＰＳ科研費 JP21K00300 の助成を受けたものです。

真言僧における夢想と宗教的実践
——覚鑁と頼瑜を中心として

郭 佳寧

はじめに

「夢想」という言葉を『日本国語大辞典』[1]で引くと、次の三つの意味が取り上げられている。「(1)夢の中でおもうこと。また、夢に見ること。(2)夢の中に神仏の示現があること。夢中に神仏の教えを受けること。また、仏を観想して、夢とも現ともわからぬ状態で仏を見ること。(3)夢のようにあてもないことを想像すること。空想」。それぞれの用例を見ると、(1)と(2)は平安時代からすでによく使われていたが、(3)のいわゆる英語の「ドリーム」の意味合いを帯びる使い方は近代以降にあらわれたものである。夢想（または夢）という言葉の意味合い、夢に対する認識と価値観、夢が果たした役割などは、時代とともに変化している。

前近代の日本では、夢の世界と現実の世界が等価なものとされ、夢は神仏など聖なる存在からのメッセージとして認識されていた。夢を乞う、夢を買う、夢あわせ、夢想連歌など、夢に関する活動が盛んに行われ、多くの夢記録が誕生した。時には、夢の内容が世論や世俗権力に大きな影響を与えることさえあった[2]。このことは貴族社会だけでなく、寺院社会にも共通した。一方、仏教的世界観においては、貴族社会や寺院社会を含むこの世のすべてが常に移り変わり、無常であり続けるとされている。『金剛般若経』に「一切有為法、如夢幻泡影」とあるように、夢はしばしば無常の象徴として扱われ、現実と同様に儚く移ろいやすいものとされている。しかし、僧侶が残した夢に関する記録を読むと、彼らが夢を通して無常である現世において自らの修学を極めようとしていたことがわかる。まさしく、彼らによって夢を介する無常の流動性があらわされていたといえよう。

僧侶が記した夢については、上野勝之が総体的な考察を行った。(3) 上野は、僧侶によって作成された夢記を網羅的に取り上げ、その形式や記述時期、内容と表現、記録形態、伝存状況などの基本的事項を概観し、それぞれの夢記を比較対照することで、夢記全般の史料としての基盤的性格を明確にした。このように、上野は詳細な項目を立て、古代から中世にかけての日本の僧侶における夢相の考察が上野によって進められることにより、仏教界における夢の役割が明らかとなり、僧侶たちの夢記の史料としての価値が見出された。前近代日本では、夢記を残した僧侶は顕密にわたり多く存在し、夢を記録することは特定の宗派に限られていない。

一方、そのような状況の中で、真言僧にとっての夢想の重要性に関する佐藤愛弓による論考がある。(4) その論考によれば、真言密教においては、灌頂の際に感得される「夢」について、『大日経』、『大日経疏』、『金剛頂瑜伽中略出念誦経』などの経典に説かれている。また、弘法大師仮託書の『御遺告』においても、密教の法を授かる阿闍梨が感得すべき夢想について述べられており、夢は灌頂という教えを伝えるための密教のシステムの中で大きな役割を担っていた。佐藤の研究から、真言密教の教学上で夢想は重要な機能を持ち、真言僧の間で共通に認識されていたことが明らかになった。

空海以来の真言教学に大きな影響を及ぼした真言僧として、覚鑁（一〇九五～一一四三）と頼瑜（一二二六～一三〇四）の名が挙げられる。周知のように、覚鑁は高野山において長く中絶していた伝法会を復興し、鳥羽院の御願寺である大伝法院を建立した。しかし、金剛峯寺との相論により覚鑁が晩年に高野山を離れ、根来に移住した。

覚鑁の死後、大伝法院の門徒たちは高野山と根来を往還しながら活動したが、正応元年（一二八八）頃に、覚鑁の大伝法院流を継承した頼瑜が、高野山上の大伝法院と密厳院を根来に移した。頼瑜は、覚鑁の時代の根来鎮守講と伝法会を継承しつつ、南都興福寺や東大寺などで行われる竪義を根来に導入した。また、根来において中性院流を創始し、『大日経』の教主に関して、本地身説（古義）に対して加持身説（新義）を明確に唱えた。

高野山から根来に展開された覚鑁と頼瑜の真言教学は、やがて日本の顕密仏教に大きな影響を及ぼすこととなった。そのため、彼らの宗教実践と教学の形成において夢想がどのように機能していたのかを考察することで、中世真言僧における夢想と教学のあり方を窺うことができるだろう。筆者は、先行研究を踏まえつつ、覚鑁と頼瑜の夢想に関する記述を分析し、夢想が彼らにとっていかなる役割を果たし、教相と事相を重視する真言僧の宗教実践とどのように関わっていたのか、さらに彼らが自らの教学を潜在意識においてどのように認識していたのかを明らかにする。

一、夢想にあらわれる浄土とその空間——覚鑁の密厳院をめぐって

覚鑁は大治四年（一一二九）三五歳の時に鳥羽院の外護を得て、高野山において真言教学を振興するために、長く中絶していた伝法会を再開し、大伝法院を建立した。そして、自らの理論構築と密教実践のために、大伝法院の建立と並行してその別所寺院として密厳院という自らの僧坊を建てた。大伝法院と密厳院という二つの〝空間〟は、覚鑁がその生涯において力を尽くした真言教学の復興と浄密融合理論の構築の基盤にあたる場だといえよう。特に密厳院は、覚鑁の私的僧坊であるため、そこで覚鑁がどのような密教実践を行ったかをまず確認したい。

長承四年（一一三五）正月一日、覚鑁は密厳院に籠居しはじめた。その理由は、当時金剛峯寺と大伝法院両寺

の間の喧擾を避けるためというわけではなく、覚鑁が密教の究極の修法を達成するために行った年来の素意であるとされている。(5) 覚鑁の密厳院における修法とは、密教の究極を証得するために計画的に行ったものとして理解すべきである。覚鑁が密厳院で修し始めた無言行に関して、弟子の兼海は「[梵字]上人事」(6)において、覚鑁が俗務を捨ててひたむきに即身成仏を修し、同心の行者たちが相集って彼の成仏が一日も早く遂げられるように廻向したことを記していた。覚鑁が密厳院で修行したのは、密教の即身成仏を証得するための実践であったことが知られる。また、後世に編纂された覚鑁の伝記である『密厳上人縁起』（『伝法院本願覚鑁上人縁起』）には、密厳院に関して次のような記述がある。(7)

密厳院　別墩也、上院ト者、八角宝形造、此院者深秘ノ在所之故ニ、普通之大門徒ハ不レ参云云、然近代断絶、而在所不レ知之処也、下院ト者、八角宝形造、当時之密厳院是也、此院者、上人御入定之砌ニ被レ定、（後略）

これによると、密厳院の下院は八角宝形造りで、覚鑁の入定の場として定められていたという。兼海の記述と『密厳上人縁起』の内容から、高野山に建てられた密厳院は、覚鑁が自ら真言密教の即身成仏を修する場所であると同時に、往生の場としての機能も備えていたことが、覚鑁の周辺で認識されていたことが明らかである。そのような密厳院の建立当初の内部空間を記録する資料はほとんどないが、本尊に関して『覚鑁聖人伝法会談義打聞集』（以下『打聞集』）から少し窺うことができる。(8)

有人云ク、不動ニ有二リヤ臥形一耶。答テ云ク、有リ。即チ釈迦ノ涅槃像是レ也。有人又云ク、其レハ如二キ死タル人身之形一ノ耶。答フ、化身ハ如二ク死人一ノ、涅槃ハ如二シ生身一ノ。涅槃ハ常住ノ義也。化息テ帰二ス真実生身一ニ。是レ実ニ生身ナリ。性徳究竟ノ色ハ、是レ白色也。修生究竟ノ色ハ、幽玄ノ色也。共ニ究竟ノ色ナルガ故ニ。二色倶ニ法界ノ至極也。〈私案ニ云ク、大伝法院ノ仏天蓋ハ白色、密厳院ノ大日天蓋ハ青色ナル、此ノ義歟。可レシ尋レヌ之ヲ。〉

『打聞集』に示されている内容は、不動明王に関する種々の問答の中の一つである。「臥形の不動明王があるのか」と問うと、答えは「不動明王には臥形があり、それは釈迦涅槃の像にあたる」とされている。さらに、「性徳究竟」の色はこの涅槃の生身の白色であり、「修生（修徳）究竟」の色は幽玄の色、つまり青色であるという。これについて、『打聞集』の著者である聖応は「私の案によると、大伝法院の仏の天蓋は白色であり、密厳院の大日の天蓋は青色である。この義にあたるか、これを尋ぬべし」と記しており、大伝法院と密厳院の仏天蓋の意義を案じた。この記述から、建立当初の密厳院の本尊は大日如来であったことがわかる。また性徳とは衆生の本性のことを指す(9)。それに対する修徳（修生）とは、修行によって得られる性質のことを指す。これに関して、聖応は大伝法院大日如来の天蓋の白色は性徳をあらわし、それに対して密厳院の大日の天蓋の青色は修徳をあらわしていると解釈した。つまり、大伝法院と対比されるように、密厳院では密教修行が重視されていると聖応は考えていたのであろう。このことから、密厳院が真言修行を励む場として覚鑁の周辺に認識されていたことが明らかである。この点は、兼海の「[illegible]上人事」と『密厳上人縁起』にも同様に読み取れる。ところで、覚鑁自身は密厳院という場、また本尊の大日如来に対してどのような認識を持っていたのだろう。

密厳院に関しては、「密厳院瑞夢頌」というテクストが残っている。「密厳院瑞夢頌」は、覚鑁が密厳院に関する瑞夢を韻文体でまとめたもので、その中には覚鑁自身の夢のほか、力善房や浄法房などの弟子たち、また大伝法院にかかわる僧たちの夢も記されている。「密厳院瑞夢頌」において(10)、

　　又云ク、有ル人告テ曰ク、此ノ処ハ是レ即チ三輩九品ノ往生之地ナリト云云。

　　合セテ曰ク、〈三部ノ悉地、各三ノ故ニ九ナリ、具ニハ如二シ蘇悉一ノ、諸本教ノ説ノ、既ニ在二リ当院一ニ、三密ノ悉地、誰カ求二ン他処一ニ、三輩九品ハ、三身ノ浄土ニ、往詣シテ生成ス、遍ニ在ス二十方一ニ、何ゾ局二ム一兌一ニ〉

「又、云ク、有ル人告テ曰ク」というように、夢の中である人から告げられた内容が述べられる。その内容を述べた後に、「合セテ曰ク」というふうに、夢合わせをする。このテクストにおける夢の内容は、密厳院の場所が「三輩九

品の往生の地」であるということをある人から伝えられたことを示している。二行目の「合せて曰く」の内容について見てみたい。ここでは、「三部悉地」のそれぞれに三つの悉地（修行によって成就した悟り）があるため、合せて九つとなり、ともに悟りの境地に達したとされている。また、諸本の教説は、全てこの密厳院にあり、三密の悉地は他処に求める必要はないとされている。往生する衆生（三輩九品）は、三身の浄土に参上して生まれ変わり、仏の浄土は十方に偏在するため、西方（兌は西の方角、西方にあたる）の浄土に限られないと説かれている。このように、密厳院は覚鑁にとって、単なる真言密教の即身成仏を修する場としてだけでなく、九品の浄土としても認識されていた。また、「三部」・「三密」「三身」と説かれているように、阿弥陀仏の九品の浄土が密教的に解釈されていた。さらに、「密厳院瑞夢頌」には、密厳院の本尊大日如来について、次のような興味深い夢も記されている。[11]

力善ノ夢ニ云ク、是ノ院ニ本ト有ニリ一宇ノ華堂一。丈六ノ大日、金色ニシテ満レツ中ニ。

合セテ曰ク、

浄法房ノ夢ニ云ク、同年、当院ニ有レリ室、大日住レス内ニ。即チ向レフ西ニ仏ナルヲ、但シ過ニク等身一ニ、以テ向レテ東ニ安ぜリ。

〔梵字〕〔梵字〕ト諸人ト、同ク坐ニシ一堂一ニ。調ニ懸スルニ瓔珞一ヲ、称ニス能ク錬冶一スト。

力善房と浄法房の二人の夢は、ともに密厳院に安置される大日如来に関する内容である。浄法房とは、覚鑁の瀉瓶弟子で「〔梵字〕上人事」を記した兼海のことである。浄法房の夢によると、密厳院には大日如来が安置されており、西向きの仏を東に向けて安置したとされている。また、覚鑁と諸人が同じ堂に坐り、天蓋の瓔珞を懸けたことも浄法房の夢にあらわれたと云々、とある。ここに記された大日如来を東向きに安置したことは、仏が西側にあったことを示している。西に位置する仏として阿弥陀如来が想起され、浄法房の夢に現れた東向きに安置された密厳院の大日如来は、覚鑁の密教的浄土観と関連するものだと考えられるだろう。

覚鑁の密教的浄土信仰の集大成として、『五輪九字明秘密釈』という彼の最晩年の著作が挙げられる。この書の冒頭部分には、「密蔵ニハ大日即チ弥陀、極楽ノ教主ナリ。当レニ知ル、十方浄土ハ皆是レ一仏ノ化土、一切如来ハ悉ク是レ大日ナリ。毘盧弥陀ハ同体ノ異名、極楽密厳ハ名異ニシテ一処ナリ」とあり、覚鑁の真言教学が集約されている。覚鑁は大日と阿弥陀、十方浄土と密厳浄土を理論的に結び付けて解釈した。このような覚鑁の真言教学は、先に述べた「密厳院瑞夢頌」からも読み取れる。すなわち、真言密教の教えを実践する場、また入定の地として定められた密厳院は、西方極楽浄土を含め、十方の浄土であり、本尊の大日如来は阿弥陀如来と同体であることを、覚鑁は自らの、また弟子たちの夢を通して説いている。かかる「密厳院瑞夢頌」における夢の記録は、覚鑁の真言教学と連動しているといえよう。また、もう一つ注目したい点は、「密厳院瑞夢頌」において、覚鑁が周辺の人々の夢も多く記していることである。彼らの夢に関して、いずれも「合せて曰く」のみを提示し、夢合せの内容が省略されているが、覚鑁の周辺には夢語りの共同体が存在したことが十分に想像される。彼らは夢を共有することで、覚鑁の真言教学にも共感することとなったのだろう。

二、唱導に語られる覚鑁の夢想

第一節では、密厳院が覚鑁の真言教学を端的かつ具現化した宗教空間であったことを明らかにした。本節では、覚鑁の滅後に門弟たちがどのようにそれを理解し、何を根拠にして相承したのかを考察する。本論考「はじめに」の部分で述べたように、覚鑁が入滅した後、大伝法院側の衆徒は完全に高野山を離れたわけではなく、長い間にわたって高野山と根来の双方で活動した。覚鑁が康治二年（一一四三）一二月一二日に根来の円明寺で示寂した後、その追善供養は大伝法院側の年中行事として高野山上でも行われたようだ。これは、天理大学図書館所蔵の『寺役転輪集』の記述から確認できる。『寺役転輪集』は、覚鑁の死後、大伝法院側の衆徒が根来に移住する前に、高野山で行われたという、その大伝法院側の年中行事法会について、各法会次第や表白・説経などの詞を含めてまとめた資料である。文永一〇年（一二七三）一二月一二日に行われた覚鑁の追善供養に用いられた表白では、次のような記述が見られる。(12)

密厳院御忌日　十二月十二日　長経　但中音
年中行事云、康治二年癸亥十二月十二日云々
装束　等身衣　別裳　狩袴　甲袈裟
仏経供養　貫首御沙汰
先開眼　文永十年供養時者阿弥陀仏也　表白　無法用
敬白、三世常住大日如来、新像界会弥陀善逝、蓮花部中諸尊聖衆而言。夫以、三密金篋、待骨鋭人而伝。五部玉花、依根熟時而開。真乗之起、誠有由哉。爰吾寺本願密厳上人、五瓶水清、尽諸流之本源。三学雪獲照一寺之郡機。人法日新、遷化齢早、毎迎其年々之忌陰、専展此済々之梵席。仏是安養之教主、交衆綵之荘厳。経亦極楽之先導、致一巻之摺写。（中略）上人御詞、我既得初位三昧、不信之輩、修而知之。又忽見密厳有相、知生死絶言。平日既得初位三昧、為誰労生死。現生正証瑜伽五相、為誰祈得脱。只得新仏弥陀妙観察智、為衆生説法、以新写阿弥陀経威力、引導専修輩中。但青龍和尚臨終観行者、阿弥陀三摩地也。彼和尚御詞、今此阿弥陀者、非宝蔵比丘阿弥陀、不指十万億土之西、最上妙楽在其中、故云極楽言。密厳上人、彼再誕也。同御意可叶任歟。（後略）

右の表白の本文冒頭に、「文永十年供養時者阿弥陀仏也」、また「新像界会弥陀善逝」と示されているように、

文永一〇年（一二七三）に行われた供養の時の本尊は新たに造られた阿弥陀如来であった。これによると、密厳院の本尊は建立当初の大日如来から阿弥陀如来になった可能性が窺える。また、右の表白で注目したいのは、説法の最後の部分である。そこには、青龍の和尚、すなわち恵果阿闍梨が臨終の際に阿弥如来の三摩地に入ったが、それは顕教の阿弥如来（宝蔵比丘）ではなく、往生するのは西にある顕教の阿弥陀如来の浄土でもないと記されている。そして、密厳上人（覚鑁）は恵果の再誕であるため、供養された密厳院の阿弥陀如来は顕教の阿弥陀ではないと説かれている。先に述べた「密厳院瑞夢頌」に見られる、密厳院建立当初の本尊は大日如来でありながら阿弥陀如来と重なる性格を持たせたことと類似の構造を持っている。つまり、覚鑁が恵果の再誕であるという説を介し、新造の阿弥陀如来は顕教の阿弥陀如来ではなく、大日如来と同体である密教の阿弥陀如来であるということが、この文永一〇年の表白から読み取れる。換言すれば、覚鑁の死後においても、少なくとも同年の時点までは、覚鑁によって臨終の地として構想された密厳院という密教空間の宗教的意義は、本尊が持つ性格を通してなお保たれていたといえるだろう。そして、それは祖師覚鑁の夢想を介して継承された可能性がある。覚鑁の「密厳院瑞夢頌」がどれほど受容されたかは不明ではあるが、夢を語り合う共同体が存在したことから、密厳院の大日如来が阿弥陀如来と同体であるという説は、門徒の中である程度共有されていたのではなかろうか。

さらに、この文永一〇年の表白の「上人ノ御詞ニ」というところ（引用文一〇行目）に注目したい。ここに援用された内容は、覚鑁の『五輪九字明秘密釈』にも見られる。同書において、覚鑁は「弟子得レ聞コトヲ二此ノ秘訣一ヲ、深ク信ジテ多年修レシテ之ヲ既ニ得タル二初位ノ三昧一ヲ。有ラムレ信禅徒ハ勿レ生ズルコト二疑惑一ヲ。若シ[梵字]カ虚言ナラバ修レシテ之ヲ知レ自ラ。唯願クハ勿レ令下ニ一生ヲ空ク過上サ」[13]というように、自ら五輪九字の秘法を修することにより、初位三昧を証得したことを述べ、門弟たちにこの法を修すべきことを促した。これは文永一〇年の表白における「上人ノ御詞ニ、我既ニ得タリ二初位ノ三昧一ヲ、不レ信セサラム之輩ハ、修シテ而知ルヘシレ之」の部分にあたる。また、その続きにある「又忽ニ見テ二密厳ノ有相一ヲ、知ルト二生死ノ絶言セツヲノタマヘリ」の語りは、覚鑁が『五輪九字明秘密釈』の末尾に書き加えた部分にあたると考えられる。その末尾において、覚鑁は次のように書き残している。

抑々記シテ此ノ秘釈ヲ後チ入ル三摩地ニ。忽然化現シテ宝生房ノ云ク、崑崙一度崩レテ金石即チ一物ナリ。毘弥両観凡聖無二ナリ。吾ハ是レ金色世界ノ古衆、汝ハ亦密厳浄土ノ新生ナリ。若シ入ラバ此ノ瞻匐林ニ誰レ人カ有ム異薫哉。終ニ此ノ説者如ニシテ幻ノ不レ見ヘ。於テ此ニ[梵字]不シテ覚エ涙落チ慙愧熾盛ナリ。忽ニ見テ密厳ノ有相ヲ知ル生死ノ絶ムコトヲ而已。

覚鑁は『五輪九字明秘密釈』を書き終えた際、三摩地に入った。そこに入滅した宝生房教尋が現れた。教尋は、自分はすでに文殊菩薩の金色世界に往生したが、覚鑁もこれから密厳浄土に往生すると伝えた。教尋が消えた後、覚鑁は直ちに密厳浄土を見、生死の絶えることを知った。この教尋からの密厳浄土へ往生するという告げは、五輪九字の秘法による初位三昧を証得する証として、覚鑁自身の真言教学の確立に向けた信心を与えた。教尋からの告げが得られたこと、また密厳浄土の様相を見たことは、厳密に睡眠中の覚鑁が見た夢そのものではないが、『寺役転輪集』の表白に示されているように、覚鑁のこの夢想は「上人の御詞」として認識され、そして唱導の素材として法流の中で語り続けられていた。覚鑁の真言教学とその宗教的実践は、夢想の語りによって共有されていたのである。

三、奥書に記された頼瑜の夢

第一節と第二節では、覚鑁の夢想をめぐる叙述と、そこに投影された彼の真言教学について考察した。第三節と第四節では、覚鑁の大伝法院流を根来に移してさらに発展させた頼瑜の夢想と宗教実践の関わりについて検討する。頼瑜の夢想について、すでに高橋秀城が聖教の生成との結び付きを焦点に論じていた[14]。高橋は、頼瑜の夢が聖教生成の原動力であり、頼瑜にとって瑞夢を書き留めることは、神仏との結び付きを感じながら現実世界における自分自身を省みる行為であると指摘した。さらに、夢と現との往還によって、頼瑜が自らの学問を深化させていったと論じた。本論考は、高橋の研究を踏まえつつ、頼瑜の宗教活動が具体的に夢想とどのように連動しているのか、夢想にあらわれた頼瑜の真言教学がどのようなものなのか、夢と現の世界における頼瑜の往還について明らかにしたいと考える。

表　頼瑜の夢想と宗教活動(15)

鍵語	年月日	年齢	夢想	その間の頼瑜の主な活動
印明	仁治三年（一二四二）	17	紀伊国山崎で勉学していた頃のある日、睡魔に襲われたとき、夢の中で僧が現れ、睡眠を避けるための印明を授けられた。（『真俗』）	紀伊国山崎で勉学。その後、根来山弥勒院の玄心に従い、両部の大法を学び、その際に伝授された「悲生眼印」は、以前夢の中で授けられたものであることを知った。（『真俗』）
教学の問答	建長四年（一二五二）一二月九日	27	鎮守講に参加するため、高野の人々が初めて根来寺に住した折、私（頼瑜）は道悟に呼びかけられ、「息化城之賓」の義について語られる夢を見た。（『真俗』）	これ以降、道悟房と交流を持つようになる。（『真俗』）
聖教書写	康元二年（一二五七）二月一八日	32	高野山禅定院において、ある僧所に所蔵されている『六大無碍義抄』を書写した。夢告により、この書が明恵の弟子によるものであることを知った。（真福寺本『六大無碍義抄』下巻奥書）	この年の二月、七月、九月に、高野山において聖教を書写した。（同上）
聖教書写	正嘉元年（一二五七）一二月二一日	32	『即身義顕得鈔』を完成した後、夢の中で高僧が私（頼瑜）の室を訪れ、『即身義顕得鈔』を見たいと言った。『即身義顕得鈔』を見た後、高僧は「文殊疏」を成すべきだと語った。頼瑜は「文殊疏」を「秘鍵疏」と解釈した。（真福寺本『即身成仏義顕得抄』下巻奥書）	空海の『即身成仏義』を逐語的に解釈し、『即身義顕得鈔』を著した。（同上）

聖教書写	印明	法施、鎮守講	教学	法施	問答講
弘長二年（一二六二）九月二一日	弘長三年（一二六三）一〇月二七日	文永二年（一二六五）九月二二日	文永二年（一二六五）九月二五日	文永二年（一二六五）一〇月二四日	文永二年（一二六五）一〇月二六日
37	38	40	40	40	40
醍醐寺の報恩院において、『秘鍵開蔵鈔』を記し終えた。建長年間において、瑞夢を感得したことを、同書の中で頼瑜は記した。（真福寺本『秘鍵開蔵抄』下巻奥書）	夢の中で法門の廃亡を嘆いていた際、ある人からそれを防ぐための印明が頼瑜に授けられた。（『真俗』）	醍醐寺で修学していた頼瑜は、この日の早朝に夢を見た。その夢は、高野山の鎮守である丹生高野明神の使いとされる犬に関するものであった。（『真俗』）	暁の夢において、頼瑜が高野山に帰った折、大伝法院座主禅助の命により、伝法院賢蓮房から城の鍵ともう一つの鍵、二種の鍵を賜った。（『真俗』）	暁の夢に、山の中を歩いていると、丹生高野権現の使いである犬が、私（頼瑜）の手に持っていた朽木の端を食べた。（『真俗』）	暁の夢に、高野山伝法院の御社の前と思われる場所が現れ、そこには河が流れ、その河の南に大勢の僧が集まっていた。私（頼瑜）はその先頭に立ち、階段を上がって拝殿に登り、問答講を始め、また、同じ日の卯時（五～六
	【弘長三年九月六日、醍醐寺報恩院憲深入滅。】（『醍醐寺新要録』）	文永二年六月一七日から八月三日まで、木幡観音院において真空から「秘鈔」を計六回伝受された。醍醐寺での修学中は、毎日丹生高野明神のために法施を行っていた。また、先年、根来鎮守講に勤仕した際、ある人が夢を感得した。その夢には、鎮守講の最中に神社から犬が現れ、頼瑜の前に座り、頼瑜が犬に食べものを与えたという場面があった。この夢を受け、頼瑜が明神権現の無辺の慈悲を讃えた。（『真俗』）	この日の酉の刻（一八時前後）、醍醐寺報恩院西対部屋において、正嘉元年（一二五七）に起草した『釈論開解鈔』の再治を完了した。（真福寺本『釈論開解鈔』第十二奥書）	この朝から、心経百巻を読誦し、法施を高野権現に捧げた。（『真俗』）	読経の巻数を増やした。それにより、法楽の夢を見ることができた。（『真俗』）

			時)頃に、坊門殿より楊珠房を使者として、白布と絹各一巻を賜り、本日未時(一三～一五時)以前に坊門殿に参るよう告げられるという夢を見た。(『真俗』)	
修法	文永二年(一二六五)一〇月二七日	40	この日の晩、不動法大阿闍梨の代理任命にかかわる夢想を見た。(『真俗』)	
談義	文永二年(一二六五)一一月二三日	40	卯刻(午前六時～七時)、故醍醐寺報恩院憲深の部屋で夢を感得した。夢の中、例の如く談義を始めると、その間に木幡廻心房真空の許から一人の僧が来て、その後、律僧の装束を着た五、六人の僧が談義の場に入り列座した。また、長老の僧を上座に招いた。さらに、この日のうちに八幡から二人の僧が来る夢も見た。(『真俗』)	
舎利	文永三年(一二六六)八月二三日	41	場所は不明ながら、西向きに飲食している時、柘榴の実に似た紅白の珠があらわれ、それは三角形のような形をしていたが、その珠が畳に落ちたので拾い集めて蔵する夢を暁に見た。夢から覚めて、その珠が仏舎利如意宝珠であったか、または如来の舎利が五穀に変わったものであるのかと思った。(『真俗』)	文永三年七月一四日、高野山丈六堂において伝法会談義が行われ、その際に『大日経疏指心鈔』第十四を著した。(真福寺本『大日経疏指心鈔』第十四奥書)
法施、鎮守講、聖教書写	文永三年(一二六六)九月二〇日	41	暁の夢において、ある上臈の女房から書状と美しい扇を賜り、また「二教論」を貸すようにという書状も送られる。夢から覚めた後、上臈の女房は醍醐清瀧権現、または高野丹生大明神の化身ではないかと考えた。(『真俗』)	高野山丹生大明神の社頭において鎮守講の講師をつとめる。文永三年九月下旬には、醍醐寺報恩院において、正嘉二年(一二五八)に起草した『釈論開解鈔』第十一の再治を終えた。また、一〇月三日に加点した。(真福寺本『釈論開解鈔』第十一奥書)
授戒	文永九年(一二七二)一月二一日	47	この日の暁、神泉苑のような場所に至り、竜王から不邪淫戒を除く十善戒を授かる夢想が	文永九年二月中旬、理性院仙覚は頼瑜の命により、醍醐寺中性院において『大日経疏指心

			あった。（『真俗』）	鈔』第十五を清書し、頼瑜自身がそれに加点した。（真福寺本『大日経疏指心鈔』第十五奥書）
阿弥陀の化身	文永九年（一二七二）七月二四日	47	この日の暁、中川発心院において夢を見た。夢の中では、高野山と思しき場所に上﨟の僧が寄宿し、坊中の人々がそれに応じる光景が広がっていた。私（頼瑜）は末座に着いたが、上﨟の僧から「汝（頼瑜）は阿弥陀如来であるため、上座に着くように」と申し出された。（『真俗』）	文永九年七月一日、高野山伝法院の自坊における伝法会談義に際して『菩提心論愚草』第四をまとめた。（真福寺本『菩提心論愚草』巻下奥書）
教学の問答 聖教書写	文永一〇年（一二七三）一〇月二七日	48	この日の暁、老人らしき人が夢に現れ、頼瑜は『大乗起信論』が真諦の訳であるかどうか尋ねた。頼瑜は老人が真諦三蔵であることを気づき、帰敬した。三蔵は頼瑜の深い信心に感嘆し、諸々の道具を賜った。（『真俗』）	文永一〇年一〇月二一日、醍醐寺中性院において大輔阿闍梨に『釈摩訶衍論開解鈔』巻第二十を書写させ、頼瑜自らそれに加点した。（『日本大蔵経』所収『釈摩訶衍論開解鈔』第二十奥書）
伝授、聖教	文永一一年（一二七四）六月七日	49	暁、醍醐寺報恩院において、覚洞院法印親快に『秘抄』の伝授を申し入れ、その諸本を閲覧する夢想を見た。（『真俗』）	文永一一年五月二八日から六月八日にかけ、東大寺禅定院の庵室において、同寺真言院の法印聖守から「野月抄」（「秘抄」第一～十五および「秘抄異尊」上下・「秘抄作法」上下）の伝授を受けた。（『真俗』）
和歌	文永一一年（一二七四）七月八日	49	晨朝の夢想において、高野山奥院で臨終を迎える廻心房真空のともに参じ、その辞世の和歌二首を見る夢を見た。（『真俗』）	文永一一年七月七日、高野山丈六堂の自坊において『大日経疏指心鈔』第一を著した。（真福寺本『大日経疏指心鈔』第一奥書）
灌頂	弘安五年（一二八二）七月二一日	57	この日の卯刻（午前六時～七時）の夢において、醍醐寺検校大僧正の御房に参り、灌頂内道場と思しき場所において、内道場に両界曼荼羅と祖師絵のみを懸けるべきかを尋ねると、三七尊像および墨書の菩薩像一体も懸けるべきだと言われた。（『真俗』）	三月中旬から六月下旬にかけての伝法院談義の際に、『十住心論衆毛抄』第一の下を著した。なお、談義の中途、天野神馬争論にかかわる「寺家」の訴訟のため、頼瑜は上洛したが、この間も醍醐寺中性院にて抄記を続けた。（真福寺本『十住心論衆毛抄』第一下奥書）

教学、聖教書写	弘安五年（一二八二）七月二四日	57	丑刻（午前二時頃）の夢において、文殊像の手から引かれた五色糸を取り、来世のため、また仏道修行のための秘記について文殊と問答した。その際、臨終に対して最も重要なのが阿字の秘釈であると告げられた。（『真俗』）	七月中旬、『即身成仏義顕得鈔』下巻に移点を行った。（真福寺本『即身成仏義顕得鈔』奥書）
印明	不明、一七歳の夢の続き	不明	高野山に疫病が流行った時、病に効くという瑞夢を見た。その後、ある僧から疫病を消除できる一印三明を授かる夢も見た。（『真俗』）	

頼瑜が自らの夢想について記したものとしては、『真俗雑記問答鈔』のほか、彼が書写した数多くの聖教の奥書に散見される。

康元二年（一二五七）、頼瑜は高野山禅定院において、空海の『即身成仏義』の注釈書である『六大無碍義抄』[16]を書写した。その奥書には「就中披覧此書不知作者残不審之処、夢中有僧告云、明恵上人之弟子造云々」と記し、頼瑜が夢の中で聖教書写における疑問の解答を得たことが述べられている。[17]

また、同じ年（改元後）の正嘉元年には、頼瑜が空海の『即身成仏義』を逐語解釈した『即身成仏義顕得鈔』が完成し、その奥書に頼瑜は次のような夢を記した。[18]

> 正嘉元年十二月廿一日、作此鈔畢、夜夢想云、或高僧具一両伴而来于弟子室言、汝鈔欲見之云々、尓時弟子放進此書矣、高僧披覧此鈔畢、告弟子云、汝又可造文殊疏云々、私案云、文殊疏者当秘鍵疏歟、彼文殊三摩地法門之故、
>
> 文永四年冬比、清瀧談義之□、処々加再治畢　　金剛仏子頼—（生年四十七）

夢の中で高僧が頼瑜の僧房に訪れ、『即身成仏義顕得鈔』を披覧した。その後、高僧は「文殊疏」も成すべきだと頼瑜に伝えた。それに対し、頼瑜は「文殊疏」は「秘鍵疏」であると解釈した。ここで頼瑜が言う「秘鍵疏」

は、空海の『般若心経秘鍵』の注釈書を指している可能性が考えられる。弘長二年（一二六二）九月二一日、頼瑜は『秘鍵開蔵鈔』という、「秘鍵疏」に当たるような書物を著した。その『秘鍵開蔵鈔』の奥書には、「抑予建長年感瑞夢。雖然他事無隙。自願未遂。爰有同門英髦。懇請再三。不能辞謝[19]」と記され、頼瑜が本書の成立過程について述べていた。つまり、頼瑜は建長年間に瑞夢を感得し、『秘鍵開蔵鈔』の書写を志したものの、暇を得られず実行できなかったが、今この時、同門の僧の再三の懇請を受けて抄記したというものである。「頼瑜の夢想と宗教活動」の表にまとめられているように、建長年間の夢について、頼瑜が二七歳の時、根来鎮守講に関する夢の記録が見られる。『秘鍵開蔵鈔』の奥書に記されている記述がその夢を指していたのか、或いは別の記録されていなかった夢なのか、それとも『即身成仏義顕得鈔』の奥書に書かれた正嘉元年の夢の年記が誤っていたのかは不明である。いずれにしても、夢が頼瑜の真言教学の形成を導く役割を果たしていたことは明白である。『六大無碍義抄』と『即身成仏義顕得鈔』の奥書に夢の内容を明記したことは、まさにこのような夢の機能が頼瑜自身にも意識されていたことを示している。

また、頼瑜の聖教を書写した弟子も、聖教にかかわる夢想を書写奥書に加えていた。『阿字観秘釈』下巻の奥書には[20]、次のような頼瑜と弟子の仙覚の識語が見られる。

本説云、

先年之比、依公准〔惟〕法印懇請、雖抄両巻、僅以上巻奉授彼法印畢。其後他事無隙未及再治。仍弘安四年七月下旬開草本加治定畢。願以両巻抄記之功、必為三身証得之因耳。　金剛仏子頼瑜生年五十六

弘安四年十二月廿日、賜此御抄聊拝見之件、夜有夢想。其趣者、或僧楚忽覧此抄之時、傍人云、卒爾之披覧定無其詮歟云々。又傍有耆宿僧告云、縦雖不詳義理必可有得益。況於思惟修習哉云々。予忽聞此言結縁有憑。信心銘肝之間夢覚畢。誠是秘密之奥旨達冥慮甚深之抄記、感霊夢歟。可崇可貴矣。　金剛仏子仙覚記之

弘安五年任午七月廿四日夜丑剋感夢云、於洛中入。或亭見西方未申角離西壁奉懸文殊像一鋪為遠筆、彼像御手握糸。脇士不知何引彼糸、々随引離像動。予成奇特之念取彼糸時、脇士放御手畢。信心弥深。即奉問云、為後世為蛍雪何様可抄草畢。尊像即往辰巳角教示云、可如汝所作之臨終記云々。重問云、臨終記者是何哉。[梵字]字秘尺歟。又自抄篇続製草軸重真偽羕(様カ)示之、尊答曰、臨終至要不可過[梵字]字秘釈。余抄又無紕繆、恐通仏意畢。然後還戌亥角昇空隠而不現耳。予当初遊雪窓願浮才之日、偏受文殊為遠筆之加被。釣慤釣学業之虚名、今感之霊夢雖恐後見疑殆、為勧末資之鑚仰、染禿筆記短詞畢。

金剛仏子頼瑜生年五十七才

（後略）

頼瑜の奥書の後、弟子仙覚による書写奥書が見られる。その書写奥書には、弘安四年（一二八一）一二月二四日に仙覚が「阿字観秘釈」を披覧した夜に夢想を見たことが記されていた。その夢の内容は、ある僧が突然この書（『阿字観秘釈』）を見た時、周りの人が「突然の閲覧ではその意味がわからないだろう」と言ったというものである。また、偶然そこにいた年配の僧が「たとえ内容が詳しくわからなくても、必ず利益があるだろう。ましてやそれを深く考え修行するならばなおさらだ」と告げた。その言葉を聞いた仙覚は、結縁の憑(たの)みを感じ信心を深めたところ、夢から覚めた。この夢想によって、仙覚は秘密の奥義が記された『阿字観秘釈』が非常に深遠な書であることに感嘆し、霊夢を感得することは貴重でありがたいことだと思った。

さらに、仙覚の夢を記した書写奥書の後ろに、翌年になって頼瑜が自ら感得した夢想をあらためて書き加えた。頼瑜の夢では、西方の未申の方角にある西壁に文殊菩薩の画像が掛けられていた。その像の手には糸が握られており、脇士がその糸を引いていた。糸が引かれると像が動き出した。これを見た頼瑜は驚き、その糸を取ると、脇士は手を放した。頼瑜はさらに信心が深まり、すぐに「後世と学問のために、どのような抄記を草すべきか」を文殊尊像に尋ねた。尊像は辰巳の方角に移動し、「汝が作った臨終記のように書き記すべし」と教示した。「臨終記とは何か」と再び尊像に尋ねたところ、「阿字秘釈」であると答えた。さらに、頼瑜が自ら草した書物を文殊尊像に見せながら、その真偽を判ずるようにして、自ら抄したものと製した巻物を文殊尊像に見せた。尊像は「臨終に最も肝心なのは阿字を用いることだ。あなたが著した阿字の秘釈などは、誤りがないもので、これで仏の意を伝えることができる」と答えた。その後、尊像は戌亥の方角に昇って姿を消したという。この夢について、頼瑜は昔学問に励んでいた時に文殊菩薩の加護を受け、学業を進めることができたことに言及した。さらに、この瑞夢を感得したことは後世に疑われることを恐れているものの、後学の学問研鑽のため、ここに短い言葉で記録しておくと述べた。

『阿字観秘釈』下巻にある頼瑜の本奥書には、この秘釈の製作経緯が明記されていた。すなわち、先年、醍醐寺蓮蔵院の公惟法印の懇請により『阿字観秘釈』二巻を抄出したが、上巻のみを彼に授けた。その後、暇を得ず再治に至らなかったが、弘安四年（一二八一）の七月下旬に再治を終えた。「願以両巻抄記之功、必為三身証得之因耳」とあるように、頼瑜はこの二巻の抄記の利益を期していた。結果として、『阿字観秘釈』における頼瑜の願いは、仙覚の書写奥書の後に書き加えた夢想によってその実現が証明されていたのである。つまり、その夢において、頼瑜は自らの教学における疑問について文殊菩薩と問答し、作成した聖教の内容も文殊菩薩によって確証されていたのである。夢想の世界では、頼瑜の疑問が解明され、教学の行方が示され、製作した聖教の正当性まで判別された。『阿字観秘釈』の奥書において、仙覚と頼瑜が自らの夢に関して記録を残したことから、頼瑜は夢想が持つ重要な機能を意識し、自らの聖教形成にそれを積極的に反映していたといえるだろう。また、『阿字観秘釈』の奥書に見られる二人の夢想に関する記録が残されたことは、師と弟子が夢に対する意識を共有していたことを示しているのではなかろうか。

四、夢想にあらわれる頼瑜の真言教学

頼瑜が自らの真言教学の形成における夢想の重要性を明確に意識していたことは、彼が書写した聖教の奥書から確認できた。一方、現存する頼瑜の夢に関する記録を検討すると、夢の世界が頼瑜の宗教実践と同時進行的に彼の真言教学の展開を補完していたことがわかった。第四節では、頼瑜が感得した夢想と彼が現実世界における宗教活動とどのように連動していたのかを検討する。頼瑜は『真俗雑記問答鈔』という雑記集の中に自らの夢を多く記した。建長四年（一二五二）、頼瑜が二七歳の時、根来鎮守講に参加する夢を見た。その夢に関して、次のように記されている(21)

問。二教論云。所謂息化城之賓文。今此賓可云小乗人耶。答云。建長四年十二月九日夜夢想云。為鎮守講高野人々初住根来寺。而愚身同法相共。当世学匠道悟宿坊之前過時。為彼同法了見此文云仏花法花等云息化城賓。未入三秘密故。宗家御意天台化作大城准。仏花法花等対真言。息城之賓被釈也云時。自彼房道悟房著袈裟出愚身呼注云。息城者化城也。是小乗人也。又云。秘密云事何様得意。身密三秘密云也云々。此時愚身思食耳。此義能被思食亘假難歟思。又下医王拱手之文。愚身所立義相違思。又三密了簡。即身義身秘密歟被思出。倩案此事。彼人大師御身歟生年二十七、於根来寺有此夢想、或同法教二教論之比也

二教論における「息化城之賓」（「化城に息む賓」）(22)に関する質問に対して、頼瑜は以前に経験した夢の内容を根拠として解答した。その夢の内容は、以下の通りである。高野山（大伝法院）の人々が鎮守講に参加するため、初めて根来寺に住した折、頼瑜が同法とともに道悟という学匠の宿坊の前を通りかかった時、祖師空海の真意は、真言の教説では華厳・法華などは三密に入らないため、「化城に息む賓」と解釈できると頼瑜は同法に話した。

すると、道悟が袈裟をつけてあらわれ、頼瑜を呼び止めて「化城に息む賓とは、小乗の人を指し、三密とは身密のことをいうのだ」と伝えた。頼瑜は、この道悟の説が間違っていると思ったが、後に自らの説は空海の著作と齟齬があることに気付き、道悟を「大師の御身か」と讃えるようになった。

『真俗雑記問答鈔』が示すように、頼瑜は門弟たちと問答を交わす際、かつて夢想に見た内容を取り上げて解答し、夢より得た教えと自身の考えとを照らし合わせて自らの真言教学を考え直していたことがわかった。頼瑜にとって、夢想の中にもう一つの真言教学の世界が存在していたことは明らかである。

この点に関して、弘長三年（一二六三）一〇月二七日の夢からも同様の事例が確認できる。「弘長三年十月二十七日卯時。夢ニ予歎二法門等廃亡事一ヲ之時。有レテ人示シテ云。挙キハ二両掌一ニ入テ二懐中一ニ憶念スル也。其故ハ両掌ノ面ヨリ恵念等ノ心品散シテ令二亡失一也。為レ不レ散レ彼ヲ拳レ掌也云々」(23)という、頼瑜が法門の廃亡を嘆いた際、ある人から法門廃亡を防ぐ印明が授けられる夢を見たのである。ここで注目したいのは、この夢を見た約一ヶ月半前の弘長三年九月六日、頼瑜の師にあたる醍醐寺報恩院憲深が入滅したことである。頼瑜は、師の逝去とともに、自らの学道に不安を感じ、夢想に進路を求めていたのだろう。「頼瑜の夢想と宗教活動」の表から確認できるように、憲深が入滅してから、頼瑜は自らの夢想を頻繁に記すようになった。そして、それらの夢に関する記述の中には、高野山大伝法院側の行事（問答講・鎮守講など）が頻繁にあらわれ、大伝法院流の復興を憂う心情によるものも認められるであろう。

文永二年（一二六五）の一〇月、頼瑜が自らの真言論義に関して一連の夢想を感得した。二四日の暁の夢の内容は、(24)

十月二十四日暁ノ夢ニ云。予行二道スルニ山中一ヲ。香色ノ犬予ニ相従ツテイトウヘタル様ニテ。予ノ手ニ持タル朽木ノ端ヲ彼犬食ストト見テ。倩案二此事一ヲ。彼ノ犬ハ本山権現ノ使者歟。予毎日如レ形献二法施一ヲ。手ニ持ル朽木ハ彼ノ法施歟。信心疎ニシテ文句不レ調故ニ見ニ朽木一トカ歟。如レ此存シテ其朝ヨリ心経百巻奉テ読ニ誦一捧ニ法施一ヲ矣。

と書かれている。頼瑜が山中を歩いていると、香色の犬が従ってきた。その犬が頼瑜の持っていた朽ち木の端を食べた。この夢の内容に関して、頼瑜は夢にあらわれた犬が高野権現の使いであると解釈した。また、毎日形ばかりの法施をしているため、その手に持った朽ち木が法施にあたるのかと思い、さらに自らの信心が疎かで文句も整っていないため、朽ち木のように見えたのかもしれないと頼瑜は解釈した。そのように考えた頼瑜は、その朝から心経を百巻読誦し、法施として高野権現に捧げた。この二四日の夢に続き、二六日の夢も書き残されている。

同二十六日ノ暁ノ夢ニ云。高野ノ伝法院御社トノ覚テ。如法ニ一二町許高峯ノ上ニ宝殿御ス。御前ニキサ橋一二町許リアリ。伝法院ノ前ノソリ橋ホトニ大河流タリ。河ノ南ニ衆僧群集ス。予又其随一也。キサハシヲ次第ニ登テ拝殿ニ群居シテ問答講ヲ始ム。又口入ノ人也。伏シテ惟レハ信力雖レ微シト自ラ増ニ巻数一ヲ。故ニ如レ此殊勝ノ法楽夢想ニ示レ之歟。

二六日の夢では、高野山伝法院の御社の前と思われる場所に河が流れ、河の南に大勢の僧が集まっていた。頼瑜はその先頭に立ち、階段を上がって拝殿に登り、問答講を始めた。この夢について、頼瑜は自ら読経の巻数を増やしたために法楽の夢を見ることができたと解いた。

文永二年（一二六五）一〇月に見た二つの夢の記述に示されているように、頼瑜にとって夢想は現実の宗教実践と直接つがっているものであった。夢想にあらわれた神仏の示唆により、頼瑜は現実世界における自らの活動を改めた。また、現実世界における宗教活動の利益が夢想の世界にも反映されると頼瑜は認識していた。このような現実の宗教活動と夢想の連動について、さらに二例を挙げて検討する。文永三年（一二六六）、頼瑜が四一歳の時である九月二〇日の暁に、上﨟の女房から書状と美しい扇を賜る夢を見た[25]。

同年九月二十日暁ノ夢ニ云。或上﨟ノ女房ノ許ヨリ賜ニ御消息一ヲ。彼状ニ云ク。扇等ノ物ヲ送リ賜ヒテ。又一教論ヲ令レ借給之状也。（中略）夢驚テ倩案ルニ二此事一。予時々参シテ二清瀧ニ一奉二法施一ヲ。彼ハ顕密ノ法施故ニ見二二教論一ト歟。彼ノ女房ハ清瀧権現ノ御身歟。又案ルニ二此事一ヲ丹生大明神ノ御体歟。彼レ女体ニ御神也。今年為二彼社頭鎮守講ノ講師一ト故。彼時文釈論第五巻暗誦シテ。毎日一遍読誦シテ奉二彼法楽一。然ニ此二十日依二違例ノ事ニ一闕如畢ンヌ。仍テ令レ乞二彼法楽一ヲ給フ之由歟。釈論ハ居二権実ノ中間一ニ。兼タリ二顕密両際一ヲ。故ニ見二二教論一ト歟。

夢の中で、頼瑜はある上﨟の女房から手紙をもらった。その内容には、扇などの品物を送ることや、「二教論」を貸すようにとのことが書かれていた。夢から覚めた頼瑜は、このことについて思案した。頼瑜の夢への解釈によると、二つの可能性が提示される。一つは、頼瑜が時々清瀧権現に参拝して法施を奉納したことで、その法施が顕密の法施であるため、「二教論」があらわれたのだ。そうなると、かの上﨟の女房は醍醐の清瀧権現の化身だったのだろうと。もう一つは、女房を高野丹生大明神の化身であるとする解釈である。頼瑜は当年の社頭の鎮守講の講師をつとめていたため、釈論の第五巻を暗誦し、毎日一遍ずつ読誦してその法楽を明神に捧げていた。しかし、この二〇日には例外的な事情で怠ってしまったため、出仕を欠いていた。明神がその法楽を求めるため、夢にあらわれたかと解釈されている。さらに、釈論は「権」と「実」の間にあり、顕密両方を兼ねる内容であるため、夢の中に「二教論」が出てくるのだろうと頼瑜は説いた。このように、頼瑜は夢にあらわれた女房の本地を自らの宗教活動に重ね合わせながら、夢に「二教論」が出現した理由を自らの真言教学への理解に基づいて解釈した。頼瑜にとっては、夢想における教学の世界は現実の修学と並行して進展していたのだ。

いま一つの例として、頼瑜が『秘抄』の伝授を受けた文永一一年（一二七四）六月の夢が挙げられる。(26)

（上略）已上一部十五巻。従二五月二十八日一至二六月五日一。於二禅定院御房ノ御庵室一ニ。御持仏堂ニ奉レ伝二受法印御房ニ一畢。七日暁ノ夢想ニ云。於二醍醐寺報恩院一ニ。従二覚洞院法印御房一親快、可レ奉レ伝二受秘抄一ヲ之由申二入ル之一処。自証本トテ被二取出一拝見ス。又別本同ク拝見ス其名不覚。此ノ本ハ真言印契等説文麁ニカキタルニ。注ヲハ細々ニカキツケタル本ニテアルヲ拝見ス。畢其ノ席ニ故浄衍房被レキ座ヲハシ。倩案ニ御事一ヲ。此意ハ仁和寺御室流次第代々相承野月喜多院御室令習覚洞院勝賢畢・沢見又令習宝樹院覚成畢此三本ハ御流トテ御祠候シカフノ人スラ輒ク無レ蒙ニ許可一ヲ。然ルニ幸ニ預ルニ明師ノ指授一ニ。併テ大師明神清瀧権現冥御助ノ所レ致歟。生前ノ本意唯在ニ此事一ニ。

文永一一年五月二八日から六月五日にかけ、頼瑜は東大寺禅定院の庵室において、同寺真言院の法印聖守から『秘抄』十五巻の伝授を受けた。そして、その後の六月七日の暁に夢想を見た。その夢の内容は、醍醐寺報恩院において覚洞院法印親快より『秘抄』を伝受すべき旨を申し入れたところ、自証本が取り出されて拝見することができた。また、別の本も同様に拝見したが、その名前は覚えていない。その本には真言の印明などが粗く書かれており、注が細々と書き加えられていた。その席には亡くなった「浄衍房」が座っていたという。記述からは、頼瑜が夢の中で閲覧した聖教の書き方および注記の特徴まで覚えていたことがわかる。また、聖教について、仁和寺御流次第（「十八道念誦次第」）・野月（「野月本鈔」）・沢見（「沢見鈔」）のような、許可を得た者以外は簡単には拝見できないものであったが、幸いにも明師の指導と明神の冥助によって、それを拝見することができ、生前の本意が叶ったのだと頼瑜は語っていた。つまり、夢の中に亡くなった「浄衍房」が同席したのは、仁和寺の聖教を閲覧することが許可されたという意味であると頼瑜は考えていた。このように、頼瑜は現実世界において『秘抄』の伝授を受けるとともに、夢想の世界の中でも仁和寺御流の肝心な聖教を諸々拝見できたのである。

以上から、頼瑜にとって夢想における教学の世界は、現実の学道の延長線上にあったことは明らかである。「頼瑜の夢想と宗教活動」の表にまとめている頼瑜の夢について、紙幅の関係ですべてを紹介することはできなかったが、そのほとんどが頼瑜自らの修学活動と関連していた。真言密教の印明を受けた夢、聖教の書写に関係する瑞夢、それに教学上の問答を交わした夢が多く記されており、また問答講、鎮守講、談義のような頼瑜の真言教学形成上に大きな役割を果たした論義法会が夢想の中に多くあらわれていたことから、頼瑜にとって夢想はもう一つの修学の〝場〟であったといえるだろう。

おわりに

真言僧における夢想は、先行研究により灌頂という教えを伝えるための密教儀礼の中で大きな役割を果たすことが論じられていたが、本論考では儀礼とは別の位相から覚鑁と頼瑜を中心として真言僧の夢想について考察してきた。夢想は、彼らの個人の教学形成とそれをめぐる宗教実践に、補完的に機能していた。覚鑁と頼瑜は、真言密教の教学に新たな学説を提唱し、夢想をもう一つの教学の領域として認識していたのである。夢は、神仏との結び付きによって教学に正当性をもたらすだけでなく、より深い意義をもたらした。

覚鑁の「密厳院瑞夢頌」に集められた夢想や、『五輪九字明秘密釈』の末尾に書き加えられた教尋の告げと密厳浄土を感得する話から、覚鑁が夢想を通して自らの教学を証明し、さらに夢想を記録することで教学への理解を共有していたことがわかる。『寺役転輪集』における覚鑁の忌日の供養表白に書かれていたように、夢想として記録された覚鑁の真言教学とその実践が法流の中に継承されつつあったことが示唆される。また、頼瑜の真言教学における夢想の役割とその重要性は、彼が書写した聖教の奥書や夢の記録から明確に確認できた。頼瑜が夢の中で仁和寺御流の聖教を拝見したことは、夢想が現実の宗教活動と並行して進展すると同時に、その延長線上に位置付けられたことを示している。覚鑁と頼瑜にとって、夢想は自らの教学の形成の一環であり、夢を見ることと、そして夢を記すこと自体が一種の宗教的実践であったといえるだろう。彼らは夢を現実の宗教活動とともに解釈し、自らの真言教学を夢に投影しつつ、その是非を夢の世界に問いかけ、また夢を記録することを通して、教相書とは別の次元で真言教学を深化させていたのである。

以上、本論考は彼らの夢想と宗教活動の関係性を考察することで、夢が真言僧の教学形成において果たした具体的かつ重要な役割を再認識することができたと言えよう。

（1）ジャパンナレッジ（小学館『日本国語大辞典』第二版）。
https://japanknowledge.com/lib/display/?lid=20020414e6bb921FJjfF

（2）前近代日本における夢に関する研究は、西郷信綱の『古代人と夢』（平凡社、一九七二年）が先行研究として挙げられる。また、史資料にあらわれている夢に関する記述を網羅的に考察する研究として、酒井紀美の『夢の日本史』（勉誠出版、二〇一七）と『夢語り・夢解きの中世』（吉川弘文館、二〇二一年）、上野勝之の『夢とモノノケの精神史――平安貴族の信仰世界』（京都大学学術出版会、二〇一三年）が日本の夢文化史研究を代表する著作である。

（3）上野勝之「平安時代の僧侶の〝夢記〟」（荒木浩編『夢見る日本文化のパラダイム』法蔵館、二〇一五年）・「平安時代における僧侶の〝夢記〟続」（『仏教文学』四一、二〇一六年四月）・「平安時代における僧侶の〝夢記〟と夢――十～十二世紀を中心に」（荒木浩編『夢と表象――眠りとこころの比較文化史』勉誠出版、二〇一七年）。

（4）佐藤愛弓「真言僧における夢の機能について」（『中世真言僧の言説と歴史認識』勉誠出版、二〇一五年）。

（5）櫛田良洪「覚鑁の無言行」（『覚鑁の研究』吉川弘文館、一九七五年）。

（6）三浦章夫編『興教大師伝記史料全集　伝記』（文政堂、一九八九年）三三八頁。

（7）注（6）三浦章夫編『興教大師伝記史料全集　伝記』五九頁。『密厳上人縁起』（また『伝法院本願覚鑁上人縁起』）著者不明、貞治年間（一三六二～一三六八）以降に成立したものとされる（中野達慧『興教大師正伝』世相軒、一九三四）。また、大伝法院と金剛峯寺との荘園問題から、『密厳上人縁起』の成立は応永二年（一三九六）以降とされる（苫米地誠一「藤津荘と仁和寺成就院」『智山学報』四八、一九九九年）。

（8）富田斅純・中野達慧編『興教大師全集　上』（世相軒、一九三五年）五二七頁（〈　〉内は割注）。『覚鑁聖人伝法会談義打聞集』は、弟子の聖応が覚鑁の伝法会に出仕した時の談義内容を抄出したものである。

（9）性徳とは、性は本性・性来の意で、先天的に具っている徳で、衆生の菩提心などが強調される。修徳とは、後天的に獲得（修行などで）した徳である。佐和隆研編『密教辞典』（法蔵館、一九七五年）三八七頁。

(10) 東寺杲宝が蒐集した覚鑁の著作「覚鑁上人作　廿二帖一帙」において、「十五　密厳院事幷夢記　一帖」が載せられている（三浦章夫編『興教大師伝記史料全集　史料』文政堂、一九八九年、一一三五頁）。この東寺観智院所蔵の杲宝の所持本が『興教大師全集』に収録されている。注(8)富田斅純・中野達慧編『興教大師全集　下』一三九二頁（〈　〉内は割注、句読点は筆者がつけたもの）。

(11) 注(8)富田斅純・中野達慧編『興教大師全集　下』一三九四頁。句読点は筆者による。

(12) 阿部泰郎・牧野淳司編『中世唱導資料一　寺役転輪集』（名古屋大学比較人文学研究年報別冊、二〇〇三年）二〇～二三頁。牧野による翻刻では、底本の区切り点を「・」で、声点を「〇」で示しているが、読解上の煩雑さを避けるため、声点を省略し、区切り点を句読点に改めた。また、訓点は原文通りである。

(13) 注(8)富田斅純・中野達慧編『興教大師全集　下』一一三九頁。

(14) 高橋秀城「頼瑜の夢想」（『智山学報』七一、二〇〇八年三月）。

(15) 本表の作成にあたり、坂本正仁監修『中性院頼瑜年表』（人間舎、二〇一八年）、小笠原弘道編「頼瑜僧正年譜」（智山勧学会編『中世の仏教――頼瑜僧正を中心として』（青史出版、二〇〇五年）、小林靖典『（智山伝法院選書第七号）頼瑜―その生涯と思想―』（智山伝法院、二〇〇〇年）を参照した。空白の欄があるのは、その時期の頼瑜の特筆すべき活動を示す資料が現段階では未発見である。表に掲載する内容の出典については、それぞれの項目の末尾に（　）で示した。なお、『真俗』は『真俗雑記問答鈔』を指す。また、『釈論開解鈔』に関して、真福寺本『釈論開解鈔』第十一の奥書に「正暦二年八月下旬於高野山小田原坊草之生年卅三」と記されているが、同鈔第十二の奥書には「正暦元年九月二日于時於高野山小田原坊草之。求菩提沙門高信生年卅三」と記されている（黒板勝美『真福寺善本目録　続輯』一九三六年、六四頁）。

(16) 注(15)黒板勝美編輯・発行『真福寺善本目録　続輯』四五三頁。

(17) 頼瑜が抱える聖教をめぐる作者の疑問について、夢より解答を得た例として文永一〇年（一二七三）一〇月二七日の夢も挙げられる。『真俗雑記問答鈔』には、

文永十年十月二十七日暁ノ夢ニ云。如ニキ老翁一人見参スル之次。起信論ハ真諦ノ訳ニテ候哉ト尋申ス。彼人答云。彼論ハ正ハ牡義カ訳也。然ヲ我再治ス。依レ之ニ世人云ニ真諦訳一ト也云々。愚身夢中此人非ニ唯人一ニ。真諦三蔵ニコソト帰敬ノ意深シテ三度礼タテ

マツル。信心倍深シテ落涙頻ナリ。爰ニ三蔵慇ニ信心ヲ。唐燈台ノ中細キ鉢物ノ上ニ付ニウチナラス輪ヲタルテイノ物一。又予ノ左手ニ授。又同体ナル無輪アルヲ右ニ賜ハル。又鐘木ノ様ナル物ヲ輪ノ上ニ横ハリテ右手ニ取具テタマハルト見テ夢覚畢。

（引用は、真言宗全書刊行会編『真言宗全書』三七巻（復刊、同朋舎メディアプラン、二〇〇六年）三六二頁）

という、頼瑜が老人に『大乗起信論』が真諦三蔵の訳であるかどうかを尋ねる夢が記されている。頼瑜がこの夢想を得た直前、文永一〇年一〇月二一日に醍醐寺中性院において、先年書いた『釈摩訶衍論開解鈔』を大輔阿闍梨に書写させ、自ら加点を行った。頼瑜の『釈摩訶衍論開解鈔』は、『大乗起信論』の注釈書である『釈摩訶衍論』の注釈書である。つまり、頼瑜は『釈摩訶衍論開解鈔』の作成にあたり、そのもととなる『大乗起信論』に関する自らの疑問について夢の中で問答を行っていたのである。

(18) 坂本正仁監修『中性院頼瑜年表』（人間舎、二〇一八年）二八頁。

(19) 真言宗全書刊行会編『真言宗全書』一六巻（復刊、同朋舎メディアプラン、二〇〇六年）五六頁。

(20) 注(15)黒板勝美編輯・発行『真福寺善本目録　続輯』四四三頁、句読点は筆者による。この夢は『真俗雑記問答鈔』（『真言宗全書』三七巻、四二四頁）にも記されている。

(21) 真言宗全書刊行会編『真言宗全書』三七巻、一二頁。

(22) 『法華経』の「化城喩品」第七に説かれる、浄土（宝処）まで行くに耐えない機根の弱い衆生のために、三百由旬もの遠いところに神通力で作り出した城（化城）を設け、そこに到達すれば安楽であると励まし、もう一息で仏の浄土に着くことができると衆生を誘導するための話である。

(23) 真言宗全書刊行会編『真言宗全書』三七巻、一九二頁。

(24) 真言宗全書刊行会編『真言宗全書』三七巻、二五八頁。

(25) 真言宗全書刊行会編『真言宗全書』三七巻、二六二頁。

(26) 真言宗全書刊行会編『真言宗全書』三七巻、三四六頁。

日元僧侶間で交わされた「六年の約」
――弘安の役前夜

榎本　渉

はじめに

鎌倉時代に南宋から来日した禅僧の一人に、西澗子曇（一二四九～一三〇六）がいる。一二七一年の来日後、一二七八年に帰国するも、一二九九年に再来日し、一三〇六年に鎌倉で遷化した。一三二三年に西澗門人の入元僧無極正初の求めで元僧雲外雲岫が撰述した『大通禅師行実』より、その経歴を知ることができる(1)。また佐藤秀孝は他の史料も用いながら、西澗の生涯を明らかにしている［佐藤 2007］。

本論考で取り上げたいのは、帰国直後の西澗の動向である。南宋はこれ以前に、元に降伏して滅亡していた。文永の役（一二七四年）の後、弘安の役（一二八一年）に至る以前の時期でもあり、日本と元の関係は緊張の極みに達していた。この時期に日本を離れた西澗は、緊迫した国際情勢下で祖国に逃げ帰ったかのようにも見える。しかし西澗は七年に及ぶ日本滞在の間に日本僧と親交を深め、「六年の約」なる再渡日の約束さえ交わしていたらしい。

筆者はこのたび東京文化財研究所の売立目録データベースの調査の中で、この事実を伝える一通の書状（尺牘）を見出した。結論から言えば「六年之約」は結局果たされることはなかったが、それは約束相手の天寿と約束の前提となる国際関係の変化という、個人の意志では如何ともしがたい事情に因るものだった。本論考の趣旨は、未来の約束事が無常なる情勢の変化の中で立ち消えになる様を、書状の中から読み取ることである。そこで第一節ではこの新出書状の釈文を提示し、第二節では既知の関連史料も見ながら、年代比定を行なう。そして第三節では、この書状に見える日元僧侶間の連絡の様子や約束の内容を考察したい。

一、新出の西澗子曇書状の紹介

今回紹介する西澗の書状は、一九三三年一一月一八日に大阪美術倶楽部で開催された売立の目録『某家所蔵品入札目録』(2)の三点目に、「曇西澗墨蹟」と題して収録されている。寸法は縦九寸四分×幅三尺三寸三分（約二八・五cm×約一〇〇・九cm）で、極書・外題・箱書等については記載がない。出品者の名は目録に記載がないが、東京文化財研究所蔵本には手書きで「山邑家」のメモ書きがある。日本画の専門雑誌『塔影』第九巻第一〇号（一九三三年一二月一五日発行）巻末の「画壇鳥瞰」には、一九三三年一一月一八日に大阪美術倶楽部が開催した山邑家の売立の記事が『中外商業新報』より転載されており、出品者が兵庫県灘五郷の銘酒櫻正宗の醸造元である八代目山邑太左衛門（一八七三～一九四四）であることが分かる。「曇西澗墨蹟」は戸田某が五九九〇円で落札したというが、その後の行方は杳として知れない。

目録は三六行に及ぶ西澗書状の写真を小さな紙面に縮刷し掲載しているが、幸い字の判読が可能である。以下にその釈文と読み下しの案を提示する（図1）。

図1　西澗子雲書状（東京文化財研究所所蔵『某家所蔵品入札目録』より転載）

01子曇端粛再拝申覆
02正伝堂上東巌尊契禅師御房。即此和風
03及物、萬象鮮明。共惟、
04高座説法、遐邇倶聞、
05善神護持、
06尊候萬福。子曇遙隔山海、籍
07庇粗寧。倒指
08闊別又見三春。去歳送仏僧回、曾修
09謝書、計已曾徹
10左右。莫知近者作法殊勝否。去秋之船多
11不到、惟両隻着岸、皆他処人、不覆詳詢
12上方事。中間薄聞、邇来縁法頗殊勝、人極
13崇慕、私甚為法門喜。子曇去歳離天童、
14帰浄慈住。時中但守己分、究明生死二字
15而已、餘無可念者。安思中山之時、幽静
16可愛、則不覚惻然悵惜。不知何日復能周
17旋于其間也。禅了御房、今居何処。去歳
18送仏僧還、曾修悃幅、計已徹。
19上方幷中山檀那・諸処八幡書、皆已到否。曾

20思、六年之約、今已道半、旦晩必可参上。更省
21因縁如何。別後常々夢中見、與吾
22東巌握手閑行。其中言説、皆能唐音。
23竊時思之、竟莫能暁此意。向後果能会
24聚耶。更在
25東巌、垂一手可也。兀庵和尚処、亦曾去拝
26見、甚問詳細、極口称賛。令
27東檀法印御房、近日必想
28安楽。今無他事、不敢具書、恐労
29展擲也。乞呼賤名、再三致謝意為感。偶
30便布字、不謹未申。更祈、
31宏開願力、
32広化群生。至祷。不宣。
33　右謹具拝
34　　呈
35　　　二月十日、寓臨安浄慈比丘子曇、代
36　　　　　　　　　劄子申

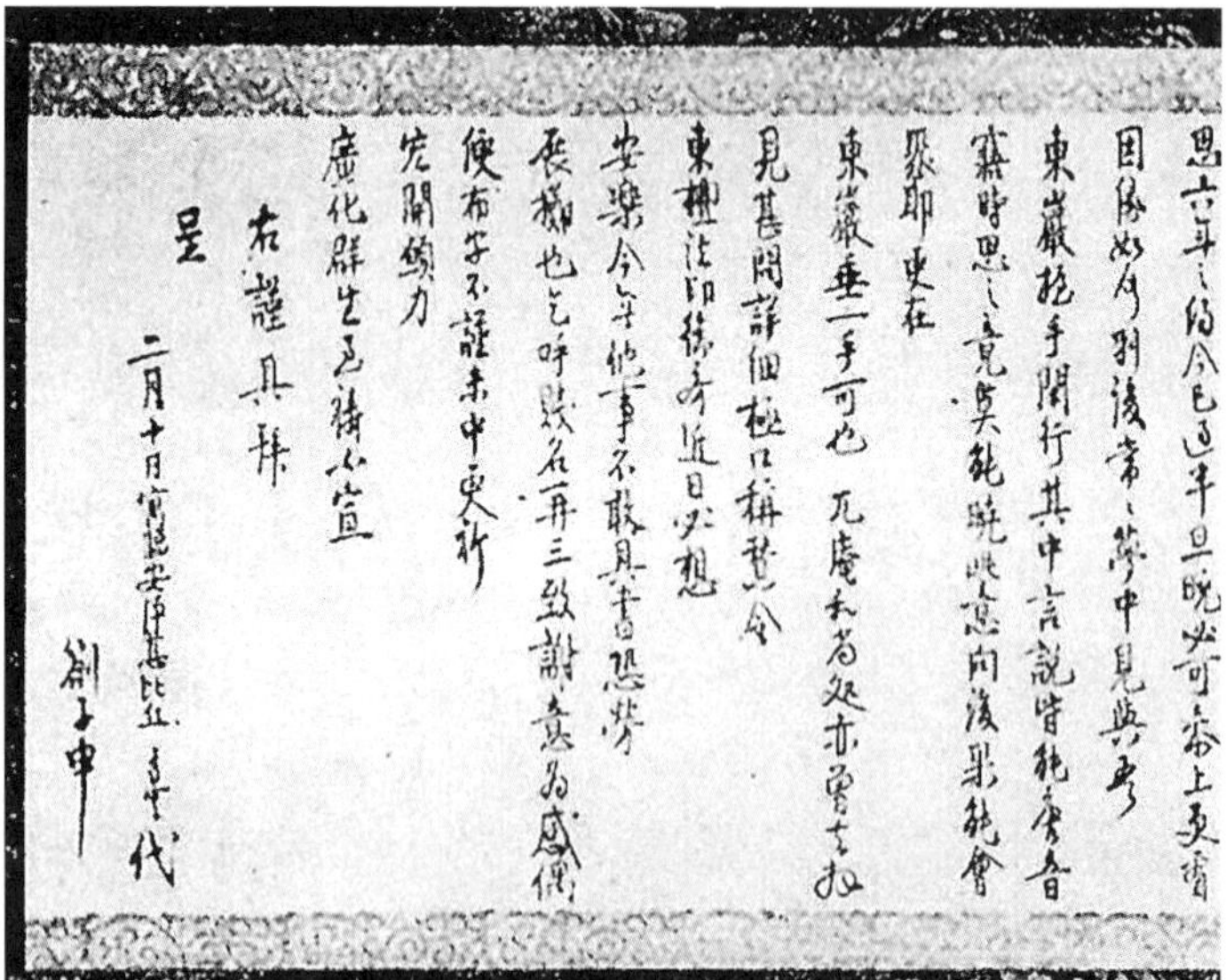

（子曇端粛として正伝堂上東巌尊契禅師御房に再拝申覆す。即ち此に和風及物①し、萬象鮮明ならん。共に惟（おも）うに、高座にて説法して、遐邇倶に聞かん。善神護持して、尊候萬福ならん。子曇遙かに山海を隔て、籍庇②して粗ぼ寧らかなり。指を倒せ

ば闊別して又た三春を見る。去歳仏僧の回るを送り、曾て謝書を修むれば、已に曾て左右に徹せるを計る。近ごろ作法殊勝なるや否やを知るもの莫し。去秋の船多く到らず、惟だ両隻着岸するのみなり。皆な他処の人にして、覆た上方の事を詳詢せず。中間薄聞す、邇来縁法頗る殊勝にして、人極めて崇慕すと。私に甚だ法門の喜と為す。子曇去歳天童を離れ、浄慈に帰りて住す。時中但だ己の分を守り、生死の二字を究明するのみにして、餘は念うべき者無し。中山の時、幽静にして愛すべきを安思せば、則ち覚えず惻然として悵惜す。何れの日に復た能く其間に周旋せんかを知らざるなり。禅了御房、今何処に居するか。去歳仏僧の還るを送り、曾て悃幅を修むれば、已に徹せるを計る。上方幷びに中山檀那・諸処八幡の書、皆な已に到れりや否や。曾ねて思う、六年の約、今已に道半ばなりと。旦晩必ず参上すべし。更に因縁を省みれば如何。別後常々夢中に見る、吾が東巌と握手閑行するを。其の中の言説、皆な唐音を能くす。竊時之を思うに、竟に能く此の意を暁らかにする莫し。向後果して能く会聚せんや。更に東巌に在りては、一手を垂るるが可なり。兀庵和尚の処、亦た曾て去きて拝見し、甚だ詳細を問うに、口を極めて称賛せり。東檀法印御房をして、近日必ず安楽を想わしめん。今他事無ければ、敢て具書せず。展擲を労わすを恐るるなり。賤名を呼ばんことを乞う。再三謝意を致すを感と為す。偶ま便ち字を布すれば、未申を謹まず。更に祈る、願力を宏開し、広く群生を化せんことを。至禱。不宣。右謹んで具さに拝呈す。二月十日、寓臨安浄慈比丘子曇、劄子に代えて申す。）

〔語注〕①和風及物：春の風が万物に及ぶ。和風は春の風、及物は恩が万物に及ぶ（漢語大詞典）。②籍庇：籍は藉に通じ、藉・庇はともに頼る。庇は特に寄寓の意にも用いる。ここでは寓居する場を得たことか。③闊別：遠別。④時中：十二時中の略。一日中。⑤惻然悵惜：惻然は悲しむ様。悵惜は歎き惜しむ。⑥曾思：繰り返し思うこと。曾は増に同じ。（漢語大詞典）。⑦展擲：手を伸ばし投げ捨てる。「恐労展擲也」は東巌に不要な書状を捨てる手間をかけさせないように配慮したということか。

この書状は35～36から、臨安府（杭州）浄慈寺に寓居する西澗が、某年二月一〇日に正伝寺住持の東巌なる僧に送ったものであることが分かる。東巌は、京都正伝寺開山の東巌慧安（一二二五～七七）に当たる。以下この書状を「東巌宛て書状」と呼び、必要な時は行数を付して言及する。

二、既知の二通の書状

西澗の書状としては、他に五島美術館所蔵のものが知られ、毛利家旧蔵品である。『禅林墨蹟』下二五や、二〇〇六年の大阪市立美術館・五島美術館開催の特別展『書の国宝　墨跡』図録の図版一一八に収録される。字体は東巌宛て書状とよく似る。『書の国宝』展図録に拠れば、寸法は縦三一・七cm×横八五・五cmである（図2）。

01 子曇頓首再拝、
02 夢庵知蔵尊道契禅師足下。子曇奉別
03 顔色、転眼三春、未嘗（「無」脱カ）思慕中山同守寂寥之
04 時也。近者想、
05 道體清勝、奉侍
06 令師和尚、無諸難事。子曇去歳起天童、帰浄
07 慈住、幸粗安、朝夕禅誦之餘、絶無它念。去秋
08 之船、風波不定、只有両隻到。及問、乃皆他処之人、不
09 知　上方之事。中間薄聞、
10 上刹新建仏堂。縁法極殊勝、甚為可雅。此豈非

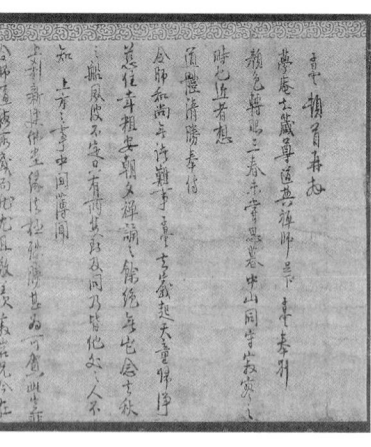

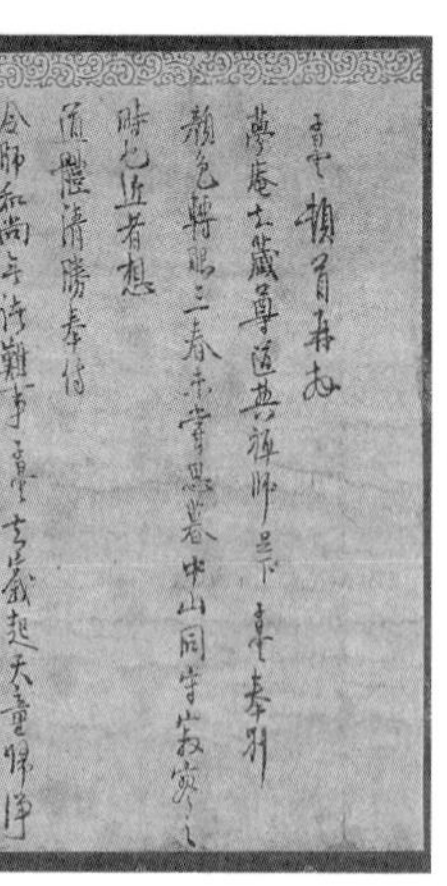

図2　西礀子曇書状（五島美術館所蔵。『書の国宝　墨跡』図録より転載）

11令師道徳所感而然。尤且敬羡。寂岩兄今在
12何処。中間有聞説、南殿出於他処。果然否、皆不
13得実信。去歳送仏僧回、曾附寂岩書、不知已
14到否。近日関東何事哉。此間天童・育王皆為
15火𤇆。所幸者、自己皆不見此境界。極為可惜
16可歎。今後卒難成就也。浙東気象蕭索、不如
17旧日。子曇老母尚在、去春已曾一帰省覲、今後
18心意皆満。若
19上国之人無相恠意、明後年当求
20見参、以畢此世。為
21令師東岩和尚法門友弟、不復有再帰之願
22也。但恐、縁法已尽、則無奈何也。偶便率此
23布糸。深愧不端、未拝
24面間。尚冀、
25為法門無尽功徳海之舟航、広度未済。
26是所請祈。不宣。二月十日、寓臨安浄慈
27　　子曇頓首再拝。

これは東巌宛て書状と同じく、西澗が某年二月一〇日に浄慈寺から送った書状である。宛先は日本の某寺で知蔵

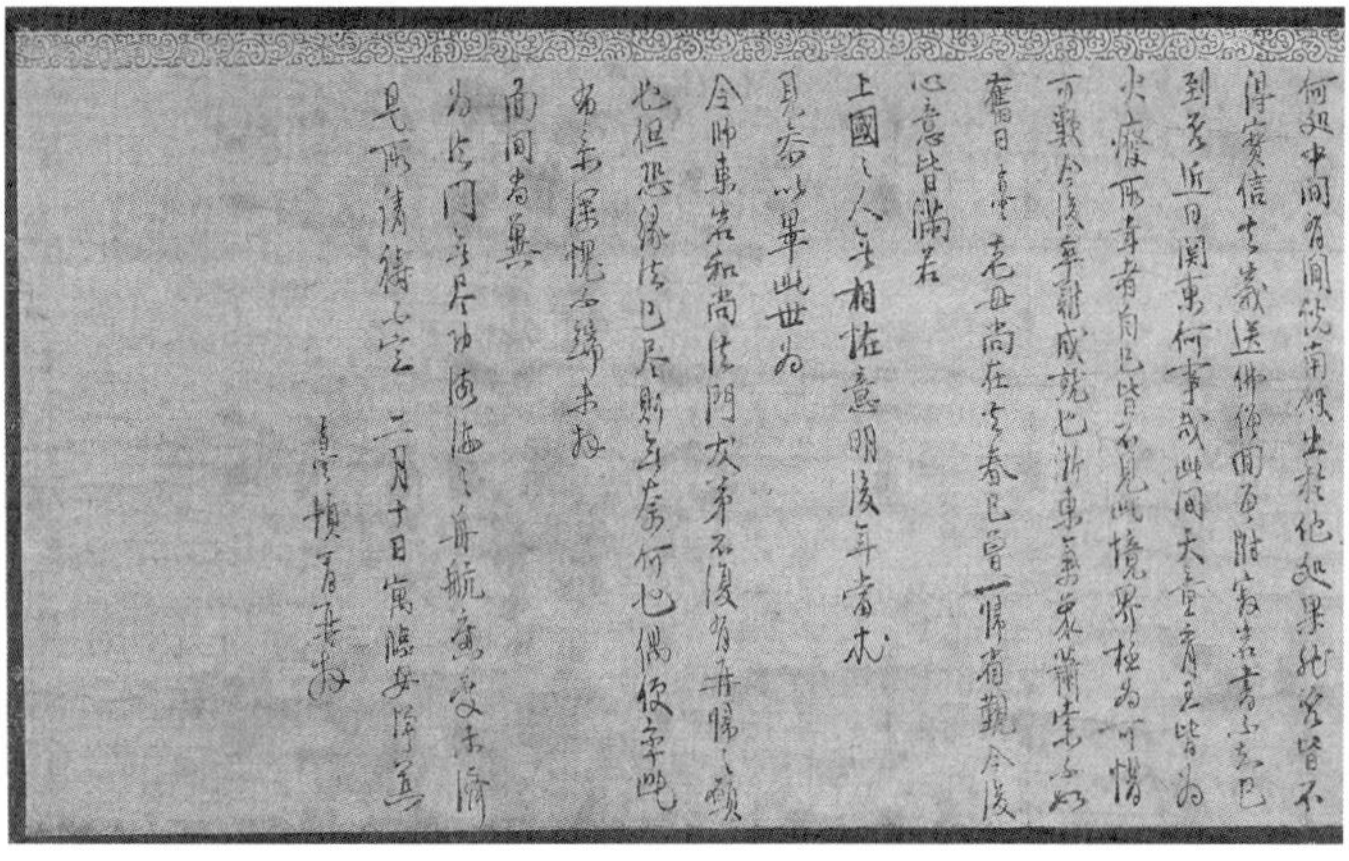

（寺院の経蔵を掌る役で蔵主とも言う）の地位にあった夢庵なる僧である。以下ではこれを「夢庵宛て書状」と呼ぶ。

両書状を比べると、夢庵宛て書状が「不宣」で締める一般的な書式であるのに対し、東巌宛て書状は「右謹具拝呈、二月十日、寓臨安浄慈比丘子曇、代劄子申」で終わる。後者に似た書式は元代『翰墨全書』甲集巻三、諸式門、書記に「手牋代劄常式」として見え、末尾を「右謹具呈、即刻某、代劄拝□（覆カ）某人翰学中書」とする（「即刻某」は日付と差出人の名、「翰学中書」は宛先の肩書の一例）。これは当時「代劄」と呼ばれた書式である(3)。書出について東巌宛て書状が「子曇端粛再拝申覆」とするのに対し、「手牋代劄常式」が「某奉」とする点を見れば、東巌宛て書状が代劄とまったく一致するというわけではないが、書止については代劄の要素を取り入れたものといえよう。なお夢庵宛て書状の書出は「子曇頓首再拝」で、東巌宛て書状よりも薄礼である。東巌宛て書状は夢庵宛て書状よりも厚礼の書式と見られるため、代劄の書式も厚礼の表現と考えることができる。

もう一通の既知の書状として、東福寺開山円爾の伝記『聖一国師年譜』弘安元年（一二七八）条に「西澗曇侍者、宋国に帰りて後、浄慈に寓し、書を師（円爾）に上（たてまつ）りて曰く」（西澗曇侍者、帰宋国後、寓浄慈、上書於師曰）として引用する書状の節略がある。以下ではこれを「円爾宛て書状」と呼ぶ。また便宜的に内容を九つに分け、①〜⑨の番号を振った。以下ここから引用する場合、必要な時にはこの番号を附す。

①子曇遠蒙慈庇之及、衆底粗安、寧忘所自耶。②毎惟、和尚、道徳貫充、権衡八表、天上人間、咸霑利益。末世大法橋梁、捨和尚而誰耶。鑽仰有所不及。③子曇自惜、不獲久依座下、以覩光明盛事。為不満耳。④近伏想、尊體安佳、諸縁殊勝。⑤賤跡去秋起天童、帰浄慈住。⑥曾遊無準老和尚塔頭、菴宇一新、亭道加齢、極為可観。自非和尚作成之、奚及此耶。非私意言之、而衆人皆合辞賛嘆。⑦去歳道意房回、曾伸起居一書、以述百千謝忱。諒已奉徹左右。⑧茲偶人回、拏楮略布草率、以詞万一。⑨未拝面間、尚祈、広施法雨、普潤含生、寿仏慧灯、永灯昏暗。

夢庵宛てと円爾宛ての二通の書状は[4]、葉貫磨哉［葉貫 1994：113～115］・榎本渉［榎本 2006：234～241］・佐藤秀孝［佐藤 2007：68～73］によって、同時に作成されたものと考えられている。たとえば西澗は近況について、夢庵宛て書状06～07で「子曇去歳天童を起ち、浄慈に帰りて住す」、円爾宛て書状⑤で「賤跡去秋天童を起ち、浄慈に帰りて住す」として、ほぼ同文を以て「去歳」「去秋」に慶元天童寺から杭州浄慈寺に移ったことを伝える。また夢庵宛て書状13は「去歳仏僧の回るを送れば、曾て寂岩の書を附せり」と記し、円爾宛て書状⑦は「去歳道意房回れば、曾て起居の一書を伸べ、以て百千の謝忱を述べり」と記し、いずれも「去歳」に元から帰国する日本僧に書状を託して送ったことを述べる。この近況の一致は、近い時期に書かれたことを示している。

前近代の日中間で書状を送るには、使船か貿易船の往来が利用されたが、海流や風の事情により渡航時期が限られる。宋元代に日本から中国へ渡る船は三～四月頃か九月頃に出航し、中国から日本に渡る船は五～六月頃に出航するのが通例である［木宮 1955：326～327, 425, 576］。日本に書状を送るタイミングは五～六月頃しかなかった。円爾宛て書状は、⑧に「茲に偶ま人回れば、楮を拏りて略ぼ草率を布べ、以て万一を詗わん」とあるように、帰国する日本人に託して送ったものだが、それはおそらく夢庵宛て書状も同じである。二月一〇日に杭州浄慈寺で書かれた夢庵宛て書状は（おそらく円爾宛て書状も）、同年五～六月頃に日本行きの便に乗る予定の僧に託すために書かれたものと考えられる。

東巌宛て書状も同じ二月一〇日に浄慈寺で書かれ（35）、「子曇去歳天童を離れ、浄慈に帰りて住す」など（13～14）、記すところの近況も夢庵・円爾宛て書状と一致する。同じ時に書かれたと見てよいだろう。同時に複数の書状が送られたことをうかがうことができる。

東巌宛て書状は、特に夢庵宛て書状と関係が深い。夢庵宛て書状は、05～06に夢庵の近況を推し量って「令師和尚に奉侍すれば、諸難事無からん」と記しており、夢庵が「令師和尚」に仕える立場だったことが分かる。

「令師和尚」は別の箇所で「令師東岩和尚」と言い換えられており(21)、東巌宛て書状の宛先である東巌慧安と考えられる。また夢庵宛て書状03～04に「中山にて同に寂寥を守るの時を思慕するなり」とあるのは、西澗が夢庵とともに過ごした時の思い出を述べたものだが、この「中山」は東巌が京都に構えた中山庵であろう(5)。

さて、筆者はここで旧稿［榎本 2006］の誤りを修正しなくてはならない。葉貫磨哉・佐藤秀孝は夢庵・円爾宛て書状が書かれた年を一二八〇年とした。夢庵宛て書状02～03に「子曇顔色に奉別し、眼を転ずれば三春」とあることから、西澗が帰国した一二七八年から足掛け三年目の春である一二八〇年二月に書かれたと考えたのである。これに対して旧稿では、一二七八年に別れた場合の三度目の春を一二八一年と考えた。三度の春の最初を別れた年からではなく、翌年から数えたのである。ただし西澗が夢庵に最後に会ったのが一二七八年とは限らない。それ以前から会っていなかった可能性もある。そこで私は、「転眼三年」の表現だけでは、書状の年代が一二八一年かそれ以前という情報しか読み取れないと主張した。

そこで内容に即して年代を絞ると、夢庵宛て書状中に元での「去歳」の動向が記されることから、書状が書かれたのは帰国翌年の一二七九年以後となる。また西澗は帰国後に天童寺に行ったが、これは新たな渡来僧招聘の手配を北条時宗から依頼されたためと考えられている［玉村 1964：8～14、葉貫 1994：112～113］。時宗が一二七九年に派遣した無及徳詮・傑翁宗英は、天童寺で住持環渓惟一の来日を求めている。これは断られ、代わりに前堂首座の無学祖元が来日したが、西澗は一足先に天童寺に入ってこの準備をしていたというのである。無学祖元は弘安二年（一二七九）五月二六日に天童寺を離れて日本に向かっているから［玉村 1964：13］、西澗はこの頃までは天童寺にいたはずである。ならば浄慈寺で二月一〇日付けで夢庵宛て書状を書いた年は一二八〇年以後となる。ここに、書状の年代の選択肢は一二八〇年か一二八一年に絞られる。

書状に見える他の事実として、夢庵宛て書状17に記す「去春」の帰省（西澗の故郷は台州仙居県）と、夢庵宛て書状06～07・円爾宛て書状⑤に記す「去歳」「去秋」の天童寺からの辞去と浄慈寺への参禅がある。筆者がかつて夢庵宛て書状を一二八一年と判断したのは、西澗の帰省を天童寺から浄慈寺に移る間と考え、西澗の行状を一二七九年秋天童寺を出る→一二八〇年春台州に帰省→一二八一年二月以前浄慈寺に入ると復元したためである(6)。しかし佐藤は、これと異なる理解をする。すなわち西澗は天童寺に入った後、一二七九年春に一度寺を出て帰省し、また天童寺に戻ったというのである［佐藤 2007 : 67］。たしかに禅僧は四月一五日～七月一五日の夏安居（寺に籠って修行に専心する期間）を除き寺外に出ることに妨げはないし、日本の使者の到来は貿易船の渡航シーズンから三～四月頃と予想されるから、短期的に寺を出ても三月までに天童寺に戻れば使者への対応も可能である。このように理解すれば、「去春」を一二七九年、書状執筆を一二八〇年に比定することも可能である。また私見の弱点として、「去秋天童を離れ、浄慈に帰りて住す」の表現は、天童寺からの離寺と浄慈寺への参禅がどちらも秋の間と読むのが自然であるという問題もある（旧説では「去秋」が「天童を離れ」のみに掛かると理解していた）。

そしてこのたび発見された東巌宛て書状の存在によって、佐藤説に従うべきことが明らかになった。すなわち東巌は建治三年（一二七七）一一月三日に示寂したから（『東巌安禅師行実』）、西澗が東巌と別れてからの「三春」の起点は一二七七年以前に設定せざるを得ず、その場合書状作成の下限は一二八〇年となるからである(7)。西澗の帰国は一二七八年だが、乗船の準備のため前年の間に鎌倉を出て貿易港博多に入っていたのだろう(8)。

なお西澗が東巌慧安を「正伝堂上」（正伝寺住持）と呼ぶのは、気になるところである。晩年の東巌は比叡山門徒によって正伝寺を破却され、京都から鎌倉に移り聖海寺住持となったから（『東巌安禅師行実』）、実態に即すれば聖海寺住持と呼ぶべきである。それにもかかわらず西澗が正伝寺住持と呼ぶのは、東巌自身がこの自称を用い続けたためかもしれない。詳しくは別に論じたいが、『正伝寺文書』中に「御祈祷法式」と称する文書があり、「建治元年十月八日開白、同二年二月十八日結願」の注記がある。建治二年（一二七六）以後、東巌が鎌倉に移っていた時に書かれたものと見られる(9)。東巌はその冒頭に自筆で「正伝護国禅寺住持東巌（花押）」の署名を残しており、鎌倉に移ってからも正伝寺住持を名乗ったことが知られる(10)。正伝寺の伽藍は焼失しても寺が廃絶したわけではなく、自らは依然として住持であると、東巌は考えていたのだろう。西澗はそうした東巌の心情を汲んだ上で、この宛先を用いたと考えておきたい。東巌はすでにこの世にいなかったが、そのことを知らない西澗は、元から配慮に富んだ書状を送っていたのである。

三、西澗の「六年の約」

本節では前節までで取り上げた三通の書状を読み込むことで、帰国後の西澗による日本の知人への連絡の様子を確認したい。帰国直後の西澗は日本に多くの書状を送った。たとえば「去歳」に帰国する仏僧に託して「寂岩の書」を送り（夢庵宛て書状13）、道意房なる僧の帰国に託して円爾に書状を送っている（円爾宛て書状⑦）。後者については「已に左右に奉徹せるを諒る」と記され、西澗は円爾に書状が届いたことを確認済みのようである。これ以前に円爾の返書を受け取っていたのだろう。

前者の「寂岩の書」は、寂岩なる人物に宛てた書状を意味するが、「已に到れりや否やを知らず」と書かれており、西澗は寂岩の返事を得られていなかったらしい。寂岩は寂巌禅了という僧と考えられる［榎本 2006：237～238］。寂巌は来日後五年にして帰国した渡来僧兀庵普寧（一一九八～一二七六）の法嗣である。東巌も兀庵の法嗣であり、二人は同門の関係にあった。東巌宛て書状17～18に「禅了御房、何処に居するか。去歳仏僧の還るを送り、曾て悃幅を修むれば、已に徹せるを計る」とあるのも、やはり西澗が仏僧に託して禅了（寂巌）に送った書状の返事が得られないため、その近況を尋ねたものである(11)。ここで「已に徹せる」（書状が相手の手元に届いた）ことについて「計る」と言うのは、円爾宛て書状が届いたことを「諒る」と言うのとニュアンスが異なる。「計る」は推測の表現であり、届いたはずだが確証はないと言っているのだろう。

似た表現に、東巌宛て書状08～09の「曾て謝書を修むれば、已に曾て左右に徹せるを計る」もある。これは西澗が以前東巌に送った書状について述べたもので、円爾・寂巌に宛てた「去歳」の書状と同時に送られたものだろう。西澗はここでも「きっと届いたはず」という推測を「計る」と表現している。東巌の物故を知らずに、返事を待ちわびていた様子もうかがわれよう。ここからは新出書状が、西澗が東巌に送った二通目の書状であることが分かる。東巌宛て書状01で「再拝」と呼び掛けているのも、そのことを裏付ける。夢庵宛て書状01にも「再拝」とあることから、西澗が「去歳」書状を送った相手には夢庵もいたのだろう。要するに西澗は「去歳」に円爾・寂巌・東巌・夢庵に書状を送ったが、円爾以外からは返事が得られなかったのである。

そこで西澗は、「去秋」来航した船に乗っていた入元僧に東巌の近況を聞いたが、船が二艘しかなかった上（当然入元僧も少ない）、入元僧はすべて「他処の人」（鎌倉聖海寺以外の僧）だったため、上方（聖海寺）[12]のことを詳細に知ることはできなかった（東巌宛て書状10～12、夢庵宛て書状07～09）。そこで西澗は東巌・夢庵にあらためて書状を書いた。西澗が兀庵一門の人々を気にかけていたことを知ることができよう。

東巌宛て書状19に拠れば、西澗は先に「上方」「中山檀那」「諸処八幡」に宛てた書状を送ったとあり、さらなる書状の存在が明らかになる。だが「皆な已に到れりや否や」と問うているのを見るに、どれも返書を得られなかったらしい。「上方」は聖海寺で、具体的には住持の東巌である。ここでは08～09で言及される一通目の東巌宛て書状を言っている。「中山檀那」は京都中山庵の檀那であり、かつて滞在した時の縁から送ったものか。「諸処八幡」は複数の某八幡宮の別当僧で、一つは石清水八幡宮と考えられる（建長七年～弘安元年の別当は田中行清、弘安元年～三年の別当は善法寺妙清）。東巌は八幡信仰に篤く、石清水八幡宮との関係が深かった。西澗も日本にいた頃、東巌との関係を通じて石清水に参詣し漢詩を奉納したことがある［曾 2021］。ただ「諸処八幡」という表現からは、石清水以外の八幡宮の存在も想定される。晩年の東巌が鎌倉にいたことを考えれば、鎌倉の鶴岡八幡宮別当の隆弁か[13]。これらの書状は東巌が転送することを前提に、まとめて送られたと考えられる[14]。

以上中山庵檀那宛てと二ヶ所以上の八幡宮宛てを含む、少なくとも七通の西澗の書状群が、「去歳」日本に送られた。他にも知られない書状があった可能性は高いだろう。「去歳」の候補は一二七八年か一二七九年であり、渡航シーズンを考えれば五～六月頃と考えられる。西澗の手配の結果日本に向かった無学祖元は、至元一六年（一二七九）五月二六日に天童寺を出たが〔玉村 1964：13〕、西澗はこれに同行した僧に書状を託したものか。さらにその翌年、西澗が円爾・夢庵・東巌に宛てて書いた二通目の書状が、今回検討している三通の書状に当たる。これらもおそらく五～六月頃の便を念頭に置いて、帰国する日本僧に託された。

西澗は書状を二度送る間に円爾の返事を受け取った。渡航シーズンを考えれば、その機会は一二七九年九月頃しかない。東巌・夢庵の返事を得られなかった西澗は、「去秋」に日本から来た僧に東巌の近況を尋ねたが、これも一二七九年九月頃だろう。五～六月頃に送られた書状に対して同年の九月に返事を送るには迅速な対応が必要であり、聖海寺が応じられなくても仕方のないことだっただろう。ただ聖海寺の返事がなかった事情は日程の問題だけではなかったかもしれない。ここで考えたいのは、鎌倉幕府の存在である。夢庵宛て書状12～14では、幕府によって誅殺されたはずの北条時輔（南殿）が他処に現れたという噂の真偽や、鎌倉の近況を尋ねている。日元間の軍事情勢を考えれば、幕府にとって元に伝えるには不穏過ぎる情報である。晩年の東巌を鎌倉に迎えて聖海寺開山に据えたのが、得宗家の外戚の一族として北条時宗を支え、御恩奉行を務めるなどモンゴルへの対応にも関わった安達泰盛だったことを考えれば（『東巌安禅師行実』）、西澗の真意がどこにあれ、聖海寺は慎重にならざるを得なかったと思われる。一通目の書状の内容は不明だが、もしも同様の問い合わせがあったのならば、夢庵が返答を保留する判断を下したとしてもおかしくない。

西澗が積極的に日本の知己との連絡を図った背景には、再度日本に渡る計画があった。このことは近年曾昭駿が、夢庵宛て書状18～20に「若し上国の人相恠しむ意無からば、明後年当に見参を求め、以て此の世を畢るべし」とあることより指摘するところである〔曾 2021：28～29〕。建長寺の渡来僧蘭溪道隆が文永の役の直後にモンゴルのスパイの嫌疑で甲斐に流謫されたように〔葉貫 1994：108～110〕、この頃の日本では、渡来僧の立場は危ういものだった。西澗が夢庵に対して再来日したいと言いながら、ただし日本人が怪しまなければ、という条件を付けるのは、日本国内の緊張した空気を前提としている。夢庵宛て書状20～21で「令師東岩和尚法門の友弟として、復た再帰の願有らざるなり」と述べ、自分は東巌の下で夢庵と同門の立場であり、再来日後に再帰（元に帰ること）を願うことはないと言っているが、これもスパイ疑惑を抱かせないための発言かもしれない。

この頃の日本は、概して渡来僧に居心地の良い場所ではなかったが、西澗がそれでも再渡日を願うのは、故国がモンゴルに制圧されるという未曽有の事態が眼前にあり、さらにモンゴル王室のチベット密教重視政策が中国禅宗界に及ぼす影響に不安を感じたためでもあろう。夢庵宛て書状14～16の西澗は、慶元の天童寺・阿育王寺が火災に遭ったことを伝え、浙東の風景は旧日と異なり物寂しくなったと述べるなど、現況に悲観的な様子である。

西澗の帰国計画について、東巌宛て書状19～20は今少しの情報を与えてくれる。すなわち西澗と東巌の間には「六年の約」なるものがあり、今はもうその道の半ばになったが、いつかは必ず東巌の下に参上したいというのである。「六年の約」が道半ばという以上、約束からすでに三年経っていたのだろう。西澗が東巌と別れて「三春」を経ていたことを考えれば、この約束は西澗が別れるに際して交わされたものと見られる。

前節で考察したように、西澗と東巌の別れは一二七七年、書状が書かれたのは一二八〇年だった。「六年の約」は一二八三年を目途に再渡日するというものだったのだろう。夢庵宛て書状に「明後年当に見参を求め」とあるのもこの約束を踏まえたもので、「明後年」は三年後を念頭に置いたものと考えられる（漢語の「明後年」は現代日本語と異なり必ずしも一年後ではない）。西澗が高僧招聘の準備という使命を北条時宗から与えられた時点で、使命達成後に再渡日する予定だったのだろう。

西澗は東巌宛て書状21～24で、さらに述べる。東巌と別れて以来、いつもある夢を見るという。その夢とは東巌と手を握って閑歩するというもので、会話は唐音で行なっていたという。西澗はこの夢の意味するところが分からないとするが、日本で行なわれた夢記の文化、あるいは日宋禅林で行なわれた夢語り［菅原 2009］を念頭に置き、将来再会する宿縁を示すものとして書いたものだろう。[15] 西澗は以上を述べた上で、今後会えるかどうかは分からないが、機会が訪れたら手を差し伸べて欲しいと東巌に懇願する（東巌宛て書状24～25）。他の書状も含め、西澗の知人への積極的な連絡は、再渡日時の便宜を図ってもらう意味があったのだろう。

このため西澗は、書状中に相手が興味を持つ話題を盛り込むことも忘れなかった。円爾宛て書状⑥には「曾て無準老和尚の塔頭に遊ぶに、菴宇一新し、亭道齢を加うれば、極めて観るべしと為す」とある。円爾の在宋中の師である無準師範の墓所に行ったところ、建物は一新され参道は年を重ね、見事な有様だったと述べた上で、多くの人がこれを称賛していることを伝えている。無準の墓所とは、臨安府径山の正続院円照庵である（劉克荘『後村先生大全集』巻一六二、墓誌銘、径山仏鑑禅師）。一方東巌宛て書状25～26は、「兀庵和尚（兀庵普寧）の処」に行って詳細を問うたところ、口を極めて称賛されたことを伝える。兀庵は帰国後に婺州双林寺・温州江心寺で住持を務め、両住持期の間の一二六九年には、双林寺から「無準老師塔所正続院」に移った（『禅林墨蹟』下一一、兀庵普寧書状）。おそらく西澗が「兀庵和尚の処」と言っているのは、この径山正続院であろう。西澗は正続院について、円爾に対しては円爾の師の無準の塔頭と言い、東巌に対しては東巌の師の兀庵の旧在所と言い、同じ場所でも相手の立場に合わせて呼び方を変えた上で、無準・兀庵に関する高い評価を伝えている。この評価が事実か否かは分からないが、創作ならばなおさら、配慮にあふれた対応といえよう。

しかしすでに西澗が「六年の約」を交わしたその年、東巌は入滅した。『大通禅師行実』に拠れば、西澗は来日してから円爾・蘭溪と交流を持ったというが、蘭溪も西澗が帰国した一二七八年に示寂し、唯一消息が得られた円爾も二度目の書状を送った一二八〇年に示寂するなど、頼りとなる人脈は次第に狭まっていた。東巌宛て書状からは、再渡日を視野に入れて連絡を送っても期待通りの返事が得られず焦る西澗の心情をうかがうことができる。

おわりに

西澗が日本と連絡を取ることのできるタイムリミットは、目前に迫っていた。デッドラインは一二八一年の弘安の役である。この年五月三日に高麗合浦から東路軍が、六月頃に慶元から江南軍が出発した。五〜六月頃の日本渡航シーズンに、元から貿易船が出たとは考えられない。弘安の役の後は一二八〇年代後半まで日元貿易が途絶えるので［榎本 2006：242〜244］、日本への連絡もこの間は不可能になる。要するに本論考で取り上げた三通が一二八〇年に送られた後、西澗の連絡は途絶えたと考えられる。一二八三年頃の再渡日計画も、もはや実現不能な夢だった。西澗は一二八六年、故郷の台州仙居県で紫巌山住持となるが、すでに元に骨をうずめるつもりだったのだろう。

しかし一二九九年、元は日本招諭の使者として禅僧一山一寧（一二四七〜一三一七）の派遣を決めると、西澗を同行させた。交渉の円滑化を期待して、鎌倉に顔の利く西澗を登用したものだろう。一山・西澗は日本で身柄を拘束され、この使命は果たされなかった。二人はその後鎌倉で建長寺・円覚寺の住持に据えられ、帰国せず日本で一生を終えた。変転する国際情勢の中、晩年まで無常なる運命に翻弄され続けた西澗は、形としてはかつての念願を果たしたことになるが、内心この結末に満足していたかは知る由もない。

（1）『続群書類従』九輯下に活字を収めるが、大幅な脱文がある［榎本 2013：6］。佐藤秀孝は『禅林諸祖伝』『禅林僧伝』に基づき、全文を翻刻している［佐藤 2007：41］。
（2）東京文化財研究所での目録の請求番号は「美研－1548」である。
（3）『翰墨全書』甲集巻一、諸式門、書記式は、書簡の書式として奏記・小簡・書状の他に、近体として上状・代劄等を挙げる。
（4）以上二通の読み下しはすでに佐藤秀孝が提示しているため［佐藤 2007］、本論考では字数の都合から省略に従う。
（5）『東巌安禅師行実』に拠れば、東巌は北条時頼（一二二七～六三）の四九日法要の後に鎌倉から京都に戻って吉田庵・中山庵に隠処し、後に京都正伝寺、鎌倉聖海寺を開いた。なお東巌宛て書状15～16の「中山の時、幽静にして愛すべきを安思せば」も、西澗が中山庵に滞在したことを言っているが、東巌と一緒にいたとは書いていない。東巌は西澗が来た時の中山庵にはいなかったのかもしれない。
（6）この理解では「去歳」「去秋」が二年前、「去春」が一年前となるが、漢語の「去」は過去を意味するにすぎず、一年前に限定されるわけではない。
（7）葉貫と佐藤は一二七八年から足掛け三年で一二八〇年と考えたが、実際には一二七七年から数えで三年で一二八〇年と考えるべきだということになる。
（8）同様の事例として、一二六四年に鎌倉を出て大宰府で船の出航を待ち、翌年宋に帰国した兀庵普寧がいる（『続禅林墨蹟』二七五）。
（9）正伝寺破却の年は明確ではないが、『東巌安禅師行実』が聖海寺に「数歳」住持した（「師住数歳」）と記す以上、一二七七年の示寂まで二年は聖海寺にいただろう。
（10）史料編纂所所蔵影写本（架蔵番号 3071.62：27：2）。『鎌倉遺文』未収。
（11）寂巌の呼び名について、夢庵に対しては道号で、東巌に対しては法諱で問うているのは、夢庵・東巌の地位と関わるだろう。寂巌は東巌にとっては同門だが、夢庵にとっては法叔であり上の立場である。禅僧は一般に上の者を道号、下の者を法諱を以て呼ぶため、東巌宛て書状では寂巌を法諱で呼び、夢庵宛て書状では道号で呼んだのだろう。
（12）『翰墨全書』癸集巻一、釈教門に、「寺」を言い換えた表現の一つとして「上方」が挙げられる。

（13）　隆弁は安達泰盛の父義景と関係が深く、受戒の戒師（一二五三年）や十三回忌の導師（一二六五年）を務めている（『吾妻鏡』建長五年九月一四日条・文永二年六月三日条）。十三回忌の施主は泰盛と見られ、隆弁と安達氏の関係が泰盛の代にも続いたことが分かる。東巌は鎌倉聖海寺の檀越だった泰盛を介して、隆弁と縁があったのではないか。
　関連して注目されるのが、東巌宛て書状25～28で、兀庵が元で称賛されていることを伝えた上で、「東檀法印」なる人物が安心するはずと述べていることである。「東檀法印」は平出されていることから、西澗が敬意を示すべき高僧と見られ、また東巌・西澗・兀庵と面識があったらしい。「東檀」が関東の大刹とすれば、「東檀法印」は鎌倉の顕密僧か。兀庵・西澗の在日期間の鎌倉で法印か法印に対応する僧正の肩書を持った僧を平雅行の研究［平 2024］や永井晋編『鎌倉僧歴事典』から検索すれば、定清（東密、阿弥陀堂・丈六堂別当）・最源（山門、勝長寿院別当）・隆弁（寺門、鶴岡八幡宮別当）の三人に絞られる。東巌を京都正伝寺開山としたのが寺門派の聖護院僧静成だったこと、正伝寺を破却したのが山門の勢力だったこと、その時に東巌をかくまったのが寺門派の円満院僧範成だったことなどからうかがわれる、東巌と寺門派の関係を念頭に置けば、「東檀法印」の候補として有力なのは寺門派の隆弁か。隆弁は長期にわたり鶴岡八幡宮別当を務め（一二四七～八三）、鎌倉顕密仏教界の中心人物だった［永井 2006］。以上の比定が正しければ、東巌宛て書状の「諸処八幡」の内、石清水以外の「八幡」が隆弁である可能性は高まるだろう。ただし「東檀」が本当に鎌倉の寺院なのかという問題もあり、この人名比定にはなお検討の必要がある。
（14）　同様の例として、兀庵普寧が一二六八年に宋から東巌慧安に書状を送った時、円爾・北条時輔・玄海大姉宛ての書状も同送したことがある（『禅林墨蹟』下一〇）。
（15）　東巌についても、一二五二年に石清水八幡宮に籠って『大智度論』を読んだ時、宿坊の亭主から宴に招かれて応じたところ、八幡神の怒りを買って第六巻を隠され、夢告により叱責されたというエピソードがある（『東巌安禅師行実』）。

（引用文献）
・榎本渉 2006「初期日元貿易と人的交流」『宋代の長江流域―社会経済史の視点から―』汲古書院
・榎本渉 2013『南宋・元代日中渡航僧伝記集成　附江戸時代における僧伝集積過程の研究』勉誠出版
・木宮泰彦 1955『日華文化交流史』冨山房

・佐藤秀孝 2007「西澗子曇の渡来とその功績」『駒澤大学佛教学部論集』三八
・菅原昭英 2009「蘭渓道隆の夢語り」『禅と地域社会』吉川弘文館
・曾昭駿 2021「モンゴル襲来期の渡来僧西澗子曇と八幡神」『史泉』一三三
・平雅行 2024「鎌倉における顕密仏教の展開と鎌倉幕府」『鎌倉時代の幕府と仏教』塙書房
・玉村竹二 1964「開創」『円覚寺史』春秋社
・永井晋 2006「鶴岡社務隆弁と鎌倉の体制仏教」『金沢北条氏の研究』八木書店
・葉貫磨哉 1994「北条時宗と西澗子曇の役割」『中世禅林成立史の研究』吉川弘文館

（付記）
本稿はＪＳＰＳ科研費 JP24K04259 の助成を受けた研究成果の一部である。

吉田兼倶『日本書紀神代巻抄』における世界認識

――クニノトコタチをめぐって

髙尾祐太

はじめに

吉田兼倶（一四三五～一五一一）が創始した吉田神道は、仏教と儒教を取り込んだ三教一致的な言説で知られる。兼倶は、仏教が説くように無常なこの現実の世界を、神話とどのような論理で結びつけることで、宗教としての神道へと変換したのであろうか。

兼倶の三教一致説に対する今日の理解は、近時刊行された『中世神道入門――カミとホトケの織りなす世界――』（勉誠出版、二〇二二年）の「吉田兼倶」項（新井大佑執筆）によく表れている。仏教や儒教に対して神道が根本たる説を謳いながらも、実際には一条兼良をはじめとする朝廷の学者達、あるいは大陸の先端的な学問を知る禅僧などとの交流の中で得た儒仏道、天文暦法などの知識を巧みに取り入れながら展開されたことは広く知られるところでもある。しかし、兼倶の創唱による神道説は天皇をはじめとする朝廷や武家、社家、仏家などから、時には論戦を繰り広げながらも広く支持を受け、受容されていったのであり、そこに、父祖以来の神祇の家というその出自や、偽作・妄言の巧妙さなどのみでは片付けられない、兼倶自身の有した博覧強記ぶりや卓越性、カリスマ性と、そこに根ざした政治手腕を看て取ることができよう。　（二六七頁）

しかしこうした理解は、兼倶の講義の熱心な受講者であった月舟寿桂（一四七〇～一五三三）の『幻雲文集』に収められた跋文[1]「書中臣祓後」と少なからぬ温度差があるように思われる。

卜部兼倶公、究メ陰陽不測之秘ヲ、而シテ不辱天児屋根命ノ累世嫡骨タルニ者也。（中略）吁予学仏徒也。豈解神事哉。然レドモ仏ト云、神ト云、禹・稷・顔爾若シ謂異轍ト、請看此書。

（『続群書類従』第一三輯文筆部巻第三四二、四〇九頁。以下、句読点・訓点・傍線等を適宜補った）

仏教・神道・儒教の三教が異なる教え（「異轍」）であると言うならば「此書」を「看」よ、と述べる月舟寿桂の口吻と、今日の兼倶の三教一致説に対する不信感との間を、これまでのように「父祖以来の神祇の家というその出自」乃至「政治手腕」で埋めてしまう前に、残された兼倶の言説から、彼の論理を掘り起こしてみたいのである。

一、兼倶による天地開闢の読み替え

月舟寿桂は明応四年（一四九五）に兼倶による中臣祓の講義を受けた後、『日本書紀』も受講している。その聞書をもとに兼倶が自らの『日本書紀』講義の決定版として、文亀二年（一五〇二）頃に書き残したものが『日本書紀神代巻抄』（以下、『神代巻抄』）である[2]。

その『神代巻抄』冒頭の総論部は、『日本書紀』を『先代旧事本紀』（以下、『旧事本紀』）と『古事記』と併せて「三部本書」と呼び、以下のように価値付ける。

旧事・古事ノ二書ニハ、加編者之語ヲ穿鑿スルゾ。此書ハ唯述神語、不加私語。以故為最上ゾ[3]。

（九七・九八頁）

『日本書紀』（「此書」）は「編者之語」・「私語」が加えられず、ただ「神語」のみで綴られているために、「三部本書」の中でも「最上」であると言う。

しかし、実際の注釈の現場でしばしばこうした宣言から逸脱する態度が見られることが、徳盛誠「吉田兼倶における日本書紀解釈の態度」（『上代文学』第八七号、二〇〇一年一一月）により指摘されている。例えば、神代上第八段一書第三に草薙剣が「今は尾張国に在り」（岩波文庫、九八頁）[4]とあるところに、『神代巻抄』は「神代ノ書ナルニ、在二尾張一ト云ハ、不審也。是ハ編者語也。非二神語一。余亦倣之」（一七四頁）と「編者語」の混入を明言する。徳盛論は、こうした一見矛盾する記述から、兼倶が想定した、「神語」から現在する『日本書紀』に至るまでの成立過程を明らかにする方向へと論を進めてゆくのであるが、本論考ではその前に、兼倶が特に強いこだわりを見せる箇所から、彼の論理の端緒を摑んでおきたい。

神代上第一段本書は、全ての始まりである天地開闢を次のように語り出す。

> 古に天地未だ剖れず、陰陽分れざるとき、渾沌れたること鶏子の如くして、溟涬りて牙を含めり。其れ清陽なる者は薄靡きて天と為り、重濁れる者は、淹滞ゐて地と為るに及んで、精妙なるが合へるは摶易く、重濁れるが凝りたるは場難し。故、天先づ成りて地後に定る。然して後神聖其の中に生れます。故曰はく、開闢くる初め、洲壌の浮れ漂へること、譬へば猶游ぶ魚の水の上に浮けるがごとし。時に、天地の中に一物生れり。状葦牙の如し。便ち神と化為る。国常立尊と号す。（岩波文庫、一六頁）

傍線部の「神聖」は卜部兼方が家学を集大成した『釈日本紀』においても「神聖」と訓み、乾元本もこの訓を継承している。『釈日本紀』巻五述義第一は、矢田部公望が延喜の日本書紀講書のために準備した公望私記を引いて、

私記曰、（中略）又曰、問。神者何哉、聖者何哉。答。神聖者、是下文所レ謂数箇神人也。
（新訂増補 国史大系第八巻『日本書紀私記・釈日本紀・日本逸史』吉川弘文館、一九六五年、七二頁）

と言う。「下文所レ謂数箇神人」とは、第一～三段にかけて名が列挙されるクニノトコタチ乃至イザナキ・イザナミの「神世七代」（第三段本書）を指しているのであろう(5)。更に巻一六秘訓一にも以下の問答がある。一条実経の「大問」に卜部兼文（「先師」）が答える。

大問云、神人聖人者格別也。カミヒジリ止読之条、如何。先師申云、神・聖格別之点モ自レ古存来者也。但、国常立以下神人・聖人、頗以難レ分歟。我朝神国之故、尚両字引合読レ神之条、可レ是歟。（同前、二二〇頁）

「国常立以下神人・聖人」とあるように、兼文は「神聖」にクニノトコタチが含まれることを明言する。

天地の分化がクニノトコタチに先行するという理解は、兼倶の『日本書紀』注釈の基礎となった一条兼良『日本書紀纂疏』(6)（一次本が康正三年（一四五七）頃、二次本が文明五年（一四七三）頃成立。以下、『纂疏』）においても変わらない。『纂疏』は第一段本書の前半を「三才開始」段とし、本文の冒頭から「故、天先づ成りて地後に定る」までを三才（天地人）の内の天地の出現を明かす章段（「初明天地」）、傍線部「然して後神聖其の中に生れます」を、人の出現を明かす章段（「二明人」）とする。その上で「其神聖者、人中得道者之称」であるとし、「国常立等、則劫初之人也」として、クニノトコタチを含む「神聖」を天地の後に出現する「人」として解釈する（「有二天地一而後有二人才一」）(7)。

そもそも第一段本書では、まだ「洲壌の浮れ漂へる」状態であるとはいえ、既に天と地の分化は始まっている。クニノトコタチは既に分化を始めていた「天地の中に」生じるのである。しかし、まさにその点が兼倶にとって大きな問題となる。

『神代巻抄』は先掲の第一段本書の傍線部に以下のような注を付す。

天地開而後ニ神生也。吾国神明先ニ天地ニト云ト、此ハ相違スル也。蓋神ハ天地之先也。聖ハ天地之後也。神ヲ一心ニ返照シテミレバ、先ニ天地ニ不レ為レ先、後ニ天地ニ不レ為レ後、元来混沌未分先也。「然後」ノ字ヲバ、「聖」字ヘカケテミルベシ。「神聖」ノ二字ハ、神ト人トノ義也。一念不生ノ神ニテ、無形無気也。

（一一一・一一二頁）

先の傍線部「然して後神聖其の中に生れます」は、「天地開」いてその「後ニ神」が「生」じたと読める。しかし、それでは神が天地より先に生じるというテーゼと「相違スル」のだと言う。そうして兼倶が捻出した読み方が、二つの波線部にあるように、「神聖」を「神」と「聖」に分け、「然して後」（「然後」）を「聖」字」だけに「カケテミル」ことである。兼倶自身も無理な読みであることを自覚していたのか、更に次のような頭注を書き付けている。

此神聖ハ、国常立尊已後ノ神ニ取也。二代三代ニアツルガ一義也。実ハ七代伊弉諾・伊弉冉両神ニアツル也。

（一一一頁）

今度は「神聖」を「国常立尊已後ノ神」と採ることで、天地の後に生じたことが明言される「神聖」の意味範囲の外にクニノトコタチを置こうとするのであるが、ここに至って兼倶の意図は明白である。すなわち、「神世七代」の内、他でもないクニノトコタチの存在を、天地の出現に先行させたいのである。

それによって、兼倶は『日本書紀』から何を読み取ろうとしたのであろうか。まずは兼倶の論理において天地の出現に先行しなければならないクニノトコタチとは何であったのかを探ってゆきたい。

二、太元尊神としてのクニノトコタチ

『神代巻抄』は『日本書紀』本文の注釈に入る前に天神七代と地神五代の神々を解説する中で、クニノトコタ

チについて以下のように述べる。

○第一国常立尊。『神皇実録』云、是神無名之名、無状之状也。在レ天元気之元、在レ地一霊之元、在レ人性命之元。故名二太元尊神一云々。又ハ号二大空一虚太元尊神一也。神道ハ、一虚ト取ルゾ。一ト云ヘバ無形也。虚ト云ヘバ有霊也。無形而有灵、陰陽不測之神明也。人々挙足下足、行住坐臥、造次転沛（顛）、尽是国常立尊也。在レ聖不増、在レ凡不減。天地開闢以来、至二今日一不変常住也。故云、無量無辺、無始無終、不変常住神代。

（一〇五・一〇六頁）

ここでクニノトコタチが「太元尊神」と呼ばれることに注目したい。『神皇実録』には以下のようにある（〈 〉内は原文では細注）。

大元〈謂無名之名、無状之状。呈称二気神一。万物霊台。日月星気是。天大地大、人亦大。故大象二人形一坐也。無者元至也。〉

国常立尊〈無名無状神。此倉精之君、木官之臣、自レ古以来、著レ徳立二功名一者也。所化神名曰二天御中主神一也。〉

（神道大系論説編五『伊勢神道（上）』神道大系編纂会、一九九三年、一五六頁）

一見『神皇実録』の引用が「故名二太元尊神一云々」までのように見えるが、実際には『神皇実録』の引用は傍線部のみであり、しかも「国常立尊」ではなく「大元」の細注であること、それを『神代巻抄』では引用文の冒頭に波線部「是神」を補うことで、クニノトコタチについて説いた文のように作為していることに注意したい。太元尊神という名称そのものは、例えば『中臣祓記解』（以下、『記解』）に見られる。

『記解』は両部神道の最初期の文献として著名な『中臣祓訓解』（鎌倉時代初期頃には成立、以下、『訓解』）の異本である。度会氏の中で秘されていたらしく流布した形跡がないが、吉田家には伝来し、後述する兼倶自筆本『中臣祓抄』にも度々「記解云」として引用されている(8)。その『記解』には以下のような一節がある。

承和三年丙辰二月八日、大仁王会次、東禅仙宮寺院主大僧都、授二吉津御厨執行神主河継一給伝記曰、神是天然不動之理、即法性身也。故以二虚空神一為二実相一。名二大元尊神一。所レ現曰二照皇天一。為レ日為レ月、永懸而不レ落。為レ神為レ皇、常以而不変矣。為二衆生業一、起二樹于宝基須弥磐境一、照二三界一、利二万品一。故曰二遍照尊一、亦曰二大日霎尊一矣。豊葦原中津国降居、点二其名一、談二其形一、名二天照坐二所皇太神一。(9)

（神道大系、二五・二六頁）

「東禅仙宮寺院主大僧都」（別の両部神道書『三角柏伝記』に拠れば空海）が授けたという「伝記」には次のようにあったと言う。神は「天然不動之理」であり、真理そのものを身体とする「法性身」であるから、「虚空神」が真実の姿（「実相」）である。「虚空神」と言うのは、虚空のごとく無相、すなわち相対的な区別のない境地を神格化した神ということであろう。それが「大元尊神」である。無相の神には固定された姿がない。ところがその太元尊神は形を顕して姿と名を変じてゆく。その際、虚空神からの展転が、日／月・神／皇・アマテラス／トヨウケ（「天照坐二所皇太神」）と、常に一対であることに注目したい。無相の神から相対的な区別による有相の次元への転換が象徴的に示されているのである。

この『記解』に見られるような太元尊神とクニノトコタチとが結び付いた時、クニノトコタチには太元尊神という名だけでなく、無相の神としての属性もまた継承されたようである。前節に引いた神代上第一段本書「然して後神聖其の中に生れます」に対する『神代巻抄』の注を再び見よう。

神ヲ一心ニ返照シテミレバ、先二天地一不レ為レ先、後二天地一不レ為レ後、元来混沌未分先也。（中略）一念不生神ニテ、無形無気也。

（一一一・一一二頁）

右の文で兼倶が天地の出現に先行させたい「神」とは、クニノトコタチであった。行論の都合上、「一念不生ノ神」から説明したい。例えば永明延寿『宗鏡録』巻第五八に鳩摩羅什訳『維摩詰所説経』文殊師利問疾品第五の「為レ断二病本一而教導」（大正新脩大蔵経一四・五四五a）を引いて、

「病本」即是一念無明取相。故『華厳経』云、「三界無別法、唯是一心作」。今謂、唯是一念無明取相心作也。此即三界生死之病本也。（『五山版中国禅籍叢刊』第四巻、臨川書店、二〇一五年、五〇七頁下段）

と端的に述べるように、本来的には相対的な区別がないところ（無相の真理）に、真理への無知（「無明」）から、相対的な区別に捕らわれる（「取相」）「一念」が生じる。そしてその「一念」により、我々の意識の奥底に潜在する真理（「一心」）が起動し、相対的な区別の網目がどこまでも広がってゆく。その網目によって我々の住む世界は、ある物が他の物と区別されて整然と並んでいる。しかしそれは、無相という本来的な在り方（真理）に反した虚妄である、と考えるのである。

「一念不生神」とは、まさにこの衆生の一心を起動する「一念」が生じていない（「不生」）状態——それが無相の境地——を神格化した神である。無相の境地には虚妄な相対的な区別がない。したがって、「一心」の内にクニノトコタチ（「神」）を探し求めてみれば（「返照シテミレバ」）、先／後という相対的な区別を超越しているために、天地に先行して生じたとしても先と言えず、天地に後れて生じたとしても後と言えない（「先天地不為先、後天地不為後」）。ただ、先／後とか天／地といった相対的な区別が生じる以前の「元来混沌未分先」に、クニノトコタチはいる。

こうして、太元尊神として無相の神の属性を帯びたクニノトコタチは、『日本書紀』が語る天地開闢の神話において、天地・陰陽という相対的な区別が生じる以前の「天地未だ剖れず、陰陽分れざるとき」の「渾沌」の内に生じなければならなくなったのである。

それでは、太元尊神としてのクニノトコタチが、兼倶の『日本書紀』読解と彼の思想に何をもたらすのか、節を改めて追ってみよう。

三、黄泉国訪問譚と中臣祓

天地開闢から時が経ち、イザナキ・イザナミの時代。神代上第五段一書第六は、イザナミが火の神の出産の際に「焦かれて化去りましぬ」（岩波文庫、四〇頁）と語る。そして以下のように続ける。

然して後に、伊奘諾尊、伊奘冉尊を追ふて黄泉に入りて及きて共に語る。時に伊奘冉尊曰はく、「吾夫君の尊、何ぞ晩く来しつる。吾已に食泉之竈せり。然れども、吾、当に寝息まむ。請ふ、な視ましそ」。伊奘諾尊、聴きたまはずして陰に湯津爪櫛を取りて其の雄柱を牽き折き以て秉炬て見しかば、則ち、膿沸き、虫流る。 （岩波文庫、四二〜四四頁）

これについて『神代巻抄』は次のような注を付す。

雄柱ト云ハ、中柱也。心中ノ柱ヲ、ヒキカイテ秉炬トシタゾ。火炬トナス処ニテ、二トナルゾ。陰暗トシテ無一物ヲ火ニテ、ミタ処ニテ、二物トナルゾ。 （一四二・一四三頁）

「無一物」（詳しくは本来無一物）と言っても、本来的に全く何も存在しないという意味ではない。例えば『宗鏡録』巻第三一は次のように説く。

如上所説、世間生死・出世涅槃等無量差別之名皆従知見文字所立。若無知見文字、名体本空。於妙明心中、更有何物。如六祖偈云、「菩提本無樹、明鏡亦非台。本来無一物。何用払塵埃」。
（二七四頁下段・二七五頁上段）

無相の真理の上に、妄りに相対的な区別を生じ、それぞれに名を付けてゆくことで、「世間生死・出世涅槃等無量差別之名」が生じる。したがって、そもそも「名」とそれによって示される対象（「体」）は虚妄である（「本空」）。六祖慧能の偈も、真理の境地（「菩提」）に、「樹」・「台」という名も、「樹」・「台」なる物も無いことを「本来無二一物一」と言っているのである。

それは恰も暗闇の中にイザナミの死体があることと同じである。あるけれどもそれと認識されないのである。そこに明かりを灯して視認することで相対的な区別が生じる（「二トナル」・「二物トナル」）と兼倶は言う。このように読むことで、兼倶が黄泉国訪問譚に何を見出そうとしたのか、物語の続きを見てゆこう。

怒ったイザナミの軍勢に追われるイザナキは、黄泉国との境界である「泉津平坂（よもつひらさか）」（岩波文庫、四四頁）まで逃げ帰り、その路を「千人所引の盤石（ちびきのいは）」（同前）で塞いで、夫婦の道を絶つ誓いを立てる。この場面を『神代巻抄』は以下のように読む。

平坂ハ、一心不動之田地也。此磐石ハ、神明ノ心也。心動ク処ニテ、恩愛ニ引レテ、入二地獄一。恩愛ノ一路ヲ断絶シテ、一心不動、則帰二国常立尊一也。其心コソ盤石ニテ、不動也。（一四四頁）

一心が一念により起動する（「心動ク」）ことで、先述のように相対的な区別が生じるのであった。そうして虚妄なはずのあるものが、あるものとして存在すると誤認するところに、愛着が生じ（「恩愛ニ引レ」）、終いに「入二地獄一」るのである。そして今、イザナキはイザナミと離縁し（「恩愛ノ一路ヲ断絶シ」）、一念が生じる以前の「一心不動」の境地に帰したのだと兼倶は読む。その際、「帰二国常立尊一」すと表現していることに注意したい。やはりここでもクニノトコタチは無相の境地として、ある。

そこでイザナキは身に付けていた物を次々と投げ捨ててゆくと、それらが神となって現れる。『神代巻抄』はそれぞれ以下のように注を付す。

・帯ハ、一身ヲ繋縛スルゾ。四大和合ノ身ヲ、ハラリト解脱スルヲ投帯ト云ゾ。長道磐石神（ナガチイワノ）ハ金剛不壊ノ正体也。

・人ハ裸虫也。元来無衣、以レ衣分二真俗貴賤一也。外相ニ貴賤尊卑、我他彼此ヲ分ハ、煩神也。投ト云ハ、脱二煩悩衣一。自由三昧也。一身ノ全体ヲヌギスツル也。

・（褌の──引用者注）二ノマチハ、天地両儀也。神道ハ、忌二再見一ホドニ、二トナルヲ嫌ゾ。全体ヲ棄ノ義也。開嚙神ハ、二ニナリテアイタル義也。
・履ヲハケバ、足不レ踏二実地一比スルゾ。投レ履則直踏二実地一也。道敷神ハ、本分ノ大道也。

（一四四・一四五頁）

ここでも、イザナキが捨て去ったものが相対的な区別を象徴すること──衣は「貴賤尊卑、我他彼此ヲ分」かつものであり、褌はその「二ノマチ」が「天地」を象徴すると言う。もちろん、天と地も相対的な区別の産物である──、そうした相対的な区別を捨て去って「金剛不壊正体」・「本分ノ大道」が体得される構造に、全体としてなっていることに注意したい。『神代巻抄』は黄泉国訪問譚を一貫して、イザナキが相対的な区別を生じ、そこから回復して無相の境地、すなわちクニノトコタチに帰する過程として読むのである。

その後、無事に黄泉国から帰還したイザナキは、「吾が身の濁穢（けがらはしきもの）を滌（あら）ひ去（う）てむ」（岩波文庫、四六頁）と言って禊をする。『神代巻抄』は次のように述べる。

黄泉ノ汚穢ナル処へ、至ルホドニ悔レ之ゾ。日向小戸橘檍原ニテ祓除ゾ。（中略）以二中道一祓レ之ホドニ、中臣祓ト云也。

（一四六頁）

ここで対立する二辺にとらわれない「中道」を以て「祓」うことができるのは、イザナキがこの時洗い流した「濁穢（けがらはしきもの）」が相対的な区別であったからだろう。どうやら兼倶は「黄泉ノ汚穢」を相対的な区別と捉えているらしい(10)。ここで更に注目したいのは、このイザナキの禊を中臣祓という名の起源として位置付けていることである。如上の黄泉国訪問譚の読解が、兼倶にとって『日本書紀』の内部に留まらない意味を持つのである。

兼倶自筆本『中臣祓抄』は、『神代巻抄』と同様に兼倶が月舟寿桂の聞書をもとにして自身の中臣祓講義の決定版として書き残したものである。冒頭の総論を見るとイザナキの禊と中臣祓の関係はもう少し明瞭になる。

祓ノヲコリハ、伊弉諾・伊弉冉ノ時カラ起ゾ。（中略）陽神ソノアトヲ逐テ、日向小戸檍原ト云処ニテ、ハライヲ、シタゾ。（注（1）前掲『中臣秡・中臣秡抄』、四三一・四三二頁）

ただし、イザナキの禊がそのまま中臣祓であったというわけではない。

神代ノ秡ハ、言句ヲバ、ナニト、ヲカレタトワ、ミエヌゾ。春日大明神、着二之於言一、為二一二段一也。（中略）春日大明神ノ、敬白ヲ、セラレタゾ。其時ノ秡ノ詞也。此秡ノ詞ガ殊勝ニシテ、コラエガタイトテ、日神出二磐戸一也。（同前、四四一・四四二頁）

イザナキの禊には「言句」が無く、天児屋命（「春日大明神」）がそれに詞を付けて（「着二之於言一」）、天の岩戸からアマテラス（「日神」）を呼び出す際に奏上したのが、「一二段」からなる中臣祓の詞であると言う。それは見方を変えれば、中臣祓には祓詞に覆われた奥底に、先述の「以二中道一祓」（『神代巻抄』、一四六頁）という本質が保持されていることを意味する。そうした論理を想定することではじめて、「解脱ト云コソ、ハライ也」（『中臣秡・中臣秡抄』、四三三頁）とか「ハライヲスレバ、仏理ノ位ニ至也」（同前、四三四頁）という兼倶の言説が理解できよう。

以上、『神代巻抄』の黄泉国訪問譚の読解が、兼倶の神道の理論と実践とを接続する重要な読み替えであったことを見届けた上で、なお問わねばならない。天皇の起源の物語として、『日本書紀』が語る歴史の現在に向けて直線的に進行する時間の上では、「帰二国常立尊一」すということはあり得ないだろう。イザナキがクニノトコタチに帰するという構造がどのようにして可能となるのか。その論理を更に掘り起こしてみたい。

四、二つの神代

『神代巻抄』冒頭の総論部に「神代事」と題された頭注がある。その中に以下のような言説が見られる。

神代ニ二アリ。次第ノ神代・因縁ノ神代。常代ノ神代是ナリ。次第神代トハ、前ニ沙汰申ゴトク、天神七代、地神五代ト、ツイデタルヲ、次第ノ神代ト申也。国常立尊ハ無始無終ノ神ト申テ、寿量ノ沙汰ニ及バズ。国狭槌尊ヨリ、年紀ノ沙汰ヲ云ナリ。

因縁神代ト申ハ、全ク久遠ノ神代ニアラズ。今日ノ一身ニアリ。在レ天則七星、地ニ在テハ五行、人ニ在テハ七穴。（一〇六・一〇七頁）

神代には「次第ノ神代」と「因縁ノ神代」の二種類があると言う。前者は、無相の真理の属性を付与され、不生不滅となったクニノトコタチ（「無始無終ノ神ト申テ、寿量ノ沙汰ニ及バズ」）を起点として、「天神七代、地神五代ト、ツイデタル」、直線的に時間が進行する神代である。一方で後者の「因縁ノ神代」は、現在する我々の「一身」に具わっているという。天神七代が天の北斗七星、人体の頭部の「七穴」（目・耳・鼻・口）として表れ、地神五代が地の五行として表れているのだという。

それにしても、世界のはじまりから人代までの経過を語る物語であったはずの神代が、なぜ「今日ノ一身ニアリ」となることができるのか。神代上第二段本書でイザナキ・イザナミが現れる場面の注には、「因縁ノ神代」の語こそ見られないが、そのことを考える端緒がある。

此二神ノ所作ハ、尽是国常立尊也。天七代地五代、合為二十二代一也。十二ノ徳ニテ成二天地一也。一年ニ有二十二月一、一日ニ有二十二時一也。十二月ヲ天ノ四徳ニワケテ、四時トナルゾ。三四十二ト分也。神道所謂、十二因縁ハ、天有二七星一、地有二五行一、七神五神ノ徳ヲ云ゾ。人之七情ハ七神ノ徳也。五常ハ五神ノ徳也。畢竟ハ国常立尊ノ一神ニ帰スルホドニ、一代即十二代、々々々即一代也。（一一八・一一九頁）

イザナキ・イザナミ（「二神」）の「所作」は、実はクニノトコタチにほかならないのだと兼倶は言う。その意味はさらに読み進めることで見えてくる。「天七代地五代、合為二十二代一」の三つの数で世界はめぐっているという。一年が「十二月」、一日が「十二時」であるように。時間だけではない。一二因縁と言えば仏教の概念であるが、神道にもあるのだと兼倶は言う。それは天に北斗「七星」、地に「五行」があり、人体にも「七情」[11]と、仁義礼智信の「五常」が具わっていることである。神代と現代は数の一致を以て接続されているに過ぎないが、大事なのは、神代の数によって現実の在り方が定められていることである。まさに「今日ノ一身」を、それを取り巻く世界から規定する理としての神代である。それを先に「因縁ノ神代」と言ったのであろう。

その神代を構成する一二代が「国常立尊ノ一神ニ帰スル」ために、クニノトコタチ「一代」がそのまま「十二代」であると述べるのは、直前の引用冒頭の「此二神ノ所作ハ、尽是国常立尊也」と照らし合わせれば以下のように理解できよう。すなわち、一二代というのはそれぞれ全く別の神が続いているのではなく、クニノトコタチが次々と変化して一二代として現れているのである。いわば、クニノトコタチの展開として神代が捉えられている。

ところで、そのクニノトコタチは、既に見てきたように、無相の真理としての属性を有するのであった。そうして生とか滅とかの相対的な区別の及ばないクニノトコタチは、本節冒頭に掲げた『神代巻抄』「神代事」に「無始無終ノ神」とあったように、時間を超越しているのである。さらに『記解』に「虚空神」という表現があったように、無相の真理は虚空の如く万物を包摂して余すところがない。クニノトコタチもまた、あらゆる空間に遍在していることになる。そして今、そのクニノトコタチを起点として神代が展開することを確認したのであった。要するに、クニノトコタチは、世界のはじまりから人代に至るまでの歴史としての神代（「次第ノ神代」）の起点であると同時に、あらゆる時空に遍在し、万物の在り方を規定する理としての神代（「因縁ノ神代」）の起点でもあるのだ。ここで前節の問いに立ち返れば、相対的な区別に穢されたイザナキが「帰」すところのクニノトコタチ（無相の真理）とは、「次第ノ神代」ではなく、「因縁ノ神代」の起点としての側面であったろう。

さらに言えば、「因縁ノ神代」は、単にその七・五・一二の構成が理として機能しているだけではないらしい。神代上第五段一書第二でイザナミの死が語られることについて、『神代巻抄』は以下のように注す。

> 十月ニ崩御アルゾ。サルホドニ、十月ヲ神無月ト云ゾ。九月ニテ、群陰剝尽シテ、十月ハ純陰ゾ。十一月ニ一陽来復スルハ、陰神再蘇也。サルホドニ、十一月ハ、復卦ニアタルゾ。故ニ陰神ハ不生不滅也。（中略）此神一歳ノ間ニ、カリニ示二生滅一ゾ。元来無二生滅一。世人ノ目ニ生滅ト、ミユルゾ。（一三九頁）

イザナミの死が何時であったかを『日本書紀』と『古事記』が語ることはない。にも拘わらず、「十月ニ崩御」したと明言するのは、その死が現実の暦を規定しているという信念に基づく。イザナミの死が十月であることは、まず「神無月」という名に表れている。そしてそれは易にも表れていて、九月は剝卦（䷖）で陽爻（⚊）が一つあるが、一〇月には全て陰爻（⚋）からなる（「純陰」）坤卦（䷁）となり、再び一一月に一陽生じて「復卦」（䷗）となる（「一陽来復」）のは、イザナミが一一月に蘇っている（「再蘇」）からだという。

ここで注意しておきたいのは、イザナミの死と復活が神話の物語から切り離されて独りでに繰り返されているわけではないことである。文明一三年（一四八一）に行われた、兼倶による『日本書紀』講義を景徐周麟がまとめた聞書『神書聞塵』には、以下のようにある。なお、文中の「此神」はイザナミを指す。

> 天地ハ、此神ノ体ゾ。此神ハ、滅ヲ唱テ、ツイニ不滅ゾ。霊雖レ常ト、万物ハ不レ存ゾ。天地ノ霊気ヲウケテ、人々アルゾ。万物ニアリテハ、霊トナリタゾ。サルホドニ、此神ノ徳ハ、ツイニ不滅ゾ。万物雖レ化、一霊不レ没ト云ゾ。神書ノ釈ヂヤゾ。一霊ノ国常立尊ハ、ツイニ不滅ゾ。
> （神道大系古典註釈編四『日本書紀註釈（下）』神道大系編纂会、一九八八年、四四頁）

天地はイザナミの「体」であり、その「天地ノ霊気ヲウケテ」人は万物の霊長たり得ている。そしてそれは神話で語られるイザナミの死後も永続しているのだから、イザナミの「徳」は「ツイニ不滅」だと知られるのである。その後の文への接続はわかりにくいが、イザナミの徳が不滅なのは、イザナミそのものではなくクニノトコタチが不滅だからだと言いたいのであろう。イザナミを含めて一二代の神々がクニノトコタチの展開であることは既に見てきた。『神書聞塵』が後文に続けて「伊弉――ハ、一歳ノ中デ、生滅ハミセラレタゾ」（同前）と述べるのも、イザナミの姿そのものは滅し、不生不滅のクニノトコタチから再び生じることを想定しているのであろう。いわば、廻り続ける暦の背後で『日本書紀』の語る「神世七代」の神話が繰り返し展開しているのである。『神代巻抄』が「陰神ハ不生不滅也」（一三九頁）と言うのもこれと同じで、イザナミの姿は滅しても、本体のクニノトコタチとして滅することがないというのであろう。そのような意味で本来は生滅がないにも拘わらず「カリニ示二生滅一」（同前）すのだという。その意図は『中臣秡抄』を見るとよくわかる。

> 伊弉諾・伊弉冉ハ、乾坤ノ二也。陽神上テ為レ天、陰神下テ為レ地。二神即天地、々々即二神也。陰神ワ、崩御ノ形アルゾ。陽神ハ、崩御ノ形ナイゾ。地ニハ、四時ニ、生・老・病・死ヲ配シテ、一年ノ内ニ如レ此示二生滅一ゾ。十月ヲ、神無月ト云ハ、陰神崩ズルノ時ゾ。　（注(1)前掲『中臣秡・中臣秡抄』、四三一・四三二頁）

要するに、人は生まれれば必ず老い、病に苦しみ、終いに死ぬことを示すべく、いわば方便として生滅の姿を示しているのである。

以上に見てきたように、兼倶によって、クニノトコタチは直線的に進行する「次第ノ神代」の起点と、円環的に繰り返される「因縁ノ神代」の起点との、二つの側面を兼ね具えることとなった。それはクニノトコタチの存在を時間的・空間的に無限定化することで果たされる。そのためにクニノトコタチは無相の真理として、天地の出現に先行しなければならなかったのである。

最後にこうした世界認識がどのような景色を描き出すのかを見届けてむすびとしたい。

五、理としての神代と兼倶の三教一致説――むすびにかえて

『神代巻抄』は聖徳太子に仮託して、

> 太子云、神道以二天地一為二書籍一、以二日月一為二證明一云々。（一三二・一三三頁）

と説く(12)。その意味は以下のように説明される。

> 天地ノ間ニ、万物変化、四時運転、春秋来、花開葉落、生老病死之理、自然ニ顕ル、ホドニ、天地ハ一巻神書也。其證明ハ日月也。（一三三頁）

天地の間の万物は止めどなく変化し続け、季節がめぐり春には花が咲き、秋には葉が落ちる。そこに「生老病死之理」が「顕ル、」ために、「天地ハ一巻神書」なのだという。「生老病死之理」が表れるのは、前節に見たように、その変化の背後にイザナミの死と復活を透視するからであった。そのようにして、万物とそこから読み取られる理との間を神話が媒介するからこそ、天地は「神書」なのである。

そのことを押さえた上で、兼倶のインド・中国・日本の三国世界観へと論を進めたい。『神代巻抄』の末尾に付された「本地垂迹事」の一節を見よう。

> 吾日本為二三国之根源一也。仏為二本地一、神為二垂迹一者可レ違乎。以レ神為二本地一、以レ仏為二垂迹一、可乎。器界生界、従二吾国一始之故也。華厳経云、心仏及衆生、是三無二差別一云者、豈不レ顕二吾国常立尊一哉。仏見明星悟道、是吾日神末輝也。神在二聖之上一、入レ凡入レ聖、亦吾国常立尊也。吾九代祖兼直云、依二如来秘密神通之力一、金言観レ之。仏即神、々即仏。々神莫レ二也。（中略）神云、儒云、仏云、其道一也。然則以レ仏為二本地一亦得、以レ神為二本地一亦得。（二四六・二四七頁）

仮に神を本地とし仏を垂迹と言うのは、『日本書紀』に説かれるように衆生（「生界」）とそれを取り巻く世界

（「器界」）が「吾国」から始まるためだという。日本を「三国之根源」と言うのも、その意味においてである。要するに兼倶の言う神本仏迹とは、時間の先後関係の話なのである。さらに大事なのは、天皇の起源を語る神話に過ぎなかった『日本書紀』を、三国世界全体の起源へと拡大させていることである。それは同時に、「因縁ノ神代」の三国世界への普遍化をも意味するだろう。だからこそ、『華厳経』に心・仏・衆生の三に区別が無いことを説くのは、無相の真理たるクニノトコタチを表現したものだと言うことができるのである。

ここまで我々は、クニノトコタチを無相の真理としたり、黄泉国訪問譚に相対的な区別に穢されたイザナキとそこからの回復の過程を、はたまた現実の暦の循環の背後にイザナミの死と復活を透視し、それが「生老病死之理」を表すことを読み取る『神代巻抄』の注釈を見てきた。いずれも仏教と易に付会した解釈である。しかし、兼倶の論理はその逆である。『日本書紀』の神話を仏教・儒教に引き付けて解釈しているのではなく、そもそも仏教にしろ儒教にしろ、それぞれに万物の背後で展開する「因縁ノ神代」を観察し、それを言語化・理論化してなった、と考えるのである。だとすれば、仏教が見出した真理（「仏」）も神にほかならない。したがって、兼倶は遠祖兼直に仮託して、仏は神であって（「仏即神、々即仏」）、仏と神とは一体（「々（仏）神莫レ二」）だと言い、結局同じ神代を観測して理論を体系化したものであるから、神道も儒教も仏教も同じ一つの道（「神云、儒云、仏云、其道一也」）だと明言するのである。『神代巻抄』の後文に説くように、

太子ハ神仏一致ト立ゾ。畢竟云レ仏云レ神、水波・氷水之譬也。捴ジテ本地垂迹ト云事ハ、弘仁以来ヨリ顕ルルゾ。（二四八頁）

波と氷が水そのものであるように、神仏は一体であって、本地垂迹という議論は後から起こったものに過ぎないのである。

如上の三国に普遍的な「因縁ノ神代」という思考は、神代上第一段本書に対する『神代巻抄』の注の中に、よ

りわかり易い形で表れている。

> 清陽(スミアキラカナルモノ)――地後定マデハ『淮南子』之語也。『淮南子』ニハ薄靡(タナビキテ)作二薄歴一ゾ。（中略）『旧事本紀』亦作二薄靡一也。此時ハ『淮南子』ハ吾朝エ未レ可レ来。自然ニ合タゾ。此書ハ本二于太子書一也。（二一一頁）

実際には九世紀に成立した『旧事本紀』は、『古事記』と『日本書紀』の文章の切り継ぎからなるのであるが、聖徳太子に仮託された序文が付されたことで、逆に『旧事本紀』が先行し、そこから『古事記』と『日本書紀』が成ったと信じられていた。ここで『日本書紀』の注であるのに『旧事本紀』が参照されるのもそのためである。兼倶が言うには、『旧事本紀』の成立は『淮南子』の渡来以前である。それにも拘わらず、『淮南子』と『旧事本紀』との記述が相似するのは、「自然ニ合タ」のだという。そうした合致が起こり得るのは、両書が同じ神代をそれぞれに描写したと想定するからである。

ところがこうした三教一致の思考は、神道が仏教・儒教の根本であることを説き、神道の絶対的優越性を宣言したものとして有名な兼倶の根本枝葉花実説（根葉花実説）と齟齬を来すように思われる。兼倶が遠祖兼延に仮託して吉田神道の要点を説いた『唯一神道名法要集』には次のようにある。

> 第卅四代推古天皇御宇上宮太子密奏言、吾日本生二種子一、震旦現二枝葉一、天竺開二花実一。故仏教者、為二万法之花実一。儒教者、為二万法之枝葉一。神道者、為二万法之根本一。彼二教者、皆是神道之分化末葉也。以二枝葉花実一、顕二其根源一。花落帰レ根故、今此仏法東漸。吾国、為レ明二三国(サンガ)之根本一也(タルコトヲ)。自レ爾以来、仏法流二布于此一矣。已上文。（神道大系、七四頁）

これに対する従来の解釈は冒頭で触れた『中世神道入門――カミとホトケの織りなす世界――』の「唯一神道名法要集」項（新井大佑執筆）によくまとめられている。

兼倶は「なぜ神国である本邦で他国の教法である仏法を崇めるのか」との問を設け、これに対し、聖徳太子に仮託し「日本が種子を生じて、それが中国（震旦）で枝葉となり、印度（天竺）で花実となった」と述べ、故に「仏教が万法の花実、儒教が万法の枝葉、神道が万法の根本であり、二教は神道という根幹から分化したものである。日本が三国の根本であることを明らかにするために、花が落ちて根に帰るように仏法も日本に帰り流布したのである」とし、儒仏二教に対する神道、中でも、唯一神道の絶対的優越性を主張する。

（三二五・三二六頁）

しかしこうした解釈には、先掲『唯一神道名法要集』本文の二重傍線部「以二枝葉花実一、顕二其根源一」が読み落とされている。この一文が何を意味するのかは、『神代巻抄』の総論部にある根本枝葉花実説を見るとよくわかる。ただし、ここでは枝葉に相当するものが儒教から文字に置き換わっている。

太子奏曰、吾国如二種子一、天竺如二花実一、震旦如二枝葉一。花落帰レ根。故仏法東漸云々。言ハ、神道ハ種子也。仏教ハ花実也。文字ハ枝葉也。若無二文字一、則仏法ノ正理ハ不レ可レ現ゾ。タトヘバ、花開果結之後ニ、此ハ何樹ト云ヲ知ニ相似タリ。若無二花実枝葉一、則神道ノ種子モ不レ可レ顕ゾ。彼仏法乃自二神道一出、故帰二乎吾国一。葉落帰レ根之義也。然則此書ハ為二王道根源一。不レ可レ廃レ之トテ、此時ニ始テ信二仏書・儒書一也。

（九八・九九頁）

傍線部にあるとおり、「花実枝葉」によってはじめてその種が何であったのかが知られるように、文字（枝葉）と仏法（花実）がなければ神道（種子）も「顕」れない、と兼倶は言う。『唯一神道名法要集』の二重傍線部「以二枝葉花実一、顕二其根源一」もこれと同じ意味であろう。しかしそれにしても、文字はともかく、仏法までもが神道を顕すのに不可欠、とはどういうことであろうか。その意味を理解するためには、波線部を読み解かなければならない。

まず確認しておきたいのは、波線部中の「此書」が『日本書紀』だということである。『神代巻抄』が『日本書紀』の注釈書である以上、それは揺るがない。しかし、聖徳太子の時代に『日本書紀』は存在しないはずである。

ここで注目したいのが、兼倶の『纂和抄』[13]にある「書籍訓点事」という記事である。

　推古天皇御宇、聖徳太子、始テ経教ニ和訓ヲ付ンガタメ、先此日本紀ノ一書々々ノ詞ヲ漢字ニウツサレケレバ、吾国ノ人、ヲノヅカラ漢字ノ心ヲ弁ヘケルトカヤ。此時ニ、内外典ニ初テ訓点ヲ加テ、各其心ヲ通ゼルナリ。

この「日本紀」なるものは「漢字ニウツサレ」ているのだから、今日見られるような漢字テキストとしての『日本書紀』ではない。金沢英之「中世における文字とことば——吉田兼倶『日本書紀神代巻抄』をめぐって——」（『万葉集研究』第三六集、二〇一六年一二月）が指摘するように、兼倶は漢字で綴られた現『日本書紀』以前に、「自然ノ文字」なる理想的な文字で「神語」を綴った原〈日本書紀〉の存在を措定し、それを聖徳太子が漢字に置き換えたという編纂過程を想定しているのである。先述の波線部中の「此書」とはまさに、この「神語」で綴られた〈日本書紀〉である。だとすれば、先の波線部は以下のように解せよう。

聖徳太子は、〈日本書紀〉は天皇の起源を語る（「王道根源」）ものであるから、これを残さなければならない（「不レ可レ廃レ之ヲ」）と考えた。そうして「此時ニ始テ信二仏書・儒書一」じた、というのであるが、その間は以下のように補うことができよう。聖徳太子は〈日本書紀〉を残そうと考えたが、しかし「自然ノ文字」で「神語」を綴った〈日本書紀〉は凡人には読めまい。それを誰もが読める文字、すなわち漢字にして残し、その神代の意味するところを理解するためには、既に万物の背後に展開する「因縁ノ神代」を観察し、それを言語化した「仏書・儒書」の蓄積に頼る必要がある。それが「若無二花実枝葉一、則神道ノ種子モ不レ可レ顕ゾ」である。そうして「仏書・儒書」もまた〈日本書紀〉に語られる神代と一致することを確認したために、「此時ニ始テ信二仏書・儒書二」じたのである。

翻って『唯一神道名法要集』の二重傍線部「以二枝葉花実ヲ一、顕二其ノ根源ヲ一」もまた、そのように理解される。要するに根本枝葉花実説とは以下のように理解される。まず、世界のはじまりであり、万物の理である神代（種子）がある。種子が後に芽吹いて枝葉を生じ花を開き実を結ぶように、理としての神代を観察して儒教（枝葉）と仏教（花実）が成る。『神代巻抄』が枝葉を文字――震旦の文字であるから漢字であろう――とするのは、儒教と仏教――この場合は漢訳仏典を想定しているのであろう――との能記（シニフィアン）の側面から説いたのであり、ことは能記（シニフィアン）と所記（シニフィエ）とのいずれに光を当てるかの違いであって、事象は同じである。そして、枝葉・花実によって、その種子が何であったかが知られるように、儒教・仏教とそれを綴った漢字によって神代とその意味するところを知ることができる。結局、それが可能であることが、儒・仏が神代の描写であること、すなわち神道が根本であることの証しとなるのである。根本枝葉花実説に言う根本とは、そのような時間的な意味で理解されなければならない。そもそも単に神道の儒教・仏教に対する絶対的優越性を説くのであれば、ことさら儒教・仏教を信仰する必要もないであろう。それでは「於テ二神国ニ一、崇二仏法ヲ一之由来、自二何ノ時代一以二何ノ因縁一、要二他国之教法ヲ一哉」（『唯一神道名法要集』）という問いに対する答えとして成り立たないのである。

森瑞枝「吉田神道の根本枝葉花実説再考」（伊藤聡編『中世神話と神祇・神道世界（中世文学と隣接諸学3）』竹林舎、二〇一一年所収）は、従来の吉田神道に関する議論が表層的なレヴェルに留まっていたことを指摘し、その原因に「「歴史的意義」、すなわち中世神道から近世神道への転換という位置づけに拘泥しすぎていた」ことがあると述べる。森論はさらにその背景に現代の研究者の「吉田神道の宗教としての実力に対する不信感」があったことを喝破するのであるが、根本枝葉花実説が神道の絶対的優越性を説くという従来の理解もまた、吉田神道の内実を追究することなく、歴史的位置付けに拘泥しすぎたが故の誤読ではなかったか。

吉田神道の思想の解明には、『神代巻抄』をはじめとする兼倶の講義録の丁寧な読解が不可欠であることを示したところで、本論考を閉じたい。

（1）これとほぼ同文の跋文を有する中臣祓の聞書が存することが、西田長男解題校訂『中臣秡・中臣秡抄』（叢文社、一九七七年）「（六）吉田兼倶自筆本月舟寿桂聞書　中臣秡抄　解説」（二七五・二七六頁）に報告されている。

（2）岡田荘司校訂『兼倶本・宣賢本　日本書紀神代巻抄』（続群書類従完成会、一九八四年）の解題、および小林千草『日本書紀抄の国語学的研究』第Ⅰ部第一章「兼倶自筆本の成立と『幻抄』——兼倶系日本書紀抄諸本概説——」（清文堂出版、一九九二年）参照。

（3）以下、『神代巻抄』の引用は天理図書館蔵兼倶自筆本に拠り、閲覧の便に鑑みて注（2）前掲岡田書の翻刻の頁数を付す。

（4）乾元本『日本書紀』には兼倶の書き入れがあり、奥書には綸命を受けた際に子の兼致にこの本を書写させて献上した旨が記されている。したがって『日本書紀』の引用は乾元本に拠ることが望ましいのであるが、本論考では閲覧の便に鑑みて弘安本を神代巻の底本とする『日本書紀（一）』（岩波文庫、一九九四年）に拠る。但し、岩波文庫本は必ずしも古訓によらずに訓読を改めた箇所がある。そこで引用に際し、新天理図書館善本叢書第二・三巻『日本書紀　乾元本一・二』（八木書店、二〇一五年）の影印に拠り訓みを改めたところがある。なお、乾元本に複数の訓が付されている場合は、正訓であることを示す合点がある訓に統一するなどの処置を施した。

（5）『釈日本紀』が第一段～第三段の「神世七代」の出現に一貫する陰陽論的宇宙論を捉えていたことは、神野志隆光『古代天皇神話論』第二章「『日本書紀』において成り立つ神話」の「一　冒頭部をめぐって」（若草書房、一九九九年）に指摘がある。

（6）『纂疏』の引用は、宮内庁書陵部蔵『日本書紀神代巻訣釈』の国書データベースの電子画像に拠る。本書について、金沢英之「吉田兼倶による『日本書紀』研究の基礎的考察（一）」（『北海道大学文学研究科紀要』第一四八号、二〇一六年三月）は、「文明年間の「乱後稽古」以後、『日本書紀神代巻抄』に結実する以前の、兼倶による『日本書紀』研究の足跡をとどめる写本」であることを指摘する。

(7) 徳盛誠「一条兼良『日本書紀纂疏』の「離陸」――クニノトコタチをめぐって――」(『季刊日本思想史』第八三号、二〇一九年六月)。

(8) 西田長男解題校訂『中臣祓・中臣祓抄』(叢文社、一九七七年)「(四) 吉田兼倶自筆本　中臣祓抄　解題」、神道大系古典註釈編八『中臣祓註釈』(神道大系編纂会、一九八五年)「解題」参照。

(9) 末尾の一文は本文の乱れが激しい。「豊受葦原中津国」とあるのを『訓解』に拠り「豊葦原中津国」に改めた。また「名二天照一坐二二所皇太神一」とあるが、これではアマテラスが「坐二二所皇太神一」となり不審。『訓解』に拠り点を改めた。

(10) 兼倶自筆と見られる『神道切紙　祓八ヶ大事』の第一にも、

第一。祓有二三科一。一ニハ、心ノ祓也。其起ハ、陽ノ神(伊諾)ノ、穢(妻神ノ死ヲ見テ)ヲミテ、二見ヲ起シテ、檍ガ原ニテ、禊ス。

(注(1)前掲『中臣祓・中臣祓抄』、五二四頁)

とある。

(11) 兼倶撰『神道大意』に、

心ヲ使ニ七ノ品アリ。喜ト云イ、怒ト云イ、哀ト云イ、楽ト云イ、愛ト云イ、悪ト云イ、慾ト云フ是ナリ。又形ヲ用ニ五ノ品アリ。生ト云イ、長ト云イ、老ト云イ、病ト云イ、死ト云フ。合テ十二アリ。是則神代ノ数ナリ。

(神道大系論説編八『卜部神道(上)』神道大系編纂会、一九八五年、一四頁)

とある。「七情」とはこの「喜」乃至「慾」のことであろう。

(12) 後半の「以二日月一為二證明一」の意味はよくわからないが、「日月」が「書籍」としての「天地」を照らす照明という程の意味であろうか。一案として記しておく。

(13) 『纂和抄』の引用は天理図書館蔵本の紙焼き資料に拠る。なお、同書については、小林千草「清原宣賢系日本書紀抄諸本の基礎的考察」(注(2)前掲小林書、所収)参照。

（附記）

本論考の脱稿後に、小田島良「吉田兼倶の『日本書紀』講釈と五山僧」（『中世文学』第六九号、二〇二四年六月）が出た。本論考とは異なる切り口から兼倶の『日本書紀』講釈の言説を丁寧に掘り下げた論で、兼倶の三教一致説については本論考と一部共通する視界を示す。併せて参看を請う。

聖なる無常、俗なる折中
——中世日本社会の意志決定と心性

橋本　雄

「無常」なる言葉は、ふだんの日常生活とあまり関わりがないのではないか。愚鈍なようだが、この共同研究に関係して、あらためて気づいたことである。以下、「無常」をめぐるあれこれを綴り、中世日本社会の意志決定について垣間見てみたい。

一、文献史料のなかの「無常」

私の専門とする時代、中世の日記を少し繰ってみても、日常生活における「無常」の用例はなかなか見当たらない。たとえば、次の例を見て欲しい。

姉禅尼（藤原経光女——橋本注、以下同じ）今暁他界す。去る七月より病悩不増不減、終に以て黄泉に赴く。眼前の無常、比類無き者なり。(1)

記主勘解由小路兼仲の実姉が三か月ほどの闘病生活ののち亡くなり、悲嘆にくれているという記事である。ここに、「眼前の無常」とある。目の前に最愛の姉の死体があるかのようで、何も手につかないほど悲しいのであろう。兼仲は、家族や親類、知人の死去に際し、しばしばこうした表現を使っている。言わば、彼定番の弔言と言ってよい。ここでの「無常」は、まさしく死を意味している。

この類例として、円仁が中国唐朝から持ち帰った書籍典籍類のなかにある「荊渓和上在山□無常遺旨一巻」が挙げられる。(2) 荊渓和尚とは、唐代の学僧、天台宗第六祖湛然（七一一～七八二）のことである。荊渓（江蘇省晋陵（現常州市））で生まれたためにその名が通称となった。荊渓湛然という呼び方もする。

ここに言う「無常遺旨」は、「荊渓和尚在仏隴無常遺旨一巻」を指し、「湛然臨終の際の遺言を筆録したもの」だという。[3]「山」というのは、本場中国天台山の仏隴寺のことである。ともあれ、「無常」の語が、早く唐代の中国でも、死と強く結びついていたことを窺知(きち)する。

あらためて言うまでもないことだが、死生観を意識した場合や前生後生などを想像させる表現、それが「無常」なのである。だからこそ、『方丈記』や『徒然草』などに無常観があふれており、識者の注目が集まってきたのだろう。

二、仏教語としての「無常」

もともと「無常」の語義は、簡単に言えば、〈人間の心も含む物事は何でも変わりうること〉である。また「無常」とは、梵語「anitya あるいは anityatā」の漢訳語に当たる。仏教学者中山慧輝による『瑜伽師地論』（瞑想に関する古典的教典）の最新の分析によれば、「無常」性（滅）とは、①消滅という無常性、②生起という無常性、③変異という無常性、④離という無常性、⑤起こることになるという無常性、⑥起こり終わったという無常性、の六つに分類されるという。[4] 非常に難解だが、いずれも永遠の刹那的瞬間を切り取ったもの、とまとめられそうである。

そして、中山の別の成果によれば、同じ「無常」と訳すにせよ、その解釈にあたっては、次のように慎重な態度が必要だという。

（瑜伽師地論）「摂異門分」が取り上げる無常（anitya）について、『雑阿含経』並びに（瑜伽師地論）「摂事分」と比較して検討し、現代基準訳語として、「無常」あるいは「消滅すること」を提示した。……しかし、『瑜伽師地論』の「意地」が定義する「存在要素の瞬間的な消滅」や、『大乗阿毘達磨集論』が定義する「生き物存在の消滅」（死）が、形成されたもの（有為）の特徴を示しているのとは異なり、「摂異門分」では具体的に無常の意味が明示されない。それについては、『雑阿含経』や「摂事分」を手掛かりに、「摂異門分」で取り上げられた無常の語が、涅槃を妨げる私という慢心を引き起こす認識が無我であることを観察するために用いられるものであることを確認した。このように、ある用語に同じ訳語を与えたとしても、それが説かれる文脈や意味内容に留意する必要があるであろう。(5)

誤解を恐れずまとめれば、次のようになろうか。

――「無我」さえあれば、人間の梵欲や慢心を感得し、それを排除してやがて「涅槃」（悟りの境地）に至ることができる。あるいは、「無我」を突き詰めることで、「涅槃」は約束される。そうした悟りに向かう「無我」のはたらきを観る際、必要なものこそが「無常」なのだ、と。

だがこれは、単純な「変わりうるもの」という理解から、かなり離れている。だからこそ、中山は、同じ「無常」の訳語でも、細かなニュアンスが異なるので、文脈に注意が必要、というのであろう。とはいえ、それは翻訳語に限らない。文脈や時代により、あるいは受取手の事情に応じて、たいていの概念や言葉の意味内容が変わることは、古今東西何ら珍しいことではない。(6) われわれは、翻訳や言葉を一語一義と考えがちだが、まったくそんなことはないのである。

ともあれ、こうした複雑な様相を呈する「無常」を、前近代の一般の日本人が理解できていたとは到底考えられない。仏教的な悟りと強く結び付いた言葉、ていどの意味で受け取めていたのではなかろうか。

三、「無常」に対応する日常の言葉――「折中」

ところで、日々の生活を送るなかで、悟りや生死が切迫した問題になることなど、実際限られている。ふだんから「無常無常」と口にしていたら、気が狂ったかと思われるに違いない。

もっとも、前近代の社会は、飢饉や自然災害、疫病、戦争などがあふれている世界である。一般に恵まれた生活を送る貴族であっても、疫病や自家の収入減などによる餓死が存在する。誰がいつ死ぬとも分からない。それこそ自分だって明日をも知れない身なのである。要するに、実際には、誰にとっても死はすぐそこにあった。だからこそ、各人の日記に、「無常」の語が散見するのだろう。

では、趣向を変えて、「無常」の如き語義をもつ、日常生活に即した言葉・概念は何だろうか。キイワードは、〈変容〉や〈流動〉である。いろいろと考えたが、私の乏しい知識では、まず「折中」（折衷）が思い浮かんだ。「折中」とは、「両方のよいところをとってほどよく調和させること。相反する意見の中ほどをとって言説を組み立てること。斟酌（しんしゃく）すること」という意味である（小学館『日本国語大辞典』第二版）。

示唆的な論稿「折中の法」をものした中世法制史家笠松宏至は、次のように「折中」の魅力を語る。

基準となる古法があり、それと現実との対応関係において「折中の法」が定立される。右の例では「折中の法」の履行をうたう新法がつくられた。だが「折中の法」とさらに新たなる現実の間に、新しき「折中の法」がつくられる可能性を否定する根拠は全くない。とすれば、法は常に現実の動くあとを追って、その姿をかえることができる。ことさら古き法を否定することもなく、現実には「折中の法」の名のもとにたえ間なく新法が生み出されていく中世法の世界がそこにある。(7)

右引用文中の「右の例」とは、賀茂祭に際しての過差（贅沢）禁止令につき、治承年間（一一七七～一一八一）の法が守られないので、仕方なく建久二年（一一九一）の法を作った。それこそが治承の法と現実との「折中の法」であった、という事実である。

ここで注目したいのは、現実の状況と既存の法とを「折中」していくたびに、その法は変わるし、いくらでも新たな法が作れる、という事態である（傍線部参照）。これこそ、「不磨の大典」ではなく、日常的に変わりうるものの最右翼と言えるだろう。まさに、私の追い求めていた言葉である。

日記をつけるような貴顕の日常生活にあっては、「折中」こそが、宗教性の権化「無常」に対応する世俗的な言葉なのではなかったか。いわば、聖なる「無常」に対して、俗なる「折中」が対応するものと考えたい。だが、「折中」という言葉が日記で頻見されるかというと、存外そうでもない。それはいったいどうしてなのだろうか。

四、冊封儀礼と「折中」

話が飛ぶようだが、最近、この「折中」に注目する外交史の拙稿を発表した。室町時代の日明関係のありようを決定づけた、冊封儀礼に関するものである(8)。

明の皇帝が周辺諸国の首長を「国王」に任ずることを、一般に「冊封」と呼ぶ。冊封が完遂すれば、そこに君臣関係や官僚制的な関係、擬制的な親族関係が生まれる(9)。もちろん、こうした異国の「王」との上下関係を潔しとしないナショナリストはいつの時代も存在する。どうやって、本来的な趣旨の冊封儀礼を骨抜きにするか、熟慮熟議がなされることとなる。

明側の規定では、明皇帝の詔書（国書）に対し、鞠躬（きっきゅう）（身をかがめ）・四拝することになっていた（『大明集礼』。なお、『大明会典』はこの二つを合わせて「五拝」とする）。それに対し、応永九年（一四〇二）の冊封儀礼において、驚くべきことに、足利義満は無拝を貫いたのである（『宋朝僧捧返牒記』(10)）。

しかも義満は、明使（正使：臨済僧天倫道彝、副使：天台僧一庵一如）よりも先に昇殿し、南面のうえ着座した(11)。これはあからさまにナショナリスティックな態度であろう。そして義満のこのふるまいは、第一に国内の守旧派の廷臣たちへの配慮であり、第二に義満本人の《中華幻想》――あたかも自身が中華皇帝であるかのような妄想――を満たすものであった(12)。以上により、明使による冊封儀礼は、見事に換骨奪胎されたわけである。

ときは流れて、室町幕府第六代将軍足利義教の時代。永享六年（一四三四）、義教を「日本国王」に封ずるべく、明からふたたび冊封使がやってきた。もちろん、それが主たる用向きなのだから、冊封儀礼を執行しなくてはならない。さあ、どうすべきか。将軍義教の諮問が下り、例によって幕政顧問たる醍醐寺三宝院満済が次のような所見を述べた。

唐使（明から来日した冊封使）御対面の儀。（義教様が）仰せ出だされる如く、故鹿苑院殿（足利義満）

が御沙汰、事過たる様、其の時分、内々、道将入道〔斯波義将〕等申し候し。愚眼及ぶ所も又た同前に候き。但し今度の御音信、唐朝歓喜比類無し。仍て又た日本人数百人賞翫儀、前々を超過すと云々。此くの如きの処、此方〔日本〕に於いて唐使以下御賞翫の儀御無沙汰の儀候はば、自今已後、日本人渡唐の時儀、若し無沙汰の儀もやと存じ様に候。然れば、本朝御興隆の為め、大事を立つる渡唐、其の曲有るべからざるかの間、折中の儀を以て、唐使御対面儀ハ先づ宜しかるべく候か。[13]

義満のときは鄭重に過ぎた、それを守る必要はない。だが、粗略にするとかえって具合が悪くなる虞もある。したがって、鄭重と粗略との間で「折中」しては如何か――という提案である。

こののち、満済曰く、①仏教的な敬礼が基本的に「三拝」（仏・法・僧への拝礼）であるが、それではあまりに過剰と思われること、②「日本大臣以下」は「天書」に二拝するのが古今の伝統であることなどから、[14]最終的に義教は明国書（皇帝詔書）に「二拝」することとなった。[15]零回と三回との折中であれば、一回か二回である。だが、拝礼の回数は、やはり多いほどよい。それゆえ、②の「二拝」が採用されたのであろう。ただし、私が不勉強なだけかもしれないが、「日本大臣以下」が「天書」に二拝することは、まったく確認できなかった。あるいは正式な儀礼の場面などではなく、日常的な作法に過ぎなかった可能性もあろう。もし何かご存じの方がいれば、ぜひとも御教示いただきたい。

ここで、満済の語る義満の姿は、同時代史料（『宋朝僧捧返牒記』）とは大きく異なる。同時代史料で無拝を貫いたはずの義満が、『満済准后日記』永享八年五月一二日条では三拝しているからである。どちらが正しいのか。たいへん悩ましい点だが、満済が自身の日記のなかで主君義教の書状の文字を書き替えることもあったことから、[16]あるいは義満の拝礼三回というのも虚偽の発言であった可能性が高い。

ともあれ、こうして、義教期の冊封儀礼はつつがなく執り行われた。

五、「折中」の語の使用頻度

以上のような記述からすれば、満済がいかにも「折中」を多用していたと考えたくなるだろう。ところが、『満済准后日記』のなかで「折中」を使う場面は、あと一箇所しかない。それが、以下に趣意を示す正長元年（一四二八）五月一三日条なのである[17]。

この日、幕府六代将軍義教が三宝院満済を呼びつけ、ある件について諮問を下した。その内容とは、先代の四代将軍義持が神社に寄進してしまった所領数十ケ所につき、これを取り戻して旧主に返してやりたい、だがいったん神に寄進した所領を悔返すのは「神慮又憚り」がある、ゆえに返すか否か、くじ取りで決めたいと思うが如何か――というものだった（中世において、くじは圧倒的に「取る」ものとして登場するのでこう呼ぶ）。

これに対して満済は、毅然として否をつきつける。

神領の号をば止められずして、各本主に地下（下地と同義）を返し付けられ、神用に於いては限りある分を沙汰せらるべきの条、折中の御沙汰か[18]。

笠松曰く、「神に対しては「神領の号」と一定の得分を、俗に対しては「地下」を。神と俗、両者の名分と利害を均分したこの方途を彼は「折中の御沙汰」と名づける。しかも彼は、義教のくじ案に対し、くじでは返すか返さぬかの何れかしかなく、神慮が折中にあれば何れのくじがひかれたとしても、神慮に背くことになる、この点を反対理由の一つにあげているように、折中が神慮そのものに叶うという確信をもち、これこそ「尤も御善政たるべし」と自負した。満済の「折中」案は管領畠山満家の支持も得て実現されることになる[19]」（傍線橋本）。実に明快な解釈であり、付け加えるべきこともない。このように満済は、本気で神慮＝くじ取りを乗り越えるものとして、「折中」を考えていたようなのである。

ここでもう一つ注目したいのは、義教ともあろう最高権力者が、くじ取りをするかどうか、満済に相談したという事実である。これには、勝手にくじをとってしまえばよいという判断も当然ありえただろう。古代であれば、それもおそらく可能であった。だが、そうはならなかった。その理由は、おそらく、くじ取りの大きな二つのタイプ別、すなわち「個人の意志による鬮取」が古代から見られるのに対し、「集団の意志による鬮取」こそが中世のくじの特質だ、という点にあろう[20]。中世日本社会においては、政治の合議のためにくじを取ることがあったわけである。これは、あとで関説する義教の将軍就任を決めたくじ取りの話とも重なる。後継者をどうするか、先代の室町殿義持も決めあぐねた結果、宿老のくじ取りと相成ったわけである。

さて、くじ取りの話に戻ろう。くじ取りを越えるものとして、「折中」を満済が考えていたということだ。この、「折中」が神慮の発露たるくじ取りを越えうるという発想は、満済独自のものではなかった。

中世では、鉄火起請のような神判がしばしばなされたが、その神判＝神慮を越えるものとして、「中分」が位置づけられることもあったからだ。なお、この「中分」とは、「折中」と同様、中世日本人の独特な衡平感覚に根ざす概念である。なかなか決着のみられぬ裁判などで、「折中」とともに多用された（武家と寺社本所とのあいだの「下地中分」を想起してもよい）。

神判を越える「中分」の象徴的な例としては、戦国大名六角氏の取り決めが挙げられる。その条項のなかに見える、「一、右、（鉄火）起請の時、両方失（ヤケドなどの過失）なくば、その論所（係争地）中分あるべし[21]」という規定である。係争者同士に大したヤケドなければ、土地を折半せよ、という判断だ。これは、現代でも通用するような理屈であろう。

一方、問題としている『満済准后日記』のなかで、折半の義にかかる「中分」の語を用いた箇所はわずか一つしかない。それは、応永二五年（一四一八）、故上杉憲実（関東管領）の「跡」（職分や財産の相続）に関する「中分事」である[22]。これは、関東管領家の相続に関する何らかの取り決め（案）と思われ、高度に政治的なものであった可能性もあろう。義満・義教の冊封儀礼にかかる「折中」とかなりよく似た種類のものと思われる。

六、中世人の心性における「折中」

とはいえ、満済ほか中世日本人の抱えていた〝常識〟とともに、ここで我々が考えるべきは、『満済准后日記』に「折中」や「中分」の語がほとんど見られないという事実である。

これは他の日記でも同様なのだが、やはり幕府顧問という政治の世界にどっぷり浸かっていた満済の特徴として無視できまい。彼にとって、神慮を越えるべき案件は案外少なかったということなのではないか。

そしてこれは、満済の政治思想のベースに神国思想があったという指摘[23]とも親和性が高い。いや、これは話の順序が逆かもしれない。満済の信じる善政こそが神慮に叶うという、彼の絶対の自信によるものではなかったか。くじ取りを否定する先の満済の論調を見れば、この大胆な仮説にも幾分かの理があろう。

では、このように満済が考えているとして、そして義教発案のくじ取りを否定したとして、当の足利義教はどう感じたのだろうか。自身はくじ取りで将軍になったのだから、腹を立てなかったのだろうか。

もちろん、義教はくじ取りを万能視していたわけではない。跡目相続を決めた方法＝くじ取りを、ただ単になぞっていただけであり、それほど深い思い入れはなかったと考えられるからだ[24]。

ここで、「折中」を、あらためて意志決定のありようと心性史の文脈に戻してみよう。現代の「法」とは、誰もが侵すべからざるものである。しかし、中世日本において、所詮それは理想論に過ぎなかった。先述の通り、「法」と現実、「法」と「法」とを折中して、新たな「法」を次々と産み出すのが現実の中世だったからである。果たして、「法」は神慮を越えるものだったのだろうか。くじに頼る場合と、「折中」「中分」に任せる場合と。どちらにより重きが置かれたのだろうか。

たとえば、足利義教家督相続時のように、容易に結論が出ないからくじを取る場合もあった。しかし逆に、ついさきほど見た如く、元の領主に神領を返すかどうかでくじを避けた場合もある。この違いは、一つに結論を定めなければならぬ案件かどうかという点に帰結すると思われる。

このように、くじ取りをするか否かはケースバイケースであった。これは、くじ取りが必ずしも万能であるとか、最高の決め方と思われていなかったことを示す。要するに、身も蓋もない言い方だが、くじ取りに神慮のありかを重ねるのは、そう考えたい人だけが主張しているだけだったのである。

それでは、「神」が至高のものではなく、邪見にしてもよい代物だったのだろうか。おそらくそうではない。彼岸に絶対的な信頼があるからこそ、裏切られた怒りゆえに、神や仏の居る寺社を焼き討ちしたのである[25]。中世社会において、帰依と背反とは背中合わせに存在した。このように、容易に逆説的情況が現れてしまう点に、中世日本社会の心性を摑むことの難しさがある。

――「無常」から始まり「折中」に進み、最後は世俗社会の意志決定方法や信仰・心性の局面まで来てしまった。結論めいたことは何も言えなかったが、事ほどさように、中世日本社会を読みとくことは難しいということなのだろう。引き続き、微力を尽して、さまざまな視点から中世人の心性に迫っていきたい。

（1）『勘仲記』弘安五年（一二八二）一〇月二二日条。

（2）承和一四年（八三七）月日付「入唐新求聖教目録」（『大正新脩大蔵経』巻二一六七）。

（3）池麗梅「湛然の事跡を伝える唐代資料」（『唐代天台仏教復興運動研究序説：荊渓湛然とその『止観輔行伝弘決』』大蔵出版、二〇〇八年、第一章第一節。初出二〇〇五年）。

（4）中山慧輝「『瑜伽師地論』における「菩薩地」を基点とした無常説の展開」（『仏教史学研究』六四巻一号、二〇二二年）一七頁。

（5）中山慧輝「経典解釈に基づく仏教用語の訳語検討：『瑜伽師地論』「摂異門分」に説かれる無常を例に」（『Bauddhakosa Newsletter』七号、二〇一八年）二〇頁。

（6）今井むつみ・秋田喜美『言語の本質：ことばはどう生まれ、進化したか』（中公新書、二〇二三年）。

（7）笠松宏至「折中の法」（『法と言葉の中世史』平凡社ライブラリー、一九九三年。初出一九八四年）一二六〜一二七頁。
（8）橋本雄「外交儀礼論のパースペクティヴ：室町時代の日明関係を中心に」（『歴史学研究』一〇四七号、二〇二四年）。
（9）檀上寛『明代海禁＝朝貢システムと華夷秩序』（京都大学学術出版会、二〇一三年）。
（10）『宋朝僧捧返牒記』（宮内庁書陵部蔵）。この史料に拠れば、義満は儀礼のあいだ一拝しているが、それは国書を自分の面前に招き寄せるための合図であったと見なされる。
（11）橋本雄「実利を勝ち取る義満の秘策：一四〇二年」（『〝日本国王〟と勘合貿易』ＮＨＫ出版、二〇一三年、第二章）。
（12）橋本雄『中華幻想：唐物と外交の室町時代史』（勉誠出版、二〇一一年）、とくに第一章。
（13）『満済准后日記』永享六年（一四三四）五月一二日条。
（14）『満済准后日記』永享六年六月三日条。
（15）『満済准后日記』永享六年六月五日条。
（16）新田一郎「満済とその時代」（『文学』九巻三号、二〇〇八年）。
（17）以下、笠松宏至「折中の法」（『法と言葉の中世史』平凡社ライブラリー、一九九三年。初出一九八四年）一二九頁以下、桜井英治「人事と天命のあいだ：中世人とくじ」（『論究ジュリスト』三二号、二〇二〇年）一七九頁など参看。
（18）『満済准后日記』正長元年（一四二八）五月一三日条。
（19）注（8）笠松論文、一三〇〜一三二頁。
（20）瀬田勝哉「「鬮取」についての覚書：室町政治社会思想史の一試み」（『武蔵大学人文学会雑誌』一三巻四号、一九八二年）。
（21）六角義賢ヵ条書写（『中世法制史料集　第四巻　武家家法Ⅱ』四一九号。清水克行『喧嘩両成敗の誕生』（講談社選書メチエ、二〇〇六年）第五章第三節参看。
（22）『満済准后日記』応永二五年（一四一八）五月一二日条。
（23）森茂暁『満済』（ミネルヴァ日本評伝選、ミネルヴァ書房、二〇〇四年）、二二五〜二二九頁。
（24）注（17）桜井論文。
（25）穂田誠『寺社焼き討ち：狙われた聖域・神々・本尊』（戎光祥選書ソレイユ、二〇二二年）。

Ⅳ　〈無常〉の表象と変相――古代／中世から近世へ

無常の表象
——黒白二鼠の教えと絵画

田村正彦

はじめに

この世のはかなさを説く「無常」は、抽象的な概念であるが故に、イメージしづらいものである。仏教では、あまたの抽象的な教えを譬喩や絵画を用いてわかりやすく説き示してきたが、無常という概念についても、それは同じであろう。無常の本質を「死」と捉えたり、また「時間」と同義であると認識した上で、より具体的な話や絵が作られていったのである。

そこで、本論考では、そのような「無常」の具象化の一つとして「黒白二鼠」の教えを取り上げてみたい。比喩として作られた話が、どのように可視化されていったのか、文学と絵画から考えてみようと思う。

一、描かれた「無常」

まずは、「無常」という概念がどのように絵画化されていったのかを概観してみよう。無常を描いたものとしてまず想起されるのは「無常の殺鬼」である。(1) 古くは『往生要集』に『摩訶止観』の文言を引く形で「無常の殺鬼は豪賢を択ばず。危脆にして堅からず、恃怙すべきこと難し」[2]（大文第一・人道）と記されている。また、源信は「もし無常の、暴水・猛風・掣電よりも過ぎたることを覚らんも、山に海に、空に市に、逃れ逃ぐる処なし」（同）ともいうが、これは『発句譬喩経』（巻一・無常品第一）や『出曜経』（巻二・無常品之二）に見える、四人のバラモンの兄弟の話であろう。すなわち、「神通力によって七日後に死ぬことを悟った四人の兄弟が、それぞれ海、山、空、雑踏に隠れたが、結局、四人とも死を免れることはできなかった」というものであり、この兄弟に死をもたらせたものこそが無常の殺鬼だったのである。

さて、この「無常の殺鬼」という表現は、古代末から中世にかけての唱導文献（『釈門秘鑰』、『転法輪抄』他）に頻出することから、日本ではまず法会の場で広まっていったものと考えられる。そこからさらに文学、絵画の分野へも広がっており、例えば、『宝物集』や『発心集』（七ノ四）、『栂尾明恵上人伝記』（下巻）、『沙石集』（三ノ一）、『愚迷発心集』（巻二）など、一三世紀を前後する時期の文学作品に散見される。また、絵画においては、聖衆来迎寺（大津市）の「六道絵」に四人のバラモンの姿（人道）と無常の殺鬼（畜生道）（図1）が描かれている。人間の命を奪う鬼のイメージが中世初頭より見られることは留意しておいてよいだろう。また、中国大陸からは「五趣生死輪図」という絵も伝わっている。鬼が円状の五趣（地獄・餓鬼・畜生・人・天）を抱えている図柄であり、人間の生死や転生を掌っている主体こそが無常の殺鬼である、ということを端的に表している（図2）。仮に無常を「死」と置き換えることができるならば、その死をもたらす鬼の姿は、まさに無常をイメージしたものの一つと考えてよいだろう。

次に、無常を時間と捉えた場合の絵画をいくつか見ておこう。「隙行く駒」が無常を表す常套句であることからしても、時の移ろいに無常を感じるのは世の常である。ここでは聖衆来迎寺の「六道絵」から、いくつかの絵画を見てみたい。まずは、人道の「不浄相」幅に描かれている「九相図」である（図3）。九相図とは、死を迎

図 2

図 4

図 1

図 3

えた人間の肉体が時間の経過と共に朽ちてゆくさまを描いたものであるが、美しい女性の体が腐乱し最後は骨になる有り様は、まさにこの世の無常そのものであろう。(3)

同じく、人道の「苦相」を描いた幅にも、生から死へという人生の無常を感じさせる場面が見られる。生老病死という四苦は、まさに時間の流れそのものであるが、例えば「老」の場面では、手鏡に映る老いた顔を嘆く老女の姿が描かれている。小町の「花の色は移りにけりないたづらに我が身世にふる眺めせしまに」をも連想させようか。また、人生の最後に迎える「死」は、本人のみならず残された者達にも無常を感じさせる。「愛別離苦」の場面には、子に先立たれた両親の姿（図4）が描かれており、見る者の涙を誘う無常の絵画となっている。もともと『往生要集』では、人間界の本質を「無常相」「苦相」「不浄相」の三つに分けて説いている。しかし、先に見たように無常を死、もしくは時間と捉えるならば、苦相も不浄相も、ともに無常の一部に他なるまい。したがって、その『往生要集』をもとに描かれた聖衆来迎寺の「六道絵」は、無常の絵画の宝庫となっているのである。そして、本論考で取り上げる黒白二鼠の教えの絵図も、そういった無常の絵画史の中に位置付けられるべきものなのである。

二、黒白二鼠の教え

黒白二鼠の教えは、「二鼠譬喩譚」や「井丘の喩え」などとも呼ばれるが、古くインドに発し、西は中東（「井戸の中の男」）からヨーロッパ（「一角獣と男」）へ、東は中国大陸から朝鮮半島、そして日本へと伝わった、世界的に知られる比喩譚の一つである。テキストとしては、『マハーバーラタ』や『パンチャタントラ』においてすでに語られ、仏教経典では、『仏説譬喩経』、『賓頭盧突羅闍為優陀延王説法経』、『衆経撰雑譬喩』などに見られる。ここでは、古くから日本にも影響のあった『維摩経』の注釈書『注維摩経』の中から、該当する箇所を引いてみよう。

昔有人有罪於王。其人怖罪逃走。王令醉象逐之。其人怖急自投枯井。半井得一腐草。以手執之。下有悪龍吐毒向之。傍有五毒蛇復欲加害。二鼠嚙草草復將斷。大象臨其上復欲取之。其人危苦極大恐怖。上有一樹。樹上時有蜜滴落其口中。以著味故而忘怖畏。丘井生死也。醉象無常也。毒龍悪道也。五毒蛇五陰也。腐草命根也。黒白二鼠白月黒月也。蜜滴五欲樂也。得蜜滴而忘怖畏者。喩衆生得五欲蜜滴不畏苦也。(4)

ある国で罪人(=衆生)が逃げ出したため、王は酔象(=無常)を放ちそれを追わせた。罪人の男は枯れた井戸(=生死)に飛び込み、穴の途中の腐草(=命根)につかまっていた。すると下には悪龍(=悪道)がおり、周りには五匹の毒蛇(=五陰)がいて男を狙っているのが見えた。さらに白黒二匹の鼠(日月)が腐草を齧っていたため、男は驚愕した。ところが木の上から垂れてきた蜜(=五欲)が口に入った途端、全ての恐怖を忘れてしまったのである。

日本では、『万葉集』に「二鼠競走而度目之鳥旦飛、四蛇争侵而過隙之駒夕走」(5)(巻五)とあり、すでに奈良時代には伝わっていたことが知られている。(6)但し、板橋倫行が指摘するように、「二鼠」や「四蛇」の文言は中国六朝時代の漢詩の常套句であり、ここもそういったものからの影響を考慮すべきであろう。(7)したがって、この話が当時どれほど浸透していたかは不明と言わざるを得ない。

一方、平安時代になると、和歌の世界で注目を集め、特に「月の鼠」という歌言葉として人口に膾炙していった。

世中はかなくて法しにならんとおもふころ
たのむよか月のねずみのさわぐまのくさばにかかるつゆのいのちは　(『高光集』・一四)

よの中はかなくきこゆるころ、左京権大夫俊頼朝臣のもとにいひつかはしける
かたらばや草葉にやどる露ばかり月のねずみのさわぐまにまに[8]
（『基俊集』・九一）

いずれも世の中の無常を肌で感じた折の詠歌であり、「月の鼠」は無常を表現するための常套句として用いられている。この語の流布については、歌学書における解説が一役買っており、『俊頼髄脳』（源俊頼）をはじめとして、『綺語抄』（藤原仲実）、『奥義抄』（藤原清輔）、『和歌童蒙抄』（藤原範兼）などで教えの内容が詳しく述べられている。

ところで、なぜ「月日」（時間）を喩える「黒白二鼠」が「月の鼠」という限定的な表現になったのであろうか。新間一美によれば、先に引いた『注維摩経』の言説が影響しているのだという。[9]すなわち「黒白二鼠白月黒月也」（黒白の二鼠は白は月黒も月なり）という表現によるもので、白と黒の鼠がどちらも「月」（時間）に喩えられていることから「月の鼠」となったようである。また、鼠の素早さを過ぎ行く時間の速さに喩えた可能性なども指摘されている。[10]

黒白二鼠の教えは、中世に入ると軍記物語を中心とした散文においても見られるようになる。例えば、『源平盛衰記』では、次のように語られている。

西には大手攻め懸る。北には猛火燃え来る。東には搦め手待ち請けたり。哀れなるかな、黒白二つの鼠、木の根を嚙むがごとくなり。遁れて行くべき方ぞなき。（巻三十四・法住寺合戦）[11]

木曽義仲の軍勢が御所を取り囲み火を放ったため、官軍が混乱している様子であるが、逃げ場を失ったことの比喩として、黒白二鼠の譬えが用いられている。

また、延慶本『平家物語』では、新たに「無常の虎」と表現されている点が注目されよう。「無常の虎」とは、

男に襲いかかる「象」が「虎」に変容したものである。

「諸行無常、是生滅法、生滅滅已、寂滅為楽」の四句の文、一切の行は是皆無常也。無常の虎声は耳に近とも、世路の趍に不聞。雪山の鳥は夜々鳴ども、栖を出ぬれば亡れぬ。

無常の虎の音、片時も身を離るゝ事なく、断命敵の声、日を送て絶る事なし。

（第六末・法皇小原へ御幸成る事）

前者は後白河法皇が大原で建礼門院の侘び住まいを目にしたときの感懐であり、後者はその建礼門院が自身の生涯を六道になぞらえて語っているところである。「無常の虎」のひと言には、黒白二鼠の教えが凝縮されているのだろう。このような表現のバリエーションは、教えの広がりを如実に示すものである。ちなみに時代の下った『太平記』においては、「無常の虎の身を責むる、上野の原を過ぎ行けば、今は我さへ騒がしき、月の鼠の根をかぶる、壁草のいつまでか、露の命のかかるべき[12]」（巻二十六・上杉畠山刑戮の事）などといい、「無常の虎」と「月の鼠」が同時に登場している。

その他、軍記物語以外では、謡曲の『歌占』に、次のようにある。

月の夕の浮雲は、月の夕の浮雲は、後の世の迷ひなるべし。昨日も徒らに過ぎ、今日も空しく暮れなんとす。無常の虎の声肝に銘じ、雪山の鳥啼いて思ひを傷ましむ。一生は唯夢の如し。誰か百年の齢を期せん。万事は皆空し。いづれか常住の思ひをなさん[13]。

これは「地獄の曲舞」を所望された歌占の男（シテ）が、まずはこの世の無常から、と語り出す場面であり、先に引用した延慶本『平家物語』の詞章と同じく「雪山の鳥」との組み合わせで「無常の虎」が語られているのである。

以上、黒白二鼠の教えは、経典や歌学書が教えを一から詳説したことによって知られることとなった。そして、

「月の鼠」や「無常の虎」といった、教えを象徴する慣用句が、文学作品を中心に用いられるようになったことで、徐々に人々に浸透していったものと思われる。

三、描かれた「黒白二鼠」

では、黒白二鼠の教えはどのように絵画化されたのであろうか。そのイメージ化の足跡を辿ることは、教えの広がりを考える上でも重要であろう。そこで、あらためて、この教えの伝播の様相を確認してみたい。その上で、各地域における絵画化の実態を、先学の研究成果(14)を頼りに概観してみようと思う。

日本
　『万葉集』他　※奈良時代
　『俊頼髄脳』他　※平安時代
中国・朝鮮半島
　『賓頭盧突羅闍為優陀延王説法経』　※五世紀
　『衆経撰雑譬喩』　※五世紀
　『仏説譬喩経』　※七世紀
インド
　『パンチャタントラ』　※三世紀、サンスクリット語
　『マハーバーラタ』　※四世紀、サンスクリット語
中東
　『カリーラとディムナ』　※八世紀、アラビア語

『ビラウハルとブーザーサフ』　※八世紀、アラビア語

ヨーロッパ

『バルラームとヨサファト』　※一一世紀、ギリシャ語等

まず、中東ではインドの『パンチャタントラ』が、中世ペルシャ語訳などを経て、八世紀頃まではアラビア語に翻訳されていた。イブヌル・ムカッファーが記した『カリーラとディムナ』である。その序章に黒白二鼠の教えに相当する「井戸の中の男」が見られるが、話の概要は経典類とほぼ同じである。[15] そして、一三世紀以降の写本には挿絵も残されており、この教えの絵画化の様相を辿ることができる。例えば、フランス国立図書館が所蔵するアラビア語の写本（シリア／一三世紀）（図5）は、現存する挿絵としては最も古いものの一つである。井戸端の二本の灌木（命）とその根元を齧る白黒二匹の鼠（昼と夜）、さらに男の足下にいる四匹の蛇（四体液）、井戸底の龍などが一つの画面に描かれている。そして教えの要である蜜を滴らせる赤い花が、男の周りに咲いている。

図5

図6

本の挿絵ということもあり、上下が窮屈な構図になっているが、その分、教えの内容が凝縮されたわかりやすい絵図だといえるだろう。その他の写本の挿絵（図6）も時代を問わずほぼ同じ構図であり、長きにわたりこのようなイメージが巷間に流布していたことを窺わせるのである。

次に、ヨーロッパに見られる『バルラームとヨサファト』を見てみよう。これは仏陀伝をもとにしたカトリック聖者の物語であり、中東の『ビラウハルとブーザーサフ』などを受け継ぐものである。インドの王子ヨサファトが苦行者バルラームの導きでキリスト教に帰依するストーリーであるが、釈迦の伝記をキリスト教聖者のそれに翻案したものである。そして、バルラームがヨサファトに語り聞かせる教えの一つに「一角獣と男」の話が見られる。話の大筋は経典類や「井戸の中の男」と同じであるが、男を追い詰める存在が象から一角獣に変化しているのは、地域性や文化の違いを表しているのだろう。そして、キリスト教圏の諸伝本には多くの挿絵が残されており、そのイメージを確認することができる。よく知られたものとしては、バイエルン州立図書館に伝わる一書の挿絵（図7）があろう。画面左側に「一角獣と男」の教えが描かれており、その右側ではバルラームとヨサファトが語り合っている。崖に生えた灌木に捕まる男、白黒二匹の鼠、一角獣、蛇、龍などが見える他、左下には口を開けた悪魔も描かれている。これは地獄を象徴するものなのであろうが、その上には男女がいることから、「一角獣と男」とは別の教えであるのかもしれない。

図7

ヨーロッパでは、この「一角獣と男」のイメージは、『バルラームとヨサファト』の写本挿絵以外にも様々なところで散見されるという[16]。例えば、『詩編』の写本挿絵や時禱書など、キリスト教と関係の深いテキスト類に挿絵として描かれているようである。また、教会建築に付随する彫刻や壁画、ステンドグラスにもこのモチーフが見られるという。このように多彩なジャンルに様々な作品が残されていることからも、この教えが深くヨーロッパに根付いていたことが知られるのである。

四、日本における「黒白二鼠」の絵画

日本においては、光明寺（鎌倉市）に伝わる『浄土五祖絵（善導巻）』（南北朝時代、一四世紀）に見られるものが、黒白二鼠の絵画としては最も古い[17]。そこには虎と龍に追われた男が、崖を飛び降り木の根に摑まっている様子描かれている（図8）。少々構図が違うようにも思われるが、木の根には二匹の鼠も見られることから、黒白二鼠の教えを描いたものとして間違いないであろう。少し細かく見てゆくと、この場面に対応する詞書は見られないものの、前後の絵の内容から推測すると、善導が屠児の宝蔵を教化した話を絵画化したものだと思われる。すなわち「長安に肉屋を営む宝蔵という男がいた。善導が念仏の教えを説いたため都の人々はみな肉を断つようになってしまった。怒った宝蔵は刀を持って光明寺に押しかけた。善導は落ち着いた様子で念仏を唱えながら西方を指さした。するとそこに荘厳な浄土が現れ、驚いた宝蔵は善導に侘び、熱心な念仏行者となった」という、善導にまつわる一話である。これは、例えば『烏龍山師幷屠児宝蔵伝』（親鸞書写）などにも、『西方略傳』曰、「長安屠兒、姓京氏、名寶藏。因善導和尚勸人念佛滿長安、斷肉人無買者。遂持刀詣寺、意欲與害。和尚見之、指現西方。即便

図8

發心、誓捨身命、求生淨土。令上高樹念阿彌陀佛、十聲墮樹而終。衆見、化佛引天童子、從寶藏頂門而出。言天童子者卽是其神也」(18)。

と書き残されており、当時、よく知られたものであったのだろう。但し、善導が直接黒白二鼠の教えを説いたことは語られていない。したがって、『浄土五祖絵』についても、どのような意図で黒白二鼠の教えを描いたのかは判然としないが、宝蔵に対する説法の一部であると考えればよいのだろう。いずれにしても、浄土宗において重要な教えの一つであったことは間違いなさそうである(19)。

さて、このような黒白二鼠の教えを説く絵画は、江戸時代には、掛幅形式として受容されていた。多くの場合、虎、鼠、蜂（の巣）、男、龍を、縦長の画面を最大限に利用して、ダイナミックに描いている。試みに筆者が所蔵する一幅を見てみよう（図9）。制作年代は不明だが、虎が猫のような顔していることからすると、江戸時代のものであろうか。この絵の主人公は、井戸ではなく

図9

図10

図11

崖から飛び降り、木に絡まる蔓につかまっている。その根を白黒二匹の鼠が齧り（図10）、崖の下では龍が口を開けて待ち構えている。もちろん、この教えの眼目である蜂の巣についても、男のすぐ上に描かれている（図11）。また、同図には「夜昼に月日の鼠いれかわり命のつるをかしりこそすれ」という和歌も付されており、この教えの理解を助けている。

ところで、絵画とテキストということで言えば、近世の版本にも、挿絵と共にこの教えが登場する。ここでは『極楽住居』（天保一〇年／一八三九年刊）の一節を引いてみよう。(20) 欲に迷う者は地獄に堕ちる、ということから『楼炭経』の説として、次のように語られる。

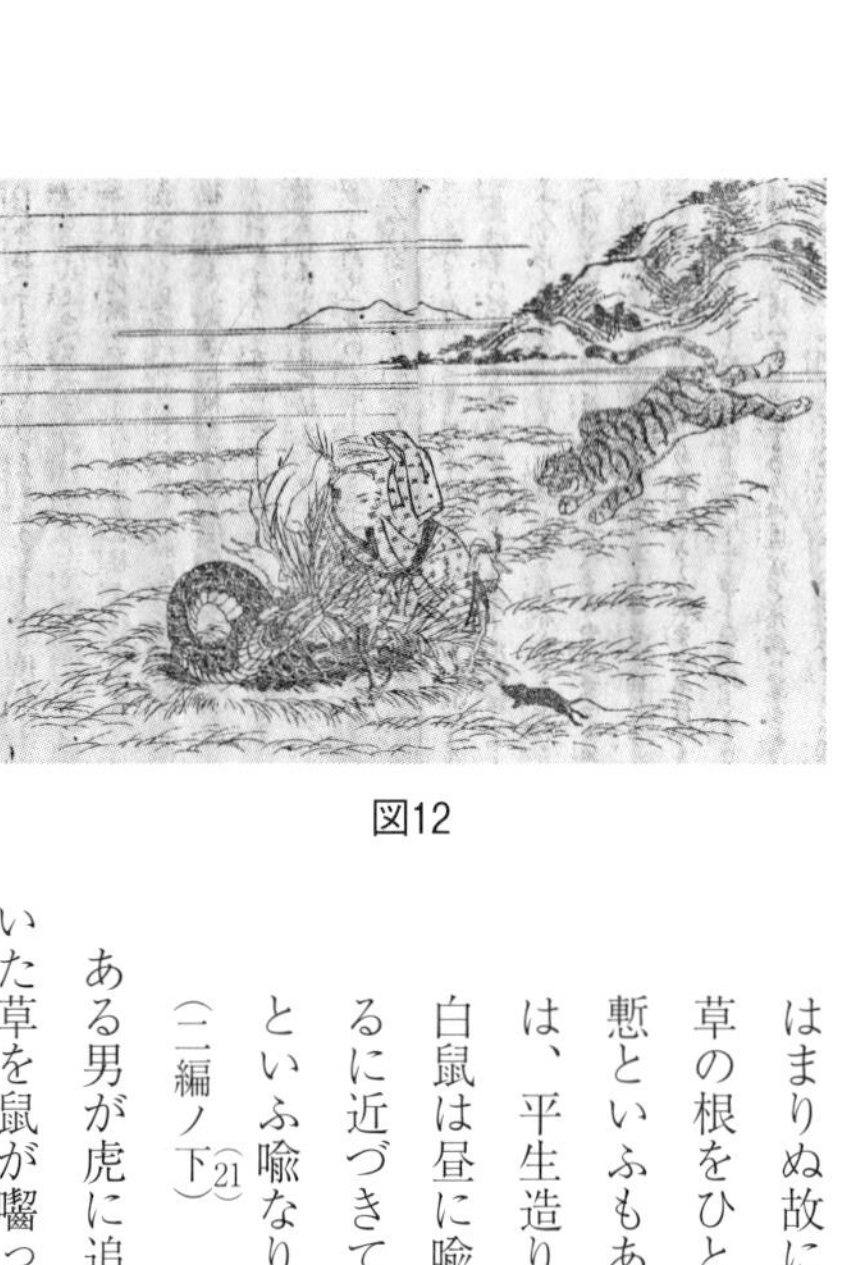

図12

或人山中にて虎に逐れて恐れ慄き逃けるが、其逐こと急なれば詮かたなく野中井戸へ飛入んと岨の草を力に底をみれば、毒蛇口を開き呑んとす。其恐しさいわんかたなし。後には虎あり。前に毒蛇あり。身躰茲にきはまりぬ故に岨の草にすがり居れば、黒白ふたつの鼠出来て手に握りたる草の根をひと筋づゝ蝕切ば、身は井の底に落入て終に毒蛇に害せらる。無慙といふもあまりあり。是則ち欲に迷ひし人の喩なり。虎に逐るゝといふは、平生造りし悪業の罪をさしていふ。又黒白の鼠が草の根を蝕といふは、白鼠は昼に喩へ、黒鼠は夜にたとへ、一筋づゝといふは、一日〳〵と死ぬるに近づきて命の終るに喩たり。又毒蛇といふは、死後必らず地獄へ落るといふ喩なり。是を月の鼠といふ。能々身に立帰り心得べき事ならずや。（二編ノ下）(21)

ある男が虎に追われ井戸に飛び込むと、底には毒蛇がおり、またつかまっていた草を鼠が囓っていた。そして男はとうとう井戸の底に落ちて毒蛇に食われてしまった、というのである。「欲」を捨て去るべきことを説くならば、蜂の巣の件は必須であろうが、ここではなぜか語られない。また、挿絵（図12）を見ても、背景が日本の原野のようであったり、虎、男、二鼠、毒蛇が全て同じ地上に描かれていたりと、教えの内容とは乖離する部分が見受けられる。これについては単なる絵師の理解不足の可能性もあるが、版本の横長の画面に収まるようデフォルメされた結果なのかもしれない。

五、「黒白二鼠」の絵画の広がり

では、最後に、日本におけるイメージ流布の様相を、近世の地獄絵の中から辿ってみよう。まず、「十界曼陀羅之図」（一幅）という絵を見てみたい（図13）[22]。「心」の字を中心に放射状に十界を配する、典型的な「観心十界図」の一つであるが、天道の部分に割り込む形で黒白二鼠の教えが描かれている。本来なら人道の無常相を表すものであろうが、人道には生老病死を始めとする別のモチーフが採用されている。黒白二鼠の部分を詳しく見ると、白黒二匹の鼠、蜂、龍の他に、男を襲う動物として「熊」が描かれている（図14）。インドが「象」、ヨーロッパが「一角獣」、そして中国が「虎」であったように、その

図13

図14

地域で恐れられていた動物が登場してくる点は興味深い。

次に、新潟県十日町市の大慶院に伝わる「地獄極楽図」（四幅／江戸時代後期）を見てみよう。その第三図に「黒白二鼠」のモチーフが描かれている（図15）。画面の右上に奪衣婆が、左中央に地獄の様子が描かれており、その両図に挟まれるような形で黒白二鼠の図は配されている。蛇、鼠、象、龍、そして中央には老女が蔓につかまっているという構図であるが、「象」（無常）が下から、「蛇」（五陰）が上から老女を威嚇する点は珍しい。また、蜂の巣は見られないものの、老女の周りには蜂が群がっている様子が見て取れる。これに似た図柄としては、『新刻禅宗十牛図』（明暦元年／一六五五年刊）に「苦楽因縁之図」（図16）として掲載されているものが挙げられよ

図15

図16

図18

図17

図19

う。[23]その序文に拠れば、十牛図に「苦楽因縁図」を添えた理由は次のようなものであった。

故予既摘十牛図、復附之以苦楽因縁図、将使人知物欲之故、而汲汲然克之、以証乎本然耳。然二図似出乎一喩、而喩又不出乎一理也。[24]

ここでも「欲」の弊害を知らしめるためだ、ということが語られている。そして、末尾の部分には、図と共に黒白二鼠の教えが説かれている。

又夫曠野者三界也。樹者苦身也。常於衆苦行業。不可思議也。藤者是命根也。象者是無常殺鬼也。黒白二鼠者是日月宛転也。井者是黄泉路也。三龍者是貪瞋痴三毒也。四蛇者造作地獄餓鬼畜生三悪道。四蛇者是地水火風四大。又是酒色財気四非。又是生老病死四門。手攀藤者是愚痴也。蜂蜜者是夫妻也。婬欲情愛、染著於心。心是火、身是宅。人之火宅、不知是衆苦所集也。昼夜交煎、惟貪恩愛、一旦命根断絶。永堕沈淪。一失人身。万劫難復切勧諸人。趣此色身康健。忙裏偸閑。毎日晨昏。一心専念南無阿弥陀仏。千遍万遍。現世長福消災。臨命終時、決定往生西方極楽世界。

大慶院の「地獄極楽図」は、この「苦楽因縁図」に三途の川が結び付いている点に特異性が認められるのである。地獄絵にこのような図柄が描かれることはまずないが、埼玉県入間郡毛呂山町の高福寺が所蔵する「地獄絵」（一幅／狩野勝信筆）には、類似したモチーフを見出すことができる（図17）。画面上部に十王の裁きを、下部に地獄の諸相を描いたものだが、右下の三途の川に、なぜか黒白二鼠の構図が描き込まれている（図18）。橋の前後には犬が、川には龍が、そして男が捕まっている木には、数匹の蛇と白黒二匹の鼠が描かれており、進退窮まった男の様子が見て取れよう。詳細は不明であるが、同様の図は近隣の最勝寺（越生町）の「十王地獄図」（二幅）（図19）にも見られることから、この地域で共有されてきたモチーフであることは確かである[25]。

さて、このように黒白二鼠の教えと三途の川が地獄絵の中で結び付いた例を確認したが、何を伝えるための絵画であるのかはよくわからない。文献資料では、かろうじて、次の『太平記』の一節が、関連する言説として挙げられるだろうか。

瀬良田右馬助・井弾正忠・大嶋周防守・土肥三郎左衛門・市河五郎・由良兵庫助・同じき新左衛門尉・南瀬口六郎、纔かに十三人を打ちつれて、更に他人をば雑へず、のみをさしたる船に込み乗つて、矢口の渡に押し出だす。これを三途の大河とは思ひよらぬぞ哀れなる。つらつらこれをたとふれば、無明の虎に追はれて、煩悩の大河を渡れば、三毒の大蛇浮び出でて、これを呑まんと舌を暢べて、その飡害を遁れんと、岸の額の根無草に命を掛けて取り付きたれば、二の月の鼠がその草の根をかぶるなる、無常の喩へに異ならず。（巻三十三）[26]

これは新田義興が自害する直前の場面であるが、船に乗って逃れようとしている様子を三途の川に喩え、さらにこの世の無常を黒白二鼠の教えによって慨嘆したものである。先ほどの地獄絵と直接関わるものではなかろうが、三途の川と黒白二鼠の教えを繋ぐものとして、ここに指摘しておきたい。

おわりに

現代の日本において、黒白二鼠の教えはどのように語り伝えられてるのだろうか。まだ、調査が行き届いていないが、各地の寺院には、先に見たような掛幅形式の「黒白二鼠図」が所蔵され、また絵解き等も行われているものと思われる。あるいは、美術工芸品としても制作されており、例えば、方丈堂出版からは、國井正廣（道成）氏が描いた絵図の複製が販売されている。筆者も今回紹介した図を含めて、現在六本の掛幅を所蔵しているが、形式や内容には多少の相違が見られる。肉筆と印刷、絹本か紙本か、あるいは描かれるべきものが欠けていたり、逆に阿弥陀の来迎が付け加えられていたりと様々である。特に、六本中四本が「蜂（の巣）」を描いておらず、なぜ教えの核となる重要な要素を欠いているのかは、気になるところである。一方で、男を襲う存在はいずれも虎であることから、「無常の虎」としてこの図が定着していたことは確かなのであろう。それらの詳細な分析はこれからの課題となるが、今後も、地獄絵を含めた調査、検討を行うことで、特に日本におけるこの図の広がりの様相を明らかにしてみたいと考えている。本論考は、その足がかりにすぎない。

（1）田村正彦「無常の殺鬼の形像――言葉からイメージへ――」（『古典文藝論叢』八号、二〇一六年二月）。
（2）日本思想大系『源信』（岩波書店、一九七〇年）。
（3）九相図は遺体を見つめることで肉体は不浄であり執着すべきものではないことを悟るためのものであるが、後の時代には河鍋暁斎（近世末）や松井冬子（現代）が美術的興味から眺めたように、仏教的な教えを越えた、無常の絵画となっている。

（4）『大正新脩大蔵経』巻三十八（大正新脩大蔵経刊行会、一九九〇年）。

（5）新日本古典文学大系『万葉集 一』（岩波書店、一九九九年）。

（6）その他、奈良時代のものとしては、『藤原貞慧伝』、『聖武天皇宸翰雑集』（真観法師無常頌・画観音菩薩像讃一首并序・平常貴勝唱礼文）、東大寺大仏殿「西曼荼羅」東縁文、唐招提寺『大般若波羅蜜多経』巻一七六奥書等に、「二鼠」を初めとするこの話を示す文言が見られることが諸氏の研究により指摘されている。

（7）板橋倫行「黒白二鼠譬喩譚について」（『大仏造営から仏足石歌まで』せりか書房、一九七八年）。

（8）『新編国歌大観 第三巻 私家集編Ⅰ』（角川書店、一九八五年）。

（9）新間一美「仏教と和歌――無常の比喩について――」（『論集 和歌とは何か（和歌文学の世界第九集）』和歌文学会、一九八四年）。

（10）伊藤博之「月の鼠――譬喩経をめぐる問題――」（『成城国文学論集』二三号、一九九五年三月）。

（11）『新定 源平盛衰記 第四巻』（新人物往来社、一九九〇年）。同書には、巻四十八にも「この世は仮の宿なれば、屠所の羊の足早き思ひをなし、月日の鼠の口騒がしき観を凝しつつ、三時に六根の罪障を懺悔して、一筋に九品の蓮台を相待つ」（女院六道廻り物語の事）と見える。

（12）新編日本古典文学全集『太平記④』（小学館、一九九八年）。

（13）『謡曲大観 第一巻』（明治書院、一九六三年）。

（14）小堀桂一郎「日月の鼠――説話流伝の一事例――」（『比較文化研究』一五号、一九七六年）。原實「丘井の喩――二鼠譬喩譚――」（『東洋学報』六六号、一九八五年三月）。岩瀬由佳「『井戸の中の男』の発展について――宗教的背景の考察――」（『えくす・おりえんて（大阪外国語大学）』四号、二〇〇〇年）。小峯和明「月のねずみ考――歌のことば――」（『説話の声――中世世界の語り・うた・笑い――』、新曜社、二〇〇〇年）。伊東由紀子「説話「月日の鼠」の出典及びその引用作品をめぐる一考察」（『国文目白（日本女子大学）』四〇号、二〇〇一年二月）。杉田英明「中東世界における「二鼠譬喩譚」――佛教説話の西方伝播――」（『比較文学研究』（東大比較文学会）八九号、二〇〇七年五月）。

杉山和也「鰐と虎の説話をめぐって――「虎と鰐（ワニ）の決闘」説話と「月のねずみ」説話を中心に――」（『伝承文学研究』六二号、二〇一三年八月）。他多数。

（15）恐怖に取り憑かれた男が井戸端の二本の灌木に掴まって隠れていた。男が足を掛けていたのは四匹の蛇であり今にも噛みつきそうであった。また灌木の根元を白黒二匹の鼠が齧っており、井戸の底には龍が口を開けて男が落ちるのを待っていた。危機的な状況を脱すべく思案していると、花から蜜が滴ってきて男の口中に入った。男はその味わいにすべてを忘れ、死ぬまで正気に戻ることはなかった。

（16）細田あや子「「井戸の中の男」・「一角獣と男」・「日月の鼠」の図像伝承に関する一考察」（『人文科学研究（新潟大学）』一〇九号、二〇〇二年八月）。

（17）小峯和明「その後の「月のねずみ」考――二鼠譬喩譚・東アジアへの視界――」（『アジア遊学』七九号、二〇〇五年九月）。

（18）『浄土真宗聖典全書　第二巻　宗祖篇　上』（本願寺出版社、二〇一一年）。

（19）現代でも、浄土宗ではよく用いられるという報告もある。柳瀬睦男「月の鼠 日の鼠 時の譬」（『ソフィア　西洋文化ならびに東西文化交流の研究』三六―二号、一九八七年六月）。

（20）その他、挿絵はないが、『道成寺物語』（万治三年／一六六〇年刊）にも、この教えが登場する。

（21）架蔵の版本より翻刻、引用した。

（22）制作年代は不明。描かれる人物の服装等は江戸時代以前のものだが、絵の制作自体は近代まで下る可能性がある。

（23）注（17）に同じ。

（24）『新纂大日本続蔵経』第六四巻（国書刊行会、一九八六年）。

（25）両図の影響関係は不明であるが、高福寺の「地獄絵」の方がバランスがよく、かつ「狩野勝信」という絵師の名前が入っていることから、より古いものだと思われる。

（26）新編日本古典文学全集『太平記④』（小学館、一九九八年）。

（図版出典）　※以下、引用の範囲内で掲載した。
図1、3、4　『国宝 六道絵』（中央公論美術出版、二〇〇七年）
図2　『閻魔登場』（川崎市市民ミュージアム、一九八九年）
図5　『イスラームの写本絵画』（枡屋友子著、名古屋大学出版会、二〇一四年）
図6　World Digital Library（ワールド・デジタル・ライブラリー）
図7　『生と死と祈りの美術――日本と西洋の信仰のかたち――』（細田あや子著、三弥井書店、二〇一七年）
図8　『大本山光明寺と浄土教美術』（鎌倉国宝館、二〇〇九年）
図9、10、11　筆者所蔵の絵画
図12　筆者所蔵の版本
図13、14　筆者所蔵の絵画
図15　『うば尊を祀る――立山・芦峅寺から諸国へ――』（富山県立山博物館、二〇一七年）
図16　『アジア遊学』七九号、「その後の「月のねずみ」考――二鼠譬喩譚・東アジアへの視界――」（小峯和明著、二〇〇五年）
図17、18　筆者が個人的に撮影し許可を得たもの
図19　『東国の地獄極楽』（埼玉県立歴史と民俗の博物館、二〇一九年）

遊女の〈移ろいやすさ〉をめぐって

辻　浩和

はじめに

中世遊女の特徴として、①生業の複合性（歌謡・宿泊業・性売買）、②経営権の保持（営業・移動の自由、経営権の女系相伝）、③卑賤視・特別視の希薄さ、が挙げられる。

筆者はこれまで①・②を中心に中世遊女の実態解明を進めてきた。[1]一方、③に関しては、柳田国男以来、遊女を被差別民の一種とみなす前提のもとに研究が進められてきたが、そうした観念は一六世紀以降に形成された言説を継承するものに過ぎず、実態として遊女を被差別民とみなすことはできない。[2]こうした言説に対抗する形で網野善彦・後藤紀彦らは遊女を職能民の一種と捉え、遊女と天皇・貴族らとの婚姻関係をもとに、遊女の社会的地位の高さを論じたが、[3]そうした婚姻関係は遊女の社会的地位の高さを示すものではなく、父系相承の確立によって生母の出自が重視されなくなった結果に過ぎないという反論や、[4]正妻との格差に関する指摘もなされている。[5]このように、遊女の社会的位置づけをめぐっては長年の遊女＝被差別民論が克服される一方で、議論が貴族・武士との婚姻関係に集中する傾向があり、遊女をめぐる社会観念そのものに対する分析は希薄である。

こうした問題点を克服すべく、筆者はこれまで一三世紀後半以降の宗教者による言説や[6]、中世後期の遊女屋をめぐる図像・社会観念などの分析を行ってきた[7]。また最近では芳澤元によって、室町期の遊女を奪衣婆とみなす言説や仏教的な遊女観の分析もなされた[8]。一方で、中世前期の遊女については、そうした分析が十分になされていない実情がある。そこで本論文では、特に中世前期の文学作品に頻出する遊女の不安定性――〈移ろいやすさ〉をめぐる言説に着目し、歴史的実態との関係を考察する。

遊女に言及する中世の史料は、基本的に貴族・官人・武士・僧侶などの手によるものであり、彼らが遊女に対して抱いていた観念について豊富な材料を提供する。もちろんそこには文学的な作為や先行作品の影響も生じうるが、個々の作品を超えて、とりわけ直接の書承関係をもたない作品間で共通するイメージには、彼女たちをめぐる当時の社会観念がある程度反映されていると考えられる。問題は、そうした社会観念そのものが実態を踏まえたものなのか、それとも実態と乖離した虚像に過ぎないのかという点にあり、そのことは同時代史料との比較によって見極めることができよう。本論文では、右のような理解のもとで、詩歌を中心とした言説と、その影響および時期的変遷について、歴史学の立場から論じたい。

具体的には、第一節で遊女・傀儡子の居住の不安定性をめぐる言説を、第二節で遊女が年老いて零落しやすいという言説を、第三節で遊女と男性の関係が一夜限りのはかないものであるという言説をそれぞれ分析し、第四節ではこうした遊女の〈移ろいやすさ〉をめぐる社会観念が遊女の社会的位置づけに与えた影響を、第五節ではこうした社会観念が遊女自身に内面化されていくことを論じる。

一、漂泊の遊女のイメージ

（1）遊女の拠点

本論文が考察の対象とする遊女は、九世紀後半に出現し、当初から下総国分寺、大和など広範な地域で所見する。[9] これは八世紀に各地で活動した遊行女婦（郡司層出身女性）の後身であることによる。[10]「水のうへにうかべる船の君ならばこゝぞとまりといはましものを」[11]（二類本『伊勢集』四七五、『古今集』九二〇）、「河陽遊女等群集」（『日本紀略』永延二年（九八八）九月一六日条）といった記述から、遊女たちは少なくとも一〇世紀半ばまでには津・泊・宿などに集住していたと考えられる。

さらに一一世紀初頭までには遊女たちが本拠地ごとに集団化を遂げたと思われ、居住地と歌謡技術とが結びついて集団間の対抗意識を形成するようになっていく。有名な『更級日記』の足柄山の場面で、「人々もて興ずるに、「西国の遊女はえかからじ」などいふを聞きて、「難波辺りにくらぶれば」とめでたくうたひたり」とあるのは、その早い例だろう。一一世紀半ばに明確な組織形成がみられるのも、こうした集団化の帰結と思われる。[12]

重要なのは、こうした集住化・集団化によって、中世前期の遊女・傀儡子は地縁的・職能的共同体を形成するという点であり、これ以降の遊女・傀儡子たちは「江口遊女」「青墓傀儡子」など常に本拠地名を冠して呼ばれるようになる。つまり彼女たちは定住的な存在として理解されるようになるのである。

（2）宿を定めぬ遊女のイメージ

それにもかかわらず、和歌の世界では、遊女を「宿を定めない」漂泊の存在とみなす言説が登場し、一般化していく。その端緒は長和二年（一〇一三）年成立の『和漢朗詠集』巻下「遊女」「白浪のよするなぎさによをすぐす海人の子なればやどもさだめず　海人詠」であろう。藤原公任がなぜこの歌を「遊女」とみなしたのか不明だが、一二世紀末の『六百番歌合』に「「海人の子」、又公任卿ほどの先達、朗詠に遊女の歌とせり。不レ用事誰人乎」とあるように、「海人の子」＝「遊女」＝「不定宿」は一種の規範として受容されていった。

一一世紀第四四半紀以降、貴族社会における今様流行が本格化すると、遊女たちは貴族・官人の需要をとりこみ、京都への積極的な出張を行うようになる。一方で、遊女たちは本拠地ごとに特定の今様旋律を管理・伝承していたから、本拠地を捨てることができず、京都と本拠地を往還するスタイルが常態化する。(13)こうした遊女の遍歴性(14)も、和歌の世界における「遊女不定宿」イメージの拡大再生産につながったと思われる。例えば書陵部本『散木奇歌集』(15)一六〇〇ａｂは永長二年（一〇九七）頃の詠で、美濃国青墓から京都に出張してきた傀儡子「四三」のことを詠む。

ふしみにくゞつしさむがまし〔うカ〕できたりけるに、さきくさにあはせて歌うたはせんとてよびにつかはしたりけるに、もとやどりたりける家にはなし、とてまうでこざりければ　　家綱

う〔か脱〕らめはうかれてやどもさだめ〔かイ〕ぬる

つく

くゝつまはしは〔はカ〕まくりきてをり

とあり、京都での宿所を移動する傀儡子の様子を「うかれめ」という異称と結びつけ「浮かれて宿も定めぬか」とする。遊女は波の上に暮らすから宿を定めないとした公任詠に対して、藤原家綱・源俊頼の連歌は街道沿いの宿で生活する傀儡子が「浮かれ女」という名称ゆえに宿を定めないとするのである。

以後、公任や家綱の和歌を踏まえた表現が繰り返され、一二世紀後半までには「遊女不定宿」の歌題が定着するらしい。管見に入った関連和歌を掲げておこう。

・『為忠家初度百首』[16]「遊女」（長承三年（一一三四）末頃成立）

うきたちてやどもさだめぬあまの子はなかなかよにやすみよかるらん（顕広）

かはのせになみのうき草うかれありくそのたはれめをいかがたのまむ（仲正）

なみのうへにうきねのみするあまの子はさせるとまりをさだめぬぞうき（為盛）

・『風情集』[17]五三二（承安三～治承二年（一一七三～七八）頃成立）

遊女不定宿：いづれをかさしてもとはむたはれめはゆきかふふねにうつるとまりは

・『前参議教長卿集』（『貧道集』[18]）九四六（治承年間（一一七七～八一）頃成立）

遊女不定宿〈句題百首〉：かりのよを思ひ知てやしらなみのうきたる舟によるべ定めぬ

こうして和歌の世界では、遊女や傀儡子を、宿を定めない、寄る辺ない存在として位置づけることが規範化していくのである。

（3）移動する傀儡子のイメージ

さらに漢詩文の世界では、遊女の一種である傀儡子を匈奴などの異民族になぞらえる表現が登場する。その端緒は一二世紀初頭の大江匡房『傀儡子記』[19]「傀儡子者、無定居、無当家、穹廬氈帳、逐水草以移徙、頗類北狄之俗」に求められる。これは『漢書』「匈奴伝」の「逐水草遷徙、無城郭・常居・耕田之業。（中略）（師古曰「穹廬、旃帳也、其形穹隆、故曰穹廬」）」や、『後漢書』「烏桓鮮卑伝」の「随水草放牧、居無常処、以穹廬為舎」といった異民族の描写を日本の傀儡子にあてたものである。一二世紀当時の傀儡子は定住しており、その記述には矛盾がある。しかし、それにもかかわらず、この記述は以後、漢詩文における一つの定型として継承されていったと思しい。『本朝無題詩』に載せる「傀儡子」詠がいずれも『傀儡子記』の表現を念頭に置いて書かれているのはその表れだろう。本間洋一『本朝無題詩全注釈一』（新典社、一九九二）によって訓読を掲げる。

・藤原忠通

傀儡子は素より往来頻りにて、万里の間に居も尚新たにす

・藤原敦光

穹廬に妓を蓄ひ各身を容れ、山もて屏風と作し苔もて茵とす

棲は胡中に類、定めたる地も無く、歌は梁上に伝へて遺塵有り

・藤原茂明

逆旅に身を寄せて思ひ未だ遑あらず

郊外に居を移して定まれる処無く、羇中に色を銜りて専房を慕ふ

・中原広俊

茅簷是れ山林に近くして構へ、竹戸屢水草を追ひて移る

これらは前節で述べた和歌の「遊女不定宿」イメージとはその出典が異なり、また傀儡子に限定されるという点でも相違がある。だが、ほぼ同時代に和歌と漢詩文の世界で、遊女・傀儡子を漂泊的に捉えようとする共通のイメージがあったことは、注目してよい。特に一二世紀にこうしたイメージが大量に再生産されるのは、この時期、先に述べたように遊女の遍歴（京都—本拠地間移動）が活発化していくことと無関係ではないだろう。

（4）移動する遊女イメージのその後

遊女・傀儡子の居住が不安定であるという言説は、文芸の世界でも、それ以外でも、一三世紀以後あまりみられなくなる。背景には、この時期以降、今様の衰微にともなって遊女が都鄙往還をしなくなり、都市に定住して

いく動きがあると考えられる。こうした中で、一四世紀に遊女の移動性を「放埒」と表現している事例があり、注目される。[20]

遊女である善哉女は貞和四年（一三四八）、東寺領備中国新見庄公文職である大中臣公高を訴えた。しかし計三度にわたって東寺の召喚に応じなかったため、敗訴した。ここで召符を善哉女に届けるよう仰せつかった預所小法師丸は、善哉女が遊女で「放埒」であるから催促できなかったという旨の起請文を提出している。善哉女が婚姻などなんらかの理由によって移動し、その所在を明らかにし得なかったことをいうのであろうが、そのことを「善哉女者、遊女放埒之間、無レ處二于催促一」と表現する点に、遊女の居住の不安定性を前提とし、しかもそれをマイナスに評価する社会観念の存在がうかがえる。[21]

こうして遊女の移動性を強調するイメージは、わずかな痕跡を残しつつも、全体としてみれば中世後期には廃れていく。後述のように遊女が不特定多数の男性と一夜限りの関係を結ぶことへの批判的言説が一三世紀以降むしろ拡大し、遊女罪業観につながっていくことと比較するならば、移動する遊女イメージが彼女たちの蔑視・特別視に及ぼした影響は軽微であったと判断できる。

二、年老いる遊女のイメージ

（1）加齢を嘆く遊女のイメージ

漢詩文の世界では、遊女たちが年をとり容貌が衰えていくことを嘆く表現が多くみられる。先述した『本朝無題詩』「傀儡子」からいくつか拾ってみよう。

・藤原忠通

壮年には華洛の寵光の女なりしも、暮歯には蓬廬の留守の人なり

行客征夫の遥かに目を側むるは、是れ斯れ髪白く面も空しく皺めればなり

・藤原実光

行客襟を接ふるも、争でか駐むることを得ん

雲明らかに、定めて秋風に対ふを知らん

・藤原茂明

倡歌数曲生計に充て、黴髮一宵客腸を蕩す

其奈にせん穹廬年暮の後、容華変去はりて心をして傷ましむるならん

これらの漢詩は、若い頃の寵愛と、年老いてからの空しい身の上とを対比的に描いている。語句の出典である武帝「秋風辞」、陸機「君子有所思行」などにみられるように、人の一生を俯瞰し老いをなげく漢文的発想に基づく表現とみられる。それゆえ、漢文的修辞を多用する散文にも同じような表現が所見する。

・『海道記』(22) 貞応二年(一二二三)四月一六日条

関下の宿を過ぐれば、宅を双ぶる住民は、人をやどして主とし、窓にうたふ君女は、客を留めて夫とす。憐むべし、千年の契を旅宿一夜の夢に結び、生涯のたのみを往還諸人の望にかく。(中略)

桜とて花めく山の谷ほこりおのが匂も春は一時

しかし、こうした表現はあまり広がりを持たず、和歌や一般的な散文の世界ではそれほど見かけることがない。それは次節に述べるとおり、当時の遊女の実態との懸隔があまりにも大きかったためではないだろうか。

(2) 年配の遊女たち

既に指摘されているが、中世前期には年配の遊女たちに関する記述が多くみられる。既に一〇世紀末段階で大

江以言「見遊女」詩序（『本朝文粋』）は、老いた遊女が簦（おおがさ）を担い、棹を擁して若い遊女のサポートにあたることを述べていたが、これは遊女たちが集住し集団を作りつつある（「老少締結し、邑里相望む」）ためであり、役割分担がなされつつあることがうかがえる(23)。前節で述べた通り一一世紀半ばになると「上首」が出現し集団内に年功序列型の臈次制が生じていることがわかるので、年配の遊女たちの一部は執行部として集団の差配にあたったものと考えられる。

さらに遊女が今様や宿泊業を生業とするようになると、こうした年配の遊女は増加するとみられる。例えば『とはずがたり』巻五には五〇歳過ぎまで働いて出家した鞆の遊女が、『撰集抄』巻九―八には四〇歳余りの江口の遊女が登場する。後者の遊女がこの二、三年は性売買をしていないと述べていることからわかるように、中世前期においては遊女の仕事が性売買だけではなく、歌謡や旅宿など複合的に営まれているからこそ、年配の遊女が一般的に存在しえたと考えられる(24)。

貴族・官人の中でも、遊女と親しい人々はそのことをよく理解していたと思われるのが、次の『梁塵秘抄口伝集』巻十(25)の記述である。源清経が弟子の忉利（とうり）・初声に毎夜厳しい稽古をつけ、乙前に苦言を呈される。それに対して清経は以下のように反論する。

などかく歌をば憎むぞ。若からん時こそ、かやうにてもあらめ、年老いて目たつる人もなからむ折は、世絶えせぬものなれば、歌好ませたまふ上臈もおはしまして、歌の節のおぼつかなからむには、「某こそ知りたらめ」とて尋ね来る人もあらむに、歌を知りてこそ、老いの末にはさやうにてもあらめ。

遊女と密接な人的関係を持つ清経は、遊女が年を取った時、仕事が芸能中心になることを理解した上で弟子を育てているのである。

興味深いのは、清経が若いときは寵愛されても年老いると注目されなくなるという漢文的発想に近い状況を想定しつつ、今様がそうした状況を改善してくれると述べている点である。先に述べたように、当時の日本においては性売買を行わずとも歌謡や宿泊業によって現役として働き続ける遊女たちがいた。また遊女の仕事が「家」を単位として世襲的に営まれ、集団による相互扶助・役割分担などがなされるため、年配の遊女たちも何かしらの仕事を担うことが普通だったのである。こうした状況で、遊女が年を取ると零落するという中国的な発想はリアリティーをもちにくかったのではなかろうか。

(3) 身分としての遊女から、状態としての遊女へ

一三世紀後半以降、遊女は性売買を中心とし、その評価基準も容貌・年齢が重視されるようになる。[26] 一五・一六世紀の遊客たちは遊女の顔を覗き込み、その容姿や若さを確かめたうえで値段交渉に臨んでいたし、遊女の側でも化粧によって自らの商品価値を高めようとする努力を行っていたのである。[27] そうすると中世後期以降、年齢の衰えを強調する言説が増えてもよさそうだが、実際にはあまり見当たらない。これはなぜだろうか。

一五世紀前半以降には、遊女が世襲的な家業ではなくなり、人身売買・誘拐などによって多様な女性たちが遊女として働くようになる。[28] このことは、遊女が代々続く生得的な「身分」(職業身分)ではなくなり、女性が一生のうちのある期間、遊女屋に使役されて働く「状態」になることを意味する。事前の価格交渉で遊女の若さや容姿が問題となるこの時代にあっては、おそらく外部から常に若い遊女が供給されるようになり、年配の遊女は(なんらかの形で)遊女屋を去らざるを得なかったであろう。その結果客にとってはおおよそ若い遊女しか目に入らないようになり、遊女のライフステージについてはあまり着目されなくなっていくのではないか。

このように、遊女の加齢を問題とする言説は、日本においては漢文的な文章のみにとどまり、広がりを持たなかったといえよう。

三、一夜妻のイメージ

（1）遊女における男女関係の特異性

九世紀後半、貴族層の単婚化により、貴族女性たちは父親や夫によって性愛を管理され、男性に顔を見せない存在となる。こうした中で、地方の遊行女婦たちがそれまでと同様に不特定多数の男性と宴会で交流し、男女関係を持つ様子は、中央から下ってくる貴族男性たちにとって、特殊な存在と受け止められたはずである。こうして九世紀後半には性売買の概念が成立し、遊行女婦は新たに「遊女」としてまなざされる[29]。つまり遊女という存在は、その初発から、貴族男性たちにとっては婚姻外の性を可能にする存在と捉えられたと思われる。

もちろん実際には遊女たちも婚姻関係を結ぶし、貴族・官人と婚姻に至る遊女たちも少なくなかった。早くは一〇世紀前半に元良親王と遊女「たきぎ」が婚姻関係を結んでいるし、一一世紀前半には大和守義忠と加島の遊女「香炉」の例が知られる。一二～一三世紀になると『尊卑分脈』『石清水祠官系図』『津守氏古系図』『国造次第』などの系図類や『公卿補任』等に貴族・武士・官人・社家との婚姻関係が多く見えることは、よく知られている[30]。しかしそれにもかかわらず、貴族・官人の間には遊女が不特定多数の男性と関係をもつことを強調する言説が存在し、その数は一二世紀以降増加していくのである。本節では、この点について論じたい。

一〇世紀末頃成立の大江以言「見遊女」詩序には、「有二夫聟一者、責以三其少二淫奔之行一、有二父母一者、只願以三其多二寵嬖之幸一」とあり、遊女が不特定多数の男性と関係を持つことを咎めるどころか奨励する夫・父母の存在が特異なものとして描かれている。大江匡房『傀儡子記』も同様の視点を踏襲する。「父母夫聟不レ誡二□丞一、雖レ逢二行人旅客一、不レ嫌二一宵之佳会一」という記述は遊女が行きずりの旅人たちと一夜限りの関係を持つこと、そしてそれを父母や夫が咎めないことを特異な習俗として描く。

遊女たちの婚姻をめぐっては、夫と同居するケースがみられるものの、一方で夫と別居したまま遊女の仕事を継続し、娘を遊女として育てるケースも散見される(31)。

例えば『沙石集』巻九―一〇では、同時に五人の夫をもつ遊女の説話が載せられる。夫たちは遊女のところに「共に通ひき」とあることから、遊女とは別居していること、遊女は仕事を継続していることがわかる。貴族社会では単婚化と一夫多妻制が進んでいたから、一妻多夫は遊女の特異性として目を引いたのではないか。

右の事例がどの程度一般化できるかは問題だが、鎌倉期に成立した『藤の衣物語絵巻』には、異父姉妹の遊女が描かれる。異父姉妹をともに本拠地で遊女として育てるには、上記のように夫たちが通ってくる状況を想定するとわかりやすい。

もちろん、これらの事例では夫や娘の父親が具体的に判明しているので、一夜限りの行きずりの関係というわけではない。また遊女たちの婚姻では夫と同居して恒常的な関係を築く場合も目立つので、遊女がすべて一妻多夫の形態をとるわけではない。しかしこうした実態との乖離にもかかわらず、一夜限りの関係という表現はその後の多くの作品で繰り返されるようになる。

(2) 一夜限りの関係をめぐる表現

まず『本朝無題詩』「傀儡子」はこれまでと同様に大江匡房を意識した表現をとる。

・藤原基俊

曲終はり憫然として遊子に謝するも、□□斯に向ひて一生を契らん

・中原広俊

千年の芳契は誰が夫婦ならん、一夜の宿縁は忽(にわ)かに別離す

同様の傾向は、和歌においても看取される。

・『山家集』(32) 七五二・七五三

天王寺へまゐりけるに雨の降りければ、江口と申所に宿を借りけるに、貸さゞりければ

世の中をいとふまでこそかたからめ仮りの宿りを惜しむ君かな

返し

家を出づる人とし聞けば仮りの宿に心とむなと思ふばかりぞ

・『詞花集』(33) 巻六、別、一八六（仁平元年（一一五一）撰進）

あづまへまかりける人のやどりて侍りけるが、あかつきにたちけるによめる

くゞつなびく

はかなくもけさのわかれのをしきかないつかは人をながらへてみし

いずれも永続することのない遊女と客との男女関係が「仮の宿り」といった言葉で表現されている。こうした和歌における遊女の「心」（詠むべきポイント）を決定づけたのは、『六百番歌合』(34) であろう。

・「寄遊女恋」三番：判云（中略）今又、「誰となきうき寝を忍ぶ」などいへるも、遊女とこそ聞えたれ。遊女の契だにありがたからんよりは、以レ右勝とすべし。

・六番：判云（中略）「寄せては返る浪枕」は中〳〵遊女と見えて、勝ると申べくや。

とあるように、判者の藤原俊成は「誰となきうき寝を忍ぶ」「誰となく寄せては返る浪枕」といった表現を遊女らしい表現とみなしている。「寄傀儡恋」でも同様の傾向がみられる。

・「寄傀儡恋」八番：左　兼宗朝臣

心ゆく野路の旅寝の友なくはいとゞ都や恋しからまし

右勝　信定

　　立ち宿る一夜ばかりの契だにさてながらふる人もある世を

（中略）判云、（中略）いづれも傀儡の心はかやうにてこそは侍らめ。（後略）

ここでも「一夜ばかりの契」といった表現が「傀儡の心」と認定される。他の歌にも同様の表現が散見される。

・十番左　定家朝臣：一夜かす野上の里の草枕結びすてける人の契りを

・九番右　中宮権大夫：東路やゆきゝの人にうちとけて宿かりそめの契すらしも

・九番左　季経卿：うかれめの浮かれて歩く旅やかた住みつきがたき恋もする哉

『六百番歌合』以降、遊女・傀儡子における契りのはかなさを詠むことが規範化される。後世に大きな影響を与えた『題林愚抄』(35)九三九一～九三（文安四年（一四四七）～文明二年（一四七〇）頃成立）でも、「すべてあそびもくぐつもうき身のならひをかなしみ、たれとなき契をおもひ、行衛もしらぬわかれにのみ心をくだくよしなどを詠むべし」とあるように、契りのはかなさこそが遊女・傀儡子の心であるとしているのである。こうして定めぬ契、一夜の契、はかなき契、かはる枕、仮枕、一夜妻などを詠みこむ傾向は一九世紀まで続いていったと思しい。

・『南朝三百番歌合』(36)（建徳二年（一三七一））

二百四十六番〈寄遊女恋〉：左　宰相中将

　ひと夜からあはれはかなき契りかなゆききの舟にかはす心は

右勝　右大弁宰相

　ただ一夜むすぶ契りは浮舟のうきねせしよりぬるる袖かな

二百四十七番〈寄傀儡恋〉：左持　春宮権大夫

なげくぞよのがみのさとのさ夜まくら一夜の夢のかごとばかりに

右　右大弁宰相

たのまじな野がみのさとのうかれづま心とむべき契りならねば

・『草根集』[37] 一〇三二八（長禄二年（一四五八））

寄傀儡恋：まつらめや誰とさだめぬ契さへしらぬの上の宿の夕ぐれ

・『春夢草』[38] 一六九九（一六世紀初頭）

寄傀（傀）儡恋：恨じよ野上の里の秋のかぜ世々の契もゆめの一よを

・『衆妙集』[39] 五七一（寛文一一年（一六七一））

遊女：はぢらひてなればぞなれん一夜つまたが名残をか身に忍ぶらん

・『筑波子家集』[40] 一一八（文化一〇年（一八一三））

くぐつ：はかなくてよなよなかはるかり枕ともにたびねとおもひやはせぬ

遊女が遊女屋に使役される存在へと変質を遂げた一五世紀前半以降も[41]、和歌世界ではその「心」が固定的に維持され続けるのである[42]。

（3）川竹の流れの君

遊女が契りのはかなさ（非永続性）を嘆くイメージと関係して、一四世紀頃からは、定めない身の上の遊女を「川竹の流れの君」と呼ぶ異称が広く用いられるようになる。

『梁塵秘抄』三三四、『名語記』巻第六等を見ると、本来「流れの君」は「川沿いにいる遊女」の意であり、かならずしも「定めない身の上」というニュアンスを持っていなかったと考えられる。しかし、和歌における「川竹」＝「流れ」＝はかない男女のかりそめの契り、というイメージと結びつき、一三世紀頃から一夜妻としての遊女イメージを示す言葉に変わっていった。

笠井津加佐によれば、その端緒となったのは『金葉和歌集』三九七「ひとよとはいつかちぎりしかはたけのながれてとこそおもひそめしか」という一首であり、「川竹の流れの身」としての遊女イメージは、謡曲「江口」「班女」などを経て、『曽根崎心中』など近世の文芸にまで流れ込んでいくという(43)。

・罪業深き身と生まれ、ことに例少なき川竹の流れの女となる（江口）

・定めなき世といひながら、憂き節繁き川竹の流れの身こそ悲しけれ（班女）

といった表現からは、遊女の身分そのものが定めのない、つらい存在として否定的に捉えられるようになったことがうかがえる。男女の契りのはかなさが、それにすがって生きる彼女たち自身の不安定性として捉え返されていったのである。

さて、以上三節にわたって中世の文学作品における遊女のイメージを概観してきた。移動する遊女、年老いる遊女、一夜妻といったイメージが確認されたが、そのうち最も長期的、かつ強固に働いたのは一夜妻のイメージであったといえよう。中世の人々、特に和歌の教養がある貴族・官人や武士、僧侶などは、遊女のことをはかない契りを頼りとして生きる存在として認識していた可能性が高い。とりわけ、性売買が生業の主軸となる一三世紀後半以降は、遊女を男性との性愛中心にイメージするようになっていったであろう。

そのことは、中世遊女をめぐるまなざし、社会的な位置づけの問題として作用するのではないか。次節以降は、右にみたような文学的な遊女イメージが現実の遊女へのまなざしに影響を与えていった可能性を論じたい。

四、罪深き遊女のイメージ

（1）遊女の罪業視

仏教的に罪深い行為（邪淫・綺語・妄語）を生業とする遊女の姿は、人々に道心を起こさせるものだったらしい。

『経盛卿歌集』(44) 一一八・一一九（寿永元年（一一八二）頃成立か）

人々あまた厳島へ詣はべりしに室にとまりたりし夜、遊女どもあまたきたるをみて法眼円実のもとよりつかはしたりし

　この世にはなみのうへにてあそぶともつひにしづまんことぞかなしき

返し

　ふねごとにのりにこゝろをかけたればくるしきうみにしづみしもせじ

ここでは舟に乗る遊女の様子から苦海についてのやり取りがなされているが、遊女そのものというよりも、人間一般について詠んでいるように思われる。少なくとも、遊女だけを特別視するようなまなざしは感じられない。ところが一三世紀半ば以降、「はかない契り」を頼みとする遊女の姿がとりわけ罪業深いものとみなされるようになっていく。

『信生法師集』(45) 三（元仁二年（一二二五））

小野の宿にとまりぬるに、君どものありさまのことに哀れなり。世を渡る道いづれも苦しき習ひなれば、たゞ上の空なる世を頼み、契らぬ人を待つより外の事なく、かくしつゝ、罪の積りもいとほしう。又以二貧著追求一故、現受二衆苦一、後受二地獄・餓鬼・畜生之報一。この言葉更に疑ふべからず。

宇都宮朝業（信生法師）は遊女との関係が深い武士であり、『信生法師集』には遊女との贈答歌が多数出てくる。

そうした朝業が、遊女たちははかない男女の契りを頼みとするがゆえに罪深い存在であり、地獄・餓鬼・畜生道に堕ちることは疑いないとみていることは興味深い。

しかも遊女の罪業は、他人（客）をも巻き込むもので、より一層罪深いものとされた。

『撰集抄』(46)巻五―一一（文永二～弘安五年（一二六五～八二）成立）

江口・桂本などいふ遊女がすみか見めぐれば、家は南北の岸さしはさみて、心は旅人のしばしのなさけを思ふ様、さもはかなきわざにて扨もむなしくこの世を去て、来世はいかならん。是も前世の遊女にて有べき宿業の侍りけるやらん、露の身のしばしの程をわたらむとて、仏の大にいましめ給へるわざをする哉。我身一の罪はせめていかゞせむ。多の人をさへ引損ぜん事いとゞうたてかるべきには侍らずや。

これによれば遊女の生業は「仏の大にいましめ給へるわざ」であり、本人の罪が深いのは当然だが、加えて「多の人をさへ引損ぜん事」でもあるため、本来であれば遊女は往生できるはずがないというのが編者の考えである。

このように一三世紀には次第に遊女を罪業深き存在とみなす言説が史料に現れ始める。背景にはおそらく、一三世紀における戒律の再興がある。さらに一三世紀後半以降、遊女が性売買を前面化していくことが、遊女の罪業視に拍車をかけた。この点についてはかつて論じたことがあるので、ここでは要点を示すにとどめたい(47)。

一三世紀後半以降、遊女と漁師は、戒律に背く罪深い存在として、諸宗派で救済すべき衆生の象徴とみなされていく。例えば叡尊は「般若寺文殊菩薩蔵造立供養願文」(48)で、遊女は艶色を衒い、常に衆庶の心を惑わすがゆえに、殺生を行う漁師・猟師と並ぶ罪深い存在であると位置づけている。叡尊は実際、弘安八年（一二八五）に兵庫遊君等一七〇〇余人に授戒を行い、個々の事情に合わせて売春を行わない日を設定させている（『感身学正記』）。近江国鏡宿・遠江国橋本宿の遊女の長者が律宗の尼寺である法華寺に入寺していたとみられることを併せて考えれば(49)、破戒の象徴たる遊女たちは律宗にとって戦略上重要な布教の対象であったと思われる。

律宗以外においても同様である。

・『法然上人伝記』[50]（九巻伝）巻第六下（一四世紀初頭成立）

（注：法然に向かって）遊女申云、「（中略）朝には鏡に向て容顔をかいつくろひ、夕には客に近きて其意をとらかす。念〳〵に思ふ所皆是妄念也。歩々に営所、罪業にあらずと云事なし。悲哉、渡世の道まち〳〵なるに、いかなる宿習にてか、此わざをなせる。（中略）今生にはかゝる罪業に深重の身也とも、生をあらため得脱する道あらば助給へ」と、なく〳〵申ければ、上人哀して曰、「述所、誠に罪障かろからず。報酬又はかりがたし。（中略）若此わざの外に渡世の計略あらば、速に此悪縁を離べし。たとひよの計略なしといふ共、身命を顧みざる志あらば、また此業を捨べし。若又余の計略もなし、身命を捨てる志もなくば、たゞその身ながら専念仏すべき也（略）」。

法然の伝記は、一三世紀前半段階では、遊女が自身の生業である今様や性売買を肯定する内容であったが、一四世紀初頭頃から遊女の罪業が強調され、教化の対象として遊女を特別視するようになっていったことが指摘されている[51]。その際に重視された罪業は、「朝には鏡に向て容顔をかいつくろひ、夕には客に近きて其意をとらかす」という文言からわかるように、明らかに性売買であり、男女のはかない契りに執着して化粧をし、客との邪淫を繰り返す遊女の生活が、罪を重ねていくものと捉えられたのである。

（2）遊女罪業観の広がり

こうした遊女への罪業視は、仏教を介して一般にも広がりを見せていくものと思われる。例えば徳治元年（一三〇六）以降に成立したとされる『とはずがたり』[52]巻五には、以下のような記述がある。

たいか島とて、離れたる小島あり。遊女の世を逃れて、庵並べて住まひたる所なり。さしも濁り深く、六の道にめぐるべき営みをのみする家に生まれて、衣裳に薫物しては、まづ語らひ深からむ事を思ひ、わが黒髪をなでても、たが手枕にか乱れんと思ひ、暮るれば契を待ち、明くれば名残を慕ひなどしてこそ過ぎ来しに、思ひ捨てて籠りゐたるもありがたくおぼえて（後略）

ここで後深草二条は、客とのはかない契りを頼みにして生きる遊女の姿を罪深いものと捉えている。宗教者のみならず、貴族女性にまで遊女の罪業観が共有されていることをうかがわせよう。その背景には、前節でみたように、遊女が客とのはかない契りを頼りにして生きる存在であるという社会通念があり、そこに一三世紀以降、仏教的な罪業観が重ねられていくことによって、遊女の罪業視が急速かつ広範に普及していくものとみられる。

五、遊女の発心と渡世の相克

（1）遊女の発心と母親の教諫

前節でみたような遊女罪業観は、遊女自身にも内面化されていったと思しい。先に引用した『とはずがたり』巻五では、かつて鞆の遊女の長者であった女性が二条に対して以下のように語る。

我はこの島の遊女の長者なり。あまた傾城を置きて、面々の顔ばせを営み、道行人を頼みて、とゞまるを喜び、漕ぎ行くを嘆く。また、知らざる人に向かひても、千秋万歳を契り、花のもと、露の情けに、酔ひをすゝめなどして、五十路に余り侍りしほどに、宿縁やもよほしけん、有為の眠り一度覚めて、二度故郷へ帰らず。

元長者はそれまでの五十余年間営み続けてきた遊女としての生活、特に客とのはかない契りを頼む生活を自ら否定し、発心するにいたった。このように自らの仕事を罪深いものと認めた遊女は、発心出家することによって仕事を放棄せざるを得ない。

一四世紀までの遊女は自ら経営権を握る。したがって遊女の仕事をやめることも、本来なら自由にできるはずである。しかしながら第三節で引いた「見遊女」詩序に「有二夫聟一者、責以三其少二淫奔之行一、有二父母一者、只願以三其多二寵嬖之幸一」とあったように、遊女は家族の生活を支える大黒柱である。遊女が仕事をやめてしまうと家族の生活は立ち行かないから、遊女の発心はしばしば家族との相克をひき起こす。

例えば承久四年（一二二二）成立の『閑居友』下―二「室の君、顕基にわすられて道心おこす事」では、中納言顕基と離婚して、故郷（本拠地）の室の泊に帰ってきた遊女が「これにはありとも、さき〴〵のやうなるふるまひは、いまはし侍まじき也。その心おゐ給へ」と廃業を宣言して外出もせず、念仏三昧の生活を送る。それに対して「おやもしばしこそはいさめけれ、のちにはとかくいふことなし」とあることから、母親は当初娘の遊女を「諫め」たことがわかる。しかし結局遊女に押し切られる形でこれを認めた結果、家の経済状況は急激に悪化した。結果母親は病死し、従者は離散していくのである。

次の事例では発心譚を伴わないが、やはり特定男性への想いによって遊女の仕事に抵抗を見せる。遊女「かうじゅ」はある夜に契りを交わした貴族男性のことが忘れられず、仕事に身が入らなくなっていく。それに対して母の長者が娘を諫める場面である。

『藤の衣物語絵巻』[53]詞書第三段

「このごろは、かくのみ、あそびをもの憂くし給ふこそ、あやしけれ。かかる身とはなりぬれど、おのづから忘られがたき袖のなごりは、おぼえずしもなけれど、憂き世をわたるならひ、さてしもひとつ思ひに沈み果ててもいかがせん。嘆く暁もあれど、あり経れば、また、慰む夜半もありつつこそは過ぐすならひなれ。おぼし慰めよ。ありし人の御さまは、忘れがたくおぼすらんもことわりなれど、たのめぬ契りは、待つべき月日も限りなし。これは、播磨の国の小坂殿の御一門ぞとよ。並びなき大名なり。美女たち、とく出だせ、

とのたまふ。わびしくとも念じて、かまへて座につき給へ」と、そそのかすを（後略）

母の長者は、自らも遊女であるがゆえに、かうじゅの嘆きを「おぼえずしもなけれど」といったん理解してみせた上で、なお「憂き世をわたる」ために、「たのめぬ契り」を思い捨てて仕事に邁進し、目の前の大名に奉仕するよう諌める。男性とのはかない契りを頼みにすることは、遊女の生活を成り立たせていくためには望ましからざることであり、次々と契りを結び続けることこそが求められていたとわかる。そして母の諌めであるがゆえに、かうじゅは鏡を取り、宴席に向かう用意を始めるのである。

一四世紀後半頃成立した仮名本『曽我物語』(54)巻六でもまた、同様の母娘間対立がみられる。夫の十郎への想いから和田義盛の宴席に出ようとしない虎は、母に諌められる。

母きゝかねて、又座敷をたち「何とていでたまはぬぞや。時世にしたがふならい、おもはぬ人になるゝも、さのみこそ候へ。うらめしの御ふるまひや」とてたゝずむ。虎は又、十郎が心をかねて、衣ひきかづき、うちふしぬ。母は、此心を見かねて「（中略）なをもいでまじくは、六字の名号も御覧ぜよ。生々世々まで不孝ぞ」といひすてて、座敷へ出にけり。（中略）「かやうにたけき弓とりも、母にはしたがふならひぞかし。何とて、虎は、母にしたがはざるや」とぞいひける。虎は、なをも涙にむせび「ながれをたつる身ほど、かなしき事はなし。夫の心をおもひしれば、母の命にそむく。又、母にしたがへば、時の綺羅にめづるににたり（中略）」とて、さめ〲となきゐたり。

ここで母の長者は「孝」の論理を前面に出すことによって、虎の説得を図り、和田義盛の宴席に虎を引き出そうとする(55)。虎は夫への貞節と母親への孝との間で思い悩み、自らの境遇を「ながれをたつる身ほど、かなしき事はなし」と嘆くのである。

家業の決定権を持つはずの遊女たちは、しばしば家族によってその意思を妨げられる。遊女罪業観を内面化して自らの仕事を罪深いものと感じるようになった一三世紀以降の遊女たちにとって、仕事を続けることは苦痛であろう。しかし家族の生活を支える必要上、彼女たちが心のままに発心出家することには困難が伴う。それでも『閑居友』の遊女がそうであったように、この時期の遊女たちは経営上の決定権を持っており、最終的に自分の意思を貫徹することが可能であった。

（2）発心を許されない遊女たち

一五世紀前半には、遊女集団が崩壊し、母から娘への女系相伝は行われなくなる。遊女は遊女屋に使役される存在となり、様々な女性たちが飢饉・孤独などの要因によって、また誘拐・人身売買などの手段によって遊女となる。[56]この段階の遊女はもはや家長たりえず、経営権を失っているため、廃業の意思決定を行いえない。

一方、この時期以降、むき出しの性を売るような単純売春の事例がみられるようになるが、それもやはり家長としての遊女が家業として家族を支えるという形ではなく、父母の指揮下で娘が性を売るという形をとったようである。この場合にも遊女たちには、経営の決定権が失われている。したがって自らの仕事を罪深いものとみなしたとしても、彼女たちに残された手段は少ない。

文明一八年（一四八六）、准后道興によって著された『廻国雑記』[57]では、浅草の「石枕」に関して以下のような古老の伝承を書き記す。ある生侍が娘に性売買をさせ、旅人を殺して生計を立てていた。そのことに罪の意識と後生への不安を感じた娘は、旅人のふりをして石枕の上に伏し、両親に自らの頭を砕かせた、と。

かつての遊女たちには、自ら廃業し、発心出家することによって、称賛を得るという選択肢があった。しかしそうした選択肢を持たず、家族の生活を支えることから逃れられない戦国期の遊女には、罪深い生業から逃れる手段は自死しかなかったと考えられる。一五世紀前半までの対立軸は、遊女の家長としての決定権と、家族の渡世の論理との間にあった。しかし一五世紀後半以降、遊女の決定権が失われていくことにより、遊女たちは渡世の論理から逃れられなくなっていくのではないだろうか。

おわりに

本論文では、詩歌を中心とした言説の分析から、中世前期には〝男女のはかない契りを頼む遊女〟のイメージが一般化し、それが中世後期・近世期にも連続して遊女イメージの主流をなしていったことを明らかにした。とりわけ一三世紀後半以降は、性売買が遊女の生業の主軸となることとあいまって、人々は遊女を男性との性愛中心にイメージするようになっていった。こうした社会通念を基礎として、一三世紀以降、遊女を罪業深い存在とみなす仏教的な言説が急速な広まりを見せ、遊女たち自身にも内面化されていった。自らの仕事を罪深いものとみなす遊女たちは、家族の抵抗を押し切って発心出家を遂げたが、しかし遊女の経営権が失われる一五世紀以降の社会にあっては、遊女たちはもはや出家という手段をとることが出来ず、自死を選択せざるをえなくなる。

今回は中世前期の言説分析を中心としたが、今後、中世後期から近世にかけて、定めのない「川竹の流れの君」としての遊女イメージがどのように変容し、実態と切り結んでいくのかについて、より詳しい分析が必要と感じている。後考を期したい。

（1）　辻浩和『中世の〈遊女〉――生業と身分』（京都大学学術出版会、二〇一七）、同「講演記録　第12回女性史学賞受賞のご挨拶――受賞作『中世の〈遊女〉――生業と身分』について」（『アジア・ジェンダー文化学研究』二、二〇一八）、同「京都・奈良における遊女集団の展開と権力」（『歴史学研究』一〇二八、二〇二二）、同「東海道の宿と遊女」（生駒孝臣編『中世東海の黎明と鎌倉幕府』吉川弘文館、二〇二四）など参照。

（2）辻注（1）前掲『中世の〈遊女〉』。
（3）後藤紀彦「遊女と朝廷・貴族」（『週刊朝日百科三　日本の歴史　中世Ⅰ―③　遊女・傀儡・白拍子』朝日新聞社、一九八六）、網野善彦「遊女たちの虚像と実像」（『同』）、同「中世の遊女」および「遊女と非人・河原者」（『網野善彦著作集』一一、岩波書店、二〇〇八。初出一九八八・八九）。
（4）羽下徳彦「家と一族」（朝尾直弘ほか編『日本の社会史六　社会的諸集団』岩波書店、一九八八）。
（5）服藤早苗『古代・中世の芸能と買売春』（明石書店、二〇一二）。
（6）辻浩和「遊女の信心」（『アンジャリ』三六、二〇一八）。
（7）辻浩和「中世後期の遊女屋をめぐる社会観念」（『国立歴史民俗博物館研究報告』二三五、二〇二二）。
（8）芳澤元「一休宗純と三途河御阿姑――附、地獄辻子と遊女観」（『東京大学史料編纂所研究紀要』二八、二〇一八）。
（9）辻注（1）前掲『中世の〈遊女〉』。
（10）服藤注（5）前掲書。
（11）通説では「君」を法皇の意に解するが、一六世紀の『参議済継集』四八・三五四ではこの歌を本歌として遊女題を詠んでおり、泊に集住する遊女のイメージが重ねられていると見てよいのではないか。
（12）辻注（1）前掲『中世の〈遊女〉』。
（13）辻注（1）前掲『中世の〈遊女〉』および「京都・奈良における遊女集団の展開と権力」。
（14）拠点を持つ遍歴と、定めなく浮かれ歩く漂泊との違いについては市村高男「中世の鋳物師の集団と集落」（網野善彦編『職人と芸能』吉川弘文館、一九九四）などを参照。
（15）和歌史研究会編『私家集大成　第二巻　中古Ⅱ』（明治書院、一九七五）。
（16）『新編国歌大観　第四巻　私家集編Ⅱ・定数歌編』（角川書店、一九八六）。
（17）注（15）前掲書。
（18）注（15）前掲書。
（19）三条西古本系統を基に私に校訂した。校訂作業の詳細は辻浩和「『遊女記』『傀儡子記』校異ノート」（『梁塵　研究と資料』二六、二〇〇九）を参照。

(20) 辻注(1)前掲『中世の〈遊女〉』および「京都・奈良における遊女集団の展開と権力」。
(21) 「最勝光院政所裁許状案」(『東寺百合文書』さ函一八)貞和五年一二月二一日。
(22) 『新編日本古典文学全集48 中世日記紀行集』(小学館、一九九四)。
(23) 鎌倉末期の『瑞夢記』巻中―五においても、遊女「梅王」の母は育児のサポートを行っている。
(24) 辻注(1)前掲『中世の〈遊女〉』。
(25) 馬場光子全訳注『梁塵秘抄口伝集』(講談社学術文庫、二〇一〇)。
(26) 辻注(1)前掲『中世の〈遊女〉』。
(27) 辻注(7)前掲論文。
(28) 辻注(1)前掲『中世の〈遊女〉』および「京都・奈良における遊女集団の展開と権力」。
(29) 関口裕子『日本古代婚姻史の研究』上下(塙書房、一九九三)、服藤注(5)前掲書、辻浩和「遊女の家と女系相伝」(国立歴史民俗博物館企画展『性差の日本史』図録、二〇二〇)。
(30) 後藤注(3)前掲「遊女と朝廷・貴族」、網野注(3)前掲「遊女たちの虚像と実像」など。
(31) 辻浩和「東海道の宿と遊女」(生駒孝臣編『中世東海の黎明と鎌倉幕府』吉川弘文館、二〇二四)。
(32) 宇津木言行校注『山家集』(角川ソフィア文庫、二〇一八)。
(33) 『新編国歌大観 第一巻 勅撰集編』(角川書店、一九八三)。
(34) 久保田淳・山口明穂校注『新日本古典文学大系38 六百番歌合』(岩波書店、一九九八)。
(35) 『新編国歌大観 第六巻 私撰集編Ⅱ』(角川書店、一九八八)。
(36) 『新編国歌大観 第一〇巻 定数歌編Ⅱ・歌合編Ⅱ・補遺編』(角川書店、一九九二)。
(37) 和歌史研究会編『私家集大成 第五巻 中世Ⅲ』(明治書院、一九七四)。
(38) 和歌史研究会編『私家集大成 第六巻 中世Ⅳ』(明治書院、一九七六)。
(39) 和歌史研究会編『私家集大成 第七巻 中世Ⅴ上』(明治書院、一九七六)。
(40) 『新編国歌大観 第九巻 私家集編Ⅴ』(角川書店、一九九一)。
(41) 辻注(1)前掲『中世の〈遊女〉』および「京都・奈良における遊女集団の展開と権力」。

（42）なお最近猪瀬千尋は新出今様足柄「恋者」の歌詞が詩歌の遊女のイメージと異なることを指摘した（「今様琵琶譜の文学・文化的意義」、日本歌謡学会春季大会、二〇二四年五月一八日）。ジャンルによるイメージの相違には十分留意する必要があるものの、一方で今様の歌詞の主体と歌い手の遊女（傀儡子）とを単純に同一視することはできないと考える。
（43）笠井津加佐「遊女のイメージに関する管見――「川竹」の語を中心に」（『社会環境研究』一一、二〇〇六）。
（44）注(15)前掲書。
（45）注(22)前掲書。
（46）安田孝子ほか校注『古典文庫81　撰集抄』上（現代思潮新社、一九八五）。
（47）辻注(6)前掲論文。
（48）『西大勅謚興正菩薩行実年譜』所収（『西大寺叡尊伝記集成』）。
（49）『法華滅罪寺年中行事』（『大和古寺大観』第五巻、岩波書店、一九七七）。細川涼一「中世の尼と尼寺」（『中世寺院の風景』新曜社、一九九七）参照。
（50）井川定慶『法然上人伝全集　増補版』（法然上人伝全集刊行会、一九六七）。
（51）今堀太逸「法然の絵巻と遊女」（『神祇信仰の展開と仏教』吉川弘文館、一九九〇。初出一九八六）。
（52）三角洋一校注『新日本古典文学大系50　とはずがたり・たまきはる』（岩波書店、一九九四）。
（53）伊東祐子校訂訳注『中世王朝物語全集22　物語絵巻集』（笠間書院、二〇一九）。
（54）市古貞次・大島健彦校注『日本古典文学大系88　曽我物語』（岩波書店、一九六六）。
（55）青木祐子「遊女の「家」と孝」（『学習院大学国語国文学会誌』四七、二〇〇四）。
（56）辻注(1)前掲『中世の〈遊女〉』および「京都・奈良における遊女集団の展開と権力」。
（57）『群書類従』巻三三七（第一八輯）。

ウブメという多面体

木場貴俊

生き物として、生きる。生き物として、死ぬ。

生き物として産む。生き物として生まれる。

でも。

産めなかったから。生まれなかったから。

もう、人ではない。名前もない。命もない。傷みもない。恨みもない。でも、喜びもないし、安らぎもない。血溜まりのような場所に、ただ立っているだけのものだ。

化け物として。

これを見る者は、迚も哀しくなるのである。

でも、供養することすらままならない。

もう、人ではないのだから。


（京極夏彦「姑獲鳥」(1)）

はじめに

ウブメは、出産で死亡した女性が変化（へんげ）する、女性特有の怪異、そして、死――無常を前提にした怪異である。

冒頭に掲げた文は、ウブメが何たるかを端的に言い表している。筆者は、以前ウブメに関する論考を発表したが(2)

（以下、前稿）、今回あらためて考えてみることにしたい。

本論文の目的を述べるために、より詳しくウブメを説明し、さらにウブメに関する研究史を概観しておきたい。先述のように、ウブメは、産死した女性の変化（へんげ）とされるが、そのあり方は多様である。それは、漢字表記に象徴的で、「産女」と表記される場合は、赤子を抱いた女性の姿で現れて、遭遇した人に子を抱くように強要する（産婦・孕女なども表記されるが、本文では、産女に統一）。そして、一七世紀以降、中国に伝わる産死した女性が変化した毒鳥「姑獲鳥」が、産女と同一視され、以降「姑獲鳥（うぶめ）」と表記する事例が増えていく。中国の姑獲鳥は、夜に鳴く怪鳥で、雌のみのため、人間の子どもを攫（さら）って養育したり、夜干しをしている子どもの衣服に毒の血をつけて罹患させたりする。別に、夜中に聞こえる赤子の泣き声のような怪音や火の玉状のものなども、ウブメと呼ぶことがある。このようにウブメは、いくつもの顔を持つ、多面的な怪異（あやしい事物）なのである。

ウブメに関する研究は、近代では柳田國男『山の人生』（一九二六刊）[3]、同「妖怪談義」（一九三八）[4]、折口信夫「小栗外伝（餓鬼阿弥蘇生譚の二）」（一九二六）[5]などがある。二〇世紀後半以降では、近世文学研究に重要な成果が数多く見られる。西田耕三「産女ノート」（正・続）[6]は、文芸や古浄瑠璃、歌舞伎などを渉猟して、網羅的に事例を紹介し、江戸時代におけるウブメの多様さを示した。高橋則子は、『東海道四谷怪談』に代表される四世鶴屋南北の作品には、ウブメ説話が取り入れられていることを指摘した[7]。そして、堤邦彦は、唱導や産死供養儀礼など近世仏教文化との関係から、ウブメを多角的に論じている[8]。歴史学では、倉地克直が近世の性をめぐる議論の中で、井原西鶴の作品に登場するウブメを扱っている[9]。また、横田冬彦は、ウブメ説話を「妊産婦死亡率の高さへの恐れ・不安を文学的に形象化したもの」[10]とする。民俗学では、安井眞奈美が出産をめぐるフォークロアとして、ウブメを胎児分離の習俗などから考察している[11]。

中国の姑獲鳥についても、山田慶兒の「夜鳴く鳥」[12]以来、研究が蓄積されている[13]。また、ポンティアナクなど、東アジア以外の産死した女性の変化を紹介した研究もある[14]。

これらは、西田が示した「産死した女に他のいかなる習俗や説話的要素が付着し融合して産女が形成されてきたか」[15]というウブメの問題に、直接間接にかかわらず応答しようとしたものといえる。

そして筆者は、「習俗や説話的要素」を「属性」と置き換え、時代が遷移する中でさまざまな属性が取捨選択され、時代に合うかたちに構築されるウブメを、「歴史的産物」として捉えた(前稿)。具体的には、①名前、②出産で死んだ女性の変化(へんげ)、③夜の怪音、④姑獲鳥、⑤図像、⑥民俗という属性から検討を行った。本論文に関連する点として、(i)ウブメは本来妊婦や産褥にある女性を指す言葉だったが『今昔物語集』以降に怪異となった、(ii)日本の産女＝中国の姑獲鳥の式を提示したのは、一七世紀の儒者林羅山の『新刊多識編』(一六三一刊)「姑獲鳥 今案うぶめどり、又云ぬえ」で、その後『奇異雑談集』などの文芸から波及した、(iii)ウブメが描かれるのは江戸時代以降で、図像コード化していたことを明らかにした。

前稿は、属性の取捨選択によってウブメ像が如何に構築されていったのかに力点を置いたが、産女＝姑獲鳥説を枢軸にして一つの像に収斂させてしまった感が否めない。前稿の後に得た事例を含めると、一七世紀に産女＝姑獲鳥説が成立した後、より多様な面を見せていたことにあらためて注目する必要性を感じた。

つまり、本論文では、ウブメを一つの像に収斂させるのではなく多面的に展開したこと、言い換えれば、属性の独自性を強調する。今回は、江戸時代を中心に、「霊」という属性に注目したい。また、ウブメだと誤解した事例も取り上げることで、逆説的にウブメの多面的な性格を浮き彫りにしたい。こうした属性がメディアを通して展開することを、書物から考えることにする。

なお、本文中での表記について、日本の赤子を抱く女性の姿で現れ、相手に子を抱かせることを強要する怪異は「産女」、中国の赤子を攫い、また病気に罹患させる怪鳥は「姑獲鳥」、その他の事例や産女・姑獲鳥など全体を指す場合は「ウブメ」を用いることにする。

一、ウブメという霊

（1）産女の霊

ウブメという言葉は、本来妊婦や産褥にある女性を指した(16)。怪異としてのウブメの初例は、『今昔物語集』（一二世紀前半成立）巻第二十七第四十三(17)「頼光の郎等平季武、産女に値ふ語（頼光郎等平季武値産女語）」（以下、四三話）である。しかし、同巻には、第十五「産女南山科に行き、鬼に値ひて逃げたる語（産女行南山科値鬼逃語）」も収載されている。後者は妊婦＝生きた人間を指すが、前者はそうではない。四三話の末尾にはこう書かれる。

此の産女と云ふは、「狐の、人謀らむとて為る」と云ふ人も有り、亦、「女の、子産むとて死にたるが、霊に成りたる」と云ふ人も有りとなむ語り伝へたるとや。

この①狐の変化（へんげ）、②産死した女性の霊という説明によって、産女は怪異として成立している。さらに産女のいる不審さが、闇夜の川辺で聞こえる赤子の泣き声と生臭さの聴覚・嗅覚的表現によって強調されている(18)。『今昔物語集』成立後、ウブメは怪異として認知されていったようだ。ただし、『今昔物語集』が広く知られるのは、江戸時代中期以降（後述）で、同書が怪異の産女を直接広めたわけではない(19)。ウブメが認知されていく過程は、現段階では不明である。

あらためて四三話を読んで注意すべきは、正確には産女の霊だという点である。これは、江戸時代の文芸においても確認でき、例えば浅井了意が関わった『因果物語』（平仮名本　一六六一以前刊）巻六「狐、産婦（うぶめ）の幽霊に妖たる事」(20)がある。ただし、本文では、白かねや与七の女房が難産で死に、「その夜より、かの女房のはうこん（亡魂）、産新婦（うぶめ）に成て、うらのかたなる窓のもとへ来り、赤子を、なかせけり。すさましき事、かぎりなし」と、女房の亡霊をウブメと呼んでいる（古狐の変化という点は、『今昔物語集』を髣髴とさせる）。

つまり、ウブメは江戸時代、妊婦・産褥にある女性と産死婦の変化（へんげ）の意味で両用されていた。ただし、後者の意味で使われる場合が大半であった。『宿直草』（『御伽物語』一六七七刊）[21]の巻三「古狸を射る事」では、難産で子を孕んだまま死んだ娘が「その夜より産女となりて、（契りを交わした―筆者注）僧のふしど、藪の中、竹にとりつきて泣く」、同巻五「うぶめの事」も「予が里の、さるもの、下女、孕しまゝに死し、産女となりて来る」と、産死した女性の変化そのものをウブメと称している。了貞作・竹原春泉斎画『二十四輩順拝図会』[22]後編巻之三（一八〇九刊）「光明山無量寿寺」でも、常陸国の村田刑部の妻が「迷鬼と現じ夜な夜な啼叫ふ声しきりなり。村民これを聞者大に恐れ、無量寺にこう産女てふ化生ありといふほどに誰一人詣る人もな」い状況を親鸞が救う話がある。

後述の事例にも散見されるが、「姑獲鳥」という表記でも、実態は産女である場合が多い。

（2）産女と幽霊

怪異の産女は、正確には産女の霊だと先に述べた。柳田も『山の人生』で「ウブメと称する道の傍の怪物」であり「ウブメは幽霊」と述べているが、産女と幽霊の関係について、もう少し詳しく考えてみたい。

『土佐お化け草紙』（一八世紀後期頃成立）の「産女」には「子をくわいたいして死したる女ハ、極楽浄土ニゆきて仏ともゑならず。こんぱく爰に残り、ゆうれいとなり、おぼろ月夜には山里より出で、はいくわゐし、うらほんの日人家のはたけの中ニ出ルとかや」[23]とあり、産女は幽霊の一種とされていた。当時、幽霊は人が死んで化けたもの＝化物として理解され[24]、産女は幽霊であり化物であった。

その産女に類似するのが、「子育て幽霊（飴買い幽霊などとも）」である。[25]東北から九州までほぼ全国的に見られる話で、概略は以下の通りである。

毎晩菓子屋に女が飴を買いに来る。怪しく思った店主が女の跡をつけると新墓の辺りで姿を消してしまう。土中から赤子の泣き声がするので、掘り起こしてみると、生まれたばかりの赤子が母親の屍にすがって飴をなめていたので保護した。

話の多くで、幽霊の遺児は、後に仏門に帰依して名僧になるという後日談がつく（高僧出生譚）。堤邦彦は、そこに「地方に教線を展開した仏教各宗の動向」との関わり、つまり「高僧伝形式の墓中出生譚」は「僧房管理の信仰伝承」の側面があることを指摘している。[26]

それでは産女と子育て幽霊は、名称が異なるだけなのだろうか。そこで注目されるのが、『奇異雑談集』（一六八四刊）[27]巻第四「国阿上人、発心由来の事」（以下、「国阿」）である（図1）。子育て幽霊と高僧の出自に関する話だが、幽霊の遺児ではなく、幽霊の夫である橋崎国明が事件後に発心して高僧になる。その末尾には、次のように書かれる。

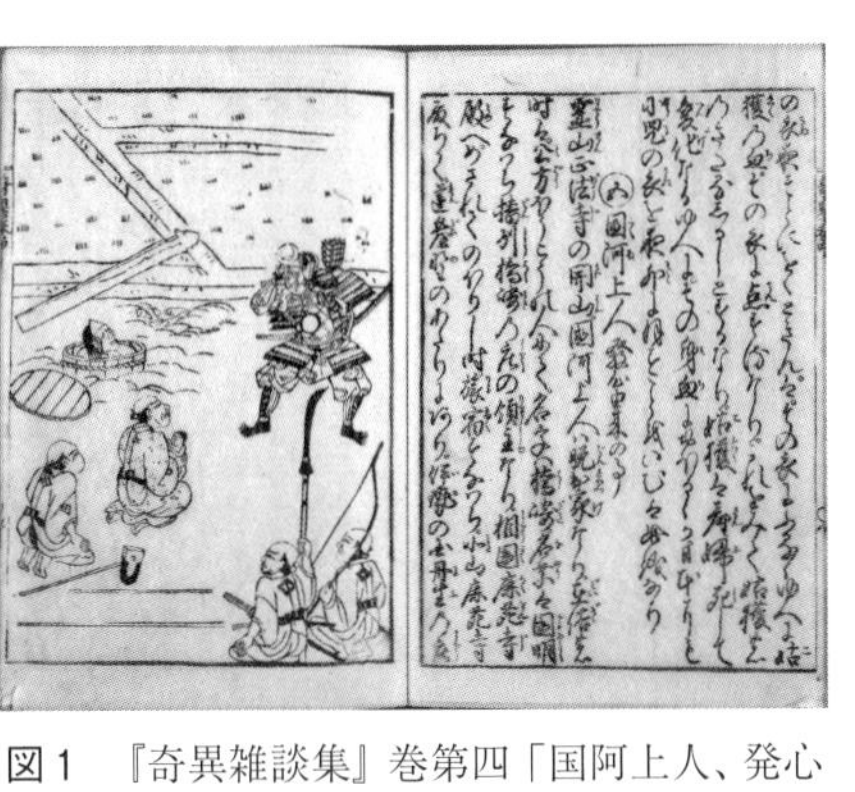

図1　『奇異雑談集』巻第四「国阿上人、発心由来の事」挿絵
土中から赤子が取り出された場面。

> 右、内婦、土葬以下の事、姑獲とおなじきゆへに、ここにしるす。もし、毎日三銭ほどこす事、これなくば姑獲となるべきものなり。

難産で死んだ妻が土葬された以降の行動は「姑獲」と同じでも、国明の内婦の幽霊と「姑獲」は区別されている。

実は、『奇異雑談集』「国阿」の前話に、「産女の由来の事」（以下、「由来」）がある。これは、京西の岡付近に現れた「赤子のなくに」似た「人のかたち」で両手を地につけて跪く「化生の物」＝「産女」

の話と産女＝姑獲鳥説を記したものである。「由来」の産女に関する説明を見ておく。

世俗にいはく、「懐妊不産して、死せる者、其のまま野捨てにすれば、胎内の子死せずして、野に生まるれば、母の魂魄、形に化して、子を抱き養ふて、夜歩くぞ。其の赤子の泣くを、うぶめなくといふなり。そのかたち、腰よりしもは、血にひたつて力よはき也。人もしこれに会へば、負うてたまはれといふを、いとわずして負へば、人を福裕になす」と、いいつたへたり。これも、また、そのまことを知らざるなり。唐に姑獲といふは、日本の産女なり、姑獲は鳥なり。（後略）

「国阿」も「その子を思ふ処の、しうしん、こんはく、幽霊に化して、子を、やしなふて、今日まで、赤子の、いのち、ありしものなり」と、母の魂魄が「幽霊」に化した点で、「由来」と差はない。

それでは、両者の何が違うのかといえば、「毎日三銭ほどこす」という国明の行為である。これは、不産のまま亡くなった妻の作善をいとなむにも陣中で不便だったため、代わりに「非人」へ三銭をほぼ毎日施し続けた行為を指す。そして、内婦の幽霊は、茶屋で餅を三銭分買っていた。つまり、内婦を弔う善事（生きている人間＝家族・隣人が死者を悼む行為）が、赤子の生存の保障につながり、「子を思ふ処の、しうしん」から妻の魂魄を解放＝救済したのである（他の子育て幽霊譚では、棺桶に入れた六文銭を使って飴などを買う）。

一方、「懐妊不産して、死せる者、其のまま野捨て」られ、家族や近隣の人びとによる追善のいとなみがなされなければ、執心が留まり「化生の物」＝産女として現世を彷徨い続ける。つまり内婦の幽霊と産女は、生きている家族たちによる追善の有無によって区分される[28]。

京極夏彦は、固有名詞など生前の個人的な情報が捨象され、「産褥で死んだ女」という普遍性を獲得し「ウブメ」という共通した一般的な名称を得ると、幽霊から妖怪になると指摘している[29]。その指摘を踏まえれば、死者の個人的な情報を保持しているのは、当人を知る人たちであり、その情報を忘れさせない効果を追善の仏事は内包している。

『奇異雑談集』は、刊本の前に写本（上下巻　一六四〇年代頃成立）が作成され、その下巻の草稿に相当する写本「漢和希異」も伝存している。[30]「漢和希異」にも「国阿」の話は収載されているが（「由来」はなし）、引用した「姑獲」との区別に関する末尾の文章はない。仏教唱導系怪談集の先駆とされる『奇異雑談集』の編者は、「由来」を新たに設け、「国阿」と関連付けることで、仏事の重要性を強調した。そのため、産女と子育て幽霊の差異が明確になった。

（3）産女の子

産女と子育て幽霊を分けるのは、生者による追善であった。追善は、赤子の生存の保障につながる。「子を思ふ処の、しうしん」から化成する産女・子育て幽霊にとって、赤子の生存の保障は成仏と同義であった。逆に、赤子の生存が保障されない＝赤子から解放されない限り、母の霊は現世に留まり続けることになる。

越後米沢の怪談集、小越春渓『怪譚雨夜伽』（一八六四成立）巻之一「林泉寺の産女」[31]では、上杉輝虎（謙信）の家臣、五十公野源太が越後林泉寺の大門のうちに現れる「産女とかやいふ変化」に遭遇する。両者の会話のなかで、産女は「誠に妾は此世の外の者にて候か、（中略）妾此子にひかれて、六道四生の其内に迷ひ歩き候なれ、願くは此子を抱取て、妾ハ苦患を助け玉へかし」と、赤子が原因で成仏できないと涙を流す。そこで、源太が赤子を抱くと「あら嬉しや、今社ハ成仏の身と成りて候」と産女は虚空に消える。赤子の生存が保障され、母は執心から解放されたわけだが、赤子は「俄に大鬼と成て、其丈は杉の梢と斉しく、両眼ハ百練の鏡に血を濺きたる」ようなさまで源太を睨む。結局、源太は護符の加護で助かるが、鬼になった赤子（おそらく母に執着がある赤子の霊）であっても、他の人に託す行為（生存を保障する擬似的行為）で、母は成仏できる。

子を想う母の霊は、一九世紀の文芸や演劇にしばしば登場する。それは、母の死体から生まれ出た子どもが拾われる場面において頻出している。[32] 板坂則子は、化政期の戯作から「死体から生まれた赤子」作品を三一例挙げ、母の多くが非業の死を迎えていることを指摘する。[33] 山東京伝の作品では、[34]『桜姫全伝曙草紙』（一八〇五刊）の玉琴（彼女の怨念によって子の清玄は桜姫に執着する）をはじめ、『絵本梅花氷裂』（一八〇六刊　歌川豊国画）の藻の花や『安積沼後日仇討』（一八〇七刊　歌川豊広画）のお柳がいる。挿絵には、藻の花とお柳が赤子を抱く亡霊で現れている姿が描かれ、後者では流れ灌頂も描かれている。

演劇では、四世鶴屋南北の作品で、『天竺徳兵衛韓噺』（一八〇四初演）乳人五百崎の亡霊は赤子を抱いて流れ灌頂から登場し、[35]『彩入御伽艸』（一八〇八初演）は「水の内より幸崎、ぼうこんのこしらへにて、心火もへて、いぜんの抱子をかゝへ、こつぜんとあらわれ出る」。[36] そして、『東海道四谷怪談』（一八二五初演）「蛇山庵室の場」では、お岩が「産女の拵へ」で流れ灌頂から登場する[37]（現在は提灯抜け）。高橋によれば、南北の描く産女は、累怨霊譚を混在させたことで、「産女のイメージを巧みに利用しつつ、孤独・隔絶・疎外の状況を変化させ、深めていくことによって、終にはその根元的意味をも、内側から喰い破っていった」とする。[38]

彼女たちは、子を産み育てたかった母の無念が具現化したものである。具体化の背景には、子の行く末を案じて成仏できないウブメという文化的土壌があった。彼女たちが死後も見守る赤子の成長は、イエの存続につながる。一方で、おそらく子を亡くしてしまったお岩の怨霊はイエの存続を邪魔した者たちを祟り殺してしまう。

（4）成仏する産女・祀られる産女

子を想う執心ゆえに現世を彷徨う産女は成仏する場合もある。先の『二十四輩順拝図会』『怪譚雨夜伽』がそうだが、ここでは成仏した後、さらに祀られた事例を見ていく。

神奈川県鎌倉市小町にある大巧寺は、「おんめさま」として知られ、現在門前に「安産・子育　産女霊神」という石碑が建つ（図2）。その由来を、徳川光圀が命じて作成させた地誌『新編鎌倉志』(39)（一六八五成立）巻之七「大巧寺（ウブメノ）」で確認する。

産女宝塔（ウブメノホウタウ）　堂ノ内ニ、一間四面ノ二重ノ塔アリ、是ヲ産女宝塔ト云フ事ハ、相伝フ。当寺第五世日棟ト云僧、道念至誠ニシテ、毎夜妙本寺ノ祖師堂ニ詣ス。或夜夷堂橋ノ脇ヨリ、産女ノ幽魂出テ、日棟ニ逢、廻向ニ預テ苦患ヲ免レ度由ヲ云フ、日棟コレガ為ニ廻向ス、産女、䞋金一包ヲ捧テ謝ス、日棟コレヲ受テ其為ニ造立スト云フ。寺ノ前ニ産女幽魂ノ出タル池、橋柱ノ跡ト云テ今尚存ス。夷堂橋ノ少シ北ナリ。

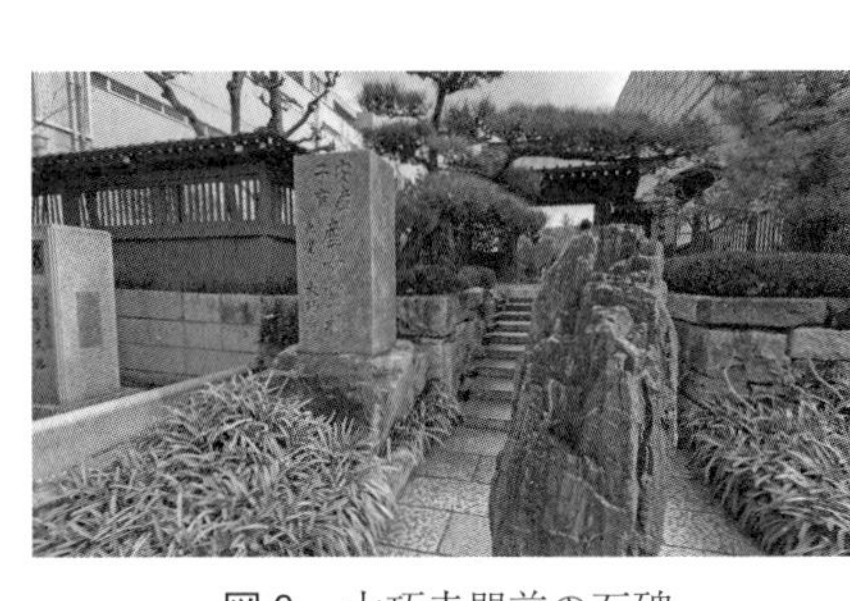

図2　大巧寺門前の石碑

地元の伝承を基盤にして編まれた『新編鎌倉志』は、彰考館の権威と相俟って、後継の鎌倉の地誌に大きな影響を与えた(40)。寺島良安『和漢三才図会』（一七一二序）巻六十七の大巧寺「産女宝塔（ウマメノ）」(41)も『新編鎌倉志』とほぼ同じ内容で、その影響を受けた一つだといえる(42)。ただし、産女の来歴や廻向を求める理由は不明である。

時は下り、明治一六年（一八八三）一〇月の刊記がある『産女霊神縁記』は、大巧寺が発行した「産女霊神」の由来書で、四四世慈量院日静の識語が付く(43)。これによると、天文元年（一五三二）四月八日の出来事で、日棟の前に「面色は枯たる草の如く頭髪垂乱」で「腰下悉く血に染み」た女性の霊が現れる。女は、自分が大倉郷の秋山勘解由の妻で難産のために死亡し、滑川を渡ろうにも流水が「汚血」になって渡れず、子供が乳房を絞って吸い泣くのが苦しくて堪らず廻向を求めて現れたと語る。『新編鎌倉志』と同様の由来だが、出自や事情、容姿など個人的な情報が約二〇〇年を経て詳細に追記されている。ここでも子が母から離れないことに苦悩している。

次に、静岡県静岡市葵区産女という地名の由来を見る。そこには、もともと駿河国安倍郡の「産女新田」があった。新庄道雄『駿河国新風土記』（一八三四成立）巻十八によれば、「村名の義、牧野喜藤兵衛妻、産にて死す、其霊を山神に祭り、産女明神と称す、其名これを地名となせしなり」とあり、続く「正信院」でも、永禄年中（一五五八〜七〇）、今川家の家臣、牧野喜藤兵衛清乗の妻が産死して葬られた後、「霊夢の告」から山神社に産女明神を祀り、正信院には子安観音を安置し、「今近村の婦女、妊娠の時、此観音を祈れば、難産をまぬがるゝとて、歩をはこぶもの多し」という[44]。現在も産女山正信院として、産女観音が安置されている。

これらは、仏教による産女の救済であり、他にも曹洞宗の切紙や「無縁本」など、堤邦彦によって救済の手段が数多くあったことが明らかにされている[45]。産女の救済は、近世仏教の世俗に向けた対応として確立されたものであったが、先に見た『宿直草』巻五「うぶめの事」では、読経をしても成仏せず、男がしていた下帯を窓にかける魔除けで産女を退散させている。必ずしも産女は成仏できるわけではなく（生者の悼む気持ちと関係する）、退散という手段を取らざるを得ない場合もあった。

（5）幽霊ではないウブメ

ここまでウブメを幽霊とする理解を見てきたが、一方で、幽霊ではないと否定する見解もあった。

山岡元隣・元恕『古今百物語評判』（一六八六刊）巻二「うぶめの事付幽霊の事」では、元隣が「産婦の死せしからだより、此もの（姑獲鳥―筆者注）ふと生じて、後には其類を以て生ずるなるべし」、より具体的には、「産婦のかばねより此鳥わき申すまじとも申しがたし、（中略）地獄の沙汰とはなぞらへがたし、気化形化の名義は、おの〳〵かねて知り給へばかたるにおよばず」という[46]。元隣は、「気化形化」、すなわち生類の発生法に姑獲鳥を当てはめることで、地獄といった仏教的な理解を示さない。

児島不求『秉燭或問珍』（一七一〇刊）巻六「産死婦之説」（目次では「産婦鬼説」）は、元隣の説明よりも詳しい。(47) ある人の「世に姑鬼（ウブメ）といふものありて雨ふり闇夜にハ出て啾々と鳴甚人を悩（ナヤマス）といふ、是仏説に所謂幽霊の類乎」という問いに対して、本草書の姑獲鳥を引いた後、「今按するに、産婦の死したる、死體（シガイ）より蛆を生ずかごとく、与風（ふと）生じたるより類をもつて化生せるならん。産婦の死體より出たる物なれバ子を愛する事尤也」と、元隣同様、姑獲鳥を化生という生類の発生法から説明する。(48) 続けて、物事の「常と変」から論じている。

常理にあらすといへとも此亦理の一端也。姑獲といふも是に同じ、人一度死して来らさるハ常也。再ひ形を顕し来るハ変也。人常に見習さるに依てあやしみ恐る、理の源を知時は恐るゝ事もなく又怪き事もなし。仏氏の所謂幽霊といふにはあらす。

そして、『春秋左史伝』に載る伯有の亡霊を引き合いにして、「天命の死を遂ず常理に背て死するが故に、一気猶散ぜず鬱結して妖をな」したものと、ウブメを理解している。

元隣や不求がウブメを幽霊としない根拠は、万物は気から生成されるという儒学（朱子学）の知識である（朱子学の鬼神論では、鬼神や怪異も気から成り、一度散った気は元に戻らない）。(49) これまで見た仏教的な解釈ではなく、彼らの意見は学問的な解釈といえ、ウブメの二通りの解釈が併存していたのも当時の特徴である。

二、誤解されるウブメ

（1）臆病者の誤解

前節では、ウブメを霊という観点からさまざまに論じたが、本節では、ウブメだと誤解する事例から、ウブメの特徴を逆説的に検討する。ウブメだと誤解する話は、ウブメの認知度の高さを示し、商品である刊本はその高さを理解した上でウブメの話を掲載したものといえる。

まずは、艸田斎(苗村丈伯)による俚諺を主題にした浮世草子『籠耳』(一六八七刊)を見る(50)。巻一「蒙古国裏鬼」では、小児を泣き止ませるためのおどし方として、顔をしかめる「元興寺」から「予がいとけなきとき、乳母どもが、姑獲鳥が来るといへば、身にしミておそろしき夜お、かりし」と、ウブメへ話が移る。「姑獲鳥といふ鳥」として、本草書の姑獲鳥を説明した後、「近江の国栗本の郡に君が畑といふ在所」に住む臆病者の話に続く。この男は、預かった子どもを連れた用事の帰り道に、日が暮れていく中、墓所のそばを通る。「このところにハ姑獲ありて、人を追と、かねて聞およ」んでいたため、男は足早に進むが、置いてけぼりにされた連れ子が「のふまち給へ〳〵、われをバすて給ふかと、あとよりよバ、るを聞て、すハや姑獲よと」振り向かずに男は逃げてしまう。その後、振り向くと「人の物がたりにたがハずちいさき子なるがなきわめきて、おひかくる」。腰を抜かした男に子どもが背中に追いつくと、気絶してしまう。

男の臆病ぶりはさておき、「人の物がたり」である「姑獲」は鳥ではない(わざわざ「鳥」の字を取っている)。この「姑獲」の特徴は、子どもが泣き喚きながら追いかけてくることにある。赤子の泣き声のような怪音をウブメと呼ぶことは冒頭に述べたが、ここでは怪音を引き起こす主体として子どもの姿が立ち現れている(そこに母の姿はない)。

同じく巻五「下戸化物無」では、ある侍が月夜に野道の橋を過ぎようとしたところ、次のような場面に遭遇する。

> 川のなかに女壱人すご〳〵とたちて、髪をみだし腰よりしもハ血にそまり、とをるものを、なつかしさうに見をくるほどに、なに物なるぞととがめければ、たちまちきへうせぬ(後略)

腰から下の血は、産女を想起させるが、実は、家の下女が赤い前垂れをして、川で洗い物をしていたという結末である。

（2）誤解される鳥

ある鳥をウブメだと誤解する事例もある。林羅山『梅村載筆』（一六五七以前成立）を見てみる。

夜中に小児の啼声のやうなる物を、うぶめとなづくといへども、それをひそかに伺ひしかば、青鷺なりと、ある人かたりき。(51)

また、『諸国百物語』（一六七七刊）巻之五「鶴林うぐめのばけ物の事(52)」は、京の東にある「鶴の林と云廟所」に「よな〳〵うぐめと云、ばけ物きたりて、あが子のなくこゑする」という。ある人が雨夜に見届けにいったところ、「五つじぶんに、しら川のかたより、からかさほどなるあをき火、中をとびきたる。ほどちかくなりければ、人のいふにたがわず、あか子のなくこゑきこへ」た。それを刀で切り倒したところ、大きな五位鷺で「よしなき物に、をそれたりとて」大笑いして帰ったという。『梅村載筆』同様、「うぐめ」も夜の赤子の泣き声のような怪音を立てている。

誤解の元となった鷺（青鷺・五位鷺）について、寺島良安『和漢三才図会』巻四十一・水禽「鷺」には、「其の声人の呼喚に似る者也（其声似人呼喚者也）」とある。また、人見必大『本朝食鑑(53)』（一六九七刊）巻之五「五位鷺」には、「五位鷺夜飛ふときは則光有て火の如し、月夜最も明なり、或は大なる者岸辺に立ては巨人の如し、若し人識らずして之に遇へは驚惧し妖怪と為して甃る、此れ妖とするに非ず、人驚て妖とするなり（凡五位夜飛則有光如火、月夜最明、或大者立于岸辺如巨人、若人不識而遇之驚惧為妖怪而甃、此非為妖、人驚為妖也）」とある。『和漢三才図会』「鵁鶄（ごいさぎ）」でも同様の説明がある。後年の鳥山石燕『今昔画図続百鬼』（一七七九刊）「青鷺火」や桃山人・竹原春泉斎画『絵本百物語』（一八四一刊）「五位のひかり」といった化物絵本でも紹介されるように、鷺は光を放って夜飛ぶことが、当時の認識であった。

ウブメと鷺については、『本朝食鑑』「五位鷺」に興味深い記述がある。

或人の謂く、若し悞(あやまり)て夜小児の衣服を暴(さら)して、五位其の衣上に糞して、人之を知らず小児に着けしむるときは則驚啼止まず、竟に奇病を発する、是れ未だその証を詳にせざるなり（或謂、若悞夜暴小児之衣服、五位糞其衣上人不知之令着小児則驚啼不止、竟発奇病、是未詳其証也）

夜干しをすると、五位鷺が糞をつけて小児を奇病にするという。これは、姑獲鳥が毒の血を夜干しの衣服に付けて子どもを罹患させることに似ている。つまり、必大は、日本の五位鷺＝中国の姑獲鳥という可能性を示唆している。しかし、巻之六「鵼(ぬえ)」で必大自身がその説を覆している。この項では、夜鳴く鵺から「産婦鳥(ウブメ)（姑獲鳥）」へ話題が移り、次の自説を述べる。

大按するに、近俗の謂ふ、夜小児の衣物を露すべからず、若し五位鷺夜る飛て尿を以て之れに点すれは、人之を知らず小児に着せしめて臥さしむるときは、則ち夜啼驚癇を発すと。是れ姑獲を訛て鵁鶄とするか、鵁鶄火災を厭し諸毒を解す、何そ児を脅かすの悪有んや（大按、近俗謂、夜不可露小児之衣物、若五位鷺夜飛以尿点之、人不知之令着小児而臥、則発夜啼驚癇、是訛姑獲為鵁鶄歟、鵁鶄厭火災解諸毒、何有脅児之悪乎）

必大は、中国の姑獲鳥に関する情報を日本の誰かが紹介した際、五位鷺と誤解されたのではないかと結論する。(54)では何故、五位鷺と姑獲鳥が誤解されたのか。それは、鳴き声と火による連関からだと考えられる。ウブメと火については、『和漢三才図会』巻四十四・山禽類「姑獲鳥」の「按ずるに、姑獲鳥〈俗に云ふ産婦鳥〉は、（中略）九州の人謂て云く、小雨ふり闇夜、不時に出ること有り、其の居る所必ず燐火有り（姑獲鳥〈俗云産婦鳥〉（中略）九州人謂云、小雨闇夜、不時有出、其所居、必有燐火）」、西川如見『和漢変象怪異弁断　天文精要』（一七一五刊以下、『怪異弁断』）巻之第七「野火并燐火・神火」の「産女ト号スル者アリ、是又火有テ哭声アリト云リ、或書ニ産女ト云ハ鳥ナリ、夜出ツ、其口気ニ火光アリ、日本東国ニ居レリトカヤ、此鳥ヲ見タル人ニ未ダ逢ハズ、重テ論フベシ」(55)など、姑獲鳥に類する日本の鳥、すなわち「産婦鳥(ウブメドリ)」は、火のような光を伴う鳥だと認識されていたのである。この日本版姑獲鳥である「産婦鳥」は、後に各地で発見されていく（後述）。

（3）二つのウブメ塚

次に、誤解ではないが、ウブメの多面性を考える上で重要な事例を見てみる。それは、二つの「ウブメ塚」にまつわる話である。

一つ目に、三河国幡豆郡寺津村（現愛知県西尾市）の寺津八幡宮の神職であった渡辺政香は、平田国学に関心を持ち、最晩年の天保一一年（一八四〇）に『今昔参河奇談』[56]を成す[57]。書名の通り、諸書を博捜して三河に関する伝説や奇談を紹介したもので、文末には按を付すこともある。その中に「産夫鳥塚（ウブミツカ）」がある。

> 牛久保蜜（ママ）談記云、永禄六年三月六日、牛久保ノ合戦ニ稲垣平左（ママ）衛門ガ勇士拾六人討死ス、彼拾六人屍一蓮侘生ト一所ニ埋ラレシニ、塚ノ辺ニテ月暗キ雨夜ナトハ産夫鳥ノ如クキヤウクワンス（叫喚）、里人呼テ、ウブミ塚ト云フ。

この典拠である中神行忠『牛久保密談記』[58]（一七〇一成立）の該当箇所も引用する。

> （永禄六年―筆者注）稲垣平右衛門カ勇士拾六人迠討死シ、（中略）彼ノ十六人ノ屍一蓮侘生ト一所ニ埋ラレシニ、塚ノホトリニテ月暗キ雨夜ナトハ産夫鳥ノ如クキヤウクワンス。里人呼テウフミ塚ト云フ。

永禄六年（一五六三）の合戦により稲垣平右衛門（長茂）の勇士一六人の死体を埋めた塚の辺りから、雨夜に叫び声が聞こえる。それは、「産夫鳥」のようだから「産夫鳥塚」と呼んだという。これは、一六世紀半ばから一七世紀にかけての三河国宝飯郡牛久保（現豊川市牛久保町）では、夜中に聞こえる叫喚を「ウブミ」と呼んでいたことが前提になっている。その地元の伝承と、勇士（男性）の亡霊がひき起こす怪異が、叫喚（とその背景にある死）によって結びついたのである。

二つ目は、肥後の曹洞宗大慈禅寺で学んだ玉端の仏教説話集『本朝諸仏霊応記』（『本朝霊応記』一七一七序）上巻第五「念仏によつて姑獲鳥（うぶめ）たすかる事」である。(59) 羽柴伊賀守貞次（筒井定次）の家人肥田某の娘は、谷崎某の妻となったが、文禄二年（一五九三）二月中旬に難産で亡くなってしまう。「袖合山往生院九品寺」（三重県伊賀市守田）で葬礼が執行され、南出村（同名張市南町か）に亡骸を埋めると、次のようなことが起きた。

> 毎夜丑寅の尅限におよひ、九品寺のかたはらよりあやしき火出て、肥田氏が家に飛いれり。かくて日を経るにしたがひ、其沙汰ひろく諸方にもれて口号（クチスサミ）となりければ、肥田氏もしや浮たる説にてもあらんとおもひ、家人を寺の路、麻生田・久米にかくし置て見せしむるに、世上に沙汰するごとく霊火、九品寺のかたはらの墓より出て永岳山の麓久米山のすそをつたひ、きえつもえつ、いとかすかなる火、地の上三四尺を走ゆけり。

それを知った両親は悲しみ、「十月下旬に摂州平野大念仏の僧俗を請し法事を執行」したところ、「其夜よりして、かの霊火法水に消滅しふたゝび出ることなかりけり、其塚を今に姑獲鳥塚といひつたえたり」。

ここで「姑獲鳥」と表現されるのは、「霊火」「あやしき火」である（赤子の生死は不明）。『諸国百物語』の場合も火が飛んでくるが、ここでは葬礼後に九品寺の墓と肥田家で起きた怪異だったために、難産で死んだ娘に原因があると判断され、「姑獲鳥」と表現されたのだろう。ちなみに、折口信夫が壱岐で採集した「うんめ（うぅめ・うんめん）」も、「難産で死んだものがなる、と言ふ怪し火」で、「青い色の、気味のわるい光」だという。(60)

前者は（男性の）叫喚、後者は産死した女性に縁のある場所で現れた怪火のため、ウブメが想起され、「ウブメ塚」と呼ばれた。いずれも現象自体は、本来ウブメと見なされないものだが、ウブメとの共通項が見出されたことで、ウブメとして扱われた。つまり、名も無き怪異が、知名度の高いウブメに回収されたのである。

三、メディア上のウブメ

これまで見てきたウブメに関する情報は、書物というメディアを介して伝わっている（書承）。そこで、本節は、書物を介して、江戸時代のウブメに関する情報がどのように受容され、利用されたのかを考えてみる。(61)

（1）『今昔物語集』という典拠

怪異としての産女は、『今昔物語集』が最古の事例であることは先述した。しかし、稲垣泰一によると、『今昔物語集』が広く流布するのは、井沢長秀（蟠龍）による『考訂今昔物語』（前編一五巻一七二〇刊、後編一五巻一七三三刊、以下、井沢版）を待たなければならなかった。(62)井沢版は、『今昔物語集』を抜粋、再編した改作本である。前編倭部巻十三・怪異伝は、巻二十七を改編して、十二「産婦行南山科値鬼逃語」、十三「平季武値姑獲鳥語」と連続して話を掲載し、漢字表記や読み方で区別している。

『今昔物語集』四三話と井沢版一三話を比較すると、後者には三つの特徴が見られる。(63)それは、①ウブメの漢字表記が「姑獲鳥」に統一されていること、②末尾の「此の産女と云ふは、「狐の、人謀らむとて為る」と云ふ人も有り、亦、「女の、子産むとて死たるが、霊に成たる」と云ふ人も有りとなむ語り伝へたるとや」がないこと、③挿絵があることである。①は前話の「産婦」と差別化する一方、当時の産女＝姑獲鳥説の普及を反映したものといえる（②も同様）。③は、ウブメが平季武に赤子を渡す場面を視覚的に表している。

井沢版を通して、『今昔物語集』は流布し、それを享受した者が新たな創作に利用した。(64)それは、産女説話（肝試しで平季武が美濃の渡へ行き、産女の赤子を抱いて館へ戻るが、赤子は木の葉になっていた）も例外ではない。

例えば、流霞窓主人（江戸の狂歌師・山家広住）の読本『野史種百章　怪譚破几帳』（一七九九刊）巻二「任俠逢姑獲鳥」がある。[65]

ⅰ和泉国堺の悪人「牛の黒八」が仲間と夜話しているところへ、窓蔵がやってくる。窓蔵は、霰松原を通ると、「痩おとろへたる女とて髪を乱し乳呑子を抱き、某に「抱て給はれ」と云、腰より下は血に染、その恐ろしさたとへるにものなし」で逃げ帰ってきたという。

ⅱ黒八は、それは窓蔵が臆病者だから狐狸に化かされたのだと、霰松原へ行ってみると、案の定赤子を抱いた痩せ衰えた女に出会う。「此子をしばしいだきてたまはれ」というので、黒八は「心得たり」と有無をいわさず抱き取ると、彼の女は行方知れずになった。

ⅲ戻ってきた黒八は、「うぶ女の子をとり来りし」と赤子を見せながら自慢話をして、明日白昼に化けの皮を剝がそうと連れて帰った。しかし、翌日になっても赤子に変化はなく、健やかなままで、そのうち母乳を求めて近所で分けてもらうようになった。赤子を捨てることもできず、役所へ訴えると「汝があづかりしものなれば、養育してとらすべし」と申し渡される。反論もできず、仕舞いには乳母をとって育てることになった。

ⅳ後で聞いたところによれば、仲間に黒八を憎む者がいて、霰松原に捨子がいたのを見て、「乞食の女をやとひ姑獲鳥にこしらへ、謀事」で、黒八に捨子を授けたのだという。

黒八に対する憎悪とは別に、捨子の生存が保障された点は救いである。ウブメの赤子を連れて帰るところまで、『今昔物語集』を下敷きにしていることは明らかである。末尾では「この事後にきこへて、みな〳〵一笑を催しけるとなん」と、『今昔物語集』が平季武の武勇譚なのに対して、笑話に転化している。ここには、一八世紀後期以降の都市に見られる、怪異を人為的に生み出す娯楽文化との連動が見られる。[66]

また、『今昔物語集』（井沢版）を参照系として用いた事例が、地誌に見られる。佐分清円（一六八〇～一七六五）

による美濃国の地誌『美濃国古蹟考』（一八世紀中頃成立か）巻二十一・怪異には「渡姑獲鳥」があり、「今昔物語云」として産女説話と『本草綱目』を引用している[67]。

大鐘義鳴による二本松藩（現福島県二本松市）の地誌『相生集』（一八四一序）第十九稿・物異類に「姑獲鳥」がある[68]。本山氏の僕が「一陣の臭風につれて頭おとろ〳〵しくふりみたし顔青く痩たる女あゆみより、僕を呼て喃々是を抱きてたへと懐なるミとり子を出しけり」ということで、赤子を抱き処置に困っていたところ、鶏鳴が聞こえると「其子も忽ち見え」なくなったという（携帯していた脇差の鶏形の目貫の加護）。注目したいのは、末尾の「按るに平季武か美濃国渡りといふ処にてウフメの子をいたきたる事、今昔物語に見えたり、猶いくらもあるへし」で、遠く離れた地の出来事を井沢版を介して連関させている。

（2）書承としての姑獲鳥

姑獲鳥も、本来は中国の毒鳥という文字情報が書物経由で日本に伝わった。古くは、一〇世紀の『本草和名』『医心方』という本草書や医書に見られるが、閉鎖的な情報で、広く知られるようになったのは、一七世紀初頭の『本草綱目』の渡来以降である（前稿参照）。

そして、夜干しの禁忌や『和漢三才図会』『怪異弁断』を通して、日本の姑獲鳥（のような鳥）＝「産婦鳥」が発見されていく。つまり、文字情報のみで伝わってきた姑獲鳥が、次第に日本で「産婦鳥」という実体を持つようになったのである。先掲した『本朝食鑑』巻六「鵄」の「産婦鳥（ウフメ）は或人の曰く姑獲鳥なり（産婦鳥者或曰姑獲鳥也）」は、「産婦鳥」が姑獲鳥に先行して存在していたかのような表現である。

姑獲鳥と関係が深い鳥は、夜鳴く鵺である。前稿で見た羅山の『野槌』や『新刊多識編』、さらに俳諧などでも、姑獲鳥と鵺は結びついている。また、菅江真澄の松前紀行文「蝦夷喧辞弁（えみしのさえき）」（一七八九成立）では、五月四日の夜に次のような出来事を記録している。

滝なみの音にいねもつかれず、いとど、ふるさとのしのばれて物おもふをりしも、まを〳〵と、ながやかに軒近うなくは、姑獲鳥なりけらし。笛の声かとたどるは、のどよびにこそあらめ。

おく山のおどろがもとの滝まくらひゞきそへたる鵺どりのこゑ(69)

滝波の音で寝付けず、故郷に思いを寄せていた際、「姑獲鳥」が鳴き声を聞き、「鵺どりのこゑ」を含む歌を詠んでいる。真澄は、姑獲鳥を知っており、夜鳴く鳥として姑獲鳥と鵺を連想した。キメラとしての鵺と姑獲鳥は区別されるが、鳥としては同様のものとして理解されていたことがわかる。

さらに、江戸幕府の儒者屋代弘賢が各藩に求めた諸国の風俗調査（「風俗問状」一八一五、六頃に発送）に対して、備後国福山の棟上に関する回答に「屋根ふきかへ候時、白き幣をたて候処も有之、悪鳥の止らん事を恐れてなりと申候、悪鳥とは、うふめ・鬼車抔の類を申候か」とある（「備後国福山領風俗問状答」一二一）(70)。回答書の編者は、儒者の菅茶山である。このように、江戸時代の知識人たちは、姑獲鳥に相当する日本の「産婦鳥」はいると想定していたのである。

（3）人面の姑獲鳥

日本の「産婦鳥」は、『和漢三才図会』『怪異弁断』の火とともに夜飛ぶ鳥がいる一方で、一九世紀の写本には異形の鳥が紹介されている。前稿でも紹介した福岡藩主の黒田斉清（一七九五～一八五一）『本草啓蒙補遺』(71)（『本草綱目啓蒙』初版以降成立）「姑獲鳥」を引く。

楽善（斉清―筆者注）曰、和名「ウブメトリ」ト云ハ鴟ノ鵃ナル者ノ鳴声ヲ云也。「クワシヤ」ト云鳥アリ、妖怪ノ「クワシヤ」トテ死ニタル人ヲ取リ食フ、此「クワシヤ」ニ非ス。一種ノ鳥ニシテ蘭名「ハルペイカ」ト云、羽州「クワシヤ」谷ト云アリ、人怖レテ到ラス、此鳥アルカ故ニ「クワシヤ」谷ノ名アリ、筑前鞍手郡犬鳴村・志摩郡吉田村ニモ往年来レリ、頭ハ美夫人ノ如ク、毛髪甚タ長クシテ木ノ枝ニ搦ミテ下垂シ、体ハ甚タ小也、又甲斐国ニ於テモ見シ者アリ、恐クハ此者ナラン。（後略。傍線は引用者）

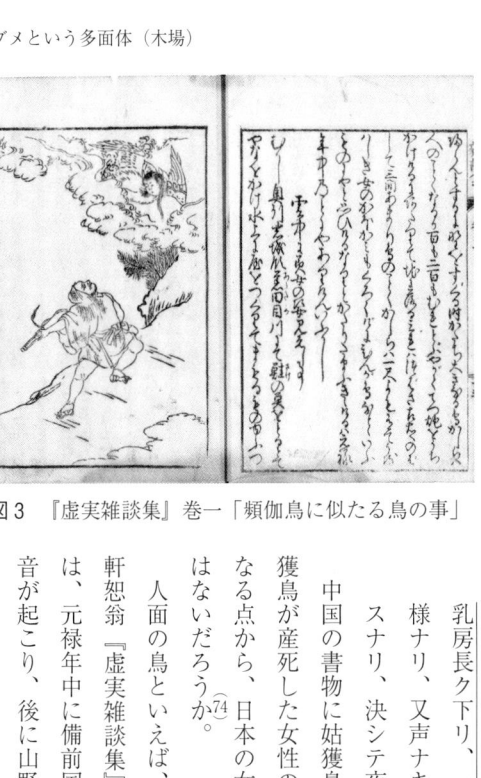

傍線部の「頭ハ美夫人ノ如」き異形の鳥を、斉清は姑獲鳥（フクロウの雌）、羽州の「クワシヤ」、西洋の「ハルペイカ」、すなわちハルピュイア（Harpuia）と連結させている。(72)

日本の姑獲鳥＝「産婦鳥」＝人面の怪鳥は、並木定恒「妖怪門勝光伝」（一八一六成立）にも見られる。

産女鳥ト云物アリ、医道ニ遊魂鳥ト号ス、是ハ産ニテ死タル女ノ魄化テ鳥ト成ル、其形頭ハ女ニテ髪ヲ乱シ乳房長ク下リ、一体ハ鳶ノ如クナリ、羽音弱ク声ハフクロウノ様ナリ、又声ナキモアリ、是ハ毛ノ間ヨリ霧ノ如クナル血ヲ降スナリ、決シテ夜分計リ飛行スルナリ。(73)（後略、傍線は引用者）

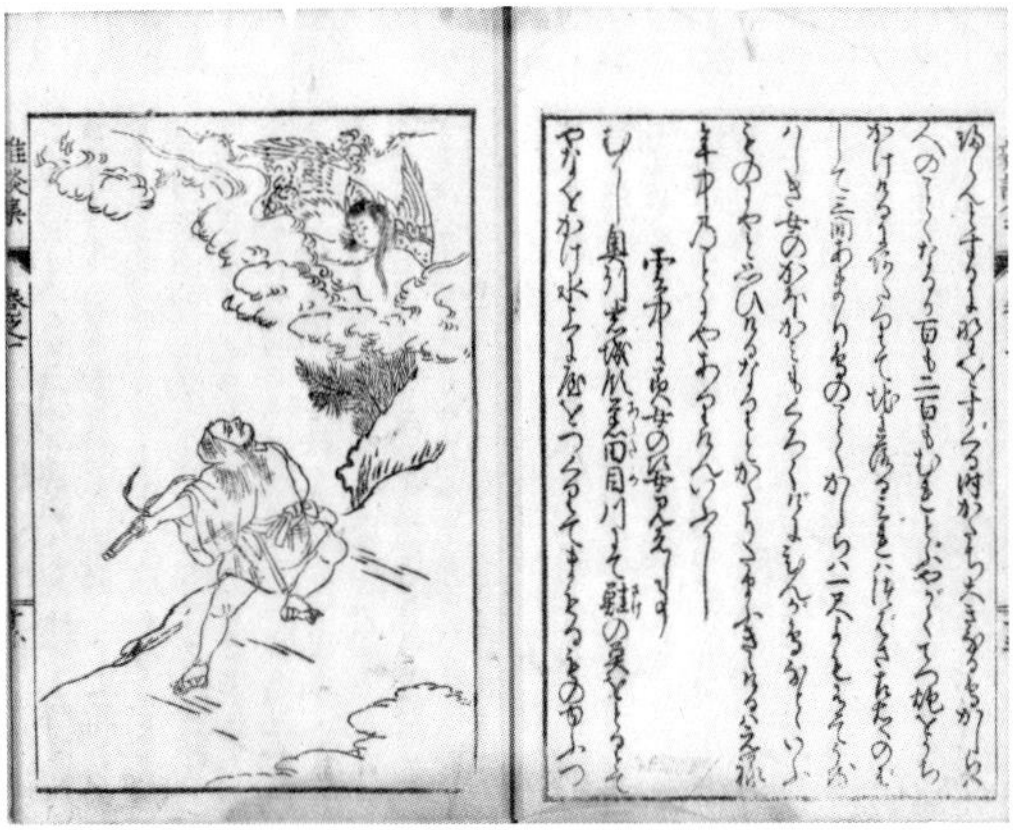

中国の書物に姑獲鳥が人面であるという記述はない。おそらく姑獲鳥が産死した女性の変化で、羽毛を着れば鳥になり、脱げば女になる点から、日本の女の顔をした怪鳥を「産婦鳥」と見なしたのではないだろうか。(74)

図３　『虚実雑談集』巻一「頻伽鳥に似たる鳥の事」

人面の鳥といえば、極楽浄土にいる迦陵頻伽も想起される。瑞竜軒恕翁『虚実雑談集』（一七四九刊）巻一「頻伽鳥に似たる鳥の事」は、元禄年中に備前国の出来事として、城内で夥しくすさまじい物音が起こり、後に山野で狩りをしていた者が「野を過ぐる時、かたち大きなる鳥、頭は人のごとくなるが、百も二百も群れ飛ぶ」のを目撃し、鉄炮で打ち落とすと、「つばさ左右へのばして三間あまり、鳥のごとく、頭は一尺余も有りて、うるはしき女のかほ、髪も黒く、げに、頻伽鳥などといふ物にや」[75]。挿絵では、一羽の「頻伽鳥」が人間の大きさで描かれているが、本文では数百羽とある（図3）。この鳥は、あくまでも迦陵頻伽と推測されているにすぎないが、人面という異形性が迦陵頻伽を瑞鳥ではなく怪鳥として認識させている。

（4）世界をつなぐ姑獲鳥

姑獲鳥は、学問の俎上に上がることが多い。本草学については、前稿や本論文でも見てきたので[76]、ここでは国学における姑獲鳥を見てみる。

『延喜式』祝詞巻「大殿祭」にある「天乃血垂飛鳥乃禍」の解釈として、賀茂真淵の『延喜式祝詞解』（一七四六序）は、次のように記す。

天乃血垂飛鳥乃禍トハ、（中略）又姑獲鳥（ウブメ）ト云鳥ハ、夜中ニ飛ニ、屋上ニ血ヲ落シ、或ハ小児ノ衣ナトニ落セハ、害アリト云リ、本草ニ見エタリ、此等ノ事ヲ云ナラント、或人ハ云リ、此外鬼車鳥ナト、奇怪ナル滴血鳥ノコトアリ、此等ノ事、我朝ニモ早ク云傳テ云歟[77]。

「血垂飛鳥」と姑獲鳥や鬼鳥という本草書の「奇怪ナル滴血鳥」を関係づけて説明している。この説は、平田篤胤『玉襷』巻七でも引用されている[78]。

また、豊後国速見郡杵築（現大分県杵築市）の国学者である物集高世（一八一七～八三）は、平田国学の影響を受け、『神道本論注解』『妖魅論』『神使論』などの幽冥論を著す。その『神使論』に次のような記述がある。

此の世界にある物ハ、おほかたハミな顕明物なり。（中略）さる中にも鳥獣などには、幽冥物（かくりもの）もあり、其は狐・狸・猫・姑獲鳥・封などの、奇しき事するたぐひのものミな幽冥物なり[79]。

「神も妖怪も、おなじ幽冥物」（『妖魅論』[80]）という高世は、篤胤の地上には人が生活する「顕世（現世）」と人の死後霊魂が赴く「幽世（幽冥界）」があるという世界観を継承し、姑獲鳥などは幽冥界の存在＝「幽冥物」だとしている。国学という古代の日本文化を明らかにしようという営為の中で、姑獲鳥は世界（日本と中国、顕と幽）を媒介する存在であった。

日本の産女と中国の姑獲鳥を接続させているのは、国学や本草学といった学問だけではない。伝承や各地を舞台にした物語でも同様のことが見られる。先の『籠耳』や『奇異雑談集』以外にも、北条団水『一夜船』[81]（一七一二刊）巻三「壱岐の国呼子の伝授鳥」では、胡蝶の亡霊（「産女」）の話、紀常因『怪談実録』[82]（一七六六刊）巻二「浅香山怪物を捕」では、角力取の浅香山角平が、常陸国のある里長から産死した娘の「夭怪」＝「産婦」を退治する話（その正体は古狸）の末尾などで、本草書の姑獲鳥の解説が夜干しの禁忌とともに語られる。

これらは、一地域での怪談を中国の姑獲鳥とリンクさせることで、世界の産死婦の変化（へんげ）という大きな文脈に位置付けようとするいとなみだといえる（『本草啓蒙補遺』は、東アジアだけでなく、ヨーロッパとも接続している）。

おわりに

前稿では、属性の取捨選択から時代ごとのウブメ像が形成されることに注目したが、本論文では属性の持つ独自性、言い換えれば、ウブメの多面性を、霊・誤解・書承から検討した。属性の収斂と展開の両面が、ウブメの多様性を際立たせている。

最後に、紙数の都合で論じることができなかった課題を、近代の事例を紹介しながら簡単に述べておきたい。まず、出産にまつわる血の池地獄との関連である。神奈川県横浜市の師岡熊野神社にあった「ちノ池」で、女性の六部が池のそばで産気づき、出産するが間もなく子は死に、精神に異常をきたした女は、池に飛び込んでしま

（部分拡大）

図４　『澳国維府博覧会出品撮影アルバム』に掲載された「平季武産女鳥に会図大香炉」（上段中央）

う。数日後には池から血が噴き出し、さらに池から六部の霊が現れ、妊婦を池に引き込むという噂がたった(83)。こうした各地の伝承も含めて、通史的に論じていく必要がある(84)。

次に、ウブメ図像の展開である。明治六年（一八七三）のウィーン万国博覧会に日本から出品された展示品に「丸形表ウブメ鳥　裏桐ニ鳳凰彫」の香炉があった(85)。大島安太郎の作で、現在オーストリア応用美術館に「平季武産女鳥に会図大香炉」として所蔵されている（図４）(86)。絵画では、月岡芳年「幽霊図　うぶめ」や伊藤晴雨「姑獲鳥」のような写実的な肉筆画、河童の絵で著名な小川芋銭が『ホトトギス』（一五巻一〇号、一九一二刊）に掲載した軽妙な「ウブメ鳥」など、ジャンルを越境した収集・分析が今後も求められる。

他にも懐胎死した母体から子を取り出す民俗（身二つ）(87)など、論じるべき課題は多い。ウブメがどれだけの面を持っているのか、その全貌は、杳として知れない。それでも一面ずつ明らかにしていくことが全貌を知る最善手である。

（1）　京極夏彦『百怪図譜』（講談社、二〇〇七年）。

（2）　木場貴俊「ウブメ」（『怪異をつくる』文学通信、二〇二〇年、初出は二〇一〇年）。

（3）『柳田國男全集』三（筑摩書房、一九九七年）所収。
（4）『新訂　妖怪談義』（角川学芸出版、二〇一三年）所収。
（5）『折口信夫全集』二（中央公論社、一九九五年）所収。
（6）本論文では、正・続を併せて改稿した「産女ノート」（西田耕三『怪異の入口』森話社、二〇一三年所収）を用いる。初出は一九八〇・八九年。
（7）高橋則子「鶴屋南北と産女」（『文学』五三―九、一九八五年）、同「南北歌舞伎の素材とその影響」（『近世文藝』一一八、二〇二三年）。
（8）堤邦彦「子育て幽霊譚の原風景」（『近世説話と禅僧』和泉書院、一九九九年）、同「近世仏教の学問と俗文芸」（『文学』八―三、二〇〇七年）、同「親鸞の産女済度譚」（『比較日本文化研究』一二、二〇〇八年）、同「江戸怪談の原像」（『国文論叢』五一、二〇一六年）など。
（9）倉地克直「世之介をめぐる女たち」（『性と身体の近世史』東京大学出版会、一九九八年）。
（10）横田冬彦「近世前期の出産」（『史林』一〇三―一、二〇二〇年）。
（11）安井眞奈美『怪異と身体の民俗学』（せりか書房、二〇一四年）。
（12）山田慶兒「夜鳴く鳥」（『山田慶兒著作集』五、臨川書店、二〇二二年所収、初出は一九九〇年）。
（13）矢島明希子「中國古代の夜について」（『東洋史研究』七八―一、二〇一九年）、増子和男「姑獲鳥伝説考」（『日中怪異譚研究』汲古書院、二〇二〇年）、高戸聰「姑獲鳥と子育て幽霊」（『福岡女学院大学紀要　人文学部編』三一、二〇二一年）など。
（14）大林太良「うぶめ鳥とポンティアナク」（『神話の系譜』講談社、一九九一年）、飯島吉晴「姑獲鳥から産女へ」（天理大学考古学・民俗学研究室編『モノと図像から探る怪異・妖怪の世界』勉誠出版、二〇一五年）。
（15）注（6）西田論文、一三二頁。
（16）参考として、小学館『日本国語大辞典』（第二版）の「ウブメ（産女・産婦）」の語釈は、「①妊娠している女。妊婦。また、出産してまだ産褥にある女。産婦。②（「姑獲鳥」とも）南山で死んだ女や、水子などが化したという幽霊。また、想像上の怪鳥。血みどろの姿で産児を抱かせようとしたり、幼児に似た泣き声で夜間飛来して幼児に危害を加えようとしたりするといわれる」である。
(17)　以下、『今昔物語集』巻第二十七の本文引用は、森正人『今昔物語集の怪異を読む』（勉誠社、二〇二三年）による。
(18)　稲垣泰一「怪異譚の表現機構」（『表現研究』八二、二〇〇五年）。
(19)　小峯和明「今昔物語集とその時代」（同編『今昔物語集を読む』吉川弘文館、二〇〇八年）を参照のこと。
(20)　『仮名草子集成』四（東京堂出版、一九八三年）。
(21)　『近世奇談集成』一（国書刊行会、一九九二年）。
(22)　早稲田大学図書館所蔵本。注(8)堤「親鸞の産女済度譚」も参照のこと。
(23)　湯本豪一編『妖怪百物語絵巻』（国書刊行会、二〇〇三年）の堀見家本による。
(24)　狩野派の「化物尽くし絵巻」には「幽霊」も描かれている。小松和彦「幽霊」（『妖怪文化入門』角川学芸出版、二〇一二年）も参照のこと。
(25)　子育て幽霊については、後述する『奇異雑談集』と『新編鎌倉志』を使って、拙稿「霊ガタリの系譜」五（『幽』vol.二二、二〇一五年）で触れたが、本論文ではより詳細に検討した。
(26)　堤邦彦「子育て幽霊譚の原像」（説話・伝承学会編『説話――異界としての山』翰林書房、一九九七年）。
(27)　『仮名草子集成』二一（東京堂出版、一九九八年）。
(28)　一八世紀後期以降のウブメの図に背景として描かれる流れ灌頂も、不特定多数の人びとが悼むための装置である（高達奈緒美「血の池地獄」、吉原浩人編『東洋における死の思想』春秋社、二〇〇六年など）。
(29)　京極夏彦「江戸化物草紙の妖怪画」（アダム・カバット編『江戸化物草紙』小学館、一九九九年）。
(30)　冨士昭雄「資料紹介　漢和希夷」（『江戸文学と出版メディア』笠間書院、二〇〇一年、初出は一九七二年）。
(31)　水野道子編『米沢地方説話集』（三弥井書店、一九七六年）。
(32)　佐藤深雪「『桜姫全伝曙草紙』論」（『文学』五一―八、一九八三年）、井上啓治『京伝考証学と読本の研究』（新典社、一九九七年）、板坂則子「死体から生まれた赤子」（安井眞奈美・ローレンス・マルソー編『想像する身体』上、臨川書店、二〇二二年）。
(33)　注(32)板坂論文。

(34) 以下で述べる山東京伝の作品は、いずれも早稲田大学図書館所蔵本による。
(35) 注(7)高橋「鶴屋南北と産女」八七・八八頁。
(36) 『鶴屋南北全集』一（三一書房、一九七一年）。
(37) 『新潮日本古典集成』四五（新潮社、一九八一年）。
(38) 注(7)高橋「鶴屋南北と産女」八五頁。
(39) 国立国会図書館所蔵本。
(40) 原淳一郎「寺社参詣と地誌」（『江戸の旅と出版文化』三弥井書店、二〇一三年）。
(41) 『和漢三才図会』（東京美術、一九七〇年）。以降の引用も同書による。
(42) 『新編鎌倉志』では「産女ノ幽魂」とあるように、ここの「産女」は産褥にある女を指す（『和漢三才図会』は「産女ノ幽霊」）。
(43) 岡山大学附属図書館池田家文庫所蔵（資料マイクロ番号C五―一五七六）。
(44) 『修訂駿河国新風土記』上（国書刊行会、一九七五年）。「霊夢の告」について、堤邦彦が検討した正信院の縁起によれば、霊は二度夢に現れ、一度目は常日頃の不信心ゆえに産死後の苦しみを懺悔し、二度目は供養後に山神として祀るよう頼みに現れる（注(8)堤「江戸怪談の原像」）。
(45) 注(8)堤諸論文など。
(46) 『続百物語怪談集成』（国書刊行会、一九九三年）。
(47) 『江戸時代庶民文庫』七九（大空社、二〇〇九年）。
(48) 化生については、拙稿「語彙①」（注(2)木場前掲書所収）を参照のこと。
(49) 三浦國雄『朱子学の気と身体』（平凡社、一九九七年）などを参照のこと。
(50) 『噺本大系』四（東京堂出版、一九七六年）。
(51) 『日本随筆大成』第一期一巻（吉川弘文館、一九九四年）。
(52) 『百物語怪談集成』（国書刊行会、一九八七年）。
(53) 京都大学附属図書館所蔵本。

(54)　約一世紀後、小野蘭山の江戸での講義録『本草綱目啓蒙』（初版一八〇三～〇五刊）巻四十五「姑獲鳥（ウブメトリ）」には、「今小児ノ衣服ヲ夜中外ニ於テ乾スコトヲ禁ズト云モ、此鳥ヲ畏ルト京師ニテモ伝ヘ言」（杉本つとむ編『本草綱目啓蒙　本文・研究・索引』早稲田大学出版部、一九八六年）と、夜干しの禁忌が姑獲鳥の仕業だと京都では認識されていた（蘭山は、江戸に来る前は京都で活動していた）。

(55)　『西川如見遺書』五（西川忠亮編輯、一八九九年）。

(56)　西尾市岩瀬文庫所蔵。

(57)　木場貴俊「「近世怪異文化史からみた平田国学」覚書」（『現代思想臨時増刊号　総特集　平田篤胤』青土社、二〇二三年一一月）。

(58)　豊橋市図書館所蔵（とよはしアーカイブで閲覧）。

(59)　『仏教説話集成』一（国書刊行会、一九九〇年）。

(60)　折口信夫「壱岐民間伝承採訪記」（『折口信夫全集』一八、中央公論社、一九九七年、初出は一九二九年）。折口は「本土古来の姑獲鳥（ウブメ）」としている。

(61)　江戸時代の怪異とメディアの関係は、村上紀夫『怪異と妖怪のメディア史』（創元社、二〇二三年）を参照のこと。

(62)　稲垣泰一「『今昔物語集』の流布と享受」（『文藝言語研究　文藝篇』二二、一九九二年）。『考訂今昔物語』は、稲垣泰一編『考訂今昔物語』前編（新典社、一九九〇年）による。

(63)　木場貴俊「江戸怪談における普遍と特殊」（漢陽大日本学国際比較研究所編『日本古典文学の想像力』亦樂出版社、二〇二二年（朝鮮語））。

(64)　怪談をはじめとする受容例については、千本英史「近世の今昔物語集発見」（注(19)前掲書所収）を参照のこと。

(65)　伊藤龍平「翻刻『野史種百章　怪談破几帳』」（『澁谷近世』一七、二〇一一年）。この話は注(63)拙稿でも言及した。

(66)　香川雅信『江戸の妖怪革命』（角川学芸出版、二〇一三年）。

(67)　『美濃国古蹟考』（岐阜郷土出版社、一九八八年）。

(68)　『相生集』下（二本松市、二〇〇五年）。

(69)　『菅江真澄全集』二（未来社、一九七一年）。

(70)『日本庶民生活史料集成』九（三一書房、一九六九年）。
(71) 国立国会図書館所蔵。
(72) ハルピュイアが載るヨンストン『動物図説』（一六六〇刊）は、寛文三年（一六六三）頃には日本に渡来している（磯崎康彦「ヨーン・ヨンストン著『動物図譜』の舶載と翻訳」『洋学』四、一九九五年）。
(73) 呉秀三編『呉氏医聖堂叢書』（思文閣出版、一九七〇年）。
(74)『水経注』には、後に姑獲鳥と紹介される鳥を「女鳥」と表記している（注(12)山田論文）。
(75)『諸国奇談集』（国書刊行会、二〇一九年）。
(76) 他にも「医事説話」の観点から福田安典が姑獲鳥を論じている（「「医事説話」の誕生と成長」『近世文学史研究』一、ぺりかん社、二〇一七年）。
(77)『賀茂真淵全集』七（続群書類従完成会、一九八四年）。
(78)『新修平田篤胤全集』六（名著出版、一九七七年）。
(79) 奥田恵瑞・奥田秀「資料翻刻　物集高世著『神使論』」（『國學院大學日本文化研究所紀要』九九、二〇〇七年）。また、拙稿「怪異から見る神話」（『アジア遊学』二一七、二〇一八年）を参照のこと。
(80) 奥田恵瑞・奥田秀「資料翻刻　物集高世著『妖魅論』上中下巻（下）」（『國學院大學日本文化研究所紀要』九八、二〇〇六年）。
(81)『北条団水集』草子篇二（古典文庫、一九八〇年）。
(82) 国立国会図書館所蔵本。また「翻刻『怪談実録』一」（『文教國文學』四八、二〇〇三年）を参照した。
(83)『横浜の伝説と口碑』下（横浜郷土史研究会、一九三〇年）。黒史郎『横浜怪談』（竹書房、二〇二三年）はこの伝承をリライトしている。
(84) 西山克『熊野観心十界図という誘惑』（岩波書店、二〇二四年）で示されるように、血の池地獄は日本だけではなく、東アジアにまで広がりを見せている。
(85) 横溝廣子「明治初期の博覧会を飾った金属器」（『MUSEUM』四九二、一九九二年）。
(86) この香炉は、二〇〇五年の「世紀の祭典万国博覧会の美術」展（東京国立博物館）で日本に里帰りした。作品名は、展示での名称による。

(87)　南方熊楠「孕婦の屍より胎児を引き離すこと」(『南方熊楠全集』三、平凡社、一九七一年、初出は一九三一・三二年)、母子愛育会編『日本産育習俗資料集成』(第一法規出版、一九七五年)、注(11)安井前掲書など。

(図版出典)

図1　『奇異雑談集』巻第四「国阿上人、発心由来の事」挿絵(早稲田大学図書館所蔵)

図2　大巧寺門前の石碑(筆者撮影)

図3　『虚実雑談集』巻一「頻伽鳥に似たる鳥の事」(宮内庁書陵部所蔵)

図4　『澳国維府博覧会出品撮影アルバム』(東京国立博物館所蔵)出典：ColBase(https://colbase.nich.go.jp/)

能のシテは何を〈無常〉と嘆くのか

山中玲子

はじめに

日本の中世、室町時代に完成した芸能である能の作品は、当然ながら同時代の無常観（または無常感）を色濃く映し出している。本論考は、能に描かれる無常の用例を集め概観したうえで、能に登場するシテ（主人公）が何を無常と嘆いているのかを考えてみようという試みである。

同じく能といっても主として亡霊がシテとなる「夢幻能」と、生身の人間が劇を動かしていく「現在能」では一曲の構成も描こうとするテーマも大きく違う。一般的な夢幻能は、「旅の僧の前に老人や美女が現れ、その場所でかつて起こった出来事を語り、実は自分こそがその物語の主人公なのだと明かして一度は姿を消すのだが、夜になると僧の夢の中に再びかつての姿で現れ、自分の最期となった合戦の様子を再現したり、恋の思い出を抱えて舞ったりし、やがて夜明けと共に消えて行く」という構成を取る。こうした夢幻能の典型は世阿弥が生み出し、その後継者である金春禅竹が特に女能の分野でそれを深化させたと考えられている。一方、現在能には夢幻能のような典型はなく、一般的な近代劇と同様、何事かが起こり葛藤を経て解決するという展開の中で、親子・

夫婦の情愛や別離の悲しみ、武士の忠義等、この世に生きる生身の人間のドラマが描かれることになる。世阿弥より前の時代の古作には、登場人物の死を正面から扱うタイプの現在能も多く在ったと推測されるが、世阿弥はそうした能を「泣き能」と呼んで遠ざけた。古作《苅萱》のようにストレートに無常を扱う作品は、世阿弥が歌舞能化を進めていく中で、少なくとも世阿弥周辺では現在能からも消えていくことになる。

このような能作の歴史や夢幻能・現在能の違いは、本書に通底するテーマである「ソリッドな無常」と「フラジャイルな無常」とどう関係するのだろうか。あるいは、作者の個性によって「ソリッドな無常」を描く能と「フラジャイルな無常」を描く能ができるのか。もちろんこれらのことは、何をもってソリッドと言いフラジャイルと言うかという、おそらく本書の中でも各筆者によって微妙に異なるであろう定義とも関わってくるわけだが、従来、能作品の中に現れる無常について、それがソリッドなのかフラジャイルなのかが問われたことはない。同じく無常と言っても、「万物流転」の側面が強いのか「人間の一生は短い（すぐ死ぬ）」という面が強調されるのか、といった点も考慮する必要があろう。以下ではまず、時代や作者の別を措き、今ある能のテキストから見て取れる「無常」およびその関連語句の用例を集め、能という舞台芸能がその枠組みの中で、どのように無常観および無常感を扱っているのか、おおよその傾向を概観したうえで、世阿弥や禅竹が無常の情趣や感慨を描くために見いだした方法について、いくつかの作品を取り上げ考察したいと思う。

なお、本論考第一節で引く謡曲の用例は、法政大学能楽研究所のサイト上に挙げた「謡曲詞章検索用簡易データベース（エクセル版）」（以下、「謡曲ＤＢ」と略称）を用いて集めたものであり、本文は、特に問題がない限り同データベースで利用している『謡曲三百五十番集』収載の版本に拠る。別の本文を用いる際は出典を明記するが、いずれの場合も、句読点の打ち方の統一や平仮名を漢字に書き換えるなど、読みやすさのために表記を改めている。

一、「無常」の用例

（1）無常の慣用句

無常感や無常観に彩られた能は多くあっても、常に「無常」という言葉が使われているわけではない。謡曲DBで検索してみると、「無常」の用例は意外に少なく、しかも、「諸行無常」「無常の嵐」「無常の虎」等々、定型句として登場することが多い。これらのうち、「無常の嵐」「無常の虎の声」は、左に挙げるごとく、ごく普通の使われ方をしている。

《隅田川》人間憂の花盛、無常の嵐音添ひ、生死長夜の月の影、不定の雲おほへり

《竹雪》実にや無常のあらき風、憂き身ばかりつらきかなと、思ふかひなき月若は、終に空しくなりにけり

《墨染桜》薄暮くもれる御気色、無常の嵐吹き来り、花より先に散り給ふ

《歌占》無常の虎の声肝に銘じ、雪山の鳥啼いて、思を傷ましむ

《愛宕空也》無常の虎の声近づくにも、臨終の夕の唯今ならん事をよろこぶ

すなわち、《隅田川》は梅若丸の墓前での嘆き、《竹雪》は死んでゆく月和若の思い、《墨染桜》は深草帝（仁明天皇）の崩御を述べており、「無常の嵐」は人の死をもたらすものである。《歌占》と《愛宕空也》が「無常の虎の声」を恐ろしい「死」の比喩としているのも、先行文芸や他ジャンルと何ら変わることはない。「虎」や「嵐」のような比喩を使わず、「悲しきかなや生死無常の世の習、一人に限りたる事はなけれども、悲しみの母は空しくなり」（土車）のように、よりストレートな表現で人の死を「無常」と言う例もあるが、多くはない。泣き能が世阿弥的作風でなかったことも、こうした用例がなお、同趣の表現である「無常の殺鬼」の用例も、少なくとも現行曲を中心とした三百五十番の謡曲DBではヒットしない。

これらに比して、「諸行無常」の使われ方は特徴的で、能に独特なものと思われる。左に謡曲DBで検索した「諸行無常」の用例を掲げる。(1)

《熊野》清水寺の鐘の声、祇園精舎をあらはし。諸行無常の声やらん

《関寺小町》関寺の鐘の声、諸行無常と聞くなれども老耳には益もなし

《三井寺》まづ初夜の鐘を撞く時は、諸行無常と響くなり

《夜討曽我》すでにこの日も入相の、鐘もはや声々に、諸行無常と告げ渡る

《芭蕉》いつはれる姿の真を見えば如何ならんと、思へば鐘の声。諸行無常となりにけり、〳〵

《六代ノ歌》初瀬の鐘の声、つくづく思へ世の中は、諸行無常の理(2)

《熊野》から《夜討曽我》までの四曲は現在能、《芭蕉》は中国(楚の国)の山奥にある寺を舞台とした夢幻能、《六代ノ歌》は世阿弥伝書の『五音』に「是ハアル御方様ヨリ本ゼツアルコトヲ序破急ニ書テ進上セヨトノ御意ヲモテシルシタル歌ナリ」との注記とともに収められた、能に近い構成を持つ長大な謡い物(現行の曲名は《初瀬六代》)である。有名な寺の鐘の場合も、どこかから聞こえてくる場合もあるが、ともかく鐘の音が聞こえてきている場面であることに変わりはない。つまり、能においては、「諸行無常」の句は、必ず鐘の音が鳴っているところで使われ、それ以外の場面では使われないということだ。もちろん「祇園精舎の鐘の声、諸行無常の響きあり」を踏まえているからこその用法ではあるが、能に登場する人間たちは、鐘の音が鳴らなければ、鐘の音を通してでなければ、「諸行無常」という言葉を思い浮かべないということにもなる。人口に膾炙した句であったはずだが、能の登場人物が「自分は諸行無常が身にしみたので出家した」と名乗ったり、愛する者の死に際して「まことにこの世は諸行無常だ」と嘆いたりすることはないのである。これは非常に限定的な用法と言えるだろう。また、右のうち《六代ノ歌》以外の用例は、鐘の音を聞くことで諸行無常がしみじみと「思われる」という

だけでなく、鐘の音色そのものが耳に諸行無常と聞こえる、という意味も兼ねていると読める。鐘の「音」ではなく「声」というのも『平家物語』の踏襲ではあるが、やはり、「諸行無常」を語りかけるものとして聞こえるという点が強調されることになるのだろう。

鐘の声を「諸行無常」と聞くのはどんな人物かということにも注目しておきたい。危篤の老母を案ずる遊女熊野、百歳にならんとする小野小町（ただし老齢ゆえ彼女の耳には響かない。この件については後述）、別れた子を探して三井寺まで来た狂女、今宵敵を討ち自分たちも死ぬことになるだろうと覚悟している曽我兄弟、息子の六代が斬られると知って嘆く母、《芭蕉》のシテ以外はみな生身の人間である。《芭蕉》の用例は前シテの中入の場面に出てくる文言で、この鐘の音はシテとワキの両方が聞いている。シテは芭蕉の精であって人間ではなく、また本曲のテーマが単なる無常観を描くことでも草木成仏だけを描くことでもないというのはすでに周知のことだが、(3)少なくとも前場の段階では、シテは毎夜僧の読経を聞き仏縁を結ぶことを切望する女人として描かれている。

言うまでもないことだが、能の中の鐘の音がいつも「諸行無常」と響いているわけではない。たとえば同じく現実に生きる人間でも、《班女》のシテが「さびしき夜半の鐘の音」を聞く時に抱くのは、恋人を待つ女の思いであり、当然、無常とは無縁である。だがこうした内容に関する理由とは別に、夢幻能と現在能の差もあるようだ。夢幻能では、先の《芭蕉》の例を除き、幽霊も老木の桜の精（人間に化けてはおらず本来の姿で登場）も、鐘の音を「諸行無常」とは聞かない。《井筒》の終曲部では「寺の鐘はほのぼのと」鳴り、《当麻》や《西行桜》の夢が覚める場面では「後夜の鐘の音」が響いて夜が明けていく。《通盛》《巴》の中で鳴る「入相の鐘」も、単に時間帯を示すのみである。

唯一、幽霊の心に鐘の音が響くという描写は、世阿弥伝書にも引かれる「飛鳥の寺の夜の鐘、〳〵、鬼ぞ撞くなる恐ろしや」という《重衡》の詞章だが、これは、南都焼き討ちの張本人として処刑された重衡の霊（化身の老人）がつぶやく言葉である。飛鳥の寺（元興寺）の鐘楼に毎晩鬼が現れて鐘を撞くという話に基づく詞章だが、言うまでもなく重衡の、己れが犯してしまった罪の重大さに慄く心情と響き合っている。ワキ僧に前シテの老翁が教える南都の諸寺は、重衡が焼き払ってしまった寺々でもある。能の設定がいつのことか明記されていなくても、すでに南都が復興しているからこそワキにも見えているわけだろう。だがその罪の記憶の中で重衡の霊（の化身）が聞くのは、鬼が撞く鐘の音である。その音色は「諸行無常」とは聞こえず、もっと個人的な記憶と結びついたものとなる。

以上、「諸行無常」という人口に膾炙した文言が、能の中では鐘の音の比喩あるいは直接的な描写として、きわめて限定的に用いられている決まり文句だということ、また多くは現在能で生身の人間が死を思って聞くものであることを述べた。用法が限定的かつ類型的なのは芸能の特徴なのかもしれない。「諸行無常」などという非常に明快な文言は、能の詞章が洗練を重ねれば重ねるほど、使いにくくなるという面もあるのだろう。一方、幽霊は鐘の音を「諸行無常」とは聞かないという点は、鐘の音が示す諸行無常の内実（鐘の音を聞いて登場人物達が受け取る無常の内実）が、万物流転よりも人間の命が儚いことに傾いていることと裏腹であると思われる。既に死んでしまっている幽霊にとって、死は恐れるべきものではない。逆に市井に生きる生身の人間にとって最も切実な無常はやはり、「永遠に生きることはできない。一生は短くあっという間に死が訪れる」という点にあり、そういう人々の耳、あるいは心が、鐘の音を「諸行無常」と聞く場面を、能は切り取って描いているのである。

（2）無常の道理

「諸行無常」は鐘の音と一緒にしか使われないが、能の登場人物たちが無常を語る場面は他にも多くある。以下は、「世の中は無常である」という道理を知っている、判っている、判ろうとしているという文脈で、かつ

「無常」という語が直接用いられている例である。

《籠祇王》つらつら無常を観ずるに、飛花落葉の風の前、風月延年の遊楽も、狂言綺語の一てん、讃沸乗の因縁迄……（父親の処刑の前に祇王が舞う曲舞）

《源氏供養》それ無常といつぱ、目の前なれども形もなし、一生夢の如し、誰あつて百年を送る、槿花一日唯同じ（欣求浄土の曲舞の冒頭［クリ］）

《箙》飛花落葉の無常は又、常住不滅の栄をなし、一色一香の縁生は、無非中道の眼に応ず、人間個々円成の観念、なほ以て至り難し、あら定めなの身命やな（前シテ登場段）

《高野物狂》深々たる奥の院、深山鳥の声澄みて、飛花落葉の嵐まで、無常観念を勧むる、これとても又常住の、皆令仏道円覚の由をあかすなり（霊場としての高野山を讃える曲舞）

《檜垣》朝には紅顔あつて世路に楽しむといへども、夕べには白骨となつて郊原に朽ちぬ、有為の有様、無常のまこと、たれか生死の理を論ぜざる、いつを限る慣らひぞや（後シテ登場段）

《籠祇王》のシテは父の死を目前にして悲しみに暮れているし、《箙》の前シテ（梶原景季の霊が老人の姿で現れている）は修羅の苦しみを訴えている。そういう状況や心情は詞章全体では表現されているが、「無常」という語を直接使ったとたん、その箇所だけは理念的になる。彼らは、すでに知っている「世の中は無常である」という道理を口にしているのだ。《籠祇王》は世の無常を述べる曲舞の途中、《源氏供養》も夢幻能の中に組み込まれてはいるが、「観無常・欣求浄土の曲舞」(4)と言われるひとまとまりの部分の冒頭で、「そもそも無常というものは」という使われ方をしている。だが、そのようにいわば教条主義的に使われている一方で、そこで口にされる無常の内実は多くの場合「万物は流転していく」というこの世界の原理の認識ではなく、「人の一生は短く儚く、あっという間に終わってしまう」という感慨にとどまっているようにも見える。「飛花落葉の無常」は、咲いていた花が風に吹かれて散り木の葉もやがて枯れて落ちるというのだから、すべてのものごとが移り変わっていくという意味であることに間違いはないのだけれども、一般の用例を考えればやはり、あっという間に花も散り葉も落ちるという儚さの面が人の命の儚さと結びついて意識されているはずである。

《檜垣》の例は『和漢朗詠集』のまさに「無常」の詩句に基づいている。(5)有名な蓮如の『白骨』を挙げずとも、この文言が強く死を意識させるものであることは明らかだろう。地獄から救いを求めて現れた檜垣媼がつぶやく「無常のまこと」は、前後の二重傍線部を見る限り、やはり、人間の一生の儚さや死の恐ろしさに強い関心が及んでいると見える。

右の中で唯一《高野物狂》の例だけは、高野山の宗教的な空間を賛嘆する中で「花を散らし葉を落とす嵐までも、この地では無常を観ずるきっかけとなる」いうのだから、肉親の死を前に感ずる無常やあの世から来た霊が語る無常とは異なるが、それでも「飛花落葉」を誘う嵐と関わらせて無常を語ること自体が、短い人生を生きる我々人間が切実に感ずる「一生の短さ・儚さ」という色彩を帯びさせてしまうのではないだろうか。むしろそうした効果を狙ってのレトリックとして「飛花落葉の嵐」「飛花落葉の無常」という表現が用いられているものと考えられる。

能の詞章が「無常」という言葉を使うとき、その指し示す内容は、死への恐れに基づくこの世の儚さの認識である。「無常」の語そのものを使わず喩えで示そうとする場合も、「行く川の流れは絶えずして」のような形の喩えは珍しく、多くは「夢・槿花一日・泡沫・電光」等、短く儚く消えていくものによって人生の短さを示している。そしてもちろんこうした特徴は、能に限ったことではない。我々が「無常」を最も強烈に、我がこととして認識できるのが「みんなすぐに死ぬのだ」という事実に触れる時なのだろう。(6)

補足として、無常を和らげた形の「定めなさ」についても簡単に触れておきたい。無常と同じ意味で使われる言葉なので、同じく儚さの嘆きで使われる用例も普通に見られる。例えば《千手》のツレ重衡は「身はこれ槿花一日の栄、命は蜉蝣の定なきに似たり、……知らず今日もや限ならん、あら定なや候」と嘆く。だが、「定めなし」が特に「定めなき世」の形で使われるときは、自分の命の儚さや一生の短さではなく、ものごとがみな移り変わり、ひとところに留まることはないという感慨を表すのに使われているようだ。ただし、その場合も「世の中というものは変わりやすいものだ」、あるいは「老少不定」という、世間を生きていくうえでの心構えのようなものにとどまっている。

《藤戸》もとよりも定なき、世の理はまのあたり、老少不定の境なれば、若きを先立てて……

《善知鳥（うとう）》実にやもとよりも定なき世の習ぞと、思ひながらも夢の世の、あだに契りし恩愛の、別の後の忘れ形見……

《班女》げにやもとよりも定なき世といひながら、うきふししげき河竹の、流の身こそ悲しけれ

右の《藤戸》と《善知鳥》の例は、夫や子供に先立たれた女性の嘆き、《班女》は恋人に会えない遊女の嘆きだが、「げにや・もとよりも・世の理・世の習」といった表現は、「この世というのは定めないものである」という、世間の人がみなよく知っている道理を、自分も十分認識し自覚していることを強調したうえで、「それでもなお、判ってはいるけれど……」と各自の感慨を語るスタイルを作っている。それまでは単に聞き知っていた「定めなさ」の道理に、自分の境遇が当てはまったとき（右の場合は夫婦や親子の関係が突然終わってしまったとき）、世の人の言う「定めなさ」の内実が我がこととして実感されるのだが、それはこの後、あらためて言葉を尽くして語られるのであって、彼らは「この世は定めないものよ」と嘆くわけではない。

また、《蟬丸》の冒頭で蟬丸を捨てに行く廷臣が謡う「定めなき世のなかなかに憂きことや頼みなるらん」（蟬丸）は「世の中は定めないのだから今の憂きことが変わるかもしれない」という逆説的な物言いであり、《雲雀

山》の終曲部、やっとのことで再会を果たした親子を「げにや世の中は、定めなきこそ定めなれ、夢ならば冷めぬまに、はやとく〳〵と……」（雲雀山）と急かせる言葉は、夢かもしれないこの世の頼りなさを出し抜いて今のうちに幸せになろうと言っている。「定めなき世と言ひながら、官位も影高き、光源氏の古も……」（胡蝶）では、この世での栄達に触れ「定めなき世」の反証を挙げるような形にまでなっている。

以上を要するに、能の登場人物が「定めなき世」と口にする場合、それはこの世のうつろいやすさの認識ではあるものの、仏教的な深い悟りとして言われているのではないということだ。そしてこれもまた、能に特有のことではない。たとえば《蟬丸》右掲詞章の直接の典拠かとも思われる「さだめなき世のならひこそ中中に数ならぬ身の頼なりけれ」（新編国歌大観第七巻143「公義集」295）は、仕えていた高師直に自らの意見を取り上げられず出家した薬師寺公義の、不遇を嘆く述懐歌である。

二、老いと廃墟

前節では謡曲DBで検索できる「無常」およびその関連語の用例を検討しながら、能の詞章の中ではこの世の無常を直接「無常」という言葉で言う例が少ないこと、「無常」の語を用いる場合は定型表現であることが多く、状況としては深い悲しみの場面を描いてはいても個別の深い感慨にはなりにくいこと、そのようにして語られる無常は人生の短さ・儚さを強調する場合が圧倒的に多いこと等を述べた。また、「さだめなき世の理」についての言及は物事のうつろいやすさに関する認識ではあるものの、これも仏教的な万物流転の認識とはほど遠いことを補足した。

だがこうした特徴は、能に限らず説話にも和歌にも見られるものと思われる。能という歌舞劇には、独自の無常の描き方はないのだろうか。本節ではこの点を考える。前節に挙げた諸例で無常を述べる人々の視線は来るべき死という未来に向いていたが、本節ではシテの視線が過去を向いている夢幻能（および一部の現在能）の中に、無常の感慨を見いだしていきたいと思う。世阿弥の生涯の間に様々な風体において夢幻能のスタイルが形作られていったということもあり、前シテの捉え方など考えてみたい問題は多いが、ここでは能作史上の大きな問題には深入りせず、大まかな図式を示すことにする。少し先回りして言うなら、無常を描く（あるいは感じさせる）能は、まず、登場する人物が老い衰えているという設定によって実現されたのではないかと思われる。その後、情景描写のレトリックが充実していくに従い、人間の老い（これは長くても小町の百年程度）だけではなく、舞台となる場所が長い年月を経て、あるいは晩秋や初冬の季節によって荒れているという設定がなされるようになっていったようだ。そのような設定のうえで言及される無常は、前節でこの世に生きる人々が口にした「この世の儚さ・人生の短さ」ではなく、「万物流転」に近い。だがそれでも、「万物流転」の認識は悟りには至らず、うつろってしまったもの、消え去ってしまったものへの哀惜の情へと傾いていくようだ。以下、具体的な作品に則して検討する。

（1）老い

在原業平や小野小町の歌に見える無常感、すなわち「自己の〈未来〉に向けられた〈時間〉意識の恐怖」は、基本的に「若さの消滅」の問題であり、死の恐怖ではなく老いの恐怖として捉えられているとの指摘がある。(7) 従うべき卓見だが、一方、能に登場するのは、すでに老い衰えたシテたちである。彼らはさらなる老いやその先にある死に怯えることはなく、今はすでに無いもの、老いたことによって失ってしまった過去に向けて懐旧の情を吐露することになる。

世阿弥の音曲伝書『声出口伝』（応永二六年奥書）に、《融（とおる）》と《関寺小町》の一部の詞章が、それぞれ《塩釜》

《小町》の古名とともに挙げられている。厳密には掲載部分だけが独立の謡物として作られていたという可能性もあるが、一般には《融》《関寺小町》が応永二六年（一四一九）という比較的早い時期に成立していたと考えられていると思うので、ここでもそれに従う。《関寺小町》のシテは百歳に及ぶ老残の小野小町、《融》は前シテが潮汲みの老人、後シテが融大臣の霊である。

《関寺小町》のシテが誰だかは、登場してしばらくは判らない。ワキ（関寺の住僧）は、シテとの和歌に関するやり取りによって、これが百歳に及ぶ小町のなれの果てだと気づくことになるのだが、まだ何者かも判らない時から、シテの老女は「人さらに若きことなし、終には老いの鶯の、百囀りの春は来れども、昔に帰る秋はなし、あら来しかた恋しやあら来しかた恋しや」と、ひたすら過去を恋しがる。[8] この姿勢は一曲を通して変わらず、「忘れて年を経しものを、聞けば涙の古ことの、また思はるる悲しさよ」、「古ことのみを思ひ草の、花萎れたる身の果てまで、なに白露の名残ならん」「あら恋しのいにしへやな」と、何度も過ぎた過去を激しく追憶する。なかでも前半の中心となる［クセ］では、老残の慨嘆と過去を取り返したいという強い願望が謡われている。左に冒頭部分を挙げる。

あるはなくなきは数添ふ世の中に、あはれいづれの日まで嘆かんと、詠ぜしこともわれながら、いつまで草の花散じ、葉落ちても残りけるは、露の命なりけるぞ、恋しの昔や、忍ばしのいにしへの身やと、思ひし時だにも、また古ことになり行く身の、せめて今はまた、初めの老いぞ恋しき。

「あるはなき……」という小町の哀傷歌、まさに無常を歌った歌までもが遥かに遠い昔のことになってしまい、「われながらいつまで生きるのか」と、自分の長い命を慨嘆するシテが、それでもなお「恋しの昔や、忍ばしのいにしへや」と過去を恋しがる。しかもそのように恋しがること自体が昔からずっと続いているというのだ。「初めの老いぞ恋しき」の一句は強烈である。そして、これは「諸行無常」の例としても引いた箇所だが、「関寺の鐘の声、諸行無常と聞くなれども老耳には益もなし、逢坂の山風の是生滅法の理をも得ばこそ」と言うのだから、彼女の心はまもなくやってくるはずの自分の死や来世といった未来のほうへは向かず、また、諸行無常を悟るわけでもなく、ひたすら過去に向かっているのである。

実はこのような小町も、〈無常〉を悟ったかのような言葉を口にする箇所がある。右の［クセ］の直前には、

> げにや思ひつつ、寝ればや人の見えつらんと、詠みしも今は身の上に、ながらへ来ぬる年月を、送り迎へて春秋の、露往き霜来たつて、草葉変じ虫の音も枯れたり、生命すでに限りとなつて、ただ槿花一日の栄に同じ。

という謡がある。恋の歌を詠んだような身も長い年月に老い衰え、寿命が尽きそうな今振り返って見れば、この百年に及ぶ一生も槿花一日のように儚いものだった、ということなのだが、それは単に長すぎる程の命の終わりの時に振り返った実感であって、宗教的な覚醒とは遠い。同様に、童の舞にひかれて舞う老女の「百年は花に宿りし胡蝶の舞」という謡も、この世が夢のように儚いことの喩えとなる「胡蝶の夢」を踏まえているが、百年生きた小町が過去を振り返っての感慨である点に注目したい。前節で見たような「我々はいつ死ぬか判らない。人生はあっという間にすぎるのだから、うかうかしていてはいけないのだ」といった未来に向いた切迫感は、ここには無い。だが、宗教的な覚醒が遠いことと歌舞能としての達成度は別問題である。現在能ではあっても、この小町が百年も生きた人物であるために、過去を振り返って無常を感じるという設定は、後の夢幻能で幽霊が描く無常にも繋がる、重要な一歩だったのではないだろうか。

《融》は《関寺小町》と違い夢幻能だが、この前シテ老人も「塩竈の恨みて渡る老いが身の、寄るべもいさや定めなき」、「秋は半ば身はすでに、老い重なりて諸白髪」、「積もりぞ来ぬる年月の、春を迎へ秋を添へ」と、自分が長い間ずっと潮を汲んできた老人であることを強調しながら登場する。ワキ僧と出逢い、河原院について語

る中では、廃墟となった河原院の様子を、

……浦はそのまま干潮となつて、池辺に淀む溜り水は、雨の残りの古き江に、落葉散り浮く松蔭の、月だに住まで秋風の、音のみ残るばかりなり、されば歌にも、君まさで、煙絶えにし塩竈の、うら淋しくも見え渡るかなと、貫之も眺めて候

と紹介したうえで、

げにや眺むれば、月のみ満てる塩竈の、うら淋しくも荒れ果つる、後の世までも塩染みて、老いの波も返るやらん、あら昔恋しや

と泣く。そのような彼の号泣を地謡ももう一度、

恋しや恋しやと、慕へども嘆けども、かひも渚の浦千鳥、音をのみ泣くばかりなり

と描写することになる。

このシテは、融大臣の死自体を直接悲しんだり、命の儚さを嘆いたりはしない。また、残された河原院が朽ちていくのを目撃することによって、栄枯盛衰・万物流転を仏教的な無常の道理として悟る方向にも、もちろん行かない。彼の視線もまた、ひたすら過去に向かい、河原院の荒廃と自分の老いの時間や嘆きを重ね合わせている。自分一人が長い間潮を汲んでおり、老いの波が寄せてきているけれど、寄せては返す波のようには時間は返ってこず、この場所は昔とは変わってしまっているという嘆きは、そのまま失われた過去への憧れに繋がり、「あら昔恋しや」という詠嘆になる。荒廃の直接の原因は、彼が歳を取って衰えたからではなく河原院の主である融大臣が亡くなったことにあり、「されば」と繋ぐ以上、池辺に淀む溜り水に落葉が散り浮くという荒廃の様は紀貫之の詠歌を促した当時の様子のはずなのだが、あまりに老人が嘆くため、貫之の詠歌の後、今この時までの長い年月に、彼が自分の老いとともに、一人で見つめてきた情景のようにも見えてしまう。ここにも、「けっして戻

らぬ過去」という形での〈無常〉が描かれていると言えよう。ちなみに、彼が融の霊の化身である（かもしれない）ことはどこにも仄めかされておらず、この激しい慨嘆が融大臣自身のものであるかどうかは判らない。今のところ単なる想像で、さらなる検討が必要だが、たとえば『伊勢物語』八一段に登場する「かたゐ翁」のような存在の可能性もあるのではないかと考えている。

（2）廃墟と季節

世阿弥の生涯を通じて夢幻能という形式が整い、もうずっと昔に死んでいる人間があの世から戻ってくるというスタイルが確立すれば、回顧は老いの嘆きというワンパターンを脱しても可能となる。あまり単純に一直線に並べるのは慎みたいが、その場合、長い時間が過ぎてしまったことや、過去の栄光はもはや無いこと（無常）を示すのは、作品の舞台となる廃墟や、あるいは春や夏に咲き誇っていた花が枯れた、晩秋や初冬の風景の描写であるようだ。

世阿弥晩年の傑作《井筒》のシテは「なまめかしき女性」であって、老女ではない。もちろん詞章にも老いの嘆きはまったく見られない。老いの衰えの代わりに、舞台となる在原寺が、年を経て記憶が埋もれている廃墟的な場所として描かれる。暁方にワキ僧の前に現れた女性は寺の様子と自分の感慨を、登場段で、

さなきだに物の淋しき秋の夜の、人目稀なる古寺の、庭の松風更け過ぎて、月も傾く軒端の草、忘れて過ぎし古へを、忍ぶ顔にていつまでか、待つことなくてながらへん、げになにごとも思ひ出の、人には残る世の中かな。

と述べ、さらにワキとの応答後には地謡がシテに代わってこの古寺の情景を次のように謡う。

名ばかりは在原寺の跡古りて、〳〵、松も（老い）生ひたる塚の草、これこそそれよ亡き跡の、ひと叢薄の

穂に出づるは、いつの名残なるらん。草茫々として、露深々と（降る）古塚の、まことなるかないにしへの、
跡なつかしき気色かな、跡なつかしき気色かな。

傍線部「人には残る」の現代語訳は、多くの注釈書で、このまま「思い出が（人に）残る」と訳される。[10]その通りだとは思うが、それだけではなく、思い出が「この場所」には残らないことをも含意しているのではないだろうか。寺は古び、松は老松になり、軒端は傾いて草が生える。もう待つべき相手もいない。懐かしい場所もそこにまつわる事象もすべて変わってしまっているのに、自分の心の中にだけはいつまでも記憶が残るのだ、という対照を踏まえた感慨と読みたい。

この考え方は、人の命は有限だが自然は永遠という発想とは逆である。生きている我々は有限な未来の方を向き、自分は遠くないうちに死ぬけれど自分がいなくなってもこの世界は続いていくという感覚を持つが、能の主人公である霊は永遠の時間の中で記憶を抱えて長らえ、この世の懐かしい場所に戻ってくる。そのとき、すでにそこには雑草が生い茂り（あるものは枯れ）、建物は朽ちかけているという描写が、人の死を直接描くことの多い「泣き能」とも、老残の小町や河原院を徘徊する老人の嘆きとも別の、文学的感興を伴った無常を感じさせるのだと思われる。

人の目には荒れて寂れた場所と見える場所の描写が、単に隠れ住む姫君の貧窮ぶりを示すアイコンとして使われるのではなく、そこに過去から亡霊が現れ失われた記憶を呼び起こして別の空間を生み出すというような仕組みは、世阿弥から禅竹へと受け継がれ完成した夢幻能の詞章制作の一つの成果である。加えて、季節が秋から初冬にかけての「衰え」の季節である点にも注目したい。

《井筒》と相似形をなす《野宮》は金春禅竹作と考えられているが、源氏が嵯峨野の野宮に御息所を訪れる九月七日は「秋の花みな衰へて虫の声もかれがれに松吹く風の響までも。さびしき道すがら秋の哀しみも果な

し」と描写される。同じく禅竹作の《芭蕉》は「風茫々と、物凄き古寺の、庭の浅茅生、女郎花刈萱、面影移らふ、露の間に、山颪松の風、吹き払ひ吹き払ひ、花も千草も、散りぢりに」なるような夜のできごとであり、《定家》の舞台には冬の到来を告げる時雨が降り込めている。ここにはもちろん古来の和歌の伝統が踏まえられており、さらにその裏には、無常の感覚が「時間を留めることができない、過去を取り戻すこともできない、失ったものは戻らない」という無力感と結びついていることも関わっていると思われる。夢幻能のシテはあの世から現れる亡霊なのだから、理屈を言えば、一面に雪が降り積もり生命の影がまったく見えないような真冬の廃墟で過去を偲んでもよいように思うが、それでは能の観客である生身の我々が、失ったものへの追憶や無常の情趣に共感しにくい。完全なる「無」ではなく「衰え」が重要なのである。

（3）世阿弥の無常・禅竹の無常

前項では世阿弥の《井筒》と禅竹作の《芭蕉》《定家》《野宮》をまとめて扱ったが、二人の作風の違いやその土台にある幽玄観の違い、禅竹作品と仏教教義との関連等は、さまざまに論じられており、個々の作品の分析も膨大な数にのぼるため、ここでそれらすべてに言及する余裕も力もない。以下では無常に関わるごく小さな問題に絞って述べる。具体的には、本稿の元となった研究発表の場で髙尾祐太氏から頂いたご意見に触発されての私見である。回答と言えるほどしっかりしたものではないが、今後の課題としても書き留めておくことにしたい。

《定家》の後シテ登場段、墓の奥から読経によって蘇った式子内親王の声が聞こえてくる部分、左記の詞章の傍線部につき、シテの嘆きであるかのように述べた山中の解釈に対し、そうではなくてシテはもう悟っているのではないか、とのご指摘だった。

昔は松風蘿月に言葉を交はし、翠帳紅閨に枕をならべ、さまざまなりし情の末、花も紅葉も散りぢりに、朝

古言も今の身も、夢も現つも幻も、共に無常の、世となりて跡も残らず（同右［哥］）

の雲、夕の雨と（後シテ登場段［〈クリ〉］）

式子内親王の霊がこの後の［掛合］で僧に向かい「只今読誦し給ふは薬草喩品よのう」と言っている（理解している）ことも、根拠の一つになっていたと記憶している。たしかに右の傍線部は、前場でも言葉を尽くして語った定家との恋愛の諸相、その結果としての現在の状態、すべてを含めてはかない出来事に過ぎない、跡も残らず、なにごとでもないのだ、というある種の悟りの境地と読むべきだったと、現在は考えている。ただし、この無常の認識や『法華経』の薬草喩品を知っていることによって、結末部の、

ありつる所に、帰るは葛の葉の、もとのごとく、這ひ纏はるるや、定家葛、這ひ纏はるるや、定家葛の、はかなくも、形は埋もれて、失せにけり。

についても、既に悟りを開いているのだから定家葛に再びとらわれる状態に戻るわけではないとする解釈には、いまだ賛同できずにいる。むしろこの傍線部は、《野宮》の終曲部の感覚と似ているのではないか。

……小柴垣、露打ち払ひ、訪はれしわれも、その人も、ただ夢の世と、古り行く跡なるに、たれ松虫の音は、りんりんとして、風茫々たる野宮の夜すがら……

六条御息所の霊をこの世に結びつけている最も強く深い思い出が、九月七日の源氏の訪問であるのにもかかわらず、その大切な思い出の場所も、その小柴垣の露を払って会いに来てくれた人も、訪われた自分も、全てが夢の世となってしまい、そこには松虫の鳴き声と吹く風の音がするばかり、という感慨は、言葉を換えれば「古言も今の身も、夢も現も幻も、ともに無常の、世となりて」という式子内親王の呟きと同じことだろう。二人の呟きには共通して、喪失感がある。百歳の小町が「あら来し方恋しや」（《関寺小町》）と嘆くのとも、夫である業平の衣装を着て思い出に浸る井筒の女の懐旧とも違い、「執着してもそんなものはすべて無駄だった、何も残らな

い」という呟きであることはたしかだが、この喪失感は、やはり、救済に繋がるような悟りとは別のものなのではないだろうか。

《定家》の結末には「死後も定家にずっと抱きすくめられている女の官能の喜び」(11)を読み取る立場もあるところに甚だ無粋な読みを提示することになるが、ここに一曲の能の終わり方、ワキの目の覚め方、という視点を入れてみたらどうだろうか。最後に僧の夢の世界は現実に戻る。そのとき、現実の風景として、石塔には相変わらず定家葛が這い纏わっていなければおかしいし、石塔も何事もなかったかのように立っていなくてはならない。そういう現実の風景として見るならば、さきほど僧の夢の中で「ほろほろと解け広」がった葛が元のとおりに纏いついている情景は、井筒の女が消えて今まで女の声と思ったものが松風や芭蕉の葉が風に破れてカサコソと鳴る音だったというのと同じ、現実への復帰の描写である。

ただしそうは言っても、世阿弥の終わり方と禅竹の終わり方は、明らかに違う。世阿弥の夢幻能の場合は、まさに、一生が夢であるのと同じように、それまで見聞きしていた物語もまた、夢のように消えてしまっている。右の《井筒》の例のほか、戦のどよめきと聞いていたのがカモメの声や波の音だったという《八島》、海人の姉妹の言葉と聞いていたのが松風と村雨の音だったという《松風》等々、枚挙に暇がない(12)。ふわっとすべてが消えてあとには風が吹くばかりという結末である。対して禅竹の能の夢が覚めたところには、こうして石塔が残りそこには定家葛が纏い付き、芭蕉の葉はもちろんそのままそこに残っている。六条御息所の霊も井筒の女のようにいつのまにか朝日が差すにつれて見えなくなり消えていく、というのとは違う。「また車に、うち乗りて、火宅の門をや、出でぬらん、火宅の門」と終わる有名な《野宮》の終曲部は、「火宅を出ていったということなのだろうか？」という疑問文なのだが、それは、シテの御息所が鳥居を出ていったように見えたことを踏まえての推測のはずで、つまりその、破れ車に乗った御息所の残像が印象づけられた終わり方である。

こうした結末のあり方の違いは、世阿弥が描く〈無常〉と禅竹が描く〈無常〉の「内実」の違いにぴったりと対応はしていないのかもしれない。だが、結末のあり方が違うということは、どんな場所でどのように霊と出会うかというそもそもの設定が違うということでもあり、それぞれの能作者が無常をどう描くかという描き方の違いでもある。世阿弥の夢幻能から覚めた僧（および観客）は空を見つめるしかない。禅竹の夢幻能から覚めた僧（および観客）はそこにある石塔や芭蕉の葉や黒木の鳥居を凝視するはずだ。そのときに今まで見ていた夢（一曲の能）を振り返って感じる無常の手触りは明らかに違っている。

おわりに

以上述べてきたことをもう一度、「能のシテは何を無常と嘆くのか」という視点で振り返っておく。現在能では多くの場合、無常は理念的に語られた。登場人物たちは、劇世界内で直面した個々の「死」を嘆くが、その時に能の詞章が伝えるのは、「この世は無常だ」という嘆きではなく、「無常の道理は知っているがそれでもこの個別の死が哀しい」という嘆きである。ただしこうした作品は少数派であり、またプリミティブな作風と言える。能という文芸において、その受け手である観客にしみじみと無常を思わせる独自の仕組みは、世阿弥や禅竹の夢幻能の中で完成されたと言えるが、そこでは、シテの視線は常に過去を向いており、失った時間や何かが変わってしまった状況を、自分の記憶と照らし合わせて哀惜する。泣き能的な現在能において、生身の人間にとって最も切実な「死」という無常が理念として語られるのとちょうど対照的に、夢幻能においては、「全てのものごとは常に移り変わっていく（万物流転）」という最も本来的な無常の道理が、河原院や在原寺などの個別の廃墟で、衰えの季節の中、一人の人間のかけがえのない記憶、取り戻せない時間とともに描かれる。一種の反転現象が起こっているのである。言うまでもなく、夢幻能での描き方こそが能の獲得した独自の無常の表現である。

（1）謡曲DBの検索結果には、これらの六曲以外に豊臣秀吉が自分の生涯を能に作らせて自ら舞った、いわゆる豊公能の《高野参詣》の用例も挙がってくる。高野山の崇高・深遠な聖地であることを謡う中に「抑金剛峯寺と申すは。……八葉の峯八の谷。諸行無常の花をだも。晴嵐枝を鳴らさず」と出てくるが、時代的にも他の例より二百年近く遅れ、特殊な条件の下に素人である大村由己が書いた文言なので考察の対象からは外す。逆に素人が作ればこうした文言になること自体が、能における「諸行無常」の用例が特殊であることを示しているとも言えよう。

（2）《初瀬六代》は完曲ではないが、世阿弥の『五音』にも「六代の謡」として収載の曲舞で、しかも一番の能と同じような作りになっているので用例に加えた。

（3）伊藤正義「作品研究『芭蕉』」（『観世』一九七九年七月号）。のちに片桐洋一・信多純一・天野文雄監修、三木雅博・大谷節子編『中世文華論集 第一巻 謡と能の世界（上）』（和泉書院、二〇一二年）に所収。落合博志「能と『法華経』――《芭蕉》について――」（『国文学 解釈と鑑賞 特集『法華経』と中世文芸』第六二巻三号、至文堂、一九九七年）。

（4）伊藤正義解題「源氏供養」（『謡曲集 中』新潮日本古典集成、一九八六年）。

（5）原文は「世路に楽しむ」ではなく「誇世路」。

（6）「いまが以前と以後、いままでといまから、ひいては過去と未来という互いに交換不可能な二つの方向に分極し、そのことによって絶えず走り去るものとして意識されるのは、いまを意識しているわれわれの個別的生命の有限性のためである」（木村敏『時間と自己』中公新書674、一九八二年。一四七頁）。

（7）真木悠介『時間の比較社会学』（岩波書店、一九八一年）。引用は岩波現代文庫（二〇〇三年）に拠る。

（8）以下、世阿弥、禅竹の作品の詞章は日本古典文学大系『謡曲集 上・下』に拠る。

（9）この描写はこれ以前の河原院の描写には見られない能独自の描写である。山中玲子「夢幻能と廃墟の表象――世阿弥作《融》における河原院描写に注目して――」（木下華子・山本聡美・渡邉裕美子編『廃墟の文化史（アジア遊学297）』勉誠社、二〇二四年）参照。

（10）岩波日本古典文学大系（旧版）・新潮日本古典集成・小学館日本古典全集、檜書店の「対訳でたのしむ」等、どれも「何事につけても思い出が残るのがこの世の常である」と解する。佐成謙太郎『謡曲大観』は、「ほんとうに人間といふものは、何かにつけて思出が残つて、執着の心の離れ難いものです」と、人間には執着心があるという訳だったが、そうは読まないのが現代の通説である。

(11) 松岡心平「幽玄が円寂するとき――一休・禅竹の世界――」(季刊『文学』岩波書店、第七巻第二号、一九九六年四月)。

(12) 三宅晶子「能の詩魂――世阿弥の叙景――」(『別冊国文学 能・狂言必携』学燈社、一九九五年五月)。のちに『歌舞能の確立と展開』(ぺりかん社、二〇〇一年)に所収。

(付記)

本論考は、JSPS科研費(JP21H04350)の助成を受けた研究の成果に基づいている。

謡曲「邯鄲」に見る二重の無常の表現

虞　雪健

はじめに

謡曲「邯鄲（かんたん）」は、仏法を求めて旅に出た主人公・蜀の国の盧生が、邯鄲の旅亭で不思議な枕を借り、夢の中で楚国へ赴き即位する物語を舞台表現によって紡ぎ出している。夢の中で盧生は豪奢な宮殿に住まい、美酒を酌み交わし、舞を楽しむ。やがて自らも月の都の人となって舞を舞い、春夏秋冬の景色が同時に現出する不思議な光景を目にするが、瞬く間に夢から覚める。目覚めた盧生は、この極楽のような体験が、粟飯一杯を炊く程の短い夢に過ぎなかったことを知り、人生の儚さを思い知るのである。

華やかな幻影と殺風景な現実。「邯鄲」が描くのは、このように対照的でありながら、表裏一体をなす二つの無常である。一つは、夢の中に現れる、常ならぬ栄華や豊かさの中に潜む無常。それは、中国の故事に題材を採りながらも、日本の中世的要素を多分に取り込んだ独特の世界を通して表現される。咸陽宮を思わせる豪奢な宮殿、国家繁栄と王の長寿を象徴する菊水の酒宴、玄宗皇帝をも連想させる月世界での歌舞。それらは王の威厳と歓楽、治世の永続を寿ぐかのようでありながら、あくまで夢の中の出来事に過ぎない。

もう一つは、覚醒後の現実に露骨に現れる無常である。豪奢な宮殿は粗末な宿に、美酒は粟飯に、王の栄華は旅の身の現実に引き戻される。ここで描かれる無常は、単なる夢と現の対比ではない。むしろ、夢に託された栄華もまた所詮は夢でしかないことを知らしめることで、かえってこの世の儚さを浮き彫りにしているのである。

野上豊一郎が指摘するように、「邯鄲」の眼目は三つの異なる「遊楽の舞」にある。青年の人生への焦燥、欲望の充足、そして夢からの覚醒。(1) この三段階に対応する「舞」が、華やかに、あるいは幽玄に彩られていく。王権の絶頂から一炊の夢へ。夢の中の「フラジャイル」な無常から、現実の「ソリッド」な無常への転換を「舞」の趣向で巧みに表現するところに、「邯鄲」の魅力の核心があるのだろう。

本論考では、このように重層的な無常を舞と謡による「遊び」として表現しきった稀有な作品である「邯鄲」を丁寧に読み解くことで、中世日本における「無常」の美学の一端を明らかにしたい。

一、謡曲「邯鄲」への多角的アプローチ

謡曲「邯鄲」は、その成立年代も作者も定かではないが、少なくとも一五世紀半ばまでには存在していたことが知られている。その根拠となるのが、金春禅竹が康正二年（一四五六）に著した『歌舞髄脳記』である。(2) 同書において「邯鄲」への言及が確認できることから、「邯鄲」の成立下限を康正二年とみなすことができるのである。しかしながら作者については、未だ定説を見ない。天野文雄は金春禅竹の作者説を唱えている。『能本作者註文』には「作者不明能但大略金春能か」との記述がある。(3) 一方、伊藤正義は「世阿弥もしくはその近辺」の人物による作とし、竹本幹夫は「世阿弥より一世代後」の作者を想定している。西野春雄もまた、「邯鄲」が世阿弥周辺の作者によるものと推定している。このように諸説が併存する状況に対して、宮本圭造は留保的な姿勢を示している。宮本は先行研究の論点を丁寧に整理した上で、それぞれの根拠が決定的とは言えないことを指摘し、

現時点で作者を特定するのは時期尚早だと結論づけたのである。[4] つまるところ、「邯鄲」という曲の作者については、書誌学的な調査と先行研究の蓄積にもかかわらず、依然としてベールに包まれた部分が多く、不明とせざるを得ない。「邯鄲」という曲の魅力の核心に迫るためには、むしろ作者の特定にこだわるよりも、作品そのものに正面から向き合うことが肝要なのかもしれない。

先行研究を見渡すと、「邯鄲」の考察は主に二つの側面に大別される。一つは文芸的特質をめぐる考察であり、もう一つは原典との関連性に着目した考察である。

「邯鄲」の文芸的特質に関しては、佐成謙太郎と野上豊一郎による指摘が先駆的である。佐成は、『枕中記』や『太平記』など「邯鄲」以前の類話との比較を試みている。その上で、執拗な唐風趣向を持つ原典の『枕中記』や、素朴な日本的情趣を湛えた『太平記』とは一線を画し、「邯鄲」には室町期以降の「華麗豪奢の裡に幽玄閑寂の情趣」が色濃く反映されていると論じている。さらに佐成は、「邯鄲」が他の夢幻能とも趣を異にすると指摘する。それは「劇らしい夢」だというのである。[5] 一方、野上は「遊楽」という観点から「邯鄲」を捉え、「三つの異なる気分で繋がれた遊楽の舞」として理解できると説く。すなわち、「序」においては青年の求道への焦燥が、「破」においては夢の帝王となった際の欲望の充足が、そして「急」においては夢から覚めた後の無常観が、それぞれ舞によって表現されているというのである。[6] 佐成が「邯鄲」の静的な美を強調したのに対し、野上はその動的な展開に着目した点が興味深い。

次に、「邯鄲」と原典との関係については、伊藤正義と宮本圭造の研究が注目される。伊藤は「邯鄲」の原拠として『枕中記』を想定しつつも、具体的な依拠文献としては『太平広記』や『文苑英華』所収の諸本より、『夷堅続志』所収の簡略版の可能性が高いと指摘している。その上で『太平記』「黄粱夢事」との近似性にも言及し、静嘉堂文庫本『和漢朗詠集和談抄』との関係も示唆している。[7] 宮本圭造は、日本における「邯鄲」受容の主要経路として、類書や詩註に見える『枕中記』簡略版の重要性を説いている。とりわけ五山僧による「邯鄲」理解において、蘇軾や黄庭堅らの詩註が果たした役割の大きさを強調している(8)。

こうした先人の知見を踏まえつつ、「夢」と「無常」の表現を軸に据えて、「邯鄲」を多角的に考察する。とりわけ中国古典の受容と再構築、そして中世日本的な「無常」観の投影という二つの観点から、「邯鄲」という作品の魅力の核心を明らかにすることを試みる。先行研究が照射した多様な論点を収斂させつつ、なおかつ「ソリッド」と「フラジャイル」という新たな視座を導入することで、「邯鄲」研究に新たな地平を拓きたい。

二、日本の邯鄲譚理解にみる簡略版『枕中記』

謡曲「邯鄲」の原拠となった『枕中記』は、もともと唐代に成立した伝奇小説である。しかし、「邯鄲」が直接依拠したのは、『太平広記』や『文苑英華』に収録された完本ではなく、むしろ宋代から元代にかけての類書や詩注に見られる簡略版だったと考えられる。その理由は、これらの書物に見える『枕中記』の姿が、「邯鄲」の内容とより親和性が高いからである。例えば、『古今事文類聚』後集巻二十一「肖貌部・夢」所収の「枕中記沈既済」は、『文苑英華』本をベースに約五五〇字に縮約したものである。また、『類説』巻二十八や『記纂淵海』巻七十四には、『太平広記』本「呂翁」を基にしたわずか一九〇字余りの簡略版が収められている。さらに、『古今合璧事類備要』外集五十一「枕席門・枕」に至っては、九〇字程度にまで圧縮されてしまっている。詩注の世界でも事情は同じである。『紺珠集』『苕渓漁隠叢話』『施注蘇詩』『後山詩注』『王荊公詩注』など、多くの書物に簡略版の引用が確認できる。つまり、「邯鄲」が成立した中世という時代において、日本人が目にしていた『枕中記』とは、完本というよりもこうした簡略版だったと見るべきなのであろう。

ここで注目したいのは、これらの簡略版に共通する特徴である。それは、登場人物の心情描写や生活状況への言及が大幅に削られ、夢の内容が簡潔に記されている点である。完本の『枕中記』では、盧生の栄達と挫折、生離死別の物語を通して、人生の浮き沈みや儒者の理想と現実の乖離が克明に描かれる。ところが、簡略版ではそうした細かな描写が省かれ、ただ一時の栄華とその覚醒のみが簡潔に物語られる。そこでは「夢」と「現」の対比は表層的なものにとどまり、人生の機微に満ちた本来の主題は十分に伝わってこない。

これは、中国と日本における「邯鄲」故事の受容の違いを考える上で、重要な意味を持つ。そもそも『枕中記』の眼目は、主人公・盧生の華やかな夢と、彼の実人生とを重ね合わせることで、儒者の憧憬と現実の落差を浮き彫りにする点にある。ところが、心情描写と実際の出来事を欠く簡略版では、この主題が十分に伝わらない。あるのは富貴栄達の夢の顛末のみ。読者の印象に残るのは、はかない夢の満足と、それが覚めた後の虚しさだけなのである。もし日本人が初めてこのような簡略版を通して「邯鄲」故事に触れたのだとしたら、『太平記』「黄粱夢事」や謡曲「邯鄲」の内容にも合点がいく。登場人物の内面への言及を欠いた簡略版は、読み手の想像力をかきたてずにはおかない。与えられた「美しい夢」を、独自の解釈で膨らませていくしかないのである。

つまり、『太平記』や「邯鄲」の作者たちは、簡略版から得た大枠の設定――富貴栄達の夢と、その覚醒による虚無感――を出発点としつつ、そこに独自の解釈を加えていったのである。盧生のような登場人物像も、儒者としてのアイデンティティーも、彼らにとっては重要ではない。あくまで関心の的は、理想の「夢」とその先にある「無常」なのである。彼らは簡略版から、夢と現実の対比というモチーフのみを取り出し、あとは思うがままに肉付けを施していき、そこに自らの美意識を投影したのである。その意味で、彼らの創作は、簡略版を出発点とした「枕中記」の換骨奪胎と言えるだろう。

謡曲「邯鄲」が簡略版を出発点としつつも、そこから大胆に踏み込んだ創作であることは先に述べた通りである。しかし、その背景には、もう一つ重要な要素がある。それが『太平記』巻二十六「黄粱夢事」の存在である。

この一話では、蜀の名利に憧れる青年が、呂洞賓から枕を借りて不思議な夢を見る。夢の中で彼は将相の位を極め、楚王の娘を妻に迎える。やがて子が生まれ、洞庭湖に遊んだ際、妻子とともに溺死するという顚末である。『枕中記』のプロットを継承しつつも、独自の展開を見せる物語と言えよう。しかし、「黄粱夢事」の要諦は、単なるプロットの焼き直しではない。この説話が『太平記』という作品の中で果たす役割にこそ、注目すべきなのである。本筋の文脈を追ってみると、崇光帝の譲位に際し、宝剣が「瑞祥」として献上される。しかし、大納言勧修寺経顕はこれを「偽物」だと看破する。彼は仏典を引きつつ、「聖人は夢を見ない」と主張し、「黄粱夢事」を例に挙げて真偽の判断を促す。つまり、「黄粱夢事」は為政者の妄念を諫める教訓譚として、本筋に組み込まれているのである。(9)

ここに、「枕中記」の受容をめぐる、日本的な特質が垣間見える。簡略版の提示した「夢と現の対比」という主題が、「為政者批判」という文脈に接続され、権力者の虚妄を暴く寓話として読み替えられている。

三、謡曲「邯鄲」における中国古典の再構築と創造性

『太平記』は簡略版『枕中記』の影響下で、その本筋の展開に合致するよう「邯鄲夢」の物語を改編した。そして謡曲「邯鄲」は、『太平記』の「黄粱夢事」に見られる独自の設定を継承したのである。したがって、謡曲「邯鄲」の創作過程において、直接的にせよ間接的にせよ、簡略版『枕中記』からの影響は不可避だったと言えよう。しかし、『太平記』「黄粱夢事」では、盧生の夢は複雑な段落構成で語られている。登場人物の数や筋立ての錯綜ぶりは、能の「序破急」という三段構成の枠組みをはるかに超えている。それでは、謡曲「邯鄲」ではどのような処理がなされたのか。

結果的に、謡曲「邯鄲」の作者は、『太平記』の蜀の名利客の天子のごとき栄華の夢という基本設定を踏襲し

つつ、能舞台の特性に応じて思い切った改変を施したのである。『新編日本古典文学全集59 謡曲集㈡』の梗概では、夢の描写は比較的簡潔に、「夢の中に見えるのは、雄大な宮殿や仙酒、舞童の舞であり、いずれも見る者を驚嘆させる。盧生もまた月宮の仙人と化して舞童とともに舞を舞う。その夢の中では、春夏秋冬の花が一斉に咲き乱れる」(10)とまとめられている。だが実のところ、この箇所こそが作者の創作の眼目であり、中国古典に基づく再創造の中で最も力を注いだ部分と言える。

筆者は、「邯鄲」の作者が即位式、酒宴、歌舞という三つの場面を意図的に選び取り、これらを通して帝王の夢を舞台上に余すところなく表現したと考える。即位式の場面では、使者が急ぎ馳せ参じ、楚王が盧生に王位を譲ろうとしていることを告げる。盧生は玉輿に乗って舞台を一周し、最初に眠った場所に戻る。この時、寝台を表していた道具が巧みに玉座に転換される。盧生が玉座に端座し、目にするのは即位式の盛大な様子なのである。そこでは朝貢の列が続く。東西に聳える金銀の山、その頂きに輝く金の日輪と銀の月輪。これらの景観は、長生殿の裏では春秋が積み重ねられ、不老門の前では日月の運行も緩やかになることの象徴だと謡われる。酒宴の場面では、盧生のために豪奢な宴が催される。珍味や不老長寿の仙家の酒が振る舞われる。そして歌舞の場面では、舞童たちが舞を披露し、盧生自身も月宮の仙人に扮して舞を舞う。春夏秋冬の花々が一斉に咲き乱れる幻想的な情景が繰り広げられる。

このように謡曲「邯鄲」は、『太平記』の「黄粱夢事」とは趣を異にする豪奢絢爛たる夢の世界を、わずか三つの場面に凝縮して表現したのである。そこでは、「フラジャイル」な夢の儚さを際立たせるために、その美しさと豪奢さが強調されている。咸陽宮を思わせる荘厳な宮殿描写と、四季の花が同時に咲き乱れる超現実的な歌舞の場面は、作者の想像力が遺憾なく発揮された場面と言えるだろう。『枕中記』にも『太平記』にも見られない、まったく新しい表現と言える。とりわけ四季が同時に現出するという表現は、永遠を希求しながらも無常に彩られた夢の本質を見事に言い当てているのではないだろうか。「ソリッド」な現実を生きながら、「フラジャイル」な夢に心を寄せる。そんな美的感覚が、「邯鄲」という曲を通して結実したのかもしれない。
次に、謡曲「邯鄲」における再構築と創造がなされた三場面の描写を見ていきたい。

(1) 咸陽宮・即位・威厳

まず注目すべきは、咸陽宮を思わせる荘厳な宮殿描写である。この描写は『枕中記』や『太平記』には見られない「邯鄲」独自の要素であり、夢の中で天子となった盧生の視点から、理想の君主の威光を象徴する宮殿を讃美している。東西の山に日月を配し、内から外へと視点を広げていくことで、盧生＝天子の徳が四方に届き、天地を覆うことを暗示しているのである。

従来、この一節は『平家物語』巻五「咸陽宮の事」の描写に似ているとされるが、『和漢朗詠集』諸古注釈（以下、「朗詠注」と略）にも類似する記述が見られる。黒田彰の研究によれば、これらの朗詠注に共通する①長城、②雁門山、③長生殿・不老門、④金・瑠璃・真珠沙、⑤瑠璃瓦、⑥金日・銀月という六つの要素が、ほぼ同じ順序で並べられていることから、朗詠注が咸陽宮描写の一系を形成していると論じられている。一方、『平家物語』諸本では、①③⑥④②⑤という延慶本の順序に沿って要素が配列されており、朗詠注とは別の系統を成しているという[11]。

ところが、謡曲「邯鄲」の宮殿描写は、これらのどちらの系統とも異なる独自の配列を見せている。それは、①雲龍閣、阿房殿、②金銀の砂、③四方の玉の戸、④御宝、捧げ物、旗の足など（朝貢の行列）、⑤銀の山、金の日輪、金の山、銀の月輪、⑥長生殿、不老門という順序である。これは、『平家物語』や朗詠注のように外から内へと視点が移動するのではなく、内から外へと視点が広がっていく点に特徴がある。つまり、天子となった盧生の視点から、足元の雲龍閣や阿房殿の壮麗さが讃えられ、次第に庭や門外、そして東西の山や日月へと視界が拡張していくのである。このような宮殿描写の要素の配列順の問題は、たとえば謡曲「鶴亀」にも見受けられる。そこでは、節会に参加する天子の視点から宮殿描写が行われ、内から外へと順を追って風景が描写されている。つまり、「邯鄲」と「鶴亀」に共通するのは、王者の視点から宮殿の荘厳さを謳い上げる点なのである。そこには、天子の権威と徳が四方に遍く及ぶことを寿ぐメッセージが込められているのだろう。

また、「寂光の都喜見城」の言及と「東に三十余丈に……不老門の前には、日月遅し、という心をまなばれたり」の描写にも注目したい。これらは先の咸陽宮描写と類似しつつも、仏教的・宗教的な意味合いを帯びている。観世元章筆邯鄲注釈本では、「寂光の都」の解釈に続いて、次のような注釈がある。

喜見城　帝釈ノマシマス都也。歓喜園善法堂ナト皆此中ニアリ。太平記黄粱夢曰大梵高臺ノ月喜見城宮ノ花モ不レ足レ翫ト遊戯歌舞ス。(12)

ここでは『太平記』との関連性が示唆されている。また、「日輪・月輪」の部分については、次のように述べられている。

日月遅ト云心ヲ東ハ陽方ナレハ金ノ日ヲ出シ西ハ陰方ナレハ銀ノ月ヲ残ス。十五十六日ノ躰満足ノ時ヲ表セリ三十余丈ハ三十日ヲ象トル心也。(13)

詞章には『和漢朗詠集』祝・慶滋保胤の詩を踏まえた描写があるが、この注釈を参照することで、宮殿から眺める景色の壮麗さが窺える。実際、太陽が東の山の上空にあり、月が西の山の上空にある光景は、元章注のとおりだろう。これは満月の十五日や十六日に、日が東から昇ると同時に月が西に沈む前の夜明けの情景であると考えられる。

加えて、『平家物語』や朗詠注とは異なり、「日輪」「月輪」という言葉が使用されている点で、仏教的な意味合いも感じられる。例えば、『倶舎論頌疏』巻十一には、「日輪下面。頗胝迦寶。火珠所成。能熱能照。月輪下面。頗胝迦寶。水珠所成。能冷能照。唯一日月。普於四洲」(14)とある。日月が並置されるモチーフに関して、水尾比呂志は山嶽を中心に自然景を神聖化させる垂迹曼荼羅を挙げ、そこでは日輪が宇宙の根元である法身仏としての大日如来を象徴し、月輪が大日如来の応化(おうげ)した姿として描かれ、昼夜の分別のない自然界に遍満する法身仏の恒常性を顕示したものだと述べ、「日輪」「月輪」が金胎両部思想を象徴していると論じている。(15)また、安達啓子も曼荼羅に注目し、このような日月のモチーフを持つ絵画は曼荼羅的性格を付加する、荘厳の方便として格好の手段だと述べている。(16)

日月と密教信仰の関連性を考えると、対称的に表現される参詣曼荼羅は、「東・銀の山・金の日輪」「西・金の山・銀の月輪」という謡曲「邯鄲」の風景描写に酷似している。具体的な類似例としては、國學院掛幅本「熊野那智参詣曼荼羅」において、那智大滝の左側に日輪が描かれ、画面の左側に月輪が対称的に配置されていることが挙げられる。石倉孝祐によれば、これらの参詣曼荼羅では、金胎一如の曼荼羅世界を日輪・月輪で象徴的に表現しているとされている。(17)また、成相寺蔵「成相寺参詣曼荼羅」でも、最上部の山の上空には、左に銀箔の月輪、右に金箔の日輪が描かれている。同様な配置は、施福寺蔵「施福寺参詣曼荼羅」、中嶋家本「清水寺参詣曼荼羅」、善峯寺蔵「善峯寺参詣曼荼羅」、松尾寺蔵「松尾寺参詣曼荼羅」など、ほとんどの参詣曼荼羅に見られる。福原敏男は、これらの参詣曼荼羅を特徴づける重要な要素として、日月は昼夜ないしは歳月の象徴であろうと述べ、また「日月に対するきわめてコンベンショナルな観念、すなわち現世との関連においてとらえられる日月互照が、衆生にもたらす利益の象徴」という武田恒夫の論を踏まえ、日月の光明が社寺の信仰圏をくまなく照らして、現世において永遠に殷賑を極めることを表現しており、あるいは逆に、現世的な時間を超越した世界を表す可能性も示唆されているとする。(18)

このように、後世の宗教的な絵図表現においては、謡曲「邯鄲」に登場する「東・銀の山・金の日輪」「西・金の山・銀の月輪」の風景描写と同様の趣が見受けられる。このような表現は、謡曲「邯鄲」が構築する超越した浄土のような時空間のあり方を想像せしめるものであると言えるだろう。

さらに、「たとへばこれは、長生殿の裏には、春秋を富（た）り、不老門の前には、日月遅し、という心をまなばれたり」という、慶滋保胤の詩の引用と見られる表現は、咸陽宮描写に登場する「長生殿」「不老門」と深く関わっている。それは先述の日月並置の宗教的意味合いとも響き合う表現である。興味深いことに、類似の謡は開口猿楽・答弁猿楽にもすでに見られる。康正年間（一四五五～五七）の興福寺三所権現遷宮の際の「延年舞式」では、「乱拍子一声」として、

長生殿ノ裏ニハ千年春秋ヲト、メリ
不老門ノ前ニハ年ハ行ケレトモ老セス
……[19]

と謡われている。『中古雑唱集』の同曲の頭注によれば、今様歌抄にも「長生殿のうちにこそ千歳の春秋とどめたれ、不老門をし立てつれば年は行けども老いもせず」という類歌が見える。五節間郢曲にも謡われていたという。[20]『和漢朗詠集』祝の部に位置するこの慶滋保胤の詩は、王朝の歌謡や延年などにも取り入れられてきた由緒ある歌だったのである。だからこそ、祝言を多用する謡曲「邯鄲」にも自然に組み込まれたのだろう。ここに込められているのは、王権の永遠性を寿ぐメッセージである。

ここであらためて問うべきは、なぜ「邯鄲の夢」に咸陽宮の描写が含まれているのかということである。確かに、咸陽宮の豪壮華麗さは『史記』にも記されており、よく知られている。一方、『平家物語』諸本と朗詠注によって形作られた咸陽宮の描写の二系統は、中世日本人の咸陽宮理解を反映していると考えられる。しかし、

『史記』などの漢籍と日本中世の咸陽宮像との間には、驚くほどの相違が存在するのである。

高芝麻子はこの点について鋭い考察を加えている。謡曲「咸陽宮」の終曲「秦の御代、万世を保ち給ふ事」に着目し、なぜ三代しか続かなかった秦王朝が、永続したかのように謡われるのかを問うているのである。高芝によれば、中国古典文学では荊軻が常に肯定的に、始皇帝が暴君として否定的に描かれる傾向がある。ところが、『平家物語』「咸陽宮」ではその評価が逆転している。「燕丹昔の恩を忘て、還て始皇を傾んと計しかば、己が身空く亡ぬ」（『源平盛衰記』）とあるように、燕丹子が恩を忘れて謀反を企てたため滅ぼされたとされる。「官軍をつかはして燕丹をほろぼさる。蒼天ゆるし給はねば、白虹日をつらぬいて通らず」（覚一本）という表現からは、燕丹子の最期が天罰として描かれていることがわかる。つまり、始皇帝こそが真の天子として認められているのである。この解釈は、『平家物語』の前段「朝敵揃」の文脈と深く結びついている。源頼朝の挙兵を「忘恩」とみなす平清盛の憤りを背景に、古来の朝敵たちが次々と列挙される。そして「されども一人として、素懐をとぐる者なし。かばねを山野にさらし、かうべを獄門にかけらる」と、彼らが例外なく敗北し、非業の死を遂げたことが強調される。この朝敵と朝廷の権威の対比は、咸陽宮の段にまで一貫して流れている。(21) 高芝麻子が論じるように、『平家物語』「咸陽宮」では燕丹子が朝敵として、始皇帝が「ほかの何者によっても代行不可能」な王権者として描かれているのである。

ここに、日中の始皇帝像の決定的な違いを見て取ることができる。そしてこのことは、謡曲「咸陽宮」で秦王朝が「永続」するかのように謡われる理由を説明してくれる。天野文雄が指摘するとおり、この曲は永享元年（一四二九）の初演と考えられ、「新将軍の治世の永遠を始皇帝の御代の永遠をもってことほぐ意図」のもとに制作されたのだろう。(22) つまり、謡曲「咸陽宮」は『平家物語』「咸陽宮」の性格をさらに強化し、治世の永続を寿ぐ「予祝」としての役割を担っているのである。

対して、朗詠注における咸陽宮と始皇帝の姿は、これとは大きく異なる。旧黒木本『和漢朗詠註抄』（「前途程遠」注）の咸陽宮描写の前に、

暴秦等、暴秦秦始皇也。其性極暴悪也(23)。

とあり、咸陽宮描写のすぐ後に、

始皇崩後不幾、一旦項羽乱入、競取財寶。金虎銀狼徒砕、瑠璃瓦眞珠沙悉散。長生殿之額須臾落、不老門之楼刹那頽、放火焼之。三月之間火不絶云々(24)。

咸陽宮がたちまち火に焼かれることを物語っている。永済注（「強呉滅兮」注）の咸陽宮の描写の前にも、類似する文句がある。すなわち、

暴秦トイハ、秦ノ始皇也。暴秦ト云也。史記ノ始皇本記ニモ、始皇ノ事ヲイヘルニ、以暴虐為天下始トイヘリ。フルキコトヲミナウシナヒテ、ワレ、ヨノハシメタラントイヒテ、書籍ヲヤキ、博士ヲウシナヒタマヒシニヨリテ、始皇トイフ。主中記トイフノミニモ、秦皇凶暴トイヘリ。コレニヨリテ、暴秦トツクレル也。無虎狼トハ、秦始皇ヲハ、虎狼タトヘタルナリ。史記第六云、秦王為人、蜂準長目、鷙鳥膺豺声虎狼ノ心アリトイヘリ(25)。

とあり、また咸陽宮描写のすぐ後にも、

カクアリシカトモ、始皇カクレタマヒニシカハ、イクホトヲヘスシテ、項羽ノイクサ、ミタレイリテ、タカラヲキヲイトリ、ミヤニ火ヲハナチシカハ、ミツキカアヒタ、煙火タエサリキ(26)。

とあり、始皇帝の暴虐と瞬く間に焼失された咸陽宮の悲劇がともに記載されている。また、国立国会図書館本朗詠注（「強呉滅兮」注）の咸陽宮描写のすぐ後に、

始皇有虎狼心、崩シテ後ヲ、無虎狼云。振舞暴虐ナリシカハ、暴秦云。崩以後。不経何程、楚項羽軍

乱入テ、宮光放シカハ、三月、煙火不絶。[27]

という記載がある。朗詠注では、始皇帝の暴虐ぶりと咸陽宮の悲劇が併記されている。この朗詠注と『平家物語』「咸陽宮」の落差を踏まえると、謡曲「邯鄲」の宮殿描写の位置づけがより鮮明になる。そこでは『平家物語』「咸陽宮」―謡曲「咸陽宮」の系譜に連なる、王権の威厳を象徴する咸陽宮のイメージが前面に押し出されているのである。暴君と破滅の印象が強い朗詠注の描写からは、むしろ距離を置いているように見える。

実際、「邯鄲」の上演記録を見ても、この特質が裏付けられる。寛正五年（一四六四）の紀河原勧進猿楽初日での上演は、記録上の初見であり、「邯鄲」の重要性を物語る一つの証左である。応永期以降、将軍や大名ら権力者が勧進能に積極的に関与するようになる中で、永享五年と寛正五年の紀河原勧進猿楽は「公儀勧進能」として特に注目される。音阿弥がみずからシテを務めて「邯鄲」を演じたのは、まさにこの寛正五年だったのである。[28]こうした背景を考えれば、この「邯鄲」上演が権力者の威厳を称揚する意図を含んでいた可能性は十分にある。たとえ咸陽宮描写の予祝的機能が明示されていないにせよ、王権の不可侵性を象徴的に示す役割を果たしていたのではないだろうか。「邯鄲の夢」の故事にはない咸陽宮。それが「邯鄲」という曲に組み込まれたのは、始皇帝の威厳と結びついたイメージを背景としつつ、夢の中の王権を絶対化するためだったのかもしれない。

（2）菊水・酒宴・長寿

謡曲「邯鄲」では、即位五〇年を迎えた楚王・盧生に侍臣が菊水を献上し、長寿を寿ぐ場面が描かれている。この場面における菊水の意味合いを理解するためには、『和漢朗詠集』の受容と慈童説話の影響という二つの観点から考察する必要がある。

まず、芹川鞆生と飯塚恵理人の共著『謡曲の和漢朗詠集受容』（奇呆虎洞、一九九二年）では、「邯鄲」における

『和漢朗詠集』の受容について詳細に論じられている。「邯鄲」では、『和漢朗詠集』祝・慶滋保胤の詩と、「上春　三月三日付桃花」にある菅原雅規の詩が引用されている。特に菅原雅規の詩は、本来曲水宴の情景描写であるにもかかわらず、能作者は場面にふさわしい朗詠を選び取り、酒宴の場面に用いたと飯塚は別の論文で指摘する。(29)「邯鄲」においても、曲水の宴になぞらえて仙薬の菊水を飲む場面が描かれている。また、盧生が菊水を飲む場面では、『拾遺和歌集』秋の清原元輔の歌――「わが宿の、菊の白露今日ごとに、幾世積りてふちとなるらん」――も引用されている。この歌は『和漢朗詠集』「上秋　九月九日付菊」にも収められており、ここからもその影響が示唆される。このように、「邯鄲」における菊水の場面は、『和漢朗詠集』に収められた菊に関する詩歌を巧みに取り入れることで、菊水が長寿の象徴として機能していることを示唆しているのである。

次に、慈童説話の影響について考えてみたい。諸活字本の頭注が一様に指摘するように、侍臣が菊水を献上し、君主の長寿を寿ぐ場面には、慈童説話との関連性が窺える。慈童説話に関する先行研究としては、伊藤正義の「慈童説話考」、阿部泰郎の「慈童説話の形成」、および松田宣史の「慈童説話の成立」が挙げられる。(30)また、阿部は著書『中世日本の王権神話』の第三章「慈童の誕生」において、天台即位法の形成と同時に慈童説話の創出過程を指摘している。ここで注目したいのは、魏の文帝の時に彭祖仙人が菊花の盃を文帝に伝えるという筋書きである。阿部は、『太平記』「竜馬進奏事」の文詞が『天台方御即位法』甲「口決ニ云」とほとんど同じであり、天台即位法の「口決」の類を参照した可能性を述べている。また、『天台方御即位法』乙「又一説ニ云」では、魏の文帝の時に彭祖仙人が酈県の菊を奉るという筋に先立って、その菊の因縁として穆王受偈譚と慈童説話を述べるという特徴があり、能「菊慈童」の構想に重なる点が認められるとも指摘している。(31)

彭祖が魏の文帝に菊水を献上する話は、『和漢朗詠集』や朗詠注では形成されていなかったが、天台即位法、『太平記』「竜馬進奏事」、謡曲「菊慈童」に共通する要素があり、不老不死の仙人が皇帝の長寿を寿ぐことを意味している。謡曲「邯鄲」における侍臣による菊水の献上は、それを連想させるものがある。

また、謡曲「養老」でも類似した点が見られる。雄略天皇の勅使が霊泉を求めて美濃国本巣の郡に赴き、樵翁父子から、霊水の恩恵で寿命が延びたことと、霊泉の発見の経緯や彭祖の菊の露で七百年の寿命を得たとの故事を聞いた。やがて山神が現れ、泰平の御代を賛美し、その象徴である霊泉の出現を称える。この曲は養老の滝から湧き出た霊泉という設定をしているが、以下の詞章は南阳酈県の菊水と関連があり、謡曲「邯鄲」の詞章とも重なる要素が多く見られる。

シテ
ツレ〽奥山に、深谷の下の例かや、流れを汲むとよも絶えじ、流れを汲むとよも絶えじ。

地謡〽曲水に浮ぶ鸚鵡は、石に礙りて遅くとも、手にまづ取りて夜もすがら、馴れて月を汲まうよや、馴れて月を汲まうよ。

さらに、

シテ〽彭祖が菊の水、しただる露の養ひに、仙徳を受けしより、七百歳を経る事も、薬の水と聞くものを。

とある。シテの老父が自ら霊泉を菊水に喩え、彭祖もその薬の水である菊水のおかげで長命を得たと説いた。天野文雄は当曲の作意について、

本曲は人の寿命を延ばす霊泉出現を天下泰平を象徴する奇瑞とし、その発見者である樵翁が大君に霊水を献上するという設定を通して、当代の治世を賛美しようとした作品である。この「大君」は設定の上では雄略天皇だが、実際には当代の将軍義満を念頭においた寓意と思われる。(32)

と述べており、霊泉はただ長寿を意味するのではなく、嘉瑞として治世の長久を祝福するものであり、また当代の治世とかかわるものであると意味付けている。こうした例はそのほか多くあることが以下の用例からわかる。

〈鶴亀〉深谷の下の菊の水。花を洗ひし流を汲みて齢を。……詠みし姿は老いもせぬ薬と菊の白露はよも尽

きじ君が代の幾久しさも限らじな。

〈盛久〉命は千秋万歳の春を祝ふぞと。御盃を下さるれば。種は千代ぞと菊の酒。……盛久かゝる時節に逢ふ事。世以てためし有るべからず。治まり靡く時なれや。……君を祝ふ千秋の鶴が岡の松の葉。

〈大瓶猩々〉菊の露。積りて尽きぬこの泉。……千秋万歳君千代と。〳〵。栄ふる御代こそ。めでたけれ。

こうした構造は「邯鄲」の詞章にも見える。すなわち、

シテ〽寿命はちよそときくのさけ

大臣〽栄花のはるもよろつとし

シテ〽君も豊に　大臣〽民栄へ　上歌詞国土安全長久の、〳〵、栄花も弥増に（後略）

このように、天台即位法をはじめとする慈童説話や『太平記』の「竜馬進奏事」、謡曲「菊慈童」「養老」などを考慮すると、謡曲「邯鄲」において即位五〇年にあたって菊水を献上することは、楚王の盧生の長寿を祝福するだけでなく、さらに天下泰平を讃え、治世の永久を寿ぐものと位置付けるべきである。盧生が飲む菊水は、夢幻の世界に治世の永続性を付与する装置なのである。

（3）**霓裳羽衣・歌舞・天下泰平**

盧生が盃を交わし、舞童たちが舞を舞う中、栄華の絶頂に達した時に、自ら立ち上がり舞い始める場面がある。この場面は破の後段、夢の最後とされ、「夢中の酔舞」とも称される。

松沢佳菜は、この場面に関して二つの観点から考察を行っている。一つは、月人男の舞の後の四季の描写に関して、謡曲「邯鄲」以前の古典作品である『曽我物語』巻一「費長房が事」の壺中の天や、『和漢朗詠集』に詠まれる壺中の天など、四方四季を描く作品を取り上げ、四方四季という異界の表現との関連性を示すものである。(33)

この四方四季の表現と費長房の壺中の天と結びつけた例は少なく、『曽我物語』巻一がその一例である。また、『和漢朗詠集和談抄』「仙家」の「壺中天地乾坤外　夢裏身名旦暮間」の、下句の注釈が南都本系『太平記』の「黄粱夢事」と類似していることから、伊藤正義が「邯鄲」に影響を与えたとした点[34]について、松沢が同文末注で四方四季の描写がないことを指摘したように、「邯鄲」の四季の表現は『和漢朗詠集和談抄』の「壺中天地乾坤外」の一句の注とは必ずしも緊密な関係を有していないと言える。それにもかかわらず、四季が同時に表現されるモチーフの中で、四季を四方に配置して語られることが一般的であることは明らかであろう。たとえば、『うつほ物語』の吹上の宮の造形がその一例である。このような描写は季節感の喪失、時間の停止による永遠を象徴し、のちに常世国、蓬萊、竜宮城や鬼の国などの異界の表現として確立していくことがしばしば指摘され、贅言を要しない。

謡曲「邯鄲」では詞章を読む限り、四季が四方に配したかどうかは明白でないが、『笈蓮江問日記』「邯鄲」には、

一、「猶幾久し有明の月」と云時、戌亥ノ方ミルヨシ。「雲ノ羽袖」と云ふ時、左ノ袖ヲ打挙ル也。「月又サヤケシ」ト云時南、「春ノ花サケバ」ト云時東ミル。四季ノ方、是以可二分別一。[35]

とある。また『秋田城介型付』は「邯鄲」のこの部分について、

一、「春の花咲は」東ヲミル。或ハ右へ廻ル。
一、「紅葉も色こく」西ヲ見、舞台ノ方角ニヨリ、左右ノ廻リ一円不定ト也。
一、「夏かと思へは」正面へムキ、右へ団指廻ス。
一、「雪もふりて」左足アマシテ団ヲカツク様ニシテ、左へ小廻返ス。
一、「四季折々ハ――」舞台サキへ急ニ歩出ル。

一、「春夏秋冬万木千草も一日に花さけりおも白やふしきやな」指テ右へ廻ル。廻ナカラ方角ニヨリ東南西北ニ心付、吉。[36]

とし、『笈蓮江問日記』と同様に、四季を表現する際にシテの舞型に方角の変化が見られる。実際の演技では、四方四季をあらわせるような舞型は頻繁に用いられている。

松沢佳菜のもう一つの観点は、シテが月人男の舞を舞う場面に注目し、「雲の羽袖」と「月」という表現から、帝王遊仙の視点で『十訓抄』第十篇六十七話の「霓裳羽衣曲」起源説話との類似性を指摘し、月世界で舞う盧生の姿を唐の玄宗皇帝像と重ね合わせる可能性を示唆するものである。[37]この発見は、謡曲「邯鄲」の解釈に新たな道筋を開いたと言える。日本の古典文学において、歌舞に関連する中国の皇帝といえば、ほとんどの場合、玄宗皇帝を指すのである。

白居易は、その名作『長恨歌』において、「惊破霓裳羽衣曲」と「犹似霓裳羽衣舞」の二句を通して、霓裳羽衣曲を玄宗皇帝と楊貴妃の悲恋と巧みに結びつけた。一方、『新楽府・法曲』では、「法曲法曲舞霓裳、政和世理音洋洋、开元之人楽且康」という表現によって、「霓裳羽衣曲」が法曲として、盛世における芸術文化の繁栄を象徴する性質を強調している。同詩の「一从胡曲相参錯、不辨興衰与哀楽」という一句は、霓裳羽衣曲と対比される胡曲が王朝の衰亡を招いたことを示唆している。醍醐寺蔵『白氏新楽府略意』上巻には、以下のような注釈がある。

法曲者、法度之楽曲也。美列聖之正花聲者、唐大宗製破陣楽曲、高宗製大定楽曲、玄宗製霓裳羽衣曲、故曰列聖。[38]

したがって、謡曲「鶴亀」や「邯鄲」に玄宗皇帝と「霓裳羽衣曲」の意象が用いられたのは、それらが日本の古典文学に広く受容されていたことに加え、「霓裳羽衣曲」が開元の治世の繁栄を象徴する法曲であり、盛世を讃えるとともに当代の治世の長久を祈念する豊かな文化的・政治的意味合いを持っていたからだと考えられる。一時の夢の中で繰り広げられる豪奢な歌舞は、しかしながら盛世の永続を予祝するメッセージを内包しているのである。

四、夢からソリッドな無常へ

歓楽の極みであった四季の舞が終わり、劇らしい夢は現実へと移行する。夢の中で聞こえた「女御更衣の声」、目にした「宮殿楼閣」、味わった「栄華の五〇年」は、現実の世界では「松風の音」、「邯鄲の仮の宿」、「粟飯の一炊の間」に過ぎないことを、盧生はついに悟る。夢と現実の対比を端的に示すこの場面は、まさに画竜点睛の一筆と言えるだろう。さらに、「仮の宿の粟の一炊の夢」という表現は、「仮の宿（世）の泡の一睡の夢」の意に掛けられており、盧生が現実を超越する境地に辿り着いたことを示唆している。

ここで描かれているのは、「フラジャイル」な夢から「ソリッド」な無常への移行である。華やかな幻影の世界は、覚醒の瞬間にあっけなく崩れ去る。残されるのは、むきだしの現実の荒涼たる風景。そこには、二重の虚しさが横たわっている。だからこそ、この無常の悟りは、現実を超越する力を持つのかもしれない。

「現実―夢―現実」あるいは「迷―夢―悟」という構造的な三段階は、序破急に対応している。(39)この意味で、現実との対峙を描くこの段は、作品全体にとって必要不可欠な要素なのである。特に急の段では、華やかな舞台表現よりも、「夢の世」の悟りこそが肝要であることが強調されている。つまり、「フラジャイル」な夢から「ソリッド」な無常へ、という流れの収束点に、「邯鄲」の真髄があるのである。急の段があるからこそ、「邯鄲」は構造上で首尾呼応し、内面と外面の両面において円満に完結するのである。

観世元章による邯鄲注釈では、「夢の世そと悟り得て」という文句に対して興味深い考察がなされている。元章はまず、魂魄と夢の関係について説明し、妄念顚倒のつまらないことを思い、些か不審も思わずしてただ妄念を尋ねることの愚かさを説き明かす。そして『太平記』の黄粱夢を説く経顗の言葉「聖人無レ夢」を引用し、聖人は常に「由なきこと」を思わないがゆえに夢を見ないのだと解釈する。さらに『孟子』万章上の段を用いて、舜の道は夢中の歓楽にも及ばないという道理を示し、人間の五〇年は大道から見ればただ一炊の夢に過ぎず、貴賤老若を問わず一息截断の時に必ず夢から覚めるのだと説いている。

ここには、「邯鄲」の無常観と通底する世界観が表れている。すなわち、夢もまた究極的には虚妄であり、そこから覚醒することこそが真の悟りなのである。元章の解釈を踏まえれば、ソリッドな無常とは単に現実の儚さを知るだけでなく、夢をも超越した悟りの境地を指すことになる。その意味で、「邯鄲」の無常は二重の構造を持っている。フラジャイルな夢の無常を突き抜けることで、より深いソリッドな無常へと至る。

興味深いことに、元章は『太平記』の黄粱夢を説いた後に、経顗が詠んだ「楊龍山が日月を謝する詩」を引用している。「聖人無レ夢」への釈明を含めて、元章は明らかに『太平記』の「黄粱夢事」を意識しながら謡曲「邯鄲」を解釈しているのである。異なるメディアでありながらも、元章は両作品に「邯鄲の夢」の根本的な要素が通底していることに気づき、その関連性を注釈として示したのかもしれない。このような指摘は、『太平記』の「黄粱夢事」を考察する際にも有益な参考となるだろう。

おわりに

謡曲「邯鄲」は、中国の伝奇小説『枕中記』を下敷きにしつつ、日本の中世的美意識を巧みに織り交ぜた稀有な作品である。登場人物の心理描写や詳細な出来事を簡略化した『枕中記』を出発点としながら、『太平記』の影響も受けつつ、独自の「夢」の物語を紡ぎ出した。そこには、王権の威厳を象徴する咸陽宮、長寿と天下泰平を意味する菊水、そして玄宗皇帝を連想させる月世界の歌舞という、中国の古典を下地としつつも、日本的な解釈と創造性が発揮された場面が散りばめられている。しかし、「邯鄲」の真骨頂は、華やかな夢の世界を描くことだけにとどまらない。むしろそこから覚醒した後の「無常」の表現こそが、この曲の核心をなしている。

フラジャイルな夢の無常、ソリッドな現実の無常。二項対立を内包しつつ、それを乗り越えていく。本論考が、「邯鄲」という曲が持つ可能性の一端を示すことができたとすれば幸いである。今後のさらなる研究の深化を期待したい。

(1)　野上豊一郎『謡曲全集　解註　第四巻』(中央公論社、一九三五年、一〇五頁)。
(2)　天野文雄『能楽手帖』(角川ソフィア文庫、二〇一九年、一三二頁)。
(3)　吉田東伍校註『禅竹集　能楽古典』(能楽会、一九一五年、三九〇～三九一頁)。
(4)　宮本圭造「作品研究〈邯鄲〉」(『観世』六七―一二号、檜書店、二〇〇〇年一二月、三一～三二頁)。
(5)　佐成謙太郎『謡曲大観　第二巻』(明治書院、一九八三年、七七七頁)。
(6)　注(1)野上豊一郎書、一〇五頁。
(7)　伊藤正義校注『新潮日本古典集成57　謡曲集上』(一九八三年、四二三頁)。
(8)　注(4)宮本圭造論文、二九～三〇頁。
(9)　虞雪健「《太平記》黄粱夢事的生成」(『日語学習与研究』二〇二四年第一期、二〇二四年二月、一〇八～一一七頁)。
(10)　小山弘志、佐藤喜久雄、佐藤健一郎校注・訳『新編日本古典文学全集59　謡曲集（二）』(小学館、一九九八年、一六六頁)。
(11)　黒田彰「咸陽宮覚書――朗詠注との関連」(『文学』五四―三号、一九八六年三月、八九～九一頁)。
(12)　観世アーカイブ（整理番号8／9／、元章筆邯鄲注釈本、観世文庫蔵）を参照。
(13)　観世アーカイブ（整理番号8／9／、元章筆邯鄲注釈本、観世文庫蔵）を参照。

(14)　SAT大正新脩大蔵経テキストデータベースを参照。
(15)　水尾比呂志「金剛寺の日月山水図屏風」（『国華』一〇一七号、一九七八年一一月、九〜二〇頁）。
(16)　安達啓子「日月屏風と武蔵野図屏風──金剛寺本日月山水図屏風を中心に──」（『日本屏風絵集成』第九巻「景物画──四季景物」講談社、一九七七年）。
(17)　石倉孝祐「熊野那智参詣曼荼羅の宗教的世界観」（『国際経営論集』五九、二〇二〇年三月、六〇頁）。
(18)　福原敏男「概説」（大阪市立博物館編『社寺参詣曼荼羅』平凡社、一九八七年、二一四〜二二五頁）。
(19)　佐成謙太郎『謡曲大観　首巻』（明治書院、一九八三年、一二頁）。
(20)　浅野建二校註『新訂中世歌謡集　日本古典全書』（朝日新聞社、一九七三年、二五二頁）。
(21)　高芝麻子「「燕丹子」、『平家物語』および謡曲「咸陽宮」の始皇帝像について」（『横浜国大国語研究』三七号、二〇一九年三月、八六〜一〇〇頁）。
(22)　注(2)天野文雄書、一三五頁。
(23)　伊藤正義・黒田彰・三木雅博編『和漢朗詠集古注釈集成　第一巻』（大学堂書店、一九九七年、七九〇頁）。
(24)　注(23)書、七九〇頁。
(25)　伊藤正義・黒田彰編『和漢朗詠集古注釈集成　第三巻』（大学堂書店、一九八九年、二一六頁）。
(26)　注(25)書、二一六〜二一七頁。
(27)　伊藤正義・黒田彰編『和漢朗詠集古注釈集成　第二巻上』（大学堂書店、一九九四年、二三二頁）。
(28)　国立能楽堂事業推進課調査資料係『勧進能　令和二年度国立能楽堂特別展』（日本芸術文化振興会、二〇二〇年、五頁）。
(29)　飯塚恵理人「和漢朗詠集から謡曲へ」（『国文学　解釈と教材の研究』四九―一〇号、二〇〇四年九月、二九〜三五頁）。
(30)　伊藤正義「慈童説話考」（『国語国文』一九八〇年一一月号、一〜三二頁）。阿部泰郎「慈童説話の形成──天台即位法の成立をめぐりて　下──」（『国語国文』一九八四年八月号、一〜二九頁）。松田宣史「慈童説話の成立」（『国語国文』二〇一一年一〇月号、二二〜三八頁）。
(31)　阿部泰郎『中世日本の王権神話』（名古屋大学出版会、二〇二〇年、八一〜一四九頁）。

(32)　注(2)天野文雄書、四一一頁。
(33)　松沢佳菜「謡曲「邯鄲」小考——遊仙枕説話との関わりを中心に——」(『同志社国文学』六五号、二〇〇六年一二月、二六～二七頁)。
(34)　注(7)『新潮日本古典集成57　謡曲集上』四二三頁。
(35)　古川久校訂『下間少進集Ⅱ　能楽資料集成3』(わんや書店、一九七四年、二二一頁)。
(36)　秋田城介型付研究会『東北大学附属図書館蔵　秋田城介型付　能楽資料叢書3』(野上記念法政大学能楽研究所共同利用・共同研究拠点「能楽の国際・学際的研究拠点」、二〇一五年三月、一二七～一二八頁)。
(37)　注(33)松沢佳菜論文、二三～二六頁。
(38)　太田次男「釋信救とその著作について　附・新楽府略意二種の翻印」(斯道文庫論集、一九六六年、三一三頁)。
(39)　金春國雄『続能への誘い——構造と組立てのメカニズム——』(淡交社、一九八四年、一八六頁)。

中世後期における狐による病とその治療

小山聡子

はじめに

病は、生あるものに無常をもたらす。病気治療は、「常」を少しでも長く保持しようとする行為であり、無常への儚い抵抗である。また、病気観や治療自体も無常である。なぜならば、それぞれの病への認識や治療法も、時代によって移り変わっていくからである。

本論考では、中世後期における狐による病に着目したい。日本の狐に対する観念に大きな影響を与えたのは、中国の狐観である。六朝志怪では、狐は人に化けたり、火災を起こしたり、髪を切ったり、女性を犯すなどする獣として語られた。狐の話は、唐代以降に盛んに語られる傾向にあり、道教の道士が狐を退治する話が多く見られる[1]。また、先秦から宋に至るまでの説話を類聚した『太平広記』には、狐を使役する道士の話や、病気をもたらす狐の話もある。たとえば、巻四五四「劉元鼎」には道教の術に天狐別行法という狐を使役する術があるとされており、巻四五〇「韋参軍」では方術を身につけた韋参軍がその母に憑いて病にさせていた狐を追い出し治病したことが語られている。

狐は、中国の狐観の影響のもと、日本の古代でも病の原因の一つとされてきた。たとえば、『小右記』長元四年（一〇三一）九月二〇日条には、藤原資平の娘たちが、種々の霊、貴船明神、さらには「天狐」を原因とする病気を煩った、とある。「天狐」は、古代中国の史料にしばしば記される、優れた霊力を持つ狐霊である。資平の娘たちが病んだ時には、治療のために修法などが行われた、とされている。我が国では、仏教の僧が加持や修法などによって病の原因である狐を退治しようとするのが一般的であった。

古代から中世前期には、狐は自然に人間に憑依し病気を煩わせる動物として捉えられていた。中世前期の説話集『宇治拾遺物語』五三「狐人につきてしとぎ食事」には、病気をもたらすモノノケをヨリマシに憑依させたところ、モノノケは自身の正体は祟りのモノノケではなく、食い物目当てで通りがかった狐であると告げた、とある。この狐は、験者に追ってもらったら退散すると言い、追ったところ退散したという。モノノケとは、漢字で表記すると「物気」であり、正体が分からない段階で用いられる語である。モノノケは、多くの場合、その正体は死霊や狐などで、病気をもたらす。

また、『古事談』三―四九「延禅、性信親王の施食を請け瘧を退くる事」は、延禅の童子が瘧（おこり）を煩い、その原因が「神狐」だったという説話である。性信が祈禱した食べ物を童子が食べたところ、「神狐」が童子の口を通して、護法に責められ苦しいので永遠に去る、と約束したという。護法は、験力のある僧に使役され、モノノケなどを屈服させ追う役割を担うと考えられていた。この護法は、性信が使役する護法なのだろう。

このように、狐は病原としての性質を持ち、僧による加持や修法によって調伏されると考えられていた。また、病気は、狐が屈服して去れば平癒すると捉えられていた。

狐を原因とする病は、中世後期に変化がみられる。依然として自然に狐に憑かれ病になるとも認識されていた一方、本来治療者であるはずの僧などが、狐を使役し人間に憑けて病気にさせるとも考えられるようになったのである。とりわけ、彼らが狐を使役して病を煩わせることは、室町幕府四代将軍足利義持から八代将軍足利義政の時期に恐れられた。この時期の狐を病因とする病に関しては、西山克や中村禎里らによって、狐の使役の犯人に仕立て上げられ失脚させられた事例も注目され、このような事件の頻発の背景には、政情不安や鬱屈した人間関係があったと指摘されている(2)。また、田中貴子によって、天台僧光宗の『渓嵐拾葉集』には、狐による病とその治療法に関する記述があることが指摘されている(3)。これまで、中世後期の狐を病原とする病とその治療を検討する上で、『渓嵐拾葉集』の記述はたびたび注目されてきた(4)。ただし、『渓嵐拾葉集』にある狐の使役法や治療法が実際に行われていたのかどうか、中世後期の史料と照らし合わせたうえで検討されてはいない。

中世後期における狐による病については、同時代の病気治療のあり方の中で考えていく必要があるだろう。そこで本論考では、『渓嵐拾葉集』の記述を概観したうえで、中世後期における病気観および病気治療を踏まえ、狐による病の変化やその治療法について検討していきたい。

一、『渓嵐拾葉集』に記録された狐による病とその治療

『渓嵐拾葉集』は、一四世紀半ば、天台宗の学僧光宗（一二七六〜一三五〇）によって成立した百科全書として知られている。一般的に流布している『渓嵐拾葉集』の翻刻は、真如蔵本を底本とした『大正新修大蔵経』第七六巻に所収されているものである。ただし、この大正蔵本は、誤植が多く、かつ成立当初の姿ではないことが、すでに田中貴子によって明らかにされている(5)。田中によると、大正蔵本の中で最も早い時期に書かれた部分は、応長元年（一三一一）のものであるものの、序文は後に書かれており、いまだその時には編纂意図は明確ではなかった。個々に書かれた著述が集成されたのは、貞和四年（一三四八）であると考えられている。『渓嵐拾葉集』は、中世の段階で、必要とされた巻のみがその都度書写され流布する形で享受され、全巻揃った形で流布した形

跡はない。近世になり、諸寺院に伝わる本を中心に収集され、元の形に戻すべく編纂された。要するに、近世に再編纂された『渓嵐拾葉集』は、中世の古本の書写本の収集と書写によって成っている。[6]

また、近世に再編纂された『渓嵐拾葉集』に記されていることのすべてを光宗の記録したものと見なすことはできない。なぜならば、『渓嵐拾葉集』の各巻は、必要に応じて抄出・書写され、それをテキストとして学ぼうとする学僧の目的によって、要点が抜き書きされたり、加筆・削除されたりしたと考えられるからである。[7]さらに、近世に再編纂された『渓嵐拾葉集』の各部の中には、光宗の奥書がないものもあり、光宗没後の年が記されたものもある。また、光宗が編纂した時には入っていなかったはずの、光宗の弟子の著作も紛れ込んでいる。[8]

以上のように、『渓嵐拾葉集』は原形が分からない書物である。また、そこに記録された内容は、後に抜き書きや加筆などがなされている可能性が大いにあり、必ずしも光宗が記録した内容そのものであるとは限らない。それにもかかわらず、田中の研究が世に出された後も、『渓嵐拾葉集』は、しばしば一四世紀の史料として引用される傾向にある。[9]

さて、『渓嵐拾葉集』巻六八「除障事」には、仏教の視点から、狐による病とその治療法についての記述がある。これについても、すでに田中によって論じられている。前述したように、中世の狐による病に関する先行研究では、しばしば『渓嵐拾葉集』にある記述が引用されている。そこで、『渓嵐拾葉集』「除障事」にある記述を見ていきたい。

まず、「於邪気有不同事」では、「仏菩薩ノ御祟ニハ、於頭有苦痛。同輩之怨霊ニハ肩ヨリ下モ腰ニテハ痛アリ。下輩ノ怨霊ニハ腰ヨリ下ニ痛アリ」[10]とされ、病気をもたらす原因によって、痛む箇所が異なるとされている。さらに、「仏菩薩ノ霊以懺悔為本。同輩ニハ以教説ヲ為本。下輩ニハ以降伏ヲ為本也」[11]とされ、その原因によって対処の仕方が異なることが示されている。

また、狐が人間を病気にさせることについても書かれている。吒枳尼天を祀る行者によってひき起こされ、人間の精気を奪う特質があり、「智者」や「高貴」な者ではなく「愚癡下劣」な者どもに憑けられるという。田中によると、『渓嵐拾葉集』が書かれた時期には、吒枳尼天は、狐、稲荷神と習合し、邪神と善神の両面を持っていた(12)。『渓嵐拾葉集』には、病んだ当初は「風気」のようであるものの、狐による病だと明らかになると、「物狂」となり、呪験者や威勢がある者、猛々しい武者を嫌がるようになる、とある。病をもたらす狐が、これらの人間によって退治されると考えられたからだろう。

さらに『渓嵐拾葉集』には、「付狐神法事」として、狐を人間に憑けて病気にさせる方法が、次のように書かれている。「付狐」とは、狐を人に憑けることを意味する熟語である(13)。

> 或狐頭ヲ入本尊ニ、或木造ノ狐ヲ為ル本尊ニ也。毎日ニ五穀粥或以斎飯ヲ供スル也。又出現物上分ヲ不忌シテ供スル也。欲病仁ノ名字ヲ書テ、彼狐口ノ中ニ可令安者也。即時ニ著病スル也云々(14)。

これによると、狐の頭を本尊の中に入れるか、あるいは木造の狐を本尊にし、毎日、五穀粥などを供す。その上で、病気にしたい者の名を書き、それを狐の口に入れると、名を書かれた者がすぐさま病気になる、とされている。

『渓嵐拾葉集』によると、人を「狐病」にさせることは験のある者が行える、とある。また、「法師」「巫女」（「御子」）「陰陽師」が狐神を使役して「狐病」をもたらす、とある。これについて田中は、ここでいう「陰陽師」とは、陰陽寮に所属する官人の陰陽師ではなく、下級の宗教者である法師陰陽師であるとし、狐による病を煩わせたのは、法師陰陽師や巫女といった下級宗教者である、としている(15)。

次に、治療法について見ていく。『渓嵐拾葉集』の「狐病治労事」には、次のようにある。

> 凡此病者、国内ニ効験立スル者ノ所作也。若其仁所行ト知テ畢ナハ、其名字ヲ呼テ、其法師其巫女等カ所仕ノ狐

神也。教化云、仏菩薩者慈悲心ヲ利生為本懐ト。如汝、小夜又神ナト令人病悩。諸仏令ニモ違シ、諸天ノ利生ニモ背ケリ。護持天衆定使汝治罰給者歟。教誡スル時本人ノ名字ヲ顕シテ、可四能還由口ハシル也。無程加持落スナリ。此時早早可被廻祈療方便ヲ耳。[16]

ここでは、法師や巫女等が使役した「狐神」を教化し、加持をして落とすことによって治療する、とされている。前述の「於邪気有不同事」では、「同輩」の場合に教説をするとされているので、『渓嵐拾葉集』では狐を「同輩」と位置付けていることになる。

また『渓嵐拾葉集』には、「天狐吒吒病対治事」に、秘伝を根拠に、不動明王の慈救呪を誦し刀印を結んで加持をしたり、その刀印で痛む箇所を加持したりして治療する、とある。さらに「狐病治方事」では、「狐病」を治すには、病気をもたらした「巫女等所持本尊ヲ取出。アハタカシヌレハ失効験ヲ」とされている。この箇所について田中は、本尊を水か何かに浸すという意味か、としている。[17]

以上のように、『渓嵐拾葉集』には、「狐病」とその治療について、大変興味深い記述がある。もともと、編者の光宗は、師の言や比叡山で伝えられていたことを記録したと考えられる。ただし、近世に再編纂された『渓嵐拾葉集』にあるすべての箇所を、光宗が書いたものであるとしたり、一四世紀のものであると判断したりすることは必ずしもできない。なぜならば、前述したように、成立当初と同一ではないと考えられるからである。

たとえば、「狐病」について書かれている巻第六八「除障事」（大正蔵本）の奥書には、次のようにある。

光宗　運海

元徳三年辛未正月十六日記之[18]

つまり、「除障事」は、元徳三年（一三三一）、光宗から伝授された内容を、弟子の運海（一三〇一～一三九〇）が記録したものである。よって、光宗が書いたものではない。その上、書写され流布していく段階での加筆や改訂などの可能性も十分に考えられる。実際のところ、後述するように、「除障事」にある「狐病」に関する記述は、中世後期の「狐病」やその治療とは異なる点も多い。その上、狐を使役し病をもたらすことは、一五世紀以降の古記録に多く見える。したがって、狐による病とその治療を考える上で、『渓嵐拾葉集』の記述は非常に興味深いものの、一四世紀におけるその実態を記したものと見なしてよいかどうかは検討を要するのである。

二、足利義持の病と狐使い

狐の使役と病に関する具体的な事例を見ていきたい。伏見宮貞成親王の日記『看聞日記』によると、室町幕府四代将軍足利義持は、応永二七年（一四二〇）八月二八日から「御風気」を煩っていた。「御風気」とは、風邪症状のことを指す。ところが九月一日、御医師であった「士仏三位坊」（坂胤能）が、疫病であると診断して薬を処方した。それに対し、同じく御医師であった高間は、「しき」という病であると診断している（『康富記』）。その後、義持の容態は悪化の一途をたどり、六日には高間によって「傷風」であると診断された（『看聞日記』）。風邪や疫病、傷風などと定まらない診断がなされていたものの、九月一〇日に人為による病だと判断されることになる。これについて『康富記』同日条には、次のようにある。

今朝室町殿医師高天（タカマ）被禁獄。父子弟等三人也云々。此間仕狐之沙汰風聞、然而昨日於御台御方仰験者被加持之処、狐二匹自御所逃出。則被縛件狐之後被打殺。依此事高天カ狐ヲ奉詛付之条露見云々。仍今朝被召取云々。昼程又被召取陰陽助定棟朝臣、是モ仕狐之由有虚説云々。末代之作法浅間敷々々。(19)

史料中の「御台御方」は、義持の正室日野栄子のことである。日野栄子が験者に加持をさせたところ、狐二匹が御所から逃げ出したので、すぐに捕らえて打ち殺したということである。高間やその子弟は、狐を憑けて義持を病気にさせた犯人だとされ、禁獄されたのである。また陰陽助賀茂定棟も、「仕狐」、つまり狐を使役して病をもたらした嫌疑をかけられ、捕らえられた。

『師郷記』同月一〇日条には、高間や賀茂定棟が「呪詛」をしたという噂があり捕らえられた、とある。「仕狐」は、呪詛にあたる行為であったことになる。『師郷記』によると、一〇日には、治療のために五壇法が行われ、諸社へ神馬が献じられ、天曹地府祭や泰山府君祭も行われている。一三日には、高間が狐を憑けたことを白状し、坂胤能による「療治」もなされた（『看聞日記』）。この日には、一条兼良家の候人である諸大夫俊経朝臣、さらには高間の弟子にあたる医師一人も捕らえられている（『康富記』）。『看聞日記』には、一三日に捕まったのは高間の「同類共」八人であり、医師や陰陽師、有験の僧らだと記されている。貞成親王は、『看聞日記』同月一四日条に、俊経朝臣は「医道」を学んでおり「狐仕」であるという噂が日頃からあったために捕らえられた、としたためている。さらに、同日条には、「目薬師」である大進松井や、宗福寺長老、清水堂坊主らも召し捕らえられた、とされている。その後、俊経朝臣は讃岐国に流罪となり出家し、高間と賀茂定棟は四国へ流罪となった。高間は、下向の途中で殺害されている（『康富記』一〇月九日条、『看聞日記』一〇月一〇日条）。

ただし、足利義持の病は、原因とされた狐や、それを使役したとされた者たちが捕らえられた後も、長引いた。そのため、一〇月二四日には、七仏薬師法と泰山府君祭が行われている（『看聞日記』）。ようやく一一月に入り快癒し、同月七日にお湯始めの日取りが決められた。

義持の病気については不審な点が実に多い。日野栄子が命じた加持によって狐が出てきた点も、偶然とは考えがたい。すでに西山克が指摘するように、栄子が狐をあらかじめ用意していた可能性があるだろう[20]。この事件で捕らえられた人数が非常に多い点も気にかかる。また、狐が捕まり容疑者を逮捕した後も病気は治らず、大々的な祈禱が行われ続けていた点も看過できない。なぜならば、本来は病因の狐が退治され、それを使役した犯人が捕まれば、病気は平癒するはずだからである。それにもかかわらず、病気は治らず、祈禱が行われ続けた。また、義持には、狐に憑かれたときの代表的な症状である狂気もなかった。

さらに、同時期には、風邪が流行していたことにも注目したい。たとえば、『看聞日記』一〇月九日条には、九月一九日以来、今出川公正が重篤な風邪をひいており、いまだに横になったままであるという手紙を今出川家から受け取った、と記録されている。その上、『看聞日記』一〇月三〇日条には「室町殿御台病悩、世間風気云々。相続儀驚入」(21)とあり、日野栄子も流行していた風邪をひいている。とすると、義持の体調不良も、流行していた「風気」によるものであると判断されるのが自然であろう。狐の使役による病気だとされ逮捕者が出ているものの、実際には狐が病因とは考えられてはおらず、「風気」の治療のために祈禱が続けられた可能性が大いにある。病気が「仕狐」によるものと判断されたことには、政治的な事情が絡んでいたのだろう。(22)

この事件に関しては不審な点が多かったからか、貞成親王は、『看聞日記』一一月七日条に「高間ハ被行死罪、三位ハ預恩賞。毎事不定、人間憂喜。今更被驚了」(23)としたため、同じ医師でありながら高間と坂胤能の運命が大きく異なり、すべての事柄に定まりがなく、人の世には憂いと喜びが様々に訪れることに、驚きを示している。

三、狐による病と判断された根拠

病が狐によるものと見なされた根拠とはどのようなことだったのだろうか。前述した義持の病に関する事件では、加持をしたところ狐が現れたので、狐によるものだと主張された。ただしこのような事例よりは、むしろ狂気の症状が出たことを理由に狐が病因だと判断される傾向にあった。

醍醐寺座主満済の日記『満済准后日記』応永二二年（一四一五）五月二九日条には、「下御所御台御方祇候女房朝日妹、狐被付。俄狂乱」(24)とある。満済は、日野栄子の女房が突然狂乱した理由は狐を憑けられたからだ、としている。狂乱は、狐を憑けられた時の代表的な症状だと考えられていた。

『看聞日記』永享四年（一四三二）二月二〇日条には、三条公雅の娘の病について「三条中将妹室町殿祗候、上様妹病邪気付狐以外狂気云々」[25]とある。「邪気」と「付狐」は併記されているので、ここでは「邪気」の中に「付狐」は含まれないことになる。上野勝之は、邪気の中から狐による病が分化、もしくは転成していったことにより、区別して記されたのだろう、とする見解を示している。[26]病気が霊や神によってもたらされたのか、人間が故意にもたらしたのかによって区別して記された可能性がある。「邪気」も「付狐」も、ともに狂気の症状をもたらすと認識されていた。

さらに、『満済准后日記』永享五年（一四三三）二月一六日条には「自申半御台俄御邪気興盛。高咲以外。併野狐所為云々」[27]とある。義教の妻正親町三条尹子が「邪気」と「野狐」を煩ったとあり、「邪気」と「野狐」は区別して書かれている。双方とも、高笑いなどの尋常ではない行動を根拠に判断された、と言える。『看聞日記』同一七日条には、この件について、「邪気」がひどいので、験者を招集して加持をさせたとある。さらに、「狐付狂気云々。凡御所中女房五人狐付邪気病脳様様被祈禱云々」とある。狐は邪気と同様に狂気をもたらし、周辺の者も煩うことがあるとされていたことになる。『満済准后日記』によると、「箕面寺法師」による加持、さらには五壇法が修され、その効験によるのか、戌の半ば頃に「野狐」が退散したようで、いささか病状が良くなった、とされている。ちなみに、『満済准后日記』二月二一日条には、御所中に落書があり、北山小御堂坊主が千本長福寺の坊主と語らい、義教への恨みを晴らすために狐を憑けたという噂が流れた。これについて満済は「不足信用」と述べ、疑念を呈している。翌日には、陰陽師賀茂在方が占い、「邪気」または「土公御タ、リ」だと見える、としている。「邪気」「狐付」「土公御タ、リ」を原因とする病の症状は、いずれも似通っていたため、判断に窮したのだろう。

『満済准后日記』永享五年（一四三三）九月二二日条には、後小松上皇が体調を崩し「御狂咲許」の状況となったことを受けて、近習等が「若当時流布野狐等所行歟」[28]と言っているると耳にした、とある。これについて医師坂胤能は、脈から、神の祟りによるものだと診断し、それを聞いた満済は「若左様御儀歟」としたためている。「野狐」による病と考えられる症状に悩んでいた病人が多く出ていたのは興味深い。『満済准后日記』同年一一月一日条に「野狐御所中徘徊以外興盛云々。希代事歟」とあることから、その背景には実際に「野狐」が多く徘徊していたこともあるのだろう。

なぜならば、病の原因となったり化けたりする狐は、生活空間で目にする狐と連関させて捉えられていたからである。たとえば、前述した足利義持の病悩時には、狐が現れ出たことが「仕狐」による病である根拠とされた。また、『看聞日記』嘉吉三年（一四四三）九月一三日条には、御所中における不審な「衣かつき両三人」の徘徊を目撃した者たちがいたことが記録されている。彼らは、東門から退出し、一条高倉の辻近辺で行方が分からなくなったという。貞成親王は、この一件について、内裏の女中かと思ったものの、後に尋ねたところ禁中の女房は外出していなかったことが分かり、「無疑野干也。不思儀事也」と不安を吐露している。一四日条には、「一条高倉之角有小社、御所築地外、東北之角、稲荷大明神也。常狐徘徊、其所為歟」[29]と記されている。つまり貞成親王は、稲荷大明神を祀る社の近辺にいる狐が女性に化けて御所に侵入したのではないか、と考えたのである。

狐の徘徊や増加、鳴き声は、不吉だと受けとめられていた[30]。たとえば、『師郷記』文安三年（一四四六）一〇月二九日条には、禁中で門役者が狐を射殺したことに関して、近日の鳴動は狐の仕業か、と記録されている。この時、射手には平鞘の御剣が下賜された。鳴動を起こした狐を殺せば解決すると考えられたために、剣が下賜されたのだろう。

前述したように、病気の原因として狐が挙げられた場合、狂乱の症状があることが多い。ただし、狂乱の症状があっても、狐によるものとは見なされない事例も多い。たとえば、『満済准后日記』応永三四年（一四二七）正月二四日条には、勾当内侍が清涼殿内で不審な声を耳にし、几帳内の天皇の座所を覗いたところ、「髻放ナル男」が打ち倒した狛犬を枕にして寝転がっているのを発見し、騒ぎとなった事件が記されている。この男は、絵所の土佐将監の甥であることが判明した。土佐将監によると、この甥は病を煩ったことを契機に「狂気」となったという。この時には、病の原因が狐であるとは捉えられていない。満済はこの一件について「天魔所行歟」としたためており、その後、五壇法が行われている。

また、『看聞日記』永享一〇年(一四三八)一二月三日条には、貞成親王の皇女性恵が突然大声で泣きだし「狂気」となった、とある。「邪気」が皇女の口を通して様々に口走り、正体は親類の女性の生霊だと見なされている。

病の原因が狐だと判断されたのは、突然の狂気の症状があったり、近辺に狐を使役する人間が想定されたり、狐の徘徊が顕著である場合が多い。また、特定個人を失脚させるために狐の使役の嫌疑がかけられたと考えられる場合もある。たとえば、義持の病気を巡る一件がそれに該当するだろう。一方、病人や物付の口を通して病気の原因が明らかになった場合や突然の狂気ではない場合には、狐の仕業だとは捉えられない傾向にあった。

四、狐の使役者と使役法、治療法

足利義持期から義政期には、複雑な人間関係や政情不安を背景に、狐による病が頻発した。この頃から、狐は自然に人に憑き病気をもたらすだけではなく、人に使役され病をもたらす動物だとも捉えられるようになった。田中貴子は、『渓嵐拾葉集』の記述をもとに、狐の使役は法師陰陽師や巫女といった下級宗教者によってなされた、と指摘している。また、西山克によって、土俗的な祈療を担ったと考えられるイタカが狐を使ったとされる史料が紹介されている(31)。

ただし、義持の病を巡る事件で狐を使役したとされたのは、将軍の御医師[32]、官人陰陽師、「医道」を学ぶ貴族等であった。ちなみに、僧の中でも、モノノケや狐による病を治癒するためのヨリマシ加持に秀でた僧が、使役する能力も持つと考えられた傾向にある[33]。また、義持の子の義量に「邪気之気」の症状が出、故足利義嗣の「怨念」によるものかと疑われた時には、その祈禱を担当した弁覚僧都に「野狐仕」であるという噂が出て警戒されている（『満済准后日記』応永三一年〔一四二四〕六月一四日条）。結局、満済の意見によって弁覚は祈禱から外された。弁覚は、のちの足利義教に仕えていたからである。義持の弟義教は、義量の地位を脅かす存在であった。弁覚が「野狐仕」と噂されたことにも、政治的な意図が大いにあったのだろう[34]。ここで「野狐仕」とされたのが、僧都であり、下級宗教者ではなかったことにも着目すべきだろう。これらのほか、北山小御堂の律僧や千本長福寺の僧（『満済准后日記』永享五年〔一四三三〕二月二一日条）、嵯峨五大尊堂の僧（『建内記』嘉吉三年〔一四四三〕三月九日条）なども、狐を使役すると噂を立てられている。

狐の使役は、「呪詛」とも表現されるなど、怨念を持った人間が依頼することによってなされると考えられた。とりわけそのような場合には、官僧や官人陰陽師らが使役者として挙げられたのだろう。

一〇世紀以降、密教僧は、加持や修法などによって邪気治療を行っていた。具体的に述べると、加持や修法などによって護法を使役し、邪気を打ちせめさせて調伏をすることによって治療すると考えられていた[35]。護法は、仏法守護の役割を担い、験力のある僧に使役されるとして、しばしば童子の姿で信仰されていた。僧が狐を使役し病気をもたらす力を持つと考えられたことは、そもそも僧が護法を使役し病気を治療するとされていたことと関連するのかもしれない。

また、陰陽師は、摂関期を中心に式神を使役して呪詛することができると考えられていた。式神は、説話集などでは、陰陽師の命を受けて自在に使役される鬼神、童子ともされている。式盤の神を操ることは、そもそも道教に由来する。[36] 式神は、しばしば一対で表現されている。これは、仏教の護法や道教の仙人が使役すると考えられた鬼神と同様である。式神の性質は、仏教の護法や道教の鬼神などのそれをもとに形成されたのだろう。[37]

前述したように、中国の道教では狐の使役もなされていた。実は、中世後期には、『太平広記』をもとに狐への対処法を見出そうとした事例がある。たとえば、室町殿で髪を切られる事件が起きた時、[38] 万里小路時房は日記『建内記』嘉吉元年（一四四一）二月七日条に、天龍寺慶樹院の海門承朝から『太平広記』に狐が髪を切る正体であるとする記述があることを教えられた、としたためている。さらに時房は、二二日条に『太平広記』の該当箇所を書き写したうえで、二九日条には次のようにしたためている。

　剪人髪為狐之所為事、太平広記之所見先日海門和尚被示之旨無何示出之了。当時　室町殿女中人々面々列座之席已有此事。未休、珍事云々。已知其所為之時其物難化、就北斗尤可有御祈禱歟之由同示出了。[39]

時房は、室町殿の髪切り事件を受けて、『太平広記』の記述に従い北斗七星に祈禱すべきである、としている。古代中国では、北斗七星は寿命を司る星であった。悪さをする狐に対しては、加持や種々の修法ばかりではなく、中国の書物に依拠して対処することも方策の一つとして考えられたのであった。

前述したように、義持事件の折、「医道」を学んでいた俊経朝臣が「狐仕」の嫌疑をかけられている。つまり、「医道」を学ぶと狐を使役できると考えられていたことになる。[40]「医道」と狐の使役が結び付けられるようになった背景には、僧と陰陽師、医師による治療の分掌の曖昧化があると考えられる。

そもそも治療者は、病気の原因によって決められていた。たとえば、病気の原因が邪気（モノノケ）の場合には僧が主な治療者として加持などを行い、疫神などの神が原因の場合には陰陽師が主な治療者として祀りや祓を行った。さらに、腫物などの症状がある場合には医師によって投薬がなされたりした。僧、陰陽師、医師は対立する関係にはなく、協力しあって治療にあたっていた。たとえば、疫病治療の時には、陰陽師の祭りや祓が行われると同時に僧による経典読誦などもなされていた。ただし、邪気治療に陰陽師が加わることはなく、疫病治療に僧が調伏のための加持をすることは禁忌であった。疫病は疫神（疫鬼）によってもたらされるため、調伏は基本的には禁忌だったのである。

ところが、一二世紀になると、邪気の治療のために陰陽師による祭が行われたり[41]、疫病治療のために僧による加持が行われたりするようになる[42]。疫病治療については、一四世紀には医師による投薬が行われはじめたほか、一五世紀には脈によって邪気の病状を診たと考えられる事例がある[43]。次第に、疫病治療における医師の比重は、大きくなっていった。たとえば、『看聞日記』永享一三年（一四四一）三月一四日条から四月二日条には、貞成親王皇女性恵の疱瘡治療について書かれている。そこには、室町殿医師清阿が治療にあたったことが記される一方、陰陽師に関する記述はない。

病気治療における陰陽師の占いへの依存も、徐々に減少していくことになる。たとえば、足利義持は、病気平癒後になされるお湯始めの日取りについて、陰陽師の占いを信用せず、医師坂胤能の主張を採用している。

医師の行った治療にも着目したい。たとえば、『看聞日記』応永二三年（一四一六）四月二三日条によると、貞成親王の父栄仁親王が耳を煩い、医師昌耆が、仰向けにした亀を鏡に映して小便をさせ、その小便を良薬に混ぜ耳に入れると効果があると言い、宇治川で捕獲した亀の尿を良薬に混ぜ耳に入れる治療を施している。この事例は、医師による治療が、いわゆる呪術と無縁ではなかったことを示している[44]。

邪気治療に関しても、医師があたる機会が次第に多くなっていく[45]。たとえば、『師郷記』永享一二年（一四四〇）七月二三日条には、若狭国守護武田信栄が下向後に邪気を煩ったことから、御医師と山門の験者を下向させたものの死去した一件が記されている。加持治療をする験者とともに、医師も下向している点は興味深い。双方とも、邪気を煩った際に有効な治療を施すことができるものとして認識されていたのである。

本来、狐は邪気の範疇に含めて捉えられていた。それゆえ、その治療は、僧の加持や修法によって行うのが一般的であった[46]。ただし、狐による病がしきりに恐れられた一五世紀には、邪気や疫病に対する治療者は不分明になり、僧、陰陽師、医師の分掌が必ずしも明確ではない傾向にある[47]。「医道」を学ぶ者が狐を使役できると考えられた背景には、このようなことがあるのではないだろうか。

次に、狐の使役方法について検討していきたい。狐の使役方法は、前述した『渓嵐拾葉集』に記されている。そこには、狐の頭を本尊の中に入れるか、本尊にした木造の狐の口の中に病気にしたい人間の名を書き入れる、とある。非常に興味深い記述ではあるものの、古記録にはこのようなことは見えない[48]。

名字を籠めることは、中世後期に頻繁に行われていた呪詛の方法である。植田信廣や清水克行らによって指摘されるように、一五世紀半ばから一六世紀にかけて、醍醐寺や興福寺などの大寺院では、年貢を納めなかった者や悪行をなした者らの名を書いた紙を、寺内の釜に入れたり社頭に打ち付けたりするなどして呪詛を行っていた[49]。清水は、名を籠める呪詛は中世後期になって荘園領主の命令に従わない武士や百姓等が多く出るなかでなされるようになった、としている[50]。

つまり、光宗が『渓嵐拾葉集』を編纂した一四世紀半ばには、いまだ名を籠める呪詛はなされていなかったと考えられる。とすると、近世に再編纂された『渓嵐拾葉集』「除障事」（大正蔵本）にある、狐を使役し病をもたらす方法は、光宗の時代に行われていたものかどうか疑わしい。前述したように、「除障事」は、光宗の弟子運海が記したものであり、さらにそれを複数回にわたって書写したり、その過程で加筆や削除、改訂が施されたりした可能性が十分にある。一四世紀半ばに、名を籠めて呪詛する事例を確認できない以上、その可能性があることを疑わざるを得ない。

その上、義持事件の折に、狐の使役者として高間らが捕まえられた根拠は、物的証拠ではなく、自白であった。

もし、狐の頭などを用いて狐の使役が行われていたのであれば、呪詛の証拠としてそれらが自宅で発見されたことなどを根拠とされたはずではないだろうか。

古記録には、狐による病を煩った時には、様々な加持や修法が行われたことが記録されている。たとえば、一色兵部少輔が「野狐」によると考えられる病を煩った時には大威徳護摩（『満済准后日記』永享二年〔一四三〇〕四月二日条）がなされた。また、永享五年二月一六日に正親町三条尹子が「邪気」と「野狐」を煩った時には、加持のほか、五壇法が行われている。それらを行ったところ「野狐」が退散し、いささかよくなった、とされている。その後、不断陀羅尼（尊勝陀羅尼二一回、火界呪）、薬師護摩、六字経法が行われている。一七日には加持、不断陀羅尼、愛染護摩がなされ、一八日には「野狐気」のためにさらに五壇法などが行われている（『満済准后日記』）。これらの治療法は、邪気を煩った時の治療法と同じである。

『渓嵐拾葉集』には、「天狐吒吒病対治事」として、不動明王の慈救呪を誦して刀印を結び加持をする治療法も記されている。古記録から、狐による病を煩った時に加持がなされていたことが明らかであり、この点は共通する。ただし、不動明王の慈救呪を誦して印を結んで加持をすることは、邪気による病の時にもしばしば行われていたので、狐による病に特化した治療法ではない。その上、前述した「狐病治労事」には、病をもたらした「狐神」を教化した上で加持により落として治療することが説かれている。病をもたらした「霊鬼」を教化した後に降伏し去らせることは、醍醐寺座主成賢の『作法集』「験者作法」の記述とも共通する。「験者作法」は、天台僧承澄（一二〇五〜八二）の『阿娑縛抄』一七五にも見え、天台僧を中心に行われていた邪気治療の方法が書かれたものである。このように、『渓嵐拾葉集』にある加持による治療法は、狐や邪気を煩った時に行われていた治療法と重なっている。

ただし、狐による病の症状が重篤な場合には、加持のほか、五壇法や六字経法が主に行われていた。(51)これらについては、『渓嵐拾葉集』に書かれていない。また、『渓嵐拾葉集』「除障事」には、狐による病を治療するには、「アハタカ」す必要があるともされている。もしこれが、田中貴子の指摘するように、本尊を水などに浸すことであるのならば、古記録に記された治療法とは異なる。このように、『渓嵐拾葉集』「除障事」にある治療法の中には、実際に行われていた治療法と重なるものがある一方で、中世後期における一般的な治療法とは考えられないものも含まれている。

これまで、「付狐」による病について論じられる時には、しばしば『渓嵐拾葉集』にある狐の使役法や使役者、治療法が引用され、紹介されてきた。しかし、以上に述べたように、『渓嵐拾葉集』「除障事」にある狐の使役者や使役法、治療法は、一四世紀半ばに行われていたものと見なすことはできないであろう。すでに『渓嵐拾葉集』の史料としての扱いの難しさは、田中貴子氏によって明らかにされている。この点については、狐に関する一連の記述についても同様だと言える。

おわりに

本論考では、一五世紀を中心に、狐の使役による病とその治療について検討した。狐の使役や狐がもたらす病、それへの治療については、『渓嵐拾葉集』に興味深い記述があり、しばしば「付狐」に関する研究においてそれが引用されてきた。時には、そこに書かれていることが、『渓嵐拾葉集』が編纂された一四世紀半ばのものであるとして論じられてきた。しかし、田中貴子が指摘するように、現存する『渓嵐拾葉集』は、近世に再編纂されたものであり、そこには後世における加除や誤写などがあると考えられ、弟子の書いたものも加えられている。したがって、現存する『渓嵐拾葉集』にある記述を、一四世紀半ばのものとして論じるには、十分な注意が必要である。

また、『渓嵐拾葉集』「除障事」にある狐の病に関する箇所についても、十分な検討が必要であることを指摘した。なぜならば、狐を使役して病をもたらすことは、一五世紀以降の古記録に多く確認できるからである。その上、近世に再編纂された『渓嵐拾葉集』「除障事」に書かれていることには、少なくとも、中世後期の古記録の記事と照らし合わせた時に、実に多くの相違があるからである。

中世後期には、病気の診断や治病への医師の関与が拡大していく傾向にある。[52] また、病気、もしくは病気の原因としての邪気は、減少していくようになる。[53] そのような中、狐の使役によって病がもたらされると恐れられるようになるのは、非常に興味深い。前述したように、使役される狐や化けて出る狐は、周囲で徘徊する狐と関連させて捉えられていた。実際に目にすることができる狐は、病をもたらすものとして、現実感をもって認識されたのだろう。この点にこそ、邪気から狐が独立し、僧などに使役され病をもたらすものとして恐れられた理由があるのではないだろうか。

病を煩ったり不可解なことを体験したりした場合には、その原因を理解し、それに対処できてこそ、心身の平安を取り戻すことができる。そのためには、病の原因や不可解なことが起きた理由を知る必要がある。不可視のものへのリアリティーが薄れつつあった時代には、目に見える狐は、その理由として説得力を持ったのだろう。狐の使役は、社会を不安に陥れる一方で、それを安定させるために作り上げられたものでもある。無常であり続ける病因やその治療法は、それぞれの時代に生きた人間の心の無常を映し出す鏡だと言えるだろう。

（1）　富永一登「狐説話の展開――六朝志怪から唐代小説へ」（『学大国文』二九、一九八六年）。屋敷信晴「中国唐代狐妖譚と道教」（『中国中世文学研究』四二、二〇〇二年）。

（2）　西山克「室町時代宮廷社会の精神史――精神障害と怪異」（東アジア恠異学会編『怪異学の可能性』角川書店、二〇〇九年）。中村禎里『【改訂新版】狐の日本史――古代・中世びとの祈りと呪術』（戎光祥出版、二〇一七年、一六七頁。初刊『狐の日本史――古代・中世篇』日本エディタースクール、二〇〇一年）。

（3）田中貴子『『渓嵐拾葉集』の世界』（名古屋大学出版会、二〇〇三年、二一一～二一七頁。初出は「渓嵐拾葉集における怪異」、小松和彦編『日本妖怪学大全』小学館、二〇〇三年）。

（4）たとえば、上野勝之『夢とモノノケの精神史――平安貴族の信仰世界』（京都大学学術出版会、二〇一三年、一七三頁）。前掲注（2）中村禎里著書、一二八・二一四頁など。

（5）前掲注（3）田中貴子著書、三三頁。

（6）前掲注（3）田中貴子著書、四二～七八頁。

（7）前掲注（3）田中貴子著書、九〇頁。

（8）前掲注（3）田中貴子著書、一〇五～一〇七頁。

（9）田中貴子自身も、前掲注（3）著書二一一～二一七頁で、『渓嵐拾葉集』にある狐に関する記述について、光宗が師などから聞いたままを記したものである、と述べている。

（10）高楠順次郎都監『大正新修大蔵経　七六　続諸宗部』（大正新修大蔵経刊行会、七三二頁）。

（11）前掲注（10）高楠順次郎都監書、七三一頁。

（12）田中貴子『外法と愛法の中世』（平凡社、二〇〇六年、二九七～二九九頁）。前掲注（3）田中貴子著書、二一二頁。

（13）西山克「媒介者たちの中世――室町時代の王権と狐使い」（中世都市研究会編『都市と職能民――中世都市研究８』新人物往来社、二〇〇一年）。

（14）前掲注（10）高楠順次郎都監書、七三二頁。

（15）前掲注（3）田中貴子著書、二一四頁。

（16）前掲注（10）高楠順次郎都監書、七三二頁。

（17）前掲注（3）田中貴子著書、二一四頁。

（18）前掲注（10）高楠順次郎都監書、七三三頁。

（19）増補史料大成刊行会編『増補史料大成　康富記一』（臨川書店、一九六五年、一二〇頁）。

(20) 西山克「怪異の歴史学へ（其の七）狐使い」（『禅文化』二六六、二〇二二年）。
(21) 宮内庁書陵部編『図書寮叢刊　看聞日記二』（宮内庁書陵部、二〇〇四年、九四頁）。
(22) 瀬田勝哉「伊勢の神をめぐる病と信仰」（同『洛中洛外の群像――失われた中世京都へ』平凡社、一九九四年）では、坂一門と日野栄子が仕組んだ事件であると論じられている。
(23) 前掲注(21)宮内庁書陵部編書、九六頁。
(24) 塙保己一編『続群書類従　補遺一　満済准后日記（上）』（続群書類従完成会、一九二八年、七〇頁）。
(25) 宮内庁書陵部編『図書寮叢刊　看聞日記四』（宮内庁書陵部、二〇〇八年、二五頁）。
(26) 前掲注(4)上野勝之著書、二九七頁。
(27) 塙保己一編『続群書類従　補遺一　満済准后日記（下）』（続群書類従完成会、一九二八年、四四九頁）。
(28) 前掲注(27)塙保己一編書、五一二頁。
(29) 宮内庁書陵部編『図書寮叢刊　看聞日記七』（宮内庁書陵部、二〇一四年、五七頁）。
(30) 『経覚私要抄』享徳二年（一四五三）四月二八日条には、狐が鳴くことについて「白昼鳴者定非吉歟」とあり、二九日条では、占いの結果は火事や闘争、病の予兆ということだったとされている。また、『大乗院寺社雑事記』文明一四年（一四八二）一一月二九日条では、狐が倍増して鹿を山ほど食べている件について、火事兵乱の相であるとされている。
(31) 前掲注(13)西山克論文。
(32) 瀬田勝哉や西山克は、高間（高天）は典薬寮の医師ではなく、南都系の医師であると指摘している（前掲注(22)瀬田勝哉論文および前掲注(13)西山克論文）。すでにこの時期には、典薬寮の医師が召し出される機会は減り、民間医が頼られる傾向にあった（新村拓『日本医療史』吉川弘文館、二〇〇六年、六〇・六一頁）。たとえば、称光天皇が病気になった時に、侍医丹波幸基が召され、「本道輩」がこのたびの病で招かれたのは初めてであり、「藪医師」ばかりが呼ばれると『康富記』応永二九年（一四二二）六月一五日条にある。
(33) 前掲注(4)上野勝之著書、二九七頁。徳永誓子『憑霊信仰と日本中世社会』（法藏館、二〇二二年、五二頁）。
(34) 前掲注(2)中村禎里著書、一六〇～一六二頁。

(35) 小山聡子『もののけの日本史――死霊、幽霊、妖怪の一〇〇〇年』（中央公論新社、二〇二〇年、八八～九一頁）。
(36) 山下克明「式神の実態と説話をめぐって」（細井浩志編『新陰陽道叢書一 古代』名著出版、二〇二〇年）。
(37) 中島和歌子「陰陽道の式神の成立と変遷再論――文学作品の呪詛にもふれつつ」（『札幌国語研究』二二、二〇一七年）など。
(38) 室町殿の髪切り事件については、前掲注(2)西山克論文で詳しく論じられている。
(39) 東京大学史料編纂所編『大日本古記録 建内記三上』（岩波書店、一九六八年、八八頁）。
(40) 前掲注(13)西山克論文。
(41) 赤澤春彦「日本中世における病・物気と陰陽道」（小山聡子編『前近代日本の病気治療と呪術』思文閣出版、二〇二〇年）。
(42) 小山聡子「中世前期の疫病治療と加持」（『仏教文学』四七、二〇二二年）。
(43) 前掲注(4)上野勝之著書、二九〇頁。上野勝之「日本古代・中世における疫病認識と対処法」（『仏教文学』四七、二〇二二年）。
(44) 八木聖弥「『看聞日記』における病と死（一）」（『京都府立医科大学医学部医学科（教養教育）』三七、二〇〇三年）。
(45) 前掲注(4)上野勝之著書、二九七頁。
(46) たとえば、三善清行編「善家秘記」には、染殿后が病になったために金峯山の沙門が加持をしたところ、侍女の懐から狐が出てきたとされている。また『宇治拾遺物語』五三「狐人につきてしとぎ食事」では物気（邪気）の正体は狐であり、験者が追った、とされている。
(47) 病気の原因に対する意識も、院政期以降、曖昧になっていく傾向にある。たとえば、中国思想の影響により、そもそも瘧病の原因は瘧鬼であるとされていたものの、院政期以降には狐や餓鬼だと見なすものも確認できる。これについては、小山聡子「中世前期の瘧病治療――病原は鬼か狐か」（『現代思想』四九―五、二〇二一年）で論じた。
(48) 前掲注(2)中村禎里著書（二一四・二一五頁）では、『看聞日記』に、石地蔵に狐を憑けた一件が記されていることについて、「除障事」にあるような、本尊に狐の頭を入れる方法に準じたことがなされたのではないか、としている。ただし、中村も指摘するように、石地蔵に狐の頭を入れることはできない。したがって、これをもって「除障事」に記された方法がなされていたとは言えない。

(49) 植田信廣「「名字を籠める」という刑罰について――『大乗院寺社雑事記』を手掛かりにして」（『法政研究』五三―一、一九八六年）。清水克行『室町は今日もハードボイルド――日本中世のアナーキーな世界』（新潮社、二〇二一年、一九〇～二〇四頁）。

(50) 前掲注(49)清水克行著書、二〇四頁。

(51) 前掲注(2)中村禎里著書、一六七頁。

(52) 前掲注(4)上野勝之著書、二九〇頁。

(53) 前掲注(4)上野勝之著書、三〇〇頁。前掲注(35)小山聡子著書、一二七頁。

近世前期『徒然草』挿絵の影響関係

池上保之

はじめに

無常観の文学とも言われる『徒然草』の絵画化は近世初期に始まる。そこでは様々な章段が絵画化され、むしろ生き生きと描かれている。そして、テキストと合わせて享受されてきたのである。慶安五年（一六五二）の跋文を持つ『なぐさみ草』は、『徒然草寿命院抄』『埜槌』『鉄槌』に続く『徒然草』の注釈書として刊行された。その注は『鉄槌』に依り、『徒然草』本文のあとに松永貞徳の解釈を示す「大意」が付される。そして、一五七図に及ぶ挿絵を有している。この『なぐさみ草』挿絵は、『徒然草』絵画化の最も早い例であると考えられ、諸本が伝わる奈良絵本『徒然草』は『なぐさみ草』の影響を受けているとされる。(1)

また、『徒然草』の絵入り版本も多種刊行されていく。そこでは『なぐさみ草』の影響を受けるもの、構図を変更するもの、新しい図様を描くものなど様々である。これらの『徒然草』版本挿絵について、齋藤彰は網羅的に整理検討し、その成果をまとめた。(2) それぞれの版本挿絵の図様を説明し、それらの版本間での影響関係を指摘した。齋藤の整理により、『徒然草』版本挿絵の大きな全体像が把握できるようになった。ただ、図様の解説は文章でのみ行われ、挿絵自体の掲載がなかったため、図様を具体的に確認しづらい部分があった。

本論考では、齋藤などの先行研究に導かれつつ、近世前期『徒然草』の版本挿絵を中心として、絵画化の影響関係について検討する。なお、ここで主に扱う版本は『なぐさみ草』、万治三年（一六六〇）刊『つれ〳〵草』（以下、万治三年版本）、寛文一〇年（一六七〇）刊『新板つれ〳〵草ゑ入』（以下、寛文一〇年版本）である。この間、他の絵入り版本として万治元年刊『徒然草古今鈔』、寛文一〇年刊『大字絵入徒然草』があるが、挿絵は概ね『なぐさみ草』を忠実に模刻したものであるため、今回は対象外とした。

一、『なぐさみ草』と万治三年版本

現存する奈良絵本『徒然草』の多くは『なぐさみ草』挿絵の影響を受けていると考えられ、『なぐさみ草』の影響力の大きさが窺われる。『なぐさみ草』以降に刊行される絵入りの版本においても、その影響が見受けられる。先に触れた万治元年刊『徒然草古今鈔』、寛文一〇年刊『大字絵入徒然草』は、『なぐさみ草』のほぼ忠実な摸刻となっている。

さて、万治三年版本は、齋藤によって紹介はされていたが[3]、これまであまり注目されていなかったのではないかと思われる。氏によると、万治三年版本は挿絵三一図を有し、それらは『なぐさみ草』の影響を受け、構図はほぼ同様のものとなっているとされる。ただし絵自体は新たに描き直されており、様々な部分に違いがある。以下、特徴的なものをいくつか『なぐさみ草』と比較しつつ確認する。

第九段の挿絵は次のような図様である（図1・2）。

『徒然草』第九段は、兼好の女性論を述べた章段で、愛欲の迷いが退け難く強固であることの譬えとして、「女の髪すぢをよれる綱には、大象もよくつながれ」るという諺をあげる。『なぐさみ草』では、この譬えの部分を

図1　『なぐさみ草』第九段

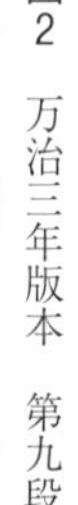

図2　万治三年版本　第九段

絵画化し、実際に木につながれた象を描く。以降の『徒然草』挿絵では、この場面が絵画化されることが多い。
さて、そこで万治三年版本だが、同様の場面・構図であり、『なぐさみ草』の影響を受けて成立したと考えられる。ただし、上部の襖を見ると、『なぐさみ草』では空白となっているが、万治三年版本では竹の絵が描かれている。万治三年版本は『なぐさみ草』の影響を受けつつ、独自に描き込まれた部分が存在するのである。

そのような例として、万治三年版本は、『なぐさみ草』で戸板であったものを絵入りの襖に変更する場合があり、第一段・第三二段・第一三四段の挿絵に見える。いずれも全体的な構図は『なぐさみ草』に依ると考えられるが、戸板が絵入りの襖となっている。また、全体的に庭草などを追加し、画面の空白部分が少なくなる傾向にある。

万治三年版本は『なぐさみ草』挿絵に依拠しつつ、独自の描き込みがなされているが、『なぐさみ草』挿絵を正しく理解していないかのような図様も存在する。齋藤は第一三七段と第一七三段について、万治三年版本は『なぐさみ草』に比べ、挿絵が「劣化した」とする。

『徒然草』第一七三段は、小野小町の伝承が不確かであることを述べるが、『なぐさみ草』挿絵では、髪の乱れた老婆を描き、零落した小野小町の様子を絵画化している。一方、万治三年版本では、放浪姿の人物を描くが、月代（さかやき）を剃ったような髪型になり、男性のようにも見える。零落し髪も少なくなった小町を表現しているのかもしれないが、やや分かりづらい図様となっている。

また第一三七段は「花は盛りに、月はくまなきをのみ、見るものかは」で始まる有名な章段でもある。桜は満開ばかり、月は雲隠れのないものばかりが趣深いわけではない、という独特の美意識を語る。そこで『なぐさみ草』では月を描き、周りを雲が覆っている形になり、曇り遮られた月を描いている（図3）。しかし、万治三年

図3　『なぐさみ草』第一三七段

図4　万治三年版本　第一三七段

版本では、雲のみ描かれ月は描かれていない（図４）。また、齋藤は、『なぐさみ草』では「満開の桜」が描かれている部分が、万治三年版本では「桜も図案化され、何の木か解らなくなっていて、心眼で月・花を見る兼好の主張が生かされていない」と指摘する。万治三年版本は雲に隠れた月を表現し、兼好らしき僧体の人物は目を閉じているので、月を描かずとも心の目で見ていると捉えられないこともない。しかし、桜については、他の章段の挿絵にもあるような類型的な木となっている。万治三年版本は、『なぐさみ草』の図様を省略する部分があり、そのため『徒然草』本文を忠実に表現できていないと思われる部分がある。

このように『なぐさみ草』の描き込みが継承されなかったものが他にもある。第六八段は、筑紫の押領使が大根の化身に助けられる話であるが、『なぐさみ草』挿絵では、左側の人物たちが押領使と大根武士の三人で、館の方から攻めかかり、鎧を着て武装した敵兵を撃退している場面となっている（図５）。左側の三人のうち、両脇の二人の着物には大根の図様が描かれており、これが大根の化身であると分かる仕組みとなっている。[4]両脇の二人が大根の化身で、真中の人物が押領使ということになる。しかし、万治三年版本では、左側三人の着物の柄はバラバラであり、特に大根を図様化したものにもなっておらず、誰が誰なのか簡単には区別できなくなっている。『なぐさみ草』においては、図様から、場面の状況が理解できるように細かな仕掛けが施されていたが、万治三年版本ではその点は継承されなかったようである（図６）。

同様の例として、『徒然草』第二〇〇段は、内裏に植えられた呉竹・河竹についての説明だが、河竹は御河水（清涼殿横を流れる溝）の近くに植えられるということを、『なぐさみ草』では川を描くことで表現している（図７）。『なぐさみ草』では下方に川が描かれている。一方、万治三年版本では、川はなくなっており、どちらが呉竹か河竹か分かりづらくなっている（図８）。

このように、『なぐさみ草』においては『徒然草』本文の内容に沿うように、細部の描き込みがあるが、万治

図5『なぐさみ草』第六八段

図6 万治三年版本 第六八段

図7『なぐさみ草』第二〇〇段

図8 万治三年版本 第二〇〇段

三年版本ではそれらの描き込みがなくなり、『徒然草』の文意を正確に表現し得ていない部分がある。『なぐさみ草』第六八段・第二〇〇段の挿絵の工夫は、細部にわたるものであり、ややもすると見落とされがちなものであるかもしれない。そのため、万治三年版本の絵師は、『なぐさみ草』を参照しつつも、細部の描き込みに気づかずに挿絵を制作してしまったのではないだろうか。

さて、万治三年版本は『なぐさみ草』の挿絵の場面・構図を用い、挿絵を制作しているが、一図のみ全く新しい図様を有する。それが第二二一段の挿絵である（図9・図10）。烏帽子を被った男性三人と、月代を剃った男性が馬を引き連れているものである。万治三年版本では、第二二一段本文の後に配置されているため、同段の挿絵だと考えられる。『なぐさみ草』第二二一段挿絵は図9であり、異なる図様となっている。『徒然草』第二二一段は次のような章段である。

図9　『なぐさみ草』第二二一段

図10　万治三年版本　第二二一段

「建治・弘安のころは、祭の日の放免の附物に、異様なる紺の布四五反にて馬を作りて、尾髪には燈心をして、蜘蛛の網かきたる水干につけて、歌の心など言ひて渡りしこと、常に見及び侍りしなども、興ありてしたる心地にてこそ侍りしか」と、老いたる道志どもの、今日も語り侍るなり。
このごろは、附物、年を送りて過差ことのほかになりて、よろづの重き物を多くつけて、左右の袖を人に持たせて、自らは鉾をだに持たず、息つき苦しむ有様、いと見苦し。

ここでは、賀茂祭における放免（検非違使庁の下部）の衣装について、道志（明法道を修めた検非違使庁の職員）の古老の発言を引き、かつては趣深いものであったが、最近は過美になり見苦しいものになっている、と兼好の感想を記す。その挿絵は『なぐさみ草』において、図9のようになっており、一見何が描かれているのか理解の難しい図となっている。

この挿絵について齋藤は次のように指摘する。

賀茂祭の行列に参加する放免が言いながら通る古歌「蜘蛛の巣に荒れたる駒はつなぐとも二道かくる人は頼まじ」の上句の歌意を荒れた白馬が蜘蛛の網にかかっている絵で表わす。「『建治・弘安の比は、祭の日の放免のつけ物に、ことやうなる紺の布四五段にて馬を作りて、尾髪には灯心をして、蜘蛛の巣かきたる水干に付けて、歌の心など言ひて渡りしこと、常に見及侍しなども、興ありてしたる心ちにてこそ侍しか』と、老たる道志どもの今日し語り侍也。」に知られる印象深いイメージの絵画化。

賀茂祭の具体的な場面を描くものではなく、放免の歌う古歌の内容を象徴的に描いたものであるとする。『なぐさみ草』では、挿絵は各章段に隣接して配されているため、図9が第二二一段の挿絵であることは揺らがない。ただ、この図はやはり難解であったのか、万治三年版本では参照されず、新たに図様を創造している。ここでは烏帽子を被った白丁が、乗り換え用の移馬（うつしうま）の口取りをしているように見える。(5)残る一人は月代を剃っているように見えるが、下髪の童を描こうとしたものか、判然としない。あるいは、『徒然草』本文に則するなら、水干姿の放免が馬を連れて、歌の心を言い立てている場面だろうか。左側の人物は口を開けて歌っているようにも見える。ただし、蜘蛛の巣の模様や、馬の飾りなどはない。いずれにしても、賀茂祭の行列で馬を引いている場面を絵画化したものだとの理解はできる。『なぐさみ草』挿絵が難解なものであったため、第二二一段挿絵のみ新たな図様が創造されたのであろう。

以上、万治三年版本の特徴を確認してきた。第二二一段を除く全図で『なぐさみ草』の構図を利用しつつ、絵はすべて描き直している。その際、庭草や襖絵を入れるなど、画面全体の空白部分は少なくなる傾向にある。一方で、『なぐさみ草』が『徒然草』本文の内容を忠実に伝えようと細部に仕掛けを施すのに対して、万治三年版本は、その描き込みを理解しなかったのか、省略してしまった部分があった。『なぐさみ草』は本文の内容に沿うように、細部にも配慮して絵画化されていたとも言えるだろう。万治三年版本の挿絵の特徴についての検討から、『なぐさみ草』の特質の一端も明らかになった。次節では、この万治三年版本の他作品への影響を考える。

二、万治三年版本と明星大学本『徒然草』

『なぐさみ草』の近世『徒然草』絵画作品へ与えた影響は大きい。一方で、万治三年版本が影響を与えたと考えられる作品も存在する。それが明星大学蔵『徒然草』である。

明星大学本『徒然草』(以下、明星本)は江戸前期成立の写本で、上冊八図、下冊五図の計一三図の挿絵を持つ(6)。研究報告書が出されており、全体の画像もWEB上で公開されている。その挿絵については山本陽子が「『なぐさみ草』挿絵か、それに基づいた以後の挿絵の影響を受けたと考えられる」と指摘し、『なぐさみ草』挿絵との比較から検討されている(7)。多くの図で基本的に『なぐさみ草』の構図と共通しているが、その中で、一図のみ

『なぐさみ草』に同一の図様がなく、何を典拠としたものか不明であるとする（図11）。それは『徒然草』本文第一二一段の後に配されており、山本は第一二一段の挿絵であると比定し、次のように述べる。

明星本で唯一、『なぐさみ草』と図様が違うのは、第百二十一段「養ひ飼うものは」（中略）で、『なぐさみ草』では本文の趣旨の檻に入れられた禽獣が表されるのに対し、明星本では冒頭の、飼うのはやむを得ないとされる馬を引く仕丁たちが描かれる。寛文十二年跋の『版本絵入徒然草』の後半に前後の段と脈絡無く挿入されている図（中略）が、この馬と仕丁と近似しているので、明星本がこの図だけ別の版本から引用したか、或いはこのような図様と『なぐさみ草』挿絵からの図様を併せ持った先行本に倣ったかの、いずれかと考えられる。

図11　明星大学本『徒然草』第一二一段

さて、この典拠不明とされる第一二一段挿絵であるが、これは前節で確認した、万治三年版本第二二一段の挿絵（図10）と一致している。烏帽子の男性三人に月代を剃った一人が馬を引き連れている。これは万治三年版本が唯一『なぐさみ草』の図様に依らなかった挿絵であった。

ただし、明星本のこの挿絵は、第一二一段本文の後に配置されている。『徒然草』第一二一段は、兼好の動物愛護的な考えを述べた章段であるが、実用的に必要な馬・牛は繋ぎ飼わざるを得ないとする。『なぐさみ草』挿絵では、珍獣を檻に閉じ込めている貴族の姿が描かれるが、明星本の図様とは異なる。やはり、万治三年版本の第二二一段挿絵を参照したものだと考えられるが、なぜ第一二一段の挿絵となったのだろうか。

ここで、万治三年版本と明星本の挿絵の配置を確認したい。多くの挿絵は『徒然草』該当章段の後に配されるが、一部そうなっていないものがある。両本で有する図数が異なり、万治三年版本が三一図、明星本が一三図であるから、明星本が挿絵を持つ部分で比較すると、ほぼ同じ位置に挿絵を配していることが分かる。例えば第三二段挿絵は、両本とも第三七段本文の後に配される。また、第五八段本文の後に第五四段挿絵が位置するのも同じになっている。

上冊については、第一二一段挿絵を除き、すべての章段と挿絵の配置が一致している。下冊については、明星本に乱れがあるのか、第一三七段本文の後に第一四四段挿絵を配し、逆に、第一四四段本文の後に第一三七段挿絵を配している。また、第一七三段挿絵は、第一七四段本文の途中に配される形となっている。第一八〇段、第二〇〇段については、本文の後に挿絵が配され、万治三年版本と一致している。明星本にはその後、半丁の空白が四箇所あり、挿絵の挿入を予定していたものと考えられている。位置を確認すると、本文第二〇八・二一八・二三六・二四〇段の後になる。万治三年版本と、本文の切れ目と挿絵の位置が一致するのは第二三六段のみであり、この挿絵を想定していたのだろうか。他の部分については、該当する挿絵が万治三年版本には存在しない。

上冊については、第一二一段の挿絵以外は、万治三年版本と挿絵の位置が同じであり、かなり近い関係にあると言える。やはり、明星本は万治三年版本を元に作成されたのではないだろうか。

そこで、明星本第一二一段の挿絵の成立事情を考える。万治三年版本では、第一二一段本文の後には第一二〇段の挿絵を配置する。第一二〇段「唐のものは」は兼好の唐物に対する考えを述べる章段であるが、万治三年版本挿絵では、船と異国の人物が描かれ、貿易をする唐船の図だと考えられる(8)。

明星本は、万治三年版本を参照の上、その本文や挿絵が制作されていたとすると、第一二一段の本文の後に船の挿絵があり、これを第一二〇段の挿絵とは理解せず、不適切だと判断したのではないか。そして、第一二一段の内容に沿う動物が描かれた挿絵を万治三年版本中に探したのではないだろうか。

そこで万治三年版本に動物が描かれるものを探すと、第九段（象）、第一四四段（馬）、第二二一段（馬）があった。第九段は象であるため除外され、第一四四段は明星本でも同段の挿絵として（貼り込む位置は誤っているが）取り入れられている。そして、動物の絵として残っていたのが第二二一段挿絵だったのである。第二二一段挿絵は男性が馬を引き連れている図であり、賀茂祭という文脈がなければ、動物を連れているだけのように見える。そこで、明星本は第二二一段の絵画として、万治三年版本の第二二一段挿絵を転用したのではないだろうか。

このように、明星本は『なぐさみ草』の影響下に成立したと考えられていたが、実際は万治三年版本と関係が深い。明星本の挿絵は、すべて万治三年版本にあるものである。また、他の挿絵の図様を検討すると、『なぐさみ草』よりも万治三年版本に近似するものとなっている。

例えば、前節で確認した第一三七段には、『なぐさみ草』では月が描かれていたが、明星本でも万治三年版本でも月は描かれていない。また、第二〇〇段について、『なぐさみ草』では河竹の下に川（御河水）が描かれていたが、万治三年版本では川はなくなっていた。明星本では、中央を川が流れているように見えなくもないが、建物の下を通ることとなり不自然である。なにより河竹に沿うものではなくなっており、やはり『なぐさみ草』とは遠い図だと言える。

第一四四段は、栂尾の明恵上人が馬を洗う下男の言葉を聞き感動した話だが、『なぐさみ草』挿絵では、馬が左向きであり、明恵の乗る橋が一枚板となっている。万治三年版本では、馬は右向きとなり、明恵の乗る橋は複数の板を組み合わせた板橋となっている。明星本も万治三年版本と同様の特徴を備えている。また第一八〇段挿絵は神泉苑でお焚き上げをする左義長の場面だが、水辺に橋が架かっている。『なぐさみ草』では橋は左側にあるが、万治三年版本・明星本はいずれも右側に架かる。また、全編にわたり襖などに絵が描き込まれる点も万治三年版本に近いと言える。

以上のことから、明星本の図様は『なぐさみ草』よりも、万治三年版本に近似することが分かる。明星本にある図はすべて万治三年版本に存在する。『なぐさみ草』になく万治三年版本が新しく創造した第二三一段挿絵は、明星本では第一二一段の挿絵として活用された。万治三年版本は『なぐさみ草』を参照して成立しているため、構図自体はほとんど同様のものとなっていたが、細かな点での描き替えが多かった。それらの特徴を明星本も受け継いでいる。したがって、明星本は、万治三年版本を参照して制作されたのではないかと考えられる。そして『なぐさみ草』は直接参照していないようである。

三、万治三年版本と寛文一〇年版本

『なぐさみ草』は近世『徒然草』絵画作品へ影響し、また、刊本『徒然草』挿絵へも影響を与えている。一方で、その影響下に成立した万治三年版本は、これまであまり注目されていなかったが、明星本に影響を与えていた。実は、この万治三年版本は後の版本挿絵にも影響を与えていると考えられる。それが寛文一〇年版本である。寛文一〇年版本について、齋藤は『なぐさみ草』や万治三年版本と比較しつつ、その図様について検討した[9]。そこでは、万治三年版本と符合する点も指摘されたが、概ね『なぐさみ草』との関係において論じられている。そして、まとめとして次のように指摘する。

以上の二四図の挿絵をみると、総て『なぐさみ草』（22）の挿絵の構図の変容であると認めたが、（22）の構図を基盤としているものが大部分である（21図を除く）。

個別の章段としては、第一四四段・第一六二段・第二二一段について、『なぐさみ草』よりも万治三年版本に近似する構図であることを指摘している。また、第二三八段については、構図は『なぐさみ草』の変容であるとし、調度品や人物などが万治三年版本と同様であるとする。以上の点で万治三年版本との近似があることを指摘しているが、全体としては『なぐさみ草』と比較検討しており、万治三年版本の影響関係について深くは触れていない。

しかし、寛文一〇年版本には齋藤が指摘した箇所以外にも、万治三年版本と近似する部分がある。以下、齋藤が指摘した点も含め、万治三年版本と寛文一〇年版本の関係を検討する。なお、寛文一〇年版本が持つ挿絵二四図のうち、序段と第一一段を除く二二図はすべて万治三年版本に存在する挿絵である。

まず、前節でも確認した『徒然草』第二二一段の挿絵である。『なぐさみ草』では検非違使の古歌の内容を絵画化したもので、難解であったために、万治三年版本では、『なぐさみ草』に依らず、独自の図様を描いていた。そして、寛文一〇年版本も万治三年版本と同様の構図となっている（図12）。これについて、齋藤は、『なぐさみ草』と「異種構図」であり、万治三年版本と「近似する構図」であると指摘する。月代を剃った男性は省略され、松を描き、海辺であるようで、どのような場面を描いたものか、やや理解し難いが、ほぼ同一の構図となっている。

図12　寛文一〇年版本　第二二一段

また、第一三七段では、『なぐさみ草』は月を描いていたが、万治三年版本では描かれていなかった。寛文一〇年版本においても、月は描かれず、万治三年版本と同様になっている。第一四四段でも、明恵の乗る板橋、馬の向きなどが、『なぐさみ草』よりも万治三年版本に近い図となっている（図13・14・15）。

万治三年版本は庭草や襖絵を追加し、全体的な描き込みが多く

図13　『なぐさみ草』第一四四段

図14　万治三年版本　第一四四段

図15　寛文一〇年版本　第一四四段

なっていたが、それらの部分についても寛文一〇年版本には共通点が見られる。例えば門の戸板に注目したい。第一八八段の門である。『なぐさみ草』（図16）では、門の戸板に金属は付いていない。一方、万治三年版本（図17）では隅金物と共に、戸板を固定するために用いられる八双金物が描かれる。そして、寛文一〇年版本（図18）においても、隅金物、八双金物が描かれている。このように、『なぐさみ草』では金物は描かれていないが、万治三年版本と寛文一〇年版本の戸板には描かれている。このような特徴は他に第六八段・第一五

図16　『なぐさみ草』第一八八段

図17　万治二年版本　第一八八段

四段の戸板にも見られる。

他に細部の描き込みの共通点として、第二三八段を挙げることができる。第二三八段は、兼好の自讃話であり、その七番目で、二月一五日、千本釈迦堂の涅槃会での出来事を記す。その席で聴聞していた兼好の膝に、もたれかかってくる女があったが、誘惑されることなく席を立ったというものである。『なぐさみ草』では、読経する僧侶の後ろに聴講者が数人描かれるが、その中央の男性の上方に衣被の女性が描かれている（図19）。男性は口を開け、やや困惑した様子に見受けられる。これが俗

図18　寛文一〇年版本　第一八八段

図19 『なぐさみ草』第二三八段

図20 万治三年版本 第二三八段

図21 寛文一〇年版本 第二三八段

人の時の兼好であり、その膝の上に衣被の女性がよりかかっている場面であると考えられる。

さて、万治三年版本でも同様の場面・構図であり、後ろで聴聞する人の数は減っているが、やはり男性に女性が近づいているように見える（図20）。男性は迷惑そうな表情であり、これが兼好だと考えられる。一方、寛文一〇年版本では、場面・構図は同じだが、僧侶の後ろの聴講者は比較的整然と並んでおり、男性に近づく女房がいるようには描かれていない（図21）。兼好を描いているのかも不明である。いずれも図様は少しずつ変化するものの、同一の場面を描いている。

そこで調度品に注目したい。万治三年版本の左側の仏壇には、『なぐさみ草』にはなかった鶴亀燭台が描かれており、これが寛文一〇年版本にも描かれているのである。調度品などを見ても、寛文一〇年版本は『なぐさみ草』よりも万治三年版本に近い図様であると言える。

このように寛文一〇年版本は万治三年版本の影響を受けていると考えられるが、寛文一〇年版本が有する挿絵のうち、万治三年版本は序段と第一一段の挿絵を持たない。これは『なぐさみ草』には存在する。しかし、あまり類似点を持たない図様となっている。以下、図様を比較する。

序段は、『なぐさみ草』では、僧体の人物が草紙に筆で書き物をしており、兼好が『徒然草』を執筆し始めた場面だと考えられる（図22）。一方で寛文一〇年版本では、僧体の人物が庵にいるのは同様であるが、筆は持たず、書かれた書物を読んでいる場面である。脇には書籍が積まれており、読書をする兼好が絵画化されている（図23）[10]。また、寛文一〇年版本では月も描かれる。庵に兼好がいるということで、類似した図様ではあるが、やはり相違点が多く、『なぐさみ草』が直接の参照元ではないように思われる。

また、『徒然草』第一一段は、兼好が人里離れた草庵を訪れ、そこで周りを厳重に囲われた柑子の木を見つけ幻滅したという体験を記す。『なぐさみ草』挿絵においては、僧体の兼好が庵で、柵に囲われた柑子の木を見つけた場面が描かれている（図24）。しかし、寛文一〇年版本では柑子の木は描かれず、庵に到着した兼好がいるだけである（図25）。この第一一段は囲われた柑子の木が最も重要なものであると考えられる。絵画化の際には、柑子の木を描くべきだろう。もし、寛文一〇年版本が『なぐさみ草』を参照しているのであれば、囲われた柑子の木を描かないということは考え難いのではないか。よって、寛文一〇年版本は『なぐさみ草』を参照しておらず、独自の絵を作成したのではないかと考える。

図22　『なぐさみ草』序段

図23　寛文一〇年版本　序段

図24　『なぐさみ草』第一一段

図25　寛文一〇年版本　第一一段

したがって、万治三年版本に存在せず、『なぐさみ草』と寛文一〇年版本にのみ存在する序段と第一一段の挿絵は、相違点が多く、近似した図様とは言えない。もし寛文一〇年版本が『なぐさみ草』を参照しているのであれば、わざわざ別の図様を描く必要もないだろう。万治三年版本にはなく、それでも絵画化を行った結果、『なぐさみ草』とは類似点の少ない独自の図様になったものと考える。

以上、寛文一〇年版本が万治三年版本の影響を受けて成立したのではないかということについて検討してきた。第二二一段の挿絵が『なぐさみ草』ではなく、万治三年版本に依っていること、いくつかの図で細かな描き込みが『なぐさみ草』よりも万治三年版本に近似することを具体的に確認した。また、序段、第一一段は、万治三年版本には挿絵のない章段だが、『なぐさみ草』挿絵とは関係を持たない図となっていた。

齋藤は、寛文一〇年版本が万治三年版本に近似する点があることも指摘したが、全体としては『なぐさみ草』と比較検討の上、図様の解説をしていた。しかし、見てきたように、寛文一〇年版本は万治三年版本の影響下にある。そして、『なぐさみ草』は直接には参照していないようである。したがって、寛文一〇年版本は万治三年版本とのより一層の比較検討が必要である。

おわりに

如上、近世前期の『徒然草』挿絵の展開について考察した。『なぐさみ草』は近世初期の奈良絵本や版本に影響を与えていたが、その影響下に成立した万治三年版本は、これまであまり注目されていなかったと思われる。明星本『徒然草』や寛文一〇年版本は、これまで『なぐさみ草』との関係において検討されていたが、直接的には万治三年版本の影響を受けて成立したものと考えられる。すると、近世初期に多数つくられた『徒然草』絵画作品の中には、万治三年版本の影響を受けたものが他にも存在するかもしれない。以降の絵画作品の影響関係についても、引き続き検討していきたい。

本論考は、諸本間の挿絵の関係性を中心に整理検討したもので、それぞれの作品の特徴については深く論じることができなかった。今後は、明らかにした関係性をもとに、それぞれの図様などを比較検討して、作品ごとの特質を考察したい。絵画資料は、当時の本文解釈の一端を示すものでもある。これらの絵画資料と注釈書の解釈を合わせて検討したこともあるが[11]、本文を読むだけでは浮かんでこない様々な問題点に、しばしば気づかせてくれる。作品の豊かな読解を可能にしてくれるものである。

諸本が有する挿絵を表にすると次のようになる。『なぐさみ草』は他本と関係する章段のみ掲載。
★印は同様の構図になっているものである。

章段	なぐさみ草	万治3	寛文10	明星本
序	1		1	
1	2	1		1
6	7	2	2	
9	10	3	3	
11	12		4	
17	18	4		2
24	26	5		
32	33	6	5	3
48	47	7		
54	53	8	6	4
68	60	9	7	
80	67	10	8	5
89	72	11	9	
103	83	12	10	6
111	89	13	11	
120	95	14	12	
121	96			★7
129	100	15	13	
134	101	16		8
137	103	17	14	10
139	105	18		
144	107	19	15	9
154	111	20	16	
162	114	21	17	
173	116	22		11
180	120	23	18	12
188	125	24	19	
200	131	25		13
214	138	26	20	
221	143	★27	★21	
231	149	28	22	
236	152	29	23	
238	154	30	24	
241	156	31		
計	157図	31図	24図	13図

（凡例）

『徒然草』本文は小川剛生校注角川ソフィア文庫『新版 徒然草 現代語訳付き』（KADOKAWA、二〇一五年）によった。

（1）『徒然草』絵画作品については島内裕子「徒然絵の諸相」（『徒然草文化圏の生成と展開』笠間書院、二〇〇九年）など、『なぐさみ草』の奈良絵本への影響は塩出貴美子「奈良絵本「徒然草」の挿絵について―「なぐさみ草」との関係―」（『奈良大学紀要』四二、二〇一四年）を参照。なお、塩出氏の『徒然草』絵画・『なぐさみ草』についての論考として「富美文庫蔵「徒然草」考―挿絵の比較を中心に―」（『奈良大学紀要』三八、二〇一〇年）、「「なぐさみ草」の挿絵について―『徒然草』の絵画化―」（『奈良大学大学院研究年報』一九、二〇一四年）もある。

（2）齋藤彰「徒然草版本の挿絵史（一）～（十三）」（『学苑』七三八～七六九、二〇〇二年一月～二〇〇四年一一月）。本論考では、（一）（二）を主に参照した。なお齋藤が付した版本の整理番号では、『なぐさみ草』は22、万治三年版本は29、寛文一〇年版本は41である。引用文中の番号はこれにあたる。

（3）齋藤彰「徒然草版本の挿絵史（一）」（『学苑』七三八、二〇〇二年一月）。

（4）池上保之「版本挿絵を用いた古典授業の構想―『徒然草』挿絵を中心に―」（『樟蔭教職研究』七、二〇二三年）で詳しく論じた。

（5）類似する図様として、「年中行事絵巻」賀茂祭で行列の途中に「口取りに引かれる移馬」が描かれる。小松茂美編『日本の絵巻8　年中行事絵巻』（中央公論社、一九八七年）八四頁上段参照。

（6）共同研究報告「明星大学蔵絵入り和本の基礎的研究とWEB公開、教育実践への応用」（『明星大学紀要』一五、二〇一一年）。そのうち書誌については柴田雅生「明星大学本『徒然草』の書誌と本文について」を参照。

（7）注（6）報告書のうち山本陽子「明星大学本『徒然草』の挿絵について」参照。

（8）第一二〇段の挿絵は、『なぐさみ草』にもあり、万治三年版本はその影響を受けている。

（9）齋藤彰「徒然草版本の挿絵史（二）」（『学苑』七三九、二〇〇二年二月）。

（10）元政『扶桑隠逸伝』（寛文四年（一六六四）刊）には兼好が立項されており、読書をする兼好の挿絵もある。寛文一〇年版本の挿絵と構図的に近似するとは言えないが、この時期に読書家兼好のイメージが広がっており、取り入れられたものかもしれない。以降の序段の挿絵では書を読む兼好像が増える。なお、島内裕子「本を読む兼好―読書人の誕生―」（田村俊作編『文読む姿の西東―描かれた読書と書物史―』慶應義塾大学出版会、二〇〇七年）によると、読者家としての兼好のイメージは、『徒然草』第一三段「ひとり、燈のもとに文をひろげて」を元に、近世知識人たちに共有されていき、固有のイメージとして定着していったとされる。また、『本朝遯史』（寛文四年）や『扶桑隠逸伝』でも、読書家としての兼好が紹介されることを指摘する。

（11）池上保之「『徒然草』享受の一視点―第三十七段を中心として―」（『言語文化学研究（日本語日本文学編）』一四、二〇一九年）、「『徒然草』第三二段考―「その人」の解釈をめぐって―」（博士論文「『徒然草』研究―文章形態分類と個別章段の再検討―」第二章第三節、二〇二〇年）などを参照。

（図版出典）

- 『なぐさみ草』　日本古典文学影印叢刊28・29『なぐさみ草』上下（貴重本刊行会、一九八四年）
- 『古版本繪入　徒然草』　上田市立上田図書館所蔵　出典：国書データベース、https://doi.org/10.20730/100103326
- 寛文一〇年版本　国文学研究資料館所蔵（使用した画像は、寛文一〇年版本の重印である寛文一二年刊『新板絵入つれ〳〵草よみくせ付』である。）
- 『徒然草』　明星大学所蔵

Ⅴ　近代と〈無常〉——夏目漱石の中へ

頬杖の前近代と近代
――もの思う者の肖像の系譜と変容

永井久美子

はじめに

死や無常に思いを馳せる者は、どのような姿態をとるのか。思索する人物の肖像に頬杖をつく姿のものが多いことの理由と背景について、東京大学ヒューマニティーズセンター（ＨＭＣ）における助成研究で考察を行い、二〇二三年に拙稿『排他と頬杖――作家イメージの類型論』（ＨＭＣブックレット第一九号）として発表したところである。調べてみてあらためて分かったのは、夏目漱石の写真が近代以後の日本における肖像の類型に及ぼした影響の大きさであった。直接的な影響関係としては、芥川龍之介が師である漱石を意識したこと、芥川に憧れた太宰治が、漱石、芥川の系譜を継承しようとしたことが挙げられる。そして漱石のほか芥川および太宰の写真も人気を博したことで、頬杖をつく姿は、肖像写真の一つの型として定着していった。

漱石は神経衰弱に苦しみ、芥川は「将来に対する唯ぼんやりした不安」を旧友宛の手紙にしたためて自死し、太宰も入水心中するに至った。佐々木啓一による表現を借りるならば、芥川を信奉し、「この不安から出発した文学が太宰の作品であると仮定することができる」存在で、「芥川よりさらにさらに強大な振幅と深刻な位相をもって苦しみ通した」のが、太宰であった[1]。頬杖をつく肖像写真の類型もまた、継承されてゆく中で「不安」や「苦悩」の表現としての意味を増幅させてゆき、作家は孤独に思索し精神を病むという印象が広がっていった。「治りたがらない病人」[2]の譬えで太宰の精神的不安定性を批判した三島由紀夫は、創作活動のためには周囲からの隔絶と閑暇が必要であるものの、「暗い密室での作業」で「文学の毒」に侵されるだけが選択肢ではなく、他の文士たちの闖入のないスポーツの世界で集中し思惟することも可能であると示した[3]。ボディービルで体軀を鍛え上げた三島の発想は、虚弱に生まれついた自身のコンプレックスの克服であったほか、作家は心身を病みがちと見なされてきたことへの強力なアンチテーゼでもあった。

　写真が流布する近代以前にも、頬杖をつく文人の肖像は複数存在していた。ただしそれらは、必ずしも陰鬱な表情のものばかりではなく、膝を崩し、穏やかな顔つきの絵も少なくない。その一例として挙げられるのが、兼好である。兼好の肖像にはさまざまな作例があり、厳格な雰囲気を漂わせるものもある一方で、たとえばサントリー美術館所蔵の海北友雪筆「徒然草絵巻」冒頭部の兼好は、柔和な面差しでくつろぐ様子である（図1）。

　漱石が留学先のイギリスで接したであろう西洋の発想では、アルブレヒト・デューラーの銅版画《Melencolia I》（一五一四年）が、翼を持ちながら飛ばずに座し、頬杖をつく人物で鬱気質を表したことに代表されるように（図2）、頬杖は鬱、不活発性の象徴であった。古代ギリシャ以来マイナスの気質とされてきた鬱気質は、ルネサンス期以降には、芸術家や学者の知的営為を生み出すものとしてプラス面を評価される傾向が見られたものの、孤独や暗さがつきまとうものではあり続けた。鬱気質を象徴する「西洋の頬杖」と、近代以前の「日本の頬杖」とに、文化的な差異はあるのか。HMCブックレットでも、微笑みを見せる広隆寺の弥勒菩薩像や、和歌や物語における頬杖（つらづえ）（面杖）の用例に触れたが、本論考では、兼好の肖像と漱石の作品を具体的な手掛かりとして、前近代の日本における頬杖の特徴を考察してみる。

図１　海北友雪筆「徒然草絵巻」冒頭

図２　Albrecht Dürer,《Melencolia I》

一、隠者兼好のいる時空

友雪筆「徒然草絵巻」冒頭に描かれているのは、『徒然草』のあまりにも著名な序段の、硯に向かう姿の兼好である。

つれづれなるままに、日くらし硯にむかひて、心にうつりゆくよしなし事を、そこはかとなく書きつくれば、

あやしうこそものぐるほしけれ。(4)

この序段には、時間についての記述はない。日々同様の過ごし方をしているように見える普遍性すら感じさせる文章であるが、絵巻では、庭に秋草が描かれている。兼好と秋草との間にはやや距離があり、庭は広く、寂寞とした感がある。松と竹で囲まれた草庵には他に人影もなく、周囲から隔絶した、静謐な空間となっている。

秋は特に和歌の世界で、もの寂しさを感じさせる季節とのイメージを確立していた。源氏に春秋の優劣を問われ、「いつとても恋しからずはあらねども秋の夕べはあやしかりけり」（古今集・恋一・読人しらず）をふまえ、秋に他界した母の六条御息所を思い、「げにいつとなき中に、あやしと聞きし夕こそ、はかなう消えたまひにし露のよすがにも思ひたまへられぬべけれ」(5)と答え、のちに秋好中宮と呼ばれた斎宮の女御のことばにも見られるように、秋の、特に夕暮れは、不思議と人恋しく、寂寥感を惹起させる時節とされてきた。「秋の夕暮れ」のイメージ生成とその背景については、川本皓嗣『日本詩歌の伝統――七と五の詩学』（岩波書店、一九九一年）が明晰な考察を行っているところである。

一七世紀後半の作とされる友雪の絵巻には、川平敏文が著書『徒然草の十七世紀――近世文芸思潮の形成』（岩波書店、二〇一五年）で鋭く分析した、江戸前期の『徒然草』解釈が反映されているだろう。現代では「所在なさ」「手持ち無沙汰」と訳されがちな「つれづれ」には、少なくとも江戸時代までは「さびし」の語感も含まれ、退屈は内面の孤独感・寂寥感に発するものと解されてきた。夕刻を描いたものかどうかまでは特定しがたいものの、秋の庭を眺める姿で兼好の心身静寂の境地を絵画化した一例が、友雪筆「徒然草絵巻」となっている。

二、『前賢故実』における筆と硯

「徒然草絵巻」冒頭では頬杖をつき静かに思索する様子であるが、筆を執り、物を書きつける姿で描かれる兼好の肖像も少なくない。文机の横に灯火を描き込む作品もあり、その場合は、『徒然草』第十三段に記された、読書する兼好の姿が意識されている。

　ひとり灯(ともしび)のもとに文(ふみ)をひろげて、見ぬ世の人を友とするぞ、こよなう慰むわざなる。文は文選(もんぜん)のあはれなる巻々(まきまき)、白氏文集(はくしもんじふ)、老子(らうし)のことば、南華(なんくわ)の篇(へん)。此(こ)の国の博士(はかせ)どもの書ける物も、いにしへのは、あはれなること多かり。(6)

　兼好の肖像は、島内裕子が論じるように、読書、執筆、そして思索の三点が主たる要素となっており、多くの作品は、これらの要素のいずれかの選択もしくは組み合わせで構成されている。(7) 近代以後の歴史画・人物画の一つの規範を作った菊池容斎（一七八八～一八七八）の『前賢故実』（明治元年（一八六八）全巻刊行）巻第八における兼好の肖像は、筆と硯を机に置き、頬杖をつき書を読む姿であり、『徒然草』序段と第十三段の内容を複合した形となっている（図3）。

図3　菊池容斎『前賢故実』巻第八より　卜部兼好

　『前賢故実』には、実に五百人以上の人物の略伝と肖像が掲載されている。ただしその中で筆を持つ人物はさして多くはなく、硯とともに描かれた人物は、草隷の書をよくした小野恒柯(つねえだ)（巻第四）、植物目録をまとめた大江維時（巻第五）、藤原道長から八重桜の枝に添えて硯と檀紙を贈られ、歌を詠むよう請われた『袋草紙』所載の逸話で知られる伊勢大輔（巻第五）、『神皇正統記』を著した北畠親房（巻第十）に限られる。硯はないものの筆を持つ人物も、在原業平（巻第四）、小野道風（巻第五）、源隆国（巻第六）、二条為明（巻第九）のみである。

菊池容斎は、先行する作品も参照しつつ、新しい肖像の創成に努めている。小野道風の画像は、近衛忠熙旧蔵、皇居三の丸尚蔵館収蔵の伝頼寿（らいじゅ）「小野道風像」（鎌倉時代（一三世紀）、紙本著色）を明らかにふまえたものでありつつ、手許の紙と硯は省略され、人物に焦点が絞られている。道風の例を考えると、白黒の画面構成の中で、硯は描くと黒色の面積が増え存在感が強く出がちということもあり、伊勢大輔のように、人物の逸話を表す際に必要な場合に限定されている様子である。

小野恒柯の肖像の場合は、袖で大部分が隠れている硯の存在感は弱い。大江維時は、醍醐天皇の勅命を受け、上園にある花や草の名前を記録した際、平明さを尊重し平仮名で書写したところ、漢名を知らないと誤解されたため漢字に直して献上したが、人々は漢字だけでは理解できなかった、という略伝の内容を表すにあたり、字を書きつける姿を強調したことが考えられる。

北畠親房の肖像が三冊の和装本と硯とともにあるのは、『神皇正統記』三巻の著者であることの描写に他ならない。天皇の忠臣たちを称える中で、特に南朝方の人物を多く描く『前賢故実』（以下、国立国会図書館所蔵本参照）は、南朝に仕えた菊池氏の末裔たる容斎自身の出自に対する探究心の成果物となっており、南朝の正統性を主張する『神皇正統記』が容斎にとって重要な歴史書であったことは、別稿で述べた通りである(8)。

『前賢故実』では、和装本とともに描かれる人物は、親房と清少納言に限定されている。『枕草子』もまた、『徒然草』が同書をふまえているということもあってか、重要な著作と見なされていたことが分かる。『徒然草』

と見られる和装本は兼好の肖像には描かれていないものの、兼好は硯とともに描かれ、『徒然草』序段のイメージが体現されている。『前賢故実』では、巻子本は漢籍、和装本は和書と分類して描かれていることについて、注(8)前掲論文で論じた。『前賢故実』では、兼好は巻紙を広げており、漢籍を読む姿で表されている。読書、執筆、思索の三点を組み合わせる必要があったのは、読書だけでなく、執筆と思索も重要で取捨しがたい要素であったためと考えられる。

容斎が親房の『神皇正統記』と並び『徒然草』を重視したのは、江戸後期に流布した「兼好南朝忠臣説」に基づいたためであるだろう。有職家・土肥経平が『春湊浪話』（安永四年（一七七五）跋）で広めた思想であり、佐佐木信綱も明治二五年（一八九二）に「南北の争ありしはじめつ方に、君を思ふ真心深く、しかも我国ぶりの文章にすぐれられしは、北畠准后、兼好法師の二人なり[9]」と記すなど、江戸時代後期から戦前頃までは少なからず流布していた説であった[10]。容斎もまた、親房と兼好を文章にすぐれた忠臣の最高峰と評価し、文筆家として硯とともに描いている。

三、江戸期の兼好の「排他と頬杖」

『前賢故実』に記された兼好の略伝は、次の通りである。

卜部兼好。神祇大副兼茂曾孫也。居吉田。兼好幼而聡悟、好読老荘書、有文才、善和歌、兼工書。仕後宇多帝、任左兵衛尉、稍被親昵。及帝崩、兼好剔髪入修学院。常謂曰、燈下読書、猶友古人、楽莫過焉。後歴遊諸国、終京師。所著有徒然草。

おもひたつ　木曾のあさぎぬ　あさくのみ　そめてやむべき　袖のいろかは

末尾に引かれた歌の『風雅和歌集』における詞書は「世を逃れて木曾路といふ所を過ぎ侍るとて」であり、兼好木曽隠遁説の根拠とされた歌である。[11] 川平も論じる通り、説話集『吉野拾遺』に次のような逸話が載るところである。[12]

旅行人をおもひ送りては、まだみぬ嶺をもこゆるにこそ、いかなる縁にもふれ侍りて、人めたえなん深き岩ほのほらにもおさまらでとこそ歎きて過し侍りぬといへば、まことにさにはさぶらへども、我（引用者注・兼好）一とせ木曽の御さかあたりにさそらひ侍し時、山のたゝずまゐ、河のきよきながれにこゝろとまり侍りしかば、こゝにぞおもひとゞまりぬべき所にこそ侍れとて、

思立つ木曽の浅きぬ浅くのみ染めてやむへき袖の色かは

と詠じて庵をひきむすびてしばしさふらひしに、くにのかみの鷹狩に人あまたぐし玉ふて山ふかき庵のほとりまでいましてかりしたまふさまの浅ましくたへがたかりければ、

こゝも又浮世也けりよそなから思ひし儘の山里もかな

とながめすてゝ出侍りし。それよりいづかたにこゝろをすまし侍らむよりほかはあらじとおもひ侍るにこそとのたまはせしに、まことに世をそむく心はひとしくこそありけれとそゞろに袖をしぼり侍りし。[13]

『前賢故実』は、参考資料一覧にあたる「図徴引用書目」を巻末に掲載しており、そこには『吉野拾遺』も『風雅集』も含まれている。『吉野拾遺』は後醍醐天皇をはじめとする南朝方の人物の説話集であり、容斎の歴史観・人物観は、参考文献を見ても、南朝支持の尊王思想に基づくものであることが分かる。『吉野拾遺』での兼好出家の契機も、帝の崩御とされている。山河の清らかさに心を留め、ここぞと思い立ち木曽に庵を結んだ際の詠とされる歌を引用することから、容斎は、兼好が一人静かに過ごすのは山奥の草庵であると、絵の背景描写ではなく文字で表しているのだろう。

『吉野拾遺』では、のちに近辺で狩りをする国守たちを見て、兼好は木曽の地もまた浮世と思い至り、理想の

山里のないことを嘆いている。「思立つ」の歌のみを引用する『前賢故実』は、庵を結んだ兼好が静かに「見ぬ世の友」とのみ向き合う姿を描出しており、漢文の略伝に「後歴遊諸国、終京師」とは記すものの、木曽を去ることとなった逸話は省略している。実際には兼好は僧俗貴賤に幅広い交友関係を持っていたことが小川剛生の研究によっても指摘されているが(14)、読書、執筆、そして思索に、一人心を澄ます姿を表したものが『前賢故実』の兼好像であった。

『前賢故実』は「兼好幼而聡悟、好読老荘書、有文才、善和歌、兼工書」と記し、略伝の末尾に「所著有徒然草」と記す。『園太暦』に「和歌数奇者也(15)」、『太平記』巻第二十一に「兼好と云ひける、能書の遁世者(16)」とあるように、二条派の歌人であった兼好は、和歌と書をよくする者として中世の文献では評されてきた。『太平記』での兼好は、高師直が恋慕した塩冶高貞の妻宛の文を代筆したとされている。『前賢故実』は、巻第十に貞淑であった高貞の妻を取り上げているが、巻第八の兼好ともども、その略伝に艶書代筆の逸話は見られない。俗世間とは距離をとる隠者としての兼好像が、『前賢故実』では提示されている。先掲した海北友雪筆「徒然草絵巻」も、隠者たる兼好像を描出していた。もの悲しさを伴う秋という時節や、静謐な空間がふさわしい者として兼好はイメージされ、人とは距離を取る存在として描かれる際に、頬杖をつく姿が選ばれることが多かったようだ。

『前賢故実』で筆を執る姿で描かれた歌人は、在原業平と二条為明のみであった。業平は、肖像で繰り返し描かれてきた武官装束に、歌人であることを示すべく、筆を持つしぐさが『前賢故実』では追加されている。為明は、後醍醐天皇の歌会に毎回参加していたため、六波羅で捕らえられ拷問されそうになったが、落ち着いて歌を詠んだとの逸話が略伝で紹介されており、その様子が絵で示されている。硯と同様に、筆もまた、『前賢故実』では、絵で示すべき内容である場合に限定して描かれている。筆と硯の双方とともに描かれることは、『前賢故実』において、文筆家たることを最大限強調する表現であっただろう。

図４　狩野探幽筆　兼好法師像（部分）

兼好は、艶書代筆の逸話でも知られた歌人であったが、その逸話は『前賢故実』では取り上げられていない。金沢文庫が所蔵する狩野探幽筆「兼好法師像」（図４）のような厳格な学者然とした兼好像が江戸期に登場するのは、兼好を老碩学として捉える見方が定着してきたためであろう。島内裕子は、「読書人としての兼好」は林家三代により見いだされたものであり、探幽による兼好像は、モデルとして林羅山がイメージされたであろうことを論じている。[17] 探幽の描く兼好は、頬杖をつく姿でこそないが、脇息を用いる姿勢は、維摩居士や歌聖・人麻呂の流れに連なるものと言える。当代の碩学の風貌を借り、伝統的な思惟のポーズを取ることにより、兼好は賢者としてのイメージを確立していった。

四、「文雅才芸之徒」と「忠臣」

『前賢故実』には紫式部の肖像もあり、彼女は筆を執る姿ではなく、夫が遺した蔵書を読みふける姿で描かれている（図５）。和装本たる『枕草子』三巻とともに描かれた清少納言とは対照的に、巻子本の漢籍を読む姿となっている。髪をかき上げ、身なりを構わずに読書に没頭する式部の姿は、『紫式部日記』の次の記述に基づくものである。

大きなる厨子一よろひに、ひまもなく積みてはべるもの、ひとつにはふる歌、物語のえもいはず虫の巣になりにたる、むつかしくはひ散れば、あけて見る人もはべらず、片つかたに、書（ふみ）ども、わざと置き重ねし人もはべらずなりにし後、手ふるる人もことになし。それらを、つれづれせめてあまりぬるとき、ひとつふたつ

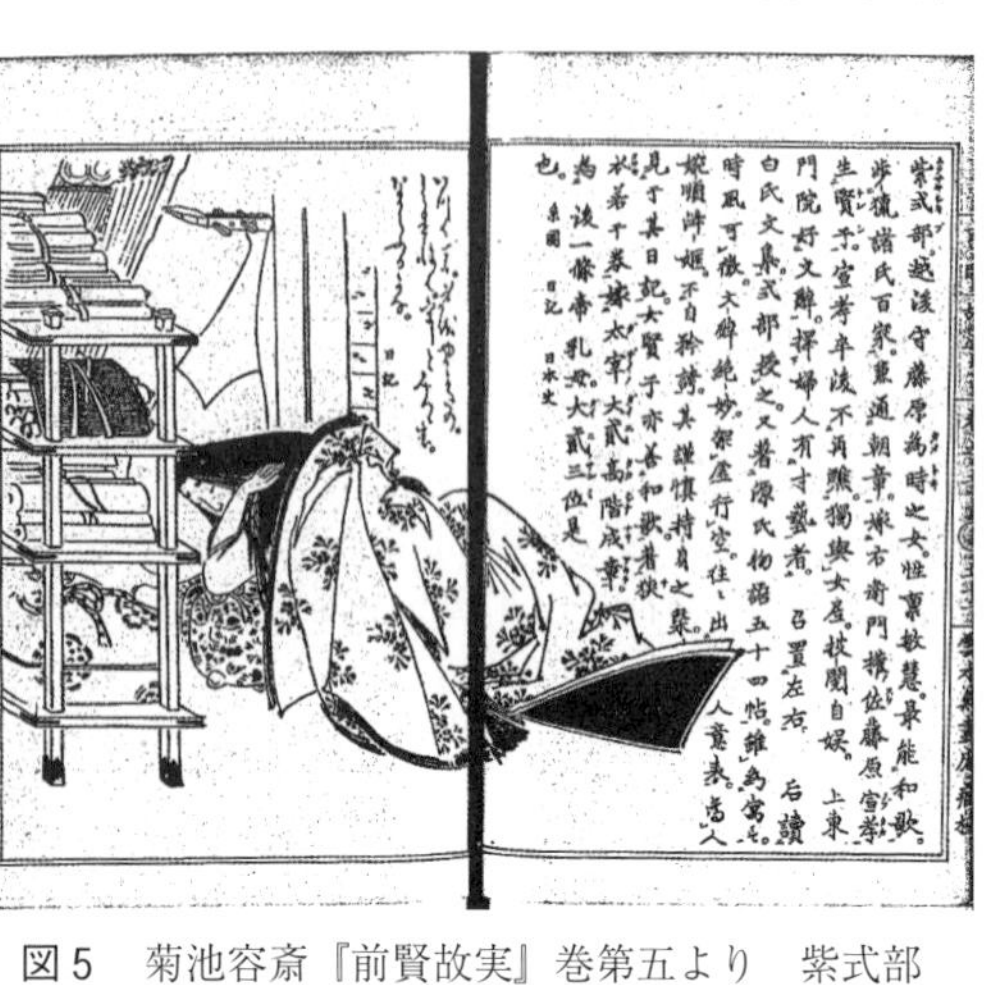
紫式部。越後守藤原為時之女。性稟敏慧。最能和歌。
涉獵諸氏百家。兼通朝章。嫁右衛門權佐藤原宣孝。
生賢子。宣孝卒後。不再醮。獨與女居。披閲自娛。上東
門院好文辭。擇婦人有才藝者。召置左右。后讀
白氏文集。式部授之。又著源氏物語五十四帖。雖為寓言。
時風可徵。大辭純妙。架虛行空。往々出人意表。嘗入
娘順時姫。不自矜誇。其謹慎持身之槩。
見于其日記。大貳子亦善和歌。著狹
衣若干卷。嫁太宰大貳高階成章。
為後一條帝乳母。大貳三位是
也。　系圖　日記　日本史

図5　菊池容斎『前賢故実』巻第五より　紫式部

　ひきいでて見はべるを、[18]（以下略）

『前賢故実』は、その序文にあるように「賢輔良弼、忠臣孝子、義夫烈女、及文雅才芸之徒」の伝記集である。努力というよりも、亡き帝に対する忠義からの出家や、再嫁せず亡夫の遺品とともに過ごすことが、兼好や式部の執筆活動への契機と読めるところに、容斎の歴史観が見える。『紫式部日記』で書物と向き合う式部の記述にも「つれづれ」の語が登場するが、もの寂しくあること、その寂しさが主君や夫を亡くしたことによるもの、という論理が背景に垣間見える。

　容斎にとって、兼好は「文雅才芸之徒」であると同時に「忠臣」でもあった。執筆、読書、思索のいずれも取捨せず取り上げる必要があったのが容斎の兼好観であり、明治以降にも兼好を描いた肖像の一例として『前賢故実』は知られるところとなった。外を眺めるのではなく、書物に目線を落とし、下を向く姿は、読書姿を示すだけでなく、天を仰ぐ姿勢で描かれた鴨長明の肖像との対比もあったとする意見もある[19]。容斎は依拠した資料に忠実な描写を徹底したとされ、実証主義的であると評されるが、参照した資料の性質や、容斎の歴史観を反映した作品ともなっている。

五、文化教養の指標としての頬杖

頬杖は、思索にふける者の姿勢として平安古典に複数用例が見られるだけでなく、やまと絵にも繰り返し描か

れてきた。屏風絵に描かれた例も多かったようで、絵の情景を詠んだ歌が複数あり、画中の人物の心境を想像して詠まれたものが少なくない。たとえば『蜻蛉日記』には、筆者の養女に求婚する右馬頭藤原遠度から贈られてきた「女絵」をめぐり、次のような応答があった。

女絵をかしくかきたりけるがありければ、取りて懐に入れて持てきたり。見れば、釣殿とおぼしき高欄におしかかりて、中島の松をまぼりたる女あり。そこもとに、紙の端に書きて、かくおしつく。

いかにせむ池の水なみ騒ぎては心のうちのまつにかからば

また、やもめ住みしたる男の、文書きさして、頬杖つきて、もの思ふさましたるところに、

ささがにのいづこともなくふく風はかくてあまたになりぞすらしも

とものして、持て帰りおきけり。(20)

「中島の松をまぼりたる女」は、男の訪れを待っているかのように見えるが、この絵に藤原道綱母は、「君をおきてあだし心をわが持たば末の松山波も越えなむ」（古今集・東歌）をふまえ、あちこちに恋文を送る男の「あだし心」を読み込んだ。また、やもめ暮らしの男が文を書きさし、頬杖をつき物思いにふける絵にも、あてどもなく吹く風のように、分別なくあまた言い寄る男の姿を見てとった。これは、一途に待つ女、女を思う男、という絵から想像しやすいイメージを逆手にとった解釈である。遠度が絵を送ってきたのは、道綱母に歌を書き付けてほしいと望んでのことではなかったかとの議論もあるところである。(21)高欄に寄りかかり外を眺める、頬杖をつく、という動作には、物思いにふけるポーズとしての共通認識があるからこそ、そのイメージをふまえる、あるいは裏切るといったやり取りが可能であった。

頬杖は、王朝物語には多く見られるが、説話には少なく、新編日本古典文学全集で探す限り、軍記物には用例がない。近代以降の肖像でも、国立国会図書館が提供する「近代日本の形成に影響のあった、政治家、官僚、軍

人、実業家、学者、芸術家等一〇〇〇名以上の肖像写真」（DBトップページの記載による）のデータベース「近代日本人の肖像」（https://www.ndl.go.jp/portrait/）を見る限り、文化人の写真には頬杖をつくものが多いが、軍人の写真にはないことを、前述のHMCブックレット第一九号で論じた。頬杖は、思慮する姿であると同時に、判断に時間を要し困惑する姿という意味も持ちうる。また、頬杖は思索する文人のとる姿勢であり、武人が人に見せるべき姿ではないと見なされてきた結果が、軍人の肖像写真の傾向にも現れているのであろう。

説話で頬杖をつく人物が出てくるのは、歌徳説話である。『宇治拾遺物語』巻第三第八話「木こり歌の事」には、「わびし、心憂し」と思い頬杖をつく木こりが登場する。木こりを無教養な存在と見くびっていた山守は、思いがけない木こりの詠歌に当惑する。

今は昔、木こりの、山守に斧を取られて、わびし、心憂しと思ひて、頬杖突きてをりける。山守見て、「さるべき事を申せ。取らせん」といひければ、

悪しきだになきはわりなき世間によきを取られてわれいかにせん

と詠みたりければ、山守返しせんと思ひて、「うううう」と呻きけれど、えせざりけり。さて斧返し取らせてければ、うれしと思ひけりとぞ。

人はただ歌を構へて詠むべしと見えたり。[22]

王朝物語で頬杖をつく姿が描写されるのは、もっぱら貴族たちであった。やまと絵に描かれた物思いにふける人々も、貴族たちであった様子である。現存する絵では、「吉備大臣入唐絵巻」（ボストン美術館所蔵）などに頬杖をつく従者が描かれているが、彼らは居眠りをする存在である。頬杖をつき思索にふけることは、高貴な者の高尚な行為であったようだ。『宇治拾遺物語』では、木こりが頬杖をつき「わびし、心憂し」と感じている時点で、歌が詠める素養があることが示されている。

誰もができるわけではないとされた、思索と結びつく知的コードとして頬杖は確立しており、頬杖をつかせることで、描かれた人物は理知的に見え、和歌や漢籍の素養のあることが示された。頬杖をつく行為は、貴族文化の文脈の中にあることを示す行動であったと言うこともできるだろう。兼好の頬杖は、草庵で俗世間から距離を置くことの記号であったと同時に、貴族の文化的素養を有する人間であることの指標であったとも言えそうである。

六、頬杖と欄干

頬杖をつき物思いにふけることの記号が、貴族文化の共有者のみに限定されず、誰もが用いうる思考のポーズとして広まったのは、写真の普及によるところが大きいだろう。漱石の写真は、近代人に知識人のモデルをもたらした。そのモデルに求められたのは、サミュエル・スマイルズ『西国立志編』（中村正直訳）に代表されるような努力と成功の物語の体現者たる偉人で、文学もまた苦労して生み出されるもの、労苦の末、心身が蝕まれることもあるというイメージも定着していった。近代以前の人々が頬杖に感じ取っていた寂寥感は、より強い孤独感とともに近代以後の頬杖に読み込まれるようになった。

漱石の肖像ではなく作品を見てみると、頬杖をつく人物が複数登場する。全集の索引に頬杖の項目がなかったため、青空文庫での検索を手がかりに一覧を作成した。見ると、細君の尻に頬杖をつく主人という『吾輩は猫である』のくつろいだ例もあり、必ずしも陰鬱な用例ばかりではない。書斎に籠り机で頬杖をつく例は多いが、頬杖をついて欄干にもたれかかる姿も目立つことが分かる。

頬杖が欄干と結び付けられがちであったのは、もたれかかる対象であったこと、そこから外を眺める境界的な空間であったことが理由として考えられるだろう。維摩居士や柿本人麻呂の姿態にも連なる、思索のポーズを示すことができる場所であり、二階や橋から下界を見下ろす位置ともなっている。特に漱石の随筆「満韓ところどころ」には、船やクーリー団を眺める「余」の頬杖をつく姿が繰り返し登場する。山里の草庵に隠棲するのでなくとも、外界と距離を取り俯瞰することを可能にするのが頬杖であり、欄干にもたれかかり外を見るという行為であった。

漱石作品に登場する人物が頬杖をつき考える内容はさまざまである。やまと絵では、描かれた人物の心情を想像し、歌を詠むことが可能であった。それは、もの思いの内容が、恋愛をはじめ貴族の文化圏の中で起きることに限定されていたことの反映でもあった。漱石の作品には、階下を眺める銀杏返しの髪型をした女性（『草枕』）や、主人公を見下ろす坑夫（『坑夫』）、金魚を見つめる金魚売（『夢十夜』）など、貴族以外にも多様な人物が登場し、それぞれに思索する様子を見せている。漱石の作品は、頬杖をつき考えることを、貴族や知識人以外にも開放してゆく一助となったと考えられる。

一方で、『虞美人草』のヒロイン藤尾は、「御前がさう頬杖を突いて針箱へ靠たれているところは天下の絶景だよ。妹ながら天晴な姿勢だハヽヽ」と兄の欽吾に評されている。やまと絵で繰り返し描かれてきた頬杖は、艶やかなイメージもまとうものでもあった。『源氏物語』葵巻で、葵の上を亡くした源氏がくつろぐ姿態の優艶さに通じるようなところがある。もの思いにふける姿を見ることには、人の孤独と閑暇を垣間見る、心の距離の接近ぶりがあるのだろう。

風荒らかに吹き時雨さとしたるほど、涙もあらそふ心地して、「雨となり雲とやなりにけん、今は知らず」とうち独りごちて頬杖つきたまへる御さま、女にては、見棄てて亡くならむ魂かならずとまりなむかしと、色めかしき心地にうちまもられつつ、近うついゐたまへれば、しどけなくうち乱れたまへるさまながら、紐ばかりをさしなほしたまふ。[23]

近代以降の、不安や鬱気質と結び付けられがちな頰杖のモデルの代表格とされやすい漱石であるが、平安貴族の美意識や隠者の俗世間との距離感などを継承した、さまざまな頰杖のかたちを作品では提示している。誰もが「考える人」になれる文化が広がりはじめたのが近代であり、漱石の肖像と作品は、伝統を継承しつつ、考える姿の多様性を提示したものであったと言うことができるだろう。

おわりに

江戸の絵師たちは、兼好を『徒然草』の著者たる知識人として描くために、頰杖という姿勢、もの悲しい季節とされた秋の風景、静かな草庵、筆と硯といったさまざまな記号を総動員して肖像を作り出した。それらの記号の選び方の背景には、読書する姿に対する評価の高まりや南朝の忠臣としての兼好観など、近世ならではの解釈が入り込んでいた。頰杖をつく人物がやまと絵で繰り返し描かれ、その人物の心情を想像する歌が多く詠まれてきたのは、貴族たちが共有する文化圏の記号として頰杖が機能していたためであり、頰杖をつき考えることは、文化的知的行為とされていた。

頰杖と思索との結びつきが貴族に限定されていたことからの広がりが見られたのが近代であり、漱石の作品には、さまざまな人物が頰杖をつく姿が登場する。漱石自身の肖像写真は、悩める近代人の代表格のように扱われがちであるが、そうした評価には、成功には苦労が伴う、苦悩する人物が天才であると考える西洋近代の価値観を享受した明治以後の日本の特性が反映されている。洋の東西や時代を問わず、頰杖は考えることを示すしぐさではあるものの、その文化的な解釈は、地域や時代により異なっている。知識人観と直結しているのが、頰杖の解釈であった。

（凡例）

本文中の『古今和歌集』の和歌は、以下より引用した。

小沢正夫、松田茂穂校注・訳『新編日本古典文学全集11　古今和歌集』（小学館、一九九四年）

（1）佐々木啓一「太宰治試論――イカルス的性格形成の深層性をめぐって」（『論究日本文学』（立命館大学日本文学会）第一六号、一九六一年一二月）。

（2）三島由紀夫『小説家の休暇』（新潮文庫、一九八二年）二〇頁。

（3）『読売新聞』昭和三六年（一九六一）七月七日付夕刊第三面「「レジャー拝見」三島由紀夫氏（作家）文学の〝毒〟を制する　黒胴にこもる激しい気合い」。

（4）神田秀夫、永積安明、安良岡康作校注・訳『新編日本古典文学全集44　方丈記・徒然草・正法眼蔵随聞記・歎異抄』（小学館、一九九五年）八一頁。

（5）阿部秋生ほか校注・訳『新編日本古典文学全集21　源氏物語（二）』（小学館、一九九五年）五三三頁。

（6）注（4）前掲書、九一～九二頁。

（7）島内裕子「描かれた兼好」（『ミネルヴァ日本評伝選　兼好――露もわが身も置きどころなし』ミネルヴァ書房、二〇〇五年）、同「本を読む兼好」（『徒然草文化圏の生成と展開』笠間書院、二〇〇九年。初出、田村俊作編『文読む姿の西東――描かれた読書と書物史』慶應義塾大学出版会、二〇〇七年）。

（8）永井久美子「描かれた漢籍と和書――菊池容斎『前賢故実』における紫式部と清少納言」（『比較文学研究』第一一〇号（東大比較文学会）、二〇二五年二月刊行予定）。

（9）佐佐木信綱校註『校註徒然艸』（博文館、一八九二年）序文。

（10）川平敏文「兼好南朝忠臣説の形成――『春湊浪話』以前」（『日本文学』（日本文学協会）第六〇四号、二〇〇三年一〇月）、同「兼好の深き心を察する者なし――土肥経平の思想構造」（『国文研究』（熊本県立大学日本語日本文学会）第五〇号、二〇〇五年三月）参照。いずれも同『兼好法師の虚像――偽伝の近世史』（平凡社選書、二〇〇六年）再録。

（11）『前賢故実』の兼好略伝は、国会図書館本より引用した。井上宗雄校注・訳『新編日本古典文学全集49　中世和歌集』（小学館、二〇〇〇年）では、歌の本文は「思ひたつ木曾のあさぬのあさくのみ染めてやむべき袖の色かは」（風雅和歌集・雑歌下）である。
(12) 川平敏文「兼好伝と芭蕉」（『近世文藝』第六五号、一九九七年一月）。同『兼好法師の巨像』（注10前掲）再録。
(13)『群書類従』第二十七輯、雑部（八木書店、二〇一三年ＯＤ版）所収、五四二頁。句読点は適宜改めた。
(14) 小川剛生『兼好法師　徒然草に記されなかった真実』（中公新書、二〇一七年）。
(15) 斎木一馬、岩橋小弥太校訂『園太暦』巻二（『史料纂集』所収、続群書類従完成会、一九七〇年）、貞和二年閏九月六日。
(16) 長谷川端校注・訳『新編日本古典文学全集56　太平記（三）』（小学館、一九九七年）五四頁。
(17) 注(7)前掲、島内裕子『ミネルヴァ日本評伝選　兼好』参照。
(18) 中野幸一ほか校注・訳『新編日本古典文学全集26　和泉式部日記・紫式部日記・更級日記・讃岐典侍日記』（小学館、一九九四年）二〇四頁。
(19) 島内裕子「『前賢故実』に描かれた文学者たちの肖像」（『放送大学研究年報』第三八号、二〇二〇年三月）。
(20) 菊地靖彦ほか校注・訳『新編日本古典文学全集13　土佐日記・蜻蛉日記』（小学館、一九九五年）三三九～三四〇頁。
(21) 庄司敏子「『蜻蛉日記』下巻の「女絵」――「養女求婚記事」に見える連関性を中心に」（『早稲田大学総合人文科学研究センター研究誌 WASEDA RILAS JOURNAL』第四号、二〇一六年一〇月）。
(22) 小林保治・増古和子校注・訳『新編日本古典文学全集50　宇治拾遺物語』（小学館、一九九六年）一一八頁。
(23) 注(5)前掲書。

（図版出典）　※引用の範囲内で掲載した。
図1　海北友雪筆「徒然草絵巻」冒頭
サントリー美術館所蔵　紙本著色　江戸時代（一七世紀）　第一巻（上一）　三三・一×一二二八・二㎝
（「徒然草――美術で楽しむ古典文学」展（サントリー美術館、二〇一四年）図録）
図2　Albrecht Dürer,《Melencolia I》　二三・九×一八・七㎝　一五一四年
National Gallery of Victoria, Melbourne

（Wikimedia Commons）

図3　菊池容斎『前賢故実』巻第八より　卜部兼好
（国立国会図書館デジタルコレクション）

図4　狩野探幽筆　兼好法師像
神奈川県立金沢文庫所蔵　懸幅装　絹本著色　江戸時代　寛文年間（一六六一～七三）頃　一幅　八二・二×二六・五cm
（特別展「兼好法師と徒然草――いま解き明かす兼好法師の実像」（神奈川県立金沢文庫、二〇二二年）図録）

図5　菊池容斎『前賢故実』巻第五より　紫式部
（国立国会図書館デジタルコレクション）

漱石作品　頬杖用例一覧

作品名	章段	定本全集巻数・頁数	人物	本文
吾輩は猫である	四	①153	主人	主人は平気で細君の尻のところへ**頬杖**を突き、細君は平気で主人の顔の先へ荘厳なる尻を据えたまでの事で無礼も糸瓜もないのである。
草枕	四	③48	銀杏返しの女性	膳を引くとき、小女郎が入口の襖を開たら、中庭の栽込みを隔てて、向う二階の欄干に銀杏返しが**頬杖**を突いて、開化した楊柳観音のように下を見詰めていた。
	六	③77	余	**頬杖**をやめて、両腕を机の上に組んで考へたがやはり出て来ない。色、形、調子が出来て、自分の心が、あ、此所に居たなと、忽ち自己を認識するようにか、なければならない。
野分	八	③375	高柳君	ことに此間から、気分がわるくて、仕事をする元気がないので、あやしげな机に**頬杖**を突いては朝な夕なに梧桐を眺めくらして、うつら〳〵としていた。
坑夫	九十五	⑤264	坑夫	だら〳〵坂を登ると、自然と顔が仰向になる。すると例の通り長屋から、坑夫が**頬杖**を突いて、自分を見下してゐる。さつき迄はあれ程厭に見えた顔が丸で土細工の人形の首の様に思はれる。

虞美人草	四	④70〜71	小野	机の前に**頬杖**を突いて、色硝子の一輪挿をぱつと蔽う椿の花の奥に、小野さんは、例によつて自分の未来を覗いて居る。
	十	④184	宗近	宗近君は返事をやめて、欄干の隙間から庭前の植込を**頬杖**に見下して居る。
	十	④185	宗近	宗近君は依然として長閑な心を**頬杖**に託して庭を眺めている。
	十	④185	宗近	下顎は**頬杖**で動かす事が出来ない。返事は咽喉から鼻へ抜ける。
	十	④189〜190	藤尾	「聞かないでも分かるのか。まるで巫女（いちこ）だね。——御前がさう**頬杖**を突いて針箱へ靠（も）たれているところは天下の絶景だよ。妹ながら天晴な姿勢だハ、、、」
	十五	④312	画布（カンヴス）の人	仰がぬ時も壁間から欽吾を見下ろしている。筆を執るときも、**頬杖**を突くときも、仮寐の頭を机に支ふるときも——絶えず見下してゐる。
	十七	④375	浅井	体をそのままに白い襟の上から首だけを横に捩（ねじ）ると、欄干に**頬杖**をついた人の顔が五寸下に見える。
	十七	④375	浅井	浅井君は容易に受合つた。同時に**頬杖**をやめて背を立てる。二人の顔はすれすれに来た。
三四郎	三の二	⑤312	三四郎	講義が終つてから、三四郎はなんとなく疲労した様な気味で、二階の窓から**頬杖**を突いて、正門内の庭を見下してゐた。
	四の五	⑤356	三四郎	三四郎は講義が解らないところが妙だと思つた。**頬杖**を突いて聴いてゐると、神経が鈍くなつて、気が遠くなる。これでこそ講義の価値がある様な心持ちがする。
それから	二の三	⑥22	平岡	法衣（ころも）を着た坊主が行列して向ふを通るときに、黒い影が、無地の壁へ非常に大きく映る。——平岡は**頬杖**を突いて、眼鏡の奥の二重瞼を赤くしながら聞いてゐた。
	六の二	⑥87	代助	やがて、紅茶を呑んで仕舞つて、例の通り読書に取りか丶つた。約二時間ばかりは故障なく進行したが、ある頁の中頃まで来て急に休めて**頬杖**を突いた。

作品名	章段	定本全集巻数・頁数	人物	本文
	十の二	⑥159	代助	代助は時々橋の真中に立つて、欄干に**頬杖**を突いて、茂る葉の中を、真直に通つてゐる、水の光を眺め尽くして見る。
門	十七の三	⑥559	宗助	役所では用が手に着かなかつた。筆を持つて**頬杖**を突いた儘何か考へた。
彼岸過迄	三十三	⑦299	僕	二階は日が近いので、階下よりは余程凌ぎ悪いのだけれども、平生居つけたせいで、僕は一日の大部分を此所で暮らす事にしてゐたのである。僕は何時(いつ)もの通り机の前に坐つたなり唯**頬杖**を突いて茫然(ぼんやり)していた。
行人	「帰つてから」二十	⑧259	兄	兄は何時でも大きな書物の上に眼を向けてゐた。それでなければ何か万年筆で細かい字を書いてゐた。一番我々の眼に付いたのは、彼の茫然として洋机(テーブル)の上に**頬杖**を突いて居る時であつた。
心	下・先生と遺書　十一(六十五)	⑨181	私	琴も度々鍵の手に折れ曲がつた筋違の室に運び去られるのです。私は自分の居間で机の上に**頬杖**を突きながら、其琴の音を聞いてゐました。
道草	十八	⑩52	健三	彼女が服装を改ためて夫の顔を覗きに来た時、健三は**頬杖**を突いたまゝ盆槍(ぼんやり)汚ない庭を眺めてゐた。
	三十四	⑩103	健三	然し健三にはたゞ名前が知れてゐるだけで、自分の兄の位置を保証してもらふほどの親しみのあるものは一人もなかつた。健三は**頬杖**を突いて考えさせられる許(ばかり)であつた。
文鳥	一	⑫79	自分	伽藍のような書斎に只一人、片付けた顔を**頬杖**で支へてゐると、三重吉が来て、鳥を御飼ひなさいと云う。飼つてもいいと答えた。
	一	⑫79	自分	うむ買うよ〳〵とやはり**頬杖**を突いたままで、むにや〳〵云つてるうちに三重吉は黙つて仕舞つた。
	一	⑫79	自分	大方**頬杖**に愛想を尽かしたんだらうと、此時始めて気が付いた。

	二	⑫81	自分	そのうち霜が降り出した。自分は毎日伽藍の様な書斎に、寒い顔を片付けてみたり、取乱してみたり、**頬杖**を突いたりやめたりして暮してゐた。
夢十夜	第八夜	⑫124	金魚売	金魚売は自分の前に並べた金魚を見つめた儘、**頬杖**を突いて、じつとして居る。騒がしい往来の活動にはほとんど心を留めてゐない。
永日小品	声	⑫197	豊三郎	同時に空しい空が遠くから窓にあつまる様に広く見え出した。豊三郎は机に**頬杖**を突いて、何気なく、梧桐の上を高く離れた秋晴を眺めてゐた。
硝子戸の中	二十三	⑫572	私	然し書斎に独り坐つて、**頬杖**を突いた儘、流れを下る舟のやうに、心を自由に遊ばせて置くと、時々私の聯想が、喜久井町の四字にぱたりと出会つたなり、そこでしばらく低徊し始める事がある。
	三十九	⑫615	私	親類の子が来て掃除をしてゐる書斎の整頓するのを待つて、私は机を縁側に持ち出した。其所で日当りの好い欄干に身を靠たせたり、**頬杖**を突いて考えたり、又少時(しばらく)は凝(じつ)と動かずにゐても見た。
満韓ところどころ	三	⑫232	余	欄干に**頬杖**を突いて、見ていると鉄嶺丸が刻一刻と後から逼つて行くのが能く分る。
	四	⑫234	余	余は欄干に**頬杖**を突きながら、成程此奴はどうしたものかな、一先(ひとまず)是公の家へ行つて宿を聞いて、それから其宿へ移る事にでもするかなと思つてるうちに、船は鷹揚にかの汚ならしいクーリー団の前に横づけになつて止まった。
	四	⑫234	余	止まるや否や、クーリー団は、怒つた蜂の巣のように、急に鳴動し始めた。其鳴動の突然なのには、一寸胆力を奪われたが、何しろ早晩地面の上へ下りるべき運命を持つた身体なんだから、仕舞には何うかしてくれるだろうと思つて、矢つ張り**頬杖**を突いて河岸の上の混戦を眺めてゐた。
	四	⑫235	余	まあ一先(ひとまず)総裁の家へでも行つて見ませうと答えていると、其処へ背の高い、紺色の夏服を着た立派な紳士が出て来て、懐中から名刺を出して叮嚀に挨拶をされた。それが秘書の沼田さんだつたので、**頬杖**を突いて、いつまでも鳴動を眺めてゐる余には、大変な好都合になつた。
	四十四	⑫333	余	犯則を承知の上で、石段に腰を掛たり、腹這に身を浮かしたり、**頬杖**を突いて倚か丶つたり、色々の工夫を尽くした上、表へ出て風呂場の後へ廻ると、大きな池があつた。

（凡例）太字は論文筆者による。

夏目漱石と「無常」
——無常と生成変化を中心に

プラダン・ゴウランガ・チャラン

はじめに

『方丈記』（一二一二成立）の夏目漱石（一八六七〜一九一六）による英訳の諸相を解明しようとした研究は既にいくつか存在しており、増田裕美子が示したように、漱石の作品には『方丈記』の影響の痕跡も見られる。(1)翻訳という行為が最も親密な読書方法であるとすれば、『方丈記』の訳出行為が漱石にそれなりに影響を与えていても当然である。漱石と仏教との関係についても多くの研究がなされ、彼の作品に見られる仏教思想に関しても様々な指摘がある。(2)また、禅宗や曹洞宗など特定の宗派の視点から論じた研究もある。例えば、荒木浩によれば、漱石が『方丈記』英訳に使った江戸時代の注釈書である『流水抄』は禅宗的な特徴が色濃く、その痕跡は漱石が親友の正岡子規（一八六七〜一九〇二）に宛てた書簡やその作品にも見られるという。(3)

『方丈記』の重要なモチーフの一つである無常観と漱石の関連性に着目した研究も、少ないながらも確認することができる。加藤富一は漱石の死生観を論じるなかで、小林秀雄の『無常といふ事』と取り上げながら、両者は無常迅速を象徴する「時間」の縛りから脱出する方法として「尊い文芸上の作物が手を貸してくれる」と信じていたと述べている。(4) 大野真は漱石の「時間」「記憶」「死」に対する考えを考察し、その思惟形成にフランスの哲学者アンリ・ベルクソン（一八五九～一九四一）の思想が与えた影響を明らかにしている。(5) 大野は、漱石の著書『文学論』（一九〇七）に示された「意識の流れ」の概念が、後の創作では時間の流れに伴って生じる「変化／無常」に対する登場人物の複雑な思いとして度々描かれていると指摘する。

本論考では先行研究を踏襲して、まず、漱石の「英訳方丈記」では彼が無常をどのように解釈し、英訳したのかを考察する。次に、漱石訳の最初の読者であった東京帝国大学の英文学の教授ジェームス・メイン・ディクソン（James Main Dixon, 一八五六～一九三三）が、漱石が説明した無常をいかに理解したのかについて検討を加える。本論考の後半に、「英訳方丈記」以外の漱石の文章に見られる「無常」の用例をいくつか取り上げ、この言葉が使われた文脈のなかに位置付けつつ、彼にとって「無常」はどのような意味を持ったのか、あるいは「英訳方丈記」が後の「無常」の言及に何らかの影響を与えたのかについて考察したい。先に結論を述べておくと、漱石の初期の文章に見られる「無常」は通俗的な意味合いが強く深い仏教思想を意図していないようだが、最晩年の文章ではそのニュアンスが変わり、それは一九世紀末～二〇世紀初頭に活躍したウィリアム・ジェームズ（一八四二～一九一〇）やアンリ・ベルクソンなどの西洋の思想家が論じた生成変化の哲学に通じるものであった。

一、漱石の「英訳方丈記」に見る無常の描写

漱石が『方丈記』を英訳した時、この作品の主なモチーフである無常観や隠遁思想をどのように英訳し、これらの概念をいかにして、そしてどの程度までディクソンに伝えることに成功したのであろうか。あらゆる事物や現象が絶えず変化すること自体は時空を超えたある種の普遍的な現象であるが、同時に『方丈記』など日本の文学作品に見える無常観がそうした普遍性を独自な方法で表象しているとすれば、はたしてディクソンは日本文学

に見る無常観を理解することができたのか。このことは、漱石が書いたエッセイと英訳を、漱石訳の読者であったディクソンが漱石のエッセイと英訳を基にして書いた論文と比較検討することで見えてくるはずである。そこで本節では、漱石のエッセイと英訳に見る無常や隠遁への言及を取り上げて、ディクソンがそれをどのように理解したのかを考察する。

漱石は『方丈記』を従来の無常文学としてではなく、一八〜一九世紀イギリスのロマン主義的な視点と結びつけて解釈を試みている。それ故に、彼はこの作品にある災害描写の一部のみを訳しただけだが、作品の後半にある自然的な描写や鴨長明（一一五五?〜一二一六）の隠遁生活についてはほぼ完全な形で訳している。(6) 彼は無常を象徴する災害描写の全てを訳さなかったとは言え、無常観を軽視していたわけではない。むしろ、日本の古典文学に詳しくないはずのディクソンのために、『方丈記』を概観した短いエッセイも執筆して翻訳と一緒に提出している。そこで彼は次のように述べた上で、英詩を引用して無常観を解説している。

第二に、長明が現世を放棄したのは、長明自身の言うところでは、すべてこの世のものは不安定な状態に置かれ、本質的に偶然に左右され、それ故追い求めるに値しないからである。（中略）暗示的に上で触れた長明の人生観は、シェイクスピアからの引用で説明できよう。

The cloud-capp'd towers, the gorgeous palaces,
The solemn temples, the great globe itself,
Yea, all which it inherit, shall dissolve,
And like this insubstantial pageant faded,
Leave not a rack behind. We are such stuff
As dreams are made on and our little life

Is rounded with a sleep.
雲を敷く塔、華麗な宮殿、
荘厳な神殿、そして地球自体と、
地球が受け継ぐすべてのものは解けてしまい、
うたかたと消えたこの幻の劇と同じように、
あとかた一つ残さない。人間とは、
夢が紡ぎ出すようなもの、そして人の生命は
眠りで終わるのだ。(7)

漱石は、英文学のなかでも特に有名な劇作家であり、詩人でもあるシェイクスピア（Willam Shakespeare, 一五六四～一六一六）作の『テンペスト』（*The Tempest*, 一六一一）を引用して「長明の人生観」を説明している。上記の引用詩は、主人公の魔術師プロスペローが娘ミランダの結婚式を披露するために魔法の力で作り出した華麗な宮殿や神殿など幻の空間が、夢のように消える場面である。魔術で作り出された舞台だけでなく、演劇を観ている観客の人生そのものも幻想的なものに過ぎないという。引用文にある「地球自体（the great globe）」は、人間の住む地球を指すと同時に、シェイクスピアが作ったグローブ座（The Globe Theatre）のことも指し、この座もシェイクスピアの作品と共に幻のように消え去るというニュアンスがある。(8) つまり、シェイクスピアは演劇という現実とはかけ離れた幻影的な世界に没頭する観客を現実世界に帰還させ、人生はあくまでも夢のような儚いものだと注意を喚起する場面だ。いかにも一七世紀初期のイギリスの観客のために創られた物語だが、漱石はこの作品の詩を引用して、長明の人生観は他ならぬ無常であると説明する。

次に漱石は、長明は自分自身の辛い経験と乱世を背景に、現世での一時的な快楽からの解放を目指して仏道を

選んだという。そして、長明にとって絶えず行動し物を追い求めることこそが、愚かさのなかでも最も愚かなことだと述べる。そこで漱石は、長明による隠遁生活を説明するために、一八世紀のイギリスの文学者オリバー・ゴールドスミス（Oliver Goldsmith, 一七二八～一七七四）の代表作『ウェイクフィールドの牧師』（*The Vicar of Wakefield*, 一七六六）に収録されている「The Hermit」というバラッド詩の一部を引用している。風刺小説である『ウェイクフィールドの牧師』は、当時のイギリス社会における田舎と都会の経済的・道徳的な違いを描きながら、田舎生活の素晴らしさと価値を擁護している。(9) 主人公の田舎暮らしを中心に物語が展開し、「田舎の炉辺」に象徴された質素な生活が都会の洗練された豪華な応接間と対照的なものであることが強調される。特に漱石が引用した「さあ、巡礼の大方よ、こちらへ、煩いを捨てなさい、この世で生まれる煩いはすべて間違い、この地上で人に必要なものは少ない、それを必要とするのも長いことではない」というバラッドは、登場人物が野原の露天で夕食を食べた後、くつろぎながらバラッドを読んでいる場面である。漱石の引用は、都の豊かな生活に背を向けて山谷で素朴な生活を選んだ長明の決意を指し示すためには、適切な文学的選択であったと言えよう。(10)

漱石はディクソンが詳しい英文学の事例を示しながらやや遠回りして長明の無常観を説明したが、ディクソンはそれをどのように理解したのだろうか。漱石のエッセイを基にディクソンが書いた論文、「長明とワーズワース：文学的な比較検討の試み」（原題：Chomei and Wordsworth: A Literary Parallel）から、その様子がある程度窺える。(11) まず、漱石は『テンペスト』を引用して長明の無常観を解説したが、ディクソンの論文では無常や儚さを思わせるような説明はあまりない。漱石とは違って、彼はシェイクスピアとワーズワースの創作方法を比較し、前者の作品には神などの「超自然的な要素」が見られるが、後者は自分の作品からそうした要素を意識的に排除したと述べている。(12) つまりディクソンは、『方丈記』のような日本中世期の作品には無常など宗教的な要素が顕著であったという漱石の説明を受け、英文学史の場合はシェイクスピアが活躍した一七世紀に顕著であった宗教的な要素が一八世紀のワーズワースの時代に消えつつあったと述べたのだが、日本の無常観やそれに対応する西洋思想に言及することはなかったのである。

また、ディクソンは漱石が引用したバラッド詩「The Hermit」から漱石とは異なる箇所を引用して、「長明の道徳的な黙想の多くは、「エドウィンとアンジェリーナ」（Edwin and Angelina）という古くて有名なバラッド詩の感傷性を強く思い出させる」と指摘している。「エドウィンとアンジェリーナ」とは漱石が引用した「The Hermit」の別名だが、ディクソンが引用したのは次の部分である。

ああ　幸運がもたらすよろこびなんて
　取るに足らず　朽ちゆくもの
くだらぬものを尊ぶ者は
　くだらぬものよりもっとくだらぬ存在（もの）
友情なんて名ばかりのもの
　人をだましてまどろます魔法の力
富や名声にしのび寄り
　結局は　悲しみに終わる実体のない影[13]

Alas! the joys that fortune brings,
　Are trifling and decay;
And those who prize the paltry things,
　More trifling still than they.

And what is friendship but a name,
　A charm that lulls to sleep;
A shade that follows wealth or fame,
　And leaves the wretch to weep?

上記の引用のすぐ後、ディクソンは「いずれ（筆者注：『方丈記』と「エドウィンとアンジェリーナ」のこと）の場合も、感傷性（sentimentalism）は浅はかで物足りないものに過ぎず、人間嫌いは一時的な心の局面であり、憤慨の結果に過ぎない」と補説している。引用文にある「幸運がもたらすよろこび」は「取るに足らず 朽ちゆくもの」という表現から分かるように、ディクソンは漱石が説明した長明の無常観には触れず、両作品の内容が浅い感情的なものに過ぎないと指摘しているのである。当然ながら、ディクソンは長明の隠遁生活が彼の一時的な人間嫌いの心境や憤慨の結果に過ぎないという。言い換えれば、漱石のエッセイと英訳の読者であったディクソンは、漱石と同じ文学者と作品を引用しながらも、漱石が伝えようとした長明の無常観ではなく、一八世紀のイギリスで流行った感傷的な文学としてしか『方丈記』を理解していないのである。

上記では、漱石が『方丈記』の無常観をディクソンにどのように説明し、ディクソンはそれをいかに受け止めたかについて考察した。次に両者の訳文を比較し、それぞれが無常やそれに類似した表現、あるいは仏教的な描写をいかに訳出したのかについて、みてみたい。

二、ディクソンが理解した「無常」について

ディクソンの英訳は基本的に漱石の英訳をもとにして表現的な修正や新たな注釈を加えたものであり、両者の訳文には大きな意味的な相違は認められない。ただ、ディクソンが、英語圏の読者を念頭に漱石の英訳にあった

原典の固有名詞や仏教的な専門用語の注釈を削除、ないし修正した点は複数確認できる。ディクソンによるそうした改変・削除を比較すれば、無常を含めて両者の理解の葛藤が浮き彫りになるはずである。以下、そうした事例をいくつか提示して、考察を加えたい。

漱石は『方丈記』で一度しか言及されない「無常」の箇所、「その、主と栖と無常をあらそふさま、いはば朝顔の露にことならず(14)」を、「A house with its master, which passes away in a state of perpetual change, may well be compared to a morning-glory with a dew drop upon it.」と訳している(15)。ディクソンは、この部分をより簡潔にして、「A house and its occupant, changing perpetually, may well be compared to a morning-glory flecked with dew.」に直したが、意味は漱石訳とさほど変わらない。漱石は「無常」を「perpetual change」（絶えざる変化）と訳したが、ディクソンは「changing perpetually」（絶えず変わっている）に直しただけである。漱石がなぜ「無常」を「perpetual change」と訳したかは不明である。ディクソンの論文と『方丈記』訳が発表された一八九三年の時点で、西洋の仏教研究者や東洋学者が「無常」を「impermanence」と訳した事例が確認できるし、漱石訳から一三年後に『方丈記』を訳した南方熊楠（一八六七～一九四一）も「impermanence」という用語を使っていることは興味深い(16)。

ちなみに、一八六七年に刊行された日本初の和英辞書である、ヘボン編『和英語林集成』（「ヘボン辞書」とも）には、「mujo」という項目の意味として「inconstant, mutable, changing, not lasting; evanescent, fleeting, passing away; death」が取り上げられている。この辞書は長く改版され続けたが、「mujo」の項目の内容は変化していない(17)。日本国内刊行の次の和英辞典は、一八九六年のブリンクリー他編『和英大辞典』まで待たなければならなかった(18)。しかし、漱石が一八九一年に『方丈記』を訳した際、どのような辞書類を使ったかは不明である。これはあくまでも偶然かもしれないが、『和英語林集成』に掲載された言葉が漱石訳の「perpetual change」と重なることだけは指摘しておきたい。

ディクソンは漱石の英訳を少し変えた形で修正していることが多いが、同時に彼の修正により漱石が伝えようした原典のニュアンスが失われたケースもある。後述の通り、ディクソン訳では、長明が現世における無常を描いた部分が修正されたために原典の無常観が読者に十分に伝わらなかった事例がある。例えば、原典には、安元の大火の被害を描いた「果てには、朱雀門・大極殿・大学寮・民部省などまで移りて、一夜のうちに塵灰となりにき」という文章がある。[19] 長明が「朱雀門・大極殿・大学寮・民部省」といった複数の固有名詞をあえて取り上げて説明したのは、被害の程度を示すためであり、また無常なる世の中での住みにくさを描くためであった。漱石はこの部分を「The Sujakuden, the Daikyokuden, the Daigakurio, and the Minbusho were all reduced to ashes in one night.」として、ほぼ原文のまま再現している。また、「朱雀門・大極殿・大学寮・民部省」などの古代日本の建築物名や官庁名はディクソンには難しいだろうと、注釈をつけてその意味を解説している。[20]

しかし、ディクソン訳では、この部分が「One portion of the palace buildings, with the Official College, and the Home Office, were before morning reduced to ashes.」に修正され、「Sujakuden」「Daikyokuden」は削除されている。また、漱石が述べた「Daigakurio」と「Minbusho」は、それぞれ「Official College」と「Home Office」に書き換えられている。おそらくディクソンは、英語圏の読者の読みやすさのためにこのような工夫を凝らしたのだろうが、これによって長明が示した被害の程度や、貧富・強弱を問わずあらゆる社会階級の人が無常の対象であるというニュアンスは失われたと思われる。特に「朱雀門」「大極殿」は権力の象徴であり、それを「One portion of the palace buildings（宮殿（内裏）の一部）」のように単純化したために被害の程度が読者に伝わらなかった。ディクソンの論文と英訳は日本アジア協会の機関誌に一八九三年に発表され、欧米で読まれていたが、その受容をたどってみても『方丈記』の無常観を思わせるような受け止め方は確認できない。

例えば、ディクソンの論文と英訳を主な題材にして執筆され、米・ニューヨークで刊行された著書*Sunrise Stories: A Glance at the Literature of Japan*（一八九六）はその一例である。この著書に「Kamo no Chomei's "Story of My Hut"」（鴨長明著「方丈の記」）という章があり、『方丈記』を「ある隠者のきわめて興味深くて面白い生活の記録である」と述べた後、長明をアメリカの自然崇拝者であるヘンリー・ソロー（Henry David Thoreau, 一八一四～一八六二）に譬えているが、無常についての言及は一切ない。(21) また、この著書の二年後に、アメリカの宣教師で、日本で長らく活動し日本文学にも関心を示したクレイ・マコーレー（Clay MacCaulay, 一八四三～一九二五）は、ディクソン訳を取り上げて、日本の「暗黒期」を生きた長明の『方丈記』は『枕草子』のように古代日本の純粋かつ優れた言語文化を誇る作品であるとして評価したが、無常について触れることはなかった。(22)

漱石のエッセイと英訳をほぼ再利用したと言っても過言ではないディクソンは、なぜ無常について言及しなかったのだろうか。彼が漱石に英訳を頼んだのは、『方丈記』の無常思想よりも長明の隠遁生活とその自然観により関心を持っていたからである。このことは、彼が書いた論文に西洋の隠遁習慣についての説明があり、西洋と日本の自然観の比較検討がされていることから看取できる。(23) その意味では、漱石が長明にとって無常観が重要な思想であったことを伝えたにせよ、ディクソンが求めたことではなかったために軽視された可能性は十分あり得る。同時に、『方丈記』の訳者であり、無常観を抜きにしてこの作品を語れないことを知っていた漱石が、敢えて英文学の作品を引用してまで長明の人生観は無常であることを説明したものの、ディクソンにはそのことが理解できなかった可能性もある。

次節では、漱石が残した文章のなかで無常についてどのような言及がなされているのか、いくつかの事例を取り上げて考察を加えることにする。具体的には、『漱石全集』を主な対象資料として、そのなかで言及された「無常」という言葉がどのような意味を持っているのかを考察し、そこから漱石が意味した無常とはなにかについて考えてみたい。

三、漱石の文章に見る「無常」について

『漱石全集』に収録された漱石の文章を確認する限りでは、「無常」という言葉は多くは見当たらない。『漱石全集』第二八巻にある「総索引」によれば、漱石の文章の中に「無常」は六回しか言及されていない(24)。ただ、「総索引」には代表的な箇所しか記載されておらず、それを補うために電子版の『漱石全集』を検索したところ、新たに三箇所が確認できた(25)。しかし、紙媒体の『漱石全集』を網羅的に調べることには限界があり、電子版データベースでの検索漏れの可能性も十分あり得る。なお、漱石は「無常」以外にも、「有為転変」「はかない」などの意味的に「無常」に類似した言葉をよく使っている。そのため、本論考で採用した研究手法はきわめて限定的であることを十分に意識しつつ、以下、漱石の文章から「無常」の用例をいくつか取り上げ、彼はこの言葉を使う時に何を意図したのかについて考察したい。

「無常」について論じる以上、まずは「無常」とは何かを定義しておく必要がある。無常は仏教における根本思想の一つであり、無常、苦、無我からなる三相の一つである(26)。初期仏教では、人間の人生は苦に満ちており、それは人間の無知によるものであると理解される。あらゆる現象は単なる因果によるものであるため実体はないのだが、それにもかかわらず、人間はこの事実について無知であるが故に一時的な現象に執着してしまう。こうした一時的な現象への執着が、結果として苦の原因になる。言い換えれば、仏教の形而上学的に見れば、物理的、精神的万象は「存在」するものではなく、常に「生成変化」の連続に過ぎない。その意味では、唐木順三が『無常』（一九六三）で述べたように、「「無常」が客観的な事実」であれば、人間の生死などといった特定の現象を指す「「はかなく」「あやふき」は、主観的な吾我の情緒的な認識」に過ぎない(27)。「情緒的な認識」に基づいた無常

は、日本の王朝女流文学に見える「「はかなし」に通じる普通の無常」（＝詠嘆的な「無常感」）を指すものである。『方丈記』は、主と棲家に象徴される無常を描いた作品だとすれば、長明の無常観もまた普通の無常観にあたるものである。これに対し、唐木が自著の「無常の形而上学―道元―」の章に示したように、形而上学的な現象としての無常は、普遍的な現象であり、客観的な事実である(28)。本論考では「無常」をこのように二種類に分けて、漱石が言及した「無常」の意味について考えてみたい。

　最初に、『方丈記』英訳の翌年、アメリカの詩人ホイットマン（Walt Whitman, 一八一九～一八九二）が亡くなった一八九二年三月の半年後に執筆された「文壇に於ける平等主義の代表者『ウオルト、ホイツトマン』Walt Whitman の詩について」（一八九二年一〇月）という論文を取り上げよう。漱石は、ホイットマンの詩作の特徴は「時間的平等」と「空間的平等」にあるという。前者は過去の文人をあまりにも崇拝しすぎた一九世紀までの英文学者の創作方法のことを指し、後者は特定の国や地域を越えて全人類が平等であるというホイットマンの作品に示される人道主義のことを示す。そして漱石は次のように述べる。

　但し近しと云ひ遠からずと云ふは未だ全く其理想を満足せしめざるの謂にして詩人自らも嘗て紐育の紅塵中を徘徊して人間の下等なるに驚きし位なれど熟ら観ずれば無限の歳月は無限の歳月を迎へて世事流水の如く逝く者は復還らず来る者は暫らくも留まらず転変無常の理を示す中に自ら一定不変の規律ありて世界の大勢は日に〳〵より善に移り醜より美に趨き圧制主義より自由主義に徙るを看破せし途端自国の政体を観れば共和なり其制度を見れば平等なりしかば是こそ今後福徳円満の極境に達すべき世界の通路ならんと自信し乃ち亜米利加と云ふ四字の呪文を唱へて一世を切り磨けんと欲したるなり。

漱石は、ホイットマンはヘーゲルの目的論的かつ直線的な歴史観に則って、繁華なニューヨークにも貧しい人々がたくさんいるとは言え、長い人類史を概観すれば、「世事流水の如く逝く者は復還らず来る者は暫らくも留まらず転変無常の理を示す」ように、世のなかは常に変わりつつあり、こうした変化を経て、世界の大勢が「悪より善に移り醜より美に趨き圧制主義より自由主義に徙る」としているという。[29]『方丈記』の文章を思わせるような書きぶりだが、意図するところは、絶えず変化する世のなかは、物理的・精神的両側面において良い方向に進行しているということだ。いかにも社会進化論的な見解で、漱石は直進する時間とそれに伴う現実世界での変容に注目しているが、ここでの「無常」は通俗的な意味で使われており、唐木の言葉を借りて言えば、「普通の無常」に当たるものであろう。

次に、イギリス留学中の漱石がとったメモ類のなかに、「東西ノ開花」と題した東西の宗教や隠遁に対する考えの相違に関する文章があるが、そのなかにも「無常」への言及がある。そこでは、東西文明の進歩水準の差異はそれぞれの国民の性格と思想、さらには行動によるものだとされ、西洋人は自分が置かれた環境に不満を抱き、客観性を求めて自身が置かれた環境の外へ積極的に出ようとするために前進することができたと言う。他方、東洋人は「Objective に満足を得ざるが為に subjective に心の修業にて不自由（objective）を不自由と思わぬ様な工夫」をなしてきて、与えられた環境に満足し適合してきた傾向があるため、進歩することができなかったとされる。[30]そして、東洋人が「功名富貴を度外視するは之に倦恋（倦怠）せざるにあらず。之を得んとして幾回か失敗せるが故に之なくても安心の地位を造りたるなり。人間を無常と云ひ恋を無常と観ずあきらめる為の道里に過ぎず。此故に東洋人は消極的なり」と述べる。[31]漱石の議論の是非はさておき、上記傍線部の「無常」は、「人間」「恋」からも分かるように、通俗的な意味での「無常」であると言えよう。

イギリス留学から帰国して二年後、日露戦争中に書かれた『吾輩は猫である』（一九〇五）には三回にわたって「無常」への言及がある。最初は次の有名な場面である。

神楽坂の方から汽車がヒューと鳴って土手下を通り過ぎる。大変淋しい感じがする。暮、戦死、老衰、無常迅速などと云う奴が頭の中をぐるぐる馳け廻る。よく人が首を縊ると云ふが斯んな時に不図誘はれて死ぬ気になるのぢゃないかと思ひ出す。[32]

この引用は、登場人物の迷亭が母から送られた手紙を通じて、迷亭の子供の頃の友人の戦死や負傷が知らされ、戦死した人々や負傷者を運ぶ汽笛の音が淋しく聞こえ、「無常迅速」が心にしみるという場面である。ここでの「無常迅速」は、「暮、戦死、老衰」などから生じる情緒を表す言葉としての意味が強い。次に同作品で「無常」に言及されたのは、「吾輩の尻尾には神祇釈教恋無常は無論の事、満天下の人間を馬鹿にする一家相伝の妙薬が詰め込んである」の部分で、「吾輩」が金田家を自由に行き来することが描かれた場面である。「神祇釈教恋無常」とは、世態のさまざまであることを指しており、仏教思想には関係しない。同じく、作品の終わり辺りに、登場人物の迷亭と独仙が囲碁を囲み、独仙が迷亭に諦めるように促して「生死事大、無常迅速、あきらめるさ」と発言する箇所がある。ここでは、囲碁を諦めることに喩えて「無常」が使われているため、これもまた、通俗的な意味の用例としか思われない。

漱石の最後の随筆とされる『硝子戸の中』（一九一五）の前半に一回と後半に二回、合わせて三回ほど「無常」への言及がある。最初は、作者が飼っていた犬ヘクトーの死を描くなかで、現在住んでいる家の裏庭の隅に転がってある手水鉢と、その手水鉢に刻まれた、もはや判読不可能な文字を思い出すことを描く中で「無常」について言及がある。その家に引っ越してくる前に、作者はこの手水鉢に刻まれた文字を読んだ記憶があったが、今ではそれを思い出せず、ただ心のなかに感情として残っていると述べた上で、次に「其所には寺と仏と無常の匂が漂ってゐた」という。この「無常」は、ヘクトーの喪失によって生じた心理状況を示しており、時間の経過に伴う手水鉢の物理的な変化と、その変化が作者の記憶を刺激し心に与えた情緒的な変化を指すものである。また当時、体調を崩していた漱石が飼犬の死を自らの人生に重ね合わせて、身近な死により生じる感情を、世の中の無常として捉えていたと理解できる。[33] フロイトの無常論の視点から言えば、漱石による創作行為そのものは、どうしようもできない人間の「被投性」の状況に対して、心をいやす効果を持つものであった。なお、柄谷行人に言わせれば、ヘクトーの喪失を創作として書き表し、読者に読んでもらうことで、作者の超自我が、苦痛のなかにある自我に解放感を与える行為に当たるものであろうが、本論考の趣旨から脱線するため、別稿に譲りたい。[34] ここで注目したいのは、この事例は時間の経過によって生じる、過去と現在という時間の断絶と、過去の記憶が現在の意識に入り込んでいることも示しており、後述の通り、この考えはジェームズやベルクソンの議論にも通じるものである。

『硝子戸の中』の後半にある「無常」は、二回とも漱石の子供の頃の記憶に残された、母の大きな眼鏡と、その隣にあった「古びた張交の中に、生死事大無常迅速云々と書いた石摺」を描くなかで言及されている。ここでの「無常」は、長い時間が経過した今では夢のようにおぼろげでありながらも、忘れることのできない母の姿と母の隣に掛けられた石摺に書かれた文字のことを説明するために使われている。この作品に、度々亡き人のことや、昔の記憶、そして死や苦痛について語られていることを考えると、先ほど提示した初期の文章に見る通俗的な比喩としての「無常」とはニュアンスが多少違うように思われる。つまり、これまでの世の中の儚さを意味するものと違って、ここでは病で弱った作者自身が、亡き母や記憶に残る人たちを儚げに思い出しながら自分の人生に重ね合わせて「無常」を嘆いているのである。ここで注目したいのが、『硝子戸の中』という作品がそうであるように、ここでの「無常」は、文脈的には印象に残った過去の「記憶」をも指す点である。現在でも忘れられない、かつて見た手水鉢に刻まれた字や子供の頃見た石摺の文字は、後述するジェームズの指摘する「一次的記憶」（primary memory）に通じるし、ベルクソンの「質的な多重性」（qualitative multiplicity）と同型である。つまり、ここでの「無常」は儚いことを指すと同時に、時間にも比重が置かれているのである。

以下、最晩年の漱石の文章に見る無常について、上記のように完全に消え去るのではなく、形を変えて別の何かに変化していくという生成プロセスを考えることにする。

四、無常と生成変化

最後に、最晩年の漱石が、木下杢太郎（一八八五～一九四五）が書いた小説集『唐草表紙』に寄せた次のような文章を取り上げたい。

> 私は此種（このしゅ）の筆致（ひっち）を解剖して第二番目に遠くに聞（き）こえる物売の声だの、ハーモニカの節だの、按摩の笛の音（ね）だのを挙げたいと思ひます。凡（すべ）て声は聴いてゐるうちにすぐ消えるのが常（つね）です。だから其所（そこ）には現在がすぐ過去に変化する無常の観念が潜んでゐます。さうして其過去が過去となりつつも、猶（なお）意識の端（はじ）に幽霊のやうな朧気な姿となって佇（たたず）んでゐて、現在と結び付いてゐるのです。声が一種切り捨てられない夢幻的な情調を構成するのは是が為（ため）ではないでせうか。(35)

上記引用にある「過去に変化する無常」は、これまでに提示した「無常」の用例とニュアンスが異なるように思われる。これまでは、通俗的な比喩としてか、あるいは死生観により生じるある種の情緒的な嘆きを表すために「無常」が使われていた。しかし、ここでは音という現象が、時間と共にいかにその形が変わるのかを表すために「無常」が用いられる。音はいったん消えても、「現在」から完全に切り離された「過去」にはならず、「過去が過去となりつつも（中略）現在と結び付いている」という。つまり、「物売の声」を聴くか聴かないかのうちに、その音はすぐさま消えてしまって、ただちに過去になってしまうが、同時にその声の記憶がいまだ「意識の端」にかすかな姿で「現在」のなかに入り込んでいる。そのため、過去は現在という中心的な時間軸の周辺部分にしか存在しないながら、現在にもつながっているのである。要するに、声が完全に消え去ったのではなく、別の形で続いていることになる。

上記引用の直前に、漱石は木下杢太郎の創作の特徴の一つとして「あなたの描く景色なり、小道具なりが、朧月の暈のやうに何等か詩的な聯想をフリンジに帯びて、其本体と共に、読者の胸に流れ込むからです」と述べている。(36)漱石は、木下の作品に描かれた昔の「景色」「小道具」などといった「本体」に触れるたびに、心に自然に浮かんでくる「フリンジ」（周辺部分）としての詩的な連想を高く評価した。「物売の声」「按摩の笛」などが、この「本体」を指すならば、作品のなかでこれらの「本体」に触れる時、読者の過去の経験から「意識の端」に自然に浮かんでくる情緒は「フリンジ」である。つまり、ここでの「無常の観念」とは、現在がただちに過去に「変化」するという現象を指しており、先ほど述べた生死によって生じる情緒的な意味合いと違うように思われる。漱石のこのような「無常」の理解は、ウィリアム・ジェームズとアンリ・ベルクソンが論じた、非連続的な現象の連続とも言うべき、普遍的な原理としての「変化」に似ていることに注意したい。

漱石の作品には珍しくない、こうした形而上学的な「変化」の描写が、同時代の西洋の学説から影響を受けたことは知られている。(37)彼は心理学や社会学といった新しい学問分野の最新の学説を熱心に勉強し、文学の外部からアプローチして「文学とは何か」という問いを解こうとした。ジェームズの「意識の流れ」（stream of consciousness）とベルクソンの「持続」（la durée）の概念が似ていたことを考えれば、漱石が両者を評価したのは二人の思想的な類似性のためであった可能性は高い。漱石は、修善寺での大患の時にジェームズ著『多元的宇宙』（*A Pluralistic Universe,* 一九〇九）を読んで、「ことに教授（筆者注：ジェームズ）が仏蘭西の学者ベルグソンの説を紹介する辺を、坂に車を転がすやうな勢で馳け抜けたのは、まだ血液の充分に通ひもせぬ余の頭に取って、どのくらい嬉しかったか分らない。余が教授の文章にいたく推服したのはこの時である」と述べて、両者を評価している。(38)

「意識の流れ」は、ジェームズ著『心理学原理』（*The Principles of Psychology*, Vol. 1 and 2, 一八九〇）に示された概念で、「意識は途切れることのない「流れ」であり、意識を最も自然的に表現する比喩は「川」「流れ」である。以後、これを指す時は、意識、思考、あるいは主観的な人生の流れと呼ぼう」と定義されている。[39]具体的な経験は一瞬一瞬の断片的な意識を並べたものではなく、「川」「水の流れ」のように常に変化し続けながら、一瞬一瞬がお互いに入り込んだ総体であるという。川や水の流れは、東西を問わず、変化を表す比喩として長く使われてきたし、その点においてギリシャ哲学者のヘラクレイトス（紀元前六〜五世紀）や鴨長明、さらにはジェームズも、時空を超えて同じ比喩を用いたことは特に珍しくない。

他方、フランスの哲学者ベルクソンは「純粋持続」（la durée pure）を論じるなかで、人間は一刻一刻を別々にではなく、一つの流れとして物事を認識すると述べる。現実は彼にとって、直観や共感的な予見により把握され、流動的・継続的な生成変化のプロセスとして即座に経験として与えられるものなのである。[40]ベルクソンもまたジェームズ同様に、川辺の人が観察する「水の流れ」「動いている船」「飛んでいる鳥」の例を取り上げて、異なる三つの現象がその「流動性」という性格によって結ばれると指摘する。[41]前述の通り、もし仏教的な無常が形而上学的な意味での変化のことを指すのであれば、ジェームズとベルクソンの議論は、諸行無常の概念に類似し、さらには諸法無我論にも通じることになる。だとすれば、両者に詳しい漱石が、上記の最後の引用のように「無常」を使う時、それは彼らが示した形而上学的な「変化生成」の原理のことを指している可能性はないだろうか。

実は、当時ジェームズやベルクソンに関心を持っていたのは漱石だけではない。日本の心理学教育の先駆者であった元良勇次郎（一八五八〜一九一二）は、一八八〇年代末の時点でジェームズの研究を日本に紹介しており、一八九〇年代には鈴木大拙（一八七〇〜一九六六）などの仏教関係者が漱石よりも早くジェームズの研究に注目していた。[42]後に西田幾多郎（一八七〇〜一九四五）をはじめとする京都学派の人々も両者の研究を土台にして独自の議論を展開した話は有名である[43]。また、唐木順三が『無常』で論じた道元（一二〇〇～一二五三）の無常思想は、ジェームズとベルクソンの議論と似ているが、唐木が京都学派の一員であったとすれば、そのような議論の展開は想像に難くない。つまり、漱石は京都学派とは別のルートではあったが、同じ理由でジェームズやベルクソンの思想に関心を持つことに至ったと言える[44]。一九世紀末から二〇世紀初頭にかけて日本の知識人が、両者の研究に注目したことの背景には、両者の議論が仏教思想に似ていたことがある。逆に言えば、この頃の西洋での禅宗を主とした仏教に対する高い関心は、ジェームズやベルクソンの研究が欧米で流行っていたからである[45]。実際、両者の研究は日本のみならず、南アジア地域の仏教関係者からもいち早く注目され、それは両者の議論が仏教、ないし東洋思想に似ていたからである[46]。そのことを考えると、漱石がジェームズの文章に「推服」したことは理解できることである。

現に、ジェームズやベルクソンの議論が無常思想に通じるという指摘さえある。主体と客体という二元論的な論理構造に頼らない認識論としてジェームズが提唱した根本的経験論（radical empiricism）によれば、現前するあらゆる対象は、概念としてカテゴリー化される前に純粋経験（pure experience）として直観的に自覚され、そうした純粋経験は単に変化の連続であるため、仏教的な無常思想に似ており、諸法無我論にも通じるものである[47]。林信弘は、ジェームズの純粋経験が漱石の講演録「文芸の哲学的基礎」に示された「還元的感化」の考えに似ており、西田幾多郎の有名な「純粋経験」と一致しているという[48]。他方、ベルクソンと無常思想の関連性に関しては、木岡伸夫が九鬼周造（一八八八～一九四一）とベルクソンの思想を論じるなかで「ベルクソン哲学と仏教思想は、直観という方法において類似性をもつだけでなく、内容においても、(一)「水の流れ」のイメージで示される持続の観念が「諸行無常、生成流転」の仏教的根本観念に一致する、(二)ベルクソン哲学が「二律背反の定立と反定立とを、同時に同一の地盤で受け入れる」可能性を認める時、それは涅槃即仏陀、無即事の禅における逆説的真理に近い、といった親近性を有している」と説明している。[49]上記の議論を考慮すると、無常思想に精通し、なおかつジェームズとベルクソンの研究の知識も持っていた漱石が「無常」という言葉を使う時、それが仏教的な意味（通俗的な意味の場合もあれば、形而上学な意味の場合もある）を指すと同時に、両者が示した生成変化のことも指していた可能性はあり得るだろう。

先ほど、漱石が例に挙げた「音」と無常の関係について述べた。実は、漱石も読んだベルクソン著『時間と自由』（一九一〇）には、音楽やメロディーは小節と拍子など複数の連続した記号からできているが、それを口にする時には前後の小節と拍子はお互いに入り込んでいて、聴衆はそれを個々の節や拍としてではなく、一つのメロディーとして経験するということが説明されており、漱石の例示との一致が見られる。[50]また、先述した「本体」と「フリンジ」に関しては、漱石が所有していたジェームズ著『心理学原理』第一巻でも議論されており、該当部分には傍線も見られる。同じく、ベルクソン著『創造的進化』（*Creative Evolution*, 一九〇七）でも同様の議論がなされている。[51]これらのことから、漱石は少なくとも普遍的な原理としての「変化」についても強い関心を持っていたと言えるのではないか。

おわりに

本論考では、漱石と無常についていくつかの視点から考察を加えた。まず、漱石にとって無常は『方丈記』の重要なモチーフの一つであり、彼はそれをディクソンに正確に説明することに心を砕いたことを述べた。日本の古典文学や思想に詳しくないはずのディクソンのことを考えて、彼はあえて有名な英文学者の作品を引用して、日本の無常や隠遁の概念を説明した。また、彼は英訳をする際、『方丈記』の無常を象徴する災害描写を忠実に訳すことに努めた。しかし、ディクソンは無常思想に関心がなく、むしろ『方丈記』の隠遁習慣や自然の描写に魅せられたようだ。実際、彼は漱石の英訳に少し手を加えて新しい英訳を作ったが、そうした修正により、海外の読者には無常というテーマが十分に伝わらなかった可能性がある。少なくとも、ディクソン訳を参考にした海外の文献を見る限りでは、それらに無常についての言及はない。

本論考の後半では、漱石の文章から「無常」の用例をいくつか取り上げて、この言葉が持つ意味について検討を加えた。この試みの背後に、無常文学の代表作である『方丈記』の主なモチーフである無常観は、はたして漱石の創作に影響を与えたのか、そして影響があったとすれば、それはいかなるものなのかを明確にすることがある。考察の結果、彼の初期の文章に見られる「無常」は、深い仏教思想を含意するというよりも、通俗的なありふれた言葉遣いという印象を受けざるを得ないものであった。しかし、彼の最晩年の文章における「無常」は、死生観によって生じる情緒的な嘆きを含意すると同時に、ウィリアム・ジェームズやアンリ・ベルクソンなど西洋の思想家が論じたプロセス哲学の意味をも含み込んだものである可能性をここでは提示した。特に最後に引用した文章にある「無常」の用例から分かるように、この頃の漱石にとって「無常」は、儚いなど限定的な意味での無常を超えて、客観的な事実としての無常、あるいは形而上学的な生成変化の意味を持っていたと言える。

とは言え、漱石の生まれ育った文化的な環境が、彼のジェームズやベルクソンの研究への興味をどの程度まで形成させたのかは必ずしも判然としない。まして、彼の『方丈記』への関心が当時の西洋思想への興味をひき起こしたかというと、なおさら不明である。その意味では、本論考で考察した漱石の「無常」の理解はあくまでも試論に過ぎない。今後は、漱石の作品のなかで言及されている「無常」および「無常」に類似した言葉の用例をより多く収集・分析し、ジェームズやベルクソンの議論をいっそう具体的に踏まえながら考察を続けたい。

（1）　下西善三郎「漱石と『方丈記』」（『金沢大学国語国文』一二、一九八三、八六〜八七頁）、下西善三郎「夏目金之助の英訳『方丈記』に使用せる本文――漱石と方丈記（二）」（『深井一郎教授退官記念論文集』、深井一郎教授定年退官記念事業会、一九九〇、一六四～一七四頁）。増田裕美子「夏目漱石と『方丈記』」（磯水絵編『今日は一日、方丈記』、新典社、二〇一三、九四～一〇七頁）。

（2）上田晃圓「夏目漱石における仏教思想形式――無限に活き続ける漱石」（『印度學佛教學研究』四九（一）、二〇〇〇、二五～二八頁）。

（3）荒木浩「禅の本としての『方丈記』――『流水抄』と漱石・子規往復書簡から見えること」（天野文雄監修『禅からみた日本中世の社会と文化』、ぺりかん社、二〇一六、二一二～二二九頁）。須山長治「夏目漱石の参禅」（『駒澤大学佛教学部論集』五〇、二〇一九、一一三～一二六頁）。

（4）加藤富一「漱石における生と死と」（『名古屋女子大学紀要』三三、一九八七、三〇〇～二九五頁）。

（5）大野真「夏目漱石の文学理論」（『東京薬科大学研究紀要』一、一九九八、一三七～一四五頁）。

（6）詳細は、拙著『世界文学としての方丈記』（法藏館、二〇二二、一二二～一六六頁）を参照されたい。

（7）夏目漱石「A Translation of Hojio-ki With A short Essay on It」（『漱石全集』第二六巻、岩波書店、一九九六、三六九（一二八）頁）。

（8）Bandyopadhyay, *Sibaji. Sibaji Bandyopadhyay Reader—an anthology of essays*. New Delhi: Worldview Publications, 2012, pp. 107–126.

（9）Hunting, Robert. "The Poems in "The Vicar of Wakefield"." *Criticism*: Vol. 15: Iss. 3, 1973, pp. 234–21.

（10）山中光義「Edwin and Angelina の感傷性」（『文芸と思想 = Studies in the humanities：福岡女子大学国際文理学部紀要』五五、一九九一、一〇〇～一八一頁）。

（11）Dixon, James Main. "Chomei and Wordsworth: A Literary Parallel." TASJ, 20 (2). Yokohama: R. Meiklejohn & CO., 1893, pp. 193–204. Dixon, James Main "A Description of My Hut." TASJ, 20 (2). Yokohama: R. Meiklejohn & CO., 1893, pp. 205–215.

（12）Dixon, James Main. "Chomei and Wordsworth: A Literary Parallel." TASJ. 20 (2). Yokohama: R. Meiklejohn & CO., 1893, p. 195.

(13) オリバー・ゴールドスミス作、山中光義訳『エドウィンとアンジェリーナ』https://literaryballadarchive.com/wp-content/uploads/Goldsmith_3_Edwin_and_Angelina_ja-copy.pdf（二〇二四年一一月一一日確認）。

(14) 原文を読みやすくするため、ひらがなに直した箇所がある。以下、同様。佐竹昭広・久保田淳校注『方丈記・徒然草』（新日本古典文学大系39、岩波書店、一九八九、四頁）。

(15) 漱石が英訳に使った武田信賢『新註 方丈記』の本文は次の通りである。「其あるじと、すみかと、無常をあらそふさま、いはゞ、朝がほの露にことならず」（武田信賢注、関根正直閲『新註 方丈記』、吉川半七、一八九一、二頁）。漱石の英文について、上記注(7)、三六一（一三六）頁を参照。

(16) Minakata Kumagusu and F. Victor Dickins. "A Japanese Thoreau Of the Twelfth Century." *Royal Asiatic Society of Great Britain & Ireland*. 1905, p. 238.

(17) 本辞書を検索するにあたり、明治学院大学図書館「和英語林集成デジタルアーカイブス」を利用した。詳細は次のリンク先から確認できる。https://mgda.meijigakuin.ac.jp/waei/search?mode=01&edition=04&word=mujo&x=20&y=14&zoom=0（二〇二四年五月二五日確認）

(18) 早川勇「和英辞典の歴史」（『言語と文化　愛知大学語学教育研究室紀要』四一（一四）、二〇〇六、一～二〇頁）。

(19) 上記注(14)五頁。

(20) 漱石は「朱雀門・大極殿」を two imperial palaces、「大学寮」を educational institution like a modern university、「民部省」を Department of Home Affairs と説明している。

(21) Riordan, Roger and Takayanagi, Tozo. *Sunrise stories; a glance at the literature of Japan*. New York: K. Paul, Trench, Trübner & Co., 1896, pp. 151-162.

(22) MacCaulay, Clay. *Japanese Literature*. Yokohama: Japan Mail Office, 1898, pp. 15-16.

(23) Dixon, James Main. "Chomei and Wordsworth: A Literary Parallel." *The Transactions of the Asiatic Society of Japan*. Vol. 20, 1893, pp. 193-196. 詳細は、拙著『世界文学としての方丈記』（法藏館、二〇二二、一七五～一九一頁）を参照されたい。

(24) 本論考では、一九九九年に岩波書店から刊行された『漱石全集』第二八巻を参考に調査を行った。具体的には、第二一巻に一回（八二頁）、第一二巻（五二六頁）に一回、「無常迅速」は、第一巻に二回（六九頁、四八二頁）、第二七巻に一回（三九九頁）、第二二巻に一回（六七頁）のそれである。

(25)『漱石全集』の電子版の確認には、Maruzen eBook Library によって提供されているものを利用した。データベースで新たに確認した箇所は次の通りである。第一七巻は一回（一六九頁）、第一三巻は二回（九頁、六八二頁）。

(26) Hajime, Nakamura. *Parallel Developments: A Comparative History of Ideas.* Ed. by Ronald Burr and Preface by Charles Morris. Tokyo: Kodansha Ltd. 1975, pp. 237–250.

(27) 唐木順三『無常』（筑摩書房、一九六二、二九六頁）。

(28) 上記注(27)、三二八～三三〇頁。

(29) Turner, Jack. "Whitman's Undemocratic Vistas: Mortal Anxiety, National Glory, White Supremacy." *American Political Science Review*, Volume 117 (2), 2023, pp. 705–718. DOI: https://doi.org/10.1017/S0003055422000727

(30) 村岡勇編『漱石資料――文学論ノート』（岩波書店、一九七六、一五六頁）。

(31) 同上。

(32) 夏目漱石『吾輩は猫である』（『漱石全集』第一巻、岩波書店、一九九三、六八～六九頁）。

(33) 山口洋子「『硝子戸の中』論――生と死の葛藤をめぐって」（梅光学院大学日本文学会『日本文学研究』四一、二〇〇六、九～一九頁）。

(34) Freud, Sigmund. "On Transience," in vol. 14 of *The Standard Edition*, ed. and trans. James Strachey et al. London: Hogarth Press, 1957, pp. 305-307. 柄谷行人『ヒューモアとしての唯物論』（筑摩書房、一九九六、一一八～一二六頁）。

(35) 夏目漱石「木下杢太郎著『唐草表紙』序」（『漱石全集』第一六巻、岩波書店、一九九五、五七七頁）。

(36) 同上。

(37) 漱石のジェームズ受容に関する最新の研究として、岩下弘史『ふわふわする漱石』（東京大学出版会、二〇二二）が詳しい。ジェームズの「意識の流れ」とベルクソンの「持続」概念の類似性について、次の研究を参照されたい。山根秀介「ウィリアム・ジェイムズの多元的存在論とベルクソンの持続の存在論」（『宗教哲学研究』三三、二〇一六、六九～八一頁）。

(38) 夏目漱石『思ひ出すことなど』(『漱石全集』第一二巻、岩波書店、一九九四、三六四頁)。
(39) 原文は次の通りである。"consciousness as an uninterrupted 'flow': a 'river' or a 'stream' are the metaphors by which it is most naturally described. In talking of it hereafter, let's call it the stream of thought, consciousness, or subjective life" James, William. *The Principles of Psychology*. New York: Henry Holt, 1890, p. 233.
(40) Bergson, Henri. *Time and Free will*. Tran. by F. L. Pogson, London: George Allen and Unwin, 1950, pp. 75–139.
(41) Bergson, Henri. *Duration and simultaneity*. Indianapolis: Bobbs-Merrill. Ed. by Leon Jacobson & Herbert Dingle, 1965, p. 52.
(42) Scott. David. "James and the 'East': Buddhism and Japan," in Marchetti, ed., *The Jamesian Mind*, Routledge, 2022, pp. 333-343. 鈴木大拙とジェームズの関係に関しては、次の論考が詳しい。范帥帥「大正期の大拙を論じてウィリアム・ジェイムズに及ぶ」(『文化』八六(三・四)、二〇二三、三八~五九頁)。
(43) その代表的な研究は、西田幾多郎『善の研究』(弘道館、一九一一)であろう。
(44) 小林敏明『夏目漱石と西田幾多郎——共鳴する明治の精神』(岩波書店、二〇一七)。
(45) Thorsten Botz-Bornstein. "Contingency and the "Time of the Dream": Kuki Shūzō and French Prewar Philosophy." *Philosophy East and West*, Vol. 50 (4), 2000, pp. 481-506. https://www.jstor.org/stable/1400280.
(46) 例えば、インドの反カースト運動の代表的な人物であったアンベードカルはベルクソンから影響を受け、スリランカの仏僧ダルマパーラがジェームズと関係を持っていたことが有名である。
(47) Mathur, D. C. 'The historical Buddha (gotama), Hume, and James on the self: Comparisons and evaluations.' *Philosophy East and West*, 28 (3), 1978, pp. 253-269.
(48) 林信弘「西田幾多郎の純粋経験」(『立命館人間科学研究』五、二〇〇三、六五~七三頁)。
(49) 木岡伸夫「九鬼周造とベルクソン——出会いの意義」(『人文学論集』一四、一九九六、一一九~一三七頁)。
(50) Bergson, Henri. *Time and Free will*. Tran. by F. L. Pogson, London: George Allen and Unwin. 1950, pp. 8-18, p. 125.
(51) James, William. *The Principles of Psychology*. New York: Henry Holt, 1890, pp. 224-284. 漱石の傍線については、漱石文庫所蔵のジェームズ著の二五八頁、二八一頁などを参照。また、漱石所蔵の資料に関しては、所蔵先の東北大学附属図書館の協力に敬意を表したい。Bergson, Henri. *Creative Evolution.* Tran. by Arthur Mitchell, New York: Henry Holt, 1911, pp. 46–50.

（謝辞）

本稿の校閲にあたって、名古屋学院大学非常勤講師の永井真平氏に大変お世話になった。この場を借りて深く御礼申し上げる。

『方丈記』と漱石
――「自然」をめぐって

増田裕美子

はじめに

一九世紀末の唯美主義を代表するイギリスの作家オスカー・ワイルドは、『嘘の衰退』*The Decay of Lying*（一八八九年）のなかで、「人生は芸術を模倣する」（Life imitates Art）[(1)] と述べた。至言である。芸術は人間が作り出したフィクショナルなもので、そこには作者である人間の欲望、願望が映し出されており、それが現実化することは数多くある。たとえば、庄司薫の『赤頭巾ちゃん気をつけて』（一九六九年）は芥川賞を受賞してベストセラーとなり映画化もされた小説だが、この一人語りの作品のなかで主人公の都立日比谷高校の三年生の薫くんは、「中村紘子さんみたいな若くて素敵な女の先生について（中略）優雅にショパンなど弾きながら暮らそうかなんて思ったりもする」[(2)] と語る。中村紘子とは当時有名なピアニストで、その後実際、作者の庄司薫と中村紘子は結婚するのである。

ワイルドのことばには続きがあり、彼は「自然もまた芸術を模倣する」（Nature also imitates Art）[(3)] と述べる。正確には Nature の前に external（外的な）ということばがあり、「自然」とは人間の外側に広がる山や川や海や草木といった森羅万象を指すことがより明確にわかる。では「自然が芸術を模倣する」とはどういうことなのか。後で触れるように、日本人にとって自然と無常には深い関係性があるのだが、ワイルドのこのことばについては、夏目漱石のことばを引き合いに出して考えるとわかりやすい。

漱石は『虞美人草』（一九〇七年）のなかで、京都に出かけた甲野欽吾と宗近との間に「第一義」(4)をめぐるやり取りを描き出す。「自然は皆第一義で活動してゐる」と言う欽吾に対して、宗近は「すると自然は人間の御手本だね」と言う。それに対して欽吾は「なに人間が自然の御手本さ」と言って、次のように語る（五）。

「自然が人間を翻訳する前に、人間が自然を翻訳するから、御手本は矢っ張り人間にあるのさ。（後略）」（五）

漱石は『三四郎』（一九〇八年）のなかでも、広田先生と三四郎との間で次のような会話をさせる。

「君、不二山を翻訳して見た事がありますか」と意外な質問を放たれた。

「翻訳とは……」

「自然を翻訳すると、みんな人間に化けて仕舞ふから面白い。崇高だとか、偉大だとか、雄壮だとか」

三四郎は翻訳の意味を了した。(5)（四）

人間が自然を「翻訳する」という言い方には、当時西洋の文物が輸入され、さまざまな西洋語が日本語に翻訳されるという時代背景が透けて見えるが、「自然」と「人間」との関係性にも注目しなければならない。「人間が自然の御手本」であるということばからは、人間の優位性がうかがえる。この人間中心主義的思考はオスカー・ワイルドのことばにも表れている。「芸術」（Art）とは人間の知的創造力によって生み出された人工的なものを指し示しており、そうした人工的な成果の数々、言い換えると人間の文化が自然より優位に立っているということなのである。

ところで「芸術」ということばもそうなのだが、「自然」ということばは、実は西洋語の翻訳語である。まずはこの点について見ていきたい。

一、「自然」という翻訳語

柳父章の『翻訳語成立事情』（一九八二年）(6)は今や古典的な名著の部類に入ると思われるが、この本では「社会」「個人」「近代」「恋愛」などと並んで「自然」が翻訳語として取り上げられている。ただし「社会」や「個人」は翻訳のための新造語であったのに対し、「自然」は従来日本語として使われていたことばであり、「近代以後、今日に至る私たちの「自然」ということばには、新しいnatureの翻訳語としての意味と、古い伝統的な意味とが共存している」という。そしてこの二つの意味が「時に、たがいに論理的に矛盾」しながら混在していることが「翻訳語特有の効果」によって分かりにくくなっているという。

柳父はnatureと「自然」の意味の比較を、『広辞苑』や『大漢和辞典』を援用しておこなっているので、それを紹介しよう。

「自然」は「じねん」とも読み、「おのずからそうなっているさま。天然のままで人為の加わらぬさま。」の意味であり、これが伝来の日本語の意味である。一方natureの翻訳語としての「自然」は「人工・人為になったものとしての文化に対し、人力によって変更・形成・規整されることなく、おのずからなる生成・展開によって成りいでた状態。」であり、また、「精神に対し、外的経験の対象の総体。即ち、物体界とその諸現象。」という意味である。柳父は「自然」の伝来の意味とnatureには共通点があり、「どちらも人為というようなことと対立する」と述べる。しかし両者には違いがあるという。

伝来の「自然」は人為と対立し、両立しない。「自然」であるとは、人為的でない、ということである。一方、natureは、人為art, Kunstと対立するが両立する。と言うよりも、たがいに補ない合っている。（中略）

このことから、また、natureは客体の側に属し、人為のような主体の側と対立するが、伝来の意味の「自然」とは、主体・客体という対立を消し去ったような、言わば主客未分、主客合一の世界である、といえる。また、伝来の「自然」は副詞、あるいは「自然な」のように形容動詞として使われることが多いが、natureは名詞であり、「「自然」が名詞として使われるようになるのは、明治二十年代以後」であるという。

ちょうどこの明治二〇年代に日本に紹介されたのが「自然主義」(naturalism)である。これはフランスの作家エミール・ゾラ（一八四〇〜一九二〇）に代表される文学運動で、自然科学の発達を背景に、「写実主義」の延長上にあって、理想化を排して現実をありのままに描こうとするものである。日本ではその後明治後期に、島崎藤村や田山花袋によって自然主義文学が花開いたが、彼らの「自然主義」がnaturalismでないことは多くの論者が指摘するところである。

柳父もまた、中村光夫が田山花袋の「自然を自然のまゝ書く」ということばを批判した文章を引用して、花袋が「ゾラなどのnaturalismに教わり、それに依っていると思い込みながら、実は、日本的な「自然」主義で理解していた」と述べる。そして花袋と中村の間には「結局、ことばのすれ違いという出来事」があり、「それほどまでに、一つの翻訳語をめぐる伝来の母国語の意味と、翻訳語の原語の意味との混在という現象は、人々に気づかれがたい」と言う。

さらに柳父は「自然主義」の「自然」は伝来の日本語そのままではないとする。花袋の「自然を自然のまゝ書く」ということばについても、「伝来の意味の「自然」とは、意識的でない、ということ」であるのに対し、「「書く」とは、非常に意識的な行為」であって、矛盾した言い方になっているという。そして「自然主義」も「「主義」とは、あえて唱え、行なうということで、「自然」とは正反対の態度」だと述べる。

このような矛盾を通して伝来の「自然」の意味が変化しているというのが柳父の主張である。柳父は島村抱月の「事象に物我の合体を見る、自然は茲に至つて其の全円を事象のなかに展開する」や「物我融会して自然の全円を現じ来たる」ということばを紹介して、「「自然」は、「我」に対して対象化されている。その反対側に、「自然」に対する「我」がいる」として以下のように述べる。

> 見出された「我」は、しかし主体としての立場を貫いていくわけではない。見出されると同時に、「自他」一つになり、「融会」しようとする。「自他」の対立する存在の発見と、それにつづく「自他」が一つに帰する運動、それが「自然」なのであり、伝統的な「自然」の意味は、こうしてとりもどされる。

かくして nature の翻訳語としての「自然」は日本語のなかに定着していく。昭和一〇年（一九三五）に発表された寺田寅彦の『日本人の自然観』は、タイトルそのものが nature の翻訳語としての「自然」が違和感なく受け入れられていることを如実に示している。『日本人の自然観』のなかには「日本の自然」という章もある。また寺田は「緒言」のなかで上記の柳父や島村抱月のことばと呼応するかのような以下の発言をしている。

> 吾々は通例便宜上自然と人間とを対立させ両方別々の存在のように考へる。これが現代の科学的方法の長所であると同時に短所である。この両者は実は合して一つの有機体を構成してゐるのであつて究極的には独立に切離して考へることが出来ないものである。[7]

さらに寺田は「日本人の精神生活」という章で、次のように述べる。

> 日本人の精神生活の諸現象の中で、何よりも明瞭に、日本の自然、日本人の自然観、或は日本の自然と人とを引くるめた一つの全機的な有機体の諸現象を要約し、又それを支配する諸法則を記録したと見られるものは日本の文学や諸芸術であらう。[8]

そしてその代表的なものとして短歌と俳句をあげ、そこに表現されたものは「日本の自然と日本人との包含によつて生じた全機的有機体日本が最も雄弁にそれ自身を物語る」ものだとする。

此等の詩の中に現はれた自然は科学者の取扱ふやうな、人間から切離した自然とは全く趣を異にしたものである。又単に、普通に所謂背景として他所から借りて来て添加したものではない。人は自然に同化し、自然は人間に消化され、人と自然が完全な全機的な有機体として活き動くときに自ら発する楽音のやうなものであると云つても甚しい誇張ではあるまいと思はれるのである。(9)

つづけて寺田は「外国の詩には自我と外界との対立がいつもあまりに明白に立つて」おり、日本の詩歌に見られるような「人と自然との渾然として融合したもの」を見出すことはむずかしいと述べる。

こうした自然と人間との関係性における彼我の違いを考えた時、問題になってくるのが、寺田寅彦の師でもある夏目漱石の『方丈記』英訳である。

二、漱石の『方丈記』英訳

漱石の『方丈記』英訳についてはすでに論じたことがあるが、(10)本論考では上に論じてきたような「自然」やnatureということばを軸に、再度検討していきたい。

漱石の『方丈記』英訳はA Translation of Hojio-ki with A Short Essay on Itと題されたもので、昭和一〇年版『漱石全集』第一四巻の小宮豊隆の解説(11)によれば、この解説つきの『方丈記』英訳は明治二四年一二月八日の日付を持っているという。ただし草稿はなく、『定本　漱石全集』第二六巻(二〇一九年)に収められた原文にはEssayの最後に、5th December, 1891という日付がK. NATSUMEの署名とともに添えられている。いずれにせよ漱石がまだ東京帝国大学の二年生の時である。『方丈記』英訳の経緯に関しては上記の小宮の解説にも記されているが、ほぼ同じ内容のことが小宮の著書『夏目漱石』(一九三八年)にも述べられているので、それを以下に引用したい。

漱石は明治二十四年（一八九一）十二月八日、大学二年の十二月に、恐らくディクソンから頼まれて『方丈記』を英訳し、その初めに実に要領を得た解説を書いた。それにディクソンは"excellent performance"といふ讃辞を呈したのみならず、是を基礎として"Chomei and Wordsworth. A Literary Parallel"といふ題で、明治二十五年（一八九二）二月十日の『日本亜細亜協会』の例会で講演を試み、この訳文にいくらか手を入れたものを朗読し、後この訳文は"A Description of My Hut"と改題されて、ディクソンの名前で、明治二十六年（一八九三）の『日本亜細亜協会会報』に、講演とともに掲載されたが、その初めにディクソンは、この原稿・解説並に翻訳の細部の説明に関しては、文科大学英文科学生夏目金之助君の、価値ある助力に俟つ所甚大であつたと書いてゐる。(12)

ディクソンとは当時英文科の教授であったジェイムズ・メイン・ディクソンのことである。たしかに「明治二十六年（一八九三）の『日本亜細亜協会会報』」、すなわち *Transactions of The Asiatic Society of Japan*, vol. 20 には上記の引用にあるような題名でディクソンの講演と『方丈記』英訳が掲載されており、英訳の冒頭には、翻訳や解説に関して漱石に多大な恩恵を蒙ったことが注記されている。

以上のようなことから、漱石の『方丈記』英訳はディクソンの依頼によるものであり、自発的なものではなかったことがわかる。後年翻訳というものに対して懐疑的な考えを持つ漱石(13)だが、この当時はディクソンの依頼ということもあり、かなり力を注いで『方丈記』英訳に取り組んだと思われる。漱石の英語力が人並優れていたことを示す訳業でもあるのだが、問題がないわけではない。

『方丈記』に限らず、近代以前の作品に nature に当たるようなことばは存在しないのだが、漱石の『方丈記』英訳には nature ということばが登場する。鴨長明が日野の外山に隠棲してからの記述部分であるが、一つ目は、以下の箇所である。

（本文）もしうららかなれば、峰に攀(よ)ぢのぼりて、はるかに、ふるさとの空をのぞみ、木幡山・伏見の里・

鳥羽・羽束師を見る。勝地は主なければ、心をなぐさむるに障りなし。(14)

（漱石訳）In fine weather I climb up mountain peaks, to behold my native province in the distance: and enjoy the surrounding scenery to my heart's content. I can do that, because nature is not the private property of particular individuals.(15)

両者を比較すればわかるように、漱石は「勝地」をnatureと訳している。しかし当然ながら「勝地」は「景勝地」すなわち「景色の優れた土地」の意であって、「自然」そのものではない。

ちなみにディクソン訳は以下のとおりである。

When the weather is fine I ascend the mountain peaks to gaze from afar on my native district, and to revel in the beauty of the surrounding scenery. Of this delight I cannot be deprived, as nature is not the private property of any individual.(16)

ディクソンがほぼ漱石訳を踏襲しており、下線部のようにnatureもそのまま（むろんディクソンは日本語を理解しないので無理はないのだが）であることがわかる。

もう一つは以下の箇所である。

（本文）夫（それ）、人の友とあるものは、富めるを尊み、懇ろなるを先とす。必ずしも、情けあると、淳（すなほ）なるとをば愛せず。ただ、糸竹・花月を友とせんにはしかじ。

（漱石訳）What is friendship but respect for the rich and open-handed and contempt for the just and kind? Better to make associates of music and nature!

（ディクソン訳）What is friendship but regard for the rich and open-handed, and contempt for the upright and kindly? Better to make friends with music and nature!

これもディクソンが漱石訳をほぼそのまま踏襲していることがわかるが、日本語の本文と英訳を比較してわかるように、漱石は「花月」を nature と訳している。「花月」とは春の花、秋の月といった典型的な美しい風物であり、それを詩歌に詠むという貴族階級の風流な遊びが含意されている。とりわけ「絲竹」が管弦の音楽を意味することを考えれば、詩歌管弦という貴族の遊びとしての意味合いは明瞭であろう。

先の「勝地」も単なる景勝地ではなく、その直前に「木幡山・伏見の里・鳥羽・羽束師」といった歌枕が並べられていることから、そうした歌枕という文学的トポスを指すと見てよいだろう。(17)

とすれば、いずれの場合も漱石の誤訳と言えるのだが、それにはさまざまな原因が考えられる。「木幡山・伏見の里・鳥羽・羽束師」といった歌枕を訳出せず、surrounding scenery（まわりの景色）とだけ訳していることから、ディクソンには具体的な地名や、歌枕といったことが理解しにくいと考えたか、あるいは歌枕だけでなく花鳥風月といった日本の文学的慣習についてもかなりの説明を要するため、nature と訳して済ませたとも考えられる。また大きな要因としてはやはりディクソンの依頼によって『方丈記』を英訳しているという事情がある。

ここで漱石の英訳に付された解説、A Short Essay（小論）を見ておきたい。この「小論」は六ページほどの分量だが、その前半は文学作品を三つに分類する文学論的記述である。これについてはすでに論じたので簡単に紹介しておくと、「天才の作品」「才人の作品」「熱狂の作品」の三つがあり、最後の「熱狂の作品」のなかに『方丈記』は位置づけられるとする。すなわちそれは根底に哲学を持った文学である。そして「小論」の後半には nature ということばが頻出する。

まず漱石は長明の「自然に対する素朴な賛美」（naïve admiration of nature）を『方丈記』の美点の一つとして挙

げる。次に、「生命を持たない自然」（inanimate nature）に長明が共感したことには矛盾があるとする。というのも「物質的な環境」（physical environments）は人間の共感に共感をもって応えないからであり、「自然の壮大さ」（her grandeur）から霊感を受けることは人間と人間との間に存在する「霊的な交流」（spiritual communication）のようなものとは異なる。結局のところ「自然は死んだものである」（nature is dead）。

そしてここで漱石は長明とワーズワスとの違いに言及する。

ワーズワスのように、自然のなかに霊的な存在を認めない限り、人間よりも自然をこのむことはできないし、共感の対象として、自然を人間と同列に置くことはできない。

Unless we recognize in her the presence of a spirit, as Wordsworth does, we cannot prefer her to man, nay we cannot bring her on the same level as the latter, as our object of sympathy.

この後にも nature ということばが出て来るが、以上の引用からわかるように、自然と人間との対比について述べられており、spirit を持つ人間の優位性が語られ、精神と物質という西洋的な二項対立が、人間と自然との関係性に重ね合わされていることが明確である。また nature を her という代名詞で受けていることからわかるように、man が「人間」であると同時に「男」であることを考えれば、男と女の二項対立が人間と自然との関係性と重なりあっていることも明白である。

こうした西洋的二元論は果たして日本の場合にも当てはまるだろうか。ちなみに漱石は一か所だけ nature を her という代名詞ではなく、it という代名詞で受けている。

人生と財産の不確実さを痛感して、彼（長明）は自然に逃れた。（中略）自然を単に客観的なものと見て、万物のなかに流れている動きや精神を自然のなかに見い出すことの出来なかった彼（長明）をワーズワスのような人は哀れみたければ哀れむがよい。

> Deeply impressed by the insecurity of life and property, he fled to nature. [...] let a Wordsworth pity him who looked at nature merely as objective and could not find in it a motion and a spirit, rolling through all things: [...]

日本人にとって西洋の二元論はなじみがなく、英語力の高い漱石にしても思わずnatureをitという代名詞で受けてしまうのは理解ができる。

　ところで先ほどの引用では長明はワーズワスと比べて劣っているという評価であったが、この引用箇所では長明を擁護した言い方になっている。これについてはプラダン・ゴウランガ・チャランの詳しい分析があるのだが、たしかに漱石の態度は「両義的」であり、「一九世紀末という空間のなか、西洋人の先生から翻訳を依頼された漱石は、西洋文化の優位性について少なくとも表面的に支持しつつ、日本文化の評価すべき点についても主張」[18]しようとしたのだろう。またワーズワスとの比較についてはやはりディクソンの存在が大きく影響していただろう。ディクソンが『方丈記』の英訳をもとに"Chomei and Wordsworth. A Literary Parallel"という論文を書いたことはすでに紹介したとおりである。プラダン・ゴウランガ・チャランの言うように、漱石が翻訳するにあたって、「ディクソンから直接的な指示を受けていた可能性」[19]も十分に考えられ、ディクソンの期待に応じるべく、『方丈記』を西洋のロマン主義的作品として解釈して見せたと考えるのは無理がないだろう。

　ここで漱石の「英国詩人の天地山川に対する観念」を参照しておこう。これは漱石が『方丈記』を英訳してほぼ一年後の明治二六年（一八九三）一月、漱石が大学三年次に在学中、大学の文学談話会で行なった講演で、同年、『哲学雑誌』に四回にわたり掲載された。

　漱石は冒頭で講演の趣旨を詳しく説明している。まず英国詩人とは「十八世紀の末より十九世紀の始めへ掛けて、英国に現れ出でたる新詩人にして、夫〔そ〕の自然主義（naturalism）と申す運動を鼓舞せる面々を指」[20]し、クーパー、ゴールドスミス、バーンズ、ワーズワスの名前を挙げる。そして「「ナチュラリズム」即ち自然主義」の意味を説明する。

　此熟字は申す迄もなく、「ネーチュアー」より来る。「ネーチュアー」之を翻訳して自然と云ひ、天然と云ひ、時に或は天地山川と訓ず。人工を藉らず、有の儘に世界に存在する物か、さなくば其物の情況を指すの語なり。

nature の翻訳語がいまだ定まっていないことが窺える文章で、講演のタイトルにも「天地山川」の語が見える。現在であれば、「英国詩人の自然観」といったタイトルになろう。また柳父章の、「自然」が nature の翻訳語となって名詞として使われるようになるのは明治二〇年代以降であるということばとも符合する。

　漱石はつづけて「文学上の一現象」としての自然主義の定義を行なう。文学に重要な材料を提供するものは、「人間と山川界」であり、「自然」ということばは文学においては「人間の自然」と「山川の自然」に分けられるという。ここから自然主義も「人間の天性に従ふもの」と「山川の自然に帰する」ものとに分かれ、前者は「虚礼虚飾を棄て天賦の本性に従ふ」自然主義で、後者は「功利功名の念を抛（なげう）つて丘壑（きゅうがく）の間に一生を送る」自然主義であるとする。両者は密接に関係するものであるが、この二つの自然主義が別個に存在することは明白で、漱石は後者の自然主義を取り上げ、「此詩人等の景物界に対する観念」について論じると言う。

　柳父章が『翻訳語成立事情』で取り上げていた、エミール・ゾラに代表される自然主義ではなく、自然崇拝に基づくロマン主義のことを「自然主義」と呼んでいることがわかるが、「功利功名の念を抛つて丘壑の間に一生を送る」という言い方には、鴨長明のことが思い合わされる。また「日本人は山川崇拝と云ふべき国民」であるという文言もあって、約一年前に『方丈記』を英訳し、長明とワーズワスとの比較を行なったことが深く関係しているように思われる。いずれにしてもディクソンの指導の下、英文学を学んでいた漱石ならではの講演であり、文章であったと言えよう。

しかしながら漱石にとって『方丈記』は果たして「自然主義」作品であったのだろうか。

三、『草枕』の「自然」へ

漱石がディクソンから『方丈記』の英訳を依頼される前から、『方丈記』について多大な関心と共感を持っていたことは、以前にも指摘したことがあるが、ここで再び言及しておくと、漱石は『方丈記』英訳の前年、明治二三年（一八九〇）八月九日付の正岡子規宛の書簡で『方丈記』の冒頭部分に触れている。それは以下のような厭世観を吐露している箇所である。

此頃は何となく浮世がいやになりどう考へても考へ直してもいやで〳〵立ち切れず（中略）これも misanthropic 病なれば是非もなし（中略）life is a point between two infinities とあきらめてもあきらめられないから仕方ない

We are such stuff
As dreams are made of; and our little life
Is rounded by a sleep.

といふ位な事は疾(とう)から存じております生前も眠なり死後も眠なり生中の動作は夢なりと心得ては居れど左様に感じられない処が情なし知らず生れ死ぬる人何方(いずかた)より来りて何かたへか去る又しらず仮の宿誰が為に心を悩まし何によりてか目を悦ばしむると長明の悟りの言は記臆すれど悟りの実は迹方なし(21)

misanthropic すなわち「人間嫌い」であると自白し、「人生は二つの無限の中間点」であることはわかっているが、どうしようもないと嘆く。two infinities（二つの無限）とは前世と後世のことで、その中間点のこの世は眠りのなかの夢のようなものと説く。ここで引用されている三行の英文の詩句はシェイクスピアの戯曲『テンペスト』四幕一場のプロスペローのセリフだが、この三行を含めた『テンペスト』の詩句を英訳『方丈記』に付けた「小論」でも長明の人生観を説明してくれるものとして引用している。

「小論」では長明とワーズワスとを比較して長明をワーズワスに劣るものとして評価した後、長明の人生観に触れる。すなわち「長明が俗世を棄てたのは、長明が言うところによると、すべてこの世のものは不安定な状態にあり、本質的に偶然的なものであり、それゆえ熱望するに値しないからである」。

こうした長明の人生観に共鳴していたからこそ、「小論」のこの後の部分で、先に見たように、長明を擁護する発言をしていると見るべきだろう。

いったいに『方丈記』は漱石の場合に限らず、この世の無常を説くものとして読まれているが、寺田寅彦は『日本人の自然観』で仏教が日本に定着したのは仏教の教義が含有するさまざまな因子が日本の風土に適合したためであるとして、次のように述べる。

仏教の根底にある無常感が日本人のおのづからな自然観と相調和するところのあるのもその一つの因子ではないかと思ふのである。鴨長明の方丈記を引用する迄もなく地震や風水の災禍の頻繁でしかも全く予測し難い国土に住むものに取つては天然の無常は遠い〳〵祖先からの遺伝的記憶となつて五臓六腑に浸み渡つてゐるからである。(22)

ここで言及されているように、『方丈記』の本質である世の無常を語るものとして、いわゆる五大災厄は重要な部分なのだが、漱石の英訳では五大災厄のうち、最初の「大火」と「辻風」のみが訳され、「都遷り」「飢餓と疫病」「地震」が省略されている。これについて漱石は英訳のなかで、これらは「この作品の真の目的にとって本質的なものではないので、躊躇なく省略することができる」と述べている。

明らかに漱石は『方丈記』を無常を語る作品として見ていない。「真の目的」（the true purport）というのが何を指すのか不明だが、先にも述べたように、この英訳がディクソンの依頼によるものであり、『方丈記』を西洋のロマン主義的作品として解釈して見せたことが大きく関わっていよう。

それにしても漱石の「小論」は首尾一貫していない。前半の文学論的記述もさることながら、『方丈記』を「自然主義」的な視点から解釈したり、無常を語る人生観に触れたりと、とりとめがない。この点に関してはやはり「自然」（nature）という新しい西洋的観念が大きく影響していると考えられる。従来の「自然」と西洋由来の「自然」。この二つの「自然」をどのように漱石は調和させ、融合させようとしたのか。その問題を考える際に最適な作品と思われるのが『草枕』（一九〇六年）である。『草枕』と『方丈記』とが深い関係性にあることは、多くの論者が指摘するところであり、私も以前に論じたことがあるが、ここでは「自然」の観点からみていきたい。

『草枕』は主人公の画工が山路を登っている場面から始まる。画工は「人の世は住みにくい」と語り、その住みにくい世を「どれほどか」「住みよく」してくれるのが詩人であり、画家であり、「あらゆる芸術の士」であるという（一）。長明もまた『方丈記』において「世のなかのありにくく」さを語り、「心をなやませる事三十余年」となって、「五十の春」に出家し、やがて日野の山中に方丈を構え詩歌管弦にいそしむことになる。

『草枕』の画工は、雲雀の声を聞いたり、菜の花を見たりして愉快な気分になったり胸が躍ったりする。こうして「山の中へ来て自然の風物に接すれば、見るものも聞くものも面白い。面白い丈で別段の苦しみも起らぬ」。そして「苦しみのないのは」「只此景色を一幅の画として観、一巻の詩として読むから」で、「画であり詩である以上は地面を貰つて、開拓する気にもならねば、鉄道をかけて一儲けする了見も起ら」ない、「此景色が景色としてのみ余が心を楽しませつゝあるから苦労も心配も」ないのだという（一）。

自然の力は是に於て尊(たつ)とい。吾人の性情を瞬刻に陶冶して醇乎として醇なる詩境に入らしむるのは自然である。

（一）

このように自然を尊ぶのは、画工が欲する詩が「世間的の人情を鼓舞する様なもの」ではなく、「俗念を放棄して、しばらくでも塵界を離れた心持ちになれる詩」だからである。その点からすると西洋の詩は「人事が根本になるから所謂詩歌の純粋なるものも此境を解脱する事を知ら」ず、「どこ迄も同情だとか、愛だとか、正義だとか、自由だとか浮世の勧工場にあるものだけで用を弁じて」いると非難する。一方、「うれしい事に東洋の詩歌はそこを解脱したのがある」と言って、陶淵明や王維の詩を引用する。そして「二十世紀に此出世間的の詩味は大切」だが、今の人は「みんな西洋人にかぶれて」いると嘆き、自分は「淵明、王維の詩境を直接に自然から吸収して、すこしの間でも非人情の天地に逍遥したいから」こうやって春の山路を歩くのだと言う（二）。

ここで「非人情」ということばに注目したい。「自然」すなわち「非人情の天地」と言っているのだが、漱石は『方丈記』英訳に付した「小論」で、長明の「自然に対する素朴な賛美」を『方丈記』の美点の一つとして挙げたあと、「生命を持たない自然」（inanimate nature）に長明が共感したことには矛盾があると述べていた。すなわち自然は人間の共感に共感をもって応えない死んだものだからである。このように漱石は自然は「生命をもたない」もの、言い換えると人情を持った人間とは異なる「非人情」なものとしていた。しかも長明とワーズワスとを比較して、「ワーズワスのように、自然のなかに霊的な存在を認めない限り、人間よりも自然をこのむことはできないし、共感の対象として、自然を人間と同列に置くことはできない」とまで述べていたのである。

明らかに漱石の態度は『方丈記』英訳の時とは全く違っており、「非人情」の自然を良しとしている。またこの「非人情」ということばには仏教的な「非情」ということばが響いているとも考えられよう。プラダン・ゴウランガ・チャランは中世における重要な仏教概念として「草木成仏」思想を紹介して、「心を有しない草木などの非生物なども成仏の相を顕して」(24)いるという意味であると述べているが、まさしく「非情」の自然の万物は、「有情」の人間や生き物と同列に置かれているのである。

さて『草枕』の画工は旅で出会う人間も自然同様、「非人情」のものとして眺めようとする。全く人情を離れることができなくても能舞台を見るときのような心持ちにはなれるだろうと言って、「旅中に起る出来事と、旅中に出逢ふ人間を能の仕組と能役者の所作に見立て」ようとする。陶淵明が南山を眺めたり、王維が竹林で琴を弾じて詩を吟じたりといった詩境とは性質が違うし、雲雀や菜の花と同一視することもできないが、なるべくそれに「近づけて、近づけ得る限りは同じ観察点から人間を視てみたい」と言うのである（一）。

これは自然を人間化するのではなく、人間を自然化するということだろう。画工はつづけて次のように言う。

是から逢ふ人物を――百姓も、町人も、村役場の書記も、爺さんも婆さんも――悉く大自然の点景として描き出されたものと仮定して取こなして見様。（一）

むろん「画中の人物と違つて、彼等はおのがじゝ勝手な真似をするだらう」が、「普通の小説家の様に其勝手な真似の根本を探」ったりはしない。「人事葛藤の詮議立てをしては俗になる」からで、「画中の人間が動くと見れば差し支ない」。「是から逢ふ人間には超然と遠き上から見物する気で、人情の電気が無暗に双方で起らない様にする」（一）。

つまりは画の前へ立つて、画中の人物が画面の中をあちらこちらと騒ぎ廻るのを見るのと同じ訳になる。（一）

このように画工は画の中に描かれた自然の風景の一部として人間を眺めようとする。その画の中では画工自身も画中の人物である。そうした点からみて、興味深いのは終盤、画工が観海寺を訪れる場面である。「別に和尚に逢ふ用事も」なく、「逢ふて雑話をする気も」なく、「偶然と宿を出で、足の向く所に任せてぶら〳〵するうち」、観海寺の石段の下に出た。そして「急にうれしくなつて」石段を登りだす（十一）。

> 石段を登るにも骨を折つては登らない。骨が折れる位なら、すぐ引き返す。一段登つて佇（たゞず）むとき何となく愉快だ。それだから二段登る。二段目に詩が作りたくなる。黙然として、吾影を見る。角石に遮られて三段に切れてゐるのは妙だ。妙だから又登る。仰いで天を望む。寐ぼけた奥から、小さい星がしきりに瞬きをする。句になると思つて、又登る。かくして、余はとう〳〵、上迄登り詰めた。　（十二）

石段の上で画工は、昔鎌倉の円覚寺の石段で、見知らぬ禅僧と出会い、「世のなかにこんな洒落な人があつて、こんな洒落に、人を取り扱つてくれたかと思ふと、何となく気分が晴々した」ことを思い出す。その禅僧とは逆に、「世の中はしつこい、毒々しい、こせ〳〵した、其上づう〳〵しい、いやな奴で埋つて」いて、そういう俗世間の人たちの「処世の方針」に画工は異議を唱える（十二）。

> かうやつて、美しい春の夜に、何らの方針も立てずに、あるいてるのは実際高尚だ。興来れば興来るを以て方針とする。興去れば興去るを以て方針とする。句を得れば、得た所に方針が立つ。得なければ、得ない所に方針が立つ。しかも誰の迷惑にもならない。是が真正の方針である。　（十二）

画工は石段を登りながら「仰数春星一二三」の句を得ていたが、登り切って山門に入ると、「絶句は纏める気にならなくな」り、「即座に已めにする方針を立てる」（十二）。

このくだりには、『世説新語』（五世紀前半）「任誕第二十三」に見える王子猷の逸話が反映している。王子猷は東晋の人で、官を棄てて会稽の山陰に隠棲したが、ある時、ふと戴安道のことを思い出し、小船に乗って彼のもとへ出かけ一晩かかって到着した。しかし門の前で引き返したので、ある人がわけを尋ねると、王が言った。

> 吾本（われもと）興に乗じて行き、興盡（つ）きて返る、何ぞ必ずしも戴を見んや、と。
> （「私はもともと興に乗って出かけ、興が尽きるとともに帰ってきたのだ。なにも戴に会わねばならぬこともあるまい。」）(25)

俗世間を離れ、自然に囲まれたなかで暮らす隠遁生活は、すなわち何の作為も働かず、あるがままに、自然に生きることなのだということだろう。漱石が中国の隠棲者たちに学び、『方丈記』の世界にも通じるこうした生き方を『草枕』という作品は描き出していると言えよう。

さいごに

漱石は『思ひ出す事など』（一九一〇～一一年）の二十四で、幼少時家にあった「五六十幅の画」[26]について、そうした「懸物の前に独り蹲踞まつて、黙然と時を過すのを楽とし」ていて、「画のうちでは彩色を使つた南画が一番面白かつた」と述べる。南画とは山水の風景を描いた絵のことである。そしてその後、学生時代に見たある絵について語る。

或時、青くて丸い山を向ふに控えた、又的皪と春に照る梅を庭に植へた、又柴門の真前を流れる小河を、垣に沿ふて緩く繞らした、家を見て――無論画絹の上に――何うか生涯に一遍で好いから斯んな所に住んで見たいと、傍にゐる友人に語つた。

すると友人はそんな所に住むと不便だと言って、「余の風流心に泥を塗つた」。その後自分も友人のように「実際的になつた」が、「南画に似た心持は時々夢を襲つた。ことに病気になつて仰向に寐てからは、絶えず美くしい雲と空が胸に描かれた」。病気とは修善寺での大患のことで、この時漱石は人事不省に陥る。

病中の漱石のもとには小宮豊隆が歌麿の錦絵を描いたはがきを送ってきて、この画の中にあるような人間に生れたいというようなことが書いてあったので、漱石はそんな色男は嫌いだ、自分は「暖かな秋の色と其色の中から出る自然の香が好きだ」と返事をする。すると今度は小宮が実際に訪ねてきて、「自然も好いが人間の背景にある自然でなくつちゃ」と言うので、漱石は「御前は青二才だと罵つた。――其位病中の余は自然を懐かしく思つてゐた」と語る。

つづけて漱石は次のような情景を語る。

　空が空の底に沈み切つた様に澄んだ。高い日が蒼い所を目の届くかぎり照らした。余は其射返しの大地に洽(あま)ねき内にしんとして独り温(ぬく)もつた。さうして眼の前に群がる無数の赤蜻蛉を見た。さうして日記に書いた。

　——「人よりも空、語よりも黙。……肩に来て人懐かしや赤蜻蛉」

これは帰京後の景色だと語り、漱石は「東京へ帰つたあとも暫らくは、絶えず美くしい自然の画が、子供の時と同じ様に、余を支配してゐた」と述べる。

　漱石の態度は明確である。人間よりも自然、そして人間はその自然のなかに抱かれている。自然は美しい風景画として常に漱石の心のなかにあったのである。

（1）Oscar Wilde, "The Decay of Lying", in The Complete Works of Oscar Wilde (London and Glasgow: Collins, 1996), 992.

（2）庄司薫『赤頭巾ちゃん気をつけて』（中央公論社、一九六九年）一一八頁。

（3）注（1）に同じ。

（4）以下『虞美人草』の引用は『定本　漱石全集』第四巻（岩波書店、二〇一七年）による。

（5）『定本　漱石全集』第五巻（岩波書店、二〇一七年）三五〇頁。ルビは省略した。

（6）柳父章『翻訳語成立事情』（岩波新書、一九八二年）。なお引用にあたって、ルビは適宜省略した。

（7）寺田寅彦『日本人の自然観』（『岩波講座　東洋思潮』、一九三五年）四頁。なお旧字は新字に改めた。

（8）同右、二六～二七頁。なお旧字は新字に改めた。

（9）同右。なお旧字は新字に改めた。

(10) 増田裕美子『漱石のヒロインたち――古典から読む』(新曜社、二〇一七年)。
(11) 小宮豊隆「解説」(『漱石全集』第一四巻、漱石全集刊行会、一九三六年)八八九～八九〇頁。
(12) 小宮豊隆『夏目漱石』(岩波書店、一九三八年)二一九頁。なお旧字は新字に改めた。
(13) 増田裕美子「『三四郎』の人魚と漱石の翻訳不可能論」(『二松学舎大学人文論叢』第一一一輯、二〇二三年一〇月)、プラダン・ゴウランガ・チャラン『世界文学としての方丈記』(法藏館、二〇二二年)一五四～一六五頁を参照。
(14) 以下『方丈記』本文の引用は、荒木浩『方丈記を読む――孤の宇宙へ』(法藏館、二〇二四年)による。ルビは適宜省略した。
(15) 以下漱石のA Translation of Hojio-ki with A Short Essay on Itの引用は『定本 漱石全集』第二六巻(岩波書店、二〇一九年)による。なおA Short Essayの日本語訳は拙訳による。
(16) 以下ディクソンの『方丈記』英訳は、James Main Dixon, "A Description of My Hut" in The Transactions of the Asiatic Society of Japan, vol.20 (Yokohama: R.MEIKLEJOHN & Co., 1893, reprinted by Tokyo: Yushodo, 1965) による。
(17) なお「詩歌管弦」については磯水絵が「近代における研究態度が一つに括られていたそれを文学と芸術(美学)に分化した」と述べている(磯水絵編『論集 文学と音楽史――詩歌管弦の世界』(和泉書院、二〇一三年)五三一頁)。
(18) 注(13)プラダン・ゴウランガ・チャラン書、一五三頁。
(19) 同右、一五〇頁。
(20) 以下「英国詩人の天地山川に対する観念」の引用は『定本 漱石全集』第一三巻(岩波書店、二〇一八年)による。
(21) 『定本 漱石全集』第二二巻(岩波書店、二〇一九年)二三頁。
(22) 注(7)寺田書、二四～二五頁。なお旧字は新字に改めた。
(23) 以下『草枕』の引用は『定本 漱石全集』第三巻(岩波書店、二〇一七年)による。ルビは適宜省略した。
(24) 注(13)プラダン・ゴウランガ・チャラン書、一四五頁。
(25) 『新釈漢文大系』第七八巻(明治書院、一九七八年)九五二頁。ルビは適宜省略した。
(26) 以下『思ひ出す事など』の引用は『定本 漱石全集』第一二巻(岩波書店、二〇一七年)による。ルビは適宜省略した。

Ⅵ 国際的〈無常〉論とその視界

エンタングルメントとしての無常
――古典と人間との絡み合いをめぐって

エドアルド・ジェルリーニ

はじめに

イタリア語訳『方丈記』の序言を著した時に、フランチェスカ・フラッカーロはその冒頭部に一四世紀イタリアの詩人ペトラルカの『De Vita Solitaria（孤独生活について）』からの、以下の引用を記載した。

お願いだから、逃げ出して、残された人生を孤独に過ごそう。（中略）金持ちには数学を使ってその銭を数えさせておけ。彼らが永遠に終わらないと願っている富は、実際に消えてしまうだろう。民の賞賛を集めるものは全て、一瞬で消え去るだろう。（金持ちたちは）運命の支配下に生きている。運命に許されるとしても、死には許されないはずだ。(1)

隠遁生活への賛辞ともいえるこのペトラルカの文章は、イタリア人読者に『方丈記』を紹介するには確かにふさわしい。ただし、『孤独生活について』の中では、『方丈記』の本意に相応しい箇所が他にもある。例えば、

地上のあらゆる場所で、あらゆるものは少しずつ朽ちていく。良い習慣はすべて短命で、悪い習慣は永遠に続く。(2)

もし、以上のような発言が日本の文学作品に使われたとしたら、おそらくそれは「無常観」に影響された表現だと判断されるだろう。もちろん、中世ヨーロッパの人間であったペトラルカは、仏教の思想とは全く無縁であったが、確かに上記の言葉は、世の中の儚さを訴えるところと、隠遁生活を賛えるところに、『方丈記』との共通点がある。

そもそも、日本における「無常」という思考は、日本列島を頻繁に襲う地震や津波などの自然災害に由来すると解釈されることが多いが、実は日本のみの特徴だとは言えない。他の国においても自然の破壊的な力を味わうことがある。ちょうどペトラルカが生きていた頃のイタリアも激しい地震を体験していた。ペトラルカ自身は、一三三七年と一三五〇年に二度ローマを訪れたが、二回目は、一三四九年の大地震で被害を負ったコロシアムを目撃し、生々しい証言を残した。だいたい同じ時期に、ペストの疫病がイタリア半島に広がり、『孤独生活について』を執筆中であったペトラルカは、それらの災害を体験して、世の中のもろさを実感しただろう。他の国と時代にも、このように無常観に相当する思考が現れると想像できよう。

それでは、日本と日本文学における無常には、どのような特徴があり、なぜ日本で展開してきたのか。なぜ特に日本の中世においてそれが著しくなったのか。

いうまでもなく、無常という思考を起動させるのは、人間をはじめ、万物がやがては滅びてしまうという運命から逃げられない事実である。そして災害や疫病、地震、戦争などによって、その事実が急速かつ大規模に顕著になる際、人間は無常と呼ばれる感情に囚われてしまう。この無常は、ただ人間とモノの衰退から直接的に発生するのではなく、人間とモノ、あるいは人間と人間の関係が急に崩れる時に発生する現象であると推定しておきたい。

本書の序論で（荒木浩が「〈無常〉とはまさしく未来観である」と）指摘しているように、無常観には、失われた過去へのノスタルジアや現在の儚さについての嘆きだけではなく、まだ可能性を開く未来観も包含するのである。すなわち無常が提案する未来には、万物の崩壊と消滅の他に、仏教に従う宗教的な救済も含まれるということであろう。「死」という未来にどう対応するかというのは、おそらく宗教という宗教の最も中心的な問題であろうが、仏教における無常論は、モノと人間との関係を軸に発展する概念であることに注意したい。釈迦が実家とその社会的地位を捨て、悟りを追求することを決めて以来、仏教信者にとって最も重要なのは、物事や人情への依存を断ち切ることによって、涅槃と境地に達することである。「仏の教へ給ふおもむきは、事に触れて、執心なかれとなり」（『方丈記』）。

さて、宗教学の観点からは、無常という課題はすでに広範に探究されてきた。それとは異なり本研究プロジェクトは、古典研究の視点から無常を考察するというものである。『古典の未来学』（荒木浩編、文学通信、二〇二〇年）という先行研究によって明らかになったように、古典はただ過去を語るものではなく、現在を考え、未来を想像するための装置としても働くことが多いが、その面では無常との共通点を見出せるだろう。そして、古典と無常が起動させる未来の考察をさらに把握するために、フラジャイル（fragile）（壊れやすい、脆い）とソリッド（solid）（堅固、具体的）という二項対立のダイナミズムを導入することにする。

本論考では、日本古典文学の作品を読みながら無常および無常観を考察するが、その検討の結果は、無常は人と事物との相互依存関係に起因する現象だということを証明したい。より詳しく述べると、ソリッドだと思われた現実は逆にフラジャイルであるという体験からこそ、無常観が生まれるという説を提案したい。以上の推定の理論的な背景には、イアン・ホッダー（Ian Hodder）が一連の論文で定義した人間（human）とモノ（things）とのエンタングルメント（entanglement）の理論を援用したい。

具体的にいうと、本論考は大きく以下の二つに分かれている。

①イアン・ホッダーによるエンタングルメント論を紹介し、その視点から無常の概念を再考する。ホッダーによると、人間とモノのエンタングルメントは四パターンであり、それは人間と人間（human-human、略してHH）、人間とモノ（human-things、略してHT）、モノとモノ（things-things、略してTT）ということである。本論考の第一の提案は、特に「シンデミック」の時期に、これらのエンタングルメントが維持できなくなった結果、無常観が生まれるということである。より明瞭にいうと、モノと人間の相互的な関係が破壊されると、無常が募るということである。

②古典文学をモノ（things）として捉え直し、日本の古典文学作品における人間とモノのエンタングルメントを探究する。エンタングルメントという視点から見ると、人間は文学作品を保存する一方、文学作品も人間の社会を形成し、支える力があると言える。言い換えれば、古典は人間に依るが、人間もまた古典に依存しているという関係にある。そしてまた、古典というものはどのように各社会の想像力と境界を定めてきたかという問題も、エンタングルメント論を踏まえた上で再考する。

古典をモノとして捉え直す試みは、近年、人文学と社会学によって論究されているマテリアル・ターン（material turn）にも繫がり、新しい学術対話を開くきっかけにもなる。例えば、ジェーン・ベネット（Jane Bennet）はブルーノ・ラトゥール（Bruno Latour）の「アクタンクト（actanct）」という概念に基づいて、「精力のある物質（vibrant matter）」という語句で、生物と無生物の関係と境界を再考しようとしている。(3) さらに学際的なアプローチを受け入れるとしたら、例えば、量子物理学などの分野におけるエンタングルメントや物質をめぐる論考の新しい進展も視野に入れなければならない。量子物理学者であり哲学者でもあるカレン・バラッド（Karen Barad）は、次のように述べている。

物質は固定されたものでも、さまざまなプロセスの単なる最終結果でもない。物質は生み出され、生産され、生成される。物質は主体的なものであり、物事の固定された本質や性質ではない(4)。

エンタングルメント論を古典テキストおよび無常に応用することで、以上のような学際的な論考の発展を促すことが期待できるが、本論考では、そこまで学際的に論じることはさける。一方、別の小論(5)で提案した「テキスト遺産」という概念につなげることによって、ソリッドとフラジャイルという対立を、文化遺産を区別する「有形」と「無形」というジャンルに相当するかどうか確認する。おそらく、「有形」と「無形」と同様に、ソリッドとフラジャイルもはっきりとしたカテゴリーではなく、柔軟に変相し続ける磁極のようなものとして考えたほうがいいかもしれない。そもそも「無常」という概念自体は、常に変わらぬモノは無し、という意味で読むことができるからである。

一、エンタングルメントという、人間とモノとの複雑な関係

世の中の普遍的な傾向を悉く説明しようとする理論には十分に疑念を抱く必要がある。イアン・ホッダーが数年にわたって磨いてきたエンタングルメント（entanglement：もつれ、絡み合いなどという意味）論は、その類の理論だと言え、確かに多くの社会に適用できると言わざるを得ない(6)。その理論の根本的な根拠は、ほとんどの人間集団の歴史を見ると、常に物を蓄積し続けるという性格がある、という事実である。人間と物が関係的に生成されるなどの先行研究に基づき、ホッダーはエンタングルメントを次のように定義する。

エンタングルメントとは、人間とモノとの間に存在する四種類の関係の総称である。人間がモノに依存する（Human-Things）、モノが他のモノに依存する（Things-Things）、モノが人間に依存する（Things-Human）、人間が人間に依存する（Human-Human）といった関係である。したがって、エンタングルメント＝（ＨＴ）＋（ＴＴ）＋（ＴＨ）＋（ＨＨ）である(7)。

我々人間が、火や衣服のような単純なモノから、薬や銀行のような構成が非常に複雑なモノまで、多くのモノに依存しているのは常識である。これはＨＴ（human-things）型エンタングルメントという。一方、モノも存続するために、人間とその手入れに依存するのである。これは逆に、ＴＨ（things-human）型エンタングルメントという。そしてまた、あるモノが別のモノに依存している場合もある。例えば、自動車がガソリンに依存する（ガソリンがないと、自動車としての存在が意味がなくなるから）という関係である。これは、ＴＴ（things-things）型エンタングルメントという。そして最後に、ほとんどの人間は他の人間に依存しあっている事実として、ＨＨ（human-human）型エンタングルメントが存在することは否定できない。

エンタングルメントという言葉が示唆するように、これは単に一つの要素が他の要素に影響を与えたり、与えられたりするという関係性（relationality）にとどまらない。エンタングルメントは、絡み合い、束縛、縛りつける、という意味も表しているように、依存関係（dependency）をも含意するものである。つまり、人間もモノも、両方とも「捕らわれた」状態にあるという意味がある。したがって、エンタングルメントは「捕縛」（entrapment）の同義語であり、「制約」（constrain）をもたらす状態でもある。さまざまなモノに依存することにより、「人間は様々な依存関係に巻き込まれ、その結果、社会としても個人としても発展する能力が制限される」(8)からである。したがって、ホッダーはより正確な定義を提案する。

エンタングルメントは、人間とモノとの依存関係の弁証法として再定義できる。「エンタングルメント」という用語は、人間とモノが互いに捕らえ合う状態を把握しようとする。しかし同時に、人間的な経験の中心となるダイナミズムとその指数関数的な増加を認識しようとするものでもある。(9)

ホッダーが取りあげるエンタングルメントの例は、火や車輪の発明から農業や牧畜の技術の進化まで、さらにクリスマスツリー用の電飾の生産と消費などに到るのである。全体として、考古学の経験に裏打ちされたその分析は、人間とモノの間のエンタングルメント、つまりモノの蓄積によって人間社会の発展を物語るのに効果的である。戦争、温暖化、人種差別など、現代の甚大な問題なども、この必然的な蓄積によるものだと考えられる[10]。

エンタングルメント論の特に有意義な点は、ホッダーが「エンタングルメントの不可逆的進化[11]」と呼ぶところである。簡単にいうと、一度エンタングルメントに捕らわれると、その依存から解放されることは極めて難しい、ということである。したがって「エンタングルメントは徐々に複雑さと規模を増し、後戻りすることがますます困難になる」と述べている[12]。

例えば、栽培可能な穀物というモノを発明してから、人間は定住社会を作らなければならなかった。特定の場所に結びついた結果、そこからますますより複雑な関係に基づく都市社会が誕生した。農業に必要な道具の世話をするために、金属工具の鋳造、火の管理、原材料の調達、技術の発展などが必要となる。「物質を多く蓄積すればするほど、それを管理し、世話をしなければならなくなる。人々はますますモノに絡まれていった。［…］新しい解決策が見つかるたびに、さらなるモノが必要になる」[13]。ホッダーによれば、ここには明らかな「方向性（directionality）」が見えてくる。すなわち、モノが増えるほどエンタングルメントも増え、それがさらに多くのモノを生産し所有することにつながる。しかし、「人間が作ったものは不安定だ。もし私たちがそれらに依存するならば、私たちは結局それらに反応することになる。私たちは、より多くのものとのより大きなもつれの方向へと、それらに引きずられる」。すなわち、「エンタングルメントの方向性は、次の三点の副産物である。（a）モノの不安定さと有限性、（b）モノが他のモノや人間に依存すること、（c）後戻りすること、エンタングルメントを解くことの難しさ」[14]。

ホッダーによれば、限られた範囲と場合は別として、普段、エンタングルメントを解くこと、つまりディセンタングルメント（disentanglement、以降は「脱エンタングルメント」と訳す）は基本的に不可能である[15]。そこでホッダーが提案する解決策は、人間とモノとの区別を再考し、再定義することである。これは、先述したマテリアル・ターンにつながる難題だが、哲学や社会学、物理学や生物学など、幅広い学際的な検討でしか解決できないものだろう。この問題に関して、文学研究はどのような貢献ができるのだろうか。先述したように、本論考では、日本古典文学における無常という課題をエンタングルメント論によって捉え直し、些細ながら、新しい見解を提供したい。

二、日本における人間とモノのエンタングルメント

ホッダーによると、人間とモノとのエンタングルメントは絶えず増え続ける螺旋のようなモノだが、広い目で人類の歴史を振り返れば、二度の大変化が見出せるのだという。一度目は、およそ一万年前に小アジアで始まった農業革命と定住生活への転換である。もう一度は、近代における産業革命によって導入された生産・消費社会の始まりである。

しかし、より限定されたローカルな範囲でも、エンタングルメントの展開を観察することが可能であろう。例えば、日本の場合は、奈良から鎌倉までの時代は興味深いケースである。社会の変化と言えば、奈良時代になると、何度も首都を移動させるという習慣が終わったと言えよう。平城京も平安京も、完全に放棄されることなく、今日まで存続してきた都市である。とりわけ平安京は、三世紀以上にわたり日本の政治的中心であった後も、明治期まで日本列島の首都でありつづけたのである。奈良と平安時代の人々は、初めて無期限に同じ場所で維持するはずの都市に住むことになったのである。寺院や大内裏だけではなく、貴族の屋敷から小さな家屋まで、子孫に譲る可能性が確実にあった。おそらく平城京と平安京の人々は、前時代の人々よりも所有していたモノが多かったと推定できる。「永遠の都市」とは言えなくても、自宅をはじめ、財産はおおむね次の世代に引き継がれ

るという確信があっただろう。寺院、神社、権力の建物などが増加するにつれ、人々は首都というモノに大きく頼りはじめたと想像できる。つまりこれは、日本における人間・モノのエンタングルメントがステップアップしたということに到るわけである。

特に興味深いのは、平安京という都市とその住民が、律令国家の様々な政体とどのようなエンタングルメントを形成したのかという問題である。ここでいう政体は、建物や宮殿などの物理的なモノと、その政体の機能を担う役人や官僚などの人間、という二つの意味で使う。

例えば、官僚の教育と選抜という役割があった機関、大学寮を挙げて検討しよう。大学寮というのは、大内裏に固定の空間を占めていた物理的な建物であったと同時に、式部省の下にある部門でもあった。つまり、大学寮頭、博士、得業生などといった人間によって構成されていた組織として考えられる。モノ（建物）としての大学寮の存続は、その建物を修復などする大工たちにかかっていたが、その機能を司る人々の存在と労働にも依存していた。これはいわゆるTH（モノ・人間）型のエンタングルメントだと言える。一方、博士などの官僚たちは、その役割を果たすための空間（建物）に頼っていたことを考えると、これは逆にHT（人間・モノ）型のエンタングルメントだと確認できる。

大学寮という政体が、その建物に必要な木材や、書類に必要な紙などに依存していたとしたら、これはすなわちTT（モノ・モノ）型のエンタングルメントだと考えられる。そして最後に、大学寮での職位を狙う文人は、その昇進を決める権力を握っていた公卿や太政官などに依存していたため、これはHH（人間・人間）型のエンタングルメントだと言えよう。

大学寮は、脱エンタングルメント、つまり依存関係の断絶を理解するためにも興味深い例である。周知の通り、建物としての大学寮は、平安後期に火災によって全焼し、二度と再建されることはなかった。その物理的な姿が復興されなかったことは、大内裏の建物に与えられた予算がますます減ったことの結果でもあるが、これはTH型のエンタングルメントを維持できなかったという意味もある。つまり当時の人間は、大学寮というモノの世話をできなくなったが、一方、HT（人間・モノ）型のエンタングルメントもすでに崩れていたと考えられる。文人の家族の子弟にとって大学寮は重要な勤め口であったが、平安後期になると、その役割がだんだん薄くなり、したがって大学寮への依存もほとんどなくなった。HT型のエンタングルメントがなければ、大学寮の建物が全焼したら、もう作り直す必然がなかったと考えられる。

大学寮と文人階級というのは、ややローカルで限られた範囲のエンタングルメントに見えるが、律令国家および貴族社会という環境の社会的ダイナミズムを理解するにはよい例である。

しかし、戦争のような、社会全体を巻き込む画期的な出来事の場合は、どうだろうか。たとえば、『方丈記』で描かれた「五大災厄」は、どのように人とモノのエンタングルメントを破壊したり、改めたりするのだろうか。当然、自然災害や戦争になると、モノ（とくに人の住まい）および人間のどちらも、破壊的な被害を受けてしまうが、その結果さまざまなエンタングルメントも断絶してしまう。おそらく、災害や戦争そのものよりも、むしろエンタングルメントの崩壊が無常感を募らせる効果があると推定できる。この推定を確認するためには、文学作品が重要な資料になる。

例えば、『方丈記』の第一部に語られた大火、辻風（竜巻）、遷都、飢饉、大地震、いわゆる五大災厄の中には「遷都」も挙げられているのが少し不思議であろう。その遷都は、平清盛が一一八〇年に決行した福原京への首都の移動だが、『方丈記』ではまるで自然災害と同様に語られているのである。しかし、エンタングルメントの面から見ると、その遷都は確かに災害と同様の効果があったと言える。つまり、首都の多くの住民たちがモノに対して持っていたエンタングルメントが、ある程度断絶せざるを得なかったからである。

大きなスケールで見ると、首都の住民たちは、平安京というモノを世話しなくなり、ＴＨ型のエンタングルメントから脱出したのである。これは空前ではなかった。福原遷都のおおよそ三〇〇年前に桓武天皇が平城京を放棄し、平安京を建設することを決定した結果、様々なエンタングルメントが断絶したと考えられる。この場合で興味深いのは、桓武天皇が意思をもってある類のエンタングルメントを断ち切ろうとしていたということである。それは、朝廷の政治に深く介入していた大和地域の寺院の権力を制限するための手段だった。だからこそ、平安京の設計図には、西寺と東寺といった二つの寺院のみが市内に建てることが許され、直接に中央政府の管理下に置かれていた。新しい首都の建設というのは、お寺と政治とのエンタングルメントを切り、新たなエンタングルメントを定めるという意味があった。平安京の創設は、人間とモノの間のエンタングルメントを再構築し、管理しようとした作戦の成功例であった。

ところで、旧都平城京の放棄は二つの結果に到った。まず、建物の維持管理が行われなくなり、ＴＨ（モノ・人間）型のエンタングルメントが崩壊し、建物が徐々に朽ち果てていったことである。それに、経済的な理由などで平安京に引っ越せなかった人々は隔絶してしまい、ＨＨ（人間・人間）型のエンタングルメントも失われてしまったと考えられる。文学作品にそれを探ると、『伊勢物語』の第一段がまず思い浮かぶだろう。成人になったばかりの主人公は、狩猟のために旧都奈良を訪れるが、その荒廃の中に二人の女性を垣間見て、次のような「まどひ」を感じるのである。

おもほえず、ふる里に、いとはしたなくてありければ、心地まどひにけり。

（『伊勢物語』第一段）

同じような感情が、『古今和歌集』に収録されている平城天皇による次の歌にも見出せる。

ふるさととなりにしならのみやこにも色は変らず花は咲けり

（『古今集』春二）

この歌を詠んだ平城天皇は、数年前に「薬子の変」と呼ばれる後継者争いによって弟の嵯峨天皇に敗れ、奈良に隠居していたとされている。即位して、平安京というモノとのエンタングルメントを強制的に奪われ、「奈良の帝」という名称で知られるほど、再び廃都との運命が結びついたのである。

このように、古典文学作品に描かれる社会的な経緯も、エンタングルメントを検討するにあたっては有意義である。本節では対象にしないが、おそらく『源氏物語』でも、建物などの居住空間と物語の人物たちの間には、エンタングルメントとして理解できる複雑な関係性が見出せるだろう。そして物語の重要な展開、例えば光源氏が須磨に流刑されることは、エンタングルメントからの解放と再構成として再考できるだろう。

ところで、平安末期になると、源平合戦が煽った政治的変動のため、大規模な脱エンタングルメントが発生したと考えられる。その脱エンタングルメントを記録したのは、後の文学作品で探ることができるが、その最も有名なものは「祇園精舎の鐘の声、諸行無常の響きあり」という語句で始まる『平家物語』だろう。注目すべきなのは、「無常」という単語がはっきりと使われているところである。筆者の推定では、鎌倉期以降の作品群の中には、平安時代におけるモノの増大と、それに伴うエンタングルメントの維持の困難さをはっきりと理解したものが多いということである。戦乱によって人間とモノのバランスが崩れ、エンタングルメントの一方向的な増大が持続不可能となり、そこで無常観がそのショックに応えようとする理知的反応である。

そもそも、当時普及していた末法思想もまた、世界と人類は不可避に、エントロピーに進んでいると示唆していた。この考え方は、現代の進歩主義、いわゆる人間の状況が絶えず改善しつづけるという信念とは対照的である。我々現代人は、「進歩」はモノの生産と増大に相当するものであると考えがちがあるが、これは結局、ただモノに依存するというエンタングルメントの増加にほかならない。だからこそ、今日、無常という概念をエンタングルメントへの反応として再考することは有意義だと考えられる。

さて、平安末期の画期的な出来事は、武士が政治的な権力を握ったことであるが、ここで注目したいのは、鎌倉幕府の設立は、新しい支配階級（人間）が平安京（モノ・人間型）への依存を断ち切ろうとしたという試みだったと解釈できることである。しかし、実際に滅びてしまった平城京と異なり、平安京は鎌倉期以降でも活気のある都市で、太政官や皇室などの政体の居場所であり続けたのである。これは、当時の日本人と京都というモノのエンタングルメントがどれほど強かったかを、よく証明している史実であろう。

逆に、後の武士階級は、平安時代の貴族の象徴的・文化的資本、いわゆる「平安の遺産」を取り込もうとしていた。少なくとも、娘の平徳子を高倉天皇に結婚させて自分の立場を確定しようとした平清盛をはじめ、武士は既存の政治的秩序を覆すのではなく、その中で自らの地位を強化しようとしたのであった。言い換えれば、皇室との血縁関係を通じてＨＨ型のエンタングルメントを形成し、また、太政大臣などの朝廷の高位に就くことでＨＴ型のエンタングルメントを確立しようとした。平安京から空間的に離れつつも、文化的・象徴的な価値を受け継ぐことによって、武士は支配者としての正当性を求めようとしていた。これこそは、人間・モノのエンタングルメントがいかに強力であり、断ち切ることがいかに難しいものであるかを表している。

室町時代まで降ると、幕府は再び都に戻り、首都という空間の中に象徴的な位置を占めることとなった。おそらく、京都というモノとのエンタングルメントがあまりにも有利であったからだと考えられる。これは、明白なＨＴ型のエンタングルメント（武士が都に依存する関係）であるが、一方、ＴＨ型のエンタングルメントも新たに形成したと考えられる。なぜなら、例えば足利幕府が新しい寺院造営などで都の開発を支えていたからである。

このように、京都と日本の支配階級とのエンタングルメントは非常に強力であり、少なくとも近代に至るまで存続したといえる。明治時代以降の京都も、公式な機能を失ったにもかかわらず、文化的な首都として認められ続け、現代の文化遺産というカテゴリーにおいて再評価されている。

三、エンタングルメントとしての無常

先述したように、無常というのは、日本の独特な類のエンタングルメントおよび脱エンタングルメントに対する反応として考えることができる。人と家という関係には、その特徴がよく現れる。『方丈記』の中心的な課題は、人と住処との関係だとされており、それは独特な一体性を生み出すのである（堀田善衛『方丈記私記』（一九七一年）、本書荒木序論参照）。日本以外でも、人と家との関係は重視されているはずだが、日本の家屋にはそれをさらに顕著にさせる構造的・環境的な特徴があると推定できる。

例えば、合掌造りという日本の伝統的建築は、大勢の協力に基づくメンテナンスを頻繁に行う必要がある。この事実をエンタングルメントの観点から再考すると、建物が人間の手入れに依存する、いわゆるTH型エンタングルメントだが、一方、その建物に住んでいる人も他の村人の協力に依存し、いわゆるHH型エンタングルメントに絡まっていると考えられる。このようなエンタングルメントは日本の各地で長い間維持されてきたが、現代に入ると、過疎化と建築技術の変化などによって、このような保存の仕方が不可能になった。村の人々の間のHH型エンタングルメントが崩れると、何百年も続けてきた家のあり方、つまりTH型のエンタングルメントも絶えてしまった。

興味深いのは、このような伝統的建物が逆に残ったエリアである。例えば、ユネスコ世界文化遺産として登録された白川郷。この場合、特定の政治的意志が働いたことは明らかである。つまり、もう実用を失ったこれらの建物は、「文化遺産」とすることによって、新たな象徴的価値（および、観光による経済的な可能性）を得たということである。しかし本論にとって重要なのは、「遺産化」と呼ばれるこのプロセスでさえ、政治家や地方行政者、建築家や美術史の専門家、それに技術者や大工や職人などの大勢の働きによって実行できたのである。新しいT

H型エンタングルメントが発生したが、以上の人々は白川郷というモノを世話する一方、同時にこの文化財にある程度の依存ができた。遺産化というプロセスは、たとえ、莫大で経済的な負担がかかっても、政治家から観光施設の経営者まで、それから利益を得る人たちが多い。ところで、遺産という概念自体は、モノと人の儚さ、いわゆる無常から回避する方法の一つだと推定したい。何百年も前の文化財が現在まで生き残った事実は、無常という避けられない運命に対する執拗な応答とさえ思われる。特定の「モノ」を選び、無期限に保存しつづけ、文化財と呼ぶというプロセスは、未来の人々にまでその価値を伝え切れるという希望を具現化する意味がある。

ちなみに、本研究プロジェクトの題目となっているソリッド／フラジャイルという二項は、遺産を区別する有形／無形というカテゴリーに相当する共通点がある。モノがソリッドで有形であるとすれば、人間や社会（特にジグムント・バウマン（Zygmunt Bauman）がリキッド（液状）と呼んだ二一世紀の社会(16)）はフラジャイルで無形だといえるかもしれない。モノは、常なるメンテナンスによってその固定された形を維持することができるのに対して、人間は、一人一人限られた人命を伸ばすことができず、フラジャイルな集団として生きることしかできない。この課題もまた、宗教や哲学から遺産研究や社会学まで、学際的な検討を招くものだが、本論考では以上の仮定に留まることにする。

本論考の後半は、古典文学や文学作品を「モノ」として再考し、それにエンタングルメント論をかけてみる。文学はフラジャイルとソリッドの両面を含むモノだが、それは人間とどのような依存および利益の関係、すなわちどのようなエンタングルメントに到るのか。文学と古典についての熟考から、無常のジレンマに対する新しい未来観や解決策を創造する可能性が生まれると期待できる。

四、古典はモノ（thing）だとすれば

人間が様々なニーズに応えるために創り出した「モノ」の中には、文字と文学が優先的な位置を占めている。農具や技術、または絵画や彫刻のような芸術と同様に、文学もエンタングルメントの一部として理解できる。世界の各地では、人間の様々な社会が文字に依存している。文字を導入してから、その技術によって得た利益を断念することができず、最終的に文字に縛られるのである。商業、金融、民主主義などの現代社会の高度な機能および科学や文芸は、文字なしでは想像できないものである。それに、文字によってフラジャイルな話し言語をソリッドな表記という形に変相することも重要な役割である。つまり、書記技術および文学は、国家形成の社会的プロセスに欠かせない要素なのである。

既述したように、ホッダーのエンタングルメントの規則の一つは、モノが常に増えることであるが、この意味では文学も例外ではない。毎日、各国で数えきれない新しい作品が出版されている。では、文学にこのような重要な役割があるのであれば、文学と人間とのエンタングルメントにはどのような形と機能があるのだろうか。また、この文学的エンタングルメントはどのように無常と関わるのだろうか。日本古典文学をケースとして検討したい。

ロラン・バルトが「記号の国」と呼んだ日本では、人間と書物とのエンタングルメントが特に顕著だと思われる。中国から文字を導入して以来、日本の政治的および文化的エリートがますます文字と書物に頼り、依存しはじめたのである。「大化の改新」以降、官僚機構として構成された律令国家の管理においては、書記が一層欠かせない技術になった。書物というモノに頼ることによって、当時の支配級の人々は、自らの覇権を強固にしていた。これはＨＴ型のエンタングルメントとして解釈できるが、単に経済的財産の所有や使用に留まることではな

く、知的および象徴的な価値も含み、日本の歴史における書記と書物の重要性を証明する側面である。

ところで、モノが常に増え続けるという点に関しては、古典文学をめぐる考察は特に有意義である。一般的にいうと、古典というモノは、人が知っておくべきテキストだという意味がある。しかし、代々「古典」と呼ばれる作品が増え続け、今日ではその全て読むことは実際に不可能になったのである。そもそも、国と文化によって、「古典」とされているモノ、つまり誰にでも知られるべき知識と作品は異なっているのである。フランス人もイギリス人も、ましてや中国人も日本人も、必ずしも同じ古典を読んでいるわけではない。ゲーテが理想としていた世界文学（Weltliterature）という概念は、おそらくまだ流布していた作品群がそれほど多くなかった時代にできた概念だったと推定できる。

しかし、古典という概念には、根本的に制限の意味が含意されていることに注目したい。タロ・カルヴィーノが指摘した通り、全ての古典は同じ重要性があるわけではなく、各人が自らの経験と期待に応えて「あなたの古典」のような作品を探すべきである。

　あなたの古典とは、あなたにとって無関心ではいられないものであり、あなたはそれとの関係において、そしておそらくは対照において、自分自身を定義する必要があるものである(17)。

エンタングルメントという言葉を使わないが、カルヴィーノの言葉は結局、古典を「必要」なモノとし、人間との結び付きによって定義されているモノだという考えに基づいている。

五、古典文学における無常とエンタングルメント

では、文学や古典を「モノ」として捉えるとして、日本の場合は、それがどのような意味をもつのか。先ほど、「無常観」は、人間とモノのエンタングルメントが崩壊する時に現れる現象だと推定したが、古典作品の中では

その証拠をどこで探求すれば良いか。ここでは、古典文学作品の冒頭部に添えられることが多い序文という文章を取り上げて、検討したい。これらの序文は、おそらく荒木が「〈随想〉という文学形態」（本書序論参照）と呼ぶところの作品だが、古典に関わる熟考が含まれている点が特に興味深い。

日本の場合、序文というジャンルの最も早い例はおそらく『古事記』の序であろう。その序を筆記した太安万侶が『古事記』の編纂をめぐる経緯を語る。それは、それまで断片的で、口伝のみで伝えられてきた歴史や過去の天皇たちの詔勅を筆記形態として残したいという元明天皇の願望によるものである。言い換えれば、『古事記』の背景にある意図は、フラジャイルな口承知識に、ソリッドな筆記という形を与えることであった。『古事記』序の文中には、無常などの仏教思想にはっきり言及するところはないが、例えば、元明天皇の言葉の引用の中に、歴史的な知識を保護する必要性が明瞭に表れたのである。

焉に、旧辞の誤り忤へるを惜しみ、先紀の謬り錯へるを正さむとして、和銅四年九月十八日を以て、臣安万侶に詔はく、「稗田阿礼が誦める勅語の旧辞を撰ひ録して、献上れ」とのりたまへば、謹みて詔旨に随に、子細に採り摭ひつ。（『古事記』序）

つまり、フラジャイルな知識がソリッドな書物というモノの発明によって避けられるという解釈ができよう。『古事記』が完成して数十年後、『懐風藻』という日本最古の詩集が現れる。その序文では、書物と詩文の儚さがはっきりと訴えられる。「壬申の乱」（六七二年）を目撃した撰者は、多くの書物と文学作品が喪失されることを嘆いた後、残存した作品群を集めて『懐風藻』を編纂したと説明する。ここにも、無常という言葉は見当たらないが、文学と詩の脆さがはっきりと意識されている。しかしここでは、ソリッドな形をとった書物というモノでさえ、戦乱などの災害にあたって結局非常にフラジャイルな存在であることが認識されるのである。これは言い換えれば、人間が詩や文学作品というモノを十分に世話しきれないという意味であり、つまりTH型エンタングルメントの儚さを訴える主旨である。文学というモノの喪失への対策としては、アンソロジーという新たなモノを作ることにほかならない。これは、無常に直面した古典が生み出した未来観の一つであると考えられる。文学を繰り返し編纂し続け、書写し続けるという手段を通して、無常を無力化させようとする対策として捉えられる。しかし一方で、漢詩集およびその写本を作り出すこともまた、新しいモノを作り、さらなるTH型およびHT型のエンタングルメントを回復させるという結果につながる。

八世紀から九世紀にかけて、詩歌をはじめ、文学作品の生産は増大し続け、テクストがだんだんと蓄積した。ホッダーが論証したエンタングルメントの一方性という法則は満たされているようである。周知の通り、当時の貴族社会の人々は、個人同士の問答のみならず、宴会や歌合のような公的な場面でも、漢詩と和歌というモノにますます頼るようになったのである。したがって、より多くの詩歌が詠まれるようになった。

ところで、詩歌集というモノは、過去の詩歌をできるだけ多く集めるという目標はない。むしろ、撰者が保存すべきだと思う詩歌のみを収載する。この意味では、モノの蓄積の一方性に対する歯止めをかけるような役割があったと考えられる。先述したが、そもそも古典という概念にはモノの選択と除外というプロセスが含まれているが、詩歌集はそのよい例である。

『古今和歌集』のケースは特に興味深い。仮名序を読むと、紀貫之をはじめ、古今集の撰者たちは、和歌の道を復活させようと、はっきりと宣言するのである。『古今集』という新しいモノを作り出すことによって、文学ジャンルとしての「和歌」をより効果的に世話できるのである。ここでも、非常にフラジャイルだった和歌というモノに、歌集というよりソリッドな形を与えたという解説ができる。しかし、『懐風藻』に比べて「新しい古典」を作り出す方針が明記されているところは特に注目すべきである。それは、和歌というジャンルを正統なものとすることによって、和歌と歌人たちに新しい未来観を与えたのである。その未来は仮名序の結末で予言のような形を取る。

歌のさまを知り、言の心を得たらむ人は、大空の月を見るがごとくに、古を仰ぎて今を恋ひざらめかも。
（『古今集』仮名序）

この客観的な言葉は、「無常観」と対立的なスタンスであるといえる。『古今集』で復活した和歌は、これからも栄え続けるだろうという。とはいえ、古今集歌の中にも、無常観をはっきりと表す歌が少なくない。「雑歌」の中に収録されている小野小町の次の歌はその一例である。

あはれてふことこそうたて世の中を思ひはなれぬほだしなりけれ
（小野小町、『古今集』雑歌下）

小町をこの世に縛り付けている鎖（ほだし）が、小町自身のこの世に対する感情（あはれ）にほかならない。つまり人間と人間、あるいは人間とモノといったエンタングルメントを表す最適な例であろう。このように、仏教のテーマは、勅撰集の部立てに位置付けられたテーマとなるが、そのため古今集編纂は、無常観を受けながら、一方でその絶望的な気持ちを乗り越えようとする性格を見せる。

無常という絶望をより直接に抱く作品として、『方丈記』を挙げなければならない。戦乱の最も嘆くべき被災は書物や詩歌の破壊であると記述する『懐風藻』の序文と違って、『方丈記』の災害の記述では、書物や文学作品に言及する箇所がない。書物について述べられる場面は、鴨長明がその庵を描写するところだけである。それは法華経と、「黒き皮籠三合を置けり。すなはち、和歌・管弦・往生要集ごときの抄物を入れたり」（『方丈記』）という箇所である。庵という狭い空間で三つの箱という量は少ないだろう。もちろん、まだ都に住んでいたころの長明は、数の多い書物を所持していたと想像できる。つまり庵に住むという決意は、所有物への依存や住居に関する快適さだけでなく、書物においても、ある程度の脱エンタングルメントの意味もあったと考えられる。しかし『方丈記』の最も注目すべきところは、無常とエンタングルメントに対する長明の意識である。例えば、

「京のならひ、何わざにつけても、源は、田舎をこそ頼めるに、たえて上るものなければ、さのみやは操もつくりあへん」と述べているが、これは京が周囲の田園地帯に完全に依存していたことをはっきりと理解していた証拠である。京が頼っていたTT型およびTH型エンタングルメントが切れると、無常観が顕著になり、『方丈記』のような作品によって記録されるのである。そのエンタングルメントを明瞭に理解していた長明は、個人的なスケールでそれらから解放されようとしていた。例えば、日常に移動する場合は、何にも誰にも頼らないほうがいいと述べている。「もし、歩くべきことあれば、みづから歩む。苦しといへども、馬・鞍・牛・車と、心を悩ますにはしかず」。それから、隠遁生活を決めた理由を説明する箇所では、驚くほどエンタングルメントに相当する発言までするのである。「人を頼めば、身、他の有なり。人をはぐくめば、心、恩愛につかはる」。モノと人に依存する、つまりHT型とHH型のエンタングルメントの基本的な働きを見事にまとめたようである。

HH型エンタングルメントに関しては、長明の理解は特に明快である。「もとより妻子なければ、捨てがたきよすがもなし。身に官禄あらず。何に付けてか、執を留めん」。

そうした個人的な事情だからこそ、長明はHH型エンタングルメントから解放され得る。そして、家族がいないからこそ、家の大きさを徐々に縮めることができたと述べている。

「われ今、身の為に結べり。人の為に造らず。故いかんとなれば、今の世の習ひ、この身の有様、ともなふべき人もなく、頼むべき奴もなし。たとひ広く造れりとも、誰を宿し、誰をかすゑん」。

人間とのエンタングルメントがなければ、モノとのエンタングルメントも弱めることができると、解釈できよう。『方丈記』では、世に背を向ける決意は、より正しい、苦痛のない生き方に導くと宣言されているが、言い換えれば、隠者生活は、エンタングルメントを断ち切ることによって、それに由来する無常観をも回避できる対策だと語られている。

しかし、『方丈記』の結末に到ると、長明は人間とモノとの完全な分離が実は不可能であることを認めなければならないようにみえる。隠者として暮らそうとしても、やはり近くに住む木こりの息子と一緒に過ごす時間を楽しんだりする。それよりも、その隠遁生活の柱となっている仮庵こそが、長明の幸福を築くモノであることを認めざるを得ない。エンタングルメント論の原則通り、どんなに小さくても、庵は人間の世話を必要とするし、それに対して長明は強い愛着を感じ始め、つまりある程度の依存を抱くようになる。「今、さびしきすまひ、一間の庵、みづからこれを愛す」。

既述したように、『方丈記』という作品の素晴らしさは、モノへの服従を明快に意識しているという点である。最後に、長明はその庵という小さなモノへの愛着は結局仏教の信念の邪魔をするものであると認める。「今、草庵を愛するも、とがとす。閑寂に着するも、障りなるべし」。

無常の圧倒的な力を認めている長明の随筆は、モノとのエンタングルメントから完全に解放されることの不可能を強調し、ホッダーの理論をある程度支える資料となる。

しかし『方丈記』の最も重要な点は、【＋モノ→＋エンタングルメント→＋モノ→……】という、エンタングルメントの一方性法則を回避するところでもある。つまり、無常観を完全に無くすことができなくても、ますます小さく、少ないモノに満足できるという対策は、モノと人間に対するエンタングルメントを削減するせめてもの方法として効果的であるといえる。

『方丈記』の未来観は、一見して悲観的なビジョンにしか見えないが、モノへのエンタングルメントを減らすという方法は、現在の社会にとって熟考すべきものであろう。当然、現代人にとっては仮庵に住むことが難しいが、このような古典文学からは、不可避にみえる展開を逆転させるための対策が想像できるようになる。

結論

本論考は、無常という概念を、イアン・ホッダー氏が提案したエンタングルメント論の視点から再考した試みである。ここで、無常観というのは、人間とモノとを結び合う多様なエンタングルメントの構成および崩壊に反応して発生するものだと提示した。また日本古典文学のいくつかの作品を取り上げ、文中における人間とモノの関係を検討してみた。中世の文学作品において、無常観が中心的な課題になっているのは、当時の災害や、幕府の盛衰などによる政治的・社会的な不安定という明らかな原因がある。仏教はこのような不安を受け入れながら、末法という理論などによって説明を与え、世の物事から切り離すという解決策を提供するのである。それは、エンタングルメント論でいうと、モノに関わるＨＴ型とＴＨ型の脱エンタングルメントに相当する解決策である。それに、他の人への愛着も含めると、これはＨＨ型の脱エンタングルメントだと言える。

そして古典に関しては、古典を保護すること、古典に依存することは、それぞれＨＴ型とＴＨ型の二種のエンタングルメントとして解釈できると主張した。これは、筆者が別の論文で定義したテクスト遺産という概念[18]につながり、その論理を補足できることに注目したい。それはつまり、建物などの「ソリッドなモノ」に比べて、テキスト、とりわけ古典文学は、物理的な媒体なら非常に「フラジャイル」であるものの、内容としては比較的に容易に再生産できるものでもあり、無限に伝承し続けられるのである。

古典文学は、人類の歴史に重きをなした「モノ」として存在しつづけた。言い換えれば、古典を「モノ」として考えることは、エンタングルメントの定義に新たな刺激を与えるだけでなく、人間とモノとの関係における、より広範な考察を促すのである。例えば、生物と無生物という区別をめぐる論考にも、刺激を与えることができる。

さらにいうと、古典テクストの伝達と受容の歴史は、ある意味で人類が新しいテクストや新しい古典を蓄積し続けてきたこととして理解できる。他方で、古典という概念そのものが、選択、放棄、作り直しといった過程を含むことで、倍増するモノの蓄積に制限を課していると考えられる。『古今和歌集』のようなアンソロジーはその一例である。この仮定が確認できれば、エンタングルメント論の訂正が必要になろう。一方、『方丈記』は脱エンタングルメントの可能性を検討する例として、とりわけ有意義である。

古典は、何世代にわたって蓄積された共通記憶を具現化したモノとして考えられる。一方、その記憶とアイデンティティーに頼る人間にとって、行動と想像を規制し、「絡める（entrap）」効果ももたらすと考えられる。古典と人間は明らかにエンタングルメントの状態（依存し合う関係）になっているが、古典がそれぞれの時代に合わせて進化し、適応してきたこと自体は、エンタングルメントの意味を逆転させ、新しい未来観を生み出す道具にもなれるかもしれない。

（凡例）

古典の引用文献は、以下の通り。

・『方丈記』：簗瀬一雄訳注『方丈記』（角川ソフィア文庫、二〇一〇年）
・『伊勢物語』：石田譲二訳注『新版 伊勢物語 現代語訳付き』（角川ソフィア文庫、一九七九年）
・『古今和歌集』：片桐洋一『古今和歌集評釈（上）』（講談社、二〇一九年）
・『古事記』：山口佳紀、神野志隆光校注、訳『古事記』（新編日本古典文学全集、小学館、一九九七年）

（1） Francesca Fraccaro (ed.), *Ricordi di un eremo* (Venezia: Marsilio, 1991) 9. 和訳は筆者による。
（2） Marco Noce (ed.), *De vita solitaria* (Milano: Mondadori, 1992) lib. I, cap. IX.
（3） Jane Bennet, *Vibrant matter: a political ecology of things* (Duke University Press, 2009) viii-x.
（4） "Matter is neither fixed and given nor the mere end result of different processes. Matter is produced and

productive, generated and generative. Matter is agentive, not a fixed essence or property of things." Karen Barad, *Meeting the Universe Halfway: Quantum Physics and the Entanglement of Matter and Meaning* (Duke University Press, 2007) 137.

（5）エドアルド・ジェルリーニ「古典×再生＝テクスト遺産　過去文化の復興を理解するための新パラダイム」（盛田帝子編『古典の再生』文学通信、二〇二四年）。

（6）Ian Hodder, *Where Are We Heading? The Evolution of Humans and Things* (Yale University Press, 2018).

（7）Ian Hodder, "The Entanglements of Humans and Things: A Long-Term View," *New Literary History*, vol. 45 no. 1, (2014): 19–20.

（8）Hodder 2014: 20.

（9）"Entanglement can thus be redefined as the dialectic of dependence and dependency between humans and things. The term "entanglement" seeks to capture the ways in which humans and things entrap each other. But it also seeks to recognize the ways in which a continual and exponentially increasing dynamism lies at the heart of the human experience." Hodder 2014: 20.

（10）Hodder 2018: 17.

（11）"Irreversible Evolutionary Development of Entanglement." Hodder 2014: 27.

（12）Hodder 2014: 31.

（12）Hodder 2014: 29.

（14）Hodder 2014: 32.

（15）Hodder 2014: 32.

（16）ジグムント・バウマン、森田典正訳『リキッド・モダニティ：液状化する社会』（大月書店、二〇〇一年）。

（17）イタロ・カルヴィーノ、須賀敦子訳『なぜ古典を読むのか』（河出文庫、二〇一二年）。

（18）エドアルド・ジェルリーニ「緒論　なぜテクスト遺産か」（エドアルド・ジェルリーニ、河野貴美子共編『古典は遺産か？』勉誠出版、二〇二一年）。

神とかけて、天と解く。その心は？

――『ルバイヤート』から考える無常における神と天への責任追及

アリレザー・レザーイ

はじめに

世界中で『ルバイヤート』（四行詩集）の作者オマル・ハイヤーム（一〇四八～一一三一）は酒礼賛の詩人として知られる。しかし彼はもともと詩人でもなければ、盃を片手に一生を漫然と過ごしたわけでもなく、高次方程式を解いたり、正確な暦を作成したりするなど、数学や天文学といった素面（しらふ）の状態が必要不可欠な分野で偉業を成し遂げた学者である。従って『ルバイヤート』においても、人生を楽しく過ごすための一工夫にすぎない酒ではなく、学者ならではの論理的な問い詰め方にこそ彼の本来の姿を探るべきであろう。

事実、本論考でも触れるように神による人間創造の良し悪しをめぐる議論こそが『ルバイヤート』の真髄となっており、「反イスラーム的な内容も含んでいることからペルシア文学史上特異な存在とされる」［中村公則 2002: 202］所以だ。当然ながらこのような側面は原文で熟読して初めて見えてくるのだが、何よりペルシア語で詠まれている『ルバイヤート』とアラビア語で啓示されている『クルアーン（コーラン）』の記述（アーヤ）との関連性を見落としてしまうと、この作品の本質が隠れたままとなる。

従って筆者はハイヤームのどの四行詩に『クルアーン』の記述に由来する言及、あるいはそれに対する指摘が潜んでいるのかというアプローチから彼の詩を考察の対象としているわけだが、本論考ではこのアプローチに基づいて「無常」という、日本人にとっても馴染みのある観点から『ルバイヤート』について考察する一方で、「無常における神と天への責任追及」という馴染みのない観点からも考察を行う。

無常は定義次第で仏教特有の観念となることもあれば、普遍的な固定観念となることもある。無常を世の儚さと捉えれば、無常はまさに死の言い換えになり、世界共通の観念となる。一方、末木文美士［1998: 1568］が述べるように、仏教では永遠なる存在を否定し、万物の無常なることを主張する。即ち、仏教ではこの世界の生を苦と捉えるが、苦の原因として無常が挙げられる。それは、無常とは時間にともなう変化であり、生・老・病・死のような苦も時間的変化によって生ずると考えられるからである。確かに、無常は瞬間的に生じては滅する「念々無常」と、人間の一生のように暫くはとどまっているようなものでも実は絶えず変化している「相続無常」に分類される［森章司 1987: 529］ことはあるが、これらのいずれも速度の差こそあれ、時間軸における変化であることに変わりはない。

そこで本論考では無常を、苦労が伴う人間の儚い人生、言い換えれば、長続きもしなければ、思いのままにもならない人間たる者の一生という意味合いで捉えて考察を行う。

一、「する」と「なる」の無常観

筆者は以前、イスラーム教における無常の在り方を考えるにあたり、『クルアーン』の記述を手掛かりに「「する」と「なる」の無常観」という枠組みを提示しているが(1)、『ルバイヤート』の無常観を理解するためにもこの枠組みが役立つことから、ここではその要約を記すことにする。

無常についての考察は自ずと時間についての考察になるが、イスラーム教では、神は時間を超越した存在として捉えられるため、かれこそが時間の全権を掌握していると強調される［57: 2-4, 45: 24-26 等］。これは昼夜・季節の交替のような循環的な時間の場合も、また人類の歴史のような直線的な時間の場合も同様である。即ち、アッラーの神こそが昼夜を循環させるだけではなく、人間を楽園から追放させたことで現世の時間を開始させるとともに、復活の日においても自身の裁量で現世時間を終了させ、ひいては来世時間を開始させると説かれる。

直線的な時間も結局のところ循環的な時間の反復の結果でしかないが、人間にとっては毎日容易に認識できる昼夜の交替よりも、生から死ひいては死後から来世に至る直線的な時間の方が気になるところであろう。

神意なしの時間の流れは考えられないイスラーム教の世界観では、全人類が歩むことになっている現世から来世に至る直線の長さは言わずもがなだが、各々の人間が現世で歩む生から死に至る線分の長さも事前に神によって決められていると主張される［46: 3, 65: 3, 10: 56 等］。従って、直線のほんの一部にすぎない線分、即ち人生の長さでさえも知らない人間にあっては、当然にして直線、即ち時間そのものについても「何の知識もなく、臆測するだけだ」［45: 24-26］と指摘される所以だ。何より、時間の所有権に対して非常に繊細なイスラーム教の世界観では、両端の閉じた生と死との間の線分においては、人間の自由意志が認められることはあっても[2]、幽玄界に入る死後の直線に関しては、神のみの管轄となっている［62: 8, 27: 65 等］が、これは取りも直さず、人類の歴史は神の計画そのものであること、ひいては歴史における人間の主体性の否定を、意味する。

かくして、イスラーム教の時間観を手掛かりに、仏教でいう無常をあらためて考えれば、仏教の無常は「なる」の原理に基づくのに対し、イスラーム教の無常は「する」の原理に基づくことが見えてくる。即ち、仏教の無常観では、移り変わりや生滅はあくまでも時間の自然な流れで起きる受動的な変化にすぎないのと対照的に、イスラーム教では時間の流れは神の支配下に置かれていると説かれるため、受動的な変化の原理は成立せず、神こそが能動的に物事を変化させたり、生滅させたりすることができる、と考える。

仏教では世界と時間の始まりについては語らず、時間は無限の過去から無限の未来へ向かっている［加藤周一2009: 25］ことから、相続無常にしろ、念々無常にしろ、仏教で説かれる無常論では無常は、どの時点で誰によって無常として現れたのか、換言すれば無常の開始点と開始者について説明されることはない。一方、『クルアーン』の「かれ（アッラーの神）が最初で、また最後」［57: 3］といった記述からもうかがえるように、そもそもイスラーム教では神は時間を超越した存在とされるが、他方たとえ神と時間が同時に開始しているとしても、「かれこそは生を授け、また死を授ける方である」［40: 68, 57: 2 等］と主張されている以上は、時間の流れにおける全ての生滅も自ずと神によって行われる、ということになる。

従って、無限の過去から無限の未来へ続く直線の一部に過ぎない現世の「無常」という線分も、神によって書かれている（開始されている）からこそ、神の裁量の時期まで続行されたのちに、最終的に神によって終了させられることになる。何より、イスラーム教の時間観では、仏教と違って、時間はいつまでも勝手に流れているわけではないので、その一部である現世の無常も神に制御される。よって、このような文脈での無常観も「なる」の原理に基づく時間の勝手な流れによる無常観ではなく、完全に神の管理下に置かれた「する」、即ち神が「させる」という原理に基づいた無常観となる。

他方では、念々無常の場合もイスラーム教は「する」の無常論を貫く。『クルアーン』は神を、すべての事物を規制統御し［13: 2, 23: 88］、万有を守護し、誰からも守護されない［23: 88］存在とした上で、かれこそが、豊沃にする風を送り、天から雨を降らせて、それを人間たちに飲ませる［15: 22］方であると主張する。言うまでもなくこのような主張は、神こそが時間の流れ、ひいてはこの流れの中で起きる諸々の変化の管理者であることの裏返しである。『クルアーン』において、神は陸と海にあるすべてのものを知っているのみならず、一枚の木の葉でさえ、かれがそれを知らずに落ちることもなければ、大地の暗闇の中の一粒の穀物でも、生気があるかまたは枯れているか、かれの創造の計画通りでないものは何もない［6: 59］、といった旨の主張を確認できるのもまさにこのためである。

二、『ルバイヤート』における神と天に対する無常の責任追及

興味深いことに、アラビア半島で発祥し、「する」の無常観一途のイスラームという外来一神教が、ペルシアという――元来二元論の――文化・思想の隅々まで行き渡った時代に詠まれた『ルバイヤート』においては、「する」のみならず、「なる」の無常観も見出せる。先述のように、本論考では無常を、長続きもしなければ思いのままにもならないという意味合いで捉えるが、『ルバイヤート』には「する」と「なる」の無常観の両方を見出せるということは、時間の流れにおける神の主体性のみならず、神から独立した時間の流れそのものの主体性も確認できる、ということを意味する。これは即ち、世の中の無常は神の仕業として描かれる四行詩もあれば、時間の――好ましくない――流れの結果として描かれるものもある、ということだ。

ハイヤームの詩における時間の流れは、falak（天・空・天球・天体）、charkh-e falak（廻る天）や charkh（輪）等といった言葉で表現されているが、「円／丸」という具体的且つ視覚的イメージの方に重点を置いた場合、それは「天輪」に呼応すると言えよう。

他方、これらの言葉は、昼夜・季節の交替に代表されるように調和を保った上で廻っている事柄を示すわけだから、天の道理や自然の摂理といった抽象的且つ観念的なニュアンスの方に重点を置いた場合、「天倫」の方がより適切だと思われる。

確かに、ここでいう天輪・天倫を、「時空間内に秩序をもって存在する「こと」や「もの」の総体」という意

味の「コスモス」（広辞苑）とも定義できるが、論究するにあたって、本論考ではこれらを「天」に統一し、神から独立して、あるいは神と並行して世界を司るもののような形而上的な事柄として捉える。

ところが、天の観念を考察する上で避けて通れないのは、天と神の位置付けの問題である。これはつまり、時の流れで起きる無常は、天と神、どちらの管轄範囲になるかの問題だが、この問題の核心に迫るのがまさに本論考の狙いである。

天事と人事との間の密接な関係を示す中国の天人相関説にちなんで言えば、ルバイヤートには天神相関説とでも表現できる天事と神事のような関係を見出せる。この相関を、Ⅰ．神の主体性が示されるもの、Ⅱ．天の主体性が示されるもの、Ⅲ．神と天の主体性が曖昧なもの、Ⅳ．天が同情されるもの、という四種類の四行詩に分類した上で、それぞれの具体例を見てみよう。

（1）神の主体性が示される四行詩

大地と廻る天を建てられたあの方こそは、
あまたの哀れな心に傷跡を残してきた方だ。
夥しい紅玉の唇やら、麝香かおる黒髪やらを、
丸い大地のなかにしまってしまったあの方。
[F&Gh 57. H 24.]（拙訳）

上記の四行詩では天地を創った方、つまり神が、無慈悲にも人々を死なせることで地上に生きる多くの人の心に傷を負わせてきた方であると指摘され、ひいては世の中の無常も神の責任として描かれている。この四行詩に関して注目すべきは、神こそが天を建てることで時の流れおよびこの流れにおける無常を開始させた方であり、

最終的に人々を大地の中に仕舞う（死なせる）ことで各々の無常に終止符を打つのもまたこの方である、と主張される点だ。これはつまり、無常を前提とした人々の人生は完全に神の支配下にある、という主張だ。

もともとかれによって無理やりに存在させられた身だが、
生きる上で、戸惑い以外何も得させてくれなかった。
嫌々死んではいくが、結局わからずじまいなのは、
このように来たり生きたり去ったりすることの目的だ。

[H 2.]（拙訳）

この四行詩でハイヤームが人間は神によって無理やりに生かされた存在にすぎないと指摘するのだが、『クルアーン』の「かれこそはあなたがたに生を授け、間もなく死を与える」[22: 66] といった記述を視野に入れれば、ハイヤームのいう「無理やり」とは、創造の在り方に関しては人間は神から何の相談も受けず、すべては一方的に向うから決めてきたことにすぎない、ということの言い換えであるとわかる。となると、自分の存在させられた意義・目的について考えれば考えるほどますます戸惑ってしまう、という。

万有の主が諸々の元素を組み合わせたと言うのなら、
はたしてなぜそれに不足や欠如を伴わせてしまうのか？
出来が良いと言うのならそれを毀すのは如何なものか？
出来が悪いと言うのならそれは一体、誰のせいなのか？

[F&Gh 31, H 11.]（拙訳）

この四行詩でもハイヤームが万有の主である神に向かって、せっかく諸々の元素を組み合わせることで人間を創造なさった(3)のなら、なぜわざわざそれに物足りなさを伴わせてしまうのか、と指摘する。

ここでいう物足りなさというのは、老いることで最終的に死に繋がる人間たる者の苦を指すが、人間は神によって無理やりに存在させられた（生かされた）ものにすぎないことが指摘されている前述の四行詩の趣旨も視野に入れれば、ハイヤームの言う欠如・不足はまさに仏教でいう四苦（生・老・病・死）と重なる。

「苦」に関しては、確かに『クルアーン』でも「本当にわれは、人間を労苦するように創った」[90: 44] という記述を確認できる。しかしここで注意すべきは、仏教で言う苦は、創造主云々なしの話であり、神が意図的に人間を苦労するように創ったと説く右の記述とは本質的に異なることだ。即ち、仏教でいう苦は受動的な苦であるのに対して、イスラーム教でいう苦は神による能動的な苦であり、従って、仏教の苦を、人間が一生を送る過程で避けて通れない苦と捉えれば、イスラーム教の苦は、神が避けて通らせない苦となる。

他方、『クルアーン』では「神こそが最も優れた創造者である」[23: 14] ことも強調されるからこそ、ハイヤームとしても、全能たる神は欠如や不足が伴わない――『クルアーン』の記述に沿って言えば、苦労することを大前提としない――被造物も創れたはずだが、なぜあえてそうしなかったのか疑問となっているわけだ。

事実、ハイヤームの四行詩の後半の趣旨を理解するにもやはり『クルアーン』の記述との関連性を見落としてはならない。『クルアーン』の、「かれ（神）はあなたを創造し、御心のままに、形態をあなたに与えられた」[82: 7-8] や「かれはあなたがたを形作って美しい姿になされた御方である」[64: 3] といった記述においては人間の出来の良さが主張されることから、ハイヤームとしても、人間の現世での出来が良いという主張なら、果たしてあえてそれを毀し来世で新たに創ることに意味があるのかと問うわけだ。一方では、仮に人間の現世での出来が悪いという理由でそれを毀さざるを得ないという論理なら、そもそも人間を創ったのは神自身ではないかと指摘しているのだ。

（2）天の主体性が示される四行詩

無常における神の主体性・責任が指摘されている前節の四行詩とは対照的に、『ルバイヤート』には、「神」から独立した、あるいは神と並行した「天」（時間の流れ・自然の運行）の主体性・責任が示される旨の詩も確認できる。

廻る天よ、消滅はお前の憎しみによるものだ。
人を苦しめるのもお前の古くからのやり方。
大地よ、お前もそのふところを切り開けば、
そこにどれほどの尊い宝石が潜んでいるのか。

[F&Gh 12, H 39.]（拙訳）

廻る天を打ち負かした人がこれまでいたか、
人々を呑み込む大地の腹が満ちてたまるか。
まさか自分は違うと思い上がっているとでも？
焦るな。君も呑み込まれずに済んでたまるか。

[F&Gh 68.]（拙訳）

嘆き・悲しみしか重ねてこない天のことだから、
一人奪ってからでなければ新たな人を来させるものか。
時の流れに手を焼いている我々のことを知れば、
一足遅れの人々が来ようとしたりするものか。

[F&Gh. 101, H. 28]（拙訳）

ハイヤームに限らずペルシア文学における神と天との相関性を考察する際には、イスラーム化する前とイス

ラーム化した後のイランという国の宗教的背景にも注目しなければならない。

古代イランのゾロアスター教やマニ教のように善神と悪神の二つを信じた宗教の場合は、諸々の悪を悪神に帰させることができたため、老いることや死ぬことに対する悩み・不満もある程度処理できた。ところが、イスラーム教という一神教が登場することによって、善悪二元論が成り立たなくなり、悪を神に帰させることも自ずと不可能となってしまったが、その結果、イランの詩人たちは、非難を免れるために世の中の無常の責任を天に負わせるようになる。そうすることによって天が、どのような害もそれに帰させ、非難を浴びせることのできる、以前からいた悪神に取って代わられたわけだ［Eslāmī Nodūshan 2002: 262-264］。

考えてみれば、このような思想変容は、善悪二元論から天神二元論へのパラダイムシフトとも表現できるが、かくて天の主体性が示されつつ、それを相手に世の中の無常の責任が追及される以上の三例が、どのような思想的背景に基づいているかが見えてくる。

（3）神と天の主体性が曖昧な四行詩

無常における神と天の主体性ひいては責任問題が明確に描かれている前々節や前節と違って、『ルバイヤート』には「天」と書かれていても「神」と読むべきではないかと思われる四行詩も目にする。

われらは人形で人形使いは天さ。
それは比喩（ひゆ）ではなくて現実なんだ。
この席で一くさり演技（わざ）をすませば、
一つずつ無の手筥（てばこ）に入れられるのさ。

［小川亮作訳 2002: 50］（ルビは原文通り。傍点は筆者による）

天の振舞いは、公平性に欠けていなければ、
その営みのすべても良しとされたろうに。
世の中も公正に移り変わってさえいれば、
博識ある人が惜しまずにいられたろうに。

[F&Gh. 176]（拙訳）

上記の一つ目の例では、人形のように人間を操り弄ぶ「天」、そして二つ目の例では、公平性に欠ける「天」に対する不満が描かれている。しかし、天は時の流れや自然の運行を表しているにすぎないという前提で、「現世における人間の消滅、ひいてはそれに伴う悲しみ」がその趣旨となっている前節の自動的・自然的な三例と異なり、「弄ぶ」ことや「公平に振舞う」といった事柄が基本的に他動的な動作であるという観点から考えれば、このような四行詩で言う「天」は「神」と解釈すべきではないかと思われる。というよりも、天よりも神と解釈した方が辻褄がより合ってくる。

（4）天が同情される四行詩

興味深いことに『ルバイヤート』には天が同情される旨の例も確認できる。

我が心の耳に天がひそかにささやいてきたのだが、
「定められた運命はわれの手に因るとでも思うのか？
われに、この永遠の流転が自由に支配できたならば、
真っ先に己をこの目まぐるしさから逃したろうに」と。

[F&Gh 172, H 33.]（拙訳）

人間の本性に潜む善やら、悪やら、
定命（ていめい）による喜びやら、悲しみやら、
その責任を天になすりつけるなんて。
理性の目では天が我らより倍々（ますます）哀れだ。

[F&Gh 48, H 34.]（拙訳）

上記のような天についての悩みや相談は、天文学を本職としたハイヤームならではの描写とも言える。この類いの四行詩では、神によって無理やりに存在させられている人間と同様に、世界を司っているように見える天もよくよく考えたら、可哀そうに神によって昼夜の交替と同様ひたすら廻り続ける、あるいは自然の運行のようにいつまでも流れ続ける運命にあるではないか、と指摘されている。

このような四行詩を以て言えば、たとえハイヤームには(2)で例示したように天を責める側面があるとしても、内心、神こそ無常の責任者であると認識していたのではないかと思われる。

三、現世の無常に対する『クルアーン』の構え

以上のように、『ルバイヤート』における無常の在り方を考察するにあたって、まずこの作品で無常の責任者としての神と天の役割分担がどのように描かれているか、具体例を挙げてきた。ハイヤームの四行詩の所々では『クルアーン』の足跡を追うことはできるが、果たして神を相手に世の中の無常を追及するハイヤーム――のような思考様式――に対して、『クルアーン』ではどのような論理が展開されているのかを見てみよう。

結論から言えば、現世における人間の人生は無常であって然るべきで、人間は無責任に死後の世界にほうり出されることはない、というのがイスラーム教の無常に関する要点である。

『クルアーン』の描く世界観では、現世の無常は復活が起こることで来世の常住に取って代わられ、それによって初めて神による人間創造の目的が完結する。もっとも、生も死も神によってもたらされるものであるという旨の記述［40: 68, 57: 2 等］からも現世の無常がいかに神の支配下に置かれているか充分にうかがえるが、死のほうが生の前に置かれている記述［10: 31, 3: 27, 6: 95, 30: 19, 67: 2］を通じて、無から存在界の有を創造できる神にとっては、有を無の状態に引き戻すこと、さらに復活の日に再び無を有にさせることも可能であることが見て取れる。

これはまさに筆者の言う「する（させる）」に基づくイスラーム教の無常観ではあるが、『クルアーン』は現世が無常であることを正当化するために、来世における「新しい創造」や「創造の繰り返し」といった観念を挙げてくる。

例えば、「最初の創造のために、われが疲れたというのか。いや、かれらは新しい創造に就いて疑いを抱いている」［50: 15］という記述でいう「最初の創造」は、生前の無から現世の有へ、そして「新しい創造」は現世の無から来世の有への過程を示す。他方、「アッラーはまず創造を始め、それからそれを繰り返し、それからあなたがたをかれに帰される」（［30: 11. 27: 64. 30: 27］も参照）でいう創造の繰り返しは、一度存在したものが再び創造されること、つまり復活の際に死者を甦らせることを示す。

『クルアーン』では、審判の日を否定することは来世で地獄に落ちる原因の一つとして取り上げられている［74: 46］が、言うまでもなく審判の日の否定は、神による新しい創造の否定である。他方、「空論者と無駄話にふける」ことも、地獄に落ちるもう一つの原因として取り上げられている［74: 45］が、ここでいう空論者とは知識が及ばないにもかかわらず、目の前にある現世を以てあれこれ議論を立てる者、中田香織他監訳［2006: 539］の表現を借りれば「証拠もなしに回答を急ぐ」者のことを示す。

『クルアーン』のこのような見解から、イスラーム教がいかに現世という「線分」ではなく、来世へ続く「直線」にこだわる宗教であるかが一層明白になる。前述のように、イスラームの世界観では、現世は無限の過去から無限の未来へ続く直線のほんの一部の線分に過ぎず、線分の規模で物事を考えがちな人間にあっては、直線の規模で宇宙（コスモス）を支配している神の計画を疑問視する資格すらない。『クルアーン』の所々で、現世にしろ、来世にしろ、神が時間の全権を掌握することが何より強調され、胎内における胎児の過ごす期間［22: 5］からはじまって、人間の生命［71: 4］や軌道における太陽・月の運行［31: 29］、また復活の日［34: 29-30］、来世の懲罰［11: 103-104］等々に至るまで、つまりすべてのもの・ことの生滅する時期・期間が事前に神によって決められていると説かれる所以だ。

　われは、真理と期限を定めずには、天と地、そしてその間の凡てのものを、創造しなかった。［46: 3］

上記の記述を逆の言い方で表現すれば、天と地、そしてその間のすべてのもの、つまり現世というものは期限が定められた上で神によって創造されている、ということになるが、現世が無常と捉えられている以上、これは自ずと無常の有限性を表すことになる。

仏教の場合、現世の無常は来世の輪廻転生に受け継がれることから、仏教の無常を永遠なる無常とも解釈できる。しかし、「アッラーに仕え、最後の日を待ち望みなさい」［29: 36］といった記述からもうかがえるように、イスラーム教の無常はあくまでも現世に限っての無常であり、来世へ移行するために現世自体も消えて無くなるということを視野に入れれば、イスラーム教でいう無常は自ずと「現世の無常」を指すことになる。

考えてみればイスラーム教の世界観では無常が現世に限定されるからこそ、現世の終末論、ひいては来世の開始論の両立も可能になるわけだ。逆に言えば、無常がいつまでも続く状態では、現世と対立する来世はいつまで経っても始まらない。他方、被造物たる人間は来世で創造主である神の御許へ帰るというところをみても、やはりある時点で現世の無常の流れがとどめられる必要がある。

現世の無常に終止符が打たれることに関して『クルアーン』の「神は人間を死なせて墓場に埋め、それから御望みの時に彼を甦らせる」［80: 21-22］という記述も注目に値する。この記述に関して興味深いのは、神が人間を死なせることと、人間が墓に埋められることは「恩恵」と解釈されることである。

まず、神が人間を死なせることに関して三田了一［1975: 705］は、「死は免れられぬ事実である。しかしそれとても一つの恩恵として意識されている。すなわち執行猶予の期限がすぎると、完全な実在に帰るので、この世における不完全は解消し去られる」、と解説する。即ちイスラームの世界観では、来世における完全な実在に帰るためには現世での死・消滅は必要不可欠であり、死ぬことで現世の不完全、つまりハイヤームの言う不足や欠如——あるいは仏教の言う苦——も解消されるという論理だ。

死が逆説的に執行猶予期限付きの「恩恵」と捉えられるのは、『徒然草』の「若きにもよらず、強きにもよらず、思ひかけぬは死期なり。今日まで遁れ来にけるは、ありがたき不思議なり」（一三七段）を思い出させるが、いずれ来世は訪れるという前提で考えれば、確かに三田の指摘するように人間は死ぬ——より正確に言えば神に死なされる——ことによって苦が伴う現世の無常から逃れることができる。

他方、人間が墓に埋められることに関しては、中田香織他監訳［2006: 566］は前述の記述を「（神は人間を）墓に埋めさせ給う」と訳した上で、「彼（神）は、人間（死体）を鳥や獣に食わせる野晒しにはなし給わなかった。墓は、彼がアーダム（アダム）の子らを厚遇し給うものの一つである」、と解説している。

深入りせずに言えば、「土葬」にこだわる左記の記述を、イランがその発祥地であるゾロアスター教の「鳥葬」に対する反対意見とも解釈できるが、いずれにしても、死なされることや墓に埋められることを神の人間に対する恩恵・厚遇と見做す『クルアーン』のこのような見解が、いかにハイヤームの神経を尖らせたかは、下記の四行詩で見事に描写されている。

天は知性ある人の思い通りに廻るわけではない以上、
その数を七つと数えようが八つと数えようが変わらない。
死ぬ運命にあって、すべてののぞみも絶たれる以上、
墓で蟻に喰われようが荒野で狼に喰われようが変わらない。

[F&Gh. 26, H. 40]（拙訳）

この四行詩の前半で、人間の頭上にある天の数を七つと数える『クルアーン』[2: 29, 23: 17, 41: 12 等] の見解に対して、ハイヤームは、天の仕組み（コスモス）は人間の知性で制御・管理できるわけではないので、この仕組みに基づいて流れる時間、ひいてはこの流れにおける世の中の無常も人間の知識・力でどうにかなるわけではない。従って、その数について説かれても、人生の無常をしみじみと感じさせられることになっている地上に生きるものである人間の役には立たない、と反発する。

ハイヤームは続いて後半で、死ぬ運命にあって、しかも死ぬことで抱いてきた望みのすべてを捨てるしかない人間は、墓の中で蟻に喰われても、荒野で狼に喰われても、結果的には一緒ではないかという論理を展開し、人間の死体は野晒しにさせられていないことを果たして厚遇として受け止めることはできるのかと、懐疑の念を抱く。かくして、ときには天に八つ当たりしながらも、無常における神の責任を追及するハイヤームの視点も、イスラーム教の世界観を意識した上での視点であると言えよう。

四、現世の無常に対するハイヤームの反発

現世の無常に対するハイヤームの考え方をわかりやすく整理すると、彼が首を傾げるのは、現世から来世へ続

くと説かれる人間の歩むべき道そのものの否定というよりも、たとえ人間が来世において神のもとへ帰されるにしても、そもそもこの長きに渡る「再創造・再会」、言い換えれば、この気が遠くなる神の計画に何の意味があるのかという、より根本的な疑問ゆえである。

苦労が伴う現世での人生が終わり、来世で復活することで人間創造の過程が完結するというのが『クルアーン』の主張ではあるが、ハイヤームとしては、そもそもなぜ神が、来世での復活を前提とした、このように遠回りなことをするのかが腑に落ちないようである。言い換えれば、ハイヤームは来世での再創造を基にした神の計画を疑問視しているのだが、なぜこのような計画に関して彼が納得いかないかを理解するには、丸山眞男の指摘が大いに役立つ。

丸山［1998: 80］はキリスト教の文脈における時間および歴史の描写として、「神は時間そのものをも創造する超時間的永遠、歴史は神の計画の実現過程であり（中略）、また歴史は人間が、神の計画目的を自己の責任において遂行する場でもある」と述べるが、これはまさにハイヤームの神に対する不満を示していると言えよう。つまり、神による時間の開始・終了にも、歴史の計画にも関与していない、言ってみれば、人間の創造および現世で過ごす人生をめぐって何の相談も受けず完全に蚊帳の外扱いにされた人間が、そもそもなぜ自己の責任において神の計画目的を遂行せねばならないのかというのが、ハイヤームの最大の悩みとなっている。これはずばり、なぜ神が人間に人生の無常をしみじみと感じさせながらも自身の計画のために無情にも人間を利用してしまうのかという悩みである。

思いどおりになったなら来はしなかった。
思いどおりになるものなら誰（た）が行くものか？

この荒家（あばらや）に来ず、行かず、住まずだったら、
ああ、それこそどんなによかったろうか！
［小川訳 2002: 17］

確かに、神との合一が果たされるべく、消滅（ファナー）が大歓迎されるイスラーム神秘主義のスーフィズムの考え方は別次元の話であるとしても、イスラーム教の世界観では現世から来世に至るロードマップが具体的に示されるため、信仰心さえあれば、被造物たる人間とはいえ、無情にも利用されているという実感もなければ、自己の消滅の不可避性という虚無の感覚に陥るはずもない。

受け止め方に関しては個人差があるものの、日常礼拝のように義務付けられていることや酒・肉に関する飲食制限などに基づいて言えば、全体的にイスラーム教は身体的な負担が伴う宗教であると言えよう。一方、時間の流れにおける人間の歩むべき道が具体的に描写されているという観点から見れば、心理的には楽な宗教であるとも言える。『クルアーン』はしばしば人間に対して反省するよう求めてくるのも事実だが、神意に基づいて流れる時間とこの流れにおける人間の生滅といった反省の材料も既に示されているため、人間はそれらを手本にするだけで事足りることになっている。換言すれば、裏付けはもう既に神によって取られているが故に、人間に求められるのは神の計画を信じることのみである。日本語の「終わり良ければ総て良し」にならえば、イスラーム教は「終わりさえ見えれば総て良し」の宗教であるとも言える。

ところが、ハイヤームはあえてイスラーム教の心理的な面における負担の少なさを疑問視し、時間の流れにおける人間の行方に関しては悩まずにいられない方向に行ってしまう。となると、いくら『クルアーン』で神こそが時間を掌握しているため、時間の流れにおける人生の無常も完全に神の計画の一環であると説かれようが、天の主体性がその趣旨となっている先述の四行詩からもうかがえるように、ハイヤームには時間を、ともすると神

の監視下に置かれていない、いわば無責任にも何もかもを消滅させてしまうものとして捉える傾向もあるため、彼にとっての時間は抽象的に無限化されたものとなって、それは自ずと虚無感を生んでしまう。

　自分が来て宇宙になんの益があったか？
　また行けばとて格別変化があったか？
　いったい何のためにこうして来り去るのか、
　この耳に説きあかしてくれた人があったか？

[小川訳 2002: 3]

　しかしハイヤーム的虚無感は、あくまでも虚無感を匂わせるものであって、虚無主義そのものとも違う。何より、神の主体性がその趣旨となっている諸四行詩からもわかるように、ハイヤーム的虚無感は決して無神論的な文脈でのものではない。Ismāʿīl Yakānī［1963: 246］の言葉を借りれば、ハイヤームは悲観という崖の際まで行くものの、絶対的な虚無主義や無神論にまで転落はしない。

　ハイヤームの没後から一世紀経って、「時には天、時には世の中、時には運命、時には神に嫌疑をかける」ことから、ハイヤームを「迷った人」、「辻褄の合わない、極めて暗い話ばかりをする人」、しかも、「神に放置されているという思いに至った人」［Mohammad ʿAlī Mowaḥḥed 2012: 301］として非難した神秘家のシャムセ・タブリーズィー（一一八五～一二四八）もまさに半信半疑な気持ちに由来するハイヤーム的虚無感を怪しからぬものと見ている。

　ハイヤームの論理では、太古から現在にかけて次々に死んでいく人々の行方を考えたとき、来世がいつ現れるか見当もつかない人間の立場から言えば、死は一巻の終わりともなり得る。ところが、このように捉えることは自ずと神の否定に繋がってしまうことから、ハイヤームとしても無常感・虚無感の処理で頭を悩ませるわけだ。

前述のように、天も結局のところ時間の流れ、より簡潔に言えば時間そのものでしかないが、『クルアーン』では天がいかに神の支配下に置かれているかを示す数多くの記述［41: 11, 84: 2, 11: 44］を確認できる。これは言うまでもなくイスラームの世界観で天・時間の能動性・主体性が否定される証だ。

ところが、天体の構造や時間の在り方について考えることがその基本となる天文学や「ジャラーリー暦」という現在も実際にイランなどで使われる非常に精密な暦の制定、あるいは線の長さ・短さ、数字や方程式について考えることを大前提とする数学といった、いわば――心で信じても仕方なく――理性で考えて初めて成立する分野ばかりに従事・精通したハイヤームにあっては、天を完全に神の支配下に置かれているものと捉えることには抵抗があったとも言える。しかし、かと言って、彼は天が完全に神から独立しているとも断言できず、これまで挙げてきた諸四行詩からも、神と天の管轄範囲を区別し切れていない彼の様子が見事にうかがえる。

これはつまり、もしかすると神意なしの天・宇宙、ひいては時間の流れも考え得るのではないかという懐疑そのものである。事実、ハイヤームが、理性的な思考は歓迎されない当時の信仰一筋の思想的な環境の中で著した『ノウルーズの書』[4]という科学的な著作の中には、自らの――反イスラーム的な――本心を隠し続け、それを貫こうとするものの、イスラームの世界観があえて意図的に疑問視されている、ないし皮肉と見なされているような書き方がなされている箇所も確認できる。この著作において、「至高なる神の命令により自然の様子が一変し、その移り変わりに応じて新しいものが現れてきた」という箇所が見られるが、これはまさに学者ならではのハイヤームの本性を露わにしているのではないかと、Sādeq Hedāyat［1974: 29］は指摘する。

これを、本論考の冒頭で提示した「する」・「なる」の無常観という観点から言えば、ハイヤームの考えでは神がその主体となっている「する」の無常観だけでなく、神から独立した、あるいは神と並行した天主体の「なる」の無常観も別に不可能というわけではない。従って、「する」でもあり「なる」でもある、また、「する」でもなく「なる」でもない「神の命令により自然の様子が一変した」という書き方で、自然界がいかに神の命令下に置かれているかを強調する［22: 65, 14: 32, 41: 12, 10: 24 等］ことは、「する」の無常観を貫こうとしている『クルアーン』の記述に対するハイヤームの指摘・皮肉とも解釈できる。

ところが、ハイヤームに関して注意すべきは、彼には神と天を別々に捉える傾向もあるものの、彼は別に実証主義者ではないことである。これはつまり、彼が線分規模での思考を怪しからんとするイスラーム教の来世観を完全に否定するのではなく、あくまでも線分規模で生きる人間という被造物にあっては、直線規模で計画されているとされる来世のことを理性で考えるには限界があるという不可知論的な立場を譲らないということだ。

下記の四行詩はまさに「時間」という流れに対するハイヤームの悩みの真髄であろう（括弧内は筆者による解説）。

われらが来ては去ったりする循環には、
（現世という線分において繰り返される人間たる者の生滅・無常）
始めも見えなければ終わりも見えない。
（過去から未来へ続く直線の長さが見えない）
少しでも本当のことを言おうとしている人はいない、
（宗教の教義も鵜呑みにできない）
結局われらはどこから来てどこへ去るのかを。
（不可知論的な立場を貫くしかない）
［F&Gh. 34, H. 10］（拙訳）

ところで、ハイヤームの不可知論的な立場は決して彼の一方的な主張ではなく、『クルアーン』の主張と重なるところも大きい。それは、人間には物質界を超えた幽玄界の知識が与えられておらず、それは神のみの特権であると説かれる［3: 197 等］からである。言うまでもなく死後の世界も幽玄界の話になるが、となると、もともと知識が与えられていない事柄をどのように捉えればいいのか、というもっともな問題が生じる。

何より百歩譲って来世のことを説かれるまま鵜呑みにしたとしても、そもそも現世から来世へ続く神の長期的な計画には何の意味があるのかという疑問は元のままだ。人間の創造目的として『クルアーン』では「神に仕えるため」［51: 56］とか「人間の中で誰の行いが優れているのかを試してみるため」［67: 2］といった理由が挙げられているが、しかしこのような理由だと神の「全知」という性質に引っ掛かってしまい、既にすべてを知っている神は、人間を創造することで今更どのような計画を成し遂げようとしているのか、という疑問に繋がってしまう。『クルアーン』では人間を創ることを決心した神に反対する天使たちの様子も述べられているが、結局のところ人間創造の目的は「本当にわれ（神）はあなたがた（天使たち）が知らないことを知っている」［2: 30］ことになっているため、ハイヤームとしても神の長期計画に対しては首を傾げるしかないということになるのであろう。

人間を中心とした世界の創造目的に対するハイヤームの懐疑に満ちた気持ちを、小林一茶の「盥から盥へうつるちんぷんかん」にならえば、「現世から来世へうつるちんぷんかん」のように言えるが、前者では創造主の責任云々なしに、短いスパンでの人生の儚さが嘆かれているのに対して、後者ではかなり長いスパンでの創造の儚さが疑問視されている上に、創造主に対する責任追及の姿勢も見受けられる。

おわりに

以上のように、神と天をモティーフとしたハイヤームの四行詩を手掛かりに、無常における神と天への責任追及の問題について論じてきた。

確かに、神の主体性が示される四行詩では、時の流れでしかない天の受動性が認められるものの、天の主体性が示される四行詩では、超越的な存在としての天の能動性が描かれており、神と天の位置付けには一貫性が見られない。

ところが視点を変えれば、あえて矛盾しているようにも見えるこのような四行詩を詠むことで「神」と「天」という当事者同士の、いわば「遣らせ」行為を指摘する狙いがハイヤームにはあるとも解釈できよう。即ち、ハイヤームは地上に生きる我々人間からすれば、無実のように見える天も、真犯人である神も、事前に打ち合わせた上で一芝居を打っているにすぎず、我々が時の流れにおいてしみじみ痛感させられる無常の責任追及の問題に関してはどっちもどっちと考えていると思えるのだ。神と天の「遣らせ」が見抜かれているように語られる下記の四行詩も、まさにこのことを表している。

神のようにわが手で天を司ることができたなら、
わたしは今のような天を取り払ったにちがいない。
そしてあらためてまっさらな天をつくりだすことで、
それを人の思いのままになるようにしたにちがいない。

[F&Gh. 145, H. 25]（拙訳）

ハイヤームの悩みをより理解するには、時間の流れにおける生成と消滅の問題を考えた真木悠介［1992］の指摘も大いに役立つ。真木の考えでは、もし仮に消滅が時間の働きであるという論理を取るならば、生成も同じ資格で時間の働きになるはずだが、我々がふつう消滅の力ばかりを時間の働きとして感受するのは、消滅が生成よりもあとだからであり、最終結果をもたらすものであるからという。ところが、我々の身体は不可逆の時間的変化の結果、やがて生体であることをやめるのと同様にまた、我々の身体は限りない時間的変化の連鎖の帰結として初めて生体たりえているものであり、従って我々がもしこの生の消滅の必然性におののかねばならないとすれば、我々の生の生成の必然性の（あるいはその偶然性の）恩恵に泣かねばならないはずである（四～五頁を元に筆者による要約）。

これまで論究してきた通り、『クルアーン』の所々において神こそが人間の生死――真木の表現で言えば生成と消滅――を司っていることが主張される。さらに『クルアーン』は、天と地から扶養されることは神の人間に対する恩恵である［35: 3］とした上で、人間たる者は、「創られることで聴覚や視覚や心を授かる」［16: 78, 67: 23］こと、「地上で力を持たせられることで生計の道を授かる」［70: 10］こと、「昼はものが見えるように、夜は憩えるように設けられている」［40: 61］こと、「神によって雲から降らされる雨は塩辛くなっていない」［50: 69–70］こと等に対して、神に感謝すべきだと指摘する。

言うまでもなく、このような指摘は、人間が現世で暮らしていけるように神がいかに天地の仕組みを設けているかの言い換えである。ところが、ハイヤームはクルアーンのこのような恩着せがましい口調に歯向かうかのように、もともと無理やりに生成させられているのみならず、現世での消滅という、偶然性ではなく必然性も強いられている以上、即ち生成も消滅も人間の管轄外にある以上、一体なぜ現世での暮らしを恩恵と受け止めなければいけないのかと反論する。つまり、ハイヤームは人間が神に対して感謝という義務を負わされていることを不可解とし、消滅を前提とした苦労に満ちた生成は恩恵どころか、人間を泣かせているのではないかと指摘するのだ。

人生の無常について嘆くのは世界共通ではあるが、ハイヤームに関して注目すべきは、彼が単に嘆くという段階を乗り越えて、世の中は「どうして」無常なのかという視点よりも、「なぜ」無常なのか、という視点から神を相手にあれこれ追及するという点だ。確かに、「どうして」と「なぜ」は意味的に重なる部分もあるが、前者を「予想に反して驚いている」［柴田他 2002: 180］ことから感情的に問うたり・考えたりする疑問詞と捉えれば、後者は、「どういう理由で、そうなる（なった）のか理解できない」［Ibid: 318］ことから理性的に問うたり考えたりするものとなる。しかも、「なぜ」は、「原因、理由が話し手の力の及ばないところにあることが多い」［小学館 2002: 226］ため、ハイヤームとしても「どうして」我々の現世での人生は長続きもしなければ思いのままにもならないのかという驚きの視点よりも、「なぜ」、即ち如何なる論理・理由で我々が生成・消滅させられるのかという、質問者・追及者としてのハイヤームの力が及ばない、理解不能という視点から神の計画そのものの妥当性を疑問視していると言えるのだ。

実際、無常についてのハイヤームの神に対する責任追及を一つの裁判に喩えることもできる。この裁判では、人間は原告、神が被告人、そしてハイヤームは人間を代表する検察官である。ただ興味深いことに、この裁判の裁判官もまた神なのである。つまり、神が被告人であると同時に裁判官の役も務めるわけだ。となると、原告や検察官は世の中の無常について、とどまることのない人間たちの消滅という明々白々たる証拠を以て何を主張・追及しようが、最終的に判断を下すのは裁判官の神であるため、神が被告人でもある自身を有罪にすることは当然ない。このような、苦が伴う無常な世の中における神の責任追及が訴えられている裁判の様子は、無情なき姿勢を崩さない『クルアーン』の「神は、その行われたことに就いて、尋問を受けることはなく、人間たちこそが尋問されるのである」［21: 23］や、「人間に訪れるどんな幸福も神からのものであるが、どんな災厄も人間自身から来るものである」［4: 79］といった見解とも完全に一致する。

従って、ハイヤームも仕方なく「神」の代わりに「天」を被告人に仕立てて裁くことを思い付くのだが、興味深いことに、被告人兼裁判官を務める神と同様に、天もまた被告人であると同時に——意志があって世の中の生滅に関わっていると思われることから——裁判官の神と並んで裁判員も務める。

被告人としての天を裁くにあたって、ハイヤームは果たしてそれを神から独立した、責任能力のあるものと捉えるべきかで一旦悩むのだが、神を相手に世の中の無常の責任を追及できない以上、天が自ずと神の盾となる。

ところが、苦も伴う世の中の無常の問題で思いやりを見せない神同様に、裁判員としての天もまた無慈悲にも最後まで知らぬ存ぜぬの一点張りで押し通す。

だれにもその秘密を明かしてくれない天だが、
無情にも無数の主人と召し使いを殺めてきた。
長く居させてもらえない以上、酒を飲むがいい。
この世を去る者は二度と帰って来ないのだから。

[Homāyī. 60]（拙訳）

これまでの論究からもわかるように、この四行詩でいう天の秘密は無常に基づいた世の中の仕組みを指すが、消滅に関して身分の上下を問わないこの情け知らずの天は当然ながら人間たる者の訴えなんかに応じるはずもない。かくしてハイヤームは神と天への責任追及に関して人間の理性の権威が及ぶ範囲には限界があること、どちらも裁こうにも裁けないことを思い知らされる。従って彼としては、「神こそが最初で、また最後」[57: 3]や、「地上にある万物は消滅するが、永遠に変らないものは神のみ」[55: 26-27. 28: 88]といった口調で無常の流れに飲み込まれない神の常住性を強調する『クルアーン』の記述と、時の流れの無常性そのもので成り立っている天（世の中）の仕組みとを以て、神とかけて天と解くわけだが、その心は、どちらも無常なき無情／無情なき無常、という結論に辿り着く。

（1）アリレザー・レザーイ「「する」と「なる」の無常観：『クルアーン』から読み解くイスラーム教における無常の在り方」（『日本研究』第六九集、国際日本文化研究センター、二〇二四年）。

（2）イスラーム教における人間の意志と神の意志（神意）の定義・位置付けをめぐる問題は非常に大きな課題であり、

様々なアプローチから解釈が行われている。例えば『クルアーン』の「本当にアッラーは、人が自ら変えない限り、決して人びと（の運命）を変えない」[13: 11] といった記述から人間の自由意志がうかがえるものの、一方では、神の「全知」という性質や「カダー」、即ち神があらかじめ定めた運命・定命・予定・摂理 [竹下政孝 2002: 266] といった概念を以て言えば、現世における各々の運命は既に決められていることになる。

（3） 中世期のイランでは、創造主の神による創世を説くイスラーム教の教義と並行して、アリストテレスの自然学に由来する自然観・宇宙論もまだ存続していた。というより、宇宙をも神の被造物と解釈しておけば、古代の自然観・宇宙論をわざわざ否定する必要もなかった。当時は四つの母と呼ばれた四元素と七つの父と呼ばれた七天（月・水星・金星・太陽・火星・木星・土星）が影響し合うことで出来上がるものを三つの合成物と呼んだ。三合成物とは、無生物・植物・動物を示すが、人間は動物の範疇に入る。これらの三つの合成物は、生命を持っていても持っていなくても、比率・割合の差こそあれ、四元素の合成によって形成されているという点で共通している。ハイヤームの次の四行詩に登場する四と七もこのような背景に由来する。「おお、七と四の結果にすぎない者が、／七と四の中に始終もだえているのか？／千度ならず言うように酒をのむがいい、／一度行ったら二度と帰らぬ旅路だ」[小川訳 2002: 29]。

（4） 春分を元日とする古代から続くイランの正月「ノウルーズ」をテーマにした著書。

（参考文献）

小川亮作訳『ルバイヤート』（岩波文庫、二〇〇二年）
加藤周一『日本文化における時間と空間』（岩波書店、二〇〇七年）
柴田武・山田進編『類語大辞典』（講談社、二〇〇二年）
小学館辞典編集部編『使い方の分かる　類語例解辞典』（小学館、二〇〇二年）
新村出編『広辞苑　第四版』（岩波書店、一九九一年）
末木文美士「無常」（廣松渉ほか編『岩波　哲学・思想事典』岩波書店、一九九八年）
竹下政孝「カダー」（大塚和夫ほか編『岩波　イスラーム辞典』岩波書店、二〇〇二年）
冨倉徳次郎・貴志正造編『方丈記・徒然草　鑑賞日本古典文学第一八巻』（角川書店、一九七五年）

中田香織訳・中田考監訳『タフスィール・アル＝ジャラーライン　ジャラーラインのクルアーン注釈　第三巻』（日本サウディアラビア協会、二〇〇二年）

中村公則「ウマル・ハイヤーム」（前掲『岩波　イスラーム辞典』）

廣松渉ほか編『岩波　哲学・思想事典』（岩波書店、一九九八年）

真木悠介『時間の比較社会学』（岩波書店、一九八一年）

丸山眞男『丸山眞男講義録［第七冊］日本政治思想史一九六七』（東京大学出版会、一九九八年）

三田了一『日亜対訳・注解　聖クルアーン　第六刷』（日本ムスリム協会、二〇〇一年）

三田了一『日亜対訳・注解　聖クルアーン』（日訳クラーン刊行会、一九七二年）

森章司編『仏教比喩例話辞典』（東京堂出版、一九八七年）

Eslāmī Nodūshan, Moḥammad ʻAlī. *Nārdāneha: gozideyī az robāʻīhāy-e fārsī*, Naghme-ye Zendegī, Tehran, 2002.

Forūghī, Moḥammad ʻAlī. & Ghanī, Qāsem. *Robāʻīyāt-e Ḥakīm Omar Khayyām-e Neishābūrī*. Enteshārāt-e Golbarg, Tehran, 1996.〔本文ではF & Gh.〕

Hedāyat, Ṣādeq. *Tarānehāy-e khayyām*. Enteshārāt-e Amīrkabīr, Tehran, 1963.〔本文ではH.〕

Homāyī, Jalāl-al-Dīn. *Robāʻīyāt-e Khayyām (Ṭarabkhāne): Yar Aḥmad-ibn-e Ḥusayn Rashīdī Tabrīzī*. Nashr-e Homā, Tehran, 1988.〔本文ではHomāyī.〕

Mowaḥhed, Moḥammad ʻAlī. *Maqālāt-e shams-e tabrīzī*. Enteshārāt-e khārazmī, Tehran, 2012.

Yakānī, Ismāʻīl. *Hakīm ʻomar khayyām va robāʻīyāt-e ū*, Chāp-e bahman, Tehran, 1963.

スーフィズムの神秘主義詩および日本の古代神話にみる時間の認識

アンダソヴァ・マラル

はじめに

本論考では時間という軸を設けて、スーフィズムの神秘主義詩と日本の古代神話にみる創造について考えてみたい。スーフィズムとはイスラームの神秘主義であり、実践と哲学の両方を持ち合わせている。本論考では井筒俊彦が検証したスーフィーの思想家であるハマダーニーおよびアラビーの神秘思想を踏まえて、ルーミーという神秘家で詩人の神秘主義詩の分析を行う。それによって、スーフィーの神秘体験によって拓かれる観想意識にみる創造と時間への認識をとらえる。この認識は実在世界の一部としての絶対時間、一律に流れる連続体としての時間への理解を解体する一つの土俵になり得る。こうした時間認識を踏まえて、日本神話にみる宇宙の始まりを説く特異な表現に注目する。そして、天地の始まりよりも先に神や世界が存在していたとする発想をどのように理解すればよいのかについて検証するための一つの視野を設けることを目的とする。

一、イスラーム神秘主義スーフィー詩

（1）スーフィズムとは何か

スーフィズムとはイスラームの神秘主義のことであり、絶対者であるアッラーの存在を感得し、それと自己が合一する体験を核とする。(1)スーフィズムの歴史を概観すると次の通りである。イスラームは七世紀に成立し、その成立後一世紀あまりの間に急激に拡大する。七五〇年代から徐々に禁欲主義者が活躍を見せるようになっていき、七五〇〜八五〇年にその禁欲主義者たちの流れの一部を汲む形でスーフィズムが成立する。八五〇〜九五〇年の一〇〇年ほどの間にはスーフィズム古典理論が成立し、古典理論の核をなす概念が形作られる。その後の二〇〇年間（九五〇〜一一五〇年）は、著名な思想家が活躍し、理論書と列伝が相次いで著された時代となり、古典理論の概念が整理され、体系化されていく。続く一二世紀中葉〜一七世紀末にスーフィズムはイスラームの中核を担う存在になっていく。(2)

スーフィズムの古典理論が形成・体系化される時期、すなわち一〇五〇年頃からスーフィー文学が開花する。この文学の中心をなしたのは神秘主義詩であった。既述した通り、スーフィーたちの修行の到達点は神秘的合一であり、こうした通常意識を超えた体験の表現は象徴的技法を必要としていた。そのため、象徴や比喩に富む詩が表現方法として適していたのであった。それに加え、象徴的な表現は、思想的なしめつけから逃れやすいものであり、正統派イスラームからの弾圧を避けるのにも役立っていた。(3)

こうしたスーフィー文学の代表者として次の人物を取り上げることができる。イランのアフマド・ガザーリ（?〜一一二六年）、弟子アイヌ・ル・コザート・ハマダーニー（一〇九八〜一一三一）、シラーズのアッタール（一一四〇〜一二二一）、ジャラール・ウッディーン・ルーミー（一二〇七〜一二七三）である。この中で最も著名な神秘家とされるジャラール・ウッディーン・ルーミーに注目してみたい。

ルーミーはホラサン地方のバルフ Balkh（現在のアフガニスタン）に生まれ、一二歳の時に、モンゴル帝国襲来の難を避けようとし、セルジューク朝のコニヤ（現在のトルコ）で活躍を始め、「回転行者」による旋舞教団として知られるメヴレヴィー教団を創設した(4)。旋回舞踏の特徴は醒酔音楽と舞踊である。修行者たちが、葦笛と太鼓を鳴らす音にコーランとルーミーの神秘主義詩の朗読を加えた特殊なリズムを感得し、それに身を任せ、くるくるまわりながら踊る。そうすることによって脱自我的恍惚体験をするというのである(5)。

こうしたルーミー神秘主義詩は詩集として記録され、その代表的なものは『シャムセ・タブリーズ詩集／大きな詩集』、『精神的マスナヴィー』である。後者は『マトュナヴィ——全人類の神秘主義の韻文(6)』という書名として日本語訳されており、この日本語訳を本論考において用いるにあたり、今後『マトュナヴィ』と省略して記述する。なお、ルーミーの散文である『ルーミー語録』も日本語訳されており、井筒俊彦の著作集に収められている(7)。

(2) ルーミーの詩にみる神秘的合一の表現

前節で指摘した通り、スーフィズムは絶対的超越者、アッラーとの神秘的合一を目的としている。この合一は次の二つの方法で象徴的に表される。一つ目はエロスの道、または愛の道であり、二つ目は陶酔である。

ここでは『マトュナヴィ』第五巻第二〇〇〇〜二〇〇九詩を取り上げてみたい。この段は『ライラとマジュヌーン』という中東における有名な古典的悲恋物語を題材としている。「マジュヌーン」は人の名前ではなく、アラビア語の「ジン（jinn）」すなわち目に見えない魔性の物を語源としており、「ジン」にとり憑かれた男、物狂いを意味する。上記の悲恋物語の主人公はカイスという青年であり、彼がライラという美しい女性と恋に落ち、物狂い、すなわちマジュヌーンになるという内容である。『ライラとマジュヌーン』の恋愛物語はアラビア語およびペルシア語による詩人などに取り上げられ、様々なバージョンを有している。(8) なお、スーフィズムの文脈では、主人公のマジュヌーンは狂おしいほどに神への愛に身を焦がす人として解釈されるようになる。(9) ルーミーの詩では次のように記されている。


突然の別れの悲しみにより Majnūn は病気になりました。

願望の火は彼の血を煮え立たせました。Majnun にジフテリアが現れてくるほどに。

彼を治療するために医者がやってきて、言いました：「瀉血する以外に方法はない。」

「瀉血は血を静めるのに必要です。」このようにして、能力のある採血者が来ました。

彼の腕に包帯をし、メスをとりました。しかしすぐに愛の情熱家は叫び始めました。

（中略）

「私の全ての生命は Layla で満ち溢れています：この殻はあの真珠の種類で一杯です。」

「血を引き抜くあなた、私はもしあなたがメスで私の血を注ぐなら、同時に Layla にもあなたは傷を与えるのではないかと恐れています。」

「理性を与えられ、心が啓蒙されている人は、私と Layla の間には全くの違いがないことを知っています。」

（『マトュナヴィ』第五巻第二〇〇〇〜二〇一九詩）


上記の詩では、マジュヌーンは「愛の情熱家」として表現されていることが注目される。スーフィズムにおいては、神秘主義者たちは「愛の情熱家」、「恋する者」として記述されることが多い。マジュヌーンは「突然のわかれにより」病気になり、治療するためには医者から瀉血をすすめられる。だが、採血をされる際にマジュヌーンは、自分にメスを入れられたら、同時に愛する対象であるライラにも傷が与えられるのだという。なぜなら「私と Layla の間には全くの違いがない」からであるという。

既述した通り、スーフィーたちの実践は自我の無化を目的としており、自我が無化されることで、自分と神との間の区別も無化される[10]。上記の詩では、マジュヌーンがライラと区別がないと表現するのは、マジュヌーンは神との区別がない、すなわち神秘的合一を得た境地に至っていることを象徴しているといえる。こうして女性への熱愛を通して神への強烈な思慕・渇望が表現されていると解釈できるようになる[11]。また、ライラに狂人的な恋をしているマジュヌーンは「我」を忘れた人、すなわち自我意識の消滅した人と位置付けられることになるだろう。

次に取り上げる『マトュナヴィ』第三巻、第四六二〇～四六二三詩ではルーミーは次のように書いている。

王はこう言った。「恋する者は激しく愛する者を探す。しかし、その愛する者が自分のそばに来ると、恋する者は既に立ち去っていた。」

おまえは神に恋する者だ。そして神はその者に近づくとその者は髪の毛一本残さなかった。

彼の目を見るとおまえは気が遠くなるようだ。おまえは自分自身が恋に焦がれて全滅した私の友達のように見える。

おまえは影で太陽に恋した者だ。太陽が出ると影は姿を消す。

（『マトュナヴィ』第三巻、第四六二〇～四六二三詩）

この段にみる「恋する者」とは神へと熱烈な恋をしているスーフィー神秘家のことである。「愛する者」とは愛する対象の神である。神秘家は神を探し求めるが、神が自分のそばに来ると「恋する者は既に立ち去っていた」。すなわち、神との神秘的合一を体験すると、スーフィー自身がいなくなってしまうというのである。

また、「神はその者に近づくとその者は髪の毛一本残さなかった」、「自分自身が恋に焦がれて全滅した」という表現は、まさに神と合一することで自我を失う神秘家の体験を表しているといえる。こうした体験は「おまえは影で太陽に恋した者だ。太陽が出ると影は姿を消す」という比喩でもって強調され、神秘家はまるで、太陽が出ると姿を消してしまう影のような存在であると説明されている。

スーフィー神秘家の神秘的合一を示すもう一つの表現は酒に酔いしれることである。『マトュナヴィ』第三巻、第八〇〇～八〇四詩では次のような表現をみることができる。

Harût と Marut 達は神のお姿を見てそして少しずつの神への歩みの奇跡に陶然となった。

このような陶酔は一歩一歩神の方へと前進する事から生まれる、このようにあなたはどの陶酔が神へと向かうことに誘因しているか分かる。

彼の罠の誘惑はこのような陶酔を作り出すそして彼の寛容さのタブローを決して明らかにしない。

彼らは抑制無く酔っていた。恋人たちがするように恍惚の叫びをあげていた。

（『マトュナヴィ』第三巻、第八〇〇～八〇四詩）

Harût と Marût の二人が神の姿を見て、神へと歩むにつれて「陶然となった」。さらに、このような陶酔は「一歩一歩神の方へと前進する事から生まれる」と記述されている。このことから、神との合一を目的とした神秘家の実践を通して、神へと近づくことは陶酔という形で比喩的に描かれることがみえてくる。「恋人たちがするように恍惚の叫びをあげていた」という表現からも、神秘家が体験する恍惚状態と陶酔にたとえられていることがうかがえる。

このように、スーフィーの実践が目指す神との合一は熱烈な愛および陶酔という比喩的な表現を通して示され、自我の消滅によって達成されることをルーミーの詩からみてとることができたのである。

（3）スーフィーの哲学にみる「創造」と「時間」

前項においてはスーフィーの神秘家にとって神との合一の体験がさまざまな表現法を以て象徴化され、言語化されることをみてきた。こうした体験の言語化はスーフィーの哲学が成立する一つの要因として位置づけられる。[12] 実践と理論、体験と哲学を持ち合わせるスーフィズムは正統派のイスラームと同様に『コーラン』を聖典とする。しかし、その理解や解釈が異なっている。スーフィズムは『コーラン』の言葉や内容を読み込んで理解するのではなく、『コーラン』の念誦を通して、その言葉のリズムに身を任せることによって拓かれてくる観想意識という次元で獲得される意味である。こうした神秘体験を通して拓かれる聖典への理解を井筒俊彦は観想意識的「読み」というのである。[13] こうして常識的な立場から成り立つ理解、すなわち「外的解釈」と、神秘家の体験によって導かれる観想的意識から成り立つ理解、すなわち「内的解釈」というように二つの視野が提示されるのである。ルーミーの詩においても『コーラン』の記述を典拠としている詩が多々見受けられる。その中で、最初に創造された人類の先祖にあたるアダムを取り上げたモチーフが注目される。以下では、『マトュナヴィ』第四巻、七三六〜七三九詩に注目してみたい。


　我らすべてアダムの一部であり、天国の旋律を聴いた。

たとえ我らの肉体の水と粘土が我らに疑いを落としたとしても、その旋律の何かは我らの精神に戻る。

しかし、この痛みの地にかき混ぜられた、その鋭く耐え難い音はいかに悦楽を我らに得させようか。

（『マトュナヴィ』第四巻、七三六〜七三九詩）


ルーミーの詩にみる「我らすべてアダムの一部であり、天国の旋律を聴いた」という表現に注目したい。アダムは人間の祖先である。この詩は『コーラン』の第二章「牝牛」三三（三五）〜三五（三七）説、第三八章「サード」七一節にみるアダムの創造の伝承を踏まえている。アッラーが粘土に水を加え肉体を作り、それに自らの魂を吹き込んでアダムを創造したことを記述している。アダムは初めての人間であり、創造されたときは楽園にいたが、悪魔（イブリース）の言葉に惑わされて、妻とともにアッラーから食べることを禁じられていた楽園の果樹の実を食べてしまった。そのため、許しは得たものの天国から追放されたのであった(14)。

ルーミーの詩では、人間である「我ら」はアダムの子孫としてかつてはその一部であった。そしてその一部として天国の旋律を聴いていた。「水と粘土」とは人間の肉体および創造された世界そのものを象徴している(15)。すなわち、現在の「我ら」は肉体を持つ現世を生きる人間ではあるが、原初にアダムと一体であった頃の楽園のメロディーを己の心に想起することができるというのである。

ルーミーの詩は次のように続く。

それゆえ samaʻ は神を恋する者たちの食料である。平安の像を含んでいるのだから。
心の像は音や歌を聞くことから大いなる力を引き寄せ、実際に、それらは形を為す。
愛の火は旋律から燃え上がる。水の中に胡桃を投げ入れる男の熱情の如く。

（『マトュナヴィ』第四巻第七四一～七四三詩）

アラビア語で「聞くこと」を意味する(16) Samaʻ（サマーウ）は、Dhikr（ズィクル）の部分であり、音楽と歌と特別な踊りを中心とするスーフィーの儀式である(17)。ズィクルとは、アラビア語で「思い出すこと」、「想起すること」を意味し、この儀式は「神の想起」を目的とする(18)。メヴレヴィー教団の旋回舞踏では、笛と太鼓の音に『コーラン』や神秘詩の朗読を重ねた特殊なリズムに合わせて、くるくるまわりながら踊る。これをズィクル、すなわち「神の想起」と調和させていく。

ルーミーの詩にみる「それゆえ samaʻ は神を恋する者たちの食料である」という表現は、まさにこの儀式は神秘家の欠かせない修行の一部であることを述べる。さらに、「愛の火は旋律から燃え上がる」という表現は、この儀式に伴う旋律を聴くことが神との合一を施す一つの方法であることを意味しているだろう。その特殊なリズムに身をうち任せていくうちに、次第にかつてアダムの一部として聴いていた「天国の旋律」が己の精神に染み込んでくる。こうしてスーフィーたちは体験的に原初の創造の時間を心に想起すると理解できるのである。

しかし、スーフィーの神秘家たちによって獲得されるこの創造の時間は、一様に継続的に流れる時間軸においてとらえられる時間とは異なっている。それを理解するために、次の詩を取り上げて考察をすすめる。


見かけでは汝は小宇宙なのだから、それゆえに現実では汝は大宇宙である。

外見を見たところでは、枝は果実の源であるが、現実には枝は果実を考慮して存在するに到っている。

もし果実の希求や願望が無かったのならば、庭師は木の根を植えたであろうか。

それゆえ、現実には木は実から生まれている。見かけでは実が木から生じたようであっても。

この理由でムハンマドは言った、「アダムと他の予言者たちは、我が旗印に続く」と。

この理由でどんな知識の師も寓意の文章を発した、「我らは最初にして最後の存在である」と。

もし明らかに我がアダムから生まれたのなら、現実には我はあらゆる祖先の祖先である。

天使の賛美は我がために彼に与えられ、彼は我が理由で第七の天に昇ったのだから。

それゆえ父（アダム）は我より生まれ、それゆえ現実に木は実から生まれる。


（『マトュナヴィ』第四巻第五二一～五二九詩）

この段の初めに、木と実とどちらが先に存在するのか、という問いかけをみることができる。それに回答する中で、ルーミーは二つの視点を対立させている。一つ目は「外見をみたところでは」あるいは「見かけでは」と表現される視点、二つ目は「現実に」と表現される視点である。この二つは本節の初めに紹介した「外的解釈」と「内的解釈」に共通する側面を持つ(19)。前者は常識的理解であり、後者はスーフィーの観想意識によって拓かれる理解である。

木の枝があり、この枝から果実が現れるととらえるのは「外的解釈」すなわち常識的な立場である。この理解は、恒常的連続体としての時間への認識を踏まえているといえるだろう。Aがあり、そのAからBが生じる。しかし、「内的解釈」の側から見ると「枝は果実を考慮して存在するに到っている」とルーミーは述べる。つまり、庭師による果実を得ようという願望がなければ、庭師は木の根を植えなかったのであろう。それゆえ、「現実には木は実から生まれている」というのである。

続いて、木の枝と果実のどちらが先であるかという問いは、人間である「我」と人類の先祖にあたるアダムのどちらが先かという問題に展開する。ルーミーは「もし明らかに我がアダムから生まれたのなら、現実には我はあらゆる祖先の祖先である」と述べる。すなわち、BはAから生まれるとしたら、実はBはAの祖先であるという一見すると矛盾した結果になる。

ルーミーはさらに、次のように付け加える。「天使の賛美は我がために彼（アダム）に与えられ、彼は我が理由で第七の天に昇ったのだから」と。ここにみる「天使の賛美」とは『コーラン』の第二章「牝牛」二九（三〇）〜三二（三四）節に依拠している。神はアダムを創造し、あらゆるものの名前を教え、天使たちにアダムに拝するように命じた。天使たちは跪拝したが、イブリース（悪魔）だけが拒んだという節である[20]。こうして「天使の賛美」はアダムが天子たちから受けた敬礼を意味し、アダムが「第七の天に昇った」とは完璧な状態で創造されたことを意味する[21]。

そうなると、上記の文の意味は、人間的「我」のために天子たちがアダムを拝し、アラーがアダムに魂を吹き込み完璧な形で創造したということだ。庭師が果実のために木を植えたのと同じように、この「我」のためにアッラーがこの世界を作ったのだと理解することになる。そうすると、あたかもアダムやこの世界が創造される前に人間としての「我」がいたという、恒常的時間および創造への認識からすると不自然なとらえ方になるのである。

このルーミーの詩は有名なスーフィーのハディース（『コーラン』などの啓典とは別に預言者を通して神が一人称で語った言葉）と共通する側面を持つ。そのハディースとは「お前（ムハンマド）がいなければ、私はこの世界を創造しなかった」というものである。ムハンマドは人間を導くために遣わされた預言者である。常識的に考えるとまず神が世界および人間を創造し、その後に、人間の導きとして預言者（ムハンマド）を遣わしたととらえることになる。しかし、スーフィーの思想家はまずムハンマドが神の元にいて、ムハンマドを深く愛していたからこそ、預言者のためにその使命を果たす舞台としてこの世界を作ったととらえている。[22]

人間である「我」、または預言者であるムハンマドがアダムおよび世界の創造の前にいた、こうした発想はどのような創造および時間への認識を背景にしているのだろうか。考察の手がかりを井筒俊彦が紹介しているアイヌ・ル・コザート・ハマダーニーおよびイブヌ・アラビー（一一六五～一二四〇）の神秘思想の分析から見てみたい。

外的理解、または理性の領域からみると、創造は過去にあった一回きりの出来事であり、神が絶対的存在として天地万物を創造し、最初の人間アダムを創造する。その後にアダムから人間が発生し、「我」に至る。

しかしスーフィーの観想体験によって拓かれる意識次元においては、創造とは神が万物を無から創造するという時間性を持った行為ではなく、「神とともにある」という無時間的空間性を意味する。[23] 時間的展開はなく、何かが終わることも、始まることもない。一つの事象と他の事象との間に時間的前後関係が成立せず、存在世界は、すでに初めから完全に現出している。すなわち経験的世界の、過去・現在・未来にわたるあらゆる事物事象が、全部一挙に顕現しているというのである。観想主体の「心」は万物を一挙開顕的に包含したまま、時々刻々に新しく生起していく。この脈拍が神である生成の脈動するリズムと合致した時に生起する事態を「創造不断」と呼ぶと井筒俊彦が説明している。「創造不断」とは過去にあった一回きりの「創造」とは異なり、一瞬一瞬に新しい存在世界を創出する事態を意味する。すなわち、スーフィーの観想体験によって拓かれる意識次元では、「時々刻々に新しい創造」、新世界がいつも新しく始まる、始まっては終わり、終わってはまた新しく始まっていくという創造への理解をみることができるのである。(24)

このように考えると、アダムが私を生んだとしたら、私がアダムを生んだことになるという矛盾はこうした時間性を持たない境地をとらえたときに生じた表現であるととらえることができる。そして、そもそもこの無時間的空間性においては、アダムが先か我が先かという時間的前後関係が成立せず、無意味であるともいえるだろう。ルーミーの詩にみる「我はあらゆる祖先の祖先である」という記述は、人間的「我」は自らの祖であるアダムを生み出し、さらに創造世界のあらゆる物事の祖先でもあるのだということを主張する。これを無時間的な創造へのイメージでとらえ直すと、観想体験によって感得した境地においては、人間的「我」の心は過去・現在・未来における、一挙に顕現している世界万物を映し出しているということになるのではないだろうか。すなわち、物事は神の手によって次から次へと創造されていくのではなく、人間的存在である「我」の心に一挙に現出しているのだ。そういった観想主体の意識からみた創造と時間への認識であるといえる。

そうすると、ある事象と他の事象の前後関係が成立せず、私がアダムより先にできたのか、アダムが私より先にできたのかが問われない。時間的な連続体は無意味である。「我」の心では、アダムやそのアダムから生まれた人類および創造された世界を――それが一挙に顕現している形で――包み込んでいる。そして、全存在世界を包含したまま「我」の心は「神とともにある」のだ。そういう全時間的次元において「我」は「あらゆる先祖の先祖」、すなわち神であるのだ。

そしてこの次元においてこそ、「見かけでは汝は小宇宙なのだから、それゆえに現実では汝は大宇宙である」のだ。すなわち、理性で認識される側では人間は小宇宙、神が作った万物の一つの存在にすぎないのだが、観想意識では、「大宇宙」すなわち、神であり、その全時間的空間性において全存在世界の開花を心に包み込んでいるのだと理解することになる。

上記で示したスーフィズムの時間のとらえ方は、ニュートンをはじめとする西洋の哲学を背景とする学識における時間のとらえ方とは異なっている点で注目されるといえるだろう。ニュートンによって打ち立てられた時間の概念とは、観察者とは無関係におのずと一律に流れていくものであり、客観的実在の一部としての絶対時間である。それに対して、スーフィーの観想意識から見えてくるのは、無時間（前時間）というすべてが一挙に開花しており、「神とともにある」という認識である。この認識において時間は継続的な連続体としての意味を持たず、あらゆる事象の間には時間的前後関係が成立しない。過去か未来か、長いか短いか、創造の後か前か、というようなことが意味をなさないのである。この時間性は客観的実在と異なる次元、観想意識的体験によって感得されるものである。

こうした時間のとらえ方は「創造」に対するスーフィズムのとらえ方とリンクする。キリスト教、イスラーム教正統派、ギリシャ哲学では、創造を一回きりの遠い昔、過去の出来事としてとらえ、神が天地万物を何もない状態から創造する行為としてとらえている。しかし、スーフィーの神秘哲学では神による創造行為は過去と同じように今も絶え間なく続けられている。すなわち、宇宙的リズムの直覚と合致する観想主体の心が万物一挙に開化している全存在世界を包含したまま、一瞬一瞬に新しいものとして生成するというのである。(25) このように、スーフィーの神秘哲学および神秘主義詩にみる創造と時間への認識は、西洋の哲学によって定着する時間の認識へのアンチテーゼとして位置づけることができるのである。

次節においてはこうした視点にたち、日本の古代神話にみる時間の認識について考察してみたい。

二、日本の古代神話にみる時間の認識

(1)『古事記』と『日本書紀』にみる「創造」と「時間」

イスラーム教における創造はユダヤ教とキリスト教と同様に唯一神の手によってなされるものである。神が太初の時に、無から天地万物を創り上げたとする考え方である。それに対して、日本の神話においては唯一神が登場せず、物事は天地の始まりからスタートする。

最も典型的な創生神話を『日本書紀』の正文から確認することができる。以下では『日本書紀』神代正文の冒頭部分を取り上げてみる。

古に天地未だ剖れず、陰陽分れず、渾沌にして鶏子の如く、溟涬にして牙を含めり。其の清陽なる者は、薄靡きて天と為り、重濁れる者は、淹滞りて地に為るに及りて、精妙の合摶すること易く、重濁の凝竭すること難し。故、天先づ成りて地後に定まる。然して後に神聖其の中に生れり。

(『日本書紀』神代上巻第一正文)

ここでは、天地および陰陽が未分化の状態から語り出されている。最初は混沌としており、その中で物事の生まれようとする兆があった。そして軽くて薄いものは天となり、重くて固まったものは地となっていった、というように天地が分離する過程が描かれる。『日本書紀』の冒頭部は中国の古典籍である『三五略記』や『淮南子』を引用しており[26]、陰と陽の二つの気の分離と働きによってすべての物事が発生するという中国の陰陽思想の影響を受けていると解される[27]。

『日本書紀』と対照的に『古事記』の冒頭部は天と地が分離する過程を描かない。以下では『古事記』の冒頭

部分を取り上げる。

天地初めて発れし時に、高天原に成りし神の名は、天之御中主神。次に、高御産巣日神。次に神産巣日神。
此の三柱の神は、並に独神と成り坐して、身を隠しき。

（『古事記』上巻）

『古事記』では次のような描写をみることができる。天地が初めて現れ動き出したときに、高天原にアメノミナカヌシ、タカミムスヒ、カムムスヒという神々が生成する。ここで、「初」という字が用いられることによって、天地が初めて動き出すという『古事記』における宇宙の始まり、原初の時空が演出されているとみることができる。ここで注目されるのは、この「初発」の時空に高天原がすでに存在している世界として描き出されていることである。

神野志隆光は、高天原を「天地初発」の時における無条件の前提としてとらえ、天地が分離する過程および高天原の生成過程が記述されないことに関して、次のように説明している。すなわち『古事記』は天皇神話であり、創世神話一般や神々の世界を広く語らず、天皇にかかわりのある事柄の起源を語ることを主題としていると述べ、高天原について語らないということは、それは主題ではないためであると結論付ける。(28) しかし、物語が展開するにつれて、高天原は天皇の祖神であるアマテラスの支配する領域となっていく。アマテラスと直接的にかかわる世界としてその生成過程を語っても不思議ではないと考えられる。

ここで注目されるのは、天地初発の時空と高天原を同在させる表現の特異性である。先に天地が起こり、後にあらゆる万物や神々、それに続き神々が活躍する神話的世界が出現するというように時間的展開において物事の生成を語るのは道理である。しかし、『古事記』の冒頭部では、あたかも高天原が天地初発に先立っているかのように記述されている。この発想は前節で分析の対象となった、人間的「我」は人類の祖であるアダムよりも前に存在していたというルーミーの詩、さらに、預言者ムハンマドは天地万物が創造される前にいたというハディースと共通性を持つように見受けられる。

これに関しては、西洋の学識によって定着している、一律に継続する絶対時間という枠組みでとらえると矛盾した事柄になる。なぜなら、天地の初発と高天原の出現の二つの事象の時間的前後関係を明瞭化する必要が生じ、天地が先か、高天原が先かという問題に陥ってしまうからである。この問題を解決するために、前節で分析してきたスーフィズムの神秘哲学にみる創造と無時間への認識という視点を導入し、考察を試みたい。

高天原は『古事記』の冒頭部において、アメノミナカヌシを始めとする別天つ神、さらにイザナキ・イザナミにいたる神世七代の神々が生成する場となる。この神々の生成はこの世界の形成に必要なムスヒの霊力と生命力の出現[29]、さらに、国生み・神生みを行うイザナキ・イザナミの身体形成の過程を象徴する[30]。

このように高天原はこの世界が形作られる重要な生命力を内包した場として機能していることがみえてくるのである。言いかえれば、高天原という世界自体が原初の創造を可能とした生命力を象徴する世界として位置づけられているのではないだろうか。

そうなったときに、『古事記』における高天原の位置づけが問われてくるだろう。『古事記』にみる世界は高天原—葦原中国—死者世界というように固定的にとらえる向きもあるが[31]、『古事記』の物語の分析から、その神話的場面が変わることにおいて、その世界の意味づけも変わっていくことがみえてくる。すなわち、物語が展開するにしたがって、諸世界はその位相を変えていくのである[32]。これ踏まえると、冒頭部における高天原は、「天」または神々が活躍をみせる神話的世界としての意味をもっていたのではなく、天地とともに「初め」の時空に開花している原初的生成を導く生命エネルギーとしての意味を担っていたことがみえてくる。

無時間的次元においては、高天原が先か、天地初発が先か、事象の時間的前後関係が成立しない。そうとらえると、高天原の生成は天地の始まりより前か後かということが意味をなさないのである。観想意識の次元では、高天原は天地とともに開顕していた原初に息づく生成してやまない存在エネルギーととらえられることになる。

（2）『出雲国風土記』にみる「創造」と「時間」

『出雲国風土記』においても「天地初判」にかかわる興味深い説話をみることができる。以下では、出雲郡美談郷を取り上げてみたい。

美談の郷。郡家の正北九里二百四十歩なり。天の下所造らしし大神の御子、和加布都努志の命、天地初めて判れし後、天の御領田の長、供へ奉り坐しき。即ち彼の神郷の中に坐す。故れ、三太三と云ふ。

（『出雲国風土記』、出雲郡美談郷）

天地が初めて分かれた後、オホナムチの御子、フツヌシの命が「天の御領田の長」として仕え奉っていたという記述である。ここにおいても天地が分かれていく様子が描かれず、「天地初判」、つまり天地が初めて判かれたという形で原初の空間（宇宙の始まり）が演出されていることがみてとれる。「天の御領田」とはオホナムチの領地としての田であり[33]、「天地初判」の直後にオホナムチの子神であるフツヌシがその管理人としてつとめていた。瀧音能之は「地上の神の典型とされる大穴持命にとって、天地がいまだにカオスの状態のときの神という位置づけはふさわしくない」とし、天地初判の直後に御子のフツヌシが「天の御領田の長になるという点も、やや唐突な印象を受ける」とする。このようなことから瀧音は「天地初判」を宇宙の始まりとしてではなく、「地上の国土経営の開始」を意味するものととらえているのである[34]。

松本直樹は「天地の起こりから始まるのは時間軸にそった体系神話の特徴」であり、『出雲国風土記』の当該記事では個別の神話に「記紀神話の時間」、すなわち時間軸を「持ち込んだところに齟齬が生じたものと考えられる」と解している。[35]

上記に示した先行論が、オホナムチとその田が天地の初判よりも前に存在していとする記述を唐突（不自然）、または食い違いとしてとらえている背景には、西洋哲学によって形成されてきた時間への認識が働いているのだろう。すなわち、天地の開闢がまずあり、その後に神々や事物が次から次へと顕現する。言いかえれば、まずはAがあり、Aの次にBが生じ、Bの次にCが生じるというように、連続体としての時間の流れに沿った宇宙の創成・天地万物の生成を見据えている視点であるといえる。この視点でとらえると、たしかにオホナムチが天地開闢よりも先に存在していたとするのは矛盾した表現に他ならない。

しかし、恒常的連続体としての時間へのアンチテーゼとして位置づけられる無時間、全時間といった視野を導入するとまた異なった解釈ができるのではないだろうか。

前節で分析した通り、無時間的空間においては「創造」とは無から創られることを意味するのではなく、神、すなわち存在生命とともにあることを意味し、時間的前後関係が成立しない。すなわち、創造の前か後か、オホナムチが先か、天地が先かということが意味をなさないのである。ここにおける創造は、「天地」とともにオホナムチとその領地としての田も顕現していたという認識を表しているのではないだろうか。

こうした天地創生への認識は何を意味しているのだろうか。この疑問を解き明かすために、『出雲国風土記』の責任編纂者であった出雲臣広嶋の祭祀者としての側面に注目してみたい。

出雲国造（いずものくにのみやつこ）家は七〇八年から八三三年まで「出雲国造神賀詞奏上儀礼」を行っていたことが知られている。『出雲国風土記』の編纂をつとめた広嶋も「出雲国造神賀詞」を奏上していたことが記録に残っている。[36]この儀礼の内容は、出雲国造が一年間潔斎をし、出雲の神々を祭ってから、朝廷に参向し、その「いはひの返り事」を天皇に奏上することである。[37]ここで注目されるのは「国作り坐しし大穴持命（中略）天の甦わに斎みこもりて、しづ宮に忌み静め仕へ奉りて」という神賀詞にみる文言である。[38] このことから、出雲国造はオホナムチを祭神としていたことがうかがえる。

また、出雲国造家が代替わりに行う火継式においてもオホナムチは中心的な役割を占める。火継式において米およびその米から醸された一夜酒を神々とともにいただくという儀式を行う。米を食べることで前任の国造の霊威を受け継ぎ、祖先神のアメノホヒと一体化する。そしてアメノホヒがオホナムチを祀っていたように、新国造もオホナムチと一体化し、オホナムチとして振舞うようになる。[39]

火継神事は秘儀とされてきており、その詳細・実態を知ることのできる史料は中世以降のものである。平井直房が『出雲国造火継ぎ神事の研究』において、万治三年（一六六〇）の史料によって復元された儀式の様子を紹介している。国造家の宝器である火切で火を切り出し、大庭の真名井神社の神水を使い、米一合を炊く。[40] その時に用いられる米は出雲大社の神田から用いることが古例である。[41]

火継神事とよく似た祭儀である新嘗会は毎年の一一月に行われ、国造の魂の復活を目的としている。この儀礼も火継神事と同様、神々との共同食が儀礼の中心となっている。平井直房は国造による「新嘗」は古代において何らかの形で存在していたと述べる。[42] 出雲国造の儀礼（「新嘗」）においては、米を食することが一つの恒例であったことがみえてくる。

こうしたオホナムチを祭神とする国造は観想意識の主体として神との合一を体験する。神との共同食は祭神と一体化する一つの手法であることがみえてくる。こうした意識次元において、オホナムチとそれを祭祀するための神饌をとる田が天地開闢の時空と共存しているという認識が生じるのではないだろうか。すなわち、出雲国造は観想意識の主体として、己の心の中にオホナムチを包み込むことで、オホナムチと同時に顕現している天地開闢も包み込む、そういった無時間的イマージュが映し出されているのではないだろうか。そうなると、オホナムチが天地創生の前にいたか、後にいたかは意味がなく、時間的な前後関係が成立しない。原初の時空と「ともにある」という認識が神話的に表現されたとき、「天地初判」の時、すでにオホナムチが存在していたという語り口になったとみることができる。このように、出雲国造の体験を通して、創造と時間に対する国造の認識が垣間見えるのである。

おわりに

本論考第一節においてはイスラームの神秘主義であるスーフィズムに注目した。その中で、世界で最も知られているスーフィーの神秘家の一人であるルーミーの神秘主義詩に注目し、その分析をこころみた。さらに、井筒俊彦のイスラーム研究で注目してきたスーフィーの思想家、ハマダーニーおよびアラビーにみる創造と時間に対する認識について取り上げてみた。こうした考察を通して、スーフィーの観想体験によって拓かれる創造と時間への認識は、西洋の哲学によって定着している創造と時間への認識と異なることがみえてきたのである。

第二節においては、スーフィーの神秘主義詩の検証によって得た視点を導入し、『古事記』にみる天地初発と高天原の関係性および『出雲国風土記』にみる天地初判とオホナムチの関係性を分析した。そこであらゆる事象事物が出現する時間的前後関係を問う連続体としての時間性とは異なる視野の可能性を示した。スーフィズムの理論と実践の分析によって提供される時間への認識は、西洋の時間性に対するアンチテーゼとして有効であることがみえてきたと思われる。

（凡例）
原文の引用は次の書籍による。

・小島憲之校注、新編日本古典文学全集『日本書紀』（小学館、一九九五年）
・神野志隆光校注、新編日本古典文学全集『古事記』（小学館、一九九七年）
・植垣節也校注、新編日本古典文学全集『風土記』（小学館、一九九七年）
・荻原千鶴校注『出雲国風土記』（講談社学術文庫、一九九九年）

（1）東長靖『イスラームとスーフィズム――神秘主義・聖者信仰・道徳』（名古屋大学出版会、二〇一三年）。
（2）東長靖、前掲注（1）。
（3）東長靖、前掲注（1）。
（4）一九二三年にオスマン帝国が滅亡し、一九二三年にトルコ共和国が建国される。一九二五年にすべての教団修道場の閉鎖が命じられ、諸教団は廃止に追い込まれることとなる。しかし、今でもコニヤでその伝統が残っている（宮下遼「ディーワーン詩における信仰と創作――シェイフ・ガーリブ『美と愛』とその周辺」。アンダソヴァ・マラル、フィットレル・アーロン編『〈うた〉と信仰――起源、生成、受容』所収、アイジイ、二〇二四年）。
（5）ティエリー・ザルコンヌ『スーフィー――イスラームの神秘主義者たち』（遠藤ゆかり訳、創元社、二〇一一年）。
（6）ジャラール・ウッディーン・ルーミー『マトュナヴィー――全人類の神秘主義の韻文　第一巻～第六巻』（森治樹ら訳、コンヤ市市役所、二〇〇七年）。
（7）『ルーミー語録』は『井筒俊彦著作集11』（中央公論社、一九九三年）に収められている。
（8）日本語で紹介されているのはニザーミー（一一四一～一二〇九）というペルシア人の詩人による物語である。ニザーミー『ライラとマジュヌーン』（岡田恵美子訳、平凡社、一九八一年）。
（9）井筒俊彦「スーフィズムと言語哲学」（『井筒俊彦著作集9』中央公論社、一九九二年）。
（10）井筒俊彦、前掲注（9）。
（11）女性への愛という比喩をシェイフ・ガーリブの『美と愛』という神秘主義詩にみることができる。『美と愛』に関しては、宮下遼（前掲注（4））が詳しく述べている。
（12）井筒俊彦、前掲注（9）。

(13)　井筒俊彦「創造不断」（『井筒俊彦著作集9』中央公論社、一九九二年）。
(14)　井筒俊彦訳『コーラン』（上・中・下）のうち上、下（岩波文庫、二〇〇九年）。
(15)　『ロシア語訳　精神的マスナヴィー』（サンクトペテルブルク、二〇一〇年）。
(16)　ティエリー・ザルコンヌ、前掲注(5)。
(17)　ジャラール・ウッディーン・ルーミー、前掲注(6)第四巻（注釈）。
(18)　ティエリー・ザルコンヌ、前掲注(5)。
(19)　アイヌ・ル・コザート・ハマダーニー（一〇九八～一一三〇）の神秘哲学にみる、人間の意識における二つの異なる次元と共通する側面を持つ。一つ目は「理性の領域」であり、合理的・論理的思惟の基礎となる知覚の認識領域を意味する。それに対して「理性の向う側の領域」とは、日常的・現象的事物の構成する存在秩序の向う側にある領域を意味する。スーフィーたちはこうした神秘体験を通して、そうした領域へと開かれるのである（井筒俊彦、前掲注(9)）。
(20)　井筒俊彦訳『コーラン』上、前掲注(14)。
(21)　『ロシア語訳　精神的マスナヴィー』、前掲注(15)。
(22)　山本直輝『スーフィズムとは何か――イスラーム神秘主義の修行道』（集英社、二〇二三年）。
(23)　井筒俊彦、前掲注(9)。
(24)　井筒俊彦、前掲注(13)。
(25)　井筒俊彦、前掲注(13)。
(26)　新編日本古典文学全集『日本書紀』解題。
(27)　神野志隆光『古事記の世界観』（吉川弘文館、一九八六年）、神野志隆光『古事記と日本書紀』（講談社現代新書、一九九九年）。
(28)　神野志隆光、前掲注(27)両書。
(29)　神野志隆光『古事記の世界観』、前掲注(27)。
(30)　金井清一「神世七代の系譜について」（『古典と現代』四九、一九八一年）。
(31)　西郷信綱『古事記の世界』（岩波書店、一九六七年）、神野志隆光『古事記の世界観』、前掲注(27)。

(32) 拙著『古事記　変貌する世界――構造論的分析批判』（ミネルヴァ書房、二〇一四年）。
(33) 拙著『ゆれうごくヤマト――もうひとつの古代神話』（青土社、二〇二〇年）、拙稿「出雲国風土記における「天の御飯田」、「天の御領田」をよむ」（『日本文学』七二号、日本文学協会、二〇二三年二月）において詳しく論じている。
(34) 瀧音能之『出雲古代史論攷』（岩波書店、二〇一四年）。
(35) 松本直樹『出雲国風土記注釈』（新典社、二〇〇七年）。
(36) 出雲国造神賀詞に関する記録は『続日本紀』、『日本後紀』、『続日本後紀』や『類聚国史』に残されている。
(37)『延喜式』巻三、神祇三。
(38) 青木紀元「出雲国造神賀詞」（『祝詞全評釈』右文書院、二〇一六年）。
(39) 千家尊統『出雲大社』（学生社、一九九一年。初版一九六八年）。
(40) 平井直房『出雲国造火継ぎ神事の研究』（房三堂、一九八九年）。
(41) 千家尊統『出雲大社』、前掲注(39)。
(42) 平井直房、前掲注(40)。

Ⅵ　国際的〈無常〉論とその視界（英文論考）

茶道と無常の思想
——茶陶の美的鑑賞を中心に

アグネセ・蔰島

要旨

本論文は、日本文化における無常という思想の重要性と、それが視覚文化、特に茶道とその道具に与えた影響に焦点を当てている。

無常の概念は日本文化の中で徐々に進化していったようである。日本の土着的な無常意識は、『万葉集』などの初期の歌集に現れ、次第に無常という仏教の考え方と混合し、さまざまな形の禅仏教芸術に影響を与えた。茶道、生け花、などの日本文化の側面に長期にわたる影響を残した。

日本固有の無常意識については、より詳細な研究が必要であるが、この論文で筆者は、たとえば『万葉集』において、無常観が、人々の感情の変化という概念としての限られた側面に関連しているように見えることを発見した。

『古今和歌集』や『新古今和歌集』などの後の歌集では、それはすでに意図的に開発された美的価値として現れている。周囲の世界の美しさや人間の感情を、無常という思想のプリズムを通して判断することは、日本の詩歌の規範の一つであるように思える。

無常の美的概念は、禅仏教思想の普及とともに最も栄えた。「無常」とは、さまざまな芸術で探求された仏教の概念である。筆者は、無常の思想が仏教文学や視覚芸術にどのように反映されているかを複数の例を挙げ、特に茶湯に使用される陶器に注目している。

禅の美学や禅美術についてはこれまでも研究されてきたが、無常の概念や視覚芸術についてはこれまでほとんど考慮されてこなかったように思われる。

筆者の考察によれば、日本の詩歌や視覚芸術に表象された植物、昆虫、その他の短命な生き物のイメージは、この世の無常を暗示している、と考えられて

いる。

さらに、雪、露、塵など、自然界の消えやすい要素も、はかない人生を示唆する類似品として使用された。雨、霜、寒さなどの悪天候は、この世の苦しみを象徴する強力な比喩だった。

さらに、この論文では、視覚芸術における色、形、質感に対する態度が、無常というプリズムを通して分析される。それは、不十分さの認識、変形や不完全さの中に美しさを見ること、豪華さと複雑な構造の拒否、細部の排除、最も限られた手段で表現されたものの本質への関心、大きなサイズの拒否とミニチュアの好み、興味などを通じて明らかにされる。たとえばそれは、完全に対称であることはめったにない自然の質感や自然の形への関心であったり、自然界に美的理想を見出しつつもそれはあくまで、哲学的なプリズムを通してのみ受け入れられ、不必要な要素は排除されてしまうこと、などである。

さらに、筆者は、日本の文学において、世俗的な出来事や禁欲的な生き方、質素さ、貧困、そしてその他の美的理想をすべて拒否する、という理想の追求がなされていることを通じて、無常の概念がどのように現れるかを実証的に追究した。

ところで中国にも無常の思想が存在していたが、長寿の崇拝はその文化の中でより多くの支持者を獲得した。最後に筆者は、中国芸術の支配的な概念として形成され、今なお中国で崇拝されているこの長寿崇拝という文化的基盤・背景に抗して、千利休（1522～1591）が、日本芸術の発展の異なる道——すなわち日本と中国というアジアの二つの国の芸術的伝統に亀裂を生じさせ、無常崇拝という流れに沿った芸術の理想を成立させた、と結論付けている。

利休は、当時の華麗で装飾的で贅沢な芸術を背景に、抑制の美学を生み出し、その美学は死後も広がり、繁栄し続けた。この論文のいくつかの例で示したように、無常の文化は今日でも日本に根強く、現代の芸術家に影響を与え続けている。

Tea Ceremony and the Idea of Impermanence with Focus on Ceramic Tea Vessels *Chatō* 茶陶 and their Aesthetic Appreciation

Agnese Haijima

Introduction

Mujō is a Buddhist term that means impermanence, transience, or mutability. In the Buddhist analysis of existence, all things arise and perish through dependent origination; they are impermanent, without substance and continually subject to change.[1]

The indigenous Japanese sensitivity to the transience of life and nature interacted with Buddhism to articulate, often in aesthetic terms, not only the threats but also the contributions of impermanence to meaningful human existence.[2]

According to Boyer, In Japanese culture *mujō* is expressed "in the nuanced, subtle, and interdependent aesthetic principles or "moods" of *wabi sabi* and *mono no aware*."[3]

Motoori Norinaga (本居宣長 1730–1801) who coined the term *mono no aware* wrote that it means "to be stirred by external things"[4]. Here various emotions can be involved, but includes sadness for the passage of time, awareness of impermanence.

Parkes and Loughnane wrote that the term *wabi* in Japanese aesthetics suggests "understated beauty" or simple austere beauty.[5] The concept was originally applied to its expression in poetry and was fully developed in the context of Zen and specifically the Zen art of tea.[6] Nakasone Yasuhiro describes *wabi* and *sabi* as expressions that are associated with the aesthetics of Sen no Rikyū these expressions convey the transience of reality.[7]

According to A. Juniper, *wabi sabi* embodies Zen nihilistic cosmic view and seeks beauty in the imperfections found as all things, in constant state of flux, evolve from nothing and devolve back to nothing.[8]

> "*Wabi* reaches its peak of austerity in emptiness"—a central tenet of Buddhism and a quality evident, for example, in the aesthetic of Japanese "dry landscape" temple gardens. According to Leighton, "*Wabi* refers to the ordinary and unpretentious, but also very much to that which is faded, missing the luster of the new. It implies the beauty of imperfection, a patina even of rust, rather than the shiny."[9]

The term *sabi* occurs frequently in the *Manyōshū*, suggesting "desolateness," but has acquired the meaning of something that ages well, grown rusty, or has acquired a "patina that makes it beautiful."[10] With respect to the Way of Tea, the term acquired new

meaning with the origins of Zen tea ceremony in the fifteenth century. "The concept of *sabi* carries not only the meaning of 'aged'—in the sense of 'ripe with experience and insight' as well as 'infused with the patina that lends old things their beauty'—but also that of tranquility, aloneness, deep solitude."[11]

Wabi sabi offers aesthetic ideal ... to focus the mind on the exquisite transient beauty to be found in all things impermanent.[12]

This aesthetics influenced various forms of art in Japan. This article will focus on tea ceremony and particularly the tea utensils.

1. Tea Ceremony

Asia has a long history of tea drinking with varied forms and concepts in different regions and times.

Japanese tea drinking customs initially developed under the influence of Chinese culture with the first seeds being imported in Japan from China in 805 at the beginning of the Heian period (794–1185) by Saichō (最澄 767–822) the founder of the Tendai sect of Buddhism.[13]

Japan, similarly, as China, underwent three stages of tea drinking that were blocked, powdered, and steeped tea.

Currently steeped tea drinking is prevalent in Japan, but the powdered tea drinking custom which was introduced from China during the Song dynasty (960–1279) is continued through the culture of *chanoyu* 茶の湯 or Tea ceremony. Powdered tea drinking in China nowadays is not practiced anymore, but in Japan—still alive.

As the time went on, tea drinking culture, which was imported from China gradually began to develop in Japan along its own path. Japanese tea masters such as Takeno Jōō (武野紹鷗 1502–1555) and Murata Shukō (村田珠光 1423–1502) slowly started to introduce Japanese elements in the tea ceremony.

This aesthetics was further developed by Sen no Rikyū (千利休, 1522–1591),[14] whose aesthetic system was continued to be revered even after his death—up to nowadays. Currently it is being applied in a broad range of forms—in contemporary interior design, architecture, applied arts, crafts and many more.

Paradoxically, Rikyū's humble and restrained aesthetic system was developed in the time when in the Azuchi-Momoyama period (1568–1600) luxurious, pompous, bright, and flashy art form was prevalent and patronized by the rulers as Toyotomi Hideyoshi (豊臣秀吉 1537–1598). This bold and flashy style in arts is manifested through elaborately decorated interiors of castles with painting screens covered with gold leaf, flamboyant, decorative designs.

With such background, being influenced by the earlier tea masters as Murata

Shukō and others and Zen thought, as well as other sources, Rikyū developed aesthetic ideals which were in straight contrast with the prevailing art style during his time.

Rikyū had a saying: "Be rustic in Tea but always with a cordial heart; and the utensils be of nothing special."[15]

Rikyū's aesthetics were based on the principles of *wabi* and *sabi*, that continue to influence Japanese arts up to nowadays.

Wabi is characterized as austere quality in arts which is expressed through simplicity, subdued colors, restrain, no décor or very few decorative elements, tranquillity, detachment of worldly concerns, poverty.

Black Raku tea bowl 黒樂茶碗 named Mozuya guro 万代屋黒 (Mozuya Black) by Raku Chōjirō (初代長次郎) in the collection of the Raku Museum 樂美術館, Kyoto is an excellent example how these aesthetic principles can be embodied in arts.

The shape of this bowl, rising straight up from the foot, shearing away any digressions or ornamentation, expresses the essence of pure quietude. It precisely meets the theory and aesthetic of Sen no Rikyū's *wabi* tea. This bowl passed from Rikyū to his son in law Mozuya *Sōan* and thus it came to be called Mozuya Black.[16]

Raku kiln in Kyoto was established by the potter Chōjirō (1516?–1592) at Rikyū's direction for the specific purpose of producing tea bowls. The surname Raku has been adopted by each successive master of the kiln down to the present generation, which is the fifteenth. Rather than being thrown on a wheel, Raku bowls are fashioned by hand and fired singly or in small groups. In sense they are more sculpture than pottery.

Many tea masters would agree that Raku bowls, particularly those by Chōjirō, are best suited of all Japanese bowls to the aesthetic requirements for the ceremony. Rikyū who carried the *wabi* aesthetic to its final perfection, provided Chōjirō with direct guidance in the form of cut-paper patterns for shapes.[17]

The next tea master—Furuta Oribe (古田織部 1544?–1615)—Rikyū's successor, developed further native Japanese aesthetics even to the extreme. He loved exaggeration and was a very eccentric personality both in his private life and arts.

The following tea masters merely interpreted or continued what was already created before them.

2. The Influence of Japanese Literature on the Aesthetics of Impermanence

The indigenous Japanese sensitivity to the transience of life and nature is revealed in the early Japanese poetry. Later these ideas fused with Buddhism and left an important impact on the further development of Japanese literature, culture, and art.

According to Izutsu Toyoko, the word "wabi" before being established as an aesthetic technical term peculiar to the Way of Tea, had been already in use apparently for

centuries. In classical literature, *waka* for instance, it is often used to describe or express a state of destitution, deprivation, dispossession, forlornness, desolation, distress, languishing and so on, indicating a strong emotional saturation of the subjective aspect of the mind with possible tinge of poetical elegance.[18]

The consciousness of impermanence is found in Japanese earliest poetry collected in *Manyōshū* (『万葉集』 ca. 759)[19], but it is far from the prevalent topic.

In *Manyōshū* the idea of impermanence is often linked with the changing emotions of people:

> Flowering in the morn, And vanishing in the eve, The cockscomb flower, Blooms and fades, and so my love, Fades away like the flower. (No. 2290)[20]
> （原文）秋芽子乎　落過沼蛇　手折持　雖見不怜　君西不有者（作者不詳 2290番歌）
> （訓読）秋萩を　散り過ぎぬべみ　手折り持ち　見れども寂し　君にしあらねば
> （訳）萩の花が散ってしまいそうなので、手折って眺めたけれど、あなたではないので寂しい。[21]

Here the poet regrets the soon changing emotions of people by observing the short life of the cockscomb flower. It seems that in Manyōshū there already exists an established iconography of plants: certain plants are associated with certain feelings:

> Although I planted, The love-forgetting daylilies, All along the hedges, These stupid kind of grass, Are in vain, and my love burns.[22]

In the early literary works as Manyōshū in the descriptions of nature we find the awareness of impermanence which is often linked to the swiftly changing human emotions, yet it does not seem to be a conscious cult of linking evanescence to the beauty and hightened sensibility in arts.

In the following centuries when Buddhist thought took ground, the idea of impermanence becomes a frequently mentioned topic in fundamental poetry collections as "The Kokin Wakashū"『古今和歌集』 commonly abbreviated as "Kokinshū" (『古今集』 ca. 905)[23] and "Shinkokin Wakashū"『新古今和歌集』 abbreviated as "Shinkokinshū" (commissioned in 1201 by the retired emperor Go-Toba 後鳥羽天皇 1180–1239).[24]

In *Sōan* bungaku (草庵文学 "thatched hut literature" recluse literature) the idea of impermanence is one of the philosophical basis.

Although Karaki Junzō (唐木順三 1904–1980) in his article "Wafting Petals and Windblown Leaves: Impermanence in the Aesthetics of Shinkei, Sōgi and Bashō" wrote that "the use of the images of wafting flower petals and windblown leaves to represent the continual flux and cyclical changes of the natural world, and by extension the transience of human existence and worldly concerns, seems to date from sometime during the

Muromachi period" the author of this article, by looking at examples from Manyōshū, Kokinshū and Shinkokinshū believes that these aesthetics started to form much earlier and developed from indigenous traditions that later mixed with Buddhist views.

The idea of impermanence appeared as an important item in the set of aesthetic world view developed by Zen Buddhists and found its greatest flourishing in the Muromachi period (1336–1573).

Karaki Junzō analyzed the Muromachi period poets Shinkei (心敬 1406–1475) and Sōgi (宗祇 1421–1502) and found many examples of ideas of impermanence in their compositions. Sōgi who was acclaimed as a "wandering poet" in his poetry collection "Wasuregusa" ("Grasses of Forgetfullness") while reflecting on the turbulent times of the Ōnin war wrote:

> Passing through the world—, Yet again, brief shelter, From passing shower.[25]

This poem seemed meeningful for the author of this article because it demonstrates according to author's opinion, an interesting trend in the aesthetics of Japanese arts: appreciation of bad weather that will be analyzed with examples later. Interest in bad weather conditions was stimulated with the worldview seen though the prism of impermanence and according to author's opinion, started in poetry where sufferings in the natural world were used as a parralel to comment on people's hard life and therefore the necessity to shun worldly affairs.

As later demonstrated in this article, the concept of impermanence manifests itself in arts together with a number of ideas closely connected to it: rejection of wordly affairs, ascetic way of life, simplicity, poverty, appreciation of insufficiencies, seeing beauty in deformed and imperfect, rejection of luxury and complicated structures, elimination of details, interest in the essence of things expressed through the most limited means, rejection of big size and prefferance of miniature, interest in natural textures and natural shapes which are rarely perfectly symmetrical, finding aesthetic ideals in natural world but accepting nature only through the philosophical prism, eradicating the unnecessary elements.

The link between Zen and the Tea ceremony developed from the times of Rikyū is confirmed also in Sen Sōshitsu writings:

> The main support for the spirit of Chanoyu is Zen. When this intuitive Buddhism is expressed in form, the most typical expression is naturalness. Manners of Chanoyu are derived from the simple. Practical and natural manners of the daily activities of the Zen monk and the monastery.[26]

Further in the haiku of the Edo period the phenomenon seems to be developed to its hights.

Multiple haiku of the Edo period sound about the evanescence of the world:

木つつきや　一つ所に　日の暮るる（一茶）

The woodpecker, Has not moved at all—, Day ends. (Issa)[27]

Another haiku by Issa:

鳴くな雁　どっこも同じ　浮世ぞや（一茶）

No need to cry out—, Whereever you wild geese fly, It's the same floating world. (Issa)[28]

Similar motifs we can find in the art of tea utensils. One example is Black Raku tea bowl 黒樂茶碗、雁取 "Passing Wild Geese" by Chōjirō in the collection of Sunritz Hattori Museum of Art collection サンリツ服部美術館.

燃えやすく　又消えやすく　蛍かな（千子）

Burning so easily, Extinguished so easily—, The firefly. (Chine)[29]

Another haiku by Kyorai:

手の上に　かなしくきゆる　蛍かな（去来）

Its light going out, Just in my hand—, The firefly. (Kyorai, when his sister Chine died)[30]

Another haiku by Issa:

蚤蠅に　あなどられつつ　きょうも暮れね（一茶）

Treated with contempt, By flies and fleas—, Today also comes to an end.[31]

Haiku by Bashō:

蛸壺や　はかなき夢を　夏の月（芭蕉）

Octopus pot—, Evanescent dreams, Of the summer moon.[32]

Hattori Dohō (服部土芳 1657–1730) in "Sanzōshi" (『三冊子』"Three Notebooks on Bashō") wrote:

> The master Basho spoke of the changes of all creation as the seeds of aesthetic sensibility. Inanimate existence is seen as constant; animate existence as ever changing. It cannot be stopped in time, nor does it stand still on its own. If indeed there be any stop to it at all, it is only which we can retain with our own eyes and ears. The only way to contain random movements of the wafting petals and windblown leaves is to take in the sight and sound of them while in their midst, for all the vital energy otherwise vanishes without a trace. In that regard the master had this to say about composing verses: That is best said while the illumination of things has not dimmed from mind.[33]

Besides the development of the concept of impermanence into an aesthetic beauty was strongly aided with Zen Buddhist *sōan* literature and writings of such masters as Kamo no Chōmei (鴨長明, 1153 or 1155–1216) and Kenkō Hōshi (兼好法師 1283?–1350)[34] and others.

Both authors lived in the unrestful period of internal wars, natural disasters,

political instability and economic crisis. The population constantly suffered from various disasters: plague, fire, earthquakes, epidemics, hunger and so on. Zen Buddhist thought offered a mental escape in such times of suffering.

In this period of extreme disasters one after another and ongoing perishing of all that people had tried to achieve in this world the aesthetics of retreat gained a strong appeal.

The hermit's lifestyle and world view gained followers and were further revealed in visual arts.

Despite the importance of the phenomenon of impermanence in Japanese culture the research on it is more evident in the sphere of literature than in the visual arts.

Japan's authority on Zen aesthetics in arts—Hisamatsu Shin'ichi formulated seven principles of Zen arts, but he did not write about impermanence. The author of this article believes that the consciousness of impermanence is revealed through those seven features.

Professor Hisamatsu's seven principles were: asymmetry, simplicity, austere sublimity or lofty dryness, naturalness, subtle profundity or profound subtlety, freedom from attachment, and tranquillity.[35]

The author's aim in this article is to find out how the concept of impermanence is manifested in Japanese tea ceremony—*chanoyu*, particularly in its ceramic vessels.

Despite the fact, that tea ceremony has been thoroughly researched in Japan in terms of its history, the techniques of serving tea, production of tea vessels, description of ceramic vessel styles, the explanation of the meaning of a certain motif on ceramic vessels, their symbolism of its form or colour poorly described.

Finding the link between impermanence and tea ceramics was not an easy task at all. The author did not find much previous research on it. The ideas described in this article are author's interpretations. Still more work should be done to investigate this topic.

To trace the expression of the idea of impermanence in ceramics the author first searched the motifs and their meaning in Japanese poetry and prose. Besides tea ceremony is an art form that includes in itself a great variety of different arts as flower arrangement, architecture, garden design, painting, calligraphy, and many others. Therefore, as pointed out by various tea masters, a harmonious way of balancing all diverse elements is very important.

To balance these elements, it is important to follow certain aesthetic basis. Since all art forms have the same aesthetic basis, to understand one form of art, the explanation can be found in the other.

For example, the interest in rough surfaces is common both in architecture, interior design, and ceramics. The grass hut style tea pavilions can have roofs of rough bark and certain types of stoneware as Shigaraki or Shino ware, or Iga ware have rugged

textures. Here the research data on one type of visual arts can aid the other.

According to the author's findings, impermanence in arts can be manifested through the description of changes in day times, seasons, weather conditions, fragile and short-lived phenomena in nature as dew, mist, fog, fragile and short life plants, insects, swiftly flying birds and many more.

Furthermore, impermanence can be manifested with certain colours, particular forms, symbolism in composition and size, particular approach to the texture.

So, there are two groups: first—abstract elements as devices of composition, size, space, colour and second group—natural phenomena with symbolic meaning: certain plants, insects and so on.

Impermanence can be manifested through certain kinds of feelings as consciousness of the coming of an old age, sadness for the fading of the beauty and others.

3. The Expression of Impermanence in Visual Arts with Abstract Symbolic Devices

3.1. Colour and Impermanence. Japanese Attitude towards Colour.

The history of colour in Japan is a voluminous topic itself, here the author will talk only about those aspects which have the connection with the idea of impermanence.

In Japanese poetry one can find reflections that the sense of colour in the past was connected to the dying process. Certain plants and various materials from nature were implied in this process. Most of these natural colours easily washed out. From here Japanese observed that bright colours do not last long and will change. The concept of colour itself was linked to impermanence. In Japanese poetry the word "colour" is very often used as a synonym to the word "passion" or "love":

> Ah, my lord do you, think me as colourless as, this cloth even though, I have imbued it with the, love that long has dyed my heart.[36]
> 色なしと　人や見るらむ　昔より　深き心に　染めてしものを
> (訳) これには色がないとあなたは見るでしょうか、実際には昔から深く思う気持ちで染めてあるのですが。[37]

In poetry passion and love was lamented to last not for long: the same was with colour.

Besides certain colours such as crimson and red were directly linked to love making and passion. In "Shinkokinshū" there is an account where in the era of Engi Lady Nyokurodo was watching the White Horse Festival held on January 7, letting the hem of her red garment out on purpose from under the curtain of her carriage, and was reproved by a police chief.

She wrote in response:

> If you forbid, The color red, Who can live, Underneath the sun? (and she was

let free.)[38]

In Japanese poetry bright colors could mean passionate short lived relations, but pale and subdued colors could stand for true and long lasting feelings.

The aesthetic preferance of subdued colors is vividly evident in Japanese culture. For example among many names of the color grey there is one type which is well known in interion design—"Rikyū grey" (利休ねずみ Rikyū *nezumi*). This "Rikyū grey" currently is one of the most fascionable colors for interior design around the world. Also in the choice of color for tea ceramics grey is one of the favourite choices.

The earliest reference to Rikyū grey is thought to be the following passage from the Chōandōki, the tea writings of Kubo Gondayū (久保権大輔　長闇堂 Chōandō, 1571–1640), head priest of Kasuga shrine in Nara:

> From the time that he came to serve as tea master to Lord Hideyoshi, everyone began to learn Sōeki's (Sen Rikyū's) way of *chanoyu*. Thus did Sōeki's distaste for colorful show achieve a widespread following, as did his verses advocating *wabi* austerity. (Practitioners were instructed to) change the color of the collar of their underkimono, to wear cotton kimono *sumi*-dyed to a neutral hue, and to outfit themselves with new sashes, footwear and fans. Hosts were advised that it was befitting in manner to serve simple dishes such as bean broth and vinegar shrimp and vegetables. From then on, the color grey enjoyed great popularity, and large quantities of gray cotton twill (*ayaori*) and broadcloth (*toromen*) were imported from China.[39]

Further Kurokawa Kishō (黒川紀章 1937–2007) goes on to explain that from the latter part of the Edo period, Rikyū's gray together with brown and indigo—was favored by those in the know. As *chanoyu* itself gained ground, people showed an increasing fondness for gray... All shades of low color saturation, permitting the enjoyment of subtle variations in tonality and color balance, these grays were the hallmark of aesthetic sensibility from the Genroku era (1688–1704) on through to the Tenmei era (1781–1789).[40]

In poetry "showing one's colors" was compared to "showing one's true emotions" that in Japanese society had its limits.

3.2. Elements of Nature and Impermanence

In poetry we see the observation of nature in its ever-changing character: the beautiful colours of flowers is destined to wither and dry out. The poet observes these inevitable processes with sorrow.

> Dawn and dusk I gazed, Upon the sweet plum blossoms, Dazzled unable, To turn away when did they, Find the solitude to fade.[41]

This observation in poetry is accompanied with poets' grief and sadness about the inevitable destiny of things in this world. Another example of sadness witnessing the scattering of flowers:

> 枝よりも　あだに散りにし　花なれば　落ちても水の　泡とこそなれ[42]
> From the branches they, have drifted aimlessly without, resistance these frail, petals falling floating like, foam on the stream they vanish.[43]

Another example from "Kokinshū":

> Oh, spring breeze please do, Not draw near these petals as, You waft for I would, Like to know whether it is, Their own wish that they should fall.[44]
> 春風は　花のあたりを　よぎて吹け　心づからや　うつろふと見む[45]

Not only the spring flowers but also autumn leaves were viewed with sadness, because their scattering reminded about the impermanence of the world:

> More fragile than, the coloured autumn leaves, we see yielding to, the wind our lives in this world, are even more precarious.[46]
> もみぢ葉を　風にまかせて　見るよりも　はかなきものは　命なりけり[47]

In tea ceremony Rikyū developed aesthetic system where the short-lived phenomena of this world were purposely selected to demonstrate the impermanence of this world. Phenomena with short life were particularly appreciated. In the records of tea gatherings, we find surprising evidence, that flowers which were qualified for the selection in *chabana*—flower arrangement for the tea ceremony—include only those which have a short life.

One of such sources is "Nanpōroku"『南方録』where Rikyū made a list of flowers in that should not be used in the tearoom based on the principle, that those which are fading very slow cannot be applied.[48]

The beauty of flowers which opened their blossoms in the morning and died the same day were particularly sought out. Not only the flowers but also materials selected for the construction of *sōan* style tea hut had to be easily perishable—the bark of the tree, straw and paper. The fragility of the materials was adored and intentionally pursued. Since not the tea hut itself was important, but the realization of impermanence of the world through the easily perishable materials. These unexpensive materials were chosen also for the purpose of revealing simplicity and closeness to the nature. All physical materials sooner or later will perish, but the idea will live on.

In Princess Shikishi poem from "Shinkokinshū" the cedar bark is clearly linked with hermits or monastic life:

> Now I should be a nun, living in a hut, Propped by pine pillars, And thatched with cedar bark, Dressed in clerical robe.[49]

Japanese poetry was a source of inspiration for potters. Shino type tea bowl 志野

茶碗 “Waraya” 藁屋 or “Straw hut” (Mino ware 美濃, Azuchi-Momoyama to Edo period, sixteenth–seventeenth century) displays the same spirit.

The same concept was applied to fragile, small creatures in the natural world that have short life—the cicadas, that live only a few days, the fireflies that appear only a short period in summer and many more:

空蟬の　世にも似たるか　花桜　咲くと見しまに　かつ散りにけり[50]

Like the world hollow, As a cicada's castoff shell, Oh, cherry blossoms—, You too will fade away just, As we catch sight of your beauty.[51]

Kagai wrote a haiku about cicada's voice:

Withered branches—, and the evanescent memory, of a cicada's voice.[52]

In another poem from *Kokinshū* the sounds of pine cricket evoke sadness about poet's own life ending:

In this decaying, House where I grow pale and thin, Under the grasses, Of longing how sadly sounds, The cry of the pine cricket.[53]

君しのぶ　草にやつるる　ふるさとは　松虫の音ぞ　かなしかりける[54]

In poetry birds that are swiftly flying here and there are used as a metaphor to the swiftly changing world. Plants that are floating in the water express the same idea:

Who can rely upon this world, Unstable as a floating plant, Changing its place here and there.

よをすつる　こころはなほそ　なかりける　うきをうしとは　おもひしれとも[55]

Fish and other water creatures could be addressed with sadness about their short life:

魚どもや　桶とも知らで　門京涼み（一茶）

The fish, don't know they're in a bucket—, cooling by the gate. (Issa)[56]

Another haiku by Buson:

Short summer night—, flowing among the rushes, bubbles from crabs.[57]

みじか夜や　芦間流るる　蟹の泡[58]

These ideas were appreciated in the poetry and found their visualization in fine arts.

Tea bowl Shino type 志野茶碗, “Unohanagaki” 卯花墻 or “Deutzia trellis” (Mino ware, Azuchi-Momoyama to Edo period, sixteenth–seventeenth century, Mitsui Memorial Museum 三井記念美術館, Tokyo collection) is one of the examples.

Unohana flower (卯の花 deutzia) in Japanese poetry is the symbol of mountain hermit's way of life—as its natural habitat is in the mountains and it's petals are white—the symbol of purity. Besides, *unohana* has a short life that reveals the aesthetics of impermanence and thus qualifies it for the choice for the tea ceremony.

Mountain nightingale, You too have passed through this world, Of misery short lived, As wild deutzia blossoms—, Forgetting even who you are.[59]

郭公　我とはなしに　卯の花の　うき世の中に　鳴き渡るらむ

Another poem from Kokinshū clearly links the motif of deutzia with mountain hermit's life:

It is because the deutzia thrives on mountain, slopes where I hide from, the world that its blossoms tell, of the misery we must know.[60]

世の中を　いとふ山辺の　草木とや　あなうの花の　色にいでにけむ[61]

Another flower noticed in poetry because of its short life is maiden flower:

Maiden flowers why, fade so openly before, your time it's not that, autumn comes to you alone, or that we have tired of you.[62]

たが秋に　あらぬものゆゑ　女郎花　なぞ色にいでて　まだきうつろふ[63]

Wild geese have multiple meanings, but in Princess Kishi poem geese are seen as messengers for the one who has renounced the world.

I live upon a mountain, Where wild geese come. Why did you not send me, Some of them as messengers?[64]

The achievement of Rikyū was not only that he incorporated the concept of impermanence in the tea ceremony, but he also created the switch from visual appreciation of ceramics to the tactile one, which means that particularly tea bowls had to be taken in hands to be appreciated fully. The beauty of touch and feeling was added to the visual appreciation.

Tactile appreciation of tea bowls lead to the new aesthetics regarding their shape, form, and texture.

According to Rikyū, if phenomena in this world are not long lasting then all unnecessary elements had to be eradicated. This concept was attributed to all other forms of art participating in the tea ceremony. In architecture it lead to the dimishing size of the building, almost empty interior except a few carefully selected objects, in *chabana*—limited number of stems used for flower composition, and so on.

In ceramics Rikyū's aesthetics of restrain, practicality was exibited in the choice of vessels with subdued colors, simple, practical shape and particular texture. Raku tea bowls designed by Rikyū were wider to facilitate the whipping of the tea powder, rugged texture and inclination in the lip were made in purpose to aid putting inside the tea brush. Rugged local clay was utilized to prevent the heat from eradicating too fast and creating a warm feeling inside the palms.

Raku tea bowls usually have a name that gives us a clue about the meaning of its design. Tea bowls with their visual qualities were aimed to evoke certain philosophical ideas that Rikkyū was teaching.

One such example is a black Raku ware tea bowl 黒樂茶碗, "Kazaore" 風折 "Bent by the wind", by Chōjirō, (Azuchi-Momoyama period, sixteenth century). According to author's interpretation, this tea bowl with its slightly inclined, deformed body manifests the idea that all phenomena in the natural world are subject to changes due to the power of natural forces. Wind is one of the elements of Nature powers that changes the world. The power of wind has been observed also in poetry: it mercilessly scatters the beautiful blossoms. Nature's creating and destructive powers are observed in poetry as an unescapable reality.[65]

Like the autumn wind, That blows across the field, Fluttering the leaves of arrowroot, My life has passed away fast as a dream.

The creator of this tea bowl with its deformation and idea of destructive forces of nature in its name took inspiration from nature. This is in accord with the principles of *wabi* and *sabi* where nature can be defined by its assymmetry and random imperfections.

It was suggested by a current resident abbot of the Daitokuji temple in Kyoto that one of the first real movements toward appreciation of physical objects that have a humble and rustic appeal came at a time when Buddhist monks, whose temples were often under funded, had to entertain guests. As they did not own any high quality art, they had to use what was available to them to produce an aesthetically pleasing effect, and to this end objects of nature such as bamboo and wildflowers were used in place of more ornate artifacts such as Chinese porcelain.[66]

In doing so they were focusing on the natural, the impermanent, and the humble, and in these simple and often rustic objects they discovered the innate beauty to be found in the exquisite random patterns left by the flow of nature.[67]

The flow of nature is revealed in the tea bowl "Iriai" 入相 "Dusk" (Karatsu ware 唐津茶碗, Edo period, seventeenth century). Dusk can have a multiple meanings, but in the context of impermanence it can lead the thoughts to the inevitable end of all things and then—a new beginning. The movements of sun and moon as part of the nature were viewed as part of Nature's rules and forces that a person cannot alter.

A fresh influx of Korean potters to Japan at the close of the sixteenth century proved to be a stimulus to the ceramic industry in Japan. The military expeditions against Korea conducted by Toyotomi Hideyoshi in 1592 and 1597 were unsuccessful, except for the introduction of potters who built a number of kilns on eastern Honshū and Kyūshū at the command of local feudal lords.

The Karatsu kilns produced a variety of everyday vessells and tea utensils, particularly water jars and flower containers.[68]

The end of the day and parrallels with the end of all in this world. Princess Shikishi wrote a poem (1205):

> The world does not last, Even until dusk, In the desolate plain, A wind rises, And scatters dewdrops.[69]

Dew has a particular significance in tea culture. *Roji*—a short garden passage for purification that leads to a tea room—means "dewed ground," is a phrase taken from a passage of the Buddhist Sutra Saddharmapundarika. The passage when translated freely, means: "Rest on the dewed ground after leaving this world (Traidhatuka) of flaming house." In *Chanoyu* the *roji* is a place for purification. As Rikyū said: "*Roji* is but a road outside this floating world: —dust of our mind, why scatter them around."[70]

There is another poem by Emperor Go-Shirakawa in "Shikokinshū" about the evanescence of dew. Dew as a short lasting phenomenon in the nature is compared to the passing away of a person:

> If I were gone—, Gone like the dew, I could not be looking On this falling snow.[71]
>
> 露の命　消えなましかば　かくばかり　降る白雪を　ながめましやは[72]

Dew appears for a short period and disappears, the same is with snow. Snow melts and therefore it is a powerful metaphore for the evanescence of the world. Hon'ami Kōetsu (本阿弥光悦 1558–1637) created a beautiful white Raku teabowl 白樂茶碗 called "Kansetsu" 冠雪 or "The Crown of Snow," the collection of the Raku Museum.

White Raku ware are a rarity. There are known only three white Raku teabowls. Snow is not only a motif leading thoughts to the idea of evanescence but its whiteness is also a symbol of spiritual purity.

The Hon'ami family's occupation was the polishing and connoisseurship of swords. Kōetsu's work maintains that sense of a sharply polished sword, as though a single sharp perspective penetrates the objects he fashioned. The beauty of this work lies in the tension of the sharp angle rising from the hips, the tensile strength of the body, and the sparely carved mouth.[73]

Tea bowl "Zansetsu" 残雪 "Lingering snow" (Raku Dōnyū 道入, Kuro Raku type 黒樂茶碗, Edo period, seventeenth century, Raku Museum collection).

Before drenching the bowl into a glossy black glaze, the author covered a small portion of the surface with wax before glazing. This was different than the traditional technique. After the firing he found that his effort had brilliantly resulted in a creamy textured area on a sea of black. Since the irregularities of these patches made the author think of the last snow lingering on distant mountains, he gave his bowl the name "Lingering snow" which suits its eternal beauty.[74]

Besides branches laid with heavy snow were used as a parrallel to emphasize the fragality of persons life that similar to branches laid with snow can break down any moment:

Why am I in ceaseless sorrow? Am I to break down soon, Like branches laden Heavily with snow?[75]

杣山や　梢に重る　雪折れに　絶えぬ歎きの　身をくだくらむ[76]

Water jar "Hatsu shimo" (初霜 "The First Frost"), (Karatsu ware 唐津, Edo period, seventeenth century) is a fine example how the theme of changing weather conditions suggested the swift changes in this world and impermanence. Early tea masters chose many fresh-water jars from among the rough farmware produced at Karatsu.

The term "chill" (*hie*) was a major aesthetic concept in Medieval Japanese culture, in line with "withered" (*kare*) and lean (*yase*) which are mentioned in Murata Shukō's (also called Murata Jukō) letter "Kokoro no fumi" to his disciple Chin. According to Dennis Hirota, this term was first established in in Chinese literature and then through the writings of Zen Buddhist monks was transmitted to Japan. Murata Shukō was the person who based on Zen practice, transformed the tea popular among the warrior aristocracy into a way of spiritual attainment. Shukō wrote:

"Withered" means owning splendid pieces, knowing their savour fully, and from the heart's ground advancing and deepening, so that all after, becomes chill and lean: it is this that has power to move.[77]

In Chinese poetry the terms "chill" and "slender" were associated with an ethereal, unworldly feminine beauty in their evocation of the whiteness of snow or plum blossoms. Shukō's usage probably derives from Shinkei for whom "chill" and "lean" connote spareness, stillness, and bone-tightness of that reduced to essences by cold; hence his famous statement, "Nothing is so beautiful as ice" (*hitorigoto*).[78]

In Ono no Komachi's poem smoke and fog are compared with swiftly passing life and inevitable end:

How sad our fate! We finally shall rise, as smoke from funeral pyres, vanishing in the light green fog.[79]

あはれなり　わかみのはてや　あさみとり　つひにはのへの　かすみとおもへは[80]

Besides quicly fading phenomena in natural world as snow, dew, dust, moon was also a motif which appears in the nighty sky and disappears. Moon's beauty has gained many works of art in Japanese culture, but it is also a motif connected with impermanence. One vivid example is a tea bowl "Setsugetsu" (*Kōrai chawan* group, *hakeme* type, Korea Joseon dynasty, fifteenth–sixteenth centuries).

This *Kōrai chawan* 高麗茶碗 or Korean tea bowl belongs to the *hakeme* 刷毛目 type. *Hakeme* means "traces left after the brush". In this technique white is painted with a brush on a ground containing iron, a transparent over-glaze is then applied.[81] *Hakeme* type teabowls were widespread in the Korean penninsula in the fifteenth and sixteenth

centuries.[82]

Another example is a tea bowl by Nonomura Ninsei 野々村仁清 "Autumn grasses and moon" of Musashino 色絵武蔵野図茶碗, collection of Nezu Museum 根津美術館, Tokyo.

This Ninsei's tea bowl with Musashino design of a full moon and silver grasses swaying in the autumn breeze has a large crack, mended with lacquer and gold. The label pasted on the box says, "Broken tea bowl". Silver pigment is applied around the moon and between the slender leaves of the silver grass. The design may have been drawn using fine gourd charcoal or a similar material and then silver pigment painted on it with *kirikane* technique, cutting a thin silver leaf into small shapes and applying them to fit the design. A translucent glaze was applied above silver. Ninsei also applied a white pigment after the bisque firing.[83]

The establishment of the Raku kiln began a long tradition of individual potters in Kyoto. The mid-seventeenth century potter Nonomura Ninsei should be mentioned as first. Ninsei received the patronage and guidance of the tea master Kanamori Sōwa (金森宗和 1584–1656) and moved in aristocratic circles. His fabled wares with overglaze-enamel decoration of refined design were wholly representative of the taste of the upper-class Kyoto, and among them are a few well-known tea bowls.[84]

The inevitable change of seasons is reflected in Japanese poetry and art as another phenomena manifesting Nature's powers.

Rikyū developed a particular interest in the withered, dried out, cragged, deposed by time, cracked, deformed, broken, asymmetrical, torn as a reflection of Nature and through it—the impermanence of this world. According to Rikyū's value system the concept of *sabi* included the idea that the older the age, the more saturated is the content and therefore—the value. Cracks, deformities helped to reveal the objects old age and therefore—higher value.

Fresh water container with Autumn Grasses design 秋草文水指, Mino ware, Shino type, Azuchi-Momoyama period, sixteenth–seventeenth century. The Nezu Museum collection.

The luxurious, thick Shino glazes produced at the Mino kilns in the late sixteenth and early seventeenth centuries were used almost exclusively for tea ceremony utensils. The most common shino wares have white, gray or red colored glazes and simple, decorative patterns painted in iron pigment.

The flat pattern on the bottom of this vessel indicates that it was cut directly off the wheel with a cord.[85]

In visual arts documentary references to paintings with autumn grasses witnessed a sudden increase in the mid-fifteenth century. The motif continued to be popular for

interior design among the Tosa artists until the early Edo period. During the Azuchi-Momoyama and Edo periods it was also adopted by the artists of the Kanō school. Autumn grasses were also a motif on lacquer objects of various sizes and shapes, known collectively as Kōdaiji type lacquer.[86]

The aesthetics of the appreciation of deformity, cracks, torns is evident in ceramics through the appreciation of rugged textures, thick, spontaneous glaze, deformed body.

Water jar with lugs 耳付水指 "Yabure bukuro" 破袋 "The Torn Sack," (Iga ware 伊賀, Edo period, seventeenth century, The Goto Museum 五島美術館 collection, Tokyo) is a vivid example.

"Yabure bukuro" ("The Torn sack") is a slightly humouristic treatment of the insufficiencies and deformities in this world, since all is subject to change—including aging and being torn apart. Perfect intact beauty does not last long, therefore it should not be sought for. Instead of appreciating the outer beauty one should look beyond—to its essence.

Ko Iga (Old Iga) is one of the many kilns that made tea utensils in the Momoyama period. Even since its establishment in the mid-fifteenth century the early Iga potters prided themselves on a distinctive style of domestic wares that emphasized constricted forms and a thickly applied natural glaze. The Momoyama period tea masters appreciated these features and commissioned the Iga potters to make tea bowls, flower containers, and water jars specifically for tea use.

This water jar is the supreme example of the Iga kilns. The vessel was formed of thick coils of clay and fired at a high temperature. It has a light ash glaze on one side and a charred red finish on the other. Perhaps because it was fired for a long time at high temperatures, the walls fissured, giving rise to the name "Yabure bukuro." The unusual bag-like shape was a favourite of the tea master Furuta Oribe. Since high temperatures warped the vessel, small feet were attached in front to achieve proper balance.[87]

The rejection of physical beauty and bright colors is evident in another poem from "Kokinshū":

> Oh awesome sacred, mountain I will not lose my, heart to your brightly, colored leaves for the loveliest, things are doomed to fade and fall.[88]
> ちはやぶる　神なび山の　もみぢ葉に　思ひはかけじ　うつろふものを
> （訳）「神なび山」の紅葉に思いをかけるのはやめましょう、色が変わってしまうものだから。[89]

Therefore in Japanese art, as reflected very clearly in the Tea ceremony, the tendency to reject bright colors and beauty grew more and more stronger.

Rikyū disciple Nambō Sōkei 南坊宗啓 in Nanpōroku is quoting Rikyū's teacher Takeno Jōō as having said:

> Casting wide my gaze, Neither blossoms, Nor scarlet leaves; From the rush-thatched seaside hut, Only the autumn dusk.[90]

Tea bowl "Aki no yama" 秋の山 "Autumn Mountains" ("kugibori" 釘彫, "nail carved," (Irabo type 伊羅保), sixteenth–seventeenth century, Korea, Yuki Museum of Art 湯木美術館 collection, Osaka) reflects a similar idea.

The Irabo type teabowls were produced in South Korea at a site called Changi, where kiln ruins are still visible. The name Irabo is derived from the Japanese *ira-ira*, meaning "upset", or "annoyed" that was attached to these bowls because, being made of clay mixed with sand and thinly glazed, their surface texture is rough. "Irabo" connotes a humouruos contrast to calm feeling produced by smoothly glazed bowls made of a fine grained clay. Because the clay inside the foot was marked in a whirlpool pattern with a nail, this piece is also called "nail-carved" Irabo. The beautiful greenish brown glaze recalls autumn colours it was named "Autumn mountain."[91]

It was the influence of Zen that had promoted the ideas of mute colours, simple utensils, and economy of expression, but it was Rikyū who managed to crystallize these ideas into an aesthetic whole and to blend the garden, the tea room, the food, the tea, and the conversation into the refined form of today.[92]

Tea ceremony is one of the ways to distance oneself from the worldly affairs and find time for medication. The hermit's aesthetics is an important part of the tea ceremony. In Japanese culture going into mountains had the meening to distance oneself from the world. The mountains were regarded as a sacred and pure area unstained by the dirtiness of the world. In poetry and prose we find this attitude towards mountains:

> Somewhere within those, rugged lonely mountains I will seek seclusion—for existence within this, sad world is of no avail.[93]
>
> ちはやぶる　神なび山の　もみぢ葉に　思ひはかけじ　うつろふものを[94]

Taking in ones hands a tea bowl with mountain landscape during the tea ceremony could lead the person's imagination to the mountains that pure and sacred environment that is so far from the worldly affairs.

Sometimes we find evidence about doubts about the necessety of rejecting the world. Here also we see the "mountains" as a sacred area of hermits life:

> I shall not go into the mountain. At any rate, The world is livable. Here also shines the moon.[95]

This poem also casts the doubt about the necessity to shun the world. "Living for this moment" in contrast to "leaving this world" that was a strong philosophical thought that influenced the art in Muromachi and Azuchi-Momoyama periods is evident in Edo period art.

A vase with the image of the trunk of a cragged pinetree named "Ganshō" or

"Craggy Pine," alternatively known as "Iwao no matsu," by Raku Tannyū (樂旦入 1795–1854) *yakinuki* type, collection of the Raku Museum) displays similar views as in the poem.

This vase, fired with the *yakinuki* technique, is made from yellow clay fired hard to a toasted brown colour, with yellow-tinged transparent *kihage* glaze applied over part of its surface. Its demeanor is marked by powerful spatula trimming with comb-like decorative touches. On the reverse side of the front, the name of the vase (meaning an old, noble pine that has entwined its roots firmly in a rocky crag) is inscribed in vermilion lacquer by eleventh generation Omotesenke tea master Rokurokusai (碌々斎 1837–1910).[96]

Pinetree is a motif in Japanese culture with symbolic meaning of longevity. In art longevity and impermanence are sometimes contrasted. In poetry by observing the long living pinetree one realizes the close end of ones own life.

> With sorrow I behold the image, Of an old green pine, Reflected in the water, Thinking of myself.[97]

Similar thoughts are reflected also in another poet's lines from "Shinkokinshū" anthology:

> "On the Pine"
>
> Though old, Pines keep their green, But my hair once black, Is now as white as snow.[98]

In this ceramic vessel the cragged pine tree with its cragged old bark exibits the idea of *sabi*. Pinetree's long years of life are appreciated as a particular beauty and may incorporate the wish to the user of this vessel good health, long life.

Rikyū's aesthetics also included restrain for the usage of expensive, luxurious materials.

He opened the way to more humble way of life and simple, rustic forms in art. These elements were more characteristic to the country side in the unsophisticated life of the usual folk where Rikyū saw a spiritual purity. He rejected the riches of castles and expensive, lavish way of life.

Furthermore he promoted the appreciation of a humble and unexpensive beauty that is found in nature, meanwhile rejecting artificiality which surrounded powerful and rich.

In ceramics simple, unadorned, unexpensive objects were preffered, though Rikyū did not reject completely imported Chinese pieces of arts.

These ideas we find also in Sen Sōshitsu's writings:

> The foundation of Chanoyu is based on the aesthetic principle *wabi* or "rusticity," and the preparation of tea is done with "pragmatic directness and artless simplicity." The atmosphere in the tearoom should be "devoid of all

> distractions". Such an aesthetic approach was developed by Sen no Rikyū. Those who practice tea ceremony should not be "overly possessed by the surface formality and appearance."[99]

Rikyū's shift in aesthetic values was partly influenced by Korean pottery and certain types of Chinese traditions. Among unpretentious, humble and simple types of imported Korean pottery Ido, Goshomaru, Mishima became particularly adored in Japan.

In the sixteenth and seventeenth Japanese tea ceremonies these vessels were used together with local Japanese products.

It is not surprising that the most valued and adored tea bowl in Japanese history is of Korean origin.

The Kizaemon 喜左衛門 Ido tea bowl (Prized possession: "Kizaemon," Choson dynasty, sixteenth century), an O-Ido 大井戸 tea bowl designated as a national treasure. Kohōan, Daitokuji, Kyoto collection. Glazed stoneware.[100]

This is a famous tea bowl in the history of tea ceremony, a National Treasure, made in Korea around the fifteenth century in the unknown kiln.

The bowl's name comes from its former owner Ido—an ardent collector of tea vessels. Later it became in the possession of Takeda Kizaemon who "would have preferred poverty and even death rather than let this bowl out of his sight."

The bowl which is rated of the highest class in Chanoyu culture, is a large, solidly built, deep bowl of unusual height. At the first glance one might ask, what is particular in it?

This bowl in fact, is the expression of "wabi" or "beauty of sublime consciousness." In accordance with the principles of *wabi* its color tones are sober and muted. No trace of work of man has been effaced, it is as close to nature as possible.

Characterized by its dry leaf coloring, its cracks and fissures large and small, the roughness of texture and the simplicity and artlessness of its shape have become the ultimate expression of *wabi* in Chanoyu. When looking at this tea bowl, the *chajin* imagined the dried and withered leaves and the serenity of autumn fields.[101]

If we observe the outlook of this simple and humble tea bowl with cracks in its body, subdued warm beige color we can admit that it incorporates all seven features of Zen art formulated by professor Hisamatsu. This bowl is the expression of simplicity, tranquility, detachment, harmony and other features of Zen art.

The visual appreciation of this bowl leads a person to the realization of the Buddhist values.

Similar to this tea bowl number of vessels for tea have a motif of autumn grasses. Torn by the wind and withered because of frost they resemble the impermanence of the world.The inspiration for this motif comes from literature:

> Autumn is mournful, In all its aspects even, The coloring and, Fading of the leaves makes me, Understand this is the end.[102]

Rikyū's succsessor Furuta Oribe developed Rikyū's aesthetic system to the extreme. He was an eccentric personality himself and manifested it in his art, too.

Furuta Oribe was so extreme in his artistic ideals that once he cut in pieces a tea bowl and assembled it anew since it seemed for him too big. In ceramic art he developed a style in which painted decoration was introduced in the contarary to Rikyū's preference of no painted decorations. Painted decorations with swift strokes of the brush and limited number of strokes, similarly to Zen Buddhist ink paintings aspired to catch with minimal meens the most important, the essence of the depicted and could contain symbolic meaning.The images rather depicted the idea than resembled the object's real looks in the natural world.

Square dish with lotus design, Azuchi-Momoyama or Edo period, Mino ware, Oribe type, glazed stoneware, private collection.

This plate was probably used for *kaiseki ryōri* during the tea ceremony. *Kaiseki ryōri* were developed from the ascetic Zen Buddhist cuisine. The plate has a depiction of two lotus stems; one a new sprout with a bud and the other a bent, dried out and partly torn out lotus leaf. This image that incorporates in one composition two objects with cardinally opposite features—old and new in a way reflects the workings of nature with the inevitable evanescence of youth and beauty which is followed by old age, destruction and then—a new beginning again. The lines are sketchy and symbolic.

Oribe ceramic ware is known for its distinctive look—striking copper green glazes, abstract designs, and teabowls so warped one hardly knows where on rim to place the lips. The style takes its name from Furuta Oribe, a warrior who became prominent tea master after the death of Rikyū. The connection betweed Furuta Oribe and Oribe ware is, however, far from clear.[103]

Okakura Kakuzō (also called Okakura Tenshin 岡倉覚三／天心 1862–1913) an art historian who exercised tremendous influence in the development of modern Japanese art, made the following comments in *The Book of Tea* about the aesthetic lineage to which Oribe style belonged:

> The dynamic nature of (Zen and Tao) philosophy laid more stress upon the process through which perfection was sought than upon perfection itself. True beauty could be discovered only by one who mentally completed the incomplete.[104]

This dish was fired at the Yashichida kiln, city of Kani, Gifu prefecture. It displays a number of the features of the Yashichida Oribe decorative style, including a thin feldspatic glaze, thin flows of poured green glaze, and an elegant pictoral design rendered

in iron and red glazes. It is rather large for a square dish, but its thin, shallow build makes it lighter than it looks. Lotus motif also appear on *tsujigahana* resist-dyed textiles.[105]

The aesthetics of the impermanence created a heightened feeling for bad weather conditions: frost, rain, cold, black clouds as a symbol of suffering in this world and therefore a need to distance oneself from it. A number of vessels for Tea ceremony have names with bad weather conditions.

Inbe tea container 伊部茶入, named "Shimoyo" 霜夜, "Frosty Night" Bizen ware 備前, marutsubo type 丸壺, Edo period, seventeenth century.

Near the end of Muromachi period, with the development of the *wabi* tea ceremony and its newly developed appreciation of rugged types of ceramics of farmware kilns, Bizen wares became noticed. In the Azuchi-Momoyama period this type of ware became fashionable.

The culture of impermanence still has a strong ground in Japan nowadays and continues to influence contemporary artists. The principals of aesthetic beauty developed historically is evident in the work of various contemporary artists. Some of the examples are: Watanabe Aiko 渡辺愛子, "Flower vase in Iga style"「伊賀耳付花入」2019[106] very much resembles the famous flower vase "Yabure bukoro" previously mentioned in this article. Tanaka Sajirō 田中佐次郎 creates tea bowls by taking inspiration from Hon'ami Kōetsu, who was also mentioned in this article before. One such example is「石ハゼ茶碗」2020.[107] It seems this tea bowl with uneven rugged surface was created by intentionally mixing small stones into the clay, that after the firing became vivid and create an effect of being close to the nature. Tsujimura Shirō 辻村史朗 created a tea bowl called "Black Tea Bowl"「黒茶碗」2018,[108] that resembles the previously mentioned tea bowl called "Mozuya guro" or "Mozuya Black." Simple non-lucid black colour has an elegant appeal. This tea bowl also brings evidence, that the traditions of Chōjirō and Raku school are still alive today. Kawate Toshio 川手敏雄 created a "Shino Flower Vase"「志野花入」[109] where he wanted to express the feeling of the season by depicting autumn grasses on the body of this vase following the century old traditions in Japanese poetry and ceramics. There are multiple other publications on contemporary Japanese ceramic artists taking inspiration in the rich cultural heritage of Japan, but the analysis of that is out of the scope of this article.

Conclusion

Taking in mind the above mentioned things, it seems that against the background of the cult of longevity which originated in China, Rikyū set up a new aesthetic approach—the cult of evanescence.

Against the background of the pompous, decorative and luxurious art of the period when he lived, Rikyū created the aesthetics of restrain as a contasting opposite.

These different streems in Japanese culture continue to coexist till nowadays. The cult of impermanence is vivid in many forms of art. *Chatō* or ceramics for the Tea ceremony is one vivid example. This cult of evanescence in visual arts was manifested through the partial rejection of physical beauty, elimination of unnecessary details, assymmetry, diminished size or minituriazation, simplicity, subdued colors, rejection of luxurious. It opened the way to the native aesthetics that were opposed to the Chinese. Rikyū set the standards of beauty which he saw in simplicity, poverty, detachment, restraint, old age. He preferred the beauty that came from a natural environment, from hermit's way of life and mountain wanderer's way of seeing the world. He prefered rugged local procucts rather than sophisticated imported Chinese objects of art.

During his seventy years of life Rikyū established himself as the nation's authority on matters of taste and aesthetics, and it is no exageration to say that he is the founder of what has become the Japanese aesthetic ideal, for he played a defining role in the advancement of the tea-based *wabi sabi* ideals.[110]

Rikyū's aesthetics was very radical taking in mind that the mainstream during the period when he lived was the opposite. Rikyū was rejected and punished by Toyotomi Hideyoshi who forced Rikyū to commit suicide. Despite Rikyū's tragic death, his aesthetic ideals live on and have spread all around the world in various forms art.

1　Hull Monte S., *Routledge Encyclopedia of Philosophy*, "Mujō." https://www.rep.routledge.com/articles/thematic/mujo/v-1/sections/the-problem-of-impermanence (Retrieved Apr. 6, 2024.)

2　Ibid.

3　Ronald L. Boyer, "Impermanence in Life and Art: The Expression of Mujō in Japanese Aesthetics," *The Buddhist Traditions of Japan*, 2020, p. 1.

4　Motoori Norinaga, "Mono no Aware," *Japanese Philosophy A Sourcebook*, ed. W. Heisig et.al. University of Hawaii Press, 2011, p. 1177.

5　Parkes and Loughnane, "Japanese Aesthetics" in the *Stanford Encyclopedia of Philosophy*, 2005, No pagination.

6　Ronald L. Boyer, Ibid., p. 10.

7　Nakasone Yasuhiro, cited in Ronald L. Boyer, Ibid.

8　Andrew Juniper, *Wabi Sabi: The Japanese Art of Impermanence*, Tuttle Publishing, 2003, p. 1.

9　Leighton, personal correspondence, Feb. 20, 2020, cited in Ronald L. Boyer, Ibid., p. 11.

10　Parkes and Loughnane, cited in Ronald L. Boyer, Ibid., p. 13.

11　Horst Hammitzsch, *Zen in the Art of the Tea Ceremony: A Guide to the Way of Tea*, St. Martin's Press, 1980, p. 46.

12　Andrew Juniper, *Wabi Sabi: The Japanese Art of Impermanence*, Tuttle Publishing, 2003, p. 2.

13　Hayashiya Seizō, *Chanoyu: Japanese Tea Ceremony*, Japan Society, 1979, p. 1.

14 There exist variations of his name: Rikkyū or Rikyū. The author will use Rikyū in this article.

15 Sen Sōshitsu XV, "Understanding Chanoyu," *The Chanoyu Quarterly*, Vol. 1, 1970, published by Chanoyu Quarterly, Kyoto, p. 3.

16 Raku Kichizaemon and Raku Atsundo, *Raku: A Legacy of Japanese Tea Ceramics*, Raku Museum 2015, p. 71.

17 Ryōichi Fujioka, *Tea Ceremony Utensils, Arts of Japan 3*, Weatherhill, 1973, p. 26–27.

18 Izutsu Toyoko, "Wabi," *Japanese Philosophy A Sourcebook*, ed. W. Heisig et. al., University of Hawaii Press, 2011, p. 1224.

19 Manyōshū「万葉集」, literally "Collection of Ten Thousand Leaves" is the oldest extant collection of Japanese *waka* (poetry in Classical Japanese), compiled sometime after AD 759 during the Nara period.

20 *The Man'yo-shu, A complete English Translation in 5–7 Rhythm*, Part II, Vol. 8–Vol. 14. Transl. by Teruo Suga, Kanda Institute of Foreign Languages, 1991, p. 219.

21 *Manyōshū*, https://manyoshu-japan.com/11288/ (Retrieved Jan. 27, 2023.)

22 *The Man'yo-shu, A complete English Translation in 5–7 Rhythm*, Part II, Vol. 8–Vol. 14. Transl. by Teruo Suga, Kanda Institute of Foreign Languages, 1991, p. 372.

23 "Kokinwakashū" or "Kokinshū"「古今集」is an early anthology of the *waka* form of Japanese poetry, dating from the Heian period.

24 『新古今和歌集』The "Shinkokinwakashū," the 'New Collection of Ancient and Modern (Japanese Poetry),' is the eighth imperial anthology, and generally reckoned to be the second in terms of quality after the Kokinshū. It was commissioned by Emperor Go-Toba (1180–1239; r. 1183–1198), and compiled by a team of poets, of whom Fujiwara no Teika is the most renowned.

25 Karaki Junzō, "Wafting Petals and Windblown Leaves: Impermanence in the Aesthetics of Shinkei, Sogi and Basho," *Chanoyu Quarterly*, No. 37, 1984, p. 15.

26 Sen Sōshitsu XV, "Understanding Chanoyu," *The Chanoyu Quarterly*, Vol. 1, 1970, published by Chanoyu Quarterly, Kyoto, p. 9.

27 Stephen Addis, Fumiko and Akira Yamamoto, *A Haiku Menagerie, Living Creatures in Poems and Prints*, Weatherhill, 1992, p. 46.

28 Ibid., p. 69.

29 Ibid., p. 78.

30 Ibid.

31 Ibid., p. 80.

32 Stephen Addis, Ibid., p. 105.

33 Karaki Junzō, "Wafting Petals and Windblown Leaves: Impermanence in the Aesthetics of Shinkei, Sogi, and Basho," *Chanoyu Quarterly*, No. 37, 1984, p. 8.

34 Known also as Yoshida Kenkō (吉田兼好).

35 Hisamatsu Shin'ichi, *Zen and the Fine Arts*, translated by Gishin Tokiwa, Kodansha International, 1971, p. 29.

36 Minamoto no Yoshiari, (869), *Kokinshū*, transl. and annot. L. R. Rodd, M. C. Henkenius,

Princeton University Press, 1984, p. 299.

37 http://www.milord-club.com/Kokin/uta0869.htm (Retrieved Jan. 27, 2023.)

38 Lady Nyokurōdo, (1743), *The Shin Kokinshū*, translated by H. H. Honda, The Hokuseido Press, the Eirinsha Press, 1970, p. 480.

39 Kurokawa Kishō, "Rikyū Gray: An Open-ended Aesthetic," *Chanoyu Quarterly*, No. 36, 1983, p. 32.

40 Ibid., p. 36.

41 Ki no Tsurayuki, *Kokinshū*, transl. and annot. L. R. Rodd, M. C. Henkenius, Princeton University Press, 1984, p. 62.

42 http://www.milord-club.com/Kokin/uta0081.htm (Retrieved Jan. 28, 2023.)

43 Sugano no Takayo, (81), "Seeing from the Crown Princes rooms in the Gain, cherry petals falling and floating on the garden stream." *Kokinshū*, transl. and annot. L. R. Rodd, M. C. Henkenius, Princeton University Press, 1984, p. 72.

44 Fujiwara no Yoshikaze, (85), "Seeing from the quarters of the Crown Prince's guards, cherry blossoms fall." *Kokinshū*, transl. and annot. L. R. Rodd, M. C. Henkenius, Princeton University Press, 1984, p. 73.

45 *Kokinshū*, http://www.milord-club.com/Kokin/uta0085.htm (Retrieved Jan. 28, 2023.)

46 Ōe no Chisato, (859), In the autumn when he was ill and suffering, Chisato, feeling despondent, sent this poem to friend. *Kokinshū*, transl. and annot. L. R. Rodd, M. C. Henkenius, Princeton University Press, 1984, p. 292.

47 *Kokinshū,* http://www.milord-club.com/Kokin/uta0859.htm (Retrieved Jan. 28, 2023.)

48 Mentioned in Tsutsui Hiroichi, "Like the Flowers in the Field: Rikyu's Flowers for Tea," *Chanoyu Quarterly,* No. 41, 1985, p. 7.

49 Princess Shikishi, *The Shin Kokinshū*, translated by H. H. Honda, The Hokuseido Press, the Eirinsha Press, 1970, p. 456.

50 http://www.milord-club.com/Kokin/uta0073.htm (Retrieved Jan. 28, 2023.)

51 Anonymous, (73), Topic unknown, *Kokinshū*, transl. and annot. L. R. Rodd, M. C. Henkenius, Princeton University Press, 1984, p. 70.

52 Stephen Addis, Ibid., p. 84.

53 Anonymous, Topic unknown, (200), *Kokinshū*, transl. and annot. L.R. Rodd, M.C. Henkenius, Princeton University Press, 1984, p. 105.

54 http://www.milord-club.com/Kokin/uta0200.htm (Retrieved Jan. 28, 2023.)

55 https://shin.kokin-wakasyu.com/shin-kokin1769/ (Retrieved Jan. 28, 2023.)

56 Stephen Addis, Ibid., p. 96.

57 Stephen Addis, Ibid., p. 100.

58 Ibid.

59 Ōshikōchi no Mitsune, 164 Hearing the nightingale sing. *Kokinshū*, transl. and annot. L. R. Rodd, M. C. Henkenius, Princeton University Press, 1984, p. 94.

60 Anonymous, (949), *Kokinshū*, transl. and annot. L. R. Rodd, M. C. Henkenius, Princeton University Press, 1984, p. 322.

61 http://www.milord-club.com/Kokin/uta0949.htm (Retrieved Jan. 28, 2023.)

62 Ki no Tsurayuki, (232), *Kokinshū*, transl. and annot. L. R. Rodd, M. C. Henkenius, Princeton University Press, 1984, p. 114.

63 http://www.milord-club.com/Kokin/uta0232.htm (Retrieved Jan. 28, 2023.)

64 Princess Kishi, (1719), to a friend whom she did not see for a long time as she lived outside the city, *The Shin Kokinshū*, translated by H. H. Honda, The Hokuseido Press, the Eirinsha Press, 1970, p. 473.

65 Daughter of Fujiwara no Toshinari, *The Shin Kokinshū*, translated by H. H. Honda, The Hokuseido Press, the Eirinsha Press, 1970, p. 428.

66 Andrew Juniper, Ibid., p. 10.

67 Ibid.

68 Hayashiya Seizō, *Chanoyu: Japanese Tea Ceremony*, Japan Society, 1979, p. 147.

69 Princess Shikishi, *The Shin Kokinshū*, translated by H. H. Honda, The Hokuseido Press, the Eirinsha Press, 1970.

70 Sen Sōshitsu XV, "Understanding Chanoyu," *The Chanoyu Quarterly*, Vol. 1, 1970, published by Chanoyu Quarterly, Kyoto, p. 7.

71 Emperor Go-Shirakawa, On a snowy morning lying in severe illness, Number 1579, *The Shin Kokinshū*, translated by H. H. Honda, The Hokuseido Press, the Eirinsha Press, 1970, p. 433.

72 https://kobun.ru/book/sinkokinshuu?id=1579 (Retrieved Jan. 28, 2023.)

73 Raku Kichizaemon and Raku Atsundo, *Raku: A Legacy of Japanese Tea Ceramics*, Raku Museum, 2015, p. 116.

74 Satō Masahiko, "Black Raku Tea-bowl "Lingering Snow"," in *Chanoyu Quarterly*, Urasenke, 1970, p. i.

75 Fujiwara no Toshinari, (1580), *The Shin Kokinshū*, translated by H. H. Honda, The Hokuseido Press, the Eirinsha Press, 1970, p. 433.

76 https://kobun.ru/book/sinkokinshuu?id=1580 (Retrieved Jan. 28, 2023.)

77 Murata Shukō, to the priest Furuichi Harima, from Dennis Hirota, ""Heart's Mastery: Kokoro no Fumi," The Letter of Murata Shukō to His Disciple Choin," in *Chanoyu Quarterly*, No. 22, 1979, p. 7–10.

78 Ibid., p. 16.

79 Ono no Komachi, (758), *The Shin Kokinshū*, translated by H. H. Honda, The Hokuseido Press, the Eirinsha Press, 1970, p. 205.

80 https://shin.kokin-wakasyu.com/shin-kokin758/ (Retrieved Jan. 28, 2023.)

81 Hayashiya Seizō, "Korean Teabowl," *Chanoyu Quarterly*, No. 18, 1977, p. 34.

82 「高麗茶碗：井戸・粉引・三島」(『別冊　炎芸術』阿部出版、2019年）10頁。

83 『茶の美術　根津美術館新蔵品選』（根津美術館、2022年）35頁。

84 Ryōichi Fujioka, *Tea Ceremony Utensils*, Weatherhill, 1973, p. 29.

85 Hayashiya Seizō, Ibid., p. 146.

86 Miyeko Murase ed., *Turning Point: Oribe and the Arts of Sixteenth Century Japan*, The

Metropolitan Museum, 2003, p. 220.

87 Ibid., p. 143.

88 Anonymous, Topic unknown, (254), *Kokinshū*, transl. and annot. L. R. Rodd, M. C. Henkenius, Princeton University Press, 1984, p. 120.

89 http://www.milord-club.com/Kokin/uta0254.htm (Retrieved Jan. 28, 2023.)

90 Kurokawa Kishō, Ibid., p. 39.

91 Hisamatsu Shin'ichi, Ibid., p. 161.

92 Andrew Juniper, Ibid., p. 37.

93 Anonymous, Topic unknown, (254), *Kokinshū*, transl. and annot. L. R. Rodd, M. C. Henkenius, Princeton University Press, 1984, p. 323.

94 http://www.milord-club.com/Kokin/uta0254.htm (Retrieved Jan. 28, 2023.)

95 Fujiwara no Morikata, *The Shin Kokinshū*, translated by H. H. Honda, The Hokuseido Press, the Eirinsha Press, 1970, p. 418.

96 Raku Kichizaemon XV and Raku Atsundo, Ibid., p. 238.

97 Minamoto no Shitago, *The Shin Kokinshū*, translated by H. H. Honda, The Hokuseido Press, the Eirinsha Press, 1970, p. 469.

98 Ditto, *The Shin Kokinshū*, translated by H. H. Honda, The Hokuseido Press, the Eirinsha Press, 1970, p. 465.

99 Sen Sōshitsu XV, "Understanding Chanoyu," *The Chanoyu Quarterly*, Vol. 1, 1970, published by Chanoyu Quarterly, Kyoto, p. 3.

100『茶の湯　京に生きる文化』特別展図録（京都国立博物館、2022年）292～293頁。

101 Satō Masahiko, "The Kizaemon Ido Tea-bowl," *The Chanoyu Quarterly*, Vol. 1, 1970, published by Chanoyu Quarterly, Kyoto, p. i–ii.

102 Anonymous, (187), topic unknown, *Kokinshū*, transl. and annot. L. R. Rodd, M. C. Henkenius, Princeton University Press, 1984, p. 102.

103 Miyeko Murase ed., *Turning Point: Oribe and the Arts of Sixteenth Century Japan*, The Metropolitan Museum, 2003, p. 99.

104 Okakura Tenshin, *The Book of Tea*, mentioned by Miyeko Murase, Ibid., p. 101.

105 Ibid., p. 159.

106「陶芸家150人　2020年現代日本の精鋭たち」（『別冊　炎芸術』阿部出版、2020年）157頁。

107 Ibid., p. 94.

108 Ibid., p. 99.

109 三輪休雪、『現代陶芸　茶陶図鑑』（光芸出版、1991年）116頁。

110 Andrew Juniper, Ibid., p. 42.

List of Literature

Andrew Juniper, *Wabi Sabi: The Japanese Art of Impermanence*, Tuttle Publishing, 2003.

Hayashiya Seizō, *Chanoyu: Japanese Tea Ceremony*, Japan Society, 1979.

Hayashiya Seizō, "Korean Teabowl", *Chanoyu Quarterly*, No. 18, 1977.

Hisamatsu Shin'ichi, *Zen and the Fine Arts*, translated by Gishin Tokiwa, Kodansha International, 1971.

Horst Hammitzsch, *Zen in the Art of the Tea Ceremony: A Guide to the Way of Tea*, St. Martin's Press, 1980.

Hull Monte S., *Routledge Encyclopedia of Philosophy*, "Mujō." https://www.rep.routledge.com/articles/thematic/mujo/v-1/sections/the-problem-of-impermanence (Retrieved Apr. 6, 2024.)

Izutsu Toyoko, "Wabi", *Japanese Philosophy A Sourcebook*, ed. W. Heisig et.al. University of Hawaii Press, 2011, p. 1224.

Kokinshū, transl. and annot. L. R. Rodd, M. C. Henkenius, Princeton University Press, 1984.

Kurokawa Kishō, "Rikyū Gray: An Open-ended Aesthetic," *Chanoyu Quarterly*, No. 36, 1983.

Miyeko Murase ed., *Turning Point: Oribe and the Arts of Sixteenth Century Japan*, The Metropolitan Museum, 2003.

The Man'yo-shu, A complete English Translation in 5–7 Rhythm, Part II, Vol. 8–Vol. 14. Transl. by Teruo Suga, Kanda Institute of Foreign Languages, 1991, p. 219.

Manyōshū, https://manyoshu-japan.com/11288/ (Retrieved Jan. 27, 2023.)

Motoori Norinaga, "Mono no Aware," *Japanese Philosophy A Sourcebook*, ed. W. Heisig et. al., University of Hawaii Press, 2011.

Murata Shukō, ""Heart's Mastery: Kokoro no Fumi," The Letter of Murata Shuko to His Disciple Choin", in *Chanoyu Quarterly*, No. 22, 1979.

Parkes and Loughnane, "Japanese Aesthetics" in the *Stanford Encyclopaedia of Philosophy*, 2005, No pagination.

Raku Kichizaemon and Raku Atsundo, *Raku: A Legacy of Japanese Tea Ceramics*, Raku Museum, 2015.

Ronald L. Boyer, "Impermanence in Life and Art: The Expression of Mujō in Japanese Aesthetics," *The Buddhist Traditions of Japan*, 2020.

Ryōichi Fujioka, *Tea Ceremony Utensils*, Weatherhill, 1973.

Satō Masahiko, "The Kizaemon Ido Tea-bowl," *The Chanoyu Quarterly*, Vol. 1, 1970, published by Chanoyu Quarterly, Kyoto.

Satō Masahiko, "Black Raku Tea-bowl "Lingering Snow"," in *Chanoyu Quarterly*, Urasenke, 1970.

The Shin Kokinshū, translated by H. H. Honda, The Hokuseido Press, the Eirinsha Press, 1970.

Sen Sōshitsu XV, "Understanding Chanoyu," *The Chanoyu Quarterly*, Vol. 1, 1970, published by Chanoyu Quarterly, Kyoto.

Stephen Addis, Fumiko and Akira Yamamoto, *A Haiku Menagerie, Living Creatures in Poems and Prints*, Weatherhill, 1992.

三輪休雪、『現代陶芸　茶陶図鑑』（光芸出版、1991年）。

「陶芸家150人　2020年現代日本の精鋭たち」（『別冊　炎芸術』阿部出版、2020年）。

「高麗茶碗：井戸・粉引・三島」（『別冊　炎芸術』阿部出版、2019年）。

『茶の美術　根津美術館新蔵品選』（根津美術館、2022年）。

『茶の湯　京に生きる文化』特別展図録（京都国立博物館、2022年）。

List of Tea Ceremony Utensils Mentioned in this Article

1. Black Raku tea bowl 黒樂茶碗 named Mozuya guro 万代屋黒 (Mozuya Black) by Raku Chōjirō (初代長次郎) in the collection of the Raku Museum 樂美術館, Kyoto.
2. Black Raku tea bowl 雁取 by Chōjirō 長次郎 in the collection of Sunritz Hattori Museum of Art サンリツ服部美術館 collection.
3. Shino type tea bowl 志野茶碗 "Waraya" 藁屋 or "Straw hut," Mino ware 美濃, Azuchi Momoyama to Edo period, 16th–17th century.
4. Tea bowl Shino type, "Unohanagaki" 卯花墻 or "Deutzia trellis," Mino ware, Azuchi-Momoyama to Edo period, 16th–17th century, Mitsui Memorial Museum 三井記念美術館, Tokyo collection.
5. Black Raku ware tea bowl, "Kazaore" 風折, "Bent by the wind," by Chōjirō, Azuchi-Momoyama period, 16th century, collection of the Raku Museum.
6. Tea bowl "Iriai" 入相 or "Dusk," Karatsu ware 唐津茶碗, Edo period, 17th century.
7. White Raku teabowl 白樂茶碗 called "Kansetsu" 冠雪 or "The Crown of Snow" by Hon'ami Kōetsu, collection of the Raku Museum.
8. Tea bowl "Zansetsu" 残雪 "Lingering snow" by Raku Dōnyū 樂道入, Kuro Raku type, Edo period, 17th century, Raku Museum collection.
9. Water jar "Hatsu shimo" 初霜 "The First Frost," Karatsu ware, Edo period, 17th century.
10. Tea bowl "Autumn grasses and moon" of Musashino 色絵武蔵野図茶碗 by Nonomura Ninsei 野々村仁清, collection of Nezu Museum 根津美術館, Tokyo.
11. Fresh water container with Autumn Grasses design 秋草文水指, Mino ware, Shino type, Azuchi-Momoyama period, 16–17th century, Nezu Museum collection.
12. Water jar with lugs 耳付水指 "Yabure bukuro" 破袋 "The Torn Sack," Iga ware 伊賀, Edo period, 17th century, the Goto Museum 五島美術館 collection, Tokyo.
13. Tea bowl "Aki no yama" 秋の山 "Autumn Mountains," "kugibori" 釘彫, "nail carved," Irabo type 伊羅保, 16th–17th century, Korea, Yuki Museum of Art 湯木美術館 collection, Osaka.
14. A vase with the image of the trunk of a cragged pinetree named "Ganshō" 巌松 "Craggy Pine," alternatively known as "Iwao no matsu," by Raku Tannyū 樂旦入, *yakinuki* type, collection of the Raku Museum.
15. The Kizaemon 喜左衛門 Ido tea bowl, Choson dynasty, 16th century, an O-Ido 大井戸 tea bowl designated as a National Treasure. Kohōan, Daitokuji, Kyoto collection.
16. Square dish with lotus design. Azuchi-Momoyama or Edo period, Mino ware, Oribe type 織部, glazed stoneware, Private collection 個人蔵.
17. Inbe tea container 伊部茶入, named "Shimoyo" 霜夜 "Frosty Night," Bizen ware 備前, *marutsubo* type 丸壺, Edo period, 17th century.
18. "Flower vase in Iga style"「伊賀耳付花」, Watanabe Aiko 渡辺愛子, 2019.
19. 「石ハゼ茶碗」, Tanaka Sajirō 田中佐次郎, 2020.
20. "Black Tea Bowl"「黒茶碗」, Tsujimura Shirō 辻村史朗, 2018.
21. Kawate Toshio 川手敏雄 created a "Shino Flower Vase"「志野花入」.

ソリッドなる無常
——仏陀の影像伝説追跡の旅

ヤーギ・モリス

要旨

本論文は、『金峰山秘密伝』に含まれる仏陀の影像伝説を考察の対象として、仏陀の影像の物語における時間の概念と、その永続性と無常性との相互作用を探求する。

影像は、仏陀の物理的形態の反映または刻印であり、仏陀の真の身体として認識されている。この概念は、影像のレプリカが仏陀の本質を持ち、その現れの元の場面の時間と空間に縛られないことを示唆するさまざまな模倣的表現を可能にした。こうした見解は、過去、現在、未来が因果関係の論理を通じて異なる存在をつなぐ、仏教の時間の理解とも一致している。したがって、影像は、無常の理念と永遠の真理の可能性の両方を体現し、存在の儚さと啓示の追求を、影と光、無常と永続性の相互作用として調和させたものである。

この二重性は、中世日本仏教が、時間の衰退感と永続する啓示の探求との間の緊張をどのようにナビゲートし、概念化したかについて、深い洞察を提供する。本論文は、『金峰山秘密伝』における仏陀の影像の物語を時間的な視点から検討することで、南北朝時代の政治的および社会的混乱の中で不在である仏陀の存在の重要性を論じている。

南北朝時代は、仏法の衰退期である末法の時代が織りなす緊急感と絡み合う、深い無常観によって特徴付けられる。金剛蔵王という金峰山の守護神の本地として、仏陀の影像が再出現することは、この時代の〈いま〉・〈ここ〉における仏陀再生の可能性を示唆している。それはまた、インドや中国と並ぶ、仏教の聖地としての日本をめぐる新しい認識と絡み合い、その無常の中に、本来の覚醒した状態の固有かつ永続する真理を体現しているのである。

Solidifying Impermanence: The Journey of the Buddha's Shadow-Image

Yagi Morris

"Time flies over us but leaves a shadow behind."
—Nathaniel Hawthorne
"Time and reflection change the sight little by little 'till we come to understand."
—Paul Cezanne

The life and death of saints present a challenge to religious perceptions concerning the human and the divine, the natural and the supernatural, thereby creating a wide spectrum of intermediary states and figures.[1] Notably, the concept of a saint possessing a mortal, ordinary body contrasts with their divine figure, situated between the immortal and metaphysical nature of divine entities and the mortal and corporeal existence of their worshippers—those who live during the saint's time and those who continue to revere them long after their departure from this world. Consequently, the saint's death marks a pivotal moment; it signals the cessation of their ordinary existence while establishing their divine figure and enduring presence. This transition enables various forms of embodiment that transcend fleshly mortality and defy spatial and temporal boundaries.

However, there must also be key moments and forms of embodiment in the life of a saint that prefigure their supramundane and timeless existence. Examples include an auspicious conception and birth, miraculous deeds, out-of-body experiences, or even resurrection. These events demonstrate the saint's transcendent divine quality, incongruent with their mortal body. Whether such beliefs emerge during the saint's lifetime or after their death is nonconsequential, as the only "real" life of a saint, that which remains culturally meaningful, is his life as memorialized and constructed through texts, images, rituals, sites and traces, and their trajectory into the future.

Traces play a crucial role in reconciling the tension between a saint's mortality and the continuity of their divine presence and teachings. Be they a saint's relics, clothing, footprints, handprints, texts, or images, these material entities provide a lasting tangible connection between the saint's corporeal and metaphysical existences, permanence and impermanence. These remnants further extend the saint's life trajectory, allowing their corporeal presence to transcend space and time and reach places where they have never been.

The veneration of traces is deeply rooted in religious traditions, representing a complex interplay between mortality and the divine. This practice enables devotees to

experience the saint's influence in a direct and personal manner while maintaining a tangible link to both the physical and metaphysical dimensions of their being. It also underscores the belief that a saint's remnants are imbued with supernatural power and maintain a profound connection to the divine. These remnants signify not the saint's body as a whole but as the Other—an entity that engages with the unsettling and transformative power of the grotesque. As fragmented mortal entities—a hair, an eye, a nail—or as imprints and shadows detached from the body, these remnants transcend the ordinary physical form. They serve as condensed embodiments of divine power, utilizing the saint's physical death, with all its stark reality, to convey and reinforce their continued influence on the living. This phenomenon thus magnifies the saint's existence, reconfiguring it within the supernatural realm, wherein even a minute part of a saint's remains has the potential to evoke their entire spiritual legacy, perform miracles, and offer protection. In doing so these relics and traces perpetuate the saint's veneration far beyond their earthly life and reinforce their enduring power.

In a Buddhist context, David Eckel describes how the Buddha's remnants derive power both diachronically and synchronically. Diachronically, they retain residual power from the time of the saint's earthly existence, continuing to exert influence even after the saint's death. Synchronically, the remnants evoke absence, prompting contemplation of other realities, beyond the physical world and shifting attention from what the remnants are to what they are not.[2] "The Buddha," Eckel explains, "can be absent and present simultaneously. What the Buddha seems to be may turn out not to be the real Buddha, and what seems to be merely the absence of the Buddha may turn out to be what the Buddha really is."[3]

1. The Resurgence of the Buddha's Trace

This article examines a particular trace of the Buddha, his shadow-image or reflection (Skt. *Buddha bimba*, J. *butsu eizō* 仏影像), as recounted and interpreted in a medieval Japanese esoteric Buddhist text within a spatial and temporal framework. The text in question, *Kinpusen himitsuden* 金峰山秘密伝 ['The Secret Transmission of the Golden Peak,' henceforth *Himitsuden*], was composed in 1337 by the Shingon scholar-monk Monkan Kōshin/Gushin 文観弘真 (1278–1357) at the refuge palace of the southern court in Yoshino/Mount Kinpu 金峰山. A prominent figure in his era, Monkan was not only a devoted guardian-monk to emperor Go-Daigo 後醍醐 (1288–1339, r. 1318–1339) but also one of the most innovative and influential scholars of his time.[4] During emperor Go-Daigo's brief regime (1333–1336), Monkan attained the highest ranks within the religious establishment, becoming an immanent figure at the imperial court. The *Himitsuden* was compiled shortly after the start of the Nanbokuchō period 南北朝 (1336–1392), an era of

civil war fueled by an imperial succession dispute and the escalating dominance of the shogunate, following Monkan's reunion with the emperor in Yoshino. As Abe Yasurō contends, the *Himitsuden* was written to establish and legitimize Emperor Go-Daigo's rule.[5]

The *Himitsuden* depicts the cultic structure of the Ōmine mountains as it is centered on Kinpusen and its tutelary deity Kongō Zaō 金剛蔵王 (also known as Zaō Gongen or Zaō Bosatsu) and narrates well-known narratives about the Ōmine mountains. Appearing in earlier *engi* 縁起 ('stories of karmic origins') texts, these legends historically linked to the institutionalization of the *yamabushi* practices and the pilgrimages of Heian court members and Kyoto aristocracy to the Ōmine mountains, reflect the evolving religious culture associated with the region.[6] Recent scholarship, however, has revealed the text's deep roots in the esoteric Buddhist liturgical culture of the imperial court, particularly in Monkan's works on the *sanzon gōgyō hō* 三尊合行法, ('The Joint Ritual of the Three Worthies').[7]

The colophons of the *Himitsuden* explicitly state its purpose: to protect the state, glorify Zaō, and serve the emperor's ritual practice (referring to Go-Daigo). It is within this politico-religious context that I analyze the Buddha's traces in the *Himitsuden*, exploring their significance in a moment of historical crisis. While my previous work on the Buddha's shadow-image in this text focused on its role in place construction, this essay shifts to the temporal dimensions, exploring notions of permanence and impermanence, and the interplay of past events with the present and future.[8] Following a translation of the *Himitsuden*'s narrative of the Buddha's shadow-image, I analyze temporal constructs and the concept of replication in the development of the shadow-image. Finally, I assess how these elements are reinterpreted within the *Himitsuden* and its broader context.

The *Himitsuden* reads:

> A long time ago, [when] the great sage the worthy Śākya[muni] lived in this world, he was inside a dragon cave in the north of India; in response to the dragon king's request, he uttered the marvelous true teachings. Once the Buddhist service ended, he wished to return home. The dragon king loved the Buddha and asked [the Buddha] to stay in his cave. At that time, for the dragon king, the Buddha manifested himself...on the surface of the jewel-rock, leaving these images as his keepsake. Although the Buddha entered into *nirvāṇa* these reflections (*yōzō* 影像, Skt. *pratibimba*) are still there; many people come to worship them with the greatest sincerity and pray toward them. Based on this, think of now. The images on the jewel rock are truly rare objects of responsive manifestation (*ōsa* 應作)[9] of the great sage. Isn't it something extraordinary? Think of that. [*Himitsuden*, 17–18]

This passage recounts the renowned story of Śākyamuni's conversion of the nāga-king Gopāla 瞿波羅龍王 in the cave of Nagarahāra. While chronicling an event from the Buddha's lifetime, it simultaneously highlights the Buddha's enduring presence in his physical absence. The traces he has left behind are not merely his embodied afterlife but also alternative embodiments. Eugene Wang suggests that the lore of the shadow cave began circulating in China in the early fifth century, coinciding with the widespread creation of Buddhist images.[10] This legend thus reflects broader efforts to evoke the Buddha's presence in his absence through forms deemed equally potent and efficacious.

Traces are typically marks left behind by physical contact with a site. This study, however, considers the generative capacity of the Buddha's traces to multiply and embark on new trajectories, adhering to a logic of transposition, simulation, and reproduction. Walter Benjamin defines the aura of the work of art as tied to its originality and unique presence in time and space. While reproduction diminishes this aura, the replicated image acquires an independent existence, allowing it to be experienced repeatedly across varied temporal and spatial contexts. This repetition, he explains, challenges conventional notions of temporality, shifting perception away from linear progression towards a fragmented and cyclical understanding of time.[11] Within the Buddhist cyclical understanding of temporality, rooted in *karma* and interdependent causation, reproduction does not undermine authenticity. Instead, it serves to reinforce the authority, truth and permanence of the Buddhas and of the *dharma*. When the Buddha, for example, repeatedly sacrifices his body for the benefit of others across his various lifetimes, what ultimately remains of the Buddha is his enduring compassion and selflessness, transcending any individual existence or physical form. Through this framework, reproduction becomes a process of preservation and recreation, where individual events also serve as predictions of their recurrence in different times and places. It is within this Buddhist worldview that I approach the shadow-image and its varied reproductions.

2. Narrative Origins and Somatic Transformations

The most renowned account of the shadow-image appears in the 'Sūtra on the Ocean-like Samādhi of Buddha Contemplation' (Skt. *Buddha-dhyāna-samādhisāgara-sūtra*, J. *Kanbutsu sanmaikaikyō* 觀佛三昧海經, *T.*643.15:645c–697a). The translation of this text, completed between 411–412, is traditionally attributed to Buddhabadhara (359–429). Central to its narrative is the concept of time. After undergoing conversion by the Buddha, the Dragon King pleads with the Buddha ("three times in earnest, unceasing" as the sūtra says) to remain in his cave for *eternity*, fearing that in the Buddha's absence, he might stray from the path to enlightenment. A Brahman king then echoes this plea, emphasizing that the Buddha's permanent presence is crucial not just for this small dragon, but for all

sentient beings across generations.

In response, the Buddha emits thousands radiant rays from his mouth with countless Buddha manifestations attended by bodhisattvas. While seated in the cave, he simultaneously enters then city and fills the surrounding kingdom, and then all other kingdoms and the entire space, with these manifestations, all preaching the *dharma*. This cosmic revelation then leads the king to realize that all things are beyond birth and decay. The Buddha then exits the cave and embarks with his monks on a supernatural journey through time, visiting sites associated with his past acts of self-sacrifice. Each act of sacrifice foretells the next, creating a continuum across lifetimes that reinforces the Buddhist understanding of impermanence and interconnected karma.

Next, the sūtra vividly describes the Buddha's acts of selflessness and sacrifice: "Recalling his former lives as a bodhisattva, [the Buddha took the monks to visit] the place where he had given away his two sons, the spot where he had forfeited his life to feed the hungry tigress, the site where he had donated his head, the location where he had his body maimed to light up a thousand lamps, the venue where he had gouged out his eyes for charity, and the venue where he had allowed his flesh to be cut in order to ransom the dove. The dragons followed the Buddha's steps in all these stops. Then, learning that the Buddha had gone back to his home state, the dragon king broke into tears and said: 'World-Honored One, pray thee, stay for eternity. Why do you abandon me so that I do not see the Buddha? I may commit crimes and relapse into evil ways" [*T*.643.15: 681a22–23].[12] In response to the dragon's king lament, the sūtra recounts that the Buddha reappeared in the cave, promising to remain there for 1,500 years. To demonstrate this, the Buddha performed miraculous transformations: water shot upwards, and fire issued down from his body, creating eighteen kinds of manifestations. The sūtra continues: "Śākyamuni Buddha then leaped into the rock [wall] where it appeared as a bright mirror that reflected one's visage. The dragons all saw the Buddha inside the rock and manifested outward [on the rock surface]. At this, the dragons all clasped their hands and rejoiced. They could *constantly* [emphasis mine] see the Buddha Sun without going out of the pond" [*T*.643.15.681a25–681b01].[13]

The Buddha's eternal body, visible for 1,500 years, transcends the ordinary. It appears as a bright mirror reflecting not only the Buddha but also the viewer's own visage, resulting a simultaneous vision of self and or as Buddha. The sūtra then elaborates: "At that time, the World-Honored One sat with legs crossed inside the rock. The way the sentient beings saw [the image], they could catch sight of it only at a distance. Drawing closer, they could not see it. Celestials in the tens and thousands made their offerings to the Buddha's image, which in turn preached the *dharma* law" [*T*.643.15:681b2–4].[14] The Buddha's sermon is unlike any other. It reveals the Buddha's cosmic dharma body as an

infinite proliferation of Buddhas. From each of the 500 manifestations, 500 hundred more Buddhas emerge, continuing exponentially until every pore of the Buddha generates countless Buddhas, filling the entire universe. As the text reads: "At that time, the World-Honored One conjured up five hundred treasure carriages. The Buddha in each carriage split into five hundred bodies. The treasure carriages moved and turned in the air with total ease, their drums and spokes illuminated with tens and thousands of radiant rays, each showing myriad Buddha manifestations. Neither moving nor turning, the Buddhas arrived in the Kapilavastu. Sitting on lion thrones, the Buddhas appeared to have entered the perfect absorption [*samādhi*]. Each pore had a Buddha exiting and a Buddha entering. They filled up the entire space—those Buddha manifestations, sitting cross-legged. This is called the state of the seated Buddha" [*T*.643.15:681b8–12].[15] Following this somatic sermon, the sūtra explicates: "After the Buddha's extinction, all Buddhist disciples should heed this. To know the seated Buddha, one should visualize the Buddha's shadow" [*T*.643.15:681c1–2].[16] Visualizing the Buddha's shadow thus amounts to seeing the Buddha.

The visualization of the Buddha's shadow thus manipulates time, allowing practitioners to forge a connection with the past and bring the Buddha into the present, thereby aligning their vision with the Buddha's enlightened state. Seeing the Buddha becomes synonymous with knowing the *dharma*.[17] As Cynthea Bogel notes, this vision does not rely on the physical eye, just as the Buddha's presence does not depend on his mortal body. Instead, eidetic images, seen with the mind's eye, play a transformative role in esoteric Buddhist visual culture, reshaping vision and perception.[18]

The narrative of the shadow-image in the sūtra transitions from the Buddha's body to the Buddha's shadow and culminates with a visualization practice. Practitioners are guided to invite the Buddha to a mental ritual platform, envisioned as a grotto of resplendent rocks. Within this imagined space, the Buddha leaps into a bright, mirror-like surface of the rock, and his body appears adorned with the thirty-two superior marks. As Wang suggest, this practice merges the physical and mental topographies, so that the physical cave gives way to the cave as a mental topography for the practitioner, with the Buddha's shadow oscillating between the two realms.[19]

Once the physical and metaphysical terrains are harmonized, an extraordinary and extraterrestrial vision unfolds. Countless Buddha manifestations sit cross-legged on precious flowers, their radiant bodies illuminating the cosmos. Each of the Buddha's pores emits innumerable treasure canopies, containing hundreds of thousands of Buddha manifestations that leap into the navel of the Buddha shadow in the grotto. This vision is described as the Buddha's heart. The sūtra then explains: "This way of visualizing the Buddha shadow after the Buddha's extinction is called the true vision of the seated

Buddha, which is tantamount to seeing the Buddha body. [This vision] can eliminate the crimes accumulated in life-and-death cycles of hundreds and thousands of eons" [*T*.643.15:681c2–3].[20]

The transition from the Buddha's physical body to his shadow underscores a theme of proliferation. The shadow generates countless Buddhas, filling the entire cosmos, while simultaneously being "impregnated" by these myriad Buddhas, embodying their multitude. Whereas the Buddha's somatic presence is characterized in the sūtra by singularity, the shadow tends towards simulation, regeneration and multiplicity, signifying the infinite and boundless nature of the enlightened mind and of the Buddha's *dharma* body.

3. Copying the Buddha's Trace: The Intersection of Aura and Authenticity

The Buddha's shadow-image encapsulates a deep-seated desire to capture the essence of the Buddha, transcending his physical, temporal and spatial existence. Paradoxically, it embodies both presence and absence, tethered to yet distinct from his corporeal form. Moreover, while the shadow-image signals the Buddha's physical body in ethereal state, it transcends its mere designation as a shadow, instead radiating a luminescent quality enshrouded in darkness.

As a trace of the Buddha, the shadow-image assumed a life of its own, becoming a focal point of veneration, visualization, and reproduction, thus fostering an enduring engagement with the Buddha. As an imprint or reflection of the Buddha, the shadow-image inherently carried within it the idea of its own simulation. This inherent quality was further reinforced by its transient nature, contrasting with the followers' yearning to see and connect with the Buddha. Various texts describe the shadow-image as fading over time, appearing and disappearing, or being visible only from a distance. The act of replication thus became an attempt to stabilize and preserve what was inherently fleeting, offering a potentially long lasting and accessible vision of the Buddha. Yet, replicating the shadow-image proved as unattainable as seeing it. As one account notes: "Kings of neighboring countries sent skillful painters to make copies of the image, but none have been able to capture it accurately" [*T*.2085.51:859a6–7].[21] This irreproducibility highlights the shadow's unique ontological status and underscores the significance of different modes of vision in Buddhist soteriology, as integral to the path of enlightenment.

The first known replication of the shadow-image was created by the Chinese scholar-monk Huiyuan 慧遠 (334–416) on Mt. Lu. To capture the original's ethereal quality, Huiyuan and his followers carved a cave into the mountain, modeled after Nāgarahāra, and hung a painting of the Buddha's shadow-image on the cave's interior wall.[22] In his *Inscription on Buddha's Shadow* (*Butsueimei* 佛影銘), Huiyuan accentuates

the use of specific artistic techniques to recreate the original's spiritual and transient aura. He describes the image as delicately rendered in pale colors on silk, "illuminating the nocturnal fog."[23] Huiyuan lauds the replica for its endurance: "Residing in obscurity, the image does not dim; The darker its location, the brighter its radiance" [*T*.2103.52: 198a17–18]. By carefully orchestrating the environment and employing the appropriate artistic methods, Huiyuan's replica outlived the original, offering material permanence. And even more importantly, it promised what the original shadow-image could not: an accessible and enduring vision of the Buddha to those entering the cave, an image that bridges the gap between the unattainable and the immediate.

Huiyuan's interpretation challenges the notion of authenticity tied to the shadow-image. He argues that: "Those seeking the Way nowadays all depict the [image] of the divine body as if it were in the distant past. Little do they realize that the divine response is right here. Even though they know the supreme transformation takes no specific bodiless form, they still gauge his physical traces through his whereabouts ... Is this not misguided?" [*T*.2103.52:198a6]. For Huiyuan, who ardently promoted his manufactured shadow-image, authenticity was not rooted in the Buddha's historical era or physical traces but resided in the here and now, in the immediate encounter with the Buddha and the promise of salvation. He writes: "All our lives are condensed into this one encounter that frees us, once and for all, from myriad vexations" [*T*.2103.52:198b4–5]. For Huiyuan, the legend of the shadow-image transcended historical biography, functioning as a prediction that facilitated miraculous encounters in diverse places and times. Liberated from the constraints of the Buddha's physical body and from its original site and era, the replica imbued the fleeting image with a permanence and potency greater than the original and which extended both temporally and spatially to allow a rethinking of what the Buddha essence is. As Dōzono Yoshiko notes, Huiyuan's reimagining of the shadow-image reflected evolving conceptions of the *dharmakāya*.[24]

Although Huiyuan's replication of the Buddha's shadow-image on Mt. Lu was likely the first of its kind, others soon followed, such as the carved figure inscribed as "The Buddha's Shadow" at the Gushan Monastery on Mt. Tai.[25] With the spread of such images, the shadow-image phenomenon became integrated into the hagiographies of other religious founders, further legitimizing their spiritual authority. A notable example is the shadow-image of Bodhidharma, the first Chan/Zen patriarch, who reportedly left his shadow on a rock at Mount Song near the Shaolin monastery. This rock, associated with Bodhidharma's legendary "wall contemplation," serves as a testament to his enlightenment and perseverance, resulting in the symbiosis of his body and site of meditation. In previous research, I identified a parallel phenomenon in Japan, where En no Gyōja, the purported founder of Shugendō, is said to have left his shadow imprinted on the grotto wall of Jinzen

in the Ōmine mountains, signaling his continued presence at the site.[26] Dōzono observes that the Buddha's shadow, unlike conventional Buddha statues, possesses distinct traits such as its shifting visibility based on distance and its placement in secluded mountain caves, which are deeply connected to its significance.[27] These attributes, which include also the symbiosis of site and saint, establish the shadow-image as a dynamic reproduceable template that can potentially legitimize various religious entities while adapting to new contexts.

Paulina Kolata explores how the "cloning" of Buddhist heritage objects enables the emergence new regimes of authenticity. She writes: "The nature of the cloned objects as much as the language of cloning alone implies that the objective of the project is to actualize the alternative life trajectories for the heritage object's whose 'artistic DNA' it taps into, thus affirming the authority of the cloned statues."[28] While contemporary "cloning" techniques differ significantly they resonate with long standing Buddhist ideas wherein images are linked by karmic cycles of repetition, by the Buddha's ability to reproduce himself infinitely, and by ritual and artistic techniques that imbue material or eidetic images with the Buddha's presence and efficacy. The value of these replicated images, and of the process of reproduction, lies in their ability to maintain relevance across evolving contexts while retaining a connection to the past. Their ties to history underpin their potency, yet their introduction into new settings repositions them within distinct regimes of power and institutional networks, reaffirming their authenticity in innovative and dynamic ways.

4. The Shadow's New Cave

The legend of the Buddha's shadow-image intricately intertwines the fundamental Buddhist themes presence and absence, permanence and impermanence. Eviatar Shulman observes that to speak of impermanence coherently, it is necessary to identify something that is permanent with a true abiding nature, to which impermanence can be attributed.[29] The Buddha's shadow-image serves as a striking counterpoint: while the transient nature of the Buddha's mortal life underscores impermanence, the shadow-image evokes the enduring truth of the *dharma*, harmonized in visualization with the practitioner's mind. Paradoxically, that which seems permanent—the shadow-image—is characterized by ephemerality and fluidity (appearing and vanishing like a golden mountain behind the clouds), while the impermanent—the Buddha's physical body—is rendered as solid as it submerges into the rock. The cave, in this context, becomes not merely a physical space but a metaphorical one, embodying the all-encompassing mind of ignorance that must be penetrated to perceive the Buddha's true, abiding nature. This dynamic interplay challenges the seeming permanence of the cave and the body while revealing the shadow-

image's impermanence as a portal to enlightenment.

The central challenge in gaining this vision of impermanence lies in its lack of permanence or longevity. The Chinese pilgrim Xuanzang 玄奘 (602–664), visiting Nāgarahāra in the seventh century, observed that while the Buddha's shadow-image had once appeared as luminous and complete as the True Countenance (真容) in recent times only a dim likeness remained, manifesting temporarily.[30] Claudia Wenzel links the dimming of the shadow-image and decline of its salvific powers to the prevalent belief in the decline of *dharma* (*mappō* 末法) during Xuanzang's time, which delineates three phases: the salvific era of the true *dharma* (真法), the era of mere semblance of the *dharma* (像法), and the period of decline of the *dharma* (*mappō*), when even the semblance of the Buddha's teaching is lost.[31] Xuanzang's account underscores the diminishing visibility of the shadow-image, which appeared only in response to profound devotion, to highlight the urgency of faith and practice as the means to sustain the Buddha's salvific power and grasp the slim possibility of salvation during this age of decline. The fleeting and dimmed image, though a shadow of its former brilliance, accentuates its enduring spiritual potency amidst the present moment of crisis. In this way, the shadow-image resonates less as a relic of the true *dharma*'s past glory and more as an urgent response to the immediate salvific needs of the present. This sense of urgency accompanied the shadow-image through its various transformations, extending its soteriological impact to regions where the Buddha had never physically ventured.

In the *Himitsuden*, the legend of the Buddha's shadow-image conveys a nuanced awareness of time, intertwining the golden age of the Buddha, the age of degeneration of the Buddhist law, and the imperial crisis and civil war of the Nanbokuchō period, which exacerbated a general sense of moral decline. Lucia Dolce observes that periods of political turmoil often amplify the sense of a parallel religious crisis, prompting calls for the renewal of traditional teachings. In this framework, time is not merely a linear progression but a soteriological instrument where present degeneration creates the potential for renewal, a chance to reshape the trajectory of a history running towards its end.[32]

The allusion to the Buddha's shadow-image as a hermeneutic device for understanding the manifestation of Kongō Zaō in the here and now serves as a pivotal moment for the establishment of a new order, reconnecting the past, present and future at a specific site imbued with religious and political significance, underscoring the urgency and salvific power of the local cultic structure. The *Himitsuden* portrays Kongō Zaō as a formidable manifestation, or *suijaku* 垂迹, a trace of the Buddha Śākyamuni, tasked with saving the beings of Japan, and vested with the dual authority of Buddhism and the imperial court. The text proclaims: "Residing on this mountain [Kongō Zaō] protects the Buddhist Law Imperial Law" (*ōbō buppō* 王法仏法) [*Himitsuden*, 4]. This emphasis on the

salvific capacity of the local deities and of Japan within the *ōbō buppō* system, serves to render the Buddha realm tangible within the earthly domain. Amidst the social and political turmoil of the Nanbokuchō period, it further submerges Śākyamuni in the cultic landscape of Kinpusen, the stronghold of the southern court, where the Buddha displays his enduring presence as a vehicle for salvation in the here and now.

The appearance of the Buddha's shadow-image in Kongō Zaō's domain is rooted in a particular spatial formulation of the Ōmine mountains as an Indian Buddhist sacred landscape, stemming from earlier *engi* texts. The *Himitsuden*, however, expands this spatial formulation by linking it to a particular perception of time, embedding the journey of the mountains within the Buddhist logic of causality. The text states:

> The transmission says that this mountain [Kinpusen] is part of Vulture Peak (Ryojusen/Jubusen 鷲峰山, Skt. Gṛdhrkūṭa) and is the most excellent place in our country. This land brings the greatest benefits to sentient beings and its spiritual efficacy is peerless. In the second set of ten days in the eighth month of the third year of the reign of Emperor Senka 宣化,[33] there was a voice above the clouds, [as if it were] a myriad of sounds and a great earthquake [that sounded] like a thunder. Then a voice in the sky said: "Great enlightenment is coming". The country was greatly perturbed, and the king and his ministers did not understand [what had happened]. However, the various *kami* manifested their supernatural transformations and said to Amaterasu Ōmikami: "What is enlightenment? Please reveal it." Then Amaterasu Ōmikami told the *kami*: "Millions of years have passed since I have begun to rule under the sky [this land]. Although a long time has passed, the Buddhist Law has not yet come. Now because of causes from previous existences of beings in this land, the southwest part of the *vajra* cavern in the southeast of the Buddha's homeland has mounted a five colored-cloud and flown away. Floating upon the waves of the great ocean, it has come here and has settled in Ōmine to become Golden Peak (Kinpusen)." Now this is the miraculous cave from which Zaō sprang forth. [*Himitsuden*, 14]

In this Buddhist sermon on enlightenment delivered by Amaterasu, the advent of Buddhism in Japan is metaphorically paraphrased as the flight of Vulture Peak. Grounded in a cyclical karmic perception of time and a logic of transposition, the site of the Buddha's preaching of the Lotus sūtra, his most important sermon, is relocated to Kinpusen. With this transposition, the narrative's focus shifts from India to Japan, from the golden age of the Buddha to the apparition of Kongō Zaō in the present. The text elaborates Kongō Zaō as a trace of the Buddha, appearing to guide the beings of this peripheral Buddhist land

towards enlightenment. It explains: "The beings of this peripheral world would not bear the vision of the Buddha's body and he could not respond to such forceful beings." Regarding Maitreya, the future Buddha, it adds: "Although he has deep karmic ties to this land, he cannot respond to the latter ages" [*Himitsuden*, 3]. Zaō's manifestation is thus tethered to a specific place and time, uniquely suited addressing the spiritual needs of the beings of Japan in the age of the *dharma*'s decline.

Yet, the Buddha remains present, albeit in a different form. Kongō Zaō is embodied in a rock, upon which he also stands, and which bears the reflection or shadow-image of Śākyamuni Buddha. The *Himitsuden* offers various Buddhist interpretations of this rock, one describing it as follows: "…On the peak of enlightenment (*Bodai no mine* 菩提ノ峰), at the summit of the Golden Mountain, there was a pond of blue dragon. Its water was pure and did neither increase nor decrease. The blue dragon has always resided there, moistening the land and raising all things. At the center of this jewel-pond, there was a jewel-rock the size of eight *shaku* 尺. This jewel-rock shone and always showed a miraculous light" [*Himitsuden*, 14–15].[34]

The mysterious light that constantly emanates from the rock—reminiscent of the Buddha relics and other such entities embodying the Buddha—attests to its enduring enlightened and enlightening essence. The rock positions Kinpusen as the place where one can perceive the Buddha, not in his full radiance, perhaps, but as a secret, a potential, a shadow-image, or a sacred entity embodied in another form. As Eckel observes, "The true experience of a Buddha may very well be an experience in which one seeks and does *not* find a Buddha, but it is still possible to say … that there is a *place* where this experience occurs more directly, more easily, or more profoundly than at other places, and this place shapes the idea of what a Buddha is in the mind of the person who seeks him."[35]

Hence, at the time of *mappō*, Kinpusen, and by extension, Japan emerges as a potent spiritual site—a sacred Buddhist land where the Buddha's presence can be experienced more powerfully through alternative emanations suited to the age. As the *Himitsuden* states: "This [jewel-rock] is an absolute and perfect thing and is a secret treasure difficult to comprehend. Thus, it was spontaneously (*hōni* 法爾)[36] transformed into a natural spiritual-rock … From the standpoint of Śākya[muni] it was created from the innumerable virtues of the Tathāgata, a Buddha of the [essential] nature, none-created and in the thusness of the *dharma*. Thus, in Japan it is an incomparable spiritual land. Our country is called the 'Original Land of Dainichi' (*Dainichi no honkoku* 大日の本国); this name is uniquely due to this excellent place. Thus, under this Buddhist altar of inner enlightenment in the Zaō Hall atop this mountain is the pond of the dragon cave. This is a deep-deep secret" [*Himitsuden*, 14–15]. This passage underscores Kinpusen and Japan's status as inherently sacred, due to the rock, and as embodying the thusness of the *dharma*.

The conceptualization of Kinpusen as constructed in the text aligns with Michel Foucault's notion of heterotopia—a real space that simultaneously represents and contests other real sites, which are themselves incompatible, similarly to a theatrical stage capable of embodying a series of places that are foreign to one another. Such places, Foucault contends, are linked to heterochronies, slices of time that break with traditional time, oriented either towards the eternal or the temporal.[37]

A previous section discussed section of the text discussed the advent of Buddhism in Japan, situating Amaterasu's sermon to the *kami* within a linear timeline and a specific historical period, before shifting to Zaō's apparition in the present. However, the section under consideration goes beyond this linear view, invoking instead qualities that are original, eternal, lasting, solid and permanent, qualities that lean towards the eternal. At the same time, the section also transitions from the historical Buddha to the esoteric Buddha Dainichi, who is intertwined with Śākyamuni in the *Himitsuden* and other medieval esoteric Buddhist texts. Huiyuan's 'Inscription on Buddha's Shadow' elaborates on the nature of the Buddha's shadow-image: "The Thus-Come One (Tathāgata) may obscure his traces on elevated altars or manifest himself in the living world as a definite body … Accordingly the noumenal singularity amounts to his bodily frame: his interactive relationship [with the beholder] amounts to a shadow. Consider the profound implication of this—Does his existence depend or not depend [on our perception]? The way I see it, this is a matter of mediate or direct experience. The *dharma* body ultimately comes down to non-duality. Where do we draw the line between its bodily frame and its shadow image? Those seeking the Way nowadays all depict the image of the divine body as if it were in the distant past. Little do they realize the divine response is right here" [*T*.2103.52:197c24–198a6].[38] The *Himitsuden* draws on Huiyuan's insights on the inherent timelessness and formlessness of the shadow-image—as the *dharmakāya*—perceived or not, depending on one's perspective. Similarly, it foregrounds a specific place and time imbued with the Buddha's salvific power in the absence of his physical form. The rock epitomizes the essential nature of the Buddha, his perfected *dharma* body, and the notion of absolute truth as it manifests in Kinpusen and Japan as a Buddhist land. From this enlightened and timeless substance Kongō Zaō suddenly emerges, his form embodying the Buddha in the here and now and representing a slice of time that is oriented towards the temporal and impermanent. This incongruous and fragmented time-space structure then creates a contemplative space, where one may apprehend the Buddha's enduring presence.

Afterthoughts

The concept of mappō profoundly shaped the emergence of the narrative of the Buddha's shadow-image as an alternative and enduring embodiment of the Buddha. The shadow-

image suggests that even in the Buddha's physical absence, his enlightened essence and transformative power remain accessible, guiding the faithful towards awakening. The shadow-image thus serves as a powerful metaphor for spiritual renewal and divine presence amidst the visible decline and degeneration of the *dharma*. Rather than being a mere relic of the past, the shadow-image is a dynamic representation that transcends temporal and spatial boundaries, indicating that the essence of enlightenment can be encountered, also in an era marked by decline. In the *Himitsuden*, the shadow-image intertwines with other traces of the Buddha, most notably Kongō Zaō, who presided over a domain that came to serve as the stronghold of the southern court.

The Nanbokuchō period was marked by intense political and social upheaval. With the establishment of the southern court in Yoshino, Monkan sought to consolidate the court's legitimacy and sanctify its rule, thereby enhancing the religious significance of emperor Go-Daigo's new seat of power. While the *Himitsuden*, as a text concerned with the cultic structure of the Ōmine mountains, primarily focuses on notions of place and space, it also engages with Buddhist temporal perceptions, attempting to present the salvific potential of the present moment. This salvific potential is closely linked to the Buddha's alternative forms of embodiment and to his manifestations in local gods, such as Kongō Zaō, who play a crucial role in making the Buddha's essence accessible during the age of the *dharma*'s decline.

The intertwining of the Buddha's shadow-image and the *honji suijaku* paradigm in the text further exemplifies how Japanese Buddhist scholar-monks adapted their understanding of the Buddha's presence and traces to address the specific needs of their time. This dynamic reinterpretation reflects a broader pattern in Buddhist history, wherein the tradition recalibrates its symbols and practices to maintain relevance and offer spiritual support amid changing historical circumstances. The innovative reimagining of the Buddha's shadow-image within the *Himitsuden* not only reaffirms the continued vitality of the Buddhist teachings but also highlights the intricate interplay between historical crises and religious renewal.

1 I would like to extend my heartfelt thanks to Prof. Araki Hiroshi for involving me in this enriching project during my time as a Japan Foundation research fellow at Nichibunken. His guidance prompted a deeper reflection on the concept of time in my research. I am also profoundly grateful to Fondazione 1563/THP for granting me a postdoctoral fellowship, which provided the invaluable time and support to write this paper.

2 David Malcolm Eckel. 1990. "The Power of the Buddha's Absence: On the Foundations of Mahāyāna Buddhist Ritual." *Journal of Ritual Studies*. 4/2 (summer). 74.

3 Eckel. 1990. 67–68.

4　Two of three scrolls constituting the *Himitsuden* are signed by Hōmu Sōshō/Sōjō 法務僧正, who scholars agree is the monk Monkan. However, according to Satō Torao it is possible that several writers worked on the text. Satō Torao 佐藤虎雄. 1966. "Kinpusen himitsuden no kenkyū" 金峰山秘密伝の研究. In *Tenri daigaku gakuhō*. 47/1. 120–121.

5　Abe Yasurō. 2013. *Chūsei nihon no shūkyō tekusuto taikei* 中世日本の宗教テクスト体系. Nagoya: Nagoya daigaku shuppankai. 464.

6　This led to the classification of the Himitsuden as a Shugendō text. *Shugendō shiryō shū* 修験道資料集 (*SSS*). 2 Vols. Gorai Shigeru 五来重, ed. 1984. Nishi Nihon-hen, Sangaku shūkyōshi kenkyū sōsho. Tokyo: Meicho shuppan. *Shugendō shōso kaidai* 修験道章疏解題 (*SSK*). Miyake Hitoshi 宮家準, ed. 2000. Tokyo: Kokusho Kankōkai. Suzuki Shōei 鈴木昭栄. 2003 and 2004. *Shugen kyōdan no keisei to tenkai* 修験教団の形成と展開. (Shugendō rekishi minzoku ronshū. Vol. 2.) Kyoto: Hōzōkan. Heather Elizabeth Blair. 2015. *Real and Imagined: The Peak of Gold in Heian Japan*. Harvard East Asia Monographs. 376. Cambridge, Mass: Harvard University Asia Center. 284.

7　Abe Yasurō 阿部泰郎. 2011. "Shugendō ni okeru shūkyō tekusuto no rinkaku" 修験道における宗教テクストの輪郭. In Kawasaki Tsuyoshi 川崎剛志, ed. *Shugendō no Muromachi bunka* 修験道の室町文化. Tokyo: Iwata Shoin. Abe Yasurō. 2013. Gaétan Rappo. 2017. *Rhétoriques de l'hérésie dans le Japon médiéval et moderne: Le moine Monkan (1278–1357) et sa réputation posthume*. L'Harmattan: Paris. Yagi Morris. 2022. "The *Kinpusen Himitsuden*: Text as a Kaleidoscope of Ritual Platforms". *Journal of Indian Philosophy*. 50/4 (January). 725–752.

8　Yagi Morris. 2023. "Trajectories of Past Lives and the Formation of an Imperial Landscape: An Exploration of a Medieval Japanese Esoteric Buddhist Text." *From Jetavana to Jerusalem: Sacred Biography in Asian Perspectives and Beyond, Essays in Honor of Professor Phyllis Granoff*. Vol. 1. Jinhua Chen, ed. *Hualin Series on Buddhist Studies* 7. World Scholastic Publishers. 449–492.

9　A manifestation of the Buddha/bodhisattva, created as a skillful means (Skt. *upāya*, J. *hōben* 方便) to teach sentient beings.

10　Eugene Wang. 2014. "The Shadow Image in the Cave: Discourse on Icons." In *Early medieval China: A Sourcebook*. Wendy Swartz, ed. New York: Columbia University Press. 405.

11　Walter Benjamin. (1935) 1968. "The Work of Art in the Age of Mechanical Reproduction." *Illuminations*. Hannah Arendt ed., Harry Zohn, trans. New York: Schocken Books. 217–252.

12　Translation of the *Sūtra on the Ocean-like Samādhi of Buddha Contemplation, Kanbutsu sanmaikaikyō* 觀佛三昧海經, T.643.15:645c–697a. Wang, trans. 2014. 412.

13　Wang, trans. 2014. 413.

14　Wang, trans. 2014. 413.

15　Wang, trans. 2014. 414.

16　Wang, trans. 2014. 414.

17　As Eckel writes, the classic example of the identity between the Buddha and the *dharma* appears in the Samyutta Nikāya, which states: "Whoever sees the Dhamma sees me; whoever sees me sees the Dhamma." Eckel. 1990. 68.

18 Cynthea Bogel. 2010. “Contemplations and Imagery: Issues Relevant to Ancient Japanese Esoteric Buddhist Icons, Ritual Practice and Cultural Contexts.” *Pacific World: Journal of the Institute of Buddhist Studies*. 12. 193.

19 Wang. 2014. 410.

20 Wang, trans. 2014. 414.

21 The Record of Faxian 法顯傳 (Ch. *Faxian zhuan*, J. *hōkenden*), *T*.2085.51.859a.

22 Wang. 2014. 406.

23 Inscription on Buddha's Shadow 佛影銘 (Ch. *Fó Yǐng Míng*, J. *Butsueimei*), by Monk Shi Huiyuan 釋慧遠 of Jin. *T*. 2103.52.197c–98b. Translated by Wang. 2014. 418. My citations from this document are all translated by Wang. 2014.415–419.

24 Dōzono Yoshiko 堂薗淑子. 2019. “Eon ‘Butsu Eimei’ to Shareiun no sansuishi—Ryōsha no ‘Butsu Eimei Heijo’, oyobi Shashi ‘Nyū Kashikō shi Magen-daisankoku’ ‘Jūkinchikukan etsu-rei keikō’ wo megutte” 慧遠「佛影銘」と謝靈運の山水詩—両者の「佛影銘并序」、及び謝詩「入華子崗是麻源第三谷」「從斤竹澗越嶺溪行」をめぐって—. *Chūgoku bungakuhō*. 92 (April). 1–34.

25 Claudia Wenzel. 2022. “Towards a Buddhist History of Mt. Tai.” *Journal of Chinese Religions*. 50/1 (May). 28.

26 Morris. 2023. 449–492.

27 Dozōno. 2019. 1.

28 Paulina Kolata. (June) 2024. “Cloned Buddhas: Mapping Out the DNA of Buddhist Heritage Preservation.” *Cultural Studies*. 38/3. 8

29 Eviatar Shulman. 2008. “Nāgārjuna on Impermanence, The Buddha on Illusion.” *Karmic Passages: Israeli Scholarship on India*. Eviatar Shulman and Shalva Weil, eds. Delhi: Oxford University Press. 169.

30 For the translation of Xuanzang's account [*T*.2087.51:879], see Alexander C. Soper. 1959. “Aspects of Light Symbolism in Gandhāran Sculpture: The Light Shining in the Darkness.” *Artibus Asiae*. 13/1–2. 267.

31 Claudia Wenzel. 2011. “The Image of the Buddha: Buddha Icons and Aniconic Traditions in India and China.” *Transcultural Studies*. 281.

32 Lucia Dolce. 1992. “Awareness of Mappō: Soteriological Interpretations of Time in Nichiren.” *The Transactions of the Asiatic Society of Japan*. Vol. 7. 82, 90.

33 Emperor Senka was the twenty-ninth emperor of Japan according to the traditional order of succession. He is considered to have reigned during the years 536–539 and resided in the Iorino Palace at Hinokuma in Yamato. See Aston, William George, trans. 1956 (1896). *Nihongi: Chronicles of Japan from the Earliest Times to A.D. 679*. 2 Vols. London: George Allan and Unwin Ltd. Vol. 2. 33.

34 The Sanskrit term shitsuji 悉地 (Skt. *siddhi*) refers to the attainment of magical or supernormal powers. In esoteric Buddhism it is used to describe the attainment of enlightenment through mystical practices.

35 Eckel. 1990. 64–65.

36 The term hōni 法爾 (Skt. *dharmatā*) indicates the true nature of things.

37 Michel Foucault. (1967) 1986. "Of Other Spaces: Utopias and Heterotopias." Translated by Jay Miskowiec. *Diacritics*. 16/1. 6.

38 Wang, trans. 2014. 415–416.

Bibliography

Primary Sources

Faxian zhuan 法顯傳. The Record of Faxian. *T*. 2085.51:859.

Foshuo Guanfo sanmeihai jing 佛説觀佛三昧海經 [Skt. *Buddhanusmṛti samādhisāgara sūtra*, The Ocean-like *Samādhi* of Buddha Meditation]. 10 *juan* By Buddabaddara 佛陀跋陀羅 (358–429). *T*.643.15:645c–697a.

Foingming 佛影銘. Inscription on Buddha's Shadow. By Monk Shi Huiyuan 釋慧遠 of Jin. *T*.2103.52:197c–98b.

Kinpusen himitsuden. By Monkan Kōshin (1278–1357). *Shugendō shōso* 修験道章疏 (5 vols.) 2. 1–36. In Nihon Daizōkyō hensenkai 93. Nihon Daizōkyō hensenkai, ed. (1976, 1916–1919). Tokyo: Meicho shuppan; Kinpusen shiryō shūsei. Shudō, Y., ed. (2000). Tokyo: Kokusho kankōkai. 13–44.

Shugendō shiryō shū 修験道資料集 (*SSS*). 2 Vols. Gorai Shigeru 五来重, ed. 1984. Nishi Nihon-hen, Sangaku shūkyōshi kenkyū sōsho. Tokyo: Meicho shuppan.

Shugendō shōso kaidai 修験道章疏解題 (*SSK*). Miyake Hitoshi 宮家準, ed. 2000. Tokyo: Kokusho Kankōkai.

Aston, William George, trans. 1956 (1896). *Nihongi: Chronicles of Japan from the Earliest Times to A. D. 679*. 2 Vols. London: George Allan and Unwin Ltd.

Secondary Sources

Abe Yasurō 阿部泰郎. 2011. "Shugendō ni okeru shūkyō tekusuto no rinkaku" 修験道における宗教テクストの輪郭. In Kawasaki Tsuyoshi 川崎剛志, ed. *Shugendō no Muromachi bunka* 修験道の室町文化. Tokyo: Iwata Shoin.

————. 2013. *Chūsei nihon no shūkyō tekusuto taikei* 中世日本の宗教テクスト体系. Nagoya: Nagoya daigaku shuppankai.

Benjamin, Walter. (1935) 1968. "The Work of Art in the Age of Mechanical Reproduction." *Illuminations*. Hannah Arendt ed., Harry Zohn, trans. New York: Schocken Books. 217–252.

Blair, Heather Elizabeth. 2015. *Real and Imagined: The Peak of Gold in Heian Japan*. Harvard East Asia Monographs. 376. Cambridge, Mass: Harvard University Asia Center.

Bogel, Cynthea. 2010. "Contemplations and Imagery: Issues Relevant to Ancient Japanese Esoteric Buddhist Icons, Ritual Practice and Cultural Contexts. *Pacific World: Journal of the Institute of Buddhist Studies*. 12. 191–222.

Dolce, Lucia. 1992. "Awareness of Mappō: Soteriological Interpretations of Time in Nichiren." *The*

Transactions of the Asiatic Society of Japan. Vol. 7. 81–16.

Dōzono, Yoshiko 堂薗淑子. 2019. "Eon 'Butsu Eimei' to Shareiun no sansuishi—Ryōsha no 'Butsu Eimei Heijo', oyobi Shashi 'Nyū Kashikō shi Magen-daisankoku' 'Jūkinchikukan etsu-rei keikō' wo megutte" 慧遠「佛影銘」と謝靈運の山水詩—両者の「佛影銘幷序」、及び謝詩「入華子崗是麻源第三谷」「從斤竹澗越嶺溪行」をめぐって—. *Chūgoku bungakuhō*. 92 (April). 1–34.

Eckel, Malcolm David. 1990. "The Power of the Buddha's Absence: On the Foundations of Mahāyāna Buddhist Ritual." *Journal of Ritual Studies*. 4/2 (summer). 61–95.

Foucault, Michel. (1967) 1986. "Of Other Spaces: Utopias and Heterotopias." Translated by Jay Miskowiec. *Diacritics*. 16/1. 22–27.

Kolata, Paulina. 2024. "Cloned Buddhas: Mapping Out the DNA of Buddhist Heritage Preservation." *Cultural Studies*. 38/3 (June). 281–305.

Morris, Yagi. 2023. "Trajectories of Past Lives and the Formation of an Imperial Landscape: An Exploration of a Medieval Japanese Esoteric Buddhist Text." *From Jetavana to Jerusalem: Sacred Biography in Asian Perspectives and Beyond, Essays in Honor of Professor Phyllis Granoff*, Vol. 1. Jinhua Chen, ed. *Hualin Series on Buddhist Studies*. 7. World Scholastic Publishers. 449–492.

——————. 2022. "The *Kinpusen Himitsuden*: Text as a Kaleidoscope of Ritual Platforms". *Journal of Indian Philosophy*. 50/4 (January). 725–752.

Rappo, Gaétan. 2017. *Rhétoriques de l'hérésie dans le Japon médiéval et moderne: Le moine Monkan (1278–1357) et sa réputation posthume*. L'Harmattan: Paris.

Satō, Torao 佐藤虎雄. 1966. "Kinpusen himitsuden no kenkyū" 金峰山秘密伝の研究. In *Tenri daigaku gakuhō*. 47/1. 119–136.

Shulman, Eviatar. "Nāgārjuna on Impermanence, The Buddha on Illusion." Karmic Passages: Israeli Scholarship on India. Eviatar Shulman and Shalva Weil, eds. Oxford University Press. 2008. 168–190.

Soper, Alexander C. 1950. "Aspects of Light Symbolism in Gandhāran Sculpture: The Light Shining in the Darkness." *Artibus Asiae*. 13/1–2. 63–85.

Suzuki, Shōei 鈴木昭栄. 2003 and 2004. *Shugen kyōdan no keisei to tenkai* 修験教団の形成と展開. (Shugendō rekishi minzoku ronshū. Vol. 2.) Kyoto: Hōzōkan.

Wang, Eugene. 2014. "The Shadow Image in the Cave: Discourse on Icons." In *Early medieval China: A Sourcebook*. Wendy Swartz, ed. New York: Columbia University Press.

Wenzel, Claudia. 2011. "The Image of the Buddha: Buddha Icons and Aniconic Traditions in India and China. *Transcultural Studies*. 263–305.

——————. 2022. "Towards a Buddhist History of Mt. Tai." *Journal of Chinese Religions*. 50/1 (May). 1–44.

共同研究会開催一覧

※発表者の所属・肩書は発表当時のもの。

【二〇二一年度】

第一回研究会（オンライン）二〇二一年六月五日

- 荒木浩（国際日本文化研究センター、以下日文研）「「ソリッドな〈無常〉／フラジャイルな〈無常〉——古典の変相と未来観」という共同研究について——具体的な論考を提示しつつ」

第二回研究会（オンライン・日文研第六共同研究室ハイブリッド）二〇二一年八月八日

- 張龍妹（日文研外国人研究員）「東アジアにおける宮廷女性と文学」
- 荒木浩（日文研）「無常と時間——『方丈記』と『徒然草』」

第三回研究会（日文研第一共同研究室・オンライン併用）二〇二一年一一月一三日

- 田村正彦（大東文化大学）「無常観と無常感——日本文学における無常観研究について」
- 藤巻和宏（近畿大学）「近世の「無常」概念は近代に継承されたのか」
- エドアルド・ジェルリーニ（ヴェネツィア・カフォスカリ大学）「無形文化を支える無常観　テクスト遺産論から学んだこと」

第四回研究会（日文研第一共同研究室・オンライン併用）二〇二二年一月二九日、三〇日

- 池上保之（大阪樟蔭女子大学非常勤講師）「『徒然草』における絵画化の一視点——挿絵と絵巻と」
- 陸晩霞（上海外国語大学）「『徒然草』の無常観と美意識——江戸初期を中心に」
- 廖欽彬（中山大学、ゲストスピーカー）「根本的事実としての無常——唐木順三を通して」

【二〇二二年度】

第一回研究会（日文研第一共同研究室・オンライン併用）二〇二二年五月七日

- 石井公成（駒澤大学名誉教授）研究講演「anitya、無常、つねなし」

● 特別書評討論会「プラダン・ゴウランガ・チャラン著『世界文学としての方丈記（日文研叢書）』（法藏館、二〇二二年）を読む」

報告者：プラダン・ゴウランガ・チャラン（日文研）×対論者：増田裕美子（二松学舎大学、ゲストスピーカー）

第二回研究会（所外開催・早稲田大学戸山キャンパス36号館382AV教室・オンライン併用）二〇二二年九月一七日、一八日

※説話文学会九月例会シンポジウム「五大災厄のシンデミック――『方丈記』の時代」（九月一七日）との共同開催

● 趣旨説明・報告者紹介　荒木浩（日文研、モデレーター）

● パネリスト報告

木下華子（東京大学）「『方丈記』「都遷り」の生成と遷都をめぐる表現史」

児島啓祐（兵庫教育大学）「慈円の災異論と台密修法――『愚管抄』の災厄記事を中心に」

プラダン・ゴウランガ・チャラン（日文研）「海外の受容から窺う『方丈記』の五大災厄――英語圏における翻訳とアダプテーションを中心に」

▽本シンポジウムの内容は学会誌『説話文学研究』第五八号（二〇二三年刊行）に掲載された。

● Yagi Morris（ヤギ・モリス、日文研外来研究員・国際交流基金フェロー）“The Kinpusen Himitsuden: An Imagined Landscape at the Intersection of Religious Narratives and Imperial Liturgies.”

第三回研究会（日文研第一共同研究室・オンライン併用）二〇二二年一一月二六日、二七日

● 荒木浩（日文研）「ソリッドな〈草庵〉／フラジャイルな〈草庵〉――維摩遺跡と長明方丈における文学遺跡構想の対比など」

● 永井久美子（東京大学）「方丈・草庵・書斎――長明・兼好の肖像と近代文学」

● 辻浩和（川村学園女子大学）「遊女の「儚さ」をめぐって」

第四回研究会（日文研第一共同研究室・オンライン併用）二〇二三年一月二八日、二九日

● 虞雪健（総合研究大学院大学院生）「能「邯鄲」に表象される二つの無常」

● Agnese Haijima（アグネセ・配島、日文研外国人研究員・ラトビア大学）“Tea Ceremony and the Idea of Impermanence, with Focus on Ceramic Tea Utensils（茶道具）and their Aesthetic Appreciation.”

●豊田裕章（日文研客員教授）「後鳥羽院の水無瀬殿の構造と古典文学に見えるその叙述について」

【二〇二三年度】

第一回研究会（日文研第一共同研究室・オンライン併用）二〇二三年五月六日、七日

●佐藤弘夫（東北大学）研究講演「打ち壊される仏たち――ソリッドな〈仏〉／フラジャイルな〈仏〉」

●木場貴俊（京都先端科学大学）「歴史的産物としての「ウブメ」再考」

●藤巻和宏（近畿大学）「「無常」論の戦前・戦後――小林秀雄・堀田善衛の戦争体験」

第二回研究会（日文研第一共同研究室・オンライン併用）二〇二三年七月二九日、三〇日

●アリレザー・レザーイ（日文研外国人研究員・テヘラン大学）「「する」と「なる」の無常観――コーランから読み解くイスラム教における無常の在り方」

●李宇玲（日文研外国人研究員・同済大学）「無常と「老い」――漢籍・物語・日記をつなぐもの」

●山中玲子（法政大学）「能のシテは何を「無常」と嘆くのか」

第三回研究会（日文研第一共同研究室・オンライン併用）二〇二三年一一月二五日、二六日

●河野貴美子（早稲田大学）「空海「無常之賦」から考える古典の変相と未来観」

●土田耕督（東京外国語大学）「やわらげられた「無常」――恋歌における「無常」カテゴリーの組替えをめぐって」

●髙尾祐太（広島大学）「吉田兼倶『日本書紀神代巻抄』における世界認識――クニノトコタチをめぐって」

●李愛淑（日文研外国人研究員・韓国国立放送大学）「「もの思ふ」人々の無常――『竹取物語』から『源氏物語』へ」

第四回研究会（日文研第一共同研究室・オンライン併用）二〇二四年一月二七日、二八日

●アンダソヴァ・マラル（早稲田大学）「イスラーム神秘主義スーフィー詩歌と日本の古代神話にみる時間の認識について」

●郭佳寧（名古屋大学）「真言僧における夢想と宗教的実践――覚鑁と頼瑜を中心として」

●小山聡子（二松学舎大学）「中世における狐憑きとその治療」

●ダニエル・シュライ（日文研外国人研究員・ボン大学）「三木清の歴史思想における無常――遺稿『親鸞』を中心に」

【二〇二四年度（とりまとめ）】

第一回研究会（日文研第一共同研究室・オンライン併用）二〇二四年八月四日

• 中川真弓（帝塚山大学）「菅原為長の願文にみる追善――石清水八幡宮蔵「尼善阿弥陀仏諷誦」について」

• 荒木浩（日文研）「照らし合う母子と「無常偈」――『釈迦金棺出現図』と『源氏物語』の対比から」

• 研究成果報告書の編集について

第二回研究会（日文研第一共同研究室・オンライン併用）二〇二四年一一月三〇日

• Samantha Audoly（サマンサ・オードリー、日文研外来研究員・国際交流基金フェロー）"*Mujō* as an opportunity towards independence: The Buddhist tonsure in "Yoru no Nezame"."

• 石原知明（日文研博士研究員）「『源氏物語』における宿世の形成と展開――「女の宿世はいと浮かびたる」を手掛かりに」

• 研究成果報告書編集の最終確認について

執筆者紹介

（＊は編者。掲載順）

＊荒木　浩（あらき　ひろし）
国際日本文化研究センター教授・総合研究大学院大学教授
日本古典文学
『『今昔物語集』の成立と対外観』（思文閣人文叢書、思文閣出版、二〇二一年）、『古典の中の地球儀――海外から見た日本文学』（NTT出版、二〇二二年）、『方丈記を読む――孤の宇宙へ』（法蔵館文庫、法藏館、二〇二四年）など

石井公成（いしい　こうせい）
駒澤大学名誉教授　アジア諸国の仏教と関連文化
『華厳思想の研究』（春秋社、一九九六年）、『東アジア仏教史』（岩波新書、岩波書店、二〇一九年）など

佐藤弘夫（さとう　ひろお）
東北大学名誉教授　日本思想史
『アマテラスの変貌――中世神仏交渉史の視座』（法蔵館文庫、法藏館、二〇二〇年）、『日本人と神』（講談社現代新書、二〇二一年）、『人は死んだらどこへ行けばいいのか』（興山舎、一～三巻、二〇二一～二四年）など

廖　欽彬（りょう　きんひん　LIAO Chin-Ping）
中国 中山大学哲学系教授　日本哲学、東アジア哲学、比較哲学
『戦前台湾哲学諸相――実存的行旅』（五南出版、二〇二二年）、共編著『東アジアにおける哲学の生成と発展――間文化の視点から』（法政大学出版局、二〇二二年）、『危機の時代と田辺哲学――田辺元没後六〇周年記念論集』（河合一樹と共編、法政大学出版局、二〇二二年）など

藤巻和宏（ふじまき　かずひろ）
近畿大学文芸学部教授　日本古典文学
『聖なる珠の物語――空海・聖地・如意宝珠』（平凡社、二〇一七年）、『近代学問の起源と編成』（井田太郎と共編、勉誠出版、二〇一四年）、「戦時下の『源氏物語』から見る国策と学問――「学知」は誰のものか」（田中聡・斎藤英喜・山下久夫・星優也編『〈学知史〉から近現代を問い直す』有志舎、二〇二四年）など

土田耕督（つちだ　こうすけ）
東京外国語大学 世界言語社会教育センター講師　和歌論・連歌論の研究を中心とした日本の美学・芸術学
『「めづらし」の詩学――本歌取論の展開とポスト新古今時代の和歌』（大阪大学出版会、二〇一九年）、「探索される本意と流用されることば――藤原定家「こまとめて袖うちはらふ

かげもなしさののわたりの雪の夕暮」新註」（『東京外国語大学論集』第一〇四号、二〇二二年）、「「幽玄体」と「心得がたき歌」――正徹の藤原定家評と恋題の詠法に見る〈難解性〉」（『東京外国語大学論集』第一〇七号、二〇二四年）など

河野貴美子（こうの　きみこ）
早稲田大学文学学術院教授　和漢古文献研究、和漢比較文学
『日本霊異記と中国の伝承』（勉誠社、一九九六年）、『日本「文」学史』全三冊（Wiebke DENECKEらと共編、勉誠出版、二〇一五～一九年）、『中日古典学ワークショップ論集――文献・文学・文化』第一巻（杜暁勤と共編、汲古書院、二〇二四年）など

李　愛淑（い　えすく　LEE Ae-Sook）
国立韓国放送大学日本学科教授　平安朝物語文学
『色彩から見た王朝文学――韓国『ハンジュロク』と『源氏物語』の色』（笠間書院、二〇一五年）、「紫式部の内なる文学史――「女の才」を問う」（宮腰直人編『文学史の時空』笠間書院、二〇一七年）、「古典の翻訳――大衆性と視覚性を問う」（荒木浩編『古典の未来学』文学通信、二〇二〇年）など

張　龍妹（ちょう　りゅうまい　ZHANG Long-Mei）
北京外国語大学北京日本学研究センター教授　『源氏物語』を中心とした平安かな文学
『源氏物語の救済』（風間書房、二〇〇〇年）、『平安朝宮廷才女的散文体文学書写』（光明日報出版社、二〇二一年）、『東アジアの女性と仏教と文学（アジア遊学207）』（小峯和明と共編、勉誠出版、二〇一七年）など

李　宇玲（り　うれい　LI Yu-Ling）
中国 同済大学外国語学院教授　和漢比較文学、日本中古文学
『古代宮廷文学論――中日文化交流史の視点から』（勉誠出版、二〇一一年）、「「過潘」を歌う詩人たち」（『国語と国文学』二〇二二年六月号）、「王昭君と「長安日」」（『国語と国文学』二〇二四年五月号）など

石原知明（いしはら　ともあき）
国際日本文化研究センター博士研究員　古典文学
「「宿世」研究の到達点と課題――『源氏物語』を中心にして」（『総合文化研究』第四号、近畿大学大学院総合文化研究科、二〇一九年）など

木下華子（きのした　はなこ）
東京大学大学院人文社会系研究科准教授　中世文学・和歌文

学
『鴨長明研究――表現の基層へ』（勉誠出版、二〇一五年）、共著『和歌文学大系49　正治二年院初度百首』（明治書院、二〇一六年）、「『方丈記』「都遷り」の生成と遷都をめぐる表現史」（『説話文学研究』第五八号、二〇二三年九月）など

児島啓祐（こじま　けいすけ）
奈良女子大学研究院人文科学系言語文化学領域准教授　日本中世文学
「元暦地震と龍の口伝――『愚管抄』を中心に」（『軍記と語り物』第五四号、二〇一八年三月）、「慈円の災異論と台密修法――『愚管抄』の災厄記事を中心に」（『説話文学研究』第五八号、二〇二三年九月）など

陸　晩霞（りく　ばんか　LU Wan-Xia）
上海外国語大学日本文化経済学院教授　日本古典文学、和漢比較文学
『遁世文学論』（武蔵野書院、二〇二〇年）、「試論『世説新語』対『徒然草』的影響」（中国比較文学会『中国比較文学』二〇一九年第二期）、「元政上人の孝養観と儒仏一致思想――『扶桑隠逸伝』における孝行言説を中心に」（雋雪艶、黒田彰編『東アジアの「孝」の文化史――前近代の人びとを支えた価値観を読み解く（アジア遊学288）』勉誠社、二〇二三年）など

豊田裕章（とよだ　ひろあき）
国際日本文化研究センター客員教授　礼制から見た古代のユーラシア東部の宮室や都城、日本中世の離宮や庭園、喫茶史等
「アジアからみた日本の都城」（川尻秋生編『古代の都城と交通』竹林舎、二〇一九年）、「水無瀬殿（水無瀬離宮）の都市史ならびに庭園史的意義」（奈良文化財研究所編『研究論集18　中世庭園の研究――鎌倉・室町時代』奈良文化財研究所、二〇一六年）、「宋代点茶における茶芽の毛（毛茸）による白色の泡の茶と日本的展開――茶筅の起源の問題を含めて」（大形徹・武田時昌・平岡隆二・高井たかね編『東アジア伝統医療文化の多角的考察』臨川書店、二〇二四年）など

中川真弓（なかがわ　まゆみ）
帝塚山大学文学部准教授　日本中世文学
「定家の願文――「石清水八幡宮権別当田中宗清願文案」と「八幡名物」古筆切をめぐって」（『中世文学』第六三号、二〇一八年）、「石清水権別当田中宗清関係願文考」（『語文』第一一一号、二〇一八年）など

郭　佳寧（かく　かねい　GUO Jia-Ning）
名古屋大学人文学研究科附属人類文化遺産テクスト学研究センター特任准教授　中世日本宗教文芸
「中世真言僧における尊勝陀羅尼信仰について――儀礼空間

の創成と宗教言説の展開」（『名古屋大学国語国文学』第一一七号、二〇二四年一一月）、「儀礼空間に託された信仰のかたち――高野山大伝法院本堂を中心として」（近本謙介編『ことば・ほとけ・図像の交響――法会・儀礼とアーカイヴ』勉誠出版、二〇二二年）、「安楽寿院不動堂の再解釈――鳥羽院の往生信仰をめぐって」（『日本仏教綜合研究』第一九号、二〇二一年九月）など

榎本　渉（えのもと　わたる）
国際日本文化研究センター教授・総合研究大学院大学教授
中世国際交流史
『東アジア海域と日中交流――九～一四世紀』（吉川弘文館、二〇〇七年）、『南宋・元代日中渡航僧伝記集成　附江戸時代における僧伝集積過程の研究』（勉誠出版、二〇一三年）、『僧侶と海商たちの東シナ海（増訂版）』（講談社学術文庫、二〇二〇年）など

髙尾祐太（たかお　ゆうた）
広島大学大学院人間社会科学研究科助教　中世文学
「正直の歌学――古今伝授東家流切紙「稽古方之事」をめぐって」（『国語国文』第八七巻第二号、二〇一八年二月）、「『ささめごと』の連歌論――中世の言語観と文芸」（『国語と国文学』第九八巻第二号、二〇二一年二月）、「能《清経》と世阿弥をめぐる環境」（『国語と国文学』第一〇一巻第六号、二〇二四年六月）など

橋本　雄（はしもと　ゆう）
北海道大学大学院文学研究院教授　中世日本国際交流史
『偽りの外交使節――室町時代の日朝関係』（吉川弘文館、二〇一二年。OD版：二〇二二年）、『〝日本国王〟と勘合貿易』（NHK出版、二〇一三年）、「『大明別幅并両国勘合』（妙智院蔵）所収の日朝関係文書：年紀不詳の別幅四通」（『古文書研究』第九六号、二〇二三年）など

田村正彦（たむら　まさひこ）
大東文化大学文学部准教授　中世文学、地獄の思想史
『描かれる地獄　語られる地獄』（三弥井書店、二〇一五年）、「不産女地獄の表現史――差別と救済の思想」（大取一馬編『日本文学とその周辺（龍谷大学仏教文化研究叢書33）』思文閣出版、二〇一四年）、「三途の川を渡る船――文学が生み出す俗信」（『国語と国文学』第一〇〇巻第一二号、二〇二三年一二月）など

辻　浩和（つじ　ひろかず）
立命館大学文学部教授　日本中世史
『中世の〈遊女〉――生業と身分』（京都大学学術出版会、二〇一七年）、「京都・奈良における遊女集団の展開と権力」（『歴史学研究』第一〇二八号、二〇二二年）、「中世後期の遊

女屋をめぐる社会観念」（『国立歴史民俗博物館研究報告』第二三五号、二〇二二年）など

木場貴俊（きば　たかとし）
京都先端科学大学人文学部准教授　日本近世文化史
『怪異をつくる――日本近世怪異文化史』（文学通信、二〇二〇年）、『〈キャラクター〉の大衆文化――伝承・芸能・世界』（荒木浩・前川志織と共編、KADOKAWA、二〇二一年）、「近世怪異の展開と近代化」（『史潮』第九四号、二〇二三年）など

山中玲子（やまなか　れいこ）
法政大学能楽研究所教授　能楽研究
『能の演出　その形成と変容』（若草書房、一九九八年）、「能〈通小町〉遡源」（『国語と国文学』第九三巻第三号、二〇一六年三月）、「夢幻能と廃墟の表象――世阿弥作《融》における河原院描写に注目して」（木下華子・山本聡美・渡邉裕美子編『廃墟の文化史（アジア遊学297）』勉誠社、二〇二四年）など

虞　雪健（ぐ　せつけん　YU Xue-Jian）
北京大学外国語学院ポスドク研究員　中世文学、和漢比較文学
「《太平记》〝黄粱梦事〟の生成」（『日語学習与研究』二〇二四年第一号）、「邯鄲の夢と異国イメージ――黒本『初夢かんたんの枕』を中心に」（『総研大文化科学研究』第一八号、二〇二二年）など

小山聡子（こやま　さとこ）
二松学舎大学文学部教授　日本中世宗教史
『親鸞の信仰と呪術――病気治療と臨終行儀』（吉川弘文館、二〇一三年）、『もののけの日本史――死霊、幽霊、妖怪の一〇〇〇年』（中公新書、中央公論新社、二〇二〇年）、『鬼と日本人の歴史』（ちくまプリマー新書、筑摩書房、二〇二三年）など

池上保之（いけがみ　やすゆき）
三重大学人文学部特任准教授　日本中世文学
「『徒然草』第十一段再考――柑子とその囲いについて」（『仏教文学』第四一号、二〇一四年）、「『徒然草』享受の一視点――第三十七段を中心として」（『言語文化研究』第一四号、二〇一九年）、「『徒然草』第一六二段考――承仕法師の罪と兼好の視点」（『百舌鳥国文』第三〇号、二〇二一年）など

永井久美子（ながい　くみこ）
東京大学大学院総合文化研究科准教授　比較文学、日本古典文学
『「世界三大美人」言説の生成――オリエンタルな美女たちへ

の願望」（東京大学ヒューマニティーズセンターブックレット第六号、二〇二〇年）、「紫式部の近代表象」（『鹿島美術財団年報』第三三号別冊、二〇一六年）、「『源氏物語』幻巻の四季と浦島伝説――亀比売としての紫の上」（島尾新・宇野瑞木・亀田和子編『和漢のコードと自然表象――十六世紀、七世紀の日本を中心に（アジア遊学246）』勉誠出版、二〇二〇年）など

プラダン・ゴウランガ・チャラン　PRADHAN Gouranga Charan
龍谷大学世界仏教文化研究センター博士研究員　日本文学・比較文学
『世界文学としての方丈記』（法藏館、二〇二三年）、「海外の受容から窺う『方丈記』の五大災厄――英語への翻訳とアダプテーションを中心に」（『説話文学研究』第五八号、二〇二三年一〇月）、「日本酒 vs ワイン――夏目漱石の「文化的翻訳（不）可能性」概念をめぐって」（磯前順一編『ポストコロニアル研究の遺産――翻訳不可能なものを翻訳する』人文書院、二〇二二年）など

増田裕美子（ますだ　ゆみこ）
比較文学者
『漱石のヒロインたち――古典から読む』（新曜社、二〇一七年）、『日本文学と老い』（新典社、一九九一年）、『日本文学の「女性性」』（共編著、思文閣出版、二〇一一年）など

エドアルド・ジェルリーニ　Edoardo GERLINI
ヴェネツィア・カフォスカリ大学准教授　日本古典文学、とりわけ平安時代の和歌と漢詩及び比較文学
Heian Court Poetry as World Literature—From the Point of View of Early Italian Poetry, Firenze University Press, 2014、『古典は遺産か？　日本文学におけるテクスト遺産の利用と再創造（アジア遊学261）』（河野貴美子と共編、勉誠出版、二〇二一年）、「古典×再生＝テクスト遺産　過去文化の復興を理解するための新パラダイム」（盛田帝子編『古典の再生』文学通信、二〇二四年）など

アリレザー・レザーイ　Alireza REZAEE
テヘラン大学外国語学部助教授　言葉からみた比較思想・文化（日本と中東社会を中心に）
「「する」と「なる」の無常観：『クルアーン』から読み解くイスラーム教における無常の在り方」（『日本研究』第六九集、国際日本文化研究センター、二〇二四年）、「日本文化における「無常」の諸相――永続性を追求しないという世界観」（*Journal of Iranian Cultural Research*, No. 10: 3, Iranian Institute for Social and Cultural Research, 2017）、「「ファルス」の観点からみた日本文化における「男らしさ」――日本語における「性的罵倒語」のあり方を中心に」（『名古屋大学

国際開発研究フォーラム』第四三号、二〇一三年）など

アンダソヴァ・マラル　ANDASSOVA Maral
早稲田大学高等研究所講師　日本古代文学
『ゆれうごくヤマト――もうひとつの古代神話』（青土社、二〇二〇年）、『古事記　変貌する世界――構造論的分析批判』（ミネルヴァ書房、二〇一四年）など

Agnese HAIJIMA（アグネセ・葩島）
※二〇二五年二月より、Agnese Taivane-Pizano
Professor, University of Latvia, Faculty of Humanities, Department of Asian studies.（ラトビア大学人文学部准教授）
日本美術史、日本文化
"Environmental Strategies and Preservation of Ancient Traditions in Contemporary Japanese Gardens with Focus on "Suzaku no niwa"（朱雀の庭）"Red Phoenix Garden" in Kyoto and "Suikei-en"「水景園」"Water Mirror Garden" at Keihanna Commemorative Park, Nara Prefecture." *Orientalistics*. vol. 819. University of Latvia. 2021.「雪舟筆「四季山水図巻」に見られる「聖」と「俗」的なモチーフ――「山市晴嵐」の場面を中心に」（名古屋大学大学院『言葉と文化』第一〇号、二〇〇九年）

Yagi MORRIS（ヤーギ・モリス）
Research Associate, McGill University. Japanese medieval religions.
"The Kinpusen Himitsuden: Text as a Kaleidoscope of Ritual Platforms." *Journal of Indian Philosophy*. 50/4 (January). 2022. "Trajectories of Past Lives and the Formation of an Imperial Landscape: An Exploration of a Medieval Japanese Esoteric Buddhist Text." From Jetavana to Jerusalem: Sacred Biography in Asian Perspectives and Beyond, Essays in Honor of Professor Phyllis Granoff. Jinhua Chen, ed. *World Scholastic*. Vol. I. World Scholastic: Hualin Series on Buddhist Studies. 2023. "Like Drops of Seawater: Buddhist Metaphors and the Body of the Kami." *Japanese Religions*. 46/1 (October). Special issue 'The Body Religious in Japan,' Vol. 1. Or Porath, ed. 2024.

〈無常〉の変相と未来観
——その視界と国際比較
〔日文研・共同研究報告書195〕

2025（令和7）年3月14日発行

編　者　荒木　浩

発行者　田中　大

発行所　株式会社　思文閣出版
〒605-0089 京都市東山区元町355
電話 075-533-6860

装　幀　尾崎閑也（鷺草デザイン事務所）

印　刷
製　本　株式会社 思文閣出版 印刷事業部

ISBN978-4-7842-2097-7　C3095